Dispara, yo ya estoy muerto

Julia Navarro ha cautivado a millones de lectores con las ocho obras que ha publicado hasta la fecha: *La Hermandad de la Sábana Santa*, *La Biblia de Barro*, *La sangre de los inocentes*, *Dime quién soy*, *Dispara, yo ya estoy muerto*, *Historia de un canalla*, *Tú no matarás* y *De ninguna parte*. A ellas se suma su obra más personal, *Una historia compartida*. Sus libros se han traducido en más de treinta países y de *Dime quién soy* se ha producido una ambiciosa serie de televisión. En 2024 ha publicado *El niño que perdió la guerra*, una emocionante historia sobre el desarraigo, el poder transformador del arte y la sinrazón de los totalitarismos.

Para más información, visite la página web de la autora: www.julianavarro.es

También puede seguir a Julia Navarro en Facebook:
Julia Navarro | Oficial

Biblioteca

JULIA NAVARRO

Dispara, yo ya estoy muerto

Papel certificado por el Forest Stewardship Council®

MIXTO
Papel | Apoyando la silvicultura responsable
FSC® C117695

Penguin Random House Grupo Editorial

Primera edición en este formato: junio de 2016
Decimonovena reimpresión: marzo de 2025

Travessera de Gràcia, 47-49. 08021 Barcelona
Diseño de la cubierta: Penguin Random House Grupo Editorial / Manuel Esclapez
Imagen de la cubierta: © Colección Roger Violet / Cordon Press

Printed in Spain – Impreso en España

ISBN: 978-84-663-3371-9
Depósito legal: B-6.732-2021

Compuesto en La Nueva Edimac, S. L.
Impreso en Liberdúplex
Sant Llorenç d'Hortons (Barcelona)

P 3 3 3 7 1 F

Para Álex,
que todos los días me regala su alegría.

Y para Fermín, siempre

Agradecimientos

A todos los amigos que me han acompañado a lo largo de mi vida. En esta ocasión, especialmente a Jesús, cuya amistad es firme como una roca. Siempre positivo, bueno y leal.

Gracias a todos los que desde Penguin Random House Grupo Editorial hacen posible que esta novela llegue a sus manos, y a Virginia Fernández, por su paciencia.

1

Jerusalén, época actual

«Hay momentos en la vida en los que la única manera de salvarse a uno mismo es muriendo o matando.» Aquella frase de Mohamed Ziad la había atormentado desde el mismo instante en que la había escuchado de labios de su hijo Wädi Ziad. No podía dejar de pensar en aquellas palabras mientras conducía bajo un sol implacable que doraba las piedras del camino. El mismo color dorado de las casas que se apiñaban en la nueva ciudad de Jerusalén construidas con esas piedras engañosamente suaves, pero duras como las rocas de las canteras de donde habían sido arrancadas.

Conducía despacio dejando que su mirada vagara por el horizonte donde las montañas de Judea se le antojaban cercanas.

Sí, iba despacio aunque tenía prisa; sin embargo, necesitaba saborear aquellos instantes de silencio para evitar que las emociones la dominaran.

Dos horas antes no sabía que iba a emprender el camino que la llevaría hacia su destino. No es que no estuviera preparada. Lo estaba. Pero a ella, que le gustaba planear hasta el último detalle de su vida, le había sorprendido la facilidad con que Joël había conseguido la cita. No le había costado ni una docena de palabras.

—Ya está, te recibirá a mediodía.

—¿Tan pronto?

—Son las diez, tienes tiempo de sobra, no está muy lejos. Te lo señalaré en el mapa, no es complicado llegar.

—¿Conoces bien el lugar?

—Sí, y también los conozco a ellos. La última vez que estuve allí fue hace tres semanas con los de Acción por la Paz.

—No sé cómo se fían de ti.

—¿Y por qué no iban a fiarse? Soy francés, tengo buenos contactos, y las almas cándidas de las ONG necesitan quien les oriente por los líos burocráticos de Israel, alguien que les tramite los permisos para cruzar a Gaza y Cisjordania, que consiga una entrevista con algún ministro ante el que protestar por las condiciones en que viven los palestinos; les proporciono camiones a buen precio para trasladar la ayuda humanitaria de un lugar a otro... Mi organización hace un buen trabajo. Tú puedes dar fe de ello.

—Sí, vives de los buenos sentimientos del resto del mundo.

—Vivo de prestar un servicio a los que viven de la mala conciencia de los demás. No te quejes, no hace ni un mes que os pusisteis en contacto con nosotros, y en ese tiempo te he conseguido citas con dos ministros, con parlamentarios de todos los grupos, con el secretario de la Histadrut, facilidades para entrar en los Territorios, te has podido entrevistar con un montón de palestinos... Llevas cuatro días aquí y ya has cumplido con la mitad del programa que tenías previsto.

Joël miró con fastidio a la mujer. No le caía bien. Desde que la recogió en el aeropuerto cuatro días atrás había notado su tensión, su incomodidad. Le molestaba la distancia que ponía entre ellos al insistir en que la llamara señora Miller.

Ella le sostuvo la mirada. Tenía razón. Había cumplido. Otras ONG utilizaban sus servicios. No había nada que Joël no pudiera conseguir desde esa oficina con vistas de la Vieja Jerusalén a lo lejos. Con él trabajaban su mujer, que era israelí, y cuatro jóvenes más. Dirigía una empresa de servicios muy apreciada por las ONG.

—Te diré algo de ese hombre: es una leyenda —dijo Joël.

—Hubiese preferido hablar con su hijo, es lo que te pedí.

—Pero está de viaje en Estados Unidos invitado por la Universidad de Columbia para participar en un seminario, y cuando regrese, tú ya te habrás ido. No tienes al hijo, pero tienes al padre; créeme cuando te digo que ganas con el cambio. Es un viejo formidable. Tiene una historia…

—¿Tanto le conoces?

—En ocasiones los del ministerio les envían a la gente como tú. Es una «paloma», todo lo contrario que su hijo.

—Precisamente por eso me interesa hablar con Aarón Zucker, porque es uno de los principales líderes de la política de asentamientos.

—Ya, pero el padre es más interesante —insistió Joël.

Se quedaron en silencio para evitar una de esas absurdas discusiones en las que se enzarzaban. No habían congeniado. Él la encontraba exigente; ella sólo veía su cinismo.

Y ahora estaba ya de camino. Cada vez se sentía más tensa. Había encendido un cigarrillo y aspiraba el humo con fruición mientras fijaba la mirada en aquella tierra ondulada en la que a ambos lados de la carretera parecían trepar unos cuantos edificios modernos y funcionales. No había cabras, pensó dejándose llevar por la imagen bíblica, pero ¿por qué habría de haberlas? No quedaba sitio para las cabras junto a aquellas moles de acero y cristal que eran la enseña de la prosperidad de la moderna Israel.

Unos minutos más tarde salió de la autopista y enfiló una carretera que llevaba hacia un grupo de casas situadas sobre una colina. Aparcó el coche delante de un edificio de piedra de tres plantas idéntico a otros que se alzaban sobre un terreno rocoso; desde allí, los días despejados, se alcanzaba a ver las murallas de la Ciudad Vieja.

Apagó el cigarrillo en el cenicero del coche y respiró hondo.

Aquel lugar parecía una urbanización burguesa, como tantas otras. Casas de varios pisos, rodeadas de jardines ocupados por columpios y toboganes para los niños y coches alineados junto a aceras impolutas. Se respiraba tranquilidad, seguridad. No le costaba imaginar cómo eran las familias que vivían ahora dentro de aquellas casas, aunque sabía cómo había sido ese lugar décadas atrás. Se lo habían contado algunos viejos palestinos con la mirada perdida en los recuerdos de aquellos días en los que eran ellos quienes vivían en ese pedazo de tierra porque aún no habían llegado los otros, los judíos.

Subió las escaleras. Apenas apretó el timbre, la puerta se abrió. Una mujer joven que no tendría ni treinta años la recibió sonriente. Vestía de manera informal, con pantalones vaqueros, una camiseta amplia y zapatillas deportivas. Su aspecto era igual al de tantas otras jóvenes, pero habría destacado entre miles por su franca sonrisa y su mirada cargada de bondad.

—Pase, la estábamos esperando. Usted es la señora Miller, ¿verdad?

—Así es.

—Soy Hanna, la hija de Aarón Zucker. Siento que mi padre esté de viaje, pero como insistieron tanto desde el ministerio, mi abuelo la atenderá.

Del minúsculo recibidor pasaron a un salón amplio y luminoso.

—Siéntese, avisaré a mi abuelo.

—No hace falta, aquí estoy. Soy Ezequiel Zucker —dijo una voz procedente del interior de la casa. Un instante después apareció un hombre.

La señora Miller clavó su mirada en él. Era alto, tenía el cabello cano y los ojos de color gris; a pesar de la edad, parecía ágil. Le estrechó la mano con fuerza y la invitó a tomar asiento.

—Así que quería usted ver a mi hijo...

—En realidad quería conocerlos a los dos, aunque sobre todo a su hijo puesto que es uno de los principales impulsores de la política de asentamientos...

—Sí, y es tan convincente que el ministerio le envía a los visitantes más críticos para que les explique la política de asentamientos. Bien, usted dirá, señora Miller.

—Abuelo —interrumpió Hanna—, si no te importa, me voy.

Tengo una reunión en la universidad. Jonás también está a punto de irse.

—No te preocupes, puedo arreglármelas solo.

—¿Cuánto tiempo necesita? —preguntó Hanna a la señora Miller.

—Intentaré no cansarle... Una hora, un poco más quizá... —respondió la mujer.

—No hay prisa —dijo el anciano—, a mi edad el tiempo no cuenta.

Se quedaron solos y él notó su tensión. Le ofreció té, pero ella lo rechazó.

—Así que usted trabaja para una de esas ONG que están subvencionadas por la Unión Europea.

—Trabajo para Refugiados, una organización que estudia sobre el terreno los problemas que sufren las poblaciones desplazadas a causa de conflictos bélicos, catástrofes naturales... Intentamos evaluar el estado de los desplazados, y si las causas que han provocado el conflicto están en vía de solución, o cuánto puede durar su situación, y si lo creemos conveniente instamos a los organismos internacionales a que adopten medidas para paliar el sufrimiento de los desplazados. Nuestros estudios son rigurosos, y por eso recibimos ayuda de instituciones comunitarias.

—Sí, conozco los informes de Refugiados sobre Israel. Siempre críticos.

—No se trata de opiniones sino de realidades, y la realidad es que desde 1948 miles de palestinos han tenido que abandonar sus hogares, se han visto despojados de sus casas, de sus tierras. Nuestra labor es evaluar la política de asentamientos que todavía está produciendo más desplazados. Donde nos encontramos ahora, aquí en esta colina, hubo una aldea palestina de la que no queda nada. ¿Sabe qué suerte corrieron los habitantes de aquella aldea? ¿Dónde están ahora? ¿Cómo sobreviven? ¿Podrán recuperar algún día el lugar donde nacieron? ¿Qué sabe usted de su sufrimiento?

Inmediatamente se arrepintió de sus últimas palabras. Aquél no era el camino. No podía mostrar tan abiertamente sus sentimientos. Tenía que intentar mantener una actitud más neutral. No de complacencia, pero tampoco de animadversión.

Se mordió el labio inferior mientras esperaba la respuesta del hombre.

—¿Cómo se llama? —preguntó él.

—¿Cómo dice?

—Le pregunto por su nombre. Resulta muy envarado llamarla señora Miller. Usted puede llamarme Ezequiel.

—Bueno, no sé si es correcto... Procuramos no confraternizar cuando estamos trabajando.

—Mi intención no es confraternizar con usted, pero sí que nos llamemos por nuestros respectivos nombres. Vamos, ¡no estamos en Buckingham Palace! Está usted en mi casa, es mi invitada y le pido que me llame Ezequiel.

Aquel hombre la desconcertaba. Quería negarse a darle su nombre, desde luego no pensaba llamarle a él por el suyo, pero si él decidía dar por terminada la conversación, entonces... entonces habría desaprovechado la mejor oportunidad que iba a tener nunca para llevar a cabo aquello que tanto la atormentaba.

—Marian.

—¿Marian? Vaya...

—Es un nombre común.

—No se disculpe por llamarse Marian.

Sintió rabia. Él tenía razón, se estaba disculpando por su nombre, y no tenía por qué.

—Si le parece bien, le daré el cuestionario que traigo preparado y que servirá de base para el informe que debo redactar.

—Supongo que hablará con más personas...

—Sí, tengo una larga lista de entrevistas: funcionarios, diputados, diplomáticos, miembros de otras ONG, organizaciones religiosas, periodistas...

—Y palestinos. Supongo que hablará con ellos.

—Desde luego, ya lo he hecho, ellos son el motivo de mi trabajo. Antes de venir a Israel he estado en Jordania y he tenido la oportunidad de hablar con muchos palestinos que tuvieron que huir después de cada guerra.

—Me preguntaba usted por el sufrimiento de los desplazados... Bien, yo podría hablarle horas, días, semanas enteras sobre el sufrimiento.

Costaba creer que aquel hombre alto y fuerte, que a pesar de su edad desprendía confianza en sí mismo con aquella mirada gris acero que denotaba que tenía una gran paz interior, supiera de verdad lo que era el sufrimiento ajeno. No iba a negarle que hubiera padecido, pero eso no implicaba que fuera capaz de sentir el dolor de los demás.

—¿Cómo sabe que aquí hubo una aldea árabe? —preguntó de pronto captando el desconcierto de ella.

—En mi organización tenemos información detallada de todos y cada uno de los pueblos y aldeas de Palestina, incluso de las que ya no existen desde la ocupación.

—¿Ocupación?

—Sí, desde que llegaron los primeros emigrantes judíos hasta la proclamación del Estado de Israel, además de todo lo que ha pasado posteriormente.

—¿Qué es lo que quiere saber?

—Quiero que me hable de la política de ocupación, de los asentamientos ilegales, de las condiciones de vida de los palestinos que ven derruidas sus casas por acciones de venganza... de por qué continúan levantando asentamientos en lugares que no les pertenecen... De todo eso pretendía hablar con su hijo. Sé que Aarón Zucker es uno de los más firmes defensores de la política de asentamientos, sus artículos y conferencias le han hecho famoso.

—Mi hijo es un hombre honrado, un militar valiente cuando ha servido en el ejército, y siempre se ha destacado por decir en voz alta lo que piensa, sin importarle las consecuencias. Es más sencillo lamentarse por la política de asentamientos, incluso no decir nada, pero íntimamente apoyarla. En mi familia preferimos dar la cara.

—Por eso estoy aquí, por eso en el Ministerio de Exteriores me han enviado a hablar con su hijo. Es uno de los líderes sociales de Israel.

—Usted cree que quienes defienden los asentamientos son poco menos que unos monstruos...

Marian se encogió de hombros. No le iba a decir que, efectivamente, era lo que pensaba. La entrevista no estaba discurriendo por los derroteros que se había fijado.

—Le diré lo que yo pienso: no soy partidario de que se construyan nuevos asentamientos. Defiendo el derecho de los palestinos a tener su propio Estado.

—Ya, pero su hijo Aarón piensa todo lo contrario.

—Pero es conmigo con quien está hablando. Y no me mire como si fuera un viejecito, no soy ningún ingenuo.

La puerta de la sala se abrió y apareció un joven alto, vestido de soldado, con un subfusil colgado al hombro. Marian se alarmó.

—Es mi nieto Jonás.

—Así que es usted la de la ONG... Perdone pero no he podido evitar escuchar sus últimas palabras. Me gustaría darle también mi opinión, si mi abuelo me lo permite.

—Jonás es hijo de Aarón —explicó Ezequiel Zucker a Marian.

—La política de asentamientos no es algo caprichoso, se trata de nuestra seguridad. Mire usted el mapa de Israel, fíjese en nuestras fronteras... Los asentamientos forman parte del frente en que nos vemos obligados a luchar —afirmó Jonás con tanta convicción que a Marian le molestó y sintió un rechazo instintivo hacia aquel joven.

—¿Luchan contra mujeres y niños? ¿Qué gloria hay en derruir las casas donde malviven las familias palestinas? —preguntó Marian.

—¿Acaso debemos dejarnos matar? Las piedras hieren. Y en esas aldeas donde parece que viven apacibles familias también hay terroristas.

—¿Terroristas? ¿Usted llama terrorista a quien defiende su derecho a vivir en el pueblo donde ha nacido? Además, la política de asentamientos sólo busca quedarse con un territorio que no les pertenece. Las resoluciones de Naciones Unidas sobre las fronteras de Israel son meridianamente claras. Pero su país hace una política de hechos consumados. Construyen un asentamiento en zonas donde viven los palestinos, los acorralan, les hacen la vida imposible, hasta lograr que se vayan.

—Es usted una mujer apasionada, no sé por qué se molesta en venir aquí para redactar un informe. Es evidente que tiene las cosas claras, nada de lo que pudieran decirle mi abuelo o mi padre cambiaría su manera de pensar, ¿me equivoco?

—Tengo la obligación de escuchar a todas las partes.

—Trata de cubrir un trámite, nada más.

—Basta, Jonás, dejemos a la señora Miller hacer su trabajo. —La voz de Ezequiel Zucker no daba lugar a una nueva respuesta de su nieto.

—De acuerdo, ya me voy. —Y el joven salió sin despedirse.

Marian leyó en los ojos grises de Ezequiel Zucker que iba a dar por zanjada aquella conversación que ella no había sabido manejar. Pero no podía irse. Aún no.

—Creo que aceptaré ese té que me había ofrecido.

Ahora era él quien parecía desconcertado. No tenía ganas de seguir conversando con aquella mujer, pero tampoco quería mostrarse grosero.

Cuando regresó con el té, la encontró mirando a través de los ventanales. No era una mujer hermosa, pero sí atractiva. De mediana estatura, delgada, con el cabello negro recogido. Calculó que hacía tiempo que había cumplido los cuarenta, que estaba más cerca de los cincuenta. La notaba desasosegada y ese desasosiego le pareció contagioso.

—En aquella dirección está Jerusalén —dijo mientras colocaba la bandeja con el té sobre una mesita baja.

—Lo sé —respondió Marian.

Se esforzaba por componer una sonrisa, pero él ya no parecía dispuesto a la conversación.

—Antes dijo que podría hablar semanas enteras de sufrimiento...

—Sí, podría —respondió él con sequedad.

—¿De dónde es usted, Ezequiel? ¿Cuál es su país de origen?

—Soy israelí. Ésta es mi patria.

—Imagino que para un judío lo más importante es sentir que tiene una patria —dijo ella haciendo caso omiso del tono distante del hombre.

—Nuestra patria, sí. Nadie nos la ha regalado. Teníamos derecho a ella. Y no he venido de ninguna parte. Nací aquí.

—¿En Palestina?

—Sí, en Israel. ¿Le sorprende?

—No...

—En realidad mis padres eran rusos y mis antepasados polacos. Hay muchos rusos de origen polaco; ya sabe, Polonia siempre estuvo en el punto de mira de los rusos, y cada vez que éstos se quedaban con un pedazo de tierra polaca, los judíos polacos pasaban a ser rusos. La vida de los judíos no era fácil en Rusia, de hecho no lo era en ningún lugar de Europa, aunque la Revolución francesa dio un vuelco a nuestra situación. Las tropas de Napoleón exportaban la idea de la libertad allá por donde iban, pero esas ideas chocaron con la Rusia de los zares. Si en Europa Occidental nuestras condiciones de vida cambiaron, y muchos judíos se convirtieron en hombres preeminentes y políticos importantes, en Rusia no sucedió así.

—¿Por qué?

—El zar y sus gobiernos eran profundamente reaccionarios y temerosos de todo lo que creían diferente. De manera que a los judíos los hacían vivir en las llamadas «Zonas de Residencia», situadas en ciudades del sur de Rusia, en Polonia, Lituania,

Ucrania, que entonces eran parte del imperio ruso. Ni siquiera pesó en el ánimo de la corte rusa la lealtad de los judíos cuando Napoleón invadió el país.

»Catalina no nos quería, en realidad es difícil encontrar un zar o una zarina que nos quisiera como súbditos.

—Se refiere a Catalina la Grande.

—Sí, claro. Hizo todo lo posible para expulsarnos.

—Pero no lo logró...

—No, no lo logró; tuvo que conformarse con aprobar medidas que restringían las actividades de los judíos. No eran muchos los judíos que vivían dignamente en aquel tiempo: algunos comerciantes, algunos prestamistas, algunos médicos... Sí, los hubo que consiguieron permisos especiales y lograron vivir casi como ciudadanos normales. ¿Ha oído hablar de los pogromos?

—Naturalmente, sé lo que fueron los pogromos.

—En 1881 hubo un atentado contra el zar Alejandro II y entre los participantes en el complot había una mujer, judía, Gesia Gelfman. En realidad su participación no fue relevante, pero sirvió de espita para que se desencadenara una violencia salvaje contra los judíos de todo el imperio. Aquel pogromo comenzó en Yelisavetgrad, y se extendió a Minsk, Odessa, Balti... Miles de judíos fueron asesinados. Un año después, muchos de los que sobrevivieron tuvieron que abandonar cuanto tenían porque el nuevo zar, Alejandro III, firmó una orden de expulsión.

—¿Su familia sufrió aquellos pogromos?

—¿Le interesa saberlo?

—Sí —musitó ella. Necesitaba que el hombre se relajara. Ella también lo necesitaba.

—Si tiene tiempo para escuchar la historia...

—Puede ser una manera de entender mejor las cosas.

2

San Petersburgo - París

«Mi abuelo paterno era comerciante de pieles, lo mismo que lo había sido su padre, Simón. Viajaban por Europa vendiendo pieles rusas a los peleteros, que con ellas cosían sofisticados abrigos para sus clientas ricas. En Francia se encontraban sus mejores clientes. En París, Simón tenía un amigo peletero, monsieur Elías. Cuando Simón murió, mi abuelo Isaac continuó con el negocio y lo amplió. Mi abuelo Isaac solía cambiar parte de su mercancía por esos abrigos ya confeccionados que luego vendía en la corte de San Petersburgo. Las aristócratas rusas gustaban de cuanto llegaba de París.

Mi abuela Esther era francesa, hija de monsieur Elías, quien no pudo evitar que el joven Isaac se llevara a su niña, por más que se opuso. Monsieur Elías se había quedado viudo y Esther era su única hija. Isaac y Esther se casaron en París y de allí emprendieron viaje hasta un pueblo cercano a Varsovia, la casa donde Isaac vivía con su madre viuda, Sofía. Tuvieron tres hijos, Samuel, Anna y Friede, el más pequeño. Se llevaban todos un año de diferencia entre ellos. Monsieur Elías siempre se lamentaba de tener a su hija y a sus nietos lejos, y cuando Samuel, mi padre, cumplió diez años, mi abuelo Isaac decidió llevarle con él a Francia para que conociera a su abuelo. Samuel no gozaba de buena salud y su madre se separó de él llena de aprensión. Sabía que para monsieur Elías sería un regalo conocer a su nieto mayor, pero se preguntaba si Samuel sería capaz de aguantar los inconvenientes de un viaje tan largo.

—No te preocupes, nuestro Samuel ya casi es un hombre —la consoló su suegra, Sofía—, e Isaac sabrá cuidar de él.

—Sobre todo procura que no se enfríe, y si tiene fiebre, quedaos en alguna posada y dale este jarabe. Le aliviará —insistió Esther.

—Sabré cuidar de nuestro hijo; ocúpate tú de los demás, no los pierdas de vista, sobre todo a Friede, el pequeño es demasiado inquieto. Me voy tranquilo sabiendo que no estáis solos, que cuentas con el apoyo de mi madre.

Para Isaac había sido un alivio que Esther congeniara con su madre. Sofía era una mujer de carácter, pero se había rendido ante la bondad de Esther. Nuera y suegra parecían madre e hija.

Tras varias semanas de viaje, Isaac y Samuel llegaron a París; allí supieron las noticias de los disturbios que estaban produciéndose por toda Rusia.

—Han asesinado al zar. He oído decir que hay judíos implicados en la conspiración —anunció monsieur Elías.

—¡No puede ser! El zar ha mejorado las condiciones de vida de nuestra comunidad. ¿Qué ganaríamos los judíos con su desaparición? —respondió Isaac.

—Parece que algunos se están tomando la justicia por su mano y han atacado algunos pueblos judíos de la Zona de Residencia... —añadió monsieur Elías.

—¡Es la excusa que necesitaban todos los que se oponían a la política del zar para con los judíos! Espero que se imponga la razón y la verdad.

—Es terrible que en Rusia a los judíos no se les permita salir de las Zonas de Residencia —se lamentó monsieur Elías—. Al menos en Francia podemos vivir en las ciudades, y aquí mismo, en el corazón de París.

—La idea maldita de las Zonas de Residencia se la debemos a la zarina Catalina. Los consejeros de la Gran Catalina quisieron cortar las alas a nuestros artesanos y mercaderes. Pero ahora son muchos los judíos que viven en la mismísima San Petersburgo. Se necesitan permisos especiales, pero se pueden conseguir —explicó Isaac.

—Sí, pero no para todos —replicó monsieur Elías—. Menos mal que vuestro hogar no está lejos de Varsovia. Temería por vosotros si vivierais en Moscú o en San Petersburgo.

No podían ocultar la preocupación que les embargaba. Las noticias que llegaban desde Rusia eran tan confusas que hacían que temieran por la suerte de la familia.

—Samuel y yo regresaremos de inmediato. No estaré tranquilo hasta ver a mi esposa y a mis hijos. Sé que mi madre cuida de ellos, pero no puedo dejarlos solos por más tiempo.

—Yo tampoco descansaré hasta saber que has llegado y reciba tus noticias comunicándome que todos están bien. Debes marchar cuanto antes.

Dos días después acudió a visitarlos un viejo amigo de monsieur Elías, un hombre bien relacionado en la corte.

—No podéis regresar. Están matando a cientos de judíos. Los disturbios han comenzado en Yelisavetgrad, pero se han extendido por toda Rusia —explicó el visitante.

Monsieur Elías se dolía de la situación.

—A lo mejor es peligroso que regreséis… —dijo sin demasiado convencimiento porque en el fondo de su corazón anhelaba saber cuanto antes que su querida hija Esther y sus nietos no corrían ningún peligro.

—No podemos quedarnos aquí, he de regresar. Mi esposa y mis hijos me pueden necesitar —respondió sin dudar Isaac.

—Quizá deberías dejar conmigo a Samuel. No para de toser, y hay días en que la fiebre le deja postrado en la cama.

—Lo sé, pero no puedo dejarle aquí. Esther no me lo perdonaría. Quiere a todos nuestros hijos por igual, pero con Samuel ha sufrido mucho a causa de su mala salud. Si no regresamos juntos pensaría que le ha pasado algo.

—Conozco a mi hija, sé que preferiría que Samuel se quedara aquí a salvo.

Monsieur Elías no pudo convencer a mi abuelo Isaac, que en cuanto pudo, se puso en camino. Viajó con Samuel en un coche de postas, tirado por buenos caballos, junto a otros dos comerciantes que tenían como destino Varsovia y que, alarmados como ellos, regresaban a sus casas.

—Padre, ¿madre está bien? ¿Y Friede y Anna? No les habrá pasado nada, ¿verdad? —Samuel no dejaba de preguntar a su padre por la suerte de su madre y de sus hermanos.

El viaje se les hizo eterno. Apenas lograban dormir por la noche en aquellas posadas donde por ser judíos no siempre eran bien recibidos. En varias ocasiones incluso tuvieron que dormir al raso porque no les querían dar alojamiento.

—¿En qué somos diferentes? —le preguntó Samuel una noche a su padre mientras descansaban el uno junto al otro en una estrecha cama de un mísero hostal en Alemania.

—¿Es que crees que somos diferentes? —respondió el bueno de Isaac.

—Yo me veo igual a todo el mundo, pero sé que los demás no nos ven como ellos y no sé por qué. No comprendo por qué hay chicos que no quieren jugar con nosotros, ni por qué no vamos a menudo a la ciudad, y cuando lo hacemos, madre y tú parece que tengáis miedo. Caminamos con la cabeza baja, como si así no nos vieran, o molestáramos menos. Es por ello por lo que creo que somos diferentes; tenemos algo que no les gusta a los demás, pero no sé qué es, por eso te lo pregunto.

—No somos diferentes, Samuel; son los otros quienes se empeñan en vernos diferentes.

—Pero creen que ser judío es algo malo... —se atrevió a decir Samuel—, dicen que matamos al profeta Jesús.

—Jesús era judío.

—¿Y por qué le matamos?

—No le matamos, y no te preocupes, ser judío no es malo, como no lo es ser cristiano o musulmán. No debes pensar en esas cosas. Cuando seas mayor, lo comprenderás. Ahora duerme, mañana salimos temprano.

—¿Cuándo llegaremos a Varsovia?

—Con un poco de suerte, en cinco o seis días. ¿Te gusta Varsovia más que París?

—Sólo quiero saber cuánto falta para llegar a casa, echo de menos a madre.

Cuando llegaron a Varsovia tuvieron que buscar acomodo en casa de Gabriel, un primo lejano de Isaac. Samuel tosía, tenía fiebre y sufría convulsiones, a lo que se sumaba el agotamiento producido por un viaje tan largo.

Mi padre tuvo que guardar cama durante varios días a pesar de la impaciencia del abuelo Isaac.

—Ten calma, tu hijo no está en condiciones de viajar. Puedes dejarle aquí con nosotros, mi esposa le cuidará; ya vendrás a por él cuando estés seguro de que tu familia se encuentra bien, sólo estás a una jornada de viaje —le insistió su primo.

Pero mi abuelo no quería oír hablar de dejar a su hijo en Varsovia, sobre todo estando como estaban tan cerca de su propia casa.

Por fin emprendieron viaje a pesar de que Samuel se encontraba muy débil y de que la tos no le había desaparecido del todo.

—Ser judío debe de ser algo muy malo —insistió Samuel mientras luchaba contra la fiebre.

—No lo es, hijo, no lo es. Debes sentirte orgulloso de lo que eres. La maldad no está en nosotros sino en quienes se niegan a vernos como seres humanos.

El abuelo Isaac era un hombre ilustrado, seguidor de las ideas de Moisés Mendelssohn, un filósofo alemán que en el siglo anterior había puesto en marcha un movimiento llamado «Haskalá» (Ilustración) que proponía que los judíos hicieran suya la cultura europea. Mendelssohn tradujo la Biblia al alemán y se opuso a las corrientes más ortodoxas del judaísmo. Defendía que ser judío no era incompatible con sentirse alemán, e invitó a su comunidad a integrarse plenamente en las sociedades a las que pertenecían. Guiado por aquellas ideas, mi abuelo trataba de convencer a su comunidad de que ser judío no era incompatible con sentirse profundamente ruso. Aunque había sectores ortodoxos que rechazaban semejante asimilación, no dejaban de sentirse rusos y no concebían vivir en ningún otro lugar que no fuera Rusia. Se trataba, decía mi abuelo, de no encerrarse en uno mismo, sino de abrirse a los demás, conocer y ser conocidos. Así educaba a sus hijos, y así pretendía vivir, pero la Rusia que encontró a su regreso de París rechazaba, aún más si cabe, a los judíos.

Llegaron al atardecer, con el polvo del camino cubriéndoles las ropas y la piel. El *shtetl* había ido creciendo con el paso del tiempo no muy lejos de un pueblo de gentiles, y la convivencia entre judíos y quienes no lo eran siempre había estado impregnada de desconfianza y de un odio sutil que en ocasiones explotaba en forma de rabia. Cualquier padecimiento de las familias gentiles siempre encontraba un culpable en la comunidad judía, como si les resultara imposible razonar que la causa de sus miserias tenía que ver con la codicia y la política de los zares que les habían arrebatado sus tierras.

Cuando llegaron al barrio donde vivían, a las afueras del pueblo, sufrieron un sobresalto. Parecía que un incendio hubiera asolado el lugar. El rastro del fuego convertido en hollín embadurnaba los muros de las casas. Mi abuelo pidió al cochero que se diera prisa, por más que empezaba a temer llegar a su hogar.

Los cristales de las ventanas de su casa estaban rotos, y un olor espeso a humo y a tragedia los golpeó apenas se bajaron del carruaje.

—¿Quieren que los espere? —preguntó el cochero.

—No, márchese —respondió Isaac.

Unos vecinos les salieron al paso. Sus rostros sombríos presagiaban lo peor.

—Isaac, amigo... —Moisés, un vecino que se apoyaba en un bastón, sujetaba a duras penas a Isaac por el brazo intentando que no entrara en los restos de lo que había sido su casa.

—¿Qué ha pasado? ¿Dónde está mi esposa? ¿Y mis hijos? ¿Y mi madre? ¿Qué le ha sucedido a mi casa?

—Fue horrible... horrible —musitó una mujer envuelta en un manto que la cubría de la cabeza a los pies.

—¿Qué ha pasado? —insistió mi abuelo.

—Tu esposa y tus hijos... han muerto... Los han asesinado. También a tu madre. No han sido los únicos, la turba se ha ensañado con todos los nuestros. Lo siento... —explicó su vecino intentando impedir que entrara en los restos de la casa.

Isaac consiguió zafarse del hombre que lo retenía.

—Ven a mi casa, allí te explicaré lo sucedido, podréis descansar. Mi mujer os preparará algo de comer.

Pero Isaac y Samuel corrieron hacia la casa. No querían escuchar lo que les estaban diciendo. Empujaron la puerta deseosos de encontrar a su familia. A Esther recibiéndolos con los brazos abiertos, a Anna preguntando si le traían algún regalo de París, al pequeño Friede saltando a su alrededor, a Sofía acudiendo a la cocina para hacerles algo de comer. Pero en la casa reinaba el silencio. Un silencio ominoso roto por el maullido lejano de un gato y por el crujido provocado al pisar los restos de vajilla esparcida por el suelo. Alguien había arrancado las puertas de la alacena, y el sillón donde Isaac solía sentarse a fumar después de una larga jornada de trabajo yacía enseñando sus tripas de muelles. Sus libros, los libros que heredó de su padre y de su abuelo, los libros que él mismo había comprado en cada uno de sus viajes, habían sido arrancados de la biblioteca, pisoteados, y sus hojas diseminadas por todos los rincones.

La habitación que tantos años compartió con Esther, en la que habían nacido sus hijos, parecía un campo de batalla donde el enemigo se hubiera ensañado con todos los muebles y demás enseres.

Samuel había entrado en el cuarto que ocupaban el pequeño Friede y él, y vio que todo había sido destruido. «¿Dónde está el caballo de madera?», pensó el niño, añorando de repente aquel juguete que su abuelo le había hecho con sus propias manos y en el que tantas veces había visto subido a Friede.

Isaac echó el brazo por la espalda de su hijo apretándole contra él, intentando aliviar la desesperación reflejada en el rostro del niño.

El cuarto que la pequeña Anna compartía con la abuela Sofía tampoco se había salvado del ataque salvaje. Algunos vestidos de la niña aparecían pisoteados, otros habían desaparecido.

El vecino los había seguido y aguardaba en silencio a que dieran rienda suelta a su dolor.

—Supongo que estás enterado del asesinato del zar. Un grupo terrorista acabó con su vida, y en ese grupo había una mujer judía. Al parecer su participación no fue importante, pero el caso es que conocía a los terroristas. Ya sabes que los periódicos llevaban meses denunciando que los judíos somos un peligro. El atentado se lo confirmó —explicó el hombre con la voz sofocada por la emoción.

—Pero ¿qué tiene que ver mi familia con eso? ¿Dónde están? —preguntó Isaac con la voz transida de dolor.

—En el periódico dijeron que los judíos habíamos participado en el asesinato del zar. En el *Novoye Vremya* nos acusaron de ser los responsables. Eso encendió los ánimos de la gente, y comenzaron los ataques en muchas ciudades. Primero fueron algunos incidentes aislados, algún judío al que maltrataban. Luego... prendieron fuego a muchas casas, asaltaron nuestros negocios, apalearon a los judíos dondequiera que se encontraban.

»Las autoridades aseguran que han sido acciones llevadas a cabo por buenos ciudadanos que han dado rienda suelta a su dolor por la muerte del zar. En realidad, la policía ha permanecido impasible ante los ataques contra nuestras casas y nuestra gente. Se han ensañado con especial crueldad. Han muerto muchos de los nuestros. Todos hemos sufrido pérdidas.

—¿Y mi madre...? ¿Dónde están mis hermanos, y mi abuela Sofía? —preguntó el pequeño Samuel suplicando una respuesta.

—El día en que comenzaron los disturbios, tu madre y los dos pequeños habían ido al mercado. Mi mujer y otras vecinas iban con ellos. Un grupo de mujeres con sus hijos de la mano... quién iba a sospechar lo que pasó...

—¿Qué fue lo que ocurrió? —le instó a proseguir Isaac.

—En el mercado empezaron a recibir insultos de otras mujeres. Las llamaban asesinas por la muerte del zar. Lo que empezaron siendo gritos e insultos se transformó en agresiones. Una mujer arrojó a tu hija Anna una patata a la cara..., otras la imitaron y comenzaron a arrojarles restos de basura y de hortalizas podridas... Anna no soportó la humillación, recogió las patatas del suelo y se dispuso a arrojárselas al grupo que las insultaba. Tu esposa Esther agarró a Anna por el brazo pidiéndole que no respondiera a la provocación. Nuestras mujeres se asustaron y decidieron regresar al barrio a todo correr perseguidas por la multitud. Los niños se caían, apenas podían seguirlas en la carrera, y ellas se afanaban en llevar en sus brazos a los más pequeños protegiéndoles de los golpes e insultos de los atacantes. Algunas cayeron al suelo y las pisotearon, otras lograron llegar hasta aquí, pero fue en vano. No sé de dónde los habían sacado, pero algunos de los perseguidores llevaban palos con los que comenzaron a golpear a todos los que encontraban a su paso. Empezaron a tirar piedras contra los cristales de nuestras casas, a derribar las puertas y a sacar a quienes se resguardaban dentro apaleándoles hasta hacerles perder el sentido. A mi esposa le rompieron un brazo y le dieron un golpe en la sien que hizo que perdiera el conocimiento. Ahora sufre mareos y se le nubla la vista. A mí, como podéis ver, me rompieron una pierna, por eso me ayudo del bastón para andar; tuve suerte, porque además de la pierna sólo sufrí la rotura de seis costillas. Me cuesta moverme, pero he salvado la vida.

»La turba comenzó a desvalijar nuestras casas, a destrozar lo que no se llevaban. No eran personas, parecían alimañas desprovistas de cualquier humanidad. Ni siquiera se conmovieron con los gritos de terror de los niños ni las súplicas de sus madres.

»La policía se acercó pero no intervino. Por más que pedíamos ayuda, miraban complacidos cuanto sucedía.

—¿Dónde está mi madre? —gritó Samuel.

El hombre se retorció las manos en un gesto de desesperación.

—Se enfrentó a esos salvajes. Un grupo de hombres había entrado en vuestra casa siguiendo a Anna, la increpaban por haberse atrevido a enfrentarse a sus mujeres en el mercado. Uno de los hombres la había agarrado y Esther defendió a su hija como una loba, mordiendo y arañando al agresor. La abuela Sofía intentó proteger a Friede, alguien la golpeó con un palo en la cabeza y la dejó inconsciente… No sé cómo sucedió, pero tiraron un candelabro al suelo y el fuego no sólo arrasó vuestra casa sino que se extendió a las de los vecinos… No fue hasta muchas horas después que pudimos apagar el incendio. Encontramos los restos de tu familia entre los rescoldos del fuego. Los enterramos en el cementerio.

Era tal el dolor, la conmoción que sufrieron al escuchar el relato del vecino, que en ese instante no derramaron ni una sola lágrima. Samuel agarró con fuerza la mano de su padre, apoyándose en él, conteniendo las náuseas.

No podían moverse ni decir nada, sentían que les habían arrancado el alma.

El hombre aguardó unos instantes, dejando que encajaran el dolor que los inundaba. Luego volvió a acercarse a Isaac y tiró de él, suavemente.

—Aquí no podéis quedaros. Necesitáis descansar. Os ofrezco un lecho en lo que queda de mi casa.

No pudieron comer por más que insistió la esposa del vecino. Tampoco se sentían con ánimo de escuchar más detalles de la barbarie que había tenido lugar. La mujer los condujo a un cuarto y les dejó una bandeja con un par de tazones de leche.

—Os ayudará a descansar. Mañana será otro día. Tendréis que sacar fuerzas para volver a empezar.

Estaban agotados por el viaje, pero apenas durmieron aquella noche. Isaac sentía a su hijo dando vueltas, y él mismo no encontraba acomodo en la cama que compartían.

Aún no había amanecido cuando Isaac descubrió a su hijo mirándole fijamente.

—Es malo ser judío. Por eso han matado a madre, y a Anna, y a Friede, y a la abuela. Yo no quiero ser judío, ni tampoco quiero que lo seas tú; si lo somos, nos matarán. Padre, ¿cómo se puede dejar de ser judío? ¿Qué podemos hacer para dejar de ser judíos y que los demás lo sepan?

Isaac abrazó a Samuel y comenzó a llorar. El niño intentaba secar las lágrimas de su padre, pero la tarea resultaba inútil. También él quería llorar, mezclar sus lágrimas con las de su padre, pero no podía. Estaba demasiado trastornado.

El sol se había impuesto sobre la mañana cuando escucharon unos golpes suaves en la puerta. La buena vecina que los había acogido les preguntó si necesitaban algo y si querrían bajar a desayunar. Samuel le dijo a su padre que tenía hambre.

Se levantaron y se asearon antes de reunirse con la familia.

—Os acompañaré al cementerio —se ofreció la mujer—. Supongo que querréis saber dónde los hemos enterrado.

—¿Y tu esposo?

—Ha ido a la imprenta, tiene que seguir trabajando.

—¿El dueño de la imprenta le da trabajo a pesar de todo?

—Hace como si no supiera lo que ha ocurrido, y Moisés es un buen impresor al que paga poco.

—Porque es judío, ¿no? —dijo Samuel.

—¿Cómo dices? —preguntó la mujer.

—Que si le paga poco es porque es judío. A lo mejor si deja de ser judío le pagaría más —insistió el muchacho.

—¡Calla, hijo, calla! No digas eso —le pidió Isaac.

La mujer miró a Samuel y le acarició el pelo, después musitó:

—Tienes razón, sí, eso es, y aun así debemos estar contentos. Estamos vivos y tenemos para comer.

Sintieron frío cuando se acercaron a la tumba donde habían sido depositados los cuerpos calcinados de Sofía, Esther, Anna y Friede.

Isaac cogió un puñado de aquella tierra que cubría los cuerpos queridos y la apretó con fuerza hasta que la dejó escapar entre los dedos.

—¿Están juntos? —quiso saber Samuel.

—Sí, pensamos que era mejor que estuvieran juntos —se excusó la mujer.

—Es lo que hubiesen querido, es lo que querría yo —afirmó Isaac.

—¿A nosotros también nos enterrarán aquí cuando nos maten? —preguntó Samuel con un destello de terror en la voz.

—¡Nadie va a matarnos! ¡Por Dios, hijo, no digas eso! Tú vas a vivir, claro que vivirás. Tu madre no querría otra cosa.

—Es un niño y la pérdida es muy dolorosa —dijo la mujer compadeciéndose de Samuel.

—Pero él vivirá, nadie le hará daño. Esther no me lo perdonaría. —Isaac se echó a llorar mientras abrazaba a su hijo.

La mujer dio unos pasos atrás para dejarlos solos. Ella también había llorado hasta la extenuación. Sentía que el dolor de Isaac y de Samuel era el suyo.

—Nos gustaría quedarnos solos —le pidió Isaac.

La mujer asintió y tras besar a Samuel se marchó. También ella buscaba la soledad cuando acudía a llorar a los suyos.

Isaac se sentó al borde de la tumba acariciando la tierra áspera, como si se tratara de los rostros de su mujer y de sus dos hijos. Samuel se apartó unos pasos y también se sentó en el suelo contemplando a su padre y aquel túmulo de tierra donde su abuela, su madre y sus hermanos yacían para la eternidad.

Sabía que, a pesar de que parecía estar en silencio, su padre estaba musitando una oración. Pero ¿qué podía decirle a Dios?, se preguntó. Quizá la culpa era de ellos por no haber estado en casa para evitar que mataran a su familia. Si hubieran estado entonces sí que habrían podido pedirle a Dios que hiciera algo, pero ¿ahora?

Al cabo de un buen rato, Samuel dijo que le dolía la cabeza, y decidieron regresar ante el temor de que volviera a enfermar.

Pasaron el resto del día rebuscando entre los restos de lo que había sido su hogar.

Samuel encontró las tapas y algunas hojas de la Biblia familiar. Con cuidado intentó colocarlas una a una sabiendo que para su padre era importante aquel viejo libro que antes había sido de su abuelo, y que éste a su vez lo había recibido de su padre, y así hasta unas cuantas generaciones atrás.

Por su parte, Isaac había encontrado en el suelo un par de pañuelos bordados por Esther, con alguna marca de pisadas pero aún intactos. Los pendientes y el anillo de su esposa habían desaparecido de la caja donde los guardaba, aunque sí había hallado su dedal, así como el de Sofía.

Un par de libros conservaban todas sus páginas. También pudieron rescatar los restos de un cuadro en el que aparecía dibujado el rostro sonriente de Esther. Había sido el regalo de bodas de un amigo de la familia aficionado a la pintura. Aquel hombre había captado con fidelidad la delicada belleza de su mujer, sus ojos castaños con reflejos verdosos, el cabello rubio oscuro, la piel blanca, casi transparente.

Isaac estuvo a punto de echarse a llorar, pero evitó hacerlo delante de Samuel. No quería que su hijo lo viera derrotado, de manera que respiró hondo conteniendo las lágrimas mientras con un pañuelo limpiaba lo que quedaba del cuadro. Luego continuó buscando cualquier objeto intacto y que pudiera serles de utilidad o al menos de recuerdo.

—Padre, aquí está tu Biblia. —Samuel le entregó el libro con cuidado—. Había muchas hojas desperdigadas, pero creo que las he encontrado todas.

—Gracias, hijo, algún día esta Biblia será tuya.

—No la quiero —respondió Samuel arrepintiéndose al instante de haberlo dicho.

Se quedaron en silencio. Isaac sorprendido por las palabras de su hijo; Samuel pensando en cómo explicar a su padre por qué no quería aquel libro.

—Me la dio mi padre, y a él se la entregó el suyo, y yo te la daré a ti. Espero que cuando llegue el día no la rechaces.

—No quiero el libro de los judíos porque no quiero ser judío —respondió, con sinceridad, el niño.

—Samuel, hijo, los hombres no elegimos lo que somos, nos encontramos con ello. Tú no has elegido ser judío, yo tampoco, pero es lo que somos y eso no podemos cambiarlo.

—Sí, claro que podemos. Podemos dejar de serlo, se lo diremos a todo el mundo y nos dejarán en paz. Si somos judíos nos matarán.

—Hijo... —Isaac abrazó a Samuel y rompió a llorar. Abrazados, lloraron juntos, hasta sentir que no les quedaban más lágrimas.

A Isaac le dolía la congoja de su hijo, comprendía su desesperación y cómo en su mente infantil ser judío se había convertido en sinónimo de muerte y destrucción. No le reprochaba que quisiera desprenderse de lo que creía que era la causa de la muerte de la familia.

Continuaron buscando entre los restos del que había sido su hogar. Después de buscar por la casa, se acercaron al cobertizo que había servido de almacén para sus pieles. No quedaba nada. Antes de partir hacia Francia había seleccionado el mejor género para vender, aunque había dejado otras piezas con las que comerciar más adelante. La turba se las había llevado.

Le habían despojado de todo cuanto tenía. De su madre, de su esposa, de sus hijos, de su casa, de su negocio. ¿Por qué? ¿Por qué Dios se ensañaba de aquella manera con ellos? ¿Qué mal habían hecho? Se mordió los labios para no dejar escapar ni un gemido. Todo ese mal que habían recibido ¿era sólo por ser judíos? Pero no podía dejarse vencer por el dolor. Samuel estaba a su lado, muy quieto, aferrado a su mano, contemplando lo poco que se mantenía en pie del cobertizo.

«Al menos me queda un hijo», pensó. Apretó aún más fuerte la mano de Samuel. Sí, le quedaba un hijo. Por lo menos él tenía a Samuel y la presencia de su hijo sería su fuerza para seguir viviendo.

Cuando regresaron a casa de sus vecinos, estaban exhaustos.

—¿Qué vais a hacer? —les preguntó Moisés, el hombre que tan generosamente les había acogido.

—Empezar de nuevo —respondió Isaac.

—¿Os quedaréis aquí? —quiso saber el hombre.

—No lo sé, tengo que hablar con Samuel. Quizá sería mejor marcharnos a otra ciudad...

—Lo comprendo. Cada día cuando salgo a la calle pienso que en cualquier momento les puede suceder lo mismo a mis hijos o a mis nietos... A veces el dolor es tan intenso que siento la necesidad de escapar, pero ¿adónde podríamos ir? Nosotros somos viejos, y a pesar de todas las desgracias conservo mi trabajo de impresor. Con lo que me pagan, mi mujer y yo podemos mantenernos. Nosotros no podemos escapar, la vejez nos encadena a este lugar.

Isaac le agradeció a Moisés cuanto hacía por ellos.

—No me lo agradezcas, sabes que mi esposa era amiga de tu madre. Ha llorado a Sofía tanto como a nuestra familia. No hacemos nada que no nos dicte el corazón. No es que dispongamos de mucho, pero lo que tenemos es vuestro, nuestra casa es vuestra casa, quedaos el tiempo que necesitéis.

Aquella noche Isaac preguntó a Samuel si quería que reconstruyeran la casa.

—Podemos levantarla de nuevo. Llevará su tiempo, pero podemos hacerlo. Tengo algo de dinero, en París me pagaron bien las pieles que llevé para vender. ¿Qué te parece?

Samuel guardó silencio. No sabía qué responder. Añoraba su casa, sí, pero su añoranza era algo más que cuatro paredes. Su casa era su abuela, su madre, sus hermanos; si no podía estar con ellos, tanto le daba dónde fueran a vivir.

—¿No quieres vivir aquí? —le preguntó su padre.

—No lo sé… yo… yo quiero estar con madre. —Y rompió a llorar.

—Yo también —musitó Isaac—, yo también, hijo, pero tenemos que aceptar que ya no está. Sé que no es fácil resignarse, a mí me sucede lo mismo. Yo también he perdido a mi madre… la abuela Sofía.

—¿Podemos irnos? —preguntó Samuel.

—¿Irnos? ¿Adónde te gustaría que nos fuéramos?

—No lo sé, a otra parte, a lo mejor con el abuelo Elías…

—¿A París? Me dijiste que no te gustaba demasiado.

—Pero era porque echaba de menos a madre. También podemos ir a Varsovia con el primo Gabriel.

Isaac comprendió que su hijo necesitaba una familia, que él solo no era suficiente para mitigar el dolor de Samuel.

—Lo pensaremos. Estoy seguro de que el abuelo Elías nos acogería de buen grado, lo mismo que Gabriel, pero debemos pensar de qué vamos a vivir, no podemos convertirnos en una carga para la familia.

—¿No puedes vender pieles?

—Sí, pero para eso hemos de estar aquí. Es en Rusia donde se encuentran las mejores pieles, las que quieren las damas de París y Londres.

—¿Y no podrías hacer otra cosa?

—El único oficio que conozco es éste, el que me enseñó mi padre y el que yo te enseñaré a ti. Comprar y vender. Comprar aquí y vender allí donde no tienen lo que nosotros podemos ofrecerles. Por eso todos los años llevo las pieles a París, a Londres, a Berlín... Somos comerciantes, Samuel. Quizá podríamos irnos a otra ciudad. ¿Qué te parece San Petersburgo?

—¿Nos permitirán vivir allí? ¿Conseguirás el permiso?

—Puede ser, Samuel, al menos podríamos intentarlo. En la corte siempre gustan de la moda de París, y en los baúles traemos varias prendas confeccionadas por tu abuelo Elías. No es la primera vez que vendemos pieles a las grandes damas de Moscú y San Petersburgo.

—¿Y yo qué haría?

—Estudiar, debes estudiar; sólo el saber te ayudará a labrarte un futuro.

—Yo sólo quiero estar contigo, a lo mejor podrías enseñarme a ser un buen comerciante...

—Te enseñaré, claro que lo haré, pero después de que estudies y si es eso lo que deseas. Aún es pronto para que sepas lo que quieres.

—Sé que no quiero ser prestamista. Todos odian a los prestamistas.

—Sí, sobre todo los que tienen una deuda que en ocasiones no quieren saldar.

—Yo también odio a los prestamistas. He oído que arruinan a la gente.

—Son los poderosos los que suelen aborrecer a quienes prestan el dinero.

—Ya, pero aun así yo no quiero ser prestamista. Es algo feo.

A la mañana siguiente Isaac habló con Moisés y con su mujer.

—Nos marcharemos dentro de unos días. Intentaré probar suerte en San Petersburgo. Mi padre tenía un amigo que se dedica a la química, y sus remedios son muy apreciados por los aristócratas de la corte imperial. Le pediré que me ayude a obtener un permiso de residencia en la ciudad.

—¿Te vas de aquí? Pero si aún te queda el terreno de la casa, y tu familia yace en el cementerio… —se lamentó la mujer.

—Y siempre los llevaremos en nuestro corazón. Pero ahora tengo que pensar en Samuel. Para él es muy difícil continuar en el lugar donde antes tenía una familia, una abuela, una madre, unos hermanos, y en el que ahora no tiene nada. Debo darle una oportunidad a mi hijo. Yo siento que mi vida está acabada, pero él tiene diez años y toda una vida por delante. Ninguno de los dos olvidaremos nunca, pero tengo que ayudar a mi hijo a superar el dolor que le atenaza. Si nos quedamos aquí será más difícil. Todo le recuerda a su madre.

—Lo comprendo —dijo Moisés—, yo en tu lugar haría lo mismo. Ya te lo dije, dispón de nuestro hogar el tiempo que necesites. ¿Quieres que me encargue de buscar un comprador para el solar de tu casa?

—No, no quiero vender ese trozo de tierra. Será para Samuel, puede que algún día él quiera volver, quién sabe. Pero sí te pido que te hagas cargo del terreno, y si lo deseas puedes utilizarlo como huerto. Te firmaré un permiso para que dispongas de él hasta el día en que Samuel venga a reclamarlo.

Una semana después, Isaac y Samuel dejaron el pueblo subidos a un carro tirado por dos mulas. Llevaban los baúles con las prendas traídas de París. Además, Isaac había guardado dentro de la camisa, pegada a su cuerpo, una bolsa de cuero con el único dinero que les quedaba.

La esposa de Moisés les entregó una cesta con algunos víveres.

—No es mucho, pero al menos no pasaréis hambre hasta llegar a San Petersburgo.

Hacía frío y el aire estaba húmedo. Durante la noche había llovido. Se pusieron en marcha en silencio, sabiendo que en su camino pasarían junto al cementerio. Isaac no quería mirar hacia donde descansaban los suyos. Mantuvo la vista al frente, despidiéndose en silencio de su madre, de su esposa, de Anna y de Friede. Él pudo contener las lágrimas, pero Samuel rompió a llorar. No intentó consolarle, no podía, no hubiera encontrado las palabras.

Al cabo de un rato Samuel se acurrucó a su lado y se durmió. Isaac le tapó con una manta forrada con piel. En el cielo restalló un relámpago seguido de un trueno. Volvía a llover.

Fue un viaje largo y duro en el que Isaac apenas se permitió el descanso. Procuraba que su hijo se mantuviera a cubierto de la lluvia y le había preparado en el carro una suerte de lecho para que estuviera cómodo.

Muchas noches dormían el uno junto al otro dentro del carro porque no se atrevían a pedir techo en algunas de las posadas que encontraban a su paso. El odio hacia los judíos era más patente que nunca y el nuevo zar, Alejandro III, amparaba los pogromos que se habían extendido por todo el imperio. Los periódicos más reaccionarios justificaban esas persecuciones a los judíos como movimientos espontáneos de indignación de la población. Pero ¿indignación de qué?, ¿por qué?, se preguntaba Isaac, y siempre llegaba a la misma conclusión: «No nos sienten como rusos sino como un cuerpo extraño que además les disputa el trabajo». También pensaba que los judíos debían sentirse ante todo rusos y después judíos y no al revés, y sobre todo comportarse como rusos.

De camino a San Petersburgo no fueron pocas las ocasiones en que se preguntaba cómo le recibiría Gustav Goldanski, el amigo de su padre. Cabía la posibilidad de que no quisiera recibirlos, al fin y al cabo apenas le conocía, y por lo que había escuchado contar a su padre, su viejo amigo no es que se hubiera convertido al cristianismo, pero rechazaba comportarse como un judío. Quizá no quisiera recibirlos o acaso se sentiría incómodo por ponerle en el compromiso de tener que hacerlo.

Pero todas estas dudas las guardaba para él, no quería añadir incertidumbre al dolor de Samuel.

Hablaban de San Petersburgo como el final de un camino

donde encontrarían el sosiego que ambos necesitaban y, sobre todo, la oportunidad de comenzar de nuevo.

Llegaron bien entrada la mañana de un ventoso día de otoño. No les costó demasiado encontrar la casa de Gustav Goldanski. Se encontraba en el corazón de la ciudad, en un elegante edificio cuyo portón estaba flanqueado por dos sirvientes. Los miraron con suficiencia, preguntándose cómo aquel hombre con la barba mal recortada y aquel chiquillo que no dejaba de toser se atrevían a pedir que su señor los recibiera de inmediato.

Uno de los sirvientes los retuvo en la puerta y el otro fue a avisar a su señor de la extraña visita.

A Isaac se le hizo eterno el tiempo que estuvieron aguardando a que regresara el sirviente. Samuel parecía asustado.

—Mi señor los recibirá —les anunció el sirviente, que parecía asombrado de que así fuera a suceder.

El otro criado se hizo cargo de las mulas y el carro, igualmente sorprendido de que aquel hombre extraño con un chiquillo pudiera conocer a su señor.

Samuel miraba a su alrededor admirado del lujo de aquella casa. Las sillas tapizadas con brocados de seda, los candelabros dorados relucientes, las espesas cortinas, los muebles delicadamente tallados. Todo le resultaba nuevo y tan fastuoso que le parecía irreal.

Esperaron un buen rato en un salón que tenía las paredes enteladas en seda azul y en el techo un fresco de unas ninfas peinándose junto a un lago de aguas cristalinas.

Gustav Goldanski ya había rebasado por aquel entonces la madurez y estaba más cerca de la ancianidad. Tenía el pelo blanco como la nieve y los ojos de color azul, un azul apagado por el paso del tiempo. Sin ser demasiado alto ni demasiado delgado, tenía cierta apostura. «Es un poco más joven de lo que sería mi padre ahora si aún viviera», pensó Isaac.

—Vaya, no esperaba la visita del hijo de Simón Zucker. Hace

tiempo que no nos veíamos. Os recuerdo de alguna ocasión en que acompañasteis a vuestro padre a San Petersburgo. Sé que el bueno de Simón murió, le envié una carta de condolencia a vuestra madre... Vuestro padre y yo nos conocimos durante un viaje. No sé si os lo contó...

—Sé que os conocisteis en un camino poco transitado, no muy lejos de Varsovia. Vos habíais sufrido un revés, vuestro carruaje había quedado atrapado en la nieve, y mi padre, que viajaba por el mismo camino, os encontró y os ayudó a liberarlo.

—Así fue. Yo regresaba de Varsovia de visitar a mi madre. Era invierno y los caminos eran pistas de hielo y nieve. Las ruedas del carruaje se quedaron enterradas en la nieve, y uno de los caballos se rompió una pata. Fuimos afortunados de que vuestro padre viajara por el mismo camino y nos ayudara, de no ser así habríamos perecido de frío. Le ofrecí mi hospitalidad si algún día venía a San Petersburgo. Aunque nunca quiso alojarse en mi casa, sí me visitó en alguna ocasión y desde entonces entablamos una buena amistad. Éramos muy diferentes, con intereses distintos, pero coincidíamos en que la única manera de acabar con la maldición que nos perseguía a los judíos era asimilarnos en la sociedad donde nos tocaba vivir, aunque vuestro padre creía que sentirse ruso nada tenía que ver con la religión.

—Sí, mi padre me inculcó esa misma idea, aunque a veces no depende de nosotros, sino de los demás.

—¿Creéis que hacemos lo suficiente? No, yo creo que no... Pero perdonadme, aún no os he preguntado el motivo de vuestra visita. Este niño, ¿es vuestro hijo?

Por indicación de Isaac, Samuel tendió su mano a aquel hombre que le sonrió al estrechársela.

—Es mi hijo Samuel, mi único hijo. He perdido a toda mi familia —explicó Isaac con un deje de emoción en la voz.

Goldanski observó al padre y al hijo antes de preguntar por lo sucedido.

—¿A causa de alguna epidemia?

—El odio y la sinrazón tienen el mismo efecto que las epidemias. El asesinato del zar Alejandro II ha provocado la desgracia para los judíos del imperio. Vos sabréis mejor que yo que se han producido ataques violentos contra nuestra comunidad, sobre todo en las Zonas de Residencia, pero también en Moscú y en Varsovia, principalmente en los *shtetls*, donde los judíos estamos asentados ganándonos la vida con nuestro trabajo y esfuerzo.

—Lo sé, lo sé... Desde abril hasta bien pasado el verano han ido llegando noticias terribles sobre los ataques a judíos. Hace tiempo que abandoné la religión de mis antepasados; no es que me haya hecho cristiano, pero tampoco sigo las leyes de Moisés; aun así, me he interesado cuanto he podido para que las autoridades impidan los disturbios, aunque no siempre han atendido mis súplicas. ¿Qué le ha sucedido a vuestra familia?

—Mi casa ya no existe, la quemó una turba enfurecida, y mi madre, mi esposa y mis dos hijos pequeños sucumbieron a aquel incendio.

—Lo siento. Os compadezco.

—He perdido cuanto tenía salvo dos baúles con ropa de abrigo traídos de París, y el dinero de las ventas de pieles obtenido en mi último viaje. Es lo que tengo para empezar de nuevo. Pero sobre todo tengo a Samuel. Es mi única razón para seguir viviendo.

—¿Qué puedo hacer yo?

—No conozco a nadie en San Petersburgo, pero es aquí donde pretendo iniciar una nueva vida y me atrevo a pediros vuestro consejo, que guiéis nuestros primeros pasos por la capital imperial.

—¿Tenéis donde alojaros?

—No, la verdad es que acabamos de llegar, nuestro equipaje está en el carro que dejé en manos de vuestros sirvientes.

—Conozco a una viuda que quizá pueda alojaros, se gana la vida alquilando un par de habitaciones, normalmente a estudiantes. No encontraréis lujos, pero la casa es cómoda y la mujer, de confianza. Su marido me sirvió de ayudante durante muchos años, el pobre murió de un ataque al corazón. Os daré una nota para ella, si tiene alguna habitación libre seguro que os la alquilará sin cobraros demasiado.

—Os lo agradezco, necesitamos un techo y descanso. Llevamos muchas jornadas durmiendo a la intemperie, y como veis mi hijo no deja de toser.

—No soy médico, sólo un químico convertido en boticario. He dedicado buena parte de mi vida a elaborar remedios para la enfermedad y esa tos no presagia nada bueno... Os daré uno de mis jarabes, le aliviará.

—Os lo agradezco.

—Bien, ¿qué más puedo hacer?

—Sois un hombre importante, conocéis a mucha gente en la corte, si pudierais conseguir que vieran la ropa que he traído de París... Son abrigos y chaquetas de pieles, pero confeccionadas al gusto parisino. Puede que alguna dama se sienta interesada...

—Lo haré por la amistad que me unía a vuestro padre. Hablaré con mi esposa, ella sabrá la mejor forma de que vuestros abrigos sean vistos por las damas de San Petersburgo. Ahora esperad un momento mientras os escribo la nota para la viuda de la que os he hablado.

Raisa Korlov los recibió con frialdad hasta que leyó la nota firmada por Gustav Goldanski, entonces les sonrió confiada invitándoles a pasar al salón bien caldeado por el fuego que crepitaba en una amplia chimenea.

—De manera que viene recomendado por el profesor Goldanski... No puede usted traer mejores referencias, pero en este momento no voy a poder alojarles. Tengo una habitación alquilada a un joven que estudia en la universidad y la otra está ocupada por mi hermana, que se ha quedado viuda y la he acogido en mi casa. Es mayor que yo y la pobre mujer no tiene a nadie más en el mundo. No pudo tener hijos, tampoco los he tenido yo. Para mí es un inconveniente porque pierdo el dinero del alquiler, pero ¿qué otra cosa puedo hacer? No sería buena cristiana si la dejara desprotegida. Además me sirve de compañía, yo también me quedé viuda, y siempre es mejor compartir lo que se tiene con alguien de la familia.

Un rictus de desesperanza se dibujó en el rostro de Isaac. Le preocupaba la tos de Samuel, recordaba que Goldanski le había insistido en que el niño necesitaba descanso y calor, además del frasco de jarabe y de las pastillas que le había dado.

—En ese caso, ¿podría usted recomendarme algún sitio donde pueda encontrar acomodo para mí y para mi hijo?

—No sé... no conozco a nadie de confianza... Hay casas, sí, pero no me atrevo a recomendárselas, quizá... bueno, dispongo de otra habitación, pero es muy pequeña, es donde guardo los trastos, y nunca la he alquilado...

—¡Por favor! —suplicó Isaac.

—Es muy pequeña, como le he dicho, y tendría que ayudarme a sacar algunas cosas, hay que limpiarla y acomodarla para que quepan los dos... No sé...

—Le ayudaré a sacar los trastos, le ayudaré en todo lo que usted disponga. Mi hijo está exhausto, hemos hecho un largo viaje. El profesor Goldanski nos aseguró que con usted estaríamos como en casa.

—El profesor siempre me halaga. Bueno, le enseñaré el cuarto y usted decide si se quiere quedar. En ese caso, tendrá que darme tiempo para arreglarlo. Y este niño que se quede aquí, le daré algo de beber para que entre en calor.

Isaac ayudó a la viuda Korlov a sacar del cuarto varios muebles desvencijados. La mujer se afanó en la limpieza y no tardó más de dos horas en tener la habitación arreglada.

Era tan pequeña como la viuda les había advertido. La cama ocupaba casi todo el espacio. Un armario y una mesa con una silla completaban el mobiliario. Isaac le pagó el precio que habían acordado. Dos meses por adelantado.

—Es demasiado pequeña —dijo la viuda deseando escuchar

a Isaac lo contrario, porque bien le venía ese dinero inesperado que ella sabía excesivo para aquel cuarto.

—Estaremos bien, se lo aseguro —respondió Isaac.

La viuda les mostró un cuarto aún más pequeño que servía de aseo comunitario.

—Mi esposo estaba obsesionado con la higiene, el profesor Goldanski le enseñó que muchas enfermedades son fruto de la suciedad, y por eso dispuso que en nuestra casa tuviéramos este lugar donde poder bañarnos. Supongo que querrán asearse después de un viaje tan largo... Eso sí, nada de malgastar el agua.

Isaac respiró tranquilo cuando por fin Samuel estuvo en la cama bien tapado. El niño estaba agotado y no paraba de toser.

La viuda Korlov se había mostrado compasiva, le había servido a Samuel un tazón de leche con un trozo de tarta y había invitado a Isaac a una taza de té.

Se tumbó encima de la cama al lado de su hijo y ambos se quedaron profundamente dormidos. Ya había caído la tarde cuando les despertaron unos golpes en la puerta.

—Señor Zucker... ¿está usted despierto?

—Sí, sí, ahora voy.

—Le espero en el salón...

Isaac se levantó de inmediato, preocupado por el aspecto de su ropa arrugada después de haberse quedado dormido en la cama. En el salón le aguardaba Raisa Korlov y una mujer muy mayor.

—Ésta es mi hermana Alina, ya le he contado que viene usted recomendado por el profesor Goldanski.

—Señora. —Isaac se inclinó al tiempo que tendía la mano a Alina.

Las dos hermanas se parecían. Raisa era más joven, rondaría los cincuenta, mientras que Alina calculó que hacía tiempo que había pasado de sesenta. Pero las dos tenían la misma mirada verdosa, y el óvalo de la cara cuadrado, entradas en carnes, y altas, muy altas.

Raisa le entregó un sobre.

—Lo acaba de traer un sirviente del profesor Goldanski.

—Gracias. —Isaac no sabía qué debía hacer ante la mirada inquisitiva de las dos mujeres.

—He hablado con mi hermana —dijo Raisa como si Alina no estuviera presente— y nos hemos preguntado cómo va a cuidar usted de su hijo... En fin, si quiere, podríamos ajustar un precio para que usted y el niño comieran aquí. Para nosotras será un trabajo añadido, pero...

—¡Oh! Se lo agradezco, nada nos puede convenir más.

—Su esposa ha muerto, ¿verdad? —preguntó Alina, mientras Raisa se estiraba la falda.

—Ya te he dicho que eso es lo que el profesor Goldanski me ha escrito en la nota de recomendación... —la interrumpió Raisa.

Isaac no tenía ningún deseo de dar satisfacción a la curiosidad de las dos mujeres, pero sabía que no tenía otra opción.

—Mi familia murió en un incendio. Mi esposa, mis hijos, mi madre... Samuel y yo estábamos de viaje... No podemos seguir viviendo en el mismo lugar... Por eso hemos venido a San Petersburgo, deseamos comenzar una nueva vida y ustedes son muy amables acogiéndonos con tanta generosidad.

—¡Qué tragedia! ¡Cuánto lo siento! —exclamó Alina, y parecía sincera.

—¡Pobre niño! —se lamentó Raisa—. Perder a una madre es lo peor que a un crío puede pasarle.

—Sí, así es. Además, Samuel está débil, y aunque yo procuro darle todos los cuidados que necesita, echa mucho de menos a su madre.

—Entonces ¿le conviene nuestra oferta?

—Sí, claro que sí, díganme cuántos rublos costaría nuestra manutención...

Cerraron un acuerdo satisfactorio para ambas partes, aunque el dinero de Isaac estaba menguando más rápidamente de lo que había previsto. Pero en algún lugar tendrían que comer, y siempre sería mejor la comida de aquella casa.

Se sometió a las preguntas curiosas de ambas mujeres y en

cuanto pudo pidió permiso para retirarse, estaba impaciente por leer el mensaje del profesor Goldanski.

Samuel se había despertado y le sonrió.

—¡Qué bien he dormido! Estoy mucho mejor.

Isaac le puso la mano en la frente, parecía que le había bajado la fiebre.

—Tienes que asearte un poco, esta noche cenaremos con la señora Korlov y su hermana. Me han dicho que tienen preparada una sopa muy rica, te sentará bien.

Isaac abrió el sobre impaciente y leyó la misiva:

> «He hablado con mi esposa. Intentará ayudaros. Venid a visitarnos el próximo jueves a la hora del té, y traed esos abrigos de los que me hablasteis, es posible que alguna de las amigas de mi esposa se interese por ellos.»

Era lunes, faltaban tres días para la cita, y tendría que sacar los abrigos del baúl, airearlos y arreglar cualquier desperfecto que pudiera encontrar después de un viaje tan largo. Su suerte estaba en aquellos abrigos, si es que lograba que las damas de San Petersburgo se interesaran por ellos.

Isaac pensó que los días que faltaban para acudir a casa de Goldanski se le harían interminables, pero Raisa Korlov se empeñó en mostrarles la ciudad a pesar de que Samuel no se había repuesto del todo.

—Respirar aire puro no le hará daño, eso sí, bien abrigado —insistió la viuda Korlov antes de arrastrarles a uno de sus interminables paseos.

Padre e hijo mostraron su admiración ante el Palacio de Invierno. También se sorprendieron por la belleza de algunas calles que les recordaban a París.

La viuda Korlov se enorgullecía de su ciudad, y presumía de la alegría de sus habitantes.

—El alma de la ciudad son los estudiantes, ellos llenan de risas las tabernas y las calles. Algunos los consideran pendencieros, pero puedo asegurar que son buenos inquilinos y pagan con puntualidad. En diez años sólo he tenido que echar a uno de mi casa.

El otro inquilino de la casa resultó ser un joven serio, de gesto adusto, que pasaba todo su tiempo en la universidad o encerrado en su cuarto, estudiando. No era muy hablador pero se mostraba cortés. La viuda Korlov les había contado que el joven Andréi era hijo de un herrero que estaba sacrificando su escasa fortuna para que su primogénito estudiara una carrera.

Las dos viudas trataban a Andréi con afecto, lo mismo que a ellos; una y otra hacían lo posible para que sus inquilinos se sintieran como en su propia casa.

Fueron también Raisa y su hermana Alina quienes ayudaron a Isaac a colgar en perchas los abrigos y a airearlos; Alina incluso se ofreció a coser un par de forros que se habían descosido.

—Le será más difícil llevarlos en las perchas, pero si los vuelve a colocar en el baúl se arrugarán y olerán a rancio —explicó Alina.

Con la ayuda de Samuel logró colocar los abrigos y chaquetas en el carro. La viuda Korlov le había prestado unas sábanas viejas para que no se mancharan, además la mercancía quedaría tapada y no despertaría la codicia de los ladrones.

Por fin, a las cuatro en punto de la tarde de aquel jueves del invierno ruso, y acompañado por Samuel, se presentó en la elegante mansión de los Goldanski.

En esa ocasión los sirvientes no los recibieron con desconfianza. Tenían órdenes de su amo de acompañarles de inmediato al interior de la casa.

Mientras aguardaban en una sala a que apareciera el profesor Goldanski, Isaac, nervioso, pasaba los dedos por algunas de las pieles que había depositado en las sillas de la estancia.

El corazón le latió con más fuerza cuando apareció Goldanski seguido de una mujer más joven que él.

—Mi esposa, la condesa Yekaterina.

Padre e hijo le hicieron una profunda reverencia impresionados por el título y, sobre todo, por su porte elegante.

«Tiene la piel como la porcelana —pensó Isaac admirando la tez blanquísima de la condesa— y la figura de una jovencita.»

—Conocí a su padre. Siempre fue bien recibido en nuestra casa, y usted también lo es. ¿Este pequeño es su hijo?

—Sí, condesa... Samuel, saluda a la condesa.

Samuel intentó una torpe reverencia, pero la condesa le cogió de la mano obligándole a incorporarse.

—Tienes la edad de mi nieto. Algún día debes venir a jugar con él.

—Bien, querida, examina las prendas de nuestro amigo Isaac antes de hacer pasar a tus amigas.

Isaac contuvo la respiración hasta que la condesa terminó de inspeccionar prenda por prenda.

—Hay abrigos muy bonitos, creo que compraré alguno, estoy segura de que a las damas que ahora mismo aguardan expectantes también les gustarán.

Unos minutos después las amigas de la condesa entraron en el salón. Todas vestían elegantemente, y parloteaban despreocupadas, ansiando ver esas maravillas que les había anunciado la condesa Yekaterina.

La tarde no pudo ser más provechosa. Regresaron a la pensión de las viudas sin una sola prenda. La condesa y sus amigas las habían comprado todas y conminaron a Isaac a que trajera más abrigos de París.

—Incluso telas, encajes, o algún vestido... —sugirieron las señoras, ansiosas admiradoras de la moda de la capital francesa.

De camino a la pensión, Isaac compró unas flores para las viudas. Aquella noche ellas se mostraron más generosas a la hora de servir las raciones de la cena.

San Petersburgo no se les antojaba hostil, a pesar de que los periódicos continuaban publicando artículos contra los judíos. Pero tanto Isaac como Samuel sentían un cierto alivio de no tener que enfrentarse al recuerdo permanente de la desgracia que se había cebado con ellos. Si se hubieran quedado en su *shtetl* próximo a Varsovia no habrían logrado enderezar sus vidas.

No, no podían olvidar a Sofía, ni a Esther, ni a la rebelde Anna, ni al pequeño Friede, pero al menos en San Petersburgo había momentos en que dejaban de pensar en ellos y eso les permitía sobrevivir.

Con la venta de los abrigos Isaac pensaba comprar más pieles que llevaría a París, no sólo para vender, sino también para que monsieur Elías le confeccionara nuevas prendas para traer a San Petersburgo. También pensaba invertir en telas. Si las cosas iban bien, Samuel podría llegar a estudiar en la universidad. Estaba seguro de que el profesor Goldanski le recomendaría, ya que en las universidades había una cuota para la admisión de judíos. La Universidad de San Petersburgo permitía un tres por ciento de alumnos judíos. Pero Goldanski se había hecho un nombre entre las familias ilustres. Sus conocimientos de química y de botánica los había dedicado a la elaboración de medicinas. Esto le había granjeado la animadversión de algunos boticarios, pero la eficacia de sus brebajes era tal que su profesionalidad era respetada incluso entre miembros de la corte, algunos de los cuales se habían empeñado en que el célebre químico pudiera dejar constancia de sus conocimientos en la universidad, adonde era invitado con cierta asiduidad, de ahí que muchos le llamaran profesor.

Los días transcurrían y la vida de Isaac y Samuel cada vez era más apacible. No deseaban más de lo que tenían. Las viudas Korlov los cuidaban con afecto, y Samuel parecía recuperado gracias a las comidas de Raisa y a los jarabes del profesor Goldanski, al que visitaban de cuando en cuando.

—Así que vais a la sinagoga...

—Sí, profesor, quiero que mi hijo no olvide quiénes somos.

—Creía que estábamos de acuerdo en que lo mejor para los judíos era ser de donde vivimos. En nuestro caso, rusos.

—Y así es como pienso, pero ¿por ser rusos hemos de dejar de creer en nuestro Dios? ¿Hemos de renunciar a nuestros libros? ¿Hemos de renunciar a soñar que el año próximo estaremos en Jerusalén? Antes creía que para ser buenos rusos debíamos renunciar a todo esto, pero ahora pienso que podemos ser rusos y judíos sin traicionar a nuestra patria ni a nuestro Dios.

—¡Sueños, palabras, libros! Isaac, la vida es muy corta, no da para mucho. No hace falta exhibir las creencias. Fijaos en mí... Nací en Varsovia, y si no hubiera sido por el empeño de mi padre, no habría pasado de hacer mejunjes en la botica... Vine a San Petersburgo, estudié, me abrí camino, luego conocí a la condesa, me casé... y soy rico. ¿Creéis que habría podido tener una esposa como la condesa si me hubiera empeñado en ser sólo un judío? Ella fue muy valiente enfrentándose a su familia para casarse conmigo. Lo menos que he podido hacer por ella es comportarme como espera de mí.

—¿Y no esperaba que un judío fuera judío? —Nada más hacer la pregunta se arrepintió. Había sido una impertinencia que el profesor, su benefactor, no merecía.

Gustav Goldanski le miró fijamente antes de responder. El brillo de sus ojos mostraba que estaba molesto, pero el tono de su voz no reflejaba ninguna emoción.

—Lo que esperaba era que no fuera diferente, o que al menos no llevara esa diferencia hasta hacer imposible la vida que tenemos. Soy ruso, me siento ruso, pienso en ruso, lloro en ruso, me emociono en ruso, amo en ruso. Hace tiempo que olvidé el lenguaje familiar, aquellas palabras que sólo servían para entendernos entre nosotros los judíos. Llevo a Dios en mi corazón y le pido que se muestre misericordioso conmigo, pero no le honro más por recitar determinadas plegarias o guardar el sabbat.

—La ley de Dios es sagrada —se atrevió a replicar Isaac.

—No estoy seguro de que Dios haya dado instrucciones sobre tantas pequeñas cosas hasta organizar cada hora de nuestras vidas. Creo que espera otra cosa de nosotros. Es más difícil hacer el bien, mostrarse generoso con quien nada tiene, sentir piedad por los que sufren, ayudar a los que lo necesitan… Ésa es la manera en que intento honrar a Dios, y no os diré que siempre lo consigo, soy sólo un hombre.

—No quiero que mi hijo crezca sin saber quién es —respondió Isaac.

—Vuestro hijo es quien es porque ya es, y no es otra cosa que lo que siente en su corazón. No, no os confundáis, no creo que haya que renunciar a ser judío para ser ruso, sólo que aún no hemos sido capaces de encontrar la manera de ser ambas cosas a la vez sin que una parte desconfíe de la otra. Yo he hecho mis renuncias, quizá vos logréis la síntesis. ¡Ojalá!

Se hicieron buenos amigos. Y rara era la semana en que Isaac no se reuniera con el profesor. Les gustaba hablar, discutir, especular.

En alguna ocasión la condesa Yekaterina invitaba a Samuel a compartir los juegos de su nieto. Samuel congenió pronto con Konstantin, que tenía un carácter abierto y generoso como su abuelo.

Gustav Goldanski y la condesa Yekaterina habían tenido un solo hijo, Boris, dedicado a la diplomacia en nombre del zar. Casado con Gertrude, una noble alemana, les habían dado dos nietos a sus padres: Konstantin, el mayor, y la pequeña Katia. Formaban una familia dichosa hasta que la mala suerte se cruzó en el camino de Boris y Gertrude cuando participaban en una carrera de trineos. Sufrieron un accidente en el que Gertrude murió en el acto y Boris, unos días después, dejando huérfanos a Konstantin y Katia, que desde entonces vivían con sus abuelos.

Samuel admiraba al profesor Goldanski. Quería ser como él, adquirir su posición, pero sobre todo tener la valentía de romper con el judaísmo. Isaac atisbaba que para su hijo tenían más valor las opiniones del profesor que las suyas. Le dolía, pero no manifestaba su contrariedad, y en el fondo de su alma lo comprendía. ¿Cómo no admirar a un hombre que todo se lo debía a su talento e inteligencia y que nunca había hecho daño a ningún semejante? No, no podía culpar al profesor Goldanski de la admiración que le profesaba su hijo. Tampoco podía culpar a Samuel de su deseo de romper con la religión de sus mayores. El chico había perdido a su madre y a sus hermanos por ser judíos, y desde su más tierna infancia había sentido que los demás consideraban a los judíos como seres perniciosos a los que mantener apartados. Samuel ansiaba ser como los demás, y eso era lo que el bueno de Gustav Goldanski había conseguido: ser sólo ruso.

Quizá guiado por esa admiración hacia el profesor Goldanski y por la amistad que le unía a Konstantin, Samuel soñaba con poder sortear el destino. Sabía que a pesar del empeño de su padre para que fuera a la universidad, lo más fácil para él sería continuar con el negocio familiar convirtiéndose en tratante de pieles.

Un año después del asesinato del zar Alejandro II, su sucesor, Alejandro III, promulgó los Reglamentos Provisionales, un conjunto de reglas encaminadas a dificultar todavía más la situación de los judíos en el imperio ruso. Esto provocó que muchos judíos comenzaran a pensar en emigrar; algunos pusieron rumbo a Estados Unidos, otros a Inglaterra, otros muchos a Palestina, pero ése no era el caso de Isaac, que se iba defendiendo con el negocio de las pieles.

—Si yo fuera judío me iría de aquí. —La afirmación de Andréi sorprendió a las viudas Korlov tanto como a Isaac y a Samuel.

Las viudas y sus huéspedes se encontraban compartiendo la comida del domingo. Alina había comentado que una familia de judíos que ella conocía había vendido todos sus bienes para marcharse a Estados Unidos, cuando Andréi, que siempre se mostraba cauto, hizo esa afirmación mientras engullía el guiso de carne que Raisa había preparado.

—¿Por qué? —quiso saber Alina.

—Porque aquí no los quiere nadie, los rusos no somos ciudadanos, pero ellos... aún son menos que nosotros —afirmó Andréi.

—¡Andréi! ¿Cómo dices esas cosas? Si alguien te oyera... —le recriminó Raisa.

—¡Oh! Ya me cuido de no decir lo que no debo, pero me sorprende que el bueno del señor Isaac se conforme con las migajas que recibe de nuestro imperio —dijo mientras pasaba su mirada de Isaac a Samuel.

—¡Madre Santísima! ¡No digas esas cosas! —Raisa parecía asustada.

—Lo siento, señora Korlov, tiene razón, no debería haber dicho nada —se disculpó Andréi.

—¿Por qué no? A mí sí me interesa conocer tu opinión —terció Alina Korlov.

—¡Sólo faltabas tú, hermana! Hay cosas de las que no se debe hablar, y entre ellas está criticar a nuestro gobierno. No permitiré que nadie diga nada inconveniente —afirmó Raisa, enfadada.

—A nosotros no nos molestan las opiniones de Andréi —afirmó Isaac en un intento por mostrarse conciliador.

—A quien le molestaría es al mismísimo zar si pudiera escucharle. No quiero que nadie hable de política en esta casa. Te tenía por una persona prudente —dijo Raisa mirando fijamente a Andréi.

—Siento haberla disgustado, no volverá a pasar.

Andréi se disculpó y solicitó el permiso de Raisa para levantarse de la mesa y retirarse a su cuarto a estudiar.

La viuda Korlov se lo dio con evidente mal humor.

—Alina, no deberías introducir temas de conversación que susciten problemas —dijo Raisa mirando a su hermana mayor.

—¿Es que ni siquiera podemos hablar con confianza entre las paredes de esta casa? La Ojrana no tiene oídos aquí —respondió Alina.

—La Ojrana tiene oídos en todas partes. Bastante nos significamos ya teniendo a judíos entre nuestros huéspedes —respondió Raisa sin darse cuenta del rictus de amargura que afloraba en el rostro de Samuel.

Isaac permanecía en silencio mientras las dos hermanas discutían. Temía que la conversación transcurriera por unos derroteros que pudieran perjudicar a su hijo y a él mismo. En los últimos días había notado más nerviosa a Raisa. Los Reglamentos Provisionales decretados por el gobierno del zar Alejandro III habían mermado ya de por sí los escasos derechos de los judíos, a los que ahora se podía expulsar de sus lugares de residencia sin motivo alguno, además de poner mayores dificultades a su acceso a la educación en las universidades e incluso prohibirles el ejercicio de algunas profesiones. Pero a pesar de todo esto, Isaac se sentía seguro bajo la protección de Gustav Goldanski y prefería no hacerse notar en exceso e ir sobreviviendo.

Aquella noche, de regreso a su cuarto, Samuel preguntó a su padre si ellos también se irían a Estados Unidos.

—Nosotros no, estamos bien como estamos. ¿Cómo podría ganarme la vida allí?

—Pero Andréi ha dicho que los judíos cada día valemos menos... Yo también he escuchado que el zar nos odia, y algunos compañeros de la escuela murmuran sobre lo que está pasando... Padre, ¿por qué no dejamos de ser judíos de una vez por todas?

Isaac volvió a explicar a su hijo que la indignidad estaba en quienes perseguían a los judíos por su condición religiosa y que debía aprender a respetar el derecho de cada hombre a creer en su Dios y decir sus oraciones como sus padres les habían enseñado a hacerlo.

—A tu madre no le gustaría oírte hablar así. ¿Has olvidado cuanto te enseñó?

—La mataron por ser judía —respondió Samuel intentando contener las lágrimas.

Su padre no respondió, lo abrazó fuerte y le acarició el pelo, luego le mandó que se acostara, pero Samuel no podía dormir.

—Sé que en Estados Unidos también hace frío, necesitarán pieles como aquí. Podrías vendérselas.

—No es tan fácil..., desconozco cómo funciona allí el negocio de las pieles. Tampoco conocemos a nadie. No, no iremos; no voy a exponerte a más calamidades. Es cierto que en Rusia a los judíos apenas nos toleran, pero al menos nosotros hemos encontrado el amparo del profesor Goldanski y ahora las cosas nos van bien, no podemos quejarnos. Lo único que debemos hacer es mostrarnos prudentes y no hacernos notar.

—Padre, ¿tienes miedo?

Isaac no supo qué responder a la pregunta de Samuel. Sí, tenía miedo. Miedo a lo desconocido, a no poder proteger a su hijo. Aún tenía edad para emprender una nueva vida, estaba en la mitad de la treintena, pero no quería arriesgarse.

—Cuando seas mayor comprenderás que quedarnos aquí fue una buena decisión. Somos rusos, Samuel, y extrañaríamos nuestra patria.

—Somos judíos, eso es lo que somos, así es como nos ven los demás.

—Somos rusos, hablamos, sentimos, sufrimos como rusos.

—Pero no rezamos como rusos y tú mismo, padre, te empeñas en que no olvide el yiddish y me obligas a acudir a la sinagoga para que el rabino me enseñe hebreo —replicó Samuel.

—Sí, y también insisto en que aproveches las clases de inglés y de alemán. Algún día, Samuel, a nadie le preguntarán en qué cree o a quién reza, y todos los hombres seremos iguales.

—¿Cuándo será eso?

—Algún día... ya lo verás.

—Eso es lo que dice el abuelo Elías.

—Y tiene razón. Ahora duerme.

Fueron sorteando los años con la protección de Gustav Goldanski.

Isaac viajaba una vez al año a París, en cuanto asomaba la primavera. Siempre acompañado por Samuel, para complacer a su abuelo Elías.

El hombre no había logrado recuperarse de la pérdida de su hija Esther y suplicaba a Isaac que se quedaran a vivir con él en París, pero Isaac siempre rechazaba la petición de su suegro.

—¿Y de qué íbamos a vivir? No, no sería justo convertirnos en una carga. Cada hombre tiene que labrarse su destino, y el nuestro está en Rusia, somos rusos, aquí seríamos extranjeros.

—Pero en Rusia también somos extranjeros —respondía Samuel—, allí somos menos que nada.

No es que Samuel quisiera dejar San Petersburgo. Había llegado a amar aquella ciudad más que ningún otro lugar del mundo, pero sus sueños estaban repletos de sobresaltos, de miedo, del rostro de su madre ensangrentado, de sus hermanos gritando. De manera que su corazón estaba dividido entre el deseo de emular a Gustav Goldanski y la tranquilidad que respiraba en París al abrigo de su abuelo Elías. También fantaseaba con Estados Unidos. Uno de sus mejores amigos había emigrado con su familia a aquel lejano país.

Fue durante esos viajes a Francia cuando empezó a tomar conciencia de las ideas de Karl Marx y de un ruso preeminente, Mijaíl Bakunin; ambos ya habían muerto, pero habían sembrado sus ideas por toda Europa.

Elías le prestaba los escritos de estos hombres, y no era extraño que algunos amigos de su abuelo se enzarzaran en largas discusiones en la trastienda del taller. Unos defendían las ideas de Karl Marx, otros se declaraban fervientes partidarios de Bakunin, y a pesar de que unos y otros defendían la igualdad, a tenor de la violencia de sus disensiones saltaba a la vista que sus posiciones eran irreconciliables. Y allí en aquella trastienda Samuel fue recibiendo una inopinada educación política en torno al socialismo y el anarquismo.

Con el paso del tiempo comprendió que tanto su abuelo

como su padre simpatizaban con Marx aunque procuraban mantener sus ideas ocultas a ojos de los demás.

Aquellos veranos en la casa de su abuelo también sirvieron para que no olvidara el francés, la lengua de su madre. También fue en París donde se enamoró por primera vez, apenas recién cumplidos los dieciséis años. Brigitte tenía dos largas trenzas del color del trigo y unos enormes ojos castaños que le dejaban paralizado cuando le miraban. Trabajaba en la panadería de su padre, a una manzana del taller del abuelo Elías. Samuel siempre insistía en encargarse de comprar el pan.

Un mostrador de latón le separaba de Brigitte, a la que observaba junto al horno con las mejillas teñidas de harina.

Nunca intercambiaron más que sonrisas, pero Samuel sentía que se le aceleraba el corazón cada vez que la veía.

Sin embargo no fue sólo él quien se enamoró. Una tarde en la que el abuelo Elías le pidió que lo acompañara a llevar unos abrigos a la esposa de un abogado que vivía en la orilla derecha del Sena, tropezaron inesperadamente con Isaac. Estaba acompañado de una mujer de mediana edad con la que parecía compartir una gran intimidad puesto que iban agarrados del brazo. Hablaban y reían, parecían felices, aunque el gesto de Isaac cambió bruscamente cuando se dio de bruces con su hijo y con su suegro, que le creían visitando a unos clientes.

Ante la mirada inquisitiva de Elías y el asombro de Samuel, Isaac no pudo ocultar su nerviosismo.

—¡Samuel!

—Hola, padre…

—Isaac… —acertó a murmurar el abuelo Elías.

Después de unos segundos en silencio, fue la mujer quien comenzó a hablar.

—Así que tú eres Samuel. Tenía muchas ganas de conocerte, tu padre no deja de hablar de ti. Está muy orgulloso por lo mucho que estudias, dice que llegarás muy lejos. Y supongo que usted es monsieur Elías. Es un honor saludarle, sé que no sólo es el mejor peletero de París, sino un buen hombre.

La mujer les sonrió y tanto Samuel como el abuelo Elías se sintieron desarmados por aquella sonrisa franca.

—¿Y usted es?... —comenzó a preguntar el abuelo Elías.

—Marie Dupont, soy modista, trabajo para la tienda de monsieur Martel, allí conocí a Isaac.

Marie no era guapa, aunque tenía un rostro agradable. Había que mirarla dos veces para encontrarla atractiva, ya que a simple vista el cabello castaño, los ojos castaños y la figura ligeramente rellena no eran ningún reclamo. Fue ella la que logró con su charla que los hombres se sosegaran.

Cuando Elías se excusó por tener que marcharse para entregar los abrigos que llevaba, Marie propuso acompañarlos, y así los cuatro pasaron buena parte de la tarde recorriendo París. Al llegar la hora de despedirse, Marie volvió a sorprenderlos cuando los invitó a merendar el domingo siguiente.

—Vivo con mi madre en el Marais, nuestra casa es humilde, pero nadie hace las tartas de manzana como ella.

No se comprometieron a ir pero tampoco rechazaron la invitación. Una vez Marie se hubo marchado, Isaac intentó explicarse ante su suegro y su hijo.

—Marie es una buena amiga, nada más.

—Yo nada te he preguntado —respondió el abuelo Elías sin ocultar por más tiempo su enfado.

Cuando por fin llegaron a casa, Elías se encerró en su habitación y no quiso salir para cenar. Isaac y Samuel cenaron mano a mano, al principio en silencio.

—Padre, ¿por qué se ha enfadado el abuelo?

—Supongo que por Marie —respondió Isaac con sinceridad.

—Es... es... bueno, ¿vas a casarte con ella?

—No voy a casarme con nadie; lo que he dicho es cierto, Marie es una buena amiga, nada más.

—Pero iba agarrada de tu brazo —respondió Samuel.

—Sí, así es, pero eso no supone que vayamos a casarnos. Cuando seas mayor lo comprenderás.

A Samuel le irritaba esa manía de su padre de que sólo en el futuro podría entender las cosas del presente, por eso se atrevió a replicar:

—Quiero comprenderlo ahora.

—Aún eres muy joven —respondió Isaac zanjando la conversación.

Pasaron los días y Elías apenas dirigía la palabra a Isaac. Samuel comenzó a sentirse angustiado por la incomodidad que separaba a su padre y a su abuelo. Durante la cena del sabbat, Samuel se atrevió a preguntar qué les pasaba, pero no obtuvo respuesta.

—Ya no me gusta estar en París —dijo de pronto.

—¿No te gusta? ¿Y desde cuándo es eso? —preguntó Elías.

—Desde que padre y tú estáis enfadados. Apenas habláis. Estamos los tres tristes. Quiero volver a San Petersburgo.

—Sí, será lo mejor. En realidad estoy a punto de terminar mi trabajo aquí, y el verano se está acabando —afirmó Isaac.

Se quedaron en silencio sin ganas de terminar la cena. Iban a levantarse de la mesa cuando Elías les hizo un gesto con la mano.

—Samuel tiene razón, es mejor que nos sinceremos. Sé que no tengo derecho a inmiscuirme en tu vida, aún eres un hombre joven, pero el recuerdo de Esther me empaña la razón. Era mi hija, mi única hija, y nunca me recuperaré de su pérdida.

—Esther era mi esposa, la madre de Samuel. ¿Acaso cree que la hemos olvidado? No hay un solo día que no rece a Dios por ella y sé que nos encontraremos en la Eternidad. Nunca la traicionaría, nunca.

—Abuelo, ¿por qué te parece mal que Marie paseara cogida del brazo de mi padre? A mí no me importa, sé que por eso no ha dejado de querer a mi madre. Mi padre querrá a mi madre, a mis hermanos y a mí siempre, siempre. Nadie puede sustituir a madre, nadie. Mi padre jamás lo haría.

—Así es —aseguró Isaac.

—Lo siento, siento haber provocado este malestar, yo… sé

que no tengo derecho a hacerte ningún reproche, pero ver a esa mujer de tu brazo fue... fue como si estuvieras traicionando a Esther.

—Pero no lo estaba haciendo. Sólo paseaba con una amiga, nada más. No mentiré respecto a Marie. Es una buena mujer, amable y sincera a la que ha maltratado la vida. Su padre enfermó cuando ella era una niña, y tuvo que cuidar de él y de su hermano pequeño mientras su madre buscaba sustento para toda la familia. Desgraciadamente, su hermano contrajo las fiebres y murió pocos meses antes que su padre. No ha querido dejar a su suerte a su madre y ha rechazado algunos pretendientes. Se gana la vida honradamente, cosiendo, y su madre hace tartas que vende por el barrio. No tiene nada que reprocharse, ni tampoco yo. Es verdad que de cuando en cuando buscamos momentos para pasear y hablamos de nuestras desgracias, de lo que la vida nos ha deparado, pero ambos sabemos que no compartiremos ningún futuro; mi vida está en San Petersburgo, la suya en París, pero aun así disfrutamos del tiempo que pasamos juntos. ¿Debemos avergonzarnos por ello?

—¡Claro que no! —exclamó Samuel antes de que respondiera su abuelo.

—Tienes razón. A veces el mal está en los ojos del que mira y no en lo que ve. Perdóname, perdóname también tú, Samuel.

Al día siguiente, Samuel dijo que quería ir a casa de Marie a probar la tarta de manzana que les había prometido. Elías se disculpó por no acompañarlos, pero al despedirse de ellos les deseó que disfrutaran de una buena tarde.

La buhardilla que Marie compartía con su madre en la plaza de los Vosgos era pequeña pero estaba limpia y ordenada y olía a manzanas.

Las dos mujeres se desvivieron para que Isaac y Samuel se encontraran como en casa y, al caer la tarde, cuando se despidieron lo hicieron prometiendo volver.

Elías los recibió interesándose por cómo había ido la merienda, y a Samuel le tranquilizó que su abuelo se mostrara como siempre.

Con el tiempo, él mismo llegó a apreciar a Marie, a la que veían todos los veranos, e incluso el abuelo Elías terminó aceptando de buen grado a aquella mujer que no buscaba más que lo que le pudieran dar, aunque Samuel siempre sospechó que las defensas de su abuelo se habían derrumbado porque Marie sabía leer, y no sólo eso, también manifestaba simpatía por los que defendían la emancipación de quienes, como ella, nada tenían. Además, el abuelo Elías apreciaba las prendas que Marie cosía primorosamente para la tienda de monsieur Martel.

Cuando estaba a punto de expirar el verano, Isaac y Samuel regresaron a San Petersburgo cargados de baúles con los abrigos del abuelo Elías y con un buen número de vestidos y otras prendas femeninas cosidas por Marie que Isaac estaba seguro de que, con la ayuda de la condesa Yekaterina, vendería a buen precio entre las damas de la corte del zar.

Ni Isaac ni Samuel habían sentido necesidad de buscar otro alojamiento que no fuera la casa de la viuda Korlov a pesar de lo pequeña que era la habitación. Tanto Raisa como su hermana Alina los trataban ya como si fueran de su propia familia.

Fue a Raisa a quien se le ocurrió bajar de la buhardilla dos viejas camas, aún en buen estado, para sustituir a la que hasta entonces habían compartido padre e hijo.

—Es hora de que Samuel tenga su propia cama —dijo un día ordenando a Isaac que la acompañara a la buhardilla.

Y de Alina también fue la idea de que el chico estudiara en el salón que permanecía vacío hasta la hora de la cena, ya que las dos mujeres preferían el calor de la cocina.

—Cuando Andréi se marche podréis cambiar de cuarto —les prometió Raisa.

Pero Andréi no parecía dispuesto a dejar la casa. Estaba terminando sus estudios de botánica y ganaba un dinero extra ayudando en los ratos libres en la biblioteca de la universidad. Le pagaban poco, apenas para poder mantenerse y no depender de su padre, que tan orgulloso estaba de su hijo.

Samuel simpatizaba con Andréi y cuando nadie les oía hablaban de política. No tardó en descubrir que el universitario era un fiel seguidor de las teorías marxistas, aunque no se atrevió a decirle que él mismo había leído el *Manifiesto comunista.*

Isaac le había conminado a ser prudente y no dejar entrever sus ideas políticas.

—Ten cuidado, recuerda que a tu madre la mataron porque acusaron a los judíos de estar detrás del asesinato del zar Alejandro.

Pero Samuel solía ser menos prudente de lo que a Isaac le hubiera gustado, y al poco de entrar en la universidad para estudiar química, empezó a frecuentar a otros estudiantes que como él soñaban con un mundo sin clases sociales.

Fue gracias a Gustav Goldanski que Samuel pudo ingresar en la universidad. Quería convertirse en boticario, pero el profesor Goldanski le convenció para que estudiara química.

—Si eres químico serás farmacéutico, pero si sólo eres farmacéutico, no serás químico, y quién sabe lo que la vida puede depararte —le dijo.

De manera que siguió su consejo dispuesto a convertirse en químico. No habría querido estudiar ninguna otra cosa, tal era la admiración que sentía por su benefactor. Aunque el profesor ya estaba retirado, continuaba encargándose de la elaboración de medicinas para algunos de sus amigos más íntimos. En alguna ocasión su nieto Konstantin y Samuel le habían asistido en el laboratorio que tenía en unas dependencias anejas a su mansión. A Samuel le fascinaba ver al profesor poner las plantas a macerar, cómo las mezclaba con líquidos que a él le parecían casi mágicos, obteniendo destilados que luego convertía en jarabes o en pastillas con los que aliviar las dolencias. Konstantin no sentía demasiado interés por esta actividad de su abuelo y se limitaba a ayudar en lo que éste le pedía y poco más, pero Samuel no dejaba de hacerle preguntas, fascinado de que aquellos destilados sirvieran para curar.

—Siempre me han interesado los elementos curativos. Los médicos diagnostican pero luego se necesitan medicinas para aliviar la enfermedad. Podría haberme dedicado a otras ramas de la química, sin duda más provechosas para mi fortuna, pero sentía fascinación por los resultados que se pueden obtener de la alianza de la química con la botánica. No he dejado de experimentar ni un solo día de mi vida, aún hay tanto por descubrir...

En cuanto podía, Konstantin se escapaba del laboratorio de su abuelo, pero Samuel se quedaba con el profesor y le escuchaba durante horas, un tiempo que se le hacía corto.

También su padre mostraba gratitud hacia el viejo profesor.

—No sé cómo agradeceros lo que habéis hecho por nosotros; mil años que viviera no serían suficientes para pagar la deuda que tengo con vos y vuestra familia —decía Isaac a su benefactor.

—¿Sabes?, hacer el bien a los demás sobre todo le hace bien a uno mismo. A mí me permite pensar que el día en que comparezca ante Dios, me perdonará todas mis faltas a cuenta de lo que haya podido hacer de bien a mis semejantes.

—Sé que hacéis lo que os dicta el corazón.

—Sobre todo lo que me manda mi nieto Konstantin. Nunca me perdonaría no poder compartir la universidad con su mejor amigo, tu hijo. Ya verás, se convertirán en hombres de provecho. No niego que me habría gustado que mi nieto hubiera seguido mis pasos, pero él prefiere dedicarse a la diplomacia como su padre, mi querido Boris. De manera que me satisface poder transmitir a tu hijo algunos de los conocimientos adquiridos a lo largo de mi vida. Y tiene talento, te lo aseguro, es audaz a la hora de experimentar.

»Quién sabe, puede que incluso un día emparentemos, mi buen Isaac. ¿Te has fijado en el brillo de los ojos de mi nieta Katia cuando Samuel nos visita?

—No me atrevo a soñar. Doy gracias al Todopoderoso por teneros como amigo. Habéis hecho más de lo que un padre hace por un hijo.

Gustav Goldanski murió aquel primer invierno en que Samuel comenzó a estudiar en la universidad. El viejo profesor no pudo vencer una neumonía que él mismo había intentado curarse. Para Isaac fue como perder a un padre.

—No sé qué haremos sin él —susurró en el entierro mientras luchaba por no derramar más lágrimas.

—Se lo debemos todo —respondió el joven Samuel, que también sentía un vacío insoportable.

Los días que siguieron a la muerte de Gustav Goldanski, Samuel pasó muchas horas junto a Konstantin. Su amigo se había convertido en el jefe de la familia Goldanski, aunque contaba con la presencia y el consejo de su abuela, la condesa Yekaterina.

—Nada cambia. Serás diplomático al servicio de Rusia y del zar, es el mejor homenaje que puedes rendir a tu padre y a tu abuelo, y tú, Samuel, no debes preocuparte, cuentas con mi protección, es lo que querría mi esposo.

Tanto Konstantin como Samuel se sintieron huérfanos. Ambos habían tenido a Gustav Goldanski como ejemplo, y pensaban que no había habido mejor hombre que él. Durante unos meses guardaron el duelo debido, y no solían salir de casa, pero luego comenzaron a ampliar su círculo de amigos. Para su sorpresa conocieron a jóvenes que defendían ideas encaminadas a acabar con el régimen. No es que no estuvieran de acuerdo en que Rusia necesitaba un gobierno menos opresivo, pero jamás habrían imaginado que hubiera quienes defendían la necesidad de una «revolución» que acabara incluso con la monarquía.

Samuel sentía cierta fascinación por las ideas socialistas, pero se guardaba de manifestarlo y huía de tener relación con otros jóvenes que se decantaban por las teorías de Mijaíl Bakunin. Eso sí, tanto Konstantin como él leían cuantos libros prohibidos caían en sus manos, pero hasta ahí llegaba su rebeldía.

—Bakunin da un paso más que Marx —argumentaba Konstantin a Samuel— y defiende como necesaria la supresión del Estado. Mientras haya Estado no habrá libertad. ¿Tú qué crees?

Samuel rechazaba el bakunismo. Defendía un Estado con orden.

—Las ideas de Bakunin no llegarán a cuajar, provocarían el caos. El pueblo quiere que las cosas cambien pero necesita una dirección.

Le sorprendía que Konstantin defendiera la necesidad de un cambio, que le conmoviera la pobreza de los campesinos, que se indignara por la carencia de libertad.

No tenía claro qué pensaría si él hubiese sido el nieto de Goldanski... si fuera a heredar su nombre y fortuna, su posición social.

—¿Te das cuenta de que si algún día triunfa el socialismo te quedarías sin tu herencia?

—Entonces tendría que demostrar mi valía. A veces pienso que no es justo que unos tengamos tanto y otros tan poco. Lo que mi abuelo ha ganado con su esfuerzo no debería ser mío. Además, tenemos demasiado. ¿Crees que necesitamos todo lo que poseemos? No, claro que no. Tú compartes una habitación con tu padre en la que apenas podéis moveros; yo vivo en un palacio con vistas al Báltico. La buena de Raisa Korlov te remienda las camisas; yo nunca he tenido una prenda con remiendos. ¿Por qué he de tener más que tú? ¿Qué he hecho para merecerlo? Somos iguales e iguales deberíamos vivir y lo mismo deberíamos tener.

—Sí, eso es lo que defiende Marx, pero no deja de ser una utopía —respondió Samuel admirando la calidad humana de Konstantin.

—Bueno, en cualquier caso, aunque quisiera no podría renunciar a lo que tengo. Mi abuela no me lo perdonaría y además soy responsable de mi hermana Katia. En realidad sólo puedo desear que el zar se dé cuenta de que debe hacer cambios en beneficio del pueblo, un pueblo que le adora y le es leal.

A pesar de sus palabras, Konstantin era un fiel súbdito del zar y no dejaba de actuar y comportarse como el aristócrata que era, aunque no se mostraba inmune a las nuevas ideas que habían ido filtrándose en Rusia.

Entre los amigos de Samuel también se encontraba otro joven judío, Josué Silvermann, al que había conocido al poco de llegar a San Petersburgo. El abuelo de Josué era rabino y se encargaba de enseñarle hebreo. Isaac se había empeñado en que su hijo no olvidara que era judío, de manera que todas las semanas acudían a casa del rabino, donde había terminado intimando con su nieto Josué.

La familia Silvermann, al igual que los Goldanski o que Isaac y Samuel Zucker, provenía del zarato de Polonia, aunque llevaban unas cuantas décadas asentados en San Petersburgo.

Al contrario que Konstantin y Samuel, el joven Josué era más religioso, e intentaba cumplir con rigor los preceptos del judaísmo.

—Si no acudiera a la sinagoga ofendería a mi abuelo —se disculpaba con sus amigos.

Pero a pesar de su religiosidad, Josué compartía con ellos el anhelo de un cambio profundo en Rusia, aunque rechazaba tanto las ideas de Bakunin como las de Marx.

—Suenan bien las ideas del socialismo, pero ¿adónde nos conducirían? Me da miedo ver a algunos de nuestros amigos manifestarse sin ninguna duda. No sé, pero a veces percibo en ellos el ardor del fanatismo.

—¿Y de qué habría que dudar? —le preguntó Samuel a Josué—. ¿Acaso tú dudas de las cosas en las que crees?

—De lo único que no dudo es de Dios —respondió Josué.

—¡Pero si no te apartas de ninguno de los preceptos de nuestra religión, incluso de los más absurdos! A eso es a lo que yo llamo fanatismo —le reprochó Samuel.

—Dejemos las cosas de Dios a un lado. Dime, ¿acaso te has vuelto socialista? —le preguntó Josué.

—Creo que hay mucha razón en lo que defienden —respondió Samuel.

Solía ser Konstantin quien ponía paz entre Josué y Samuel.

Aunque los tres jóvenes eran inseparables, sus elecciones académicas fueron distintas: Samuel había optado por convertirse en químico, Konstantin en diplomático, y Josué estudiaba botánica para no defraudar a su abuelo. Aun así, siempre encontraban tiempo para estar juntos, lo que complacía a Isaac, convencido de que el nieto del rabino terminaría inculcando algún sentimiento religioso a Samuel.

Isaac se preocupaba cuando Samuel le contaba las conversaciones con sus amigos. Él también soñaba con una sociedad sin clases, sin embargo temía dar un solo paso para conseguirlo. Había perdido demasiado, madre, mujer y dos hijos, como para arriesgarse a perder a Samuel.

Una tarde, cuando Samuel salía de la universidad, se encontró con Andréi acompañado por otro hombre.

—Éste es mi amigo Dimitri Sokolov —dijo a Samuel a modo de presentación.

A Samuel el rostro del hombre le resultaba familiar. Alto, grueso, con una espesa barba negra salpicada de hebras blancas, y el cabello casi gris. Su aspecto resultaba imponente, y sus ojos parecían capaces de taladrar el alma de cualquiera que tuviera enfrente.

—Le habrás visto por la universidad.

—Sí, claro que sé quién es, he oído hablar de él. —Samuel recordó que Sokolov en realidad no era profesor sino el más antiguo de los ayudantes del bibliotecario, pero tenía gran predicamento entre algunos de los jóvenes que se atrevían a defender que Rusia necesitaba una revolución. Sabía que Sokolov también era judío, y aunque hacía tiempo que había roto con la religión, se rodeaba de los pocos estudiantes judíos que había en la universidad. Por un momento le extrañó que Andréi fuera amigo de Sokolov, pero no lo dijo.

—También yo sé quién eres tú —repuso Sokolov desconcertando a Samuel.

—Pero si yo no soy nadie…

—En la universidad hay muchos ojos y muchos oídos, no

sólo los de la Ojrana... Además de nuestro común amigo Andréi, otras personas me han hablado de ti. Dicen que eres un joven valiente, con deseos de cambiar las cosas, aunque algunos piensan que eres demasiado cauto y eso no nos conviene.

—¿Convenir? ¿A quién no le conviene que yo sea como soy?

—Andréi me ha dicho que simpatizas con nosotros.

—¿Con quiénes? —preguntó Samuel desconfiando del giro de la conversación.

—Somos muchos, más de los que supones, los que queremos cambiar las cosas. Rusia se está muriendo. Los aristócratas mantienen a nuestro país en el pasado. Somos poco más que siervos en un país de siervos. ¿No crees que ha llegado el momento de hacer algo?

Samuel no sabía si dejarse llevar por el entusiasmo que en ese momento sentía o por la prudencia que tantas veces le aconsejaba su padre. Optó por guardar silencio.

—Le he asegurado a Sokolov que podemos confiar en ti, de manera que si quieres acompañarnos... Vamos a una reunión con otros camaradas, a algunos ya los conoces..., pero la decisión es tuya. Si vienes no habrá vuelta atrás, no podemos admitir entre nosotros a nadie que no esté seguro de compartir nuestros ideales.

—No me habéis encontrado por casualidad...

—No, ha sido cosa mía. Llevo tiempo insistiendo a Sokolov que te permita unirte a nosotros. Sé cómo piensas, hemos hablado mucho sobre lo que Rusia necesita. Esto no puede durar eternamente y o bien se está con nosotros, o bien contra nosotros.

—Andréi responde por ti. ¿Estás preparado? —preguntó Sokolov.

—No lo sé... No sé qué es lo que se espera de mí, qué es lo que debo hacer...

—Lo irás viendo si te unes a nuestra causa. Sólo debes tener claro que nos jugamos la vida en caso de caer en manos de la Ojrana... Pero ¿no crees que merece la pena arriesgarse por la libertad y la justicia? —El rostro de Sokolov había adquirido un tinte rojizo, como si le ardiera la piel.

—Iré con vosotros.

Desde aquella tarde, Samuel formó parte del grupo de Sokolov, cuya actividad se centraba en largos debates sobre los derechos de los campesinos, de los trabajadores, de los judíos. En ocasiones, Samuel sostenía agrias discusiones con quienes defendían la necesidad de pasar a la acción. Él se negaba en redondo a nada que tuviera que ver con la violencia.

—Todos seremos iguales. No habrá diferencias entre los hombres. Aboliremos las religiones —escuchó que repetía Sokolov en aquellas reuniones. Y de todas las promesas, la de abolir la religión era la que más entusiasmaba a Samuel.

Seguía sin resignarse a ser judío, a llevar aquella carga que se le antojaba excesivamente pesada porque los demás le hacían sentir diferente. Ahora encontraba la oportunidad de que en la nueva sociedad que iban a construir ningún hombre sería diferente a otro hombre. Los judíos podrían vivir como los cristianos, y a ambos se les conminaría a ser libres despojándose de la religión que sólo hacía que obnubilar la razón de los hombres.

Les contó a Konstantin y a Josué que se había unido al grupo de Sokolov y les invitó a que ellos también lo hicieran.

—Tú eres medio judío y también te muestras favorable a que cambien las cosas —dijo Samuel intentando convencer a su amigo.

—Y así es, pero sois unos ingenuos si creéis que las ideas de Marx o de Bakunin pueden triunfar en Rusia. Además, algunos de tus nuevos amigos no me gustan, hablan como fanáticos.

—¿Fanáticos? Josué, tú conoces a Andréi, ahora se gana la vida dando clases a estudiantes rezagados. ¿Te parece un fanático?

—Yo apenas he tratado con Andréi, salvo cuando le he encontrado en tu casa. No tengo una opinión sobre él —respondió Josué.

—A Sokolov le gustaría conoceros —insistió Samuel.

—Amigo mío, una cosa es discutir sobre ideas y otra convertirnos en conspiradores. Yo no puedo permitírmelo. Dejémoslo así. —El tono de voz de Konstantin fue tajante.

—Si en Rusia hay una revolución será porque marxistas y

bakunistas lucharán para que así sea, nosotros podemos influir para que imitemos a Alemania, incluso a Gran Bretaña. Dejemos que los rusos decidan su propio destino. Entiendo que debemos ser cautos, pero Rusia necesitará en el futuro a hombres como vosotros —insistió Samuel.

—Tengo responsabilidades para con mi familia. No puedo correr riesgos. Y tú deberías tener cuidado, no creo que la Ojrana permanezca indiferente ante un grupo de judíos que se reúnen para discutir sobre cómo cambiar Rusia —le advirtió Konstantin.

—Pero... yo en quien más confío es en vosotros.

—Escucha, si me uno a vosotros será Sokolov quien te alertará sobre mí. A sus ojos siempre seré un aristócrata. Salvemos nuestra amistad forjada en la niñez. Ambos queremos lo mejor para el otro. Dejémoslo así.

Tampoco pudo convencer a Josué Silvermann. El nieto del rabino se mostró contundente.

—No, amigo mío, no cuentes conmigo para unirme al grupo de Sokolov. Aunque simpatizo con algunas de las ideas socialistas, abomino del fanatismo y... bueno, no me puedo permitir convertirme en un conspirador. Además, me parece peligroso que el grupo esté formado por tantos judíos. Un día de éstos os acusarán de conspirar contra el zar. En realidad por vuestra causa nos acusarán a todos los judíos. Piénsalo.

—Pero ¡cómo puedes decir eso! No entiendo que te cueste colaborar con Sokolov si yo mismo te he escuchado criticar la situación actual... —se lamentó Samuel.

—No me gusta la gente que rodea a Sokolov, él y los suyos pretenden hacer de la revolución una religión, y yo, lo mismo que tú, ya tengo una.

Konstantin y Josué tenían razón. Cuando Sokolov supo que ambos rechazaban unirse a su grupo, comenzó a sembrar en Samuel desconfianza para con sus amigos.

—Los burgueses no quieren que nada cambie. ¿Por qué lo habrían de querer? Abominan de los partidos, de cualquier otra organización que no sea la monarquía. Temen perder sus privilegios. ¿Se piensan que los rusos no estamos dispuestos a dejar de ser lo que somos? Queremos ser hombres libres, queremos una sociedad sin clases, queremos que se nos deje de tratar como apestados por el hecho de ser judíos, queremos justicia —clamó Sokolov.

—Mi amigo Josué Silvermann no es un burgués —respondió Samuel.

—Su abuelo es un judío tolerado y él y su familia le están agradecidos al zar como los perros agradecen al amo que les tira un hueso. Dices que Josué Silvermann simpatiza con el socialismo, pero no hay socialismo sin compromiso.

Samuel y Andréi pasaban muchas horas juntos. Por la noche, cuando regresaban de sus quehaceres y se encontraban en la casa de la viuda Korlov, solían encerrarse en la habitación de Andréi y allí redactaban octavillas, leían libros prohibidos y preparaban las reuniones clandestinas que se celebraban todas las semanas.

A las viudas Korlov no les sorprendía que se encerraran en la habitación de Andréi, ya que Samuel les había explicado que como el joven era botánico, le ayudaba con su tesis. Pero esta excusa no terminaba de convencer a Isaac, que veía en los ojos de su hijo un brillo de pasión y de impaciencia que nunca antes había visto. Incluso el último verano se había negado a acompañarlo a París. Isaac le recordó que su abuelo Elías era ya muy anciano y que cualquier día podía caer enfermo. Pero Samuel se mostró inflexible; aquel verano de 1893 no acompañaría a Isaac.

Además de su pasión por la política, Samuel se había enamorado profundamente de una joven que le había presentado Konstantin.

Irina Kuznetsova tenía unos cuantos años más que Samuel, estaba cerca de los treinta y era la profesora de piano de Katia, la hermana de Konstantin.

No era habitual que una mujer diera clases de piano, pero el padre de Irina había sido un reconocido profesor de música hasta que unos años atrás, víctima de una hemiplejía, se vio obligado a permanecer en su casa. Irina, a la que su padre le había enseñado cuanto sabía, había convencido a la condesa Yekaterina para que le permitiera sustituir a su padre en las clases que daba a Katia. La condesa no parecía muy convencida de dejar la educación de su nieta en manos de aquella joven que le parecía demasiado arrogante dada su situación, pero terminó cediendo a los argumentos de su nieto Konstantin.

—Pero abuela, Irina parece una buena muchacha, y al menos tenemos la seguridad de que sabe tocar el piano. Katia es demasiado impaciente para la música, puede que el ejemplo de Irina venza sus resistencias.

Lo que en realidad pretendía Konstantin era ayudar al viejo maestro de música y a su familia. Tanto le daba si Katia aprendía piano o no, ya que sabía que su hermana pequeña no tenía ningún talento ni disposición para este instrumento, por más que su abuela se empeñara en lo contrario. También pesaba en su ánimo la belleza de Irina.

De mediana estatura, delgada, con el cabello rubio y unos enormes ojos azules, Irina era una mujer bella, y ella lo sabía mejor que nadie.

Desde que su padre enfermó había asumido las cargas familiares y antes de llegar a casa de los Goldanski había sufrido experiencias que la habían marcado para siempre. Su madre era una buena mujer, acaso demasiado soñadora. Tanto, que cuando Irina era pequeña le aseguraba que gracias a su belleza se convertiría en una aristócrata.

—Ya verás, los condes y los duques se batirán en duelo por ti. A tu padre y a mí nos costará decidir con quién te casamos.

Convencida de que la belleza de su hija le abriría las puertas de la corte, había insistido a su marido para que Irina recibiera la mejor educación que pudieran darle. Su padre se percató enseguida de que Irina tenía buen oído y una sensibilidad especial para tocar el piano y le fue enseñando cuanto sabía, hasta estar convencido de que le había superado.

Pero los condes y los duques no se agolpaban tras la puerta de la casa de los Kuznetsov, en realidad ni siquiera sabían de la existencia de Irina. Cuando cumplió los diecisiete años, su padre le propuso ocuparse de las hijas de un conde a las que él daba clases un par de días a la semana.

—La condesa me ha preguntado si conozco alguna joven de confianza y que tenga buenos modales. Busca a alguien para que acompañe a sus hijas. Ya te he hablado de ellas, son dos niñas preciosas, y muy educadas. La mayor tiene ocho años, la pequeña cinco, y están muy apegadas a su institutriz, pero ésta tiene que dejarlas un tiempo y regresar a Alemania para atender a su madre enferma. Será cosa de dos o tres meses. ¿Qué te parece?

La madre de Irina dio su visto bueno. Aquél podía ser el primer paso para que la sociedad de San Petersburgo conociera a su hija; además, acompañar a unas niñas era un trabajo honorable.

Irina fue a la casa de los condes Nóvikov confiada de que aquél era el primer peldaño que la conduciría a ese futuro fantástico que su madre le había prometido.

La condesa no pareció contenta cuando la vio y desde el primer momento la trató como a una criada. No sólo tenía que cuidar de las niñas, sino también hacerse cargo de su ropa, lavar y planchar sus vestidos, asearlas y peinarlas. Naturalmente que las acompañaría en sus salidas, pero mientras las niñas jugaran en las casas adonde habían sido invitadas, ella aguardaría en las dependencias del servicio. Las trataría de «condesas» y se cuidaría mucho de disgustarlas.

Irina no estaba preparada para que la trataran como a una criada, y mucho menos para servir de diversión al dueño de la casa, el conde Nóvikov.

Cuando se lo presentaron, Irina se asustó. Sí, le asustó lo que vio en la mirada de aquel hombre.

Una tarde en que la condesa Nóvikov había salido a hacer algunas visitas, Irina se sorprendió al ver llegar de improviso al dueño de la casa. La mandó llamar y ella acudió presurosa; le sudaban las manos del miedo que sentía.

Nóvikov la llevó a su habitación y allí le ordenó que se desnudara. Ella se resistió pero no pudo hacer nada. El hombre parecía fuera de sí, le arrancó la ropa con violencia y después la violó. Fue la primera vez, pero para el conde Nóvikov violarla se convirtió en costumbre.

Dos meses más tarde la joven se dio cuenta de que su cuerpo cambiaba. Ya no sangraba cada veintiocho días y sentía el pecho hinchado y náuseas cada mañana. Cuando se lo dijo al conde, éste la golpeó.

—¡Desgraciada! ¿Es que no sabes lo que has de hacer para evitar un embarazo? ¡Eres una estúpida!

Al día siguiente le dio una dirección a la que le ordenó ir el domingo, al salir de misa.

—Pedirás permiso a mi esposa para ir a ver a tus padres. Pero irás a esta casa. Allí sabrán qué hacer contigo. Ten, dale a la mujer que te atienda estos rublos. ¡Ah!, y ni una palabra a nadie.

Irina no se atrevía a pensar qué le sucedería en aquella casa a la que debía acudir el domingo. Aún le dolían las entrañas cuando recordaba a la mujer que había abierto la puerta y le había mandado tumbarse sobre la mesa de la cocina. Le había ordenado que se despojara de la ropa interior y cuando ella protestó la mujer le dio una sonora bofetada. Luego la obligó a que se quedara quieta y, sin poder resistirse, la mujer le sujetó las manos y los pies a unos ganchos que sobresalían en los bordes de la mesa. Lo que sucedió a continuación era la causa de sus peores pesadillas. Aquella mujer le había arrancado el hijo que llevaba en sus entrañas. No sabía si debía sentir alivio por haberse librado del hijo de aquel hombre que odiaba o si, por el contrario, debía pedir perdón a Dios por no haber sido capaz de evitar que la violaran.

Cuando unos meses después la institutriz de la familia regresó, Irina pudo volver a su casa. Ya no era la misma. Le prohibió a su madre que volviera a susurrarle que algún día se casaría con un aristócrata.

—¡Jamás!, ¿me oyes? ¡Jamás!

—Pero hija, ¿qué sucede?...

No le contó a su madre que la habían violado, ni que había abortado. Tampoco las muchas humillaciones recibidas durante aquellos meses que se le antojaron eternos.

Por más que su madre insistió en saber cuántos condes y duques había conocido, Irina se aferró al silencio. Podía haber respondido que había llegado a conocer muy bien a un único conde, tan bien que por las noches se despertaba sintiendo el olor salado de su piel y el aliento a vino esparciéndose en su boca.

A los amigos aristócratas de los Nóvikov apenas los había visto de lejos. Las criadas, por distinguidas que sean, no se mezclan con los aristócratas. ¿Qué sabía su madre de condes y duques? ¿Cómo podía haber creído que iban a fijarse en ella? Casi daba gracias a Dios por no haber conocido a más condes.

Poco después, su padre le encontró otro empleo, esta vez como criada en la casa de un violinista viudo con un hijo que acababa de cumplir un año. Su esposa había muerto en el parto y sus suegros se habían hecho cargo del niño, pero ahora la abuela también había muerto y el violinista se encontraba sin saber qué hacer con el pequeño.

—Es un buen hombre, y un gran violinista, trabajamos juntos, y confío en él.

La madre de Irina discutió con su marido. No le parecía decente que su hija fuera a trabajar a casa de un viudo, que además era judío. La gente podría pensar cualquier cosa y su reputación se vería comprometida. Pero a Irina tanto le daba. Ella sabía que ya no tenía reputación y por eso nunca se casaría.

—Yo confío en nuestra hija, ella jamás haría nada de lo que tuviera que avergonzarse. Además, no tiene que dormir en la casa, sólo cuidar del pequeño durante el día.

Yuri Vasiliev era un reconocido violinista que en varias ocasiones había actuado en la corte. Su talento hacía olvidar a quienes le escuchaban que era judío. Por otro lado, hacía muchos años que había optado por la asimilación modificando su apellido para hacerlo más ruso y llamar menos la atención.

Alto y delgado, de cabello y ojos castaños, tenía unas manos blancas de dedos largos que a Irina le llamaron la atención de inmediato.

Se mostró amable y extremadamente educado desde el primer momento.

—No sabe usted lo que agradezco su ayuda, no puedo trabajar si tengo que hacerme cargo de mi hijo. Por las noches no tengo problema porque la portera, una buena mujer, puede cuidar de él, pero durante el día... Mis suegros cuidaron al niño cuando falleció mi esposa, pero ahora que mi suegra ha muerto no tengo con quien dejarlo. Mis padres viven muy lejos de aquí, cerca de Moscú, y me insisten en que les lleve al niño. Pero prometí a mi esposa que no me separaría de él y que lo cuidaría. Mijaíl es muy bueno, no le dará mucho trabajo.

Irina se preguntó si aquel hombre también intentaría abusar de ella. Pero Yuri Vasiliev no parecía atraído por su belleza. Poco a poco fueron cogiendo cierta confianza, pero siempre manteniendo una respetuosa distancia.

Un día en que Irina estaba limpiando la estancia donde Yuri se encerraba para tocar el violín, encontró encima de una mesa unos papeles en los que una palabra subrayada en rojo llamó su atención: revolución.

Irina se dijo a sí misma que no debía leerlos, pero no pudo resistir su curiosidad y estaba tan ensimismada en la lectura que no oyó a Yuri entrar.

—Dios mío, ¡qué está haciendo!

Ella se asustó y soltó los papeles, que cayeron al suelo.

—Lo siento... yo... Lo siento... no he debido hacerlo... —No sabía cómo excusarse y sentía que le ardía la piel de la cara.

Yuri recogió los papeles del suelo. Parecía tan azorado como la propia Irina.

Se quedaron en silencio, sin saber qué decir. Él preocupado, ella avergonzada.

—Estos papeles no son míos, me los ha dado un amigo para que se los guarde —explicó Vasiliev.

Irina asintió con la cabeza, no podía decirle que pensaba que mentía, tampoco podía rogarle que le permitiera seguir leyendo aquellos papeles en los que se decía que todos los hombres eran iguales, que la religión no podía ser un elemento de discriminación, que había que acabar con los privilegios de los nobles y dar a Rusia un gobierno de hombres libres.

—Precisamente venía a recogerlos para devolvérselos... He sido muy descuidado dejándolos sobre la mesa.

—Es mi culpa, yo no debía leerlos, pero... lo siento, no he podido evitarlo.

—¿Recuerda lo que le sucedió a la mujer de Lot?

Ella bajó los ojos avergonzada. Claro que conocía aquel pasaje de la Biblia, de manera que asintió.

—Espero que sea discreta, mi amigo podría tener graves problemas si alguien... bueno... si alguien leyera estos papeles. Y yo también por habérselos guardado.

—¡No debéis preocuparos! No diré nada a nadie, os lo juro. Además...

—Además ¿qué?...

—Yo... bueno, yo estoy de acuerdo con lo que dicen esos papeles...

—¿Qué sabe de estas cosas? —le preguntó Vasiliev con cierta curiosidad.

—¿Saber? Saber no sé nada, pero me gustaría que en Rusia todos fuéramos iguales, que quienes servimos seamos algo más que nada... Me gustaría que los aristócratas dejaran de hacer con el pueblo lo que les viene en gana. Ellos lo tienen todo y a nosotros nos dejan las migas que caen de su mesa y nos exigen que les estemos agradecidos por ello. Sé que hay gente más desgraciada que yo que apenas tiene nada.

—Al menos usted tiene unos padres que la quieren y la cuidan —respondió él—, y que yo sepa nunca le ha faltado comida en el plato. Los músicos no ganamos mucho pero podemos sobrevivir.

—No me quejo, señor, sé que podría ser peor. Pero imagino

un mundo como el que se describe en esos papeles, un mundo donde todos fuéramos iguales, donde hubiera justicia. ¿Cómo podría no desear un mundo así?

Yuri Vasiliev pareció quedarse más tranquilo. Nunca había escuchado al padre de Irina manifestarse en contra de las injusticias que en Rusia se padecían, pero ¿quién se atrevía a hacerlo? De manera que no sabía si la muchacha hablaba así por influencia paterna o por ella misma. En cualquier caso, Irina podía convertirse en un peligro para él y para sus amigos. Decidió observarla y si llegaba a pensar que podía traicionarle, entonces... se dijo que tendría que exponer ese peligro al resto de sus camaradas para que ellos decidieran qué hacer.

Pero pronto se dio cuenta de que no sólo podía confiar en ella, sino que Irina también ansiaba hacer algo más que leer a escondidas sobre la revolución. Al principio los dos esquivaban cualquier conversación que tuviera que ver con aquellos papeles, pero un día, para sorpresa de Yuri, ella le abordó directamente.

—Sólo soy una criada, pero ¿creéis que podría conocer a vuestro amigo? A lo mejor podría serle útil, no es que sepa hacer nada especial salvo limpiar, cocinar y tocar el piano, pero haría cualquier cosa con tal de... bueno... de que cambien las cosas.

Yuri la creyó. Aquella joven estaba llena de sinceridad y su instinto le decía que podía confiar en ella.

—Su padre me dijo que toca bien el piano —dijo Yuri.

—Fue él quien me enseñó.

—Confiaré en usted. ¿Le gustaría acompañarme el próximo sábado a una velada musical? Podría tocar el piano.

—No os entiendo...

Pero pronto comprendió en qué consistían aquellas veladas musicales a las que Yuri acudía en sus ratos libres. Se celebraban en casa de un maestro del violín, un hombre mayor llamado Fiódor Vólkov.

Por las clases de Vólkov habían pasado muchos de los músicos de San Petersburgo, y algunos seguían encontrando en él inspiración no sólo por la música, sino también por sus ideales políticos. Vólkov había viajado por medio mundo y había tocado ante los poderosos de Londres, Berlín y París, e incluso había vivido una larga temporada en Suiza.

Sus amigos más íntimos sabían que había conocido a Marx y a Engels, y que en Suiza incluso trató a Bakunin a pesar de que no compartía los ideales anarquistas. Vólkov era un marxista convencido que se había emocionado cuando, estando en Hamburgo a finales de 1867, había tenido el privilegio de poder acceder al primer volumen de *El capital* salido de la editorial de Otto Meissner.

Él, que estaba condenado a ser sólo un judío, había logrado ser alguien gracias a su talento como músico ya que era un violinista extraordinario; tanto, que durante décadas se habían abierto para él y para su música las puertas de los palacios de los zares.

Ahora vivía retirado del público, pero se dedicaba a enseñar cuanto sabía a los jóvenes músicos. Y entre corcheas, fusas y claves de sol, escudriñaba en los ojos de sus alumnos si alumbraban algo más que pasión por la música. Muchos se convirtieron también en sus discípulos políticos. Yuri Vasiliev era uno de ellos.

La vida de Irina cambió la noche que acompañó a Yuri Vasiliev a casa de Fiódor Vólkov.

Esa misma noche su padre sufrió una hemiplejía mientras ella escuchaba a Vólkov hablar de igualdad.

Regresó a su casa feliz por la confianza que le había mostrado Vasiliev, pero también por las palabras envolventes de aquellos hombres que discutían sobre el futuro.

A partir de entonces su vida ya no volvió a ser igual. Sabía que Yuri Vasiliev confiaba en ella y eso hizo que se estableciera una relación de amistad entre los dos. Aunque nunca más le pidió que lo acompañara a ninguna otra reunión, al menos conversaban sobre el futuro de Rusia. Yuri Vasiliev también pasó a convertirse en el único sostén de su familia.

El médico les explicó a su madre y a ella que su padre no volvería a mover ni la pierna ni el brazo derechos y que había perdido parte de la visión. Irina tomó entonces las riendas de la casa.

—No te preocupes, madre, ahora debes dedicarte a cuidar a padre, y yo trabajaré para que no os falte de nada.

Cumplió. Decidida a ayudar a su familia, habló con Yuri.

—Mi padre necesita cuidados y medicamentos. Con lo que me pagas no es suficiente, de manera que debo trabajar más.

Yuri se quedó en silencio. No podía pagarle más pero tampoco quería perderla, el pequeño Mijaíl se había acostumbrado a ella. No obstante, Irina había pensado en todo.

—Iré a ver a la condesa Yekaterina. Mi padre daba clases a su nieta Katia tres veces por semana. Decía que la niña no tiene ningún talento, pero le pagaban bien. Le pediré que me deje ocupar el lugar de mi padre. Sólo necesito una hora dos tardes a la semana. ¿Crees que podrás arreglarlo para que la portera se quede ese tiempo con Mijaíl? Sólo será una hora.

Yuri se sintió aliviado por no perder a Irina, aunque dudaba de que la condesa la aceptara en sustitución de su padre.

—Hablaré con la portera, supongo que será cuestión de que le dé algo de dinero...

—No puedo decirte que me lo descuentes de lo que me pagas porque lo necesito. Necesito todo cuanto pueda ganar —respondió ella con sinceridad.

—La portera es una buena mujer, no me cobrará mucho y prefiero tenerte aquí con Mijaíl, el niño se ha acostumbrado a ti.

La recibieron Konstantin y su abuela, y de inmediato el joven se ablandó ante la petición de Irina; además, él apreciaba la sinceridad y la valentía viniera de quien viniera, e Irina tenía ambas virtudes. También le impresionó su dignidad. Irina no intentaba darle pena, sino que reclamaba para sí el trabajo de su padre convencida de que podía cumplir con su cometido.

Cuando al cabo de un mes la condesa Yekaterina le preguntó cómo iban las clases con Katia, ella le respondió con franqueza:

—Su nieta no tiene oído para la música, razón de más para que aprenda.

Pronto Konstantin empezó a merodear curioso por el cuarto de estudios de Katia.

No podía permanecer indiferente ante la belleza de Irina, una belleza que ella parecía desdeñar, pero sobre todo le cautivaba su personalidad. Comenzó a esperar los días en que Irina acudía a dar clases a su hermana, y luego se ofrecía a llevarla en su coche hasta la casa de Yuri Vasiliev, pero ella rechazaba el ofrecimiento. Temía a los hombres, especialmente a los aristócratas, y aunque Konstantin era todo bondad, no dejaba de ser un conde.

Fue en casa de los Goldanski donde Samuel la conoció, y se enamoró de ella. De los tres amigos sólo Josué permaneció indiferente ante la joven.

—Si vierais la cara que se os pone cuando aparece Irina... Es muy bella, sí, pero tiene una mirada tan dura... Esa mujer esconde un infierno dentro de sí. No creo que pueda hacer feliz a ningún hombre.

Tanto Konstantin como Samuel protestaban por los juicios de Josué, pero aunque no lo reconocieran, en alguna ocasión a ellos también les había sorprendido la dureza que destellaba la mirada de Irina.

Samuel sabía por el bibliotecario Sokolov de la existencia de Fiódor Vólkov, y estaba al tanto de que Yuri Vasiliev, el patrón de Irina, simpatizaba con el socialismo.

Irina era consciente de que los dos jóvenes se disputaban el honor de acompañarla, de sentirla cerca, pero prefería no dejarse tentar por los halagos del uno y del otro. A ella sólo le importaba una cosa en la vida: sacar adelante a su familia. En sus planes no había lugar para el amor. Ni siquiera se lo confesaba a sí misma, pero le asqueaba pensar en volver a tener una relación íntima con algún hombre. Su primer amo, el conde Nóvikov, la había traumatizado para siempre.

Isaac sufría al ver a los dos jóvenes disputarse la atención de Irina.

—No me gustaría que Konstantin y tú os pelearais por ninguna mujer —casi le rogó a su hijo.

—Pero padre, Irina es la profesora de piano de Katia, simpatizamos con ella, y se ha convertido en una buena amiga, no veas fantasmas donde no los hay.

—Lo que veo es que ella no os quiere a ninguno de los dos, no sé por qué andáis con ella, qué os traéis entre manos, pero esa mujer no es para vosotros. Además, es mayor.

—Padre, tengo veintitrés años, no soy un niño.

—Y ella está cerca de los treinta.

—¡Por Dios, padre! Irina sólo tiene veintiocho.

—Es lo que te he dicho, está cerca de los treinta, y eso en una mujer es mucho. ¿Por qué no se ha casado? Es muy bella, debería tener marido e hijos.

—Trabaja, padre, trabaja y mantiene a su familia. ¿Crees que el único destino de las mujeres es casarse?

—¡Pues claro que sí! ¿Qué otra cosa mejor puede ser una mujer que esposa y madre? ¿Es que no te acuerdas de tu madre? ¿Has conocido a alguien mejor que ella? ¡Ojalá encuentres una mujer que se parezca a tu madre!

Samuel solía rendirse ante las quejas de su padre. Sabía que Isaac quería lo mejor para él y que sufría pensando en su porvenir, por eso no le confiaba sus andanzas con Andréi, y su deseo de que Rusia se convirtiera en un país parecido a Alemania o Gran Bretaña.

—Si el profesor Goldanski viviera, le pediría que hablara contigo para hacerte entrar en razón.

—Padre, nadie más que tú tiene influencia en mi ánimo, y te aseguro que no debes preocuparte. Irina no significa nada para mí, tampoco para Konstantin.

Pero Isaac sabía que su hijo mentía para no disgustarle.

Raisa Korlov, que no podía dejar de escuchar las conversaciones entre padre e hijo, intentaba consolarle.

—Déjele, no le agobie. Ya se le pasará. Samuel es aún muy joven y ¿qué joven se resiste al amor? Pero es sensato, y estudia. Es una bendición que cuente con la ayuda de Andréi.

»Ya ve cuántas horas pasan encerrados hablando de plantas. Andréi es una buena persona y está ayudando cuanto puede a Samuel.

—Sí, tiene razón, al menos Andréi es una buena influencia. Espero que él no se deje atrapar por la belleza de Irina.

En realidad, Andréi no se interesaba por nada que no fuera estar lo más cerca posible del bibliotecario Sokolov, quien le ponía de ejemplo como el ruso capaz de encarnar al nuevo hombre que, alzándose por encima de los prejuicios, era capaz de compartir ideales con otros hombres como él cuya única diferencia era haber nacido judíos.

—No hay que correr riesgos inútiles —insistía Sokolov en todas las reuniones clandestinas—, de nada serviría acabar en una prisión de la Ojrana.

No habían sido pocos los estudiantes detenidos, torturados o desaparecidos a manos de la temible policía secreta. Algunos de los amigos de Samuel y Konstantin habían sido víctimas de los agentes del zar y los que habían sobrevivido nunca se habían recuperado de las torturas. Algunos se habían salvado por pertenecer a familias influyentes, y habían pagado su osadía conspiratoria con el exilio. Pero el zar no estaba dispuesto a permitir que ciertos jóvenes afortunados de su reino se dedicaran a conspirar para cambiar el régimen, y había ordenado que no se hicieran excepciones y que ningún conspirador recibiera un trato de favor. Quería que los padres fueran conscientes del precio que pagarían sus hijos y ellos mismos ante cualquier atisbo de traición.

Una noche, Irina se presentó de improviso en casa de las viudas Korlov. Llevaba a Mijaíl cogido de la mano y aunque se mostró cortés y educada, Raisa Korlov pudo leer en sus ojos algo parecido al miedo.

—Samuel está estudiando, no sé si podrá recibirla. Usted es…

—Irina Kuznetsova. Estoy segura de que me recibirá, es urgente.

—Debe de serlo cuando ha salido usted a la calle con este frío y llevando a un niño tan pequeño. Pase a la cocina, le serviré una taza de té.

—¡Por favor, necesito ver a Samuel!

A regañadientes, Raisa permitió que los dos jóvenes se reunieran a solas en el salón. Le hubiera gustado escuchar la conversación, pero sólo oía murmullos a través de la puerta.

—No deberías escuchar —la recriminó su hermana Alina—. Los jóvenes tendrán que hablar de sus asuntos...

—¿A estas horas? Son más de las ocho... Las mujeres decentes están en casa a estas horas.

—¿Y qué tiene de indecente venir a nuestra casa a ver a Samuel? ¿Qué crees que pueden hacer en el salón y con un niño de por medio? Vamos, hermana, no seas tú también tan desconfiada como el bueno del señor Isaac. Ni siquiera él, que es su padre, ha salido del cuarto para averiguar qué pasa.

—El señor Isaac tiene fiebre y mañana ha de salir temprano hacia el norte a comprar nuevas pieles. Puede que esté dormido y no sepa que esa muchacha está aquí.

—Solías defenderla ante el señor Isaac —le recordó Alina.

—Sí, pero nunca imaginé que iba a presentarse de improviso en nuestra casa. No, no me parece bien que una joven siga a un hombre hasta su hogar.

—Pero si sólo quiere hablar con él...

—¿Cuando ya ha anochecido? ¿Qué puede ser tan urgente?

Mientras tanto, en el salón Irina expresaba su preocupación a Samuel.

—Hace dos días que Yuri no viene a casa. No me ha mandado ninguna nota. Me temo lo peor...

—¿Has ido a ver a su maestro, Fiódor Vólkov?

—No, sólo conseguiría preocuparle... —se excusó Irina.

—¿Y qué puedo hacer yo?

—Quizá puedas hablar con Konstantin, él es un aristócrata,

está muy bien relacionado, podría enterarse de si han detenido a Yuri. Yo no puedo presentarme en su casa, a la condesa no le gustaría y podría despedirme, pero tú eres el mejor amigo de Konstantin, no le extrañará que vayas a verle.

—¿A estas horas?

—¡Por favor, Samuel, ayúdame!

—Claro, claro que lo haré —respondió Samuel, que no se atrevía a negar nada a la mujer de la que estaba enamorado—. Te acompañaré a casa, quédate allí con Mijaíl. Luego iré a ver a Konstantin. Estoy seguro de que nos ayudará.

Samuel no sabía hasta qué punto Irina era conocedora de las actividades de Yuri Vasiliev. Él sabía de las ideas del músico a través de Andréi y del bibliotecario Sokolov, quien reprochaba a Yuri que no fuera capaz de aunar la defensa de los desfavorecidos con la de los judíos. Tampoco sabía si más allá de la relación de empleada y patrón había algo entre Yuri e Irina. En ocasiones los celos le cegaban e imaginaba que un hombre joven como Yuri no podía permanecer indiferente ante la belleza de Irina, y además ella parecía sentir un gran apego por el músico. Pero luego se reprochaba estos pensamientos sabiendo que Irina trabajaba por necesidad.

Samuel cogió su abrigo y le pidió a Raisa que cuidara de su padre.

—Tiene algo de fiebre, aunque ahora duerme. Si se despierta dele una cucharada de este jarabe, le aliviará la tos.

—Pero ¿adónde vas a estas horas? —preguntó Raisa, alarmada.

—Acompañaré a Irina, me preocupa que regrese sola a su casa. Pero no tardaré, tengo que preparar un examen y necesito el consejo de Andréi.

—Andréi se está retrasando… —respondió impaciente Raisa Korlov.

—Estará en alguna clase, es época de exámenes.

Samuel acompañó a Irina a su casa y luego se dirigió con paso vivo a la mansión de Konstantin. Su amigo estaba en casa, esa noche no había salido a una de las fiestas a las que de tanto en tanto acudía. Un criado lo condujo al gabinete de Konstantin y enseguida le explicó a su amigo los temores de Irina.

—Si hace dos días que Yuri no da señales de vida es que le han detenido.

—¿Y qué podemos hacer? —preguntó Samuel con preocupación.

—Esta noche, nada. Debemos esperar a mañana. Veré quién puede preguntar a la policía por la desaparición de Yuri sin despertar demasiadas sospechas.

—¿No puedes hacerlo tú?

—¡Estás loco! Sólo lo haría por ti. Si me presento en la Ojrana y les pregunto por Yuri pasaré a convertirme en sospechoso. No te preocupes, buscaré la manera de enterarme si está detenido. ¿Crees que Irina sabe algo de las actividades de Yuri?

—No lo sé... ¿Tú qué crees?

—Tampoco lo sé, aunque es una muchacha inteligente y puede que se haya dado cuenta de algo.

—Quizá deberíamos ir a ver a su maestro, a Fiódor Vólkov...

—Mejor esperemos a mañana, Samuel, te aseguro que es lo más sensato.

No hizo falta. Yuri apareció a primera hora de la mañana. Dos noches atrás se encontraba tocando el violín en una velada musical en la casa de un comerciante cuando la policía irrumpió buscando al socio del dueño de la casa. Le acusaban de actividades subversivas, de proveer de pólvora a los enemigos del zar y de conspirar para derrocar la monarquía. La Ojrana no se conformó con llevarse al hombre sino que detuvo a cuantos se encontraban participando de aquella velada. Al principio Yuri se asustó al pensar que la policía también tendría información sobre él, pero fue tranquilizándose al darse cuenta de que la brutalidad que desplegaban trataba sobre todo de asustarlos. Buscaban a un hombre, y a los demás aquello debía de servirles como aviso de qué les sucedía a los opositores del zar.

Durante dos días y dos noches estuvo confinado en un calabozo y se comportó como supuso que esperaban que se comportara: como un pobre músico asustado que no sabía nada, que no tenía por qué saber de las actividades del socio del dueño de la casa. A Yuri y a los otros músicos los dejaron en libertad con unas cuantas magulladuras. Los hombres de la Ojrana no se habían ensañado en exceso convencidos de que aquellos músicos nada tenían que ver con la venta de pólvora ni con la revolución. Aunque pensaron que no estaba de más asustarlos un poco, que sintieran la dureza de sus puños y el dolor que la sal provoca en las heridas descarnadas, llevándose como recuerdo algún que otro hueso roto. Yuri rezaba para que no le partieran la mano como habían hecho con el violonchelista.

Los interrogatorios se sucedían a cualquier hora del día y de la noche. La primera pregunta siempre era la misma: ¿por qué estaban en casa del comerciante? Y luego: ¿conocían a su socio?, ¿qué sabían de sus actividades políticas?

A Yuri no le hacía falta mentir. Le habían contratado lo mismo que al resto de los músicos, no había visto en su vida ni al señor de la casa ni a su socio ni a ninguno de los invitados. Nada sabía de sus actividades y poco le importaban. Lo repitió hasta la saciedad, y con cada respuesta recibía un golpe.

Había salvado las manos pero no la nariz, rota de un puñetazo. También sentía un dolor profundo en los ojos, nublados por la sangre.

Cuando le dijeron que podía marcharse rezó dando gracias a Dios. Él, que había desterrado a Dios de su vida en nombre de la razón, se encontró musitando una de sus viejas oraciones infantiles.

Con paso vacilante, magullado y hambriento, se dirigió a su casa. La portera le informó de que Irina estaba en casa con el pequeño Mijaíl. Apenas escuchó girar la llave, Irina se precipitó hacia la puerta. Se quedó petrificada intentando reconocer a Yuri en aquel rostro deformado por los golpes.

—Estoy vivo, estoy vivo... —alcanzó a decir él con lágrimas en los ojos. Lágrimas de alegría por volver a ver a su hijo y a aquella mujer que ya era parte de su vida.

Irina calentó agua y le limpió las heridas. También le preparó ropa limpia en un intento casi desesperado de volver a reconocer al hombre que había sido antes de la detención.

Él le contó lo sucedido sin ahorrar detalles. Los golpes, las humillaciones, el miedo a ser cobarde. A ella se le fue dibujando una mueca de horror en la cara.

—Fui a ver a Samuel para pedirle ayuda. Esta mañana Konstantin iba a interesarse por ti...

—¡Que no lo haga! Debes avisarles de que ya estoy en casa. Vete, yo me quedo con Mijaíl, necesito tener en los brazos a mi hijo.

Irina corrió hasta la mansión de Konstantin, temerosa de encontrarse a la condesa Yekaterina, pero tenía que correr el riesgo. Tuvo la suerte de que la condesa aún no se había levantado.

—Hoy no es jueves, ¿viene a dar la clase a la condesita Katia? —preguntó, curiosa, una criada.

—No, no... En realidad vengo con un recado de un amigo del conde Konstantin.

—¡Ah! Bueno, avisaré al conde... —La criada parecía reticente.

Konstantin se presentó de inmediato acompañado de Samuel y Josué, al que también habían mandado recado. Los tres amigos se preocuparon aún más al ver a Irina aparecer de improviso.

—Yuri ha regresado.

Escucharon el relato de Irina y se estremecieron al saber de las torturas que había sufrido el violinista.

—Esta mañana, a primera hora, envié recado a un amigo de mi padre que goza de la confianza del zar. Iba a reunirme con él para pedirle que encontrara a Yuri. Iré de todos modos, buscaré una excusa plausible por haber solicitado la entrevista. No sé, quizá le pida consejo sobre algún negocio... Tú, Irina, regresa a casa de Yuri, y tú, Samuel, informa a vuestros amigos de su aparición, no vayan a cometer alguna imprudencia. Josué, debes volver a casa, tu abuelo estará con los preparativos del sabbat.

—Creo que en esta ocasión participaré de corazón en los

rezos de mi abuelo. ¡Menudo susto nos hemos llevado! Que Yuri haya salido bien librado ha sido un milagro —afirmó Josué.

La detención de Yuri marcó a Samuel. De repente fue consciente de que las reuniones clandestinas, los panfletos, las octavillas, las largas conversaciones sobre cómo construir otro futuro, encerraban peligros que no había alcanzado a calibrar. Y no porque no supiera de las detenciones continuas llevadas a cabo por la Ojrana o de la represión feroz que se ejercía contra todo aquel que osara siquiera cuestionar al zar.

Isaac continuaba con sus viajes anuales a París donde cada vez permanecía más tiempo. Sentía que Samuel no le necesitaba, que su hijo le quería, sí, pero que se estaba construyendo su propia vida, una vida donde apenas había lugar para él.

Samuel pasaba más tiempo en la habitación de Andréi que con su padre. Parecía siempre ansioso de hablar con él con la excusa de que le ayudaba en sus estudios. Nunca le decía con quién salía o adónde iba, aunque mencionaba de pasada a Konstantin y a Josué. Para Isaac era un consuelo que Samuel continuara la amistad con los dos jóvenes, pensaba que su hijo al menos tendría amigos de verdad.

No se atrevía a decirlo, ni siquiera a sí mismo, pero le incomodaba Andréi. Cuando Samuel y él llegaron a la casa de Raisa Korlov, Andréi apenas era una sombra con la que se cruzaban. No alcanzaba a recordar el momento en que Andréi se hizo presente en sus vidas, mejor dicho, en la vida de Samuel, pero desde entonces había ido perdiendo a su hijo.

—¿Por qué no le gusta Andréi? —le preguntó un día la vieja Alina.

Isaac no supo qué responder. La mujer había notado cómo se le crispaban los labios cuando el joven entraba en el comedor para compartir la cena. O cómo le dolía ver a Samuel pendiente de cada palabra del estudiante de botánica.

De las dos viudas Korlov, Alina era la más inteligente e intuitiva, mientras que Raisa era sobre todo una mujer práctica incapaz de leer en el alma de sus semejantes.

Ambas mujeres habían sido buenas y generosas con Samuel y con él, pero Isaac sentía una secreta afinidad con Alina, con la que había llegado a tener cierta confianza. Poco después, Alina murió.

Su muerte le golpeó más fuerte de lo que hubiera creído. Los dos últimos meses de vida en los que la anciana no se había movido de la cama, Isaac pasaba todas las horas que podía junto a ella. Alina apenas tenía fuerzas para hablar, pero de cuando en cuando abría los ojos y le sonreía, y si alcanzaba a sentirse mejor, le animaba a ser feliz y a emprender una nueva vida.

—Cuando Samuel sea químico, usted debería empezar a pensar en sí mismo. ¿Qué hay de la tal Marie, la que cose esos fantásticos vestidos que usted trae de París?

—Es sólo una buena amiga —respondía él.

—Una buena amiga… ¿Y qué más se puede pedir que compartir la vida con una buena amiga?

Él asentía. Alina tenía razón, le hubiera gustado compartir el resto de su vida con Marie, pero ¿Samuel lo entendería o lo consideraría una traición al recuerdo de su madre?

Marie y Samuel congeniaban, lo habían hecho desde el primer día. Pero Samuel no veía en ella más que a una buena mujer, era como una tía lejana a la que siempre le gustaba volver a ver.

Isaac tampoco se imaginaba pidiéndole matrimonio a Marie, aunque intuía que ella le diría que sí. No se había casado y parecía dedicar lo mejor de su vida a esos vestidos que confeccionaba para él. Pensaba que incluso el abuelo Elías le daría su bendición.

—Cuando yo muera —le dijo monsieur Elías en una ocasión—, podrás heredar mi clientela y, además de vestidos, también podrás confeccionar abrigos de piel.

Sí, Alina estaba en lo cierto, pero él no tenía valor para afrontar una nueva vida lejos de Samuel, a pesar de que su hijo apenas tenía tiempo para él.

El día antes de morir, Alina despertó con un raro optimismo. Parecía más recuperada que en los días pasados y pidió hablar en privado con todos los miembros de la casa.

Samuel no comentó a su padre lo que le había dicho Alina, pero salió profundamente conmovido del cuarto de la enferma y a partir de ese día intentó acercarse a su padre, aunque pronto la rutina cotidiana hizo que padre e hijo volvieran a distanciarse.

¿Por qué no le gustaba Andréi? Isaac no había sabido qué responder a Alina, pero cada día que pasaba sentía más aversión por el botánico, por más que intentaba disimularlo ante Raisa y ante su propio hijo.

1897 fue un año clave en sus vidas. Isaac había regresado de París con un folleto bajo el brazo que de inmediato le dio a leer a su hijo.

—Léelo con atención, se publicó el pasado año. Lo ha escrito un periodista húngaro, se llama Theodor Herzl.

—«El Estado Judío». Pero ¿qué es esto, padre? ¿Tú con un panfleto? —Samuel sonrió divertido al ver la cara que ponía su padre.

—No es un panfleto, léelo. Herzl dice que los judíos necesitamos un hogar, un lugar nuestro. Va a celebrarse un congreso en Basilea para hablar del asunto y para dar a conocer a la opinión pública el proyecto.

—Ya, ¿y se ha preguntado ese Herzl qué piensan los turcos al respecto? Te recuerdo, padre, que la que fue tierra de los judíos ahora pertenece al imperio turco. Vamos, padre, espero que no te dejes llevar por lo que diga un iluminado en un folleto.

—Theodor Herzl no es un iluminado. Es un hombre cabal que se ha dado cuenta de que ha llegado la hora de que los judíos tengamos nuestro propio hogar. El caso Dreyfus le ha impresionado.

—¿Ah, sí? ¿Hasta ahora no se había dado cuenta de que ser judío es una condena? ¿Es que no sabe lo que pasa en Rusia?

¿No ha oído hablar de la matanza de judíos aquí, en nuestro país? Sí, a Dreyfus le acusaron de traición y le condenaron por ser judío, ¿y eso es algo extraño? Aquí sucede todos los días.

—Herzl es judío, y sabe bien lo que es el antisemitismo. En Europa se ha desatado una nueva ola de odio a los judíos. Le preocupa las dimensiones que está alcanzando; si el caso Dreyfus ha sido posible en Francia, significa que ya puede pasar cualquier cosa...

—¿Cualquier cosa? ¿Qué más puede pasar? Desde hace siglos a los judíos nos persiguen, nos marcan como a ganado para no confundirnos con ellos, nos obligan a vivir fuera de sus pueblos, de sus ciudades... Eso sí, de vez en cuando permiten a algunos, como a nosotros, que vivamos como personas..., claro que antes, para que no se nos olvide quiénes somos realmente, pagamos un tributo en sangre. ¿Tengo que recordarte lo que le sucedió a mi madre, a mis hermanos y a mi abuela?

—Por eso, hijo, por eso ha llegado la hora de que tengamos un verdadero hogar, y para mí no hay otro posible que el de nuestros ancestros. No hay otro lugar mejor: Palestina. Durante siglos los judíos repetimos: «El año próximo en Jerusalén». Pues bien, ha llegado la hora de volver.

—¿Volver? ¿Quieres ir a Palestina? ¡Por Dios, padre! ¿Qué harías allí? ¿De qué vivirías? No hablas turco, tampoco árabe.

—Debimos irnos cuando asesinaron a tu madre. Algunos lo hicieron...

—Sí, ya sé, he oído hablar de los Jovevei Sion, los Amantes de Sión, y del otro grupo, los Bilu.

—Los Bilu fueron valientes y marcharon decididos a trabajar la tierra. Subsisten como agricultores. No les ha resultado fácil, pero no se han encontrado solos, en Palestina siempre ha habido judíos, en Jerusalén, en Hebrón, en otras ciudades...

—Ya, pero nosotros nos quedamos y no es poco lo que hemos conseguido y lo que podremos conseguir...

—¿Y qué vamos a conseguir? —preguntó Isaac a su hijo.

—Somos rusos, éste es nuestro país, mal que les pese a muchos. Es aquí donde debemos luchar por tener un hogar, no en ningún otro lugar. Cambiemos Rusia. Desde niño os he oído hablar al abuelo y a ti de un mundo sin clases, en el que todos seamos iguales, en el que no cuente dónde se ha nacido ni en qué cree cada uno. Vosotros me inculcasteis que lo único que merece la pena es la igualdad, que ningún hombre sea más que otro hombre.

—Marx tenía razón, pero esto es Rusia. ¿Sabes qué pasaría si alguien te escuchara hablar así? Te detendrían, te acusarían de ser un revolucionario, y te matarían.

—Hay mucha gente en Rusia que piensa como yo, como pensabas tú. Somos muchos los que queremos cambiar este país, porque es el nuestro, el que queremos. Si estás pensando en ir a Palestina... lo siento, no puedo acompañarte.

—Allí podríamos ser judíos sin avergonzarnos, sin tener que pedir perdón por serlo. Los turcos son tolerantes con los judíos.

—En el futuro que quiero ayudar a construir no habrá judíos, ni cristianos, habrá hombres libres.

—¡Eres judío y siempre lo serás! Es algo a lo que no puedes renunciar.

—¿Sabes, padre?, creo que no lo has entendido, yo sólo soy un ser humano, y abomino de todo lo que nos separa a los hombres.

—Espero que seas prudente, las ideas de Marx están prohibidas.

—En Rusia todo está prohibido, pero no te preocupes, soy prudente.

—Samuel...

—No digas nada, padre, no lo digas, déjalo estar. Y no me preguntes, sé que mis respuestas te harían sufrir.

Aquel invierno de 1897 fue extremadamente frío. Samuel supo por el bibliotecario Sokolov que había otros grupos de judíos que habían fundado el Bund, la Unión General de Obreros Judíos de Lituania, Polonia y Rusia, y que al igual que ellos tenían un objetivo: formar parte de la gran masa de trabajadores y luchar para cambiar el país desde su condición de judíos sin tener por qué asimilarse.

—Se trata de que cada cual sea lo que quiera ser, pero sin olvidar lo que tenemos en común, que somos hombres, seres humanos únicos, con derechos, y que debemos trabajar junto a otros socialistas para lograr que Rusia cambie —explicaba Sokolov a sus seguidores.

Samuel había terminado sus estudios lo mismo que Konstantin y Josué, y había comenzado a trabajar.

Los tres habían obtenido excelentes calificaciones. Konstantin había encontrado acomodo en la Cancillería, soñaba con que pronto se convertiría en un diplomático como lo había sido su padre. Josué se iba a dedicar a la botánica, mientras que Samuel, gracias a los buenos oficios de la condesa Yekaterina, había conseguido trabajo como ayudante de Oleg Bogdánov, un eminente boticario y químico.

Una noche Andréi le pidió a Samuel que acudiera al día siguiente a una reunión en la que iban a participar el bibliotecario Sokolov y el maestro Fiódor Vólkov.

—¿Te imaginas a los dos grandes hombres juntos? Nuestro Sokolov es más práctico, Vólkov más teórico, pero ambos quieren lo mismo: acabar de una vez por todas con este régimen opresor.

—Mañana no podré asistir, y bien que lo siento, debo acompañar a Bogdánov a visitar un hospital. Van a probar una medicina en la que lleva tiempo trabajando para conseguir mejorar la asepsia en las intervenciones quirúrgicas. La probarán en un funcionario del gobierno al que van a operar de una dolencia grave en el estómago.

—Vamos, Samuel, la reunión es muy importante y durará hasta bien entrada la noche. Podrás salir en algún momento del hospital aunque sea por un par de horas. Ese funcionario vivirá o morirá estés o no estés. No te creas imprescindible.

—Tengo que estar, el profesor Bogdánov me ha ordenado que lo acompañe. No puedo negarme ni marcharme antes de que él lo haga.

La ira asomó en los ojos de Andréi, aunque no en sus palabras.

—Sin duda la vida de ese hombre es importante, pero mucho más lo es que salvemos miles, millones de vidas del oprobio de vivir bajo la bota del zar. Ése es nuestro principal compromiso, nuestra misión. A esos millones de hombres no les podemos fallar. Una vida frente a millones de vidas.

—Pero ¡qué dices! —exclamó Samuel asombrado.

—¡Vamos, no seas pusilánime! La vida de ese funcionario es ciertamente importante, la de millones de desgraciados que este invierno, como tantos otros inviernos, mueren de frío y de hambre, ¿te parecen vidas menos importantes? Seguramente ese líquido que quiere probar Bogdánov sea un éxito, no tendrás nada que reprocharte.

—No te comprendo, Andréi. Sabes lo mucho que he estudiado para obtener un título y la suerte que tengo de haber encontrado un trabajo. No puedo permitirme no cumplir con lo que se espera de mí.

Pero Andréi no dio su brazo a torcer.

—Nos veremos en casa de Fiódor Vólkov. Ya sabes que a su edad se une una mala salud y en consideración a ello Dimitri Sokolov no ha tenido inconveniente en que vayamos al terreno de Fiódor Vólkov. Es importante que los judíos dejéis claro que queréis comprometeros con la revolución.

—Creía que nuestro grupo era algo más que unos cuantos judíos, tú mismo eres un ejemplo de que queremos lo mismo que el resto de los socialistas. Te pido que me disculpes, ya me contarás más tarde lo que se haya decidido.

—Tienes responsabilidades, Samuel, no puedes dejarnos en la estacada.

—No voy a dejar a nadie en la estacada, sólo voy a cumplir con mi deber, y mañana mi deber es acompañar a Oleg Bogdánov.

Era la primera vez que discutían. Samuel nunca había manifestado la menor discrepancia con Andréi desde que le conoció siendo un niño. Hasta aquel momento el botánico había tenido más predicamento en Samuel que su propio padre. Y no le gustó ver que quien había sido poco más que un alumno, ahora le tratara de igual a igual.

En casa de Fiódor Vólkov hacía frío pese al calor que desprendían los leños que crepitaban en la chimenea a la que todos acercaban las manos.

Allí estaban reunidas algunas de las personas que con más ahínco defendían la necesidad de hacer una revolución. Diez hombres y tres mujeres discutían con pasión sobre el futuro de Rusia.

Tanto el bibliotecario Sokolov como el propio profesor Vólkov preguntaron reiteradamente por Samuel, preocupados por que Andréi no terminara de confirmar su presencia.

—Es importante que esté aquí, ha llegado la hora de actuar.

Pero no se pusieron de acuerdo en qué consistía pasar a la acción. Algunos de los partidarios del profesor Vólkov parecían sentir admiración por otros grupos que propugnaban la violencia, pero el bibliotecario Sokolov se manifestó en contra.

—No cometeremos el error de hacer correr la sangre, el pueblo no nos lo perdonaría. Incluso nos temerían. No, ése no es el camino.

El profesor Vólkov parecía dudar; quizá, decía, había llegado la hora de hacer algo más.

Decidieron reunirse la última noche del año. Cada grupo presentaría un plan de acción, lo discutirían y decidirían, aunque el bibliotecario Sokolov dejó claro que en ningún caso participaría en un acto de violencia.

—Los judíos hemos sufrido demasiada violencia como para hacernos partícipes de la misma. Los campesinos y los trabajadores no seguirán a quienes no sean capaces de vencer con la palabra. Se trata de convencer, no de aniquilar al adversario, en ese caso nos convertiríamos en lo mismo que ellos. Sólo quienes no tienen fe en sus creencias recurren a la violencia.

Más tarde Yuri Vasiliev le contó a Irina detalles de la reunión, comentando que Sokolov no dejaba de pensar como un judío.

—¡Pero tú no querrás hacer daño a nadie! —exclamó ella, preocupada por que Yuri pudiera decantarse por quienes defendían la acción violenta.

—No creo que sea necesario, al menos por ahora, aunque tampoco creo que haya que descartarla. Sin embargo, al bibliotecario Sokolov le resultaría insoportable verse implicado en una acción en la que pudiera derramarse sangre. Él cree que lo que le une a otros hombres es el socialismo, pero en realidad piensa y habla como un judío. ¡Ah!, mi querida Irina, no sabes de lo que te hablo porque tú no eres judía.

—Pero tú...

—Yo renuncié hace mucho tiempo a ser nada más que lo que soy, un hombre que trabaja con sus manos arrancando notas a un violín. Un hombre que sólo quiere vivir en paz con los otros hombres y que lo único que desea es borrar las diferencias. Ser judíos nos hace diferentes, y mientras que el bibliotecario Sokolov cree que es posible construir una sociedad sin diferencias, pero en la que cada cual rece a quien quiera siempre y cuando lo haga en la intimidad de su hogar, yo prefiero abolir para siempre cualquier atisbo de diferencia. Quiero acabar con la idea de ese Dios que lleva a los hombres a pelear entre sí por la manera en que se dirigen a él, por los ritos con los que se le acercan. Sokolov quiere un país sin religión oficial, yo quiero un país donde cualquier religión esté proscrita.

—Entonces fracasarás. Los campesinos no renunciarán a Dios, es lo único que tienen, lo que les mantiene de pie.

—Precisamente, Irina, precisamente contra eso también hay que luchar. La religión no es más que superstición. Los hombres libres serán hombres cultos, no importa que sean campesinos o artesanos, y desterrarán de sus vidas los viejos ritos y las leyendas de la Biblia. Aprenderán a pensar y a honrar a la razón.

—Pero... yo... lo siento, no creo que se pueda prohibir a los hombres creer en Dios. Además... bueno, me parece terrible eso que has dicho de proscribir a Dios.

—No he dicho a Dios, sino a la religión, pero tanto da. ¿Sabes, Irina?, creo que nunca serás una buena revolucionaria. Tienes demasiado corazón y lo antepones a la razón.

Se quedaron en silencio durante unos segundos. Irina temía haberle contrariado y perder la confianza que él había depositado en ella. En ocasiones se preguntaba por qué no la había vuelto a invitar a ninguna reunión como aquella a la que asistieron en casa del profesor Vólkov, pero no se atrevía a decírselo. Fue Yuri el primero en romper el silencio que empezaba a pesarles a los dos.

—Si yo te pidiera matrimonio, ¿por qué rito nos casaríamos? Yo soy judío y tendríamos que casarnos de acuerdo con mi religión. Pero para eso el rabino te exigiría que renunciaras a la tuya. Aun así, tardaría meses, quizá años, en aceptarte entre los judíos. Tú eres ortodoxa, ¿crees que el Pope nos daría su bendición? Montaría en cólera ante la sola idea de que pudieras casarte con un judío. Me pediría que me convirtiera. De manera que no podemos casarnos y la única salida que nos dejan es que te convierta en mi amante. Pero yo creo que la decisión de pasar juntos el resto de nuestra vida no les corresponde ni al rabino ni al Pope, sólo a ti y a mí, y sin embargo no nos dejan decidir. Algún día, la voluntad de un hombre y una mujer será suficiente para poder casarse.

Irina había enrojecido. Sentía que le latían las sienes y le sudaban las manos. Instintivamente había retrocedido distanciándose de Yuri. Él se dio cuenta y no pudo evitar una sonrisa.

—No te preocupes, no voy a proponerte que te conviertas en mi amante, era sólo un ejemplo.

—Y como tal lo he tomado —respondió ella intentando que Yuri no se diera cuenta de su malestar.

—Aunque si yo no fuera judío y tú no fueras ortodoxa, quizá te pediría que te casaras conmigo. Mijaíl te quiere como a una madre, en realidad eres la única madre que ha conocido y temo que un día decidas dejarnos.

Ella no respondió. Le incomodaba la conversación y de haber tenido fuerzas se habría ido en aquel mismo instante.

—Voy a atreverme a pedirte un gran favor: si alguna vez me pasa algo, ¿me prometes que te harás cargo de Mijaíl? No tengo mucho, pero lo que tengo está aquí, en este pequeño arcón. Te daré una llave para que puedas abrirlo en caso de…

Irina no le dejó proseguir. Se sentía aturdida por todo cuanto Yuri estaba diciéndole.

—Entiendo que es un gran sacrificio el que te pido, pero eres la única amiga que de verdad tengo, la única persona en quien confío. Sé cómo eres y sólo estaría tranquilo sabiendo que Mijaíl está contigo. Sé que no tengo derecho a pedirte que hagas ningún sacrificio por nosotros, pero…

—¡Basta, Yuri! ¡Basta ya!

—Dime que te harás cargo de Mijaíl… —El tono de Yuri era de súplica.

—No va a pasarte nada, eres su padre y es a ti a quien necesita.

—Pero si algún día me sucediera algo…

—Te doy mi palabra de que cuidaré de Mijaíl, yo también le quiero.

Yuri pareció sentirse satisfecho de la promesa arrancada a Irina.

Mientras transcurrían los días, los discípulos del bibliotecario Sokolov y los del profesor de música Vólkov dedicaron su tiempo libre a escribir lo que a su juicio deberían ser las acciones del futuro. Andréi se encargó de ir recogiendo las propuestas de sus camaradas, incluso invitó a Samuel a que escribiera la suya.

—No tengo tiempo y tampoco estoy seguro de lo que debe hacerse —le respondió Samuel.

—Pero al menos vendrás a la reunión del último día del año. Beberemos un buen vodka y hablaremos. Tendremos que votar lo que ha de hacerse.

—No creo que pueda ir, me he comprometido a asistir a la fiesta de fin de año que ofrecen la condesa Yekaterina y mi amigo Konstantin.

—De manera que prefieres estar con tus amigos ricos que con nosotros. Me decepcionas, Samuel, ¿qué te pasa? Estás cambiando.

Al final Samuel se comprometió a acudir en algún momento a la reunión en casa del profesor Vólkov.

Aquel 31 de diciembre en San Petersburgo no quedaba un centímetro sin nieve. Había nevado desde primera hora de la mañana y continuaba nevando a esas horas en que la ciudad estaba envuelta en sombras.

Samuel estaba nervioso. No había dormido bien y le dolía la cabeza. A mediodía, Josué había acudido a visitarle para regocijo de la viuda Korlov.

Raisa le había ofrecido una taza de caldo caliente y un trozo de tarta de almendras que Josué había aceptado de inmediato.

—¿Qué es eso de que esta noche no vendrás a casa de Konstantin? Nuestro amigo ha preparado una fiesta de disfraces para despedir el año. Mi madre lleva varios días cosiéndome un traje de Arlequín, aunque con el frío que hace más me valdría pedir a tu padre una de sus pieles e ir disfrazado de oso.

—Iré, pero no me quedaré mucho tiempo.

—¿Y qué es eso tan importante que tienes que hacer? ¿Nos ocultas una cita amorosa?

—No, te aseguro que no es algo tan grato como una fiesta o una cita amorosa. No me lo preguntes, Josué, es mejor que no lo sepas.

—¡No puedo creer que tus amigos socialistas hayan convocado una reunión para esta noche!

En su respuesta Samuel dio rienda suelta al malestar que le embargaba y que estaba oprimiéndole el estómago.

—Mis amigos, como tú dices, se toman en serio el futuro de Rusia. Konstantin y tú habláis mucho, pero ¿qué hacéis para cambiar las cosas? Nada, no hacéis nada. Habláis, habláis... Konstantin es un aristócrata y tú el nieto de un rabino, y eso os sirve de excusa para quedaros de brazos cruzados. ¿Cómo os vais a manchar las manos? No, claro, mientras la gente muere de hambre y la miseria recorre Rusia, vosotros cenaréis opíparamente y beberéis champán, servidos por criados que se inclinarán a vuestro paso.

A Josué le dolieron las palabras de Samuel, jamás habría imaginado que en su amigo hubiera algún atisbo de resentimiento.

—¿Qué tienes que reprochar a Konstantin? ¿Que es un aristócrata? ¿Que es rico? Él no ha elegido su lugar de nacimiento. ¿Qué pretendes que haga? ¿Que ponga una bomba en su propio jardín? Tiene obligaciones que son sagradas, como proteger a su abuela y a su hermana. ¿Y yo qué debo hacer? ¿Quieres que entre en la sinagoga y grite que no creo en ningún Dios? Mentiría si lo hiciera. Sí, es verdad que a veces me ahoga el peso de la religión, pero no estoy seguro de que un mundo sin Dios sea mejor que éste.

—¿Qué clase de hombres sois? —preguntó Samuel con rabia.

—Y tú ¿qué clase de socialista eres?

—No vivo en ningún palacio ni organizo una fiesta de disfraces mientras con una mano sostengo una copa de champán y, entre sorbo y sorbo, teorizo sobre las bondades de una Rusia nueva.

—¿Cómo puedes ridiculizar a nuestro amigo? Le describes como un personaje frívolo carente de moral. Konstantin es el mejor de nosotros, generoso, solidario, siempre acude en ayuda de los más débiles y aprovecha su circunstancia familiar para socorrer a cuantos lo necesitan; ya sabes que ha salvado a más de uno de las garras de la Ojrana. ¿Cómo te atreves a juzgarle? —Josué estaba enfadado y sobre todo decepcionado por las palabras de Samuel.

—Pero ¿qué sucede? —La viuda Korlov entró en el salón preocupada por el tono de voz de los jóvenes.

—Nada... nada... perdone, señora Korlov... Josué ya se iba, ¿verdad?

—Sí, así es. Creo que no ha sido buena idea visitarte, estás de mal humor; algo te inquieta y estás desahogándote arremetiendo contra tus amigos. No le diré nada a Konstantin, no comprendería unos reproches que rozan la deslealtad. Creo que has olvidado lo que la familia Goldanski ha hecho por tu padre y por ti. Sólo por eso jamás debería haber salido de tu boca la más mínima crítica hacia él. Pero para no dañarle, no se lo diré.

Samuel se sintió un miserable pero no supo dar marcha atrás y retener a su amigo, pedirle perdón. Estaba enfadado consigo mismo y había sentido la necesidad de pagarlo con los demás. Por la mañana había discutido con su padre, que se había disgustado al saber que no iría a la fiesta de los Goldanski. Ahora había ofendido a Josué y a Konstantin, y estaba a punto de hacer lo mismo con Raisa Korlov, que lo miraba con los ojos entreabiertos dispuesta a explayarse con una buena regañina.

—No es de mi incumbencia, pero me sorprende lo que acabo de oír. ¿Qué es lo que has dicho que tanto ha ofendido a tu amigo para marcharse así? ¿Y qué es lo que recriminas a la familia Goldanski a la que tanto tú como tu padre, y desde luego yo, debemos tanto? Los desagradecidos no entrarán en el reino de Dios.

Samuel no respondió. Dio media vuelta y buscó refugio en la habitación que continuaba compartiendo con su padre.

Isaac había salido a buscar leña porque a la viuda Korlov le preocupaba no tener suficiente para hacer frente al frío que, decía, parecía colarse por los poros de la piel hasta llegar a los huesos.

La noche anterior Andréi había entregado a Samuel unos cuantos papeles con algunas de las propuestas de sus camaradas.

—Léelas, debes saber lo que proponen nuestros amigos.

Samuel buscó los papeles que había ocultado entre las hojas

de un viejo libro de botánica, regalo de la condesa Yekaterina. Recordaba el día en que había recibido con emoción aquel libro de manos de la condesa bajo la mirada alegre de Konstantin. El tomo había pertenecido al profesor Goldanski. ¿Cómo podía haber hecho el más mínimo reproche a Konstantin? Era su mejor amigo, tan generoso como lo había sido su abuelo, siempre dispuesto a dar, sin esperar nada a cambio, y él acababa de tacharlo de aristócrata despreocupado y frívolo. Se avergonzó de sí mismo. Esperaba que Josué no le dijera nada a Konstantin.

Tal era su malestar, que por más que su padre y la propia Raisa insistieron no quiso comer el guiso de carne y patatas y la tarta de manzana que había preparado la viuda Korlov.

—¿Vas a despedir el año con el estómago vacío? Eso no te hará bien. Yo sé lo que te pasa, te preocupa la discusión con tu amigo Josué. Sois jóvenes y no hay nada que no pueda arreglarse, aunque no me ha gustado oír decir a Josué que has tenido palabras de reproche para con la familia Goldanski.

—¡Hijo!, ¿qué has dicho? —preguntó su padre.

—No te preocupes, padre, he discutido con Josué por una tontería.

—Pero ¿qué has dicho de los Goldanski? A ellos les debemos nuestra suerte, no se merecen más que nuestra gratitud.

—Lo sé, padre, lo sé… No te preocupes.

Para alivio de Samuel la conversación fue interrumpida por la llegada de Andréi. Entró en el comedor temblando de frío.

—Siento no haber podido llegar antes, pero la nieve impide dar más de dos pasos seguidos.

—¿Tienes hambre? Espero que tú al menos comas algo de mi guiso. Samuel no ha probado bocado —se quejó la viuda.

—Estoy hambriento y no podría resistirme al olor del guiso. No se me ocurre mejor forma de despedirme del año después de un día de trabajo. Tú has tenido suerte —dijo dirigiéndose a Samuel—, hoy te han dado el día libre.

—Llevo toda la semana trabajando —se justificó Samuel.

Cuando Andréi terminó de dar cuenta del guiso de Raisa, le

hizo una seña a Samuel para que lo acompañara a su habitación. Una vez allí y después de cerrar la puerta, le miró con preocupación.

—¿Qué te sucede? Estás nervioso y no comer es una estupidez. Le he dicho al bibliotecario Sokolov que acudirás esta noche, que contamos contigo.

—Ya te he dicho que iré. Ahora, perdóname, pero debo ir con mi padre, quiere que juguemos una partida de ajedrez —dijo como excusa para salir de la habitación de Andréi.

Eran más de las diez cuando Samuel se despidió de su padre. Andréi se había marchado poco antes sin decir ni adiós, lo que había provocado un comentario amargo de Raisa.

—Lo menos que podía hacer es desearnos las buenas noches, ni siquiera me ha agradecido el plato caliente —se quejó la mujer.

—Hijo, deberías ir a casa de los Goldanski, al menos el tiempo suficiente para cumplir.

—Ya te he dicho que tengo otro compromiso, pero pasaré a desearles un buen año.

—No quisiera desairar a la condesa... Yo no me encuentro bien de salud, pero tú debes ir, es mucho lo que les debemos.

—¡Por favor, padre, no insistas, ya te he dicho que iré! No podré quedarme mucho tiempo, pero iré.

—Hijo, me preocupa la amargura que destilas esta noche... Yo... no sé... quizá si quisieras contarme lo que te sucede...

—Nada, padre, no me sucede nada extraordinario. No me esperes, llegaré tarde.

—Charlaré con Raisa hasta que se apaguen los troncos que ha puesto en la chimenea.

Samuel estaba a punto de salir de la habitación cuando se dio la vuelta y abrazó a su padre. Isaac respondió al abrazo mientras asomaba en su mirada una sombra de perplejidad.

—Padre, sabes lo mucho que te quiero, ¿verdad?

—¡Cómo no voy a saberlo! Sólo nos tenemos el uno al otro, así ha sido desde que...

—Desde que asesinaron a mi madre, a mis hermanos... Sí, desde entonces no nos hemos separado. Has sido el mejor padre.

Las palabras de Samuel hicieron que Isaac estrechara con más fuerza a su hijo. Intuía que algo le sucedía y aquel abrazo más que de alegría le llenó de aprensión.

Samuel salió de la casa después de haber depositado un beso en la mejilla de Raisa. Para ella, Samuel seguía siendo el niño que tantos años atrás había llegado a su casa.

Hacía frío. Demasiado, pensó. No quería ir a ninguna parte. De buena gana se habría quedado a compartir la velada con Isaac y con Raisa. Su padre tenía razón, estaba irritado, a disgusto consigo mismo sin saber por qué. No le gustaba el tono imperioso que Andréi utilizaba con él. Y aunque no quisiera admitirlo, estaba cansado de aquellas largas reuniones con el bibliotecario Sokolov en las que hablaban y hablaban de un futuro que se le antojaba utópico.

Quizá era egoísta y por eso en aquellos momentos su principal preocupación era hacer bien el trabajo que le encomendaba su maestro, Oleg Bogdánov. Había sido una suerte que le aceptara entre sus ayudantes y no quería desaprovechar la oportunidad de aprender y ser alguien. Porque Samuel se decía que si llegaba a ser un buen químico entonces San Petersburgo le aceptaría. La ciudad se mostraba arisca con quien no era nadie, y ser alguien significaba ser reconocido por lo que uno hacía, a no ser, claro, que uno fuera un aristócrata o un miembro de alguna de las familias más ricas.

Estaba llegando a casa de los Goldanski cuando Irina surgió de entre las sombras. Aunque llevaba un gorro cubriéndole el cabello y una bufanda sobre el rostro, pudo ver el miedo en su mirada.

—Samuel... —murmuró ella.

—Pero ¿qué haces aquí? ¿Cómo es que no estás en tu casa con tu familia?

—Yuri me pidió que me hiciera cargo de Mijaíl porque él... bueno, él tenía algo importante que hacer esta noche. Acordamos que llevaría al niño a mi casa y que mañana él lo iría a recoger, pero ha sucedido algo...

A Irina le temblaba la voz. Samuel se alarmó.

—¿Qué ha sucedido? Dime...

—Fui a por Mijaíl a la hora que habíamos acordado. Yuri quería cenar con su hijo, de manera que quedamos en que no iría antes de las ocho. No sé, pero creo que algo le preocupaba... Mijaíl y yo nos fuimos y ya estábamos camino de mi casa cuando me di cuenta de que no había cogido ropa para el niño, ni siquiera un pijama. Dimos la vuelta y cuando llegamos vimos un gran revuelo en el portal. Yo..., bueno, por prudencia decidí pararme antes de acercarnos y... fue horrible... Unos hombres se llevaban a Yuri, lo empujaban y le gritaban... Mijaíl se puso a llorar y a llamar a su padre... Tuve que taparle la boca... Yuri nos vio pero no hizo ni un solo gesto, como si no nos conociera... Esperé a que se marcharan... No sabía qué hacer, no me atrevía a subir a la casa... Ahora Mijaíl está con mi madre, le he contado lo sucedido y ella está asustada... Creo que a Yuri se lo ha llevado la Ojrana.

—¡Dios mío! —exclamó Samuel, asustado.

—No me he atrevido a molestar a Konstantin, pero como sabía que estabas invitado a la fiesta de esta noche he estado esperando hasta verte llegar.

Samuel se quedó en silencio. No sabía qué decirle. Sentía más miedo que Irina puesto que si la policía había ido a por Yuri eso significaba que estaba tras la pista del grupo del profesor Fiódor Vólkov, y precisamente aquella noche era la reunión con el grupo de Sokolov al que él pertenecía. Pensó en Andréi, que guardaba parte de las propuestas de acción de los miembros del grupo de Sokolov. Tembló al pensar que la Ojrana podía detenerlo. Miró a Irina, ella esperaba que él dijera algo, pero sólo sentía miedo, no sabía ni qué decir ni qué hacer.

—Debes regresar a casa para cuidar de Mijaíl.

—¡No! ¡No! ¡Hay que avisar a los amigos de Yuri!

—¿Y Mijaíl? ¿Vas a dejarle con tu madre? No puedes obligarla a que asuma esa responsabilidad.

—No... claro que no, pero... ¡Dios mío, no sé qué hacer!

—Yo tampoco, no sé cómo ayudarte, además... lo siento, Irina, pero puede que la Ojrana...

—¡Por Dios, Samuel, confía en mí! Sé que, como Yuri, formas parte de un grupo que quiere cambios para Rusia y que esta noche había una reunión.

—¿Él te contó todo eso?

—Sí, Yuri confía en mí, sabe lo que pienso, incluso en una ocasión lo acompañé a casa del maestro Vólkov... ¡Debemos hacer algo!

—Tú no debes arriesgarte, bastante es que tengas en tu casa al hijo de Yuri.

—¡No quiero ir a casa! —La voz de Irina sonaba histérica.

—Necesito pensar... Tengo que volver a casa.

—No, no debes ir a tu casa; si os han descubierto, la Ojrana también irá a por ti.

—¡Pero si yo no he hecho nada! —protestó Samuel.

—¿Y crees que Yuri sí?

No habían dado unos pasos cuando escucharon el ruido frenético de los cascos de los caballos y gritos rompiendo el silencio de la noche.

Intentaron ocultarse entre las sombras, temerosos de que la policía pudiera detenerlos. San Petersburgo parecía estar en vigilia a pesar de la hora.

—Entremos en casa de Konstantin, es el único lugar donde estaremos seguros. —Samuel pareció aliviado al tomar aquella decisión.

Ella apenas dudó. Samuel tenía razón, el único lugar seguro para refugiarse era la mansión de los Goldanski, aunque temía lo que pudiera decir la condesa.

No intentaron pasar por la puerta principal. Fueron directamente al portón de la parte de atrás, por el que entraban y salían los criados y que comunicaba con las cocinas y las dependencias del servicio. El portón estaba entreabierto y aprovecharon para entrar buscando a oscuras la manera de llegar al vestíbulo principal. De la cocina salía un agradable olor a asado, a dulces y a pan, y se escuchaba el ir y venir de los criados.

Caminando despacio se acercaron al salón.

Konstantin se encontraba cortejando a una bellísima mujer a la que Samuel recordaba haber visto en otras fiestas. Josué no le andaba a la zaga y bebía de la copa de champán de una atractiva morena.

No les había dado tiempo de llegar hasta sus amigos cuando escucharon unos golpes insolentes en la puerta principal y las exclamaciones sobresaltadas de los criados.

Uno de ellos entró asustado en el salón gritando: «¡La Ojrana! ¡La Ojrana!».

Samuel llegó hasta donde estaba Konstantin y le miró angustiado.

—Puede que nos busquen a nosotros —susurró mientras señalaba a Irina, que estaba a su lado.

Durante unos segundos su amigo pareció desconcertado, luego mandó a la orquesta que ejecutara un vals y ordenó al criado que retuviera a los agentes de la temible policía en el vestíbulo.

—Tenéis que esconderos… Samuel, ¿recuerdas dónde nos ocultábamos para jugar cuando éramos críos?

Samuel asintió y tiró de Irina obligándole a correr. Bajaron al sótano y abrió una pequeña puerta que daba a un cuarto donde se almacenaba el carbón. Cuando eran pequeños se escondían allí para escapar de Katia, que siempre les importunaba para que jugaran con ella o simplemente por el placer de desesperar a los mayores que los buscaban por toda la casa.

Samuel hizo saltar a Irina por encima de un montón de carbón y luego se quedaron quietos y en silencio el uno junto al otro.

El tiempo parecía haberse enquistado en el reloj. Samuel imaginaba a los policías identificando a los invitados de Konstantin, luego seguiría el registro de la casa hasta dar con ellos.

La puerta se abrió de golpe y pudieron entrever la figura de Konstantin seguido por un par de hombres mal encarados.

—¡Ya les he dicho que este lugar es donde almacenamos el carbón! Pero busquen, busquen…, será divertido ver cómo se tiznan… Busquen…

Escucharon las voces amenazantes de los hombres y la risa de Konstantin y no respiraron hasta que la puerta se volvió a cerrar.

Konstantin regresó con los policías hasta el salón de baile y en su voz se traslucía auténtico enfado.

—Les aseguro que presentaré una protesta ante el primer ministro por el trato que nos están dispensando.

—Usted será el conde Goldanski, pero algunos de sus amigos participan en actividades peligrosas, y puede que esta noche estén entre sus invitados. Además, no sería el primer noble que juega a ser un revolucionario —dijo con voz desafiante el que parecía mandar el destacamento de policías.

—¡Cómo se atreve! No toleraré esta falta de respeto hacia mí ni hacia mi familia, cuya lealtad al zar hemos probado en el campo de batalla.

La condesa Yekaterina se había retirado a sus aposentos después de la cena, pero tan pronto supo de la presencia de los agentes de la Ojrana acudió al salón de baile. Todos los invitados estaban en silencio. Los policías les habían ordenado colocarse de espalda contra la pared. Los miembros de la orquesta permanecían inmóviles, temerosos de lo que pudiese suceder.

La condesa apartó con delicadeza a su nieto para encarar la situación.

—Caballeros, aún no nos han informado de lo que sucede ni tampoco por qué han irrumpido en nuestra casa a estas horas de la noche.

El oficial de policía que mandaba el grupo hizo ademán de encararse con ella, pero ya fuera por la frialdad de la mirada de la condesa o por su aplomo, el hombre respondió con menos furia de la que realmente sentía.

—Esta noche un grupo de revolucionarios habían planeado reunirse para dar rienda suelta a sus instintos criminales. Ese grupo conspira para derrocar al zar.

—¿Revolucionarios? Caballeros, ni yo ni mi familia tenemos nada que ver con revolucionarios —dijo la condesa.

—Tenemos ojos y oídos en todas partes y sabíamos que esta noche habían previsto reunirse para aprobar un plan de acción —respondió el hombre que estaba al mando.

—¿Y los buscan ustedes aquí, en mi casa?

—Creemos que algunos de ellos podrían estar entre sus invitados.

—¡Cómo se atreve a acusar a mis invitados! Todas las personas que se encuentran entre nosotros son ciudadanos honorables y, como ha podido comprobar por sus nombres, todos somos leales súbditos del zar.

—Sí, éstos sí, pero ¿no espera a nadie más?

—Presentaré una queja ante el ministerio. Y haré que informen al zar de esta afrenta.

—Puede presentar cuantas protestas quiera. Nuestra obligación es garantizar la paz y el orden en el imperio. —En los ojos del oficial de policía se reflejaba el odio que sentía.

—¿Es necesario hablar aquí delante de todo el mundo? —preguntó Konstantin.

¿Tiene algo que decir que no pueda ser escuchado por sus invitados? —respondió con sorna el policía.

—Supongo que para usted sería difícil comprenderlo.

El oficial soltó una carcajada profunda que asustó a los presentes aún más de lo que estaban.

—Ya se lo he dicho: tenemos ojos y oídos en todas partes. Esta noche los conspiradores serán míos; de hecho ya lo son, pues hemos detenido a casi todos... y pagarán su traición, ninguno se librará. ¡Ah!, y sea precavido. Tener amigos que simpatizan con causas poco aristocráticas puede llevarle al mismo lugar que a ellos. No es usted más que un medio aristócrata medio judío.

—¡Salgan de mi casa inmediatamente! El zar será informado de su comportamiento. —La condesa estaba pálida pero el tono de su voz continuaba teniendo un tinte de autoridad.

—Sí, al zar le gustará saber que una familia medio judía tiene amigos que conspiran contra él. Rusia es demasiado generosa con sus enemigos. Hay que aplastarlos a todos. Los judíos son el germen de todos los problemas. Hay que arrancarlos de nuestra tierra como se arranca la mala hierba.

—¡Les he pedido que se vayan! Ya han escuchado a mi nieto.

Se fueron. A Konstantin y a Josué les sorprendió que lo hicieran.

—Y ahora continúen bailando. Beberemos una copa de champán… —dijo la condesa Yekaterina a los invitados.

Nadie tenía ánimos de seguir la fiesta pero tampoco se hubiesen sentido seguros abandonando la mansión, de manera que la mayoría optó por quedarse.

La condesa hizo una seña a Konstantin y a Josué para que se reunieran con ella a salvo de las miradas de los invitados.

—Ahora vais a decirme la verdad —exigió la condesa.

—Abuela, te aseguro que ignoro lo que sucede, aunque… Samuel llegó acompañado de Irina poco antes de que lo hiciera la Ojrana. Parecían asustados. Siento haberos comprometido a todos, pero les mandé esconderse en la carbonera.

La condesa se quedó callada intentando encajar las palabras de su nieto.

—Tráeles aquí, pero procura que no les vea nadie, si es que eso es posible.

Samuel e Irina se presentaron ante la condesa con las ropas manchadas de carbón.

—¿Y bien? Exijo una explicación. —Los ojos de la condesa destellaban ira.

—Lo siento, no debimos venir aquí, no tengo derecho a comprometerles.

—Quiero la verdad, Samuel: ¿eres un revolucionario?

—No… en realidad no lo soy… Bueno, creo que Rusia debe cambiar pero nunca por la fuerza.

—¡Déjate de sutilezas y dime la verdad! —gritó la condesa.

—La verdad, señora, es que esta noche pensaba atender a la invitación de Konstantin y pasar un buen rato en vuestros salones. Pero la verdad también es que un grupo de amigos me esperaban para participar en una reunión en la que hablaríamos de cómo lograr que Rusia se parezca a otros países como Alemania o Gran Bretaña y cómo ayudar al pueblo a salir de su miseria. Ésa es la verdad. Aunque os juro que nunca jamás movería un dedo contra el zar.

—¿Y tú, Irina?

—¿Yo? Yo no he hecho nada, aunque estoy de acuerdo con que las cosas deben cambiar, el pueblo sufre, condesa...

—Ya. De manera que tú también ibas a participar en esa reunión a la que estaba invitado Samuel cuando se fuera de mi casa.

—No, yo no estaba invitada. Sólo tenía que hacerme cargo de Mijaíl, el hijo de Yuri Vasiliev, pero a Yuri lo ha detenido la Ojrana y no sabía qué hacer, por eso busqué a Samuel...

La condesa cerró los ojos durante un segundo como si quisiera encontrar respuestas a lo que debía hacer.

—Mi esposo se habría sentido muy decepcionado por tu comportamiento —dijo clavando su mirada en Samuel.

—Lo siento, me avergüenzo de haberos puesto en esta situación. Nos iremos ahora mismo y espero que algún día podáis perdonarme por lo que he hecho.

—¿Sabes?, no sé si podré hacerlo. Te hemos tratado como si fueras de nuestra familia y tú... tú te has atrevido a colocarnos en esta situación, a traicionar nuestra confianza, a ponernos en peligro. No te mereces nuestro aprecio. Lo siento por tu padre, es un buen hombre como lo era tu abuelo.

Samuel bajó la cabeza. Se sentía avergonzado y a duras penas contenía las lágrimas.

—Abuela, Samuel no ha hecho nada malo, ¿acaso es malo desear un futuro mejor para Rusia?

—Lo que ha hecho es traición. Nos ha traicionado a nosotros y pretendía traicionar al zar. Pero, ¿sabes, Samuel?, yo no traicionaré a tu padre, y por afecto hacia él no te entregaré a la Ojrana. Te irás de mi casa, no quiero volver a verte. Y a ti, Konstantin, te prohíbo que tengas relación con Samuel o con cualquiera que ose poner en peligro la tranquilidad y el prestigio de nuestra casa. Y tú, Irina, no vuelvas. No necesitamos una profesora de piano como tú. En realidad hace tiempo que Katia insiste en que la liberemos de unas clases que no le interesan.

—Abuela… permíteme ayudarle. Es mi mejor amigo, no podría soportar que lo detuviera la Ojrana —dijo Konstantin con voz de súplica.

—No, Konstantin, no te permito tener amistad con ningún revolucionario. Despedíos para siempre y creedme si os digo que jamás imaginé este final.

Salieron de la estancia sin que Konstantin ni Samuel encontraran las palabras para la despedida.

—Corres peligro, Samuel, debes huir —dijo Josué, devolviéndoles a la realidad.

—¿Huir? No… no puedo huir, no puedo dejar a mi padre y tampoco sabría dónde ir —respondió Samuel sintiendo que un frío intenso le recorría la espalda.

—Si no huyes te detendrán, no tienes opción. Y tú, Irina, también corres peligro. Los porteros le habrán dicho a la policía que trabajas para Yuri y que te haces cargo de su hijo. Irán a buscar a Mijaíl para llevarle a algún orfanato —sentenció Josué.

—¡Pero yo no puedo irme! ¡No he hecho nada! ¡No pueden detenerme por cuidar a un niño!

—No sé cuánto sabes sobre las actividades de Yuri, pero la Ojrana te obligará a que les cuentes hasta la última palabra. No tardarán en encontrarte —le aseguró Josué.

—¡Basta, Josué, no los asustes! —intervino Konstantin—. Amigos míos, creo que debéis seguir las recomendaciones de Josué. Yo os ayudaré a escapar, pero debéis hacerlo. No os engañéis, si la policía ha ido a por Yuri y luego ha venido a buscarte a mi casa es porque saben los nombres de todos los que formáis parte de ese grupo. Os detendrán. La decisión es sencilla:

os quedáis en Rusia en una prisión de la Ojrana, o bien os escapáis para ser libres y eso implica que tú, Samuel, tienes que dejar a tu padre, y tú, Irina, a tu madre. En cuanto a Mijaíl, el pobre niño terminará en un orfanato, aunque puede que aún haya tiempo de ir a por él, estoy seguro de que por ahora la Ojrana estará poniendo todo su empeño en detener a todos los miembros del grupo, y tú, Irina, sólo eras la criada de Yuri. Sí, puede que aún haya tiempo de que vayas a buscar a Mijaíl.

Establecieron un plan. Josué se empeñó en acompañar a Irina hasta su casa para recoger a Mijaíl y Samuel insistió en que no se iría sin despedirse de su padre, luego se reunirían en las cocheras de la casa de Konstantin donde él les procuraría un carruaje para que salieran aquella misma noche de San Petersburgo.

—Es una temeridad que vayas a tu casa, no lograrás nada si te detienen —le dijo Josué a Samuel.

—No puedo irme sin decírselo a mi padre.

Samuel no vio a nadie sospechoso merodear por las proximidades de la casa. Subió deprisa las escaleras hasta el piso. Samuel se acordó de Andréi. ¿Lo habrían detenido?

La casa estaba en silencio y a oscuras, pero de inmediato se dio cuenta de que algo había pasado. El velador del vestíbulo estaba tirado, un jarrón yacía a su lado hecho añicos, y las acuarelas de la pared habían sido arrancadas y pisoteadas.

Encontró a Raisa Korlov sentada en el salón con la mirada perdida y los ojos enrojecidos por las lágrimas. La mujer temblaba y no pareció darse cuenta de su llegada.

Todos los muebles habían sido derribados, las cortinas arrancadas, los delicados marcos con los retratos de familia habían sido destrozados por una mano perversa.

Samuel cerró los ojos y durante unos segundos recordó vívidamente aquel día tantos años atrás en que encontraron su casa quemada, con todos los enseres hechos añicos. Entonces él era sólo un niño y había hecho lo imposible por olvidar. Aquel día había perdido la inocencia y sobre todo la fe. ¿Qué clase de Dios era el que no había detenido la mano asesina que arrebató la vida de su madre y sus hermanos? Y ahora volvía a encontrarse con la larga mano de la destrucción.

—¿Y mi padre? ¿Dónde está mi padre? —preguntó a la viuda zarandeándola para sacarla de su ensimismamiento.

Pero Raisa parecía no escucharle. Ni siquiera le miraba.

La habitación que ocupaba con su padre también había sido arrasada. La ropa estaba esparcida por el suelo, así como los libros que su padre y él guardaban como joyas, cientos de hojas aparecían pisoteadas y, de repente, Samuel sintió que se le aceleraban los latidos del corazón. Buscó dentro del escritorio que su padre había comprado para que pudiera estudiar. Estaba vacío, se habían llevado hasta la pluma que el profesor Goldanski le regaló cuando ingresó en la universidad.

«Estoy perdido», pensó. En uno de los cajones de aquel escritorio guardaba celosamente todos los papeles que tenían que ver con sus actividades clandestinas, aunque se había asegurado de cerrar el cajón con llave.

¿Cómo podía ser tan estúpido de haber escondido en su casa las pruebas que le incriminaban como enemigo del zar?

Y aquellos papeles le comprometían aunque sólo fuesen reflexiones sobre la miseria que padecían los campesinos y la necesidad de un gobierno más atento a las necesidades del pueblo. Regresó al salón y estrechó la mano de la viuda Korlov entre las suyas.

—Lo siento... lo siento mucho. Necesito saber qué ha pasado... ¡Por favor! —le rogó esperando que la mujer reaccionara.

Pero Raisa Korlov parecía haber dejado a su mente vagar por otro mundo que no era el de su propia casa. Samuel se dio cuenta de que aquella mujer amable y vivaracha, que le había despedido hacía unas horas llena de vida, se había transformado en una anciana.

Fue a buscar un vaso de agua y un calmante, y la obligó a tomarlo mientras le acariciaba el cabello intentando tranquilizarla. Luego la llevó hasta su cuarto y la ayudó a estirarse en la cama sobre la colcha desgarrada.

—Por favor, Raisa, necesito saber dónde está mi padre.

Sentado junto a ella y meciéndola en sus brazos esperó paciente a que la mujer reaccionara.

—Se lo llevaron —musitó al cabo de un buen rato.

—¿Dónde?

—No lo sé... era la Ojrana...

—¿Qué buscaban? ¿Por qué se llevaron a mi padre?

—Te buscaban a ti. Andréi les dijo que habías ido a casa de los Goldanski, que seguramente te habías escondido allí.

—¿Andréi? ¿Él estaba aquí cuando llegó la Ojrana?

Ella volvió a sumirse en el silencio y Samuel le apretó la mano suplicándole que hiciera un esfuerzo para recordar lo sucedido.

—Andréi había regresado a casa. Preguntó por ti. Tu padre ya se había retirado y yo estaba tejiendo, no tenía sueño y no me había acostado. Le pregunté cómo era que regresaba tan temprano, le creía en alguna celebración con sus amigos. Me respondió que estaba cansado. Yo le noté raro... nervioso, sólo hacía que dar vueltas de un lado a otro, mirando de cuando en cuando a través de los visillos. Era medianoche y yo estaba a punto de acostarme cuando oímos unos golpes en la puerta gritando que abriéramos de inmediato. Fue lo que hice, abrir y... entraron unos hombres, me empujaron... dijeron que eran de la policía y que te buscaban a ti... Tu padre se había despertado con los gritos y los golpes y salió de vuestro cuarto. Preguntó qué sucedía y ellos... le empujaron y... uno le golpeó mientras le exigía que se identificara. Tu padre les entregó su documentación preguntándoles qué buscaban, que debían de estar aquí por error. Ni le escucharon, comenzaron a destrozar la casa... Ya ves, han acuchillado hasta los colchones...

—¿Y Andréi? ¿Qué hacía Andréi?

—Estaba quieto, asustado, aunque esos hombres le ignoraban. Yo empecé a gritar suplicándoles que no destrozaran mi hogar, pero ellos... me empujaron, me tiraron al suelo diciendo que si continuaba gritando me llevarían detenida y no volvería a ver la luz del día. Tu padre intentó ayudarme pero a él también le golpearon... Los agentes entraron en vuestro cuarto y al cabo de un rato uno de ellos salió con unas cuantas carpetas y papeles en la mano. «¿De quién son estos papeles?», preguntó. «Aquí están las pruebas de la conspiración.» «¿Dónde está Samuel Zucker? Es un terrorista... y nosotros sabemos cómo tratar a los terroristas, a los que conspiran contra el zar.» Tu padre se levantó como pudo del suelo y... bueno, dijo algo para mí inesperado: «Esos papeles son míos, nada tienen que ver con mi hijo. A Samuel no le interesa la política, es químico. Esos papeles son míos. Díselo tú, Andréi». Andréi estaba pálido, sin saber qué hacer, pero de repente asintió: «Sí, esos papeles son de él». El policía soltó una risa que nos estremeció y dijo que ya cogerían al hijo pero que mientras tanto se quedaban con el padre. Isaac no dejaba de jurar que todas aquellas carpetas y papeles eran suyos. «Andréi, tú me conoces, sabes cómo pienso, díselo a estos hombres, diles que mi hijo es inocente, que los papeles son míos, soy yo el único culpable, díselo...» Uno de los hombres volvió a golpearle y lo tiró al suelo, luego otro le dio una patada en la cabeza y yo pensé que le habían matado. Andréi... Andréi no hacía nada, miraba en silencio... Los hombres terminaron de buscar por todos los rincones de la casa, vaciaron hasta el aparador tirando al suelo la vajilla... Cuando ya lo habían destrozado todo se marcharon llevándose a tu padre.

—¿Y Andréi?

—Le dijeron que los acompañara. Antes de irse, uno de los policías me amenazó: «Así que ésta es una casa de terroristas. Ya vendremos a por ti, vieja», y me tiró al suelo dándome una patada.

Raisa Korlov parecía más tranquila, el calmante empezaba a hacerle efecto y los ojos se le cerraban. Samuel calculó que la mujer dormiría unas horas antes de volver a enfrentarse con la desolación. La veló hasta que se durmió mientras se decía que tal y como había relatado los hechos la viuda Korlov, el comportamiento de Andréi había sido muy extraño.

Salió del cuarto de Raisa sin saber qué pasos dar, consciente de que su padre se había sacrificado por él, y que sin la protección que Konstantin le había brindado, en esos momentos estaría detenido en un calabozo de la Ojrana. Sólo la condesa y Konstantin podrían ayudarle a averiguar qué había sido de su padre, pero la condesa Yekaterina había dejado bien claro que ella debía pensar en su familia.

Buscó ropa limpia y se aseó con los restos de un trozo de jabón. Estaba decidido a presentarse en el cuartel de la Ojrana. Se entregaría y salvaría a su padre. Él había querido sacrificarse, entregar su vida a cambio de la suya, pero Samuel no lo iba a permitir. Tenía que pagar su culpa, no podía dejar ni un segundo más a su padre en manos de la temible policía del zar. Su padre le había demostrado una vez más cuánto le quería y se sintió un miserable por no haber sido capaz de ahorrarle tanto dolor.

Se disponía a salir cuando escuchó unos golpes suaves en la puerta de entrada y una voz tenue diciendo su nombre.

Cuando abrió se encontró a Josué, que llevaba de la mano a Irina, y ésta a Mijaíl, el hijo de Yuri, en brazos.

Les hizo pasar al salón y a Josué le bastó una mirada para comprender lo sucedido.

—¡Son unos bárbaros! —exclamó indignado.

—Se han llevado a mi padre. Encontraron algunos papeles que guardaba de nuestras reuniones. Mi padre confesó que eran suyos para exculparme y librarme del peligro. Voy a entregarme. No puedo permitir que pague por lo que no ha hecho.

—¡Pero te torturarán! ¡Te harán confesar! —La voz de Irina estaba cargada de miedo.

—¿Confesar? Procuraré no perjudicar a nadie, pero te aseguro que asumiré mi responsabilidad, no permitiré que mi padre pague por mi causa.

—Mi casa estaba revuelta. No han dejado nada en pie. Mis padres están aterrorizados, aunque no se llevaron al niño... Les he pedido que se vayan hoy mismo de San Petersburgo, mi madre tiene una hermana que vive en el campo —dijo Irina.

—¿No guardabas nada que te pudiera comprometer?

—Yo no he hecho nada, sólo sé las cosas que me contaba Yuri y... bueno, pienso que debe de haber un traidor entre vosotros, alguien os ha traicionado...

—Creo que es Andréi —respondió Samuel.

—¿Andréi? ¡No es posible! Es la mano derecha del bibliotecario Sokolov —exclamó Irina.

—Andréi estaba aquí esta noche cuando vino la Ojrana y, según me ha contado Raisa Korlov, su comportamiento ha sido muy extraño. Además... bueno, al parecer había cierta familiaridad entre esos matones y Andréi. Fue él quien les dijo que podían encontrarme en casa de la condesa Yekaterina.

—No puede ser... —reiteró Irina.

—Si me lo permites, Samuel, te acompañaré al cuartel, preguntaremos por tu padre, veremos cómo está la situación y luego decides qué hacer —propuso Josué.

—No, amigo mío, no quiero comprometerte. Sabes que me detendrán y si me acompañas sospecharán de ti. En cuanto a lo que debo hacer..., ¿permitirías tú que tu padre sufriera injustamente por tu causa? No soy un héroe y sé lo que me puede pasar, pero he de asumir mi responsabilidad. Tú sí puedes hacer algo por mí: salva a Irina, tarde o temprano irán a por ella. Yo... no sé cuánto tiempo seré capaz de aguantar la tortura... Dicen que con la Ojrana todos terminan hablando...

El pequeño Mijaíl escuchaba muy quieto la conversación de los mayores. No tenía más de cuatro años pero parecía darse cuenta de que aquél era un momento trascendental en la vida de los amigos de su padre y en la suya propia.

—Déjame que te acompañe..., de algo te serviré —insistió Josué.

—Lo único que conseguirás es que te detengan a ti también; además, no podemos dejar a Irina a su suerte... —insistió Samuel.

—Y no lo haremos. Volveremos a casa de los Goldanski, espero que la condesa aún esté descansando. Konstantin nos ayudará. Irina tiene que marcharse de Rusia de inmediato.

—Pero ¡qué dices! No puedo marcharme, ¿adónde iría? Tengo que cuidar de Mijaíl… Yuri está detenido, no sé qué le pasará…

—Sabes bien lo que va a pasar. Si piensas en Yuri, entonces llévate a su hijo, es lo único que puedes hacer por él. —El tono de voz de Josué no admitía réplica.

—Yo quiero ir con mi padre. —Mijaíl tiraba de la falda de Irina y en su mirada se reflejaba miedo, un miedo profundo a perder a su padre.

—Iremos a casa de Konstantin, es lo mejor —dijo Josué mientras daba por zanjada la conversación.

Samuel entró en el cuarto de Raisa Korlov para despedirse. Le tranquilizó verla dormida, aunque el sueño fuera agitado, habitado como estaba por la pesadilla de la Ojrana destrozando su casa. No pudo evitar sentirse un miserable por haber llevado tanto dolor a aquella casa donde había crecido envuelto por el amor de su padre y los cuidados y mimos de las viudas Korlov, la sagaz Alina, ya fallecida, y la buena de Raisa, siempre dispuestas a ayudarle.

Aún tardaría un buen rato en despertarse y pensó que le hubiera gustado ayudarla a recomponer los restos de lo que había sido un hogar, pero sabía que en pocas horas estaría cautivo en manos de la policía.

Cuando llegaron a las caballerizas de la casa Goldanski, Samuel e Irina se escondieron tal y como les había indicado Josué que lo hicieran. Les favorecía que aún no había amanecido y que la mayoría de los criados dormían profundamente después de haber bebido en abundancia para celebrar el año nuevo. Josué se dirigió a la entrada principal, donde un criado le dijo que la familia estaba descansando. Pero Josué insistió en que despertaran a su amigo. La fiesta había terminado antes de lo previsto. Nadie se sentía con demasiados ánimos después de la irrupción de la Ojrana. Konstantin siguió a Josué hasta las caballerizas.

—Han detenido a mi padre. —Samuel le explicó lo sucedido en las últimas horas.

Konstantin escuchaba en silencio con el gesto contrito y los ojos enrojecidos por el cansancio.

—Despertaré a mi abuela. Ella tiene gran aprecio por el bueno de tu padre, quizá pueda hacer valer sus influencias en la corte... Aunque no lo sé, ya sabes que está muy enfadada... Me ha prohibido volver a verte...

—Tu abuela tiene razón, sólo os causaría problemas. Ahora debo irme, no puedo dejar de pensar que mi padre esté siendo torturado por esos salvajes, debo ir de inmediato.

Sin embargo, Konstantin insistió en despertar a su abuela, les hizo aguardar un buen rato hasta que la condesa Yekaterina acudió al salón.

Ya era anciana y aquella mañana se la veía empequeñecida y agotada por los acontecimientos de la noche.

—Esperaba no volver a verte. Mi nieto me ha explicado la situación. No debería comprometer a mi familia, pero lo haré por tu padre. A media mañana iré a ver a una querida amiga de mi familia cuyo marido está bien relacionado en la corte. Antes sería indecoroso presentarme de improviso. En realidad su familia está emparentada con la de Konstantin Pobedonóstsev, el tutor del zar. No te prometo nada. Bien sabes que Konstantin Pobedonóstsev tiene una gran influencia en el zar Nicolás, al que aconseja mostrarse firme ante cualquier intento de cambio. Los revolucionarios son tratados como los peores delincuentes y es difícil obtener clemencia. Sabes, Samuel, que mi esposo fue un hombre justo pero inteligente, conocía bien los problemas de Rusia, pero sabía cuáles eran los límites, de manera que hizo lo posible por ayudar, por aliviar a los necesitados, por influir para que algunas cosas cambiaran y... bien, sabes que ayudó a cuantas personas pudo pero nunca puso en peligro a su familia, ¿qué habría ganado con ello?

Samuel no respondió. Bajó la cabeza mientras se mordía el labio inferior. Sintió la mirada intensa de la condesa.

—Te detendrán, Samuel, y no quiero que lo hagan en mi casa, de manera que debes marcharte. En cuanto a Irina, estoy de acuerdo con Josué, debe huir lo antes posible. Konstantin, dale cuanto necesite y procúrale un carruaje que la ponga a salvo, pero no un carruaje de los nuestros, sería demasiado peligroso...

—¡No me iré! —exclamó Irina mientras Mijaíl se abrazaba con fuerza a sus piernas y empezaba a llorar.

—Entonces, hija mía, no podemos hacer mucho más por ti ni por este niño del que ahora eres responsable. Si te quedas te detendrán, te torturarán y... perderás la vida. Si eso es lo que quieres, así sea, pero no me dejas otra opción que pedirte que salgas de mi casa de inmediato. No deberíais haber regresado. —La condesa Yekaterina hablaba con gran serenidad.

—Abuela, yo me ocuparé, ahora ve a ver si podemos salvar a Isaac... Y... bueno, recuerdo que el abuelo también tenía cierta amistad con el tío del zar, Sergei Alexandrovich Romanov; acaso él tenga más influencia en la corte...

—No puedo presentarme ante Sergei Alexandrovich sin más.

—Iré al cuartel general de la Ojrana. Condesa, os suplico que digáis a vuestros amigos la verdad, que yo soy el único culpable y que mi padre ha asumido mi culpa para protegerme. Si decís la verdad será más fácil salvarle.

—Está en manos de la Ojrana, de manera que... no, no será fácil salvarle, y tampoco a ti —respondió la condesa.

—¡Abuela, te suplico que hagas lo imposible! —Konstantin había cogido la mano de la condesa llevándosela al corazón.

—Sólo Dios hace milagros. Samuel, si decides acudir al cuartel general de la Ojrana no te lo reprocharé. No quiero ni imaginar lo que estará sufriendo tu padre... En cuanto a ti, Josué, creo que no deberías comprometerte si no quieres poner en peligro a tu familia. Aunque me duela decirlo, eres judío y tu abuelo es un rabino conocido. No hace falta que te recuerde lo que en Rusia significa ser judío..., y el hecho de que seas amigo de Samuel y de Irina... No, no deberías comprometer a tu familia.

—Es mi deber. No puedo abandonar a mis amigos —respondió con firmeza Josué.

—No podrás hacer nada. Te he dado un consejo como si fueras mi nieto, pero no puedo retenerte. Ahora insisto en que os marchéis de mi casa, no quiero ser cómplice de vuestras locuras.

Apenas salió la condesa, Mijaíl se puso a llorar de nuevo. El niño pedía a Irina que lo llevara junto a su padre, pero ella ni siquiera le escuchaba.

Konstantin estaba decidido a ayudar a su amigo y por tanto a desobedecer a su abuela, de manera que logró convencer a Samuel para que se escondiera en las caballerizas hasta mediodía a la espera de que su abuela pudiera interesarse por la suerte del viejo Isaac.

—Mientras tanto, organizaremos el plan de huida de Irina. Voy a mandar alquilar un carruaje. Debe ser discreto para no llamar la atención. Un criado de mi confianza servirá como cochero.

—Pero ¿adónde irá? —preguntó Josué por Irina, que permanecía en silencio con la mirada perdida.

—A Suecia, desde allí podrá viajar hasta Francia o Inglaterra. Con algo de dinero Irina saldrá adelante —respondió Konstantin.

—Pero ¿no sería mejor que fuera a Odessa y de allí en barco a Inglaterra?

—Suecia está más cerca. Es la salida natural —afirmó Konstantin.

—¿Te olvidas de Mijaíl? —le recordó Josué.

—Irá con ella a la espera de que Yuri… Aunque la decisión le corresponde a Irina, o llevarse con ella a Mijaíl, o buscar a algún familiar lejano de Yuri, o bien el pequeño tendrá que ir a alguna institución…

—¡No! —gritó Irina—, ¡no me separaré del niño! Yuri me hizo jurar que si algo le ocurría cuidaría de Mijaíl. Pero me quedaré aquí; si algo me ha de pasar, aunque sea la muerte, que sea aquí.

—No insistas en tu cita con la muerte, es una cita que ninguno podemos esquivar, pero no debemos provocarla. Y si vas a hacerte responsable de Mijaíl, entonces con más motivo tienes que marcharte. Si te quedas terminarán deteniéndote y al niño lo enviarán a un orfanato, todos sabemos que Yuri no volverá... —Las palabras de Josué fueron como golpes secos en el ánimo de todos ellos.

Las horas se les hicieron eternas. Konstantin les llevó algo de comer y beber y les instó a permanecer en silencio. Iván, el encargado de las caballerizas, era un hombre mayor que le profesaba gran afecto. Tiempo atrás había sido su profesor de equitación, y después de quedarse cojo por culpa de una caída del caballo, Konstantin insistió a su abuela para que le diera un techo y un trabajo con el que pudiera ganarse la vida. El hombre se lo agradeció con una lealtad absoluta, de manera que se encargó de que nadie les molestara en las caballerizas.

Poco antes de la una, Konstantin regresó.

—Lo siento..., no tengo buenas noticias. El esposo de la amiga de mi abuela se ha mostrado tajante: es una temeridad intentar ayudar a los enemigos del zar. Le ha dicho que en los próximos días habrá más detenciones, y, ¡cómo vuelan las noticias!, a estas horas ya sabía que la Ojrana había estado anoche en nuestra casa. Amablemente le ha recordado que mi difunto abuelo era judío y que no es la primera vez que hay judíos participando en algunas de las conspiraciones contra el zar, de manera que nos ha advertido que seamos prudentes. La despidieron de manera poco cortés, incómodos por la visita. ¡Ah!, y también le han dicho que la Ojrana está muy bien informada sobre los grupos revolucionarios, y han sugerido que seguramente en estos grupos siempre hay quien sirve de ojos y oídos para la policía... De manera que te detendrán. Se han llevado a tu padre sabiendo que es inocente, es su manera de empezar a torturarte. Debes huir, márchate con Irina y no vuelvas nunca jamás.

—No, eso no puedo hacerlo. Iré de inmediato a entregarme. Liberarán a mi padre, tienen que hacerlo, es inocente.

Konstantin no logró convencer a Samuel ni tampoco a Josué para que no le acompañara.

Se despidieron y Konstantin aseguró a sus amigos que él organizaría la fuga de Irina para que se marchara cuanto antes.

Samuel y Josué caminaron en silencio perdidos ambos en sus pensamientos habitados por el temor. Estaban a dos manzanas del cuartel general de la Ojrana cuando se tropezaron con Andréi. Samuel se acercó a él y le agarró con violencia de un brazo.

—¡Tú eres el traidor! ¿Dónde está mi padre? —Gritaba sin importarle la mirada asombrada de los que pasaban por la calle.

—¡Calla, imprudente, calla! ¿Quieres que nos detengan a todos? ¡Suéltame! —Andréi empujó a Samuel y Josué tuvo que ponerse entre ambos para evitar que estrellaran los puños el uno contra el otro.

—¡Estáis locos! No deberíamos llamar la atención, y tú, Andréi, tienes que explicarte, y si eres un traidor..., tarde o temprano lo pagarás —afirmó Josué.

—Iba a buscarte para advertirte. Tienes que escapar y... lo hecho, hecho está —dijo Andréi.

Josué le agarró del brazo y sin soltarle le conminó a caminar mientras Samuel los seguía intentando contener la rabia.

Caminaron hasta un parque cercano donde no pasaba nadie ya que había comenzado a nevar. Se guarecieron bajo las ramas de un árbol y allí, tiritando de frío, Josué obligó a Andréi a explicarse.

—Así que eres un traidor —le espetó Josué.

Andréi bajó la cabeza avergonzado y luego miró a ambos desafiándolos.

—Nunca he sido un revolucionario. Pero al trabajar con el bibliotecario Sokolov la Ojrana pensó que podía serlo. Un día me llevaron a su cuartel general. Podéis imaginar que me di por muerto. Me condujeron a una celda llena de restos de miseria humana, el olor a orín impregnaba las piedras desnudas de las paredes. Ni siquiera tenía donde sentarme. Allí estuve unas cuantas horas escuchando los gritos de otros hombres suplicando la muerte porque no podían soportar un segundo más de dolor. Sabía que debía prepararme para la tortura, para ser uno más de esos pobres desgraciados, pero tenía miedo, sabía que no sería capaz de resistir ni uno solo de sus golpes. Sobre todo me lamentaba de que fueran a torturarme sin ser yo un revolucionario.

»Al cabo de unas horas fueron a buscarme y me llevaron a una sala donde me esperaba un hombre. Me dijo que uno de sus informantes de la universidad había oído que Sokolov tenía gran predicamento entre los jóvenes y me preguntó si yo participaba de las reuniones donde se conspiraba contra el zar. Dije la verdad, que el grupo de Sokolov estaba formado en su mayoría por estudiantes judíos y que yo no era judío. Me dijeron que debía ganarme su confianza, convertirme en uno más e informarles. Aquel policía no me puso la mano encima, pero sus ojos de hiena eran suficientes para atemorizarme.

»"Tu padre es buen herrero y tu madre, una buena mujer. ¿Crees que les gustaría estar aquí? Confesarán, claro, confesarán cualquier cosa que les pidamos que confiesen esperando que así mis hombres les dejen en paz. Pero ¡qué vale un herrero y una campesina! Así que una vez que confiesen, ¿por qué malgastar un rublo teniéndoles en una cárcel? Tiraremos sus cadáveres a los perros. ¿Quieres evitarlo?"

»No me resistí. Juré que les ayudaría. El hombre me escuchó sin inmutarse y de repente se acercó a mí tanto que podía oler su aliento. Entonces me dijo que había elegido bien, que había elegido entre la vida y la muerte, la mía y la de mis padres. Salió del despacho y al poco entraron dos hombres que me condujeron hasta otra estancia. Abrieron la puerta y allí estaba mi madre llorando, de pie, con el cuerpo pegado a la pared. Tres policías se reían de ella. La habían obligado a desnudarse y ella intentaba ocultar sus pechos secos con los brazos. También estaba mi padre. Tenía las manos y los pies atados... No sé si mi madre me vio, pero no pude soportar la mirada de mi padre, una mirada cargada de vergüenza.

»Volvieron a llevarme al despacho de aquel hombre que parecía el jefe.

»Lloré pidiéndole que liberaran a mis padres, le dije que haría cualquier cosa. Hasta ahora no habían detenido a nadie del grupo de Sokolov pero querían dar un escarmiento, demostrar que nadie está seguro. Ellos saben de ti, Samuel, yo les di tu nombre. Anoche, cuando fueron a detenerte, no estabas en casa. Se pusieron furiosos y al registrar encontraron tus papeles y tu padre les juró que eran suyos, que tú eras inocente, que era él quien luchaba contra el régimen. Nos llevaron a los dos. Tu padre me suplicó en un susurro que le denunciara para exculparte a ti y… —Andréi no pudo reprimir un sollozo—. Me dijo que sólo me perdonaría si te salvaba. Y me amenazó, regresaría de la tumba, dijo, para cobrarse venganza si no te exculpaba.

»A él se lo llevaron e hicieron que me quedara allí. Estaban furiosos por no haber logrado detenerte. Luego fueron a por Irina, pero tampoco la encontraron. A tu padre le han torturado con más saña aún porque juraba que tú eras inocente y él era el único culpable. Entonces yo… bueno, no puedo deshacer el daño causado, pero les dije que aunque yo les había dado tu nombre en realidad no tenías un papel importante dentro de la organización, que era tu padre quien te había metido sus ideas revolucionarias en la cabeza… El policía me dijo: "El judío ha muerto jurándolo, pero no decía la verdad, y tú tampoco. ¿Acaso quieres correr su misma suerte?".

El grito de Samuel hizo rechinar las ramas bajo las que se cobijaban. Josué apenas tuvo tiempo de sujetar a su amigo, que se había agarrado al cuello de Andréi con las dos manos apretándolo con fuerza. En los ojos de Samuel sólo había odio, un odio profundo impregnado de lágrimas.

—¡Suéltale! ¡Suéltale! ¿Quieres ser como él? ¡Por Dios, suéltale! —Josué logró separar a Samuel del cuello de Andréi, que tenía el rostro descompuesto y apenas podía respirar. Luego abrazó con fuerza a su amigo en un intento por confortarle mientras intentaba secar sus lágrimas—. Tu padre ha entregado su vida para salvar la tuya. No conviertas en inútil su sacrificio... —intentó consolarle Josué.

Andréi les miró asustado, pero continuó su relato.

—El policía me dijo que tu padre estaba loco, que no dejaba de repetir: «Hijo, el año que viene en Jerusalén», que ésas fueron sus últimas palabras antes de hundirle por última vez la cabeza en una tina de agua y que le reventara el corazón. El año que viene en Jerusalén. Para vosotros los judíos eso significa algo, ¿no?

Pero Samuel no respondió, no sabía cómo hacer brotar las palabras, ni siquiera sabía si respiraba. Josué le apretaba contra su pecho impidiendo que se moviera, intentando transmitirle afecto y protección.

—Eres un miserable, deberías estar muerto —acertó a decir Samuel zafándose del abrazo de Josué.

—Sí, lo sé. Soy un cobarde, un miserable. Os he traicionado no sólo por evitar el sufrimiento a mis padres, también por mí; tengo miedo, los gritos de los torturados rechinan en mi cerebro.

—Así que trabajas para la Ojrana —dijo Josué afirmando lo evidente.

—Les pertenezco.

—¿Crees que estás a salvo? No, no lo estás, pronto se sabrá que has traicionado a tus amigos, y todo el mundo te volverá la espalda, y entonces ¿qué crees que harán contigo? Ya no les servirás para nada. —Las palabras de Josué hicieron que a Andréi se le contrajera el gesto.

—Hoy estoy vivo y mis padres también. Mañana... quién sabe lo que sucederá mañana.

—¿Qué ha sido del bibliotecario Sokolov y de Yuri..., de nuestros amigos? —preguntó Samuel venciendo la repugnancia que sentía por dirigirse a Andréi.

—Están todos detenidos. No volverán a ver la luz del día.

Algunos no han soportado las torturas. A Yuri se le rompió el corazón...

Samuel volvió a lanzarse sobre el cuello de Andréi, pero esta vez le esquivó y a Josué le dio tiempo a sujetarle de nuevo.

—No te ensucies las manos —le pidió Josué.

—Me despreciáis, pero ¿estáis seguros de que no habríais hecho lo mismo que yo? Vete, Samuel, márchate de Rusia si puedes y no regreses jamás, si te quedas te destruirán. ¡Ah!, y tu amigo Konstantin, aunque aristócrata y rico, que se ande con cuidado, saben de vuestra relación, además es medio judío, quién sabe lo que le puede llegar a pasar. —Andréi hizo esta advertencia mientras se alejaba—. Ahora voy a ver a mis padres, necesito saber que están bien.

Le dejaron marchar. Samuel lloró durante un buen rato y Josué no hizo nada por impedirlo. Sabía que su amigo necesitaba dejar escapar la angustia que le quemaba y sólo le quedaba esperar a que se sintiera con fuerzas para volver a caminar.

—Volvamos a casa de Konstantin. Te irás con Irina, es lo mejor —dijo Josué.

—Debo despedirme de la viuda Korlov, pagarle los destrozos que han causado en su casa. Mi padre guardaba sus pieles en la buhardilla de la casa que le había alquilado la buena de Raisa. Cogeré lo que pueda para vender.

—Yo te daré cuanto tengo, aunque bien sabes que la mía es una familia modesta.

—Tú ya me has dado un tesoro, el de tu amistad.

Josué insistió en acompañarle a su casa. Raisa Korlov aún dormitaba pero Samuel la despertó para explicarle lo sucedido, advirtiéndole de que Andréi era un traidor.

—Tendrá que irse de esta casa, no soportaría tenerle aquí —dijo Raisa sin poder contener las lágrimas.

Ella le dio la llave de la buhardilla que llevaba colgada al cuello de una fina cadena.

—Tu padre guardaba sus pieles en un arcón, supongo que sabes que en el fondo hay una pequeña caja, allí escondía sus ganancias. Me lo dijo cuando aún eras pequeño por si en algún momento le sucedía algo. Ya ves cómo confiaba en mí. Búscalo, es tuyo, y márchate cuanto antes, la Ojrana no se conformará con la vida de tu padre, vendrá a por la tuya.

Con la ayuda de Josué, Samuel eligió unas cuantas pieles y las otras decidió repartirlas entre la viuda Korlov y su amigo, no podía llevarlas todas y además quería demostrarle su gratitud.

En la caja de su padre encontró el dinero que él guardaba, el suficiente para vivir con dignidad al menos dos o tres inviernos y emprender los viajes que año tras año le llevaban hasta París y a Marie. En esta ocasión ese dinero serviría para comenzar una nueva vida, aunque se preguntaba dónde sería posible.

—Samuel, tu padre te ha marcado el camino: el año próximo en Jerusalén. Es lo que él quería, son las últimas palabras que dijo para ti —le recordó Josué.

—Jerusalén... Jerusalén... Yo nunca he querido ser judío... —se lamentó Samuel.

—No puedes dejar de ser lo que eres, Samuel. Eres judío, quieras o no quieras, creas o no creas. Eres judío y aunque huyas, lo serás siempre. El año que viene en Jerusalén, amigo mío, ojalá nos encontremos allí algún día.

Cuando llegaron a la mansión de los Goldanski, Konstantin ya había preparado todos los detalles para la fuga de Irina. Samuel y Josué explicaron a su amigo lo sucedido, incluida la advertencia de Andréi.

—¿Andréi es un traidor? ¡Qué miserable! —exclamó Konstantin.

—Tú también deberías irte una temporada —le dijo Josué a Konstantin.

—¿Yo? ¿Marcharme? No tienen nada contra mí, cierto es que soy amigo de Samuel, pero eso no es causa suficiente para que tenga que huir; además, no voy a abandonar a mi abuela y a mi hermana Katia.

—Deja que sea tu abuela quien decida. Debes contarle lo que nos ha dicho Andréi.

Konstantin prometió a Josué que así lo haría. Luego explicó a sus amigos el plan de huida. Había mandado a Iván a alquilar un carruaje y sería el caballerizo quien los llevaría hasta Suecia por los caminos menos transitados. Desde allí podrían tomar un barco hasta Inglaterra.

Pero Samuel, para no comprometer aún más a su amigo, insistió en ser él quien condujera el carruaje.

—¡Pero si tú no has llevado jamás un coche de caballos! —protestó Konstantin.

—Si he podido ser químico, creo que podré manejar este carruaje. Irina y Mijaíl irán dentro, a salvo de miradas ajenas. Si alguien nos para diremos que somos una familia de comerciantes, que voy a vender pieles a Inglaterra.

—Nadie creerá que un comerciante viaja en pleno invierno con su familia y mucho menos en dirección a Suecia. Mejor que busques otra excusa..., no sé, que vais a visitar a un familiar que está a punto de morirse... —les sugirió Josué.

Los tres amigos se abrazaron entre lágrimas sin saber si alguna vez volverían a encontrarse. Irina se unió al abrazo.

Nevaba sin tregua y la luz del día se había apagado cuando se pusieron en camino. Samuel estaba agotado pero había decidido conducir toda la noche para alejarse todo lo posible de San Petersburgo. Cuando el cansancio hiciera mella en él, entonces se apartarían del camino y dormiría un rato dentro del carruaje. No quería parar en ninguna posada, procuraría que nadie les viera para no llamar la atención, por más que el viaje resultara duro para Irina y, sobre todo, para el niño. Samuel no sabía en qué momento le dirían al pequeño que nunca más vería a su padre.

Mientras iba dejando atrás San Petersburgo se preguntaba si la Ojrana estaría ya tras su pista. Amanecía cuando, sintiéndose exhausto, decidió parar. Los caballos también necesitaban descansar. Se escondieron entre unos árboles, al pie de un arroyo, no lejos del camino.

—Los caballos tienen que comer y beber —le dijo a Irina.

Ella bajó del carruaje, dejando a Mijaíl envuelto en una manta de piel, y ayudó a desatar los caballos y a abrevarlos. No les resultó fácil, ninguno de los dos lo había hecho nunca, pero Samuel recordó las instrucciones de Iván, el caballerizo de Konstantin. Les llevó un buen rato hasta conseguirlo.

—Tienes que comer algo. Konstantin me dio unas cestas con comida suficiente para unos cuantos días —le dijo Irina.

Comieron de pie, junto al carruaje, pendientes de los caballos. Luego ella le mandó que fuera a descansar.

—Yo vigilaré los caballos y estaré atenta a cualquier ruido extraño.

—Pero no puedes quedarte a la intemperie —protestó Samuel.

—Me taparé lo mejor que pueda. Tienes que descansar, todo resultará más sencillo si lo hacemos entre los dos. No me veas como a una pobre mujer, soy fuerte, te aseguro que podré soportar la nieve sobre mi cabeza.

Samuel entró en el carruaje, acurrucándose junto a Mijaíl, y se quedó dormido de inmediato. Irina les despertó al cabo de un par de horas.

Mijaíl tenía hambre y Samuel también volvió a comer antes de subirse al pescante, aunque se preocupó por la tos de Irina.

—Ha sido una temeridad que te quedaras fuera del carruaje. No lo harás más.

—Sí, sí lo haré. No me ofrezco a conducir el carruaje porque sé que llamaríamos la atención, pero al menos haré todo lo que esté en mi mano. Debemos salir de Rusia cuanto antes y para eso es necesario el esfuerzo de los dos.

Y allí en la soledad de los campos nevados, mientras conducía el carruaje que debía llevarles a la libertad, mi padre fue despidiéndose de Rusia, convencido de que jamás volvería. Había sido un ingenuo al pensar que podían derrocar al zar. Tampoco podía quitarse de la cabeza las últimas palabras de su padre: «Jerusalén... Jerusalén».

Se decía que él había renunciado a ser judío y no había vuelto a la sinagoga desde su Bar Mitzvah, la ceremonia en la que los niños se convertían en miembros de la comunidad. Desde que habían asesinado a su madre había roto con Dios. Le había sacado de su vida porque no le necesitaba. ¿Para qué quería un Dios que había permitido que mataran a su madre, a sus hermanos y a su abuela? Tampoco había hecho nada por salvar a su padre. De manera que si Dios le había dado la espalda, él también se la daba. Así pues, ¿qué sentido tenía pensar en Jerusalén? Su padre había sido un buen judío, siempre cumplidor de la ley de Dios, soñando, en silencio, que algún día iría a Tierra Santa. Sin embargo nunca había dado los pasos necesarios. La Biblia le había inoculado la añoranza de Jerusalén, la ciudad de Dios, pero en realidad su padre era ruso y sólo ruso. Pensaba, sentía, amaba, lloraba como un ruso. Bien lo sabía él.

Irina y Mijaíl enfermaron. No dejaban de toser, y la fiebre se había adueñado de ambos. Aun así, Irina insistía en cuidar del carruaje y los caballos durante las escasas horas en que Samuel se tomaba un descanso. Seguían evitando las posadas aunque apenas les quedaban provisiones para ellos y los caballos.

Irina repartía la comida entre Samuel y Mijaíl y ella apenas probaba bocado. Era consciente de que Samuel necesitaba de todas sus fuerzas para sacarles del país. En cuanto a Mijaíl, era un hijo inesperado al que debía dedicarle el resto de su vida. Sabía que eso era lo que Yuri hubiese querido. No había tenido más remedio que decirle al niño que su padre había muerto, y si alguien le preguntaba debía decir que ella era su madre y Samuel su padre, de lo contrario se lo llevarían para siempre.

Un día Samuel le dijo que creía que ya estaban en Finlandia.

—Tanto da que estemos en Finlandia, seguimos dentro del imperio —respondió ella.

—Sí, pero ya falta menos. En cuanto lleguemos a Suecia seremos libres.

Samuel estaba agotado después de tantas jornadas de conducir el carruaje por caminos helados alejados de los pueblos y aldeas. Apenas dormía unas horas cada noche, ansiaba llegar cuanto antes a Suecia, y no sólo por sentirse libre de la amenaza de los hombres del zar, también porque le preocupaba el estado de Irina incluso más que el de Mijaíl. Sabía que ella se esforzaba por evitar que él la oyera toser, pero aunque no era médico, no podía engañarle. Sabía que estaba enferma y necesitaba descansar.

Mijaíl no le preocupaba tanto. Era un niño fuerte. Apenas le quedaban restos de tos y había vencido la fiebre. Mijaíl le recordaba a él mismo durante aquel largo viaje de París a Varsovia en compañía de su padre. También él tosía y tenía fiebre. Aquel viaje lo llevaba prendido en la memoria, cómo olvidar que cuando llegaron a su destino se encontraron con que a su madre la habían asesinado.

Samuel vio unas casas salpicadas de nieve dibujarse entre los árboles. Parecían cabañas de leñadores, pero decidió evitarlas, aunque aquel día la suerte no estaba de su parte.

Anochecía cuando se quedó dormido y debieron de chocar contra alguna piedra, el caso es que perdió el control de los caballos y el carruaje se despeñó hacia un lado, quedando dos ruedas inutilizadas.

Cuando se dio cuenta se encontraba en el suelo, con un dolor intenso en la cabeza, y una pierna que apenas podía mover. Oyó resoplar a los caballos al tiempo que los sollozos de Mijaíl le devolvieron a la realidad. Intentó ponerse en pie pero no podía.

—¡Irina! ¡Mijaíl! —gritó. Apenas veía dónde estaban.

Nadie respondió. Se arrastró como pudo hasta el carruaje y agarrando un estribo logró ponerse en pie para intentar abrir la portezuela que no había quedado enterrada por la nieve y el hielo. Al principio no pudo, después notó cómo alguien intentaba abrir desde dentro. La oscuridad ya era total cuando por fin logró abrir la portezuela. Irina estaba inconsciente, y sangraba por la cabeza. Mijaíl, sentado a su lado, era quien intentaba abrir la portezuela.

—¿Puedes andar? —le preguntó al niño.

Mijaíl asintió y le dio la mano a Samuel para saltar del carruaje. Con el esfuerzo, los dos cayeron en la nieve. Samuel abrazó al niño y le pidió que no llorara.

—Escucha, Mijaíl, tenemos que sacar a Irina, y si lloras no podré hacerlo. Necesito tu ayuda.

El niño rompió a llorar y se refugió entre los brazos de Samuel.

—No habla —dijo Mijaíl refiriéndose a Irina.

—Ha debido de darse un golpe en la cabeza, pero no te preocupes, no le pasará nada, como mucho le saldrá un chichón como los que te salen a ti cuando te caes.

Samuel estaba haciendo un esfuerzo sobrehumano, pues el dolor en la cabeza y en la pierna le resultaba insoportable.

De repente todos los nervios de su cuerpo se tensaron. Alguien se acercaba. Eran unos pasos firmes, rotundos, que parecían quebrar el hielo. Y vio una luz que se movía al compás. Abrazó al niño para protegerle sin saber muy bien qué hacer. De pronto una luz le cegó los ojos y le impidió ver a quién tenía delante.

—¿Estáis bien? —Era la voz recia de un hombre la que se dirigía a él.

—Sí… bueno, hemos sufrido un accidente…

—Oímos un ruido fuerte y el relincho de caballos —respondió el hombre.

—Creo que me he roto una pierna y… mi esposa, que está en el carruaje, ha perdido el conocimiento. ¿Podéis ayudarme a sacarla?

El hombre se acercó más y colocó el candil en el suelo. Luego le pidió que se apartara y con un movimiento rápido se encaramó al carruaje. Unos minutos después saltaba con el cuerpo de Irina en sus brazos.

—Mi cabaña está muy cerca, apenas a cien pasos. Si queréis llevaré a vuestra esposa y luego regresaré para ayudaros.

—Gracias —respondió Samuel, aliviado.

Mientras el hombre se perdía en la oscuridad de la noche, Samuel recordaba a Mijaíl lo que debía decir a los extraños.

—No olvides lo que te he dicho: Irina es tu madre y yo tu padre, de lo contrario nos podrían hacer daño y separarnos para siempre.

El hombre regresó y Samuel se apoyó en él como si fuera una muleta.

En la cabaña había dos mujeres atendiendo a Irina, a la que habían acostado en un colchón de paja cerca de la chimenea que caldeaba toda la estancia. Un niño no mucho mayor que Mijaíl observaba desde un rincón a los desconocidos.

—Mi mujer y mi hija se encargarán de vuestra esposa —dijo el hombre.

—Gracias —respondió Samuel.

—Debería entablillarle la pierna —afirmó el hombre.

—¿Sabéis hacerlo? —preguntó Samuel con curiosidad.

—Aquí no hay médicos. Nacemos y morimos solos.

No tardó mucho en buscar unos trozos de madera y afinarlos, luego le pidió a su hija un pedazo de tela limpia. Natasha, que así se llamaba la muchacha, obedeció de inmediato, mientras su madre continuaba limpiando la sangre de la herida que Irina se había hecho en la cabeza.

Cuando Samuel pudo acercarse a Irina comprobó que la brecha era muy profunda y que era preciso coserla. El campesino no debió de pensar lo mismo, y pidió a su mujer un hilo fino y una aguja. Después, con mucho cuidado, fue uniendo la carne desgarrada ante la mirada preocupada de Samuel, que muy a su pesar sabía que no tenía otra opción que la de confiar en aquel hombre.

Irina tardó un buen rato en recobrar el conocimiento y cuando lo hizo tenía la mirada vidriosa por la fiebre y no dejaba de temblar. Samuel se percató de que estaba más enferma de lo que había imaginado. Pidió a la mujer que calentara algunos ladrillos en el fuego y, envueltos en pieles, los colocara sobre el pecho de Irina. Mientras tanto, el hombre hacía un buen rato que había salido de la cabaña.

—Los caballos están a salvo, aunque uno tenía una pata rota, pero ya se la he entablillado, como a vos. Del carruaje me ocuparé mañana. Podéis quedaros a pasar la noche, pero aquí no hay comodidades para gente de vuestra condición —afirmó el hombre cuando regresó.

—¿Cómo os llamáis? —quiso saber Samuel.

—Me llamo Sergei, y éstas son mi esposa Masha y mi hija Natasha. A mi nieto le llamamos Nicolás, como a nuestro padrecito el zar.

—Os estoy muy agradecido, Sergei, y acepto vuestra hospitalidad. Mi esposa no se encuentra bien y necesita descanso.

—Está enferma del pecho, creo que morirá. —Las palabras del campesino sobresaltaron a Samuel.

—¡No! No morirá. Está enferma, sí, pero se recuperará. Sólo necesita descanso.

Sergei se encogió de hombros mientras comenzaba a preparar en el fuego del hogar una infusión de hierbas. Cuando terminaron de hervir, se la dio a beber a Irina.

—Estas hierbas la aliviarán y dejará de toser.

—¿Sabéis curar con hierbas?

—Mi padre lo hacía, y antes de él su padre, y el padre de su padre... Aprovechamos lo que nos ofrece el bosque, pero no siempre podemos curar, aunque sí aliviar el sufrimiento. Y ahora comed algo antes de descansar, no es mucho lo que tenemos pero será suficiente para todos.

Samuel no pudo vencer su curiosidad y le preguntó a Sergei por las hierbas que utilizaba para curar. Luego comieron en silencio. Mijaíl se quedó dormido sin apenas probar bocado.

Hacía horas que había salido el sol cuando Samuel se despertó. Tardó unos segundos en recordar lo que había pasado y dónde estaba. Se tranquilizó al sentir a Mijaíl a su lado y a Irina dormida junto al fuego del hogar.

Masha, la esposa de Sergei, estaba en un rincón de la cabaña pelando nabos. Natasha y su hijito no estaban, tampoco Sergei.

—Lo siento… creo que he dormido demasiado —dijo mientras intentaba incorporarse.

La mujer le ayudó a hacerlo mientras le sonreía.

—El sueño también cura. No os preocupéis, vuestra esposa está mejor. Esta mañana he hecho que comiera un poco de pan y también ha bebido una taza de té. La herida de la cabeza cicatrizará bien.

—¿Y vuestro esposo? —preguntó con preocupación.

—Está intentando arreglar vuestro carruaje. Ha encontrado las ruedas rotas, hará lo que esté en su mano. Ya ha dado de comer a los caballos. ¡Ah!, y ahí está vuestro equipaje, lo ha sacado del carruaje; por aquí no pasa gente, pero es mejor que lo tengáis cerca y así nadie os podrá robar.

—¿Y vuestra hija?

—Natasha está ayudando a su padre y mi nieto está en el establo dando de comer a los conejos.

—No sé cómo podremos agradeceros lo que estáis haciendo por nosotros.

—Dios todo lo ve, de manera que actuamos como Él espera.

—¿Dios?

—Claro, ¿acaso lo dudáis? Si no os prestamos ayuda, Él nos lo reclamará cuando comparezcamos ante su presencia.

—De manera que hacéis el bien para complacer a Dios.

La mujer le miró asombrada como si las cosas pudieran ser de otra manera.

—En aquel rincón hay una jarra con agua, podéis asearos un poco.

Sergei había dejado preparada una muleta para Samuel. La había improvisado cortando una rama. De manera que renqueando y con la ayuda de la muleta, fue caminando lentamente hasta el borde del camino donde se hallaba el carruaje.

Se maravilló al encontrarlo en pie, sólo un gigante podría levantarlo, pero entonces se fijó en que Sergei debía de medir cerca de dos metros y tenía las espaldas anchas y las manos más grandes que nunca antes había visto. Además, había contado con la ayuda de una mula a la que Natasha sujetaba con paciencia.

Pese a la insistencia de Samuel en ayudarle, Sergei apenas le prestó atención.

—¿Habéis reparado muchos ejes de carro? —preguntó el campesino sin ironía.

—No, ciertamente no, pero puedo ayudaros.

—El carruaje necesita una buena reparación. No sólo las ruedas. Tendremos que buscar con qué tapar las ventanas para que no entre el frío, y ya veremos si puedo reparar la abolladura del lado derecho, que es el que golpeó contra el hielo.

—Tenemos que ponernos en camino de inmediato.

—¿Por qué tanta prisa?

—La madre de mi esposa está muy enferma. Ella quiere estar a su lado.

—Pues no podrá ser de inmediato, yo no hago milagros. Tardaré un tiempo en reparar el carruaje. Tendré que acercarme al pueblo y comprar algunas piezas.

Samuel intentó que Sergei no se diera cuenta de la preocupación que le habían provocado sus últimas palabras.

—No, no hará falta. Os ruego que hagáis lo posible por reparar las ruedas; en cuanto al carruaje, poco importan las abolladuras... Mi esposa nunca se perdonaría no estar junto a su madre moribunda.

Sergei le miró de arriba abajo sin un atisbo de curiosidad y se encogió de hombros.

—Cada hombre sabe de sus asuntos. Haré cuanto pueda pero no sé si podré terminar antes de que anochezca.

—No podemos retrasarnos más... —suplicó Samuel.

A Irina el descanso parecía sentarle bien, o acaso fueran aquellas hierbas que la mantenían adormilada y sin apenas toser. Masha se empeñaba en obligarla a comer, y consiguió que probara una sopa de hortalizas y un trozo de conejo asado. Mientras tanto, Mijaíl jugaba con el pequeño de la casa a deslizarse con un trineo rudimentario que había confeccionado Sergei.

Samuel intentaba no perder de vista a ningún miembro de la familia, temiendo que fueran al pueblo y contaran que habían acogido en su casa a unos forasteros accidentados. Pero Masha parecía demasiado atareada ocupándose de la familia y de cuidar a Irina, y Natasha no se separaba de su padre.

—Cuando yo muera alguien tendrá que hacer lo que yo hago. No tengo hijos y Natasha no tiene marido, de manera que debe aprender a cuidarse de ella misma y a mantener lo poco que tenemos, la cabaña, el cobertizo... Si logra entender el bosque, él le proporcionará todo lo que necesite para vivir.

Sergei trabajó durante todo el día intentando arreglar el carruaje, pero tuvo que dejarlo en cuanto la luz empezó a palidecer.

—Mañana acabaré —le dijo a Samuel.

—Os lo agradezco, tendremos todo preparado para partir de inmediato.

Se sentaron en torno al fuego del hogar donde, muy cerca, Irina seguía acostada en el colchón de paja que le había cedido Natasha. Seguía teniendo fiebre aunque tosía menos gracias a las infusiones de Sergei. En cuanto a Mijaíl, parecía contento de compartir juegos con Nicolás. El niño estaba agotado después de tantos días de viaje y le estaba sentando bien aquel alto en el camino. Incluso Samuel tenía que reconocer que él mismo se sentía más fuerte después del descanso y de la sopa caliente de Masha.

Le preocupaba Irina, aquella tos le salía de lo más hondo de los pulmones y la fiebre alta era síntoma de una infección. No se engañaba respecto al diagnóstico: pulmonía. Estaba seguro. Acompañando a Oleg Bogdánov en las visitas al hospital de San Petersburgo no había tardado en distinguir los síntomas de algunas enfermedades. Por eso sabía que lo mejor era que Irina permaneciera unas cuantas semanas en aquella cabaña con los cuidados de Masha y al calor del hogar. Pero si se quedaban, tarde o temprano correría la noticia de que unos viajeros estaban en la cabaña de Sergei el leñador, y esa noticia no tardaría en llegar a oídos de los hombres del zar. Tenían que marcharse, aunque eso entrañara poner en riesgo la vida de Irina. Sin embargo, Samuel sabía que ella preferiría morir libre antes que en una cárcel de la Ojrana.

Al amanecer, cuando se despertó, ni Sergei ni Natasha estaban en la cabaña. Se acercó a Irina, que dormía tranquila. Se sobresaltó al no ver a Mijaíl. Tampoco estaban ni Masha ni su nieto Nicolás.

Salió de la cabaña y el viento le hizo tambalearse. Nevaba con tal fuerza que apenas se veía. Echó a andar hasta divisar a Sergei, que estaba terminando de arreglar la portezuela del carruaje con la ayuda de Natasha.

—Lo siento, me he dormido, deberíais haberme despertado para ayudar —dijo dirigiéndose a Sergei.

—No hacía falta, tengo suficiente con las manos de Natasha. Las ruedas ya están listas. Podréis ayudarnos a colocarlas. Pero esta portezuela... Natasha ha tapado las ventanas con un pedazo de cuero viejo, pero no será suficiente para evitar el frío.

—No importa, llevamos mantas de piel.

—Aun con mantas de piel vuestra esposa ha enfermado... Creo que no deberíais partir todavía, ella no está bien.

—No podemos quedarnos. ¿Y mi hijo?

—En el cobertizo, mi esposa está dando de comer a los animales y mi nieto y vuestro pequeño han insistido en ayudar.

Samuel preparó meticulosamente el interior para que Irina fuera lo más cómoda posible y sacó un par de pieles del arcón que llevaban como parte del equipaje.

Masha insistió en que comieran algo antes de emprender viaje.

—No encontraréis ninguna posada y con lo que está nevando... No quiero insistir, pero vuestra esposa estaría mejor aquí —sugirió Masha.

—Calla, mujer, cada hombre sabe por qué toma sus decisiones —le espetó Sergei.

Una vez que instalaron a Irina en el carruaje con Mijaíl a su lado, Samuel se despidió dando un abrazo a Sergei. Quiso también pagarle cuanto había hecho y sacó alguna de las monedas de su padre, pero el leñador las rechazó.

—No os hemos ayudado para obtener ninguna recompensa. Nada nos debéis. Id en paz, como nosotros nos quedamos.

—Os he causado muchas molestias, permitidme ayudaros…

—No podéis pagar lo que hemos hecho por propia voluntad. Marchaos y tened cuidado, después de nuestro pueblo, encontraréis otro más grande, y cerca de allí un regimiento.

Samuel no supo qué responder ante la advertencia del leñador, asombrado de que detrás de aquella fuerza hubiera un hombre sensible e inteligente.

—Yo no desafiaría este temporal para acudir al lecho de muerte de mi suegra. Y no porque no sea una buena mujer, sino porque es una temeridad. Debéis de tener razones importantes para hacer lo que hacéis, pero no es asunto nuestro.

Masha le dio una cesta con un tarro de miel, una hogaza de pan y las hierbas para aliviar la tos.

Al despedirse de aquella generosa familia, Samuel no pudo evitar las lágrimas. Nunca olvidaría a Sergei el leñador.

Condujo con cuidado evitando el terreno en mal estado, aunque con la nieve era difícil ver el camino. Además, no podía forzar a los caballos. Había tenido que dejar a uno de ellos con el leñador porque se había roto una pata.

Mijaíl, a pesar de su corta edad, parecía haber comprendido que Irina estaba muy enferma, y procuraba no molestarla. Pese a lo penoso del viaje, Samuel apenas paraba. Por las noches, por más que nevara, se envolvía en una manta de piel y dormía junto al carruaje. No quería perder de vista a los caballos, sin ellos jamás llegarían a Suecia.

Sabía que podrían llegar antes si tomaban un barco, pero

prefería evitar la orilla del mar, donde había más pueblos, oídos indiscretos y, sobre todo, guarniciones de soldados; así pues, esperaba que por el camino más largo tendrían más posibilidades de llegar.

Eran tantas las horas en que permanecía en silencio que a veces creía escuchar sus propios pensamientos, y por la noche, antes de descansar unas horas, hablaba con Mijaíl como si de un adulto se tratara.

Samuel apuraba hasta los últimos rayos de luz antes de detenerse a descansar, y apenas dormía unas horas se ponía en camino, mucho antes de ver dibujarse el alba. Y fue uno de esos atardeceres cuando se encontró con un cazador. El hombre era alto y fornido y llevaba un zurrón de piel. Samuel le saludó y el hombre se encogió de hombros, parecía no entenderle. Samuel paró el carruaje y se bajó intentando que aquel cazador le dijera dónde estaban, y casi lloró de emoción cuando supo que hacía un par de días que habían entrado en Suecia. El azar les había llevado por un camino que, sin saberlo, orillaba la frontera evitando la aduana y los soldados. El hombre le indicó por señas que no lejos de allí había un pueblo grande donde podría encontrar forraje para los caballos.

El pueblo no parecía muy diferente de los que había ido esquivando desde que entraran en Finlandia, aunque la elegancia de la iglesia de madera le sorprendió.

También por señas preguntó a una mujer dónde podía comprar forraje para los caballos y alquilar una habitación en la que descansar. La mujer le guió hasta el otro extremo del pueblo donde una casa de madera ennegrecida servía de posada. Cuando hubo alquilado una habitación, se encargó de subir a Irina. Había empeorado y Samuel temía por su vida.

El cuarto tenía una chimenea que el posadero acababa de encender, y una cama grande que parecía cómoda. La esposa del posadero les indicó dónde podían asearse. Siempre ayudado por señas, Samuel le pidió un barreño de agua caliente. Quería bañar a Irina, pensó que sentirse limpia la reconfortaría.

Como eran los únicos huéspedes, los posaderos no tardaron en llevarles el barreño y la mujer se ofreció a ayudarle a bañar a Irina. Samuel respiró aliviado.

Ella apenas se quejó y se dejó hacer. Tenía el cabello sucio y la ropa de viaje maloliente. La posadera pidió permiso para lavar la ropa. Le dio a entender que no le cobraría mucho.

Samuel se sintió casi feliz cuando vio a Irina en aquella cama, con sábanas limpias y el calor del hogar acariciando la estancia. La examinó cuidadosamente. Irina parecía haber empequeñecido de lo delgada que estaba. Y sus otrora brillantes ojos azules miraban desvaídos.

La posadera también se hizo cargo de Mijaíl, al que bañó sin hacer mucho caso de las protestas del niño.

Aquella noche descansaron como no lo habían hecho desde que abandonaran San Petersburgo. No era lo acogedor del lecho ni el calor de la chimenea lo que les hizo dormir a pierna suelta, sino la tranquilidad de saberse a salvo de los hombres del zar Nicolás II.

Samuel decidió quedarse en aquel pueblo hasta ver a Irina más recuperada. De manera que con ayuda de la posadera, dedicó los siguientes días a procurar aliviar el mal de Irina. Mijaíl se aburría pero no decía nada. Samuel le había explicado que Irina necesitaba descansar.

—¿Si no descansa se morirá? No quiero que se muera, si se muere me quedaré solo contigo, porque no conozco a nadie más.

—No te preocupes, Mijaíl, Irina no va a morirse, pero necesita reposo y que tú te portes bien.

Permanecieron en el pueblo cerca de un mes, hasta que Irina pudo ponerse en pie.

Los posaderos eran buenas personas y los lugareños se mostraban amables con ellos. Estaban acostumbrados a los forasteros porque no era mucha la distancia que les separaba de Finlandia y del imperio del zar. Así pues, la presencia de un matrimonio con su hijo no llamó la atención más de lo habitual, salvo la curiosidad por saber de la enfermedad de Irina, a la que compadecían sinceramente. Mientras tanto, Samuel iba dejando que una palabra se instalara en sus más íntimos pensamientos: Jerusalén. Se lo debía a su padre.

No sería fácil llegar, pero allí serían libres. Sabía de otros rusos, judíos como él, que habían emigrado a Palestina y construido allí su hogar. En muchos rincones del imperio ruso se habían formado grupos que se denominaban los Amantes de Sión y cuyo fin último era regresar a la tierra de sus antepasados. Algunos lo habían conseguido y habían fundado colonias agrícolas de las que obtenían su sustento.

Los funcionarios turcos no parecían poner grandes trabas mientras recibieran los tributos que enviar a Constantinopla. Vivían y dejaban vivir siempre y cuando no les crearan problemas.

Pero primero irían a París, donde le vendería a Marie las pieles que conservaba en el arcón.

Hacía dos años que no la veía, pero recordaba que era una mujer firme y bondadosa que sin duda había amado a su padre en silencio sin pedir nunca nada, sabiendo que entre ellos se interponía Esther, la esposa fallecida pero nunca olvidada.

De París iría a Marsella y buscaría un barco que les llevara a Palestina, aunque se preguntaba si Irina querría ir con él.

No le había dicho lo que tenía en mente, que llevaba días planeando el viaje a Jerusalén. Temía su respuesta. Irina no era judía, aunque Mijaíl sí, pero ¿por qué deberían querer acompañarle? Sí, temía su respuesta porque tampoco sería capaz de dejarla librada a su suerte, y menos con el pequeño Mijaíl, con quien se había encariñado.

Mijaíl había sido un mocoso al que apenas había prestado atención cuando lo veía en brazos de su padre, Yuri, o en los de Irina. Pero los sufrimientos del viaje los habían unido, y el niño había respondido con una madurez insólita para su edad, como si fuera consciente de que del éxito de aquella fuga dependía el resto de sus vidas.

Pero ¿tenía derecho a pedirles que pasaran de ser súbditos del zar Nicolás II para serlo del sultán? ¿No sería más sensato comenzar una nueva vida en París? Para tantas preguntas no tenía respuesta y esperaba el momento de planteárselas a Irina, que poco a poco mejoraba aunque aún estaba muy débil.

Fue ella quien una noche le dijo que debían continuar el viaje.

—Yo ya estoy bien, no deberíamos quedarnos más tiempo, por culpa de mi enfermedad hemos gastado mucho dinero y se nos acabará pronto. Será mejor que lleguemos cuanto antes a París y que busquemos un trabajo. A ti no te costará demasiado, eres medio francés.

—Te gustará París y te gustará Marie, ya te he hablado de ella, es una modista extraordinaria. Nos comprará las pieles y luego...

Ella no le dejó proseguir. Parecía entusiasmada con la propuesta.

—Siempre he querido conocer París. Trabajaremos, buscaremos una escuela para Mijaíl. Lo único que podemos agradecer a los zares es que hicieran del francés nuestra segunda lengua.

—Que sólo las clases cultas conocen —apostilló Samuel.

—Bueno, tú eres medio francés, me has contado que tu madre era parisina... Además, mis padres se empeñaron en que yo recibiera una educación, creían que como poco me convertiría en duquesa —dijo con amargura.

Samuel estuvo a punto de confesarle que París no era la última etapa del viaje, pero prefirió esperar para decírselo en otro momento.

Se mostraba cauto a la hora de gastar el dinero pero decidió que cuanto antes llegaran a París más cerca estarían de Palestina, de manera que dos días después reemprendieron la marcha en dirección a Gotemburgo. Desde allí Samuel había previsto embarcar rumbo al puerto francés de Calais.

El viaje hasta Gotemburgo casi resultó placentero. Irina parecía animada y cuando paraban Mijaíl disfrutaba intentando pescar en los innumerables lagos que iban hallando a lo largo del viaje. Ya no tenían que esconderse por temor a que en cualquier momento les alcanzaran los hombres del zar. Los campesinos que encontraban a su paso se mostraban amables y siempre dispuestos a ayudarlos.

—Me hubiera gustado conocer Estocolmo —le confesó un día Irina.

—A mí también, pero el posadero nos aconsejó el puerto de Gotemburgo, allí encontraremos un barco, ya verás.

Y lo encontraron. El capitán de un viejo mercante se mostró dispuesto a llevarles en la travesía que iba a emprender hasta Francia, aunque el precio que exigió fue más elevado del que Samuel esperaba. Pero la suerte no estaba del todo en su contra y el propio capitán le recomendó dónde podía vender el carruaje y los caballos. Al final embarcaron.

Samuel soportó mal los vaivenes de las olas y apenas salió del camarote durante toda la travesía, pero Irina y Mijaíl disfrutaron de la navegación. El niño iba de un lado a otro por cubierta sin que los marineros protestaran por aquel trajín; e Irina pasaba las horas embobada mirando el mar. Le hubiera gustado que aquella travesía no terminara nunca y lamentó el día en que uno de los marinos avistó la costa que anticipaba el puerto de destino.

—Aun en tierra la cabeza sigue dándome vueltas —se quejó Samuel nada más desembarcar.

Buscaron un coche de postas para que les trasladara a París. Irina se negaba a perder un día más para llegar a aquella ciudad con la que había empezado a soñar. Fue de camino a París cuando Samuel le comentó su deseo de ir a Palestina.

—¿A Palestina? ¿Y qué haríamos allí? ¿Desde cuándo estás pensando en esta idea tan disparatada?

—Tienes razón, no lo hemos hablado, pero llevo pensando en ello desde que salimos de San Petersburgo. Se lo debo a mi padre. Entenderé que no quieras acompañarme. Te dejaré en París, con Marie; es una buena mujer que cuidará de ti y de Mijaíl y puede que te dé trabajo. Desde luego no me iré mientras me necesites.

Después de aquella confesión, Irina apenas habló con Samuel el resto del viaje. El silencio se había instalado entre ambos haciéndoles sufrir, pero ninguno de los dos fue capaz de romperlo. Mijaíl estaba muy inquieto por el temor a perderles. Echaba de menos a su padre, pero les quería y poco a poco se había acostumbrado a sentirles como su familia.

Marie los acogió en su casa. En realidad era la casa donde antes vivía monsieur Elías, el abuelo de Samuel. El anciano había terminado encariñándose de aquella joven seria y honrada que además era una excelente modista. De manera que, poco a poco, por intercesión de Isaac se había ido apoyando en ella para llevar el negocio. Un día le propuso que se convirtieran en socios y ella aceptó encantada. Poco antes de morir, monsieur Elías le vendió el taller que comunicaba con su propia casa, que estaba situada en el primer piso.

Marie pudo pagárselo porque monsieur Elías había sido extremadamente generoso con ella, ya que en sus últimos años de vida la veía como la hija que había perdido. De manera que Marie se trasladó de la pequeña buhardilla que compartía con su madre en la plaza de los Vosgos a aquel barrio elegante de París adonde acudían las damas a comprar sus vestidos y a encargar los abrigos confeccionados con aquellas pieles rusas que provocaban envidia.

Samuel sentía aquella casa como suya, y aunque Marie la había acondicionado a su gusto, para él continuaba siendo una parte de su infancia.

—Es una buena chica —le dijo Marie después de conocer a Irina—, deberías casarte con ella.

—No estoy enamorado, Marie; si lo estuviera, ¿crees que me iría a Jerusalén dejándola aquí?

—¡Claro que estás enamorado! Pero llevas en tu corazón la culpa por la muerte de tu padre y esa culpa es más fuerte que el amor. Vas a Jerusalén porque crees que se lo debes a tu padre, no porque lo desees realmente. Te recuerdo desde niño discutiendo con tu padre y luchando por no ser judío... ¿Sabes, querido?, deberías perdonarte a ti mismo. Estoy segura de que tu padre lo hizo, que murió para protegerte, pero sin hacerte un reproche. No te castigues, Samuel, habla con Irina y si ella quiere, forma una familia, tú también eres responsable de Mijaíl. El pequeño está asustado, no quiere perderte.

—Sé que debo ir a Jerusalén y lo haré. Puede que allí encuentre sentido a ser judío, puede que no, pero se lo debo a mi padre. Le hice sufrir rechazando nuestra religión. En cuanto a Irina..., ella no me quiere, Marie, no me quiere como una mujer quiere a un hombre.

—Hay algo extraño en ella. A veces pienso que ha debido de sufrir alguna experiencia amarga con los hombres, seguramente un desengaño amoroso. Pero aún es joven, y algún día querrá casarse y tener hijos.

—Tú tampoco te has casado ni has tenido hijos —le recordó Samuel.

—No, no lo he hecho, ¿y sabes por qué? Pues porque me enamoré de tu padre y dejé pasar los años mientras esperaba que él me quisiera lo mismo que yo a él. Tu padre fue un buen amigo pero nunca me amó, sólo amó a tu madre y tú eras lo más preciado que tenía de ella. Creía que lo mejor para vosotros era vivir en Rusia, incluso llegó a ser feliz en casa de aquella viuda, Raisa Korlov. Se sentía tan orgulloso de ti. «¡Samuel convertido en químico!», me decía.

—Yo nunca le di nada, Marie, salvo preocupaciones. Fui un hijo egoísta, sólo interesado por mis estudios, mis ideas, mis amigos. Quería a mi padre, sí, pero apenas le prestaba atención, simplemente estaba ahí, y nunca me preocupé de lo que quería o sentía.

—Él sabía lo mucho que le querías. No te atormentes, pocas veces los hijos somos capaces de decirles a nuestros padres cuánto les queremos, y es que ni nosotros mismos lo sabemos. Sólo cuando quedamos huérfanos nos damos cuenta de ese amor que guardábamos. Yo misma nunca fui capaz de decirle a mi madre cuánto la quería, y cuando murió me arrepentí de no haberle demostrado más ternura. Vamos, Samuel, tienes que vivir, no te castigues, tu padre no lo habría querido.

—Iré a Jerusalén, Marie, iré a Jerusalén.

Marie se encogió de hombros. Comprendió que no podía convencerle, de manera que no insistió. Pensaba que Samuel se equivocaba renunciando a Irina. Había simpatizado con aquella joven resuelta que le recordaba a ella misma. Aunque bien pensado Irina era más reservada, menos transparente de lo que había sido ella.

El pequeño Mijaíl había encontrado en Marie la abuela que nunca había tenido y en pocos días se había establecido entre ellos un vínculo de cariño mutuo.

El niño decía que no quería viajar más y quería quedarse con Marie, incluso llegó a decir que no le importaba que Irina y Samuel se marcharan, lo que dolió profundamente a Irina.

Como el negocio iba bien, Marie insistió en pagar un buen precio por las pieles que Samuel había traído de Rusia.

Para él resultó una sorpresa el dinero que le dio Marie.

—¡Es demasiado! No puedo aceptarlo —insistió.

—¿Crees que te lo estoy regalando? No, Samuel, no es así. Mira, te enseñaré los libros de cuentas y podrás comprobar que a tu padre le pagaba lo mismo, al igual que hacía tu abuelo, monsieur Elías. Las damas francesas pagan lo que les pido por los abrigos hechos con las pieles rusas. Incluso tengo entre mis clientas a algunas aristócratas inglesas.

—No necesito tanto dinero, prefiero que sirva para que te ocupes de Irina y Mijaíl. El niño tiene que ir a la escuela.

—Se quedarán aquí, el piso es grande, y me servirán de compañía. Podrán estar el tiempo que quieran. Y he pensado que Irina puede ayudarme. Si cose bien la contrataré; no es que pueda pagarle mucho, pero sí lo suficiente para que tenga su propio dinero y sepa que no depende de nadie. Siempre necesito manos para coser y más ahora que mis ojos ya no ven como antaño. Le enseñaré el oficio, y cuando yo no esté…, quién sabe…

Samuel abrazó a Marie. La quería sinceramente y lamentó en

silencio que su padre no se hubiese casado con ella; los dos merecían haber sido felices.

Por fin llegó para Samuel el día de iniciar la última etapa del viaje. Iría hasta Marsella, donde buscaría un barco que le llevara a Palestina. Marie les había presentado a un hombre cuya familia había mantenido lazos de amistad con el viejo Elías.

El hombre era judío, se llamaba Benedict Péretz y se dedicaba al comercio. Era seguidor de Theodor Herzl y en 1897 había viajado a Basilea para asistir al primer congreso sionista.

Benedict parecía conocer bien Palestina, y les habló con entusiasmo de los grupos de jóvenes que bajo el movimiento Amantes de Sión ya se habían asentado allí. Muchos de ellos habían huido de las persecuciones y de los pogromos y estaban haciendo de la tierra de sus antepasados su hogar.

—Mi padre me habló de ellos —recordó Samuel.

—Muchos se han establecido en Jerusalén, en Hebrón, también a orillas del Tiberíades. Algunos dedican su vida a Dios y pasan los días rezando y estudiando el Talmud, por lo que viven de la caridad, otros en cambio se han convertido en agricultores, intentando arrancar de la tierra árida los frutos que les permiten subsistir —explicó Benedict.

En ningún momento engañó a Samuel sobre las dificultades que encontraría al llegar a Palestina. No sólo tendría que obtener el permiso de las autoridades turcas, cada vez más renuentes a seguir permitiendo que los judíos se asentaran allí, sino que también descubriría el escaso entusiasmo que existía entre los propios judíos del país, que se sentían abrumados por las oleadas de inmigrantes que decían ser sus hermanos y que llegaban con lenguas y costumbres diferentes.

—Los turcos no siempre permiten desembarcar a los judíos, son muchos los que tienen que entrar a través de Egipto. ¡Ah!, y deberá tener cuidado con la malaria, que suele cebarse con los recién llegados.

Le describió la Tierra Prometida como un erial, llena de peligros y hostilidades, donde apenas se podía sobrevivir.

—¿Cómo es posible que una tierra sagrada como lo es Palestina esté en tal estado de precariedad? —preguntó Samuel.

—Hay un decreto de cuando los mamelucos vencieron a los cruzados, y los expulsaron para siempre de Oriente, que prohibía cultivar las tierras no montañosas para que, en caso de que los cruzados tuvieran la tentación de regresar a Tierra Santa, no encontraran víveres ni para ellos ni para sus caballos. La mayoría de las tierras que habían pertenecido a los cruzados se las regaló el sultán a sus favoritos, ya fueran generales o miembros destacados de la corte, a quienes les importaban muy poco unas tierras áridas tan alejadas de Constantinopla. Las más de las ocasiones las dejaban en manos de los *fellahs*, los campesinos árabes. No es difícil comprarlas, los turcos las venden sin dificultad.

—¿Y todas las tierras son propiedad de familias turcas? —quiso saber Samuel.

—En la corte del sultán también había, y hay, árabes, personajes destacados que provienen de Siria, del Líbano y de la propia Palestina. Todos ellos cuentan con el favor del sultán, y se muestran igual de indiferentes a la propiedad de unas tierras de las que apenas obtienen beneficios.

—Entonces, los judíos no tendrán grandes problemas para comprar esas tierras —insistió en saber Samuel.

—Como puede suponer, los judíos que huyen del imperio ruso no llegan precisamente con la bolsa llena. Pasan grandes penalidades. El barón Rothschild intenta aliviar la situación de los colonos, y ha ayudado a poner en marcha algunas colonias agrícolas, e incluso echa una mano cuando puede con las autoridades turcas —siguió explicando Benedict.

Samuel le pidió al amigo de su abuelo que le recomendara a alguien que pudiera enseñarle los rudimentos del árabe.

—Sé que no me será fácil, pero al menos quiero entenderme con los habitantes de allí.

Péretz le presentó a un amigo que en su juventud había viajado por Oriente y que decía conocer algunas de las lenguas habladas en aquellos lejanos países.

A Samuel se le antojaba una misión imposible el desafío que suponía desentrañar aquellas figuras elegantes que le decían eran el alfabeto árabe. Pero, poco a poco, logró aprender unas cuantas frases con las que podía hacerse entender.

Marie hizo lo imposible por retener a Samuel con ella. Sabía que estaba perdido, y ansiaba ayudarle a encontrar la paz consigo mismo. Pero no fue por los cuidados de Marie por lo que Samuel postergaba su viaje sino por su empeño en aprender el árabe, y también por la desazón que le provocaba tener que separarse de Irina.

La joven estaba firmemente decidida a emprender una nueva vida en París y no había nada que Samuel pudiera decirle para convencerla de que lo acompañara a Palestina.

Como Irina no quería depender de Marie, gracias a su recomendación obtuvo un trabajo en una floristería. No era mucho el dinero que recibía pero alcanzaba para pagar su manutención y la de Mijaíl. Por las noches ayudaba a Marie con la costura de los abrigos. Coser no le gustaba pero se sentía en deuda con aquella mujer que tan generosamente la había acogido.

Samuel se marchó una mañana de septiembre rumbo a Marsella con varias cartas de recomendación para algunos judíos de Palestina que conocía Benedict Péretz. Hacía más de un año que había dejado San Petersburgo y ahora, en el último tercio de 1899, se disponía a abrir una nueva página en su vida.

Por primera vez en mucho tiempo sólo era responsable de sí mismo y temía encontrarse con aquella «Tierra Prometida».

El Mediterráneo resultó ser un mar más bravío de lo que había imaginado, aunque los últimos días de travesía el oleaje había aflojado y el barco comenzaba a acercarse mansamente al puerto de Jaffa.

La primera dificultad que tendría que afrontar sería conseguir que las autoridades turcas le permitieran desembarcar. Confiaba en poder ablandar voluntades, aunque Benedict Péretz le había advertido que en ocasiones los aduaneros se quedaban con el dinero del soborno y encima no permitían que nadie desembarcara.

—Mañana llegaremos a Palestina —le advirtió el capitán—. Prepárese para desembarcar a primera hora de la mañana en Jaffa.

Aquella noche no pudo dormir. Era imposible no pensar en el futuro que empezaría a la mañana siguiente. Repasaba su pasado recordando lo que había dejado atrás.

Subió a cubierta antes del amanecer aguardando con emoción el momento en que vería la costa de Palestina. El mar le pareció más azul y el olor salobre se le antojó más intenso que el que recordaba del Báltico. En ésas estaba cuando a estribor el grito de un marinero anunciando tierra le sobresaltó.

Aquella palabra encerraba un sueño y una esperanza. Había llegado a la Tierra Prometida.

Cuando el barco estaba a punto de atracar, Samuel fijó su mirada en el puerto donde había un hombre joven como él que llevaba de la mano a un niño poco mayor que Mijaíl, debía de tener siete u ocho años. Ambos observaban con curiosidad el barco. Unos pasos detrás de ellos había una mujer con el rostro cubierto por el manto con que se cubría el pelo, llevaba en brazos a un niño pequeño, y a su lado una niñita iba agarrada de un pliegue de su falda, como si temiera perderse. La mujer lucía la abultada forma del embarazo y a Samuel le fascinaron el destello de sus ojos grandes y profundamente negros.»

3

La Tierra Prometida

De repente Ezequiel guardó silencio y a Marian le molestó aquello. Le había escuchado con avidez. La historia de aquel Isaac, de aquel Samuel, de Konstantin, de Irina, le había sabido a poco. Quería más. Saber qué había sentido Samuel al pisar la Tierra Prometida. Ella desconocía ese pasado, de cómo sus vidas se habían entrelazado con las de otros hombres y mujeres. Pero Ezequiel, el hijo de Samuel, había enmudecido de repente devolviéndoles a la realidad, que no era otra que aquella mañana en la que se encontraban en un apartamento de un edificio de piedra en las afueras de Jerusalén. Recordó para qué estaba allí y volvió a sentirse dueña de sí misma.

—Y ésa es la historia de mi abuelo Isaac y de mi padre Samuel —concluyó el hombre—, pero veo que no se ha tomado el té y se le ha quedado frío.

Lo siento, le estaba escuchando con mucho interés. —Marian decía la verdad.

—Si quiere puedo hacer más té o un poco de café —dijo el hombre con amabilidad.

—Si no es mucha molestia... —respondió ella. Necesitaba tiempo. Tiempo para saber, lo necesitaba. Quería saber más, ya no podía conformarse con la imagen de Samuel a punto de desembarcar en Jaffa.

Cuando el sonido del teléfono volvió a romper el silencio

Marian se sobresaltó. Ezequiel se levantó. Sus huesos gastados por la edad crujieron.

—Discúlpeme —dijo saliendo de la sala.

Cuando regresó la encontró sentada muy quieta revisando un cuaderno que llevaba en el bolso donde, con su letra apiñada, había ido tomando notas de la historia de algunos de aquellos hombres de los que Ezequiel Zucker le había hablado.

—¿La interrumpo? —preguntó con un deje de ironía.

—No, claro que no. Es que... bueno, estaba comprobando mis notas. Ya le dije que me había entrevistado con muchas personas, algunas de ellas palestinos que vivieron aquí, justo donde hoy está su casa. Y... en fin, ellos tienen su propia versión de la historia.

—Desde luego. No puede ser de otra manera. ¿Usted quiere poner en concordancia lo que le contaron con lo que yo le he contado?

—No exactamente, aunque... verá, se trata de tener las dos versiones.

—Hagamos una cosa. Cuénteme qué fue lo que le explicaron y veremos si los hechos encajan. Puede resultar interesante.

—¿De verdad le interesa la versión de los palestinos?

—Tiene usted demasiados prejuicios. ¿Me lo va a contar o no?

Marian comenzó a relatar la historia que había escuchado de labios de Wädi Ziad.

«El niño sintió la mirada fija de aquel hombre situado cerca de la proa del barco. También él sintió curiosidad por aquel hombre vestido de negro, pero enseguida dejó de prestarle atención para fijarse en el vuelo de las gaviotas que revoloteaban muy cerca de ellos.

—Algún día tú también viajarás en un barco como éste —le dijo Ahmed Ziad a su hijo.

—¿Y adónde iré? Yo prefiero estar contigo, no quiero ir a

ninguna parte —respondió el niño apretando la mano de su padre.

—¿No quieres ser médico? A tu madre y a mí nos gustaría que estudiaras. Médico estaría bien.

—¿Para curarte si te pones enfermo?

—Sí, claro, para curarme a mí, a tu madre, a tus hermanos y a más gente, a todo el que lo necesite.

—Pero a mí me gusta estar con las cabras y ayudarte en el huerto con las naranjas.

—Bueno, eso es lo que crees ahora, pero cuando seas mayor estarás contento de ser médico. Ya verás...

—Pero si para ser médico tengo que marcharme, entonces no seré médico —repuso el niño con un deje de angustia ante la posibilidad de tener que alejarse de sus padres.

El hombre continuó andando por el puerto acompañado de su familia, respirando el aire cada vez más cálido de aquel mes de septiembre a punto de expirar.

Se habían levantado al amanecer para ser de los primeros en llegar al puerto. Ahmed había cargado el carro con los frutos de su huerto, aquellas naranjas redondas y sabrosas que cultivaba y a las que debía parte de su sustento. También llevaba un saco de aceitunas y otras hortalizas, que con la ayuda de su esposa, Dina, cultivaban con mimo.

Ahmed se sentía orgulloso de que sus hortalizas se vendieran tan bien. Su padre le había enseñado a trabajar la tierra y había crecido admirando la sabiduría paterna, cuándo plantar la semilla, cómo combatir las plagas o qué tiempo era el más idóneo para recoger los frutos.

Ahmed amaba la tierra que cultivaba casi tanto como a Dina y a sus hijos, y se decía que muy pronto ellos le ayudarían, no le vendrían mal otras manos más. Miró satisfecho el vientre grueso de su esposa que le daría otro hijo, y quizá muchos más. Dina y él soñaban con que uno de sus hijos fuera médico, y creían que ese honor debía recaer en Mohamed, su primogénito. Pero mientras tanto, se conformaba con que Alá le bendijera con buenas cosechas que le permitieran pagar la renta al dueño de las tierras que cultivaba. No, aquel pedazo de tierra que le daba para vivir y amaba como a su propia vida no era suyo. Tampoco la cantera donde trabajaba como capataz y, junto a otros hombres, se encargaba de extraer aquellos bloques de piedra que luego manos expertas darían vida. Tanto la huerta como la cantera pertenecían a una familia que provenía de Belén pero que décadas atrás se había instalado parte en El Cairo, parte en Constantinopla, la gran capital, donde servían al sultán.

La familia Aban era rica, se dedicaba al comercio y poseía un par de barcos que surcaban el Mediterráneo transportando mercancías. Ahmed sólo había visto en una ocasión a un miembro de la familia Aban y de eso hacía mucho tiempo, cuando era un adolescente y un día su padre anunció durante la cena que había recibido recado de que el señor de aquellas tierras iba a visitarlas.

Cuando llegó el gran día, Ahmed acompañó a su padre a rendir cuentas ante el poderoso Aban, que se mostró quejoso por el escaso rendimiento que obtenía de aquellos huertos cercanos a la Ciudad Santa.

A Ahmed le impresionó la vestimenta del said Aban. El turbante azul con hilos dorados, el caftán bordado, las babuchas de cuero fino. Y, sobre todo, le llamaron la atención sus manos blancas de dedos largos con las uñas limpias, tanto que parecían dibujadas.

El said Aban era un hombre rico que no sabía del sufrimiento del campesino para arrancar los mejores frutos a la tierra. Ahmed miró las manos de su padre, manos callosas, fuertes, de dedos grandes y torcidos, y en las uñas restos de la tierra que cultivaban y del polvo blanquecino de la cantera. Sus manos no eran muy diferentes y pronto tendrían las mismas callosidades que las de su padre.

No recordaba toda la conversación, pero sí que el said había conminado a su padre a ser más diligente porque iba a subirle la renta por aquellas tierras, y si no podía pagar entonces tendría que buscarse otro campesino. Los precios obtenidos por la piedra de la cantera tampoco satisfacían al said, que había comentado que estaba pensando venderla.

Regresaron a casa en silencio. Su padre preocupado por la amenaza, y Ahmed odiando a aquel hombre que se atrevía a reclamar los frutos de una tierra que no trabajaba. Qué sabía el said de las plagas, o de las tormentas y de los estragos de los años de sequía.

Pero su padre no se quejó delante de él ni de sus hermanos, aunque aquella noche le escuchó hablar con su madre entre murmullos.

Ahora aquellas tierras las trabajaba Ahmed junto a su cuñado Hassan, el hermano de Dina. Las cuatro hermanas de Ahmed se habían casado. Las dos mayores vivían con sus esposos en Hebrón, mientras que las dos pequeñas se habían casado con dos lugareños que además eran unos canteros expertos. Y él pensaba que era una bendición no tener que compartir aquellas huertas con más familias porque de lo contrario no habrían podido satisfacer las exigencias del said Aban.

Él amaba aquellas tierras a medio camino entre Jerusalén y el desierto de Judea. Todas las tardes, cuando el sol estaba a punto de desaparecer le gustaba salir al umbral de su casa desde donde podía contemplar a lo lejos el perfil de la Ciudad Santa.

Ahmed amaba la tierra de la que extraía su sustento pero, sobre todas las cosas, amaba Jerusalén. No creía que hubiera mejor ciudad en el mundo, ni siquiera Damasco o El Cairo. Al fin y al cabo Jerusalén había sido elegida por Mahoma para elevarse desde allí a los cielos. Y él se sentía orgulloso de poder rezar en la Mezquita de la Roca, pisando el mismo suelo bendecido por el Profeta.

Aquella mañana Ahmed miraba al barco francés que atracaba pero en realidad esperaba que en el horizonte se dibujara la silueta del barco de su said, una hermosa goleta que recorría las orillas de aquel mar recogiendo las mercancías que después se venderían en El Cairo, Damasco y en tantas ciudades de las que Ahmed ni siquiera había oído el nombre.

Ahora Ahmed tenía que rendir cuentas ante Alí, el hombre que año tras año enviaba Ibrahim, el hijo de aquel said Aban que él conociera de niño. Alí, su servidor, era un egipcio ya entrado en años que compraba y vendía mercancías en nombre de su señor y que también se encargaba de cobrar las rentas de aquel pedazo de tierra palestina.

—¡Allí, padre, mira a la izquierda! ¡Allí está el barco del said Aban! —gritó Mohamed señalando la sombra que se insinuaba en el horizonte.

—No veo nada... ¿dónde? —preguntó Ahmed intentando alcanzar con la mirada la silueta del barco.

Tuvo que pasar un buen rato hasta que la goleta se hizo realidad acercándose a la costa y balanceándose entre las olas hasta atracar en el puerto de Jaffa.

Mientras tanto, Ahmed había tenido tiempo para atender las preguntas de un joven que había desembarcado del mercante francés. Era de mediana estatura, delgado, con el cabello trigueño y la mirada gris azulada, pero un azul apagado. Vestía modestamente y sonreía.

El joven preguntó a Ahmed cómo podía llegar a Jerusalén.

Ahmed se extendió explicando la mejor manera de viajar hasta la ciudad sagrada. No les fue difícil entenderse ya que el extranjero hablaba en una lengua que no le era del todo desconocida porque a las costas palestinas empezaban a llegar algunos grupos de judíos hablando aquella extraña lengua, que creía que ellos llamaban «yiddish». Además, el extranjero balbuceaba frases que intentaban sonar a árabe. Le recomendó un hotel en el que se alojaban los extranjeros que ponían pie en Jaffa, sobre todo los ingleses.

Parecía entenderlo porque de nuevo preguntó dónde podía buscarle en caso de no encontrar el modo de viajar a Jerusalén.

Ahmed tenía un largo día por delante. Debía esperar a que la goleta llegara a puerto, luego buscaría a Alí para dirigirse a un lugar cercano donde, junto a otros arrendatarios, rendiría cuentas al enviado del said Ibrahim Aban.

Aquella noche se alojarían en casa de una prima de Dina y al amanecer regresarían con el carro vacío y algo del dinero obtenido por la venta de hortalizas que vendían en el mercado de Jaffa.

—¿Es judío? —preguntó Mohamed mientras veía alejarse al hombre que había estado conversando con su padre.

—Parece que sí. Pobrecillo, anda un poco perdido, esperemos que no le asalten por el camino.

Ahmed dejó a sus hijos y a Dina en casa de su prima. Allí les sabía seguros, y mientras él rendía cuentas a Alí, ellas irían al mercado, intercambiarían confidencias y risas y, como en otras ocasiones, prepararían algo especial para cenar. La prima de Dina era una cocinera estupenda.

Alí recibió a los arrendatarios con un saludo frío que pretendía recordarles su condición de representante del said Ibrahim Aban.

Los hombres estaban nerviosos, temerosos de meter la pata. Unos se estiraban la túnica, otros se retorcían las manos, aquél se balanceaba, el de más allá parecía murmurar entre dientes. Todos estaban impacientes por escuchar de labios de Alí que el said Aban estaba dispuesto a seguir arrendando sus tierras, y que por lo tanto podían conservar sus hogares.

Sabían que la familia Aban tenía una gran casa en El Cairo, no lejos de las orillas del Nilo, y que también poseían otra en Constantinopla. De allí procedía su buena suerte y su fortuna desde que sus antepasados se dedicaran en cuerpo y alma a servir al sultán.

El hermano del said Ibrahim se llamaba Abdul Aban y estaba muy cerca de la Sublime Puerta. Se decía que era un alto funcionario que administraba la hacienda del propio sultán, mientras que el said Ibrahim Aban vivía en El Cairo dedicado al negocio de la construcción.

Ambos hermanos compartían las rentas de las tierras heredadas en Palestina; además, Ibrahim siempre había mostrado un especial empeño en aquella pequeña cantera cercana a Jerusalén de la que se obtenía una piedra que cuando recibía el reflejo de la luz del día parecía de color dorado.

A Mohamed le fastidiaba no poder acompañar a su padre al almacén donde era recibido por Alí, y no sólo porque le vencía la curiosidad, sino también porque le molestaba que le trataran como a un niño al enviarle con las mujeres. Le aburrían las conversaciones de su madre con su prima porque siempre hablaban de lo mismo, de cuál era la mejor manera de preparar un plato o una cataplasma para la tos. En ocasiones le mandaban jugar en el patio y ellas bajaban la voz y cuchicheaban entre risas, pero Mohamed no alcanzaba a escucharlas.

Los hijos de la prima de Dina eran más pequeños que él y no tenía con quien jugar.

—Aún no tienes edad, dentro de unos años podrás acompañarme, aunque... quién sabe, puede que entonces estés en El Cairo estudiando para médico —le dijo su padre soltándole de la mano para que fuera a reunirse con su madre.

Ahmed y el resto de los arrendatarios rindieron cuentas a Alí de lo sucedido en el año. Unos explicaron que los frutos de la cosecha no habían sido los deseados y tenían poco que enviar al señor, otros lloraban por las pérdidas ya fuera porque la cosecha había sucumbido a las heladas o a las plagas. Sólo Ahmed y otros dos arrendatarios cumplieron con las expectativas de su señor, pero cuando les tocó hablar el humor de Alí ya se había trastocado.

—¿Creéis que puedo presentarme ante el said Ibrahim con la bolsa vacía? Si no sois capaces de sacar frutos de sus tierras, el said las venderá. De hecho, dedicaré estos días a buscar a alguien que quiera comprar alguno de los huertos cercanos de los que tú —y apuntó con su dedo a uno de los arrendatarios— no eres capaz de obtener ni una naranja. ¿Qué pretendes que le diga al said? ¿Crees que le importa que la edad te esté venciendo y ya no seas capaz de distinguir los efectos de las plagas? El said Ibrahim, que Alá proteja al igual que a su hermano el said Abdul, no tiene por qué tolerar tu ineptitud. Si ya no puedes trabajar tendrás que dejar la tierra.

El anciano se arrodilló ante Alí suplicándole que le permitiera seguir trabajando aquel huerto de naranjos que en el último año había sido devastado por una plaga.

—Alá no me bendijo con hijos, sólo con hijas que ahora pertenecen a sus esposos. No tengo quien me ayude, pero sacaré fuerzas para cumplir con lo que de mí espera el said Ibrahim.

—La benevolencia del said no es infinita y debe pensar en su propia familia. He venido con órdenes expresas de poner en venta alguna de sus tierras y en otras encontrar nuevos arrendatarios. Seguramente alguna de tus hijas te acogerá a ti y a tu esposa. Alá no permite que los hijos dejen desvalidos a sus padres.

Como si de un juicio se tratara, los hombres fueron escuchando las instrucciones del said para con ellos y las tierras que trabajaban. Alí se mantuvo indiferente a las súplicas y cada una de sus palabras fue recibida como la sentencia que condenaba a unos y absolvía a otros.

Ahmed sentía que el sudor que le nacía en la nuca le bajaba por la espalda. A pesar del calor que hacía, él sentía frío.

Y aunque Alí no parecía interesado en él, sabía que le llegaría el turno de recibir su propio veredicto. Mientras tanto, repasaba mentalmente las cuentas que había presentado. Las ganancias habían sido magras pero al menos no traía las manos vacías. En cuanto a la cantera, puede que la venta de la piedra no hubiera sido como en años anteriores, pero el saldo también era positivo aunque quizá no suficiente para el said.

Una vez Alí despachó con todos ellos, Ahmed se dispuso a marcharse aliviado por no haber recibido un rapapolvo mayor que el de sus compañeros. Pero sintió que se le helaba el corazón cuando Alí le hizo una seña para que aguardara hasta que se fueran los demás.

—Nuestros señores siempre han mostrado un especial afecto por tu familia —dijo Alí mientras fijaba la mirada en el rostro asustado de Ahmed.

—Somos sus servidores, lo fue mi padre, y antes de él su padre; ahora lo soy yo, como lo serán más adelante mis hijos.

—Sí, tu padre les sirvió bien y tú también, en cuanto a tus hijos... sólo Alá lo sabe.

—Les enseñaré cuanto sé para que en su día sirvan a los señores con la misma devoción.

—El said Ibrahim tiene ya muchos años. Ya no dispone de la energía de antaño y busca vivir en paz los últimos años de su vida. El negocio de la piedra le exige un esfuerzo para el que ya no está dispuesto. Trasladar los bloques desde aquí resulta muy caro. Dice que las piedras de Jerusalén son especiales porque el sol les arranca reflejos dorados. Una visión hermosa pero que no justifica el coste de la explotación de la cantera. No has logrado que las ventas en la región superaran las de los años anteriores, y con lo que obtienes apenas da para cubrir gastos.

Ahmed temblaba. No quería humillarse ante aquel hombre, ni que notara su angustia. Le mortificaba que Alí pudiera oler el sudor que le envolvía o se fijara en el movimiento incontrolado de sus pies. Sentía un dolor intenso en la boca del estómago y un deseo irrefrenable de salir corriendo para no escuchar lo que temía pudiera decir Alí.

—El said Ibrahim me ha encargado que busque un comprador para la cantera. Alguien habrá a quien le pueda interesar. Quizá el nuevo dueño quiera que trabajes para él. El said me ha pedido que te recomiende al comprador como gesto de buena voluntad hacia ti y tu familia que también ha servido a la suya. Bien... puedes marcharte. Me quedaré unos días en Palestina. Iré a la cantera, te veré allí; quiero resolver este asunto antes de marcharme, de lo contrario tendré que volver, y no me gusta viajar más de lo debido por esta tierra malsana y polvorienta.

Ahmed quería hablar pero las palabras se le atascaban en la boca. Permanecía inmóvil anonadado por la noticia. Alí pareció impacientarse.

—Vete ya —le conminó.

—No puedo —acertó a murmurar Ahmed ante la mirada indiferente del otro.

—¿Que no puedes? ¿Qué es lo que no puedes?

—No puedo dejar que me quiten la cantera, es… es todo lo que tenemos. Trabajaremos más, arrancaremos más piedra, ayudaremos a venderla… pero el said no puede arrebatarnos la cantera.

—¿Arrebataros? ¿A quién se la va a arrebatar? Es suya y de su hermano, y antes lo fue de su padre y del padre de su padre. Como lo es la tierra que pisas cada mañana cuando amanece. Agradece que el said no te haya echado hasta ahora de la huerta, habida cuenta de que tampoco es mucho lo que obtienes de ella. Vete, Ahmed, tengo trabajo, ya sabrás de mí.

Al salir del cobertizo Ahmed cerró los ojos durante un instante para acomodarlos al sol intenso que abrasaba y al viento que en ese momento barría las piedras del puerto. No sabía adónde ir. Se sentía demasiado humillado como para presentarse ante Dina. Cómo iba a explicarle que aquella mañana su suerte se había torcido, quizá para siempre.

Caminó un buen rato sin rumbo dejando vagar la mirada por entre el gentío que se arracimaba en el muelle. Se preguntaba cómo iba a mantener a su familia. Por lo pronto no podrían contar con los frutos del huerto ya que necesitarían vender la cosecha para pagar al said. Podría buscar otro trabajo pero apenas sabía otro oficio que el de arrancar las piedras de la cantera. Acaso marcharse a Hebrón, donde residía la mayor de sus hermanas, pero ¿de qué vivirían?

Siguió deambulando y hasta que cayó la tarde no volvió junto a su esposa y sus hijos.

La prima de Dina había dispuesto la cena en el pequeño patio encalado de la vivienda. Mohamed acudió presuroso a recibirle.

—¡Padre, cuánto has tardado! —le reprochó el niño.

Dina se acercó alegre con el pequeño Ismail en los brazos.

—Se ha quedado dormido.

—¿Y Aya? —dijo Ahmed preguntando por su hija.

—Está en la cocina ayudando a mi prima… bueno, eso cree

ella, porque ya ha roto un plato y a punto ha estado de tirar otro plato lleno de *hummus*. —Dina sonreía feliz—. Ve a sentarte con el marido de mi prima, ahora mismo serviremos la cena.

Ahmed apenas habló durante la velada. Sus respuestas eran esquivas y en cuanto pudo se retiró al rincón donde dormirían esa noche.

—Mañana saldremos temprano, antes de que amanezca —se excusó.

—Pero ¿por qué tanta prisa? —le preguntaron los hombres de la familia.

Cuando más tarde Dina se reunió con él, Ahmed se hizo el dormido. Tenía que hablar con su esposa pero quería hacerlo en la intimidad de su casa donde a Dina no la vieran llorar, porque sabía que lloraría.

Ahmed no podía dormir y no hacía más que dar vueltas hasta que decidió levantarse, procurando no despertar a Dina. Salió al patio y la negrura de la noche le envolvió. No había estrellas y el cielo le pareció tan sombrío como el porvenir.

Impaciente por la lentitud del paso de las horas, decidió enganchar la mula al carro y acomodar lo que Dina había comprado. No había terminado cuando su esposa salió a buscarle.

—¿Qué haces aquí? Mi prima me ha despertado, su hijo dice que Ismail no le deja dormir porque sólo hace que llorar. Nuestro hijo tiene fiebre y cuando tose... mira, otra vez escupe sangre.

Las palabras de Dina le sobresaltaron. Ismail aún no había cumplido el año y era propenso a la fiebre.

El niño ardía y aunque Dina lo mecía en sus brazos no paraba de llorar.

Le prepararon unas hierbas que a duras penas lograron que el pequeño se las bebiera.

Dina intentaba bajarle la fiebre con pedazos de paño empapados en el agua fría del pozo.

—No os podéis ir con Ismail en este estado —les dijo la prima de Dina—. Quedaos, mandaré a buscar un médico.

—Es mejor que regresemos a nuestra casa —respondió Ahmed.

—Pero el niño… —Dina bajó la mirada y calló. Los ojos de su marido no dejaban lugar a dudas. Había decidido partir y es lo que harían.

Mohamed ayudó a su padre a acomodar en el carro a su madre y a su hermano Ismail. Luego ayudó a su hermana Aya a subir y le conminó a que estuviera callada.

Las despedidas fueron breves porque Ahmed se mostraba impaciente por ponerse en camino y la fiebre de Ismail les había entretenido. Hacía un buen rato que había amanecido.

Mohamed iba sentado junto a Ahmed en el pescante, angustiado por el silencio de su padre, quien apenas respondía con monosílabos a sus preguntas.

Estaban a punto de dejar atrás la casa de la prima de Dina cuando vieron a un hombre correr hacia ellos. Ahmed reconoció al joven que el día anterior le había preguntado cómo podía llegar a Jerusalén. Paró el carro por simple cortesía; en aquel momento no tenía ganas de hablar con desconocidos y mucho menos de llevarle tal y como se había ofrecido.

El joven, que dijo llamarse Samuel, preguntó si podía acompañarles. Ahmed no supo qué responder y por señas intentó explicarle que el más pequeño de sus hijos estaba enfermo. El muchacho parecía decirle que le dejara ver al niño. Dina se resistía a mostrarle a su hijo, que volvía a arder por la fiebre y de nuevo escupía sangre. Pero Samuel persistió y Ahmed pidió a Dina que le permitiera examinar a Ismail.

Durante un buen rato estuvo observando al pequeño, luego sacó un frasco de su bolsa e insistió a Dina para que le diera de inmediato una cucharada a Ismail. Ella no quería hacerlo, desconfiaba de aquel desconocido. Ahmed a duras penas lograba entender lo que le decía, aunque por sus gestos llegó a la conclusión de que su hijo estaba muy enfermo y que aquello le aliviaría. Temió por la vida de Ismail y dudó entre regresar a Jaffa o continuar hacia Jerusalén. En la Ciudad Vieja había un buen médico, un judío ya entrado en años que tiempo atrás había asistido a su padre cuando éste enfermó perdiendo la movilidad de la parte izquierda del cuerpo. Aquel judío les había dicho la verdad, que él no tenía remedio para curar aquel mal, pero procuró aliviar su sufrimiento con las medicinas que él mismo elaboraba. Solía ir a visitarles a menudo y su padre llegó a tenerle en gran estima.

Este hombre parecía también judío, al menos se expresaba en el mismo idioma que hablaban otros llegados de países que ni siquiera Ahmed sabía dónde estaban y que se empeñaban en convertirse en agricultores aunque se notaba que jamás habían sufrido intentando arrancar de la tierra sus frutos. Tampoco aquél tenía aspecto de campesino, y por lo que le pareció entender era boticario, de manera que ordenó a Dina que diera el jarabe a Ismail.

La tos del pequeño se calmó con aquel líquido amarillento que a duras penas el niño había consentido en tragar.

—¿Cómo puedes fiarte de este hombre? No sabemos quién es. ¿Y si está envenenando a nuestro hijo? —protestó Dina.

—Es boticario o quizá médico —respondió Ahmed.

—¡Pero eso no lo sabemos! Es lo que has creído entender. ¿Y si sólo es un charlatán? Deberíamos regresar a Jaffa...

—¡Calla, mujer! Iremos a Jerusalén y llevaremos a Ismail al médico judío. Él nos dirá lo que debemos hacer. Mira, la medicina que este hombre le ha dado a nuestro hijo parece hacerle efecto, al menos no llora.

—Pero vuelve a toser y en su saliva hay sangre.

Aunque estaba agotado, Ahmed no consintió en parar más que lo imprescindible, de manera que no hicieron noche para descansar, y a pesar de los peligros que acechaban entre las sombras continuaron viaje hasta Jerusalén. El desconocido se ofreció a llevar las riendas del carro, de manera que Ahmed pudo echar una cabezada.

Ya había entrado la tarde del día siguiente cuando llegaron a la Ciudad Santa. Ismail parecía respirar más tranquilo. Samuel había insistido en que bebiera más jarabe.

Ahmed decidió que a pesar de la hora llevarían a Ismail al médico judío. Mohamed y Aya parecían agotados, al igual que Dina, pero lo importante era curar al pequeño.

—Iremos a ver al judío —le dijo Ahmed a Dina mientras se dirigían hacia la Puerta de Damasco, que era una de las entradas a la Ciudad Vieja.

—¿Y éste? —preguntó ella refiriéndose a Samuel.

—Que nos acompañe, si es judío el médico le ayudará o al menos sabrá aconsejarle.

Llegaron a la casa del médico situada a pocos pasos del Muro de las Lamentaciones. Ahmed llamó con fuerza a la puerta y abrió una mujer entrada en años que les hizo pasar de inmediato. La mujer les hizo una seña para que esperaran mientras ella avisaba al médico. Al poco regresó y les pidió que la siguieran.

El anciano Abraham Yonah abrazó a Ahmed recordando que era hijo de un buen amigo desgraciadamente ya fallecido. Pero no perdió demasiado tiempo en cortesías y de inmediato comenzó a examinar a Ismail. Mientras tanto, Ahmed le contaba que no estaba seguro de que aquel joven fuera boticario, pero le había dado un jarabe y unas gotas a su hijo con las que el pequeño se había calmado durante un buen rato, aunque ahora el niño volvía a toser con fuerza y seguía escupiendo hilos de sangre.

El médico se dirigió a Samuel hablándole en yiddish.

—¿Sois médico? Si es así ya sabéis lo que tiene: tuberculosis. No es mucho lo que se puede hacer.

—Soy químico, estudié en San Petersburgo. Mi maestro, además de químico, era boticario y en ocasiones le acompañé al hospital, allí vi a algunos enfermos con los mismos síntomas que este niño —respondió Samuel.

—¡Ruso!

—Sí, del zarato de Polonia. Mi nombre es Samuel Zucker.

—Y judío.

—Sí —confirmó Samuel—. Y vos, ¿de dónde vinisteis?

—De ninguna parte. Yo nací aquí, lo mismo que mi padre, y el padre de mi padre, y el padre de su padre. Nosotros nunca nos fuimos. Mis antepasados nacieron y vivieron en esta tierra. Se plegaron a los invasores, sufrieron pérdidas, pero nunca tuvieron que rezar para pedir al Todopoderoso que al año próximo pudieran volver a Jerusalén. ¿Os extraña?

—En realidad no sé mucho sobre Palestina.

—Decidme, ¿qué le habéis dado a Ismail?

—Un jarabe hecho con plantas que calman la tos y unas gotas para bajar la fiebre, aunque apenas ha dado resultado. ¿Podéis ayudarle?

—No, no puedo curarle; como bien sabéis, la tuberculosis no tiene cura. Lo único que puedo hacer es lo mismo que vos, darle alguna botica que le ayude con la tos. La vuestra parece haber servido.

Abraham explicó a Ahmed que el joven que le acompañaba era químico y que el jarabe que le había dado a Ismail serviría para calmar la tos. Pero no le engañó, le dijo que no había nada que pudiera hacer para salvar a su hijo.

Luego le dio varios frascos con otras medicinas y le explicó cómo debía administrárselas al pequeño.

—¿Vivirá? —insistió Dina mientras apretaba a su hijo entre los brazos.

—Sólo Dios lo sabe —respondió Abraham.

Durante unos segundos se quedaron en silencio. Ahmed y Dina con la angustia de no saber si su hijo sobreviviría. Samuel, consciente de la situación, no se atrevía a preguntar dónde podría ir que le dieran cobijo. Fue Abraham quien rasgó el silencio.

—¿Dónde vais a dormir?

—No lo sé, no conozco la ciudad, quizá podáis aconsejarme —respondió Samuel.

—A estas horas... puede que Ahmed os deje dormir bajo su techo. Le preguntaré.

Ahmed no supo negarse a cobijar al hombre que, según había

confirmado el médico, había ayudado a Ismail con su jarabe y que ni él mismo podía hacer mucho más. Quizá no le vendría mal tenerle cerca, al menos aquella noche en que Ismail podía volver a empeorar. Le invitó a acompañarles aunque advirtió a Samuel que su casa era modesta y que tendría que dormir en una pequeña habitación donde guardaba los aperos y las semillas del huerto.

Samuel aceptó de inmediato.

—Venid mañana, me contaréis a qué habéis venido y quizá pueda ayudaros. ¡Ah!, y vigilad al niño, no tardará en subirle la fiebre; no hace falta que os diga lo que debéis hacer —le dijo el médico reflejando mucha tristeza en la mirada.

Aún tardaron un buen rato en llegar a la casa de Ahmed. El silencio envolvía la noche cuando distinguieron entre unos árboles una casa de piedra que no parecía demasiado grande y a la que se accedía por un patio que olía a flores.

Ahmed le indicó el lugar donde podía dormir y Dina le dio un poco de queso y un puñado de higos que Samuel aceptó agradecido porque llevaba horas sin comer.

Estaba dormido cuando Mohamed le despertó.

—Mi padre quiere que entres en casa, mi hermano está peor.

Venciendo las brumas del sueño, Samuel siguió a Mohamed al interior de la casa donde Dina lloraba con Ismail en los brazos.

Samuel le pidió que dejara al niño sobre la cama y que le colocara un cojín bajo la cabeza para ayudarle a respirar mejor. Luego le preguntó con su árabe rudimentario si le había dado las medicinas. Ella asintió mientras señalaba los frascos que le había suministrado Abraham. Samuel le pidió que pusiera agua a calentar y que trajera un poco de harina para amasarla con otras hierbas y hacer una cataplasma que después colocaron sobre el pecho del niño.

Ahmed permanecía en silencio y junto a él su hijo mayor Mohamed, que notaba la preocupación que se reflejaba en el rostro de su padre.

Pasaron el resto de la noche velando al pequeño Ismail, que a ratos seguía tosiendo y cada esfuerzo iba acompañado de sangre. El niño no se quedó dormido hasta la llegada de las primeras luces del día.

—Le ha bajado la fiebre, aunque no demasiado —intentó explicarle Samuel a Ahmed—, pero ahora dormirá tranquilo. Tu esposa y tú deberíais descansar al menos un rato. Yo me quedaré para vigilarle.

Dina no quiso separarse de su hijo pero insistió a Ahmed para que durmiera algo antes de ir al trabajo. Aya y Mohamed ya se habían rendido al sueño.

Ahmed se tumbó en el suelo, cerca del lecho de Ismail, y apenas cerró los ojos cayó profundamente dormido.

Samuel se quedó con Dina observando al pequeño. Ella parecía agradecida de tenerle a su lado. El viejo médico judío les había asegurado que aquel hombre era químico, algo parecido a un boticario, y a ella le tranquilizaba pensar que sabría cómo aliviar la tos de Ismail. Alá se había mostrado misericordioso por haber colocado a aquel joven en su camino.

Dina se reprochaba no haber advertido que Ismail había recaído de la fiebre que de tanto en tanto le mortificaba. La tos del niño no le había parecido diferente a la de otras ocasiones y por eso había decidido acompañar a su esposo a Jaffa. Además, no quería desilusionar a Mohamed, el mayor de sus hijos. Para Mohamed el viaje a Jaffa acompañando a su padre era una fiesta y habría tenido un gran disgusto de no haberlo podido hacer. A Aya le daba lo mismo, la niña no tenía más que cinco años y poco le importaba lo demás con tal de estar cerca de su madre.

También le preocupaba Ahmed. Intuía algún contratiempo. Su esposo había regresado sin alegría del encuentro con Alí, el enviado del said Ibrahim. La noche anterior apenas había participado en la conversación con los invitados del esposo de su prima. Incluso se había retirado antes de lo que establecían las normas de cortesía. Ella sabía que estaba despierto cuando fue a acostarse a su lado, pero no quiso importunarle con preguntas. Ahmed era un esposo bueno y atento pero no le gustaba que Dina le presionara con preguntas que en ocasiones no quería responder. Ella había aprendido a esperar, sabía que su esposo maduraba los problemas antes de hablar sobre ellos, y cuando lo hacía era porque ya tenía la solución. Tendría que esperar a que él decidiera el momento de confiarse a ella como siempre hacía.

Samuel bebía lentamente el té que le había preparado. Le notaba cansado y le sonrió para agradecerle que estuviera allí en la cabecera del pequeño Ismail pendiente de su respiración. De cuando en cuando le colocaba sobre la frente un paño humedecido que parecía aliviar la fiebre del niño.

Al cabo de un rato, Dina despertó a Ahmed. Era la hora de ir a la cantera. Se sentía orgullosa de que los said Aban le hubieran confiado el cargo de capataz. Su esposo era un hombre justo, siempre dispuesto a trabajar más que ninguno para dar ejemplo. Era el primero en llegar a la cantera y el último en marcharse. Los hombres le apreciaban y valoraban también que no hiciera distinciones en favor de sus cuñados.

Dina le llevó una jofaina llena de agua. Ahmed se lavó la cara y las manos antes de beber una taza de té y después se acercó a Samuel y le hizo un gesto de agradecimiento. Luego se retiró a un rincón de la estancia con Dina.

—Este hombre debe irse, no puedes quedarte sola con un desconocido.

Dina le suplicó que permitiera a Samuel quedarse junto a Ismail.

—No debes de temer por mí, Mohamed no se separará de mi lado. Además, puedo enviar a buscar a mi madre para que me acompañe. Desde que ha enviudado no tiene nada que hacer, y ya sabes que no se lleva bien con la mujer de mi hermano. Le gusta visitarme a diario, si mandamos a Mohamed a avisarla estará aquí antes de que te vayas.

Zaida, la madre de Dina, vivía con su hijo mayor, Hassan, y la esposa de éste no lejos de allí. Las dos casas apenas estaban separadas por unos cientos de metros, aunque la de Hassan era de su propiedad. Su hijo había progresado trabajando de sol a sol, primero como ayudante de un viejo comerciante jerosolimitano que le enseñó cuanto sabía y que tanto confiaba en él que le dejó al cargo de sus negocios en Beirut y más tarde en Constantinopla. Las ganancias obtenidas le permitieron casarse con Layla, hija de otro comerciante, además de comprar una casa y una buena huerta en Jerusalén.

Ahmed dudaba, sabía que no estaba bien dejar a su esposa con un desconocido.

Dina aguardaba en silencio la decisión de su marido. Si Ahmed se negaba a dejar que Samuel se quedara no podría reprochárselo. Sabía que era una osadía plantearlo. Pero no pensaba en ella, ni en lo que pudieran decir los vecinos, sino en Ismail. Aquel hombre parecía saber qué hacer con la fiebre del niño. Le aterraba lo que le pudiera suceder, sobre todo en ausencia de Ahmed.

El marido leyó la angustia en su mirada, así que despertó a Mohamed y le envió a casa de su abuela con el recado de que acudiera de inmediato. No se marcharía a trabajar hasta que Zaida llegara, aunque eso supusiera llegar tarde a la cantera precisamente aquel día en que en cualquier momento podía presentarse Alí, el enviado de los said. Pero el honor de su casa estaba por encima de cualquier otra consideración, así que esperó hasta ver acercarse a Mohamed seguido de su abuela.

Después de intercambiar un saludo cortés, Ahmed conminó a su suegra a que no se apartara de Dina. Zaida se comprometió a no moverse de la casa de su hija, incluso se comprometió a quedarse el tiempo que fuera preciso para ayudar a Dina a cuidar de Ismail. Para ella sería un alivio alejarse de su nuera, una mujer que había resultado ser perezosa. Pero era la esposa de su hijo mayor y debía aceptarla, aunque le hubiera gustado irse a vivir con Dina. A veces estaba tentada de pedir a su hija y a su yerno que le permitieran vivir con ellos, pero temía ofender a su primogénito, de manera que callaba; ahora la fiebre de Ismail le proporcionaba la excusa de salir del ambiente opresivo en que vivía. Su hijo Hassan la quería y la respetaba, pero estaba enamorado de Layla, una mujer muy hermosa, y no veía más que por sus ojos, de manera que Zaida callaba, cuidando de la casa y de sus nietos Salah y Jaled, que eran ya dos espléndidos muchachos. Zaida se preguntaba si podría seguir aguantando a su nuera el día en que sus nietos se hicieran hombres y formaran sus propios hogares.

Ahmed se marchó a la cantera intranquilo por tener que dejar en su casa a aquel desconocido pero sabiendo que, con la presencia de Zaida, al menos respetaba las reglas del decoro.

No regresó Ahmed a su hogar hasta bien entrada la tarde, preocupado por lo que hubiera podido suceder. A pocos metros de la casa se encontró a la pequeña Aya jugando con otras niñas de su edad.

Mohamed le esperaba en el umbral de la casa y se le iluminó la cara ante la llegada de su padre.

—No me he separado de madre —le dijo a modo de saludo.

Ahmed le revolvió el pelo sonriendo. Mohamed estaba convirtiéndose en un muchacho espléndido y eso despertaba su orgullo de padre. Haría lo imposible por enviarle a Constantinopla o a El Cairo para que se convirtiera en médico.

Samuel estaba sentado junto al lecho de Ismail mientras Dina, con la ayuda de Zaida, preparaba la cena.

Las dos mujeres le explicaron que Samuel no se había despegado del lado del niño, quien no había mejorado pero tampoco empeorado.

Ahmed le dio las gracias y le invitó a compartir la cena con ellos. Samuel aceptó. En realidad no sabía qué hacer ni adónde ir.

Dina pidió permiso a su marido para que Zaida se quedara unos días con ellos hasta que Ismail estuviera mejor.

—Podrías hablar con Hassan... Para mí es un alivio contar con la ayuda de mi madre. Se encarga de la casa y de Aya y sabe cómo calmar a Ismail. Si mi hermano accede, y si tú no estás en contra...

¿Cómo podría estarlo? Apreciaba a Zaida y sabía que para su esposa sería una bendición la presencia de su madre.

—Mañana iré a ver a tu hermano, intentaré convencerle de que permita a tu madre quedarse para siempre con nosotros.

—¡No me atrevía a pedirte tanto! Pero Hassan no querrá, su esposa es indolente y le viene bien tener a mi madre para hacer las labores que ella rechaza.

—Hablaré con él —dijo Ahmed zanjando la cuestión.

Mientras los dos hombres cenaban, Zaida se hizo cargo de los niños.

—Dina necesita dormir, si el niño empeora os despertaré.

Aunque Dina se resistía a separarse de su hijo, Ahmed la convenció para que descansara.

—Tu madre tiene razón. Debes estar fuerte, Abraham nos ha dicho que el niño sufrirá, no sabemos cuánto tiempo permitirá Alá que siga entre nosotros, pero sea el que sea necesitará tus cuidados. Descansa esta noche y deja que tu madre se ocupe de él. También yo me quedaré un rato a su lado.

El judío observaba en silencio. Parecía preocupado por la suerte de Ismail.

—Tú has trabajado toda la jornada, creo que también necesitas descanso, y tu suegra se ha multiplicado para ayudar a tu esposa. Si me permites pasar la noche aquí, yo cuidaré de tu hijo —propuso Samuel.

Ahmed sopesó las palabras del judío. No sabía si podía fiarse de él, aunque hasta el momento se había comportado con discreción y decoro, de manera que aceptó la propuesta.

—De acuerdo, puedes quedarte una noche más, y puesto que eres químico sabrás aliviar el dolor de mi hijo, pero yo dormiré aquí en el suelo junto a su lecho y tú me despertarás si ves que empeora.

Así lo hicieron. Ahmed se quedó dormido de inmediato aunque se despertó al cabo de dos horas vencido por el frío de la noche. Observó que el judío le estaba dando una cucharada de jarabe a Ismail y se sobresaltó al ver la palidez de su hijo. ¿Cómo habían sido tan ciegos como para no ver lo enfermo que estaba? No debería haberle llevado a Jaffa y se reprochó que por su culpa su hijo hubiese empeorado. Samuel pareció leerle el pensamiento.

—No te culpes. La tuberculosis es engañosa. Hay días que quienes la sufren parecen estar mejor, luego recaen. No se la puede vencer, sólo luchar contra ella. Lo importante es que Ismail no sufra; estos remedios le ayudarán.

Ahmed no pudo seguir conciliando el sueño y le hizo una seña al joven para ocupar su lugar al lado de su hijo. Samuel se estiró en el suelo y se quedó dormido en el acto.

Dina se había acercado despacio hasta la cabecera de Ismail, era incapaz de descansar. Ahmed sabía que no podría convencerla para que regresara a la cama.

Por la mañana el niño apenas podía abrir los ojos a causa de la fiebre. Ahmed mandó a Mohamed a la cantera para que avisara de que iba a llegar con retraso. Tenía que llevar a Ismail al médico judío. Le insistiría para que hiciera algo por su hijo. No podía aceptar que Ismail tuviera que morir y menos ahogándose en su propia tos.

Por fortuna, Zaida estaba con ellos y podía encargarse de la casa y de la pequeña Aya. Mohamed también tendría que pasarse por la casa de su tío para avisar de que la abuela se quedaba al menos un día más con ellos. Ya encontraría Ahmed el momento de ir a hablar con su cuñado. Por ahora lo más urgente era Ismail, por más que le recorría un escalofrío cada vez que pensaba que en cualquier momento Alí le mandaría llamar para anunciarle que había vendido la cantera y su huerto, y entonces ¿qué sería de ellos? Aún no le había contado a Dina su conversación con Alí, debía hacerlo, pero no justo cuando su hijo estaba tan enfermo.

Samuel insistía en acompañarles. Ahmed no se opuso y por

el camino decidió que hablaría con Abraham Yonah para que se hiciera cargo de aquel joven al que no quería seguir alojando en su casa. No tenía por qué. Él había cumplido de sobra con las reglas de la hospitalidad acogiendo en su hogar durante dos noches al forastero, pero ya era hora de que siguiera su camino.

Cuando llegaron a casa de Abraham, Raquel, su esposa, les abrió la puerta y les hizo entrar.

—Mi esposo se encuentra visitando a un enfermo, pero volverá enseguida.

Así fue. El viejo médico judío llegó al cabo de unos minutos y enseguida se hizo cargo de Ismail, examinándole con delicadeza y pidiendo a Samuel su opinión sobre el estado del niño. Cuando terminó de examinarle, su gesto era grave.

—Lo siento, Ahmed, no es mucho lo que puedo hacer. La vida de tu hijo está en manos de Dios; aquí en la Tierra los hombres no tenemos conocimientos ni sabiduría suficientes para salvarle. Sólo puedo seguir intentando aliviar su dolor.

Dina rompió a llorar. Hubiese querido escuchar otras palabras de Abraham, incluso que les engañara, cualquier cosa menos arrebatarle la esperanza. ¿Cómo podían decirle que su hijo iba a morir? ¿Por qué había de ser así? ¿Qué había hecho Ismail para recibir el castigo de la muerte? Iría al Paraíso, sí, pero ¿tenía que ser a tan corta edad? No alcanzaba a comprender los designios de Alá, y si se hubiera atrevido, habría clamado contra Él porque sin motivo le iba a arrebatar a su querido hijo.

El médico judío proporcionó a los padres más boticas para Ismail pero se despidió de ellos sin una palabra de esperanza; a continuación, pidió a Samuel que le esperara en aquella sala.

Cuando estaban a punto de dejar la casa de Abraham, Ahmed creyó escuchar una voz que le era familiar. En otra estancia varios hombres parecían discutir y aquella voz… ¿era la de Alí? Ahmed se dijo que no era posible, ¿qué podría hacer Alí en casa del médico judío salvo que hubiera ido a buscar consejo por alguna enfermedad? Pero Alí no parecía tener mala salud, de manera que debía de estar equivocado.

Se despidió de Abraham. El médico le pidió permiso para visitar a Ismail.

—Venid cuando deseéis, seréis bien recibido —respondió Ahmed sin demasiado entusiasmo.

Tras dejar a Dina y a Ismail en casa se dirigió a toda prisa hacia la cantera. Allí pasó el resto del día temiendo que en cualquier momento le avisaran de que Ismail había vuelto a empeorar. También le extrañaba que Alí no se hubiese presentado en la cantera, pero sus cuñados le aseguraron que nadie había preguntado por él.

El sol se estaba difuminando en el horizonte cuando Ahmed regresó a su casa preocupado por Ismail. Varias personas estaban frente a su casa. Apresuró el paso y nada más cruzar el huerto que desembocaba en el jardín de su hogar, Ahmed pudo distinguir a Dina y a Mohamed hablando con Samuel y unos desconocidos. Tres hombres de aspecto rudo, vestidos con unos blusones llenos de remiendos, estaban allí junto a una mujer de cabello rubio y una niña de la edad de Mohamed.

Ahmed apretó el paso hasta situarse junto a Dina.

—Padre... —La voz de Mohamed tenía un tinte de rabia contenida.

—¿Qué sucede? —preguntó sin dirigirse a nadie.

—El said Alí vino a primera hora de la tarde con estos hombres, ha vendido nuestro huerto, nuestra casa, nuestro pedazo de tierra —explicó Dina al borde del llanto.

—Deja que te explique... —Samuel había dado un paso al frente colocándose delante de Ahmed, que ahora le miraba con ira.

—De manera que te has apropiado de mi casa...

—No, no es así. Verás, esta mañana cuando os marchasteis el médico me hizo pasar a otra estancia donde estaban estos hombres junto a un comerciante egipcio de nombre Alí. Al parecer, el tal Alí estaba enterado de que algunos viajeros judíos están interesados en comprar tierras para instalarse aquí. No sé cómo llegó a casa de Abraham Yonah, el caso es que el médico le presentó a estos hombres que han llegado de Vilna. El tal Alí explicaba que su amo quería desprenderse de algunas tierras que ya no le eran útiles, y citó tu huerta y los terrenos circundantes. Abraham Yonah se mostró contrariado, dijo que eras un buen hombre, con una familia a la que sacar adelante y que el said Aban no debía dejaros en la calle. Alí dijo que su amo le había encargado vender las tierras y que si no era a estos hombres se la vendería a otros. Te aseguro que Abraham hizo lo imposible para convencerle de que vendiera otros terrenos, pero Alí no quiso escuchar. Entonces yo... bueno, no tengo mucho dinero pero intenté comprarle la tierra para impedir que os echen de vuestro hogar pero no podía pagar la cantidad exigida. Al final llegamos a un acuerdo, uniría mis recursos a los de estos hombres para comprar las fincas. He puesto una condición: que os permitan seguir trabajando vuestro huerto y vivir en vuestra casa. Nosotros viviremos y trabajaremos en los terrenos de al lado que están sin cultivar.

—El said Alí dijo que ya te había informado de las intenciones del said Aban y que mañana irá a la cantera... —añadió Dina sin poder ocultar el reproche hacia su marido.

Ahmed tendió la mano y Samuel le entregó el título de propiedad. Apenas le echó un vistazo y se lo devolvió.

—De manera que ahora mi casa es vuestra y mi huerto también. ¿Qué queréis de nosotros?

—Nada, Ahmed, te aseguro que ni yo ni estos hombres haremos nada que te perjudique. Bien sabes que en Palestina algunos judíos están levantando pequeñas granjas. Es lo que haremos aquí, pero respetando tu huerto.

—¿Cuánto debo pagar por seguir en mi casa?

—No nos veas como enemigos, por favor, Ahmed...

—No tengo sitio donde alojaros, tendréis que dormir al raso, salvo que nos echéis de nuestro hogar.

—Sabes que no es ésa mi intención. ¡Por favor, confía en mí! No me conoces, no sabes nada de mí, pero te aseguro que no voy a perjudicarte.

Ahmed no respondió. Entró en su casa seguido por Dina y

Mohamed. No cerraron la puerta pero tampoco les invitaron a entrar. Ismail lloraba en brazos de su abuela Zaida mientras que Aya estaba muy quieta al lado del hogar.

—El niño está muy caliente, le ha subido la fiebre —dijo Zaida con preocupación.

Ahmed se acercó a su hijo y le colocó la palma de la mano sobre la frente enrojecida por la fiebre.

—Ismail, hijo... —susurró mientras cogía al niño y lo mecía en sus brazos.

—Está agotado por la fiebre —dijo Zaida mientras colocaba un paño de agua fría sobre la frente del niño.

—Cuida de mi hijo, he de hablar con mi esposa —dijo, y condujo a Dina hasta el cuarto que compartían.

—Tú sabías que esto iba a pasar y no me lo dijiste...

—No quise contártelo en casa de tu prima, esperaba llegar a nuestra casa, pero al empeorar Ismail...

—¿Qué va a ocurrir? ¿Crees que ese judío, Samuel, dice la verdad?

—No lo sé, pero ahora él y sus amigos son los dueños de todo esto. Si Ismail estuviera bien te diría que nos fuéramos a otra parte, pero ¿crees que podemos hacerlo? Debemos quedarnos hasta que... ¡en fin!, confiemos en que nuestro hijo se recupere.

—Nos ha asegurado a Mohamed y a mí que ni tenía intención de comprar las tierras ni dedicarse a la agricultura, que lo ha hecho por ayudarnos. A los otros hombres no les entiendo, no sé en qué idioma hablan.

—¿Y las mujeres?

—Samuel ha dicho que la mayor es la esposa de uno de los hombres y la niña es su hija. Me han agarrado las manos como si quisieran tranquilizarme y me han sonreído, la mujer se llama Kassia y la niña Marinna. ¿Tenemos que dejarles dormir aquí?

—Ésta es su casa, pero espero que no me obliguen a ello —respondió Ahmed, y en su tono de voz Dina pudo leer que se sentía humillado.

—No te preocupes, a lo mejor son mejores amos de lo que lo han sido los said Aban. Pero dime, ¿qué va a pasar con la cantera? Alí dijo que mañana iría a visitarte…

—El said Aban también quiere desprenderse de ella, puede que Alí ya la haya vendido…

—¡Alá no lo quiera! ¡Te despedirán!

—Alí dijo que me recomendaría a los nuevos amos.

—¿Y le crees? ¿Por qué nos hacen esto? ¿Qué hemos hecho mal? Nunca hemos dejado de pagarles, nos hemos sacrificado por cumplir con lo que nos pedían. ¿Por qué les vende nuestra tierra a estos judíos?

—Calla, Dina, no hagas preguntas para las que no tengo más respuesta que la que me dio Alí. Los señores Aban quieren negocios prósperos y están hartos de los que a duras penas sacan rendimiento. Esta tierra apenas nos da para comer a nosotros.

La abrazó antes de regresar a la sala donde habían colocado la cama de Ismail junto a la chimenea para mantenerle caliente. Zaida continuaba cerca del pequeño mientras Mohamed y Aya aguardaban en silencio a sus padres.

Ahmed salió de la casa para hablar con Samuel y el resto de las personas que componían aquel extraño grupo.

—¿Qué quieres que haga? —le preguntó con gesto hosco.

—Quiero que permitas a las mujeres dormir dentro de la casa. Nosotros dormiremos allí, junto a la cerca. Quizá puedas vendernos algo para comer…

Dina acomodó a Kassia y a Marinna en el cuarto que Aya compartía con su abuela Zaida; había poco sitio, pero al menos no dormirían al raso.

Por gestos, Kassia se ofreció para ayudar en lo que pudiera pero Dina la rechazó. Dio a la mujer y a la niña una hogaza de pan con un trozo de queso de cabra y una jarra de agua. No estaba dispuesta a gastar sus pobres existencias con aquellas desconocidas.

Por la mañana, Ahmed encontró a los hombres examinando

aquel pedazo de tierra que ahora era suyo. Salvo la casa y el pequeño huerto de naranjos, el resto lo ocuparían Samuel y aquellos forasteros. Se acercó a ellos con desgana y malhumor. Estaba cansado. No había dormido velando a Ismail. Zaida y Dina necesitaban descansar pero su esposa había insistido en quedarse a cuidar de su hijo. Antes del amanecer, Zaida ya estaba en pie y le insistía para que durmiera un rato. Apenas había cerrado los ojos un par de horas.

—Vamos a construir una casa donde podamos vivir. Tendrá que haber sitio para instalar a Jacob con su esposa Kassia y su hija Marinna. Yo compartiré una habitación con Ariel y Louis. También levantaremos un cobertizo para los animales y para guardar las herramientas.

—De ahora en adelante ¿cuánto debo pagar?

—Me conformo con que nos ayudes y nos prestes material y algunas herramientas que necesitamos para empezar. No tenemos intención de quitarte nada. Puedes compartir con nosotros algunos de los frutos que obtengas de tu huerta. No hemos venido a explotar a nadie, somos enemigos de quienes explotan a los campesinos como tú. Te aseguro que no somos como esos señores que subyugan a los campesinos.

—Mi casa sólo será mi casa si pago una renta —respondió Ahmed con orgullo.

—No quería ofenderte, pero no sé cuánto puedes pagar.

Acordaron que le daría la misma cantidad que al said Aban.

—¿Y esos hombres?

—Parecen buena gente. Les conocí ayer lo mismo que tú. Ya ves que sin la más mínima prudencia he unido mi suerte a la de ellos. No quieren otra cosa que trabajar la tierra de nuestros antepasados y vivir de lo que obtengan de ella. Jacob era maestro en un pueblo cercano a Vilna. Ariel y Louis vivían en Moscú, trabajaban en una fábrica.

—¿Seguro que no les conocías?

—Créeme, ayer les vi por primera vez.

—Y sin conocerles haces negocios con ellos...

—No creo que esta tierra sea un buen negocio. Tardaremos meses en arrancar estas piedras y poder tener nuestra propia huerta. Tú nos ayudarás y nos enseñarás... Ése será el precio.

Ahmed no vio a Alí hasta dos días después cuando se presentó en la cantera acompañado de un hombre alto de manos grandes y fuertes.

—Os presento a Jeremías, vuestro nuevo amo. Le he dicho que sois buenos trabajadores, pero es a él a quien corresponde decidir.

Alí parecía satisfecho por haber vendido bien las tierras del said Aban.

Jeremías se quejó de las escasas ganancias que hasta el momento producía la cantera que acababa de adquirir y cómo había empeñado cuanto tenía en aquellas piedras.

—No despediré a nadie, al menos por ahora, pero seré exigente con el trabajo. Vendré todos los días y no pediré a nadie que haga lo que yo no sea capaz de hacer. En cuanto a ti, Ahmed, Alí dice que eres un buen capataz; si es así, continuarás en el puesto; de lo contrario, te sustituirá otro.

Ahmed regresó a su casa preocupado. Jeremías parecía un hombre impaciente. Había pasado el resto del día trabajando como un obrero más y había compartido la comida que llevaba en el zurrón, pero carecía de alegría, ni un solo instante había sonreído.

Samuel estaba junto a Kassia sacando agua del pozo que había en el huerto. A Ahmed le molestó verles dentro de lo que consideraba que eran los límites de su hogar.

—Tenemos que hacer nuestro propio pozo, o al menos llevar agua desde aquí hasta nuestras cabañas, así no tendremos que importunaros —le dijo a modo de saludo.

—Y no tendremos que cargar con los cántaros —apostilló Kassia en aquel extraño idioma que hablaban los judíos.

Asintió sin responder. Eran demasiados cambios los que se

habían producido en un solo día. Tenía que acostumbrarse a que su nuevo said ya no era el said Aban.

—¿Cómo han ido las cosas en la cantera? —preguntó Samuel.

—El said Aban ha vendido la cantera, tenemos un nuevo amo, es judío como vosotros, se llama Jeremías.

—Lo sé. Le conocí en casa de Abraham. Parece un buen hombre. Perdió a toda su familia en un pogromo, y eso le ha agriado el carácter, pero ¿qué hombre puede ser el mismo si asesinan a los suyos?

—¿Quién les ha asesinado? —quiso saber Ahmed.

—Los judíos no somos muy queridos ni en Rusia ni en las tierras del zar, ni tampoco en otros lugares.

—¿Qué habéis hecho?

—¿Hacer? Nada, no hemos hecho nada, salvo que rezamos a Yahvé y nuestros ritos son diferentes a los de los cristianos, y a los vuestros, los musulmanes.

Ismail murió una mañana de diciembre. Dina había mantenido el fuego encendido durante toda la noche pero aun así el niño no había dejado de tiritar. La tarde anterior el viejo Abraham se había acercado hasta la casa para examinar al niño y le había susurrado a Ahmed en un aparte que el pequeño ya estaba a punto de morir.

Zaida y Dina cubrieron el rostro del niño mientras Ahmed resguardaba la cara entre las manos para evitar que Mohamed y Aya le vieran llorar.

Dina estaba a punto de dar a luz y la pérdida de Ismail la postró en la cama. Su madre la obligaba a comer recordándole que iba a tener otro hijo, pero ella sólo quería dormir y dejar que su espíritu volara hasta reunirse con Ismail.

Kassia intentó consolarla, pero Dina apenas entendía aquellas palabras dichas en un lenguaje que pretendía ser árabe. Marinna también procuró ayudar ocupándose de Aya.

Enterraron a Ismail en un rincón del jardín junto a las azaleas. Tres días después Dina se puso de parto y Zaida mandó llamar a la partera. Durante dos días y dos noches todos permanecieron en vela. El niño venía mal.

Samuel se ofreció para ir a buscar a Abraham con la esperanza de que el médico pudiera ayudar a Dina a traer a su hijo al mundo. Pero Ahmed dudaba. Las mujeres daban a luz con ayuda de otras mujeres y sabía que a Dina le costaba parir. Había traído al mundo a sus otros hijos y aunque pensó que aquel parto no era diferente, hizo caso a Samuel y mandó avisar al médico. Pero cuando Abraham llegó ya había sucedido la tragedia, y nada pudo hacer. El niño nació muerto. Dina también estuvo a punto de morir, y todos se estremecieron al escuchar un grito desgarrador cuando supo que este hijo también había fallecido.

Ahmed pensaba que la suerte le daba la espalda. Quizá la culpa era de aquel extranjero. Desde que había conocido a aquel judío sólo le habían ocurrido desgracias y sin embargo no podía dejar de reconocer que era un buen patrón, mucho mejor de lo que nunca lo fuera el said Aban. Samuel le trataba como a un igual, escuchaba sus consejos sobre cómo arar la tierra, cómo construir un cercado o cómo apacentar las cabras.

La casa que habían levantado era tan modesta como la suya. Aquellos hombres trabajaban de sol a sol y repartían cuanto tenían. Samuel parecía ser el jefe pero sólo en apariencia, no tomaban ninguna decisión sin estar de acuerdo todos, incluso Kassia. La mujer parecía tener una gran influencia en todos ellos.

«Somos socialistas», le explicó un día Jacob. Ahmed se encogió de hombros. No terminaba de entender lo que encerraba aquella palabra, aunque parecía ser definitiva no sólo para los hombres que habitaban a pocos pasos de su huerto, sino también para todos aquellos judíos que seguían llegando a Palestina empeñados en levantar lo que ellos llamaban «colonias agrícolas», en las que compartían todo renunciando a cualquier propiedad individual.

Ahmed tenía un sentimiento contradictorio respecto a

Samuel. No podía reprocharle nada, antes al contrario, le trataba como si fueran amigos, pero ¿por qué habría de fiarse de él? Al fin y al cabo era un desconocido, alguien que pensaba, hablaba y actuaba diferente a él. También le sorprendía que ni Samuel ni sus amigos fueran a la sinagoga. Decían ser judíos pero no cumplían con las leyes de Dios.

En cuanto a Kassia, no guardaba el debido respeto a su esposo Jacob, defendiendo su criterio en presencia de todos. No era mala mujer, al contrario, se desvivía por Dina e incluso había simpatizado con Zaida. Pero a él le inquietaba verla en su hogar. Kassia parecía no tener cortapisas y temía que fuera una mala influencia para las mujeres de su casa. Él jamás toleraría que Dina le llevara la contraria en público. Siempre escuchaba las opiniones de su esposa, incluso seguía sus consejos, pero esa influencia jamás se hacía patente fuera de la intimidad del cuarto donde dormían.

La presencia de aquellos judíos constituía una carga para él. Desconocían todos los rudimentos de la agricultura, no distinguían una semilla de otra, les costaba manejar el arado, y tampoco demostraron ser demasiado diestros a la hora de levantar sus cabañas. Pero tenía que reconocer que nunca desfallecían y que no estaban dispuestos a fracasar en ninguno de sus empeños.

Con el paso del tiempo fue acostumbrándose a aquellos extraños vecinos y llegó a sentir un afecto sincero por Samuel.»

4

Y el tiempo pasa

Marian se quedó en silencio preguntándose si Ezequiel le permitiría encender un cigarrillo, pero no se atrevía a pedírselo. También en Israel había restricciones para fumar en público.

—De modo que así vivieron ellos la llegada de mi padre... En realidad no difiere mucho de lo que él me contó —dijo Ezequiel clavando su mirada en Marian.

—Ellos no mienten —respondió ella, fastidiada por el comentario.

—Yo tampoco, pero dígame, ¿con quién ha hablado de la familia de Ahmed Ziad?

—Eso no tengo por qué decírselo.

—No, no tiene por qué, pero me gustaría saberlo.

—¿Para qué? ¿Acaso va a cambiar algo? Usted vive aquí, donde un día estuvo su aldea, y ellos son un número más entre los desplazados.

—¿Sabe?, me interesa lo que me cuenta. Más de lo que puede suponer.

—Ahora le toca a usted continuar con su versión de la historia.

«No eran pocas las ocasiones en que Samuel se preguntaba por la deriva que había tomado su vida. Si Ismail no hubiera estado tan enfermo y él no hubiera acompañado a aquella familia de campesinos a la casa de Abraham, no habría conocido a Alí y a aquellos otros judíos empeñados en comprar un pedazo de tierra.

No tardó en comprobar que a la casa de Abraham Yonah solían acudir muchos de los judíos recién llegados a Palestina. El médico se había labrado fama de ayudar a aquellos desarrapados deseosos de formar parte de la Tierra Prometida.

Abraham Yonah había conocido a sir Moisés de Montefiori, preeminente judío inglés empeñado en ayudar a otros judíos a instalarse en Palestina financiando pequeñas industrias y poblados agrícolas. El médico contaba que muchos de los judíos de Palestina no veían con buenos ojos la llegada de nuevos emigrantes. Pero ése no era el caso de Abraham, que colaboraba cuanto podía con los buenos deseos de Montefiori como más tarde lo haría con los enviados del barón Rothschild, que igualmente ponían todo su esfuerzo en ayudar a los emigrantes judíos a instalarse en la Tierra Prometida.

La mañana en que Ismail agonizaba, Abraham ayudaba a Jacob, a Ariel y a Louis a cerrar un acuerdo con Alí, el enviado del said Aban, dispuesto a vender las tierras y la cantera que poseía en Palestina pues eran numerosos los árabes palestinos que buscaban la mediación del médico para vender sus posesiones. Hombres poderosos y ricos que vivían en Damasco, El Cairo o en la lejana Constantinopla, porque ¿quién quería vivir en aquella tierra árida en la que los hombres morían de malaria? Sólo esos extraños judíos que empezaban a llegar de Europa estaban empeñados en cultivar aquella tierra. Que se la quedaran, de nada les servía en Damasco o en El Cairo, sólo les traía quebraderos de cabeza.

Samuel se preguntaba qué le impulsó a unir su suerte a la de Jacob, Ariel y Louis. No bien supo que iban a comprar la tierra en que vivía Ahmed y su familia quiso participar de la adquisición incluso asumiendo el mayor desembolso. Alí había aceptado satisfecho. El said Aban le felicitaría.

No, no es que se hubiera arrepentido, pero había noches en

las que se maldecía por lo mucho que le dolían los riñones después de pasar horas y horas arrancando piedras y maleza para poder arar los campos y sembrar.

Durante los primeros años también le dolió la indiferencia y la distancia que Ahmed se empeñaba en poner entre los dos. No le había resultado fácil conseguir su amistad. En cambio, Kassia y Dina se habían convertido en buenas amigas. Marinna cuidaba a Aya como si fuera su hermana pequeña, y compartía secretos con Mohamed. Pero Ahmed se resistía a aceptarles por más que jamás le trataron como otros arrendatarios trataban a los campesinos, sino que le dispensaban un trato de igual.

Kassia había convencido a Samuel de que, además de la tierra, también tendría que seguir elaborando brebajes medicinales.

—Eres químico, tus remedios te servirán para conseguir algunas ganancias. El viejo Abraham se queja de que no siempre encuentra los medicamentos que necesita.

—Pero yo no soy boticario —protestó él.

—Pero es casi lo mismo.

Le agradeció el consejo, porque le permitía tener su propio espacio e intimidad. Nadie le molestaba en aquella pequeña cabaña que habían construido para que él elaborara sus preparados medicinales. Incluso había colocado un colchón en un rincón para quedarse a dormir cuando trabajaba hasta tarde.

Por consejo de Abraham, Louis había pasado una temporada en una comunidad agrícola fundada por judíos venidos de Rusia. Allí le habían enseñado cómo debían organizarse. Cuando regresó del kibutz propuso a sus amigos poner un nombre a aquellas tierras donde vivían.

—Podemos llamarla «La Huerta de la Esperanza», en recuerdo de Petah Tikva, una de las primeras comunidades que tuvo que ser abandonada por culpa de la malaria.

—Pero es casi igual que La Puerta de la Esperanza —protestó Kassia.

—Sí, pero ¿acaso no tenemos todos esperanza de que estas huertas sean el final del camino emprendido? —respondió Louis.

Aquellos primeros años no fueron fáciles para Samuel y sus nuevos amigos. En Palestina no manaba la leche y la miel que prometía la Biblia.

Más allá de Jerusalén sólo había pueblos y aldeas, incluso aquellos cuyos nombres evocaban la grandeza del pasado, Hebrón, Safed, Tiberíades, Haifa, Nazaret, Jericó.

Palestina pertenecía al imperio turco y los representantes del sultán solían ser funcionarios corruptos que preferían ignorar las razias de los beduinos o que los alcaldes de los pueblos situados en la ruta de Jerusalén cobraran peaje a quienes querían llegar a la Ciudad Santa.

A Samuel tampoco le resultó fácil adaptarse a vivir con sus nuevos amigos. Jacob provenía de una familia de comerciantes de Vilna. Su padre se había empeñado en que pudiera cursar estudios, y no había escatimado esfuerzos para que su hijo se convirtiera en maestro. Bien es verdad que sólo se le permitía enseñar a otros judíos, pero a él tanto le daba, estaba obstinado en que sus alumnos aprendieran ruso y no circunscribieran su ya de por sí pequeño mundo al exclusivo uso del yiddish. También hablaba hebreo, el hebreo culto que había aprendido de labios de un tío que era rabino. Cuando Jacob comenzó a soñar con emigrar a Palestina se empeñó en que Kassia y a su hija Marinna aprendieran algo de turco. Pero Jacob tampoco se conformaba con dominar el ruso y el hebreo, o poder entenderse con sus amigos en yiddish, sino que cuando caía la noche y Kassia se iba a dormir, él se quedaba estudiando otras lenguas, y así aprendió, además de turco, árabe y alemán.

Llevaba en su zurrón algunas novelas de Dostoievski, y cuando disponía de tiempo libre le leía a Marinna las aventuras de Ulises contadas por Homero.

Kassia solía procurar que Jacob tuviera tiempo para sus lecturas y estudios. No le importaba trabajar de sol a sol, y cuando Jacob insistía en que algo debía hacerse de tal o cual manera, ella le escuchaba, pero si no estaba de acuerdo discutía con su marido hasta convencerle. Jacob siempre cedía porque en su fuero íntimo sabía que su esposa prefería ser ella quien se hiciera cargo del trabajo agrícola; no porque fuera una campesina, sino porque se esforzaba en serlo y en aprender cuanto Dina y Zaida le enseñaban.

Dina y Zaida admiraban el cabello rubio y los ojos azules de Kassia y Marinna. Admiración que también sentía Mohamed por Marinna, de la que se había hecho inseparable para disgusto de Ahmed.

Él no aprobaba que Kassia se remangara la falda enseñando la pantorrilla mientras desbrozaba hierbas. Ni que se desabrochara dos o tres botones de la blusa cuando apretaba el calor, o se remangara dejando los brazos al descubierto. No decía nada pero Samuel notaba su disgusto porque veía cómo apretaba la mandíbula y volvía la cabeza mirando hacia otra parte. Pero la lituana no se daba por enterada y no porque no fuera inteligente, sino porque había decidido que la mejor manera de evitar conflictos era ignorar el malestar de Ahmed.

Que Marinna se convertiría en una mujer bella era evidente para todos. Había heredado de su padre la delgadez, unas piernas largas y unas manos delicadas; de su madre, el cabello rubio y los ojos de un azul intenso. Pero además poseía algo de lo que carecían sus progenitores, que era una alegría innata y una notable capacidad de empatía con todos los que la rodeaban.

Mohamed le había confesado que su padre quería que fuese médico y que cuando llegara el momento le enviaría a estudiar a Constantinopla o quizá a El Cairo, y se lamentaba por ello. Marinna le consolaba asegurándole que ella se convertiría en su ayudante.

Samuel simpatizó de inmediato con Jacob y Kassia, también con Louis, pero le costó más congeniar con Ariel, un tosco obrero de Moscú.

Louis era hijo de un *bon vivant* francés que había dejado embarazada a una joven judía. El padre de Louis tenía cierta posición y había viajado por Rusia, y fue en Moscú donde conoció a la que convertiría en madre de Louis. Se alojaba en casa de unos amigos y una tarde regresó con la mirada encendida. Había tropezado con una joven en la calle; era bellísima, le aseguró a su anfitriona. Obsesionado con aquella joven, decidió quedarse en Moscú hasta conseguir establecer una relación con ella. No le resultó fácil, pero al final la joven no pudo permanecer indiferente ante aquel caballero francés siempre tan galante y atento. El francés sedujo a la joven y cuando quisieron darse cuenta ella ya estaba embarazada. Naturalmente no podían casarse, pero él prometió hacerse cargo de la criatura. Compró una casa modesta en la que instaló a la madre y al hijo. Solía visitarles al menos una vez al año, hasta que un día no regresó. Su madre le explicó a Louis que su padre se había casado con una joven de su misma posición y que no volverían a verle. Afortunadamente no se desentendió del todo de ellos y la madre de Louis suspiraba aliviada por el dinero que le enviaba. No pudo dar a su hijo la educación que hubiera deseado, «pero al menos —le decía— hablas francés. Ha sido una suerte que tu padre siempre te hablara en su idioma».

Louis era alto, moreno y fuerte. Era más joven que Samuel, no pasaba de los veinticinco años, y profesaba una fe ciega en el socialismo, lo mismo que Ariel, a quien había conocido trabajando en la misma fábrica.

Samuel se preguntaba cómo era posible que Louis fuera amigo de Ariel, porque no podían ser más diferentes. Pero Louis sentía auténtica devoción por Ariel, a quien consideraba su mentor en cuestiones políticas. Era Ariel quien le había abierto los ojos al socialismo, quien le decía que no debían resignarse a ser poco más que siervos del zar, quien le aseguraba que el problema no era que ellos fueran judíos sino que Rusia estuviera en manos de aquellos aristócratas manirrotos e insensibles y que llegaría un día en que campesinos y obreros se rebelarían sin importar la religión de cada cual. Pero al final habían sucumbido a la desesperanza y decidieron seguir los pasos de los Bilu, aquellos jóvenes de Jarcov que habían dejado Rusia para encontrar su vieja patria, Palestina, la tierra de la que habían sido expulsados sus antepasados. Con unos cuantos rublos ahorrados emprendieron la aventura que les llevó hasta el puerto de Jaffa.

Todas las semanas Samuel visitaba a Abraham. El médico se había convertido en un buen amigo y además le compraba sus medicinas. También había simpatizado con el hijo del médico, Yossi, y con la esposa de éste, Judith. A Samuel le gustaba escuchar a Raquel y a Judith hablar en ladino.

—Mi nuera y yo somos españolas —decía Raquel con orgullo.

Raquel no dejaba de preocuparse por Samuel y a él le gustaba escuchar las historias de los judíos expulsados de España que habían encontrado acomodo en el imperio otomano.

—No tenemos nada que reprochar a los turcos. Cuando mis antepasados llegaron a Salónica pudieron volver a tener un hogar. Han sido muchos los judíos influyentes cerca de la Sublime Puerta, porque los sultanes les han distinguido con su confianza. ¡Ay, Salónica!, deberías conocerla.

Abraham sonreía ante el entusiasmo de su esposa, a la que era imposible parar cuando comenzaba a hablar de Sefarad.

—Nosotros somos de Daroca, cerca de Zaragoza, allí está nuestra casa, algún día volveremos —aseguró Raquel mientras señalaba con el dedo un viejo mapa donde decía estaba aquella ciudad aragonesa de la que se marcharon sus antepasados—. Se equivocaron expulsándonos de nuestras casas; el sultán Beyazid supo aprovechar la laboriosidad de nuestros artesanos, la inteligencia de nuestros sabios, el impulso de nuestros comerciantes. Al sultán le complacía que nos asentáramos en Salónica y nos protegió. ¿Sabías que encargó a nuestros antepasados la confección de los uniformes de los jenízaros, las tropas de élite de sus ejércitos? Tal era su confianza en nosotros. Incluso llegaron a encargarse de cobrar los impuestos de los mercaderes. Nosotros éramos más bulliciosos que los judíos de otros lugares y Salónica llegó a parecer una ciudad española.

—No es a los musulmanes a quienes debemos temer, sino a los cristianos —añadió Judith—. Ellos son quienes nos persiguen acusándonos de los crímenes más horrendos. Los otomanos nunca han pretendido convertirnos, que abandonemos nuestra religión, nos respetan porque compartimos profetas y un solo Dios. Mi familia tuvo que huir de Toledo. Mis padres me han contado que sus abuelos y los abuelos de sus abuelos también se asentaron en Salónica y allí prosperaron y vivieron con libertad. Incluso uno de mis antepasados trabajó en el Archivo Real de la Sublime Puerta en Constantinopla.

Suegra y nuera tenían un carácter abierto y alegre y Samuel sabía que era bienvenido en aquella casa, donde Raquel le insistía para que compartiera con ellos algunas de las sabrosas comidas españolas que preparaba. A Samuel le gustaba sobre todo el «pan de Espanya», un bizcocho con almendras cuya receta Raquel habría heredado de su madre y ésta de la suya, y así sucesivamente.

—Deberías buscar una esposa y casarte —le aconsejaba Abraham.

Pero no podía seguir su consejo porque el rostro de Irina se interponía de inmediato.

Irina le escribía con regularidad, lo mismo que Marie y que Mijaíl. También se carteaba con sus amigos, Konstantin Goldanski y Josué, que le mantenían al tanto de cuanto sucedía en San Petersburgo.

Para Marie había sido una suerte que Irina y Mijaíl vivieran con ella. Irina era la hija que no había tenido y Mijaíl, el nieto anhelado. Como tales los trataba, aunque, se quejaba Irina, a Mijaíl le consentía demasiado.

Marie le rogaba que regresara a París y que de una vez por todas se decidiera a hablar con Irina para pedirle que se casara con él. Samuel no se atrevía. Las cartas de Irina eran amistosas y corteses, pero no había ni una sola palabra que indicara que le echaba de menos. No se engañaba, sabía que ella no estaba enamorada de él y que era feliz con aquella vida inesperada que había encontrado junto a Marie.

Una tarde en la que estaba visitando a Abraham, el médico le pidió que alojara a un grupo de judíos recién llegados de Rusia.

—Han venido hace unos días huyendo tras un intento fallido de revolución. Necesitan un lugar donde vivir, lo mismo que necesitabas tú cuando llegaste aquí hace seis años.

Samuel se estremeció. Hacía ya seis años que vivía en Palestina y en ese tiempo hasta Jerusalén habían llegado las noticias de que en 1905 se había producido un alzamiento contra el zar que había sido sofocado sin piedad. En una de sus cartas, Konstantin Goldanski le había informado de lo sucedido:

> «Resulta demasiado humillante que nos hayan derrotado los japoneses. Muchos de nuestros amigos creen que esta guerra no tenía sentido, pero ¿cómo evitarla? No podíamos dejar de plantar cara a Japón, aunque el final haya sido un desastre. Se ha firmado un tratado gracias a la mediación de Estados Unidos, un país prometedor. Pero el Tratado de Portsmouth, que así se llama, nos obliga a entregar Liaoyang y Port Arthur, además de ceder la mitad de la isla de Sajalín y también Dongbei Pingyuan, en Manchuria. ¿Puedes imaginar mayor catástrofe? Todo esto ha alimentado el resentimiento del pueblo y los revolucionarios lo están aprovechando. Hay revueltas por todas partes. Lo peor de cuanto ha sucedido ha sido lo que aquí todos llaman ya el "domingo sangriento", una carnicería provocada por los cosacos de la Guardia Imperial cuando una multitud se arremolinó frente al Palacio de Invierno en San Petersburgo y en nombre de nuestro zar se ordenó disparar contra la muchedumbre. ¡Qué gran error! Ha habido doscientos muertos y el derramamiento de su sangre tendrá consecuencias.»

A Samuel las cartas de Konstantin le inquietaban por más que trabajar la tierra no le dejaba demasiado tiempo para pensar, pero de repente fue consciente de que tenía ya treinta y cuatro años y las manos encallecidas por el arado. Su rostro había perdido la palidez de antaño y estaba curtido por el sol y el viento. No se lo dijo a Abraham, pero se sentía frustrado porque ninguno de sus sueños se había cumplido. A veces se sentía un autómata, como si aquella vida no fuera la suya porque la verdadera se había quedado para siempre en San Petersburgo.

—Pueden venir con nosotros, y quedarse el tiempo que deseen. ¿Cuántos son?

—El grupo del que te hablo es numeroso. Pero algunos ya han decidido emprender viaje hacia Galilea, allí hay algunas granjas; otros van a instalarse en la costa, que es donde menos problemas ponen las autoridades para comprar tierras. Pero los hombres de los que te hablo quieren quedarse aquí en Jerusalén, al menos durante un tiempo, y necesitan trabajo.

—Hemos trabajado buena parte de la tierra que compramos al said Aban y apenas queda un pedazo por cultivar, pero si Louis, Jacob y Ariel están de acuerdo, pueden quedarse con nosotros.

—No te olvides de preguntar a Kassia, será ella quien diga la última palabra —respondió Abraham con una sonrisa.

Le devolvió la sonrisa. Abraham tenía razón, Kassia era el alma de aquella extraña comunidad en la que vivían, y ninguno de los cuatro hombres se hubiera atrevido a contrariarla.

Samuel simpatizó enseguida con el grupo que le presentó Abraham. Siete hombres y cuatro mujeres que se declaraban socialistas y que milagrosamente habían podido sobrevivir a la persecución implacable con que el zar acabó con la revolución de 1905.

—No imaginas el espectáculo de miles de hombres formados en columnas camino de Siberia —contó uno de los hombres.

—El zar es más poderoso que nunca —afirmó otro.

—Nosotros nos hemos llevado la peor parte. Ha habido pogromos en Kiev, en Kishinev... Cientos de judíos han sido asesinados —añadió una mujer.

—Lo peor es que no hemos hecho nada para defendernos. ¿Por qué los judíos nos dejamos matar? ¿Por qué nos escondemos esperando que se aplaque la ira de nuestros verdugos y se olviden de nosotros?

El hombre que decía estas palabras se llamaba Nikolái y parecía ser el líder del grupo. Nikolái era escritor, al menos hasta entonces se había ganado la vida escribiendo en publicaciones hebreas. Sacó de su bolsa unos cuantos papeles que le entregó a Samuel.

—Lee, es un poema de Bialik. ¿Sabes quién es Bialik?

Samuel no lo sabía pero leyó aquel poema titulado «En la ciudad de la matanza».

—Bialik se lamenta de lo mismo que nos lamentamos nosotros, de la pasividad de los judíos ante las matanzas de las que somos víctimas por el solo hecho de ser judíos. Lee, lee lo que dice el poema. Si nosotros no hacemos nada, el resto del mundo tampoco. Nuestra cobardía no sirve para remover conciencias.

—No puedes reclamar gestos de heroicidad. Bastante hacemos con sobrevivir —le replicó Samuel.

—¿Y me lo dices tú, que tuviste que huir? Abraham nos ha contado que perdiste a tu familia, primero a tu madre y tus hermanos, luego a tu padre.

—Si no hubiese sido así nunca me habría marchado de Rusia. No hay un solo día que no añore San Petersburgo. Aquí soy un extranjero.

—¿Un extranjero? ¡Estás loco! Ésta es la tierra de nuestros antepasados, de aquí nos expulsaron, no debimos permitirlo. Nunca hemos sido iguales a los otros, ni en Rusia, ni en Alemania, ni en España, ni en Francia, ni en Inglaterra... Judíos, eso es lo que somos, y aquí es donde debemos estar.

—Procura que la policía turca no te oiga hablar así. Palestina forma parte del imperio turco. No te engañes, hemos cambiado un imperio por otro, pero nada más. Esta tierra fue nuestra pero ya no lo es, será mejor que lo aceptes.

—Creía que el sultán Abdul Hamid miraba con simpatía nuestra causa. ¿No recibió a Theodor Herzl?

—Herzl estuvo en Constantinopla en 1901 para ver al sultán y parece que éste se mostró amable, pero nada más. Lo que Herzl pretendía del gobierno turco era un firmán, una carta de aprobación para que los judíos pudieran establecerse en Palestina sin restricciones. Pero no lo consiguió. Los turcos ponen cuantos impedimentos quieren, y no parecen demasiado dispuestos a que lleguen emigrantes judíos en masa. Herzl murió sin conseguir su propósito y David Wolffsohn, que ha sucedido a Herzl al frente de la Organización Sionista, tampoco ha tenido más éxito con el gobierno turco.

Nikolái tenía a Theodor Herzl como el más grande de los hombres. Admiraba sinceramente a aquel periodista húngaro, que aun siendo judío nunca vivió como tal, aunque durante los años que estudiaba leyes en Viena fue testigo del auge del antisemitismo en Austria. El destino le hizo cejar en su empeño de ser abogado para convertirse en cronista de un periódico vienés, oficio que le llevó a París donde fue testigo del caso Dreyfus. Si Francia acusaba de traición a uno de sus soldados por el solo hecho de ser judío, ¿qué se podía esperar?

Las palabras de Samuel caían en saco roto. Nikolái no las tenía en cuenta, tampoco el resto del grupo.

—Ha llegado la hora de que los judíos dejemos de huir, de dejar de comportarnos como unos cobardes, de volver a casa, por eso estamos aquí. Además, en Palestina podremos demostrar que el socialismo es posible. Rusia se muere. —Los ojos de Nikolái brillaban repletos de ira.

—Rusia es eterna —respondió Samuel, malhumorado.

—¡Qué sabes tú! Si hubieras asistido como yo a la representación de *Los bajos fondos*, un drama escrito por Maxim Gorki... ¿Le conoces? En el Teatro del Arte de Moscú los espectadores no podían creer lo que estaban viendo. Gorki ha llevado a escena cómo es el pueblo que los zares y los aristócratas desconocen.

El grupo fue bien recibido en La Huerta de la Esperanza, como llamaban Samuel y sus amigos a aquellas tierras compradas al said Aban.

Jacob simpatizó de inmediato con Nikolái, y Ariel y Louis

enseguida se hicieron cargo de buscarles acomodo, mientras que Kassia aleccionaba a las mujeres sobre la dureza de la vida en aquel lugar.

—Hay que trabajar sin descanso para arrancarle algún fruto a la tierra. Aquí ni siquiera guardamos el sabbat. Nosotras nos tenemos que ganar el pan como los hombres.

—¿Y cuándo no ha sido así? Recuerdo a mi madre trabajando de sol a sol, ocupándose de la familia, de llevar las cuentas de la casa, mientras mi padre se dedicaba al estudio del Talmud —respondió una mujer sonriente, que dijo llamarse Olga y que era la esposa de Nikolái.

—En cuanto a la seguridad..., aquí tenemos suerte, pero hemos sabido de otras colonias que son hostigadas por sus vecinos —explicó Kassia.

—¿Hostigados?, pero ¿por qué? —preguntó una joven apenas salida de la adolescencia.

—Rivalidades de vecinos... —respondió Kassia excusándolos.

Por ella supieron que un grupo de judíos se empeñaba en obtener vino en las llanuras de Rishon LeZion, y que en otros lugares había quienes se dedicaban al cultivo de naranjas. Había varias colonias agrícolas diseminadas a lo largo y ancho de aquella franja de tierra entre el río Jordán y el mar Mediterráneo. Granjas cuyos propietarios eran judíos como ellos y cuyo principal enemigo era la malaria.

Los recién llegados trataban de adaptarse al entorno. Bajo la dirección de Ariel, levantaron otra cabaña. Louis y Samuel les explicaban qué tipo de cultivos se acomodaban mejor a aquella tierra tan árida.

No les resultaba fácil adaptarse. Ninguno de ellos era agricultor, ni siquiera obrero manual. Nunca antes habían visto una azada. Pero no protestaban. Apretaban los labios y seguían las indicaciones de Samuel.

Ahmed estaba desazonado por la llegada de estos judíos que cultivaban para ellos la poca tierra que quedaba sin trabajar.

Samuel intentó tranquilizarle.

—¿Se van a quedar para siempre? —quiso saber Ahmed.

—No lo sé, ya se verá. Pero no tienes de qué preocuparte, no os molestarán ni a ti ni a tu familia.

Ahmed guardaba silencio, pero Samuel notaba su incomodidad.

—Algunos dicen que quieren ir al norte, otros se quedarán. No tienen adónde ir, debemos ayudarles —le explicó Samuel.

—No sois parientes, ni siquiera amigos, y sin embargo vivís todos juntos.

Samuel no sabía qué responder. Él mismo se preguntaba por aquella vida compartida con esos hombres y mujeres a los que nada le unía excepto el hecho de ser judíos como él. Pero continuaba sin aceptar que ser judío fuera, para bien o para mal, una diferencia.

—¿Compartirías tu casa con alguien que no fuera judío? ¿Les entregarías tu tierra, como lo has hecho con éstos? —le preguntó Ahmed.

Samuel quiso responder que sí, pero no lo hizo porque no estaba seguro y apreciaba sinceramente a Ahmed como para no ser del todo sincero con él. Se encogió de hombros y esbozó una sonrisa.

—No lo sé... en realidad, no lo sé. Hace tiempo que perdí el control de mi vida, y lo único que hago es dejarme llevar por los acontecimientos. Yo no debería estar aquí sino en San Petersburgo. Ansiaba dedicarme a la química, quizá a elaborar medicinas, a seguir estudiando como lo hacía mi maestro, que aseguraba que era muy poco lo que sabíamos. Pero tuve que huir, Ahmed, y aquí estoy, aprendiendo de ti cómo cultivar la tierra.

—Ya no tengo nada que enseñarte. Has sido un buen alumno.

—No quiero que te preocupes, Ahmed, nadie os molestará, te doy mi palabra.

—Pero ¿y si llegan más judíos y necesitas darles más tierras?, ¿nos echarás? La tierra es tuya, se la compraste al said Aban.

—¿Me crees capaz? ¿Aún no te has convencido de mi amistad? Creía que me tenías en más estima.

Ahmed bajó la cabeza avergonzado. No podía esgrimir ninguna queja ante Samuel, que siempre le había tratado como a un amigo.

Pero, a pesar de todas las muestras de amistad y afecto, Ahmed volvía a desconfiar y a Samuel le dolía que lo hiciera.

Una mañana Abraham se acercó a verles. A Samuel le extrañó porque el médico era un hombre ya mayor al que no le gustaba demasiado ir más allá de las murallas de la vieja Ciudad Santa.

El médico admiró La Huerta de la Esperanza. No imaginaba que iba a encontrar la tierra perfectamente arada y los árboles frutales cuidados con tanto mimo, ni aquellas tres improvisadas cabañas, modestas y austeras, sí, pero limpias y ordenadas.

—Habéis trabajado bien. Otros no han tenido tanta suerte. Hace unos días he sabido de un grupo de colonos establecidos cerca de la costa camino de Haifa, en una tierra que parecía fértil. Falsa ilusión; rodeada de pantanos, los colonos fueron diezmados por la fiebre. La malaria se ha llevado sin distinción a hombres, mujeres y niños.

Abraham Yonah parecía especialmente afectado por la tragedia, pues les explicó que conocía a algunos de aquellos colonos y que él mismo les había ayudado a hacerse con esas tierras. También estaba afligido por el ataque sufrido por una colonia en Galilea.

—La escaramuza ha dejado muertos entre los árabes y entre los nuestros. Al parecer unos bandidos atacaron a dos hombres que iban camino del pueblo a comprar semillas. Los hombres se defendieron pero uno de ellos murió por la herida del cuchillo de uno de aquellos bandidos. Los hombres pertenecían a una colonia integrada ya por más de treinta familias. Podéis imaginar la conmoción. Se exigió justicia a las autoridades locales pero no hicieron ningún caso, tampoco lo hizo el said de la zona.

—No podemos consentirlo, debemos defendernos. —Las palabras de Nikolái estaban llenas de rabia y vehemencia.

—¿Defendernos? ¿Cómo vamos a defendernos? Son las autoridades quienes deben hacerlo —respondió Samuel.

—En algunas colonias de Galilea piensan lo mismo que tú,

Nikolái, que no pueden permitir que continúen los ataques y los robos, de manera que los hombres se están organizando. Han venido hasta Jerusalén para comprar escopetas y cualquier cosa que sirva para su defensa. Esto nos creará problemas con los turcos... No sé, pero creo que vienen malos tiempos para todos —se lamentó Abraham.

—Terminarás arrepintiéndote de haber ayudado a tantos de nosotros a instalarnos aquí. Los judíos de Palestina estabais más tranquilos antes de que empezáramos a venir —le dijo Kassia, siempre sincera.

Abraham le obsequió con una sonrisa mientras asentía con la cabeza. Kassia tenía razón, su vida era más tranquila años atrás, pero no así su conciencia si no hubieran prestado ayuda a todos los judíos que llegaban buscando un hogar en la tierra de sus antepasados.

Aquélla no era una tierra donde manara la leche y la miel como prometía la Biblia, pero todos sus rincones evocaban un pasado común, una historia perdida que ahora estaban recuperando. Hacía tiempo que desde Constantinopla se contemplaba con recelo que tantos judíos hubieran decidido instalarse en Palestina, pero ¿qué habían hecho los gobiernos turcos por aquellas tierras? Nada. Era un rincón perdido del imperio, una tierra dejada en manos de la malaria.

—No puedo dejar de preocuparme por el futuro. Tenemos que lograr vivir pacíficamente con nuestros vecinos. Vosotros sois un ejemplo, Kassia, sé que tratáis a Ahmed como a un amigo, él mismo me lo ha dicho en varias ocasiones.

—Y así debe ser —respondió Kassia.

Abraham también les contó que muchos de los judíos que llegaban estaban abocados a la mala suerte.

—Reciben salarios de miseria por trabajar en algunas plantaciones de Judea. Algunos se conforman con algo de comer y un techo bajo el que cobijarse.

—¿Y ésta es la Tierra Prometida? —exclamó una de las mujeres en tono de queja.

Kassia la miró con desdén. Había llegado a amar aquella tierra a la que estaba sacrificando hasta el último resquicio de su juventud. Sus manos, aquellas manos que antaño Jacob besaba cuando le decía que eran tan suaves como una paloma, ahora estaban agrietadas y ásperas. Su cutis expuesto al sol se había oscurecido salpicado por pecas diminutas, y su cabello parecía un amasijo de paja sujeto con unas horquillas sobre la nuca para que no le molestara al arar.

—No creas que los *fellahs* viven mejor que nosotros, dependen de los efendis, los propietarios de las tierras que cultivan, y también tienen que sufrir a los funcionarios turcos —explicó Kassia.

—Aquí también es necesaria una revolución —apuntó Nikolái.

—Debemos llevar adelante algo más que una revolución. Se trata de convertir esta tierra en un hogar y demostrar que las ideas por las que hemos tenido que huir no eran una ilusión. Jeremías es un ejemplo de lo que digo. Trata a los obreros de la cantera por igual, lo mismo a musulmanes que a judíos, a todos les paga el mismo salario, un salario justo. Él es el mejor ejemplo de lo que los judíos entendemos que debe ser una sociedad justa —replicó Samuel.

—Jeremías me visitó hace un par de días. Vino acompañando a uno de sus obreros, el hombre se quejaba de dolores en el cuello y de haber perdido fuerza en los brazos —les contó Abraham.

Jeremías no era un hombre a quien le gustara conversar, prefería escuchar. Había levantado con sus manos una casa fuera de las murallas de la Ciudad Vieja y de cuando en cuando Samuel solía visitarle. Al principio lo hacía para asegurarse de que era un buen patrón con Ahmed y sus cuñados. No tardó en comprobar que era un hombre justo. El propio Ahmed se lo había asegurado. A Jeremías le costó un tiempo confiar en Samuel y en explicarle su historia. Samuel decía que todos los que habían llegado a Palestina tenían una historia que contar y la de Jeremías se parecía a la de tantos otros. Un accidente le había salvado de morir de un pogromo en su aldea, cerca de Kiev. Se había roto las dos piernas al caerse por unas escaleras y estaba en el hospital cuando su casa y la de sus vecinos fueron destruidas. Su padre, su madre, dos hermanos más jóvenes, su mujer y su hijo habían muerto asesinados. No tenía nada por lo que quedarse, de manera que juntó todo el dinero que tenía y se embarcó en Odessa en un viejo carguero ruso que le llevó hasta Constantinopla, y desde allí, por tierra, emprendió un penoso viaje hasta Palestina sobornando a los funcionarios del gobierno para que le permitieran avanzar hasta su destino final.

En Kiev había pertenecido a un grupo socialista integrado por jóvenes obreros e intelectuales; sólo había otros dos hombres judíos como él, pero si se había unido a aquel grupo no era porque se sintiese discriminado por ser judío, si acaso eso agravaba su condición de proletario.

—Mi esposa era hija de un rabino y le gustaba leer, vivía en Kiev pero no le importó dejar a su familia para trasladarse a la aldea con la mía. Era tan delicada... No sé cómo pudo enamorarse de mí. Mi hijo se parecía a ella. Tenía cuatro años cuando le asesinaron; había salido a su madre. Tan delgado y rubio como ella. Mi esposa le había enseñado a leer y todas las noches hacía que me leyera algunas líneas de la Biblia. Yo me emocionaba escuchándole, me sentía orgulloso de ellos, no había nada que pudiera desear en el mundo más que estar juntos.

La historia de Jeremías le recordaba a Samuel la suya propia. Ambos habían estudiado: Samuel para convertirse en químico y Jeremías, no sin grandes esfuerzos, había logrado formarse como ingeniero. El padre de Jeremías era prestamista y no eran pocos los comerciantes que le debían dinero. Cuando Jeremías se estaba haciendo hombre su padre llegó a un acuerdo con uno de sus deudores: le perdonaba la deuda si conseguía que a su hijo le abrieran las puertas de la universidad. El comerciante no se lo pensó dos veces y movió todos los hilos a su alcance hasta conseguir que Jeremías pudiera estudiar en una buena escuela y luego en la universidad.

Fue en las aulas universitarias donde Jeremías abrazó el socialismo. No encontraba causa mejor que la de liberar a los trabajadores del yugo del zar.

Jeremías participaba en algunas reuniones con otros emigrantes que como él habían militado en las ideas marxistas. La única diferencia era que en Palestina no tenían que esconderse. Samuel se resistía a acudir a las reuniones; se había prometido no volver a inmiscuirse en política, aunque le resultaba difícil mantener a raya su decisión.

Ariel y Louis también conservaban intacta su fe en la revolución. Algunos días, cuando caía el sol y terminaban de destripar terrones, solían reunirse con otros judíos que como ellos soñaban con una sociedad distinta.

—No se trata de construir una sociedad para judíos, sino de lograr una sociedad donde todos seamos iguales, que no haya nadie por encima de nadie —defendía Ariel.

Todos seguían con avidez las noticias que llegaban desde Rusia y celebraron con gran alegría una de las cartas de Konstantin en que anunciaba a Samuel la creación de la Duma, el Parlamento.

> «El zar Nicolás II no ha tenido más remedio que ceder a las pretensiones de quienes quieren que nuestra monarquía se asemeje a la inglesa. En este año se han sucedido las revueltas de los campesinos y las huelgas de los obreros, e incluso ha habido un motín en el acorazado *Potemkin*. El gobierno ha anunciado la creación de la Duma, pero ni siquiera con esto han logrado acallar las voces disidentes, quizá es una decisión tardía. En todas las ciudades, empezando por San Petersburgo, se han formado consejos revolucionarios a los que llaman "sóviets". Ha vuelto al gobierno el ministro Witte, pero tiene muchos enemigos porque le consideran demasiado liberal. No sé qué pasará, pero no soy optimista, sobre todo ahora que se sabe que los bolcheviques han roto con los mencheviques; estos últimos defienden que las cosas cambien aunque desde luego no apoyan una revolución con sangre, pero los bolcheviques...»

Desde que llegara el grupo de Nikolái, Jeremías comenzó a frecuentar más asiduamente La Huerta de la Esperanza. A ninguno se le había pasado por alto las miradas disimuladas que dirigía hacia una de las jóvenes del grupo.

Anastasia, la hermana de Olga, era una muchacha de aspecto frágil pero con una voluntad que asombraba a los hombres. No había trabajo que le asustara y no permitía que la ayudaran. Cuando llegó a Jerusalén tenía poco más de veinte años y había decidido acompañar a su hermana Olga y a su marido Nikolái.

A pesar de su juventud, los hombres de La Huerta de la Esperanza la respetaban. Anastasia hablaba poco y, aunque era amable, mantenía una prudente distancia en sus relaciones con los demás.

Todos se preguntaban cómo sobreviviría a las duras condiciones de la tierra aquella muchacha que parecía poder romperse a poco que soplara el viento.

Se sorprendieron cuando Nikolái y Olga anunciaron que se irían a Galilea para reunirse con algunos de los amigos con quienes habían llegado a Palestina y Anastasia, sin inmutarse, afirmó que ella se quedaba en La Huerta de la Esperanza.

Había transcurrido casi un año desde su llegada y Nikolái, lo mismo que el resto del grupo, era consciente de que aquel pedazo de tierra no era suficiente para todos. Él había llegado a aquella tierra para trabajar, para construirse un futuro, y eran demasiados para La Huerta de la Esperanza.

—Nos iremos dentro de unos días, siempre os agradeceremos que nos acogierais entre vosotros —comentó Nikolái.

—Siempre seréis bienvenidos si las cosas os van mal en Galilea y decidís volver. Ya sabéis que allí la situación es difícil, y más desde que hay escaramuzas con los árabes —respondió Kassia, disgustada por la marcha de quienes ya consideraba sus amigos, en especial Olga.

—Yo me quedo —advirtió Anastasia.

—Pero ¿cómo que te quedas? Debes acompañarnos, no puedo dejarte aquí. Nuestros padres no lo consentirían. —Pero en la voz de Olga se notaba que daba la batalla por perdida.

—Voy a quedarme, hermana, quiero vivir en Jerusalén. Sólo me iré si Kassia me pide que lo haga, pero si no pone inconveniente, me quedaré. No seré ninguna carga, sé que con mi trabajo puedo ganarme el sustento.

Ni Kassia ni Samuel, ni tampoco Jacob, Louis o Ariel, pusieron reparos a que se quedara con ellos.

Todos prometieron escribir y visitarse en cuanto tuvieran tiempo. Olga le encomendó a Kassia que cuidara de su hermana.

—Parece que tiene un corazón de piedra pero es sólo apariencia. Perdimos a nuestros padres demasiado pronto y la he criado yo. Lo hice lo mejor que supe, pero a veces me pregunto si su aspereza se debe a que apenas tuve tiempo para reír con ella, o consolarle de sus pesadillas en las largas noches de invierno. Tuve que trabajar duro para mantenernos y...

Kassia le apretó la mano y le pidió que no se hiciera reproches.

—Anastasia es una buena chica, sólo necesita tiempo para que aflore la ternura que lleva dentro. Cuidaré de ella, confía en mí.

—No soportaría que le sucediera nada... Es lo único que tengo...

—¡Vamos, no digas eso! Además, tienes a tu marido, Nikolái te adora.

—Sí. Tengo a Nikolái lo mismo que tú tienes a Jacob, pero además tienes a Marinna, tu hija es maravillosa. ¡Ojalá yo pudiera tener una hija como ella!

Se quedaron en silencio. Olga le había confesado a Kassia que no podía ser madre; no sabía el motivo, sólo que después de cinco años de casada no se había quedado embarazada.

Se marcharon a comienzos del otoño de 1907. Incluso también Ahmed dijo que les echaría de menos.

Samuel no supo cómo sucedió, pero poco a poco Anastasia se convirtió en su sombra al pedirle que le dejara ayudarle a preparar los medicamentos. No puso demasiada resistencia.

Anastasia limpiaba con esmero el cobertizo donde había improvisado un pequeño laboratorio, en el que las cubetas, balanzas, pesos, morteros, albarelos y demás utensilios siempre estaban relucientes. También mantenía ordenados algunos de los libros de farmacopea que Samuel guardaba como si de joyas se trataran: *Elementos de Farmacia fundada en los principios de la química moderna* del español Carbonell, la *Farmacopea Universal* de Jourdan, los estudios sobre la quinina de Caventou y Pelletier...

Samuel, como hiciera su maestro de San Petersburgo, había ido derivando sus conocimientos de química hacia la farmacia.

Todos los de la casa se acostumbraron a verles juntos a todas horas, de manera que nadie sospechó del cambio de relación entre ellos.

Fue una de esas tardes en las que sin previo aviso Jeremías visitaba La Huerta de la Esperanza. Siempre era bien recibido y Kassia le invitó a quedarse a cenar. Samuel estaba preparando unos remedios que le había encargado Abraham, pero dejó el trabajo para compartir un buen rato con su amigo.

Jeremías discutía con Jacob sobre a qué partido debían afiliarse, si al Poalei-Sion (Los Obreros de Sión) o al Hapoel-Hatzair (El Joven Obrero), cuyo líder era un hombre llamado Aarón David Gordon. Todos habían quedado impresionados al conocerle. De mediana edad, iba de un lugar a otro con un hatillo a la espalda predicando sobre el efecto purificador del trabajo.

Pero Jacob se mostraba crítico con Gordon.

—Sí, es un hombre especial pero no termina de anteponer el socialismo a cualquier otra realidad. No deja de recitar el Talmud y los textos bíblicos, y es absolutamente tolstoiano, la influencia de Tolstoi en él es evidente.

—No puedes acusarle de no ser socialista —le replicó Louis.

Jacob, Ariel y Jeremías se inclinaban más por el Poalei-Sion, formado por un grupo de marxistas puros decididos a hacer realidad en aquella tierra lo que no pudieron hacer en Rusia. De entre los dirigentes del Poalei-Sion destacaba otro hombre, Ben Gurion, al que Samuel reprochaba que su esperanza en la construcción de una sociedad marxista iba unida a que ésta fuera además judía.

—Ben Gurion —dijo Samuel— quiere que esta tierra sea de los judíos, quiere que se añada lo de judío a todos los textos y acuerdos del Poalei-Sion.

—¿Estaríamos aquí si no fuéramos judíos? —preguntó Jeremías.

—Los que huimos de Rusia no sólo hemos venido a Palestina. ¿Cuántos de nosotros no se han ido a Estados Unidos, a Inglaterra o a países de América del Sur? Estamos aquí porque teníamos que ir a alguna parte y hemos elegido Palestina —replicó Samuel.

Jeremías continuaba perdiendo la mirada en el rostro de Anastasia, pero ella parecía no darse cuenta, ni siquiera se ruborizaba. Cuando el cantero se despidió, Samuel dijo que tenía que terminar de preparar las medicinas encargadas por Abraham pues se había comprometido a llevárselas al día siguiente. Anastasia le siguió hasta el cobertizo como hacía siempre cuando él se disponía a trabajar.

El silencio y la negrura de la noche se adueñó de La Huerta de la Esperanza y Samuel se adormiló mientras aguardaba que macerara una de las medicinas. Se había tumbado en el jergón mientras Anastasia limpiaba unos frascos que acababan de utilizar. No supo cuánto tiempo había pasado, pero de repente se despertó sintiendo el cuerpo de Anastasia apretándose contra el suyo. No se resistió.

Al día siguiente ninguno de los dos dijo nada. Parecía que aquello no hubiera tenido lugar. Anastasia se comportó como lo hacía siempre y Samuel llegó a pensar que había soñado haber poseído aquel cuerpo de piel fina y blanca como la nieve.

Sin mediar palabra, aquellos encuentros se convirtieron en algo habitual. Se amaban sin palabras y a la mañana siguiente ninguno de los dos mostraba ni un resquicio de ternura ni complicidad.

Samuel no estaba enamorado de Anastasia; mientras la tenía en sus brazos pensaba en Irina, y Anastasia a saber en quién pensaba.

Y así dejaron transcurrir los meses sin que nada cambiara más allá de las estaciones.

—¡Samuel, Samuel! —gritó Ahmed dirigiéndose a paso ligero hacia el huerto donde en aquel momento todavía trabajaba Samuel junto a Ariel a pesar de que ya estaba anocheciendo.

—¿Qué sucede? —respondió preocupado al ver a Ahmed con el rostro congestionado.

—¡Una revolución! —Ahmed parecía muy alterado.

—Pero ¿qué dices? ¿Una revolución? ¿Dónde? —Ariel había dejado la azada para acercarse a Ahmed.

—En Constantinopla. Unos oficiales se han rebelado contra el sultán. Nadie sabe lo que va a pasar... Puede que ahora se acuerden de nosotros...

—Mañana me acercaré a la ciudad, igual Abraham tiene más noticias de lo que has anunciado. Entre sus pacientes se encuentran extranjeros importantes. Si no regresas muy tarde de la cantera quizá puedas acompañarme —propuso Samuel a Ahmed.

Pero no fue hasta un mes después cuando Abraham tuvo información certera de lo sucedido en Constantinopla.

—Al parecer, un grupo de oficiales jóvenes se han rebelado por la situación en que se encuentra el imperio a causa de la desidia del sultán. No se sabe bien cómo acabará la rebelión, pero por ahora el sultán parece que va a tener que someterse a lo que digan los militares.

—Pero ¿qué es lo que piden? —preguntó Ahmed sorprendido por que alguien se hubiera atrevido a enfrentarse al sultán.

—Mis informantes aseguran que estos jóvenes turcos lo que pretenden es un Parlamento como el británico, y reformas en todo el imperio —explicó pacientemente Abraham.

—Y todo eso ¿en qué nos va a afectar? —Ahmed estaba preocupado por los cambios que pudieran producirse.

El viejo médico intentó tranquilizarle:

—¿A quién le importa Palestina? Aquí no hay nada, Ahmed, nada a lo que aspiren los poderosos; nos dejarán en paz, podremos seguir rezando y viviendo como lo hemos hecho siempre. No debes preocuparte.

Abraham tenía razón. Nada iba a cambiar para ellos más allá de los sobresaltos de la cotidianidad, porque fue precisamente en aquel año de 1908 cuando Samuel recibió una carta de Irina instándole a viajar a París de inmediato:

> «Marie está muy enferma, el doctor dice que no le queda mucho tiempo de vida. Ella no deja de hablar de tu padre y de ti, y creo que le darías una alegría si vinieras y pudiera despedirse de ti. Si pudieras hacerlo la ayudarías a morir en paz...»

Samuel no pudo evitar llorar mientras leía la carta. Marie era el último vínculo con su padre, con su abuelo Elías, con los días de su infancia. Siempre había sido generosa con ellos, les había dado lo mejor de sí misma sin pedir nada a cambio, y lo menos que podía hacer era acudir junto a ella antes de que emprendiera el viaje a la Eternidad.

Anunció a sus amigos que se iba a Francia e insistió en que no dejaran de ocuparse del bienestar de Ahmed y de su familia.

—Nunca ha comprendido que entre nosotros no hay jerarquías, y se siente inquieto sabiendo que me voy.

—Queremos a Ahmed lo mismo que a Dina y a sus hijos; nada cambiará porque tú no estés —respondió Kassia.

—Lo sé, quizá puedas hablar con Dina y tranquilizarla —le sugirió Samuel.

—Sí, claro que hablaré con ella. Considero tanto a Dina como a Zaida dos buenas amigas, no sé cómo me las habría arreglado sin ellas.

Anastasia no dijo nada, pero durante aquellos días en los que Samuel preparaba el viaje parecía cabizbaja y nerviosa.

—¿Volverás? —le preguntó una noche mientras le ayudaba a elaborar una cocción de hierbas medicinales.

—Supongo que sí —respondió Samuel con sinceridad.

Él mismo se lo había preguntado en otras ocasiones. Llevaba más de ocho años en Palestina y su vida se había circunscrito al trabajo agrícola junto a unos desconocidos que ahora sentía como a su propia familia, pero no creía que esos lazos pudieran impedirle separarse de ellos para siempre, aunque si Irina no hubiera reclamado su presencia habría continuado con aquella vida que algunos días se le antojaba vacía. Aquel viaje le serviría para reencontrarse consigo mismo, para analizar desde la distancia aquellos años vividos a orillas de la Jerusalén anhelada por su padre.

No, no había tenido tiempo más que de sobrevivir luchando para vencer la avaricia de la tierra; sólo la elaboración de medicinas le hacía sentirse bien consigo mismo, aunque cuando acababa la jornada estaba tan rendido que no le quedaban ganas de pensar más allá de los quehaceres que le aguardaban al día siguiente. También se había acostumbrado a aquellos encuentros vergonzantes con Anastasia. La muchacha nunca le había reclamado nada, pero él sabía que debía tomar una decisión, o pedirla en matrimonio o permitir que otro se casara con ella. Sabía que Jeremías la miraba de reojo, y que cuando los visitaba buscaba la compañía de Anastasia. Sabía también que Jeremías la podía amar, algo de lo que él se sentía incapaz, y se creía egoísta y mezquino por aprovecharse de la silenciosa tozudez de Anastasia en permanecer junto a él.

—Si no vuelves, me marcharé —le anunció ella sin un deje de reproche en la voz.

—¿Adónde irías?

—A Galilea con mi hermana Olga y Nikolái. Allí estaría bien.

—Lo siento, Anastasia, yo...

Ella se encogió de hombros mientras se le acercaba.

—Me hubiera gustado que me amases pero no has podido.

Cuando me miras ves un rostro que no es el mío. No he sido capaz de vencer a tus fantasmas, pero tampoco quiero que tú te conviertas en el mío. Creo que no regresarás, de manera que iré preparando mi marcha.

Se quedaron durante unos minutos en silencio mirándose fijamente, luego Samuel se atrevió a volver a la realidad.

—Hay un hombre que te quiere.

—Jeremías —afirmó ella sin vacilar.

—De manera que te has dado cuenta... Sería un buen marido.

—Lo sé.

—Puede que fuerais felices...

—Así que me recomiendas que me case con Jeremías... Bueno, lo pensaré —respondió Anastasia.

—Yo... no soy nadie para decirte lo que debes hacer, sólo que... lo siento... siento lo sucedido, no debió pasar...

—No te arrepientas, lo hecho, hecho está. Fui yo quien te buscó, tú te dejaste hacer... Los hombres sois así, nunca decís que no, pero no me siento engañada, jamás has dicho ni has hecho nada que mostrara que me tienes afecto. No puedo reprocharte nada.

Aquella noche Anastasia no se quedó en el cobertizo; en cuanto terminó de limpiar y ordenar los utensilios que Samuel utilizaba para elaborar las medicinas, regresó a la casa.

Él no durmió en toda la noche sintiendo nostalgia de aquella muchacha extraña a la que nunca volvería a abrazar.

Pero más que Anastasia, su mayor preocupación era Ahmed. La despedida no fue fácil.

—No volverás —le dijo Ahmed con tono de reproche.

—Aquí nada cambiará aunque yo no esté. Debes confiar en Jacob, en Louis, en Ariel, ellos te aprecian tanto como yo. Y Kassia tiene a Dina por su mejor amiga. No debes preocuparte.

Pero Ahmed no podía dejar de preguntarse cómo se sucederían los días cuando Samuel se marchara.

Jacob y Louis se empeñaron en acompañarle a Jaffa, donde debía buscar un barco que le llevara hasta Francia, y la casualidad quiso que encontrara un viejo mercante que iba a recalar en Marsella, el puerto de donde zarpó ocho años atrás en busca de la Tierra Prometida.

Estaba en el muelle hablando con Jacob y Louis cuando vio a Ahmed acercarse.

—Pero ¿qué haces aquí? —le preguntó con sorpresa.

—Jeremías me ha permitido venir a despedirte, yo… nunca te lo he dicho pero quiero darte las gracias por lo que has hecho por mi familia y por mí… Si no hubieras sido tú quien compró la huerta, quién sabe si otro said no nos hubiera expulsado de la casa…

Samuel le abrazó con emoción. Conocía a Ahmed para saber lo mucho que le estaba costando a aquel hombre orgulloso exponer sus sentimientos.

—No tienes nada que agradecerme. Eres un buen amigo y no fui yo solo quien decidió compartir el huerto contigo; Jacob, Louis y Ariel estuvieron de acuerdo y, por supuesto, Kassia.

Ahmed hizo un gesto con la mano como si así pudiera apartar las palabras de Samuel. Nadie le podía convencer de que su suerte no tuviera que ver con aquel judío al que conoció ocho años atrás en aquel mismo puerto.

Cuando el barco zarpó Samuel tuvo ganas de llorar, de repente se daba cuenta de lo mucho que significaba para él aquella tierra difícil e inhóspita a la que quizá no regresaría jamás.»

5

París, París, París

«Fue Irina quien le abrió la puerta de la casa de Marie. Se quedaron unos segundos en silencio tratando de reconocerse antes de atreverse a fundirse en un abrazo.

—¡Cuánto has cambiado! —dijo Irina mientras le ayudaba a quitarse el abrigo.

—Tú estás igual que cuando me marché.

—¡Vamos, no seas mentiroso! ¿Es que no ves las canas que me han salido? He envejecido.

Samuel la miró detenidamente. A duras penas logró vislumbrar algunas hebras blancas perdidas en el cabello rubio pulcramente peinado en un severo moño. Pero si en algo la encontraba distinta era en que sus ojos traslucían que se sentía en paz con ella misma.

Lo condujo de inmediato al cuarto de Marie. La buena mujer yacía recostada sobre unos almohadones que Irina ahuecó con mimo.

Marie acarició el rostro de Samuel y luego tomó una de sus manos apretándola entre las suyas.

—Me parece estar viendo a tu padre, te pareces aún más que cuando eras pequeño. Igual de gentil... Ven, siéntate a mi lado.

Irina se hizo cargo del equipaje de Samuel y los dejó solos sabiendo que eso era lo que más ansiaba Marie.

No volvió al cuarto hasta bien entrada la tarde y lo hizo acompañada de Mijaíl, que recién había llegado de dar clase de música.

Samuel se emocionó al verle convertido casi en un hombre. Se dieron un apretón de manos sin atreverse a abrazarse.

A pesar de las protestas de Irina, Marie insistió en que la levantaran para la cena.

—No puede hacerme daño compartir un buen rato con los únicos seres que tengo en este mundo —argumentó Marie.

Fue Mijaíl quien la llevó en brazos hasta el comedor. Y Samuel se sobresaltó al verla tan empequeñecida y delgada. Apenas tenía fuerzas para sostener la cuchara con la mano, aunque los ojos le brillaban con la fiebre de la alegría. No aguantó sentada más que unos minutos.

—Lo siento, Irina tiene razón, estoy mejor en la cama. ¡Pero me hacía tanta ilusión salir de la habitación para cenar con vosotros!

—Y cenaremos juntos —afirmó Mijaíl—, vamos a disponer los platos en bandejas y nos sentaremos junto a tu cama, será lo mismo sólo que estarás más cómoda.

—No, no... no quiero crearos problemas. —Pero en la voz de Marie había un deje de súplica para que no la dejaran sola.

—Si he venido a París es para estar contigo, de manera que o me permites cenar en tu habitación o me vuelvo a Palestina —le amenazó Samuel con una sonrisa.

Los primeros días Samuel los dedicó a reencontrarse con la ciudad y también con Irina y Mijaíl. El vínculo con Marie era más fuerte, y a pesar de los años transcurridos les bastaba mirarse para comprender lo que pensaba el otro.

Marie pareció mejorar desde la llegada de Samuel e insistía en que al menos algunas tardes la llevaran al salón para sentarse delante de la chimenea y hablar con Samuel. Él la cogía de la mano y recordaban el pasado, pero sobre todo hablaban del futuro de Mijaíl. Marie quería sinceramente a aquel muchacho.

Ya había cumplido catorce años y todo su empeño se centraba en convertirse en músico como su padre. Marie e Irina habían procurado que recibiera una buena instrucción, pero él no ocultaba lo poco que le gustaban los libros y prefería las clases de piano y violín que recibía a diario.

—Será un gran violinista, aunque dice que quiere ser director de orquesta, sueña con dirigir las grandes obras de Tchaikovski, Rimski-Kórsakov o Borodin. Ya te lo contará él mismo pero ha escrito algunas piezas; su maestro, monsieur Bonnet, dice que tiene mucho talento.

—Yuri lo tenía —respondió Samuel recordando al padre de Mijaíl.

Al principio el muchacho le trataba como a un extraño. Recordaba, sí, el largo y duro viaje desde San Petersburgo hasta París, pero cuando Samuel se marchó no le perdonó que lo hiciera. Su única familia la constituían aquellas dos mujeres que cuidaban de él con tanto mimo. No tenía a nadie más y no quería ni necesitaba a nadie más en su vida. Se mostraba cortés y atento con Samuel pero le trataba como a un invitado, no como a un miembro de aquella peculiar familia que formaba con Marie e Irina.

—Dale tiempo, es un chico introvertido, tiene que serlo, de lo contrario no le cabría toda esa música en la cabeza. Ya has visto cómo improvisa al piano, cómo va imaginando notas y notas hasta convertirlas en melodía.

Samuel cogía la mano a Marie y le pedía que no se preocupara por nada. Comprendía a Mijaíl.

—¿Sigues enamorado de Irina? —le preguntó una tarde Marie.

Se quedó en silencio sin saber qué responder.

—¡Vamos, puedes confiar en mí!

—Lo sé, Marie, lo sé, es que yo mismo me pregunto qué siento por Irina. Todos estos años no he dejado de pensar en ella, su rostro ha ocultado el de otras mujeres que he conocido.

—Pero...

—Pero se muestra tan distante, tan fría... Sólo soy un viejo amigo. No he visto en ella una mirada, un gesto que indique que me tiene afecto más allá del que me tenía.

—Sé que guarda un secreto aunque nunca me lo ha confiado. Algo debió de pasarle cuando era muy joven para que ponga esa distancia de hielo entre ella y cualquier hombre que se le acerca. ¿Recuerdas a monsieur Péretz, el comerciante amigo de tu abuelo que te ayudó a preparar el viaje a Palestina?

—Sí, claro que le recuerdo. Sus recomendaciones me fueron muy útiles, y también que me presentara a aquel profesor de árabe que, aunque no mucho, algo me enseñó.

—Benedict Péretz tiene dos hijos, uno de ellos pretendía a Irina, pero ella le rechazó. Otros jóvenes han intentado acercarse pero ella no se lo ha permitido.

—Y por eso crees que guarda un secreto… —bromeó Samuel.

—¡No te burles! Estoy segura, se lo he preguntado. Un día estuvo a punto de contármelo pero no se atrevió. Te corresponde a ti descubrirlo.

—¿A mí? Si no ha confiado en ti, en mí tampoco lo hará.

—Creo que si un día hablas con ella seriamente y le expones tus sentimientos…

—No seas casamentera. He venido a París para estar contigo, nada más. Dejemos las cosas como están, y si algo tiene que pasar, pasará.

—Mientras tanto te consumirá la melancolía, esa melancolía que siempre os domina a los rusos. Podéis mostraros alegres y disfrutar de la vida, pero de cuando en cuando un velo os nubla la mirada, el velo de la melancolía.

Irina continuaba trabajando en la floristería. La hacía sentirse independiente y aunque Marie cuando enfermó le había insistido en que se hiciera cargo de su clientela, ella no había querido. Coser suponía una obligación pesada, y no deseaba dedicar el resto de su vida a confeccionar aquellas prendas por las que no sentía ningún interés, ni mucho menos a pasar su tiempo entre aquellas mujeres caprichosas que acudían a probarse los abrigos de piel de Marie.

Samuel sintió nostalgia al ver cerrado el taller de su abuelo Elías. La mesa grande sobre la que su abuelo cortaba los abrigos, las sillas donde él y sus ayudantes convertían en abrigos las pieles que su padre le vendía. El estante de madera pulida donde se alineaban las tijeras, las agujas, los hilos... Todo estaba perfectamente ordenado y limpio pero se notaba que hacía tiempo que nadie pisaba aquella parte de la casa.

—Le he propuesto a Marie que alquile el taller —le explicó Irina—, pero ella no quiere. Dice que no se siente con ánimo para ver a un extraño haciéndose cargo del negocio. A Dios gracias, ha ganado lo suficiente para no tener que depender de otros.

—Y tú, Irina, ¿eres feliz? —Nada más preguntárselo se arrepintió. Nunca habían tenido una conversación íntima en la que afloraran los sentimientos.

Irina le sonrió con tanta alegría que le sorprendió. Ella no solía mostrarse alegre, tampoco taciturna, pero no era fácil verla reír.

—¿Feliz? ¡Pues claro que lo soy! ¿Qué habría sido de mí en nuestra amada Rusia? Habría terminado en una mazmorra de la Ojrana simplemente por haberme relacionado con Yuri. En cuanto al porvenir... ¿Crees que una chica como yo habría tenido allí algún porvenir? Sí, aquí soy feliz. Me gustan las flores, me siento feliz preparando *bouquets*, seleccionando las rosas más hermosas, componiendo ramos para alguna novia. Me siento libre, no tengo que responder ante nadie, y tengo a Marie y a Mijaíl.

—¿Y tus padres?

—Muertos. Es la única pena que he tenido en estos años. Ya sabes que tuvieron que marcharse de San Petersburgo, no fuera que la Ojrana no los dejara en paz a causa mía.

Samuel se sintió culpable por haberle hecho rememorar un recuerdo amargo y se quedó en silencio, pero Irina retomó la conversación.

—No me queda nada en Rusia, de manera que no regresaré jamás.

—Jamás es demasiado, ¿no te parece?

—¿Es que tú piensas hacerlo?

—De cuando en cuando recibo cartas de Konstantin. Me cuenta de nuestros amigos y de cuanto acontece en San Petersburgo, y siento nostalgia. Pero sé que no debo ir, no estaría seguro, es lo que me dice Konstantin. Además, después del intento de revolución de 1905 la Ojrana se ha vuelto más desconfiada, de manera que soy un exiliado lo mismo que tú.

—Pero yo soy una exiliada feliz y me parece que tú no lo eres.

—Y Mijaíl, ¿no siente nostalgia de Rusia?

—Aún tiene pesadillas. Muchas noches se despierta pidiendo a su padre que acuda junto a él. Recuerda cómo tuvimos que huir, cómo le pedías que no llorara, que se comportara como un hombre, que debía tratarnos como si fuéramos sus padres... Cómo va a sentir nostalgia del pasado, sólo echa de menos a su padre.

—Marie dice que será un gran músico.

—Ha convertido la música en una obsesión, y tiene talento, un gran talento. Cuando te marchaste se quedó desconsolado, durante unos días apenas comió. Estábamos muy preocupadas y a Marie se le ocurrió decirle que si comía le regalaría cualquier cosa que deseara. ¿Sabes qué le pidió? Dijo: «Quiero ser músico como mi padre. ¿Puedes hacerme músico?». Marie le buscó el mejor profesor de París, monsieur Bonnet. Desde entonces sólo vive para la música, quiere ser director de orquesta. Monsieur Bonnet asegura que Mijaíl ya es un virtuoso del violín, aunque en realidad tiene un don especial para todos los instrumentos que caen en sus manos.

—No parece muy contento de que yo esté aquí.

—Es muy reservado, ya te he dicho que sufrió mucho cuando te fuiste. En apenas unos meses tuvo que soportar la muerte de su padre y luego tu marcha. No, no ha sido fácil para él rehacerse de tantas pérdidas. Creo que teme que vuelvas a marcharte, de manera que prefiere no establecer ningún nuevo vínculo contigo. Es su manera de protegerse. Y... bueno... ¿volverás a marcharte?

—No lo sé, Irina, no lo sé; ahora estoy aquí y aquí voy a quedarme. No tengo ningún plan para el futuro.

—Pero nos has contado que compraste una huerta en Palestina. Allí tienes tu casa ¿no?

—Una huerta que comparto con buenos amigos; lo son ahora, pero al principio a todos nos costó adaptarnos. Los judíos que emigramos a Palestina experimentamos todas nuestras ideas sobre el socialismo, pero no creas que son tan fáciles de llevar a la práctica. Todos tenemos que renunciar a nuestra individualidad, no poseemos nada propio, decidimos juntos, aunque sea algo tan nimio como comprar o no una azada.

—No te imagino viviendo como un campesino.

—Eso me dice Konstantin en sus cartas. Me ha prometido que me visitará en Palestina por el simple deseo de verme con una azada en la mano. Pero te aseguro que es lo que ahora soy, un modesto campesino.

Samuel fue a visitar a Benedict Péretz, el comerciante francés. Éste se alegró de verle y le pidió noticias sobre Jerusalén, y a su vez, le puso al tanto de la situación de los judíos en Francia.

—Hace un par de años, en 1906, la justicia militar no tuvo más remedio que rehabilitar al capitán Alfred Dreyfus. Conoce usted el caso, ¿verdad? Fué acusado de facilitar secretos a los alemanes. Era falso, así ha quedado demostrado. Pero el hecho de que Dreyfus fuera judío sirvió para alentar el odio hacia nuestra comunidad. Nada nuevo, nada que no conozcamos, por más que en Francia tras la Revolución de 1789 parecía que se habían superado los prejuicios contra los judíos. Pero ese cambio aún no ha arraigado de verdad y, ya ve, Francia, que se erigió en el paladín de la libertad, terminó vilipendiando a un brillante y leal militar por el hecho de ser judío. Pero no quiero preocuparle, aquí todavía se puede ser judío, aunque se encontrará a quienes nos ven como un cuerpo extraño sin entender que somos tan franceses y patriotas como ellos puedan serlo. Somos judíos, sí, pero no antes que franceses.

Los dos hombres simpatizaban, de manera que sin proponérselo comenzaron a verse con cierta regularidad. Samuel era bien recibido en casa de Péretz tanto por él como por sus hijos. Por su parte, el comerciante solía visitar de cuando en cuando a Marie e intentaba convencer a Irina de que retomara el negocio que había tenido monsieur Elías.

—Es una lástima que Irina no aproveche la buena fama del negocio de su abuelo que con tanto acierto ha dirigido Marie. Muchas damas se lamentan de no encontrar abrigos de pieles como los que aquí se confeccionaban. A lo mejor usted puede abrir de nuevo el taller —le sugirió a Samuel.

—No, no puedo hacerlo. No sé nada de confección de prendas, tampoco puedo traer pieles de Rusia. Mi buen amigo el conde Konstantin Goldanski me aconseja que no lo haga. Ya le he contado el injusto final de mi padre acusado de un delito que no había cometido. Si regresara yo también terminaría en una celda de la Ojrana. Además, no quiero engañarle, me sucede lo mismo que a Irina, este negocio no me interesa.

Benedict Péretz le preguntó con preocupación a qué quería dedicar su vida.

—Estudié para convertirme en químico, aunque en realidad sólo aspiro a ser un mediano boticario. Mi benefactor, el profesor Goldanski, y más tarde mi maestro en la universidad, Oleg Bogdánov, me hicieron ver que la química es una buena aliada de la farmacia. Me gusta elaborar remedios que sirvan para aliviar el dolor. Sin embargo, el destino juega conmigo y me ha convertido en un campesino que además hace medicinas. Mi buen amigo Abraham me encarga lo que necesita y vende alguno de mis remedios.

—¿Volverá a Palestina?

La misma pregunta le habían hecho Irina y Marie y él no tenía una respuesta que dar. No disponía de demasiado dinero para gastar y cuando se le terminara debía decidir si regresar a aquella tierra inhóspita que ahora era la suya o acaso quedarse en París como le pedía Marie.

—Dejaré que el destino vuelva a decidir por mí —fue su respuesta y era sincero en su afirmación.

Marie parecía feliz por su presencia y el tiempo que compartían vagando por los recuerdos del pasado. Samuel le pedía que le hablara de Isaac.

—¡Quería tanto a tu padre! Le imagino en San Petersburgo, en casa de aquellas viudas... Él les tenía aprecio y me hacía rabiar diciéndome que Raisa Korlov cocinaba mejor que yo. Un día le sorprendí con un *borsch* que cociné con las indicaciones de monsieur Elías.

Llevaba ya dos meses en casa de Marie sufriendo al verla morir poco a poco cada día. Durante los primeros días de su llegada, Marie parecía haberse recuperado lo suficiente para, no sin esfuerzo, levantarse un rato todas las tardes, pero ya no podía. Apenas comía y se quejaba de dolores intensos en los huesos, aunque se negaba a tomar la morfina que el doctor le recetaba.

—Si la tomo será como estar muerta antes de tiempo, no sentiré dolor, pero tampoco sentiré nada.

Aun así los dolores eran tan agudos que por consejo del médico Irina echaba algunas gotas de morfina en la sopa. Sin embargo Marie se daba cuenta y protestaba.

—¿Qué me habéis puesto? No quiero engaños... ¡Por favor, Samuel, no quiero dormirme! ¡Ayúdame!

Irina y Samuel se debatían entre cumplir los deseos de la enferma o aliviar sus dolores, y eso les llevaba a largas e infructuosas discusiones sobre la vida y la muerte.

—¡No puedo verla sufrir! —dijo Irina llorando.

—Pero ella prefiere el dolor antes que no sentir que está viva —respondió Samuel, atormentado por la duda sobre lo que debían hacer.

Llegó un momento en que Marie ya no podía moverse. Sus piernas se habían quedado inertes y sus manos no eran capaces de sostener la cuchara. Irina la aseaba a diario con ayuda de Samuel pese a las protestas de Marie.

—No deberías verme así... —se quejó ella.

—¡Vamos, Marie!, eres como mi madre, deja que te mueva para que Irina pueda cambiarte el camisón. Me gusta verte guapa.

Ella cerraba los ojos, sonreía y, agradecida, se dejaba hacer.

Una mañana, apenas habían terminado de arreglarla, Marie pidió a Mijaíl que avisara a un sacerdote.

—Quiero confesarme —murmuró con un hilo de voz.

—¿Y de qué vas a confesarte? Tú eres la persona más buena del mundo —respondió Mijaíl mientras le acariciaba el rostro.

—Hijo mío, todos tenemos cuentas pendientes con Dios y necesito estar en paz antes de sumirme en la Eternidad. ¿Buscarás un sacerdote, Mijaíl?

El joven asintió y con lágrimas en los ojos salió de la habitación.

—¿Qué sucede? —preguntó Irina, alarmada al verle llorar.

—Marie me ha pedido que busque un sacerdote, quiere confesarse, dice... —Pero no pudo continuar hablando. Se abrazó a Irina sin poder controlar ni las lágrimas ni el temblor de su cuerpo.

Ella lo mantuvo entre sus brazos unos segundos y luego le apartó la cara obligándole a mirarla a los ojos.

—Mijaíl, tenemos que ayudarla, tenemos que hacer lo que nos pide para que los últimos días de su vida sean tal cual ella quiere. Acércate a la iglesia y busca un cura, por favor, date prisa. ¡Ah!, y avisa a Samuel, está en su cuarto.

A Marie le costaba respirar y se quejaba de un dolor agudo en el pecho. Irina decidió no ir a trabajar. En cuanto Mijaíl regresara con el sacerdote le pediría que se acercara a la floristería y que la excusara en su nombre. Mientras, esperaba impaciente la llegada del médico que todos los días visitaba a la enferma. El doctor Castell llegó puntual como todas las mañanas y, después de examinar a Marie, le hizo un gesto a Samuel para que saliera de la habitación.

—No creo que pase de hoy, ya no puede aguantar más. Sé que se resiste a tomar morfina pero está sufriendo más allá de lo que cualquier ser humano puede aguantar. Usted es boticario y no le es ajeno el dolor, así pues aconsejo que cuanto antes se le suministre morfina para que duerma plácidamente hasta que la muerte venga a por ella.

—Quiere confesarse —respondió Samuel a modo de excusa.

—Pues que se confiese, pero dele la morfina, es inhumano que sufra como está sufriendo. Si hubiera sido mi madre no habría permitido que soportara tanto dolor. Ya le he explicado que no hay remedio para su enfermedad, que no se podía hacer nada excepto aliviarle el dolor. Usted ha permitido que ella se negara a tomar morfina.

Samuel no respondió a los reproches del médico. Tenía razón. Aun sabiendo del sufrimiento de Marie, no había sido capaz de obligarla a tomar más de lo estrictamente necesario aquel líquido que se extendía por las venas induciendo un sueño parecido al de la muerte. Cuando Mijaíl regresó acompañado por el sacerdote encontró a Marie muy agitada. La dejaron sola con el ministro de Dios y no fueron capaces de intercambiar ninguna palabra de consuelo. Cada uno se encerró en su propio dolor ante la pérdida que parecía inminente.

Cuando el sacerdote salió del cuarto de Marie lo hizo con el encargo de que pasaran de uno en uno.

—Es una buena mujer a la que Dios acogerá en Su seno. Ahora quiere que entre usted, Samuel, y que luego lo haga Mijaíl, y a continuación usted, mademoiselle Irina.

Samuel entró sonriendo. No quería que le viera llorar, sabía que eso la haría sufrir. Marie intentó levantar una mano y él se sentó a su lado y la besó en la frente. Luego cogió sus manos entre las suyas y allí las dejó.

—Quiero pedirte una cosa... —murmuró Marie.

—¿Sólo una? Entonces, concedido —bromeó él.

—Hace tiempo que hice testamento. Esta casa es tuya, con esa condición tu abuelo me permitió trabajar y vivir aquí.

—Pero yo creía...

—¿Que me la había vendido? Bueno, no fue exactamente así. Monsieur Elías decía que eras su único nieto, el hijo de su querida hija Esther, y que tuyo debía ser el fruto del trabajo de su vida. Le prometí que así sería, aunque no habría podido actuar de otro modo, pues tú eres el hijo que no tuve, por lo tanto,

¿a quién podría dejar esta casa si hubiera sido mía? Tu abuelo también tenía algún dinero ahorrado, pero no quería que dispusieras de él hasta que no hubieras decidido qué hacer con tu vida. Insistía en que tenías que encontrar tu propio camino y que para eso era necesario que creyeras que no tenías más recursos de los que tú mismo pudieras obtener. Tu padre lo sabía pero no le debió de dar tiempo a contarte todo esto… Pensé decírtelo cuando viniste huyendo de Rusia empeñado en ir a Palestina. Pero no quise hacerlo porque creí que necesitabas encontrarte a ti mismo. Ahora es el momento de que te hagas cargo de tu herencia. Esta casa es tuya, lo mismo que el taller. De los documentos de propiedad así como del dinero que ha legado tu abuelo, te dará cuenta el notario monsieur Farman. En mi escritorio encontrarás un sobre grande. Cuando yo ya no esté, ábrelo. ¡Ah!, y otra cosa, monsieur Farman también tiene mi testamento.

Marie cerró los ojos y Samuel se levantó asustado. Pero ella los volvió a abrir de inmediato.

—No te asustes, aún no me marcho… Quiero decirte algo más, es sobre Mijaíl… tienes que tener paciencia con él, no te ha perdonado que le abandonaras. Sé que le tienes afecto, pero para ti él no era más que el hijo de un conocido al que debías salvar, pero tú para él eras el padre que había perdido y no soportaba otra pérdida. Yo… bueno, ya lo verás, pero quiero que lo sepas antes de que te lo cuente monsieur Farman. Todos mis ahorros los he dividido en tres partes, una para ti, otra para Mijaíl y la tercera para Irina. Después de la muerte de mi madre, de monsieur Elías y de tu padre, sois la única familia que he tenido. Mijaíl e Irina han sido una gran alegría para mí y me siento responsable de ellos, de manera que…

Volvió a quedarse en silencio con los ojos cerrados. Samuel sentía que las manos le sudaban por el miedo a perderla. Permaneció muy quieto atento a la respiración agitada de Marie.

—¡Estoy tan cansada! No voy a pedirte que te hagas responsable de ellos, tienes que vivir tu propia vida, pero sí que les permitas vivir aquí salvo que te cases y traigas una esposa. Ésta ha sido su casa, el único hogar que Mijaíl recuerda… Irina… Irina es fuerte, capaz de volver a empezar, pero Mijaíl… ¿Te irás a Palestina?

—No lo sé, Marie, ¿tú qué crees que debo hacer?

—Yo tampoco lo sé, Samuel… Sólo quiero que seas feliz, pero no puedo decirte cómo. Hace años me hubiera gustado verte casado con Irina, pero no creas que esa idea estaba exenta de egoísmo, pensaba que así os tendría a los tres junto a mí. Pero hagas lo que hagas, no los abandones…

—Te lo prometo, Marie.

—Las clases… las clases de música de Mijaíl… que no las deje… Dios le ha dado un don…

Samuel no podía seguir soportando ver a aquella mujer con el rostro contraído por el sufrimiento y por la fatiga que le provocaba hablar. Se inclinó sobre ella y la abrazó besándole la frente.

—No te preocupes… estoy preparada… dentro de nada estaré con mi madre y veré a tu padre, a mi buen Isaac…

Mijaíl estuvo un buen rato con Marie y algo menos estuvo Irina. Marie respiraba con gran dificultad, parecía que se ahogaba. Irina salió en busca de ayuda. El doctor, al que no habían permitido marchar, aguardaba junto a Samuel y Mijaíl.

El hombre entró a ver a la enferma y salió de inmediato.

—Si no le dan morfina me marcho, es todo lo que se puede hacer. Los dolores que padece son insoportables y apenas logra respirar. ¿Quieren que muera ahogada?

Esta vez Samuel no escatimó ni un gramo de la dosis de morfina prescrita por el médico, y al poco Marie entró en un sueño del que ya no despertó.

Lloraron a Marie. Su muerte les hacía sentirse extraños. Ella se había convertido en el eslabón que los mantenía unidos y ahora de repente se miraban sin saber qué podían esperar los unos de los otros.

Mijaíl cayó en el silencio. No quería compartir su dolor con

Irina, y mucho menos con Samuel, a pesar de que había prometido a Marie que daría una oportunidad a aquel hombre con el que huyó de Rusia.

Por más que Irina le insistió en que volviera a las clases de monsieur Bonnet, Mijaíl se negaba. Ni siquiera la música era capaz de vencer la depresión a la que había sucumbido.

—Tenemos que hacer algo, va a caer enfermo, apenas come —se lamentó Irina.

—Déjale, necesita hacer su propio duelo. Marie ha sido una madre para vosotros, tardará en superarlo —respondió Samuel.

Al cabo de unos días de la muerte de Marie, Samuel buscó el sobre grande que ella le había indicado que guardaba en su escritorio. Era una carta dirigida a él.

> «Querido Samuel:
>
> No sé si cuando leas esta carta me habrá dado tiempo de despedirme de ti. Palestina está lejos y puede que no llegues a tiempo.
>
> Samuel, hijo, permíteme que te llame hijo porque así te he sentido aunque nunca me haya atrevido a decírtelo. Si hubiera tenido un hijo habría deseado que fuera como tú. Ahora que me he ido quiero pedirte que te hagas cargo de Irina y Mijaíl. Ninguno de los dos querrá, pero yo sé que te necesitan. Con ayuda de Benedict Péretz he procurado que Mijaíl no olvide que es judío. Ha tenido su Bar Mitzvah, su fiesta de entrada en la adolescencia, y yo misma le he acompañado a la sinagoga… A él le gustaría olvidar, lo mismo que a ti, que es judío, pero si lo hace terminará sin saber quién es… Ayúdale a encontrar su propio camino y, si es necesario, llévale a Palestina a conocer la tierra sagrada de la que los judíos fuisteis expulsados hace dos mil años…»

La carta estaba escrita con mano temblorosa y en ella Marie le daba instrucciones sobre la herencia que iba a recibir y también sobre cómo debía disponer de sus efectos personales. Sus pocas joyas, una cadena de oro fino con una cruz, unos pendientes de perlas diminutas y una pulsera, eran para Irina. También le dejaba su colección de figuritas de porcelana y los marcos de plata. En cuanto a su ropa, quería que la repartieran entre las personas necesitadas. A Mijaíl le dejaba los cuadros que había ido comprando según aumentaba el éxito del taller. Demasiado modernos para el gusto de Samuel, pero Marie siempre le sorprendía, de manera que procuró demostrar entusiasmo cuando ella le señaló un par de cuadros que colgaban en las paredes de su habitación. Ella también parecía sentir predilección por los artistas jóvenes a los que les gustaba descomponer las figuras, como en ese otro cuadro que Marie había colgado en el comedor. Pinturas en las que sabiamente había invertido aconsejada por monsieur Benedict Péretz, quien le aseguraba que algún día serían considerados «maestros» aquellos bohemios que parecían emborronar las telas con que concursaban en el Salón de París.

A Samuel le sorprendió ver a tantas personas acudir al funeral de Marie. Damas elegantes que decían estar afectadas por el fallecimiento de aquella mujer que, además de confeccionarles espléndidos abrigos, se había convertido en su confidente. Sabían que podían confiar en ella porque Marie jamás repitió ninguna de las palabras que escuchaba en el probador.

Tardaron casi un mes en sentirse con ánimo para acudir a casa del notario, monsieur Farman. Para Irina y Mijaíl fue una sorpresa saber que Marie les había dejado una cantidad importante de dinero fruto de los ahorros de toda su vida.

Monsieur Farman les explicó que una parte de aquel dinero Marie lo había invertido juiciosamente siguiendo los consejos de monsieur Péretz, pero otra parte estaba en el banco a la espera de que se hicieran cargo de ella.

De regreso a casa, se reunieron en el salón a petición de Samuel.

—Le prometí a Marie que cuidaría de vosotros... ¡Por favor,

Mijaíl, escúchame! —dijo al ver cómo la ira se reflejaba en la mirada del joven.

—¿Cuidarnos? No te necesitamos. ¿Qué podrías hacer por nosotros que no seamos capaces de hacer nosotros mismos?

—No lo sé, pero es lo que me pidió Marie. Como sabéis, ahora esta casa y el taller son míos y quería deciros que me gustaría que continuarais viviendo aquí. En cuanto al taller..., he tenido una idea que no sé, Irina, si será de tu agrado, pero en todo caso me gustaría que la considerases. Yo no voy a dedicarme al negocio de las pieles ni de los abrigos, y tú tampoco, sin embargo te has convertido en una buena florista. Quizá podrías convertir el taller en una tienda de flores, disponer de tu propio negocio. ¿Por qué trabajar para otros pudiendo tener tu propia floristería? Piénsalo.

Pero Irina no necesitaba pensarlo. Había saltado de su asiento para abrazar a Samuel.

—¿De verdad puedo abrir una floristería? ¡Dios mío, es más de lo que podía soñar! ¡Mi propio negocio! Por supuesto, te pagaré un alquiler por el local, con el dinero que me ha dejado Marie puedo hacerlo.

—No, no me pagarás nada. No necesito dinero. Entre lo que he recibido de mi abuelo más lo que me ha dejado Marie, me siento un hombre casi rico. Creo que si gasto con moderación podré vivir los próximos años. En cuanto a ti, Mijaíl, ya conoces el deseo de Marie. Ella confiaba en que te convirtieras en el mejor músico del mundo. Debes honrar su memoria volviendo a las clases de monsieur Bonnet. Además del dinero que te ha dejado ella, yo pondré todo lo que esté en mi mano para que te conviertas en el músico que a Marie y a tu padre les hubiera gustado que fueras. No puedes desperdiciar tu talento.

—¡Cómo podéis pensar en nada que no sea Marie! Ya estáis haciendo planes de futuro como si no os importara que ella no esté aquí... —respondió con rabia Mijaíl.

—¡Deja de comportarte como un niño! Tienes catorce años y tanto tú como nosotros debemos pensar en el futuro. ¿Crees que quieres más a Marie por llorar noche y día, por dejar de tocar el violín, por negarte a comer? Es más difícil vivir que morir, de manera que si quieres hacer algo por Marie, vive, vive como ella soñó que vivirías. Sé el hombre que ella quería que fueras. Sé que no estás a gusto conmigo, pero tendrás que acostumbrarte porque vamos a vivir juntos en esta casa, y no me gustaría verte siempre taciturno sin apenas dirigirme la palabra. No permitiré que destruyas todo lo que quería Marie para ti.

Mijaíl salió del salón con lágrimas en los ojos e Irina impidió que Samuel fuera tras él.

—Déjalo, necesita estar solo y pensar en todo lo que le has dicho. Reaccionará bien, es un buen chico y te quiere, pero tiene miedo de que vuelvas a abandonarle.

—No voy a irme, Irina, al menos durante un tiempo me quedaré aquí. Yo también tengo que pensar qué voy a hacer con mi vida.

Samuel pensaba que si de un día para otro había podido compartir techo con Jacob, Kassia y la hija de ambos, Marinna, además de con Ariel y Louis, no tenía por qué resultar más difícil vivir con Irina y Mijaíl, a pesar de que la ausencia de Marie parecía haberles convertido en extraños. Pero le había prometido a Marie que intentaría iniciar una nueva vida en París y que se atrevería a dar el paso de pedirle matrimonio a Irina. A lo primero iba a dedicarle todo su empeño, lo segundo le producía vértigo. Pensó que necesitaba tiempo, pero eso era de lo que más disponía.

No tardó mucho en encontrar un medio de vida al margen del dinero heredado de su abuelo y de Marie. Fue por mediación de Benedict Péretz que comenzó a trabajar junto a monsieur Chevalier, un afamado boticario, que además era un profesor eminente de la Universidad de París. Samuel se convirtió en su ayudante, y lo mismo se hacía cargo de impartir alguna clase en la universidad que se encerraba en el laboratorio para elaborar con extremo cuidado remedios de los que, hasta entonces, ni siquiera había oído hablar.

Y sin darse cuenta, Samuel dejó pasar los años por aquella extraña vida en la que vivía con la mujer de la que estaba enamorado pero a la que seguía sin atreverse a decirle ni una palabra de más. Irina había convertido el taller de pieles en una floristería en la que trabajaba desde bien temprano sin apenas prestarle atención. Mijaíl, por su parte, estaba dejando de ser un niño prodigio para convertirse en un músico reconocido.

Samuel escribía con regularidad a sus amigos de La Huerta de la Esperanza, sin olvidarse de Ahmed ni de su familia. Era Jacob quien solía responder a sus cartas dándole cuenta de lo que sucedía en Palestina y preguntándole cuándo pensaba regresar. Por Jacob sabía que Anastasia se había ido a Galilea con su hermana Olga y Nikolái, pero que al cabo de unos meses había regresado pidiendo que volvieran a acogerla. Así lo hicieron, pero no se quedó mucho tiempo en La Huerta de la Esperanza, porque un buen día Jeremías se presentó de improviso y delante de todos, con cierto embarazo y torpeza, le pidió matrimonio. Kassia iba a intervenir haciendo el papel de hermana mayor para rechazar a aquel pretendiente que sabía no era del gusto de Anastasia. Pero aquella joven extraña no se lo permitió y, para sorpresa de todos, aceptó casarse con Jeremías. Parecían haberse acomodado el uno al otro y ya habían sido padres de una niña diminuta pero que al decir de Kassia era preciosa.»

6

Palestina, 1912-1914

Ezequiel se quedó en silencio. Marian le notó cansado. Recordar puede resultar agotador y aquel hombre estaba haciendo un esfuerzo considerable para contarle la historia de su abuelo y su padre. Estuvo tentada de compadecerse y decirle que regresaría otro día, que esperaría a que llegara su hijo para tratar de los asentamientos, pero Ezequiel no se lo permitió.

—Es la hora de comer, ¿quiere almorzar conmigo? Luego podemos seguir hablando.

—¿Almorzar? Bueno... no sé si es correcto... —respondió Marian.

—Supongo que en su ONG no consideran alta traición que almuerce con un viejo como yo. —La voz de Ezequiel estaba cargada de ironía.

—No se burle, pero no nos está permitido...

—¿Confraternizar? —le interrumpió él—. ¿Sabe una cosa? Me parece una solemne tontería tanta rigidez. ¿Dejará usted de ser objetiva en su trabajo por compartir un poco de *hummus* conmigo?

»¡Ah!, permítame preguntarle: ¿rechazaría la invitación de una familia palestina negándose a aceptar la comida que puedan ofrecerle cuando vaya a preguntarles sobre lo que sucede aquí? No, no lo creo, de manera que hágame un favor y hágaselo a usted misma, comparta el almuerzo conmigo. No espere una gran comida, ya se lo he dicho, un poco de *hummus*, una ensalada de tomate y pepinos que prepararé en un instante, y creo que en la nevera me queda algo de rosbif. ¿Quiere una cerveza o quizá vino?

—No, no... yo... sólo agua, pero no se moleste por mí... yo no quiero comer nada.

—Entonces nos veremos en otra ocasión, quizá pueda volver cuando regrese mi hijo. Yo necesito comer, soy viejo, y aunque no como mucho, es bueno que reponga fuerzas y, como comprenderá, no voy a almorzar mientras usted me mira.

Ezequiel se levantó y le tendió la mano para despedirla. A Marian no le dio tiempo a dudar más.

—De acuerdo, acepto su invitación, pero permítame ayudarle.

—Venga conmigo a la cocina, comeremos allí, puede ayudarme a cortar los tomates mientras pongo la mesa. ¡Ah!, y ahora le toca hablar a usted. Así descansaré un rato. Cuénteme sobre Ahmed.

—¿De verdad le interesa lo que pudieron pensar o sentir la familia de Ahmed y otras familias palestinas?

Marian vio aflorar el cansancio en los ojos gris acero de Ezequiel.

—Sí, me interesa saber qué le han contado, cómo se lo han contado; al fin y al cabo, cuando usted redacte su informe, la versión que prevalecerá será la de ellos.

—Da usted por sentado...

—Tenga cuidado al cortar los tomates, ese cuchillo está muy afilado.

«Ahmed estaba preocupado. Le hubiera gustado compartir con Samuel la causa de su aflicción, pero su amigo continuaba en París, y por lo que le contaba en las cartas allí se quedaría. Hacía cuatro años que se había ido pero seguía teniéndole presente.

No es que no pudiera confiar en Jacob o en Louis, incluso en Ariel, a pesar de la sequedad de su carácter, pero había asuntos de familia que ni siquiera debían comentarse con los amigos, aunque pensaba que en el caso de Samuel era distinto.

Una tarde de verano, como tantas otras, al regresar a casa vio sentados en la cerca de la huerta a Mohamed y a Marinna.

Los dos jóvenes reían y mantenían las manos entrelazadas sin importarles quién pudiera verles. No comprendía cómo Kassia no estaba más atenta a lo que hacía su hija. Sólo de pensarlo le produjo un sentimiento de irritación hacia la esposa de Jacob; sabía que era una buena mujer, pero sus costumbres siempre le habían incomodado. Jacob era un marido demasiado complaciente que permitía que su esposa se pavoneara como si fuera un hombre.

Había hablado con Dina del problema, pero su mujer se negaba a hacerlo con Kassia.

—Ellos también se han tenido que dar cuenta, ni nuestro hijo Mohamed ni Marinna disimulan lo que sienten. Están enamorados y actúan como si fuera lo más normal del mundo —se quejó Ahmed.

—¿Y qué quieres que hagamos? Tendrás que buscarle una buena esposa a Mohamed y así dejará de hacerse ilusiones con Marinna.

—Deberías hablar con Kassia...

—¿Y qué puedo decirle que ella no sepa? No, no quiero que piense que tengo algo contra Marinna. Es una buena chica, siempre cariñosa, y siempre ayuda en sus tareas a Aya. Nuestra hija pequeña la quiere como a una hermana.

—Entonces ¿qué crees que debemos hacer? —insistió Ahmed.

—Casar a Mohamed, ya te lo he dicho. Con una buena esposa se olvidará de Marinna.

—Pero si se casa ahora no podrá estudiar. Todos estos años nos hemos sacrificado para que Mohamed pueda convertirse en médico, y si se casa no tendrá más remedio que trabajar conmigo en la cantera para mantener a su familia.

—De todos modos no será médico, a nuestro hijo le gustaría estudiar leyes —respondió Dina.

Ahmed suspiró resignado.

—Bueno, debemos respetar su elección, ser médico requiere vocación y él no la tiene. Ha sido una suerte que haya podido estudiar en la escuela británica de St. George, sólo los hijos de los afortunados pueden hacerlo. Loado sea Alá que permitió que a ese diplomático inglés que cayó enfermo de malaria sólo el viejo Abraham supiera aliviarle de su mal, y que luego, en agradecimiento, abriera la puerta de St. George a nuestro hijo.

—El médico judío siempre ha mostrado una buena disposición hacia nosotros a pesar de que no pudo salvar a nuestro hijo. —Dina no olvidaba la muerte prematura de Ismail.

—Si Abraham no hubiera hablado favorablemente de Mohamed, nuestro hijo no habría podido estudiar en la escuela inglesa. De manera que no haré nada para casar todavía a mi hijo —argumentó Ahmed.

—Entonces habla con él. Eres su padre y te debe obediencia. Recuérdale que en su momento tendrá que casarse con la mujer que elijas para él.

—Eso ya lo sabe.

—Lo sabe pero no lo tiene en cuenta.

La conversación se repetía en cada ocasión que Mohamed y Marinna estaban juntos. Habían procurado separarles enviando a Mohamed a estudiar a Constantinopla a casa de un socio de Hassan. El hermano de Dina había conservado buenos amigos en aquella ciudad con la que seguía comerciando y ahora acogían generosamente a su sobrino. El propio Hassan contribuía a la manutención de su sobrino aunque al principio Ahmed se había negado, pero la insistencia de su esposa y su suegra, además de la del propio Hassan, terminaron por hacer que cediera. Pero aquella separación no había servido de nada. Cuando su hijo regresaba a casa apenas les saludaba, impaciente por ir en busca de Marinna.

Ahmed apreciaba a Marinna tanto como Dina, pero por más

que ambos reconocieran las virtudes de la joven, no podía casarse con Mohamed. Si Marinna se convirtiera al islam... Pero sabía que no lo haría, de manera que nunca podría convertirse en su nuera.

Se acercó andando muy despacio hasta donde estaban los dos jóvenes, ajenos a su llegada.

—¡Ah, padre, ya estás aquí! —exclamó Mohamed sonriente.

—Son más de las seis —respondió Ahmed con sequedad.

—Tienes razón, se nos ha pasado el tiempo sin darnos cuenta. Marinna dice que hablo mejor inglés, aunque no sé si hacerle caso, al fin y al cabo ella lo ha aprendido por su cuenta.

—Con ayuda de mi padre —terció ella.

—Jacob tiene don de lenguas. Es una suerte... —respondió Ahmed.

—Y gracias a su talento Marinna ha aprendido inglés, y algo de francés, además de árabe.

—¡Vamos, Mohamed!, árabe me lo has enseñado tú, mi padre me enseñó unas nociones básicas, pero poco más, y lo poco que sé de francés lo he aprendido con Samuel y con Louis. Mi lengua es el yiddish, aunque ahora me siento cómoda hablando hebreo y árabe. En casa mezclamos las lenguas, Louis suele hablarme en francés, Ariel en yiddish o en ruso..., pero a mí me gusta hablar en árabe. ¡Es una lengua tan hermosa!

Ahmed bajó la cabeza incómodo y Mohamed fue consciente de esa incomodidad.

—Te acompañaré a casa, padre. Luego saldremos a pasear, ¿te parece bien? —dijo dirigiéndose a Marinna.

Fueron en silencio hasta la casa mientras buscaban las palabras para abordar lo que ambos sabían que les separaba.

—Mohamed, hijo, sabes bien que no puedes compartir el futuro con Marinna. —La voz de Ahmed estaba cargada de pesar.

—Pero, padre, ¿por qué dices eso? Marinna es... es... yo la quiero sí, y creo que ella...

—Sí, ella también te quiere, no lo sabe ocultar. Pero tú tienes que estudiar. ¿De qué habría servido el esfuerzo que hemos hecho? ¿Vas a desperdiciar la suerte de haber podido estudiar en St. George?

—Algún día tendré que casarme y…

—¡No digas nada! Aún falta mucho para ese momento y, cuando llegue, te buscaré una esposa adecuada, no te preocupes por eso.

—Padre, perdóname, no quiero ofenderte, pero me gustaría elegir a mí.

Se miraron a los ojos y Mohamed se preocupó al ver la contrariedad dibujarse en el rostro de su padre.

—Harás lo que debas, no lo que quieras. Yo sé lo que es bueno para ti.

—Quieres decir que no me permitirás casarme con Marinna.

—No puedes hacerlo, y lo siento por ti. Marinna es judía y nosotros musulmanes. ¿Acaso vas a pedirle que renuncie a su religión? ¿Crees que ella aceptaría? No, no lo haría, tampoco sus padres lo permitirán.

—A Jacob y a Kassia no les importa demasiado la religión.

—Claro que les importa. Son judíos; si no lo fueran, ¿crees que habrían venido aquí?

—Han huido de los pogromos…

—¿Y crees que no hay mejores lugares en el mundo donde ir? No, ellos no permitirían que Marinna renegara de su religión.

—Uno de mis amigos del St. George es un cristiano que dice que los sefardíes son *Yahud awlad Araba*, judíos hijos de árabes.

—¡Qué tontería! Además, Marinna no es sefardí.

—Padre, a veces hemos compartido sus celebraciones, tú mismo has ido como invitado al Purim judío y me has llevado a la fiesta que celebran junto a la tumba de Simón el Justo. También ellos han celebrado con nosotros el final del ayuno del Ramadán. Vivimos juntos, compartimos la misma tierra, no somos tan diferentes, salvo en la manera de rezar y de dirigirnos al Todopoderoso.

—¡Calla! ¿Cómo puedes hablar así? —exclamó Ahmed escandalizado.

—¡Tiene que haber una solución! Quiero a Marinna, no podría ser un buen esposo con ninguna que no fuera ella.

—Obedecerás, Mohamed, lo harás como yo lo hice, y como lo hizo mi padre y su padre.

Ahmed dio la vuelta y salió de la casa. Necesitaba respirar. No quería que la conversación derivara en un enfrentamiento con su hijo. Tendría que obedecer. Lo mejor sería que regresara cuanto antes a Constantinopla para continuar con sus estudios de leyes. Cuanto más tiempo pasara separado de Marinna, antes se olvidaría de ella. Aun así, buscaría el momento de hablar con Jacob. Le daba vergüenza hacerlo, pero no podía llevar esa carga él solo.

A la mañana siguiente, antes de dirigirse a la cantera pasó por La Huerta de la Esperanza. Encontró a Kassia llorando y a Ariel con el gesto compungido. No estaban ni Jacob ni Louis.

Ariel le comunicó la mala noticia. Abraham Yonah había muerto la noche anterior. El viejo médico llevaba meses enfermo sin apenas levantarse de la cama y la muerte le había venido a buscar durante el sueño.

—Era un buen hombre —musitó Ahmed, quien realmente apreciaba al viejo médico judío.

—Él nos unió a ti —respondió Kassia sin poder contener las lágrimas.

—Jacob y Louis se han ido a la ciudad. Marinna les ha acompañado. Nosotros iremos más tarde, queda trabajo por terminar —explicó Ariel.

Durante el resto del día Ahmed hizo esfuerzos por no romper a llorar. Apenas lograba concentrarse en su trabajo, pero Jeremías, siempre exigente, no dijo nada, él también sentía la misma pena por la desaparición de Abraham.

Ahmed y Dina se sumaron al cortejo fúnebre para acompañar a Abraham hasta la tumba en la que dormiría la Eternidad. Dina lloró abrazada a Kassia, y Mohamed hizo lo imposible por consolar a Marinna.

En el duelo participaron musulmanes y cristianos por igual. Abraham Yonah tenía una gran reputación como médico, pero sobre todo se había ganado el afecto sincero de cuantos le trataron. Nunca cobró un *bishlik* a nadie que no pudiera pagarlo y entre sus pacientes se encontraban lo mismo personajes jerosolimitanos musulmanes que cristianos, amén de diplomáticos y viajeros que recalaban en Jerusalén.

Yossi, el hijo de Abraham y Raquel, estaba desolado. Su esposa Judith intentaba consolar a su suegra pero ésta se había sumido en un silencio de lágrimas. Ni siquiera la pequeña Yasmin era capaz de consolar a su abuela.

A Yossi le hubiera gustado tener más hijos, pero Judith no había vuelto a quedarse embarazada, de manera que Yasmin era su única alegría, como lo había sido para Abraham y lo sería para Raquel. A Yasmin le gustaba estar con su abuelo y le instaba a que le enseñara a ser médico; él sonreía y, a pesar de las protestas de Raquel, enseñaba a su nieta cuanto podía lamentándose de que aquella niña no pudiera convertirse en médico como él. Yasmin tenía más o menos la edad de Marinna y a menudo se las veía juntas.

Ahmed apreciaba sinceramente a aquella familia, como también apreciaba a todos los habitantes de La Huerta de la Esperanza, pero aun así los judíos le inquietaban. Cada vez llegaban más a Palestina comprando tierras a todo el que se las quería vender. Al principio ninguna de las principales familias árabes parecía demasiado preocupada por esa emigración constante, y se decía que algunos de ellos, los Husseini, los Jalidi, los Dajani y otros, tenían negocios con judíos. Había oído que incluso algunos estaban asociados con los Valero, judíos sefardíes, dedicados a la banca.

No hacía mucho que Ahmed había empezado a frecuentar a un grupo de hombres que como él sentían inquietud por el futuro de aquella tierra árida en la que habían nacido. A la primera reunión le había llevado su cuñado Hassan.

Años atrás, Hassan había hecho su fortuna primero en Beirut y más tarde en Constantinopla como encargado de los negocios del que era su patrón, un próspero comerciante jerosolimitano.

Jaled y Salah, los hijos de Hassan, habían estudiado en un colegio cristiano de Beirut donde, entre otras cosas, aprendieron a recelar de los judíos. Algunos de los sacerdotes que habían tenido como maestros se lamentaban de que los judíos, decían, habían matado a su Dios, un Dios que, como explicaba Jaled a su tío, no era otro que el profeta judío de nombre Jesús. Pero si los sacerdotes no ocultaban sus prejuicios contra los judíos, tampoco ocultaban sus simpatías con los árabes, entre los que de cuando en cuando lograban alguna conversión.

Cuando Hassan decidió dejar Constantinopla para regresar a Jerusalén con su familia, se permitió peregrinar a La Meca. Allí entró en contacto con un grupo de hombres partidarios de Husayn ibn Alí, gobernador del Hiyaz, provincia del imperio otomano en Arabia.

Hassan quedó impresionado cuando conoció a Husayn, su barba blanca, tan blanca como la túnica con que se cubría, le confería una dignidad especial. Husayn era el *sharif*, el jerife de La Meca, ya que descendía del Profeta.

Los amigos del *sharif* se interesaron por saber si Hassan colaboraría con ellos en un sueño, construir una nación árabe, librándose del yugo de los turcos. Husayn sería naturalmente el nuevo califa, el hombre que gobernaría a los pueblos del islam.

Tanto Ahmed como su cuñado Hassan y los hijos de éste estaban decepcionados por los resultados de la revolución protagonizada por un grupo de oficiales turcos, que en Occidente les llamaban los Jóvenes Turcos pero que ellos se denominaban Comité para la Unidad y el Progreso, que había despertado grandes esperanzas pero al final no había dado lugar a ninguna mejora, por lo menos en aquel rincón del imperio del sultán.

Además, Hassan consideraba que los nuevos amos del imperio no se comportaban como piadosos musulmanes.

Todos los viernes el grupo se encontraba en la mezquita y después de las oraciones compartían un buen rato de charla.

—Los judíos están armándose —se quejó Hassan—. Un amigo de Galilea me cuenta que esos grupos se denominan «Hashomer», el Vigilante, y que cada vez actúan con más impunidad con la excusa de defender las colonias agrícolas de los ataques de los bandidos. Se cubren con kufiyas, como los beduinos, y buscan a los bandidos más allá del río Jordán. Si se hacen fuertes, algún día querrán más de lo que ya tienen.

—Mis vecinos están divididos respecto a los turcos —explicó Ahmed—. Uno de ellos, Jacob, cree que los judíos deben apoyar al sultán. Le he oído decir que los judíos tienen que organizarse y tener representantes en Constantinopla que defiendan sus intereses. Creo que al propio Jacob le gustaría representar a los judíos ante el sultán. También creo que mis amigos de La Huerta de la Esperanza no tienen otro sueño que seguir viviendo, como hasta ahora, bajo la protección del sultán.

—Me inquieta que cada vez lleguen más. De seguir así se convertirán en los amos de Palestina —se quejó su sobrino Jaled.

Ahmed se sentía dividido entre los lazos de amistad e incluso de afecto que habían ido tejiéndose entre su familia y los habitantes de La Huerta de la Esperanza, pero su cuñado Hassan no tenía dudas de que había llegado el momento de que los árabes palestinos pudieran independizarse del imperio otomano. Estaba convencido de que si lo conseguían, la nueva situación provocaría muchos roces con aquellos judíos que, poco a poco, se estaban haciendo con las tierras palestinas.

—No creo que ésa sea su intención, lo único que desean es trabajar y vivir en paz con nosotros —replicó Ahmed sin demasiada convicción.

—Pero, tío, tú mismo eres un ejemplo de cómo van ocupándolo todo. Has tenido que compartir con esa gente la tierra donde vivías —respondió Jaled.

—Una tierra que no era mía, sino del said Aban, y fue él quien decidió vendérsela. No puedo reprochar nada a estos judíos porque nada me han hecho. Me tratan como a un igual y se muestran respetuosos y amables con mi familia. Nada me han quitado porque nada tenía.

—¿Crees que tienen derecho a comprar nuestras tierras? —insistió Jaled.

—¿Derecho? La cuestión es que compran lo que otros les quieren vender.

—¡No te das cuenta de lo que eso supone! —gritó Jaled.

—Vamos, vamos, no discutamos entre nosotros. Estamos de acuerdo en lo principal. Lo que todos ansiamos es dejar de formar parte del imperio otomano y construir una nación para nosotros, los árabes —terció Hassan entre su cuñado y su hijo.

—Eres demasiado conformista, Ahmed. Jaled es más realista —sentenció otro de los hombres, Omar Salem, al que todos tenían como guía.

Ahmed no se atrevió a replicar las palabras de Omar. El hombre le imponía. No sólo por pertenecer a una familia acomodada, sino también porque conocía a muchas personas relevantes de la corte del sultán en Constantinopla, también de El Cairo y Damasco, y del entorno más íntimo del *sharif* Husayn. Aunque nunca se jactaba de su posición, todos le reconocían su liderazgo.

Aquella tarde Omar los había invitado a su mansión situada fuera de las viejas murallas. Sheikh Jarrah se había convertido en el lugar escogido por las grandes familias para situar sus nuevas casas, y la de Omar era una de las mejores. Ahmed se sentía empequeñecido en aquella sala lujosamente decorada.

Omar se comportaba como el mejor anfitrión procurando complacer a sus invitados. Un criado se presentaba de vez en cuando llevando más té y dulces, además de unas jarras con agua fresca en las que flotaban pétalos de rosa.

—El sultán también desconfía de la llegada masiva de judíos y cada vez pone más restricciones a su presencia aquí. Pero yo estoy de acuerdo con mi tío Ahmed, nuestro problema no son los judíos sino los turcos. Los judíos pueden seguir viviendo con nosotros el día en que dejemos de ser súbditos del sultán —terció Salah.

—Pero continúan llegando y comprando voluntades. En Jerusalén ya son más que nosotros —le respondió su hermano Jaled.

—Amigos míos, debemos trabajar para que algún día nuestros hijos vivan en una gran nación gobernada por hombres de nuestra sangre, que se muestren piadosos y cumplidores de los preceptos del Profeta. Sí, soñemos con una gran nación árabe —dijo Omar y los hombres asintieron entusiasmados.

—Jerusalén es la ciudad menos santa de cuantas conozco, cada día hay más prostitutas por las calles. Y algunos de los nuestros mantienen concubinas judías sin ningún pudor. Los rusos y los armenios se están haciendo con la ciudad —se lamentó Hassan.

—Si sólo fueran ellos... Cada día llegan más extranjeros, británicos, americanos, búlgaros... La mayoría impíos. Los peores son los judíos rusos que traen unas ideas endemoniadas. No quieren ni servir ni tener señores, no van a la sinagoga y permiten a sus mujeres comportarse como hombres. Las colonias agrícolas donde viven no tienen jefe, presumen de valer todos lo mismo —insistió Jaled.

—Bueno, ellos defienden que todos somos iguales y que nadie debe tener un amo. —Ahmed lo explicaba con admiración.

—Tú lo sabes bien, ¿verdad, tío? Tú eres el que más cerca está de ellos, porque son judíos rusos los de La Huerta de la Esperanza —comentó Salah— y nunca van a la sinagoga ni respetan el sabbat.

Cuando Ahmed regresó a su casa, Dina le aguardaba impaciente, quería saber cómo era la casa de Omar. Para complacerla tuvo que recordar todos los detalles. Su esposa le escuchaba maravillada.

Aquellas reuniones dejaban en Ahmed un poso de inquietud. Se preguntaba qué pasaría el día en que Omar o Hassan consideraran que era hora de hacer algo más que hablar. ¿Qué harían entonces? ¿Qué haría él?, se preguntaba.

Después de escuchar su relato, Dina le contó cómo había pasado ella la tarde.

—Layla, la mujer de mi hermano, ha venido a vernos sin avisar. Ha visto a Mohamed de la mano de Marinna y se ha mostrado escandalizada.

—¡Otra vez! Nuestro hijo no nos respeta. Le he pedido que no se acerque a esa chica. Terminará provocando un problema... ¿Dónde está?

—Aún no ha regresado. Creo que se ha quedado a cenar en La Huerta de la Esperanza. Les vi entrar en la casa hace un buen rato. Allí siempre es bien recibido. Kassia le trata como a un hijo y a Jacob le gusta hablar de Constantinopla con nuestro Mohamed. Tienes que hablar de nuevo con él y buscarle una esposa. Es lo que necesita, una buena mujer, joven como él.

Cuando Mohamed regresó, Zaida dormía al lado de Aya, y Dina se había quedado dormitando junto al fuego del hogar.

—¿Dónde has estado? —le preguntó Ahmed sin responder al saludo de su hijo.

—Kassia me ha invitado a cenar, luego he jugado al ajedrez con Jacob. Le he ganado dos partidas. Dice que soy un buen estratega, y debe de ser verdad, él me enseñó a jugar cuando era un chiquillo, pero ahora soy yo quien le da jaque mate.

—Tu tía Layla ha estado en casa —respondió Ahmed.

—Lo sé, la vi llegar, y me hice el distraído. Layla siempre está fisgoneando en la vida de los demás y suele mostrarse desagradable con Kassia y con Marinna. Las mira como si ella fuera superior. No oculta que desaprueba todo lo que hacen.

—¿Y lo que haces tú? ¿Crees que tu tía puede aprobar tu comportamiento? —replicó Ahmed.

—¿Mi comportamiento? ¿De qué debo avergonzarme? —Mohamed sostuvo la mirada de su padre dispuesto al desafío.

—Paseabas de la mano con Marinna. Esa chica no está comprometida contigo. ¿Quieres que todos murmuren sobre ella?

—¿Murmurar? ¿Qué pueden murmurar sobre Marinna? Me enfrentaré a cualquiera que se atreva a murmurar sobre ella, aunque sea la tía Layla.

—Ya hemos hablado de Marinna y no discutiremos más sobre ella. Se han acabado tus vacaciones, mañana mismo regresarás a Constantinopla.

—Aún faltan días para que comiencen las clases.

—Tanto da. Te irás mañana. Prepara tu equipaje.

—Padre, ¿me echas de casa?

—No, sólo quiero evitarte y evitarnos un mal mayor. Tienes que aceptar que Marinna no es para ti. Si es necesario dejaremos esta casa y nuestra huerta y buscaremos otro lugar donde vivir. No puedo enfrentarme a Jacob ni a los otros, ellos son los dueños de esta tierra. No me dejas otra opción que la de perderlo todo, ¿es eso lo que quieres?

Dina les observaba preocupada. Sentía una opresión profunda en el pecho al ver a su marido y a su hijo discutir. Sí, le conmovía el dolor de Mohamed, le hubiera gustado poder complacer a su hijo y hacer planes junto a Kassia para la boda de sus hijos, pero no podía ser.

A ella también le hubiera gustado casarse enamorada, pero el amor llegó después de la boda. Apenas conocía a Ahmed cuando su padre le anunció que había llegado a un acuerdo con los padres de él. Sus familias organizaron los esponsales sin consultarles y ambos aceptaron la decisión de sus padres que al final resultó ser acertada. Ahmed era un buen hombre, un esposo cariñoso y atento que tenía en cuenta su opinión. Jamás había mirado a otra mujer. Ella también había sido una buena esposa y una buena madre. Le había dado cuatro hijos, aunque sólo dos, Mohamed y Aya, habían sobrevivido. Aún lloraba al pequeño Ismail. Al otro, al que había parido muerto, no le añoraba de la misma manera. No le habían permitido siquiera ver su rostro.

—Tu padre tiene razón —se atrevió a decir aun sabiendo que no debía mediar en la conversación de los dos hombres.

—Llegará un día en que la religión no separe a los hombres. Compartimos esta tierra, madre, la compartimos con los turcos, con los judíos, con los armenios, con los rusos, con todo aquel que llega a Jerusalén teniéndola por la ciudad más santa de cuantas existen. ¿Sabes que hay muchos de los nuestros que tienen una mujer judía? Algunos ni se esconden. No se casan, claro, no lo permite la ley, pero ¿sabes cuántos aristócratas tienen un *odah* donde comparten su tiempo con mujeres de otras creencias y nacionalidades? El hijo del alcalde Hussein vive con una de las mujeres más bellas de Jerusalén, Perséfone. ¿No has oído hablar de ella, madre? Seguro que sí. Es griega, y vende aceite además de compartir el lecho con el hijo del alcalde. ¿Quieres saber más?

—¡Basta! ¡Cómo te atreves a contar esas historias a tu madre! A nosotros nada nos importa el comportamiento de los demás. Prepara tu equipaje, te irás en cuanto salga el sol.

Apenas amaneció, Mohamed se presentó en La Huerta de la Esperanza tropezándose con Kassia y con Ariel, que a esa hora estaban ordeñando las cabras. Kassia despertó a Marinna y ella salió con el cabello revuelto y los ojos cargados con el sueño de la noche. Se despidieron sin poder evitar las lágrimas.

Después de aquel día, en cada ocasión en que se encontraba con sus arrendadores Ahmed notaba su incomodidad. Se saludaban con cortesía, pero Kassia no había vuelto a su casa a charlar con Zaida y Dina, y Jacob apenas le saludaba con una inclinación de cabeza cuando le veía enfilar el camino entre los naranjos que llevaban a su casa. Ariel se mostraba igual de taciturno que siempre; en cuanto a Louis, era incapaz de disimular su disgusto. Temía encontrarse con Marinna, pese a que ella parecía haber decidido hacer lo posible por no tropezar con él ni su familia. Aya, a la que Marinna trataba como a una hermana pequeña, le preguntó a su madre qué pasaba.

—He ido a ver a Marinna. No me ha prestado mucha atención, me ha despachado diciendo que estaba muy ocupada. No sé qué le pasa. Siempre había sido tan cariñosa conmigo...

Dina bajó la cabeza sin responder y fue Zaida la que intentó quitar importancia a lo que estaba sucediendo.

—No te preocupes, pequeña, todos tenemos días malos y preocupaciones que no compartimos con los demás. Durante algún tiempo procura no molestar a Marinna y ya verás que volverá a ser la misma.

—Pero, abuela, ¿acaso le sucede algo que no me habéis contado?

—No, hija, no es eso, pero en ocasiones es buena la distancia entre las personas por mucho que se quieran. Déjalo estar, ya te buscará ella en su momento.

—O sea que pasa algo que todos sabéis menos yo —insistió Aya.

Zaida miró a Dina esperando que fuera ella quien diera una explicación a Aya. Ella sólo era la abuela y no debía entrometerse en los asuntos más íntimos de la familia. No le correspondía contar a su nieta la causa del conflicto con los habitantes de La Huerta de la Esperanza. No podía decirlo, pero sentía como una pérdida que Kassia ya no las visitara y echaba de menos aquellas tardes de charla compartidas frente a una taza de té.

La brecha se ensanchaba por días y Dina le pidió a su marido que hiciera algo.

—Son nuestros arrendatarios y vecinos; si quisieran podrían expulsarnos de nuestra casa sólo con imponernos una renta que no pudiéramos pagar. Deberías hablar con Jacob, él entenderá por qué has decidido separar a Mohamed de Marinna.

—¿Y tú has hablado con Kassia? —preguntó Ahmed.

—No, no me he atrevido. Sé que está enfadada, lo pasa mal viendo sufrir a su hija, pero estoy segura de que comprende nuestros motivos. Mi madre dice que Kassia es una mujer muy práctica y que será ella la que se dé cuenta de que lo mejor para Marinna es que no vuelva a ver a Mohamed, al menos durante un tiempo.

—Sí, puede que Zaida tenga razón, y... bueno, intentaré hablar con Jacob. Espero que quiera escucharme.

Pero Ahmed no terminaba de encontrar el momento de enfrentarse a Jacob y dejó pasar un par de semanas, hasta que una tarde decidió que tenía que hacer frente a la situación. Al regresar de la cantera se dirigió a La Huerta de la Esperanza. Suspiró al ver aquella casa que Samuel y sus amigos, con su ayuda, habían levantado años atrás en medio de los olivos. Extendió la mirada y le regocijó ver los viejos olivos podados y preñados de aceitunas. Aquellos judíos habían hecho de las aceitunas un buen negocio llevándolas a la almazara, donde obtenían aquel aceite espeso de color verdoso y con el punto de acidez que tanto gustaba a los jerosolimitanos.

La puerta estaba entreabierta, de manera que la empujó suavemente mientras carraspeaba para anunciar su llegada.

Dio un paso atrás al ver a una mujer y a un joven a los que no conocía mientras los demás parloteaban animadamente. Fue Kassia quien le vio y pudo comprobar que su mirada se ensombrecía.

—Buenas noches, Ahmed —dijo Kassia en un tono de voz que no reflejaba el afecto de siempre.

—No quiero molestar... Vendré en otro momento, ya veo que tenéis invitados.

Para su sorpresa, Ariel se dirigió a él sonriente. Ahmed pensó que era la primera vez que le veía sonreír.

—Eres bienvenido, así conocerás a mi esposa, Ruth, y a mi hijo, Igor.

Ariel colocó su brazo sobre el de Ahmed y le empujó para que entrara en la casa. Ya no podía dar marcha atrás por más que lo deseara. La mujer a la que llamaban Ruth se acercó a él tendiéndole la mano.

—Así que eres Ahmed, sé de ti y de tu familia por las cartas de mi esposo. Espero conocer pronto a Dina, tu esposa, y a tu suegra, Zaida, también a tus hijos. Creo que mi Igor es de la edad del tuyo.

Ahmed se sintió torpe, sin saber qué hacer con la mano que le había tendido Ruth. No le gustaba la costumbre de aquellos europeos que trataban con tanta familiaridad a las mujeres, incluso a las desconocidas.

—Volveré en otro momento —insistió.

—Ruth e Igor han llegado apenas hace unas horas desde el

puerto de Jaffa. Me parece mentira que estén aquí. Ha sido muy duro estar sin ellos, tú puedes comprenderlo puesto que tienes familia —dijo Ariel.

Luego le ofreció un vaso.

—Bebe —le instó Ariel—, brindemos por mi familia.

Ahmed no sabía qué hacer. No pretendía desairarle pero tampoco conculcar el precepto del Corán que prohíbe la bebida.

—Vamos, Ahmed, tu gente bebe licores de hierbas con la excusa de que son medicinales y digestivos. Este vodka que hacemos Louis y yo es medicinal, puedes beberlo sin temor a pecar —insistió Ariel con un gesto de complicidad.

Ahmed apenas mojó los labios en aquel líquido transparente como el agua pero cuyo olor y sabor eran intensos. Cada minuto que pasaba se sentía peor. Ariel, el tosco Ariel, se mostraba amistoso, al igual que su esposa Ruth, una mujer de pequeña estatura, entrada en carnes, sin nada que la destacara a excepción de una sonrisa abierta y franca. Cabello castaño, ojos castaños, manos pequeñas y la piel curtida. En cuanto al hijo, Igor, se parecía a su padre, alto, fuerte, con la misma mirada intensa, acaso más amable. Pero no eran ellos los que provocaban su desazón sino el silencio de Jacob y de Kassia, la indiferencia de Louis y, sobre todo, haber visto a Marinna salir de la estancia.

Pero Ariel se sentía demasiado feliz para reparar en la incomodidad de sus amigos. Hacía cuatro años que no veía a su familia. Le explicó que habían decidido que fuera el primero en viajar a Palestina, no sólo para huir de la policía del zar, también para intentar abrirse camino. Ruth e Igor hubieran querido seguirle, pero no habían podido porque el padre de Ruth estaba muy enfermo. Ella le había cuidado hasta su último minuto de vida. Ahora, felizmente, la familia volvía a estar reunida.

Ahmed escuchó atentamente lo que Ariel le contaba y en cuanto pudo se despidió.

—Volveré en otro momento —dijo haciendo ademán de marcharse.

—Pero ¿qué querías? ¿Necesitas algo? —preguntó Ariel.

Venciendo su timidez miró a Jacob.

—En realidad quería hablar con Jacob, pero no es nada urgente.

Jacob le miró y luego miró a Kassia, pero ella apartó la mirada como si no le interesara nada de lo que pudiera decir Ahmed. Fue Louis el que de repente desconcertó a Ahmed y a Jacob.

—Pues yo creo que harías bien en hablar. Es mejor que seguir así, todos estamos incómodos. Cuanto antes nos enfrentemos al problema antes lo resolveremos, y sólo puede empezarse a resolver con una conversación.

—¡Por favor, Louis, no nos digas lo que debemos hacer! —protestó Kassia.

—¿Y vamos a pasar el resto de nuestras vidas sin hablar con Ahmed y su familia? Todos estamos molestos con él, mejor decírselo y que él explique el porqué de su actitud con nosotros y, sobre todo, con nuestra querida Marinna.

Ni Ahmed ni Jacob eran hombres a los que les gustaran los conflictos y ambos lamentaban verse en aquella situación. Ahmed decidió hacer caso de la recomendación de Louis.

—Sí, he venido a hablar, pero hoy estáis de celebración y no quiero empañar vuestra alegría. Si Jacob quiere, vendré mañana.

—Sí, será mejor —respondió Jacob, aliviado por no tener que afrontar una conversación con Ahmed delante de todos sus amigos.

Al día siguiente, mientras trabajaba en la cantera, no podía dejar de pensar en cómo abordar la conversación con Jacob. No quería ofenderle pero tampoco mentirle. Se mantendría firme en su decisión de impedir cualquier relación entre su hijo Mohamed y Marinna, tanto le daba si Jacob lo comprendía como si no.

Quizá porque tenía que pasar, o porque no tenía puesta toda su atención en lo que estaba haciendo, lo cierto es que colocó más carga de dinamita en una roca que pretendían romper en varios pedazos, y ésta explotó con tanta fuerza que un trozo de piedra le alcanzó, aplastándole una pierna y provocándole tal dolor que a punto estuvo de desmayarse.

Jeremías corrió hacia donde estaba y con ayuda de otros dos hombres lograron sacarle de entre las piedras.

—¡Preparad el carro! ¡Vamos, no perdáis tiempo! Hay que llevarle a Jerusalén —ordenó Jeremías a los hombres que se encontraban más cerca.

Al principio Ahmed creía que no soportaría el dolor que le recorría la pierna, luego se estremeció al ver cómo ésta no sólo se hinchaba sino que además adquiría un oscuro tono morado. Tampoco podía mover los brazos, y sentía la sangre que le chorreaba desde la cabeza. Le costaba respirar pero no gritó, ni se quejó. Contuvo el llanto consciente de que los hombres le miraban. Era el capataz y debía dar ejemplo; en otras ocasiones otros hombres habían sufrido accidentes, aunque él se jactaba de tener bien organizado el trabajo y el cuidado suficiente para evitar situaciones como la que había provocado la desgracia.

Le llevaron a un médico sirio que años atrás se había establecido fuera de los muros de la ciudad, cerca de la Puerta de Damasco.

El rostro del médico permaneció inmutable mientras le examinaba. Ahmed se temía lo peor.

—Tiene fracturadas la rodilla, la tibia y el tobillo. Veré lo que puedo hacer.

El médico le dio a beber un líquido que le supo amargo pero que al cabo de unos minutos le sumió en un duermevela desde el que vagamente podía entender las instrucciones que el galeno daba a su ayudante. Sintió cómo le inmovilizaban la pierna, y si hubiera podido se habría quejado de aquellos vaivenes a los que le sometían intentando colocarle los huesos que estaban rotos. Creyó escuchar entre las brumas del sueño que ya nunca volvería a andar bien y que acaso podía perder la pierna si ésta continuaba amoratándose.

Se despertó horas después con los labios resecos y una sensación de vértigo. Las sienes le latían enloquecidamente y el dolor de la pierna le resultaba insoportable. Intentó sin éxito moverse. La pierna no le respondía y el resto de su cuerpo parecía haberse acartonado. Tampoco conseguía que la voz saliera de su garganta. Se angustió preguntándose si ya estaba muerto. Pero no, no podía estar muerto si sentía tanto dolor. Buscó con la mirada y se tranquilizó al ver a Dina sentada a su lado, y junto a ella a su querida Aya. Luchó por incorporarse pero las fuerzas no le acompañaban. Dina pareció darse cuenta de su esfuerzo y cogió su mano entre las suyas.

—¡Aya, avisa al doctor!, tu padre se está despertando.

Dina se acercó más a él y le pasó un paño húmedo por la cara.

—Estás bien, estás bien... no te preocupes... estás bien. Tienes que descansar. El doctor te dará algo para que no sientas el dolor y puedas dormir.

Ahmed no quería seguir durmiendo. Quería abrir del todo los ojos y contemplar la vida. Prefería el dolor a no sentir nada. No sabía si Dina escuchaba las palabras que se le acumulaban en los labios.

—Yo... yo... estás aquí... ¿qué me han hecho?

Y Dina con un hilo de voz fue explicándole que el doctor le había abierto la pierna para colocarle los huesos, que había sangrado mucho, que había estado a punto de morir pero que se había salvado, aunque nunca volvería a andar como antes. Arrastraría la pierna, pero conservaba la vida. Y no debía preocuparse, Jeremías era un buen patrón y había prometido que si salía con vida seguiría contando con él en la cantera.

Aya regresó acompañada del doctor, que le preguntó cómo se sentía y luego le examinó.

—Tardará en ponerse bien, en cuanto a andar... tendrá que acostumbrarse a arrastrar la pierna, pero al menos la hemos salvado de la gangrena. Alá se ha mostrado misericordioso.

El médico le explicó que aún no podía moverse y tardaría un tiempo en poder regresar a su casa. También elogió a Jeremías.

—Ese hombre me amenazó con lo más horrible si me atrevía a cortar la pierna herida. Me ha ordenado que le dé las mejores atenciones. Él pagará todos los gastos y no ha dejado de venir ni un solo día.

Por el médico supo Ahmed que, además de la pierna, tenía

varias costillas rotas, amén de un fuerte golpe en la cabeza y un brazo contusionado. No se explicaban cómo había sobrevivido a la explosión.

Tal y como le había dicho el doctor, Jeremías acudió a verle. En su rostro se leía la preocupación por el estado de su capataz.

—Aún no me explico cómo pudiste poner tanta cantidad de dinamita, podías haber volado la cantera entera y con ella a todos nosotros.

Ahmed intentó disculparse pero apenas tenía fuerzas para hablar.

—No hables, cuando mejores ya me explicarás qué sucedió. Aunque ese día parecías distraído, como si tuvieras la cabeza en otro sitio. Tu esposa no ha sabido decirme qué te ocurría.

Su mayor sorpresa fue la visita de Ariel, Jacob y Louis. Los tres hombres se mostraron conmovidos por su estado.

—No te preocupes por la huerta, tus sobrinos Jaled y Salah están ayudando a Dina. Nosotros también echamos una mano —le dijo Louis.

Ahmed no sabía qué decir para mostrar su agradecimiento. Dina ya le había hablado de la ayuda dispensada por sus vecinos, incluso Kassia y Marinna se habían ofrecido para lo que necesitara. Aunque, según le había explicado Dina, Kassia se había mostrado muy seria cuando acudió a su casa para interesarse por lo sucedido. Marinna no había dicho ni una palabra y sólo respondió a las preguntas de Zaida.

No, no podía permitir por más tiempo que el silencio pudriera la relación entre su familia y aquellos extraños amigos de La Huerta de la Esperanza, y aunque le faltaban las fuerzas decidió que había llegado la hora de abordar el problema.

—Quisiera explicaros mis temores por la amistad especial entre Mohamed y Marinna… —comenzó a decir con apenas un hilo de voz.

—¡Vamos, Ahmed, no es el momento! Primero debes curarte, tiempo habrá para tratar ese asunto —le interrumpió Jacob.

—Te agradezco tu preocupación pero no podemos arrastrar

esto por más tiempo. Debemos hablar, y por mal que me encuentre, peor estaré si no lo hacemos.

Jacob se movió, incómodo, mientras que Ariel y Louis permanecieron muy quietos.

—Sé que mi hijo quiere a Marinna, debería quererla como a una hermana puesto que han crecido juntos, pero la quiere como se quiere a una mujer. Creo que... bueno, creo que Marinna le corresponde y yo no podría sentirme más feliz de que mi hijo se casara con una chica como Marinna, virtuosa, modesta, trabajadora, pero... no puede ser, amigos míos, no puede ser, salvo que Marinna profesara nuestra fe, y sé bien que eso es imposible. Le he pedido a mi hijo que no sea egoísta alimentando una relación que no puede cuajar en boda. Ni Marinna será musulmana ni Ahmed se convertirá al judaísmo. Los dos son jóvenes y podrán superar la amargura de la decepción que provoca una situación como ésta. Pero es lo mejor para ellos, y para todos nosotros. En ningún momento quiero que mi negativa a esa relación pueda ser interpretada como algo en contra de Marinna, yo la aprecio sinceramente y nada me gustaría más que poder llamarla hija...

Ahmed no sabía qué más podía decir. Sentía que el rubor se adueñaba de sus mejillas ante la mirada inquisitiva de los tres hombres que le escuchaban en silencio y tan quietos que parecía que no respiraban.

Cerró los ojos. Estaba cansado y le ardía la frente pero las manos las sentía húmedas por el sudor.

—De manera que crees que la religión es un impedimento insalvable —musitó Jacob.

—¿Y tú no? ¿Qué alternativa tienen si quieren vivir decentemente?

—Deberíamos ser capaces de que la religión no fuera un muro infranqueable, la causa de la amargura de dos jóvenes que se quieren. ¿En qué clase de Dios creemos que no permite que dos jóvenes buenos y honrados se amen? —preguntó Jacob ante el escándalo de Ahmed.

—¿Vas a cuestionar a tu Dios? Es una blasfemia... yo... vuestra fuerza es la Biblia, la nuestra el Corán.

—¿De verdad crees que Yahvé o Alá están preocupados por que dos jóvenes se enamoren? ¿No será al contrario? ¿Hasta cuándo vamos a permitir que la religión nos separe y provoque una mirada diferente de los unos hacia los otros? Huimos de Rusia porque nos perseguían no sólo porque somos judíos, también porque queremos un mundo diferente, donde todos los hombres seamos iguales, tengamos los mismos derechos y los mismos deberes, donde no se persiga a nadie rece a quien rece, piense lo que piense. Un mundo sin Dios, sin ningún Dios en cuyo nombre los hombres luchen entre sí. Y en ese mundo nuevo Mohamed y Marinna podrían amarse —afirmó Jacob.

—Pero ese mundo no existe. Yo no podría ser feliz en un mundo sin Dios; lo siento, Jacob, yo... yo no os entiendo. Sois judíos y por eso habéis venido a Palestina alegando que fue la patria de vuestros antepasados, y al mismo tiempo renegáis de vuestro Dios. No alcanzo a entenderlo y...

—Y te sientes mal entre blasfemos —sentenció Louis.

—Alá es todo misericordioso y conoce hasta el rincón más oscuro del corazón de los hombres. Yo sólo intento cumplir con los preceptos que inspiró a nuestro Profeta y ser un buen musulmán. Ese mundo del que habláis..., lo siento, no creo que se haga nunca realidad. Va contra la naturaleza de los hombres.

—Somos socialistas, y como tales nos comportamos. ¿Acaso no te hemos tratado siempre como a un igual? —Louis hablaba y su tono de voz estaba revestido de seriedad.

—No tengo queja de vosotros. La suerte de mi familia cambió el día en que conocimos a vuestro amigo Samuel Zucker. Siempre habéis sido justos con nosotros, jamás habéis exigido nada que no os exigierais a vosotros mismos. Y habéis compartido cuanto tenéis. Es ley de Dios que ayudemos a los que menos tienen y tendamos la mano a los débiles. Y nosotros hemos correspondido a cuanto hemos recibido —remachó Ahmed.

—Sí, y gracias a ti nos convertimos en agricultores. Yo, fuera del plato, jamás había visto una aceituna y jamás pensé que fuese tan difícil y doloroso tener que doblar el espinazo para recoger las cosechas. Es mucho lo que nos has dado y lo que nos has enseñado. La Huerta de la Esperanza ha sido posible gracias a ti —reconoció Louis. Ariel asentía a sus palabras.

—De manera que todos hemos cumplido con nuestros principios y nuestras creencias comportándonos como hombres de bien —insistió Ahmed.

—¿Por qué no permitimos que Mohamed y Marinna decidan? ¿Por qué debemos condenarles? —preguntó Jacob en voz alta sin dirigirse a nadie en particular.

—Porque hay cosas que están bien y otras que no lo están. Si Mohamed y Marinna decidieran... decidieran no cumplir con los preceptos de nuestras religiones, podría llegar un día en que ambos se lo reprocharían. Me pregunto si mi hijo respetaría siempre a Marinna si no se desposara con ella. Podría tenerla como una concubina, pero ¿Marinna sería feliz? ¿Se respetaría a sí misma?

—¡Una concubina! Pero ¿qué estás diciendo? ¡Eso jamás!

—Por favor, Jacob, no permitamos que la ofuscación de nuestros hijos haga imposible el entendimiento de nuestras familias. Son jóvenes, se les pasará. Marinna encontrará a un buen chico judío y Dina buscará una esposa apropiada para Mohamed. Mi hijo sabe cuál es su deber y lo aceptará por más que le duela separarse de Marinna. Dentro de unos años los dos se reirán de este amor juvenil.

Ahmed se entristeció al verles marchar. Aquellos hombres que se decían socialistas habían arrancado a Dios de sus vidas y lo habían sustituido por otra divinidad que ellos llamaban «Razón». Sintió pena, ¿cómo no eran capaces de darse cuenta de que ninguna existencia se puede entender sin el aliento de Dios?

Pasaron muchos días antes de que Ahmed pudiera regresar a su casa. Se emocionó al volver a cruzar el umbral arrastrando aquella pierna inservible. Dina había preparado una fiesta para recibirle. Allí estaban sus hermanas mayores, llegadas desde el norte, y sus cuñados y sobrinos. También había venido Hassan acompañado de su esposa, la indolente Layla, y de sus hijos, Jaled y Salah; incluso Omar Salem, aquel amigo tan distinguido, se había presentado seguido de un criado que portaba una cesta inmensa repleta de manjares.

Dina también había invitado a los miembros de La Huerta de la Esperanza; sin embargo habría preferido que no se presentaran, permitiéndoles que la celebración fuera estrictamente familiar, pero allí estaban los tres hombres seguidos por Kassia, Marinna y Ruth, la esposa de Ariel. Igor, el hijo, aún no había regresado de la cantera donde trabajaba para Jeremías.

Ahmed también se sintió incómodo por la presencia de sus vecinos aunque al mismo tiempo les agradecía el gesto de haber acudido. Si no lo hubieran hecho le habrían ofendido. No estuvieron demasiado tiempo, el suficiente para que no se considerase una descortesía.

Ahmed sufría al observar cómo Mohamed evitaba cruzar la mirada con Marinna. Su hijo había regresado de Constantinopla nada más saber del accidente de su padre, y hasta entonces no habían estado a solas.

No fue hasta el día siguiente cuando Ahmed y Mohamed pudieron hablar mirándose a la cara, de hombre a hombre.

Encontraba a su hijo cambiado. Parecía haber madurado en los últimos meses y no tardó en descubrir que la causa del aplomo y la seriedad de los que Mohamed hacía gala tenía que ver con su despertar a la política.

Mohamed había entrado a formar parte de un grupo de musulmanes palestinos, estudiantes como él, partidario de hacer realidad los sueños de Husayn ibn Alí de fundar una nación árabe sin ninguna dependencia del sultán. Mohamed no sólo se interesaba por los planes del jerife de La Meca, sino que comenzaba a tener un sentimiento de pertenencia a Palestina, a la que ya no veía sólo como una parte del imperio sino como su casa, su tierra. Algunos de sus nuevos amigos parecían preocupados por el goteo interminable de judíos que llegaban a Palestina y, sobre todo, por cómo se hacían sin ningún disimulo con más y más tierras.

Ahmed y su hijo coincidieron en que era providencial que las más importantes familias de Jerusalén participaran de estos sentimientos y los lideraran, aunque al mismo tiempo ambos se preguntaban por qué continuaban vendiéndoles tierras a los judíos. Los Husseini u otras familias afincadas en el Líbano o Egipto no tenían el más mínimo empacho en vender y vender terrenos, aunque procuraban hacerlo en secreto.

Antes de que Mohamed regresara de nuevo a Constantinopla, Ahmed le pidió que le acompañara a casa de Omar. Quería que conociera a su hijo, que contara con él en el futuro.

Mohamed se sintió impresionado por la mansión de Omar. El hombre les recibió como si fueran sus mejores amigos y se deshizo en amabilidades para con Ahmed al sentarle en el lugar principal y al ordenar a uno de sus criados que estuviera pendiente de sus movimientos para ayudarle a levantarse cuando fuera necesario.

Omar se interesó por el grupo de jóvenes palestinos amigos de Mohamed que a su manera conspiraban en Constantinopla, y le conminó a estar atento a los rumores que circularan en la ciudad. Cualquier cosa que le llamara la atención podría ser de utilidad, y le dio la dirección de un amigo que, según le dijo, era sus ojos y oídos en aquella ciudad.

Salieron de casa de Omar reconfortados y satisfechos, seguros de estar participando en la puesta en marcha de un futuro diferente al que habían imaginado. Cuando pasaron ante La Huerta de la Esperanza, Mohamed se paró en seco y, mirando a su padre a los ojos, le dijo que iba a hablar y a despedirse de Marinna. «Ella no se merece mi silencio.» Ahmed asintió y después de llegar al umbral de su casa miró a Mohamed desandar el camino para ir al encuentro de Marinna. Ahora confiaba en el buen juicio de su hijo.

Mohamed tardó un par de horas en regresar y cuando lo hizo se mostró esquivo con sus padres. Cenó en silencio y buscó refugio en su cuarto con la excusa de que debía emprender a primera hora el regreso a Constantinopla. Ni Dina ni Ahmed se atrevieron a preguntar, pero ambos estaban seguros de que Mohamed habría obrado como esperaban de él. Se marchó antes del amanecer sin despedirse de nadie.

Llegó a Constantinopla el 23 de febrero de aquel año de 1913, que pasaría a la historia por ser el día en que un oficial turco de treinta y dos años, con un buen historial militar a pesar de su juventud, se presentó en la corte y descerrajó un tiro al primer ministro. Ismail Enver ocupó el lugar del hombre que había asesinado, asumiendo el poder junto a dos compañeros de armas, Mehmet Talat y Ahmet Cemal.

Ahmed siguió con inquietud las noticias que llegaban de Constantinopla. No se tranquilizó hasta recibir una larga carta en la que su hijo le aseguraba que se encontraba bien.

Mientras tanto, Ahmed había ido recuperando el pulso de su antigua vida. Jeremías le demostró una vez más que pese a su apariencia huraña era un buen hombre.

—No podrás trabajar como hasta ahora, pero nada te impide seguir como capataz. Te encargarás de controlar a los hombres, de repartirles las tareas, de que se cumplan mis órdenes. ¿Crees que podrás hacerlo?

Ahmed respondió que estaba dispuesto a intentarlo, y no dejó de cumplir con su trabajo ni un solo día. Iba de un lado a otro ayudándose de una muleta, sumergiéndose de nuevo en la rutina de la cotidianidad sólo alterada por aquellas reuniones clandestinas donde los hombres como él creían estar poniendo los cimientos para construir su propia patria, una patria sin la tutela del sultán ni de ningún extranjero.

Gracias a los tejemanejes de Dina, Alá quiso bendecirle con un buen pretendiente para Aya.

Desde que Ahmed formaba parte del grupo de Omar junto a su cuñado Hassan y los hijos de éste, Salah y Jaled, las dos familias parecían sentirse más a gusto la una con la otra. Hassan se había conformado con que su madre, la buena de Zaida, se quedara definitivamente en la casa de Dina y Ahmed, e incluso su esposa Layla ya no protestaba tanto como antes.

Omar le había pedido a Hassan que enviara a uno de sus hijos al otro lado del Jordán para convertirse en uno de los mensajeros entre los hombres del jerife y los de Jerusalén. Al principio Hassan dudó, no podía prescindir de la ayuda de ninguno de sus hijos, pero Omar le aseguró que se encargaría de que, fuera quien fuese, obtuviera un empleo, e incluso le regaló el oído comprometiéndose a buscar una esposa entre las hijas de alguna de las familias preeminentes que apoyaban al jerife Husayn.

Hassan habló con Jaled y Salah para explicarles la petición de Omar y les invitó a decidir cuál de los dos iría a unirse a los hombres del «guardián» de La Meca. Para sorpresa de Hassan, Jaled declinó el honor en su hermano Salah.

En una de sus idas y venidas, Salah llegó acompañado de un joven llamado Yusuf. Layla recibió al amigo de su hijo con una curiosidad que se transformó en amabilidad cuando supo que formaba parte de un grupo de jóvenes cercanos a los hijos del jerife. Ella pensaba como madre y, por tanto, le satisfacía conocer las importantes amistades de su hijo.

Venciendo su habitual desidia, Layla organizó una comida de bienvenida a la que invitó a Ahmed y a Dina. Quería presumir ante su cuñada de la relevancia que parecía haber adquirido su hijo.

Bastó una mirada entre Yusuf y Aya para que Dina pensara que aquel joven, moreno, de estatura mediana y fuerte como un roble, podría ser un buen marido para su hija. Aya tenía ya edad para casarse. Se sentía especialmente apegada a su hija, pero sabía que debía anteponer su obligación a sus sentimientos y ahora se presentaba una oportunidad para casarla bien.

Supieron por Salah que Yusuf era un hombre leal a la familia de Husayn ibn Alí y se rumoreaba que incluso en alguna ocasión había sido distinguido como portador de mensajes secretos del jerife al delegado británico en Egipto, sir Henry McMahon. Yusuf nunca se lo había confirmado a Salah, pero ¿qué otra cosa podía ir a hacer a El Cairo? Dina pensaba que, por lo que contaba su sobrino, un hombre con esa responsabilidad tenía sin duda un gran porvenir y ella soñaba con lo mejor para su hija.

Cuando en la penumbra de la noche le confió a Ahmed sus planes de matrimonio para Aya, su marido se sobresaltó. Aya, su querida Aya, era sólo una niña, pero Dina se mostró firme: ¿con quién mejor podían aspirar a casarla? Si emparentaban con alguna de las familias leales al jerife, quién sabe qué buen rumbo podrían tomar sus vidas.

Dina aseguró a Ahmed que Yusuf no dejaba de mirar a Aya, aunque lo hacía con respeto y discreción. Estaba segura de que si maniobraba con inteligencia, aquel joven terminaría pidiendo en matrimonio a su hija. Claro que necesitaría contar con la complicidad de Layla.

Ahmed sabía que Dina tenía razón pero no imaginaba la vida sin Aya, la pequeña Aya, que le regalaba una sonrisa todas las mañanas, que siempre se mostraba bien dispuesta para las tareas que le encomendaba su madre, y que tan cariñosa era con su abuela Zaida. ¿Por qué habría de casarse con un desconocido que se la llevaría lejos de Jerusalén? ¿Por qué no buscar un marido en la Ciudad Santa? Dina no respondía a sus preguntas y se dedicaba a comentar a Zaida sus planes para la siguiente visita de Yusuf.

Fue la abuela quien preguntó a su nieta qué opinaba de Yusuf y no pudo dejar de sonreír al ver que Aya se ponía colorada.

—Pero, abuela, ¡qué voy a opinar yo!

—Puedes decirme lo que piensas, no se lo diré a nadie.

—¡Uf, no me lo creo!, seguro que se lo dirás a mi madre. ¿Te ha pedido ella que me preguntes por él?

—Niña, sólo quiero saber qué piensas de ese joven y si tienes algún interés por él, si es así…

Aya salió corriendo sin responder a su abuela. No habría

sabido qué decir. Yusuf le había impresionado, sí, parecía tan seguro de sí mismo..., pero vivía tan lejos..., aunque no había podido evitar observarle de reojo prefería no pensar en él.

«¡Cuánto han cambiado nuestras vidas!», pensaba Ahmed. Aya en edad de casarse y en cuanto a Mohamed, Alá había querido que su sueño de ver convertido a su hijo en un hombre culto estuviera haciéndose realidad. Todos los sacrificios y sinsabores habían sido pocos para que Mohamed pudiera estudiar. Incluso había tenido que vencer las resistencias de su hijo, que al principio decía querer ser sólo un campesino como era él. Afortunadamente no se había dejado convencer y le había obligado a estudiar en la escuela de los ingleses para después enviarle a Constantinopla. Era una suerte que Hassan tuviera tantos amigos en aquella ciudad y que generosamente hubiesen acogido a su hijo. Ahora sabía que Mohamed regresaría convertido en abogado y él podría dar por cumplidos sus deseos.

Lo único que enturbiaba su vida era el distanciamiento con los habitantes de La Huerta de la Esperanza. Kassia y Marinna le evitaban, Jacob se mostraba distante y en cuanto a Louis, apenas le veía. Ariel, por su parte, se mostraba seco y cortés como siempre. Sólo Ruth, la esposa de Ariel, era amable con él, y sonriente. Con respecto a Igor, el hijo de ambos, parecía un muchacho sencillo y era un buen trabajador. Jeremías no hacía distingos y le trataba como a uno más en el trabajo. El joven no se quejaba y hacía como el que más.

La vida parecía haber vuelto a pararse sin que sucediera nada especial, salvo que en otra ocasión Yusuf había acompañado de nuevo a Salah, y Dina continuaba con sus planes casamenteros. No fue hasta finales de 1913 cuando Ariel le anunció que Samuel regresaba a La Huerta de la Esperanza.

—Llegará de un momento a otro. En su última carta nos avisaba de que se ponía en camino desde París para embarcar en Marsella.

—Pero ¿cuándo?, ¿en qué barco vendrá? —preguntó Ahmed, contento por el regreso de su amigo.

—No lo sabemos, de manera que no podremos ir a Jaffa a buscarle.

La bella Tel Aviv, que estaba cerca de Jaffa, era una ciudad judía, nacida en 1909. Los emigrantes judíos habían comprado los terrenos y la habían levantado con sus propias manos. Sesenta familias se habían empeñado en hacer de aquellos terrenos una ciudad, habían puesto en marcha escuelas y comercios y ellos solos gobernaban la ciudad.

Omar lo decía apesadumbrado: «Es una ciudad judía sólo para judíos». Era verdad. Aquellos hombres y mujeres laboriosos hablaban sin cesar del «retorno», lo que provocaba una inquietud creciente en los amigos de Ahmed.

Pero esa inquietud no enturbió en ningún momento el afecto sincero que Ahmed sentía por Samuel, al que había llegado a considerar un amigo, de manera que se sorprendía expectante pensando en su regreso para reanudar aquellas charlas sin prisas que solían mantener al caer la tarde.

La primavera de 1914 ya se había instalado en sus vidas y Ahmed aguardaba impaciente el momento en que se reencontraría con Samuel. ¿Entendería su amigo su decisión de separar a Mohamed de Marinna?»

7

El mundo se desploma

Marian suspiró. Se sentía extenuada. Ezequiel la observaba con interés. Habían terminado de almorzar aunque ella apenas había probado la ensalada y la rebanada de pan con *hummus*. Se daba cuenta de que entre el anciano y ella estaban encajando las piezas de unas vidas que se habían entremezclado sin proponérselo. ¿Eran tan diferentes los unos de los otros?, se preguntó en silencio, reprochándose el tono de su propio relato. No podía dejar ningún resquicio a la duda, ni mucho menos sentir simpatía por aquellos judíos que se habían instalado en Palestina reclamando una tierra que sentían como suya.

Es un ejercicio interesante el que estamos haciendo. Aunque la noto a disgusto —dijo Ezequiel al tiempo que sacaba de una petaca tabaco que cuidadosamente se puso a liar.

Marian se sentía fuera de la realidad hablando con Ezequiel, con el hijo de Samuel Zucker, el hombre que había entrelazado su vida con la de Ahmed Ziad.

—No, no estoy a disgusto, es que no es fácil recordar, me han contado tantas historias…

—Pero ésta es especial, ¿me equivoco?

—En realidad no esperaba que la conversación fuera por estos derroteros, no esperaba que usted me contara la vida de sus antepasados.

—Y usted a mí sobre los Ziad. Información por información.

—Es algo más que información.

—Sí, se trata de vidas..., de lo que fueron, de lo que pudieron ser. ¿Quiere una taza de café? ¿Un té?

—No, aunque si no le importa yo también fumaré un pitillo.

—¡Vaya!, no me la imaginaba fumando. Hoy en día está mal visto... pero a mi edad...

—Yo apenas fumo, sólo de vez en cuando.

—No sé si quiere que hablemos de algo más...

—Bueno, me gustaría saber más de su padre. ¿Por qué regresó a Palestina? ¿Por qué no se quedó en París con Irina?

—De manera que quiere que continuemos hablando...

—Ya que hemos llegado hasta aquí...

—De acuerdo, escuche, pues.

«Samuel llegó al puerto de Jaffa en mayo de 1914. Llevaba unas cuantas horas en cubierta aguardando el momento en que la costa palestina se hiciera visible. Mijaíl, a su lado, no paraba de hacerle preguntas. A Samuel le hubiera gustado disfrutar de aquel momento en soledad pero no podía pedirle al joven que guardara silencio. No había sido fácil lograr que confiara en él; además, el chico era extremadamente susceptible, más bien sensible.

—Mira, mira hacia el muelle... En mi primer viaje, desde la cubierta vi a Ahmed y a su familia. No sabía quiénes eran, claro, ni mucho menos que iba a conocerles.

—¿Crees que me entenderán? Apenas me has enseñado unas frases en árabe.

—Claro que te entenderán. Ahmed es un hombre inteligente y harás buenas migas con Mohamed, que tiene más o menos tu edad, aunque ahora está en Constantinopla estudiando leyes. Tengo ganas de verles. Te caerán bien, ya verás.

Uno de los oficiales del mercante pasó cerca de ellos y Mijaíl no pudo evitar preguntarle cuánto tardarían en atracar.

—Por lo menos una hora —respondió el oficial.

—Pero si estamos muy cerca —protestó Mijaíl.

El oficial no se molestó en responder ni pareció inmutarse por la impaciencia del joven.

—Espero que no te arrepientas de haber venido —le dijo Samuel.

—¿Te arrepientes tú de haberme traído?

—No, claro que no, pero éste no es el mejor lugar para un músico de tu talento. Jerusalén no es más que un gran pueblo.

—¡Cómo puedes decir eso! Es nuestra capital, la capital de nuestro reino.

—Ya te he dicho que te olvides de lo que has leído en la Biblia. Jerusalén es sólo una ciudad polvorienta que pertenece al imperio otomano y donde gentes de toda condición y de todos los lugares acuden buscando la huella de Dios. Te decepcionarás al verla, no encontrarás la belleza de París.

Mijaíl no respondió. No podía creer que Jerusalén no fuera la ciudad más hermosa del mundo. Desde que decidió acompañar a Samuel no había dejado de leer la Biblia y se había sentido fascinado por la descripción de la Ciudad Santa. Para Samuel fue un alivio que el chico se encerrara en sus propios pensamientos porque eso le permitía a él disfrutar del momento.

No le había resultado fácil dejar París. Ni decir adiós a Irina sabiendo que sería la separación definitiva.

Irina ya había dejado atrás la juventud pero continuaba siendo extraordinariamente bella, o al menos eso le parecía a él. Con el paso del tiempo se había vuelto más etérea. Estaba cerca de los cincuenta, pero seguía despertando admiración allá donde iba.

Al principio la convivencia no había sido sencilla. Mijaíl le rechazaba sin disimulo e Irina se mostraba amable pero interponiendo entre ambos una distancia infranqueable. Muchas noches se preguntaba qué hacía en aquel piso parisino viviendo con dos personas que nada tenían que ver con él. Poco a poco fueron acomodándose. Fue una suerte empezar a trabajar con monsieur Chevalier, el boticario amigo de Benedict Péretz. Había aprendido mucho de él, y sobre todo le había dado un sentido a su vida. Se obsesionó con el trabajo y el poco tiempo libre del que disponía lo dedicó a seguir estudiando. Había aprendido a hablar inglés con cierta fluidez y mejorado sus conocimientos del alemán, idioma que no le resultaba extraño gracias al yiddish.

Vecinos y amigos pensaban que Irina y él eran amantes y en ocasiones algún imprudente le felicitó por su suerte.

Se había incorporado a la rutina de Irina y Mijaíl. Desayunaban juntos apenas amanecía y después cada cual se dedicaba a sus quehaceres. Mijaíl pasaba horas ensayando, e Irina había conseguido que el antiguo taller de su abuelo, y luego de Marie, fuera una floristería de gran éxito. Ella vivía dedicada a sus flores, Mijaíl ensimismado en su música y él había encontrado refugio entre los libros y las fórmulas para elaborar remedios. No volvían a verse hasta la hora de la cena y la conversación era inocua. No tenían demasiado que decirse. Mijaíl solía ayudar a Irina a recoger los platos y él, desde el salón, les escuchaba reírse y compartir confidencias. Estaba en su casa, sí, pero él era el extraño. Le había prometido a Marie que hablaría con Irina pero no encontraba el momento, o acaso no quería engañarse dada la indiferencia con que le trataba.

Conoció a algunas mujeres, e incluso una le llegó a interesar, pero no lo suficiente como para pedirle matrimonio. Se decía a sí mismo que debía hablar con Irina o tomar la decisión de regresar a Palestina. Pero inmediatamente despachaba esa intención disfrutando del colchón mullido de su cama, de la sobria elegancia de la casa y, sobre todo, del bullicio y la vida de París.

La Huerta de la Esperanza era un lugar inhóspito donde cada cosecha de olivas era fruto de un trabajo que no terminaba nunca. Aún recordaba el dolor de brazos de tanto varear las ramas de los olivos, o los pinchazos en los riñones tras las interminables jornadas en el campo, o el miedo a que el granizo arruinara la cosecha. No, no echaba de menos aquella falta de intimidad en La Huerta de la Esperanza, donde su catre estaba entre el de Louis y el de Ariel. Si acaso extrañaba algo eran las largas conversaciones con Ahmed Ziad. Apreciaba sinceramente a aquel hombre honrado y sencillo cuya palabra era ley. Muchas noches se dormía pensando en que junto a los habitantes de La Huerta de la Esperanza había construido una familia y que a su manera le habían manifestado más aprecio del que recibía de Irina y Mijaíl.

¿Cómo había dejado pasar los años sin atreverse a hablar con Irina? Ni él mismo podía responder a esa pregunta. Y si al final tuvo valor para hacerlo fue porque la sorprendió sonriendo a otro hombre.

Ocurrió una tarde de finales octubre de 1913. Samuel volvió más pronto que de costumbre a casa y en vez de dirigirse directamente al piso entró por la tienda. Irina reía como nunca la había visto reír y a su lado estaba monsieur Beauvoir, un caballero alto y distinguido al que tenían como vecino. Aquel hombre vivía con sus padres ya ancianos a los que, según comentaban los vecinos, cuidaba con gran devoción. Le sorprendió que tanto Irina como monsieur Beauvoir parecieran incómodos con su inopinada presencia.

—Ya estás aquí, ¿te sientes mejor? —le dijo ella.

—Sí... bueno, en realidad no estoy mejor, creo que tengo fiebre.

—Mejor será que subas y descanses un rato, y si quieres te preparo unas hierbas.

—No, no es necesario. Voy a descansar, nos veremos en la cena.

Irina guardó silencio y luego le clavó el azul de su mirada.

—Si no me necesitas, esta noche voy a cenar fuera. Monsieur Beauvoir ha tenido la amabilidad de invitarme...

Monsieur Beauvoir inclinó la cabeza en un gesto de cortesía e intercambiaron un par de comentarios intrascendentes sobre la gripe antes de que Samuel encontrara refugio en su habitación. Si a él le había sorprendido que Irina saliera a cenar con un hombre, a Mijaíl le provocó una gran desazón verla vestida con elegancia dispuesta a salir.

—Pero ¿cómo que vas a salir a cenar? Y con monsieur Beauvoir. ¡Por Dios, si todo el mundo habla de él!

—¿Qué hablan? ¿Qué tiene nadie que hablar de monsieur

Beauvoir? Es todo un caballero que nunca ha dado ningún motivo para que se hable mal de él.

—Bien sabes lo que se dice de él. ¡Vamos, no te hagas la tonta! Sabes que le han visto con un chico joven en una actitud demasiado amigable.

—¿Cómo te atreves a repetir esos comentarios calumniosos? Monsieur Beauvoir es un caballero intachable.

—Que está soltero.

—¿Y qué? Yo también estoy soltera, y Samuel también lo está.

—Ya, pero Samuel… bueno, es diferente, él no… Además, a Samuel le han visto con mujeres, nunca paseando tiernamente en compañía de chicos jóvenes.

Samuel asistió a la pelea asombrado de lo que estaba escuchando. En realidad nunca había prestado atención a monsieur Beauvoir, con el que se cruzaba en el portal y al que en alguna ocasión había visto comprar flores en la tienda. Le parecía educado, acaso demasiado remilgado y un punto amanerado, pero había hombres que eran así a fuerza de ser presumidos.

—Mijaíl, no debes entrometerte en las decisiones de Irina —dijo Samuel, intentando mediar.

Mijaíl se volvió hacia él furioso.

—¿Y a ti qué te importa lo que yo haga? Irina es… es como si fuera mi madre, y no quiero verla con cualquiera.

—Monsieur Beauvoir no es cualquiera, Mijaíl. Es un abogado, un caballero recibido por lo mejor de la sociedad. Y ahora me voy, ya hablaremos mañana —respondió Irina, y salió sin mirar a ninguno de los dos.

Mijaíl se encerró en su cuarto y cuando Samuel le llamó para cenar, entreabrió la puerta para decir que no tenía hambre y que prefería estar solo.

—Vamos, Mijaíl, no seas niño. ¿Qué tiene de malo que Irina vaya a cenar con monsieur Beauvoir? Es nuestro vecino y es un caballero, le conoces desde que llegamos a París.

—Tú también le conoces. ¿Te parece normal?

—¿Normal? No sé a qué te refieres. Yo no le he tratado mucho, pero mi abuelo tenía buena relación con sus padres y con él mismo, son personas de bien. El padre de monsieur Beauvoir también ejerció como abogado y su madre siempre me pareció una mujer muy atenta. En cuanto a él, no tengo ninguna queja.

—¡Pero no te das cuenta de lo afeminado que es!

—No, no me doy cuenta, y en todo caso eso no es algo que deba importarnos a los demás. No deberías juzgar a las personas por las apariencias, lo más seguro es que estés cometiendo un error.

—No puedo hablar contigo, no me entiendes. —Mijaíl cerró la puerta.

Samuel casi agradeció no tener que cenar en su compañía. Le dolía la cabeza, tenía fiebre y lo único que deseaba era estar en la cama. Además, aunque no lo había querido reconocer ante Mijaíl, él también se sentía inquieto por la cita de Irina. Se preguntaba cómo era posible que no se hubiera dado cuenta de que Irina y monsieur Beauvoir eran tan buenos amigos como para cenar juntos. No se durmió hasta pasadas las diez, cuando escuchó los pasos de Irina.

Los días siguientes volvió a encontrarse con monsieur Beauvoir en la floristería. E Irina salió a pasear con él un par de veces. Cuando llegó el fin de semana les dijo que la habían invitado a almorzar en casa de los Beauvoir, y aunque Samuel no dijo nada, le sorprendió verla nerviosa por la cita. Le preguntó varias veces su opinión sobre cómo debía vestirse y si era adecuado lucir alguna de las joyas heredadas de Marie.

«Parece una novia», pensó Samuel, y ese pensamiento le sobrecogió. De repente le pareció entender lo que estaba pasando.

Poco a poco monsieur Beauvoir ganó mayor presencia en sus vidas, aunque Irina nunca le invitó a traspasar el umbral de la vivienda y la mayoría de los encuentros tenían lugar en la floristería. En el barrio comenzaron a murmurar. Irina paseaba del brazo de su caballero y a ambos se les veía contentos.

Mijaíl se mostraba cada vez más desagradable con monsieur Beauvoir, al que apenas saludaba. Una tarde regresó despeinado, con la chaqueta desgarrada y un moratón en un ojo.

—Dios mío, pero ¿qué te ha pasado? —gritó Irina al verle.

Mijaíl la miró con rabia antes de responder:

—Esto es por tu culpa.

Ella no contestó y salió del salón en busca del botiquín.

—No tienes derecho a hablarle así —le dijo Samuel, enfadado por la actitud del joven.

—Cuando pasaba delante de la panadería he escuchado al panadero comentar con otro hombre que Irina es de armas tomar: «Esa mujer no tiene decoro, vive con un hombre y se pasea con otro ante sus narices. Pobre monsieur Zucker, tener que soportar esa humillación».

Samuel se sintió incómodo por lo que le acababa de contar Mijaíl. Sí, él sabía que todos murmuraban que Irina y él eran amantes, porque no podían entender que el destino les hubiera unido sin ellos pretenderlo, como tampoco entendían que se relacionaran como si fueran hermanos. De manera que quienes les creían amantes ahora se compadecían de él; sólo de pensarlo le provocó un sentimiento de humillación y de rabia. Hablaría con Irina, esta vez sería él quien le exigiría que se comportase.

Pero pasaron varios días sin que le dijera nada, viendo que Mijaíl apenas le hablaba. No encontró el valor suficiente hasta una tarde en que Mijaíl había avisado de que se retrasaría porque tenía que ensayar en casa de su maestro, monsieur Bonnet.

Irina estaba ensimismada con el libro de cuentas de la floristería, y Samuel parecía enfrascado en la lectura, pero en realidad no dejaba de decirse que había llegado el momento de que ambos hablaran con sinceridad.

—Irina...

—¿Sí? —respondió ella sin prestarle mucha atención.

—Tenemos que hablar.

—Sí, bueno... dime, ¿qué quieres? —Había levantado la cabeza y ahora sí le miraba con atención.

—Hace mucho tiempo que debíamos haber hablado. Marie me insistió en que tenía que ser sincero contigo, pero nunca me he atrevido.

Ella se quedó en silencio, a la espera de que él continuara.

—Quiero casarme contigo —dijo él de repente, y vio cómo la incomodidad afloraba en el rostro de Irina.

—Pero, Samuel, nosotros somos amigos, en realidad eres mi amigo más querido, el hermano que no he tenido. Yo te quiero, sí, te quiero de verdad, pero no estoy enamorada de ti. No hace falta que te lo diga, siempre lo has sabido.

—Sí, siempre lo he sabido pero le prometí a Marie que lo intentaría —musitó sintiéndose avergonzado y humillado.

Irina se acercó a él y le cogió la mano.

—Lo siento, Samuel, me hubiera gustado poder quererte como mereces, pero...

—Pero no puedes y te has enamorado de monsieur Beauvoir.

—¿De monsieur Beauvoir? ¡Qué tontería!

—¿Tontería? Salís juntos, y pareces muy feliz a su lado. Nunca te he visto reír salvo cuando estás con él. No intentes negar lo que los demás vemos.

—No, no te engaño, Samuel, y... tienes razón, hace tiempo que debíamos haber hablado, yo... no he sido justa contigo, me he portado de una manera egoísta. Lo siento.

—Te escucho —dijo, y sintió un temblor cuando ella se sentó a su lado, tan cerca que podía sentir su respiración.

—Nunca seré de ningún hombre, de ninguno, Samuel. No puedo querer a ninguno salvo con un afecto fraternal. Tengo mis razones, pero no me preguntes, son cosas que sólo me pertenecen a mí. Si me hubiese podido enamorar de algún hombre quizá lo habría hecho de Yuri, el padre de Mijaíl, pero ni aun así habría tenido ninguna relación con él. Por ti nunca he sentido nada que no fuera un afecto fraternal. Sé que te hago daño al decírtelo, y si tú no te hubieras empeñado en tener esta conversación jamás te lo habría confesado. Has sido un amigo generoso y leal y yo me he aprovechado de tu generosidad, lo sé. Siempre he sabido que estabas enamorado de mí, nunca te di esperanzas, pero aun así me he beneficiado de tu amor. Me trajiste a París, con Marie me diste una nueva familia, me has permitido disfrutar de esta casa, tener mi propia tienda, y nunca, nunca me has pedido nada. ¿Sabes?, siempre he sabido que este momento llegaría y que las cosas cambiarían entre los dos, que no habría vuelta atrás.

—¿Qué quieres decir con eso?

—Tú no puedes aguardar eternamente a que yo te dé una respuesta que siempre has sabido cuál sería. Y yo sabía que el día en que me preguntaras si quería casarme contigo, como lo has hecho hoy, acabaría diciéndote que no y tendríamos que separarnos para siempre. Por eso he querido estar preparada. ¿Crees que no sé que Marie quería que nos casáramos? Y… es mejor que te lo diga, Samuel: voy a casarme, sí, voy a casarme con monsieur Beauvoir. Estaba esperando a que poco a poco Mijaíl le aceptara, pero le acepte o no, me casaré con él.

Samuel se sintió mareado. Cada palabra de Irina le hería más que la anterior. Pero ella hablaba y hablaba ignorando el dolor que provocaba.

—No te comprendo —acertó a decir Samuel.

—Ya te lo he dicho: nunca perteneceré a ningún hombre, nunca tendré una relación íntima con ningún hombre. Por eso me casaré con monsieur Beauvoir. Es un matrimonio que nos conviene a los dos. Ambos necesitamos la respetabilidad que proporciona el matrimonio pero no viviremos como marido y mujer. Yo le acompañaré a donde sea necesario, me comportaré como una buena esposa. Él me proporcionará seguridad y se comportará como lo que es, un caballero respetable.

—Yo podría darte esa respetabilidad que buscas…

—Mi egoísmo no llega a tanto, Samuel. Seguramente podría haber jugado con tus sentimientos casándome contigo y luego negándome a cualquier relación matrimonial, pero no me lo habría perdonado. Te tengo un afecto sincero y sé que puedes ser feliz con otra mujer. Mereces casarte y tener hijos. Aún no es demasiado tarde. De mí nadie espera que pueda tener hijos dada mi edad, pero tú eres un hombre, Samuel, y los hombres podéis ser padres a cualquier edad.

—No entiendo nada… no puedo entenderte… no sé lo que

me estás diciendo... —Samuel se sentía al borde de la náusea.

—Claro que lo entiendes. Hemos llegado juntos hasta aquí, yo debería haber sido sincera contigo hace mucho tiempo pero ya te lo he dicho, soy egoísta. Era muy joven cuando me robaron mi vida, y te seré sincera, no creía que la recuperaría, pero tú me la devolviste. Te debo que me salvaras de la Ojrana, que me trajeras a París, que le pidieras a Marie que nos cuidara. Te debo mi tranquilidad y... sí, creo que lo que he sentido estos años ha sido lo más parecido a la felicidad.

—¿Y Rusia? ¿Nunca has añorado nuestra patria?

—Al principio sí... Si no hubiera sido por Marie no me habría sido posible vivir aquí. Pero ahora no viviría en ningún otro lugar que no fuera París. Ahora ésta es mi patria, no quiero ni añoro otra.

—¿Y Mijaíl?

—Ya no es un niño y pronto emprenderá su propia vida. Le quiero como a un hijo, pero no cederé en lo que se refiere a monsieur Beauvoir. Me casaré con él.

—¿Y si no le acepta?

Irina se encogió de hombros. El amor a los demás limitaba con ella misma, nunca podría dar nada de lo que ella carecía. Samuel no lo había comprendido hasta aquel momento.

—¿Cuándo será la boda?

—Dentro de tres semanas. Monsieur Beauvoir me apremia, sus padres son muy ancianos y desean verle casado.

—Ya está todo dicho, de manera que... me iré.

—¿Adónde? —Por su tono de voz notó que en realidad no sentía verdadero interés por lo que fuera a ser de él.

—Puede que a Palestina.

—Entonces... quizá quieras venderme esta casa...

—No, no te la venderé —respondió con rabia.

—Pero si regresas a Palestina...

—En esta casa nació mi madre, y yo mismo pasé buenos momentos en mi infancia. Ni siquiera se la vendí a Marie. Es lo único que me queda de mi familia. No, ni ahora ni nunca estará en venta.

—Monsieur Beauvoir estará dispuesto a pagar lo que le pidas.

—Cerraré la casa, salvo que Mijaíl quiera quedarse a vivir en ella. Naturalmente, tú vivirás en casa de tu marido.

—Sí, es lo que hemos hablado. Tiene espacio de sobra. Tendré mi propio dormitorio con un pequeño salón. Aunque me hubiera gustado tener un lugar para mí sola... ¿Y la floristería? ¿Podrías venderme la tienda?

—Me pagarás un alquiler por la tienda, pero tampoco te la venderé.

Irina no insistió. Durante aquella hora Samuel había dejado de ser el hombre que la amaba; ahora sólo quería alejarse de ella, olvidarla para siempre. Continuaron hablando de algunos detalles y sobre todo del futuro de Mijaíl. Llegaron a un acuerdo respecto al alquiler de la tienda, y Samuel le dijo que buscaría a unos obreros para que tapiaran la puerta que comunicaba la floristería con la vivienda. Rubricarían el acuerdo ante un notario.

—No hace falta ir al notario, yo cumpliré con mi parte del compromiso —dijo Irina, molesta.

—Lo siento, pero lo haremos a mi manera o no te alquilaré la tienda.

Sólo quedaba hablar con Mijaíl. Irina le pidió que le ayudara a hacer entrar en razón al joven, pero Samuel se negó.

—Es un asunto vuestro. Yo ayudaré al chico si me lo pide, pero no intervendré ni le diré lo que debe hacer.

Y así fue. Al día siguiente, aprovechando que Samuel no estaba en casa, Irina habló con Mijaíl. La conversación resultó más áspera de lo que imaginaba. El joven la escuchaba en silencio pero sin poder reprimir el dolor que iba aflorando en su rostro, hasta que rompió a llorar.

—¿Por qué me haces esto?¿Por qué?

—Mijaíl, querido, ya te lo he dicho, nada va a cambiar. Monsieur Beauvoir sabe lo importante que eres para mí y está dispuesto a tratarte como a un hijo. En su casa hay espacio de sobra para que te sientas cómodo, ya conoces a sus padres, son amables y discretos, no se meterán en nada. Pero si no quieres vivir con nosotros, Samuel no tiene inconveniente en que continúes viviendo en esta casa. En realidad seguiríamos juntos, sólo nos separaría un tabique, y yo continuaría ocupándome de ti. Aunque lo mejor sería que te trasladaras a nuestra casa.

—¡Cállate! —Mijaíl gritaba con el rostro arrasado por las lágrimas.

Irina intentó abrazarle pero él no se lo permitió. Era la única madre que había conocido, su único lazo con los recuerdos de su padre, de su Rusia natal. Porque él no había olvidado. Algunas noches las pesadillas le despertaban. Soñaba que intentaba acercarse a su padre pero que él caminaba y nunca le alcanzaba, y entonces empezaba a sentir un frío que se le pegaba a los huesos. Cuando era pequeño y se despertaba gritando, Irina acudía de inmediato y le apretaba entre sus brazos. Lo mismo hacía Marie. Las dos mujeres se turnaban noche tras noche, atentas a sus gritos.

—Mijaíl, eres la persona a la que más quiero en el mundo y necesito que comprendas por qué voy a casarme —le dijo rindiéndose ante las lágrimas del chico.

—Dices que te casas para estar más segura y no tener preocupaciones nunca más. De repente te importa la respetabilidad, lo que puedan pensar de ti los demás. ¡No me lo creo!

—Pues debes creerme. Tengo una edad en la que es mejor no estar sola, necesito un respaldo...

—¿Es que no confías en mí? ¿Crees que yo te abandonaría? Dices que soy como tu hijo, entonces ¿qué clase de hijo crees que soy cuando necesitas buscar seguridad en otra parte?

—Tienes que vivir, no sería justo que tuvieras que ocuparte de mí. Te estás convirtiendo en un músico talentoso, con una gran carrera por delante. No, no es en mí en quien debes pensar y mucho menos ocuparte. Algún día te casarás... Hemos hecho un largo camino juntos, Mijaíl, pero ya tienes edad de emprender un camino propio, sin ataduras, sin responsabilidades.

—De acuerdo, entonces me iré... sí, no me quedaré aquí...

—Pero ¿qué tontería es ésa? —protestó Irina, asustada por el estado emocional del chico.

—No, no voy a vivir de la caridad de Samuel ni de monsieur Beauvoir. Tú lo has dicho: tengo la música, podré vivir.

—Eso no es necesario, no tenemos por qué separarnos...

—Lo has decidido tú, Irina. —Se levantó y, salió del salón.

Aquella noche cenaron en silencio. Cada uno ensimismado en sus propios pensamientos. Al final de la cena, Samuel les comunicó sus planes inmediatos.

—Esta tarde he anunciado en el laboratorio que voy a emprender un largo viaje y que no sé cuándo regresaré. Me han pedido que les dé un tiempo para sustituirme. No creo que tarden mucho en hacerlo. Mientras tanto, iré poniendo en orden mis asuntos de aquí. Mañana me pasaré por el notario para arreglar lo del alquiler de la floristería.

—¿Y yo? ¿Qué ocurre conmigo? ¿Te importa acaso lo que va a ser de mí? —La voz de Mijaíl era un reproche.

—De ti será lo que tú quieras que sea. Sabes que cuentas conmigo lo mismo que con Irina, y que los dos estamos dispuestos a hacer lo mejor para ti.

—¿De verdad? Yo no lo veo así... Irina ha decidido casarse pensando en su propio interés, y tú te vas otra vez a Palestina. Dime, ¿cuál de los dos ha pensado en mí?

—¿Qué quieres hacer, Mijaíl? —preguntó Samuel muy serio.

—Quiere irse, pero es una locura... Quiere ponerse a trabajar... y no tiene por qué... —dijo Irina.

—¿Irte? ¿Por qué? Aún tienes que terminar tus estudios, ya eres un buen músico, pero lo serás mucho más. No tienes ninguna necesidad de trabajar.

—Ya lo hago, ¿no? Te recuerdo que ya he actuado en algunos conciertos y que las críticas siempre me han sido favorables.

—Sí, un niño prodigio, un adolescente prodigio, un joven prodigio, sólo te falta convertirte en un músico prodigio —respondió Samuel.

Irina se disculpó y se fue a su cuarto. La actitud de Mijaíl la estaba afectando de tal manera que dudaba incluso de si tenía derecho a hacer sufrir al chico.

Samuel y Mijaíl se quedaron solos y durante unos minutos volvieron a guardar silencio. Luego Samuel se levantó y cuando iba a salir del comedor escuchó a Mijaíl decirle muy bajo:

—¿Puedo ir contigo a Palestina?

Samuel le miró fijamente y sin pensarlo le respondió:

—Sí, ¿por qué no?

Y allí estaban, en la cubierta del barco observando las maniobras de atraque. Mijaíl ansioso por dejar el barco y descubrir aquella tierra de la que tenía conocimiento por la Biblia; Samuel preguntándose si sería capaz de volver a incorporarse a la vida sencilla de La Huerta de la Esperanza.

Bajaron del barco cerca del mediodía cuando el sol había caldeado el aire y apenas quedaban restos de brisa.

Fueron abriéndose paso entre la gente y por un momento Samuel se sintió confundido, tal era el cambio que se había producido. Encontró a un campesino árabe que accedió a acercarles a Tel Aviv en su carro, aquella ciudad nueva que se dibujaba junto a Jaffa y en la que vivían sólo emigrantes judíos.

—Nos quedaremos una noche, tengo curiosidad por conocerla.

Buscaron acomodo en un modesto hotel desde el que se divisaba el mar, y sin darse tregua para el descanso salieron a descubrir la ciudad. Anduvieron sin rumbo fijo mirándolo todo con curiosidad. A Samuel le emocionó ver algunas hileras de casas, sencillas y pequeñas con minúsculos jardines muy cuidados.

—Mira, mira... —le decía con admiración a Mijaíl, que miraba hacia aquellas casas sin encontrar nada extraordinario.

La ciudad tenía escuelas, comercios, cafés y muchas calles sin empedrar.

—¿Qué te parece? —le preguntó Samuel.

—Pues que es como un pueblo destartalado; si no fuera por lo cerca que está el mar, sería un pueblo feo —respondió el muchacho con toda sinceridad.

—Pero ¡qué dices! Cuando yo me fui de aquí no había nada

y ahora me encuentro con una ciudad. Mira... mira hacia allí... ¿Es que no te das cuenta?

Pero Mijaíl no lograba entusiasmarse y no dejaba de preocuparle que donde él sólo veía un pueblo grande, Samuel viera una ciudad. No se lo dijo, pero Tel Aviv no le gustaba, no encontraba ningún atractivo en aquellas casas modestas, tan modestas como parecían las gentes que andaban de un lado para otro.

—¿Aquí todos son obreros? —preguntó a Samuel.

—¿Obreros? No, claro que no, hay de todo: profesores, músicos, médicos, abogados... ¡Qué pregunta más extraña!

—Lo digo por cómo van vestidos... No sé... parecen todos obreros.

Samuel le explicó una vez más que los judíos de Palestina estaban construyendo una sociedad sin clases, que allí no se desdeñaba ningún trabajo por humilde que fuese, y que daba lo mismo que uno fuera abogado o agricultor porque todos vivían volcados en la tierra y no tenían tiempo para convencionalismos sociales.

Después de una larga caminata se sentaron en un café que parecía muy animado. Samuel se entretuvo escuchando los retazos de conversaciones de quienes se sentaban a su alrededor, y aunque Mijaíl le dijo que estaba cansado aún tardaron un buen rato en regresar al hotel.

—Aquí todos hablan hebreo —comentó sorprendido Mijaíl.

—Bueno, ése ha sido un empeño de todos los que hemos emigrado, que la lengua de nuestros antepasados vuelva a ser la lengua común.

—Menos mal que Marie se empeñó en que estudiara hebreo con el rabino, porque si no no podría entenderme con nadie.

—Más urgente es que domines el árabe, de lo contrario no podrás hablar con nuestros vecinos.

Desde el día en que Mijaíl le pidió a Samuel que le permitiera acompañarle a Palestina, éste se había ocupado de que el chico recibiera lecciones de árabe. El aprendizaje había sido intensivo pero insuficiente para desesperación de Mijaíl, que se empeñó en que durante la travesía a Jerusalén Samuel continuara enseñándole.

Al día siguiente, y con la ayuda del dueño del hotel, encontraron quien les trasladara a Jerusalén. Mijaíl, impaciente por saber, no dejó de hablar durante todo el viaje. Cuando llegaron a Jerusalén, Samuel se sorprendió por la emoción que sentía. Pasaron ante la Puerta de Damasco y tuvo que retener a Mijaíl, ansioso como estaba por sumergirse en la Ciudad Vieja.

—Aguarda hasta mañana, antes tenemos que llegar a casa.

Estaba a punto de caer la tarde cuando Samuel empezó a agitar los brazos señalando hacia el frente para indicarle a Mijaíl La Huerta de la Esperanza.

—¡Mira, mira, es allí!

Mijaíl no vio nada más que un terreno preñado de olivos y más allá de los olivos algunas higueras y naranjos. La cerca era una hilera de bloques de piedra de poco más de un metro de altura y a lo lejos lo que parecían dos construcciones sencillas, apenas unas cabañas. No entendía el entusiasmo de Samuel, él había esperado que La Huerta de la Esperanza fuera algo más.

Samuel se bajó del carro, quería llegar andando hasta la puerta del que había sido su improvisado hogar. Necesitaba unos minutos de soledad para reconocer el paisaje, los olores, la luz del ocaso, pero Mijaíl se plantó a su lado sin decir nada, respetando el silencio que Samuel anhelaba.

—¡Samuel! —El grito de Kassia alertó a todos los habitantes de La Huerta de la Esperanza.

La mujer corrió hacia ellos y, sin darle tiempo a decir nada, abrazó a Samuel.

—¡Has vuelto! ¡Has vuelto!

Kassia y Samuel lloraban y reían a la vez hablando atropelladamente. Samuel le preguntaba por Jacob, por Marinna, por Ahmed y Dina, por todos los amigos a los que de repente se daba cuenta de que había echado de menos, más de lo que suponía. Ninguno de los dos prestaba atención a Mijaíl, que, atónito, observaba la escena.

Una muchacha más o menos de su edad corría hacia ellos. Le pareció bellísima. Gritaba el nombre de Samuel y pudo ver que lloraba.

Marinna se unió al abrazo de su madre y de Samuel y tampoco pudo contener las lágrimas. Detrás de ella, Jacob y Ariel seguidos por Ruth y su hijo Igor.

Hablaban todos a la vez, queriendo llenar con las palabras los años de ausencia. Ruth e Igor observaban sonrientes la escena a la espera de que en algún momento Ariel les presentara. Mientras tanto, Igor se acercó a Mijaíl y le tendió la mano.

—Soy Igor, el hijo de Ariel.

—Yo soy Mijaíl.

Le presentó a su madre. Ruth se dio cuenta de que aquel joven se sentía confundido, ajeno a aquella alegría, de manera que les interrumpió.

—Bueno, ¿no deberíais presentarnos? Yo soy Ruth, la esposa de Ariel, y éste es nuestro hijo Igor. Este joven ya nos ha dicho que se llama Mijaíl...

Se dirigieron a la casa entre risas y abrazos. Jacob no dejaba de preguntar y Ariel le interrumpía intentando poner a Samuel al corriente de todo lo sucedido desde su marcha; mientras tanto, Kassia les conminaba a sentarse para cenar.

—Si hubiéramos sabido que llegabais hoy habríamos preparado algo especial. No sabes la suerte que tenemos de contar con Ruth, es una gran cocinera, desde que está aquí todos hemos engordado.

—Samuel creerá que los demás no cocinamos. Ya sabes que en La Huerta de la Esperanza todos hacemos de todo. Kassia no nos permitiría lo contrario —dijo Ariel riendo.

—Si yo puedo varear un olivo, no sé por qué tú no vas a poder hacer sopa —respondió Kassia con una enorme sonrisa.

—¿Y Louis? ¿Dónde está Louis? —quiso saber Samuel.

—¡Ah, Louis! Nuestro amigo está dedicado en cuerpo y

alma a la política. Va de un lado a otro intentando organizar el Poalei-Sion, escribe artículos en un periódico en hebreo, el *Ahdout* —respondió Jacob.

—¿En hebreo?

—Sí, no es que el periódico tenga una gran tirada, apenas unos cientos de ejemplares.

—Pero ¿no sería mejor que se publicara en yiddish? —preguntó Samuel.

—Eso pensamos todos, pero no Ben Gurion, ya sabrás de él. Es todo un personaje, Louis siente por él una gran admiración —afirmó Kassia.

—Sí, creo que antes de irme ya había oído algo sobre él. De manera que Louis ya no está en La Huerta de la Esperanza... Me gustaría tanto verle...

—Y le verás, va y viene, éste continúa siendo su hogar. Sólo que de vez en cuando se marcha y tarda meses en regresar. Además tiene obligaciones con el Hashomer —apuntó Kassia.

Sus amigos le explicaron que el Hashomer, el Vigilante, era un grupo judío de autodefensa.

—Sí, antes de irme a París ya se hablaba de que en el norte los colonos se organizaban para defender sus granjas...

Pero el Hashomer, para sorpresa de Samuel, era algo más. Jacob se puso serio para contárselo.

—Los «vigilantes» se han hecho con fusiles, visten como los beduinos y protegen las aldeas del norte. Louis dice que es la mejor solución; hasta ahora las colonias tenían que contratar a guardias que les defendieran de los ladrones, pero es mejor que lo hagamos nosotros mismos.

—¿Y qué hacen las autoridades? —quiso saber Samuel.

—Lo consienten. Hashomer tiene sus propios jefes, sus propias reglas... Se han ganado el respeto de los beduinos. No imaginaban que los judíos fuéramos capaces de defendernos —continuó explicando Jacob.

—Deberíamos avisar a Ahmed y a Dina. También a ellos les he echado de menos. Voy a acercarme a su casa y vuelvo con ellos.

Se hizo el silencio y Samuel se sobresaltó. Vio a Kassia bajar la cabeza incómoda y en el rostro de Marinna una mueca de dolor. El gesto de Jacob se le antojó sombrío, y Ariel y Ruth se miraron preocupados.

—¿Qué sucede? ¿No estará Ahmed enfermo?

—No, no es eso... Últimamente no nos vemos tanto —acertó a decir Jacob.

—¿Cómo es posible? Su casa está a menos de doscientos metros y tiene que pasar junto a nuestra cerca cuando llega del trabajo... ¿Qué ha ocurrido? —preguntó alarmado.

Todos hablaron a la vez pero ninguno fue capaz de explicar lo sucedido. Marinna les pidió que la dejaran hablar.

—Ahmed no permite que Mohamed y yo... Sabes que siempre fuimos amigos y que... bueno, estábamos enamorados y Ahmed exigió a Mohamed que cortara la relación. O yo me convierto a su religión o no hay nada que hacer.

—¿Y Mohamed? —El tono de voz de Samuel era de tristeza.

—No ha sido capaz de negarse a los deseos de su padre. Ya sabes que entre los árabes es impensable que un hijo no acate las decisiones de su padre. Ahmed le ha mandado a Constantinopla; antes de irse vino a verme, hablamos, lloramos, pero todo ha terminado entre nosotros. Desde entonces nos sentimos incómodos con él y él con nosotros.

Marinna había descrito la situación con sinceridad y sin adornos. Mijaíl la examinó de reojo. Aunque Samuel le había hablado de ella asegurándole que era una joven muy bella, no hubiera imaginado que lo fuera tanto. Pero era verdad. Marinna tenía una belleza difícil de ignorar, así que pensó que el tal Mohamed era un estúpido por abandonarla.

—No hemos dejado de tratar con Ahmed, incluso mi hijo Igor va con él todos los días a la cantera. Seguimos comportándonos como buenos vecinos —intentó tranquilizarle Ariel viendo cómo la preocupación se reflejaba en el rostro de Samuel.

—Lo siento, Marinna, lo siento de verdad, sé lo importante que Mohamed ha sido para ti. Pero aun así, debo ir a verle. Lo contrario sería una descortesía que él tomaría como ofensa. Ya sabéis lo que opino, debemos entendernos con nuestros vecinos, compartimos la misma tierra, los mismos problemas.

—Tienes que ir a verle e invitarle a compartir esta fiesta de bienvenida. No te preocupes por mí, ya estoy mejor. Al principio... bueno, pensé que no soportaría tanto dolor, incluso pedí a mis padres que me enviaran de vuelta a Rusia. Prefería vivir en la miseria de allí, sin futuro, sin esperanza, que continuar aquí. Pero ya me he resignado. Samuel, debes ir.

Samuel la abrazó agradecido. Quería a Marinna, la había conocido siendo una niña, cuando se fue era una adolescente alegre y ahora toda una mujer. Y en ese momento la quería aún mucho más por su sinceridad y generosidad.

—Pero no volveré con él salvo que tú me asegures que estarás con nosotros. Por nada del mundo quiero que sufras —afirmó Samuel.

—No querrá venir, tampoco Dina, pero si vienen te aseguro que me quedaré. No voy a perderme tu fiesta de bienvenida —respondió haciendo un esfuerzo por sonreír.

Samuel salió apesadumbrado. Sentía el dolor de Marinna. Caminó deprisa y mientras se acercaba vio a Ahmed fumando en el umbral de su casa. Parecía abstraído disfrutando del olor de la flor de los naranjos y de la suave brisa del ocaso. Cuando le vio gritó su nombre con alegría dirigiéndose hacia él para abrazarle.

—¡Samuel! Que Alá te bendiga y bendiga este día en el que te ha devuelto a nosotros.

Los dos hombres se fundieron en un abrazo sincero.

—Has envejecido, amigo mío —afirmó Ahmed mientras le palmoteaba la espalda.

—Y tú también. ¿Crees que no me doy cuenta de que ahora tienes el cabello gris? Me alegro tanto de verte. ¿Y Dina y vuestros hijos? ¿Y Zaida? Tengo ganas de verlos a todos...

Ahmed le invitó a entrar en su casa y allí fue recibido con

gritos de alegría de su suegra y su esposa. Zaida insistió en que tomara un zumo de granada y Dina reía complacida por el reencuentro, mientras que Aya, ya convertida en una jovencita, miraba la escena con timidez.

—¡Ya eres una mujer! ¿Cuántos años tienes? ¿Veinte? Eres un poco más pequeña que Marinna, ¿no? Y continúas tan preciosa como siempre —le dijo Samuel a pesar del sonrojo de Aya.

Dina se empeñó en que probara un pastel de pistachos que acababa de hacer.

—Se me ocurre algo mejor, vendréis conmigo a La Huerta de la Esperanza. Nada me gustaría más que celebrar todos juntos este momento. Además, quiero que conozcáis a Mijaíl. Está deseando veros. Sabe lo importante que sois para mí.

Se pusieron tensos. Dina se mordió el labio inferior, Zaida hizo que iba a buscar algo, Ahmed clavó la mirada en Samuel.

—Ya sabes que…

Pero Samuel no le dejó continuar.

—Sí, Marinna me lo ha explicado todo y ha sido ella quien me ha animado a no retrasar ni un minuto mi visita aquí. No podría celebrar mi retorno sin todos mis amigos, de manera que espero que me acompañéis; eso sí, por nada me perdería el pastel de pistachos de Dina, de manera que quizá pueda llevarlo para compartirlo entre todos.

Aunque era lo último que deseaban no supieron negarse y acompañaron a Samuel hasta La Huerta de la Esperanza.

Si a Mijaíl le había parecido que Marinna era una belleza, no pudo dejar de asombrarse al conocer a Aya. Con el cabello negro y la piel del color de la canela, aunque no era demasiado alta se adivinaba un cuerpo exuberante escondido en aquel vestido largo de colores.

Todos apreciaban demasiado a Samuel como para no esforzarse en que disfrutara de la velada, por ello no pasó mucho tiempo sin que compartieran risas y anécdotas mientras daban cuenta de la cena improvisada por Kassia y del pastel aportado por Dina.

Fue una noche alegre en la que Samuel incluso se olvidó de Irina.

Se durmió deseando que Mijaíl se adaptara a La Huerta de la Esperanza. No era fácil pasar de vivir en un piso burgués de París a una casa comunal donde apenas había intimidad y en la que el reparto del trabajo era la base de la convivencia.

—Tres días, ni uno más, luego tendréis que arrimar el hombro —les dijo Kassia cuando Samuel expresó su deseo de visitar a los viejos amigos y que Mijaíl conociera la Ciudad Vieja.

Su primera visita sería a la familia de Abraham Yonah. Congeniaba con Yossi, el hijo de Abraham que se había hecho cargo de los pacientes de su padre.

Entraron en la ciudad por la Puerta de Herodes que desembocaba en el barrio árabe. Mijaíl abría los ojos asombrado y, como era habitual en él, no dejaba de preguntar. Samuel le condujo por la Vía Dolorosa hasta el barrio cristiano, donde se acercaron al Santo Sepulcro. Unos minutos más tarde llegaron a la casa de Abraham en el barrio judío, cerca del Muro de las Lamentaciones.

—Por favor, déjame ver el Muro antes de visitar a tus amigos —le pidió Mijaíl.

Durante más de media hora ambos permanecieron de pie frente al Muro. Samuel se sorprendió al ver que Mijaíl parecía estar al borde de las lágrimas. No le dijo nada.

Raquel Yonah, la esposa de Abraham, abrazó a Samuel con afecto y les invitó a pasar. Era muy anciana, le costaba caminar y su mirada había perdido el brillo de antaño.

—Mi esposo siempre te tuvo en gran estima, yo pensaba que no volverías pero él decía que lo harías. Ven, llamaré a mi hijo y a su esposa. Judith le ayuda con los enfermos.

—¿Y tu nieta?

—Yasmin es nuestra alegría. Los últimos días de la vida de mi esposo la niña no se separó de su lado. Pasaba las horas leyéndole a su abuelo. Ha crecido y dice que quiere ser médico como su abuelo y como su padre. ¡Imagínate!

Yossi y Judith se alegraron de volver a verle y se mostraron amables con Mijaíl.

—De manera que eres un virtuoso del violín, espero que nos invites a escucharte. Alguno de los nuevos emigrantes son músicos como tú y hablan de formar una orquesta. Claro que eso será más adelante, ahora los que llegan no tienen más opción que trabajar la tierra. Pero te presentaré a un pianista que a mí me parece extraordinario, se llama Benjamin y no hace mucho que ha llegado desde Salónica. Es sefardí como mi madre y mi esposa.

Pasaron un buen rato comentando las novedades de la ciudad.

—Las grandes familias de Jerusalén se están uniendo a los nacionalistas árabes. Cada vez hay más clubes secretos, bueno, en realidad aquí los secretos duran poco. En cuanto a la política del sultán para con nosotros... ya sabes cómo funcionan las cosas aquí. Un poco de opresión, un poco de corrupción... Pero en Constantinopla son cada vez más numerosas las voces en contra de que los judíos puedan instalarse en Palestina y sobre todo hacerse con tierras en propiedad. ¿Sabes quién es Ruhi Khalidi? Fue el vicepresidente del Parlamento de Constantinopla. Los Khalidi no han sido nunca nacionalistas, pero... Parece que en su día propuso en el Parlamento que no se permitiera a los judíos comprar ni una fanega más de tierra.

—Pero los emigrantes continúan comprando tierras, ¿no? —quiso saber Samuel.

—Claro, y quienes se las venden son precisamente estas grandes familias, como siempre. El corazón casa mal con los negocios. Bien lo sabes tú, al fin y al cabo La Huerta de la Esperanza se la comprasteis a la familia Aban.

Samuel prometió volver a visitarles para poder ver a Yasmin.

—Dios no nos ha bendecido con más hijos, de manera que la mimamos en exceso —explicó Judith mientras Yossi se encogía de hombros.

—Es una muchacha excepcional —insistió la abuela Raquel.

Una vez en la calle, Mijaíl le dijo a Samuel:

—Raquel parece más árabe que judía.

—Eso sucede con muchos sefardíes. Visten de la misma manera y tienen un físico parecido por el pelo y los ojos oscuros.

Pasaron el resto de la mañana callejeando por la ciudad. A Mijaíl le asombraba cuanto veía, y se lamentaba del mal aspecto que tenían algunos judíos con los que se encontraban.

—¡Nunca imaginé que serían tan pobres!

Samuel le llevó a visitar a otros amigos. Ya estaba cayendo la tarde cuando se dirigieron a la casa de Jeremías. No había querido ir antes. Sabía que se encontraría con Anastasia, que se había convertido en la esposa del cantero. A veces se reprochaba haber mantenido relaciones con ella, sentía que la había utilizado en su propio provecho sin tener en cuenta los sentimientos de la muchacha. Pero de su boca nunca había salido una palabra de reproche y había aceptado la separación sin derramar una lágrima.

Jeremías estaba lavándose cuando llegaron a su casa. Anastasia les recibió con amabilidad pero sin alegría. No se mostró sorprendida al verle ni pareció sentir mayor curiosidad por Mijaíl. Les hizo entrar en la casa y les ofreció una taza de té mientras su marido terminaba de asearse.

Samuel miraba de reojo a Anastasia y se sorprendió de su delgadez a pesar de haber parido tres hijos. La mayor tenía cuatro o cinco años y los dos pequeños, que apenas tenían dos, eran gemelos.

Los niños corrían y jugaban sin prestarles atención mientras que la hija mayor les miraba con curiosidad, aunque era muy tímida y se refugiaba tras la silla en que se sentaba su madre. Cuando Jeremías hizo acto de presencia pareció alegrarse de verle.

—Así que te has decidido a regresar. Has hecho bien, es aquí donde los judíos debemos estar y volver a hacer de esta tierra nuestra patria.

Le contó que había sido miembro activo del Hapoel-Hatzair pero ahora militaba en el Poalei-Sion. «Están mejor organizados», le aseguró. Samuel se interesó por el trabajo de Ahmed y sus cuñados y por el joven Igor, el hijo de Ruth y Ariel.

—Igor es fuerte y cumplidor. En cuanto a Ahmed, continúa siendo el capataz, no tengo queja de él. Siempre está dispuesto a hacer más y no escatima ni un minuto al trabajo. Hice bien en seguir tu consejo y mantenerle en su puesto cuando compré la cantera. Conoce bien a los hombres y sabe sacar lo mejor de ellos.

Jeremías se interesó por Mijaíl y le ofreció trabajo. Samuel se lo agradeció pero no permitió que Mijaíl aceptara la oferta. Aún no sabía a qué podría dedicarse el muchacho, pero en cualquier caso estaba decidido a que no abandonara la música. Aunque bien sabía que no eran músicos lo que en aquellos momentos se necesitaba en Palestina.

Al tercer día de su llegada, Samuel se levantó al alba dispuesto a comenzar a trabajar como el resto de los habitantes de La Huerta de la Esperanza. Kassia le contó que Mijaíl se había levantado antes que él y que estaba con Ariel ordeñando las cabras.

—Pues sí que le has puesto pronto a trabajar —le reprochó Samuel.

—Ha sido él quien ha insistido. Quiere ser uno más. Permíteselo. Entiendo tu preocupación, tiene un don para la música que no debe desperdiciar, pero también tiene que decidir si éste es el lugar donde quiere vivir.

—Mijaíl nunca ha hecho otra cosa que estudiar —protestó Samuel.

—¿Y tú? ¿Y Jacob? No podemos vivir si no es trabajando la tierra. La música vendrá después.

—¿Sabes lo que le ha costado ser un buen violinista? Ni siquiera cuando era niño tenía tiempo para jugar, ensayaba durante horas y horas sin quejarse. Es un prodigio.

—Entonces ¿por qué le has traído?

—A veces las circunstancias no te dejan elegir. Mijaíl necesitaba alejarse de París y también entender qué significa ser judío. En realidad no siente el judaísmo como parte de su identidad, sino como una carga con la que no contaba, pero de la que no puede desprenderse.

—O sea, lo mismo que te sucede a ti.

—Sí, supongo que sí.

—Bien, pero deberás dejarle que sea él quien decida, ya no es un niño.

—Se quedó huérfano cuando apenas había aprendido a andar...

—¿Y quién de nosotros no ha sufrido? Por eso hemos venido a Palestina, para intentar volver a ser nosotros mismos. Además, ¿quién te ha dicho que no necesitamos músicos? ¿Crees que no necesitamos alimentar el alma?

Para Samuel fue una sorpresa encontrar que la pequeña cabaña que él había convertido en un improvisado laboratorio continuaba tal y como la había dejado cuando se marchó. Kassia la había mantenido intacta y no había querido que Ariel la empleara como almacén.

Samuel se instaló en las viejas rutinas preocupado por ayudar a Mijaíl a encontrar su lugar en Palestina.

—En la cabaña hay espacio de sobra, podrás ensayar cuanto quieras sin molestar a nadie.

Mijaíl procuraba adaptarse a los quehaceres de la granja con aquella gente singular, pero no le resultaba fácil. Añoraba París. En la casa se hablaba de cosechas, de socialismo y poco más. La música no era para ellos una prioridad aunque se mostraban amables pidiéndole de cuando en cuando que tocara el violín. Sólo Jacob y Marinna parecían disfrutar de aquellos minutos de música. Ariel se movía impaciente en la silla, mientras que Ruth y Kassia parecían ensimismadas con la costura.

Pero allí estaba y no iba a rendirse tan pronto. Volvería a París, pero no antes de que hubiera pasado el tiempo suficiente para que Irina no tomara su vuelta como un fracaso.

Marinna le propuso dar clases de música a los hijos de los potentados de la ciudad.

—Jerusalén es engañosa. Hay muchos representantes de países extranjeros y las grandes familias tienen muchos hijos, también encontrarás judíos adinerados.

Marinna ayudaba en una escuela de niñas y convenció a algunas madres para que sus hijas recibieran clases de música. Al poco tiempo Mijaíl tenía una docena de alumnas.

—Todos tenemos que trabajar la tierra pero, además, podemos hacer otras cosas. En mi caso ha sido mi padre quien se ha empeñado en que salga de La Huerta de la Esperanza, a través de la familia de Abraham he tenido la oportunidad de encontrar este trabajo en la escuela femenina.

—Le dais mucha importancia a trabajar la tierra.

—Sí, es la mejor manera de reencontrarnos con nuestro pasado. Y... bueno, quería pedirte un favor, ¿crees que también yo podría aprender música? Me emociona verte arrancar las notas de las cuerdas del violín. Si yo pudiera...

—¡Claro que puedes! Te enseñaré.

El 28 de junio de 1914, Samuel había ido a casa de Yossi Yonah a llevarle unos cuantos jarabes que le había encargado. Yossi, al igual que hiciera Abraham, su padre, confiaba en la buena mano de Samuel para elaborar aquellos remedios.

Nada más ajeno a la conversación entre los dos amigos que lo que estaba sucediendo en Europa, donde el archiduque Francisco Fernando acababa de ser asesinado por un terrorista serbocroata.

—Mi padre decía que eras un buen boticario, que no te conformabas con lo que te habían enseñado y que te gustaba experimentar.

—Así es, pero ha sido en estos últimos años en París cuando realmente he aprendido el oficio. Los médicos diagnosticáis la enfermedad y nosotros os proveemos del remedio para curar. Sin los boticarios, poco podrías hacer.

—Así es, amigo mío, nos necesitamos los unos a los otros y debemos trabajar codo con codo. Tú necesitas conocer la enfermedad, yo saber por qué determinadas plantas son las apropiadas para curar.

Después la conversación adquirió tintes más personales. Yossi estaba preocupado por la salud de su madre, la anciana Raquel.

—Desde que murió mi padre apenas sale de casa. Dice que nada le queda por hacer; si no fuera por mi hija Yasmin, creo que se dejaría morir.

Samuel se había percatado del interés de Mijaíl por la hija de Yossi. Siempre estaba dispuesto a acompañarle cuando visitaba a la familia de Abraham. A Mijaíl le perturbaba la belleza de aquella joven. Morena, alta y de formas redondas y contundentes, dondequiera que fuera no pasaba inadvertida.

—Tu hija es casi una mujer.

—Aún es muy joven, pero parece mayor y eso me preocupa, amigo mío. Jerusalén no es precisamente una ciudad santa.

—¡Qué cosas dices!

—Ni mi madre ni mi esposa Judith le permiten salir a ninguna parte sola. Estoy deseando que se case —afirmó Yossi.

—Y tú, Samuel, ¿no piensas encontrar una esposa? —le preguntó Judith.

Samuel sonrió sin responder. Si no fuera por su edad, cuarenta y tres años que había cumplido en aquel año de 1914, podría pensar en casarse. Pero la misma idea le resultaba ridícula. Había estado enamorado de Irina hasta casi llegar a obsesionarse, y ahora que se había liberado de aquella atadura sabía que era demasiado mayor para formar una familia. Además, ¿qué podría ofrecer a una mujer? ¿Compartir los trabajos del campo junto a otras familias que ni siquiera eran la suya? Nunca había sentido el deseo de tener hijos, pero en ocasiones se preguntaba qué se siente al tener uno.

Aquella tarde ni Samuel ni Yossi podían imaginar que la guerra iba a estallar en Europa, ni mucho menos saber de qué manera afectaría a sus vidas. En realidad no fueron conscientes de lo que iba a suceder hasta unos meses después, cuando ya había entrado el otoño y Turquía, que se había alineado con Alemania, también entró en guerra.

Fue Louis quien llevó la noticia a La Huerta de la Esperanza. Louis se presentó de improviso y a Samuel le costó reconocerle con sus vestimentas de beduino.

—Me dijeron que habías vuelto. Me hubiera gustado venir antes pero no me ha sido posible —le dijo mientras se fundían en un abrazo.

Kassia regañó a Louis por sus prolongadas ausencias.

—¿Se puede saber por qué no has venido antes? Sabes que estamos preocupados por ti.

—Mi querida Kassia, vas a tener que preocuparte por algo más importante, nuestro querido sultán Mehmet V Rashid ha declarado la guerra a Gran Bretaña, Francia y Rusia. Sé que en la mezquita de Al-Aqsa se va a llamar a la yihad...

Durante unos segundos no supieron qué decir. Cada uno pensaba en cómo iba a afectarles aquella temible palabra: guerra.

—Y a nosotros ¿qué nos pasará? —preguntó Marinna rompiendo el silencio.

—¿A nosotros? No nos va tan mal con los turcos, de manera que, amigos míos, nosotros también estamos en guerra —afirmó Louis.

—O sea que continúas apoyando al imperio turco —dijo Jacob sin ocultar su contrariedad.

—No lo comprendes, no se trata de apoyar al imperio, se trata de que estamos aquí, en la tierra de nuestros antepasados, construyendo el futuro y ese futuro no lo podemos construir al margen de los turcos. Seamos realistas. —Louis no estaba dispuesto a ceder.

—Yo soy ruso y casi medio francés, no sé por qué tengo que apoyar a los alemanes y a los turcos —protestó Mijaíl.

—Sí, lo mismo que Samuel. Pero eres judío y ahora estás aquí; en Palestina no nos va mal del todo, de manera que ésta también será nuestra guerra —respondió Louis.

—No estoy de acuerdo —terció Jacob sorprendiendo a todos.

—¿No estás de acuerdo? ¿Y qué pretendes hacer? —preguntó Louis en tono burlón—. Te recuerdo que hay judíos en el ejército del sultán.

—Esta guerra no nos va a traer nada bueno —sentenció Ariel.

Ya era tarde cuando se fueron a dormir, salvo Samuel y Louis, que se quedaron fumando un cigarro.

—De manera que te has convertido en miembro del Hashomer.

—En efecto. Es mejor que seamos nosotros quienes defendamos a los nuestros.

—No te presentes como un judío altruista; que yo sepa, Hashomer cobra a los colonos por esa protección —replicó Samuel con una sonrisa.

—Antes pagaban a vigilantes árabes. Además, hay que pensar en el futuro —dijo Louis muy serio.

—Claro que hay que pensar en el futuro, pero no veo por qué los judíos han de tener el monopolio de la defensa de las colonias judías. Al fin y al cabo se trata de defender a los colonos de los ladrones. Nada más.

—Y nada menos. Para tu tranquilidad debes saber que hay grupos de vigilancia formados por árabes y judíos. Pero yo voy mucho más allá. Algún día deberemos contar con una fuerza capaz de defendernos de quien sea.

—¿Quiénes son nuestros enemigos? Tú mismo aseguras que debemos conformarnos con ser súbditos del sultán. Así pues, de lo único que tenemos que defendernos es de los bandidos.

—Amigo mío, no perdamos de vista lo que sucede a nuestro alrededor. Creo que estamos bien dentro del imperio otomano. En él no se nos ha perseguido por nuestra religión, los turcos se han mostrado siempre tolerantes y nos han permitido levantar nuestras sinagogas y vivir como unos súbditos más; como sabes, muchos judíos han ocupado puestos relevantes con distintos sultanes. Mientras que en los siglos pasados los europeos nos perseguían y expulsaban de sus países, los sultanes nos acogieron permitiéndonos vivir como quisiéramos.

—Pagando, claro —puntualizó Samuel.

—¿Pagando? ¡Ah, ya!, bueno, pagábamos un tributo, lo mismo que otros infieles, pero por lo demás nadie nos molestaba. Ojalá los reyes europeos hubieran sido como los sultanes otomanos.

—¿De verdad lo piensas? —quiso saber Samuel.

—Sí, desde luego que sí. Por eso creo que debemos ser prudentes antes de romper el statu quo.

—En los últimos tiempos no parece que la Sublime Puerta nos muestre tanto aprecio —replicó Samuel.

No llegaron a ningún acuerdo, pero comprobaron que a pesar de los años transcurridos su amistad seguía intacta y podían seguir hablando con sinceridad, aunque Samuel percibía el cambio de Louis. No sólo en cuanto a su aspecto, pues ahora lucía un enorme mostacho, sino también en su carácter, parecía más reflexivo y, sobre todo, empecinado en hacer de Palestina el hogar de los judíos con el consentimiento del imperio otomano. Tanto les daba, decía, que hubiera un sultán en Constantinopla.

—Mira a tu alrededor. ¿No ves cuánto ha cambiado Palestina?

Samuel le dio la razón. Ahora contaban con escuelas propias y muchos de aquellos primeros emigrantes se habían convertido en una nueva clase, una clase campesina, y no sólo eso, el hebreo había florecido hasta convertirse en lengua de referencia por más que el yiddish seguía siendo una lengua común. También el paisaje se había ido transformando, cada vez había más barrios extramuros de la Ciudad Vieja y también estaba Tel Aviv, una ciudad judía, sólo judía. Sí, Louis tenía razón: Palestina había cambiado de piel en aquellos años en que él había estado en París.»

8

Las primeras lágrimas

El ruido de la llave girando en la cerradura les devolvió a la realidad. Hanna, la hija de Aarón Zucker, entró en la sala sorprendiéndose de encontrar todavía a Marian.

—¿Ya estás aquí? Creía que volverías más tarde —dijo Ezequiel a su nieta.

—Pero, abuelo, ¡si son casi las seis! ¿Aún no ha terminado la entrevista? —preguntó a Marian sin ocultar el fastidio que le provocaba encontrarla todavía allí.

—Lo siento… se nos ha hecho tarde.

—¡Y no habrás comido! —Esta vez se dirigió a su abuelo, con evidente tono de enfado.

—¡Pues claro que hemos comido! La señora Miller me ha ayudado a preparar una ensalada.

Marian se disculpó. Sabía que tenía que marcharse. Pero no podía dejar a medias lo que le había llevado hasta allí. Se sentía manipulada por aquel hombre que la había arrastrado a una conversación sin fin en la que ambos iban llenando las lagunas de dos historias paralelas. Porque así eran, paralelas, sin posibilidad de encontrarse aunque parecieran rozarse.

Ezequiel notó su desazón y, para su sorpresa, fue él quien le propuso regresar al día siguiente.

—¿Quiere venir mañana?

Ella asintió agradecida.

—Sí, si no es mucha molestia, de lo contrario no podré concluir lo que he venido a hacer.

—Lo sé. Venga mañana. Conversar con usted resulta muy estimulante.

—Pero, abuelo, yo creo que ya has colaborado bastante con la señora Miller. Hágase usted cargo —dijo dirigiéndose a Marian—, mi abuelo no puede pasarse todo un día hablando. Si quiere yo misma puedo ayudarla con la información de la política de asentamientos... aunque soy totalmente contraria.

—Vamos, Hanna, permíteme que sea yo quien decida. Me gusta hablar con Marian. La espero mañana a las once, ¿le parece bien?

Hanna acompañó a Marian Miller a la puerta y al despedirse le dijo:

—Por favor, no le agote demasiado, aún está recuperándose del último infarto.

—¿Del último? No sabía...

—Ha sobrevivido a dos ataques al corazón. El médico nos ha dicho que no aguantará mucho. Hace un par de días aún estaba en el hospital.

—Le prometo que procuraré no cansarle y terminar cuanto antes mi trabajo.

—Hágalo.

Se sentía mareada. Había pasado el día en aquella casa intercambiando historias con aquel hombre. Podían escribir un libro entre ambos; la idea le hizo sonreír.

Condujo despacio, intentando recordar cada palabra. Ezequiel le había abierto la puerta a la existencia de unos seres que casi podía visualizar. Llegó al hotel agotada, con ganas de darse una ducha y dormir para dejar de pensar.

Por la mañana se presentó a la hora prevista. Se había levantado temprano con el deseo de pasear por la Ciudad Vieja. Salió del American Colony a eso de las ocho cuando Jerusalén ya estaba despierta y caminó a buen paso hacia la Puerta de Damasco; a aquella hora cientos de personas cruzaban en una y otra dirección.

Los comerciantes se disponían a abrir sus tiendas, y en el mercado las mujeres se paraban ante los puestos examinando con ojos expertos las hortalizas recién llegadas de los campos de los alrededores.

Se detuvo delante de una tienda de la que se escapaba un aroma a canela y pistachos. No pudo resistir la tentación y compró unos cuantos dulces.

Caminó sin rumbo por la Ciudad Vieja, dejó el barrio árabe para perderse por el distrito cristiano, de allí al armenio y, por último, al judío.

No podía superar la incomodidad que le producían aquellos judíos vestidos con levitas negras y tirabuzones escapándose por debajo de los sombreros.

Ya eran las diez pasadas cuando salió por la Puerta de Damasco con paso rápido para regresar al hotel a recoger el coche que había alquilado. Esta vez condujo deprisa hasta la casa de Ezequiel; intuía que el anciano era esa clase de personas que se muestran inflexibles respecto a la puntualidad. Le abrió la puerta su nieta Hanna.

—Tengo que irme pero vendré en cuanto pueda. Mi abuelo no ha pasado buena noche aunque asegura que se siente bien.

Le dio un papel en el que había anotado su número de móvil.

—Aunque estaré en clase, dejaré el móvil abierto. Estoy preocupada; si usted ve que no se encuentra bien, llámeme, y, por favor, no le agote como ayer.

Marian prometió que procuraría terminar la entrevista aquella misma mañana.

Ezequiel estaba sentado frente al ventanal desde el que se divisaban los montes de Judea. Parecía abstraído, lejos de allí.

—Le he traído unos dulces, espero que le gusten —dijo Marian intentando componer su mejor sonrisa.

—Siéntese, ¿ha descansado?

—Sí, he dormido más de ocho horas. Hanna me ha dicho que usted no ha pasado una buena noche...

—Los viejos tenemos el sueño agitado y mi nieta se preocupa sin motivo. Quería llamar a la universidad y quedarse conmigo, pero he insistido para que se fuera. Es mejor así, ¿no cree? ¿A quién le toca continuar con la historia?, ¿a usted o a mí?

—No quiero cansarle...

—¿Y perderme su versión sobre lo acaecido a la familia Ziad? Vamos, ¿dónde lo habíamos dejado?

—Pues a punto de comenzar la Primera Guerra Mundial.

—En ese caso, ahora me toca escuchar a mí.

«Dina estaba inquieta. Aquella mañana había ido al mercado acompañada por Zaida, su madre, y por su hija Aya, y había escuchado los rumores de la inminente llegada del pachá Ahmet Cemal, ministro de Marina del imperio, gobernador de Siria y comandante supremo del Cuarto Ejército Otomano. Si los rumores respondían a la verdad, Cemal era un hombre imprevisible y sangriento, dispuesto a meter en vereda a los árabes que soñaban con una nación al margen del imperio.

Temía por Ahmed, y por su propio hermano Hassan, que tan a menudo participaban en reuniones en las que hablaban de que muy pronto los árabes se independizarían de los turcos.

Había escuchado a un curtidor murmurar con el carnicero, y ambos auguraban un futuro de incertidumbre.

—Las mujeres siempre dais importancia a los rumores del mercado —le dijo Ahmed.

Unos días más tarde, acudió junto a su esposo y su madre a contemplar la entrada triunfal de Cemal en la ciudad. Regresaron a casa asombrados por el boato del que se rodeaba el pachá.

—Ha sido un desfile nunca visto, le tiraban pétalos de rosa y la gente cantaba entusiasmada. No le he visto muy bien, pero no parece muy alto —le explicó Dina a su hija Aya, ansiosa por conocer todos los detalles.

Apenas una semana después, Ahmed asistió a una de las reuniones convocadas por Omar Salem.

—Cemal Pachá parece que sólo confía en los alemanes —explicó con amargura.

—Sí, desde que gobiernan los tres pachás, los oficiales de sus tropas son todos alemanes —añadió Hassan.

Ahmed les escuchaba en silencio, preocupado por la inquietud que mostraban aquellos hombres.

—Bueno, pero entre las tropas del sultán hay muchos árabes, e incluso judíos —se atrevió a decir sin mucho entusiasmo.

—Pero Cemal no se fía de nosotros. Dicen que ha venido a aplastar cualquier intento de rebelión —terció su cuñado Hassan.

Un criado entró y susurró algo en el oído a Omar, quien se levantó de su asiento sonriendo.

—Amigos, tenemos una visita inesperada: Yusuf Said está aquí.

El joven, amigo de los hijos de Hassan y Layla, fue recibido con muestras de amistad por parte del anfitrión y de sus invitados. Parecía cansado ya que, según les dijo, recién había llegado de El Cairo.

—He acudido a tu casa —dijo dirigiéndose a Hassan—. Tu esposa, Layla, me informó que estabais aquí. Omar, espero que me perdones por presentarme en tu casa sin haber sido invitado.

—Siempre eres bienvenido entre nosotros. Cuéntanos del jerife Husayn y de sus hijos, Faysal y Abdullah.

—El jerife se muestra cauteloso, pero piensa que ésta puede ser nuestra oportunidad. No hace mucho que el mismísimo Abdullah estuvo en El Cairo para saber qué pensaban los británicos del futuro.

—¿Y qué piensan? —quiso saber Omar.

—Ellos tienen sus compromisos, escuchan con interés, pero no prometen nada. Parecen convencidos de que van a ganar la guerra. Nosotros debemos prepararnos por si eso sucede.

Estuvieron conversando largo rato y, pese a que Yusuf Said se mostraba prudente, llegaron a la conclusión de que el jerife

Husayn tendría una buena disposición hacia los europeos si éstos garantizaban que le ayudarían a hacer realidad el sueño de un gran Estado árabe.

—Cuentan que la tribu de los Saud le disputa el liderazgo a Husayn ibn Alí —dejó caer Hassan.

—Así es, pero no olvides que la legitimidad del jerife se debe a su linaje, es descendiente del Profeta —sentenció Yusuf.

Ya había caído la noche cuando Ahmed se marchó a su casa acompañado por Yusuf, su cuñado Hassan y los dos hijos de éste. Yusuf dormiría en casa de Hassan. Les dijo que quería descansar antes de iniciar viaje hacia La Meca.

A Dina se le iluminó la mirada cuando supo por Ahmed que Yusuf se encontraba en casa de su hermano.

—Creo que ese joven está interesado en Aya, ya verás como hace lo imposible por encontrarse con ella.

—Mujer, al fin y al cabo sólo nos separan unos cuantos metros de su casa. Debes estar pendiente de nuestra hija, no la dejes sola, no quisiera que Yusuf pensara que estamos deseando casarla —dijo Ahmed.

—Déjalo en mis manos, actuaré con prudencia. Espero que Layla se muestre bien dispuesta, ya sabes cómo es mi cuñada.

—¿Bien dispuesta a qué?

—A propiciar un encuentro entre Yusuf Said y Aya.

Fue su sobrino Jaled quien al día siguiente se presentó en casa de sus tíos para invitarles a cenar.

—Mi madre quiere agasajar a nuestro invitado y ha pensado en una cena familiar.

Zaida y Dina estaban entusiasmadas haciendo de casamenteras. Instaron a Aya a que se pusiera su mejor túnica y se cubriera con su mejor velo.

—Debes mostrarte prudente, no le mires a los ojos y no le hables si él no se dirige a ti —le aconsejó su abuela Zaida.

—Pero, abuela, ¡creerá que soy tonta! —protestó ella.

—Lo que eres es una buena chica musulmana. No olvides que a los hombres no les gustan las descaradas.

La velada no pudo ir mejor. Salah y Jaled habían compartido confidencias con Yusuf y sabían del interés de su amigo por su prima. Le recordaron que Aya apenas había salido de la adolescencia y le advirtieron que no debía mirarla si no era para pedirla en matrimonio. Yusuf les aseguró que eso era lo que deseaba. Si Ahmed estaba de acuerdo, se casarían en cuanto las normas del decoro lo permitieran.

Los hombres hablaban de los últimos acontecimientos en la ciudad mientras las mujeres iban disponiendo en la mesa los sabrosos platos cocinados por ellas. Yusuf alabó los dulces preparados por Aya, y ella se ruborizó.

Al día siguiente, Ahmed le dijo a su hija que Yusuf le había pedido hablar con él.

—Creo que sé lo que quiere —dijo Ahmed.

—¡Lo que quiere es pedirte a Aya! Alá ha escuchado mis oraciones —exclamó entusiasmada Dina.

—Y si fuera así, ¿tú qué piensas, Aya? —preguntó Ahmed a su hija.

—Pero ¡qué ha de pensar ella! Debemos sentirnos honrados por unir nuestra familia a la de Yusuf Said —protestó Dina.

—Mujer, los hijos deben obediencia a los padres, pero quiero saber qué siente Aya, no me gustaría entregarla a un hombre por el que sintiera repulsión. Si es así le buscaremos otro esposo —sentenció Ahmed.

Aya permanecía de pie agarrada a la mano de su abuela. Estaba contenta, le halagaba que un hombre como Yusuf se hubiera fijado en ella, pero enamorada... no sabía si estaba enamorada. Le gustaba aquel joven moreno, de ojos profundos y brillantes, le gustaba saber que era importante, pero enamorada... sentía una punzada de temor en el estómago. Quería casarse, sí, pero no había pensado que fuera tan pronto.

—Yusuf me parece muy agradable —afirmó con cierto temblor en la voz.

—No te obligaré a casarte, aún puedes esperar uno o dos años más —insistió Ahmed.

Ella tardó en responder porque sintió la mirada inquisitiva de su madre.

—No es tan niña —murmuró Zaida.

—Si Yusuf quiere que nos casemos, le aceptaré —y al decirlo sintió una mezcla de alegría y temor. Casarse significaba dejar aquella casa donde había nacido para irse al otro lado del Jordán donde vivía la familia de Yusuf, o quién sabe si a La Meca. Tendría que vivir en la casa de su suegra, y esto era lo que disparaba sus temores.

Ahmed dio la conversación por terminada. Aquella tarde les visitaría Yusuf y ya sabía qué respuesta darle si, como esperaba, pedía a Aya en matrimonio.

Durante los meses siguientes la Ciudad Vieja volvió a conocer los límites del terror. Cemal Pachá desconfiaba de todos y había espías por doquier prestos a encontrar árabes descontentos o nacionalistas deseosos de dejar de ser súbditos del sultán.

Empezaba a ser habitual que el pachá ordenara ahorcar a quienes consideraba enemigos, y para asustar a los jerosolimitanos había convertido los ajusticiamientos en un espectáculo público.

—He pasado cerca de la Puerta de Damasco y me he acercado a ver qué sucedía porque había una gran multitud en silencio. Esta vez han ahorcado a cinco hombres —se lamentó Ahmed.

—No debes ir, ya sabes que a Cemal Pachá le gusta que los ahorcamientos se lleven a cabo en la Puerta de Jaffa y en la de Damasco. Te ruego que seas prudente, y que no acudas más a las reuniones en casa de Omar Salem. Y mi hermano Hassan lo mismo, también se pone en peligro y pone en peligro a sus hijos. —Dina no podía dejar de preocuparse.

—Ha sido horrible, los hombres han tardado en morir, hemos asistido a su agonía. Ese hombre es inhumano —sentenció Ahmed refiriéndose a Cemal.

—¡Calla! Que nadie te oiga. No quiero pensar lo que sucedería si Cemal Pachá supiera que le criticas.

—Los judíos tampoco están seguros. He estado hablando con Samuel y me ha dicho que Cemal se ha reunido con algunos hombres importantes de su comunidad y les ha amenazado con expulsarles de Palestina. A algunos ya les ha mandado al exilio en Damasco —explicó Ahmed a su esposa.

—Que yo sepa, Samuel es partidario de los turcos, los judíos se sienten a gusto perteneciendo al imperio —respondió Dina.

—Aquí viven en paz, lo cual valoran mucho, pero eso no significa que apoyen a Cemal. A Samuel, a Ariel, a Louis o a Jacob les repugnan los ahorcamientos tanto como a nosotros. Tampoco ellos están seguros, Samuel me ha dicho que intentan contemporizar.

—¿Y eso qué significa?

—No llevarse mal con Cemal, evitar que dude de la lealtad de los judíos al imperio.

—No les servirá de nada —sentenció Dina.

A pesar de la incertidumbre y el dolor que se había instalado entre los jerosolimitanos, Dina siguió adelante con los preparativos de la boda de Aya. La guerra continuaba en escenarios europeos y a ella se le antojaban muy lejanas aquellas ciudades de las que los hombres hablaban: París, Londres, Moscú..., aunque sus efectos devastadores habían llegado hasta Palestina. Algunas de sus amigas habían perdido a sus esposos en el frente luchando en las filas del ejército turco. Ella daba gracias a Alá porque Ahmed se hubiera quedado cojo después del accidente en la cantera. Así a nadie se le ocurriría reclamarle para luchar. Pero aun sabiendo que su marido estaba a salvo, no podía dejar de preocuparse por su hijo Mohamed. Temía que le obligaran a ir a luchar en aquella guerra que nada tenía que ver con ellos.

—Esta noche cenaré en casa de Omar —anunció Ahmed una tarde de otoño de 1915.

—Pero si estás cansado —protestó Dina, preocupada porque aquellas reuniones de los hombres cada vez eran más habituales.

—Sí, ha sido un día duro en la cantera.

—Entonces dile a mi hermano Hassan que te disculpe, ya irás otro día.

—Iré porque he de hacerlo —respondió Ahmed sin dar lugar a más réplicas.

Dina le trajo agua y una camisa limpia. «Al menos —pensó— que se presente en casa de Omar vestido decentemente.»

—Es un escándalo lo que está pasando en la ciudad —aseguró uno de los invitados de Omar.

—Sé a qué te refieres —respondió Jaled, el sobrino de Dina, adelantándose a las palabras de su padre.

—Las calles de la Ciudad Vieja están llenas de prostitutas. Muchas son viudas que se venden por dos piastras —explicó Hassan.

—Casi todas son judías —apuntó Salah, su hijo mayor.

—No te engañes, hijo, la mayoría ha perdido a sus maridos en el frente. Hay mujeres de todas partes.

—También he visto a muchos ancianos en la calle suplicando algo para comer —explicó Omar.

—Y, mientras tanto, Cemal y sus amigos no se cansan de gastar dinero y de divertirse. No hay noche que no celebren una fiesta a la que acuden los beys turcos y algunos de los nuestros, el alcalde Hussein Husseini es habitual entre ellos —se quejó Hassan.

—Me han contado que hace unos días Cemal organizó una fiesta para celebrar el aniversario de la subida al trono del sultán Mehmet, y que los oficiales turcos acudieron acompañados de un buen número de prostitutas. Ese hombre no tiene respeto a nada ni a nadie —afirmó Jaled.

—No hagamos caso de las habladurías —se atrevió a decir Ahmed.

—Pero, tío, ¡si toda la ciudad lo sabe! No hay lugar en el mundo donde haya más prostitutas que en Jerusalén, y los turcos no se distinguen por su piedad —respondió Salah.

—Ahmed tiene razón, no debemos prestar oídos a las habladurías, aunque desgraciadamente son muchos los testigos de esas fiestas que amenizan las noches de Cemal Pachá. Tengo amigos en Damasco que me aseguran que Cemal llevaba la misma vida impía en aquella ciudad —se lamentó Omar.

—Sí, él celebra fiestas mientras la gente se muere de hambre —insistió Salah.

—¿Qué podemos hacer? —preguntó el siempre prudente Jaled.

—¿Hacer? Ya oíste a Yusuf la última vez que estuvo aquí: el jerife Husayn intenta llegar a un acuerdo con los británicos. Si le ayudan a crear una gran nación árabe nosotros les ayudamos en esta guerra —respondió Omar.

—Un Estado que alcance todo el Mashriq —dijo Hassan con entusiasmo.

—Por eso el jerife ha mandado a algunos de sus hombres de confianza por todo el imperio para hablar con los jefes de las tribus, aunque parece ser que la tribu de los Saud no se aviene a razones. Son demasiado ambiciosos —sentenció Omar.

Un criado solicitó el permiso del dueño de la casa para comenzar a servir la cena. Durante un buen rato los hombres dejaron sus preocupaciones para hacer honor al cordero. Antes de terminar la cena, mientras degustaban un té de menta, Omar miró a sus invitados uno por uno. Todos sabían que la reunión de aquella noche no era una más. Antes de comenzar a hablar, carraspeó.

—Bien, ya ha pasado el tiempo de las quejas, ahora debemos hacer algo más que hablar. Ayer me visitó un pariente lejano que vive en Beirut. Lo que me contó que sucede en la ciudad no es muy diferente de lo que sufrimos en Jerusalén. El pachá ordena ahorcar a todos los hombres de los que desconfía, incluso a miembros honorables de las viejas familias. Mi pariente forma parte de un grupo de patriotas que, como nosotros, creen que ya es hora de liberarnos de los turcos. Quería saber si, llegado el momento, nos uniríamos a la rebelión.

—¿A la rebelión? —El tono de voz de Ahmed denotaba temor.

—Sí, a la rebelión. La pregunta es: si los británicos nos apoyaran, ¿seríamos capaces de luchar contra el ejército del sultán? —Mientras hablaba, Omar miraba fijamente a Ahmed.

—Yo estoy dispuesto a morir —aseguró el impetuoso Salah sin dar tiempo a responder a su tío Ahmed.

—¿Qué es lo que esperan de nosotros? —preguntó Hassan mirando con enfado a su hijo por haber interrumpido la conversación.

—Que estemos preparados, y si el jerife nos llama, acudir a luchar a su lado. —La respuesta de Omar no dejaba lugar a dudas.

—No sé... yo... bueno, no es fácil plantar cara al imperio. Siempre hemos vivido dependiendo de Constantinopla. Además, no sé si los árabes debemos ayudar a los británicos contra los turcos, al fin y al cabo todos somos musulmanes. —Ahmed sintió la mirada de reproche de sus amigos.

—Si no estás de acuerdo con el jerife Husayn, ¿por qué estás con nosotros? —La pregunta de Omar sonó como una daga rasgando la seda.

—Yo... bueno, no comparto cómo nos gobiernan desde Constantinopla. Poco le importamos al sultán y menos a los tres pachás, y ahora que sufrimos a Cemal Pachá siento el deseo de que las cosas cambien. Creí que los jóvenes oficiales del Comité para la Unión y el Progreso serían mejores que los funcionarios que rodeaban al sultán, pero han resultado peores —explicó Ahmed sintiéndose culpable por no compartir el espíritu revolucionario de sus interlocutores.

—¿Qué haces entre nosotros? ¿Acaso eres un espía? —le preguntó en tono amenazador uno de los invitados de Omar.

—¡Yo respondo por mi cuñado! —afirmó Hassan poniéndose en pie.

—¡Siéntate! Es Ahmed quien tiene que explicarse —ordenó Omar.

—Soy un hombre sencillo que trabaja de sol a sol. Sólo cuento con mis manos y con el respeto de mi familia y de mis hijos —se disculpó Ahmed.

—Tus amigos te tienen por un hombre bueno a quien consultan y piden consejo. Las familias que viven junto a la vuestra te consideran su guía —añadió otro de los hombres.

—Pero no lo soy. Acaso he tenido más suerte que ellos, y mi casa es más grande y mi huerto más extenso, y he podido trabajar en la cantera como capataz, pero no soy ni más ni menos que los demás.

—Los hombres de tu aldea te escuchan y los de la cantera te tienen en consideración y te respetan. Por eso estás aquí, Ahmed, por eso le pedimos a tu cuñado Hassan que te invitara a formar parte de nosotros —afirmó Omar.

—Tío, no puedes echarte atrás —le reprochó Salah.

—¡Hermano, deja que sea nuestro tío quien decida lo que quiere hacer! —exclamó Jaled, que parecía leer la preocupación en los ojos de Ahmed.

—No te pediremos que luches, no podrías hacerlo arrastrando esa pierna, pero sí puedes ayudarnos a buscar los hombres que quieran comprometerse con la causa del jerife, con nuestra causa. Hombres a los que no les importe luchar. Hombres que ansíen la libertad —dijo Omar en tono solemne.

—Los hombres de la cantera te respetan. Puedes hablar con los que te ofrezcan más confianza, ir formando un grupo para cuando llegue el momento en que el jerife Husayn nos pida que luchemos junto a él por una gran nación árabe. Hassan hablaba con entusiasmo.

—Tío, no puedes echarte atrás —repitió Salah.

—¿Es que un hombre no puede dudar? A mí tampoco me complacería luchar contra hermanos musulmanes por más que tengamos agravios contra ellos. Si hay que hacerlo, lo haré, pero no sin pena en el corazón —terció el pequeño Jaled en defensa de su tío.

Continuaron discutiendo un buen rato y Ahmed aceptó la

encomienda con pesadumbre. Aborrecía a Cemal Pachá, pero no tenía otros agravios contra los turcos. Siempre había vivido sabiendo que en Constantinopla estaba el sultán. Y como él, sus antepasados. Se reprochaba haberse dejado llevar por las ideas de su cuñado Hassan. «Es mi culpa —pensó—, me halagaba ser invitado a la mesa de Omar. Debí imaginar que no era mi compañía lo que buscaban.»

Cuando llegó a su casa, Dina le esperaba levantada deseosa de conocer los pormenores de la cena en casa de Omar. Se sentía muy orgullosa de que una familia tan relevante invitara a su esposo y, aunque no solía presumir, no podía dejar de deslizar en las conversaciones con sus vecinas que su Ahmed era bien recibido en la casa de Omar Salem.

A Dina le sorprendió que Ahmed llegara con el rostro serio y sin ganas de hablar. Se acostó de inmediato y le dio la espalda en la cama. Ella sabía que no dormía y que algo le preocupaba.

—¿Por qué no me cuentas lo que ha ido mal? —le susurró al oído.

Pero Ahmed no respondió. Dina tampoco insistió. Sabía que terminaría contándole lo que le preocupaba, pero no antes de haber buscado una solución.

De lo que sí hablaron a la mañana siguiente fue de Aya. La notaba triste y nerviosa, como si de repente la boda se le antojara una carga.

—Sé que ya no podemos volvernos atrás, pero en ocasiones creo que ése sería el deseo de nuestra hija —le contó a su marido.

—Te dije que estabas precipitándote en tu deseo de casarla. Es muy joven, aún podía esperar un par de años más antes de pensar en casarse —respondió Ahmed malhumorado.

—A su edad yo ya me había casado contigo —respondió Dina, enfadada a su vez por el reproche.

—Se casará con Yusuf, he dado mi palabra —sentenció Ahmed, y luego salió de la casa para ir a la cantera.

Aquella mañana apenas intercambió palabra con Igor, el hijo

de Ruth y de Ariel. Mañana tras mañana caminaban juntos hasta la cantera hablando de las pequeñas cosas de la vida cotidiana. Igor era un buen chico, trabajador y formal, por más que defendía aquellas ideas socialistas que le habían inculcado sus padres y que a Ahmed le parecían sólo palabras.

Pasó buena parte de la jornada pensando en quiénes podía confiar. No estaba seguro de que más allá de las protestas cotidianas aquellos hombres estuvieran dispuestos a unirse a ninguna rebelión que les llevara a luchar contra los turcos. Quejarse sí, ansiar una vida mejor también, maldecir a Cemal Pachá todos lo hacían, pero ¿se atreverían a algo más?

Jeremías se le acercó cuando estaban a punto de parar para el almuerzo.

—Te veo distraído, ¿estás preocupado por algo?

Ahmed se sobresaltó por la pregunta de Jeremías y lamentó no ser capaz de disimular su estado de ánimo.

—Me preocupa la boda de Aya, es muy joven —respondió a modo de excusa.

—Los hijos son siempre una fuente de preocupación. Por lo que me has dicho, Aya se casa voluntariamente, de manera que no tienes nada que reprocharte.

—La echaré de menos cuando se vaya. —Su voz estaba cargada de verdad.

—Es difícil imaginar la casa sin hijos pero Aya pronto te dará nietos. Tu hijo Mohamed tampoco tardará en encontrar esposa.

A Ahmed le hubiera gustado sincerarse con Jeremías. Le tenía no sólo por un buen hombre sino también por una persona justa, pero ¿toleraría que en su cantera algunos de los hombres fueran unos conspiradores dispuestos a tomar las armas contra los turcos?

Cuando terminó la jornada Igor se acercó a Ahmed para regresar juntos a casa.

—Ve tú, yo tengo cosas que hacer —dijo, y se despidió del joven mientras abandonaba la cantera en compañía de media docena de canteros.

Caminaron en silencio, todos expectantes por escuchar a Ahmed. Y no fue hasta que llegaron a la ciudad y se refugiaron en un café cuando Ahmed les reveló lo que tenía que decirles. Estaba convencido de que había elegido bien, conocía a aquellos hombres desde que era niño; eran sus amigos, habían compartido alegrías y preocupaciones, sabía cómo pensaban, pero sobre todo confiaba en que no le traicionarían. Pidieron un café y escucharon a Ahmed. Éste fue escueto en las explicaciones. Sólo tenían que decidir si, llegado el momento, se unirían a la rebelión y lucharían bajo la bandera del jerife de La Meca por una patria árabe liberada de los turcos.

Los hombres le escucharon en silencio asombrados por la propuesta, pero más aún porque ésta saliera de labios de Ahmed. Le tenían por un hombre prudente, ajeno a cualquier extremismo. Uno tras otro, ansiosos por saber más, le preguntaron quiénes eran los jefes, además del jerife Husayn. Insistieron en saber qué se esperaba de ellos, si tendrían que abandonar el trabajo en la cantera y expresaron su preocupación por el bienestar de sus familias. Si ellos no trabajaban, ¿de qué vivirían los suyos?

Ahmed respondió a todas las preguntas con más voluntad que certezas. Cuatro de los hombres se mostraron dispuestos a cualquier sacrificio; otros dos dudaban, pero prometieron que apoyarían cualquier acción aunque no participaran directamente en ella. También se comprometieron a sondear a parientes y amigos.

A partir de aquella noche volvieron a reunirse en más ocasiones. Ahmed se sentía abrumado por la responsabilidad. Daba cuenta de sus gestiones a su cuñado Hassan y éste a Omar, y ambos le recomendaban prudencia pero también que los hombres estuvieran atentos porque en cualquier momento se les podría llamar para pasar a la acción.

Dormía mal y había perdido el apetito, pero al menos Dina no le atormentaba con sus preguntas ensimismada como estaba con la preparación de la boda de Aya.

Dina había invitado a todos los amigos a la ceremonia y no había dudado en acudir a La Huerta de la Esperanza para invitar a sus vecinos a la boda de Aya.

—Iremos todos —le aseguró Jacob, a pesar del poco entusiasmo mostrado por Kassia.

Samuel ya había comprometido con Ahmed la asistencia de todos los miembros de La Huerta de la Esperanza, pero Zaida había insistido a Dina en que ella, como madre de la novia, debía buscar la complicidad de Kassia y Marinna.

A tres días de la boda Yusuf llegó a Jerusalén acompañado de su madre viuda, de sus tres hermanas y de dos hermanos, además de varios tíos y primos que fueron acomodándose en casa de familiares y amigos.

A Dina no le sorprendió que dos noches antes los hombres acudieran invitados a casa de Omar Salem. Le gustaba pasar con su hija esas últimas veladas antes de entregársela al que iba a convertirse en su esposo. Con delicadeza, tanto Zaida en su papel de abuela, como ella misma, la habían instruido sobre los secretos del matrimonio. Aya empalidecía al escuchar a su madre y a su abuela, pero ellas le hicieron prometer que se comportaría como los hombres esperan que hagan las buenas esposas.

Aunque Aya no se atrevía a decirlo, se arrepentía de haberse mostrado conforme con aquella boda. Le había halagado que un joven como Yusuf se interesara por ella, pero casarse era otra cosa. Cuando nadie la veía, lloraba. Una tarde se tropezó con Marinna y, aunque intentó esquivarla, la judía se dirigió hacia ella conmovida por sus lágrimas.

Marinna la escuchó muy seria. Intentó consolarla e incluso le aconsejó que hablara con sus padres y les dijera la verdad, que no quería casarse. Pero Aya le hizo jurar que no le diría a nadie lo que le había contado porque si llegaba a oídos de Yusuf podría ofenderse.

—No puedo romper el compromiso, avergonzaría a mis padres.

De manera que Marinna le guardó el secreto y a partir de

aquel momento procuró mostrarse amable y ayudarla en los preparativos de la boda. La propia Dina estaba sorprendida de ver a Marinna comportarse con tanto afecto.

—Parece que se le ha pasado su amor por Mohamed. Me alegro por ella, así no sufrirá y a tu hermano no le pesará encontrar a una mujer con la que casarse —comentaba Dina con Aya.

Ahmed apenas prestaba atención a los preparativos, ensimismado como estaba en su nuevo quehacer de buscar hombres para la rebelión. Aquellos seis primeros amigos habían incorporado a su vez otros hombres a sus cada vez más frecuentes reuniones.

—Deberías reunirte con ellos —le pidió a su cuñado Hassan.

—No es necesario, ya lo haces tú. Omar pretende que cada uno nos responsabilicemos de un grupo —respondió Hassan.

—Pero los hombres están deseosos de conocer a los jefes...

—Tú estás al frente de ellos, Ahmed, tú eres su jefe; cuando haya que luchar ya se les dirá a las órdenes de quién deben ponerse. Omar Salem se encargará de darnos las instrucciones. Esta noche cenaremos en su casa. Yusuf tiene cosas que contarnos.

—Layla ha sido muy generosa al preparar esta noche un banquete para las esposas de los invitados —respondió Ahmed, agradecido.

—Así deben ser las cosas entre parientes. Ellas se reunirán para hablar de sus cosas, no nos echarán de menos. Además, mi madre está ayudando a Layla a preparar la cena.

«Pobre Zaida», pensó Ahmed. Su suegra ya era anciana aunque se mostrara siempre bien dispuesta a echar una mano.

Cuando llegó a su casa notó que Dina estaba contrariada.

—Mi madre lleva todo el día en casa de Layla cocinando y Aya está tan nerviosa que dice que no quiere participar en el banquete. Habla con ella, no podemos desairar a las esposas de los invitados y menos aún a la madre y a las hermanas de Yusuf.

Aya estaba en el cuarto que compartía con su abuela doblando cuidadosamente unos velos que colocaba con delicadeza encima de la cama.

—Hija... —murmuró Ahmed sin saber muy bien qué debía decir.

—Estás aquí... ¿Cómo te ha ido en la cantera? ¿Crees que vendrán Jeremías y Anastasia? Le dije a Anastasia que debía traer a todos sus hijos.

Estaba nerviosa y hablaba por hablar; además, en las mejillas aún se notaba el rastro de las lágrimas.

Ahmed no se atrevía a abrazarla, ya no era una niña, aunque para él siempre lo sería.

—Tienes que estar en el banquete que ha organizado tu tía Layla. Sería muy descortés que no lo hicieras y una ofensa para tu suegra.

—Iré, padre, iré. No te preocupes, aunque le dije a madre que no iría, sé cuál es mi obligación y no haría nada de lo que os pudierais avergonzar. Yo... bueno, he invitado a Kassia y a Marinna, me han dicho que nos acompañarán.

—Me parece bien, Marinna siempre ha sido una buena amiga tuya y Kassia te conoce desde niña. Disfrutarán del banquete.

—¿Sabes, padre?, estoy preocupada, Mohamed aún no ha llegado...

—Tu hermano estará aquí mañana. No dudes que asistirá a tu boda.

Salió del cuarto apenado. Aya no era feliz y él se sentía responsable de las lágrimas de su hija. No debería haber cedido al plan de Dina para casar a Aya, pero ya no podían volver atrás.

Se aseó deprisa y se vistió con la ropa que su esposa le tenía preparada. «Tienes que ir elegante —le había dicho Dina—, al fin y al cabo eres el padre de la novia.»

En la casa de Omar Salem había más invitados que en otras ocasiones. Hombres a los que Ahmed conocía y otros a los que era la primera vez que veía. Todos le felicitaron por la boda.

Omar recibió a Ahmed y a Hassan con una gran sonrisa.

—Pasad, pasad, tus hijos ya están aquí, tienes suerte de contar con dos muchachos tan formidables. Quiero decirte que me gusta el ímpetu que muestra Salah, tu hijo mayor.

—Jaled es más reflexivo —respondió Hassan, halagado.

—Demasiado prudente, diría yo, lo mismo que su tío Ahmed.

Se sintieron incómodos por el comentario pero no fueron capaces de replicar a su anfitrión. Si en ocasiones anteriores Omar había dado muestras de su buena posición, aquella noche se había esmerado en demostrar que la suya era una de las casas más importantes de Jerusalén.

Yusuf era el invitado principal y los hombres le rodeaban demandando noticias del jerife Husayn.

—No es mucho lo que puedo contar, sólo que el jerife mantiene una comunicación constante con sir Henry McMahon, el Alto Comisionado británico en Egipto.

—De manera que nos apoyarán... —resumió Hassan.

—No, no exactamente; digamos que a los británicos les vendría bien nuestro apoyo y, como contrapartida, podrían aceptar algunas de las propuestas de nuestro jerife Husayn. Además, tenemos un aliado inesperado, un oficial británico, llamado Lawrence, al que McMahon le ha encargado las comunicaciones con el jerife —explicó Yusuf.

—Los judíos también buscan a los británicos como aliados —comentó uno de los invitados.

—Están divididos, algunos se empeñan en continuar siendo súbditos del sultán y se niegan a secundar cualquier acción que ponga en peligro su posición, otros pretenden obtener el favor de los británicos y se han ofrecido para luchar junto a ellos. Pero por lo que sé, los británicos no muestran ningún entusiasmo por tenerles como aliados, aunque les han permitido formar el Cuerpo de Acemileros Sionistas —aseguró Yusuf.

—Cemal Pachá ha detenido y deportado a cientos de judíos, no se fía de ellos. También los judíos están sufriendo —aseguró Ahmed mirando fijamente a su futuro yerno.

—Así es, por eso espero que los judíos terminen entendiendo que, al igual que nosotros, no tienen otra salida que luchar contra los turcos —respondió Yusuf.

Comieron y hablaron hasta bien entrada la noche; después unos y otros fueron despidiéndose de su anfitrión agradeciéndole la velada y prometiendo volver a reunirse dos días después en la boda de Yusuf.

Aquella noche Ahmed regresó a su casa más animado que en ocasiones anteriores. Omar le había felicitado por haber logrado reunir a un grupo de hombres dispuestos a luchar.

—Tú eres quien los conoce y serás tú quien les dé las órdenes cuando llegue el momento. Ellos responden ante ti —le dijo Omar con cierta solemnidad.

Al pasar junto a La Huerta de la Esperanza le extrañó ver las luces encendidas a pesar de ser casi medianoche. Se acercó por si había ocurrido algún contratiempo y podía ayudar. Fue Samuel quien le abrió la puerta y le invitó a entrar. Le sorprendió ver allí a Anastasia.

—Hemos sabido que hace unos días apresaron a Louis. Le han deportado a Egipto, pero no sólo a él, esta noche han irrumpido en casa de Jeremías y se lo han llevado preso. Anastasia ha venido a pedir ayuda. Sus hijos están muy asustados, los soldados de Cemal Pachá apalearon a Jeremías sin ninguna consideración ante la presencia de su familia. Ahora no podemos hacer nada, mañana intentaremos conseguir su libertad —explicó Samuel.

Anastasia se acercó a Ahmed y le pidió encarecidamente que se ocupara de la buena marcha de la cantera.

—Mi esposo confía en ti, tú sabrás lo que hay que hacer hasta que él vuelva —le dijo Anastasia, y él la tranquilizó asegurándole que así lo haría.

Ahmed se presentó en la cantera apenas había amanecido. Fumaba mientras aguardaba a que llegaran los hombres. El primero en hacerlo fue Igor, que le reprochó no haberle esperado.

—Yo tampoco he dormido esta noche, si hubiera sabido que ibas a venir antes te habría acompañado.

Cuando llegaron el resto de los canteros Ahmed les explicó lo sucedido y todos lamentaron la situación de Jeremías. Habían escuchado rumores de que el dueño de la cantera era uno de los jefes de los judíos sionistas, y sabían de sus ideas socialistas, pero no imaginaban que eso pudiera acarrearle una desgracia, aunque en aquellos tiempos cualquiera podía ser objeto de la ira de Cemal Pachá.

Después de informar a los hombres les pidió que trabajaran como cualquier otro día y que no perdieran el tiempo en comentarios. Cumplirían como si el patrón estuviera con ellos.

Cuando terminó la jornada algunos hombres se le acercaron preocupados. Eran los que participaban en las reuniones clandestinas.

—Debemos tener cuidado —afirmó uno que lucía un gran mostacho.

—Lo tenemos. No os preocupéis, lo que le ha pasado a Jeremías nada tiene que ver con nuestras actividades. A Cemal Pachá le gusta que le tengan miedo —respondió Ahmed.

—Pero ¿y si sospecha de nosotros? —se atrevió a decir otro de los hombres.

—Sí, tengamos cuidado, Cemal Pachá odia a los patriotas, si supiera lo que pensamos nos ahorcaría —dijo un joven.

—Idos a casa y no os preocupéis. Los amigos de Jeremías sobornarán a alguien para liberarle.

—¿Qué sucederá mañana?

—Mañana es día de descanso y es la boda de mi hija, no pasará nada —insistió Ahmed intentando animar a sus amigos.

Caminó solo de vuelta a su casa. Igor era un joven discreto que cuando le veía apartarse para hablar con los hombres entendía que no debía esperarle. Además, aquella tarde prefería la soledad. Se sentía inquieto no sólo por la detención de Jeremías sino también porque cada día que pasaba Cemal Pachá actuaba con más crueldad. Cemal no se privaba de lujos ni de caprichos mientras la ciudad entera sufría a causa de la miseria.

Poco antes de llegar a su casa, Ahmed vio a Samuel sentado en la cerca de La Huerta de la Esperanza; fumaba y parecía abstraído. Se acercó a él.

—¿Hay noticias de Jeremías? —preguntó deseando que Samuel le anunciara su liberación.

—Sí, y no buenas. Le van a deportar, a él y a más de quinientos judíos. Cemal Pachá ha amenazado con dispersar a los judíos por todo el imperio. Ya ves, de nada ha servido que algunos de los nuestros se empeñaran en apoyar a la Sublime Puerta en esta guerra absurda. Incluso han deportado a uno de los hombres que más empeño ha puesto en apoyar al imperio. Sí, me han dicho que también han deportado a Ben Gurion.

—¿Qué vamos a hacer? —preguntó Ahmed, angustiado por la responsabilidad que sabía recaía sobre él al frente de la cantera.

—¿Qué crees que podemos hacer? Puede que mañana Cemal Pachá decida deportarnos también a nosotros como ha hecho con Jeremías y con Louis o con tantos otros. Jacob es partidario de que busquemos nuevas alianzas, él tiene fe en los británicos. Dice que si ganan la guerra serán ellos quienes decidan el futuro de esta tierra.

—No sé... puede que Jacob tenga razón. ¿Vais a pedirles ayuda? —quiso saber Ahmed.

—¿Ayuda? Más bien tendremos que ofrecer la nuestra. Ya hay algunos judíos combatiendo con ellos. Como ves, estamos divididos, algunos judíos forman parte del ejército del sultán y otros han optado por los franceses y los británicos.

—¿Y los judíos rusos?

—Sí, no me olvido de la madre Rusia de donde vengo —respondió Samuel con un deje de amargura.

—Tenemos que sobrevivir a todo esto...

—Lo intentaremos, Ahmed, lo intentaremos. Fui con Yossi Yonah a interesarme por Jeremías y por poco nos detienen. Sabes que Raquel, la madre de Yossi, es sefardí. Ella siempre ha sentido gratitud hacia el imperio otomano por acoger en Salónica a los sefardíes cuando fueron expulsados de España por los Reyes Católicos. Ya ves, es nuestro sino: expulsados, deportados, perseguidos... Raquel siempre se ha sentido segura con los turcos y ha inculcado a su hijo Yossi una devoción especial por el sultán. Su hijo dice que su madre es más turca que judía..., pero ahora Raquel se ha convertido en extranjera en su propia patria. No sé qué habría pensado de todo esto el viejo Abraham...

—Todos somos extranjeros en nuestra patria, no olvides que Cemal Pachá no tiene piedad con los árabes y no hay día que no haya un cuerpo colgado en la Puerta de Damasco o en la de Jaffa.

—Tienes razón, amigo mío, todos estamos sufriendo por lo mismo. Me temo, Ahmed, que el mundo que hemos conocido está derrumbándose y que a partir de ahora todos seremos piezas de una partida de ajedrez, tanto si Alemania y Turquía ganan esta guerra como si la ganan los Aliados. No, ya nada será igual.

—¿Volverás a Francia?

—No, no lo haré a menos que me deporten, pero si es así, regresaré. No puedo seguir buscando una patria, me conformaré con ésta, la de mis antepasados.

—Lo comprendo, eres judío.

—A veces me pregunto qué significa ser judío. Durante años luché por no serlo, quería ser como los demás, no soportaba esa carga que me hacía diferente. No imaginas cuánto me he esforzado para que cambiaran esa mirada sobre mí. Todo lo malo que me ha sucedido ha sido por ser judío. A mi familia la asesinaron en un pogromo, perdí a mi madre, a mis hermanos, a mi abuela... ¿Quién querría ser judío después de eso? Yo no quería.

—No debes renegar del Todopoderoso, Él sabe el porqué de las cosas.

—¿Crees que puedo encontrar algún sentido a que asesinaran a mi familia por ser judíos?

—Amigo mío, nosotros no podemos comprender las razones de Alá.

—No quiero cargarte con mi preocupación en vísperas de la boda de Aya. Hablemos de cosas agradables. Aún no he visto a Mohamed...

—Llegará mañana. Espero que todo vaya bien...

—¿Lo dices por Marinna y por Kassia? No te preocupes, ellas no harían nada que pudiera estropear la boda de Aya. Marinna ha sufrido mucho al separarse de Mohamed. Crecieron juntos, se enamoraron y no ha sido fácil para ninguno de los dos tener que afrontar que no podían seguir soñando.

—Yo aprecio a Marinna, no creo que hubiera mejor esposa que ella para Mohamed, pero sé que a pesar de que vosotros... bueno, vosotros no sois religiosos, o al menos no practicáis la fe, el caso es que ella nunca se convertiría al islam.

—Tienes razón, no lo hará. Pero al menos comprendemos el dolor de la desesperanza, del primer fracaso. Ya ves qué cosa tan absurda es la religión, que impide que dos jóvenes que están enamorados puedan estar juntos. Llegará un día en que no será así, y ojalá yo pueda verlo.

—Mohamed también ha sufrido.

—Lo sé. ¿Sabes, Ahmed?, me parece absurdo que los hombres nos peleemos por creer que el Dios al que rezamos es mejor que el Dios de los otros.

—Nosotros no nos peleamos.

—Tienes razón, en realidad son los cristianos quienes no toleran a los judíos, aunque los musulmanes también tenéis vuestros propios deportados de Sefarad. Tampoco os permitieron seguir siendo lo que sois. En definitiva, nos han querido imponer su verdad y han matado por ella. Al menos los judíos y los musulmanes somos capaces de respetarnos y de vivir en paz, aunque no permitamos que nuestros jóvenes puedan amarse. Sin embargo, no nos matamos.

Dejaron que las sombras cayeran sobre aquel pedazo de tierra que compartían mientras fumaban un cigarro tras otro. Ninguno de los dos tenía el espíritu sereno como para dormir, y hasta bien entrada la noche no se fueron a descansar.

El día transcurría con aromas de fiesta. Aya lucía tímida y hermosa. Marinna y Kassia, Dina y Zaida la habían ayudado a vestirse de novia.

Mohamed y Marinna se habían saludado con normalidad, pero de inmediato se habían evitado. Mohamed atendía a los invitados de la familia y Marinna no se separaba de las mujeres de la casa. Escuchaba los comentarios nerviosos de Aya, le cogía una mano intentando calmar su nerviosismo.

Dina se había esmerado en la preparación de la boda y había contado con la ayuda de su hermano Hassan, siempre generoso. Quería dar buena impresión a la familia de Yusuf Said. Sabía de la devoción que Yusuf sentía por su madre. Dina le había encargado a Zaida que estuviera pendiente de los deseos de la mujer. En cuanto a Layla, tenía que reconocer que su cuñada, cuando quería, era capaz de mostrarse encantadora, por eso le había encargado el cuidado de las hermanas de Yusuf.

Le preocupaba la palidez de Aya, y había temido que durante la ceremonia su hija rompiera a llorar. No la veía feliz, aunque intentaba consolarse pensando que era normal que estuviera asustada. Dina también lo estaba cuando la entregaron a Ahmed, pero después se decía a sí misma que no habría querido a otro esposo que no fuera él. Habían sido felices y su vida de matrimonio sólo se había visto empañada por la pérdida de sus hijos. Aún lloraba a escondidas al pequeño Ismail y al niño que nació muerto y que no le permitieron ver.

Al final todo había salido como estaba previsto, y su hija ya era la esposa de Yusuf. Miró a su alrededor y se tranquilizó al ver a Aya rodeada por las mujeres, la madre de Yusuf se mostraba cariñosa con ella y Marinna tenía una actitud protectora. ¡Qué pena que aquella judía no quisiera convertirse al islam! Habría sido una buena esposa para Mohamed.

Los hombres parecían satisfechos charlando mientras comían. Dina no dejaba de servir platos y mientras lo hacía escuchaba retazos de las conversaciones. Algunos murmuraban en voz baja sobre los últimos ahorcamientos de árabes y las deportaciones de judíos. Ella torcía el gesto, no quería que estropearan la velada hablando de asuntos que tenían a todos preocupados. Sonrió cuando llegaron los músicos que su hermano Hassan había contratado para amenizar la fiesta.

—¡Pero te has vuelto loca! ¿Cómo se te ha ocurrido contratar músicos? —le reprochó Ahmed.

—Pero si te dije que era un regalo de mi hermano Hassan... No me dijiste que no lo hiciera...

—Ni tampoco que lo hicieras.

Kassia se acercó a ellos sonriendo.

—Es una boda preciosa, lástima que no haya venido Anastasia..., le hubiera gustado tanto ver a vuestra hija...

—Entiendo que no haya querido venir teniendo a su esposo encarcelado. Pero le llevaré un plato con dulces, al menos así disfrutarán de algo de la boda —añadió Dina.

Fue en aquel momento cuando escucharon gritos y ruidos y vieron que unos hombres se abrían paso apartando violentamente a los invitados. Se hizo el silencio. Aquellos hombres formaban parte de la policía de Cemal Pachá. Uno de ellos fue directamente hacia donde estaba Ahmed.

—¡Ahmed Ziad!, quedas detenido por conspirar contra el sultán y participar en actividades contra el imperio —dijo el policía mientras otros dos sujetaban a Ahmed por los brazos.

—Pero ¿qué es esto? Tiene que haber un error. Mi padre no ha hecho nada. Somos súbditos leales del sultán. —Mohamed se había plantado frente a los captores de su padre.

—Tú eres Mohamed Ziad, sabemos de ti. Por ahora no tenemos órdenes de llevarte preso, pero todo se andará. Tu padre es un traidor y como tal será tratado y juzgado. Apártate o de lo contrario...

Mohamed no se apartó. Uno de los policías le empujó con

tal fuerza que si no hubiera sido por Samuel, que le sujetó con mano firme, habría caído al suelo. Samuel se dirigió entonces a los policías.

—Soy el arrendador de Ahmed Ziad y puedo dar fe de que es un buen hombre y un súbdito leal del sultán, como lo somos todos. Mienten quienes les hayan informado de lo contrario.

—Vaya, de manera que sales fiador de un traidor, acaso tú también lo seas —dijo el policía que estaba al mando.

—Presentaré una queja formal...

Uno de los policías le golpeó en la cara partiéndole un labio. Samuel no se inmutó, pero Mijaíl sí lo hizo.

—¡Basta ya! ¿Cómo se atreven? Estamos celebrando una boda. Este hombre —dijo mirando a Ahmed— no ha hecho nada, ni ninguno de los que estamos aquí. Tiene que haber un malentendido...

También le golpearon a él y de nuevo a Mohamed, que intentaba forcejear para librar a su padre de las manos de los policías. Pero fue inútil. A pesar de las protestas se llevaron a Ahmed.

Dina abrazaba a Aya, ambas lloraban asustadas y los invitados de la ceremonia se marcharon deseosos de dejar aquella casa asolada por la desgracia.

—Alguien le ha traicionado —afirmó Yusuf apenas se fueron los invitados.

—¿Traicionado? —preguntó Samuel con asombro.

—Sí, alguien le ha denunciado. Tiene que ser alguno de los hombres que... —Guardó silencio. Sabía que Samuel era amigo de Ahmed, pero él no confiaba en aquel judío, no le conocía y no estaba dispuesto a poner su vida en manos de un extranjero.

Samuel buscó la mirada de Mohamed y le preguntó a él.

—¿En qué está metido tu padre? Dímelo, es mejor que lo sepa para que pueda ayudarle.

—No has podido ayudar a Jeremías ni a Louis, mucho menos puedes ayudar a mi padre —respondió Mohamed, airado.

—Puedes confiar en mí —repuso Samuel, dolido por la respuesta.

—Sé que puedo hacerlo, pero hay asuntos que... bueno, que no debemos compartir ni siquiera contigo. Lo siento, Samuel, agradezco tu ayuda pero ahora deberías dejar que la familia decida qué hacer.

Samuel dio media vuelta y salió de la casa seguido por Kassia, Jacob, Ariel, Igor, Mijaíl y Ruth. Marinna se quedó junto a Aya, que lloraba desconsolada. Mohamed la miró y ella le desafió con su propia mirada, pero él no se arredró.

—Marinna, es mejor que te vayas. Por tu propio bien, por tu propia seguridad, hay cosas que... bueno, es mejor que no las sepas.

—De manera que no confiáis en nosotros —respondió ella con ira.

—¡Claro que sí! Pero en estos momentos es mejor que no estéis aquí. Iré a hablar con Samuel en cuanto pueda.

Ella salió sin despedirse y Mohamed, que la conocía bien, sabía que nunca le perdonaría que la hubiera tratado como a una extraña.

Durante los días siguientes ambas familias se evitaron. No fue hasta una semana más tarde cuando volvieron a verse.

Junto a la Puerta de Damasco se agolpaba un nutrido grupo esperando a que amaneciera. Aquella mañana varios hombres serían ahorcados, y como sucedía en estas ocasiones, sus familiares y amigos asistían con la esperanza de despedirse o al menos intercambiar una mirada que sirviera de consuelo al condenado.

Dina acudió acompañada de sus hijos Mohamed y Aya, de su hermano Hassan, de sus dos sobrinos Salah y Jaled y de su yerno Yusuf. Algunos de los hombres de la cantera se habían acercado temerosos. Junto a ellos estaba Yossi Yonah, el hijo de Abraham. Había ido solo a pesar de las protestas de su madre, Raquel. La familia Yonah apreciaba sinceramente a los Ziad, y Raquel se había quedado llorando en casa acompañada de su nuera Judith y de su nieta Yasmin. Yossi se había mostrado inflexible negándose a que su anciana madre acudiera a la ejecución de Ahmed.

Samuel, Jacob y Ariel también se habían presentado, pero apenas intercambiaron unas palabras con Mohamed.

Los condenados llegaron maniatados, los guardias de Cemal Pachá les obligaban a apresurar el paso a empujones.

Ahmed buscó con la mirada a los suyos y al ver a Dina y a sus hijos a duras penas logró controlar las lágrimas. No deberían estar allí, pensó, no deberían verle morir de aquella manera. Pero sabía que nadie en el mundo habría podido impedir que Dina acudiera a compartir con él sus últimos momentos. Le reconfortó ver a Yusuf junto a Aya. Les miró fijamente, intentando transmitirles con la mirada el amor infinito que sentía por ellos. Aya, su pequeña Aya, la luz de sus ojos. Mohamed, su hijo bienamado en el que se cumplirían todos sus sueños. Y Dina, su querida esposa, siempre dispuesta al bien. Hubiese querido ser él quien les consolara, decirles que no quería morir, pero si ésa era la voluntad de Alá, le daba las gracias por perder la vida por una buena causa.

Seguía preguntándose quién le había traicionado, quién entre aquellos hombres a los que consideraba sus amigos le había señalado. Miró uno a uno a otros hombres que también iban a ser ahorcados. Algunos eran canteros, hombres buenos, a los que él había convencido para unirse contra el imperio otomano. ¿Habían sido ingenuos? ¿Estúpidos, tal vez? Pero en los últimos segundos de su vida no quería tener pensamientos amargos. De repente vislumbró la figura de Samuel y no pudo evitar una sonrisa. No le extrañaba verle allí, sabía que estaría, que le acompañaría en aquel instante. Se miraron durante unos segundos y ambos entendieron lo que se querían decir. Se conocían bien.

El verdugo fue colocando la soga alrededor del cuello de los condenados. Mientras lo hacía se escuchaban procedentes de la muchedumbre gritos de angustia, como el de Dina, como el de Aya.

¿Por qué tardaba tanto el verdugo? ¿Por qué no acababan de una vez con aquella tortura? A Ahmed aquel momento se le antojaba inútil y eterno. Se preguntó si iría al Paraíso. Así lo había creído desde niño, pero ahora... De repente, el nudo de la soga le oprimió el cuello con tanta fuerza que dejó de ser.

Mohamed apretó el brazo de su madre, que lloraba y gritaba intentando liberarse de su hijo para acercarse al cuerpo inerte de su marido. No podía hacerlo. A Cemal Pachá le gustaba que los cuerpos de los ahorcados se balancearan durante horas ante la gente para que sirviera de aviso a los árabes nacionalistas rebeldes.

Aya se desmayó y Yusuf tuvo que levantarla del suelo y apartarla del gentío para protegerla.

Dina se negaba a regresar a casa, quería permanecer allí hasta que le entregaran el cuerpo de Ahmed, y ni Mohamed ni su hermano Hassan fueron capaces de convencerla de lo contrario.

—Me quedaré con él, no me moveré de aquí hasta traerlo conmigo —aseguró entre lágrimas.

Mohamed se rindió ante la determinación de su madre. La conocía bien y sabía que ella se quedaría, no importaba cuántas horas ni cuántos días.

Un día entero estuvo el cuerpo de Ahmed expuesto en la Puerta de Damasco. Mohamed supo más tarde que, gracias a la intercesión de Omar, les habían entregado el cadáver de su padre.

Aunque a Cemal Pachá le gustaba que las grandes familias de Jerusalén supieran que quien mandaba era él y por eso no cejaba en sus alardes de crueldad, de vez en cuando atendía alguna petición ante la que mostrarse clemente. La familia Salem era rica e influyente, de manera que decidió mostrarse magnánimo y mandó que descolgaran el cuerpo de aquel desgraciado ahorcado junto a otros como él. Pero un gesto así solía acompañarlo de otro que causara terror, por eso disfrutó largo rato interrogando a Omar, del que dijo desconfiar, e incluso le creía un traidor, puesto que se interesaba por el conspirador ahorcado.

Omar resistió la furia que sentía al tener que humillarse pidiendo a aquel desalmado el cuerpo de Ahmed. Era lo menos que le debía a la familia Ziad.

Dina no descansó hasta que el cuerpo de Ahmed no reposó en la tierra, después de que ella misma junto a Zaida lavara y preparara su cadáver. Mohamed había insistido en hacerlo él, pero Dina se había negado. Poco le importaba lo que dijera la ley.

Yusuf se llevó a Aya después del entierro de Ahmed. Había compartido el pesar y la desgracia de la familia Ziad pero ahora debía seguir adelante. Era un hombre del jerife y su lugar estaba donde pudiera serle útil. Dejaría a Aya junto a su madre en Ammán, al otro lado del Jordán. Su familia la cuidaría. Aún no habían tenido un momento para estar a solas, ni él lo había buscado. Sabía que Aya no sería suya hasta que la herida de la pérdida de su padre no hubiera cicatrizado.

Tuvieron que pasar unos días hasta que Mohamed se sintió con fuerzas para ir a La Huerta de la Esperanza. Les debía una explicación. Samuel había sido amigo de su padre, él sabía cuánto le apreciaba. Pero aun así había creído necesario resolver sus problemas en familia. Ahora le correspondía a él tomar decisiones. Y la primera de ellas había sido la venganza.

Mohamed pensaba con acierto que encontraría al traidor entre los supervivientes del grupo de su padre. A Ahmed le habían ahorcado junto a otros canteros y campesinos, de manera que tenía que buscar entre aquellos a los que la policía de Cemal Pachá no había molestado. Y eran cinco.

Dos días después de haber enterrado a su padre, y acompañado por sus primos Jaled y Salah, sin previo aviso se presentaron en casa de aquellos hombres. El primero les pareció sincero en su manifestación de dolor; les juró que mataría con sus propias manos al traidor si supiera quién era. El segundo hombre también parecía afectado por el ahorcamiento de Ahmed. Fue en la tercera casa donde encontraron el germen de la traición.

Allí estaban los tres hombres que les faltaba por visitar; al ver a los tres miembros de la familia Ziad dieron muestras de nerviosismo. Mohamed les acusó directamente de haber traicionado a su padre y uno de ellos bajó la cabeza, avergonzado, sin atreverse a responder, mientras los otros dos gritaban ofendidos por la acusación. Jaled y Salah se enfrentaron a los canteros diciendo que tenían un amigo que conocía a un policía de Cemal Pachá, y que éste les había señalado como los traidores. Empezaron a discutir pero a Mohamed no le cupo ninguna duda de que eran los culpables, de manera que sacó el cuchillo que llevaba escondido y de un solo tajo le segó la garganta al que permanecía en silencio. Los otros dos hombres intentaron escapar pero Jaled y Salah se lo impidieron sujetándoles. Mohamed tampoco tuvo piedad con ellos. Los dejaron tirados en el suelo en medio de un gran charco de sangre. Había vengado a su padre aun sabiendo que él nunca le hubiera consentido la venganza. Pero su padre ya no existía y él, para poder seguir viviendo, tenía que cobrarse la vida de quienes lo habían llevado hasta la horca.

Ya fuera por indiferencia de la policía o simplemente porque no pudieron probar la autoría, Mohamed salió impune de la muerte de aquellos hombres, por más que en la cantera todos murmuraban que había sido él quien se había cobrado venganza. De manera que cuando se presentó en La Huerta de la Esperanza, Samuel ya sabía lo que había pasado.

Le invitaron a sentarse y a compartir la cena. Dudó en aceptar por la presencia de Marinna, pero al final decidió quedarse, no podía estar huyendo siempre de ella. Cenaron recordando a Ahmed, todos contaron alguna anécdota; después Kassia hizo una señal a Marinna y a Ruth y dejaron a los hombres solos. Sabía que Mohamed no hablaría en presencia de las mujeres.

Mirándole a los ojos, Samuel preguntó:

—¿Has matado a esos hombres?

Mohamed no se molestó en negarlo.

—¿Y tú qué habrías hecho en mi lugar?

—A mi madre y a mis hermanos los asesinaron cuando yo

era niño, a mi padre cuando yo ya era un hombre. ¿Qué hice entonces? Nada, no hice nada excepto huir. Eso es lo que hice. No creas que me siento orgulloso de haber huido de Rusia, por más que me pregunto qué podría haber hecho.

—Buscar a sus asesinos —respondió Mohamed.

—Sí, supongo que podría haberme quedado, haberme integrado en alguno de los grupos de oposición al zar que defendían la violencia para acabar con la injusticia. Pero mi padre no lo hubiera querido. Murió para que yo viviera.

—¿Sabes, Samuel?, hay momentos en la vida en los que la única manera de salvarse a uno mismo es muriendo o matando. Yo he elegido salvarme vengando a mi padre aunque pueda costarme la vida.

Se quedaron en silencio cruzando las miradas, comprendiéndose sin palabras.

—A Ahmed no le habría gustado que nadie muriera por su causa —dijo Ariel.

Mohamed se encogió de hombros. Él sabía mejor que aquellos hombres cómo era y cómo sentía su padre, aunque, sí, tenían razón, él nunca hubiera buscado venganza.

—Pueden detenerte, hay mucha gente que murmura —insistió Samuel.

—Y ahora ¿qué vas a hacer? —preguntó Jacob.

—Me quedaré con mi madre. Pero necesito trabajar. Si pudierais hablar con Anastasia para que me contrate en la cantera…

—Tu padre siempre quiso que estudiaras, ¿por qué no regresas a Constantinopla? —quiso saber Samuel.

—¿Y con qué pagaría los estudios? Además, no puedo dejar a mi madre y a mi abuela desprotegidas. Tendrían que ir a vivir a casa de mi tío Hassan y mi madre sufriría. No es que mi tío no fuera a cuidarlas bien, o que su mujer, Layla, no se comportara con corrección, pero vivirían en casa ajena. No, no dejaré a mi madre.

—Podemos ayudarlas hasta que termines los estudios. Tu padre tenía la ilusión de que te convirtieras en un hombre importante —insistió Ariel.

—Sí, quería que fuera médico, pero aceptó que estudiara leyes, y ahora... ahora las cosas serán como tienen que ser. ¿Podéis ayudarme?

—Anastasia se va a Galilea, a la casa de su hermana Olga y de Nikolái. ¿Recuerdas a Olga, la hermana de Anastasia? Viven en un asentamiento agrícola junto a otros amigos. Se quedará con ellos hasta que Jeremías pueda regresar. Pero hablaré con ella y le diré que te busque un trabajo en la cantera, aunque... si tú quieres puedo ayudarte a pagar los estudios, ya me lo devolverás —dijo Samuel reiterando la oferta de Ariel.

—Gracias, pero no puedo abandonar a mi madre. Dime, ¿quién sustituirá a mi padre como capataz?

—Anastasia le ha encargado ese cometido a Igor. Es muy joven pero trabaja sin descanso y se ha ganado el respeto de los hombres —respondió Ariel, orgulloso de su hijo.

—¿Querrás contar conmigo? —Mohamed miró a Igor, que hasta aquel momento había permanecido en silencio.

—Sabes que sí. Si Anastasia está de acuerdo, trabajaremos juntos —aseguró.

—Mañana iré a verla, está preparando las cosas para el viaje. La acompañaré hasta Galilea —explicó Samuel.

—De manera que te vas...

—No, no me voy, sólo la acompañaré —le interrumpió Samuel—. Mijail vendrá con nosotros. No estaría segura viajando sola con los niños. Regresaremos apenas la hayamos dejado instalada. Son días difíciles los que estamos viviendo.

Sí, lo son, y aun así tenemos que seguir viviendo. Dentro de unos meses me casaré —anunció Mohamed.

Se quedaron en silencio sin saber qué decir. Fue Ariel quien preguntó.

—¿Te casas? No sabíamos que estuvieras comprometido.

—Pensaba anunciarlo durante la boda de mi hermana... Mi madre ha insistido tanto en que debo hacerlo... Cuando llegué me dijo que habían encontrado una esposa apropiada para mí. Mi padre parecía contento, es hija de un amigo suyo, de uno de los amigos que corrieron su misma suerte en la horca... Yo apenas la conozco, la recuerdo de cuando era niña... Mi padre me preguntó si estaba dispuesto a desposarla. Le di mi palabra de que lo haría, y la cumpliré. Esperaremos al menos un año, faltaríamos al decoro si nos casáramos antes. Cuando sus tíos y sus hermanos consideren que ha llegado el momento me lo harán saber. Mientras tanto, iré preparando mi casa para cuando venga Salma.

Le escucharon sin saber qué decir. No era momento de felicitaciones. Mohamed observó de reojo a Jacob sabiendo que estaría sufriendo por Marinna. También él sufría. No sólo porque sabía que a ella le dolería cuando supiera que estaba comprometido, sino porque él seguía enamorado de ella. Por más que había intentado dejar de quererla, no lo había conseguido, pero ahora más que nunca tenía que cumplir con la voluntad de su padre muerto.

Una semana más tarde Mohamed trabajaba en la cantera codo con codo junto a Igor. Anastasia había dado su consentimiento para que le contrataran como segundo capataz. También ella apreciaba a Ahmed y a su familia, y a pesar de que a Mohamed le resultaba una mujer extraña que siempre parecía ensimismada en sus propios pensamientos, sabía que era una buena persona.

El tiempo pasaba y Mohamed se comprometía cada día más con la causa del jerife Husayn. Odiaba a los turcos, a los que responsabilizaba del asesinato de su padre, de manera que hizo suya la causa de su cuñado Yusuf Said, casado con su querida hermana Aya.

Yusuf visitaba Jerusalén de cuando en cuando para reunirse con Omar Salem, con Hassan y con todos los hombres que compartían el mismo sueño: una nación árabe desde Damasco hasta Beirut, desde La Meca hasta Jerusalén.

Para 1917 el jerife Husayn ya colaboraba con los británicos y éstos con él. Cada bando defendía sus propios intereses, y aunque los británicos se mostraban ambiguos en sus compromisos de futuro, el jerife no dudaba de que le ayudarían a construir el reino que sustituiría al dominio otomano.

—Tienes que venir conmigo, Faysal te sorprenderá. Se ha ganado el respeto de los ingleses —le explicó Yusuf a Mohamed sobre las cualidades del hijo del jerife.

—No puedo dejar a mi madre y a mi abuela desprotegidas —se lamentó él.

—Pero tu tío Hassan es el hijo mayor de tu abuela Zaida, y está obligado a protegerla. En cuanto a tu madre, sé que tu tía Layla la quiere bien —insistió Yusuf.

Pero Mohamed sabía que ni Zaida ni Dina querían vivir con Hassan y Layla.

—Hablaré con mi tío, quizá podamos buscar la manera de que se encargue de ellas pero permitiendo que puedan vivir en nuestra casa. Ésa sería la voluntad de mi padre.

—Tienes que unirte a nosotros y luchar. No puedes quedarte al margen cuidando a dos mujeres.

Mohamed ansiaba hacerlo. Admiraba a Faysal, que ya en ese momento se había labrado la fama de ser un guerrero tan audaz como inteligente.

—¿Estás seguro del compromiso de los británicos? —preguntó Omar Salem a Yusuf.

—El jerife mantiene una correspondencia con el cuartel general de los británicos en El Cairo. Son ellos quienes nos necesitan para derrotar a los turcos. Sir Henry McMahon se ha comprometido por escrito con el jerife a que cuando termine la guerra respetarán la creación de una nueva nación árabe. Por eso nos surten de armas, y además han enviado hombres a combatir con nosotros. El propio McMahon ha encargado a uno de sus oficiales, T. E. Lawrence, que ayude a Faysal. Lawrence se ha convertido en el consejero de Faysal y los beduinos le respetan.

Mohamed se decidió a hablar con su tío Hassan. Ansiaba luchar.

—Tío, quiero unirme a mi cuñado y combatir con las fuerzas de Faysal, pero no puedo irme dejando a mi madre y a la abuela Zaida sin el cuidado de un hombre.

—Mi madre y mi hermana son bienvenidas en mi casa. Lo sabes bien. Mi esposa las aprecia y mis hijos las respetan. Puedes ir tranquilo.

Pero no era eso lo que Mohamed quería, de manera que pasó un buen rato intentando convencerle para que las dos mujeres pudieran vivir en su propia casa aun estando bajo la protección de su tío. Hassan se resistía. Pero Mohamed le hizo ver que las dos casas apenas estaban separadas por unos cuantos metros, y que de hecho sería como si vivieran juntos.

Hassan terminó aceptando, aunque no de buena gana. Sabía que su esposa Layla le reprocharía que se mostrara tan blando en cuanto a sus obligaciones con su madre y su hermana. Pero él ya le había dado su palabra a su sobrino, de manera que cumpliría.

Mohamed no se fue solo, sus primos Salah y Jaled le acompañaron. Eran jóvenes y querían luchar por una patria propia.

Hassan continuaba frecuentando la casa de Omar Salem, donde siempre obtenía alguna noticia de cómo marchaba la guerra y de los combates entre los hombres del jerife y los turcos. Así que en julio de 1917 celebraron con regocijo el gran éxito obtenido por las tropas de Faysal en Áqaba, que habían atacado por sorpresa a los turcos asentados en aquella ciudad que se asomaba al Mar Rojo. El eco de aquella victoria voló a través de las arenas del desierto. No era una victoria menor y Faysal, tras la conquista, puso a disposición de los británicos aquel puerto perdido. A los ingleses les faltó tiempo para desembarcar hombres y armas que servirían para afianzar las posiciones del general Edmund Allenby.

—Allenby conquistará Jerusalén —le aseguró Omar Salem a Hassan—, y de aquí irá a Damasco, ya verás. Pronto nos habremos librado de los turcos.

—Alá sea loado —respondió Hassan.

—Tus hijos y tu sobrino han sobrevivido a la batalla. Me han dicho que son hombres duros que no temen mirar de frente a la muerte. Alégrate.

Hassan visitaba a diario a su madre y a su hermana Dina, y esa noche llegó con el corazón más alegre que de costumbre.

—Vengo de casa de Omar, debemos estar satisfechos, nuestros hijos han combatido y vencido en Áqaba. Se comportan como valientes.

—¿Cuándo regresarán? —preguntó Zaida, a quien poco le importaban las batallas pero anhelaba el regreso de sus tres nietos.

—La guerra no ha terminado, tienen que continuar luchando.

—No quiero que maten a mi hijo —respondió Dina encarando la mirada de Hassan.

—¡¿Quién quiere perder a un hijo?! ¿Crees que yo o Layla no sufrimos por la ausencia de Salah y Jaled? Pero si queremos una patria, tenemos que luchar. Debemos estar orgullosos de su sacrificio.

—Los turcos me han quitado a mi marido, sólo les deseo mal, pero no a cuenta de la vida de mi hijo. ¿Por qué no vienen a visitarnos?

Hassan intentaba explicar a las dos mujeres la grandeza del gesto de sus hijos, pero Dina y Zaida, al igual que Layla, sólo querían tenerlos con ellas.»

9

La década convulsa

Marian se quedó en silencio. Cerró los ojos unos segundos y cuando los abrió sintió la mirada intensa de Ezequiel.

—Pero usted conocerá esta historia por su padre —musitó.

—No con tantos detalles. Siempre supe que a mi padre le unía un vínculo especial con la familia Ziad, pero usted ha hecho que vea aquellos acontecimientos de otra manera, con otros ojos. Le aseguro que esta conversación está siendo muy importante para mí.

—¿Podemos continuar?

—Sí, claro que sí. Pero tenemos que comer algo. ¿Sabe qué hora es? Cerca de las dos.

—¡Lo siento! He comenzado a hablar y a hablar y no me he dado cuenta de que pasaba el tiempo.

—No lo sienta. A mí también se me ha pasado volando.

—¿Me permite invitarle a almorzar? —Nada más decirlo Marian se arrepintió.

Ezequiel la miró entre divertido y extrañado.

—¿Eso no va contra las normas? Creía que no podía confraternizar con el enemigo.

Ella dio un respingo incómoda.

—No se burle, es sólo que me gustaría escuchar su parte de la historia y... bueno, con la hora que es...

—Acepto su invitación.

—¿Qué le parece el American Colony?

—Me encanta, pero es demasiado caro, no creo que su ONG le pague dietas tan altas.

—No invita mi ONG, invito yo.

—Demasiado lejos de aquí, ¿no le parece?

—Entonces decida usted dónde.

—De acuerdo, le llevaré a un buen restaurante de pescado no lejos de la Puerta de Jaffa.

—¿En la zona judía?

—En Jerusalén.

Marian condujo el coche siguiendo las indicaciones de Ezequiel. El restaurante era modesto aunque estaba limpio y repleto de gente. Un camarero sonrió al verles y les indicó una mesa apartada del bullicio.

—Es la mesa del jefe, pero como hoy no está, pueden sentarse. Enseguida vengo con la carta.

Pidieron *hummus*, pescado y una botella de vino blanco, y hablaron de banalidades mientras esperaban que les sirvieran la comida.

—Su nieta va a enfadarse conmigo —le dijo ella.

—Sí, así es, no comprende por qué le estoy dedicando tanto tiempo ni a qué viene este intercambio de historias.

—Yo le agradezco su tiempo —dijo, y era sincera.

—Usted ha traído un poco de animación a un viejo aburrido como yo. Quién iba a decirme que hoy iba a almorzar con una mujer tan notable como usted. No, no me agradezca nada, estas conversaciones están resultando muy interesantes. ¿Sabe?, creo que uno de los problemas que tenemos aquí es que no somos capaces de ponernos en la piel de los otros. Usted me está abriendo otra perspectiva de lo sucedido.

—Usted también a mí —musitó ella a su pesar.

—Bien, ¿quiere que empiece o esperamos al postre?

«Mijaíl no sabía cómo empezar la conversación. Aún le costaba relacionarse con naturalidad con Samuel. Encendió un cigarrillo mientras buscaba las palabras con que decirle que se iba.

Las dos últimas semanas las había pasado en Tel Aviv y había decidido que era allí donde quería vivir.

—Bien, dímelo ya —le pidió Samuel, impaciente.

—¿Cómo sabes que quiero decirte algo? —respondió Mijaíl.

—Has llegado hace unas horas, durante el almuerzo apenas has prestado atención a la conversación y por más que Marinna te ha insistido para que le contaras cómo has pasado estos días en Tel Aviv, apenas has dicho más que vaguedades. Además, me has pedido que saliéramos a caminar un rato.

—Tienes razón, era evidente que tenía algo que decir. Bien... yo... no quisiera que te enfadases, pero he decidido irme a Tel Aviv. Es una ciudad nueva en la que hay oportunidades. La gente está viva, no como aquí... No me gusta Jerusalén, es una ciudad que me oprime y no tengo esa querencia que otros judíos tienen por ella. Me interesa más lo que está pasando en Tel Aviv; además, allí puedo dedicarme a la música. Se están formando pequeñas orquestas, grupos de música..., todo está por hacer, pero aquí... Creo que Jerusalén está muerta aunque los que viven aquí no lo saben.

Samuel sintió una punzada en la boca del estómago. Mijaíl era lo único que le unía a sus raíces, con Rusia, con San Petersburgo, con los días de su juventud, que todavía turbaban sus sueños.

—Vaya, creía que no te gustaba Tel Aviv. Cuando llegamos me dijiste que sólo era un pueblo... Bien, comprendo que quieras marcharte. Tienes razón, en Tel Aviv tendrás más oportunidades que aquí, aunque quizá deberías pensar en volver a París. Es allí donde puedes continuar con éxito tu carrera; aquí, de alguna manera, se ha truncado. Ya ves, todo está por hacer.

—Francia está en guerra, no es el mejor momento para volver.

—Todo el imperio otomano también está en guerra y Palestina es parte del imperio —recordó Samuel.

—Tienes razón, pero aquí todo es diferente. Sé que nos cuesta entendernos, de manera que no tienes por qué comprender mis razones. No sé qué decidiré en el futuro, pero por ahora quiero quedarme en Palestina. Me parece emocionante todo lo que está pasando en Tel Aviv. Es una ciudad que se está inventando a sí misma, que tiene todo el futuro por delante. Además... bueno, creo que ya es hora de que viva mi propia vida. Vendré siempre que pueda a La Huerta de la Esperanza, para mí será lo más parecido a volver a casa.

Debieron de sentir el mismo impulso porque se abrazaron. Seguramente en aquel instante estuvieron más cerca de lo que nunca antes habían estado.

Mijaíl dedicó los siguientes días a despedirse de Yossi y de Judith, y le prometió a Yasmin que la visitaría. También quiso despedirse de la familia Ziad. Mohamed había llegado hacía pocos días a visitar a su madre y a su abuela, Zaida, que yacía en cama, enferma.

La casa de Mohamed se le antojó sombría. Dina se había encerrado en su dolor y de su rostro había desaparecido aquella sonrisa que antaño regalaba a cuantos la conocían. Pero como decía Kassia, Dina era una mujer fuerte y como tal sabía que no podía flaquear, así pues, continuaba atenta a las necesidades de los suyos, y ahora era su madre Zaida quien precisaba de sus cuidados.

—Tienes suerte de poder irte —le dijo Mohamed en voz baja.

—Siento lo que ha pasado, no llegué a conocerle mucho pero sé que tu padre era una gran persona.

—Sí, y por eso pagó con su vida.

Hablaron durante un buen rato sobre la guerra y ambos coincidieron en que sería el principio del fin del imperio otomano.

—Los viejos no lo ven, incluso temen que desaparezca el imperio, se preguntan qué pasaría si así fuera. Yo digo que es nuestra hora, que debemos dejar de ser extranjeros en nuestra tierra. Damasco, Beirut, La Meca... Por eso me he unido a las tropas de Faysal; sí, debemos luchar por una gran nación árabe.

—¿Te quedarás mucho tiempo? —preguntó Mijaíl.

—Un día más, he de regresar. No puedo quedarme, por más que me preocupe la salud de mi abuela. Ahora es tiempo de luchar.

Mijaíl le escuchaba con interés. Simpatizaba con Mohamed y comprendía su dolor, por eso le contó cómo había perdido a su padre y cómo salió de Rusia en brazos de Irina y de Samuel.

—Ya ves, a mí también me lo asesinaron. No me he recuperado nunca de su pérdida. A mi madre no la recuerdo, pero a mi padre sí.

Hablaron hasta que la noche se cerró como un manto sin estrellas y se reconfortaron el uno al otro hablando de sus seres queridos. Al día siguiente cada uno tomaría un rumbo distinto. Mohamed volvería a las filas de Faysal para seguir combatiendo, y Mijaíl hacia aquella ciudad que los judíos sentían enteramente suya.

En esta ocasión a Samuel le costó despedirse de Mijaíl. Le apreciaba más de lo que había creído. Tel Aviv estaba cerca pero aun así tenía una sensación de pérdida.

—Me hubiera gustado haber conocido mejor a Mohamed —le confesó Mijaíl.

—Es un buen chico —aseguró Samuel.

—¿Sabes?, entiendo que haya vengado a su padre. Si yo hubiera podido hacerlo...

—Tendrá que vivir el resto de su vida con... con la muerte de esos hombres.

—Pero él tiene razón, hay momentos en la vida en los que la única manera de salvarse a uno mismo es muriendo o matando, y Mohamed ha elegido la única opción que le han dejado. Si hubiéramos sido amigos, yo le habría acompañado.

—Sí, eso es lo que me dijo Mohamed, pero olvidáis lo principal: la conciencia.

Mijaíl no respondió. No quería discutir con Samuel ahora que se marchaba, de manera que salió en busca de los moradores de La Huerta de la Esperanza.

Jacob le regaló un par de libros de Dostoievski y Ariel le sorprendió con un violín que él mismo había hecho a escondidas.

—No es muy bueno, pero así no te olvidarás de nosotros —dijo, y depositó el violín en sus manos.

Mijaíl se emocionó. Había llegado a apreciar a aquel hombre rudo que sin embargo parecía conmoverse cuando le escuchaba ensayar con su violín y que por la noche se quedaba junto al fuego leyendo los libros que le prestaba Jacob.

Kassia le regaló un jersey que ella misma había tejido y Marinna una bufanda.

—En Tel Aviv no hace tanto frío como aquí pero te vendrá bien —dijo Kassia mientras le abrazaba.

Ruth le había preparado una cesta con comida, y repitió varias veces que no tuviera reparos en regresar si las cosas no le iban como esperaba.

Ninguno le acompañó hasta la puerta sabiendo que Samuel desearía despedirse de él a solas.

—Pronto volveré a veros —prometió Mijaíl.

—De lo contrario iré yo a Tel Aviv —respondió Samuel en tono de amenaza.

—No hará falta.

—Y escribe a Irina, ella siempre se preocupa por ti.

—Lo haré, nunca he dejado de escribirle.

Se dieron un abrazo y luego Samuel dio media vuelta para que Mijaíl no le viera emocionarse. Y la vida continuó.

Parecía que aquel año de 1917 iba a ser pródigo en acontecimientos. Como un día en que Jacob llegó gritando «El zar ha abdicado» mientras les mostraba un periódico que acababa de comprar en la ciudad.

Samuel y Ariel le rodearon ansiosos por conocer los detalles de la noticia mientras Kassia comenzaba a llorar.

—Pero ¡Kassia!, ¿no irás a llorar por el destino del zar? —la recriminó Ruth.

—No es por el zar, poco me importa la suerte que pueda correr el zar Nicolás; lloro por nosotros, que tuvimos que huir dejando nuestras casas para sobrevivir.

Jacob les explicó el contenido del artículo del periódico: Nicolás II no había tenido otra opción que abdicar. No se sabía cuál podía ser su destino. La revolución estaba triunfando en Rusia, y la voluntad de los sóviets se anteponía a la del gobierno, que cada vez controlaba menos el país.

—¿Y si regresáramos? —En la voz de Kassia se mezclaban la ansiedad y la emoción.

—¿Regresar? ¿Quieres regresar a Rusia? No, en ningún caso, ¿por qué deberíamos hacerlo? —preguntó Jacob, extrañado de la reacción de su mujer.

—Está triunfando la revolución, y si eso es así, los judíos no tenemos nada que temer. Muchos de los bolcheviques son judíos... Si el zar ha abdicado ya no perseguirán ni a los judíos ni a los socialistas como nosotros.

—Éste es nuestro hogar, la tierra perdida que hemos recuperado. Somos judíos, Kassia —le respondió Jacob a su esposa.

—Vilna es una ciudad muy hermosa —respondió ella llorando.

Ni Samuel ni Ariel, como tampoco Ruth, se atrevían a intervenir en aquella disputa entre Jacob y Kassia. Les sorprendía verla llorar; ella que era capaz de trabajar de sol a sol, de insuflar fuerzas a los demás y que había convertido La Huerta de la Esperanza en un hogar para todos ellos, ahora mostraba signos de debilidad. Samuel pensó en los silencios de Kassia, porque ni una sola vez en aquellos años había dicho una sola palabra que reflejara la nostalgia que sentía por su Vilna natal.

—Escribiré a mi amigo Konstantin Goldanski. Él me contará más detalles de lo que está pasando, no me conformo con lo que cuentan los periódicos —dijo Samuel intentando desviar la atención que recaía sobre Kassia.

—Rusia se ha librado del tirano, deberíamos celebrarlo —propuso Ariel.

Lo hicieron aunque con menos alegría de la que hubieran podido imaginar. La guerra era una fuente de angustia permanente y la abdicación del zar no parecía ser suficiente para borrar la preocupación. Además, salvo Kassia, ninguno se había atrevido a decir en voz alta que la caída de Nicolás II venía a situarles en una encrucijada: regresar u olvidarse de Rusia para siempre. Sí, habían sentido un desgarro al emigrar, y ahora que se abría una puerta para el retorno volvían a sentir el mismo desgarro. ¿Se puede amar a dos patrias a la vez?, se preguntaban para sí sin atreverse a plantearlo en voz alta.

La carta de Konstantin tardó en llegar. Cuando por fin Samuel abrió el sobre de color marfil con la divisa de los Goldanski, leyó:

> «Mi querido Samuel:
>
> Recibir noticias tuyas nos ha llenado de alegría. Mi hermana Katia se queja de tu olvido, por más que le digo que a pesar de la distancia siempre nos unirá la amistad.
>
> Cuando te llegue esta carta ya sabrás que en Rusia hay una guerra civil. No es que no esté de acuerdo en que el zar debía abdicar. Su reinado ha sido un desastre para Rusia y él es el responsable directo de la pérdida de la vida de millones de hombres y del sufrimiento de sus familias.
>
> Esta guerra es una locura que va a dejar tanto dolor en todos los contendientes que difícilmente las heridas podrán cicatrizar.
>
> No sé qué va a ser de Rusia y, por tanto, tampoco sé qué va a ser de nosotros. Sabes que sentía simpatía por el socialismo, pero te aseguro que algunos bolcheviques me provocan tanto pavor como el que sentía ante los policías del zar.

> Siento decirte que esta guerra se ha vuelto a cebar con los judíos. El incompetente gobierno del zar encontró en ellos el chivo expiatorio de sus fracasos en el frente de batalla. Habida cuenta de que buena parte de los nuestros viven en provincias limítrofes con Alemania, han sido acusados de estar al servicio del káiser Guillermo. Sí, el káiser, el "querido primo Willi" del zar. De manera que en medio de la tragedia de la guerra muchos judíos han sufrido nuevos pogromos. El zar y el Gran Duque Nicolás Nikolaievich han vuelto a provocar un nuevo éxodo de judíos.
>
> Sabes bien que nunca he terminado de "sentirme" judío, acaso porque sólo lo soy a medias y porque mi querido abuelo estaba empeñado en borrar las diferencias entre los hombres debidas a la religión.
>
> Hoy muchos judíos de Rusia rezan para que triunfe la revolución y aniquile para siempre el recuerdo de los zares que tanto sufrimiento han causado.
>
> No estoy seguro de lo que el futuro va a depararnos. Como te anuncié en mi última carta, me he casado, y mi esposa, Vera, me suplica que nos vayamos una temporada a Suiza, pero mi hermana Katia se niega a acompañarnos y no quiero dejarla sola en estas circunstancias.
>
> Sí, sé que Katia ya no es una niña, pero me siento responsable de ella, de manera que aquí sigo viviendo con preocupación los acontecimientos sin saber qué nos pueden deparar...»

Samuel leyó la carta a sus amigos y Jacob aprovechó para reprender a Kassia.

—¿Te das cuenta de lo que habría sucedido si te hubiera hecho caso regresando a Vilna? ¡Otra persecución de judíos! ¡Otra más!

—Pero los bolcheviques están ganando —replicó Kassia— y nosotros somos socialistas. Nadie nos hará ningún mal.

Jacob no respondió. Por más que añorara Rusia, ahora Jerusalén era su patria.

La declaración de lord Balfour en noviembre de aquel año de 1917 les pilló de improviso. Los judíos de Palestina sabían de las buenas relaciones del doctor Chaim Weizmann con el gobierno británico, pero nunca hubieran imaginado que podrían cristalizar en aquella declaración de principios que suponía la conformidad de los británicos a que en Palestina se estableciera «un hogar nacional para el pueblo judío».

En La Huerta de la Esperanza lo celebraron aunque menos que el triunfo de la revolución bolchevique.

—Tenemos que ayudar a los británicos —propuso Jacob.

—¿Y de qué manera vamos a hacerlo? Seamos prudentes —respondió Samuel.

—¿Acaso no ves lo que significa la Declaración Balfour? Si el imperio otomano es derrotado, las potencias europeas nos darán esta tierra.

—En ningún caso nos darán esta tierra. Sólo dicen que podremos seguir donde estamos —replicó Samuel.

—No, no dice eso, es mucho más lo que promete. ¿Crees que una declaración como la que ha hecho el ministro británico de Exteriores es sólo un papel? ¿Acaso no has pensado que Palestina vuelva a ser nuestra patria? Nos expulsaron, nos la arrebataron, y hemos vuelto. —Los ojos de Jacob se iluminaron.

—No es que pueda ser nuestro hogar, ya lo es, ¿acaso no estamos aquí? Pero eso no significa que vaya a ser más que un hogar, sólo un lugar donde podamos vivir —objetó Samuel.

—Una patria, Samuel, muchos aspiramos a volver a tener una patria —respondió Ariel.

—Creía que para nosotros lo importante eran otras cosas, la igualdad, la libertad... Yo no vine aquí buscando una patria.

—Entonces ¿por qué viniste, por qué no te fuiste a algún otro lugar? Viniste porque estamos hechos de este barro que pisamos, porque ésta es la patria que nos arrebataron. Ya es hora de que recuperemos lo que es nuestro —insistió Jacob.

—Me sorprendes, Jacob, antes no sabía que pensabas así. Nos decimos socialistas, de manera que luchamos para que todos los hombres sean iguales y respiren libertad dondequiera que estén, más allá de las patrias.

—Ya no me engaño. Quiero que éste sea el hogar de mi hija y el de mis nietos. Quiero que no vuelvan a ser extranjeros en ninguna tierra, que no les expulsen ni les persigan diciendo que son diferentes. De aquí, de nuestra propia patria nos expulsaron, pero hemos vuelto, y algunos estamos dispuestos a no irnos jamás.

—Vamos, vamos, no discutáis. Celebremos la declaración de lord Balfour, es más de lo que podíamos esperar de los británicos. Y tú, Jacob, explícanos por qué lord Balfour se muestra tan generoso con nosotros —terció Kassia para acabar con la discusión.

—Por lo que sé, el doctor Weizmann y lord Balfour se conocen desde hace tiempo. Weizmann es un hombre importante en Inglaterra, nada menos que catedrático de bioquímica en la Universidad de Manchester. Tiene amigos poderosos en la buena sociedad británica. Cuentan que se codea con el primer ministro, con David Lloyd George, con Herbert Samuel y con Winston Churchill. Es un hombre muy influyente.

—Te falta contar que, además, está prestando una valiosa contribución a la guerra —apuntó Samuel con sarcasmo.

—Sí, parece que Weizmann ha descubierto una fórmula para producir acetona a gran escala, tú debes de saber de eso puesto que eres químico —respondió Jacob con cierto enfado.

—¿Acetona? ¿Y para qué necesitan los británicos acetona? —preguntó Ruth con curiosidad.

—Es un disolvente necesario para producir explosivos de cordita —explicó Samuel.

Con el paso de los meses Samuel terminó aceptando que se había abierto una brecha entre Jacob y él. En ocasiones sorprendía a Jacob y a Ariel hablando y le dolía que cambiaran de conversación cuando él llegaba. No se atrevía a preguntarles qué murmuraban o en qué andaban metidos, pero sabía que, fuera lo que fuese, no contaban con él. Esa distancia con sus amigos de

La Huerta de la Esperanza le acercó más a Yossi, el hijo de Abraham y Raquel, que además era una fuente permanente de información.

Yossi, al igual que su padre, tenía entre sus pacientes a algunos de los hombres más importantes de Jerusalén, y aquellos hombres que ponían sus vidas en manos del médico judío terminaban soltando la lengua y haciéndole partícipe de sus preocupaciones.

—¿Por qué crees que Gran Bretaña ha decidido «regalarnos» un hogar? —le preguntó Samuel.

—Creo que, además de porque les conviene a sus intereses, en su ánimo también pesa la Biblia.

—No te comprendo...

—Para los anglosajones la Biblia es parte de su formación, de manera que la conocen bien y no tienen dudas de que ésta es la tierra de los judíos. Pero, amigo mío, los británicos no han dado este paso solos; por lo que sé, los franceses están de acuerdo con la declaración de lord Balfour y me aseguran que el presidente de Estados Unidos habría dado su visto bueno. La Biblia también está muy presente entre los norteamericanos y tampoco ellos tienen dudas de que ésta debe ser la tierra de los judíos.

—Es una respuesta original, pero dudo que tenga que ver con la realidad... No, no puedo creer que su fe en la Biblia les lleve a dar ese paso.

—A veces lo más sencillo es la verdad.

Samuel decidió dedicar todo su empeño en el laboratorio que había puesto en marcha al poco de volver a París. Yossi Yonah le había convencido para que elaborara medicamentos.

—Eres más farmacéutico que químico, ¿por qué no vas a ganarte aquí la vida con tus conocimientos? Falta nos hace que alguien se ocupe del dolor de los enfermos.

De manera que había vuelto a acondicionar el antiguo cobertizo como laboratorio en el que pasaba la mayor parte del día. Yossi le había recomendado a un farmacéutico venido de Moscú llamado Netanel. El hombre había llegado huyendo de la furia del régimen zarista. En la capital era un farmacéutico reputado, viudo y con dos hijos comprometidos con los bolcheviques. Uno de ellos había muerto en prisión, el otro hacía tiempo que le había rogado que huyera de Rusia.

—Cuando triunfe la revolución volverás, pero ahora, para que yo pueda luchar sin ponerte en peligro, deberías irte de aquí —le dijo.

Netanel no quería abandonar su casa y sus cada vez más mermadas pertenencias, pero menos que nada quería estar lejos del único hijo que le quedaba. Al final se había rendido. No quería seguir agachando la cabeza, temiendo la llegada inesperada de la policía zarista, viendo la furia dibujarse en los ojos de algunos de sus vecinos que señalaban a los judíos como culpables de las derrotas sufridas por Rusia en el frente de batalla. De manera que preparó el viaje a escondidas y no se lo dijo ni a sus vecinos hasta la víspera de viajar a Odessa para embarcar rumbo a Palestina. Ahora daba gracias a Dios por haber tomado aquella decisión que dos años antes le había llevado hasta Jerusalén. Llegó sin conocer a nadie, con una dirección, la de un viejo médico llamado Abraham Yonah, que decían que ayudaba a los judíos como él. Se le vino el mundo abajo cuando llegó a casa de Abraham y la mujer que le abrió la puerta le anunció que el viejo médico había muerto y sólo recobró la esperanza cuando conoció a su hijo, Yossi Yonah.

Para Samuel fue una suerte que Yossi le presentara a Netanel. Le recordaba a su padre. Netanel era un hombre acostumbrado a sufrir. Simpatizaron de inmediato y Samuel le ofreció una cama en La Huerta de la Esperanza. Con su ayuda puso el laboratorio en marcha. Trabajaban de sol a sol. También contrató a Daniel, el sobrino de la esposa de Yossi, Judith.

Daniel era apenas un niño, aunque espabilado y bien dispuesto al que su madre, Miriam, le hubiera gustado ver convertido en rabino. Pero el chico no mostraba ningún interés por la religión y desafiaba a su madre negándose a estudiar. Miriam se desesperaba con él, aunque le disculpaba porque sabía que en el ánimo de su hijo pesaba la pérdida del padre. Su marido había muerto al comienzo de la guerra sirviendo en las filas del ejército turco y ella se había quedado viuda y con un hijo adolescente. Judith ayudaba cuanto podía a su hermana menor y convenció a su marido para que éste a su vez recomendara a su sobrino Daniel a Samuel.

—Daniel continuará yendo a la escuela pero ya que no quiere ser rabino, al menos que aprenda algún oficio. Podría ayudar a Samuel en el laboratorio, habla con él.

Además de Netanel y Daniel, Samuel había incorporado a Marinna.

—Pero si yo no sé nada de boticas —se excusó ella.

—Aprenderás. Necesitamos a alguien que se encargue de que todo funcione. Tú serás nuestro jefe —le propuso Samuel.

Kassia animó a su hija, no quería verla el resto de su vida rompiéndose el espinazo cosecha tras cosecha. Marinna merecía algo más.

Muy pronto los notables de Jerusalén buscaban los remedios que salían del pequeño laboratorio de Samuel.

—Ya te dije que el laboratorio sería un negocio —le recordaba Yossi.

Sin la guerra, Samuel habría podido sentirse casi feliz. Pero hasta La Huerta de la Esperanza llegaban no sólo los ecos de la guerra, también ellos pagaban su parte de las consecuencias derivadas del conflicto.

Un amanecer irrumpió en La Huerta de la Esperanza la policía de Cemal Pachá. Les golpearon con brutalidad y amenazaron a las mujeres mientras ataban de las manos a Ariel y a Jacob.

—Tú tampoco te librarás —le dijeron amenazantes a Samuel, que al exigir una explicación le respondieron con un puñetazo que le hizo tambalearse.

Cuando la policía se marchó llevándose a Jacob y a Ariel, Samuel intentó consolar a Kassia y a Ruth, que permanecían en silencio llorando.

—Iré ahora mismo a enterarme de por qué les han arrestado. Tiene que haber un malentendido. No hace ni dos días que me encargaron unas medicinas para uno de los lugartenientes de Cemal Pachá. No os preocupéis, les dejarán libres de inmediato.

Apenas amaneció, acudió a casa de Yossi en busca de ayuda y consejo.

—Iré a ver a ese oficial turco que me presentaste y le pediré que libere a Jacob y a Ariel —le dijo Samuel.

—Desde que el general Allenby se hizo con Gaza, Cemal Pachá ha enloquecido todavía más.

—Sí, supongo que el bombardeo británico sobre el cuartel general de los alemanes en la Fortaleza Augusta tampoco ha contribuido a calmar los ánimos de los oficiales de Cemal.

Acompañado por Yossi, Samuel acudió a casa del oficial, que les recibió de mala gana. El hombre escuchó lo que tenían que decir y les ordenó que se presentaran en el cuartel unas horas más tarde. Pero no les prometió nada.

Cuando regresaron a última hora de la mañana, el oficial estaba malhumorado.

—De manera que vives con espías y te atreves a venir aquí a pedir clemencia.

—¿Espías? No... no... estás equivocado. Mis amigos...

Pero el oficial no le dejó proseguir. Se levantó de su asiento y dio una patada a una silla para luego encararse con Samuel.

—Vamos a ahorcar a tus amigos y a ti también si insistes en rogar por ellos. Son unos perros que trabajan para los ingleses.

—Tiene que haber un error... Te aseguro que mis amigos son inocentes de lo que dices.

El oficial abrió la puerta e hizo entrar a un hombre de aspecto anodino que ni siquiera les miró. A Samuel le parecía haber visto a aquel hombre en algún lugar, pero ¿dónde? ¿O acaso era sólo su imaginación?

—Di lo que sabes de los hombres detenidos hace unas horas.

—Son espías. Trabajan para los británicos desde hace meses. Les pasan información sobre los puntos estratégicos de la defensa de la ciudad, del número de tropas, las idas y venidas de Cemal Pachá. Toda esa información se la dan a otro judío. Un hombre que tiene un hotel no lejos de la Puerta de Jaffa. Ese hombre se la hace llegar a los británicos.

—Estás equivocado —afirmó Samuel con convicción.

—¿Equivocado yo? Eres tú quien lo está. Ellos no confiaban en ti, por eso no sabes nada de lo que hacían, de lo contrario ahora estarías aquí detenido —respondió el hombre con indiferencia.

—¿Qué les va a pasar? —preguntó Yossi.

—Serán ahorcados, es lo que merecen los traidores.

Samuel y Yossi suplicaron al oficial que hiciera lo posible por salvar la vida de Jacob y Ariel y se arriesgaron ofreciéndole dinero. El oficial no se comprometió con ellos.

—Son traidores y tienen que pagar, lo mismo que han pagado otros.

Salieron del cuartel cabizbajos temiendo lo peor. No hacía mucho que varios judíos habían sido ahorcados acusados de espiar para los Aliados. Un tal Aarón Aaronshon había organizado un grupo de espionaje al que denominaba «Nili», pero todos habían sido detenidos y los turcos no habían mostrado piedad ni con las mujeres que formaban parte de la organización.

—Discutí con Jacob por su empeño de ayudar a los Aliados —le explicó Samuel a Yossi.

—Han hecho lo que tenían que hacer, debemos tomar partido. Yo también discuto con mi madre y con mi mujer y mi cuñada Miriam, ellas son sefardíes, sus antepasados se asentaron en Salónica y pudieron vivir en paz dentro del imperio otomano. Mientras que en otros lugares a los judíos les perseguían, el sultán les recibía. A los turcos nunca les ha importado nuestra religión, sólo que pagáramos impuestos, y por eso nos han permitido vivir en paz. Comprendo su lealtad, pero el imperio se muere y desde hace tiempo los turcos también nos ven como sus enemigos. Cemal Pachá es un sanguinario, ¿a cuántos de los nuestros ha deportado ya? Jacob y Ariel han optado por defender el futuro.

A Samuel le sorprendieron las palabras de Yossi, pero no le respondió, necesitaba poner en orden sus emociones porque le resultaba insoportable la idea de que pudieran ahorcar a Jacob y a Ariel.

De regreso a La Huerta de la Esperanza se encontró con Igor, que acudía en su búsqueda preocupado por la suerte de su padre.

—Pero ¿qué haces aquí? Te dije que fueras a la cantera, que yo me ocuparía de tu padre —le reprochó Samuel.

—¿Crees que puedo ir a trabajar como si no sucediera nada? Dime, ¿de qué acusan a mi padre?

Se lo explicó y vio cómo el dolor se reflejaba en los ojos de Igor.

—Los ahorcarán, como a esos desgraciados de Nili. No les tembló la mano a la hora de colocar la soga alrededor del cuello de las mujeres y tampoco les temblará para ahorcar a mi padre y a Jacob.

—¿Tú sabías que trabajaban para los británicos? —quiso saber Samuel.

Igor tardó en responder. Parecía estar buscando las palabras.

—No era difícil imaginarlo, ¿es que no escuchabas lo que decían? Sólo un ciego podía no darse cuenta de que Jacob y Ariel estaban comprometidos con los británicos. Un día pregunté a mi padre si estaba haciendo algo. Él aborrecía la mentira, de manera que me pidió que no le preguntara, era su manera de decirme que sí, pero, sobre todo, de mantenerme a salvo.

—No creo que puedan librarse de la horca. Le hemos ofrecido cuanto tenemos al oficial, pero no ha querido comprometerse. Mañana le entregaremos una buena cantidad de dinero, todo lo que podamos juntar. Si sirviera de algo yo mismo iría a implorar a Cemal Pachá. Yossi ha prometido ayudarnos, a lo mejor consigue que les deporten como hicieron con Louis y Jeremías.

—Sé que no se salvarán. Pero también sé que mi padre prefiere morir por haber luchado por lo que cree que mirar la vida como un espectador, que es lo que tú haces.

El rostro de Samuel enrojeció. Sentía vergüenza e ira por las palabras de Igor. Vergüenza porque le dolía la verdad, había elegido el papel de espectador, e ira porque Igor se hubiera atrevido a reprochárselo.

—Todos tenemos nuestra historia —continuó Igor—. Mi padre nunca os ha contado todo lo que sufrimos en Moscú. Sufrimos doblemente por judíos y socialistas. Éramos un doble enemigo para el zar y tuvimos que huir. Pero mi padre nunca se rindió. No vino aquí sólo para sobrevivir, ya ves cómo ha trabajado para hacer realidad todas sus ideas socialistas. No estoy seguro de que tú seas ningún revolucionario, de que de verdad seas socialista pese a que en La Huerta de la Esperanza hemos hecho realidad lo que parecía una utopía.

—Ojalá podamos lograr que los deporten y así salven la vida —murmuró Samuel sintiéndose muy cansado.

—Ya hemos perdido la cuenta de todos los judíos que ha mandado deportar Cemal Pachá..., pero no lo conseguirás, se quedarán con nuestro dinero y no nos los devolverán vivos —respondió Igor con la voz quebrada.

Ruth y Kassia procuraban contener las lágrimas, pero a duras penas lo lograban. Dina y su cuñada Layla se les habían unido en aquella larga vigilia.

—Mi hermano Hassan asegura que los británicos se harán muy pronto con la ciudad. Ojalá lo consigan, ellos liberarán a Jacob y a Ariel —dijo Dina para consolar a las dos mujeres.

—He oído que algunos soldados turcos están desertando —añadió Layla.

—¡Ya no soporto esta ciudad! —gritó Kassia.

—Cálmate, gritando no lograremos nada —dijo Ruth cogiéndola de la mano.

—No soporto el ruido de las explosiones, llevamos días oyendo los aviones... ¡Dices que los británicos los van a liberar! Puede que sean ellos quienes acaben matándonos con sus bombas, ¡están destruyendo la ciudad! —En la voz de Kassia se mezclaban el temor y la rabia.

Marinna se acercó a Samuel y le hizo una seña para que la siguiera hasta el laboratorio, lejos de los oídos de los demás.

—Dime la verdad, ¿puedes salvar a mi padre y a Ariel?

—No lo sé, Yossi y yo hemos hecho todo lo que está en nuestras manos, pero no nos han garantizado nada. En la ciudad hay una gran confusión, los turcos están a punto de perder Jerusalén. Pero no quiero mentirte, no puedo asegurarte que tu padre se salvará.

Al día siguiente, cuando acompañado por Yossi acudió en busca del oficial de Cemal Pachá, les dijeron que estaba combatiendo. Preguntaron por los prisioneros a un soldado y éste se encogió de hombros.

—Anoche ahorcaron a unos cuantos. Bastantes problemas tenemos como para preocuparnos por los traidores.

Samuel se estremeció. Yossi insistió, deslizando unas monedas en la mano del soldado, para saber sobre la suerte que habían corrido Jacob y Ariel. El soldado se mostró insolente pero terminó aceptando. Los dejó solos en una estancia y no regresó hasta pasado un buen rato.

—Eran unos traidores, les han ahorcado. Y ahora, si no queréis acabar como ellos, marchaos. Cemal Pachá debería haber acabado con todos los judíos o deportarlos como hemos hecho con los armenios. No merecéis nuestra generosidad.

Se marcharon sin replicar. No se atrevieron a reclamar los cuerpos de Jacob y Ariel. El ejército turco estaba a punto de perder la ciudad y no hay momento más peligroso que el de la retirada de unas tropas derrotadas.

Fue Yossi quien explicó a Kassia y a Ruth que sus maridos habían muerto en la horca. Dina y Layla abrazaron a las dos mujeres intentando calmar su dolor. Igor había enmudecido y al igual que Marinna permanecía quieto, sin lágrimas y en silencio.

Samuel se acercó a ellos sin saber qué decir. Le hubiese gustado llorar y gritar como Kassia, suponía que eso le habría aliviado. Pero no era lo que se esperaba de él, sino que permaneciera firme y sereno, capaz de decirles a todos lo que había que hacer, aunque ni él mismo sabía qué podían o debían hacer a partir de aquel momento.

Lo que más desconsolaba a las viudas era no poder recobrar los cuerpos de sus maridos.

—¿Cómo vamos a llorar a una tumba vacía? —gimió Kassia.

Igor había ido a la ciudad intentando encontrar quien le ayudara a buscar los cuerpos de Ariel y Jacob, pero en Jerusalén reinaba la confusión. Los aviones británicos habían bombardeado el cuartel general turco. A nadie le importaba qué se había hecho con los cuerpos de aquellos hombres. Los oficiales turcos discutían si debían retirarse o rendirse. La noche del 9 de diciembre cayó Jerusalén. Los Aliados aún no habían ganado la guerra, pero al menos los británicos tenían en sus manos la Ciudad Santa.

Yossi no tenía un minuto de descanso. La ciudad había sido un campo de batalla sobre el que habían quedado cientos de personas desamparadas. Muchas habían muerto de hambre desde que estallara el conflicto. Y el hambre continuaba cobrándose un tributo diario.

—El único remedio a su enfermedad se llama comida —le decía Judith, su mujer, que le ayudaba a atender a los enfermos que se agolpaban ante la puerta de su casa.

Pero no sólo se moría de hambre, las enfermedades venéreas también se cobraban sus propios tributos en vidas y en desesperación.

—¡Y la llaman Santa! No hay ciudad con más prostitutas que ésta. No puedo soportar ver a estas niñas enfermas —se dolía ante las decenas de niñas que habían intentado sobrevivir a la guerra prostituyéndose y que acudían a su casa en busca de alguna medicina que les aliviara las secuelas de la sífilis.

Le pidieron ayuda a Samuel. No había medicamentos suficientes para ayudar a tantos desgraciados como acudían a la casa del médico.

Samuel y Netanel, con la ayuda de Daniel, trabajaban día y noche en el laboratorio. Los enfermos buscaban cobijo en los conventos que abrían sus puertas para socorrer a tantos desgraciados.

Marinna se había refugiado en el silencio pero no había dejado de trabajar. Era lo único que mantenía a raya el dolor insoportable que sentía por la desaparición de su padre. Kassia tampoco hablaba, parecía un espectro que vagaba por la casa en un continuo lamento.

Ruth, igualmente dolorida, tenía más control, e Igor, por su parte, buscaba alivio trabajando en la cantera. A todos les resultaba asfixiante la ciudad, aquella vieja ciudad con la que durante siglos habían soñado sus antepasados. En ella sólo había miseria. Miseria y dolor.

Samuel dedicaba toda su energía en el laboratorio. Había adelgazado y procuraba esquivar los pensamientos sombríos, pero no siempre lo conseguía.

«Tengo cuarenta y ocho años, y a mi alrededor sólo he visto dolor. ¿Es esto lo único que va a depararme el destino? ¿Tengo que continuar perdiendo seres queridos?» Eran las preguntas que se hacía a sí mismo y para las que no encontraba respuesta. Se sentía vacío.

Una tarde que había acudido a casa de Yossi a llevar un cargamento de medicamentos, éste le contó que había conocido al capitán Lawrence.

—Me lo han presentado aunque apenas hemos intercambiado unas palabras.

—¿Cómo es?

—Es bajo de estatura pero fuerte, tiene un aspecto muy británico, los ojos azules, frío, distante. Por lo que he podido oír, es extremadamente inteligente. Faysal, el hijo del jerife, confía totalmente en él. Y Lawrence hace honor a esa confianza, aunque supongo que llegará un momento en que tendrá que tomar partido.

—¿A qué te refieres? —preguntó Samuel con curiosidad.

—En algún momento los intereses británicos dejarán de coincidir con los intereses árabes y Lawrence se verá en medio, tendrá que optar entre dos lealtades: Inglaterra o sus nuevos amigos.

—¿Y por cuál se decantará?

—Es un hombre peculiar, pero si tuviera que apostar yo diría que por Inglaterra.

—Dicen que es un gran estratega y que muchos de los éxitos militares de los árabes se deben a sus consejos —apuntó Samuel.

—Los árabes tienen una causa por la que luchar y él también —respondió Yossi—, y ahora, amigo mío, quiero invitarte a cenar el próximo sabbat. Judith insiste en agasajarte. Su hermana Miriam te está muy agradecida por tener contigo a Daniel. El chico está contento trabajando como tu ayudante.

—Judith tendrá que disculparme, no puedo dejar a Kassia y a Ruth. Ninguna de las dos se encuentra bien. Durante la semana el trabajo las mantiene ocupadas, pero cuando llega el sabbat se vienen abajo. Igor y Marinna hacen lo que pueden, pero bastante tienen ellos con dominar su pena. Yo tampoco soy una buena compañía, no puedo dejar de pensar en Ariel y en Jacob... Si al menos hubiéramos recuperado sus cuerpos...

—Tenéis que dejar de atormentaros. Sé que no es fácil superar lo que ha sucedido...

—No, no lo es. No hay día en que no me pregunte qué sentido tiene tanto sufrimiento.

—Le diré a Judith que deje pasar un poco de tiempo. Y ahora cuéntame cómo vas con Netanel.

—Es un buen hombre y un excelente boticario. El laboratorio no funcionaría sin él. Se ha adaptado bien a vivir en La Huerta de la Esperanza y eso que él hace bromas diciendo que somos un pequeño sóviet y que su hijo se sorprendería si le viera viviendo entre bolcheviques. Creo que Netanel no simpatiza mucho con ellos, aunque su hijo lo es.

Cuando estaban por despedirse, Judith los interrumpió.

—¡Ven! Tu madre ha perdido el conocimiento.

Yossi y Samuel corrieron a la habitación de la anciana Raquel. La mujer respiraba con dificultad y su pulso era muy débil. Se estaba muriendo.

No era mucho lo que Yossi podía hacer. Raquel llevaba tiempo enferma y la escasez de alimentos durante la guerra también había hecho mella en la casa de los Yonah, aunque Yossi siempre procuraba que su madre y su hija Yasmin se llevaran la mejor parte de lo poco que tenían para comer.

Samuel se quedó velando la agonía de Raquel. Y mientras la observaba en silencio la recordó aquella primera vez que la vio. Entonces él era más joven y acababa de llegar a Jerusalén con Ahmed, que llevaba en brazos al pequeño Ismail al que Abraham no pudo salvar de la muerte que le estaba predestinada. Habían pasado muchos años de aquello y ahora asistía a la pérdida de Raquel sintiendo que ya no le quedaba mucho lugar en su corazón para albergar más sufrimiento.

Raquel murió apenas cayeron las primeras sombras de la noche. Las últimas horas las había pasado junto a los dos seres que más quería, su hijo Yossi y su nieta Yasmin; ambos le acariciaban el rostro y las manos, conteniendo las lágrimas por temor a que la anciana pudiera darse cuenta.

La guerra continuaba alrededor de Jerusalén mientras los ingleses intentaban organizar la cotidianidad de los jerosolimitanos.

La Ciudad Santa volvía a tener dueño. Durante siglos había ido pasando de mano en mano, y ahora estaba en las de los británicos.

La única buena noticia que tuvieron en aquellos días fue saber que Mohamed estaba vivo. Había luchado con las tropas de Faysal ayudando al general Allenby a liberar Jerusalén.

Mohamed había sobrevivido a todas las batallas en las que había combatido hasta el momento, pero no así su primo Salah. Jaled, el hermano menor, seguía vivo.

Ahora eran los habitantes de La Huerta de la Esperanza quienes tuvieron que consolar a la familia de Dina. Hassan estaba desolado por la pérdida de su hijo mayor y Layla parecía haber enloquecido.

—¿Sabes, Samuel?, lloro la muerte de mi sobrino pero al mismo tiempo no puedo dejar de dar gracias a Alá porque haya sido él y no Mohamed el que cayera en el frente —le confesó Dina.

—La guerra nos hace egoístas, sólo ansiamos seguir viviendo un día más —respondió él.

—Aún no puedo dormir por la noche. Sigo llorando a Ahmed, pero no habría podido soportar perder a otro hijo.

Layla había perdido la cordura. Se negaba a levantarse de la cama y gritaba que quería morir. Hassan estaba desesperado, sin saber muy bien qué hacer.

Kassia y Ruth pasaban buena parte del día yendo y viniendo a casa de Hassan para hacerse cargo de Layla. Compartían su desconsuelo y la cuidaban como si de una niña se tratara.

—Dina es más fuerte que todas nosotras —afirmó una noche Kassia.

Estaban cenando y comentando las incidencias de la jornada.

—Comprendo que Layla se haya vuelto loca —dijo Ruth—, cuando pienso en Ariel creo que también yo voy a perder la razón.

—Sí, Dina es una mujer fuerte y valerosa que antes de perder a su marido, Ahmed, vio morir a dos hijos. El pequeño Ismail y el otro que nació muerto. Ella también ha sufrido mucho —respondió Samuel.

Mohamed apenas tuvo tiempo de estar en su casa con su abuela y con su madre. Los hombres de Faysal debían continuar camino de Damasco y derrotar a las tropas de Cemal Pachá, que ahora gobernaba desde aquella capital, pero acudió a La Huerta de la Esperanza a ver a Samuel. No hablaron mucho, sólo se congratularon de la suerte de estar vivos.

No iba a ser la única sorpresa. Una tarde Jeremías también se presentó en La Huerta de la Esperanza. Samuel y él se abrazaron emocionados. Las mujeres le insistieron en que comiera. Estaba más delgado y con el cabello repleto de hebras blancas.

—Tuve suerte —les explicó— de que me deportaran a Egipto. Desde allí viajé a Inglaterra. En Londres conocí a algunos hombres amigos de Vladimir Jabotinsky, ya habéis oído hablar de él, es un hombre singular, tanto como el doctor Weizmann, y gracias a su empeño los británicos terminaron aceptando crear un batallón formado por judíos para luchar contra los otomanos.

—Sí, hemos oído hablar sobre el 38.º Batallón de Fusileros Reales —dijo Igor.

—¿Cuántos judíos murieron en Gallípoli? Que yo sepa, los británicos lo único que aceptaron fue la creación de una unidad de muleros —apostilló Samuel.

—¿Sabes cuántos siglos han pasado desde que los judíos hemos podido volver a luchar por nuestra tierra? Eso es lo que importa —respondió Jeremías, irritado.

—No discutamos, tú siempre creíste que teníamos que colaborar con los británicos —recordó Igor.

—Y veréis que tenía razón. ¿Quién gobierna hoy Jerusalén? ¿Quién gobernará Palestina cuando termine la guerra? No olvidemos la declaración de lord Balfour. Inglaterra se ha comprometido con nosotros —recalcó Jeremías.

—Inglaterra se ha comprometido con todo aquel que le pudiera servir a sus intereses, que por lo pronto pasan por ganar la guerra. También se ha comprometido con los árabes. ¿Crees que podrá cumplir todas sus promesas? —preguntó Samuel.

—Los británicos han dado un paso irreversible para que los judíos tengamos un hogar. Pero debemos aspirar a más, a convertir ese hogar de nuevo en nuestra patria.

—¿Y los árabes? Éste también es su hogar —replicó Samuel.

—Y no es incompatible con las promesas que han hecho a los árabes. Que yo sepa, el jerife Husayn no pone obstáculos a que podamos tener una patria dentro de la nación árabe, incluso ha escrito algún artículo sobre ello. Los ingleses dicen que su hijo Faysal tampoco encuentra ningún inconveniente —explicó Jeremías con voz de suficiencia.

—Una patria judía dentro de una patria árabe... ¿Lo creéis posible? —preguntó Marinna.

—¿Y por qué no? Los judíos y los musulmanes no tenemos agravios. Hemos sufrido un enemigo común: los cristianos. A mí me parece lo mejor —dijo Kassia.

—Yo opino lo mismo —la apoyó Ruth.

—Pero no todos los judíos piensan igual. Hay quienes no quieren oír hablar de una patria, simplemente quieren vivir aquí. Para otros ser judío significa tener una patria que no quieren compartir. No, no todos los judíos pensamos lo mismo —sentenció Samuel.

Luego dejaron a un lado la política y pasaron a hablar de lo mucho que habían sufrido. Igor le puso al tanto de su gestión al frente de la cantera después del ahorcamiento de Ahmed Ziad.

—Era un buen hombre, honrado y trabajador, el mejor capataz —afirmó Jeremías.

—Pero dinos, ¿qué sabes de Louis? —preguntó Samuel.

Jeremías carraspeó mientras pensaba la respuesta. No estaba seguro de si debía dar demasiados detalles sobre las actividades de Louis.

—Bueno... en realidad, Louis... en fin, trabaja para los británicos. Por lo que sé, se encuentra bien y estoy seguro de que regresará en cuanto pueda.

Hablaron sobre el futuro. Jeremías pretendía buscar a Anastasia y a sus hijos y no quiso atender las advertencias sobre los peligros de emprender un viaje al norte.

—No ha habido un solo minuto en que no haya pensado en ellos. Los necesito a mi lado.

También le aseguró a Igor que seguiría contando con él como capataz.

—Mañana me darás cuenta de todo lo que se refiere a la cantera. Ahora bebamos recordando a los amigos muertos.

A Jeremías no le resultó fácil abandonar Jerusalén para dirigirse al norte en busca de Anastasia. La guerra continuaba y los peligros en los caminos se multiplicaban. Pero no estaba dispuesto a esperar más. Quería recuperar su vida y sabía que no lo lograría sin la presencia de su mujer y de sus hijos.

Igor se ofreció a acompañarle pero Jeremías prefirió que continuase al frente de la cantera.

—Me ayudas más si te quedas.

—Pero no puedes ir solo, pueden matarte.

—Aún no ha llegado mi día. No te preocupes, tengo especial empeño en vivir. Regresaré con Anastasia.

Aún tardó unos días en organizar el viaje, y mientras tanto iba ilustrando a Samuel sobre aspectos de la guerra y sus consecuencias. En una ocasión Yossi se unió a una de estas charlas y a Samuel le irritó ver que su amigo médico no podía estar más de acuerdo con Jeremías en su apuesta por los británicos.

—El imperio otomano se ha venido abajo —insistió Jeremías.

—Pero para los británicos sólo somos una pieza más en el tablero de sus intereses. Han prometido mucho a los árabes —replicó Samuel.

—Tú lo has dicho Samuel, sólo somos una pieza con la que ellos juegan, los árabes son otra pieza, pero para nosotros los británicos tampoco deben ser más. Vivimos un momento en que todos jugamos con las cartas marcadas. Aprovechemos el impulso de los líderes judíos que en Londres han conseguido abrir la puerta de Palestina a otros muchos judíos hartos de vagar, de ser siempre los parias del mundo. Hay hombres que son capaces de ver más allá, Weizmann es uno de ellos —explicó Yossi.

—También entre nosotros hay líderes que defienden que los judíos tengamos nuestra propia patria y ha llegado el momento de estar preparados —añadió Jeremías.

A Samuel le preocupaba su relación con Igor. El hijo del difunto Ariel y de Ruth se había convertido en un hombre serio y responsable pero también en un apasionado sionista, lo mismo que lo había sido su padre, lo mismo que lo era Jeremías.

Igor le reprochaba a Samuel que no sintiera la misma pulsión por luchar por una patria que sentían de ellos.

—Ni siquiera creo que seas socialista —le dijo un día mientras discutían.

—Puede que tengas razón —respondió con sinceridad.

Él mismo se preguntaba a veces en qué creía y si lo que decía creer era más bien fruto de las circunstancias que había tenido que encarar que de sus propias reflexiones y convencimiento.

Pero no sólo le preocupaba la incomodidad que sentía ante Igor, también el desapego que le mostraba Mijaíl. Desde que se había instalado en Tel Aviv apenas había tenido noticias suyas. El joven no había sentido necesidad de ir a verle ni tampoco de hacerle saber si se encontraba bien. Era Samuel quien buscaba la manera de enterarse sobre la suerte que corría. Y eso le llevaba a preguntarse qué había hecho con su vida. Jeremías no le comprendía cuando hacía esta reflexión en voz alta. El cantero bastante tenía con buscar la manera de ir a reunirse con Anastasia. Cuando por fin se marchó, Samuel sintió alivio. Aunque necesitaba estar solo, no podía. La Huerta de la Esperanza era una casa comunal donde no había lugar para la intimidad.

Una tarde, Miriam, la madre de Daniel, se presentó sin avisar en el laboratorio.

—Mi hijo está tan entusiasmado por su trabajo aquí que he querido ver con mis propios ojos lo que hace en el laboratorio.

Samuel la invitó a pasar. Sentía simpatía por ella y le hacía gracia escucharla hablar con su hermana Judith en sefardí. Yossi decía que como hablaban tan deprisa apenas las entendía, y eso que su madre Raquel, que también era sefardí, cuando era pequeño le hablaba en aquel idioma armónico que sus antepasados habían llevado consigo a Salónica, Constantinopla y Jerusalén tras ser expulsados de España, su añorada Sefarad.

—Te agradezco que le hayas dado esta oportunidad. Ya no sabía qué hacer con él —le confesó Miriam mientras observaba las probetas limpias y ordenadas junto a los otros recipientes y aquellos paquetes etiquetados que guardaban las sustancias para elaborar los medicamentos.

—Daniel es muy espabilado y le gusta lo que hace. Netanel le enseña cuanto puede. No creas que tu hijo carece de valores, sólo que se le hacía cuesta arriba convertirse en rabino.

—A su padre le hubiera gustado que lo fuera —se lamentó Miriam.

—Los padres eligen para los hijos lo que creen que es mejor para ellos, pero todos debemos escoger nuestro destino.

—¿Tú escogiste el tuyo?

—¿Yo? Tengo la impresión de que los acontecimientos han decidido por mí. Pero te confieso que no fui el hijo ejemplar que mi padre hubiera merecido. Sólo cuando... cuando le asesinaron me di cuenta de cuánto le había hecho sufrir.

Después de aquella tarde Samuel buscó la compañía de Miriam. Solía acudir con más asiduidad a ver a Yossi y a Judith con la esperanza de que ella hubiera acudido a visitarles, o acompañaba a Daniel hasta su casa en la Ciudad Vieja y aceptaba la taza de té que la mujer siempre le ofrecía. Un día le preguntó a Kassia si le molestaría que invitaran a Yossi y a su familia a celebrar el sabbat. Desde el asesinato de Jacob y Ariel los sabbats se habían convertido en un trámite que todos procuraban evitar.

—Serán bienvenidos. Todos les tenemos afecto. Ruth y yo procuraremos esmerarnos con la comida. ¿Quieres que también invitemos a Dina? A Hassan y Layla no me atrevo. Layla aún no se ha recuperado de la pérdida de Salah. En cuanto a Zaida... ya sabes que apenas se mueve, es tan anciana...

—Me parece bien, hace mucho tiempo que no nos reunimos en torno a una mesa.

A Kassia se le hacía cuesta arriba aquella velada, pero no quería seguir imponiendo su dolor a los habitantes de La Huerta de la Esperanza. Tanto ella como Ruth sentían que el reloj de su existencia se había parado en el mismo momento en que asesinaron a sus respectivos maridos. Pero ambas tenían hijos, Marinna e Igor, y los jóvenes tenían derecho a superar el luto que sus madres les imponían. Además, aquel sabbat podrían hablar de la boda de Marinna e Igor. Ella sabía que Marinna no estaba enamorada de Igor como lo había estado de Mohamed, pero su hija había aceptado que debía construir su vida, y para ello tenía que olvidar a Mohamed.

Disfrutaron de aquella comida más de lo que todos habían supuesto. Kassia y Ruth habían preparado alguna receta sefardí para sorprender a Judith y a Miriam. Dina contribuyó con aquellos dulces que a todos entusiasmaban. Sí, aquél fue un sabbat casi feliz y a Dina se le iluminó el rostro al saber que pronto Marinna se casaría con Igor. Sentía alivio de que así fuera, era lo mejor para Marinna y también para Mohamed.»

10

Los hijos

Ezequiel cerró los ojos. A Marian le preocupó verle cansado y le propuso llevarle de regreso a su casa.

—Sí, creo que por hoy ya está bien —aceptó él.

—No quiero tener que enfrentarme con su nieta y mucho menos con su nieto Jonás —bromeó ella.

—Hace bien. Mi nieta me protege incluso de mí mismo y yo la dejo hacer. En cuanto a Jonás... A mi edad es muy agradable que se ocupen de uno.

Mientras se dirigían hacia el coche, el anciano observó la preocupación de Marian.

—¿Qué le pasa?

—Nada... bueno, es que... estas conversaciones no eran lo que tenía previsto, pero me están ayudando mucho a comprender.

—¡Vaya, esto sí que es una sorpresa! La creo. Ya se lo dije cuando empezamos, lo que nos falta a los judíos y a los árabes es ponernos en la piel del otro. Y a usted no le viene mal deshacerse de unos cuantos prejuicios. Yo no intento convencerla de nada, sólo le cuento una historia que usted tendrá que encajar con otras historias. Y ya que ha entrado en contacto con la familia Ziad, podrá comprobar si lo que le digo es verdad.

—Cada uno vive los acontecimientos de manera diferente —respondió Marian.

—Sí, claro, ahora mismo para usted estas conversaciones conmigo tienen un sentido distinto que para mí. Todos los seres humanos somos únicos.

—¿Cree que...?

—¿Que podemos seguir hablando? Claro que sí. Ahora me acompaña a casa, le invito a un té y antes de que llegue mi nieta continúa usted con el relato. Y si no terminamos hoy, continuaremos mañana. Yo no tengo nada importante que hacer, pero ¿y usted? ¿Su ONG está de acuerdo en que gaste su tiempo con un viejo como yo?

—Ya no se trata sólo del trabajo que he venido a hacer. Necesito saber, entender. —Y mientras se lo decía con palabras, también se lo decía con la mirada, una mirada directa y sincera que Ezequiel apreció en lo que valía.

«Aya tuvo un hijo. Le llamaron Rami. Llegó al mundo en Ammán, en los días en que finalizaba la Gran Guerra. Yusuf apenas había podido estar con su esposa durante aquellos años. Luchaba al lado de Faysal y eso le llevaba de un lugar para otro, de las arenas de Áqaba a Damasco, de Damasco a Jerusalén, y siempre que podía se escapaba fugazmente a Ammán para reunirse con su madre viuda, sus hermanos y Aya, aquella niña que callaba y sufría porque extrañaba a su madre y a su abuela y que por las noches, cuando creía que nadie podía verla, lloraba con desesperación.

—Tu esposa no es feliz —le dijo su madre a Yusuf.

Él lo sabía. No tenía quejas de Aya pero notaba que aquellos ojos negros y luminosos habían perdido alegría y que le aceptaba con resignación, pero no era eso lo que quería.

Una noche en la que pudo acercarse a su casa de Ammán habló con Aya.

—¿No me quieres? ¿Acaso te has arrepentido de nuestra boda? —le reprochó.

Ella no pudo contenerse por más tiempo y rompió a llorar.

Sí le quería, aseguró, pero no podía evitar añorar a su madre y a su abuela, recordar a su hermano Mohamed, lamentar el asesinato de su padre. Ammán se le antojaba más lejos de lo que la luna lo estaba de su casa de Jerusalén.

—Apenas te veo... Tu familia es muy buena conmigo, pero...

—Pero si pudieras volver con tu madre serías feliz.

Aya le abrazó. No se atrevía a decirle que era lo que más deseaba en el mundo.

—Te llevaré a casa de tu madre. Te quedarás hasta que yo termine de luchar. Tu hermano se responsabilizará de ti. Cuando la lucha termine regresaremos aquí.

Yusuf cumplió con su promesa a pesar de los reproches de su madre.

—La esposa debe vivir en el hogar del marido. ¿Qué dirán de ti, de nosotros, si le permites regresar a Jerusalén?

—Mi hogar está donde Aya esté. Si ella quiere, en el futuro viviremos en Jerusalén. ¿Dónde está escrito que tenga que ser infeliz? Aya aún es muy joven.

—Eres tú que la tratas como a una niña y no le exiges que se comporte como una mujer casada con obligaciones.

—Madre, tú misma me has dicho que Aya no es feliz.

—Porque es tu obligación saberlo, pero eso no debe llevarte a hacer lo que ella quiera.

—La llevaré a Jerusalén. Viviremos allí.

Nada de lo que dijo su madre convenció a Yusuf. Quería a Aya y ansiaba que fuera feliz.

A Dina nada le podía hacer más feliz que tener a sus hijos con ella. Mohamed acababa de regresar a casa después de haber combatido con lealtad y valor junto a las tropas de Faysal. Su hijo había participado en la conquista del Líbano y de Siria. Y a Dina le había emocionado conocer por labios de Mohamed la entrada triunfal de Faysal en Damasco.

—Si lo hubieras visto, madre... las calles se llenaron de hombres acompañados de sus esposas e hijos. Las mujeres gritaban con alegría. Fuimos los primeros en entrar; sin el príncipe Faysal y sin las tropas árabes no habría caído la ciudad.

—¿Crees que nos irá mejor sin los turcos? —preguntó Zaida, que parecía sentirse mejor y ya no pasaba tanto tiempo postrada en la cama, aunque aún seguía débil.

—A mi padre le asesinaron porque creyó que era lo mejor —respondió Mohamed a su abuela.

—¿Y ese hombre, ese oficial británico que tanto apego tiene a los árabes? —quiso saber Dina.

—¿Te refieres a Lawrence? Para Faysal es un amigo además de un buen consejero. Lawrence es un hombre de palabra, lástima que su opinión no prevalezca sobre la de sus jefes. Ha luchado como el que más, siempre se ha mostrado valiente en la batalla. Lawrence no tiene dudas sobre las reivindicaciones del jerife Husayn y cree que, una vez derrotados los turcos, tenemos que construir una gran nación árabe.

Las dos mujeres le escuchaban con tanto interés como preocupación. Habían nacido, crecido y vivido sabiendo que en Constantinopla reinaba un sultán cuyo poder llegaba hasta su ciudad y les inquietaban los cambios que se avecinaban.

Dina no se atrevía a decírselo a Mohamed, pero en el pasado había discutido con su marido a cuenta de ese sueño de la gran nación árabe y culpaba a su propio hermano, Hassan, de haber embaucado a Ahmed con esas ideas que ahora anidaban en su hijo.

Mohamed procuraba no angustiarlas y desviaba la conversación hacia la anunciada llegada de Aya.

—Dentro de un par de días mi hermana y su hijo estarán con nosotros, Yusuf apenas podrá quedarse unas horas porque debe volver junto a Faysal.

Dina estaba encantada del regreso de su hija y aunque Zaida también ansiaba estar con su nieta, se mostró preocupada.

—Para la madre de Yusuf supondrá una ofensa que Aya vuelva con nosotras —sentenció.

—Yusuf me ha pedido que cuide de Aya, él tiene intención

de quedarse a vivir en Jerusalén en cuanto Faysal no le necesite —reiteró Mohamed.

—Y tú te has comprometido a recibir a tu hermana y a su hijo sin pensar en las consecuencias —insistió Zaida.

—Abuela, mi hermana está muy delgada, no tiene leche para amamantar a su hijo y al parecer ha caído en una melancolía de la que ni siquiera la maternidad es capaz de sacarla. ¿Qué puedo decirle a mi cuñado? Aya siempre será bien recibida.

—Pero tú también vas a casarte. Yo no viviré mucho, pero ¿crees que a tu esposa le gustará tener que vivir con tu abuela, con tu madre y con tu hermana?

—Salma conoce mis circunstancias. A su padre le ahorcaron junto al mío, su madre murió poco después. Vive en casa de su hermano mayor y está deseando tener un hogar propio. Ella os respeta y será una buena amiga para Aya. Espero que muy pronto también tengamos hijos y puedan compartir juegos con el hijo de Aya y Yusuf.

A Mohamed le hubiera gustado continuar con las tropas de Faysal, pero su presencia se hacía imprescindible en Jerusalén. Su tío Hassan estaba enfermo, su esposa Layla había enloquecido a raíz de la muerte de su hijo Salah, y Jaled se había convertido en un oficial del ejército de Faysal. Además, su casa y su huerta necesitaban la mano de un hombre. La Gran Guerra había terminado, aunque Yusuf decía que ahora era el momento de obligar a los británicos a cumplir todas sus promesas. Pero él no se fiaba de los europeos después de haber conocido la traición que habían perpetrado contra el jerife aquellos dos hombres, el inglés Mark Sykes y el francés Charles François Georges-Picot. Habían recibido el encargo de sus respectivos países para negociar y repartirse la gran nación árabe con la que soñaba el jerife Husayn.

Al príncipe Faysal le habían asegurado que el Tratado Sykes-Picot solamente eran papeles escritos sobre la arena del desierto que carecían de valor, sin embargo ¿quién podía fiarse de aquellos europeos?

Dina rompió a llorar cuando vio a Aya con su hijo en brazos. Mientras Mohamed ayudaba a Yusuf a descargar el equipaje, Zaida y Dina disputaban por hacerse cargo del pequeño Rami. El niño tenía siete meses y, al decir de Zaida, estaba muy delgado.

—Es un niño sano —aseguró Yusuf—, mi madre no ha dejado de cuidarle y de darle cuanto necesitaba.

—Claro, claro… ¡pero es tan pequeñito!… Aya, os he preparado mi cuarto, yo dormiré con la abuela. ¿Crees que estaréis cómodos? —Dina observaba con preocupación a su hija, que parecía ajena a cuanto sucedía a su alrededor.

—Estaremos bien, y espero que pronto podamos tener nuestra propia casa —respondió Yusuf.

Zaida y Dina ayudaron a Aya a instalarse dejando que los hombres hablaran de sus asuntos.

—Me gustaría que me acompañaras a casa de Omar Salem. Ha invitado a algunos amigos a cenar y me ha pedido que vengas. Él apreciaba a tu padre —le dijo Yusuf a Mohamed.

Mohamed asintió. Omar siempre le había mostrado su aprecio, y además era un hombre importante en Jerusalén al que tampoco se podía desairar. Mientras los dos cuñados hablaban y Zaida intentaba que el pequeño Rami tomara un poco de leche, Dina, que ayudaba a Aya a doblar la ropa del niño, le preguntó por qué se sentía tan desgraciada.

—Cada noche sueño con el momento en que la policía se llevó a mi padre. ¿Lo recuerdas, madre? Las mujeres estábamos hablando y cantando. Yo estaba nerviosa como lo están todas las novias el día de su boda. De repente entraron aquellos hombres, empujaron a los invitados, ofendieron a mi padre y se lo llevaron sin atender su petición de que al menos esperasen a que terminara la fiesta de la boda. Aquella noche se convirtió en una noche de llanto. Yusuf es el mejor hombre del mundo, paciente y cariñoso, pero mi boda con él siempre será un mal recuerdo, el peor que pueda tener.

—¿Acaso no quieres a tu esposo? —Dina hizo la pregunta temiendo la respuesta.

—No lo sé, madre, no lo sé. Creí que le amaba... Me parecía tan guapo, un hombre de mundo, un guerrero valiente al servicio del jerife Husayn y de su hijo el príncipe Faysal. ¿Qué más podía pedir? Las mujeres debemos casarnos y no hubiera encontrado un esposo mejor. ¿Amarle? Habría podido hacerlo si mi boda no hubiera estado manchada con la sangre de mi padre.

—Tu padre sufriría si te viera así. Eras la luz de sus ojos; por respeto a su memoria, debes intentar ser feliz.

—¿Crees que no hago todo lo que puedo por no defraudar a Yusuf? Ya te he dicho que es el mejor de los hombres y que no merece una esposa como yo. Sé que se ha enfrentado a su madre para traerme hasta aquí porque cree que junto a ti recuperaré la paz. Cuanto más me quiere Yusuf, peor me siento yo por no poder corresponderle con el mismo amor.

—La paciencia de los hombres no es eterna... Podría llegar a repudiarte, o tomar otra esposa, y entonces...

—No se lo reprocharía. ¿Quién puede querer a una mujer que siempre está llorando? Ni siquiera soy buena madre; mira a mi hijo Rami, no le he podido amamantar, y si no hubiese sido por mi suegra no sé qué habría sido de él...

Dina abrazó a su hija. Le dolía su dolor. Le acarició la cara y la besó intentando reconfortarla.

—Ahora estás en casa, ya verás cómo, poco a poco, te sentirás mejor. Pero tendrás que poner algo de tu parte, tienes un esposo y un hijo y obligaciones para con ellos. A tu padre le habrías roto el corazón si te hubiese visto sufrir.

Aya rompió a llorar en brazos de su madre. Pero sus lágrimas no sólo eran de pesar, también de alivio. En la calidez del regazo de Dina estaba su hogar, y si había algo que pudiera aliviarla sería saberse cobijada por su madre.

Las dos mujeres permanecieron abrazadas hasta que Zaida las llamó con insistencia.

—Este niño tiene hambre y la leche no va a ser suficiente para saciarle. Además, yo estoy cansada y necesito acostarme.

Omar abrazó con afecto a Mohamed y le reprochó que no hubiese ido antes a verle.

—Sabes que en esta casa siempre eres bienvenido como lo era tu padre, y también que aprecio tus opiniones como apreciaba las de él. Has luchado como el que más de los valientes y has regresado a casa después de cumplir con honor —le dijo sabiendo que a Mohamed le pesaba no continuar en las filas de Faysal.

Los hombres comieron y escucharon las noticias que les llevaba Yusuf y se complacieron con los relatos de la conquista de Damasco.

—Hasta aquí llegan noticias confusas de la Conferencia de París; cuéntanos, Yusuf, si las potencias que han ganado la guerra cumplirán sus compromisos con nosotros —le pidió Omar Salem.

Yusuf se mostró pesimista ante sus amigos.

—No es mucho lo que sé, sólo que Francia quiere convertirse en la potencia mandataria de Siria y el Líbano. Reclama el Líbano para los cristianos maronitas. En París presionan a Faysal para que acepte el mapa acordado por los señores Sykes y Picot en nombre de sus respectivos gobiernos, el británico y el francés, pero el príncipe se resiste y defiende la causa por la que hemos luchado: una nación árabe. Por eso combatimos a los turcos.

—¿Cumplirán? —volvió a preguntar Omar con preocupación.

—No, no cumplirán —afirmó Mohamed antes de que respondiera Yusuf.

—¿Por qué dices eso? —quiso saber uno de los invitados de Omar.

—Porque los británicos sólo querían acabar con el imperio otomano, y no les interesa sustituir un imperio por otro. Yusuf lo ha explicado, los franceses tienen sus propios intereses. Terminarán acordando el reparto de estas tierras —respondió Mohamed.

—A Palestina cada vez llegan más judíos —apuntó otro de los hombres.

—A Faysal no le preocupan los judíos, no son nuestros enemigos, al menos por ahora, siempre y cuando acepten ser parte de la gran nación árabe. Además, se ha reunido con el líder de los judíos, el doctor Weizmann —explicó Yusuf.

—¿Y han llegado a algún acuerdo? —quiso saber Omar.

—Ni al jerife Husayn ni a su hijo Faysal les importa por ahora que los judíos vivan aquí. Luchamos por una gran nación. Mientras los judíos acepten nuestras reivindicaciones, poco importa lo demás —volvió a reiterar Yusuf, cansado de que sus amigos se preocuparan más por Palestina que por llevar a buen puerto la construcción de un gran Estado árabe.

—Los británicos han dado a los judíos derechos sobre Palestina. ¿Cómo se atreven a hacerlo? Dicen que éste puede ser su hogar y se están haciendo con nuestras tierras —replicó otro de los invitados.

—Les estamos vendiendo nuestras tierras, no les culpemos por eso —apostilló Mohamed.

—Dices la verdad, Mohamed —aceptó Yusuf, que sabía de sus buenas relaciones de amistad con judíos y que tenía por amigos a sus arrendatarios de La Huerta de la Esperanza.

—Entonces... —insistió Omar Salem.

—Has de saber, Omar, que en la Conferencia de París, Faysal ha ganado para nuestra causa al presidente Wilson. El norteamericano insiste en que no se debe dar un paso sin antes consultarnos, y por recomendación suya han designado a un comité para que compruebe sobre el terreno qué es lo que queremos los árabes —continuó explicando Yusuf.

—¿Y quiénes son los hombres de ese comité? —inquirió uno de los invitados.

—Dos norteamericanos: el rector de una universidad, el señor Henry King, y un industrial, el señor Charles Crane.

—¡Una pérdida de tiempo! ¿Qué van a comprobar que ya no sepan? El jerife Husayn dejó claras las razones por las que luchamos contra los turcos y les ayudamos a ganar la guerra. Queremos una nación. ¿Acaso Faysal no se lo recuerda? —preguntó con enfado otro de los invitados.

—Por lo que sé, los dos americanos, Crane y King, ya están en camino hacia Damasco —les informó Yusuf.

—¿Y tendremos que aceptar sus recomendaciones si son contrarias a la causa por la que hemos luchado? —La voz de Omar traslucía irritación.

Yusuf se encogió de hombros. No podía decir mucho más, él confiaba en Faysal, el príncipe sabría cómo actuar.

—Mañana regreso a Damasco. La próxima vez espero traeros buenas noticias.

Cuando regresaron a la casa, Mohamed y Yusuf encontraron a las tres mujeres hablando. A Yusuf le pareció que Aya tenía otra cara. No era la alegría de antaño, pero el rictus de sufrimiento se había suavizado.

Aya tenía en sus brazos a Rami, y a Yusuf le conmovió verla sonreír a su hijo, que al parecer con tanto ajetreo no lograba dormir.

Cuando se retiraron a su cuarto Aya le contó que Kassia y Marinna se habían acercado a conocer a Rami.

—Marinna es tan guapa... Me hubiera gustado tenerla por cuñada.

—Tu padre tenía razón, Aya, es mejor que Mohamed se case con una mujer con la que tenga raíces comunes.

—Pero ¿en qué se diferencia Marinna de nosotros? Nos conocemos desde niñas. Ella es como una hermana mayor para mí. Mohamed se enamoró de ella el primer día que la vio. Y... bueno, yo creo que aunque se vaya a casar con Salma continúa enamorado.

—Eso no es asunto nuestro, y no debes entrometerte en los sentimientos de tu hermano. Mohamed es un hombre responsable y valiente que sabe lo que debe hacer en cada ocasión. Será feliz con Salma.

—Habría sido más feliz con Marinna —insistió Aya, que parecía más animada.

Yusuf se marchó al amanecer camino de Damasco para reunirse con los hombres de Faysal. Igual que Mohamed, también él ansiaba un poco de paz para poder vivir con Aya. En realidad no había disfrutado de su matrimonio. La detención de su suegro el día de su boda había empañado el comienzo de su vida en común con Aya. Los primeros días de casados los habían vivido con la angustia de saber que Ahmed sería condenado. Después, cuando le ahorcaron, Aya cayó en una depresión de la que ni siquiera el nacimiento de Rami la había sacado. Pero él la quería y le daría el tiempo que necesitara para que fueran cicatrizando sus heridas.

Estar en su casa fue para Aya la mejor medicina. Su madre y su abuela la mimaban como cuando era niña. Su única preocupación era ver tan envejecida a su abuela, que apenas podía estar de pie y carecía de apetito. Aya temía la llamada de la muerte y se encomendaba a Alá para que permitiera a Zaida vivir muchos años más.

Aya también empezó a disfrutar de su hijo. Se reprochaba haber carecido de la leche necesaria para amamantarle, pero también no haberse volcado en él como hacen las madres con sus hijos. Envuelta en el dolor por el ahorcamiento de su padre, se había comportado como una autómata ajena a cuanto sucedía a su alrededor. Pero ahora no se separaba de Rami y el niño engordaba día a día y le regalaba hermosas sonrisas.

También le reconfortaba haber recuperado a Marinna, a la que esperaba todas las tardes en la puerta del laboratorio. A Marinna le gustaba coger a Rami, le cantaba y le hacía cosquillas hasta que el niño reía.

—¿Estás enamorada de Igor? —se atrevió a preguntarle un día.

—Todo lo enamorada que necesito estar para casarme —respondió Marinna con sinceridad.

—No sé por qué pensé que sería Mijaíl quien te pediría en matrimonio... —le confesó Aya.

—¿Mijaíl? Sí, es muy guapo y al principio me miraba con

interés, pero cuando conoció a Yasmin ya no tuvo ojos más que para ella.

—¿Y a ti te gustaba? —insistió Aya con curiosidad.

—Es un buen chico aunque un poco complicado. Bueno, ahora lo que importa es que me casaré con Igor.

—Seréis felices. Mi madre dice que Igor es muy serio y responsable y que sabrá cuidar de ti.

En ocasiones solían recordar a sus padres, Ahmed y Jacob, aquello las unía más. Ambos habían muerto por culpa del ya derrotado imperio otomano, y tanto Aya como Marinna habían desarrollado un odio sin tregua hacia los turcos.

De lo único que no se atrevían a hablar era de Mohamed. A Aya le hubiera gustado hacerlo pero no sabía si a Marinna le podía hacer daño, de manera que evitaba comentarle los preparativos de la boda de su hermano con Salma.

Mohamed ya estaría casado de no haber sido por la guerra. Su hermano ya había cumplido veintisiete años, los mismos que Marinna.

—Mohamed irá a hablar con Samuel para pedirle que le permita ampliar la casa —le anunció Dina a su hija.

—¿Ampliarla? No necesitamos más espacio...

—Sí, sí que lo necesitamos. Ha sido idea de tu abuela y tiene razón, a Salma le gustaría disponer al menos de un par de habitaciones sin tener que tropezarse con nosotras.

—¡Pero si se trata de que viva con todos nosotros! ¡Seremos su familia! —protestó Aya acordándose de que ella misma había formado parte del hogar de su suegra.

—Seremos su familia pero eso no quita para que disponga de su propio espacio. ¿Sabes, hija?, vivir con la suegra es una tradición, pero no sé si es la mejor —le confesó Dina.

Aya estaba de acuerdo si pensaba en su suegra, pero si pensaba en Dina, no se le ocurría mejor vida que estar junto a su madre.

Mohamed trabajaba en la cantera además de cuidar el huerto. Pero a diferencia de su padre, él ya no trabajaba de sol a sol arrancando piedras, sino que Jeremías le había convertido en su contable.

—Necesito alguien de confianza que negocie las ventas de la piedra y que lleve las cuentas. Tú has estudiado en Constantinopla, sabes de leyes, de manera que te encargarás de esta tarea.

Para Mohamed había sido una suerte. No porque le importara el trabajo duro, al fin y al cabo había conocido la dureza de la guerra, sino porque sabía que eso era lo que a su padre le hubiera gustado. Igor no se lo había tomado a mal y parecía haber aceptado aquella división del trabajo. Cada uno ocupaba su lugar, se llevaban bien aunque no se podía decir que fueran amigos. Pero como ambos habían sufrido la pérdida de sus padres a manos de los turcos, eso hacía que tuvieran un vínculo más allá de sus propios deseos.

Mohamed se acercó una noche a la casa comunal de La Huerta de la Esperanza para hablar con Samuel. Ruth y Kassia insistieron en que se quedara a cenar y él aceptó. Aún no se sentía cómodo en presencia de Marinna, y mucho menos cuando la veía junto a Igor, pero se esforzaba en comportarse con naturalidad, lo mismo que hacía ella.

Después de la cena y aprovechando la calidez de la noche, Samuel invitó a Mohamed a dar un paseo mientras fumaban un cigarrillo.

Apreciaba a Samuel y le respetaba lo mismo que le había respetado su padre. Ahmed le tenía por un hombre justo y un amigo generoso.

—Dentro de unas semanas me caso.

—Lo sé, y te deseo de corazón la mayor felicidad. Tu padre se habría sentido muy orgulloso de ti. Jeremías no deja de elogiarte, dice que el negocio marcha mejor desde que te encargas de la contabilidad y de tratar con algunos compradores.

—Quisiera arrendar más terreno. Quiero ampliar la casa y nuestro huerto, espero que no te importe.

Samuel se quedó en silencio inquietando a Mohamed. Pero éste no dijo nada esperando la respuesta.

—Cuenta con ello, aunque tengo que consultarlo con Kassia y Ruth; como sabes, también es de ellas La Huerta de la Esperanza.

—Lo sé y... bueno, quiero agradecerte que en todos estos años no nos hayas subido la renta. Seguimos pagando lo mismo que cuando comprasteis esta tierra...

—Y es lo que seguirás pagando, ni una moneda más.

—Pero si amplío el terreno...

—Lo mismo. Ya te lo he dicho. Tienes una familia que mantener, y Salma y tú muy pronto tendréis hijos.

Lo que Samuel no le dijo en ese momento es lo que pensaba plantear a Kassia y a Ruth. Mohamed se llevó una sorpresa cuando unos días más tarde Samuel se presentó en la cantera. Le vio conversar un rato con Jeremías y éste le mandó llamar.

—Ya que sabes de leyes acompaña a Samuel, necesita de tus conocimientos para cerrar un negocio —le dijo sonriendo.

Poco podía imaginar que lo que iban a hacer era cerrar un acuerdo por el cual los propietarios de La Huerta de la Esperanza deseaban ceder a la familia Ziad unas cuantas fanegas de tierra, aquella en la que ya tenían su casa y su huerto, y unos cuantos metros más. Si no se hubiese curtido en la dureza del campo de batalla Mohamed habría roto a llorar. Aun así, se negó a aceptar el regalo.

—Prefiero que me vendas la tierra. Si el precio no es elevado y me permites pagarlo poco a poco... Mi padre decía que sólo se aprecia lo que cuesta conseguir.

Samuel comprendió que para Mohamed era una cuestión de orgullo y honor poder comprar su propia casa, de manera que fijó un precio que pudiera pagar.

Se abrazaron mientras rubricaban el acuerdo. Luego fueron hasta La Huerta de la Esperanza donde Kassia y Ruth les esperaban.

—Queríamos que fuera nuestro regalo de boda —le dijo Kassia sonriendo.

—Esta tierra es tan tuya como nuestra —afirmó Ruth—.

Tanto vosotros como nosotros la hemos trabajado con el mismo cuidado.

Igor y Marinna también participaron de la buena nueva. Incluso Marinna bromeó diciendo:

—No olvides que somos socialistas. Esto es lo que se supone que hace un buen socialista, expropiarse a sí mismo para compartir la propiedad, pero ya veo que no nos lo has permitido.

Desde el ahorcamiento de su padre, aquél había sido el primer día en que Mohamed sintió algo parecido a la felicidad.

Dina y Zaida lloraron agradecidas y Aya corrió a la casa comunal para abrazar a Marinna.

La amistad entre la familia Ziad y los habitantes de la casa comunal parecía haberse restablecido con otros lazos tan sólidos como cuando vivía Ahmed, una vez que entre Marinna y Mohamed se había instaurado una tregua como consecuencia de sus respectivas bodas.

Mohamed se casó un frío día de febrero de 1919. Celebraron la boda con sobriedad. En el corazón de Salma, lo mismo que en el de Mohamed, aún pesaban las ausencias de sus padres, ahorcados el mismo día y por la misma causa.

Salma tenía el cabello castaño con destellos rojizos. Sus ojos eran también castaños, era de mediana estatura y tenía una figura bien proporcionada. Pero sobre todo conquistaba a cuantos la conocían por su extremada dulzura. Era una mujer apacible y bondadosa siempre dispuesta a echar una mano a los demás.

—Es imposible no quererla —confesó Aya a su madre.

Aya había temido el momento de los esponsales por si provocaba sufrimiento a Marinna. Pero Marinna se mostró amable con Salma, elogió su vestido de boda y participó en las reuniones de las mujeres, insistiendo en que todas ellas estaban invitadas a su boda, que se celebró poco después.

Dina no podía estar más satisfecha de su nuera. Se mostraba

dócil y complaciente, y aunque Mohamed había ampliado la casa para poder disfrutar de cierta tranquilidad, Salma pasaba la jornada con su suegra y la vieja Zaida, además de ayudar cuanto podía a Aya con el pequeño Rami, que ya se tenía en pie e intentaba dar sus primeros pasos.

Sólo la enfermedad de Zaida ensombreció aquellos días de tranquilidad. La anciana caminaba con dificultad, se ahogaba al menor esfuerzo y parecía agotada.

Una mañana Zaida no encontró fuerzas para levantarse. Parecía que no tenía pulso. Dina mandó a Aya a la casa comunal en busca de Samuel, acaso él pudiera darle alguno de esos remedios que preparaba.

Samuel no estaba, pero el viejo Netanel, aquel hombre discreto que se había incorporado a la casa comunal y que al decir de Samuel era mejor boticario que él, acudió junto al lecho de Zaida. No era médico pero sabía lo suficiente de enfermedades como para vislumbrar que el corazón de Zaida se estaba cansando de latir.

—Enviaré a Daniel en busca de su tío. A esta hora Yossi estará con sus enfermos, pero estoy seguro de que acudirá de inmediato.

Daniel corrió como un gamo y una hora después llegó con su tío Yossi.

Zaida abrió los ojos y le sonrió.

—Al verte he creído que eras tu padre, el bueno de Abraham. Te pareces tanto a él... —alcanzó a decir con una voz que apenas era un susurro.

Yossi examinó a Zaida y le tomó el pulso. Luego murmuró algo al oído de Netanel y éste salió de la estancia para ir al laboratorio a buscar lo que el médico le había encargado.

—Tienes que descansar —le dijo Yossi a Zaida.

—Pero eso no me hará mejorar. Tu padre, nuestro buen Abraham, nunca engañaba a sus pacientes. Abraham no prometía curar cuando sabía que nada de cuanto pudiera hacer serviría para salvar una vida.

—Yo tampoco te mentiré. Tu corazón está cansado, lo sabes mejor que yo.

—Sí, he vivido demasiado, y aunque he sufrido, ha merecido la pena vivir. Ahora ha llegado la hora de que me reúna con el padre de mis hijos, con mis padres, con todos los seres a los que he querido. No tengo fuerzas para continuar.

Netanel regresó con un frasco que le dio a Yossi y éste extrajo un par de grageas y le pidió a Dina que se las diera a Zaida con un poco de agua.

—Respirará mejor si tiene la cabeza más alta —dijo al tiempo que pedía una almohada.

Durante dos días y dos noches Zaida fue despidiéndose de los suyos a la vez que los latidos de su corazón se iban apagando. La tercera noche la pasó agitada y al amanecer murió.

Dina había permanecido sin moverse del lado de su madre, lo mismo que Aya, que había confiado al pequeño Rami a los cuidados de su cuñada Salma. Kassia y Ruth las habían acompañado en aquellos días, procurando no molestar pero ayudando en todo lo que podían.

Lloraron a Zaida cuantos la conocían. Dina y su hermano Hassan sintieron el dolor que provoca la orfandad. Hassan lloraba lamentando la muerte de su madre pero sus lágrimas también eran por Salah, el hijo muerto en la guerra, y por la locura de su esposa Layla. «¿Qué me queda en la vida?», decía incapaz de hallar consuelo siquiera en el abrazo de Jaled, su único hijo vivo.

Kassia no encontraba palabras para consolar a Dina, pero al menos procuraba que no se sintiera sola y acudía todas las tardes a visitarla. Dina veía en las arrugas de Kassia sus propias arrugas. Aquel cutis blanco como la leche que tanto había admirado cuando conoció a Kassia se había tornado oscuro, áspero y gastado como el suyo. Habían ido envejeciendo juntas, y el distanciamiento provocado por la ruptura de Mohamed con Marinna no había durado mucho.

Dina había admirado la voluntad de Kassia en su empeño por trabajar aquella tierra que compartían. La sentía más cercana que a su propia cuñada, Layla. Con Kassia había intercambiado confidencias, habían llorado y reído juntas. Era su amiga, la más cercana, la más querida. Ahora Kassia la acompañaba respetando su silencio y sus lágrimas.

Dina procuraba llorar cuando Mohamed y Aya no la veían. No quería añadir más dolor al que ya sentían sus hijos, hundidos como estaban por la pérdida de su abuela. Sólo el pequeño Rami era capaz de arrancarle alguna sonrisa. El niño cada día era más alegre e inquieto y no les daba un segundo de reposo.

Salma no tardó mucho en anunciar que esperaba un hijo. Lo hizo el mismo día de la boda de Marinna con Igor.

Pocas horas antes de la ceremonia se habían acercado a la casa comunal para ver a la novia y entregarle los regalos. Incluso Dina había cocinado sus famosos dulces que tanto gustaban a Marinna. No permanecieron más que lo imprescindible a pesar de la insistencia de Kassia por que se quedasen.

—No puedo, Kassia, no puedo, y no es por lo que puedan pensar nuestros vecinos, es porque sólo tengo ganas de llorar y no sería una buena compañía. Le he dicho a Aya y a Mohamed que se queden, pero no lo harán por respeto a la memoria de Zaida. Aún no ha pasado tiempo suficiente para que podamos compartir vuestra alegría por la boda.

No se lo reprocharon. Kassia y Ruth también habían guardado luto por la memoria de sus maridos muertos y por nada ni por nadie habrían participado en ninguna ceremonia. Pero la ausencia de Dina y sus hijos las entristeció.

—Sois parte de esta extraña familia que hemos formado aquí —había dicho Kassia.

Marinna estaba preciosa aunque le pareció que un poco triste, y a Dina no se le escapó cómo le brillaban los ojos cuando recibió la enhorabuena de Mohamed y Salma.

Si la vida se hubiera parado en aquel instante, si no les hubiera sorprendido con más sufrimiento…

1920 sería el año que provocaría una sima en sus vidas, en la de todos los que compartían La Huerta de la Esperanza.»

11

La tragedia

Habían permanecido unos segundos en silencio cada uno perdido en sus propios pensamientos. Comenzaba a ser habitual que necesitaran ese breve momento para volver a la realidad.

—Creo que es suficiente por hoy. —La voz de Ezequiel evidenciaba cansancio.

—Tiene razón, yo… bueno, creo que estoy abusando de su amabilidad.

—No se preocupe, creo que esta larga conversación nos beneficia a los dos.

—¿Nos beneficia? No se me habría ocurrido decirlo así…

—Piénselo y verá que tengo razón. ¿Le parece que mañana demos un paseo por la Ciudad Vieja?

—Si usted quiere…

—¿Cuándo se marcha? Supongo que su organización no le permitirá quedarse aquí por mucho tiempo.

—Somos prudentes con el tiempo y el dinero, pero tampoco nadie nos pone trabas a cómo debemos hacer el trabajo.

—De manera que aún dispone de tiempo.

Marian se encogió de hombros. Desde que había llegado a Jerusalén sentía que el tiempo se le escapaba entre los dedos, pero eso no suponía un problema, al menos en aquel momento.

—¿Por qué quiere que paseemos por Jerusalén?

—Porque lo que quiero contarle lo comprenderá mejor si

estamos en el escenario de los hechos. ¿Le parece bien a las diez, delante de la puerta del Santo Sepulcro?

Asintió extrañada pero dispuesta a dejarse llevar por una situación que le parecía que había dejado de controlar.

—Allí estaré.

Cuando llegó al hotel telefoneó a Bruselas. Michel, el director ejecutivo de Refugiados, no parecía de buen humor.

—¡Aleluya, estás viva! —le soltó su jefe con acidez.

—Claro que estoy viva, ¿a qué viene esa tontería? —respondió ella poniéndose en guardia.

—Llevamos tres días sin saber de ti, ¿crees que estás de vacaciones?

—Vamos, Michel, no te pongas así, he estado ocupada. Las cosas aquí no son fáciles. No puedo hacer un informe exhaustivo si no hablo con la gente.

—Llevas una semana en Israel, ¿aún necesitas más? Ese país se puede recorrer en un día.

—No es tan sencillo... bueno, la primera parte sí lo ha sido. Los palestinos han colaborado pero los israelíes no nos tienen demasiado aprecio, desconfían.

—Ya, bueno, ¿y qué?

—Que además de las entrevistas oficiales con ministros y diputados, me parece imprescindible hablar con los israelíes de a pie, y eso es lo que estoy haciendo.

—Si no te conociera pensaría que estás viviendo una aventura amorosa, aunque ¿quién sabe?..., eso suele pasar cuando uno va a hacer un «trabajo de campo».

—Habla por ti —respondió molesta.

—Bien, ¿cuándo regresas?

—No lo sé, quizá en tres o cuatro días...

—¿No serán pocos? —respondió él con sorna.

—Puede que sí, ya te llamaré.

—Dos días, ni uno más. O te acostumbras a trabajar de otra manera o no volveré a enviarte a ninguna parte. En Ruanda estuviste dos meses, en Sudán uno, en...

—¡Por favor!

—Marian, se trata sólo de un trabajo, nada más. Hazlo lo mejor que puedas sin implicarte, no estás allí para arreglar el conflicto. Quiero tu informe encima de mi mesa exactamente el lunes por la mañana. —Marian no tuvo tiempo de replicar porque Michel colgó el teléfono.

Había varios grupos de turistas intentando entrar en el Santo Sepulcro. La guía del grupo norteamericano pedía que no se separasen. Un sacerdote guiaba a uno de españoles muy numeroso. Varias mujeres con aspecto recatado, que Marian supuso que eran monjas, parecían extasiadas mientras aguardaban su turno para entrar en la iglesia.

Ella observaba impaciente a la espera de la llegada de Ezequiel. Había madrugado y llevaba un buen rato deambulando por la Ciudad Vieja. A primera hora había logrado subir hasta la Roca Sagrada donde se encuentra la mezquita de Omar. Luego había contemplado el ir y venir de los judíos acercándose al Muro de las Lamentaciones.

Mientras se dirigía hacia el Santo Sepulcro se entretuvo mirando las abigarradas tiendas donde se amontonaban las baratijas para los turistas.

Ezequiel llegó a las diez en punto. Ella se sorprendió al sentirle a su lado.

—No le he visto llegar.

—Lo sé. Estaba usted muy pensativa y yo diría que preocupada.

—Observaba a la gente —respondió ella.

Él no insistió y le puso la mano en el brazo invitándola a caminar.

—Daremos un paseo por la ciudad antes de regresar aquí. Supongo que conoce el Santo Sepulcro por dentro.

—Sí, y no deja de sorprenderme la devoción de quienes acuden por primera vez.

—¿Puedo preguntarle si cree en Dios?

Marian le miró molesta. ¿Por qué le hacía esa pregunta? ¿Cómo se atrevía a intentar hurgar en su intimidad?

—No me conteste, no hace falta —dijo Ezequiel notando su incomodidad.

—¿Y usted?, ¿en qué cree usted? —preguntó ella, y en su tono de voz se traslucía cierto desafío.

—Quiero creer. Necesito creer. Pero no sé si creo.

A Marian le impresionó la respuesta. Ella sentía como él y eso le inquietó.

—¿Por qué quería que nos viéramos aquí? —preguntó para poner punto final a aquel tema de conversación.

—Porque, como le dije ayer, podrá entender mejor lo que voy a contarle si paseamos por alguno de los escenarios donde tuvieron lugar algunos acontecimientos.

Ezequiel caminaba despacio, de manera que Marian acompasó sus pasos a los del anciano y se dispuso a escuchar.

—Sitúese en 1920 —le pidió.

—De acuerdo.

«Samuel pasaba muchas horas en el laboratorio junto a Netanel. Ambos disfrutaban elaborando medicamentos e investigando el efecto de algunas fórmulas magistrales de su invención. Aun así no se sustraían a sus obligaciones en el campo. Kassia administraba con mano firme La Huerta de la Esperanza y recordaba a todos sus miembros sus obligaciones para con la comunidad, que consistían en trabajar la tierra, ayudar en las labores domésticas y no gastar ni una sola moneda sin haber debatido previamente su necesidad.

Netanel, que se había integrado a golpe de silencios en La Huerta de la Esperanza, parecía más animado a compartir palabras y recuerdos con Ruth y Kassia, aquellas dos mujeres que habían perdido a sus maridos.

Marinna e Igor parecían vivir en armonía, aunque ni a

Samuel ni al resto de la casa se les escapaba que ambos jóvenes se trataban más como si fueran dos camaradas que como dos enamorados. Después de tantos acontecimientos desgraciados en aquella comunidad parecía haberse instalado una cierta calma, sobre todo desde que Louis regresara de su exilio egipcio. Había aparecido sin previo aviso y todos se alegraron de tenerle de nuevo entre ellos.

Louis se mostró escueto en sus explicaciones de cómo había pasado aquel tiempo en El Cairo. Ninguno de sus amigos le insistió para que dijera una palabra de más. Estaban acostumbrados a que había aspectos de su vida que él no compartía con nadie, ni siquiera con ellos.

—Me conformo con que las cosas sigan como hasta ahora —le confesó Samuel a Netanel.

El anciano boticario le escuchaba siempre con afecto y atención.

—Deberías buscar una esposa —se atrevió a sugerirle.

—¿Una esposa? Ya no tengo edad para casarme. Además, ¿quién querría venir a vivir aquí? La Huerta de la Esperanza no es una casa, es lo más parecido a un kibutz.

—Te recuerdo que algunas de nuestras mujeres son comunistas, otras socialistas, y las que no lo son nunca han dejado de trabajar y sacrificarse. La Huerta de la Esperanza es un buen lugar para vivir —replicó Netanel mientras miraba de reojo a Daniel, el hijo de Miriam.

Netanel era lo bastante viejo para que no le hubiera pasado inadvertido que Samuel y Miriam buscaban excusas para estar el uno junto al otro, pero ninguno de los dos se permitía dar ningún paso por temor a ser rechazado. Además estaba Daniel, y por nada del mundo Miriam querría que su hijo pudiera reprocharle que no guardara luto eterno por su padre, aunque Netanel pensaba que al chico bien le vendría un padre y que, puestos a tener uno, al único que aceptaría sería a Samuel, pero no se atrevió a decirlo.

—Soy demasiado viejo para casarme.

—¿No te gustaría tener hijos?

—No lo sé, la vida no me ha brindado la ocasión siquiera de pensarlo, aunque... sí, seguramente me hubiera gustado tener hijos.

—Aún estás a tiempo.

—Vamos, vamos... hablemos de cosas serias. Estoy preocupado, esta tarde iré a hablar con Mohamed. Debemos evitar los enfrentamientos entre árabes y judíos. No somos enemigos, ¿por qué ahora lo vamos a ser? —La pregunta de Samuel estaba dirigida a sí mismo más que a Netanel.

—Bueno, algunos árabes nunca han aceptado la Declaración Balfour, la sienten como una amenaza —respondió el farmacéutico.

—Pero al parecer el príncipe Faysal y el doctor Weizmann habían llegado a un acuerdo. A Faysal no parecía importarle que los judíos tuviéramos un trozo de tierra, y ahora que ha sido proclamado rey de Siria... —insistió Samuel.

—El problema no es Faysal, el problema son los británicos y los franceses. Me parece que el primer ministro francés Georges Clemenceau no va a permitir que Faysal reine, quiere Siria y el Líbano para los franceses, y si los británicos se lo permitieran, también se haría con Palestina. —Netanel no parecía tener dudas sobre las intenciones de las dos potencias vencedoras de la Primera Guerra Mundial.

—Tienen que respetar los acuerdos con el jerife Husayn y con sus hijos Faysal y Abdullah —protestó Samuel.

—Deberían hacerlo pero supongo que no serás tan ingenuo como para pensar que lo harán. Ni a Gran Bretaña ni a Francia les conviene una gran nación árabe. ¿Crees que han luchado contra el imperio otomano para dar paso a otro imperio? Se lo repartirán, y los árabes y nosotros pagaremos las consecuencias.

—No podemos permitir que nos enfrenten —insistió Samuel.

—Bueno, lo mismo que hay judíos nacionalistas, también hay árabes nacionalistas que piensan que ésta es su tierra y que nosotros representamos un peligro, por eso están presionando a los británicos para que no permitan que más judíos europeos continúen emigrando a Palestina.

—Presiones que tienen éxito. Además, el gobernador militar, sir Ronald Storrs, no es precisamente partidario de los judíos.

—Dicen que ahora siente especial antipatía por Jabotinsky —apuntó Netanel.

—Bueno, puedo comprenderle, a mí tampoco me gusta ese Vladimir Jabotinsky. Es un extremista —respondió Samuel.

—Es un hombre que sabe lo que quiere. La gente le escucha. Es un líder, aunque a mí tampoco me convence.

—Pero ahora de lo que se trata es de evitar los enfrentamientos con los árabes, lo que ha sucedido en Tel Haj no puede repetirse. No me parece bien que él y sus amigos se paseen de uniforme pavoneándose. —En la voz de Samuel había preocupación.

—Bueno, han combatido junto a los ingleses, forman parte de la Legión Judía. Te recuerdo que ellos han puesto su granito de arena para conseguir la victoria de los Aliados. Tampoco olvides que fue una partida de bandidos la que atacó la colonia agrícola de Tel Haj, aunque hay quien dice que el enfrentamiento fue entre campesinos judíos y árabes, y que desgraciadamente hubo víctimas —le recordó Netanel.

—Todo esto tiene que ver con la tensión con que se vive en Galilea desde la Declaración Balfour. Además, Siria y Líbano están muy cerca, y a los árabes palestinos no les gusta lo que están haciendo los franceses —contestó Samuel.

—Lo que lleva a que alguno de los nuestros, entre ellos Vladimir Jabotinsky, insistan en que debemos estar preparados para defendernos contando con nuestras propias fuerzas —replicó Netanel.

—En cualquier caso, no me gusta Jabotinsky. Desconfío de los hombres como él, se parece demasiado a los fascistas europeos.

Los dos hombres callaron al abrirse la puerta. Miriam interrumpió la charla mientras Marinna, que estaba ensimismada haciendo cuentas, le sonrió con afecto.

—¿Daniel se ha vuelto a olvidar el almuerzo? Ya te he dicho que no te preocupes, siempre es bienvenido a nuestra mesa. Mi madre no hace distingos e insiste en que no hace falta que envíes comida para él.

—Kassia es muy generosa, pero bastantes sois como para añadir una boca más. Al menos que comparta con vosotros lo que preparo para su almuerzo.

—¿Y Judith? —se interesó Marinna.

—Está bien aunque no hay manera de convencerla para que descanse, pero mi hermana siempre ha sido así, ella disfruta trabajando y ayudando a Yossi.

—Tú también trabajas duro —dijo Marinna.

—Bueno, colaboro cuanto me es posible, es lo menos que puedo hacer para ayudar a mi hermana y a mi cuñado y corresponder en lo que pueda a la generosidad que siempre han mostrado conmigo. Además, están desbordados porque cada vez son más los que acuden a su casa. Abraham nunca se negó a atender a quien llamaba a su puerta, fuera pobre o rico, y Yossi es igual que su padre. Claro que, dada la situación de Jerusalén, son sobre todo los necesitados quienes llegan buscando alivio para sus enfermedades sabiendo que nadie les reclamará que paguen.

—Tu hermana dice que sabes reducir fracturas como el mejor de los médicos.

—Yossi me ha enseñado y dice que tengo buena mano.

Samuel interrumpió la charla de las dos mujeres para invitar a Miriam a unirse a ellos en el almuerzo.

—No, no puedo quedarme, he venido sólo para traer la comida de mi hijo, pero he de volver. Al menos treinta personas aguardan a ser atendidas por Yossi, y él y Judith no dan abasto —se disculpó Miriam.

—Bueno, en ese caso te acompañaré un trecho, hoy no tengo demasiado apetito —dijo Samuel mientras buscaba su chaqueta.

Caminaron un buen rato conversando sobre naderías.

—Huele a primavera —aseguró Miriam.

—Es normal, estamos en abril.

—¿Vendréis a celebrar el sabbat? Yossi está deseando ver a Louis.

—¡Ah, Louis! Va y viene sin dar explicaciones, pero todos estamos contentos de tenerle de nuevo entre nosotros.

—¿Crees que los enfrentamientos irán a más? Lo sucedido en Tel Haj ha sido terrible —susurró Miriam.

—Bueno, no exageremos —optó por decir Samuel para tranquilizarla—, no es la primera vez que unos bandidos atacan una de nuestras colonias. Louis dice que en realidad esos árabes no tenían nada en contra de los judíos, que ha sido una manera de protestar por la influencia de los franceses en el norte de Galilea. Además, también algunos pueblos cristianos han sufrido ataques.

—¿Celebraremos juntos la Pascua? Faltan muy pocos días... Yasmin nos ha dicho que Mijaíl vendrá desde Tel Aviv.

A Samuel le dolió enterarse por Miriam de que Mijaíl pensaba pasar la Pascua en Jerusalén. Comprendía que estuviera enamorado de Yasmin y ella de él, y que mantuvieran una correspondencia permanente, pero ¿tanto le costaba escribirle de vez en cuando?

—Me gustaría celebrar la Pascua con vosotros, pero dependerá de Ruth y Kassia.

—Este año nuestra Pascua coincide con el Nabi Musa de los árabes y con la Pascua de los cristianos —le recordó Miriam.

—El Nabi Musa es casi una fiesta judía, al fin y al cabo se honra la memoria de Moisés.

—¿Dina la celebrará? —quiso saber Miriam.

—Dina es una mujer extraordinaria que vive para hacer feliz a los demás. Hará lo que sea necesario para complacer a Mohamed y a su nuera Salma, a Aya y al pequeño Rami. El niño le ha devuelto la sonrisa. Hace unos días me dijo que ser abuela era lo mejor que le había sucedido en la vida.

—Rami es muy guapo —afirmó Miriam.

—Sí que lo es, y sobre todo es un niño muy inteligente y alegre.

Se despidieron a las puertas de la Ciudad Vieja. Samuel se

dijo que cada día le gustaba más la compañía de Miriam y se preguntó si a ella le sucedería lo mismo con él.

Aquel 4 de abril de 1920, Jerusalén estaba de fiesta. Árabes, judíos y cristianos se mezclaban en las calles de la Ciudad Vieja en las que no cabía un alma.

Louis había amanecido inquieto. Llevaba unos días en La Huerta de la Esperanza y aunque siempre procuraba no alarmar a sus amigos, en esta ocasión no había podido dejar de compartir su preocupación con Samuel.

—No entiendo por qué el gobernador Storrs ha cedido a la petición de los Husseini para que la procesión pase por la ciudad.

—Bueno, al fin y al cabo los Husseini son una familia importante, y el alcalde es un Husseini, no sé por qué te inquieta.

—Porque es evidente que cada día hay más roces entre los árabes y los judíos y el gobernador Storrs debería procurar que no se produzcan incidentes. Además, la procesión siempre ha bordeado la ciudad, nunca la ha atravesado. Sé que el doctor Weizmann ha hablado con el gobernador…

—A sir Ronald Storrs no le gusta que nadie le diga lo que tiene que hacer, y mucho menos Chaim Weizmann, que ha llegado al frente de la Comisión Sionista —admitió Samuel.

—Storrs debería evitar cualquier conflicto después de lo de Tel Haj…, ya sabes que ha sido una tragedia que ha costado vidas.

—Sí, lo sé, pero nada parecido puede suceder en Jerusalén. Tranquilízate, Louis.

—Voy a reunirme con algunos amigos, estaremos atentos a lo que pueda pasar.

—La mejor manera de que no pase nada es que no nos pongamos nerviosos y que no respondamos a ninguna provocación. Los árabes no son nuestros enemigos —sentenció Samuel.

—¿Sabes?, ya no estoy seguro de que eso sea así. ¿Has leído alguno de sus panfletos? Nos llaman «perros»…

—No debemos dejarnos influir por esos grupos nacionalistas que nos ven como un peligro. Tenemos que saber estar en nuestro sitio.

Poco después de marcharse Louis, Kassia y Ruth dijeron a Samuel que irían a la Ciudad Vieja.

—No tardaremos mucho, ya sabes que Dina quiere que compartamos con ellos el Nabi Musa. Aya le ha contado a Marinna que su madre lleva cocinando desde ayer. Me alegra que podamos reunirnos todos alrededor de una mesa —dijo Kassia.

Samuel también se alegraba. No eran muchas las ocasiones en las que podían estar todos juntos. Aunque Mohamed parecía feliz con Salma y Marinna con Igor, siempre que coincidían transmitían una tensión que contagiaba a los demás. Aunque después de la pérdida de Ahmed y de Zaida, Dina hacía lo imposible por mantener la normalidad y por nada del mundo habrían rechazado su invitación. Su nieto Rami, el hijo de Aya, y Wädi, el hijo de Salma y Mohamed, habían sido un bálsamo para sus heridas. Salma acababa de dar a luz a Wädi, que apenas tenía un mes de vida, y había llenado de alegría y orgullo a Mohamed. Para Salma había sido un alivio haber parido aquel varón que afianzaba su vínculo con Mohamed. No tenía ninguna queja de su marido, pero en ocasiones le veía perder la mirada en el rostro de Marinna.

Netanel se había ofrecido a acompañar a Ruth y a Kassia en su visita a la Ciudad Vieja. También Marinna e Igor habían salido a primera hora para participar en las celebraciones de los jerosolimitanos. Samuel había insistido en que aquel día lo tomaran como fiesta, de manera que aprovecharían aquella mañana luminosa para visitar a algunos amigos, entre ellos a la familia Yonah. Yossi y Judith habían insistido en celebrar en su casa la Pascua pero se habían resignado a que Dina fuera la anfitriona de la doble celebración, el Nabi Musa y la Pascua judía.

Samuel se quedó solo en la casa, saboreando aquella inesperada soledad. La vida en comunidad impedía cualquier momento de intimidad, por más que todos se manifestaban respetuosos en su trato con los demás. Samuel se sentó en una vieja mecedora que Ariel había hecho para él y se aprestó a leer disfrutando del silencio.

No fue hasta última hora de la mañana cuando Samuel se enteró de la tragedia. Daniel, el hijo de Miriam, llegó corriendo hasta La Huerta de la Esperanza y con lágrimas en los ojos le instó a ir con él.

—Mi madre dice que vayas... ¡Es horrible, es horrible, nos están matando!

Samuel corrió tras él mientras intentaba que Daniel le contara qué estaba pasando, pero el joven no atinaba a dar una explicación coherente.

—El hermano del muftí Husseini, ha sido él —decía Daniel con la voz entrecortada.

—Pero qué es lo que ha hecho Haj Amin al-Husseini —intentó saber Samuel, al que le costaba correr al ritmo de Daniel y notaba opresión en el pecho.

Antes de entrar en la Ciudad Vieja tropezaron con la multitud y el caos y Daniel retrocedió atemorizado al escuchar a un grupo de árabes gritar: «¡Muerte a los judíos!». Para Samuel aquel grito fue igual que si le hubieran atravesado con un cuchillo. Intentaron resguardarse en un portal, pero apenas pudieron recuperar el resuello continuaron corriendo sin rumbo fijo hasta que Samuel no pudo seguir porque se ahogaba. A su alrededor la gente corría gritando. Se sentía mareado y confuso y sólo reaccionó cuando unos muchachos con palos en las manos la emprendieron a golpes con dos hombres de cierta edad que buscaban refugiarse en el barrio judío. Samuel se enfrentó a ellos gritándoles para que tiraran los palos, pero uno de los jóvenes le golpeó mientras gritaba: «¡Palestina es nuestra!». A Daniel también le apalearon y el joven cayó en medio de un charco de sangre. Es lo último que vio Samuel antes de que una patada en la cabeza le dejara inconsciente.

Aquellos jóvenes debieron de darse por satisfechos porque los dejaron tirados en medio de la calle. Samuel tardó un buen rato en volver en sí; junto a él, Daniel estaba con los ojos arrasados en lágrimas intentando reanimarle.

A duras penas logró ponerse en pie y continuar huyendo de

la locura que se había apoderado de la ciudad. Escucharon disparos, y vieron grupos de árabes que, armados con pistolas, se enfrentaban con otros hombres que también iban armados.

—Ésos son judíos —señaló Daniel.

Samuel no le respondió porque a pocos metros de donde estaban yacían una decena de heridos, y hacia ellos se dirigió.

—¿Dónde están los británicos? —preguntó más para sí mismo que a Daniel, sabiendo que el joven no tenía una respuesta.

De nuevo tropezaron con otro grupo de árabes dispuestos a asaltar las casas de los judíos y pudieron escuchar los gritos de terror de sus moradores. De nuevo fueron golpeados y en esta ocasión uno de los atacantes, sable en mano, se abalanzó sobre Daniel y le hirió en un muslo. Samuel intentó ayudar al joven pero no llegó a tiempo. Primero escuchó un ruido seco y luego un dolor profundo que le atravesaba el hombro. Cayeron los dos al suelo y de nuevo recibieron una tanda de patadas y de insultos. Samuel sintió que se le escapaba la vida y se desmayó. Le habían disparado.

Cuando volvió en sí se encontró tumbado en el suelo de una casa que no reconocía. Intentó buscar con la mirada a Daniel porque no era capaz de articular palabra. Una mujer ya mayor le pasó un paño húmedo por la cara y le pidió que se quedara quieto.

—No te muevas, aquí estarás a salvo.

Pero él intentó incorporarse aunque desistió por el dolor profundo que le bajaba desde el hombro hasta el pecho.

—Algunos de los nuestros han logrado plantarles cara, pero nos han masacrado... —le aseguró la mujer.

Un hombre, también entrado en años, se agachó junto a él y le dio un vaso de agua.

—Bebe, te hará bien. La pierna del chico no tiene buen aspecto pero no podemos salir en busca de un médico. Aún se oyen los ruidos de la pelea. Habéis tenido suerte de que no os mataran, esos desgraciados estaban rabiosos porque no lograron derribar la puerta de nuestra casa. Algunos de nuestros vecinos no han tenido tanta suerte, han asaltado sus casas y los han dejado malheridos. A esos salvajes no les ha importado apalear a mujeres y a niños. Como digo, habéis tenido suerte, os han dado por muertos y os han dejado tirados en el suelo. A través de una rendija de la ventana del piso superior hemos visto lo que pasaba y en cuanto hemos podido os hemos arrastrado hasta aquí.

No eran los únicos. Samuel vio a otros dos hombres y a tres mujeres que también estaban tumbados sobre una colcha en el suelo. Sus rescatadores se multiplicaban para atender a todos como buenamente podían.

No había lugar en su cuerpo que no le doliera, pero haciendo un gran esfuerzo pudo levantar la cabeza del suelo. El dueño de la casa intentó ayudarle.

—Despacio, despacio..., no puedes ir a ninguna parte. Aquí al menos estáis a salvo. Mi padre era herrero y tuvo el capricho de que nuestra puerta estuviera forjada en hierro.

—¿Qué ha pasado? —logró murmurar.

—No lo sé, sólo puedo decirte que cuando nos disponíamos a salir de casa, de repente vimos a docenas de árabes correr por nuestras calles gritando «¡Muerte a los judíos!» y llamándonos «perros». Nos asustamos y decidimos resguardarnos de la turba. No quiero asustarte con lo que hemos visto...

—Pero ¿qué es lo que ha provocado todo esto? —volvió a preguntar buscando una respuesta que el hombre no le daba.

—Ya te lo he dicho, no lo sé.

Y aunque se lo hubiera dicho no le habría escuchado porque de nuevo había perdido el conocimiento.

Pasaron unas horas que a todos les resultaron interminables antes de que la calma se hubiera asentado. El dueño de la casa estuvo un buen rato escudriñando desde la ventana del piso superior antes de atreverse a salir en busca de ayuda. No tardó mucho en regresar y cuando lo hizo parecía abrumado. Sin dirigirse a nadie en concreto, contó cuanto sabía.

—Hay cientos de heridos por todas partes, árabes, judíos y

también cristianos. Dicen que la culpa la ha tenido uno de los Husseini, el hermano del alcalde. Los británicos no han sido capaces de hacer nada. Cerca de aquí han violado a la hija de un buen amigo... —El hombre rompió a llorar abrumado por lo sucedido.

Con la ayuda del dueño de la casa, Daniel logró acercarse hasta el rincón donde Samuel estaba tendido. Le dolía la pierna. La herida del sable casi le había llegado al hueso. Samuel parecía perdido en un estado de letargo, de manera que ninguno de los dos fue capaz de dar consuelo al otro, pero permanecieron juntos hasta que el hombre se acercó a ellos para preguntarles a quién debía avisar. Daniel pidió que buscaran a su madre y a su tío Yossi.

—Mi tío es médico y vive cerca de aquí, a dos manzanas —le explicó al hombre.

—¡Ah, pero si tú eres el sobrino de Yossi Yonah! ¡Cómo no me había dado cuenta! Abraham Yonah y yo fuimos amigos y conozco bien a su hijo Yossi. Y a ti también, tú eres el hijo de Miriam, la hermana de Judith, la esposa de Yossi.

—Sí, así es.

El hombre dijo llamarse Barak y su esposa Deborah y ambos hicieron lo posible por ayudar a todos aquellos que habían dado refugio.

Cuando Daniel vio aparecer a su tío Yossi, se puso a llorar.

—¿Y mi madre? ¿Dónde está mi madre? —preguntó angustiado.

—Está bien, no te preocupes. He venido solo porque no quería que corriera ningún peligro. Barak me ayudará a llevaros a mi casa, allí os podré atender —dijo mientras los examinaba rápidamente.

—No me engañes, ¿estás seguro de que mi madre está bien? —insistió Daniel.

—No te engaño, no sabría hacerlo —respondió Yossi.

Tuvieron que improvisar una camilla para trasladar a Daniel. No podía andar. En cuanto a Samuel, había perdido mucha sangre y apenas lograba mantenerse consciente, tenía fiebre y a Yossi le preocupaba su estado.

—Prefiero no moverle de aquí. ¿Podríamos trasladarle a una cama? —le pidió a Barak.

Así lo hicieron y le suministró un brebaje que le sumió en un profundo sueño antes de extraerle la bala que tenía alojada en un hombro, cerca de la clavícula.

La batalla había terminado y la ciudad lentamente intentaba recuperar la normalidad. Pero aquel día de abril de 1920 se había abierto una espita, la del desencuentro entre árabes y judíos.

Durante dos días y dos noches Samuel luchó por su vida. Yossi acudía en cuanto tenía un momento y se desesperaba por la falta de mejoría de su amigo. En casa de Yossi también se amontonaban los heridos y ni con la ayuda de Miriam eran capaces de atenderles debidamente a todos. Fue en la tarde del tercer día cuando, por fin, Samuel abrió los ojos y vio a su lado a Yossi y a Miriam. Los dos parecían preocupados, en sus rostros se reflejaban las huellas del cansancio y el dolor.

—¿Qué ha pasado? —alcanzó a decir haciendo un esfuerzo por articular las palabras que parecían no querer fluir de su garganta.

—Estás vivo, y eso es suficiente —respondió Yossi con un tono amargo.

—¿Qué ha pasado? —insistió, desesperado.

—Tranquilízate, tienes que descansar. —La voz de Mijaíl le sobresaltó.

—Tú… tú… estás aquí… —Y sintió alivio al saberle a salvo.

—Llegué el día de la Pascua a primera hora de la mañana. Yasmin me dijo que Dina había organizado una comida para celebrar el Nabi Musa y que todos estábamos invitados. Pensé darte una sorpresa, aunque Yasmin ya me advirtió que seguramente sabrías que pensaba venir para Pascua —le explicó Mijaíl.

—No debe cansarse, ya habrá tiempo para explicaciones —les cortó Yossi.

—Quiero saber qué ha pasado… —La voz de Samuel ahora era de súplica.

—No debes preocuparte —insistió Yossi.

—Pero está preocupado y no dejará de estarlo hasta que le expliquemos qué es lo que ha sucedido. —Louis se había adelantado saliendo de la penumbra.

—Louis… —acertó a decir Samuel, reconfortado al ver a su amigo.

—Haj Amin al-Husseini desencadenó el infierno. Se presentó ante la multitud con un retrato de Faysal. La muchedumbre empezó a gritar: «¡Palestina es nuestra tierra!», se volvieron locos… Empezaron a atacar el barrio judío y a cuantos se encontraban en su camino —explicó Louis.

—No simplifiquemos las cosas —le interrumpió Mijaíl—, es evidente que Haj Amin al-Husseini quería provocar lo que ha sucedido. ¿Cómo si no habría tantos hombres armados con palos, cuchillos y pistolas? Estaba todo preparado y el incompetente del gobernador, sir Ronald Storrs, no fue capaz de controlar la situación.

—¿Y cómo podía hacerlo si sólo cuenta con poco más de un centenar de policías? Él mismo tuvo que refugiarse en su cuartel general del Hospicio Austríaco —respondió Miriam.

—Debería haber hecho caso a la preocupación del doctor Weizmann cuando le advirtió que no era buena idea permitir que la procesión atravesara la Ciudad Vieja. Por si fuera poco, los británicos sólo estaban pendientes de proteger a los cristianos que celebraban en el Santo Sepulcro la ceremonia del Fuego Sagrado, pero también allí se desató el infierno. Al parecer hubo un enfrentamiento entre siriacos y coptos…, no me preguntes por qué. Lo único que sabemos es que Jabotinsky decidió por su cuenta y riesgo hacerse cargo de la situación y salió con algunos de sus amigos para intentar frenar a los árabes y proteger el barrio judío. Una gran equivocación, porque lo único que consiguió fue agravar la situación y exaltar los ánimos. Ha habido disparos y muertos. Cinco judíos han perdido la vida y junto a ellos cuatro árabes, además de cientos de heridos, pero nosotros nos hemos llevado la peor parte, pues la mayoría de los heridos son judíos —explicó Louis.

—Ahora Storrs busca culpables y ha mandado detener a algunos de los alborotadores. Amin al-Husseini ya no está en Jerusalén, se ha escapado, pero a Jabotinsky le ha metido en prisión —añadió Yossi.

—El colmo es que algunos hombres de Storrs dicen que la culpa es de los bolcheviques —afirmó Mijaíl con rabia.

Samuel cerró los ojos intentando digerir toda aquella explicación. Se sentía mareado, cansado, sin ganas de vivir.

—¿Y Kassia, y Ruth?... Ellas estaban en la ciudad con Netanel —acertó a preguntar.

—Ruth está muy grave, recibió una puñalada, lo mismo que Netanel, que intentó protegerlas. Kassia está bien, con un brazo roto y algunas magulladuras —respondió Yossi.

—Marinna... Marinna está herida e Igor ha estado a punto de perder la vida —añadió Mijaíl.

—A mi hermana la pisotearon cuando intentó ayudar a unos ancianos que huían buscando refugio. La tiraron al suelo y le dieron una patada en la cabeza, luego la apalearon y... —Miriam no pudo contener las lágrimas.

Samuel intentó fijar la atención en las palabras de Miriam. Le costaba comprender lo que le decían. Le había parecido entender que Ruth y Kassia estaban heridas, pero ¿era realmente así? Y Marinna, ¿qué le habían dicho de Marinna?

Vio el rostro crispado de Yossi y a Miriam secándose las lágrimas con el dorso de la mano.

—Judith..., ¿qué le ha pasado?

—Ha perdido la visión, no sé si la recuperará —dijo Yossi con tanta desolación como rabia.

Samuel volvió a cerrar los ojos. No quería escuchar más. Prefería hundirse en el sueño que le impedía sentir.

—Necesita descansar —afirmó Yossi viendo el gesto de dolor que se le había formado en los labios. Un dolor que no tenía que ver con el cuerpo sino con las profundidades del alma, el mismo dolor que a él le desgarraba.

Muy a su pesar, Samuel comenzó a pasar más tiempo despierto. Le hubiera gustado disfrutar de las penumbras de la inconsciencia, pero Yossi se había empeñado en hacer que viviera y Miriam le ayudaba en ese empeño.

Le consolaba sentir su mano tibia sobre la frente. Ella le sonreía con tristeza, le llevaba comida con la esperanza de que así se recuperara pronto.

En realidad no hacía falta que Miriam estuviera encima de Barak y Deborah, pues ambos hacían cuanto podían por el bienestar de Samuel. Le habían acogido en su casa y le trataban como si fuera de su propia familia.

Deborah le contó que tenía un hijo viviendo en Galilea, que les había dejado por amor a una socialista llegada de Rusia. Una mujer fuerte y valiente, decía de su nuera, pero que a ella le había partido el corazón por haberse llevado a su único hijo para convertirle en un campesino compartiendo las inclemencias del tiempo y la dureza de la tierra con otros soñadores como ella.

Samuel no sabía cuánto tiempo llevaba en la casa de Barak y Deborah; aunque les agradecía cuanto hacían por él, añoraba La Huerta de la Esperanza. Se sentía inquieto sin ver con sus propios ojos los estragos que habían provocado los disturbios del Nabi Musa.

Le pidió a Yossi que le llevaran allí, pero su amigo se resistía.

—Todavía estás muy débil, espera un poco. Además, aún puede haber disturbios, he leído en el periódico que en la Conferencia de San Remo las potencias han decidido entregar Palestina a Gran Bretaña. El primer ministro Lloyd George ha aceptado el mandato.

—¿Eso es malo? —preguntó Samuel, cansado.

Yossi no supo responderle, sinceramente no lo sabía.

Una tarde Deborah entró inquieta en la habitación en la que se encontraba Samuel. Se acercó a la cama y murmuró:

—Un árabe quiere verte, dice que es amigo tuyo. Le acompaña una mujer.

—Hazles pasar —dijo él sin pensar en quién podía ser.

A Deborah le sorprendió ver que se le iluminaba el rostro al ver a aquel joven árabe que, con porte decidido pero gestos tímidos, se paraba en el umbral de la puerta mientras la mujer que le acompañaba entraba con paso decidido hasta detenerse junto a la cama.

—¡Mohamed! ¡Dina! —Y fue en aquel momento cuando Samuel dejó fluir todas las lágrimas que había acumulado durante aquellos días.

Mohamed se acercó y le puso una mano en un brazo apretándoselo ligeramente. No dejó escapar ni una lágrima pero los ojos le brillaban a fuerza de contenerlas. No así Dina, que lloraba desconsoladamente.

—No hemos venido antes a verte porque Jerusalén ya no es un lugar seguro para nadie. No me atrevía a entrar en el barrio judío, pero ya conoces a mi madre, me ha dicho que de hoy no pasaba, que si no la acompañaba vendría ella sola. Yo... no sabía si querrías vernos...

Samuel apretó la mano de Dina entre las suyas. Una mano de mujer fuerte, que sabía lo que era el trabajo pero también regalar el calor de la amistad.

—Dina... gracias, sólo con veros ya me siento mejor —dijo Samuel sonriendo.

—¿No te lo decía yo? ¿Y tú creías que lo que ha sucedido iba a enturbiar el afecto que nos tenemos? ¡Imposible! No conocéis a Samuel como yo. —Las palabras de Dina estaban llenas de orgullo, del orgullo de saber que no podía equivocarse respecto a aquel hombre que yacía maltrecho y que había contado con la confianza y el respeto de su esposo Ahmed.

—Siento lo que ha pasado, no debió suceder. —Mohamed no sabía cómo explicar a su amigo lo ocurrido en el Nabi Musa.

—Nosotros también hemos sufrido, a mi hermano Hassan le dieron un tiro y a punto ha estado de perder la vida. Aún convalece, lo mismo que mi sobrino Jaled. De lo único que ha servido tanto sufrimiento es para que mi cuñada Layla despertara del dolor en que se había sumido por la pérdida de su primogénito y para que ahora vuelva a ocuparse de la casa. ¡Qué remedio!, tiene a su marido y a su hijo sin poder moverse. Hassan ha perdido parte del pie derecho. Quedará cojo para siempre —contó Dina con consternación.

—No debes preocuparte por La Huerta de la Esperanza. Mi madre, Aya y Salma no han dejado de atender a Kassia y a Marinna. Igor es el que está mal, lo mismo que Ruth. El pobre Netanel se recupera lentamente pero aún no puede moverse. Anastasia también va todos los días y Jeremías pasa el tiempo que puede ocupándose de vuestros olivos y frutales, lo mismo que yo —explicó Mohamed.

—Aya, Salma y yo nos multiplicamos, vamos de casa de mi hermano a la vuestra, pero nos apañamos bien —continuó Dina.

Samuel, que no rezaba desde niño, murmuró una oración en silencio dando gracias al Todopoderoso porque en medio de la tempestad no se hubiesen quebrado aquellos lazos que les unían a todos los que compartían el suelo de La Huerta de la Esperanza.

—Yossi dice que mañana podrás volver a casa. Jeremías quiere venir a buscarte, yo le acompañaré; ya es hora de que vuelvas —aseguró Mohamed.

Aquélla fue la primera noche que durmió bien. Dina y Mohamed le habían devuelto la paz consigo mismo.

Al día siguiente sintió que las horas transcurrían con una lentitud desconocida. Ansiaba regresar a La Huerta de la Esperanza y le había pedido a Barak que le ayudara a vestirse para estar preparado. Miriam había acudido a media mañana a verle.

—Daniel se encuentra mejor de la pierna y está empeñado en ir mañana a La Huerta de la Esperanza —le anunció.

—No debe hacerlo, no vaya a ser que la herida se le infecte.

—Mi cuñado Yossi dice que pronto le dará el alta.

—¿Y Judith?

Los ojos de Miriam se llenaron de dolor. Judith no había recobrado la visión y apenas hablaba. Su hermana aún no se había recuperado del shock con que aquella violencia la había castigado. No veía, no hablaba, apenas se movía.

Yasmin se ocupaba noche y día de su madre porque Yossi no podía dejar de atender a los enfermos que se agolpaban frente a su puerta. Al principio los árabes no se atrevieron a acudir al médico judío temerosos de que no les recibiera. Pero Yossi era hijo de Abraham y era jerosolimitano, aquélla era su ciudad, aquellos hombres eran sus vecinos y la religión nunca les había enfrentado, de manera que no les podía odiar por más que se lamentara de la suerte de Judith y de sus amigos.

Miriam trabajaba día y noche ayudando a su cuñado. Se había convertido en una buena enfermera, casi tanto como lo había sido Judith. Trabajar le aliviaba el alma porque mientras atendía el dolor de los demás no pensaba en el propio. Daba gracias a Dios por que su hijo hubiese salido bien librado de aquella barbarie, pero no podía encontrar la paz cuando veía los ojos vacíos de su hermana Judith, y los esfuerzos de Yasmin por reconfortar a su madre. Yasmin había renunciado a acompañar a Mijaíl a Tel Aviv, había encerrado en el cajón de los sueños su deseo de casarse con aquel joven impetuoso que hacía vibrar con notas tristes las cuerdas del violín.

La Huerta de la Esperanza olía a tristeza, si es que ésta tiene olor. Al menos eso es lo que sintió Samuel cuando, con la ayuda de Jeremías y Mohamed, cruzó el umbral de la que era su casa. Kassia, con un brazo en cabestrillo, le abrazó llorando y Aya se unió espontáneamente a aquel abrazo. Dina andaba atareada preparando la comida.

Samuel insistió en que le ayudaran a caminar hasta acercarse al lecho de Ruth. La mujer yacía con varios cortes en la cara, aunque lo peor era la herida provocada por una cuchillada que le había atravesado la parte superior del pulmón derecho. Yossi aún no se explicaba cómo Ruth había sobrevivido.

Marinna había perdido el hijo que esperaba. Samuel no sabía que estuviera embarazada pero Kassia se lo dijo. Aquella joven era lo más parecido a una hija para él y le dolió ver su rostro desfigurado por los golpes y con una pierna magullada, pero sobre todo vio en su rostro un dolor más agudo, el rostro de la incomprensión.

Igor, según murmuró Jeremías, estaba más muerto que vivo. Había interpuesto su cuerpo entre Marinna y los agresores aunque no pudo evitar que los apuñalaran a ambos. Costaba reconocer en aquel rostro desfigurado los nobles rasgos de Igor.

Netanel estaba mejor de lo que había esperado. Le habían roto una pierna, y una cuchillada que le cruzaba desde el ojo derecho hasta la barbilla le había marcado para siempre.

Anastasia se acercó a Samuel y le miró con pena. Él sintió en aquella mirada restos del amor que ella un día le había profesado.

—No debes preocuparte más de lo debido. La casa está organizada. Dina se hizo cargo de todo y Aya y Salma han ayudado mucho sin importarles las protestas de sus hijos. Por más que Rami gritara para llamar la atención de su madre, ella no ha dejado ni un momento de atender a Ruth y a Marinna, incluso a Kassia, que ya sabes cómo es y no permite que nos ocupemos de ella. Mi hija también viene a echar una mano —le explicó Anastasia.

—Yo estoy mejor y este brazo ya no me va a impedir hacerme cargo de todo —aseguró Kassia.

—No dejaré que te esfuerces. Ya te he dicho que no pienso dejaros solos hasta veros a todos bien —sentenció Dina plantándose ante Kassia.

Las dos mujeres se profesaban aprecio. Tenían la misma edad

y habían compartido aquella huerta en las dos últimas décadas, se conocían demasiado bien la una a la otra.

Samuel comprendió que sin Dina y su familia no habrían podido salir adelante. Le abrumaba que Aya y Salma estuvieran yendo y viniendo todo el día para ayudarle en todo lo que necesitaba. Normalmente era Aya la que acudía a primera hora de la mañana, mientras que Salma iba a casa de Hassan y Layla. Dina había tomado el mando de las dos familias y aunque a Samuel no se le escapaba que la mujer había envejecido a marchas forzadas, vio en ella aquella energía de antaño que la empujaba a ayudar a quien lo necesitara.

Tanto Aya como Salma procuraban no llevar a sus hijos a la casa de sus vecinos. No querían entristecer aún más a Marinna, que no había superado la pérdida del hijo que llevaba en las entrañas.

La rutina fue instalándose en sus vidas. Samuel parecía encontrarse mejor, lo mismo que Netanel. El boticario moscovita insistía en que debía volver al trabajo a pesar de que aún no se había restablecido por completo de todas las heridas. En una de sus visitas, Miriam también les aseguró que su hijo Daniel estaba deseando regresar a sus quehaceres en el laboratorio.

—En cuanto Yossi se lo permita, vendrá, aunque sea con muletas.

A Samuel quien más le preocupaba era Ruth, no sólo por el alcance de las heridas sino porque la mujer había caído en un estado de depresión del que resultaba difícil sustraerla. Por más que Kassia la animara, Ruth parecía haber perdido las ganas de vivir. No decía nada, ni siquiera se lamentaba del dolor de aquellas cuchilladas que le habían dejado un reguero de cicatrices en los brazos y en la cara. Su silencio, según Kassia, era lo peor.

Una tarde en que Dina se presentó a llevarles la cena, Samuel le encargó que dijera a Mohamed que quería hablar con él.

—Necesito comprender, Dina, necesito que Mohamed me explique por qué ha sucedido esta tragedia.

Dina le miró con aprensión pero asintió. Ella misma no dejaba de insistirle a su hijo para que le explicara cómo había sucedido aquella locura. Al igual que Samuel, también ella necesitaba comprender.

Si no hubiera sido por Cemal Pachá, aquel sanguinario que le había arrebatado la vida de Ahmed, casi podría sentir nostalgia de los tiempos en los que vivían gobernados por el sultán otomano, le confesó con rubor a Samuel, y él coincidió con ella.

Al día siguiente, Mohamed fue a verle al regresar de la cantera. Se le notaba cansado y preocupado.

—¿Las cosas van bien en la cantera?

—Sí, marchan como deben, aunque los hombres están inquietos. Lo del Nabi Musa ha dejado cicatrices en todos nosotros, cicatrices de las que no se ven —respondió Mohamed.

—No seríamos hombres si no sintiéramos dolor y rabia por lo sucedido. Todos hemos sufrido.

—Sí, nosotros también hemos tenido muchos heridos.

—Nosotros... vosotros... ¿Por qué hablamos así, Mohamed? ¿Quiénes sois vosotros? ¿Quiénes somos nosotros? ¿Acaso no somos los mismos que siempre hemos sido? ¿Qué es lo que nos diferencia?

—Nosotros somos árabes, vosotros judíos, otros son cristianos...

—¿Y qué? ¿A quién le importa el Dios al que rece cada uno? ¿Y qué sucede con los que no rezamos? —Samuel miraba a los ojos de Mohamed.

—Yo te oigo hablar y pienso como tú, pero luego, cuando salgo ahí fuera, veo que las cosas son diferentes, que los hombres somos diferentes.

—¿Diferentes? Yo no creo que seamos diferentes. Todos tenemos dos manos, dos pies, una cabeza... Todos nacemos de una madre. Todos sentimos miedo, amor, odio, ingratitud, celos... ¿Quién dice que somos diferentes? Ninguno es más ni mejor que los demás.

—En esto te equivocas, algunos hombres son mejores que otros, Samuel. Mi padre lo era.

—Sí, tienes razón, algunos hombres son buenos.

—Tú lo eres, mi padre lo decía. —La mirada de Mohamed estaba cargada de sinceridad.

—Tu padre me iluminaba con su bondad, pero yo no soy como él, aunque tampoco creo ser un malvado. Sólo soy un hombre, Mohamed, un hombre como cualquier otro hombre. Durante muchos años viví con el estigma de ser judío. En la universidad era diferente al resto de mis amigos. Y no porque hiciera nada que ellos no hicieran, sino porque con sólo mencionar que era judío eso bastaba para que me vieran y sintieran diferente. Una sola palabra, «judío», y eso me convertía en alguien especial. Algunos amigos me decían: «No te preocupes, a mí no me importa que seas judío», pero sólo decirlo implicaba condescendencia. Ahora parece que tú y yo somos diferentes porque tú eres árabe y yo judío. ¡Qué locura! —En el lamento de Samuel había amargura.

Mohamed bajó la cabeza durante unos segundos mientras ordenaba las ideas. Una vez más le desconcertaba.

—Queremos la misma tierra —acertó a responder.

—Compartimos la misma tierra —respondió Samuel con sinceridad.

—Era nuestra antes de que vinierais.

—Pertenecía a los turcos, que desde hacía cuatro siglos gobernaban aquí. Pero a pesar de ellos, ésta es la tierra de tus antepasados y de los míos. Yo no siento que sea mía, sólo que aquí están nuestras raíces, por eso hemos regresado.

—¿Y qué debemos hacer nosotros? ¿Debemos permitir que os apropiéis poco a poco de todas nuestras tierras? —Mohamed le miraba fijamente a los ojos.

—¿Quedarnos con vuestras tierras? Nosotros compramos este pedazo de tierra a la familia Aban, ¿lo recuerdas? Los judíos que han ido llegando han comprado tierras a quienes se las han querido vender; que yo sepa, nadie las ha robado. No me gusta cómo lo planteas, Mohamed, otra vez «nosotros», «vosotros».

¿Es que no podemos vivir juntos? ¿Acaso no hemos sido buenos vecinos todos estos años? Tu madre lleva semanas cuidándonos, no hay un solo día que no aparezca con alguno de sus guisos. Tu hermana Aya no sólo ayuda en las labores más pesadas a Kassia, también está pendiente de Marinna. Pasa horas con ella, a veces hablan, otras callan, pero con su presencia Aya la reconforta. No, en La Huerta de la Esperanza no hay «nosotros» ni «vosotros», aquí somos lo mismo; dime dónde ves tú las diferencias.

—Deberías haber sido poeta. Cuando te escucho me conmueven tus palabras y me convences, pero ya te lo he dicho, ahí fuera las cosas no son igual, y ni siquiera tus palabras cargadas de buenas intenciones pueden cambiar la realidad.

—La realidad será lo que queramos que sea —sentenció Samuel.

—Lo siento, Samuel, lo siento sinceramente, pero las cosas no van bien. Entre los míos hay quienes os ven como un peligro para nuestro futuro, para nuestros intereses. Les preocupa que los judíos continúen viniendo a Palestina, pero, sobre todo, las promesas de los británicos. Os han prometido un hogar en una tierra que no les pertenece. Muchos maldicen la declaración del ministro Balfour.

—Ayúdame a levantarme, quiero salir porque a esta hora ya huele a jazmín. Me gusta el olor a jazmín. Tu madre le regaló a Kassia un esqueje cuando vinimos a La Huerta de la Esperanza.

Mohamed le ayudó a incorporarse y al hacerlo notó la extremada delgadez de Samuel. Salieron de la casa caminando lentamente hasta cerca de la verja y se sentaron en un poyete. Samuel sacó la petaca y comenzó a liar un par de cigarrillos. Fumaron en silencio.

Se sentían bien el uno junto al otro, por eso no necesitaban palabras para disfrutar de aquel momento en que el sol comenzaba a ocultarse dejando un fulgor rojizo en el cielo.

Estaban apurando el cigarrillo cuando vieron llegar a Louis. Samuel sonrió al ver a su amigo. Louis, a su manera, se había hecho cargo de La Huerta de la Esperanza. Noche tras noche acudía a dormir y se preocupaba de que todo estuviera en orden en aquella casa donde todos se recuperaban de las heridas sufridas durante el Nabi Musa.

—No deberías estar aquí —le dijo Louis a Samuel a modo de saludo, al tiempo que abrazaba a Mohamed.

—Siempre viene bien respirar el aire de la noche —respondió Samuel volviendo a sacar la petaca y ofreciéndosela a Louis, quien aceptó sonriendo.

—¿Cómo está Ruth hoy? —preguntó Louis con preocupación.

—Apenas ha dicho un par de palabras para agradecerle a Dina el pastel de pistachos que había preparado para ella.

—No logro entender por qué está tan abatida. —En las palabras de Louis había un deje de reproche.

—Estábamos hablando de lo que ha sucedido —le cortó Samuel desviando la conversación.

—No es tan difícil de entender, lo que sucede es que tú tienes una visión romántica de la vida y te niegas a ver las cosas bajo el prisma de la realidad —dijo Louis dándole una palmada en el hombro.

—Eso es lo que yo le digo —le interrumpió Mohamed.

—La realidad no es más que el reflejo de las acciones de los hombres, de manera que la realidad se puede cambiar —contestó Samuel, que no estaba dispuesto a ceder ni un palmo en sus posiciones.

—El mundo está cambiando; admito que el cambio se debe a la acción de los hombres, no podría ser de otra manera, pero lo cierto es que a veces se ponen en marcha fuerzas que resultan imparables. Ahora mismo en Sèvres, en Francia, las grandes potencias están terminando de repartirse Oriente Próximo; llegarán a un acuerdo que querrán imponernos; unos lo aceptarán, otros no..., pero tendrá consecuencias para nosotros, para todos los palestinos, tanto para los palestinos árabes como para los palestinos judíos. —El tono de voz de Louis era solemne.

—Las cosas ya están cambiando; de hecho, los británicos ya gobiernan en Palestina. Hoy se esperaba la llegada del Alto Comisionado —recordó Mohamed.

—Así es, sir Herbert Samuel ya ha llegado y os aseguro que ha sido todo un espectáculo. Los británicos tienen un gran sentido teatral del poder. Ha sido recibido con salvas de hasta diecisiete cañonazos. Por lo que sé, va a instalar la sede del gobierno en la Fortaleza Augusta y tiene intención de reunirse y escuchar a todas las comunidades —continuó explicando Louis.

—Es judío —afirmó Mohamed, y esas dos palabras eran más que una confirmación de la religión del Alto Comisionado.

—Sí, es judío, pero eso no le hace ni mejor ni peor; puede que para los judíos palestinos sea peor que sir Herbert sea judío porque se empeñará en demostrar que es imparcial y eso le puede llevar a cometer alguna injusticia con nosotros —dijo Louis.

—Hace calor —se quejó Samuel apartando con la mano un mosquito que le rondaba y parecía empeñado en clavarle el aguijón.

—Bueno, estamos a 30 de junio, ¿qué quieres? Podemos continuar esta charla a cubierto y así no tendrás que pelearte con los mosquitos —propuso Louis.

—Yo me voy a casa, mi madre debe de estar protestando por mi tardanza. Puede que mi pequeño Wädi aún esté despierto. Salma sabe que cuando regreso de la cantera me gusta jugar con nuestro hijo.

Mohamed se despidió de ambos con cierto alivio. Estaba demasiado cansado para prolongar una charla sobre política, porque al fin y al cabo era de lo que se trataba. Y no les había mentido al expresar su deseo de ver a Wädi. Ansiaba ver a su hijo y abrazarle.

Samuel se apoyó en Louis para caminar. Aún se sentía débil pese a que habían pasado más de dos meses desde que le alcanzó aquella bala perdida.

Entraron en la casa y encontraron a Kassia leyendo. Igor y Marinna estaban en su cuarto y Ruth dormitaba.

—Tenéis la cena en la mesa. Dina ha traído *hummus* y yo he preparado una ensalada. Creo que me iré a descansar, mañana hay mucho que hacer. Hace un rato le he llevado algo de cena a Netanel y he visto que el laboratorio necesita un buen repaso. Hay que pulir el suelo y limpiar las ventanas —les dijo.

—Poco a poco, Kassia, apenas llevamos dos semanas trabajando —respondió Samuel.

—Y eso se ha acabado. Esto parece un hospital en vez de una explotación agrícola. Como sigáis así, en el laboratorio va a crecer moho. No podemos continuar lamentándonos por lo sucedido. Estamos vivos, lo demás ya no importa.

—A ti te rompieron un brazo y has tenido unas cuantas magulladuras, pero los demás no salimos tan bien librados —protestó Samuel.

—Da gracias de que esa bala no te matara. Marinna se llevó la peor parte porque perdió a su hijo, y la pobre Judith se ha vuelto… bueno, ha perdido la cordura, pero a los demás sólo nos quedan las cicatrices. Ya han pasado más de dos meses, se han acabado los lamentos. Tú estás en condiciones de trabajar más en el laboratorio. Netanel ya lo hace y tiene más edad que tú. Yo no puedo con todo. En cuanto a Igor, ha vuelto a la cantera pero aun así no deja de hacer su parte en la huerta. Y ya que estamos hablando… en fin, este momento es igual de bueno que otro.

Kassia respiró hondo y miró a Samuel y, a continuación, a Louis. Notaba que se habían puesto en alerta por lo que ella pudiera decirles.

—Necesitamos más manos para trabajar la tierra o de lo contrario los cultivos terminarán echándose a perder. He pensado que deberíamos ampliar nuestra comunidad. Miriam me ha dicho que hay un grupo de judíos que buscan trabajo. Aquí les podemos dar un techo y una ocupación. ¿Por qué no vais mañana a la ciudad para conocerles? —A pesar del paso de los años, Kassia continuaba ejerciendo el liderazgo en la comunidad.

—¿Quieres convertir La Huerta de la Esperanza en un kibutz? —preguntó Louis.

—Bueno, en realidad se parece bastante a un kibutz —respondió Kassia.

—Pero no lo es —replicó Louis.

—Yo no sé si seré capaz de vivir con desconocidos —protestó Samuel.

—¿Y qué éramos nosotros cuando nos vimos por primera vez? Podemos construir otra casa para los nuevos. Igor trabaja en la cantera, Marinna en el laboratorio, y vosotros...

—Todos trabajamos la tierra, nunca hemos dejado de hacerlo —protestó Samuel.

—El trabajo duro de La Huerta recaía en Ariel y Jacob, lo sabes bien. Además, nos estamos haciendo viejos y necesitamos gente con esperanza, con la misma esperanza que teníamos nosotros cuando llegamos aquí. —Kassia no admitía réplica a sus planes.

—Tiene razón —aceptó Louis—, no debemos ser egoístas. Mañana nos acercaremos a ver a Yossi para que nos presente a esa gente y luego decidiremos. ¿Qué piensan Igor y Marinna?

—A Marinna le enseñamos desde pequeña que nadie debería tener más que los demás; que debemos compartir, que nada nos pertenece. —Kassia estuvo a punto de emocionarse al recordar sus ideales socialistas, aquellos que había compartido con Jacob, su marido. ¡Cuánto le echaba de menos! Jacob, que le había enseñado cuanto sabía.

—¿Y Ruth e Igor? No podemos tomar ninguna decisión sin contar con ellos —les recordó Samuel.

—A Ruth tanto le da; en cuanto a Igor, es un socialista de verdad. No hace mucho me dijo que a veces piensa que Marinna y él deberían irse a un kibutz. —Por el tono de voz de Kassia, Samuel comprendió por qué ella estaba empeñada en transformar La Huerta de la Esperanza.

—No tenemos espacio suficiente para un kibutz, como mucho podemos albergar a otra familia; en cuanto a la tierra, no va a dar más frutos porque haya más gente trabajando. —A pesar de sus argumentos, Samuel sabía que había perdido la batalla contra Kassia.

Sus vidas volvieron a dar un vuelco. Yossi les presentó a aquel grupo de rusos recién llegados de París. Estaba formado por dos hombres de mediana edad, tres mujeres, una pareja de ancianos y tres niños.

Uno de los hombres, que dijo llamarse Moshe, explicó las penalidades que habían sufrido hasta llegar a Palestina. Habían huido de Rusia poco después de la revolución. Todos ellos habían colaborado en la instauración del nuevo régimen, y el propio Moshe confesó haber estado con los bolcheviques. Pero la revolución ni había acabado con la desigualdad ni con el estigma que aparejaba el hecho de ser judíos.

—Vivíamos en Kiev, allí trabajaba como periodista y mi esposa lo hacía en una imprenta. La mía era una familia modesta, sin más lujos que los libros, pero aun así a mis camaradas les parecía que teníamos demasiado, de manera que tuvimos que compartir nuestro hogar con otros que aún tenían menos. No protestamos. Para eso habíamos apoyado la revolución. Pero no era suficiente. Las nuevas autoridades desconfían de los judíos. Dicen que muchos de nosotros solamente somos burgueses, además de sionistas; a otros judíos les reprochan que mantengan las viejas tradiciones, como ir a la sinagoga, incluso hace un año, en 1919, decidieron prohibir las organizaciones sionistas. Nos acusaban de apoyar al imperialismo. Ya ves, nosotros que habíamos puesto todo nuestro empeño en la revolución, de pronto pasábamos a ser sospechosos. Cualquier manifestación a favor del sionismo o del judaísmo se considera contrarrevolucionaria. A Eva, mi esposa, la tuvieron detenida durante tres días. Alguien la denunció por hablar en hebreo. Una denuncia falsa, porque su conocimiento del hebreo es muy elemental. Un buen amigo que goza de la confianza del sóviet de Moscú logró que la liberaran. Hay judíos que ocupan puestos importantes en el nuevo Estado. Judíos que han dejado de serlo y cuya única religión es la revolución.

»Eva se salvó, pero no así mis padres ni los suyos. Nosotros somos de Proskurov, y allí el Ejército Blanco llevó a cabo una matanza, lo mismo que en Fastov, Berdichev, Shitomir... y en tantos otros lugares. Y ya ves, los judíos hemos vuelto a sufrir los pogromos. Tanto da que a un pueblo llegaran fuerzas del Ejército Rojo como del Blanco, al final los judíos nos convertíamos en las víctimas. Si hay un lugar en Rusia donde se paga caro ser judío es Ucrania. Por eso hemos huido. Gastamos cuanto teníamos en sobornos, pero al fin pudimos embarcar en Odessa.

Moshe les presentó a Eva y a sus tres hijos. La otra pareja estaba formada por un maestro y su esposa, habían logrado escapar junto a sus ancianos padres. La tercera mujer, que permanecía extrañamente callada y con la mirada perdida, se había unido a ellos por el camino. Las tropas del Ejército Blanco habían arrasado su pueblo y asesinado a su marido y a sus hijos. Ella, que decía llamarse Sofía, había sobrevivido, aunque no sabía explicar cómo. La habían encontrado desamparada y decidieron que se uniera a ellos. ¿Qué otra cosa habrían podido hacer para ayudarla?

Habían escuchado a Moshe en silencio, impresionados por tanto sufrimiento. No menos trágico era el relato de los otros ucranianos, aunque ellos, al contrario que Moshe, que ansiaba quedarse en Jerusalén, estaban decididos a instalarse en algún kibutz. Yossi observaba a Louis y a Samuel sabiendo que ninguno de los dos pondría objeción a que formaran parte de La Huerta de la Esperanza.

Cuando Samuel y Louis llegaron con los ucranianos, Kassia ya les había buscado acomodo después de que vaciara el nuevo cobertizo donde guardaban las herramientas y los aperos de labranza.

—Tendréis que construiros una casa, pero os ayudaremos. Aquí trabajamos todos sin distinción, no hay trabajo que hagan los hombres que no hagamos nosotras. La Huerta de la Esperanza no es un kibutz aunque nos regimos con normas parecidas. Aquí todo lo decidimos en comunidad y lo que tenemos lo compartimos —les explicó Kassia a los recién llegados.

—Y es importante que os llevéis bien con nuestros vecinos —añadió Marinna.

—Son árabes palestinos, y nos une una profunda amistad. Les debemos mucho. —Las palabras de Samuel sonaban a advertencia.

Salvo Moshe, su esposa y sus tres hijos, el resto del grupo emprendió el camino del valle de Jezreel. Gracias a los buenos oficios de Yossi habían conseguido ser aceptados en un kibutz.

Kassia se sintió decepcionada. Le hubiera gustado que se quedaran, pero comprendía el ansia de aquellos hombres y mujeres por formar parte de un kibutz, donde iban a poder hacer realidad la utopía de una sociedad igualitaria.

Samuel notó la contrariedad de Mohamed cuando le anunció que una nueva familia se había instalado en La Huerta de la Esperanza.

—La tierra no da para tanto —señaló Mohamed.

—Bueno, tendremos que arreglarnos. No podíamos dejarles a su suerte. Kassia tiene razón, nos hacemos viejos, necesitamos la energía de los jóvenes. Además, a vosotros no os afecta que hayamos ampliado nuestra comunidad. Tu casa y tu huerta te pertenecen —le recordó Samuel, molesto por las reticencias de Mohamed.

—Sí, fuisteis muy generosos con nosotros —respondió el joven sin mucho entusiasmo.

Ruth tampoco parecía muy entusiasmada por la presencia de Moshe y Eva.

—Ya no somos jóvenes. Hace años teníamos el ánimo de los pioneros, y éramos unas soñadoras, pero ahora… Estábamos bien como estábamos —le confesó Ruth a Kassia.

—Tienes razón, pero precisamente porque nos estamos haciendo viejas, necesitamos personas jóvenes que continúen adelante. Marinna e Igor no pueden hacerse cargo de todo; Louis va y viene, y Samuel y Netanel tienen el laboratorio.

—Pero no por eso dejan de trabajar la tierra —le recordó Ruth.

—No tanto como sería necesario, y nosotras no podemos con todo.

—Igor y Marinna tendrán hijos —dijo Ruth.

—Espero que sí, pero hasta que eso suceda...

Para alegría de las dos abuelas, Marinna no tardaría en anunciarles que estaba embarazada de nuevo. Igor parecía más feliz que la propia Marinna.

—¡Por fin un niño en La Huerta de la Esperanza! —exclamó Louis al enterarse.

—Bueno, ahora hay tres niños, los de Moshe y Eva —le recordó Marinna.

—Ya son casi hombres, yo me refiero a un niño nuestro, de esta familia —dijo Louis mientras la abrazaba.

—Ya que hoy estamos de enhorabuena por el embarazo de Marinna, yo también tengo una noticia que daros.

Todos se quedaron en silencio, expectantes ante el anuncio de Samuel. Kassia le miró con preocupación, Ruth con curiosidad y Louis con desconcierto.

—Voy a casarme con Miriam —les anunció con una sonrisa.

Durante unos minutos todos hablaron a la vez. No es que no se hubieran dado cuenta de que entre Miriam y Samuel había una relación especial que ambos se empeñaban en ocultar a los demás, pero no habían imaginado que llegaran a casarse. Miriam era viuda y tenía un hijo, Daniel, que parecía ser su bien más preciado, y Samuel parecía haberse acomodado a su situación de solterón. Además, ya había sobrepasado los cincuenta años y a esa edad son pocos los hombres en la aventura del matrimonio.

—¿Vendrá a vivir aquí? —quiso saber Kassia.

—Sí, creo que sí. Miriam cree que a Daniel no le gustaría verme en su casa ocupando el lugar de su padre y que es mejor que los dos vengan aquí. Bueno, ¿qué os parece?

Le felicitaron sinceramente. Querían a Samuel y apreciaban la valía de Miriam, también habían tomado cariño a Daniel. Al chico le vendría bien tener un padre.

—Tendremos que ampliar la casa —dijo Kassia, entusiasmada.

—Bueno, quizá no haga falta. Miriam y yo dormiremos en mi cuarto y Daniel puede ocupar el que era de Igor antes de casarse con Marinna.

—¿Y si tenéis hijos? Es mejor que ampliemos la casa —insistió Kassia.

—¿Hijos? Pero ¡qué cosas dices! No tengo edad para tener hijos.

—Tú no, pero Miriam aún puede tenerlos —le replicó Kassia.

—No es una niña —recordó Samuel.

—En efecto, pero, que yo sepa, tiene treinta y cinco años y a esa edad las mujeres aún podemos parir. Mi madre me tuvo a mí a los cuarenta —respondió Ruth.

Transmitieron las buenas nuevas a sus vecinos los Ziad. Aya ya sabía del embarazo de Marinna aun antes de que su amiga se lo confesara. Lo había intuido al verla moverse y sobre todo por cómo se colocaba la mano sobre el vientre intentando proteger al hijo que llevaba en las entrañas. A Mohamed le sorprendió la decisión de Samuel. No le imaginaba casado. Pero se alegraba sinceramente de su felicidad. Dina prometió que se encargaría de cocinar el pastel de boda, aquel pastel de pistachos que tanto le gustaba a Samuel.

—Me alegrará verte casado antes de morirme —le dijo Dina a Samuel.

—¡Vaya, como si estar soltero fuera terrible! Y no presumas de vieja, que tenemos la misma edad —respondió Samuel con una sonrisa.

—La soledad no es buena —le replicó Dina.

—Yo no estoy solo, os tengo a vosotros, a Kassia, a Ruth, a Marinna y a Igor, a Mijaíl…

—¿A Mijaíl? Creo que nos tienes a todos menos a ese chico.

Te quiere, sí, pero a su pesar. ¿Sabes?, me alegro de que te cases con Miriam, es una buena mujer... Siento tanto lo de su hermana Judith. ¿Crees que algún día volverá a ver?

—Yossi no lo cree.

—¿Por qué se desató esa locura? —se lamentó Dina recordando el Nabi Musa.

—Debemos olvidar, todos sufrimos las consecuencias.

—Judith no podrá olvidar —sentenció Dina.

Pese a haber tomado la decisión de casarse, Samuel dudaba. En realidad había sido Miriam quien le había pedido matrimonio.

—Somos demasiado mayores para andar ocultándonos. Deberíamos casarnos. Estamos bien juntos y aunque yo no sea la mujer con la que habías soñado, podemos ser felices. No te engaño, nunca olvidaré a mi esposo, pero él está muerto.

Samuel aceptó el razonamiento de Miriam. Al igual que ella, él también estaba cansado de ocultarse. Parecían dos adolescentes temiendo ser pillados en falta. Ella tenía razón, no era la mujer con la que había soñado, en sus sueños siempre aparecía Irina, pero se había resignado. Juntos estarían bien.

Daniel no acogió con entusiasmo la noticia. Apreciaba a Samuel pero no quería verle ocupando el lugar de su padre, por eso Miriam había decidido que vivirían en La Huerta de la Esperanza. De esa manera Daniel no tendría que ver a Samuel durmiendo en la cama que había sido de su padre. Lo único que sentía era alejarse de Judith, que tanto la necesitaba; sin embargo acordó con Samuel que trabajaría en La Huerta de la Esperanza pero acudiría a diario a casa de Yossi y Judith para estar con su hermana y también para ayudar a su cuñado.

Se casaron en una sinagoga de la Ciudad Vieja. Todos los miembros de la familia Ziad asistieron a la ceremonia, y Samuel supo que los amigos de Mohamed se lo echaron en cara. Incluso fue el hermano de Dina, Hassan, acompañado de su esposa Layla y de su hijo Jaled. También asistió Mijaíl. En los últimos meses el chico acudía con frecuencia a Jerusalén para estar con Yasmin, la hija de Yossi y Judith.

Los jóvenes se lamentaban de que los sucesos del Nabi Musa hubieran frustrado sus planes para iniciar una vida juntos en Tel Aviv, pero ni Yasmin hubiera sido capaz de dejar a su madre abandonada a su suerte, ni Mijaíl se lo habría pedido, de manera que se conformaban con verse dos o tres veces al mes.

Samuel había temido que Mijaíl se burlara de su boda, por eso retrasó el momento de decírselo; aunque su reacción había sido de tristeza, le felicitó.

—Hace tiempo que deberías haberte casado y mejor que sea con Miriam, es una buena mujer.

—Me alegra que te parezca bien —le respondió aliviado.

Mijaíl guardó silencio unos segundos antes de mirarle fijamente a los ojos.

—Cuando era niño soñaba que te casabas con Irina y te quedabas con nosotros para siempre. Pensaba en mí, sólo en mí. Lo había perdido todo: mis padres, mi país, mi destino, sólo os tenía a vosotros. Me sentí traicionado cuando te fuiste, nunca te lo perdoné.

—Sí, lo sé, aún hoy no me lo has perdonado.

—No voy a engañarte, cuando te fuiste dejé de confiar en ti. Marie me decía que cuando me convirtiera en un hombre te comprendería.

—¿Y lo has hecho? —preguntó Samuel, expectante por la respuesta.

—Aunque llegara a comprenderte no podría perdonarte.

Se miraron a los ojos y cada uno pudo leer en el otro el deseo de abrazarse, pero no fueron capaces de hacerlo.

—Marie te quería mucho —dijo Samuel para romper la tensión.

—Sí, ella fue lo mejor que he tenido después de mis padres. Fue una mezcla de abuela y de madre. No la olvidaré jamás.

A Samuel aquella conversación le devolvió la serenidad que necesitaba para casarse con Miriam.

La convivencia le resultó más fácil de lo que había imaginado. Miriam tenía mucho carácter pero no perdía nunca los nervios ni decía una palabra más alta que otra. Tanto a Samuel como al resto de los habitantes de La Huerta de la Esperanza les sorprendía que Miriam hablara con su hijo Daniel en sefardí.

Miriam le había contado a Samuel que ella había aprendido a hablar español con su abuela, la madre de su padre. La familia de Judith y Miriam eran de origen sefardí por parte de padre. Por parte de madre, desde el principio de los tiempos sus raíces estaban en Hebrón.

—La familia de mi madre no tenía demasiados medios, apenas una casa y unas tierras para cultivar y unos cuantos animales domésticos. Mi padre nació en Jerusalén, lo mismo que su padre y que su abuelo y su bisabuelo, aunque eran originarios de Toledo, en España. Cuando sus antepasados tuvieron que exiliarse tras el edicto de expulsión dictado por los Reyes Católicos, huyeron a Salónica y allí vivieron ganándose bien la vida con el comercio.

—¿Por qué dejaron Salónica? —quiso saber Samuel.

—Una parte de la familia decidió que ya que habían perdido una patria debían recuperar la otra patria ancestral, y vinieron a Jerusalén. Aquí se dedicaron a vender aceite. Mi padre hablaba con su madre en español y mi abuela nos hablaba a nosotras también en sefardí. ¡Es una lengua tan hermosa! ¿Sabes?, Judith y yo conservamos como un tesoro la llave de la casa de mis antepasados en Toledo. Siempre soñamos con ir... Mi abuela decía que Toledo era más hermosa que Jerusalén, aunque ella no la conocía, pero se lo había oído decir a su madre y ésta a la suya, así durante siglos hasta hoy.

Los padres de Miriam se conocieron por casualidad. Un familiar de su madre que vivía en Jerusalén cayó enfermo y pasó a ser paciente de Abraham, el padre de Yossi. Cuando la madre de Miriam acudió a Jerusalén con sus padres a visitar a su pariente conoció al que sería su marido y con el que tendría dos hijas.

Más tarde, Judith se casaría con Yossi, el hijo de Abraham, y ella con un oficial que servía en el ejército del sultán. Las dos se habían casado muy enamoradas y habían sido felices.

Una madrugada, Mohamed se presentó en La Huerta de la Esperanza. Dina tenía fiebre alta y le costaba respirar.

Samuel se vistió a toda prisa y despertó a Daniel para que fuera en busca de Yossi. Igor se ofreció a acompañar al muchacho, ya que a aquellas horas habría sido peligroso ir solo hasta la Ciudad Vieja.

Samuel hizo cuanto estuvo en su mano para bajar la fiebre de Dina, sabía qué medicamentos debía utilizar, pero no era médico y aunque sospechaba cuál podía ser el origen del mal, contaba los minutos para que llegara Yossi.

—Tiene neumonía —sentenció el médico, y le pidió a Samuel que suministrara a Dina uno de sus preparados.

Aya estaba muy pálida y temblaba, no podía imaginar la vida sin su madre, de manera que cuando Yossi salió de la habitación de Dina le siguió.

—No va a morirse, ¿verdad?

—Haré todo lo que pueda para que se cure —prometió Yossi.

Dina aún era joven aunque la pérdida de su esposo Ahmed le había quitado años de vida. Se sentía cansada, y si hubiera tenido otro temperamento se habría rendido.

Pasaron unas semanas de angustia. Aya sin moverse de la cabecera de su madre, Salma haciéndose cargo de las labores de la casa además de Rami y Wädi. Mohamed contaba las horas que pasaba en la cantera ansioso por regresar a su casa. Hassan y Layla acudían todos los días a ver a la enferma. Incluso Jaled, que seguía formando parte de las tropas de Faysal, obtuvo permiso para ir a ver a su tía enferma. En cuanto a Kassia, decidió no moverse del lado de Dina, alternándose con Aya para que la joven descansara. Todos los habitantes de La Huerta de la Esperanza vivieron la enfermedad como si fuera propia. Querían sinceramente a Dina y tenían una deuda de gratitud con ella visto que no había reparado en desvelos después de los disturbios del Nabi Musa.

Cuando Dina estuvo recuperada y se sintió lo suficientemente fuerte para levantarse de la cama, Mohamed invitó a sus amigos a compartir la cena del viernes.

Hablaron y rieron, y la velada habría durado hasta la madrugada si no hubiese sido por el estado de Dina.

—No nos confiemos, aún está convaleciente —advirtió Yossi.

El 1 de mayo de 1921 volvió a estallar la violencia. Esta vez en Jaffa. Hubo un desfile de trabajadores judíos autorizado por los británicos. No debieron hacerlo. Para los árabes aquel desfile fue una provocación. ¿Cómo pudo desatarse el infierno? Eso fue lo que se preguntaba Samuel, conmocionado por las noticias que llegaban desde Tel Aviv. Grupos de árabes palestinos comenzaron a atacar a los judíos en el viejo puerto, también atacaron viviendas y tiendas. El balance se saldó con muertos y numerosos heridos en ambos bandos.

Louis intentaba convencer a Samuel para que formara parte del ejército secreto que se estaba creando en la clandestinidad y del que él mismo era miembro activo, pero Samuel se negaba.

—Ya te he dicho en más de una ocasión que no creo que la solución sea el enfrentamiento con los árabes. Además, no tengo edad para aventuras.

—Aún eres joven, tienes cincuenta años —replicó Louis—. ¿Acaso te da miedo luchar?

—No lo sé, nunca he luchado, pero sí sé que no quiero tener en mi conciencia la muerte de ningún ser humano. Sólo... sólo en una ocasión me hubiera gustado matar... Sí, habría matado al hombre que entregó a mi padre a la Ojrana.

—Entonces eres capaz de matar, pero no es eso lo que pretendemos, simplemente queremos defendernos, debemos estar preparados para hacer frente a sucesos como los del Nabi Musa o el ataque de Jaffa. ¿Qué crees que hicieron los británicos? Para cuando aparecieron ya había muertos —respondió Louis.

—Tenemos que acabar con esta locura. Le diré a Mohamed que organice una reunión con Omar Salem. Ese hombre está bien relacionado con las principales familias árabes palestinas. Conoce bien a los Husseini, a los Dajani y a los Jalidi, también a los Nashashibi. Algo podremos hacer que no sea pelearnos.

—¿Y en nombre de quién vas a hablar? Ni siquiera te has apuntado a la Histadrut.

Pocos días después, Mohamed les anunció que Omar Salem estaba dispuesto a invitarles a su casa. Samuel se hizo acompañar de Louis. Necesitaba que le explicaran por qué se había desatado aquella locura.

—Me dicen que la policía árabe también ha intervenido en los ataques. No logro comprender lo que está sucediendo —dijo a su anfitrión.

Omar Salem respetaba a Samuel. Sabía que Ahmed Ziad había confiado en él. Mohamed también hablaba a su favor.

—¿Qué puedo decirte yo? Sé lo mismo que tú. Siento esas muertes. Pero ¿era necesario que los judíos desfilaran por Jaffa? Entre nosotros hay preocupación, cada vez hay más judíos que vienen a Palestina. Compran nuestras tierras, nosotros nos quedamos sin trabajo... Nuestros campesinos, los *fellahs*, comienzan a ser parias en nuestra propia tierra.

—¿Otra vez la misma excusa? —protestó Samuel—. Tienes razón en que muchos judíos han decidido retornar a esta tierra, pero ¿acaso es motivo suficiente para pelearnos a tiros?

—Los británicos no han cumplido sus promesas. Nos prometieron apoyar la creación de un gran país árabe, se lo prometieron al jerife Husayn, se lo prometieron a Faysal, ¿y qué ha sucedido? Nos han engañado —continuó diciendo Omar.

—Yo luché al lado de Faysal, ayudamos a los británicos a

vencer a los turcos, luché por una patria —interrumpió Mohamed, airado.

—¿Y qué tienen que ver las mentiras de los británicos con los judíos? ¿Por qué nos atacáis a nosotros? ¿Es que no podemos compartir la tierra? ¿Acaso no podemos vivir juntos? —En el tono de voz de Samuel había decepción y cansancio.

—Tienes que comprender que no podemos aceptar que el Fondo Nacional Judío continúe con su política de comprar nuestras tierras, ¿qué nos quedará, si no? Los británicos juegan con nosotros. Permitieron a Faysal convertirse en rey de Siria, pero ¿de qué Siria? Nos engañaron. Siria debía incluir el Líbano y Palestina, pero lo que han hecho es trazar fronteras entre los territorios dividiendo el Mashriq. Los británicos y los franceses se han repartido el imperio otomano. Queríamos ser independientes pero no creen que seamos capaces de gobernarnos solos, de modo que han decidido quedarse y llevar a cabo la política del «divide y vencerás». ¿Qué es lo que se firmó en el Tratado de Sèvres? ¿Lo sabes? Allí lo que se firmó fue la traición a los árabes. Nos están tratando como si, además de derrotar a los turcos, también nos hubieran derrotado a nosotros —afirmó Omar Salem con rabia.

—¿Quieres que te diga que tienes razón? La tienes. No han cumplido con sus promesas, pero ¿qué tiene que ver eso con nosotros? ¿Por qué hemos de pelearnos los árabes y los judíos?

Omar vaciló antes de responder, parecía buscar las palabras para hacerle comprender a Samuel lo que estaba sucediendo.

Louis escuchaba en silencio atento a cuanto decía Omar. Por fin, éste volvió a hablar.

—Te daré mi opinión de por qué sucede lo que sucede. Los europeos, sobre todo los británicos y los franceses, han convertido en colonias todo el norte de África, Argelia, Libia, Túnez, Marruecos... Echa la vista atrás. No debería extrañarte que entre nosotros, que entre los árabes, haya resurgido la fuerza para volver a ser lo que fuimos antes de que nos dominaran los turcos. Compartimos el mismo Dios, la misma religión, la misma lengua, las mismas costumbres, tenemos una historia común, ¿por qué no hemos de ser una nación? —Omar clavó su mirada en la de Samuel.

—¿Y eso qué tiene que ver con nosotros? —insistió Samuel con terquedad.

—Para los británicos y los franceses resultó una suerte que el sultán decidiera participar en la Gran Guerra apoyando a Alemania. Fue la excusa perfecta para seguir ampliando los dominios de sus imperios en África y en Oriente. Desde el primer momento se pusieron de acuerdo para repartirse las tierras del imperio otomano. El problema de los británicos, que es lo que nos ha llevado hasta aquí, es que han hecho demasiadas promesas y han adquirido compromisos contrapuestos. Por una parte, acordaron con Francia el reparto del imperio otomano. Como bien sabes, ese acuerdo es el que ya han puesto en práctica. En segundo lugar, se comprometieron con el jerife Husayn que apoyarían un Estado árabe independiente. Mentían, claro; no pensaban hacerlo puesto que ya habían acordado con sus amigos franceses el reparto de la Gran Siria, de Irak… el Mashriq; la tierra que iba a ser la patria de los árabes la han troceado estableciendo fronteras inexistentes. Y el tercer problema es que, además, han prometido a los judíos un hogar aquí en Palestina. ¿Cómo se han atrevido a hacerlo si esta tierra no es suya? Como verás, los tres compromisos son imposibles de conciliar. En realidad nunca pensaron siquiera en intentarlo, siempre supieron que nos iban a traicionar. En el Tratado de Sèvres confirman lo que te he dicho. No sólo han vencido a los turcos, creen que también han vencido a los árabes. —Omar volvió a guardar silencio a la espera de la reacción de sus invitados.

Fue Louis quien respondió adelantándose a Samuel.

—Bien, ya hemos llegado a la situación actual, y ahora ¿qué?

—Ahora nos encontramos con que los franceses han expulsado a Faysal de Siria y no quieren saber nada de su padre el jerife Husayn —respondió Mohamed.

—Sí, han engañado a Faysal, no lo negaré, pero él tampoco

ha encontrado el apoyo que esperaba entre los sirios y se está incumpliendo el acuerdo al que llegó con el doctor Weizmann. No olvidéis que Faysal aceptaba que los judíos pudiéramos establecernos en Palestina —apuntó Louis.

—Ésa es sólo una parte de la verdad. Sí, Faysal dio muestras de una gran generosidad al aceptar el establecimiento de judíos en Palestina, no puso objeciones a que vivierais dentro de la Gran Patria de la que él sería la cabeza principal. Faysal no dejó lugar a equívocos: si todo el mundo cumplía lo acordado, él cumpliría; de lo contrario, no se sentiría obligado por el acuerdo con Weizmann. —Era Mohamed quien había hablado, al fin y al cabo conocía bien a Faysal y había luchado a su lado.

—En cuanto a los problemas de Faysal en Siria... en fin, los patriotas sirios pasaron meses elaborando un programa común para presentárselo a esa comisión formada por los norteamericanos, King y Crane. Teníamos esperanzas en esa comisión y en las promesas de Wilson, el presidente de Estados Unidos. ¡Qué bellas palabras pronunció en la Conferencia de París sobre la libertad de los pueblos y su derecho a gobernarse! Nos engañaron, no tuvieron en cuenta las decisiones del Congreso General Sirio, por eso hubo que dar un paso adelante y proclamar a Faysal rey de Siria. En esa proclamación no se aspiraba a nada que no nos hubiésemos ganado, que no hubiese sido acordado cuando luchábamos junto a los británicos para acabar con el imperio otomano. Pero los británicos volvieron a traicionarnos y se lavaron las manos dejando Siria a los franceses. Y éstos ni siquiera se han molestado en respetar a Faysal —terminó de explicar Omar.

—Si hemos podido vivir juntos en el pasado tiene que ser posible que sigamos haciéndolo en el futuro. —Había un deje de súplica en la voz de Samuel.

—Es difícil saber lo que va a depararnos el futuro. Te aseguro que no soy partidario de la violencia, aunque comprendo la frustración de mis hermanos árabes y, sobre todo, su temor a que los británicos os permitan que nos despojéis de nuestra tierra. En cuanto al desfile de los judíos en Jaffa, ha sido una provocación por vuestra parte —afirmó Omar.

—Tienes razón —aceptó Samuel—. Ese desfile no debió llevarse a cabo.

—Los británicos juegan a dos bandos. En ocasiones se muestran partidarios de la Declaración Balfour y en otras intentan congraciarse con los árabes haciéndonos la vida imposible y restringiendo la inmigración —apuntó Louis.

—Entonces tenemos un enemigo común —concluyó Mohamed.

—Debemos encontrar una solución —insistió Samuel, pero la suya era una súplica que no podía tener respuesta.

Ben, el hijo de Igor y Marinna, nació cuatro meses antes que Dalida, la hija de Samuel y Miriam. Para todos fue una sorpresa que al poco de la boda Miriam les anunciara que estaba embarazada. Samuel fue el primer sorprendido y aunque procuró mostrar alegría no estaba seguro de querer tener un hijo.

El matrimonio le resultaba más placentero de lo que había esperado, pero se sentía mayor para tener hijos.

Daniel recibió a Dalida como una afrenta y se lo reprochó a su madre.

—Resulta ridículo que a tu edad tengas hijos.

Pero Miriam hizo caso omiso del disgusto de su hijo y del poco entusiasmo de Samuel. Aquella niña la llenaba de alegría.

Mientras tanto, en Palestina parecía haberse instaurado una frágil tregua desde la llegada del nuevo gobernador, sir Herbert Samuel, a pesar de que los árabes palestinos desconfiaban de él por ser de origen judío. Los judíos palestinos pronto comprendieron que sir Herbert era sobre todo inglés y que no se movería un milímetro en favor de los intereses judíos si éstos chocaban con los del imperio británico.

Había adoptado decisiones que fueron recibidas con reticencias por unos y otros. Por una parte, había excarcelado a Jabotinsky pero, por otra, indultó a Amin al-Husseini, al que los judíos señalaban como el responsable directo de la tragedia del Nabi Musa, amén de restringir la inmigración de más judíos a Palestina.

No obstante, esta tenue tregua les permitió a todos vivir con cierta calma, aunque a Samuel le preocupaba que Louis se implicara cada vez más en la Haganá, la organización clandestina de autodefensa heredera del Hashomer.

—Tienes que aceptar que debemos estar preparados para defendernos por nuestros propios medios, no podemos poner nuestras vidas en manos de los británicos —insistía Louis.

—Lo que tenemos que hacer es fiarnos los unos de los otros. Tú hablas de estar preparado para luchar, yo hablo de evitar tener que luchar —respondía Samuel.

—Nuestro objetivo es la defensa, no el ataque. ¿Acaso has oído que la Haganá haya atacado a algún árabe?

Hablaban, pero no lograban convencerse el uno al otro. Louis respetaba a los árabes palestinos, tenía buenos amigos entre ellos, pero no se engañaba respecto al futuro. Aun así, procuraba seguir estrechando lazos con quienes eran sus amigos y en cuanto podía acudía a casa de Mohamed. Al igual que Samuel, para él los Ziad también eran su propia familia.

Para Samuel y Louis fue un alivio que los británicos colocaran a Faysal en el trono de Irak después de haberse cruzado de brazos permitiendo que los franceses le obligaran a renunciar a Siria. Y aunque a Louis le inquietó que poco más tarde los británicos se inventaran un reino en Transjordania para Abdullah, el hermano de Faysal, Samuel consideraba que de esa manera la familia del jerife de La Meca recibía al menos una recompensa justa por la ayuda que habían prestado a los británicos.

—Ya que al menos no han conseguido la gran nación por la que han luchado, qué menos que cada uno pueda tener un reino.

—No creerás que los británicos se han inventado ese reino para paliar el incumplimiento de sus promesas... Les viene bien un Estado tapón entre Palestina y Siria. Los británicos no hacen nada si no es en su propio beneficio —respondía Louis.

Más adelante, Samuel tuvo que admitir que Louis tenía razón. Si bien habían ayudado a Abdullah a conservar su nuevo reino frente al ataque de las tribus wahabíes, no tardaron en lavarse las manos cuando los saudíes atacaron el Hiyaz en 1924 y decidieron no prestar la ayuda que les pedía el jerife. Le abandonaron a su suerte y el jerife Husayn, para evitar un baño de sangre, abdicó en su hijo Alí.

Mohamed se quejó amargamente de lo sucedido a Samuel.

—¡Son unos traidores! No han cumplido ninguna de sus promesas y la última traición ha sido permitir que los saudíes ataquen el Hiyaz y el jerife se haya tenido que exiliar en Ammán. Ese Ibn Said es un bandido y sus hombres unos fanáticos —clamó Mohamed.

—Tienes razón, los británicos han prometido tanto a tantos... Con Ibn Said también firmaron un acuerdo en 1915 aceptando su dominio de parte de los territorios árabes. Ibn Said, por su parte, se ha comprometido a no permitir la presencia de extranjeros en sus tierras sin el acuerdo de Gran Bretaña. Dicen que los soldados de Ibn Said son unos fanáticos, se les conoce como los *ikhwan*, y su interpretación del Corán es rigurosa —apuntó Louis.

—Se acabó el sueño de una gran nación árabe —continuó lamentándose Mohamed.

—Aún no está todo perdido, dicen que el jerife se muestra muy activo, y no para de tratar con otros caudillos árabes —le respondió Samuel con poca convicción.

—Mis amigos me dicen que el jerife Husayn se pelea con su hijo Abdullah. Éste no quiere que su padre se meta en los asuntos de su reino. No sé cuánto tiempo podrán estar el uno con el otro. Un reino no puede tener dos príncipes —dijo Mohamed con un deje de amargura.

Samuel no era capaz de aliviar su preocupación. Sabía de los lazos de Mohamed y su familia con el jerife Husayn y con sus hijos. Habían combatido con valor junto a Faysal, y Salah, el primo de Mohamed, había muerto luchando por la gran nación árabe que los ingleses les habían prometido. Comprendía su decepción.

Ben, el hijo de Igor y Marinna, había devuelto la alegría a La Huerta de la Esperanza. Nadie permanecía indiferente ante aquel niño con aspecto de querubín. Rubio, con unos inmensos ojos azul grisáceos, siempre dispuesto a mil y una travesuras que se hacía perdonar echando los brazos al cuello de quien le regañaba.

A Ben le gustaba escaparse a casa de los Ziad. Había convertido en sus héroes a Wädi, el hijo de Mohamed y Salma, y a Rami, el hijo de Aya y Yusuf.

Wädi y Rami llevaban a Ben a todas sus correrías y el pequeño les seguía entusiasmado.

—Menos mal que Dalida es una niña tranquila —se quejaba Kassia.

—Bueno, los chicos son más inquietos —les disculpaba Miriam—, mi Daniel tampoco se estaba quieto cuando era niño.

—Ya, pero esos tres un día nos van a dar un disgusto.

Kassia tenía razón. Una tarde los niños desaparecieron. Rami tenía seis años, Wädi cuatro y Ben tres. Aya pensaba que los niños estaban en La Huerta de la Esperanza y al caer la tarde fue a buscarles, pero Kassia le dijo, asustada, que creía que estaban con ella y con Salma.

—Pero si vinieron hacia aquí, les vi empujar la verja —respondió Aya, muy nerviosa.

Todos se pusieron a buscar a los niños. Cuando Mohamed e Igor llegaron de la cantera se unieron a la búsqueda.

No les encontraron hasta la mañana siguiente. En realidad les encontró un campesino que oyó gemidos provenientes de una vieja acequia. Al principio pensó que era un perro que se había caído, pero luego creyó escuchar voces y fue a buscar ayuda. Los tres niños estaban heridos: Rami se había partido una pierna, Wädi un codo y una pierna, y el pequeño Ben tenía el hombro dislocado y una herida profunda en la cabeza.

La aventura les costó una buena reprimenda y un castigo. Durante algunos días les impidieron jugar juntos, pero en cuanto Ben se recuperó se las ingenió para escabullirse e ir a casa de los Ziad.

Kassia disfrutaba con el bullicio de los niños. Ben y Rami, lo mismo que Wädi, eran incansables; y luego estaban las niñas: Dalida, la hija de Samuel y Miriam; Noor, la pequeña de Aya, y Naima, la hija de Mohamed y Salma. También estaban los tres hijos de Moshe y Eva, ya entrados en la adolescencia y más formales que los pequeños de La Huerta de la Esperanza.

—Ellos son el futuro —no se cansaba de repetir Kassia, que animaba a Marinna a que tuviera más hijos. Pero ella parecía incómoda por los requerimientos de su madre. Había perdido la espontaneidad de la juventud y a nadie se le escapaba que a veces se abstraía en silencios de los que le costaba regresar. Sólo con Aya compartía confidencias.

Por su parte, Igor parecía aceptar esa distancia sutil que Marinna había interpuesto entre los dos. La quería y se decía que tenerla con él le era suficiente, pero que no debía indagar entre las brumas de la mirada de su esposa, ni obligarla a salir de sus silencios. Sabía que era leal y eso le bastaba. Ella nunca le había engañado respecto a lo que sentía por él, y él lo había aceptado. Al principio le costaba tratar a Mohamed como al amigo y vecino que debía ser, además trabajaban juntos en la cantera, y siempre se había mostrado amistoso, no podía reprocharle nada. Mohamed nunca había traspasado el umbral de la corrección para con Marinna, a la que trataba con un afecto distante. «Se siguen queriendo», se decía para sí Igor, y se preguntaba si Salma se daría cuenta lo mismo que él. Simpatizaba con la esposa de Mohamed. Si Marinna era bella, Salma lo era aún más, y sobre todo tenía un carácter dulce y bien dispuesto hacia los demás. Igor pensaba que quizá él habría sido feliz con Salma, y se sorprendía por este pensamiento, que combatía reprochándose por pensar en la esposa de Mohamed, pero no podía engañarse, aquella mujer ejercía una fuerte atracción sobre él.

«Marinna sueña con Mohamed; Mohamed sueña con Marinna, yo sueño con Salma, y ella ¿con quién soñará?», pensaba sin atreverse a confiarse a nadie, ni siquiera a su madre.

En ocasiones se decía que ninguno de ellos tenía valor. «Si lo tuviéramos, Mohamed se marcharía con Marinna y yo me quedaría junto a Salma», pero inmediatamente se arrepentía de aquellos pensamientos que cada día le atormentaban más y que excusaba diciéndose que se debían a la indiferencia de su esposa.

Por su parte Samuel parecía dejarse llevar por el transcurrir de la vida. Quería a Miriam aunque no estaba enamorado de ella y empezaba a sentir apego por Dalida, aquella niña no deseada pero que apenas aprendió a andar le seguía por todas partes con auténtica devoción. Dalida era una niña preciosa, con el cabello oscuro como su madre y los ojos gris azulado como Samuel. Al contrario que los chicos de la casa, Dalida era tranquila, no lloraba y era capaz de pasar horas enteras sentada en el suelo jugando con sus muñecas de trapo. De repente, un día la rutina se interrumpió al anunciar Miriam que de nuevo estaba embarazada. Esta vez Samuel no ocultó su disgusto.

—No tengo edad para tener hijos, más bien para ser abuelo. ¿Sabes cuántos años tengo? Este año de 1925 cumplo cincuenta y cuatro.

—Los patriarcas eran padres a edades más tardías. No voy a disculparme por tener un hijo. Acéptalo con alegría —le respondió Miriam conteniendo su enfado.

Para el resto de los habitantes de La Huerta de la Esperanza el embarazo de Miriam también fue una sorpresa. La felicitaron sinceramente e hicieron caso omiso de la contrariedad de Samuel. Daniel, el hijo mayor de Miriam, recibió la noticia con enfado.

—Madre, tienes casi cuarenta años, ¿no eres demasiado mayor para traer hijos al mundo? —le reprochó.

—Tendré los hijos que quiera tener, eso no es asunto tuyo.

Miriam parecía inmune al malhumor de Samuel y se instaló

en la indiferencia preocupada sólo por el hijo que iba a traer al mundo. Nació a finales de 1925 y Miriam se empeñó en llamarle Ezequiel, a pesar de las protestas de Samuel.

—Es tu hijo, sí, pero habida cuenta de tu falta de interés, no sé por qué has de elegir su nombre. Se llamará Ezequiel, como mi abuelo materno.

A Samuel le costó aceptar que tener un hijo varón le había conmovido. De repente se le venía a la memoria su padre, cómo le gustaba que le cogiera en brazos y le apretara contra su pecho haciéndole sentirse seguro.

—Samuel es como todos los hombres, les parece que tener un varón les hace más hombres —le comentó Kassia a Miriam.

1925 fue el año en que se inauguró la Universidad Hebrea de Jerusalén, que llenó de orgullo a los judíos palestinos, pero también fue el año en que los saudíes conquistaron La Meca, para desesperación de Mohamed y sus amigos, que se dolieron de que Alí, el hijo del jerife, hubiera tenido que huir para salvar la vida.

Los saudíes habían acabado con más de mil años de preeminencia de los hachemitas en el gobierno de la ciudad santa del islam.

—Ahora sí que se han esfumado las esperanzas de que los árabes tengamos una gran nación —afirmó un Mohamed doliente a Samuel y a Louis.

—Mohamed está en lo cierto —aceptó Louis—; los británicos lo han consentido porque sólo somos piezas de un ajedrez que ellos mueven y enfrentan a su conveniencia.

Tenía razón, o al menos los hechos le iban dando la razón. Samuel tampoco había logrado comprender por qué los británicos habían decidido aupar hasta lo más alto al hombre que había incitado los disturbios del Nabi Musa. Haj Amin al-Husseini se había convertido en muftí de Jerusalén por obra y gracia de los ingleses.

Mohamed le había contado que Omar Salem y la mayoría de sus amigos preferían a Husseini, aunque él se inclinaba por Ragheb al-Nashashibi.

—Los Nashashibi son tan patriotas como los Husseini, pero al menos se muestran dispuestos a hablar con los británicos y con todas las comunidades —explicó Mohamed a sus amigos.

En agosto de 1929 Dalida tenía siete años y Ezequiel estaba a punto de cumplir cuatro. Como todos los agostos, en Jerusalén hacía calor, mucho calor. ¿Alguien se ha dado cuenta de que la mayoría de las guerras y revoluciones estallan en verano? En realidad la tensión entre las dos comunidades no había dejado de latir con mayor o menor intensidad. Louis tampoco dejaba de protestar por lo que consideraba una actitud cínica de los ingleses y, aunque a regañadientes, Samuel había terminado por aceptar que los judíos no podían contar más que con sus propias fuerzas y que no podían dejar su destino en manos de Gran Bretaña. Pero la aceptación de esa realidad no le llevó a formar parte de la Haganá. Se sentía mayor y dudaba de poder ser útil en caso de tener que luchar. Sólo una vez en su vida había deseado matar a un hombre, Andréi, el amigo de Dimitri Sokolov, al que consideraba el asesino de su padre. El rostro de Andréi le asaltaba en sus pesadillas. Sólo a él odiaba, porque ni siquiera era capaz de odiar a los hombres que le apalearon aquel Nabi Musa. Estaba convencido de que no sería capaz de hacer daño a ningún ser humano. Aún así, no pudo evitar que Louis convenciera a Igor para que se uniera a la Haganá, de la misma manera que lo hicieron los tres hijos de Moshe y Eva. Temía por aquellos jóvenes que apenas habían dejado la adolescencia y que trabajaban la tierra con el mismo entusiasmo que ellos lo habían hecho años atrás. Pero Moshe y Eva habían aceptado de buena gana que sus hijos formaran parte de aquel grupo clandestino que tanto preocupaba a los británicos.

—Louis tiene razón, debemos estar preparados —le decía Moshe, convencido.

Samuel no había logrado congeniar ni con Moshe ni con

Eva. No tenía nada que reprocharles, trabajaban sin queja, siempre dispuestos a hacer más. Vivían con discreción sin imponer su presencia al resto de los habitantes de La Huerta de la Esperanza, aunque tanto Kassia como Ruth les invitaban con frecuencia a compartir con ellos las comidas y las cenas del sabbat. Pero a Samuel le molestaba su excesivo nacionalismo y se enfadaba cuando Moshe aseguraba que aquélla era la tierra de los judíos y que tenían más derechos que los demás.

—Yo no tengo más derechos para estar aquí que Mohamed y su familia —respondía Samuel, enfadado.

—Pero ellos tampoco más que nosotros —replicaba Moshe.

—Aquí han nacido ellos y sus antepasados, son palestinos —contestaba Samuel.

—Ésta es la tierra de Judá. Nuestro derecho emana de la Historia y también de la Biblia —aseguraba Eva.

Eva era tanto o más sionista que su marido y se mostraba igualmente tajante sobre la posible confrontación entre árabes y judíos en el futuro.

—Eres un romántico, Samuel; lo quieras o no, algún día tendremos que pelear a muerte, serán ellos o nosotros —le advirtió Moshe.

—Pero ¿qué clase de bolcheviques habéis sido? Ser socialista significa creer que todos los hombres somos iguales sin distinción de razas ni religión. Vosotros habéis sufrido por ser judíos y ahora os sentís distintos a otros hombres... No os entiendo —les recriminó Kassia.

—Sí, luchamos por la más hermosa de las ideas... ¿qué idea es mejor que la del socialismo? Todos los hombres iguales, con los mismos derechos, sin que nadie sea más que otro, hermanados por una causa sagrada: la igualdad... ¿Sabes cuánto duró el sueño, Samuel? Te lo diré: el sueño se esfumó nada más hacerse realidad. Todo aquel que no compartiera nuestro ideal se convertía en un contrarrevolucionario, un enemigo del pueblo al que había que exterminar. Ya ves, había que imponer el sueño derramando sangre, y lo peor, Samuel, es que al principio yo estaba de acuerdo, hasta que decidieron expulsarme de ese sueño y entonces desperté y comprendí que había vivido una pesadilla. —En las palabras de Moshe había mucha amargura.

Samuel solía levantarse de la mesa para no continuar con la discusión. Temía no poder contenerse y acaso decir en voz alta lo que sentía: que se arrepentía de haberles invitado a compartir con ellos La Huerta de la Esperanza. Si había sentido interés por el socialismo era por la promesa de construir un mundo donde todos los hombres fueran iguales y no les dividieran ni la religión ni las fronteras. No había ido a Palestina para luchar contra nadie y menos contra los árabes, ¿por qué había de hacerlo?

—Porque ellos nos consideran extranjeros, creen que les estamos quitando sus tierras —insistía Moshe.

—Les preocupa que estemos comprando tierras, que muchos campesinos árabes estén quedándose sin trabajo, les preocupa su futuro; nuestra es la responsabilidad de hacerles entender que no queremos quitarles nada, sólo compartir y vivir juntos —respondía Samuel con rabia.

Miriam solía quitar importancia a estas discusiones, por más que ella rechazara, lo mismo que Samuel, que fuera inevitable el enfrentamiento con los árabes. Su madre era de Hebrón, donde continuaba viviendo, y Miriam tenía entre sus mejores amigas a muchas niñas árabes junto a las que había crecido y compartido los primeros juegos, los primeros secretos. Campesinas como ella, hijas de campesinos que amaban la tierra igual que ella.

—No debes hacerles caso, no conocen Palestina. Ya aprenderán —le dijo un día a Samuel.

—No lo creo, ¿acaso no te has fijado en la frialdad de Moshe con Mohamed y cómo a Eva parece incomodarle que Dina, lo mismo que Aya y Salma, entren y salgan de La Huerta de la Esperanza sin previo aviso? Toda mi vida me esforcé en no pagar por ser judío y ahora nadie me convencerá de que somos mejores que los demás o tenemos más derechos porque lo diga un libro, aunque ese libro sea la Biblia. Vine a Palestina por amor a mi padre, se lo debía, pero no vine a construir ninguna patria ni a quitársela a nadie.

—Ésta es mi patria, Samuel, yo nací aquí y no siento que sea más mía que de nadie. No soy más palestina que Mohamed, pero él tampoco lo es más que yo. Podemos seguir viviendo juntos —le dijo Miriam.

Pero Samuel no podía dejar de preocuparse por los enfrentamientos esporádicos entre árabes y judíos y por la brecha cada vez más profunda que se estaba abriendo entre las dos comunidades. Sólo parecían estar de acuerdo en algo: su animadversión hacia los británicos, cuyas decisiones disgustaban a ambas comunidades por igual, aunque durante unos pocos años se estableció una especie de tregua al estar al frente del Comité Árabe un sector moderado de los representantes palestinos.

Mientras tanto, los hijos de Samuel crecían junto al resto de los niños de La Huerta de la Esperanza y Miriam se empeñaba en hablarles en sefardí.

—Mi abuela y mi padre me hablaban en español, con mi madre hablaba en hebreo y con mis amigas en árabe. Dalida y Ezequiel pueden hablar los tres idiomas sin problemas.

—Deberían esforzarse más con el inglés, les será más útil en el futuro —le dijo Samuel.

—Son los ingleses los que deberían aprender nuestras lenguas —respondió Miriam.

—Jamás se molestarán en hacerlo.

—Por eso nunca llegarán a conocer el alma de los pueblos a los que quieren dominar.

Hacía calor en aquellos primeros días de agosto de 1929. Kassia les había dicho a los niños que no hicieran ruido mientras los mayores intentaban descansar antes de regresar a sus tareas. Ben, el hijo de Marinna, estaba en casa de Dina jugando con Rami y Wädi. Dalida estaba jugando con Naima, mientras Miriam enseñaba a leer a Ezequiel conminándole a hacerlo en voz baja para no molestar a los mayores, cuando de repente la puerta se abrió y apareció Mijaíl con el rostro congestionado por el calor y la mirada nublada por la angustia.

—¿Dónde está Samuel? —preguntó abruptamente a Miriam sin siquiera saludar.

—En el laboratorio. No sabíamos que estabas en Jerusalén... ¿Qué sucede?

Mijaíl no respondió y salió de la casa sin cerrar la puerta. Miriam le siguió preocupada. Samuel se extrañó al ver el rostro contraído de Mijaíl.

El joven no le dio tiempo a preguntar, le tendió una carta que Samuel leyó con avidez.

> «Estimado amigo:
>
> Le comunico que en el día de hoy ha fallecido mi querida esposa Irina. Su desenlace ha sido inesperado ya que parecía disfrutar de buena salud. Los médicos han dictaminado que la causa del fallecimiento ha sido un ataque al corazón. Le ruego le comunique a monsieur Samuel Zucker esta triste noticia y que en cuanto les sea posible viajen a París para tratar asuntos referentes a la herencia de mi esposa así como al local que le tenía arrendado monsieur Zucker.
>
> Atentamente,
>
> Pierre Beauvoir»

Samuel y Mijaíl se miraron fijamente antes de abrazarse entre lágrimas. Miriam les observaba en silencio sin atreverse a preguntar qué sucedía, aunque intuía que aquella carta tenía que ver con el pasado de ambos y en ese pasado reinaba Irina, de la que sabía por lo que Samuel le había contado al verle mirando un día una vieja fotografía. La foto de Irina. Decidió dejarles solos. Sabía que no la necesitaban y que su presencia les estorbaría.

Cuando más tarde los dos entraron en la casa, Samuel se acercó a ella para decirle que se iba a París. Le explicó lo sucedido sin ocultarle lo mucho que le dolía la pérdida de aquella mujer que nunca le había querido.

—Iré contigo, iremos contigo —le dijo ella sin pensarlo.

Samuel no tenía fuerzas ni interés en discutir con Miriam. Ella creía que debía estar con él en aquel momento de dolor. Aunque él no la necesitaba y su presencia le resultaba indiferente, asintió.

Miriam no perdió el tiempo y comenzó a preparar el equipaje. Llevarían consigo a sus hijos, no se sentiría tranquila dejándoles para emprender un viaje tan lejos. Dalida tenía ya siete años y Ezequiel casi cuatro, bien podían aguantar aquel viaje por incómodo que resultara. Además, pensaba, servirían de distracción a su padre.

Tardaron unos días en partir. Cuando lo hicieron fue con la preocupación de saber que de nuevo estaba a punto de quebrarse el difícil statu quo entre las dos comunidades. Hacía un año que se habían reiniciado las hostilidades en la misma Jerusalén a cuenta del Muro de las Lamentaciones, el lugar más sagrado para los judíos que se hallaba desde los tiempos de Afdal, el hijo de Saladino, en manos de los árabes. El lugar era objeto de disputa entre judíos y musulmanes, ya que para estos últimos el Muro es el lugar desde donde el profeta Mahoma había atado a su caballo Buraz. También allí estaba la mezquita de Al-Aqsa.

Los británicos procuraban limitar a los judíos su acceso al Muro, incluso les prohibían tocar el *shofar* (cuerno de carnero) durante la fiesta sagrada del Yamim Noraim.

Pero en aquel verano de 1929 el muftí Haj Amin al-Husseini dio un paso más, incitando contra el rezo de los judíos en el Muro de las Lamentaciones. El 15 de agosto un grupo de judíos se manifestó junto al Muro reivindicando su derecho a rezar, algunos testigos aseguraron que varios de ellos lanzaron improperios contra los musulmanes, y que incluso se atrevieron a ofender al Profeta, lo que provocó que un grupo numeroso de árabes, después de rezar en la mezquita de Al-Aqsa, se enfrentaran a los judíos que se encontraban en mitad de sus oraciones.

—Me voy preocupado —le confesó Samuel a Mohamed.

—Lo que tenga que ser, será —le respondió Mohamed con el corazón dividido.

—Confío en ti más que en ningún otro hombre, como confié en tu padre, mi buen amigo Ahmed, de manera que te pido que cuides de todos los habitantes de La Huerta de la Esperanza.

—Te doy mi palabra —le prometió Mohamed con un apretón de manos.

El 23 de agosto, cuando Mijaíl, Samuel y Miriam, acompañados de sus hijos, estaban embarcados rumbo a Marsella, la violencia se adueñó de las calles de Jerusalén. Pero no sería hasta llegar a Francia cuando tuvieran noticia exacta de lo sucedido por el relato de algunos periódicos y por las noticias que les facilitó un conocido de la comunidad judía de Marsella.

—Después de la oración en la que el muftí encendió el ánimo de los fieles, éstos bajaron en tropel desde la Roca Sagrada donde se encuentra la mezquita de Al-Aqsa y llevaron los enfrentamientos hasta los barrios judíos de Jerusalén, el de Ramat Rachel, Beit Hakerem, Bayit VeGan, Sanhedria. La policía británica no intervino y cuando lo hizo ya se había perpetrado la tragedia. Pero lo peor estaba por suceder. En los días siguientes la violencia se desató en otros lugares, casi sesenta personas fueron asesinadas en Hebrón y en Safed.

—Pero... pero ¿por qué? —preguntó Daniel con lágrimas en los ojos.

—Vosotros lo debéis saber mejor que yo. Parece que los árabes están preocupados porque los judíos rezan en el Muro, creo que incluso no hace mucho hubo una manifestación de sionistas que logró llegar hasta el Muro y colocar una bandera. Supongo que eso encendió los ánimos de los musulmanes y, como bien sabéis, el muftí no es precisamente un hombre de paz —continuó explicando aquel hombre.

—Pero los judíos y los árabes siempre hemos vivido en paz en Hebrón, somos buenos vecinos, tenemos amigos... —acertó a decir Miriam.

A Miriam le temblaba el labio superior. Pensaba en su madre, en su anciana madre, en sus tíos... ¿Habrían sobrevivido? Aunque hacía lo imposible por retener las lágrimas no podía evitar temblar.

—Intentaremos ponernos en contacto con tu cuñado Yossi y con Louis, ya verás como tu familia está bien —intentó consolarla Samuel. Pero sus palabras no tenían convicción.

—Ese hombre merece morir —afirmó Mijaíl con rabia.

—¿Quién? —preguntó Samuel, alarmado por el odio que destilaba Mijaíl.

—El muftí Haj Amin al-Husseini. No se había conformado con la matanza del Nabi Musa, que ahora ha tenido que provocar otra, y continuará hasta que alguien acabe con él.

—¡Qué estás diciendo! Sí, ese hombre es un maldito fanático, pero ¿acaso quieres ser como él?

—Ya no soy un niño, Samuel, hace tiempo que perdiste la oportunidad de decirme lo que está bien o lo que está mal, y mucho menos cómo debo sentir. Ese hombre nos hará mucho daño.

Al llegar a París se confirmaron los temores de Miriam. Su madre y sus tíos habían sido asesinados. Además, su hermana Judith había caído en un abismo de silencio del que no había manera de arrancarla. Ella había perdido la vista en aquel Nabi Musa, y ahora su madre y sus tíos habían muerto asesinados ante la pasividad de los que hasta ese momento habían sido sus vecinos, en los que confiaban como sólo se confía en los amigos. Yossi no sabía cómo combatir aquel abatimiento de Judith; ni siquiera Yasmin, su hija, lograba que su madre respondiera por más que le suplicaba.

Miriam se reprochaba no estar en Palestina para enterrar a su madre y compartir el dolor con su hermana Judith. Por eso le pidió a Samuel que le permitiera regresar junto con sus hijos, pero él insistió en que no lo hiciera.

—Ya no puedes hacer nada. Regresaremos en cuanto resuelva los asuntos que nos han traído a París; te prometo que no nos quedaremos más de una semana.

Pero no cumplió con su palabra. Se quedaron cuatro años.

Monsieur Beauvoir les recibió circunspecto. Parecía afectado por la pérdida de Irina.

—Murió de un ataque al corazón. Desgraciadamente yo no estaba con ella en ese momento. A Irina le gustaba quedarse hasta tarde en la floristería. Cuando cerraba pasaba un buen rato ordenándolo todo y preparando algunos de los *bouquets* que debían entregarse a primera hora de la mañana. Le gustaba tanto su trabajo que se le pasaba el tiempo sin darse cuenta. Aquel día, cuando me desperté, la criada me dijo que la señora no había dormido en su cuarto. Me preocupé y bajé de inmediato a la floristería. La encontré en el suelo con unas cuantas rosas en la mano. El médico me aseguró que el ataque fue fulminante y apenas sufrió.

Mijaíl a duras penas podía disimular la animadversión que profesaba a monsieur Beauvoir.

—Pero tuvo que tener algún síntoma, algo que indicara que no se encontraba bien —le reprochó.

—Trabajaba mucho pero nunca se quejó ni tuvo ninguna dolencia. Aunque no tengo por qué justificarme, puedo asegurar que siempre me preocupé por mi esposa.

Samuel terció para evitar el enfrentamiento entre Mijaíl y monsieur Beauvoir. A él tampoco le gustaba aquel hombre, pero era el que Irina había elegido como esposo y debían respetar su voluntad. Acordaron reunirse dos días más tarde en casa del notario. Monsieur Beauvoir les informó que Irina había hecho testamento, y que él desconocía los términos del mismo.

La casa, su casa, estaba tal y como Samuel la recordaba. Irina se había preocupado de que estuviera lista por si algún día él o Mijaíl regresaban.

—Nunca imaginé que tuvieras una casa tan lujosa —le dijo Miriam a Samuel.

—¿Lujosa? No, esta casa no es lujosa, es la casa de un pequeño burgués —respondió Samuel asombrado por el comentario de su esposa.

—¿Te parece que no son lujosos estos sillones de terciopelo... y estas mesas de caoba... y estos cuadros... y los espejos? Los visillos son de encaje y las cortinas de brocado... Jamás había visto nada parecido.

Daniel estaba igualmente asombrado.

—No sabía que eras rico —le dijo sin disimular su asombro.

—No te engañes, ésta no es una casa de ricos. Puede que visitemos a algunos amigos, entonces veréis lo que es ser rico.

El día previsto, Samuel y Mijaíl acudieron a casa del notario. Miriam dijo que ella no debía ir y que se quedaría en casa con sus tres hijos. Hacía calor, y además lo único que ansiaba era regresar a Palestina y llorar ante la tumba de su madre y abrazar a su hermana Judith. Se reprochaba estar allí en París, una ciudad en la que todo le resultaba extraño.

Irina había legado cuanto tenía a Mijaíl. No había dejado ni una sola de sus pertenencias a monsieur Beauvoir. El notario también entregó una carta a Mijaíl y otra a Samuel, que Irina había incorporado tiempo antes en el testamento.

Pierre Beauvoir parecía incómodo por las últimas disposiciones de la que, al menos nominalmente, había sido su esposa. Mijaíl se sintió vengado por aquella pequeña afrenta de Irina a su marido.

Todo el dinero fruto de su trabajo era ahora de Mijaíl, y la cantidad no era pequeña, así como sus escasas joyas, cuadros, una cristalería de Bohemia y una cubertería de plata.

Mijaíl lloró cuando leyó la carta de Irina.

> «Mi querido Mijaíl:
>
> Sé que no pudiste comprender ni tampoco soportar verme casada con monsieur Beauvoir. Pensarás que soy egoísta, que sólo pensé en mi conveniencia, y no puedo quitarte la razón. Me hubiera gustado amar a Samuel tal y como quería Marie; ella pensaba que eso habría sido lo mejor para nosotros tres. Pero

no puedo pedir perdón por lo que no siento, aunque siempre he tenido a Samuel por el más leal de los amigos. Aprecio su bondad, su generosidad y su talento y espero que algún día tú llegues a apreciarle cuanto se merece.

Todo lo que tengo es para ti, porque tú eres el hijo que me hubiera gustado tener y, como tal, siempre te he sentido. No sé cuándo ni en qué circunstancias leerás esta carta, pero sea en el momento que sea, debes saber que te he querido con todo mi corazón y que no hay un solo día de mi vida que no piense en ti.

Tuya siempre,

IRINA»

Miriam y Samuel escucharon el llanto de Mijaíl; Samuel quiso ir con él, pero Miriam le retuvo.

—Déjale desahogarse. Lo necesita. Y lee tu carta, parece que tienes miedo de hacerlo —le dijo mientras salía de la habitación.

«Querido Samuel:

Cuando leas esta carta yo ya no estaré aquí, pero no quiero irme sin agradecerte todo lo que has hecho por mí. ¡Te debo tanto! Estaba condenada a la infelicidad y, ya ves, tú me devolviste la vida. Sé que me has querido y no imaginas cuántas veces me he reprochado no haber podido quererte más que como a un amigo o a un hermano. Te habrás preguntado en más de una ocasión el porqué de mi actitud para con los hombres. Ni siquiera a Marie se lo confesé y ahora me arrepiento porque ella me habría sabido aconsejar y ayudar a curar una herida que siempre ha estado sangrando. ¿Recuerdas que trabajé como niñera en casa de aquella familia adinerada, los Nóvikov? El conde Nóvikov me violó no una sino todas las ocasiones que se le antojó. Tuve un aborto. Nunca he podido superar ninguna de las dos cosas. Espero que ahora puedas comprenderme. Desde entonces cerré mi corazón a los hombres y al amor. Al principio me sentía sucia y necesitaba castigarme por lo sucedido, luego se me secó el alma para siempre. Mijaíl, tú y mi familia sois a quienes más he querido. Cuida de él, te quiere aunque nunca sabrá cómo manifestarlo.

Mi querido Samuel, espero que ahora puedas comprenderme y también perdonarme.

Tuya,

IRINA»

Se quedó en silencio con los ojos cerrados. Sentía un dolor profundo en el pecho y luchó por contener las lágrimas, pero perdió la batalla. Aquella noche, tanto Samuel como Mijaíl la pasaron solos. Ninguno de los dos se sentía con fuerzas para salir de su habitación, ni deseaban la presencia de nadie. Miriam lo había entendido así sin necesidad de que se lo dijeran, de manera que pidió a los pequeños que no hicieran demasiado ruido y preparó la cena para ella y los niños. Daniel la ayudó. En aquellos momentos se sentía más que nunca unida a su hijo mayor. Ninguno de los dos pertenecía al mundo donde los visillos son de encaje y los marcos de las fotografías de plata bruñida. Hablaron en voz baja reconfortándose el uno al otro. Daniel le confesó su deseo de regresar a Palestina y Miriam le prometió que se irían cuanto antes. Una vez leído el testamento, ya nada les retenía en París.

Sin embargo, Samuel no opinaba lo mismo.

—Aún no podemos irnos, tengo que decidir qué voy a hacer con esta casa; antes se encargaba Marie y después Irina, pero ahora...

Miriam se mordió el labio inferior. Quería marcharse; Samuel le había prometido que lo harían inmediatamente, pero ya llevaban dos semanas en París. Daniel y ella se sentían perdidos. No entendían el idioma y la ciudad era tan grande... Muy bella, sí, pero les resultaba inhóspita. Siempre habían creído que Jerusalén era una gran capital, pero ahora se daban cuenta de que al lado de París no era más que un pueblo grande.

—Quédate, yo me iré con los niños. No tienes por qué preocuparte por el viaje. Mi hijo Daniel ya es un hombre.

—No quiero que te vayas, Miriam, no me sentiría tranquilo.

—Quiero volver a Palestina. Necesito llorar en la tumba de mi madre. Tienes que comprenderlo.

—Una semana más, sólo una semana, te lo prometo...

No sólo le pidió una semana más, también que le acompañara a una cena en casa de monsieur Chevalier, el boticario en cuyo laboratorio había trabajado durante su anterior estancia en París, poco después de la muerte de Marie.

—Me enseñó todo lo que sé sobre farmacia y me convenció de que un químico podía ser también un buen farmacéutico. No puedo desairarle negándome a aceptar su invitación. Quieren conocerte, Miriam; eres mi esposa, tienes que acompañarme.

A Miriam le sorprendía que Samuel no participara de su duelo. Parecía ignorar el dolor profundo que ella sentía por el asesinato de su madre y de sus tíos, y por la enfermedad de su hermana Judith. Samuel había cerrado la puerta de Palestina y cuanto habían dejado allí. Quería marcharse, pero la insistencia de Samuel para que se quedara le hacía creer que acaso él la quería más de lo que él mismo sabía y le confesaba.

—Le pediré a Mijaíl que os acompañe a Daniel y a ti a hacer algunas compras. La ropa que llevamos en Palestina no es la adecuada para París.

—A mí me gusta mi ropa, ya sé que es modesta comparada con la que visten las mujeres de aquí, pero yo soy quien soy, no pretendo ser otra.

—Y yo te quiero por ser como eres, Miriam, y por eso te pido que tengas paciencia.

—Los niños se desesperan todo el día encerrados en el piso, necesitan aire puro...

—He hablado con la portera... Verás, me ha recomendado a una sobrina suya para que te ayude en las tareas de la casa y cuide de los niños. Se llama Agnès y si te parece vendrá a partir de mañana. Me asegura que es una joven bien dispuesta.

—Los niños no entienden el francés...

—Irán aprendiendo...

Tampoco Mijaíl comprendía que Samuel no alargara el duelo por la muerte de Irina y se negó a acompañarles a la cena.

Miriam se compró un vestido negro de seda discreto, pero a pesar de la insistencia de Samuel decidió arreglarse el pelo ella misma. Lloraba a su madre en silencio y le habría parecido una traición dedicar un solo minuto a ir a una peluquería.

Monsieur Chevalier había envejecido. La muerte de su esposa dos años antes le había restado ganas de vivir. No habían tenido hijos y lo habían sido todo el uno para el otro. La soledad se le hacía insoportable, y si no fuera por la responsabilidad que sentía hacia sus empleados habría cerrado el laboratorio.

Entre los invitados estaba David Péretz, el hijo de Benedict Péretz, el comerciante judío amigo de su abuelo que tanto le había ayudado en el pasado, primero abriéndole el camino hacia Palestina y después a trabajar con monsieur Chevalier. Se excusó con David por no haber asistido a las exequias de su padre. Le había llegado la noticia de su muerte justo en aquellos días convulsos del Nabi Musa.

Lo que no imaginaba era la sorpresa que le habían preparado entre David Péretz y monsieur Chevalier. Estaba presentándole a Miriam a unos viejos amigos cuando escuchó el sonido de una risa que le resultó familiar. No pudo por menos que darse la vuelta.

—¡Katia! —exclamó sin poder creer que la estaba viendo.

—¡Samuel! ¡Dios mío, era verdad, estás aquí!

Se abrazaron ante el estupor de Miriam y la mirada condescendiente de monsieur Chevalier y del propio David Péretz.

No podían separarse ni contener las lágrimas. Para Samuel, Katia Goldanski representaba lo mejor de su pasado; mirándola a ella veía a su viejo mentor Gustav Goldanski, a su leal amigo Konstantin y la vida perdida en San Petersburgo.

—¡No has cambiado! —dijo Samuel hablando en ruso mientras miraba embobado a Katia Goldanski.

—¡Qué mentiroso eres! ¿Cómo no voy a cambiar? Los años han pasado por mí —respondió ella sin coquetería ni artificio.

Pero Samuel la veía como había sido, aquella condesita elegante, con el cabello rubio de aspecto sedoso y la mirada azul intensa y limpia, el cutis de porcelana, preciosa como cuando era niña. Si acaso la encontró más bella que nunca. La madurez le había sentado bien. Katia tenía unos cuantos años menos que él, debía de rondar los cincuenta.

Miriam les observaba sin saber qué hacer. Aquella mujer le parecía salida de un cuadro, alguien irreal. Creía saber quién era. Samuel le había hablado de Konstantin y Katia, pero nunca le había dicho que fuera una belleza. Por un momento sintió ganas de salir corriendo. Ella era una campesina que no desentonaba en Jerusalén, pero allí, en aquel salón... sentía que las demás mujeres la miraban a hurtadillas escudriñando su ropa y su cabello mal recogido en un moño sobre la nuca.

—Y ésta debe de ser Miriam —dijo Katia fijándose en ella y abrazándola.

—Tendrás que hablarle en inglés —le advirtió Samuel.

Pasaron el resto de la noche poniéndose al corriente de lo que habían sido sus vidas en los últimos años, aunque ambos tenían noticias el uno del otro a través de la correspondencia que Samuel y Konstantin aún mantenían. Pasaban del inglés al francés y del francés al ruso sin darse cuenta. Era su lengua materna, con la que habían balbuceado sus primeras palabras, la primera lengua con la que habían llorado y amado.

—Mi hermano está en Londres, le hubiera gustado venir pero está pendiente de cerrar un negocio. Llegará dentro de unos días. Me ha encargado que te retenga como sea, no puedes regresar a Palestina sin verle. Aún no conoces a su esposa, Vera, ni a su hijo Gustav. Sí, le bautizó con ese nombre en honor de mi abuelo.

Cuando terminó la velada, Samuel se empeñó en acompañar a Katia a la casa de unos amigos donde se alojaba, insistiendo en que al día siguiente debían almorzar juntos.

Estaba tan entusiasmado por el reencuentro con Katia que no percibió la inquietud de Miriam ni el malestar de Daniel. El joven se había pasado toda la cena en silencio. Ni hablaba ni comprendía el francés, y se sentía fuera de lugar en aquel ambiente en el que se utilizaba un cubierto distinto para cada plato y donde las mujeres olían a perfumes tan intensos que mareaban.

—Madre, quiero regresar a Palestina —volvió a suplicar aquella noche a Miriam.

—Samuel nos necesita aquí, en cuanto arregle sus asuntos volveremos. Te lo he prometido.

Samuel estaba nervioso y le pidió a Miriam que hiciera lo imposible para que Katia se sintiera a gusto con ellos.

—Siempre ha estado acostumbrada a lo mejor. Espero que la sobrina de la portera sea buena cocinera.

—Lo importante es que vais a poder estar juntos, la comida es lo de menos —le aseguró Miriam.

Mijaíl apenas recordaba a Katia, pero se mostró encantado de conversar con alguien que había pertenecido al pasado, a aquel pasado que le habían arrebatado y en el que estaba su padre. Katia y Samuel contaron algunas anécdotas de cuando eran pequeños y compartían juegos.

—En realidad, Konstantin y él me echaban del cuarto de juegos, nunca conté para ellos, sólo me buscaban cuando necesitaban que distrajera a nuestra fräulein porque habían ideado alguna travesura —explicó Katia.

—Ayer me dijiste que os habíais trasladado a vivir a Londres, ¿por qué? —preguntó Samuel.

—Porque no resultó fácil vivir en Rusia después de la revolución. Teníamos tres pecados imperdonables: éramos ricos, nobles y medio judíos.

—La revolución prometió acabar con las diferencias entre los hombres. La religión dejaría de ser importante… —empezó a decir Samuel, pero Katia no le dejó proseguir.

—Eso es lo que mi hermano y tú creíais, pero no fue así. Konstantin no ha querido abrumarte contándote en sus cartas lo que pasamos... Sufrimos mucho, Samuel, no imaginas cuánto, y más que nosotros, mi abuela. Su mundo se derrumbó de repente y por más que Konstantin intentó protegernos... Una mañana se presentaron en casa unos miembros del sóviet de San Petersburgo. Les mandaba un hombre, un comisario político, Félix Surov. Nos trató como si fuéramos ladrones y no dejó lugar a dudas de que la propiedad privada estaba abolida; aquélla ya no era nuestra casa... Habían asignado nuestra casa a veinte familias. Mi abuela quiso resistirse... ¡pobrecilla! De repente aquella gente ocupó la casa. Si les hubieras visto, Samuel... No les culpo, no, no les culpo..., pero ¡cómo nos odiaban! Recuerdo a una mujer encarándose con mi abuela diciéndole: «Vaya, así que ésta es una mansión, así viven los nobles rodeados de seda y con cubiertos de plata...», y de un golpe tiró al suelo todas las figuritas de porcelana del escritorio de mi abuela. Pisotearon unos huevos de Fabergé que le había regalado mi abuelo, arrancaron los cuadros de las paredes con la excusa de que servirían para hacer un buen fuego en invierno... Mi abuela temblaba pero mantuvo la dignidad.

»Algunos de nuestros criados intercedieron por nosotros asegurando que siempre les habíamos tratado bien, pero aquello enfureció aún más a Surov, que era quien mandaba en el grupo. Aquel hombre se complacía en humillarnos, nos calificó de enemigos del pueblo y dijo que si por él fuera deberíamos pagar con la vida el sufrimiento que habíamos causado. Vera, la esposa de Konstantin, se puso a temblar. Estaba embarazada y tenía miedo de la ira de aquel hombre. Yo le pedí a mi hermano que no se enfrentara con ellos. Llevábamos las de perder, debíamos adaptarnos a la nueva situación. No quiero engañarte, no nos resultó fácil, la vida se convirtió en un infierno. Iván, ¿recuerdas a Iván, nuestro mozo de cuadras? Era un buen hombre y leal a mi familia, él nos dio cobijo en el cuarto que ocupaba junto a las caballerizas. Él fue quien te ayudó a escapar con Irina y Mijaíl... Iván conocía a aquel Surov porque había sido maestro de sus nietos. La Ojrana le había detenido en una ocasión por actividades revolucionarias y era un milagro que hubiera sobrevivido. Iván siempre salía en nuestra defensa cuando Félix Surov se complacía en el escarnio, pero Surov se revolvía y le acusaba de ser un contrarrevolucionario por poner en cuestión sus métodos.

Los ojos de Katia se ensombrecieron al recordar. Mijaíl la observaba con atención y apenas podía contener su indignación.

—¿Estás diciendo que quienes hicieron posible la revolución se comportaron de manera brutal como si fueran chusma?... —preguntó.

Katia tardó unos segundos en responder buscando la manera de disipar la ira de Mijaíl.

—No voy a defender a nuestro último zar, no se lo merece. Tampoco sus antecesores se preocuparon por conocer las necesidades de su pueblo, preferían tener siervos a tener ciudadanos. Podrían haber imitado a sus primos alemanes o a los británicos, pero no lo hicieron, no fueron capaces de entender que no se pueden cometer injusticias eternamente.

»El pueblo odiaba a la familia imperial, odiaba a los nobles, odiaba a los burgueses, odiaba a todos aquellos a los que desde lejos veían disponer de todo mientras ellos apenas podían alimentar a sus hijos. —Katia clavó los ojos en los de Mijaíl antes de proseguir—. Sé que tu padre, Yuri, era un revolucionario, que mi hermano y Samuel tenían simpatía por el socialismo porque cualquiera que tuviera corazón no podía sentirse ajeno a tanta injusticia. Yo nunca participé de las inclinaciones de mi hermano por los revolucionarios, pero habría deseado que nuestra Rusia cambiara, que nuestro zar fuera capaz de poner en marcha reformas, con un Parlamento de verdad donde se debatiera con libertad sobre los problemas del pueblo... No había que improvisar, teníamos el modelo británico.

—No me convencerás de que los revolucionarios se comportaron como verdugos —insistió Mijaíl.

—Rusia se ha desangrado con la guerra civil, Ejército Rojo contra Ejército Blanco... y sí, en demasiadas ocasiones quienes hicieron la revolución se comportaron de manera brutal. Han impuesto la revolución con la misma crueldad con que actuaba el zar. —Katia, ante la mirada furiosa de Mijaíl, dijo estas últimas palabras sin vacilar.

—¿Acaso eres tan ingenua como para creer que esos aristócratas soberbios, que esa casta que gobernaba Rusia, que el zar y su familia iban a hacerle una reverencia al pueblo y reconocer que lo habían estado esquilmando durante siglos? ¿De verdad crees que habrían querido compartir su poder? No, no lo habrían hecho. Se lo hemos arrancado. Los hombres como mi padre dieron su vida por darle dignidad a Rusia. ¿Qué vida es digna de vivirse si un hombre es un siervo? —Mijaíl había elevado el tono de voz.

—Mis abuelos nos educaron en el respeto al prójimo. Mi abuelo jamás habría permitido que Konstantin y yo creyéramos que éramos mejores que los demás por el hecho de haber nacido nobles. Mi abuela siempre trató con respeto y afecto a los criados —respondió Katia con voz tranquila.

—Sí, erais aristócratas condescendientes con los demás, pero ¿por qué debíais tener todo cuando a vuestro alrededor la mayoría no tenía nada? Deberías ir a Palestina y ver lo que los judíos estamos haciendo allí. No te vendría mal vivir en un kibutz... En nuestras granjas nadie tiene propiedades, todo se comparte, y sin el acuerdo de todos no se adopta ninguna decisión. La cocina, el comedor es comunal, a los hijos se les educa entre todos. ¿Sabes quiénes han hecho ese milagro de igualdad? Los judíos rusos, los hombres que pensaban como mi padre. No es fácil vivir en un kibutz, sólo pueden hacerlo los mejores, los que creen que todos los seres humanos somos iguales, que nadie merece tener más que otro.

—Sí, la igualdad es un hermoso sueño, pero dime, Mijaíl, ¿los socialistas rusos de Palestina obligan a los demás a vivir como ellos? ¿Encarcelan a quienes discrepan? ¿Asesinan a quienes se les resisten? ¿Es obligatorio ser comunista? Nuestros revolucionarios han impuesto el terror. Dicen que todo lo hacen en nombre del pueblo, pero no preguntan al pueblo qué es lo que quiere, cómo quiere vivir —afirmó Katia, que no estaba dispuesta a ceder ante Mijaíl.

Samuel tomó la mano de Katia entre las suyas y le pidió que continuara con su relato.

—Mi abuela murió de un ataque al corazón. No pudo soportar que Konstantin y su esposa Vera perdieran a su hija. La niña nació antes de tiempo y estaba muy débil. Vera había enfermado y no tenía leche para alimentarla, y aunque Konstantin y yo hacíamos lo imposible por encontrar leche, no siempre lo conseguíamos. Fuimos vendiendo lo poco que nos quedaba para conseguir alimentar a la niña, pero aunque hubiéramos tenido todo el oro del mundo no siempre había leche. La niña enfermó y... murió en brazos de Konstantin. Vera empeoró, se culpaba de la muerte de su hija por haber dado a luz dos meses antes, por no haber podido amamantarla. A mi abuela se le rompió el corazón. Doy gracias a Dios de que muriera mientras dormía, el médico nos dijo que no había sufrido.

»Desde aquel momento, Konstantin tomó la decisión de marcharnos de Rusia. Nos habían expoliado cuanto teníamos, la casa de San Petersburgo, la de verano en Yalta... Mi abuela había logrado salvar algunas joyas. Se las había entregado a Iván, el caballerizo, que las escondió en el establo junto a unos cuantos lienzos que Konstantin había sacado de sus marcos doblándolos cuidadosamente para salvarlos. También pudimos salvar algunos papeles que acreditaban cierto dinero que mi abuelo había depositado en un banco inglés y en otro suizo. No sabíamos cuánto, y rezábamos para que fuera suficiente y nos permitiera comenzar una nueva vida.

»Utilizamos en sobornos algunas de las joyas de mi abuela. Así pudimos llegar hasta Suecia y desde allí a Inglaterra. No fue un camino fácil, lo sabes bien porque tú mismo lo hiciste unos años antes. Vera estaba enferma y destrozada por la pérdida de su hija.

»Nos vestimos como si fuéramos campesinos intentando disimular quiénes éramos, pero aun así muchos fueron los que adivinaron la impostura. Nos detuvieron en un pueblo cercano a la frontera. Un grupo de revolucionarios nos encontró sospechosos. A Dios gracias no se dieron cuenta de que llevábamos algunas joyas. Las habíamos cosido en el dobladillo de los abrigos. Al parecer había tropas del Ejército Blanco no lejos de allí y las escaramuzas eran constantes. Nos libramos de ser devueltos a San Petersburgo porque esa misma noche los blancos atacaron el pueblo y en la confusión logramos huir… Si nos hubieras visto corriendo por la nieve para escondernos en el bosque. Konstantin no nos permitía descansar e insistía en que no paráramos de correr. Vera se desmayó y mi hermano la cargó a hombros como si fuera un saco, aun así se negaba a que descansáramos. Yo lloraba suplicándole que parara, que debíamos atender a Vera. Me daba miedo que pudiera morirse… Pero no me escuchaba. Andaba y andaba con una determinación que me asustaba. A veces tropezaba y Vera y él caían sobre la nieve, pero se levantaba con ella a cuestas y continuaba andando.

»Pasamos varios días en el bosque, temiendo que en cualquier momento nos encontraran los hombres del Ejército Rojo… Dios se apiadó de nosotros porque una tarde vimos a unos hombres cazando, intentamos huir pero ellos se mostraron amistosos. Estábamos en Suecia.

Miriam y Daniel hacía un buen rato que no comprendían lo que decía Katia. De repente había dejado de hablar en inglés para hacerlo en ruso, como si sólo en su lengua pudiera explicar el dolor sufrido. Durante unos segundos permanecieron todos en silencio. Samuel y Mijaíl empezaron a hablar a la vez, también en ruso. Miriam se levantó y salió del salón. Se daba cuenta de que Daniel y ella estaban fuera de lugar, no formaban parte de aquel pasado que sólo les pertenecía a ellos tres.

Más tarde, Samuel le contó cuanto les había explicado Katia, la huida desde San Petersburgo hasta Londres, donde ahora vivían.

Konstantin se había encontrado con la sorpresa de que aunque no era mucho el dinero depositado por su abuelo en los bancos inglés y suizo, al menos les permitiría vivir decentemente.

Alquilaron una casa en Kensington; no era muy grande, pero sí lo suficiente para los tres. Incluso pudieron contratar sirvientes. Una madre y una hija bien dispuestas que lo mismo limpiaban que cocinaban. Tanto Katia como Vera le aseguraron a Konstantin que no era necesario que gastara el dinero en criadas, pero él no quería verlas limpiando la casa.

Konstantin contó con el consejo de viejos amigos de la familia e invirtió el escaso dinero con cierto éxito. Ahora vivían de esas inversiones.

—Vivimos con sencillez —había explicado Katia—, pero tenemos lo suficiente para que no nos falte lo esencial.

Katia imaginó que a Vera le costaría adaptarse a su nueva vida. Sus padres pertenecían a la vieja aristocracia rusa y ella había vivido buena parte de su niñez y adolescencia cerca de la corte. Pero Vera nunca se quejó y aceptó de buen grado la situación. Quería a Konstantin y no entendía la vida sin él; así pues, al igual que Katia, hacía lo imposible para que no tuviera preocupaciones.

Londres, aseguraba Katia, era aún más cosmopolita que San Petersburgo. Se integraron rápidamente e incluso habían sido presentados en la corte gracias a un tío de Vera que estaba casado con una aristócrata inglesa.

Katia llenaba el horizonte de Samuel. Almorzaba con ella, la acompañaba a la ópera, acudían juntos a casa de amigos, rusos exiliados como ellos. Miriam no siempre se les unía. Se notaba excluida en aquella relación, le parecía que se había vuelto una extraña para Samuel y que él comenzaba a serlo para ella.

—Mañana llega Konstantin. Estoy deseando que le conozcas. Te gustará. Él sí que es un verdadero aristócrata y no algunos de los que hemos conocido aquí… —le anunció Samuel.

Miriam no pudo por más que simpatizar de inmediato con Konstantin. Era más apuesto de lo que había imaginado, pero sobre todo se mostraba tan caballeroso con ella que la hacía sentirse como una princesa.

Konstantin exigió que en presencia de Miriam y Daniel sólo hablaran en inglés y se negaba a responder cuando Katia o Samuel, sin darse cuenta, comenzaban a hablar en ruso.

—¿Dónde han quedado vuestros modales? Miriam no nos entiende, y puesto que todos conocemos el inglés, sólo hablaremos en inglés —sentenció Konstantin.

Desde su llegada a Miriam ya no le importaba unirse a aquellas salidas que solían acabar en casa de alguno de esos aristócratas rusos huidos de la revolución. Konstantin siempre cuidaba de que Miriam no se sintiera desplazada y la trataba como si fuera su propia hermana.

Si no hubiera estado enamorada de Samuel, se habría enamorado de Konstantin, aunque intentaba desechar este pensamiento porque también había simpatizado con Vera, aunque le había sorprendido que un hombre como aquél pudiera haberse enamorado de una mujer de apariencia tan frágil y que no era precisamente una belleza. De estatura mediana, con el cabello y los ojos castaños, extremadamente delgada, Vera no hubiese destacado en ningún lugar si no fuera por su porte aristocrático y aquellos vestidos de seda.

Miriam se reprochaba encontrarla insignificante puesto que Vera se mostraba siempre cariñosa y atenta con ella, igual que su esposo.

Salvo por Konstantin y Vera, a Miriam le parecían aburridas las veladas en las casas de aquellos rusos que habían huido de los bolcheviques e intentaban hacer de Francia su nueva patria.

Samuel y Konstantin les presentaban príncipes y duques de nombres rimbombantes que se comportaban como si aún estuvieran en la corte del zar a pesar de que muchos de ellos se veían obligados a vivir con una modestia que nunca hubieran imaginado. Buena parte de aquellos exiliados buscaba trabajo para sobrevivir y sólo durante aquellas veladas nocturnas a las que se presentaban con sus mejores galas recuperaban algo del brío de antaño.

A Miriam le sorprendía el rechazo que notaba en la mirada

de algunos de aquellos aristócratas arruinados. Se les notaba demasiado que la consideraban vulgar. Cuando le preguntaban por la vida en Palestina ella les hablaba de Hebrón, de su familia campesina, de cuando era niña y junto a otros niños cuidaba las cabras de la familia. Se sentía orgullosa de la que había sido su vida y no la habría cambiado por ninguna otra.

—Tú eres más guapa que todas esas duquesas —le aseguraba Mijaíl, que sentía una antipatía espontánea hacia todos los amigos de Konstantin y Katia.

Pero a pesar de tantas reticencias, asistían a algunas de aquellas veladas a las que Samuel les arrastraba. Para Miriam resultaba un alivio tener cerca a Mijaíl. Se divertía escuchando al joven provocando a los reunidos. Decía que la revolución bolchevique había sido necesaria habida cuenta de la incapacidad del zar y de los nobles para dar respuesta a las necesidades del pueblo ruso.

—Éramos siervos, ahora somos ciudadanos, sólo por eso ha merecido la pena la revolución —afirmaba muy serio.

Los exiliados se escandalizaban sin comprender cómo aquel joven que acompañaba a los Goldanski podía mostrarse partidario de la revolución, y le explicaban que si era libertad y justicia lo que el pueblo reclamaba no habían conseguido ninguna de las dos.

Ya habían pasado dos meses desde que llegaron a París y Daniel continuaba reclamando a su madre el regreso a Palestina. Aunque ya se estaba haciendo con el francés, Daniel no encontraba sentido a seguir viviendo en París. Añoraba el ajetreo del laboratorio, incluso las regañinas de Netanel cuando no tenía en orden el instrumental con el que elaboraban de manera artesanal aquellas medicinas que les procuraban el sustento. Era tal la insistencia de Daniel, que Miriam volvió a plantearle a Samuel que había llegado la hora del regreso.

—Konstantin, Vera y Katia se marchan mañana a Londres y tú has tenido tiempo de poner en orden tus asuntos. Debemos regresar. Además, desde que llegamos apenas tenemos tiempo de estar con los niños. ¿Te has dado cuenta de lo que ha crecido Dalida? A nuestra hija se le ha quedado pequeña la ropa, lo mismo que a Ezequiel. Son muy pequeños y necesitan estar en casa.

—Están en casa, ésta también es su casa —respondió Samuel, malhumorado.

—Ésta es tu casa, no la nuestra.

—¿Cómo puedes decir eso? Tú eres mi esposa y Dalida y Ezequiel son mis hijos, todo cuanto tengo os pertenece. A los niños no les está sentando mal París; si te has fijado, tanto Dalida como Ezequiel ya parlotean en francés.

—Me diste tu palabra, Samuel...

—Tienes razón y te pido otra vez que tengas paciencia. No te lo había dicho, pero voy a montar un negocio con Konstantin.

Miriam se quedó en silencio, dolida por la sorpresa de lo que acababa de oír.

—Ya sabes que durante una de mis estancias en París trabajé en el laboratorio de monsieur Chevalier. El buen hombre es muy mayor y no tiene hijos. Bueno, pues me ha propuesto que me quede con el negocio. El precio es excelente dado que el laboratorio funciona a pleno rendimiento. Con la ayuda de Konstantin podríamos vender algunos de los medicamentos a otros países. Monsieur Chevalier tiene un par de patentes que le han hecho de oro... En fin, ¿qué te parece?

—No comprendo lo que quieres decirme. —Miriam sentía que los nervios le agarrotaban el estómago.

—¿Por qué no quedarnos en París? No te digo que para siempre, pero al menos durante un tiempo. Sabes que tengo dinero suficiente para que podamos vivir con comodidad y si invierto una parte en el laboratorio... He pensado que podría enviar a Palestina algunos de los medicamentos que hacen en el laboratorio de monsieur Chevalier.

—Ya tienes un laboratorio en La Huerta de la Esperanza.

—¡Por favor, Miriam! Aquello es un cobertizo acondicionado para hacer cuatro fórmulas; elaboramos medicamentos muy básicos aunque de vez en cuando tu cuñado Yossi nos encargue alguna fórmula magistral. Te estoy hablando de tener un laboratorio de verdad. Y yo no soy farmacéutico, soy químico, aunque me haya dedicado a elaborar boticas. No te negaré que me atrae dedicarme a los negocios como Konstantin. Me gustaría intentarlo...

—Mi hijo Daniel quiere regresar —respondió Miriam esforzándose para que no se le quebrara el ánimo.

—Puede hacerlo; Mijaíl me ha dicho que se marcha, de manera que puede acompañarle.

—Te olvidas de que es mi hijo.

—Tienes razón..., entonces lo mejor es que se quede.

—Daniel no tiene nada que hacer en París.

—Te equivocas; si compro el laboratorio de monsieur Chevalier, Daniel puede trabajar allí. Aprenderá otras cosas que le serán muy útiles para cuando regresemos a Palestina.

—¿Estás seguro de que algún día querrás regresar? —preguntó Miriam, temiendo la respuesta.

—¡Claro que sí! Sólo te estoy pidiendo que me dejes intentar hacerme con el negocio. No sabes lo que significa para mí compartir algo con Konstantin y Katia... Además, no te oculto que hacía tiempo que no me sentía tan en paz conmigo mismo. En Palestina vivimos con tal intensidad que no nos da tiempo para pensar en nosotros mismos. Por favor, Miriam...

Miriam se resignó; sabía que por más que ella se empeñara, Samuel no tenía intención de regresar a Palestina, al menos en ese momento. Ella estaba dispuesta a sacrificarse pero le preocupaba Daniel. Su hijo mayor no terminaba de adaptarse a París. La ciudad le parecía bella y grandiosa, tanto que se sentía perdido. Tampoco tenía amigos y el aprendizaje del francés se le hacía cuesta arriba, todo lo contrario que a sus dos hijos pequeños, Dalida y Ezequiel. Mijaíl había hecho lo imposible por ayudarle y en muchas ocasiones le pedía que le acompañara a sus reuniones con los amigos de la infancia. Daniel prefería estar con

Mijaíl y sus amigos antes que con los de Samuel; aun así, aquellos jóvenes franceses le resultaban extraños.

Miriam le expuso la situación a Daniel sin ocultarle que le preocupaba perder a Samuel.

—Si nos vamos y le dejamos aquí, no sé qué podría pasar. Samuel ha recuperado su pasado con Konstantin y Katia y ahora mismo para él eso es lo más importante.

—¿Quieres decir que para él son más importantes que tú o que mis hermanos?

—No exactamente... Nos quiere, nos quiere a todos, a ti también, te lo ha demostrado, pero ahora necesita estar con sus amigos y no quiere desaprovechar la ocasión que le brinda monsieur Chevalier y convertirse en propietario de un buen laboratorio. Me ha dicho que podrías trabajar con él, así tendrías la oportunidad de seguir aprendiendo. ¿No te gustaría?

—Comprendo que no debas separarte de Samuel. Es tu marido. Pero tienes que comprenderme y permitirme regresar. Estaré bien en Palestina. Allí están mis tíos, Judith y Yossi, y mi prima Yasmin. Son nuestra única familia ahora que... bueno, después de que asesinaran a la abuela.

Se quedaron unos segundos en silencio, Miriam conteniendo las lágrimas; el asesinato de su madre le provocaba un dolor agudo en el pecho.

—Pero Yossi no puede ocuparse de ti, bastante tiene con cuidar de mi hermana. Judith está muy enferma y Yasmin no da abasto ayudando a su padre y atendiendo a su madre. Serías una carga.

—No he dicho que vaya a vivir con ellos, aunque si así fuera, procuraría ser de alguna utilidad. Volveré a La Huerta de la Esperanza y continuaré trabajando junto a Netanel. Él suele animarme para que complete mis estudios e incluso para que vaya a la universidad. Además, sabes que Kassia y Ruth me tratarán como a un hijo.

—Ya, pero... yo no quiero separarme de ti —dijo Miriam y se puso a llorar.

Mijaíl les interrumpió sorprendido al ver llorar a Miriam.

—Pero ¿qué pasa aquí? —preguntó.

Mientras le explicaban lo que ocurría a Mijaíl se le iba encendiendo la mirada.

—Samuel nunca se quedará para siempre en ninguna parte. En realidad no es de ningún lugar. Ahora está bien aquí porque se ha reencontrado con Konstantin y Katia, pero dentro de un tiempo les dejará para regresar a Palestina o a cualquier otro lugar. No le importa el daño que hace a los que dice querer. A mí me abandonó cuando era un niño y yo le veía como mi único pilar. Miriam, si regresas a Palestina no te seguirá. Si le quieres, lo único que puedes hacer es quedarte con él en París hasta que decida volver. En cuanto a ti, Daniel, si lo deseas puedes venir conmigo. Hay un barco que sale de Marsella en una semana. Puedo comprar tu pasaje.

—Me sorprende que quieras regresar a Palestina. Eres rico..., has heredado mucho dinero y eres casi francés, te has educado aquí y si quisieras podrías convertirte en el mejor violinista del mundo... —le respondió Daniel.

—Sí, aquí se queda mi infancia, mis primeros años de juventud, mis amigos y mis sueños de convertirme en un gran músico. Aquí fui feliz con Marie y con Irina. Pero no pude soportar que Irina se casara con monsieur Beauvoir, por eso acompañé a Samuel a Palestina, aunque en realidad me habría ido a cualquier parte. Lo que no imaginé es que Palestina iba a ser tan importante para mí. A veces me pregunto qué sentido tiene llevar una vida de privaciones como la que llevamos allí. Pero ahora no querría vivir en ningún otro lugar. Me alegra haber vuelto a ver a mis amigos de la infancia, de reencontrarme con mi ciudad y de volver a disfrutar de los pequeños placeres burgueses con los que crecí, porque a París siempre la sentiré mía. Pero aquí he comprendido que Yasmin es más importante para mí. Si pudiera traerla aquí, vivir con ella en París, pero eso es imposible... Con su madre impedida, Yasmin nunca dejará Palestina. De manera que regreso decidido a casarme con ella.

Le abrazaron emocionados. Mijaíl les había sorprendido, siempre les había parecido demasiado introvertido, e incluso huraño.

—Me alegro de que vayas a convertirte en mi sobrino —dijo Miriam— y no dudo de que serás muy feliz con Yasmin.

Después, con ayuda de Mijaíl, Daniel la convenció para que le dejara regresar a Palestina. No le quedaba otra opción que aceptar o separarse de Samuel, y aquella sola idea le dolía aún más.

Los meses se convirtieron en años y así habían llegado a 1933. Hacía ya cuatro años que habían dejado Palestina. Miriam y Samuel se habían instalado en una rutina que a él parecía hacerle feliz. Había comprado el laboratorio a monsieur Chevalier y se había asociado con Konstantin para vender medicamentos en Inglaterra y en otros países de Europa, lo que les llevaba a viajar juntos y a recuperar la complicidad de su infancia y juventud. Monsieur Chevalier disponía de patentes de diversos medicamentos que le habían procurado pingües beneficios, sobre todo después de la Gran Guerra.

Samuel viajaba a Londres con mucha frecuencia y solía quedarse más tiempo del que Miriam consideraba necesario. Sabía que cuando iba, buena parte de ese tiempo lo pasaba con Katia y en más de una ocasión los había sorprendido mirándose con una dulzura que la sobrecogía.

Se daba cuenta de que habían dejado de ser una pareja para convertirse en un quinteto, porque la vida de ambos ahora era inseparable de las de Konstantin, Vera y Katia.

Ella no era feliz, pero Samuel sí. Su único consuelo eran las cartas de Daniel, en las que le aseguraba que estaba bien, y sus dos hijos pequeños, Dalida y Ezequiel, que se habían adaptado sin problemas a la vida parisina. Miriam los acompañaba todas las mañanas al colegio y por las tardes era Agnès, la joven criada, quien los llevaba a jugar a los Jardines de Luxemburgo.

Lo que más la desesperaba es que pese a sus esfuerzos por

agradar a Samuel, él ni siquiera le prestaba atención. Ella había terminado cediendo a los consejos de la peluquera y se había cortado el cabello como las parisinas e incluso vestía como ellas. Faldas que apenas cubrían la rodilla, sombreros, guantes... Samuel le decía que gastara cuanto quisiera, pero nunca se daba por enterado cuando ella estrenaba un vestido nuevo. A Miriam le costaba aceptar que su matrimonio era una pantomima y que sólo les unía Dalida y Ezequiel. Samuel quería a sus hijos y sólo con ellos el rostro se le llenaba de ternura. Pero aún tardaría dos años más en decidirse a poner fin a su vida en común.

Miriam nunca antes había sucumbido a la tentación de leer los papeles de Samuel, pero una mañana se encontró en el suelo una hoja que se le había caído del bolsillo. La cogió y en el acto reconoció la letra redonda de Katia.

> «Querido, te echamos de menos. Tres semanas sin verte se me antojan una eternidad. Vera está preparando el cumpleaños de Gustav. ¿Te imaginas?, ¡mi sobrino va a cumplir diez años! El próximo año irá a un internado, por tanto Vera quiere que este cumpleaños sea inolvidable, pero no lo será si tú no estás.
>
> Te esperamos.
>
> Tuya siempre,
>
> KATIA»

Miriam no sabía qué pensar. Temía pedirle explicaciones a Samuel segura como estaba de que él aduciría que aquella carta era del todo inocente y que no había una sola línea que pudiera malinterpretarse. Pero ella sabía que era una carta de una mujer enamorada. Le invitaba al cumpleaños de Gustav pero no extendía la invitación ni a ella ni a sus hijos. En realidad Katia nunca se mostraba cariñosa con Dalida y Ezequiel, como si le costara reconocer en ellos a los hijos de Samuel.

Dalida había heredado el cabello negro de Miriam y el color aceitunado de su piel. Ezequiel se parecía a Samuel, aunque el color de su cabello era castaño y en sus rasgos también estaba presente la herencia sefardí de su madre. Ninguno se parecía a Gustav, el hijo de Konstantin y Vera, que recordaba a uno de esos ángeles que se encuentran en los cuadros de los pintores renacentistas. Gustav era tan rubio, con la piel tan blanca y los ojos tan azules que era imposible no mirarle. Además, a Miriam le admiraba que a pesar de sus pocos años el niño se comportara con tanta corrección. Dalida y Ezequiel peleaban entre ellos, y había que recordarles que en casa no se podía correr y que debían sentarse con la espalda recta.

Pasó el resto del día sin saber qué hacer aguardando impaciente que Samuel regresara del laboratorio. Pero no tuvo tiempo de plantearle sus temores porque su marido estaba tenso y preocupado.

—Dentro de un par de semanas tengo que ir a Alemania y no me gusta lo que está sucediendo en Berlín —le dijo a modo de saludo.

—¿Te refieres al nuevo canciller? —preguntó ella.

—Sí, ese tal Hitler abomina de los judíos.

—No comprendo por qué el presidente Paul von Hindenburg le nombró canciller… —respondió Miriam.

—Por miedo a los comunistas. Los políticos alemanes temen que sus compatriotas vean en el comunismo la solución a sus problemas. ¿Sabes cuánta gente hay sin trabajo? El país está al borde de la ruina. Konstantin se empeñó en que debíamos vender nuestros medicamentos en Alemania, pero desde que nos instalamos allí sólo hemos tenido quebraderos de cabeza. Y no te oculto que siento escalofríos ante esas banderas con la cruz gamada… Muchos judíos están dejando Alemania, otros se resisten a marcharse, se sienten alemanes como el que más, pero Hitler no les considera así. No sabes cuántas humillaciones sufren.

—Entonces no deberías ir. Tú eres judío, que vaya Konstantin.

—También él es judío.

—Bueno, pero no tanto como nosotros.

—¿Cómo que no? Su abuelo era judío.

—Pero su madre no lo era, de manera que puede pasar por un ruso más. Y, que yo sepa, nunca pisa la sinagoga.

—Vamos, Miriam, yo tampoco voy a la sinagoga y tú lo haces muy de cuando en cuando. ¿Qué tiene que ver ir a la sinagoga con ser judío?

—Si estás preocupado no debes ir a Berlín. ¿Para qué quieres más dinero? Tienes más del que jamás podrás gastar.

Cenaron con sus hijos. Miriam siempre sentaba a los niños a la mesa; pensaba en Gustav y le daba pena porque sabía por Samuel que el niño siempre comía solo o en compañía de su niñera. Vera, la dulce Vera, no podía dejar de comportarse como la aristócrata que era y consideraba impensable sentar a un niño a la mesa. Konstantin no compartía la decisión de Vera, pero pasaba tanto tiempo fuera de su casa que no le parecía bien poner en cuestión los métodos educativos de su esposa.

Desechó a Gustav de sus pensamientos para escuchar el parloteo de sus dos hijos. Dalida era una niña inteligente y perspicaz que no dejaba de hacer preguntas.

Luego, una vez que hubieron acostado a sus hijos, Miriam aprovechó para hablarle de la carta.

—Te he dejado encima de la cómoda una carta, se te debió de caer anoche o esta mañana. Es de Katia.

Samuel se movió incómodo en el sillón pero le sostuvo la mirada.

—Sí, me han invitado al cumpleaños de Gustav.

—Es curioso que no nos hayan invitado ni a los niños ni a mí.

Se quedaron en silencio; Miriam mirándole fijamente, él queriendo esquivar su mirada.

—Bueno, Katia sabe que a ti no te gusta viajar.

—¿Y cómo lo sabe? ¿Quizá porque nunca soy invitada a hacerlo, por ejemplo, a acompañarte a alguno de tus interminables viajes a Londres?

—¿Qué quieres decir?... —Samuel se había puesto tenso.

—Llevo cuatro años en París y aún no sé por qué. Cuando vine era tu esposa, pero ahora sólo soy quien se ocupa de tus hijos. Me pediste que te diera tiempo, y te lo he dado. Ya tienes tu laboratorio y una vida que te complace y en la que yo no tengo cabida. Voy a marcharme, Samuel, regreso a Palestina. Dalida y Ezequiel vendrán conmigo.

—Pero... ¡no te entiendo! ¿Quieres irte porque te ha ofendido que Katia no te haya invitado expresamente al cumpleaños de Gustav? —El tono de Samuel era de irritación.

—Quiero irme porque no tengo nada que hacer aquí. Aún no he ido a llorar a la tumba de mi madre. Mi hijo Daniel está allí. Mi hermana continúa enferma. No he podido asistir a la boda de mi sobrina Yasmin con Mijaíl. ¿Te doy más razones? Sí, te daré la definitiva: no me quieres, Samuel, no me quieres. Soy parte del paisaje que te rodea pero nada más. Ni me quieres ni me necesitas. Al principio quizá sí, pero ahora te sobro aquí. Nunca me adaptaré del todo a la vida de París. No me divierten esas fiestas donde tantas mujeres hermosas compiten entre sí, y donde las relaciones sociales son tan hipócritas... Todos critican a todos..., los maridos traicionan a sus mujeres con sus mejores amigas y las esposas se vengan gastando el dinero de sus maridos y coqueteando a su vez con el primer mequetrefe que se encuentran... Y luego están todos esos exiliados rusos... ¡Qué se han creído! Algunos se comportan como si aún vivieran en San Petersburgo, como si aún conservaran sus palacios y sus privilegios... Yo soy una campesina, Samuel. Nací en Hebrón y durante mi infancia cuidaba cabras. En el verano corría descalza... ¿Qué tengo yo que ver con todas esas señoras que me has presentado y me miran con conmiseración?

—¿Has terminado? —Samuel a duras penas contenía su irritación.

—No, no he terminado. Aún tengo otra cosa que decirte. No sé si estás enamorado de Katia, es evidente que ella sí lo está de ti. Pero veo que te cambia la expresión cuando estás con ella. Te vuelves amable, sonríes..., la tratas con tanto mimo y tanta deferencia... Os sentís bien el uno con el otro... Y yo ya me he cansado de sentirme como si fuera una intrusa. Le dejo el campo libre.

Miriam se levantó y salió del salón. Aquella noche durmió en el cuarto de invitados donde se encerró negándose a responder a la llamada de Samuel. Al día siguiente, cuando abrió la puerta de la habitación se encontró con él.

—¿No te has ido al laboratorio? —preguntó intentando parecer indiferente.

—¿Crees que podía hacerlo después de lo que me dijiste anoche?

—Nunca es agradable escuchar la verdad.

Samuel sabía que Miriam tenía razón y le dolía su propio egoísmo y el no ser capaz de quererla más. Irina era la única mujer de la que había estado enamorado, aunque a veces se preguntaba si sólo se enamoró de un sueño. A Miriam la había querido por su fortaleza, por su rectitud, por su optimismo y por su capacidad de hacer fácil la cotidianidad, pero enamorarse... no, no se había enamorado de ella. Sabía que Miriam tenía razón: no encajaba en París; en cuanto a Katia, se le había metido en el corazón sin darse cuenta. Aquella niña rubia y delgaducha que tanto les había importunado a Konstantin y a él cuando eran niños se había convertido en una mujer ante la cual, aunque ya madura, resultaba difícil permanecer indiferente. No podía sino reconocer que sus modales delicados y su belleza eslava le transportaban a sus años de juventud, cuando admiraba a todas aquellas damas que asistían a los bailes de los Goldanski. Y aunque estaba seguro de no estar enamorado de Katia, no podía resistir la atracción que sentía por ella.

—Quiero que nos demos una oportunidad. No sé si servirá para algo, pero al menos me gustaría que lo intentáramos —le propuso Samuel.

Miriam estaba a punto de romper a llorar, pero se dijo que si lo hacía nunca se lo iba a perdonar.

—He pensado que vayamos a España. Te llevaré a Toledo,

así conocerás la ciudad de la que hace más de cuatrocientos años huyeron tus antepasados. A Dalida y a Ezequiel les gustará, ya tienen edad para comprender —añadió Samuel.

—¿A Toledo? ¿Iremos a Toledo? —La voz de Miriam estaba cargada de emoción.

No podía resistirse ante aquella invitación. Cuando era pequeña su padre le había contado que sus antepasados fueron expulsados de su casa de Toledo. Su padre y sus abuelos describían la ciudad con tal minuciosidad que parecía que la conocieran como las palmas de sus manos. Conservaban la llave del que fue el hogar de sus antepasados y que había pasado de padres a hijos, así como los viejos títulos de propiedad. Ahora la llave estaba en manos de Judith porque era la hermana mayor.

En Toledo se hallaban sus raíces, parte de su esencia. Nunca se había permitido soñar con conocer aquella antigua capital de España. Aquellos reyes, Isabel y Fernando, les habían obligado a exiliarse. En la ciudad griega de Salónica, que entonces formaba parte del imperio otomano, encontraron un nuevo hogar, pero nunca olvidaron que su patria era Sefarad y su casa, su verdadero hogar, estaba en una callejuela de Toledo cercana a la sinagoga, no muy lejos de donde Samuel Leví, el tesorero del rey Pedro I de Castilla, tuviera su propia residencia.

Cuando sus abuelos paternos comenzaban a hablar de Toledo, su madre, su hermana Judith y ella escuchaban extasiadas. Su madre, una campesina judía de Hebrón, se sentía orgullosa de haberse casado con aquel hombre cuyos antepasados procedían de la antigua capital de Sefarad.

A Samuel la alegría de Miriam le hacía sentirse un poco menos miserable. Había improvisado lo del viaje a Toledo, era lo primero que se le había ocurrido para intentar retener a Miriam. Más tarde pensaría que a lo mejor no había sido una buena idea porque el viaje sólo serviría para alargar una relación que estaba maltrecha.

A mediados de marzo ya estaban en San Sebastián. Hacía frío. La primavera aún no había llegado a la ciudad. A los niños les entusiasmó el lugar pero apenas estuvieron allí un par de días. Samuel quería llegar a Madrid, donde tenía intención de reunirse con un comerciante catalán interesado en importar algunos de los medicamentos de su laboratorio.

En la madrileña Estación del Norte les esperaba Manuel Castells. Samuel le agradeció el detalle de haber acudido a esperarles.

—El hotel Ritz no está muy lejos de aquí. No ha podido usted elegir mejor lugar para su estancia. Hoy descansen, ya tendremos tiempo para los negocios.

El español ya estaba entrado en años y vestía de manera elegante aunque con discreción. Miriam se sorprendió de la fluidez con la que aquel hombre hablaba francés.

—No hay más remedio si uno quiere hacer negocios —respondió, halagado—, pero le confesaré un secreto, soy catalán, mi familia es de la Cerdaña, un pueblo cercano a la frontera con Francia, y de chico tuve una niñera de Perpiñán.

A Miriam le sorprendía comprender tantas palabras en español. Le resultaba familiar porque al fin y al cabo su padre era sefardí y aquel castellano viejo era el que había aprendido de labios de su madre. Al padre de Miriam le gustaba hablar a sus hijas en el idioma de Sefarad y ahora Miriam se sentía orgullosa de comprender casi todo lo que se hablaba a su alrededor.

—No me gusta tanto como París —les interrumpió Dalida, siempre atenta a cuanto le rodeaba mientras el coche les llevaba por la Gran Vía.

—¿Cómo puedes decir eso? Aún no hemos visto nada —respondió su madre.

—A ti te gusta porque eres española —adujo Dalida.

Miriam suspiró sin responder a la niña. Su hija tenía razón, no se sentía extranjera en España.

Cuando Manuel Castells supo de las intenciones de Samuel de llevar a su familia a conocer Toledo les ofreció su coche. Aceptaron encantados, de manera que cuatro días después de llegar a Madrid pusieron rumbo al que era el destino añorado de Miriam: Toledo, la Ciudad Imperial. Se instalaron en un hotel, no lejos de la catedral, que les había aconsejado el propio Castells.

—Es más grande que Notre-Dame —dijo Dalida al ver aquella catedral majestuosa que parecía dominar la ciudad.

Samuel había estudiado minuciosamente los planos de la ciudad además de haber preguntado a su nuevo socio cómo debían llegar a la calle donde antaño había estado la casa de los antepasados de Miriam. Quería darle una sorpresa y llevarla hasta allí sin decírselo.

—Daremos una vuelta por Toledo —propuso a Miriam y a sus hijos.

Les hizo caminar un buen rato buscando la judería, que así llamaban al barrio donde siglos atrás vivieran los hebreos toledanos. Mientras paseaban iban impregnándose del espíritu de la ciudad. Los niños caminaban muy juntos sorprendidos por aquellas calles estrechas con adoquines que formaban un laberinto. Miriam miraba todo con emoción sin dejar de parlotear.

—Me recuerda a la Ciudad Vieja —aseguró Dalida.

—Vaya, así que te recuerda a Jerusalén..., no es un mal parecido —respondió Samuel, divertido por los comentarios de su hija.

—¡Si mi padre me viera! Él siempre soñó con Toledo. La conocía tan bien... —les interrumpió Miriam.

—¿Los abuelos estuvieron en Toledo? —quiso saber Dalida.

—No, hija, pero ellos sabían todo de esta ciudad porque se lo contaron sus padres y a ellos los suyos, y así, yendo hacia atrás, llegamos al siglo XV, cuando nuestros antepasados fueron expulsados de España.

—¿Y por qué les expulsaron? ¿Se habían portado mal? —preguntó Ezequiel.

—¿Portarse mal? No, hijo, no habían hecho nada malo, los expulsaron porque eran judíos.

—Nosotros somos judíos, ¿es que eso es malo? —preguntó el niño con preocupación.

—No, claro que no es malo, pero en algunos lugares no quieren a los judíos —intervino Samuel.

—Pero ¿por qué? —insistió Ezequiel.

Miriam intentó dar una explicación que su hijo pudiera entender, pero Ezequiel no acertaba a comprender las explicaciones de su madre, de manera que al final les sorprendió diciendo:

—Bueno, pues lo que tenemos que hacer es borrarnos de ser judíos y así todo el mundo nos querrá y no nos echarán de los sitios.

Samuel abrazó a Ezequiel. En aquel momento se veía a él mismo muchos atrás discutiendo con su padre por su deseo de no ser judío, de borrar lo que parecía un estigma que les hacía diferentes.

Ya llevaban un buen rato andando y los niños parecían cansados cuando Samuel decidió apretar el paso.

Por fin llegaron a la plaza del Conde, a dos pasos de donde antaño estuviera la casa de los antepasados de Miriam. Samuel cogió de la mano a su esposa mientras se dirigían a un viejo portalón de madera tachonado por clavos negros como la noche. Notaba el temblor de Miriam y le conmovió ver cómo las lágrimas empañaban su mirada.

—Mamá, ¿por qué lloras? ¿Crees que nos van a echar por ser judíos? —preguntó Ezequiel, que estaba preocupado tras haber descubierto las consecuencias de ser judío.

Miriam se quedó delante de la puerta muy quieta y luego puso su mano sobre la vieja madera y la acarició. Samuel obligó a sus hijos a dar un paso atrás para concederle a su madre unos minutos de recogimiento.

Dalida y Ezequiel permanecieron muy quietos, conscientes de repente de que aquel momento era especial para su madre. Luego ella se volvió y los abrazó.

—¿Quieres que llamemos? —le preguntó Samuel.

—¡No, no! —respondió temerosa ante la osadía de Samuel.

Pero él no le hizo caso y golpeó un par de veces con el aldabón. No pasaron más que unos breves segundos cuando el portón se abrió. Un hombre de edad avanzada les miraba esperando saber quiénes eran aquellos desconocidos. Samuel no se lo pensó dos veces y le explicó que aquella casa había sido de los antepasados de su esposa, que conservaban los títulos de propiedad y la llave de aquel portón, que no buscaban nada excepto ver el lugar que un doloroso día los antiguos propietarios tuvieron que abandonar y dejar cuanto poseían para encontrar refugio en el exilio.

Había hablado de corrido, casi sin respirar, y de repente se dio cuenta de que sin saber por qué lo había hecho en francés. Aquel hombre no habría entendido nada, pero pensó que tampoco le habría entendido si le hubiese hablado en inglés. Sin embargo, para su sorpresa el anciano respondió en una mezcla de español y francés.

El hombre les hizo pasar y les pidió que se acomodaran en un viejo y frío salón donde estaba encendida una enorme chimenea de piedra. Se presentó: «Soy José Gómez». Sus cansados ojos brillaban curiosos.

Samuel hizo lo propio y a continuación presentó a Miriam y a sus hijos. Dalida, muy formal, tendió la mano al anciano, pero Ezequiel se refugió detrás de su madre avergonzado ante aquel desconocido.

—Avisaré a mi esposa.

—¡Cómo te has podido atrever! —le reprochó Miriam a Samuel una vez que se quedaron solos.

—¿No querías ver la casa de tus antepasados? Bueno, pues ya estamos aquí. Es un hombre muy amable y no me parece que le haya extrañado demasiado que queramos ver la casa.

Callaron al ver entrar en el salón con paso ágil a una mujer tan anciana como el hombre que les había invitado a pasar. La mujer les sonrió y Miriam se tranquilizó.

—Mi esposa, María —dijo el hombre a modo de presentación.

—De modo que son ustedes familiares de los Espinosa. Ellos fueron los propietarios de esta casa hasta que se marcharon. Mis antepasados también eran judíos pero se convirtieron, y aunque pasaron por grandes sufrimientos, pudieron quedarse. Claro que algunos terminaron en la hoguera por no convencer a los inquisidores de que habían renegado de su fe definitivamente —les explicó María.

Miriam estaba sorprendida de que aquella mujer hablara de lo sucedido cinco siglos atrás como si se tratara de algo ocurrido el día anterior.

—¿Quién de los dos proviene de la familia Espinosa? —preguntó María.

Samuel hizo un gesto indicando que era Miriam.

—Así que tú eres la Espinosa... Mi nombre, María, es la versión española de Miriam. ¿Quieres saber cómo nos hicimos con esta casa? Te contaré lo que me explicó mi abuelo y a él el suyo. Aunque los judíos expulsados siempre pensaron en regresar, eso no entraba en los planes de los reyes de entonces. Las posesiones de los judíos fueron a parar a manos de los nobles de la época. Con el tiempo, algunos de los conversos pudieron hacerse con los bienes de los que fueron sus amigos y vecinos. La mía era una familia de traductores muy apreciados en la corte de Toledo. Hombres de estudio de cuya sabiduría se beneficiaban los reyes castellanos. Sé que mi familia se hizo con esta casona allá por el siglo XVII y que desde entonces ha sido la casa familiar. Ya ves, esta casa está llena de recuerdos, los recuerdos de los Espinosa y nuestros propios recuerdos.

La anciana se quedó unos segundos en silencio escudriñando el rostro tenso de Miriam.

—Ven, acompáñame, conservamos algunos retratos de tu familia en el sótano; estarán llenos de polvo, pero al menos sabrás cómo eran los abuelos de tus abuelos —dijo la anciana y les instó a que la siguieran.

José Gómez protestó.

—Pero, mujer, hace años que no bajamos al sótano y los escalones no están en buen estado. Seguro que los ratones se habrán comido los lienzos de los que hablas.

Pero la mujer no le hizo caso e insistió en que la acompañaran. La siguieron por los pasillos sombríos de la casa hasta llegar a una puerta de madera donde la mano del artesano había tallado flores y un versículo de la Biblia. Ezequiel se quejó de que tenía frío pero Dalida le dio un pellizco haciéndole callar. María abrió la puerta, que al empujarla comenzó a chirriar.

Las escaleras del sótano crujían y Samuel temió que se rompieran. Se notaba que hacía mucho tiempo que nadie se había acercado a aquel lugar de la casa. En las paredes había humedad y los tablones del suelo, amén de desgastados, parecían carcomidos.

A Miriam le sorprendió que aquella mujer se moviera de un lado a otro con tanta agilidad, rebuscando entre sillas desvencijadas, mesas sin patas y todo tipo de utensilios en desuso. Por fin pareció recordar dónde se encontraban los cuadros de los que había hablado.

—Creo que están ahí, en ese arcón; mi madre debió de guardarlos, a ella no le gustaron esos cuadros, decía que parecía que le reprochaban que hubiéramos ocupado su casa.

Con la ayuda de Samuel abrió el arcón y fueron sacando hasta media docena de lienzos cuidadosamente doblados.

Samuel y Miriam cargaron con las telas y regresaron al salón.

—Ponedlos encima de esa mesa, es grande y así los veréis mejor —indicó la anciana.

Las telas no medían más de medio metro cada una y al extenderlas se encontraron con seis rostros que parecían mirarles fijamente.

—Yo no sé quiénes son, pero sí que eran Espinosa; si los quieres puedes llevártelos —dijo la mujer.

Miriam sonrió agradecida. Le parecía estar viviendo una escena irreal gracias a la amabilidad de aquellos dos ancianos que los habían recibido en su casa sin ningún resquemor y que incluso les regalaban aquellos lienzos que devolvían a Miriam a un pasado desconocido. También fue una sorpresa agradable comprobar que los españoles comprendían el castellano antiguo, aquel que se hablaba en los tiempos en que sus antepasados fueron expulsados de Sefarad. Miriam se había empeñado en que tanto Dalida como Ezequiel también lo aprendieran, y aunque los niños lo comprendían se resistían a hablarlo.

El matrimonio insistió en que compartieran el almuerzo con ellos.

—Somos muy mayores y nuestra vida carece de sorpresas, de manera que vuestra presencia supone una aventura —aseguró el hombre.

María les había dejado en la sala mientras iba a la cocina a preparar con qué agasajar a aquellos invitados inesperados.

José Gómez presumió de ser castellano viejo y bromeó con su mujer sobre sus orígenes judíos. Les contó que era médico y que en sus años mozos había visitado París, donde tenía un pariente que trabajaba en la legación diplomática española.

Miriam parecía embobada escuchando a María contar historias sobre la Sefarad de los judíos, mientras que Samuel escuchaba explicar a José sobre la causa última de la expulsión.

Dalida y Ezequiel apenas lograban controlar su impaciencia. Se aburrían. Les resultaba ajeno aquel idioma extraño en el que algunas veces su madre les hablaba, y el francés del señor Gómez era demasiado rudimentario, cada dos por tres paraba la charla buscando la palabra adecuada con la que seguir conversando.

Los siguientes días se dedicaron a conocer Toledo acompañados por los Gómez, que se habían autoadjudicado el papel de anfitriones. Incluso insistieron para que dejaran el hotel y se instalaran en la casona. Miriam habría aceptado de buena gana pero Samuel se opuso.

—Por mucho que digan, ésta no es tu casa; además, no estaríamos cómodos.

—Cuando pienso que aquí vivieron mis antepasados, que yo provengo de esta tierra seca, de esta ciudad llena de misterios…

—¿Misterios? ¿Dónde están los misterios? Vamos, Miriam, no dejes volar la imaginación más de lo preciso. El pasado, pasado está. Me parece bien que disfrutes de este viaje, pero tú eres palestina, poco tienes que ver con los españoles.

—¡Soy española y palestina! —le respondió ella, airada.

—Ya, y también turca y griega, habida cuenta de que tus antepasados se refugiaron en Salónica y la ciudad era turca y ahora griega. —Samuel se burlaba de ella.

—Tú te sientes ruso, Samuel, ¿por qué no puedo yo emocionarme al pisar esta tierra?

—Nunca he permitido que ni la tierra ni la religión marcaran mi identidad. Sólo soy un hombre que quiere vivir en paz, no importa dónde.

Pero por más que lo disimulara, Toledo también estaba dejando su huella en Samuel.

Al cabo de una semana le dijo a Miriam que debían regresar a Madrid donde tenía que cerrar un acuerdo comercial con Manuel Castells. Miriam le pidió que le permitiera quedarse en Toledo con sus hijos.

—Allí no nos necesitas, sólo seríamos una molestia. Te esperaremos aquí.

—¿Aún no has tenido suficiente Toledo?

—Y tú, Samuel, ¿has dejado de añorar San Petersburgo? —preguntó Miriam sosteniendo la mirada de su marido.

Él no respondió y aceptó que Miriam y sus hijos se quedaran en Toledo. Hasta que Samuel no se marchó a Madrid, Miriam no se dio cuenta de que prefería vivir aquella experiencia sin él.

A Dalida y Ezequiel les hubiera gustado regresar a Madrid con su padre. Se aburrían con aquellas interminables charlas de su madre con la pareja de ancianos y estaban cansados de recorrer a diario aquella ciudad que se enroscaba sobre sí misma alzándose orgullosa sobre el río que fluía a sus pies.

Miriam tenía una sed inagotable de saber, de conocer, de comprender, y tanto José Gómez como su esposa respondían con paciencia a todas sus preguntas. La anciana María la convenció para que la acompañara a oír misa a la catedral.

—¡Pero si soy judía! —protestó Miriam.

—¿Y eso te imposibilita para asistir a una hermosa ceremonia donde se honra a Dios Todopoderoso? ¿Qué más da dónde recemos y cómo lo hagamos si glorificamos a un único Dios? —respondió María.

—¿Nunca has sentido la necesidad de volver a la fe de tus antepasados, al judaísmo? —preguntó Miriam con curiosidad.

—Ya te lo he explicado, mi familia se convirtió por interés, para no tener que abandonar Toledo, pero supongo que con el tiempo aprendieron a ser buenos católicos. El pasado, pasado es; yo nací en la fe católica y así moriré. Escuchar misa no te compromete a nada. Te gustará la ceremonia, hoy hay misa cantada —le insistió.

José Gómez se ofreció a pasear con Dalida y Ezequiel. Miriam se lo agradeció, sabía que sus hijos no se estarían quietos durante el culto y prefería no tener que regañarles.

La catedral de Toledo la sobrecogió. Si por fuera ya impresionaba, el interior la dejó atónita y aquellas ceremonias interminables llenas de simbolismo la fascinaban, de manera que no puso inconveniente en seguir acompañando a María.

No obstante, no había paseo que no terminara en la antigua sinagoga, la sinagoga que ahora llamaban de Santa María la Blanca. Allí se sentía como en casa. Cerraba los ojos e imaginaba a los suyos siglos atrás. Ojalá la pudieran ver allí, saber que una Espinosa había vuelto a aquel rincón de Sefarad, a la vieja ciudad que fuera suya.

Algunas noches lloraba. Pensaba en su hermana Judith, en cuánto hubiesen disfrutado juntas caminando por Toledo. Pero ya nunca podrían hacerlo. Judith no había recuperado la salud ni la cordura desde aquel fatídico Nabi Musa.

Le molestaba que hubieran cristianizado la judería, pero María le recordaba que en la historia de la humanidad los vencedores siempre imponen sus leyes y su religión a los vencidos. «También en el pasado —le decía— los hombres adoraban a ídolos paganos y a éstos los sustituyeron por Dios.»

Cuando días más tarde Samuel regresó, Miriam se sintió desolada. Sabía que no podía quedarse en Toledo, pero el solo hecho de pensar en abandonar la ciudad le producía un extraño malestar. Sabía que ya nunca volvería.

Lloró al despedirse de los Gómez y les pidió encarecidamente que cuidaran aquella casa que sentía como suya.

—Cuando muramos la propiedad pasará a mi hijo, que ejerce como médico en Barcelona. Y la venderá. Él tiene su vida en Barcelona, allí se ha casado y han nacido sus hijos. Sólo de cuando en cuando viene a Toledo a vernos —le dijo María.

—¡Pero puede comprarla cualquiera! —exclamó Miriam a modo de protesta.

—Una vez que estemos muertos, tanto dará. Y tú no debes preocuparte. Tienes una familia y una vida en otra parte, no se puede cambiar el pasado —afirmó José.

Durante el viaje de regreso a París, Miriam parecía ajena a cuanto la rodeaba. Samuel no lograba interesarla en ninguna conversación, por más que intentaba que fuera consciente de la convulsa situación de Alemania. Ella, que siempre se mostraba atenta a cuanto él le contaba y le solía aconsejar, ahora se limitaba a mirarle mientras él hablaba, pero Samuel sabía que el alma de Miriam estaba lejos de allí.

En París poco a poco recobraron la normalidad, o al menos eso fue lo que Samuel creía. Él continuaba volcado en el laboratorio y había reanudado sus viajes a Londres para reunirse con Konstantin. Ella cuidaba de sus hijos y tenía mucho tiempo para pensar; parecía haber vuelto a acomodarse a aquella vida apacible y burguesa de la que tanto parecía disfrutar Samuel. Pero la normalidad incluía a Katia. Por más que Samuel había decidido poner distancia entre los dos, le resultaba imposible. Cuando estaba con Katia recuperaba su infancia y se recuperaba a sí mismo.

Aun así, luchaba por mantener el difícil equilibrio entre la lealtad que le debía a Miriam y la atracción irresistible que sentía por Katia. Por eso se impuso llevar a Miriam y a sus hijos en uno de sus viajes a Londres. Konstantin insistió tanto en invitarles que por fin había decidido aceptar.

Konstantin y su esposa Vera hacían lo imposible por que Miriam se sintiera a gusto. Incluso Gustav parecía encantado de ver a Dalida y a Ezequiel.

Vera era la anfitriona perfecta, preocupada de que Miriam disfrutara de su estancia londinense. La acompañó a hacer compras, visitaron con los niños un par de museos, acudieron a una merienda en casa de unos amigos e intercambiaron pequeñas confidencias sin importancia. Pero la presencia de Katia se cernía como una nube oscura sobre Miriam.

Katia, tan bella, tan perfecta... Fueron a una velada a la Ópera y Miriam notó cómo a Samuel parecían molestarle las miradas de admiración que algunos caballeros dirigían a Katia. «Está celoso», pensó, y se dio cuenta de que Samuel nunca había sentido celos por ella. Claro que por más que ella se arreglara nunca lograba tener la distinción natural de Katia.

La tarde antes de regresar a París, Miriam escuchó sin querer una conversación entre Katia y Vera. Samuel y Konstantin habían salido para reunirse con unos clientes y los niños estaban en el cuarto de juegos de Gustav. Miriam bajó a la biblioteca para dejar un libro que había cogido prestado. Iba a entrar pero se paró en seco al escuchar a Katia referirse a ella.

—Me da pena Samuel, ¡qué mala suerte tiene con su mujer!

—Pero ¡qué dices! —le reprochó Vera—. Miriam es una buena mujer.

—No digo que no lo sea, pero es tan..., no sé... yo la encuentro poco agraciada. Debería haber aprendido algo del *chic* de las francesas. La ropa parece no importarle y el pelo corto no le sienta... Bueno, a lo mejor es que son así las palestinas.

—Pues a mí me parece que es una mujer atractiva; al menos es diferente, tiene personalidad —respondió Vera.

—¡Eso es lo que dice mi hermano! Vamos, Vera, no repitas las opiniones de Konstantin.

—Él le tiene mucho aprecio —aseguró Vera refiriéndose a Konstantin.

—Mi hermano aprecia a todo el mundo, es un buenazo; tanto, que es capaz de encontrar algún atractivo en una mujer tan desangelada como Miriam. ¿No te das cuenta de que se siente incómoda con los zapatos de tacón? Y cuando se coloca un tocado en el pelo... ¡pobrecilla!, ninguno le sienta bien.

—Me sorprendes, Katia; tú no eres chismosa, pero veo que no te gusta Miriam, ¿por qué?

—¡Bah, me da lo mismo! Sólo siento que Samuel se haya atado a una mujer como ella. Él merece mucho más.

Vera miró a su cuñada. Sabía que estaba enamorada de Samuel desde niña y ya era hora de que dejara de perseguirle, pero no se atrevió a decírselo. Prefería no tener ningún conflicto con Katia que pudiera enturbiar la relación de ambas y entristecer a Konstantin.

—Yo no comparto tu opinión, Katia. Miriam es una mujer con muchas cualidades y Samuel tiene mucha suerte de haberse casado con ella. Y ahora, ¿qué te parece si pedimos que nos sirvan el té?

Aquella noche durante la cena Katia desplegó toda su capacidad de seducción. Samuel la miraba embobado. A Miriam le dolían las miradas que Katia intercambiaba con Samuel y sus risas. Pensó que Toledo sólo había sido una pausa, un regalo de despedida. Katia tenía razón: ella estaba fuera de lugar. Su casa se hallaba en Palestina. No le dijo nada a Samuel hasta que no regresaron a París. El día que llegaron ni siquiera se molestó en hacer ademán de deshacer las maletas.

—Me marcho, Samuel, vuelvo a Palestina. Sabes mejor que yo que no tengo sitio aquí.

Samuel protestó con sinceridad pidiéndole que no se marchara, argumentando sobre las ventajas de la vida en París para Dalida y Ezequiel, rogándole que se dieran otra oportunidad.

—Es lo que voy a hacer, darnos una oportunidad. Los dos merecemos tener una vida, Samuel, una vida donde amar, reír y compartir una vida plena. Respétame, Samuel, no insistas en reducirme a una mera presencia encargada del cuidado de tus hijos. Tengo derecho a vivir. Quiero vivir. Por eso vuelvo a casa con los míos.

Samuel no supo convencerla y tuvo que ceder, sintiendo al tiempo pesar y alivio. Se dijo a sí mismo que la separación sería temporal, que él iría pronto a Jerusalén o ella regresaría a París, pero sabía que se estaba engañando. En lo único que se mostró inflexible fue en su decisión de acompañarla hasta Marsella para asegurarse de que ella y los niños viajarían cómodamente.

Dalida y Ezequiel le dijeron adiós con la mano, apoyados sobre la barandilla del puente de pasajeros. Sus hijos habían llorado al despedirse y él mismo había hecho un esfuerzo para reprimir las lágrimas. Buscó con la mirada a Miriam pero ella prefirió no decirle adiós y se mantuvo apartada de la barandilla. Entonces fue cuando Samuel se dio cuenta de que Miriam estaba saliendo de su vida y que ella no querría regresar nunca más.»

12

Palestina, años treinta

Ezequiel suspiró. Parecía estar viéndose a sí mismo sobre la cubierta de aquel barco que le devolvió a Palestina. Marian le observaba en silencio, dejándole tiempo para regresar de aquel momento del pasado. Luego él la miró fijamente sonriendo.

—Bueno, ya le he contado otro capítulo de la historia.

—¿Sabe?, me sorprende que hable de sí mismo como si no fuera usted. Se refiere a Ezequiel como si fuera otro…

—En realidad aquel Ezequiel era otro. ¿Qué puede quedar en mí de aquel niño? Además, me gusta poner distancia con los hechos, verlos como si fuera otra persona.

—No es posible —protestó Marian.

—Sí, sí que lo es. Cuando pienso en aquel día en que Dalida y yo regresamos con mi madre a Palestina, veo a dos niños asustados en la cubierta de un barco llorando tras dejar en tierra a su padre. Me conmueve la escena pero ya no me siento parte de ella. Bueno —añadió con un deje de cansancio—, ahora le toca continuar a usted.

Marian no pudo evitar sonreír y, cuando se dio cuenta, se enfadó consigo misma. Quería mantener una distancia profesional con aquel hombre, sin dejarse afectar por lo que le había contado.

—Continuaremos en otro momento. Mañana tengo dos entrevistas en Cisjordania. Voy a visitar un par de asentamientos, también quiero acercarme a Ramala.

—De manera que mañana me da el día libre —bromeó Ezequiel.

—Las citas estaban pactadas con anterioridad —se disculpó Marian.

—¡No se preocupe, no le estoy pidiendo explicaciones! Sólo soy un viejo que se divierte contándole batallitas que no tienen por qué tener interés para usted ni para el trabajo que ha venido a hacer.

Ella se mordió el labio inferior sin responder hasta que encontró las palabras adecuadas.

—Para mí es importante todo lo que me está contando, de otra manera no podría hacer mi trabajo.

—Supongo que en la familia Ziad habrá encontrado a otro charlatán como yo.

—¿Por qué dice eso? —A Marian le incomodó la afirmación de Ezequiel.

—Es obvio que lo que usted me cuenta es más que información.

—Bueno, me ha ayudado a comprender lo que ha significado para los palestinos haber perdido su casa, su tierra, su futuro. Y sí, he tenido la suerte de contar con su generosidad y que me hayan abierto su corazón explicándome lo mucho que han sufrido.

Se despidieron. Marian le aseguró que le llamaría en un par de días para volver a verse «si es que su nieta nos lo permite».

—Hanna se siente responsable de mí.

—Es afortunado de tener nietos.

—Usted aún es joven para tenerlos, ya le llegarán.

Cuando llegó al hotel, Marian se tumbó sobre la cama y cerró los ojos. Se sentía agotada por el sinfín de emociones que le provocaban aquellas charlas con el anciano. No quería empatizar con él, aunque cada día que pasaba le costaba más mantener la distancia emocional necesaria para llevar a buen término lo que tenía que hacer.

La despertó el pitido del móvil. La voz de Michel, el director de la ONG, la sobresaltó.

—Supongo que quieres que te despida —le dijo a modo de saludo.

—Michel, aún no he terminado el trabajo.

—¿Ah, no? ¿Es que pretendes arreglar tú sola el problema de Oriente Próximo? ¡Vamos, Marian!, se trata de que hagas un informe sobre los desplazados, que entrevistes a unas cuantas familias, te veas con algún ministro y trabajo concluido.

—No es tan fácil.

—¿Cómo que no? Lo has hecho otras veces, te recuerdo Birmania, Sri Lanka, los Grandes Lagos...

—Esto es diferente.

—No, no lo es, y me temo que estás implicándote personalmente y eso es malo, no nos pagan para eso. Es lo primero que te advertí cuando empezaste a trabajar con nosotros, pero los norteamericanos sois muy sentimentales. Bueno, basta de charla, te quiero aquí mañana mismo; si con el material que has recopilado no es suficiente, mandaré a alguien para que termine el trabajo.

—¡Qué dices! Lo terminaré, no permitiré que nadie se entrometa.

—El jefe soy yo, de manera que sintiéndolo mucho voy a darte una orden: mañana te quiero en Bruselas, si no estás por la tarde en mi despacho, te despido, mandaremos un e-mail a las autoridades israelíes avisándoles de que ya no nos representas.

Marian supo que aquella batalla la había perdido y que no le quedaba más opción que regresar a Bruselas. Llamó a recepción para pedir que le reservaran en el próximo vuelo de regreso a Bélgica. Tuvo suerte, a las siete de la mañana había uno y sólo quedaban dos plazas.

Su jefe no se mostró amigable cuando la vio entrar en el despacho.

—Ya eres mayorcita para tonterías —le dijo indicándole con el gesto que tomara asiento.

—Sabes que me gusta hacer bien las cosas, y lo de Palestina no es fácil.

—Marian, sé que estás pasando por un mal momento personal, sé que no me dirás por qué, pero lo notamos todos. Aquí se rumorea que estás separándote de tu marido y utilizas los viajes como una vía de escape. Quizá deberías coger unas vacaciones o, sencillamente, afrontar tus problemas. Mira, yo me he divorciado dos veces y sé que no es fácil. No hagas que me arrepienta de haberte mandado a Palestina; creo que la situación allí te ha desbordado, quizá deberías haber tomado un respiro después de Birmania. Ya te dije que éste es un trabajo que requiere la sangre fría de los médicos, todos los días se enfrentan a la muerte, nosotros a la tragedia, pero ni ellos ni nosotros podemos implicarnos personalmente porque, de lo contrario, no podríamos hacer bien lo que debemos hacer.

Le escuchó como si fuera una alumna obediente. No estaba dispuesta a darle ningún detalle de su vida personal y mucho menos a decirle que hacía meses que se había divorciado. Al fin y al cabo él sólo había visto un par de veces a Frank. Cuando consiguió aquel trabajo, gracias a los contactos de su marido, su matrimonio ya había hecho aguas y les había parecido una buena solución separarse temporalmente. Frank continuó en Nueva York mientras ella se instalaba en Bruselas. Finalmente habían optado por el divorcio, aunque seguían manteniendo una buena relación. «En realidad sé que Frank siempre estará ahí», pensó.

Entregó a Michel la caja de dátiles que le había comprado en el aeropuerto y se dispuso a hacer uso de su poder de convicción para que le permitiera regresar. Una hora más tarde lo había conseguido, pero con una condición: su jefe le exigía que dejara escrito un borrador del informe que estaba preparando. No tuvo más remedio que aceptar.

Los días se le hicieron eternos hasta regresar a Palestina. Había telefoneado a Ezequiel para fijar la siguiente cita. Le notó cansado y se preocupó al percibir por el auricular que respiraba con dificultad.

Cuando por fin aterrizó en Tel Aviv, se sintió aliviada. Había regresado. Alquiló un coche para ir a Jerusalén y volvió al American Colony. En aquel hotel se sentía como en casa. Al día siguiente reanudaría sus charlas con Ezequiel, lo que no podía imaginar es que cuando llegara a la casa de piedra dorada se encontraría con que nadie le abriría la puerta. Se preocupó. ¿Acaso él ya no quería verla? Un vecino le dijo que no insistiera, que el viejo Ezequiel había sufrido un ataque aquella noche y le habían ingresado en el hospital. No, no sabía qué le había pasado.

Condujo sin percatarse de que estaba sobrepasando la velocidad permitida. Cuando llegó al hospital, una enfermera le indicó la habitación donde se hallaba ingresado. Impaciente, no esperó al ascensor y subió los escalones de dos en dos corriendo por el pasillo hasta llegar a la puerta de la habitación. Iba a entrar pero la voz de Hanna la sobresaltó.

—¡Marian! ¿Qué hace aquí?

—Había quedado hoy con su abuelo, he ido a su casa y me dijeron que le habían ingresado. ¿Es grave?

—A su edad todo lo es. Ha tenido una subida de tensión y una inflamación de los bronquios a causa de la alergia, ya le dije que está enfermo del corazón: ha sobrevivido a dos infartos. Pase, se alegrará de verla, creo que la ha echado de menos.

Marian y Ezequiel se estrecharon la mano y ella le notó más débil, pero parecía contento de verla.

—Así Hanna podrá irse a trabajar sin preocuparse por mí. Aunque mi nieto Jonás vendrá luego a verme.

Cuando se quedaron a solas, él le pidió que acercara el sillón a la cama.

—Así la oiré mejor, porque ahora le toca a usted.

«Dina ayudaba a Aya a doblar las sábanas que luego colocaban en aquellas enormes cajas esparcidas por la habitación, algunas estaban ya a rebosar con ropa y utensilios.

—Toda mi vida está en estas cajas —dijo Aya conteniendo el llanto.

—No te pares, aún tenemos mucho que guardar —respondió su madre intentando que no se le saltaran las lágrimas.

A ninguna de las dos les resultaba fácil la separación, pero sabían que ya no podían postergarla por más tiempo. Yusuf se había comportado como un esposo complaciente con Aya, pero sus días de batallas y misiones para Faysal hacía tiempo que habían terminado y era el momento de tener su propio hogar. A lo más que había accedido era a que el hogar estuviera en Jerusalén en lugar de en la otra orilla del Jordán, donde habría encontrado un porvenir más oneroso sirviendo a Abdullah. Pero Yusuf sabía que su madre y Aya no congeniaban y que su vida se convertiría en un sinfín de quejas y contratiempos entre las dos mujeres, de modo que había decidido aceptar el trabajo que le ofrecía Omar, la familia del cual continuaba estando entre las más notables de Jerusalén. Yusuf le ayudaba en sus transacciones comerciales con Ammán, donde contaba con el aprecio de antiguos compañeros de armas que seguían fieles al emir Abdullah, y a Omar le complacía tener a su servicio a Yusuf, un hombre con tantos contactos que se había codeado hasta con el mismísimo jerife Husayn y había luchado junto a su hijo Faysal, desgraciadamente muerto.

Omar se sentía en deuda con él y también con la familia de Aya, y les distinguía cuanto podía. Al fin y al cabo había sido él quien había convencido a Ahmed Ziad para que se uniera a su causa, la lucha contra los turcos, y Ahmed había pagado con su vida. Pero Mohamed no había querido trabajar para él, prefería seguir en la cantera de Jeremías.

Yusuf había comprado una casa y una buena porción de terreno en Deir Yassin, un pueblo tranquilo situado a cinco kilómetros al oeste de Jerusalén.

No le había dado opción a Aya para negarse. Simplemente la había llevado a ver la que sería su nueva casa instándola a que preparara el traslado cuanto antes.

«Tu hermano ha sido muy generoso con nosotros. Pero ha llegado el momento de tener nuestro propio hogar. No estarás lejos de tu madre», le dijo a modo de consuelo. Y ahora Dina y ella se afanaban en guardar en cajas aquello que para Aya era toda su vida.

—¿Dónde está Rami? —preguntó Dina por su nieto—. Necesitaríamos que cargara con estas cajas, nosotras no podremos con ellas.

—Estará por ahí, con Wädi y con Ben. Hace rato que regresaron de la escuela.

Aya se sentía orgullosa de que su hijo acudiera a la escuela británica de St. George, en Sheikh Jarrah, donde se educaban los hijos de las familias importantes de Jerusalén. Había sido Omar quien les había convencido para que enviaran a Rami al St. George, allí estudiaban dos de sus nietos. Al principio Yusuf se había negado, pero Aya le había persuadido de que no debían desaprovechar la oportunidad de dar a su hijo la mejor educación.

«Nosotros no somos ricos como Omar, no vivimos en ninguna de esas villas de Sheikh Jarrah. No quisiera que nuestro hijo se equivocara», argumentaba Yusuf, que desconfiaba de aquellos árabes poderosos que vivían en los barrios elegantes de la ciudad. Pero al final cedió, porque ¿qué padre no desea lo mejor para sus hijos?

—Bueno, hemos terminado —dijo Dina mientras metía en una caja la última sábana.

Aya suspiró y dejó vagar la mirada a través de la ventana.

—Rami, Wädi y Ben son inseparables, van a echarse de menos. Wädi más que un primo es un hermano para mis hijos, lo mismo que Ben. Claro que yo quiero a Marinna como si fuera mi hermana —dijo Aya sin poder contener las lágrimas.

—Alá ha sido misericordioso conmigo dándome nietos, y tu hijo Rami y tu hija Noor me han dado tantas alegrías como los hijos de Mohamed, Wädi y Naima. Tienes razón, son como hermanos y todos tienen buen corazón. En cuanto a Ben, el hijo de Marinna, también le siento como a un nieto más.

Para ese año de 1935 Rami tenía dieciséis años y su hermana Noor once, mientras que Wädi y Naima tenían quince y doce. Ben acababa de cumplir catorce y Dalida, la hija de Miriam y Samuel, ya era una adolescente de trece. Ezequiel, el pequeño, tenía diez. Eran los niños de La Huerta de la Esperanza, habían crecido juntos, compartido juegos y juntos habían cometido las primeras travesuras, y ahora, ya en la adolescencia, seguían siendo más que amigos. Lo mismo que en el pasado Marinna y Mohamed se habían enamorado, ahora era Wädi, el hijo de Mohamed, quien no podía dejar de seguir con la mirada a Dalida, la hija de Miriam y Samuel. Los mayores no comentaban nada, aunque a todos les preocupaba.

Dina pensaba que era una suerte que se hubiera mantenido inalterable la amistad entre las familias que vivían en La Huerta de la Esperanza pese a los enfrentamientos cada vez más frecuentes entre árabes y judíos. Al principio ella no había dado importancia al incremento en el número de judíos que llegaban a las costas palestinas, e incluso había recriminado a su hijo Mohamed su preocupación, pero ahora no podía negar que aquella tierra que antaño compartieran cada vez parecía más judía.

«La culpa la tenemos nosotros por venderles nuestras tierras», solía quejarse Mohamed. Ella le daba la razón. Si no les vendieran más tierras se acabaría la emigración a Palestina.

Cuando terminaron de cerrar las últimas cajas las dos mujeres se miraron con aprensión. Aya era una mujer con dos hijos pero para Dina siempre sería su niña pequeña.

Se sentaron a la puerta de la casa esperando que los hombres llegaran para trasladar aquellas cajas. Al día siguiente Aya y sus hijos se mudarían a Deir Yassin, pero aquella noche Kassia había organizado una gran cena de despedida. Ruth y ella llevaban todo el día cocinando y habían invitado a participar a Hassan y a Layla, a Jeremías y a Anastasia. También estaría el viejo Netanel, que con la ayuda de Daniel, el hijo de Miriam, continuaba trabajando en el improvisado laboratorio. El único que no asistiría sería Yossi. El médico apenas salía de su casa dedicado como estaba al cuidado de sus enfermos y al de su esposa Judith. Pero sí acudirían su hija Yasmin y Mijaíl. Dina sonreía al pensar cómo Yasmin había limado las aristas de Mijaíl. Aquel joven permanentemente airado cambiaba de expresión apenas aparecía ella. Pensó que disfrutarían de la fiesta, comerían y hablarían hasta tarde como habían hecho en otras ocasiones. Lo único que disgustaba a Dina era la presencia de Moshe y Eva. No simpatizaba con aquellos judíos que tan diferentes eran de sus amigos de La Huerta de la Esperanza. Sabía que a Marinna tampoco le caían bien, se lo había confesado a Aya. Pero allí estaban aquellos colonos a los que Samuel les había dejado instalarse en un pedazo de terreno de La Huerta de la Esperanza. La antipatía era mutua, porque Moshe y Eva tampoco ocultaban su incomodidad cuando coincidían con Dina, Aya, Salma o Mohamed. A Dina le molestaba la superioridad con que Moshe trataba a los árabes, y en más de una ocasión Kassia le había mandado callar cuando defendía que en Palestina no cabían árabes y judíos y que algún día tendrían que luchar a vida o muerte.

Caía la tarde cuando Marinna se acercó a la casa de Dina.

—Os estáis retrasando, mi madre está impaciente —dijo mientras cogía a Aya de la mano.

—Es que Yusuf y Mohamed acaban de llegar, apenas estén listos iremos. ¿Rami está con vosotros? —preguntó Aya.

—Hace un rato que los chicos nos están ayudando. Están terminando de colgar guirnaldas en los árboles.

Kassia y Ruth habían cocinado en abundancia. Platos judíos y platos árabes que habían distribuido por la gran mesa de madera que tantos años atrás hicieran con sus propias manos Jacob y Ariel. También Miriam había preparado una *mousse* de chocolate que había aprendido a hacer en París.

Mijaíl vigilaba atento el cordero que llevaba rato asándose lentamente en el horno del pan.

Las mujeres se sentaron dentro de la casa disfrutando de la brisa primaveral que entraba por los ventanales; los hombres prefirieron hacerlo en el jardín, donde podían fumar a su gusto sin que Kassia les sermoneara por ello.

Jeremías había llevado cigarros para todos, unos cigarros delgados y aromáticos que había comprado a un comerciante egipcio.

—En cuanto esté instalada, quiero que vengáis a verme —les dijo Aya a las mujeres.

—Yo iré antes para ayudarte. Tú sola no podrás organizar la casa —respondió Marinna.

—Podríamos ir todas —propuso Salma.

—¿Y quién cuidará de tus hijos? —preguntó Dina a su nuera Salma.

—Wädi y Naima pueden venir a comer con nosotros —ofreció Kassia—, sólo tienen que andar doscientos metros de tu casa a la nuestra.

—Voy a pedir un cigarro a Jeremías —dijo Miriam levantándose para salir al jardín.

—¡Después toses! —le reprochó Kassia.

—Ya lo sé, pero me gusta fumar y no quiero dejar de hacerlo.

Se quedaron unos segundos en silencio. Todas querían a Miriam y sentían como suyo su sufrimiento. A pesar del afecto y la lealtad que Dina profesaba a Samuel, no podía dejar de reprocharle que se hubiera separado de su esposa y de sus hijos.

Cuando Miriam regresó de París les contó que Samuel se quedaba en Europa obligado por sus negocios, y ésa fue la versión que seguía manteniendo a pesar de que habían pasado dos años sin que Samuel ni siquiera hubiera viajado para verlos a ella y a sus hijos. A Dina no le cabía la menor duda de que había otra mujer en la vida de Samuel. Una tarde en que Miriam le estaba enseñando a hacer aquella *mousse* de chocolate que tanto gustaba a todos los niños de La Huerta de la Esperanza, Dina se atrevió a preguntarle la verdad. Miriam dudó unos instantes pero luego se sinceró con ella, le explicó la irrupción de Katia en sus vidas y cómo el pasado de Samuel le había arrebatado a ella su presente y su futuro. Luego Miriam le había exigido discreción. No quería la compasión de nadie ni tampoco que sus hijos crecieran sabiendo que su padre los había abandonado. Prefería mantener la ficción de que Samuel tenía importantes responsabilidades que atender en París, que aquel laboratorio que había comprado merecía toda su atención. Animaba a Dalida y a Ezequiel asegurándoles que en cuanto fueran más mayores volverían a París para estudiar allí y de nuevo estarían junto a su padre, y eso era lo que Dalida y Ezequiel contaban a Wädi, a Rami, a Noor, a Naima..., y ellos a su vez lo comentaban con sus padres. Dina escuchaba a sus nietos sin contradecirles y se preguntaba en qué momento Samuel se daría cuenta de lo que estaba privando a sus hijos.

—Algún día le pediré a Miriam uno de esos cigarrillos —dijo Aya.

—Pero ¡qué cosas dices! Tu marido no te lo permitirá y tu hermano tampoco —aseguró Dina.

—Nunca han criticado a Miriam por fumar —aseguró Aya.

—Bueno, yo también fumo —les recordó Anastasia—, aunque menos que Miriam, y a mi marido no le molesta. Los hombres tienen que acostumbrarse a que las cosas agradables no son exclusivas de ellos.

—Jeremías sería incapaz de negarte nada —aseguró Ruth.

—No le pregunté si me permitía fumar, sencillamente lo hice —aseguró Anastasia.

Mientras las mujeres continuaban hablando, Miriam fumaba en el umbral de la casa escuchando la conversación de los hombres. Dina se levantó y fue a llevarle un zumo de granada haciendo un gesto a las demás para que no se movieran.

—No soporto escucharles decir que algún día terminaremos enfrentados —le susurró Dina a Miriam.

—Sí, es lo que dicen. Están hablando de Musa al-Alami. Yusuf asegura que Musa al-Alami se ha visto en varias ocasiones con Ben Gurion. Lo sabe por Omar y supongo que por las buenas relaciones que mantiene en la corte del emir Abdullah.

—Musa al-Alami es un hombre justo y honrado, nadie pudo reprocharle nada cuando era el fiscal general de Palestina —respondió Dina.

Se quedaron en silencio escuchando a los hombres. Yusuf aspiraba el humo del cigarro mientras iba desgranando con cuidado alguna de las preciosas informaciones.

—Ben Gurion no podía haber elegido mejor interlocutor que Musa al-Alami, siempre ha sabido mantener distancia con la política, y precisamente por eso puede hablar con todos. El muftí le escucha, y también los dirigentes del Istiqlal, los Nashashibi, los Dajani y los Jalidi respetan sus opiniones.

—Pero desgraciadamente no tiene poder de decisión —le interrumpió Mijaíl—; quizá si de él dependiera podría tratar de llegar a un acuerdo con Ben Gurion. Pero Musa al-Alami no representa a todos los palestinos, así que sus conversaciones con nuestros representantes no creo que lleguen muy lejos.

—Pero un acuerdo sería beneficioso para todos —apuntó Jeremías.

—Depende de qué acuerdo. Ya habéis oído a Yusuf, Ben Gurion ha propuesto la creación de una Federación de Estados de Oriente Próximo. Incluso han tanteado la posibilidad de formar parte de un Estado integrado por árabes y judíos. En el pasado el jerife Husayn ya estuvo de acuerdo en permitir a los judíos tener un hogar dentro de un gran Estado árabe, pero las cosas han cambiado, creo que demasiado —dijo Mohamed.

—El pasado, pasado está —volvió a interrumpir Mijaíl.

—A Musa al-Alami le preocupa lo mismo que a nosotros que la emigración judía no cese y que continúen comprando nuestras tierras, y sobre todo le preocupa la miseria en la que viven nuestros campesinos a los que se les está privando de sus trabajos como jornaleros. Por lo que sé, también le dijo a Ben Gurion que no podría haber ningún acuerdo si los sionistas persisten en su idea de continuar comprando tierras. Ben Gurion no es un hombre fácil y es difícil convencerle de nada que se aparte de sus ideas —recalcó Yusuf mientras observaba la reacción de sus palabras en Jeremías, Igor, Netanel, en aquellos hombres que eran sus amigos, pero eran judíos.

—¿Y el muftí? ¿Por qué no acepta el muftí la propuesta de Ben Gurion? —quiso saber Igor mientras miraba de reojo a su hijo Ben, que estaba subiéndose a uno de los árboles, y se preguntaba por qué Marinna no estaba más atenta a las travesuras del niño.

—Por lo que sé, al muftí Husseini le ha interesado la propuesta, aunque desconfía de los sionistas; además, ¿por qué hemos de aceptar regalar la tierra? Es nuestra —recalcó Yusuf.

—Si unos y otros nos mostramos intransigentes, el acuerdo no será posible y entonces perderemos todos. Por eso no comprendo que se hayan filtrado las conversaciones de Ben Gurion y Musa al-Alami a los periódicos. *La Nación Árabe* ha contado hasta los más mínimos detalles; quien ha hecho la filtración ha querido cortar de raíz cualquier intento de acuerdo —reflexionó Mijaíl.

Dina pensó en Samuel. Le hubiera gustado conocer la opinión de su viejo amigo. Escuchaba a los hombres y se decía que no eran sinceros los unos con los otros, que a pesar de que se decían amigos no compartían el fondo de sus pensamientos ni cuanto sabían. Yusuf sabía más de lo que decía, pero también Mijaíl callaba ahora que estaba muy unido a Louis, y ella sabía que Louis formaba parte de la Haganá, el ejército secreto de los judíos. Nadie se lo había dicho, simplemente lo sabía, conocía bien a Louis desde el día que llegó a La Huerta de la Esperanza. No había tardado mucho en formar parte del Hashomer, los «vigilantes» que protegían a los primeros colonos de las razias de los bandidos. Louis era demasiado inquieto y soñador como para aceptar la vida de un campesino. Siempre iba y venía de un lugar a otro y se decía que era un seguidor devoto de aquel Ben Gurion que se había convertido en la voz y el alma de los judíos que como él habían ido llegando a Palestina.

Siguió escuchando a Mijaíl con atención. Miriam estaba encendiendo otro cigarro, y al igual que ella permanecía en silencio atenta a lo que decían los hombres, intentando desbrozar a través de sus palabras lo que les aguardaba en el futuro.

Mijaíl dijo que Ben Gurion también se había reunido con el jefe del Istiqlal pero sin lograr otro resultado que el de hablar.

—Hablar es importante, es lo que nunca deberíamos dejar de hacer. Si árabes y judíos nos esforzamos en escucharnos, en ponernos en la piel de los demás, las cosas serían más fáciles —afirmó Igor.

Los hombres le dieron la razón e incluso Dina asintió para sus adentros. Igor siempre le había parecido un muchacho sensato. Marinna había acertado casándose con él. Era un buen marido y un buen padre, siempre pendiente de Ben, su único hijo. Incluso Mohamed no podía dejar de reconocer las cualidades de Igor. Decía que era un hombre justo que no dejaba de atender las necesidades de los hombres que trabajaban en la cantera. Se había ganado la confianza de los obreros árabes porque no hacía distingos entre ellos y los judíos. Mohamed decía que Jeremías tampoco se lo habría permitido, pero lo cierto era que en la naturaleza de Igor anidaba la equidad.

Mohamed e Igor no habían llegado a ser amigos. Marinna se interponía entre ellos. Dina no se engañaba. Mohamed y Marinna habían renunciado el uno al otro pero nunca se habían dejado de querer. Marinna era una esposa fiel y Mohamed trataba con deferencia a Salma, pero ni Igor ni Salma habían logrado borrar la huella de los otros. En ocasiones, como aquel mismo día, Dina creía atisbar una cierta emoción en las miradas casuales que cruzaban los dos.

Suspiró aliviada al ver a Mohamed con una cerilla prendida ofreciéndosela a Igor para que encendiera su cigarro.

Y en aquel momento ella misma sintió ganas de fumar. De buena gana le habría pedido a Miriam uno de aquellos cigarros aromáticos, pero pensó en Ahmed, en su siempre recordado esposo. Ellos pertenecían a otra generación en la que no había lugar para ciertas costumbres. No, Ahmed no le habría permitido que fumara, y si a pesar de todo ahora lo hiciera, sabía que avergonzaría a su hijo Mohamed. Desechó el pensamiento, al fin y al cabo se sentía demasiado vieja para desafiar las tradiciones. Tampoco a ella le gustaría que su hija Aya fumara. La voz de Moshe la devolvió a la realidad.

—No creo que Ben Gurion sea un ingenuo, y si es verdad que propone lo que decís, se equivoca. No es posible un Estado compartido y mucho menos un hogar dentro de una Confederación árabe. Tendremos que luchar, para qué engañarnos, y no cabrá más que una solución: nosotros o vosotros.

Las palabras de Moshe provocaron un revuelo entre los hombres. Dina le odió por aquellas palabras. Moshe era el único judío al que temía. ¿Por qué le permitían vivir en La Huerta de la Esperanza? Aquel hombre era tan distinto de Samuel, de Igor, de Jeremías, de como habían sido Jacob y Ariel, de como era Louis..., incluso del impulsivo Mijaíl.

—Nadie dice que sea fácil, pero ¿por qué ha de ser imposible? Tú fuiste bolchevique, ¿acaso los comunistas no defendemos que todos los hombres somos iguales? Mi padre murió porque creía en eso. Dime, ¿qué es lo que hace imposible que trabajadores árabes y trabajadores judíos vivamos juntos? —Mijaíl a duras penas contenía la rabia que le habían provocado las palabras de Moshe. A él tampoco le gustaba aquel hombre.

—Distintos intereses, distinta cultura, distinta religión..., ¿quieres más razones? —respondió Moshe elevando el tono de voz.

—¿Crees que la solución es destruir a quien no es como tú? ¿De verdad puedes creer que vosotros, los judíos, podéis acabar con los árabes o nosotros con los judíos? Sólo los necios creerían algo así. —Mohamed se esforzó por reprimir la indignación que sentía.

—Estoy de acuerdo con Mohamed. Moshe, eres un necio y los hombres como tú sois un peligro para el resto. No has aprendido nada entre nosotros. Creo que tanto mi madre como Kassia y Samuel se equivocaron al invitarte a vivir en La Huerta de la Esperanza. —Las palabras de Igor eran un desafío para Moshe.

Dina notó el temblor de Miriam, el mismo temblor que sentía ella.

—¿Me estás diciendo que prefieres a los árabes a cualquier judío? —preguntó desafiante Moshe a Igor.

—Te estoy diciendo que los hombres como tú sólo traéis desgracias. En cuanto a lo que me preguntas, te responderé que a mí me enseñaron a no juzgar a los hombres por dónde han nacido ni por el Dios al que rezan ni por lo que saben. Les juzgo por lo que llevan en el corazón, y no me gusta lo que hay en el tuyo. No te atrevas a ofendernos o tendrás que dejar La Huerta de la Esperanza. —El tono de voz de Igor era de tal firmeza que nadie se atrevió a hablar.

Moshe se levantó mirándoles con desprecio y, sin decir palabra, fue en busca de su esposa. Eva estaba con las mujeres y la instó a marcharse.

El enfrentamiento les dejó un poso de incomodidad. Dina no se dio cuenta de que hablaba en alto, pero todos la oyeron.

—¡No sé cómo le soportan! Si pudiera le echaría de aquí.

—¡Madre! —Mohamed se había sobresaltado por las palabras de Dina.

—Yo pienso lo mismo, y si fuera por mí, Moshe y Eva se irían esta misma noche —dijo Miriam solidarizándose con Dina.

Las dos mujeres regresaron con las demás dejando que los hombres continuaran la conversación.

Louis se presentó a la mañana siguiente apenas estaba amaneciendo. Conducía un viejo camión y despertó a todos tocando repetidamente el claxon.

Dina se había levantado hacía un buen rato para preparar el desayuno. No quería que sus nietos, Rami y Noor, se marcharan sin haber tomado un buen tazón de leche.

—Pero ¿qué haces aquí a estas horas? —le preguntó Dina a Louis.

—Poner mi granito de arena en el traslado de Aya. Creo que en este camión cabrá todo el equipaje —respondió Louis riendo.

—Te esperábamos anoche —le recriminó Dina.

—Lo sé y sentí no poder venir. Estaba en el norte. Pero aquí estoy, os seré más útil hoy con el camión que anoche comiendo y bebiendo.

Fue en aquel camión conducido por Louis desde donde Aya se despidió con lágrimas en los ojos de La Huerta de la Esperanza. Aquél sería siempre su hogar, por más que su futuro ahora estuviera en aquella casa encalada de blanco situada a la entrada de Deir Yassin. Allí transcurriría el tiempo de su vida criando a sus hijos y acostumbrándose a ser la señora de su casa. Yusuf la seguía amando y ella le honraba con su lealtad, pero hacía tiempo que había dejado de engañarse a sí misma. Se había casado con aquel hombre bueno siendo muy joven y entonces se creyó enamorada. Pero el paso del tiempo hizo que intuyera que amar debía de ser algo diferente de lo que ella sentía por Yusuf. Era lo mismo que le sucedía a Marinna con Igor. Pero al menos Marinna sí sabía lo que era el amor porque desde que era una niña no había dejado de estar enamorada de Mohamed.

Su amistad con Marinna permaneció inalterable a pesar de que algunas de sus nuevas vecinas de Deir Yassin le recriminaran que se fiara de una judía.

Cada día que pasaba aumentaban los conflictos entre las dos comunidades y siempre había alguien con un agravio pendiente. Sus vecinas no entendían que Marinna fuera para Aya como una hermana mayor a la que quería sin cuestionarla.

Yusuf esperaba impaciente a Omar Salem. Se había convertido en su mano derecha, aunque no tanto para ayudarle en sus múltiples intereses comerciales como para las intrigas políticas.

Alá había bendecido a Omar con siete hijos a los que prefería mantener lejos de sus actividades políticas. Aunque él ansiaba que los británicos se marcharan de Palestina, no había dudado en enviar a sus hijos a estudiar a las más prestigiosas universidades inglesas.

Aquella mañana de abril de 1936 Yusuf tenía muchas novedades que transmitir a Omar. La noche anterior se había encontrado casualmente con uno de los lugartenientes del muftí Husseini y le había contado que se preparaba «algo grande».

En la noche del 15 de abril, un grupo de jóvenes palestinos había atacado a unos judíos en la carretera de Nablús a Tulkarem, resultando dos judíos muertos. El 19 de abril, otro grupo había arremetido contra trabajadores judíos del puerto de Jaffa, dejando dieciséis muertos.

Para entonces el Comité Árabe Supremo, donde estaban englobados los partidos palestinos más destacados, ya habían concluido los preparativos para sorprender a británicos y judíos con una huelga general. Pero la huelga, le dijo el hombre del muftí, sólo sería una parte de lo que estaba por desencadenarse. Los británicos aprenderían que ellos solos no eran nada sin los árabes, lo aprenderían cuando vieran cómo se paralizaba su administración al no acudir a trabajar los palestinos que tenían a su servicio. Los judíos también sufrirían las consecuencias ya que se suspenderían todas las relaciones comerciales y de trabajo con ellos. Les hostigarían utilizando también la fuerza. Sí, unos y otros aprenderían de quién era aquella tierra.

Para Omar no eran nuevas las noticias que le traía Yusuf. Dos noches antes había cenado con otros notables de Jerusalén y él mismo había estado de acuerdo en que era imprescindible esa demostración de fuerza, aunque había manifestado su disgusto por los asesinatos de los judíos de Jaffa. Hasta ese momento la Haganá circunscribía su labor a la autoprotección de sus colonias, pero ¿y si decidían responder ojo por ojo? Omar era un hombre cuyo código de honor pasaba por combatir en el campo de batalla y le disgustaba la violencia sin control.

—Tu cuñado Mohamed debe sumarse a la huelga. Sería imperdonable que no respetara la decisión del Comité Árabe Supremo.

—Mi cuñado es tan patriota como el que más —respondió Yusuf sin querer comprometerse más.

—Sé que Mohamed es un hombre leal a nuestra causa, no podría ser de otra manera siendo hijo de un mártir, que Alá tenga en el Paraíso a mi buen amigo Ahmed, pero ¿cómo podrá ser leal a su pueblo y al mismo tiempo ser leal a sus amigos judíos? Tendrá que elegir.

—Y elegirá lo adecuado.

—Tus respuestas no me dicen nada, Yusuf, son las respuestas que darías a un príncipe al que no quisieras desairar.

—Habla con Mohamed, así te convencerás.

—Lo haré. Los nuestros no comprenderían que el hijo de un mártir no secundara la huelga y podrían considerarle un enemigo. Son demasiado frecuentes los enfrentamientos entre nosotros. El muftí no tolera disidencias, pero en esta ocasión sus principales opositores de la familia Nashashibi están de acuerdo con la huelga general, aunque, lo mismo que a mí, nos repugne toda violencia fuera del campo de batalla.

Despacharon otros asuntos antes de que despidiera a Yusuf.

Omar se quedó pensativo. Confiaba en Yusuf, pero no dejaba de tener dudas sobre lo que de verdad pensaba.

Los Said, la familia de Yusuf, eran del otro lado del Jordán, de Ammán, hoy convertida en la capital de Abdullah. El padre de Yusuf nunca había dudado de que debían lealtad a Husayn, jerife de La Meca, el hombre que soñaba con un imperio árabe. Yusuf había seguido su ejemplo, de ahí que combatiera codo con codo con los hijos de Husayn y destacara como oficial, primero con las tropas de Faysal y después con Abdullah. Pero ahora Abdullah gobernaba Transjordania con el apoyo de los británicos y no parecía tener ningún interés en que se marcharan. Muerto su hermano Faysal como rey de Irak y derrotado su hermano mayor Alí en La Meca frente a los saudíes, Abdullah podía darse por satisfecho con aquel reino que tenía gracias a su astucia, sí, pero también por conveniencia de los británicos.

En los últimos tiempos los intereses de Abdullah no siempre coincidían con los intereses de los árabes palestinos, de ahí que Omar se preguntara de qué lado caería la lealtad de Yusuf. No podía olvidar que él fue uno de los pocos hombres que permanecieron fieles al viejo Husayn y que le visitaba primero en su exilio de Ammán y después en el de Áqaba, e incluso fue a verle en un par de ocasiones a Chipre, donde el jerife de La Meca se había convertido en un viejo amargado que sólo contaba con los cuidados de su hijo Zaid. Y lamentaba que a su muerte en 1931 no se le hubiesen rendido todos los honores que merecía.

Omar sabía que a Yusuf le dolía ver en esa situación al gran soñador de la nación árabe y se había atrevido a sugerir a Abdullah que permitiera a su padre regresar del exilio chipriota. Pero Abdullah se mostraba inflexible, sabedor de que no puede haber un reino con dos reyes, y como tal se había comportado su padre durante su estancia en Ammán. Sin embargo finalmente terminó cediendo y recibió de nuevo a su padre. A su regreso de Chipre, Husayn apenas era una sombra de lo que había sido. Yusuf se dolía de ver al antiguo jerife convertido en un viejo desvalido a causa de la apoplejía que había sufrido y se lamentaba por ello.

—Sin el jerife, jamás nos hubiéramos librado de los turcos —señalaba ante sus amigos.

Algunos le respondían que acaso ése fue su gran error. Le recriminaban que hubiese confiado en los británicos, en suma, en los cristianos, para enfrentarse a quienes al fin y al cabo creían en Alá como ellos. Pero Omar no era de estos últimos. Era un patriota convencido de que los árabes debían gobernarse a sí mismos aunque en aquel momento, más que el destino de los sirios, los iraquíes o los libaneses, lo que le preocupaba era su propio destino y el de sus hermanos palestinos. Dudaba, sí, dudaba de que en aquellas circunstancias a Abdullah le importara algo que no fuera mantener su pequeño reino. ¿Dónde tendría su corazón Yusuf?

Mohamed no acudió a la cantera. No podía hacerlo aunque no se sentía satisfecho por ello. Se presentó en casa de Jeremías para explicarle que no iría a trabajar ni ese día ni en mucho tiempo.

Jeremías le escuchó en silencio sopesando sus palabras antes de responder.

—De manera que vas a hacer huelga pero no porque yo sea un patrón que te explota a ti y a los demás hombres. Reconoces que soy justo y que no tienes nada que reprocharme. Eso me satisface, pero no te entiendo, ¿qué crees que vais a conseguir? Los británicos no se irán y nosotros tampoco. Comprendo el temor que os produce que continúen viniendo judíos, pero ¿a qué otro lugar pueden ir los judíos alemanes que huyen del nazismo? Hitler los ha proscrito, les ha arrebatado sus bienes, no pueden trabajar, ni enseñar, casi ni vivir, y están huyendo, en efecto, muchos vienen aquí y aquí se quedarán, lo mismo que los rusos huimos de los pogromos. Ni vuestra huelga ni los británicos lograrán parar la inmigración de los judíos. Palestina es vuestra patria, nunca diré lo contrario, pero también la nuestra.

—Cada vez es menos nuestra —respondió Mohamed.

Respeto tu decisión pero tienes que comprender la mía. Si tardas mucho en volver al trabajo tendré que sustituirte por otro. No voy a parar el trabajo en la cantera; hoy mismo buscaré otros hombres, hay muchos judíos que no saben cómo ganarse la vida y agradecerán encontrar un trabajo. Sí, ya sé que muchos de los judíos alemanes que han venido son burgueses que hasta hace poco ejercían como profesores en la universidad, se dedicaban al comercio, formaban parte de alguna orquesta... No les crees capaces de luchar contra las piedras de la cantera, pero lo harán, ya lo verás. Sin duda, serán capaces de cambiar el violín por la maza.

No se dijeron una palabra más. Habían sido sinceros el uno

con el otro. Mohamed buscó a Igor, sabía que como capataz sería quien tendría que buscar a los hombres que sustituirían a los canteros árabes.

—¿Adónde va a conducirnos todo esto, Mohamed? —preguntó Igor.

—No lo sé. Sólo pretendemos que pare la inmigración, que se reconozcan nuestros derechos sobre nuestra tierra. Los británicos son pródigos con lo que no les pertenece.

—No nos iremos, Mohamed —sentenció Igor.

—No he dicho que debáis iros —le respondió conteniendo la indignación que por momentos sentía crecer en su interior.

—Jeremías me obligará a contratar a otros hombres…

—Lo sé, acaba de decírmelo. Pero hay momentos en la vida en los que uno no debe decidir para no traicionarse a uno mismo.

Igor no tuvo más remedio que asentir a las palabras que acaba de pronunciar Mohamed.

Los días siguientes Dina desoyó los consejos de su hijo y se acercó a La Huerta de la Esperanza. Las mujeres estaban desoladas. Kassia se abrazaba a Dina llorando.

—¡Tiene que haber una solución! ¡Nosotros no podemos enfrentarnos! ¡Que se vayan los británicos y nos dejen a los árabes y a los judíos! Ya verán como somos capaces de arreglarnos entre nosotros —decía Dina.

Ambas tenían el pelo gris, y el trabajo en el campo y el paso del tiempo habían dejado en sus rostros una abundante cosecha de arrugas. Cualquier diferencia que pudiera haber entre ellas nunca había sido lo suficientemente profunda como para impedir que primaran el afecto y la amistad. Dina era una devota creyente de Alá, y Kassia una socialista romántica que no creía más que en lo que sus manos podían tocar y sus ojos contemplar. La una había nacido en Jerusalén y la otra en Vilna; una cubría su cabello con un velo y siempre vestía una túnica que le tapaba todo el cuerpo, la otra llevaba las piernas y los brazos al descubierto, vestía pantalones y jamás bajaba la mirada cuando le hablaba un desconocido. Pero aquellas diferencias se habían ido achicando hasta ser irrelevantes en unas vidas en las que la única medida era la amistad y el afecto.

La huelga general fue un éxito y un fracaso al mismo tiempo. Buena parte de los árabes palestinos no dudaron en secundarla y se sintieron orgullosos de comprobar cómo, de la noche a la mañana, aquel pedazo de tierra casi se paralizaba. La huelga fue acompañada además con ataques y emboscadas a británicos y judíos, pero mientras los primeros se sintieron superados por estos acontecimientos, los segundos decidieron plantar cara al desafío. El puerto de Jaffa estaba paralizado, y la respuesta de la comunidad judía no se hizo esperar: en un tiempo récord comenzaron a construir un muelle de madera en Tel Aviv donde los barcos pudieran atracar.

El lugar de los campesinos árabes en huelga fue ocupado de inmediato por aquellos judíos que acababan de llegar a la que creían su Tierra Prometida. De la noche a la mañana miles de judíos se convirtieron en canteros, herreros, marineros...

Pero los árabes palestinos no estaban solos. El muftí había declarado la guerra santa y, atendiendo a su llamada, comenzaron a llegar hombres de la Transjordania de Abdullah, de Irak, de Siria. Los británicos reaccionaron enviando a su vez tropas de refresco a Palestina.

—Quiero hablar con Omar —le dijo Louis a Mohamed.

Louis se había presentado aquel día en La Huerta de la Esperanza y había esperado a que cayera la noche para acercarse a la casa de Mohamed. Dina se había alegrado al verle.

—No sé si es el mejor momento para que vayas a casa de Omar. Si alguien se enterara podrías crearle un problema —reflexionó Mohamed ante la petición de Louis.

—Precisamente quiero hablar con él de eso... ¿Os dais cuenta de lo que está pasando? Si los más fanáticos consideran una traición que árabes y judíos se relacionen, ¿qué pasará el día que se acabe esta huelga?..., porque algún día tendrá que acabar. No me gusta venir a verte cuando cae la noche como si fuera un ladrón, y mucho menos saber que mi presencia te pone en peligro. Sé que a Dina le han reprochado su trato con Kassia, con Ruth y con Miriam... Y tu hermana Aya se ha peleado con sus vecinas por defender su amistad con Marinna.

—Somos los árabes los que estamos sufriendo con esta situación. ¿Crees que no soy consciente de lo que nos espera cuando termine la huelga? No tendremos trabajo, habéis ocupado nuestro lugar... Sé que Jeremías ha contratado en la cantera a un grupo de judíos alemanes. Ninguno conoce el oficio de cantero, en su vida habían sostenido en sus manos un pico o una maza, pero allí están y se quedarán. Nos moriremos de hambre.

—¿De verdad creías que íbamos a quedarnos cruzados de brazos? ¿Creías que íbamos a permitir que nuestros huertos se secaran, que nuestros comercios cerraran, que nuestros negocios quebraran? ¿No os dais cuenta de que el muftí os está llevando al desastre? Él es rico y para él nada cambiará cuando termine la huelga, pero ¿y los demás?

—No hay recompensa sin sacrificio —respondió Mohamed, malhumorado.

—Sólo un loco podía prever que ibais a derrotar al imperio británico, o que los judíos íbamos a permanecer impasibles. Durante demasiado tiempo bajamos la cabeza ante el zar. Ya nos conoces, Mohamed. Vinimos sin nada a la tierra de nuestros antepasados y lo que hemos construido no vamos a permitir que nadie lo destruya. Los trabajadores árabes y los judíos tenemos los mismos intereses, no somos enemigos.

—¡Habla el bolchevique!

—Habla tu amigo. ¿Conseguirás que me reciba Omar Salem?

—Se lo diré a mi cuñado Yusuf, puede que venga mañana con Aya y con los niños.

—Me quedaré unos días en La Huerta de la Esperanza.

Cuando Louis se marchó Dina preguntó a su hijo cuándo acabaría la huelga.

—No lo sé, madre, no lo sé.

—¿Y los ataques a los judíos? —Salma, la dulce Salma, la esposa fiel y leal, miraba a los ojos de su marido y él pudo ver en ellos un destello que se le antojó un reproche.

—¿Ataques? —preguntó para ganar tiempo.

—He oído en el mercado que a los judíos les atacan cuando intentan pasar por los pueblos árabes, incluso que se esparcen clavos por la carretera para pincharles las ruedas de los coches y que...

—Sólo se trata de dificultar las comunicaciones entre sus colonias, no de hacer daño a nadie. No deberías preocuparte tanto.

—También he oído que alguien ha matado a dos enfermeras judías del Hospital del Gobierno, dicen que han sido árabes... —insistió Salma.

—Te repito que no debes preocuparte, pero si lo haces, ¿por qué no me preguntas por el sufrimiento de los nuestros? —dijo, y salió de la casa para fumar un cigarro al fresco de la tarde.

Mohamed no quería compartir su preocupación ni con su esposa ni con su madre. Se sentía a disgusto con algunas de las cosas que pasaban. Le dolía saber que algunas noches se organizaban grupos que sigilosamente se acercaban a las zonas de cultivo de los judíos para arrancar los árboles que tan trabajosamente habían plantado o prender fuego a los olivos y destruir las cosechas. Él, que amaba la tierra, se dolía ante la visión de aquellas huertas destruidas. Si estaba logrando sobrevivir y que su familia no sufriera las consecuencias de su decisión de hacer huelga era precisamente por aquel pedazo de tierra que le pertenecía. Miró con cariño la línea de olivos y frutales y suspiró. Hizo tiempo para que su madre y su esposa se acostaran antes de volver a entrar. Conocía a Dina y sabía que estaría dando vueltas esperándole para hablar cuando no estuviera Salma.

Cuando por fin se metió en la cama se quedó profundamente dormido. El sueño siempre era una tregua.

Fue Dina quien se despertó sobresaltada. Por la ventana, en vez de la brisa de la noche entraba un olor a madera quemada.

Se acercó a la ventana y durante unos segundos se quedó inmovilizada, después gritó. Un grito desgarrado que despertó a todos los de la casa. Mohamed se precipitó, seguido de Salma, en la habitación de su madre. Dina estaba vistiéndose a toda prisa.

—¡Fuego! Hay fuego en La Huerta de la Esperanza...

Mohamed miró por la ventana y se estremeció. El humo impedía ver la casa de La Huerta de la Esperanza, el humo y las llamas lo envolvían todo. Salió corriendo mientras gritaba: «¡Marinna, Marinna...!». Dina no se atrevió a mirar a Salma, pero creyó ver sus ojos humedecerse.

—Vístete, tenemos que ir... —conminó a su nuera.

Para entonces Wädi y Naima ya se habían levantado sobresaltados por los gritos.

—Vosotros quedaos aquí —les ordenó Salma—, nosotras iremos a ver qué se puede hacer.

—¡Que se quede Naima! Yo puedo ayudar, tengo que ir —gritó Wädi mientras salía corriendo detrás de su padre.

Mohamed se tropezó con Moshe, que arrojaba un cubo de agua a unos árboles que rodeaban el cobertizo que ellos habían convertido en su hogar. Eva, la mujer de Moshe, corría con otro cubo en la mano. Ninguno de los dos hombres dijo nada. Mohamed continuó corriendo hacia la casa principal. Apenas veía nada a causa del humo, pero escuchaba voces, la de Miriam, la del viejo Netanel, la de Daniel...

—¡Marinna, Marinna! —volvió a gritar.

Entró en la espesa humareda que se había formado y fue directamente hacia las llamas. Creyó oír la voz de Louis dando órdenes y a Igor llamando a su hijo Ben, pero ¿y Marinna?, ¿dónde estaba Marinna? La llamó una y otra vez mientras corría hasta que en medio del humo un cuerpo chocó contra el suyo y unos brazos se agarraron a su cuello.

—Mohamed... ¡Dios mío! —susurró Marinna mientras se abrazaba a él con desesperación.

—¿Estás bien? ¿Estás bien? —No podía más que repetir la pregunta.

—Sí, estoy bien. Mi hijo está con Igor intentando apagar el fuego… Ruth se ha desmayado por el humo y mi madre está con ella.

Permanecieron abrazados, no eran capaces de despegarse el uno del otro, y así los encontró Louis.

—Mohamed, necesitamos que nos eches una mano, y tú, Marinna, aleja a tu madre y a Ruth de donde están, el fuego parece que va en esa dirección, y después acompaña a Miriam, seguimos sin encontrar a Ezequiel…

Wädi llegó en ese momento tosiendo a causa del humo. Era un adolescente valiente de dieciséis años siempre dispuesto a ayudar a los demás.

—Yo también quiero ayudar —dijo sin que nadie le prestara demasiada atención.

Dalida lloraba gritando el nombre de su hermano: «¡Ezequiel, Ezequiel!», e Igor intentaba sujetar a Miriam, que insistía en atravesar las llamas para buscar a su hijo.

—Pero ¿dónde puede estar? —preguntó Igor, desbordado por la situación.

—No lo sé, le llevaba de la mano, pero no veíamos nada a causa del humo, de repente se soltó, yo pensaba que ya había salido, pero… —Miriam rompió a llorar.

—Tiene que estar dentro —musitó Marinna.

Y entonces Wädi cogió una manta del suelo, la empapó con el agua de un cubo, se la echó por la cabeza y corrió hacia el interior de la casa. Mohamed salió tras su hijo pero éste se perdió entre la espesura del humo y del fuego. Marinna corrió tras Mohamed luchando con él para que no entrara en la casa. En ese momento llegaron Dina y Salma. Cuando les explicaron que Wädi acababa de entrar en la casa, Salma gritó con tanta desesperación que todos quedaron aún más sobrecogidos. No habían pasado más de dos o tres minutos cuando Wädi salió con un bulto en los brazos. Corrieron hacia él. A pesar de las quemaduras Wädi sonreía, traía consigo a Ezequiel.

—Estaba junto a la puerta, debió de tropezar y darse un golpe en la cabeza, tiene sangre y no habla. —Wädi no dijo más y se desmayó.

Durante unos segundos todo fue confusión. Ezequiel tenía unas cuantas quemaduras pero la peor parte se la había llevado Wädi, que no había dudado en envolver al niño con la manta dejando él parte de su propio cuerpo al descubierto y expuesto a las llamas. Pero Wädi era así, siempre dispuesto a sacrificarse por los demás.

—¡No les toquéis! —gritó Netanel, el viejo farmacéutico, arrodillándose junto a Wädi y Ezequiel, que yacían en el suelo.

Tras examinarles decidió que lo mejor era llevarles al hospital.

—Wädi está mal. Daniel, ve a buscar la camioneta y extiende una manta para poner a los chicos. Hay que llevarles inmediatamente al hospital. Y que alguien avise a Yossi —ordenó con autoridad.

Mohamed cogió a Wädi en brazos y Miriam a Ezequiel. Los chicos gemían de dolor.

A pesar de que Daniel conducía a gran velocidad, el tiempo de camino al hospital se les hizo eterno. Salma lloraba desconsoladamente, lo mismo que Dina y Miriam. Mohamed no se sintió tranquilo hasta ver que Wädi y Ezequiel desaparecían en una camilla rodeados de médicos y enfermeras.

Miriam le dijo a Daniel que se acercara a casa de su cuñado Yossi.

—Pídele a tu tío que venga.

Media hora más tarde Yossi llegó acompañado por Mijaíl. Su hija Yasmin se había quedado en casa al cuidado de su madre, Judith seguía necesitando que alguien se ocupara de ella día y noche.

El médico de guardia permitió a Yossi entrar en la sala donde curaban a Wädi y a Ezequiel y fue él quien, al cabo de una hora, salió junto a dos médicos y una enfermera a explicar cómo estaban.

—Vivirán —fue lo primero que dijo mirando a su cuñada

Miriam, quien, al igual que Salma y Dina, tenía el rostro arrasado en lágrimas.

Uno de los médicos les detalló el estado de los chicos.

—Wädi es un valiente, ni siquiera se ha quejado cuando le despegábamos la camisa de la carne quemada. Tiene quemaduras de primer grado en los brazos y en el cuello, también en el pecho. Afortunadamente las de la cara no son tan profundas, pero aun así... habrá que esperar a que pasen unas horas para volver a evaluar su estado. Le hemos suministrado un calmante que le mantendrá dormido. Necesita descansar.

—¿Y Ezequiel? —preguntó Miriam, impaciente por saber de su hijo.

—¿El pequeño? Está mejor que Wädi, sus quemaduras no son tan preocupantes, aunque la del cuello es la más grave. También a él le hemos puesto un calmante. Permanecerán en observación toda la noche, pueden pasar a verles pero procurando no hacer ningún ruido. El sueño es lo que más les conviene. Luego deberán dejarles en nuestras manos. Nuestras enfermeras cuidarán de ellos.

Pero las súplicas de Salma y Miriam hicieron mella en el médico y al final les permitió que se quedaran junto a la cabecera de sus hijos. Nada ni nadie, le dijeron, las movería de allí.

Dina también quería quedarse con su nieto, pero Mohamed la convenció para que regresara con ellos a La Huerta de la Esperanza.

—Tienes que ayudar, necesitarán a alguien que les prepare algo de comer, un lugar donde descansar. Madre, te necesitan más en La Huerta de la Esperanza.

Yossi y Mijaíl les acompañarían. Todas las manos eran pocas para luchar contra aquel incendio que, según les contó Daniel, había comenzado junto a los frutales que rodeaban la casa, una rama en llamas cayó sobre el tejado del laboratorio y a partir de ese momento el humo y el fuego se propagaron por todas partes.

—No sé ni cómo logramos salir..., estábamos todos dormidos —explicó Daniel, que a duras penas podía contener el llanto.

Lucharon toda la noche contra las llamas y todavía de madrugada continuaban rescoldos sin apagar. La parte posterior de la casa se había venido abajo, sólo era cenizas, pero donde se había cebado la tragedia había sido en el huerto y en los campos primorosamente cultivados, donde sólo quedaba una gruesa capa de ceniza.

Kassia lloraba con desesperación. La obra de su vida se había esfumado producto de las llamas. Sus naranjos, las tomateras, sus hierbas aromáticas, los olivos..., no quedaba nada.

—Madre, volveremos a plantarlo —intentó consolarla Marinna, pero Kassia no la escuchaba.

Entre Igor y Ben habían llevado a Ruth a casa de Dina. Naima, la hija de Mohamed y Salma, cuidaba de ella. La niña tenía por aquel entonces trece años y era tan tímida como seria.

Kassia se acercó a Mohamed y, mirándole a los ojos, le preguntó:

—¿Quién ha sido? ¿Quién nos quiere tan mal como para hacernos esto?

Mohamed no tenía respuesta. Lo que aquella noche había sucedido allí no era una excepción, era parte de la lucha que estaban llevando a cabo. Pero ¿vencerían así? No podía dejar de pensar en su hijo y en Marinna... Si les hubiese perdido, ¿qué habría hecho él? Sabía que no habría podido soportarlo. Siempre había hecho lo que se esperaba de él y por eso había aceptado casarse con Salma, pero ni un solo momento de su vida había dejado de querer a Marinna.

Kassia le observaba esperando su respuesta y él hizo un esfuerzo por encontrar las palabras.

—No lo sé, Kassia, no sé quién ha sido, pero te juro que lo pagará.

Vieron a Marinna acercarse a ellos y Mohamed se estremeció.

—La quieres. —Kassia no estaba preguntándole sino afirmando lo obvio. No esperaba ninguna respuesta de él.

Kassia vio cómo ambos hacían un esfuerzo para no rendirse

el uno en los brazos del otro, para no ofender a Igor, que les observaba.

—Tendremos que volver a empezar. Pero lo haremos y necesitaremos que nos ayudéis. Solos no podríamos —le dijo Marinna a Mohamed.

—Te prometo que La Huerta de la Esperanza volverá a ser lo que era... Aquí también está mi infancia y lo mejor de mi vida.

—Vamos —les dijo Kassia—, nos están mirando, no añadáis más sufrimiento, ya es bastante con lo que ha pasado.

Bien entrada la mañana, Dina logró convencerles para que fueran a su casa a descansar un rato. Estaban exhaustos y aceptaron. Mientras Dina, con la ayuda de su nieta Naima, les servía una taza de té aromático y unas rebanadas de pan con queso de cabra, Louis hizo un balance de los daños sufridos.

—La estructura de la casa no ha aguantado. Samuel la construyó a partir de un cobertizo que no era demasiado sólido. Tendremos que levantarla de nuevo. También el cobertizo de Moshe ha desaparecido, y el laboratorio... bueno, ahí cayó no sé si una rama o una de las teas...

Dina miró a Netanel, el viejo farmacéutico, y le pareció más viejo que el día anterior. Para él no había consuelo posible porque construir otro laboratorio llevaría tiempo y necesitarían dinero.

—Habrá que escribir a Samuel, tiene que regresar —dijo Dina.

—Sí, es lo que haremos. Además, tiene que saber lo que le ha sucedido a Ezequiel. —En el tono de voz de Louis se notaba el cansancio acumulado tras la lucha contra el fuego.

—Dina, Mohamed..., estamos en deuda con vosotros. Si no nos hubieseis ayudado... —Kassia rompió a llorar pero las lágrimas no le impidieron proseguir—. Tu hijo Wädi es un valiente, si no hubiera sido por él a estas horas Ezequiel estaría muerto... —añadió dirigiéndose a Mohamed.

Ezequiel salió del hospital al cabo de tres semanas, mientras que Wädi continuaba luchando por su vida. Los médicos aseguraban que ganaría la batalla pero a veces parecía que no lo lograría.

Ezequiel recordaba que había tropezado cuando corría hacia la puerta y se había golpeado en la cabeza, quedó tumbado en el suelo porque no veía nada y por más que gritaba nadie parecía escuchar su voz. Sólo Wädi cuando entró en la casa, que ardía ya por los cuatro costados.

Louis había contratado a una cuadrilla para que les ayudaran a construir una nueva casa. Trabajaban día y noche a destajo para tener un techo. Al final del verano ya habían levantado dos edificios en los que cabían todos. El laboratorio seguía en ruinas.

—Lo siento, Netanel, esperaremos a que venga Samuel; él decidirá lo que quiere hacer.

Mientras tanto, cientos de árabes palestinos sufrían y morían en enfrentamientos con los británicos.

El encuentro de Louis con Omar fue un fracaso. Louis siempre había tenido a Omar Salem por un hombre moderado a pesar de saber que simpatizaba con el muftí Husseini, pero en aquella ocasión no le dejó lugar a dudas.

—Resistiremos lo que haga falta hasta conseguir que los ingleses accedan a nuestras reivindicaciones. Tienen que parar la emigración de judíos.

—Lo que tiene que parar es la violencia contra los judíos —le respondió Louis.

Omar se encogió de hombros. No le gustaban aquellos ataques como el perpetrado contra La Huerta de la Esperanza, ni otro contra el cine Edison de Jerusalén unos días antes. Pero en aquel momento no le parecía oportuno mostrar su rechazo. Al menos no todavía. Era consciente de que lo más importante era que, a ojos de los ingleses, los árabes palestinos aparecieran unidos. Si algo les había restado fuerza era la división.

—Los británicos no se quedarán quietos —le advirtió Louis.

—¿Crees que no hemos visto las tropas que han desembarcado en Palestina? Pero no ganarán esta batalla con más hombres —le aseguró Omar.

—No, no sólo la ganarán con soldados. La ganarán con el apoyo de quienes creéis que son vuestros aliados.

Omar no comprendió el enigmático aviso de Louis hasta que en el mes de octubre de 1936 varios gobernantes árabes hicieron un llamamiento a sus «hermanos palestinos» para que desconvocaran la huelga general. ¿Cómo iban los árabes palestinos a no considerar la petición de los Saud de Arabia, del rey de Irak, de Abdullah de Transjordania, del emir del Yemen?

En realidad fue el Comité Árabe Supremo el que decidió atender la petición. Los árabes palestinos parecían estar dispuestos a continuar su sacrificio hasta donde fuera necesario, pero sus jefes optaron por aceptar el nuevo compromiso de Gran Bretaña de hacer justicia.

—Tienes que ir a hablar con Jeremías —le aconsejó Salma a su marido.

Pero Mohamed no se sentía capaz de presentarse en la cantera. Sabía que su puesto había sido ocupado por Moshe. Pero fue Jeremías quien resolvió el problema acercándose a la casa de Mohamed acompañado de Igor.

—¿Cuándo piensas regresar a la cantera? —le preguntó después de los saludos de cortesía.

Mohamed se quedó callado sin saber qué decir.

—La huelga ya ha terminado y en la cantera hay trabajo atrasado. Lo he hablado con Igor, y te necesitamos.

Dina y Salma miraron agradecidas a Jeremías. Más tarde Mohamed le confesaría su asombro a su madre por el gesto del judío.

—Son nuestros amigos pero se sienten en deuda contigo. Es tu hijo quien se ha llevado la peor parte. Ellos han perdido las casas y el huerto, tú en cambio estuviste a punto de perder a tu hijo —afirmó Dina.

—No me debían nada —le replicó Mohamed.

—Hay deudas que nunca terminan de pagarse, las cicatrices de Wädi por salvar a Ezequiel son una de esas deudas. Siempre se sentirán obligados contigo y con tus hijos —sentenció Dina.

Para entonces Wädi estaba ya casi recuperado; aunque las quemaduras habían dejado cicatrices profundas en su cuerpo, las peores eran las de la cara. Aquellas huellas le acompañarían el resto de su vida.

Ezequiel le seguía a todas partes. Wädi era su héroe, le debía la vida, y después de Miriam era la persona a la que el niño más quería, incluso más que a su hermana Dalida o a su padre. Samuel se había convertido en un recuerdo lejano.

Las cicatrices de Wädi le dolían a Mohamed. Le daban ganas de llorar cuando miraba el rostro de su hijo cubierto de líneas rojas hinchadas, y ya desde la misma noche del incendio había jurado que los culpables de aquella desgracia lo pagarían.

Mohamed aprovechó que su madre había invitado a su hermano Hassan y a su esposa Layla, además de al hijo de ambos, Jaled, para preguntar a su tío por los autores del incendio. Sabía que su tío conocía no sólo a la mayoría de los líderes insurgentes, sino que también estaba enterado de muchos de sus planes.

—Tío, tienes que decirme quiénes son los responsables de lo que le ha sucedido a Wädi.

—Bien sabes que siento lo ocurrido en La Huerta de la Esperanza, son vuestros amigos y también los nuestros. Nadie quería hacerles daño, fue una triste desgracia que la tea cayera sobre el laboratorio... Lo único que querían era quemar unos cuantos árboles pero sin hacer daño a nadie. —Hassan se sentía incómodo por la mirada de su sobrino.

—Mi hijo casi muere entre las llamas —insistió Mohamed.

—Wädi es un muchacho valiente y leal que se jugó la vida para salvar a Ezequiel, pero bien sabes que ninguno de los nuestros levantaría la mano contra nuestra familia. Todos saben que eres hijo de Ahmed Ziad, un héroe, un ejemplo para todos los jóvenes, también para mí.

—Mi esposo jamás habría participado en un acto así..., tirar una tea a una huerta... No, mi esposo no lo habría hecho, de manera que no te atrevas a insinuar, hermano mío, que Ahmed Ziad habría estado de acuerdo con semejante fechoría. —Dina se sentía ofendida por las palabras de su hermano.

—Vamos, Dina, ¡qué sabrás tú! Quienes tiraron la tea no tenían intención de causar ningún mal, era sólo una manera de luchar.

—¡Incendiando casas y huertos! —gritó Dina.

—Entonces ¿qué debemos hacer? ¿Acaso pretendes que nos dejemos arrinconar en nuestra propia tierra? Hermana, si no les plantamos cara nos despojarán de lo poco que tenemos —respondió Hassan.

—Quiero hablar con los que lo hicieron, ayúdame —volvió a pedir Mohamed a su tío.

—No lo haré, no puedo hacerlo, te conozco demasiado bien y querrás vengarte de lo que sólo fue un accidente desgraciado.

—¿Te parece que las cicatrices en el rostro de mi hijo son fruto de un accidente desgraciado? No, ésa no es mi manera de luchar. Hice la huelga jugándome un buen salario con el que mantener a mi familia. Comparto como el que más el deseo de que se marchen los británicos lo mismo que mi padre deseaba que se fueran los turcos. Sé cuál es mi bando, pero también sé cómo quiero luchar. Con tus hijos, con Jaled aquí presente y con Salah, que espero esté con Alá, combatimos a los turcos. Salah perdió la vida luchando como un soldado contra otros soldados. Morir así es un honor, pero jamás combatiré a mis enemigos atacando sus huertos por la noche ni poniendo en peligro a sus hijos. Ésa no será nunca mi manera de luchar.

—Mi primo tiene razón. —Jaled, que había permanecido en silencio, se atrevió a llevar la contraria a su padre.

Hassan le miró airado. No podía permitir que le desautorizara aunque estuvieran en familia.

—Tu primo habla como un padre, no como un soldado. ¿Qué debía haber hecho yo cuando mataron a mi hijo primogénito? No he dejado de llorar ni un solo día a tu hermano Salah, lo mismo que tu madre, que a punto estuvo de enloquecer. Cuando os envié a combatir con los hijos del jerife sabía que os podía perder, la guerra es así.

—¿Acaso estamos en guerra? —preguntó Mohamed con amargura.

—¡No podemos permitir ni una colonia más de judíos! —estalló Hassan.

—¡Yo no participaré de acciones que vayan contra campesinos desarmados! ¡No lo haré! —gritó Mohamed.

—¿Desarmados? Bien sabes que tienen armas, ¿acaso no sabes que tu amigo Louis es de la Haganá? Ellos tienen su propio ejército, un ejército sin uniformes, sin cuarteles, pero un ejército al fin y al cabo.

Las mujeres escuchaban en silencio preocupadas por la violencia con que hablaban los hombres. Hassan se marchó sin decir a su sobrino quiénes eran los autores del ataque a La Huerta de la Esperanza.

Al día siguiente Jaled se hizo el encontradizo con su primo Mohamed. Uno y otro caminaron juntos un rato mientras fumaban un cigarro egipcio de los que Jeremías regalaba de cuando en cuando a Mohamed.

Jaled respetaba a su padre, pero se sentía obligado con Mohamed. Ambos habían combatido codo con codo en las filas de Faysal. Sabían lo que era ver morir y matar, pues a su alrededor habían caído algunos de sus compañeros de armas y ellos a su vez habían disparado a otros hombres arrebatándoles la vida.

—No lo sé a ciencia cierta, pero he escuchado que quienes quemaron La Huerta de la Esperanza son unos hermanos que viven cerca de Jerusalén, a unos dos kilómetros de la Puerta de Damasco. La casa está oculta por dos higueras. Son hombres fieles al muftí.

—Gracias, Jaled, estoy en deuda contigo.

—Mi padre te quiere bien pero no desea que haya enfrentamientos entre los árabes. Bastante costó que los notables se pusieran de acuerdo para la huelga general.

—Comprendo a tu padre. Él tiene sus razones y yo tengo las mías. Cuando miro el rostro de mi hijo la ira me supera.

—No puedo acompañarte, mi padre no me lo perdonaría.

—Y yo no te lo pediría. En la vida hay cosas que tiene que hacer uno mismo.

Mohamed no le dijo a nadie, ni siquiera a su esposa Salma, lo que pensaba hacer. Esperó a que llegara el viernes, y al caer la noche se dispuso a salir.

Dina y Salma le preguntaron adónde iba y él respondió que iba a reunirse con otros hombres.

Envuelto en las sombras de la noche y con un bidón de gasolina en la mano, caminó rodeando la vieja muralla encarándose con el viento del desierto que soplaba con fuerza aquella noche. Caminó unos cuantos kilómetros hasta llegar a la alquería de la que le había hablado Jaled. La casa estaba rodeada de olivos. Junto a ella, en un corral, unas cuantas cabras rumiaban tranquilamente.

Con cuidado para no hacer ruido fue rociando con la gasolina los árboles. Luego se acercó a la casa e hizo evidente su presencia.

Un hombre mayor abrió la puerta y Mohamed pudo vislumbrar que en el interior había una mujer también mayor y dos jóvenes, uno de ellos no debía de tener más de dieciséis años, la edad de su hijo Wädi, el otro rozaría los veinte.

—Alabado sea Alá, ¿qué quieres? —le preguntó el hombre.

—Sal de tu casa con tu esposa y con tus hijos —le ordenó Mohamed.

—Pero ¿qué dices?, ¿por qué hemos de salir?

Los jóvenes se dirigieron hacia la puerta y en sus rostros pudo leer asombro y desafío.

—Salid si queréis vivir. —Mientras lo decía encendió un amasijo de tela impregnado en gasolina que llevaba oculto entre la propia ropa y lo lanzó hacia los olivos. Como si de un relámpago se tratara, el cielo se iluminó intensamente durante unos segundos. Luego comenzó a arder.

La familia salió de la casa entre gritos y amenazas mientras los jóvenes se encaraban con Mohamed y el mayor intentaba derribarle. Pero no le dio tiempo a hacerlo porque Mohamed le colocó un cuchillo sobre la garganta al tiempo que tiraba de la vieja pistola que llevaba al cinto. El joven permaneció quieto pensando que estaba en manos de un demente.

—Debería matarte a ti y a tu hermano, pero no lo haré por respeto a mí mismo. Yo no mato a familias indefensas. Pero lo que hicisteis lo vais a pagar.

El anciano quiso agredirle con el bastón que llevaba en la mano, pero Mohamed le esquivó. La mujer gritaba y lloraba viendo cómo las llamas daban buena cuenta de la huerta y los olivos y cómo las cabras corrían despavoridas ante las lenguas de fuego que pugnaban por alcanzar el corral donde se encontraban.

—Os perdono la vida, pero si volvéis a cruzaros en la mía, lo lamentaréis.

Fue caminando hacia atrás para no darles la espalda mientras les apuntaba con la pistola. Por fin se fundió con las sombras de la noche y echó a correr mientras a lo lejos escuchaba los gritos de socorro.

De regreso a su casa se sintió en paz consigo mismo.

Omar Salem estaba furioso. Andaba de un lado a otro de su despacho mientras hablaba con Mohamed y Yusuf.

—Pero ¿cómo te has atrevido a atacar a una familia leal al muftí? ¿Es que pretendes que nos matemos entre nosotros?

Yusuf parecía preocupado pero Mohamed estaba tranquilo. No tenía miedo a Omar Salem, ni le impresionaban su riqueza y su poder. Cuando Omar terminó su reprimenda, Mohamed tomó la palabra.

—Yo no comparto la estrategia de atacar a gente indefensa. Si tenemos que pelear con los judíos, hagámoslo, enfrentémonos a ellos a cara descubierta, pero no quemando sus casas ni poniendo en peligro a sus hijos.

—Se trata de que no estén tranquilos, de que asuman que esta tierra no les pertenece... —empezó a decir Yusuf.

Pero Omar le cortó en seco henchido de rabia por las palabras de Mohamed.

—¡Te atreves a cuestionar las órdenes del muftí! ¡Tú! Tu padre se avergonzaría de ti.

Mohamed se puso tenso y miró fijamente a Omar Salem y en sus ojos había tanta ira que éste retrocedió.

—No nombres a mi padre para atribuirle comportamientos indignos. Él jamás habría estado de acuerdo con quemar granjas ni huertos. Si estuviera aquí, aplaudiría lo que he hecho.

—¿Cómo te atreves a creer que puedes impartir justicia? ¿Quién eres tú para hacerlo? —continuó Omar con la voz cargada de rabia.

—No imparto justicia, sólo intento vivir en paz conmigo mismo. Hay momentos en la vida en los que la única manera de salvarse a uno mismo es muriendo o matando; en esta ocasión lo que he salvado es mi honor, por eso vuestros amigos continúan vivos. Pero te aseguro que todas las mañanas, cuando miro el rostro de mi hijo Wädi, me arrepiento de haberles dejado vivir.

Mohamed no sólo pensaba en Wädi, también en Marinna. Aún temblaba al recordar su propia angustia cuando la creyó en medio de las llamas. ¿Cómo podía perdonar a los responsables que a punto estuvieron de arrebatarle a quienes más quería, su hijo mayor y Marinna?

Aquel día se quebró la confianza entre Omar y Mohamed. Omar supo que Mohamed siempre actuaría de acuerdo con su propia conciencia y que no acataría ninguna orden con la que no estuviera de acuerdo, y eso hacía que no se pudiera fiar de él totalmente.

Cuando más tarde Yusuf fue a ver a su cuñado, le expresó su preocupación por lo sucedido.

—Omar siempre te ha distinguido con su amistad —le dijo a modo de reproche.

—Soy yo el que le ha distinguido con la mía, ¿o acaso crees que él vale más que yo?

—No puedes oponerte al muftí.

—Me opondré a todo aquello que no comparta. Respeto al muftí, pero no le pertenezco.

Los dos cuñados discutieron un buen rato sin llegar a ningún acuerdo.

La policía británica se presentó en casa de Mohamed. Sospechaban que el incendio de la alquería cercana a Jerusalén tenía que ver con el sufrido por La Huerta de la Esperanza. Alguien había susurrado en algún oído complaciente que Mohamed Ziad tenía información sobre ambos sucesos. La policía se lo llevó para interrogarle, pero Mohamed se mostró terco al asegurar que no sabía de lo que le estaban hablando. Estuvo un par de días en las mazmorras y después le soltaron porque no tenían pruebas para retenerle.

Dina le plantó cara a su hijo.

—¿No hemos sufrido bastante? No tenías que...

Pero él no la dejó seguir.

—Madre, no he hecho nada de lo que tenga que arrepentirme, en todo caso deja que me arregle con mi conciencia.

—Tienes dos hijos y una esposa, piensa en ellos, Mohamed.

—Hay cosas que hago por ellos, otras por mí.

Salma no se atrevió a recriminar nada a su marido aunque temía por lo que pudiera suceder.

Fue en aquellos días cuando la vida de todos volvió a sufrir una convulsión por la llegada de Samuel. Fue Miriam la que le comentó a Dina que Samuel estaba a punto de llegar a Palestina y que lo haría acompañado por dos amigos de la infancia.

—Voy a pedir el divorcio, Dina, quiero que seas la primera en saberlo, sé lo mucho que aprecias a Samuel.

—¿Por qué no esperas a hablar con él? A lo mejor aún tiene arreglo...

—En estos años lo único que ha habido entre nosotros son unas cuantas cartas. Samuel se ha mostrado prolijo contándonos lo que sucede en Europa y apenas interesado por lo que acontece aquí. Él no deseaba tener hijos, fui yo la que quise tenerlos; de manera que aunque les quiere, no se siente especialmente vinculado a Dalida y a Ezequiel. Viene porque siente que debe hacerlo después de lo que le ha sucedido a Ezequiel, pero también porque, al igual que yo, quiere el divorcio. Estoy segura de ello.

Dina apreciaba sinceramente a Miriam, sentía por ella una gran afinidad a pesar de que era más joven.

«Samuel y yo estamos cerca de los setenta y Miriam apenas ha sobrepasado los cincuenta, pero es como si hubiera vivido mucho más. Tiene la mirada tan triste...», pensó Dina.

Samuel llegó poco después de que, a instancias del gobierno británico, el conde Peel hubiera puesto en marcha una comisión de investigación sobre la situación en Palestina.

—Los ingleses cuando no saben qué hacer encargan una comisión de investigación —se quejó Mohamed.

—¿Y qué se les ocurrirá esta vez? —preguntó Dina con aprensión.

Fue Mohamed quien anunció a su madre que Samuel ya estaba en Jerusalén.

—Me ha dicho Igor que Samuel se aloja en el King David y que tiene intención de venir a visitarnos. Quiere que conozcas a sus amigos. Y... bueno, debo decírtelo..., a Samuel le acompaña una mujer, una aristócrata rusa...

Dina siempre había sospechado que tras la ausencia de Samuel había otra mujer. Además, Miriam se lo había insinuado. Se preguntaba cómo debía actuar si Samuel se presentaba con otra mujer.

Pasaron un par de días sin que supiera nada más sobre Samuel.

No se atrevía a presentarse en La Huerta de la Esperanza para preguntar por él porque ni Kassia ni nadie de la casa la habían visitado para anunciarle la llegada de Samuel. Podía imaginar que estarían todos alterados por la presencia de aquella mujer de la que le había hablado Mohamed.

Por fin, una tarde, vio llegar a Miriam con el rostro descompuesto por las lágrimas. Se miraron y Dina no supo qué decirle. La cogió de la mano y la invitó a sentarse.

—Samuel está aquí, llegó hace cuatro días. No se atrevió a venir a La Huerta de la Esperanza, así que le pidió a mi cuñado Yossi que nos lo dijera, quería saber si sería bien recibido, si yo le permitiría ver a los niños y si, además, querría hablar a solas con él.

»Puedes imaginar el enfado de Kassia. Se ha sentido muy dolida por la actitud de Samuel... No nos dijo nada pero se presentó en el King David y cuando encontró a Samuel con esa mujer, con Katia..., puedes imaginar su sorpresa... Yo... bueno, yo nunca le dije a nadie que sabía que en la vida de Samuel había otra mujer. Konstantin y Katia son muy especiales para él, crecieron juntos. El abuelo de Katia ayudó al padre de Samuel después de uno de los pogromos... En fin, él se siente muy unido a la familia Goldanski. Se volvieron a reencontrar en París y cuando les vi juntos la primera vez supe que entre Samuel y yo todo había terminado.

»Te dije que iba a pedir el divorcio, que era lo mejor para los dos, y sigo pensando lo mismo, pero duele, duele mucho.

Dina la escuchó sin interrumpirla. Sabía que Miriam necesitaba desahogarse y la había elegido a ella. Le apretó la mano para que supiera que contaba con ella. Miriam continuó hablando.

—Los niños estaban deseando ver a su padre, sobre todo Dalida, que ya tiene quince años y le echa de menos. Me ha preguntado tantas veces por qué no estamos todos juntos...

»Le dije a Yossi que le pidiera que viniera, que hablaríamos, que los niños no entenderían que su padre no regresara a casa y se alojara en un hotel. Pero Samuel se disculpó diciendo que no podía dejar solos a Konstantin y a Katia, que prefería que fuéramos todos al King David. Yo me negaba a ir al hotel, ¿por qué debería humillarme? Pero le pedí a Igor y a Marinna que fueran y llevaran a los niños. Kassia no ha querido volver y la pobre Ruth no tiene mucho ánimo para salir de casa, ya sabes que no se encuentra bien.

»Dalida volvió tan contenta por el reencuentro con su padre... Me contó lo guapa que está "la tía Katia" y me enseñó los regalos que le había traído a ella y a Ezequiel. Incluso me pidió que los invitáramos a La Huerta de la Esperanza aunque le preocupaba que no le gustara a Katia: "Ella no es como nosotras... ¡es tan delicada!, pero podemos arreglar un poco la casa con flores para que quede más bonita...". Hice un esfuerzo por mostrarme indiferente y le pregunté por Gustav, el hijo de Konstantin y su esposa Vera. Dalida me dijo que Gustav no había venido porque está en un internado en Inglaterra, pero quien sí había venido era "la tía Vera" y que le había traído de regalo una blusa de seda.

»Esta mañana recibí una nota de Samuel; me pedía que nos reuniéramos y me explicaba que hasta que no nos viéramos en "terreno neutral" él no debía venir a La Huerta de la Esperanza. Te juro que pensé en decir que no, pero sé que Dalida no me perdonaría que no hablara con su padre, así que he contenido mi orgullo y he ido al King David. Samuel me esperaba en el bar y por un momento pensé que nada había cambiado entre nosotros. Me abrazó con tanta emoción que me puse a llorar.

»Pero no dio lugar a engaños. Me dijo que no volvería a Palestina, que su vida estaba en París aunque pasaba mucho tiempo en Londres "por los negocios", y añadió que comprendía que mi vida estuviera aquí. "Tú no te sentías a gusto en París, no dejabas de decírmelo. Y lo comprendo, ¡eres tan palestina! Pero quizá los niños podrían pasar temporadas conmigo; a Katia no le importa, los quiere mucho." Me dieron ganas de abofetearle, pero me contuve y le pregunté: "¿Katia?, ¿qué tiene que decir

Katia sobre lo que hagan nuestros hijos?". Samuel se puso tenso y me respondió: "Vamos, Miriam, seamos sinceros el uno con el otro, sabes lo importante que Katia es para mí. Pasamos mucho tiempo juntos... En realidad... bueno, también quería pedirte que consideraras el divorcio. Ya tengo muchos años y lo menos que le debo a Katia es que nuestra unión sea oficial. Ella es más joven que yo, tiene más o menos tu edad, y el día que me muera quiero que pueda llorar en mi tumba como viuda".

—Pero ¡cómo se atreve a decirte eso! Esa mujer le ha envenenado, él no era así. —Dina había dejado estallar su indignación.

—Me sentí tan humillada... Le respondí que era yo quien deseaba divorciarme de él, que me preguntaba cómo podía haber llegado a quererle, que me arrepentía de tener unos hijos en común... No fui capaz de contenerme, de guardar la compostura... Samuel me escuchaba sin inmutarse, diciéndome que comprendía mi enfado, que debíamos haber tomado esta decisión hace mucho tiempo pero que la distancia lo había hecho difícil. Me confesó que el pasado invierno tuvo una neumonía y que temió por su vida. Katia le cuidó sin moverse de su lado y a él eso le conmovió. En fin, vamos a divorciarnos. Me ha pedido que le permita traer a Katia y a Konstantin a La Huerta de la Esperanza, quiere que todos conozcáis a sus amigos.

—¡Le dirías que no! —exclamó Dina indignada.

—Le dije que hiciera lo que creyera conveniente. No quiero que Dalida me reproche nada.

—¿Y qué habría de reprocharte? Tu hija no puede pretender que abras las puertas de tu casa a otra mujer.

—No es mi casa, Dina, es la casa de Samuel.

—Ya no es la casa de Samuel, la casa de Samuel ardió y esta casa la habéis levantado con vuestras manos y con las nuestras.

—La Huerta de la Esperanza siempre será su casa, ha sido y es su única casa, aunque él no lo sepa.

—¡No puedes recibir a esa mujer! —Dina estaba escandalizada.

—No voy a recibirla. Vendrá mañana por la tarde y yo me

iré a la Ciudad Vieja a estar con mi hermana Judith. Vendrán Yasmin, Mijaíl, Jeremías, Anastasia, Netanel, Moshe y Eva y, por supuesto, Louis... Le he pedido a Kassia que les organice una fiesta de bienvenida a la que debéis asistir. Kassia se negaba pero al final la he convencido.

—¡No te comprendo!

—¡Si supieras cuánto me cuesta esto! Pero ya te digo que lo hago por Dalida. Mi hija quiere a su padre, como debe ser, y ahora él ha llegado como si de un rey se tratara..., con un traje, acicalado y del brazo de una condesa... Cuando conozcas a Katia comprenderás la fascinación que puede ejercer sobre cualquier adolescente. Es una mujer muy bella, tanto que parece irreal. Siempre perfectamente vestida, peinada, maquillada, permanece incólume aunque llueva, nieve, haga viento o calor. Es perfecta. Dalida intuye lo importante que es Katia para Samuel y por eso necesita ganarse el afecto de ella, cree que así se acerca más a su padre.

—¡Pues yo no quiero ver a esa Katia! —respondió Dina, cada vez más enfadada.

—Te pido que mañana vayas a La Huerta de la Esperanza. Samuel también está deseando ver a Mohamed y a Aya.

—Yo no iré, que vayan mis hijos, pero yo no lo haré. Iré contigo a ver a Judith.

No hubo manera de convencer a Dina, pero aun así no logró su propósito de no ver a Samuel. Había caído la tarde cuando Dina regresó de ver a Judith. Miriam se había quedado con su hermana a la espera de que regresaran Yasmin y Mijaíl. Estaba distraída y no se dio cuenta de que Samuel se acercaba hacia su casa. Le abrió la puerta y durante unos segundos se miraron sin decir palabra.

—Te he echado de menos —le dijo al saludarla.

—Después de casi siete años de ausencia creo que podías echarme de menos una tarde más —respondió Dina.

Samuel se quedó desconcertado. Si algo no esperaba era hostilidad por parte de Dina, a la que tenía por una verdadera amiga.

—¿Ha ido bien la fiesta? —preguntó Dina sin ocultar su malestar.

—No, no ha ido bien aunque todos hemos hecho como si fuera bien. Ruth no ha querido salir de su habitación porque se encuentra mal, apenas me ha dejado darle un beso y a Katia ni siquiera le ha tendido la mano. Kassia no disimula la antipatía que siente por Katia aunque no ha podido más que rendirse ante Konstantin, lo mismo que el resto de la casa. Sólo Moshe y Jeremías han demostrado algo de interés. En cuanto a Anastasia, ya la conoces, es imposible saber qué piensa. A Netanel le he encontrado muy viejo, rendido por la vida. Igor está como siempre, igual de serio. A Salma no la recordaba tan bella y Mohamed se ha mostrado con una exquisita formalidad. En realidad sólo Dalida parecía contenta, porque Ezequiel apenas nos ha prestado atención. Tu nieto Wädi es todo un hombre, lo mismo que Ben, el hijo de Marinna, y que Rạmi, el hijo de Aya. Han crecido mucho los tres. Y Naima y Noor están tan mayores como Dalida. Viéndoles me doy cuenta del paso del tiempo.

Se quedaron en silencio sin saber qué decirse. Dina le ofreció una taza de té.

—Si es posible, prefiero un zumo de granada —le pidió Samuel.

Le sirvió un vaso sin apenas mirarle a la cara.

—¿Qué te pasa, Dina? He venido a agradecerte lo que Wädi hizo por mi hijo Ezequiel. Se lo he dicho a Salma y a Mohamed. Es una suerte tener un hijo tan valiente y tan cabal. Debéis de estar muy orgullosos de él.

—Lo estamos —respondió secamente Dina.

—La vida es muy complicada… Siento que estés enfadada conmigo… Me hubiera gustado que las cosas fueran diferentes, pero… en fin, comprendo que te sientas solidaria con Miriam.

Dina no sabía qué responderle. Se sentía incómoda. Luego le miró a los ojos para encontrar en ellos algún rastro del hombre que había sido amigo suyo y de su marido durante tantos años.

—No te estás portando bien. Dejar a tu mujer y a tus hijos... ¿Qué clase de hombre hace eso, Samuel?

—Nunca he pretendido ser mejor de lo que soy, pero sí sé que cometí un error casándome con Miriam, ella no merece sufrir por mí. A ti no puedo engañarte, sabes que nunca estuve enamorado de ella; la quería, sí, y éramos felices, pero no sentía un gran amor.

—Pero si lo sabías y te casaste, asumiste una responsabilidad. ¿Crees que el no estar enamorado hace que tu culpa sea menor? Dime, Samuel, ¿era necesario que trajeras a esa mujer?

—Quería que Konstantin y Katia conocieran Palestina. No sabes lo que está pasando en Europa, Hitler está convirtiendo en un infierno la vida de los judíos alemanes. Los que pueden intentan salir de Alemania. Konstantin y yo hacemos cuanto podemos ante las autoridades británicas para que permitan llegar a Palestina a los judíos que así lo deseen. Aquí pueden encontrar un hogar.

—Es mi tierra, Samuel, y también la de mis antepasados, y la de mis hijos y mis nietos. No pueden venir todos los judíos del mundo.

—Podemos vivir juntos, Dina, como lo hemos hecho hasta ahora. Si supieras lo que hace Hitler en muchos lugares... Obliga a los judíos a llevar cosida en la solapa una estrella de David. Les están arrebatando sus comercios, les expulsan de las universidades, confiscan sus bienes, les han despojado de su condición de ciudadanos...

—Siento que esté sucediendo todo esto. No comprendo lo que pretende ese Hitler... —Dina se quedó en silencio.

Escucharon pasos tenues en la entrada de la casa y unos golpes suaves sobre la puerta. Fue Samuel quien abrió dando paso a Katia.

Dina se sorprendió al ver a aquella mujer, le pareció que se había escapado de un cuadro, tan irreal parecía.

—Dina, quiero presentarte a Katia.

Las dos mujeres se miraron. Dina con aprensión, Katia con indiferencia disimulada en una amplia sonrisa.

—¡He oído hablar tanto de usted! Es de la única mujer de la que siento celos de tanto afecto que le profesa Samuel.

—¿Quiere un zumo de granada? —le ofreció Dina, que no sabía qué decir.

—Me encantaría, Samuel me ha hablado de su famoso zumo de granada, lo echa de menos.

La conversación transcurrió sobre banalidades. Dina no estaba dispuesta a rendirse y una vez recuperada de la impresión que le había producido aquella mujer irreal, le respondió con la misma indiferencia que mostraba Katia. Entre las dos lograron que Samuel se sintiera incómodo y quisiera dar por terminada la visita.

—Debemos regresar al hotel antes de que se haga demasiado tarde. Volveré a verte antes de marcharme —le prometió Samuel a Dina.

Más tarde, Salma confesaría a su suegra los pormenores de la reunión en La Huerta de la Esperanza.

—Konstantin y Vera han sido muy amables, se han interesado por cada uno de nosotros, pero su hermana parecía incómoda, supongo que para el tipo de personas con las que trata nosotros debemos de ser gente vulgar —dijo Salma.

—No me extraña que Samuel no haya regresado, esa Katia no habría podido vivir aquí. Sería incapaz de doblar el espinazo para agacharse a recoger patatas, ni tampoco sería capaz de ordeñar las cabras. —Dina sonrió imaginándose a Katia en semejantes menesteres.

—Samuel está muy pendiente de ella, se le ve… —Salma se calló, no quería resultar indiscreta.

—Se le ve enamorado, ¿no es así?

Salma asintió azorada. Samuel miraba a Katia con la misma intensidad con que Mohamed y Marinna se miraban cuando creían que nadie les observaba. Sintió una punzada de envidia y de dolor por no ser amada de la misma manera.

—Dalida estaba muy contenta pero Ezequiel ha estado más retraído. De repente ha preguntado cuándo iba a regresar su madre y Samuel se ha sentido incómodo. Kassia le ha dicho que se fuera a jugar, que Miriam había tenido que ir a ver a Judith. Ezequiel ha insistido en que quería que regresara su madre y Daniel. «Es mi hermano mayor», les ha dicho a Katia y a Konstantin. Menos mal que Vera, la esposa de Konstantin, ha sabido cambiar la conversación.

—¿Cómo es esa Vera?

—Una mujer muy agradable, no es bella como Katia pero también es una gran señora. Ha estado muy cariñosa con los hijos de Miriam y ha felicitado a Wädi por ser tan valiente y salvar a Ezequiel. Creo que el pequeño es consciente de que algo no va bien entre sus padres. Vera ha invitado a Dalida y a Ezequiel a ir a Londres. Dalida se ha mostrado entusiasmada, pero Ezequiel ha preguntado si podía ir con su madre. Katia le ha mirado enfadada, pero Vera ha sonreído y le ha dicho que podía ir con quien quisiera.

—Samuel no tendría que haber traído a esa mujer —afirmó Dina, cada vez más indignada.

—Mohamed se ha visto en la obligación de invitarles a que nos visiten, pero creo que Samuel no quiere repetir una reunión como la de hoy y ha optado por ser él quien invite a cenar a todos los hombres mañana en el King David.

—¡Mi hijo no debería haberles invitado! Me alegro de que Samuel haya tenido la decencia de rechazar la invitación.

—Pero ha venido a verte. Se sintió muy desilusionado cuando vio que no estabas en La Huerta de la Esperanza.

—¿Y qué esperaba? Sí, ha venido a verme, pero ya no es el Samuel que se marchó de aquí. Esa mujer le ha cambiado.

—No le eches la culpa a ella —dijo Salma, aunque se arrepintió de inmediato.

—¿Y quién la tiene? —preguntó Dina enfadada.

—No se puede culpar a nadie por querer a otra persona distinta a la que debería querer. Samuel quiere a Katia, tú lo has dicho, ¿y tiene que ser condenado por eso? Yo lo siento por Miriam, no lo merece, pero puede que ella siempre haya sabido que de Samuel no recibiría más de lo que ha recibido.

Dina no quiso seguir con la conversación. Se daba cuenta de que su nuera hablaba de sí misma.

Mohamed estaba nervioso y le preguntó varias veces a su madre y a su esposa si se había vestido adecuadamente. Nunca había traspasado la puerta del hotel King David donde el mismísimo rey Abdullah se alojaba cuando estaba en Jerusalén.

El hotel se había inaugurado unos años atrás y en sus salones se reunían los hombres más poderosos de esa parte del mundo, incluidos los miembros de la familia real de Egipto, y por supuesto las grandes familias jerosolimitanas.

Louis se acercó a su casa y se burló de Mohamed al verle vestido de manera tan formal.

—Vamos a cenar con Samuel, no con la reina de Inglaterra —le dijo.

—¿Tú aún no te has vestido? —le preguntó Dina, extrañada de que Louis vistiera como siempre, apenas un poco más formal de lo que iba a diario.

Llegaron puntuales, aunque cuando lo hicieron Hassan y Jaled ya estaban en el restaurante hablando con Samuel y Konstantin. Netanel, Moshe e Igor llegaron a continuación acompañados por Jeremías. Unos minutos después entraron Mijaíl y Yossi.

Mohamed no podía por menos que mirar de reojo a aquellos camareros que se cubrían la cabeza con un fez rojo y tenían modales principescos.

—Os agradezco que hayáis aceptado mi invitación. He pasado tanto tiempo fuera... Las cosas han cambiado, ¿no? Tenéis mucho que contarme.

El último en llegar fue Yusuf. Mohamed admiró la naturalidad con que su cuñado se comportaba en aquel ambiente de lujo.

Yusuf saludó a algunos hombres que se encontraban en el comedor, un libanés acompañado por una mujer europea, un grupo de sirios con aspecto de conspiradores, incluso departió unos segundos con Ragheb al-Nashashibi, uno de los prohombres de la ciudad.

—¿Los Nashashibi continúan enfrentados con los Husseini? —preguntó Samuel.

—Todos hemos estado unidos en la huelga general —respondió Yusuf intentando no comprometerse.

—O sea que ahora vuelve a haber disensiones entre ellos —concluyó Samuel.

Tanto Yusuf como Mohamed y su tío Hassan tuvieron que contestar a las muchas preguntas de Konstantin Goldanski. Aquel ruso parecía insaciable en su afán por comprender Palestina. Mohamed observaba que Louis apenas participaba y prefería escuchar lo que decían unos y otros. «Debe de ser verdad que está muy implicado con la Haganá», pensó. Louis siempre iba y venía sin decir adónde, aunque desde que Samuel decidió quedarse en París había asumido la responsabilidad de La Huerta de la Esperanza y se hacía respetar por todos los que vivían allí.

—Conozco al conde Peel —estaba diciendo Konstantin—, es un hombre ponderado, espero que las conclusiones de la comisión que preside logren acabar con los enfrentamientos.

—O puede agudizarlos más —sugirió Hassan.

—No termino de comprender por qué árabes y judíos no pueden llegar a un acuerdo —comentó Konstantin.

—Sí, sí se puede, pero con condiciones. Han llegado muchos judíos, más de los que nunca pudimos imaginar. Compran nuestras tierras y van desplazando a nuestros campesinos. Lo único que queremos es que Inglaterra entierre la Declaración Balfour. ¿Qué derechos tienen los británicos sobre Palestina? Luchamos con ellos en la Gran Guerra a cambio de unas promesas que no han cumplido. Engañaron al jerife Husayn y a sus hijos, a Faysal, y también abandonaron a Alí a su suerte, aunque de momento aceptan que Abdullah gobierne Transjordania porque les conviene —resumió Hassan.

—Yo luché codo con codo con los británicos lo mismo que mi

cuñado Mohamed y su primo Jaled. Lo hicimos por una gran patria árabe, y en esa patria cabían los judíos. El jerife no se oponía a que tuvierais un hogar entre nosotros, tampoco Faysal, pero había condiciones, y esas condiciones los británicos las han incumplido. ¿Por qué debemos nosotros entregar nuestra tierra? —Yusuf hablaba por sí mismo, pero sus interlocutores no olvidaban que trabajaba para un jerosolimitano poderoso como Omar Salem.

—Y tú, Louis, ¿qué opinas de lo que está pasando? —le preguntó Hassan.

Los hombres miraron a Louis expectantes. Le sabían muy bien relacionado con los jefes de los judíos y que de entre todos ellos era leal a Ben Gurion.

—Árabes y judíos tenemos que compartir Palestina, y cuanto antes unos y otros lo asumamos, mejor —sentenció Louis.

—¿Y por qué debemos compartirla? —insistió Hassan.

—Porque ambos estamos aquí.

—Nosotros estábamos aquí antes de que llegarais huyendo de vuestros zares.

—¿Estabais? ¿Desde cuándo? Ésta es la tierra de Judá, donde se asentaron los cananeos, también fue de los egipcios, sin olvidarnos de los filisteos, pasaron los macedonios, los romanos, los bizantinos, los persas, los árabes, abasíes, fatimíes, los cruzados, los otomanos..., y ahora están los británicos. Los judíos somos polvo de esta tierra y no te discuto que tú también lo seas. —Durante unos segundos las palabras de Louis les sumieron en el silencio.

—Podéis quedaros siempre y cuando aceptéis formar parte de un Estado árabe. Ése era el trato —dijo Yusuf mirando fijamente a Louis.

—Vosotros tenéis vuestros tratos con los británicos y nosotros los nuestros. Pero ambos deberíamos aprender la lección de que los británicos prometerán en función de sus intereses, de manera que inclinarán la balanza en favor de unos u otros según les convenga. Palestina será lo que nosotros y vosotros decidamos que sea —respondió Louis.

—No me gusta oír hablar de «nosotros» y «vosotros». Cuando éramos jóvenes creímos que era posible un mundo donde todos seríamos iguales. —En las palabras de Samuel había un deje de tristeza.

Esta vez fue Moshe quien tomó la palabra. Se le notaba incómodo, fuera de lugar, era el único que no se sentía entre amigos.

—Los sueños de la juventud se estrellan contra la realidad de la vida cotidiana. Lo escribió Maiakovski refiriéndose al amor, pero lo mismo sirve para todo lo demás.

—La realidad será lo que seamos capaces de construir —respondió Samuel.

—La realidad la vamos conformando los hombres, hombres distintos, con intereses, creencias y sueños diferentes. Los judíos creímos que la Revolución de Octubre nos traería un tiempo nuevo en que dejaríamos de ser ciudadanos de segunda. Luchamos con otros hombres creyendo que compartíamos el mismo sueño, pero una vez que terminó la batalla fuimos comprobando que el sueño era diferente. Ésa es la realidad y no la de nuestros sueños —afirmó Moshe.

—Entonces ¿qué es lo que propones para Palestina? —preguntó Konstantin.

—No tengo la solución, sólo sé que lo que quieren los árabes choca con lo que queremos nosotros, y que habrá un día en que pelearemos por lo que cada uno quiere. —Las palabras de Moshe parecían una premonición.

—Parece que te complace el enfrentamiento —le cortó Mohamed.

—Tú has estado en el campo de batalla, yo también. Los dos sabemos lo que es ver morir a hombres a nuestro lado mientras pensábamos que podíamos ser el siguiente en caer. No me complace la violencia, pero es inevitable. El zar nunca habría cedido ni un ápice de su poder, se lo tuvimos que arrebatar a la fuerza. Vosotros luchasteis contra los turcos para construir una nación árabe. Ellos nunca os habrían cedido ni un palmo de tierra. Y ahora nos encontramos aquí árabes y judíos ocupando el mismo solar. Nosotros empeñados en recuperarlo porque fue el hogar de nuestros antepasados, aquí se hunden nuestras raíces, aquí está nuestra razón de ser. Vosotros no queréis compartirlo porque lleváis siglos asentados en esta tierra… Quién sabe a quién rezaban tus antepasados… Hay hombres que cuando pelean es a muerte, vuestro muftí es de esa clase de hombres. —Moshe les miró expectante.

—Y por lo que se ve, tú también —le respondió Hassan.

Fue Konstantin quien cambió de tema con una pregunta banal.

Cuando Mohamed se despidió de Samuel, éste le abrazó largo rato.

—Iré a visitarte. Tenemos que hablar.

Mohamed asintió. Sentía afecto sincero y respeto por Samuel. Había sido amigo de su padre y él asumía la carga de esa amistad, aunque muchas veces no comprendiera a aquel hombre que ahora le parecía diferente, con aquella ropa elegante en aquel lujoso hotel donde le aguardaba una mujer que de tan bella y distinguida cortaba el aliento. Aunque se dijo que su belleza delicada no podía compararse con la de Marinna, que poseía una elegancia natural y parecía una princesa incluso cuando se inclinaba con la azada sobre la tierra. Por un momento envidió a Samuel por atreverse a hacer lo que él nunca se atrevería, vivir con la mujer de la que estaba enamorado. No, él no sería capaz de abandonar a Salma, a Wädi y a Naima. Su sentido del honor se lo impedía. Su padre no le habría perdonado una infamia así. Pero no por eso dejaba de soñar con Marinna.

Dina estaba de malhumor. Mohamed le había anunciado que al caer la tarde les visitaría Samuel.

—Pero vendrá solo, ¿no? Esa condesa rusa aquí no es bienvenida —le dijo su madre.

—Es nuestro amigo y debemos recibirle con quien quiera que venga —respondió él.

Para alivio de Dina, Samuel se presentó solo. Se notaba que

aquella visita no tenía más objetivo que hablar a solas con Mohamed, así que Dina y Salma les dejaron solos.

—No sé cómo agradecerte lo que tu hijo Wädi hizo por Ezequiel. Si mi hijo está vivo es gracias al valor del tuyo. Estamos en deuda contigo. Me gustaría que Wädi viniera con Ezequiel a estudiar a Inglaterra. Hay excelentes internados donde aprenderán cuanto se les antoje. Es una oportunidad para ambos.

—Te agradezco el ofrecimiento pero no quiero separarme de Wädi.

—¡Vamos, Mohamed! ¿Sabes cuántos hijos de las viejas familias de Jerusalén se educan en Inglaterra? Tienes a los británicos por enemigos, no te discutiré que tenéis razones para no confiar en ellos, pero al menos no le quites a tu hijo la oportunidad de una buena educación. Tú mismo te educaste en una escuela británica, en St. George.

—No quiero enviar a mi hijo a la patria de mis enemigos. ¿Es que no comprendes lo que nos están haciendo los ingleses?

—No son peores con los árabes que con los judíos —respondió Samuel.

—No me debes nada, Samuel.

—Le debo a tu hijo la vida del mío.

Mohamed guardó silencio, incómodo con la deriva que había tomado la conversación.

—Bien, no insistiré, pero si un día cambias de opinión, sólo tienes que escribirme y decírmelo.

—¿Ezequiel y Dalida irán contigo a Londres?

—Es lo que deseo, y espero convencer a Miriam para que me permita tener cerca a mis hijos. Pero hablemos de otras cosas. La otra noche me preocupé al escuchar a tu cuñado Yusuf.

—Ésta ya no es la Palestina que conociste, Samuel. Cada día que pasa se ahonda más la brecha entre árabes y judíos. Si supieras los reproches que hemos recibido por habernos visto contigo en el King David. Uno de mis mejores amigos casi me acusa de traición.

Ahora fue Samuel el que guardó silencio. Pareció dudar antes de hablar.

—No quiero engañarte, Mohamed. Tanto Konstantin como yo estamos implicados en la ayuda a los judíos que intentan dejar Alemania. Colaboramos con la Agencia Judía y, a través de ésta, con los jefes de aquí.

—Tú no eras sionista.

—Y no lo soy, no tengo apego a ninguna patria. ¿Cuál es la mía? ¿Aquella aldea polaca donde nací? ¿Acaso Rusia, la patria de mi padre? ¿Quizá Francia, la patria de mi madre? ¿O Palestina porque soy judío? No, no me interesan las patrias, los hombres se matan por ellas.

—Pero ayudas a los de tu raza a hacer de Palestina su patria.

—Les ayudo a vivir.

—No, no sólo es eso. Si colaboras con la Agencia Judía entonces pretendes lo mismo que ellos, hacer de Palestina la patria de los judíos, y para eso necesitáis arrebatárnosla a nosotros.

—¿Así ves las cosas?

—Así son.

—Conoces mi historia, Mohamed. Sabes que mi madre y mis hermanos fueron asesinados durante un pogromo y que yo mismo tuve que huir de San Petersburgo después de que asesinaran a mi padre. Vine aquí porque mi padre soñaba con que algún día vendríamos juntos, no a buscar una patria.

—Sí, puede que los primeros judíos rusos que llegasteis huyendo de vuestro zar no tuvierais otra intención que la de vivir aquí en paz, pero ahora queréis quedaros con nuestra tierra.

—No es ésa mi intención, Mohamed.

—Puede que no lo sea, pero ayudas a quienes lo pretenden.

No tenían mucho más que decirse, de modo que cada uno se enfrascó en sus propios pensamientos mientras encendían un cigarrillo. Fue Samuel el primero en hablar.

—Quiero pedirte un favor.

Mohamed asintió con un gesto, invitándole a hablar.

—Si al final el enfrentamiento es inevitable..., si las cosas van mal..., prométeme que protegerás a mis hijos en caso de que Miriam no les permita venir conmigo.

—Nunca alzaría la mano contra La Huerta de la Esperanza —respondió Mohamed, ofendido.

—Lo sé, como sé por Louis que castigaste a quienes quemaron nuestra casa, los olivos, el laboratorio...

—¡Qué sabrá Louis! Lo que yo hago es cosa mía.

—Si el enfrentamiento va a más, ¿protegerás a mis hijos? —insistió Samuel.

—Mi padre no me perdonaría lo contrario.

—Si el Paraíso existe, allí estará mi buen amigo Ahmed, el mejor hombre de cuantos he conocido.

Aún no se había marchado Samuel de Jerusalén cuando llegó la noticia de las conclusiones del informe Peel. La recomendación del aristócrata británico era dividir Palestina en dos: en una parte vivirían los judíos y en otra los árabes; cada cual se gobernaría como considerara oportuno y Jerusalén quedaría bajo el control del imperio británico.

Omar Salem convocó una reunión en su casa.

—¡Nunca aceptaremos la partición de nuestra tierra! —exclamó uno de sus invitados.

—Cometimos un error no prestando atención al conde Peel. Los sionistas bien que le cultivaron mientras nosotros le ignorábamos —comentó Yusuf para escándalo de quienes le escuchaban.

—¿De verdad crees que habría cambiado algo? ¿Qué más podíamos decir? Los británicos y su comisionado saben bien cuáles son nuestras reivindicaciones: que no permitan que continúen llegando miles de judíos que pretenden quedarse con nuestra tierra. ¿Cuántas veces habremos de repetirlo? Naturalmente, también queremos que los británicos se marchen. —Mientras le respondía, Omar Salem miraba a Yusuf con recelo.

—No sólo hay que tener razón sino que hay que saber defenderla, y los sionistas han procurado convencer al conde Peel de sus razones. Mientras nuestros líderes no mostraban ningún interés por la comisión, los judíos procuraban hacerse valer —insistió Yusuf.

—Quizá deberíamos considerar la propuesta, parece que más del setenta por ciento de la tierra quedaría en nuestras manos y la restante en las de los judíos. Si presionáramos más podríamos aumentar la diferencia —apuntó otro de los invitados, un hombre de cierta edad.

—¡No podemos ni considerar la propuesta! ¿Por qué habríamos de abandonar nuestra tierra aunque sólo fuera una fanega? Además, el conde Peel quiere que los judíos se queden con la mejor tajada. Las tierras que dan al mar, Galilea, el valle de Jezreel, ¿a nosotros qué nos queda?, ¿los confines del desierto? —respondió Omar, escandalizado.

—Sí, llevaríamos la peor parte, Cisjordania, el Neguev, el valle de Aravá, Gaza... Y lo peor es que pretenden unir esas tierras a Transjordania, de manera que dejaríamos de ser un problema convirtiéndonos en leales súbditos de Abdullah —afirmó Hassan con enfado.

—No se puede reprochar al emir Abdullah que vea con buenos ojos la propuesta de los británicos, al fin y al cabo su familia luchó por una gran nación árabe —apuntó Yusuf.

—¡Ah! ¡Tú siempre defendiendo a Abdullah! Sí, ayudamos a los ingleses en su lucha contra los turcos creyendo que nos permitirían construir nuestra nación, y mira lo que les han dejado a la familia de los hachemitas, migajas; Transjordania es la limosna que le han dado a Abdullah —respondió Hassan.

—Yusuf, deberías decidir si tu corazón está con Abdullah o con Palestina —dijo uno de los invitados, y sus palabras parecían contener una amenaza.

Todos los hombres miraron a Yusuf esperando su respuesta.

—No voy a responderte. Todos me conocéis y sabéis que he derramado mi sangre en el campo de batalla. Sí, siempre he sido leal a la familia hachemita, lo fui a Husayn como guardián de La Meca, luché junto a sus hijos, con Faysal y con Abdullah. Yo sé quiénes son mis enemigos, los británicos, no Abdullah.

—No peleemos entre nosotros —terció Omar—. Me ha contado un amigo que a los jefes sionistas tampoco les agrada la solución del conde Peel. Ellos quieren Palestina entera. De manera que en algo estamos de acuerdo.

—Pero lo aceptarán, a regañadientes, pero lo aceptarán —afirmó Mohamed sorprendiendo a los invitados de Omar.

—Pero ¡qué dices! No, no aceptarán —aseguró su tío Hassan.

—Protestarán, se harán los ofendidos, dirán que no pueden renunciar a Jerusalén, pero aceptarán. Lo harán porque es más de lo que tienen, más de lo que podían esperar. No son estúpidos. Yusuf tiene razón —concluyó Mohamed.

Discutieron un buen rato preocupados por que Inglaterra pudiera imponer la partición de Palestina. Omar se mostró tajante:

—El muftí jamás lo aceptará, tampoco los notables palestinos se dejarán engañar.

Luego le hizo un encargo a Mohamed:

—Ya que tienes tan buenas relaciones con tus vecinos judíos, deberías hablar con ellos para saber qué piensan sus jefes al respecto. Puede que tu tío Hassan tenga razón y ellos también rechacen la partición. No me extrañaría, son demasiado ambiciosos para conformarse con apenas un tercio de Palestina.

No es que Omar Salem no tuviera otros medios de saber qué se decía entre la comunidad judía, pero a él le gustaba recopilar información de todas partes. Desde que apoyara las reivindicaciones del jerife Husayn había comprendido que no se podía derrotar al adversario sin saber antes lo que piensa. Yusuf sabía que Omar tenía una extensa red de informantes en Palestina, Transjordania, Siria e incluso en Irak. Y la recopilación de sus informaciones las ponía a disposición de los hombres más leales al muftí, aquellos que al igual que él no tenían dudas sobre el objetivo final: expulsar a los británicos y hacer de Palestina un país libre.

Esta vez fue Mohamed quien se acercó a La Huerta de la Esperanza en busca de Louis. Había dudado en acudir a Samuel, pero se decidió por hablar con Louis. Sabía que en más de una ocasión había habido roces entre los judíos de Palestina y sus jefes en el exterior, y le había escuchado decir a Louis que los judíos palestinos no dejarían que su futuro lo decidieran los jefes de la Agencia Judía en Londres o en Zurich, sino que lo decidirían ellos, allí, en Palestina. Así pensaba Ben Gurion, y Louis no dejaba de ser un discípulo leal de aquel hombre con aspecto rudo y malhumorado que, sin embargo, ejercía una autoridad natural sobre todos aquellos judíos que como él habían ido llegando desde los confines del extinto imperio de los zares.

Louis no pareció extrañarse al verle llegar a la hora del ocaso. Se sentaron bajo una parra a fumar uno de aquellos cigarros egipcios que tanto gustaban a ambos.

—¿Aceptaréis el informe Peel? —le preguntó directamente.

Mientras daba una larga calada al cigarro, Louis parecía estar buscando una respuesta. Se encogió de hombros.

—No es mucho lo que nos ofrece, un veinte por ciento de tierra y muchos inconvenientes. Se supone que los judíos que ahora viven en lo que sería vuestra zona serían trasladados a nuestro veinte por ciento y, por el contrario, los árabes que viven en la nuestra a su vez tendrían que abandonar sus casas para instalarse en vuestro más del setenta por ciento de tierra. No creo que esa solución satisfaga a nadie. En cuanto a Jerusalén, ¿podemos renunciar a ella?

—Entonces ¿qué haréis? —insistió impaciente Mohamed.

—¿Y vosotros? ¿Qué haréis vosotros? ¿Qué dice Omar Salem y vuestros amigos? —preguntó a su vez Louis.

—Creo que conoces la respuesta.

—Sí, la conozco. El informe Peel lo consideráis un insulto y por tanto inaceptable, de modo que vuestra negativa será rotunda y sin matices, y sin embargo... —Louis se quedó en silencio mientras dejaba vagar la mirada.

—¿Quiénes son los ingleses para dividir nuestra tierra y decirnos dónde podemos vivir y dónde no? ¿Crees que lo podemos aceptar? —En la voz de Mohamed había ira contenida además de un profundo hastío.

—Palestina está bajo Mandato británico nos guste o no, y por tanto son ellos quienes por ahora tienen la sartén por el mango. El conde Peel ha adoptado una solución casi salomónica, digo casi porque la división no es mitad para unos y mitad para otros, sino que vosotros os lleváis la mayor parte. Verás, Mohamed, hace dos mil años que Roma nos dejó sin patria convirtiendo a los judíos en unos parias. Hasta ahora. El movimiento sionista lo único que persigue es que por fin tengamos un lugar donde vivir. Ese lugar no puede ser otro que la tierra de nuestros antepasados. Puede que ese veinte por ciento de tierra que nos ofrecen sea lo más que vayamos a conseguir nunca. Poca, pero nuestra. De ahí el dilema.

—Y Ben Gurion ¿qué piensa?

—¡Ah, Ben Gurion! Tan soñador y tan práctico...

Mohamed no necesitó preguntar más. Ya tenía la respuesta. A los judíos no les gustaba la idea de la partición, pero en última instancia podrían aceptarla. Les contó a Yusuf y a Omar Salem su conversación con Louis. Omar le instó a que también hablara con Samuel.

—Me dijiste que Samuel conoce al conde Peel y que ayuda a la Agencia Judía y está bien relacionado con el gobierno británico, no estará de más saber lo que piensa.

Yusuf sabía que Mohamed no se sentía cómodo con Samuel. Los dos cuñados habían hablado del cambio que se había producido en Samuel. No quedaban rastros del hombre que vareaba los olivos para recoger sus frutos y ayudaba a Kassia a cultivar tomates o pasaba horas en el laboratorio junto al viejo Netanel. Mohamed recordaba que tiempo atrás un día le preguntó cómo era que siendo él el dueño de La Huerta de la Esperanza se dejaba mandar por todos los que vivían allí. La respuesta de Samuel llegó entre carcajadas: «No soy el dueño de nada, La Huerta de la Esperanza pertenece a todos los que vivimos aquí. Y para que lo sepas, Kassia sabe más que yo de cualquier cosa, lo mismo que Jacob o Ariel. En cuanto a Netanel, de él aprendo todos los días; yo sólo soy químico, pero él es algo más, sabe hacer milagros con las plantas medicinales». Mohamed se preguntó cuánto quedaría de aquel hombre en el Samuel elegante y circunspecto que había aparecido del brazo de aquella condesa cuya belleza abrumaba a cuantos la miraban.

Dina no ocultaba su antipatía por Katia; incluso la siempre prudente Salma, la esposa de Mohamed, también se había atrevido a mostrar su disgusto por la presencia de aquella aristócrata que las miraba con aires de superioridad, o eso pensaban ellas. Pero Mohamed no compartía sus prejuicios y comprendía que Samuel se hubiese enamorado de Katia, por más que él apreciara sinceramente a Miriam.

De esto hablaba con Yusuf camino del hotel King David donde les esperaba Samuel. Cuando llegaron le encontraron paseando impaciente por la terraza desde la que se divisaba la Ciudad Vieja. A aquella hora de la tarde el sol empezaba a ocultarse y había adquirido un tono rojizo que parecía incendiar las vetustas piedras. En cuanto les vio, Samuel se dirigió hacia ellos con paso decidido.

—Pero ¡cómo es posible que el muftí y sus hombres sean los invitados favoritos del cónsul alemán! —les dijo sin siquiera saludarles.

Mohamed miró a Yusuf desconcertado. No sabía a qué se refería Samuel pero estaba seguro de que su cuñado tendría una respuesta.

Yusuf carraspeó y buscó con la mirada dónde encontrar un lugar a resguardo de oídos ajenos. Samuel lo captó y les llevó a un rincón de la terraza donde en aquel momento no había nadie.

—¿Y por qué no hemos de tener buenas relaciones con los representantes del gobierno alemán? —preguntó Yusuf a Samuel.

—¿Es que no sabes que el canciller Hitler ha desatado una campaña contra los judíos? Os quejáis de que están llegando cientos de judíos alemanes huyendo de su país. Pues bien, no vienen en busca de la Tierra Prometida, sino que vienen huyendo. Huyen porque en Alemania les están arrebatando todos sus bienes y ser judío les relega a no ser considerados ciudadanos. ¿Qué es lo que pretende el muftí haciendo alardes de su amistad con el cónsul de Alemania?

—No tenemos ningún contencioso con Alemania —respondió Yusuf— y sí lo tenemos con Gran Bretaña. Los británicos nos han engañado en unas cuantas ocasiones. ¿Hace falta que te detalle lo que estamos sufriendo los árabes en Palestina? ¿Por qué crees que los judíos podéis elegir a vuestros amigos en función de vuestros intereses y nosotros no?

—¡Cómo puedes hablar así! ¿Acaso los británicos son más complacientes con nosotros? Pero Hitler…, ese hombre está poseído por el mal… —sentenció Samuel.

Mohamed cortó la discusión preguntando directamente a Samuel por el informe Peel, para luego añadir que Omar Salem estaba interesado en su respuesta.

—Eres igual que tu padre, honrado siempre. Louis me ha dicho que has hablado con él y que le preguntaste lo mismo sin ocultarle el interés de Omar Salem.

Samuel tampoco se andaba con rodeos ni le gustaban las medias verdades.

—El Plan Peel no es lo que esperaban los líderes de aquí y no les gusta, pero discuten si la partición es mejor que nada. A los dirigentes de la Agencia Judía la propuesta les parece aceptable; Weizmann cree que es más de lo que nunca podremos obtener los judíos y nos conmina a aceptar la partición.

—De manera que estáis dispuestos a echarnos de nuestra propia tierra… —En la voz de Mohamed había decepción.

—¿Echar? ¡Ya hemos hablado de esto! ¿Es que no podemos compartir esta tierra en paz? Peel propone en su informe que nos asentemos en un veinte por ciento, ni una fanega más. Para los árabes el setenta por ciento restante, además de Transjordania, donde ya reina Abdullah. No se nos puede ofrecer menos.

—Hablas como si tuvierais derechos. —Yusuf no ocultaba su irritación.

—¿Es mejor que sigamos peleando? Todos los días hay un ataque, una escaramuza, un kibutz quemado... Eso sólo conducirá a que árabes y judíos se sientan como enemigos.

—Ya lo somos, Samuel, ya lo somos por más que tú no quieras verlo. ¿De qué otro modo podríamos considerar a quienes nos arrinconan en nuestra propia casa? ¿Acaso es un amigo aquel al que le abres la puerta de tu casa y, una vez dentro, te quiere expulsar?

—Y la respuesta es atacar a los asentamientos agrícolas sin importaros que allí haya mujeres y niños...

Se cansaron pronto de aquel intercambio de reproches, de manera que la discusión no se prolongó más.

—¿Cuánto tiempo te quedarás? —preguntó Mohamed al despedirse.

—No demasiado, aunque aún tengo cosas que hacer aquí. Konstantin está más implicado que yo con la Agencia Judía y me insiste en que le acompañe a las reuniones con nuestros líderes en Palestina. ¿Sabes?, no son fáciles de tratar. Son tan intransigentes como vosotros, aunque acaso un poco más realistas. En cualquier caso, no están dispuestos a que nadie les diga lo que deben hacer, incluso cuestionan algunas de las manifestaciones de Weizmann, parecen olvidarse de lo mucho que debemos a ese hombre. Weizmann es realista y sobre todo conciliador. Ben Gurion es menos flexible. Te aseguro que me agotan tantas reuniones. Quiero regresar a Londres, llevamos demasiado tiempo en Palestina y no te oculto que Katia desea volver a casa. No le resulta fácil la vida de aquí. Además, no hace falta que te diga que no ha sido bien acogida. Si Miriam no se empecinara en impedir a Dalida y a Ezequiel venir a Londres...

Mohamed nunca pudo olvidar el 26 de septiembre de 1937. Y no porque Lewis Andrews, comisionado británico en Galilea, hubiese sido asesinado por un grupo de patriotas árabes palestinos, sino porque aquel día Dina apareció muerta.

Hacía un buen rato que había amanecido cuando Salma, preocupada porque su suegra aún no hubiese salido de su cuarto, se atrevió a llamar a la puerta. Wädi y Naima se habían marchado a la escuela y el silencio de la casa le resultaba abrumador. Golpeó suavemente la puerta con los nudillos sin obtener respuesta. Pensando en que Dina podía sentirse enferma, se atrevió a penetrar en la penumbra en la que estaba envuelta la habitación. Dina estaba en la cama, inmóvil, con los ojos cerrados. La llamó pero no obtuvo ninguna respuesta. Salma se sentó en el lecho y le cogió una mano, y al notar su frialdad y la rigidez de los dedos comprendió que estaba muerta. Se quedó inmóvil sin saber qué hacer, sin fuerzas para llorar y aún menos para gritar. Estaba conmocionada y permaneció un rato sentada en la cama con la mano fría de Dina entre las suyas. Luego le acarició el rostro y el cabello mientras con voz suave murmuraba lo mucho que la quería, lo que agradecía que la hubiera tratado como a una hija y no como a una nuera. Cuando recuperó las fuerzas se dirigió en busca de Kassia. La encontró en el huerto, con la espalda rendida ante unas raíces que pugnaban por aflorar.

—Kassia, Dina ha muerto. ¿Podrías enviar a alguien a avisar a Mohamed?

Kassia se incorporó desconcertada. ¿Qué había dicho Salma sobre Dina?

Salma se lo repitió mientras abrazaba a Kassia, que rompió a llorar.

La ayudó a llegar a la casa en la que Ruth estaba cosiendo sentada junto a la ventana. Aquella casa no era muy diferente de la que en su día habían levantado con sus propias manos. Una casa sencilla, sin nada que no fuera estrictamente necesario.

Ruth las miró alarmada. Enferma como estaba, hacía tiempo que apenas se movía. Sufría del corazón y Kassia no le permitía que hiciera ningún trabajo que requiriera esfuerzo, de manera que solía coser la ropa de los de la casa además de ayudar en la cocina.

Era tal la conmoción de Kassia que fue Ruth quien se acercó

al cobertizo donde el viejo Netanel dormitaba. Él mismo acudió a la cantera y le dio a Mohamed la mala noticia de que su madre había muerto mientras dormía.

De aquellos días Mohamed sólo recordaba el dolor por la pérdida de su madre. Salma la había amortajado con la ayuda de Naima y todos cuantos la habían conocido la lloraron. Pero de todos los que acudieron a expresar sus condolencias fue Samuel el más apreciado por Mohamed, quien le agradeció sin palabras que hubiera acudido sin Katia. La condesa habría estado fuera de lugar, y no sólo eso, a Dina no le habría gustado tenerla en su entierro.

Samuel rompió a llorar delante de todos. Con la pérdida de Dina se iba parte de su propia vida, de su propio ser. Mohamed pensaba que si a alguien había querido en su vida Samuel, además de a su familia perdida en Rusia, era a Ahmed y a Dina. A él mismo le había sorprendido, sobre todo en los años de su infancia, aquella amistad libre y sincera que habían mantenido Samuel y Dina. Su padre, el buen Ahmed, nunca había puesto cortapisas a que su esposa se relacionara con aquel extranjero como si se tratara de un pariente. Así que para Mohamed y Aya, Samuel había adquirido el mismo rango que el de Hassan, el hermano de Dina.

Mohamed estaba preocupado por su hermana. Tras la muerte de su madre, Aya se había sumido en la desesperación. Se reprochaba y reprochaba a su esposo Yusuf no haber estado junto a ella en los últimos días de su vida.

—¡Si no nos hubiéramos ido a Deir Yassin! —sollozaba abrazada a Marinna, que no encontraba palabras para consolarla.

Omar Salem y otros notables jerosolimitanos honraron a la familia asistiendo a las exequias de Dina.

—Siento tu pérdida. Pero debes sobreponerte, vivimos tiempos difíciles. Los británicos han reaccionado como perros rabiosos por la muerte de su comisionado en Galilea. Los enfrentamientos se suceden por toda Palestina y todos los hombres debemos estar dispuestos para luchar. El muftí se ha refugiado en la Mezquita de la Roca pero no estará allí por mucho tiempo, hemos preparado su huida al Líbano y puede que desde allí vaya a Bagdad.

—¿Era necesario matar a ese hombre? —quiso saber Mohamed, y su pregunta pareció escandalizar a Omar Salem.

—¡¿Y tú me lo preguntas?! Estamos en guerra, Mohamed; no es una guerra en campo abierto, pero es una guerra, y en las guerras se mata y se muere. ¿No fuiste tú quien dijo que a veces la única manera de salvarse a uno mismo es muriendo o matando? Pues tenías razón y eso es lo que haremos: matar y morir para salvarnos como pueblo.

—También están muriendo árabes y no sólo a manos de los británicos. Cualquiera que es considerado sospechoso de no secundar la revuelta contra los ingleses o de relacionarse con judíos sabe que debe andar con cuidado para no perder la vida. —Mohamed miró desafiante a Omar.

Wädi interrumpió la conversación entre su padre y Omar Salem. Mohamed se sintió reconfortado con la cercanía de su hijo, que a pesar de ser un adolescente poseía una serenidad y un dominio de sí mismo que para sí lo hubieran querido hombres de más edad.

Era la hora de la despedida definitiva de Dina. Los hombres se aprestaban a llevar el ataúd y las mujeres aguardarían en la casa hasta que ellos depositaran el cuerpo de Dina en las entrañas de la tierra.

—Bien, antes de irnos quisiera decirte una cosa más —dijo Omar poniendo una mano sobre el brazo de Mohamed.

—Tú dirás.

—Deberías ser más prudente en tus relaciones con tus vecinos judíos. Tienes que entender que en las circunstancias actuales no es prudente tratar con esa gente... Debemos ser cautos, también hay traidores entre nosotros.

—Tú conoces a Samuel y a Louis... Sabes que trabajo en la cantera de Jeremías y que Igor es el capataz... Yossi ha sido nuestro médico como antes lo fue su padre, el bueno de Abraham... Y Kassia era como una hermana para mi madre como lo es Marinna para mi hermana. Ruth es una buena mujer...

—¡Calla! No hace falta que me recuerdes quiénes son tus amigos, pero tanta intimidad..., no creo que puedas seguir así mucho tiempo... Algún día tendrás que acabar con esta relación.

—¿Acabar? ¿Por qué he de hacerlo? —Mohamed se había puesto tenso y a duras penas controlaba la rabia que le habían provocado las palabras de Omar. Estaba íntimamente furioso porque además le trataba como si tuviese algún poder sobre él.

—Británicos, judíos... son los enemigos, Mohamed. O ellos o nosotros. ¿Es que no lo ves? ¿Acaso te complaces en la ceguera? Yo también he tenido entre mis conocidos a algunos judíos, hombres con los que he pasado buenos ratos de conversación y con los que he hecho algún negocio, a algunos les tengo aprecio, pero ahora no se trata de lo que yo siento o de cómo han sido las cosas en el pasado. La cuestión es que los judíos, con la ayuda de los británicos, quieren apoderarse de nuestra patria y eso les convierte en nuestros enemigos. Se trata de ellos o nosotros, por tanto no cabe ninguna ambigüedad. Y ahora enterremos a tu madre y que Alá la tenga en el Paraíso porque era una buena mujer.

Jeremías le había ofrecido a Mohamed que se tomara un par de días libres para arreglar sus asuntos. En realidad, Mohamed no tenía nada especial que hacer salvo recordar a su madre. Le resultaba insoportable no encontrarla con las primeras luces del día, preparando el té y disponiendo los alimentos con los que comenzar la jornada. La casa parecía haber muerto con Dina.

Con la ayuda de su hija Naima, Salma guardaba la ropa de Dina y apartaba algunas piezas para distribuir entre los más allegados. Su velo favorito había sido para Kassia; sus pulseras de plata para Aya. Precisamente había sido Aya quien había insistido a su cuñada Salma para que se quedara con un par de sortijas que su madre lucía en las fiestas familiares. También Naima y Noor habían obtenido recuerdos de su abuela. Y para Mohamed, el Corán que su madre guardaba como una reliquia porque lo había recibido de manos de su padre cuando se casó.

Le costó regresar a la cotidianidad de la cantera y de la vida familiar. Aunque Salma se mostraba pendiente de él y hacía lo imposible por hacerle la vida agradable, no lograba que su compañía fuera suficiente para que no se sintiera solo. La veía moverse por la casa siempre diligente y ella, al saberse observada, le dirigía una tenue sonrisa. No tenía ninguna queja de Salma, era una esposa leal y una madre abnegada que además conservaba casi intacta su belleza. Mohamed pensaba que no merecía el amor de Salma por no ser feliz con su sola presencia. Cualquier otro hombre habría dado gracias a Alá por la suerte de tener una esposa como ella. Incluso Igor. Intentó desechar el pensamiento, molesto consigo mismo. Lo cierto era que en más de una ocasión había sorprendido a Igor mirando disimuladamente a Salma. No es que la mirara con impertinencia ni lascivia, pero sí con interés, como si viera en ella algo que los demás eran incapaces de ver. Y en las contadas ocasiones en las que ahora compartían algún rato con los habitantes de La Huerta de la Esperanza, Mohamed había observado que Igor se mostraba especialmente amable con su esposa, dirigiéndose a ella con mucha deferencia, atento a si comía o si tenía el vaso lleno de zumo de granada. Salma no parecía ser consciente de estas atenciones. Y aunque a Mohamed la amabilidad de Igor para con Salma le incomodaba, no podía reprocharle nada puesto que siempre se mostraba atento, sí, pero respetuoso también. ¿Sería posible que Igor le envidiara por Salma? No, no podía ser, habida cuenta de que estaba casado con Marinna, y para Mohamed no había mujer en el mundo que estuviera a su altura. Por Marinna sentía un amor rotundo que le producía una difusa sensación de ahogo fruto de la ansiedad. Sabía que ella sentía lo mismo, se lo decía con la mirada. Suspiró queriendo desprenderse de esas fantasías que aumentaban su melancolía.

Su apatía desesperaba a su cuñado Yusuf.

—No puedes seguir así. ¿Te das cuenta de lo que está pasando?

—Lo sé, los ingleses han enviado más hombres y los nuestros mueren en los enfrentamientos —respondió Mohamed sin muchas ganas.

—Además han instaurado la pena de muerte para todos aquellos que lleven armas —añadió Yusuf.

—¿Y te sorprende? Están dispuestos a quedarse nos guste o no —replicó Mohamed.

—Los judíos continúan armándose.

—También ellos tienen unos cuantos agravios con los ingleses, y en lo que respecta a nosotros, hasta ahora lo único que hacen es defenderse de nuestros ataques. La Haganá se dedica a proteger a los colonos de los kibutz pero no han atacado ninguna aldea árabe.

—De eso ya se encargan los ingleses, que han aprobado una ley por la cual pueden demoler las casas de los sospechosos de participar en la revuelta. ¿Sabes cuántos árabes se han quedado ya sin su hogar? —Las palabras de Yusuf rezumaban rabia.

—¿Sabes lo que me preocupa, Yusuf? Que no tengamos un jefe que dirija la rebelión y que algunos de los nuestros juzguen y condenen a otros hombres por considerar que no apoyan lo suficiente la rebelión. Árabes matando a árabes…

—Se juzga a los traidores, ¿acaso no debe ser así? Y ya que hablamos de esto, no pretendo ofenderte, pero a Omar Salem le cuesta convencer a alguno de sus amigos de que eres de los nuestros. No entienden tu relación con tus vecinos ni que continúes trabajando en la cantera. —Yusuf sintió alivio por haberse atrevido a expresar su preocupación a su cuñado.

—Muchos de los que me critican no movieron un dedo cuando luchamos contra los turcos. Puedes decirle a Omar que diga a sus amigos que mataré a cualquiera que me tache de traidor.

Pero también defenderé mi derecho a elegir a mis amigos y a discrepar de algunas de las acciones de los nuestros.

—No eres prudente, Mohamed, piensa en tu familia, tienes mujer e hijos, y una hermana, y sobrinos... Tu tío Hassan da la cara por ti en todas las reuniones y no creas que le resulta fácil. El otro día tu primo Jaled tuvo una pelea con un hombre que cuestionó tu lealtad.

—Supongo que cualquier día de éstos recibiré la visita de algún cobarde que se refugiará en la sombra de la noche para atacar mi casa. A Ragheb al-Nashashibi, cuya familia es de las más importantes de Palestina, le han ametrallado su casa. Ni él, que es un patriota, se ha librado de la ira de los exaltados.

—Ha dejado de apoyar al muftí —justificó Yusuf.

—¿Es que sólo son patriotas quienes están de acuerdo con el muftí? Que yo sepa, al principio los Nashashibi apoyaron la rebelión, pero no les gustan los métodos del muftí y a mí tampoco.

—Por eso no llevas la kufiya...

—Prefiero el fez.

—Que es lo que llevan los seguidores de los Nashashibi...

Mohamed solía zanjar aquellas discusiones recordándole a Yusuf que el emir Abdullah no había mostrado demasiadas reticencias a la partición de Palestina tal y como había propuesto la Comisión Peel. A Yusuf le dolía que algunos árabes presentaran a Abdullah como un lacayo de los británicos. No es que compartiera la política del emir, pero comprendía que no tenía muchas opciones para mantenerse al frente de Transjordania. El emir sabía que sin el apoyo británico se quedaría sin reino, de manera que jugaba sus propias cartas. De los sueños de su padre, el jerife Husayn, sólo quedaba aquel pedazo de tierra convertido en improvisado reino. Los británicos tenían tropas establecidas en Transjordania y regaban anualmente las arcas del reino.

—Abdullah no puede enfrentarse abiertamente a los británicos —adujo Yusuf en defensa del emir.

—Él defiende sus propios intereses y hay que aceptar que

esos intereses no tienen por qué coincidir con los nuestros —respondió Mohamed.

—Luchamos con los hachemitas por una gran nación árabe, tú mismo formaste parte de las tropas de Faysal —replicó Yusuf.

—Sí, y sin pretenderlo abrimos la puerta a los británicos.

Un viernes, al regresar de los rezos en la Mezquita de la Roca, Mohamed encontró en su casa a Igor hablando despreocupadamente con Salma. Wädi y Naima estaban con ellos, lo mismo que Ezequiel y Ben, pero aun así le molestó que Igor se hubiera atrevido a entrar en su casa sabiéndole ausente.

—He venido a buscar a Ben y a Ezequiel, Marinna se estaba impacientando porque no venían a casa. Y cuando Ben y Ezequiel desaparecen sólo hay un sitio donde podemos encontrarles, aquí —respondió Igor con una sonrisa un tanto impostada al tiempo que se despedía cogiendo de la mano a su hijo.

Mohamed miró a Salma pero en el rostro de su mujer no vio nada diferente a la dulzura.

—¿De qué estabais hablando? —preguntó Mohamed a Salma.

—De nada en concreto, de las travesuras de los niños. Parece que Ezequiel está especialmente nervioso desde que sabe que su hermana Dalida se irá con Samuel y no deja de llamar la atención haciendo travesuras. Igor me ha contado que Ezequiel se ha escapado en un par de ocasiones de la escuela y que Miriam no sabe qué hacer con él.

Leyó en los ojos de Salma algo parecido a la curiosidad, como si se hubiera dado cuenta de su incomodidad, y eso, lejos de preocuparla, la llenara de satisfacción.

—No es correcto que se presente solo sabiendo que no estoy —dijo Mohamed.

Salma le miró sorprendida y se mordió el labio intentando contener la respuesta; luego, buscando las palabras apropiadas, contestó:

—Son tus amigos, Mohamed, y hasta ahora siempre habían

sido bien recibidos en esta casa, pero si te incomoda procuraré evitarles.

—No se trata de eso..., pero no está bien que venga solo.

—Es la primera vez que viene solo, pero si regresara no debes preocuparte, no le recibiré. —Salma se lo dijo sosteniéndole la mirada y Mohamed pareció quedarse tranquilo.

—Omar Salem tiene razón, las relaciones entre árabes y judíos cada vez serán más difíciles.

Salma no dijo nada.

Samuel fue a visitar a Mohamed una tarde lluviosa de noviembre. Hacía un par de días que Jerusalén se había visto sacudida por atentados perpetrados por un grupo de sionistas ultranacionalistas llamado Irgún.

—Vengo a despedirme, regreso a Inglaterra. Siento lo que ha sucedido en Jerusalén...

—¿Lo sientes? ¿No eras tú quien se escandalizaba porque los árabes atacan colonias judías además de combatir a los ingleses? Pues ya ves, tus amigos se dedican a tirar bombas en los cafés donde hombres pacíficos y desarmados charlan de sus cosas.

—¿Y tú crees que yo lo apruebo? Sólo puedo decirte que ni Ben Gurion ni la Agencia Judía están de acuerdo con esas atrocidades... Entre nosotros también hay extremistas que me resultan tan repugnantes como los vuestros. ¿Sabes?, ayer me presentaron a Judah Magnes, el rector de la Universidad Hebrea; si hay un hombre con el que estoy de acuerdo ése es Magnes. Él defiende un solo país de árabes y judíos con un Parlamento bicameral... Todos juntos, sí, eso es lo que siempre he defendido.

—Me parece que eso ya es imposible. Quienes pensáis así habéis perdido. Además, permíteme dudar que Ben Gurion y la Agencia Judía estén realmente en desacuerdo con vuestros terroristas. ¿Por qué habríamos de creerle?

Fumaron en silencio. Mohamed sabía que a Samuel le preocupaba algo más que la situación política, pero esperó a que fuera él quien hablase.

—En momentos como éstos echo de menos a tu madre. Ella

siempre sabía aconsejarme con respecto a Mijaíl. No consigo entenderme con él. Pensaba que su matrimonio con Yasmin le dulcificaría el carácter, pero no ha sido así.

—Mijaíl te quiere —acertó a decir Mohamed, incómodo por aquella confesión tan íntima de Samuel.

—Eso decía tu madre... ¿Sabes?, no sé si volveré... Me resulta insoportable la ausencia de tantos amigos, de Ahmed, de Ariel, de Jacob, de Abraham, y ahora de tu madre, mi buena Dina... Tu madre ha sido una persona muy importante en mi vida, una amiga leal y sincera en la que siempre pude confiar. Es la única mujer que me ha regañado como si fuera un niño... Aunque estuviera lejos, Dina era uno de los pilares de mi vida.

Mohamed escuchó en silencio la confesión de Samuel. No hacía falta que le dijera con palabras lo que él sabía, pero comprendía la necesidad de Samuel de expresar el cariño infinito que había sentido por Dina. Él también necesitaba contarlo, pero ¿a quién? Se sentía solo y así estaría el resto de su vida, porque ésa es la tristeza que conlleva la orfandad. El padre es el techo, la madre el suelo, y cuando ambos desaparecen uno siente que también ha iniciado la cuenta atrás y que ya no tiene sujeción alguna, quedando suspendido en el aire.

Se despidieron en la intimidad de la huerta, entre los olivos, allí donde a Ahmed le gustaba sentarse con Samuel a fumar un cigarro en sus días jóvenes, y que ahora se había convertido en el refugio de Mohamed. Con el abrazo dejaron escapar un sollozo como si ambos supieran que aquella despedida era la definitiva.»

13

Los años del oprobio

Ezequiel tenía los ojos cerrados, parecía haberse quedado dormido. Marian se reprochó no haberse dado cuenta. Llevaba más de una hora hablando y, como en otras ocasiones, tenía la sensación de que no se estaba dirigiendo a Ezequiel ni a nadie en concreto, simplemente narraba la historia para sí misma, tal y como creía recordar que se la habían contado los Ziad. Se levantó intentando no hacer ruido, pero Ezequiel abrió los ojos y sonrió.

—No estoy dormido.

—Bueno, no importa, estará cansado y yo no he dejado de hablar. Dado su estado, no estoy siendo muy considerada que digamos.

—No se disculpe, estas conversaciones nos hacen bien a los dos.

En aquel momento se abrió la puerta de la habitación y entró un joven vestido de uniforme. Era Jonás, el nieto de Ezequiel. Llevaba colgado al hombro con aire despreocupado un subfusil, igual que la primera vez que lo vio. Marian le encontró parecido con su abuelo; sí, aquellos ojos grises con destellos azules eran los mismos.

—¡Jonás, pasa! Estoy con Marian.

El joven se acercó y le estrechó la mano con fuerza.

—Ya me iba...

—No se preocupe, puede quedarse el tiempo que quiera —respondió el recién llegado.

—Les dejo, no quiero molestar. Espero que se mejore y que salga pronto del hospital.

—Creo que en un par de días estaré en casa. Y usted, ¿qué planes tiene? —preguntó Ezequiel.

—Tengo que ir a Ammán, pero no estaré más de un día.

—¿Sigue en el American Colony?

—Sí.

—La llamaré. Me toca a mí seguir con la historia. Creo que lo que voy a contarle le interesará.

Marian dejó el hospital con una sensación de tristeza mayor que en otras ocasiones. En los ojos de Ezequiel podía ver el reflejo de la muerte.

Cuando llegó al hotel hizo unas cuantas llamadas. Tenía que acordar una cita en Ammán y otra en Ramala.

Empezaba a asfixiarse en aquella región ante la presencia permanente de soldados que trataban con rudeza a todo aquel que entraba o salía ya fuera de Jordania o de los territorios administrados por la Autoridad Nacional Palestina. Se preguntaba cómo podían vivir así los unos y los otros, con tanto odio y con tantos agravios irresolubles.

A la mañana siguiente tomó un taxi que la dejó en el puente Allenby desde donde pasaría a Jordania. Formalmente Israel y Jordania mantenían relaciones diplomáticas, pero tanto los que salían como los que entraban eran tratados por los israelíes como sospechosos. Sobre todo los que entraban. Aguardó pacientemente a que los soldados dejaran pasar al taxi que le habían enviado desde el otro lado de la frontera. Había unos cuantos metros de tierra de nadie. Le vinieron a la memoria dos estampas de la Guerra Fría: el puente de Potsdam y el Checkpoint Charlie en Berlín. Cuando el taxi la dejó delante de la oficina donde debía cumplimentar los trámites de llegada se sintió aliviada al ver que el joven Alí Ziad la estaba esperando con una sonrisa.

—¿Qué tal el trabajo en Jerusalén?

—Bien, supongo que no me queda mucho más por hacer.

—¡Tienes tanta suerte! Algún día yo también iré a Jerusalén.

—Ya te he dicho que puedo arreglarlo...

—No, no quiero ir como si fuera un extranjero, ni que nadie me mire con odio ni me trate con condescendencia, ¿por qué habría de soportarlo?

—Entonces... —Marian calló sin atreverse a seguir.

—¿Qué? —preguntó Alí con curiosidad, ante el repentino silencio.

—No se irán, Alí, no se irán, nunca devolverán Jerusalén... No se irán... No van a dar marcha atrás, se quedarán... —La voz de Marian denotaba amargura y desesperanza.

—Tendrán que devolvernos lo que nos han robado —respondió Alí—. Tarde o temprano no tendrán más remedio que hacerlo.

Ella no respondió y dejó vagar la mirada junto a sus pensamientos por la tierra cultivada que enmarcaba ambos lados de la autovía asfaltada que conducía a Ammán.

Alí encendió la radio y una voz melodiosa que cantaba una canción popular se apoderó del aire de la mañana. Pronto divisaron la Fortaleza y frente a ella aquellos cientos de casas apiñadas, el Campamento Hussein, donde una parte del exilio palestino aguardaba el anhelado día de regreso a su patria.

Un anciano esperaba impaciente en la puerta de una casa situada en una calle empinada. Sonrió al verla llegar en compañía de Alí, y sin apenas saludarles les ofreció una taza de té y unos dulces de pistachos.

Marian pensó en lo a gusto que se sentía en aquella casa modesta levantada de manera improvisada, como todas las demás, sobre lo que había sido un campamento de refugiados procedentes de Jerusalén tras la derrota en la guerra de los Seis Días. Iba a ser un campamento provisional porque todos sus habitantes creían que regresarían, pero allí estaban los viejos junto a sus hijos y sus nietos, esperando a que llegara el día en que volverían a coger sus enseres para cruzar a la otra orilla del Jordán.

No podía quedarse más que unas horas, al día siguiente en

cuanto amaneciera debía regresar a Jerusalén. Tenía cita en Ramala con algunos miembros de Al Fatah. Escuchar, escuchar, escuchar; sólo quería escuchar e ir colocando las piezas de un puzle que se le antojaba inacabable. También quería reunirse de nuevo con Ezequiel. Aquellas charlas interminables con el anciano la agotaban y sobre todo le dejaban un poso de amargura del que le costaba desprenderse. Pero le escucharía cuanto fuera necesario. En eso consistía su trabajo.

Encontró a Ezequiel en el hospital acompañado de sus nietos. Sólo habían pasado dos días desde que le vio por última vez pero le encontró aún más desmejorado.

—Estoy deseando que regrese mi padre, a ver si él es capaz de hacerle entrar en razón para que coma. Una nieta no tiene ninguna autoridad sobre su abuelo, pero un hijo sí la tiene sobre su padre, ¿no lo cree usted? —afirmó más que preguntó Hanna.

Marian no supo qué responder y dirigió la mirada a Ezequiel.

—Le he traído unos dulces de Ammán. Creo que le gustarán, están hechos con pistachos.

—¿De Ammán? —En la voz de Jonás había desconfianza. Se puso en pie y le cogió la caja de dulces para examinarlos.

A Marian le ofendió la actitud del joven.

—Le aseguro que son dulces y no veneno —dijo enfadada.

—No lo dudo, lo que no sé es si mi abuelo debe comerlos... —respondió él un poco avergonzado.

—¿Y por qué no va a comerlos? Si le gustan, al menos comerá algo —afirmó Hanna cogiendo la caja para mostrársela a su abuelo.

—Déjame probar uno —pidió Jonás.

—Sí, pruébenlos, y comprueben que no tienen nada malo. —Marian se sentía ofendida.

—¡Qué tontería! Claro que no tienen nada malo. Yo he probado estos dulces cuando estuve en Petra y me encantaron —afirmó Hanna.

—¿Usted ha estado en Jordania? —preguntó Marian con curiosidad.

—Claro que sí, tenemos relaciones diplomáticas con Jordania y muchos judíos han aprovechado la oportunidad para ver Petra. Si no ha ido le aconsejo que lo haga, es uno de los lugares más bellos y asombrosos del mundo. ¿Tiene que regresar a Ammán?

—Eso espero...

—Bueno, pues la próxima vez tómese un par de días de vacaciones y vaya a Petra y luego a Wadi Rum... Dormir en el desierto en un campamento beduino es toda una experiencia —aseguró Hanna.

Cuando Hanna y Jonás se hubieron marchado, Marian se sentó junto a Ezequiel.

—Jonás es un buen chico —dijo el anciano.

—Creo que no le caigo bien.

—Tiene prejuicios contra usted o, mejor dicho, contra su ONG. Cree que su informe será contrario a Israel.

—Y Hanna. ¿Piensa lo mismo?

—Mi nieta es diferente. Es una pacifista convencida y es más dura en sus juicios contra el gobierno de lo que pudiera serlo usted. Milita en el movimiento Paz Ahora y tiene amigos en Ramala, activistas pro Derechos Humanos. Yaniv, su novio, se declaró objetor para no servir en los Territorios. No crea que ésa es una decisión fácil, los jóvenes que optan por no querer servir en los Territorios son mal vistos no sólo por sus compañeros, sino por buena parte de la sociedad. Pero ¿sabe?, gente como Yaniv y Hanna son quienes harán del futuro algo mejor de lo que es el presente.

—De manera que Jonás es el halcón y Hanna la paloma.

—Sí, así es. No creerá que todos en Israel pensamos lo mismo y que seguimos como borregos las consignas de nuestros gobiernos... Aunque le cueste creerlo aquí hay gente que trabaja por la paz, que cree que es posible que palestinos y judíos vivamos en paz. Hanna es una de esas personas.

—Como lo fue Samuel, ¿no?

—Sí, mi padre pensaba lo mismo. Pero para él era más fácil. Yo diría que en mi nieta hay más de mi madre que de mi padre. Ella ha heredado su dulzura.

—¿Quiere que le sirva el té? Creo que acompañaría bien a estos dulces.

«Al igual que Mohamed, yo tampoco volví a ver nunca más a Samuel. Supimos de él hasta el comienzo de la guerra, luego sus cartas y las de mi hermana Dalida dejaron de llegar.

Despedirme de mi padre no fue fácil. Me invitó a almorzar en el King David. Yo accedí con una condición, que no estuviera Katia. Él aceptó. Por aquel entonces yo tenía doce años y sufría por mi madre. Me daba cuenta de los esfuerzos que tenía que hacer para no perder la compostura cuando Samuel nos visitaba en La Huerta de la Esperanza.

Recuerdo que una tarde Dalida y yo nos escondimos mientras discutían a propósito de la negativa de mi madre a dejarnos vivir en Inglaterra.

—Estás negándoles un porvenir mejor del que nunca tendrán aquí. Permíteles estudiar en Londres y que cuando sean mayores decidan dónde quieren vivir. Podrás venir a verles siempre que quieras, y, naturalmente, ellos también pueden venir en vacaciones —insistió Samuel.

—¿También quieres quitarme a mis hijos? Entonces ¿qué me quedará?, Samuel, dime, ¿qué me quedará?...

—¡Por favor, Miriam, no te pongas dramática! Dalida y Ezequiel estarán con nosotros, soy su padre y no habrá un solo minuto en el que no me ocupe de ellos.

—No quiero que mis hijos vivan en un internado, son más felices aquí.

—¡Vivir aquí se está convirtiendo en algo insoportable! Todos los días hay muertos, Miriam; los árabes atacan a los británicos, éstos responden matando a otros árabes, y nosotros en medio, formando parte del conflicto y algunos de los nuestros tomando represalias también contra los árabes. Esa gente del Irgún... me produce vergüenza que haya judíos capaces de cometer ciertas atrocidades.

—Yo he nacido aquí, Samuel, y aquí seguiré. Comprendo que no sientas esta tierra como tuya, pero para mí sí que lo es y para nuestros hijos, también.

No podían entenderse y menos aún llegar a un acuerdo, pero aquella tarde sucedió algo inesperado. Dalida entró en la sala descubriendo que ella y yo habíamos estado escuchando detrás de la puerta. Mi hermana tenía ya dieciséis años y comenzaba a intentar hacer valer su voluntad. Desde que mi padre había regresado discutía con mi madre, la culpabilizaba de la separación y en más de una ocasión le había reprochado que nos fuéramos de París.

—Os estáis peleando por nosotros, pero, mamá, tú no me has preguntado lo que quiero yo ni tampoco se lo has preguntado a Ezequiel.

Miriam se sintió incómoda, enfadada, por la irrupción de Dalida y le ordenó que saliera de la sala.

—¡Eres una maleducada! Tu padre y yo estamos hablando. ¡Cómo te atreves a escuchar la conversación y a interrumpirnos! ¡Sal de aquí!

—No, Dalida tiene razón. Tiene derecho a opinar sobre su futuro; ya no es una niña, ha cumplido dieciséis años; Ezequiel tiene doce, también es mayor para decidir.

Mi madre miró con rabia a Samuel. Se supo derrotada. Dalida me hizo entrar en la sala y enfrentarme a mis padres.

—Mamá, yo sé lo que quiero hacer, he decidido irme con papá y con Katia. Papá tiene razón, allí estaremos mejor y podemos venir a verte.

El dolor se reflejó en el rostro de mi madre. Noté que hacía esfuerzos para no llorar. La traición de Dalida la había dejado sin palabras. Me miró y yo tuve ganas de abrazarla, de protegerla, de gritarles a mi padre y a mi hermana que se fueran, que nos dejaran en paz. Pero permanecí en silencio incapaz de moverme ni de decir una sola palabra.

Samuel parecía satisfecho y cogió la mano de Dalida apretándosela con afecto.

—Y tú, Ezequiel, ¿qué quieres hacer? ¿Vendrás con nosotros?

No sé cuánto tiempo tardé en responder, pero sí sé que nunca podré olvidar la angustia de mi madre.

—No, yo me quedo con mamá.

Para mi padre fue una sorpresa mi elección. Supongo que esperaba que siguiera los pasos de mi hermana. Mi madre me miró aliviada y rompió a llorar.

—¡Vamos, Miriam! ¡No les hagas esto a los niños! Tienen derecho a decidir.

Ella salió de la sala sin decir ni una palabra más y yo corrí detrás. Me abrazó apretándome tanto que casi no me dejaba respirar, mientras con apenas un hilo de voz decía: «Gracias, gracias… gracias». Sentí ganas de regresar a la sala y decirle a mi hermana que era desagradecida y desleal, que si se marchaba nunca más le hablaría. Pero me quedé abrazado a mi madre.

Al marcharse, mi padre me dijo que quería hablar conmigo; convinimos que yo iría al King David pero que no me obligaría a ver a Katia.

No imagina cómo era el King David de entonces. En los pasillos lo mismo te cruzabas con un jeque que con un aristócrata europeo o con un artista de renombre. Todo el que era alguien y venía a Jerusalén se alojaba en el King David.

Mi padre había reservado una mesa en la terraza lo suficientemente apartada para que pudiéramos almorzar y hablar con cierta tranquilidad. No vi a Katia pero sí a Konstantin, que se mostró muy cariñoso conmigo. Pero eso no era una novedad para mí. Konstantin era así, amable y bien dispuesto hacia todo el mundo.

Mi padre tardaba en abordar la verdadera razón de aquella comida. Parecía no atreverse a preguntarme directamente por qué había decidido quedarme en Palestina, así que fui poniéndome nervioso porque sabía que ésa era la única razón de que estuviéramos allí comiendo solos los dos. Cuando no aguanté más le expuse mis razones sin que me hubiera preguntado nada.

—No voy a ir a Londres, me quedo con mamá. No me parece bien que la dejemos sola para ir contigo. Tú tienes a Katia pero mamá sólo nos tiene a nosotros. Además, si voy a Londres tampoco viviría contigo, sino en un internado, y eso me gustaría aún menos. Tampoco me gustaría vivir con Katia, me acordaría de mamá.

Mi padre me miró con asombro y creo que se puso nervioso.

—Así que lo tienes decidido...

—Sí, yo me quedo con mamá y me parece mal que Dalida se vaya contigo. Ya le he dicho que no se lo voy a perdonar jamás.

—Eso no está bien. Tú tienes la libertad de elegir, no reproches a tu hermana que tenga la misma libertad.

—No me parece bien dejar a mamá. Ella nos quiere más que tú, nunca se ha separado de nosotros. Mamá no nos dejaría para irse con nadie, pero tú lo has hecho quedándote con Katia.

Aquellos reproches le dolieron a Samuel. Se le notaba en el rictus, en la neblina de la mirada.

—No deberías juzgarme. Cuando seas más mayor puede que me comprendas.

—¿Qué tengo que comprender, que quieres a Katia en vez de a mamá?

Yo me mostraba insolente. Estaba demasiado dolido con mi padre para ahorrarle el mal momento. Necesitaba que al menos sufriera como yo estaba sufriendo por aquella nueva separación.

—Yo quiero a tu madre, y te aseguro que os tengo siempre presentes tanto a ella como a vosotros. Pero hay cosas que no sabría explicarte..., que no quiero explicarte. Sí, Katia es importante para mí y es con ella con quien quiero vivir. Algún día tú mismo decidirás con quién quieres vivir y no te importará lo que piensen los demás.

—Yo no voy a separarme nunca de mamá.

—Sentiré mucho que no vengas con nosotros. Creo que recibir una buena educación en un colegio británico sería lo mejor para ti, pero no puedo obligarte, de manera que no insistiré.

Me dijo que, dada mi negativa, ya no le quedaba nada por hacer en Palestina y que, como mucho, en tres o cuatro días dejarían Jerusalén para embarcar en Jaffa hacia Marsella, y desde allí a París antes de viajar a Londres.

Nos despedimos en el hotel porque cuando tres días más tarde fue a buscar a Dalida para emprender el viaje yo no estaba. Le pedí a Wädi que me ayudara a esconderme. Él insistió en que debía despedirme de mi padre y de mi hermana, pero yo no quería hacerlo porque temía llorar.

Cuando por fin se fueron regresé a casa. Mi madre se había encerrado en su cuarto y Kassia me dijo que era mejor que la dejara un buen rato.

—Necesita desahogarse, no ha sido fácil despedirse de Dalida.

Kassia parecía enfadada, lo mismo que Ruth, que con la excusa de su enfermedad no había salido de su cuarto negándose a despedirse de Samuel. Los únicos que habían mantenido el tipo eran Marinna y su hijo Ben, ya que Igor estaba en la cantera y se había ahorrado la escena de la despedida.

Marinna me abrazó intentando consolarme, pero yo me escapé otra vez a casa de Wädi y le pregunté a Salma si podía quedarme allí a cenar. Salma asintió y me mandó con Wädi.

La ausencia de Dalida nos dolía a todos pero especialmente a mi madre. Creo que Miriam lo vivió como una traición de su hija. No sé por qué, pero dejamos de mencionar a Dalida, como si nunca hubiera existido. Supongo que lo hacíamos para intentar paliar el sufrimiento de Miriam. Yo sólo hablaba de mi hermana con Wädi, que me decía que él tampoco perdonaría a su hermana Naima si hiciera lo mismo que Dalida.

1938 fue un año en que la muerte decidió visitar La Huerta de la Esperanza sin apenas darnos tregua.

Primero fue el viejo farmacéutico, Netanel. Murió a resultas de una neumonía. A veces me pregunto si no deseaba morir, porque por más que mi madre y Louis le insistían en que debía ir al hospital él se empecinaba en lo contrario.

—No me pasa nada, sólo es un catarro mezclado con la edad —nos decía para tranquilizarnos.

Una mañana en la que parecía estar ahogándose, Louis mandó a mi hermano Daniel a buscar a Yossi. Cuando mi tío llegó, aunque le llevaron al hospital ya era demasiado tarde para hacer nada por Netanel. Murió a las pocas horas.

Daniel fue quien más sintió la muerte del viejo farmacéutico. Para él Netanel había sido como un segundo padre. Después de nuestra madre, el farmacéutico era la persona más importante para él. Al fin y al cabo habían pasado muchas horas juntos en el laboratorio y con mucha paciencia Netanel le había enseñado todo cuanto el joven había sido capaz de aprender.

Daniel nunca había tenido demasiada estima por Samuel. Le consideraba un intruso, alguien que se interponía entre él y su madre, y cuando Miriam nos trajo al mundo a Dalida y a mí supongo que eso hizo que aumentara su soledad.

Pese a mostrarse siempre atento con Daniel, tampoco Samuel parecía profesarle un gran afecto. En cuanto a Dalida, no parecía interesada en aquel hermano mayor que prefería pasar su tiempo en el laboratorio y al que nuestra madre tenía que ir a buscar para que compartiera el almuerzo y la cena con nosotros. La diferencia de edad entre él y yo era demasiado grande para que nos sintiéramos cerca el uno del otro, de manera que Daniel creció sintiéndose solo y el caudal de afecto que no encontraba en casa lo encontró en Netanel.

Aún recuerdo la impresión que me produjo verle llorar por la muerte del farmacéutico. Nada de lo que le dijera mi madre podía consolarle.

Por aquel entonces, aunque ya era un hombre, Daniel estudiaba en la universidad. Netanel se había empeñado en hacer de él un buen boticario y por eso, a pesar de que el laboratorio había sido destruido por el incendio, él se empeñó en volver a levantarlo. Más modesto aún que el primero, puesto que ya era demasiado viejo para trabajar, pero suficiente para seguir enseñando a Daniel y sobre todo para que tuviera un lugar donde refugiarse.

—Este chico va a enfermar —le dijo Kassia a Miriam, preocupada porque Daniel apenas comía.

—Ya no sé qué más decirle —se lamentó Miriam.

—Te necesita más de lo que te ha necesitado en toda su vida. Necesita saber que no está solo —le insistió Kassia.

—¡Pero nunca ha estado solo! Soy su madre y le quiero con locura.

—Quizá él no lo sienta así. Has estado demasiado enamorada de Samuel y pendiente de Dalida y de Ezequiel. Creo que Daniel ha sentido que no era importante para ti, al menos no tanto como la familia que habías formado con Samuel.

Las palabras de Kassia le dolieron porque en el fondo de su corazón sabía que tenía razón.

—¿Qué puedo hacer?

—Estar con él, hablar, y sobre todo convencerle para que termine sus estudios.

—¡Pues claro que los terminará! Con lo que nos cuesta la universidad, ¡como para que ahora quisiera dejarlo!

Pero eso es lo que hizo Daniel. Se negó a terminar el curso, y lo más sorprendente es que le dijo a su madre que quería ser rabino.

—¡Pero si nunca antes quisiste saber nada de la religión! —se lamentó Miriam intentando comprenderle.

Fue Yossi quien buscó una solución para Daniel. Se marcharía una temporada a un kibutz en Tiberíades. Si pasados unos meses continuaba decidido a ser rabino, entonces nadie se opondría.

—Necesita encontrar un sentido a la vida y tiene que hacerlo solo. Déjale volar, es un hombre —le dijo Yossi a Miriam.

Ella aceptó aunque le dolía ver marchar a Daniel. Se sentía culpable de no haber sido capaz de manifestarle lo mucho que le quería.

Yo sufrí la marcha de Daniel. Era mi hermano mayor y aunque nos tratábamos con indiferencia, era una parte de mi vida, de mi cotidianidad.

—Creo que no he sido un buen hermano para Daniel —le confesé a Wädi.

—¡Qué tontería! Claro que has sido un buen hermano, ¿por qué crees que no lo has sido?

—No hablaba mucho con él, ni me interesaba por sus cosas y... bueno, le he oído decir a Kassia que él se sentía relegado porque creía que mi madre nos quiere más a Dalida y a mí.

—Los hermanos no siempre se llevan bien, yo me peleo constantemente con Naima, que es una entrometida, pero la quiero aunque no se lo diga.

—¿Tú crees que mi madre nos quiere más a Dalida y a mí?

Wädi se quedó un segundo en silencio. Yo sabía que me respondería la verdad.

—No, creo que no. Lo que pasa es que cuando vosotros nacisteis, Daniel era más mayor y tu madre tuvo que prestaros más atención. Puede que a Daniel le doliera que su madre se casara con otro hombre.

—Pero el padre de Daniel había muerto...

—Sí, pero... bueno, a mí no me gustaría que mi madre se casara con otro hombre. ¿Y a ti?

No supe qué responder. Realmente no sabía si me importaría o no dado lo enfadado que me sentía con mi padre. No le perdonaba que se hubiese ido y mucho menos que se hubiera llevado a Dalida.

Yo solía recurrir a Wädi para todo. Él tenía dieciocho años y ya era un hombre, y yo era un adolescente de trece años, pero siempre se mostraba paciente y afectuoso conmigo. No había una persona en el mundo en la que confiara tanto como en él, al fin y al cabo le debía la vida.

Con Ben, el hijo de Marinna e Igor, solía pelearme por cualquier cosa. Éramos muy diferentes aunque nos queríamos, habíamos crecido juntos. Pero a Ben le gustaba más la acción, siempre estaba planeando alguna travesura, mientras que yo era más tranquilo. Me gustaba leer y no tenía ningún problema con los estudios, mientras que Ben sacaba los cursos con gran dificultad. Los profesores decían que no se estaba quieto ni un minuto, que no era capaz de concentrarse en lo que hacía. Pero aunque no se le daban bien las matemáticas tenía otras habilidades. Con sólo un vistazo que echara a cualquier máquina era capaz de desmontarla y volverla a montar. Arreglaba cualquier cosa, incluso el motor del viejo camión. También tenía una memoria prodigiosa. Era capaz de recordar para siempre cualquier cosa, por más que sólo la hubiera escuchado una sola vez. Yo creo que por aquel entonces a Ben le gustaba tontear con Naima, pero Marinna y Salma hacían lo imposible por evitar que estuvieran juntos. Marinna, siempre tan complaciente con su hijo, se enfadaba seriamente si le veía yendo a la cerca que separaba nuestra huerta de la de Mohamed y Salma.

—¿Es que quieres comprometer a Naima?

—¡Pero si sólo iba a hablar con ella! —se defendía Ben.

—Bastantes problemas hay ahora entre árabes y judíos para que tú eches más leña al fuego. Naima tiene quince años y ya no es una niña, no puede andar corriendo por ahí contigo.

—¿Por qué no? —protestaba Ben.

—Porque está mal visto, ¿acaso quieres crearle un problema? Pues no lo consentiré.

Una mañana, cuando me levanté para ir a la escuela encontré a Igor con su madre en brazos ayudado por Louis. La llevaron al hospital y esa misma mañana murió.

Ruth llevaba mucho tiempo enferma sin salir de su habitación. Había sufrido una hemiplejía y tenía la parte izquierda del cuerpo paralizada. Aunque todos estábamos pendientes de ella, era Kassia la que se encargaba de cuidarla como si de una hermana se tratara.

Me impresionó ver a Igor llorar con desesperación la muerte de su madre. Ni siquiera Marinna parecía capaz de consolarle. Durante unos días Ben parecía haberse vuelto invisible. Estaba muy afectado por la muerte de su abuela. Los únicos ratos en los que Ben estaba quieto era cuando regresaba por las tardes de la escuela y se sentaba junto a la cama de Ruth para contarle lo que había hecho durante el día. Ruth apenas articulaba palabra pero le brillaba la mirada cuando tenía a Ben cerca.

—Nos hacemos viejas, primero Dina, ahora Ruth, la próxima seré yo —le oí decir a Kassia y sus palabras me dieron miedo.

Kassia era el pilar de La Huerta de la Esperanza. No podía imaginarme la casa sin ella, me parecía que todos nosotros podíamos desaparecer sin que sucediera nada, pero no Kassia.

Yo aún estaba en la adolescencia pero era consciente de que en los cada vez más cruentos enfrentamientos entre árabes y británicos la peor parte se la llevaban los árabes. Louis solía comentar que estaban desorganizados y que eso les hacía más vulnerables.

Louis todavía desaparecía de cuando en cuando, aunque menos que antes. De una manera natural había ido asumiendo el liderazgo que años atrás dejara vacío Samuel. Igor, el otro hombre de la casa, le reconocía esa autoridad, al igual que Moshe.

Las relaciones de Louis con Moshe eran tensas debido a que éste se había decidido por la Organización Militar Nacional en la Tierra de Israel, más conocida como Irgún (Irgun Zevai Leumi). Discutían a menudo ya que Louis, como miembro destacado de la Haganá, difería de los planteamientos militares y políticos del Irgún.

—Nosotros no estamos en guerra con nadie; nuestro objetivo es defendernos, defender nuestras colonias y nuestras casas —no se cansaba de repetir.

Pero Moshe consideraba que árabes y británicos eran caras distintas de la misma moneda, la que ponía obstáculos a que los judíos tuviéramos como propia aquella tierra.

—¿Sabes, Moshe?, mientras en Europa nos han perseguido durante siglos, y los zares organizaban los pogromos contra los judíos, los únicos lugares del mundo donde podíamos vivir con tranquilidad estaban en Oriente, ya fuera dentro de los límites del imperio otomano o más allá. De manera que los árabes no son nuestros enemigos, hemos vivido durante siglos con ellos sin mayores problemas que los que se pueden tener con un vecino.

Pero Moshe no atendía a razones.

—Los británicos acabarán marchándose y entonces serán ellos o nosotros. Cuanto antes lo asumáis los de la Haganá, mejor será para todos.

Kassia no solía invitar con demasiada frecuencia a Moshe y a Eva a pasar el sabbat con nosotros. Decía que estaba cansada de aquellas discusiones interminables que no conducían a nada.

—Tú sabes que Moshe es del Irgún. Ni siquiera debería estar con nosotros. Yo no comparto ninguna de las atrocidades que llevan a cabo, y cuando le veo me pregunto si habrá sido él quien las ha llevado a cabo —se quejaba Kassia.

Marinna coincidía con su madre.

—Les dimos cobijo cuando llegaron, pero ya han pasado muchos años, no son unos pobres emigrantes sin recursos. Podrían marcharse a alguna otra parte. Sus hijos viven en un kibutz en Galilea, ¿por qué no se reúnen con ellos? Cada vez que pienso que fue su grupo quien lanzó granadas en un café de Jerusalén...

—Pero no sabemos si él estuvo implicado —dijo Miriam sin demasiada convicción.

—Deberías hablar con Moshe —le insistió Kassia a Louis.

Era Miriam, mi madre, quien intentaba mediar. No es que simpatizara con Moshe y Eva, pero no le gustaba la idea de echar a nadie de La Huerta de la Esperanza. Supongo que en lo más íntimo de su corazón pensaba que Samuel no lo habría avalado, puesto que para él La Huerta de la Esperanza era un lugar de acogida.

—Aprendamos a respetarnos los unos a los otros. Al fin y al cabo Moshe y Eva no viven en esta casa —terció Miriam.

—Ya, pero viven a doscientos metros —respondió Marinna.

—Pero ni siquiera les vemos —insistió mi madre.

—Prefiero tener cerca a Moshe. Creo que a la Haganá no le viene mal saber qué hacen los del Irgún, aunque a nuestros dirigentes no les gusta que tengamos trato con ellos —explicó Louis.

Me gustaba escuchar a los mayores, sobre todo a Louis, a quien para aquel entonces yo, casi sin darme cuenta, le había otorgado el papel de padre. Era a él a quien le contaba mis pequeños secretos, y también el que me reprendía cuando hacía alguna trastada o me veía remolonear ante cualquier encargo de mi madre.

Fue entonces cuando empecé a lamentar que Louis no fuera mi padre. Le prefería a Samuel, sobre todo porque estaba allí y no me abandonaba.

Lo peor de aquellos años fue la distancia que se estaba estableciendo con la familia Ziad. Louis nos había encomendado que fuéramos prudentes.

—Si les ven demasiado con nosotros podrían acusarles de traición y no quiero pensar lo que pudiera sucederles. Si ellos vienen serán bien recibidos, pero no les comprometamos con nuestra presencia. Y tú, Marinna, sé que la echas de menos, pero no puedes continuar yendo a Deir Yassin a visitar a Aya. Sé que hace unos días unas mujeres la insultaron y que algunos hombres le han recriminado a Yusuf que su esposa reciba a judíos en su casa.

—¡No voy a renunciar a ver a Aya! Es como si fuera mi hermana. Me niego a que unas viejas chismosas pongan trabas a nuestra amistad —protestó Marinna.

—Se trata de que Aya no tenga que sufrir por vuestra amistad. Ya encontraréis la manera de veros, pero tú no vayas allí.

Igor no solía contrariar a Marinna, pero en aquella ocasión

estuvo de acuerdo con Louis. Fue a él a quien se le ocurrió que se vieran en casa de Yossi y Judith.

—A nadie le extrañará que Aya acuda al médico. Los árabes respetan a Yossi. Muchos notables son sus pacientes. Es el mejor médico de Jerusalén.

Marinna aceptó a regañadientes. Yo por mi parte hacía caso omiso de las advertencias de Louis, y en cuanto podía acudía a casa de Mohamed para estar con Wädi. Claro que procuraba hacerlo cuando empezaban a caer las sombras de la tarde, con la esperanza de que nadie me viera. Aun así, a veces prefería olvidarme de las advertencias de Louis y acompañaba a Ben hasta la cerca de los Ziad esperando a que Wädi o Naima nos invitaran a entrar. A veces era Salma quien nos veía y nos hacía señas con la mano para que entráramos en su casa.

Salma me recordaba a mi madre. Era más joven, pero cuando el velo se le caía hacia atrás podía ver el cabello castaño oscuro con reflejos rojizos igual que el de mi madre. A mí me parecía que Salma era muy guapa, tanto o más que Miriam.

Algunas noches Louis también caminaba hasta la cerca con la esperanza de encontrar a Mohamed fumando cerca de los olivos, sentado en el gastado banco de madera que había construido Ahmed Ziad cuando Mohamed aún era un niño.

Solían hablar en voz baja a veces hasta altas horas de la noche. Louis apenas comentaba lo que hablaba con Mohamed, aunque solía insistir en que pasara lo que pasara debíamos hacer un esfuerzo por que no se rompieran los vínculos que nos unían a los Ziad. Kassia le recordaba a menudo que para ella Dina había sido una amiga leal y que quería a Mohamed y a Aya como si fueran sus hijos. Era mi madre quien mejor comprendía los temores de Louis. El informe Peel había supuesto un duro golpe para los árabes y un alivio para los judíos, y aquello había ahondado la brecha entre las dos comunidades. Cómo salvar esa brecha era lo que le preocupaba a Louis, al menos en lo que a nuestros amigos concernía.

Siguiendo la recomendación de Igor, Marinna solía encontrarse con Aya en casa de Yossi y Judith. Mi madre y yo la acompañábamos con frecuencia, ya que así veíamos a mi tía Judith.

El paso del tiempo la había convertido en un ser inerte que no sólo había perdido la vista, sino que ya ni siquiera parecía reconocernos. Yasmin cuidaba a su madre con ternura y ayudaba a su padre en la consulta. Mijaíl, por su parte, estaba totalmente implicado en política. Ayudaba a los emigrantes judíos que llegaban clandestinamente a instalarse en el país. Buscaban un trozo de tierra en el que montar un asentamiento con apenas cuatro estacas y unas cuantas tiendas de campaña.

No es que los británicos hubieran levantado la mano en cuanto a la emigración de los judíos a Palestina, pero en Alemania el nazismo estaba obligando cada vez a más judíos a intentar abandonar el país. No era un empeño fácil porque a la necesidad de contar con fondos para fletar barcos se unía el control férreo de la flota británica ante las costas de Palestina para impedir que llegaran más emigrantes, aumentando así la tensión y el conflicto que mantenían con los árabes.

Un día escuché a Mijaíl explicarle a mi madre que mi padre estaba implicado en el flete de los barcos que intentaban sortear los peligros del mar y el bloqueo de los buques de guerra ingleses.

—Samuel y Konstantin se están gastando su fortuna alquilando viejos barcos y sobornando a sus capitanes para que burlen el bloqueo británico. Hace unos días fui a buscar en el norte a un grupo que venía en un carguero maltés. Si hubieras visto el estado del barco... No sé cómo se mantenía a flote. Logramos desembarcar a cien personas. Muchos venían enfermos. Habían viajado hacinados y sin las más mínimas condiciones de higiene. Les hemos llevado al Neguev. Les costará adaptarse, la mayoría son profesores y comerciantes que nunca han visto una azada.

—Tú tampoco sabías lo que era plantar un árbol —le respondió Miriam con una sonrisa.

—Yo era joven, pero esta gente... Además, sólo hablan alemán, algunos tienen alguna noción de hebreo, pero son los menos.

—Al menos aquí nadie les perseguirá —sentenció mi madre.

—Salvo los ingleses, pero prefieren correr ese riesgo al de los nazis. Si supieras lo que cuentan... Algunas mujeres lloran pensando en lo que han dejado atrás: sus familias, sus casas, las tumbas de sus antepasados... A pesar de lo que están sufriendo se sienten alemanes y no querrían ser otra cosa. Aquí se sienten perdidos, convertidos en campesinos de la noche a la mañana.

—¿Samuel continúa colaborando con la Agencia Judía? —preguntó mi madre, ansiosa por saber qué había sido de su marido.

—Es, junto a Konstantin, uno de los miembros más activos. Tengo que reconocer que hacen lo imposible por ayudar a los judíos a escapar de Alemania y, sobre todo, a defender nuestra causa ante las autoridades británicas. Al parecer han encontrado un gran aliado en Winston Churchill, uno de los pocos políticos ingleses a quien no le importa reconocer su simpatía hacia los judíos.

A mi madre le reconfortaba escuchar a Mijaíl hablar bien de Samuel. Sus relaciones habían estado repletas de malentendidos, sobre todo por la incapacidad de ambos para reconocer el inmenso afecto que sentían el uno por el otro. Miriam lo sabía bien porque durante años había escuchado a Samuel lamentarse por la incomprensión de Mijaíl.

No fue ninguna sorpresa para nosotros que Mijaíl decidiera formar parte de la Jewish Settlement Police, es decir, la policía de los asentamientos judíos, cuya misión era proteger a los colonos. Así Mijaíl podía combinar sus dos actividades, la oficial con los ingleses y la extraoficial con la Haganá, pero las dos con el mismo objetivo: defender a los judíos de los frecuentes ataques de las bandas árabes.

Pero si bien el informe Peel recomendando la partición de Palestina en dos entidades, una árabe y otra judía, había supuesto para los judíos un paso adelante, pronto los ingleses dieron marcha atrás. El 9 de noviembre de 1938 los británicos decidieron enterrar el informe de la Comisión Peel.

El gobierno británico se rendía ante la evidencia de que pese a tener casi controlada militarmente la revuelta árabe, la situación en Palestina terminaría por escapársele de las manos.

La noticia llegó acompañada de otra más trágica, porque en la misma fecha se había desencadenado en Alemania una persecución todavía más cruel, la tristemente conocida como Noche de los Cristales Rotos. Un paso más de los nazis en su política de acoso y liquidación de los judíos alemanes.

Louis llegó a casa abatido. Por primera vez le veíamos pesimista. A los pocos días de haberse hecho pública la matanza de la Noche de los Cristales Rotos, los británicos habían negado el visado para entrar en Palestina a varios miles de niños procedentes de Alemania.

—No sé qué va a pasar. De nuevo los británicos haciendo de las suyas. No quieren seguir enfrentándose a los árabes y ahora se desdicen de sus compromisos con nosotros. Y esos pobres niños... No quiero ni pensar lo que será de ellos.

No sé por qué, pero íntimamente confiaba en que mi padre hiciera algo. ¿No decían que era amigo de algunos ministros ingleses? ¿No disponía de dinero para fletar barcos? Sí, Samuel debía de estar haciendo algo, yo estaba seguro de que ante una noticia así no se quedaría con los brazos cruzados. De la memoria me llegaba el eco de algunas conversaciones que mantenía con mi madre cuando yo era niño y pensaban que no atendía a lo que decían. Conversaciones que giraban alrededor de lo que él consideraba un gravísimo peligro, el nazismo y su líder, aquel Adolf Hitler que tanto odiaba a los judíos y que yo me seguía preguntando por qué.

Por aquel entonces, mi madre me emplazó a pensar qué quería estudiar en el futuro en la Universidad Hebrea de Jerusalén. Yo dudaba si convertirme en médico como el tío Yossi o químico como mi padre, aunque no me atraían ninguna de las dos carreras. En realidad me fascinaba el ir y venir de Louis y de Mijaíl, que se me antojaba que vivían aventuras extraordinarias burlando a los británicos para ayudar a los emigrantes que llegaban clandestinamente. Pero había una parte de aquella aventura que me hacía estremecer y era si la defensa de las colonias implicaba enfrentarse con los árabes. Yo no podía ver como enemigos a los árabes pese a que había estado a punto de morir entre las llamas cuando años atrás aquellos jóvenes incendiaron La Huerta de la Esperanza. En realidad mi mundo no iba más allá de mi madre, mis tíos Yossi y Judith, además de Yasmin y Mijaíl, y todos los que vivían con nosotros en la Huerta. Sobre todo de Wädi. Dina también había sido una persona importante para mí, como también lo eran Aya y sus hijos Rami y Noor. Incluso los tíos de Mohamed, Hassan y Layla, y su hijo Jaled eran parte importante de mi existencia. Yo no alcanzaba a ver cuáles eran las diferencias entre judíos y árabes y, además, cuando miraba las cicatrices en el rostro de Wädi pensaba que siempre tendría una deuda eterna con él y los suyos.

Ya he dicho que la muerte se había empeñado en visitarnos, así que una mañana de enero, apenas comenzado el año cristiano de 1939, Judith apareció muerta en su cama. Yossi no se dio cuenta hasta primera hora de la mañana. Debió de morir durante la noche porque su cuerpo ya estaba frío.

Recuerdo los golpes secos en la puerta de mi casa. Un amigo de Yossi venía a avisarnos. Mi madre se quedó parada incapaz de moverse, ni de hablar, ni de llorar. Yo, sin embargo, rompí a llorar.

Fue Kassia la que una vez más tomó el mando de todos nosotros. Luego de meternos prisa para que nos aseáramos y nos vistiéramos, mandó a Ben a casa de Mohamed y Salma para anunciarles el fallecimiento de Judith. Louis no estaba en casa y fue Igor quien puso en marcha la camioneta para llegar hasta la Ciudad Vieja.

Mi tío Yossi lloraba en silencio junto al lecho de Judith. Yasmin le había ayudado a lavar y preparar el cuerpo para el último viaje hacia las entrañas de la tierra que la vio nacer.

No había discusión posible. Judith y Miriam siempre habían manifestado su deseo de ser enterradas en Hebrón. Allí dormían el sueño eterno su madre y su padre, y allí querían descansar ellas. A Igor le preocupaba el viaje hasta Hebrón y sobre todo la hostilidad que pudiéramos encontrar por parte de algún grupo árabe de los que merodeaban por la zona. Pero mi madre se mostró inflexible. Su hermana yacería en Hebrón y ella misma la llevaría aunque el empeño pudiera poner en peligro su vida.

Yossi no discutió. Estaba dispuesto a cumplir con la que sabía siempre había sido la voluntad de Judith; así pues, una vez finalizáramos en Jerusalén con los trámites habituales, saldríamos hacia Hebrón, aunque insistió en que antes deberíamos avisar a Louis y a Mijaíl. Necesitábamos cierta protección.

No resultó fácil localizarles y no fue hasta dos días más tarde que pudieron regresar. Cuando llegaron ya habían desfilado por la casa para llorar la pérdida de Judith todos los amigos y conocidos de la familia. A mí me sorprendía que mi madre no hubiese derramado ni una sola lágrima. Después del impacto de la muerte de su hermana había reaccionado con una enorme entereza; tanta, que Kassia estaba preocupada.

—Es malo no llorar, es mejor hacerlo, si retienes las lágrimas sufrirás más —le decía a mi madre.

Pero Miriam sencillamente no podía, y durante tres días se dejó llevar por la tarea de atender a quienes venían a expresar sus condolencias.

A pesar de todos los temores, no sufrimos ningún incidente en el camino hacia Hebrón. Quizá fuera porque quienes podían atacarnos decidieron respetar aquel cortejo fúnebre. Lo cierto es que llegamos al pequeño cementerio judío sin ningún sobresalto.

Para mi madre fue reconfortante encontrarse con sus amigas de la infancia. Eran mujeres árabes de la edad de mi madre que lloraban sentidamente la pérdida de Judith. Yo me preguntaba cómo había sido posible que en aquel mismo lugar, años atrás, se hubiera producido aquel ataque contra los judíos en el que mi abuela había perdido la vida.

La noche que regresamos a casa fue cuando mi madre rompió a llorar. Se encerró en su cuarto y escuchamos su llanto compulsivo. Kassia no me dejó entrar.

—Déjala. Si no llora, reventará.

Pasados unos días fuimos a visitar a Yossi y a Yasmin; me impresionó ver lo mucho que mi tío había envejecido.

—No soporto la ausencia de Judith por más que me digo que hace años que estaba más muerta que viva, pero al menos la tenía cerca de mí.

Yasmin estaba preocupada por su padre, que apenas comía y al parecer no lograba conciliar el sueño por las noches.

—Se sienta en su viejo sillón y se queda quieto hasta que amanece. Si sigue así, caerá enfermo.

Insensible a cuanto sentíamos, la vida continuó con su rutina. En febrero de 1939 se celebraba en Londres una conferencia a la que asistieron árabes y judíos. El gobierno de Su Majestad no quería seguir mandando tropas para mantener Palestina, veían en el horizonte un peligro más cercano y temible: la agresiva política expansionista de Hitler y el nazismo.

Entre los judíos de Palestina había nerviosismo y preocupación por lo que pudiera resultar de aquella conferencia, pero si algo tenían claro, nos explicó Louis, era que nosotros no íbamos a dar ni un paso atrás.

Los árabes llegaron divididos a la Conferencia de Londres; por una parte Jamal al-Husseini, el primo del muftí; por otra, uno de los miembros más destacados de la familia Nashashibi, que encabezaba la facción más moderada entre los árabes palestinos.

Husseini se alojó en el lujoso hotel Dorchester, Nashashibi en el no menos lujoso Carlton. El doctor Weizmann y Ben Gurion tenían la responsabilidad de representarnos.

Mijaíl mantenía algunas reservas respecto al doctor Weizmann. «Es demasiado británico», decía, pero Louis le recordaba que gracias a él los judíos habíamos conseguido algo precioso: la declaración de lord Balfour que contemplaba un hogar para los judíos en la tierra de nuestros antepasados, Palestina.

Las noticias que llegaban de Londres no eran precisamente optimistas. Samuel envió una larga carta en la que afirmaba que la conferencia había tenido que inaugurarse dos veces, una para la delegación de los árabes palestinos y otra para la de los sionistas judíos, puesto que ambas partes se negaban a estar juntos, «lo que ha irritado al *premier* británico Neville Chamberlain».

Samuel explicaba en su carta que los británicos parecían «más predispuestos a entenderse con los árabes palestinos que con nosotros. Hace unos días, en una cena en casa de un banquero, Konstantin escuchó de labios del propio Chamberlain que si hubiera un enfrentamiento con Alemania, los judíos nos veríamos obligados a respaldar a los ingleses, ¿qué otra cosa podíamos hacer? De manera que me temo que harán concesiones a los árabes palestinos antes que a nosotros. Tampoco nos quedan demasiados amigos en el gobierno británico; el nuevo ministro de las Colonias, Malcolm McDonald, ve nuestros problemas con demasiada distancia. La falta de sintonía entre el doctor Weizmann y vuestro líder Ben Gurion tampoco ayuda. Ben Gurion ha venido a Londres decidido a no dar ni un paso atrás. Me temo que es un hombre poco flexible. Por lo que hemos logrado saber, el doctor Weizmann estaba dispuesto a aceptar un descenso en el número de emigrantes judíos. Pero Ben Gurion no lo ha permitido. Uno de los diplomáticos británicos que participan en las conversaciones, y que es buen amigo de Konstantin, nos ha contado que la propuesta de Ben Gurion es la de formar un Estado judío dentro de una Confederación árabe. Como podéis suponer, esto no lo acepta la delegación árabe palestina. Me temo que estamos en un callejón sin salida».

Años después, en los libros de historia se contaría que Ben Gurion no aceptó limitar el número de inmigrantes judíos a Palestina aduciendo como argumento la persecución de la que estaban siendo objeto en Alemania. Por su parte, Jamal al-Husseini puso desde el primer momento las cartas boca arriba: los británicos debían poner coto a la inmigración judía a Palestina, además se les debía prohibir adquirir más tierras, y, sobre todo, que aceptaran la creación de un Estado palestino. Los Nashashibi se mostraban partidarios de que los judíos que ya estaban en Palestina pudieran formar parte de ese Estado árabe, pero Husseini añadía que sin disponer de un hogar propio.

El acuerdo fue imposible. Aún peor que imposible, porque cuando la conferencia aún no había finalizado los británicos ya tenían un nuevo plan para intentar arreglar el problema palestino. En aquel plan, que se convertiría en un nuevo Libro Blanco, el ministro de Asuntos Exteriores, lord Halifax, intentaba cerrar el problema con la creación en un plazo inferior a diez años de un Estado donde hubiera preponderancia árabe. También contemplaba restringir inmediatamente la inmigración. El documento provocó que la delegación judía se levantara de la mesa y abandonara la conferencia. El 17 de mayo se hizo oficial el nuevo Libro Blanco en el que quedó anulada en el acto la Declaración Balfour.

Todos estos acontecimientos los vivimos con preocupación y no sin discusiones. Kassia y Marinna eran socialistas antes que ninguna otra cosa y se peleaban con Louis a cuenta del empeño de los dirigentes judíos de querer tener un hogar que se asemejara a un Estado. Mijaíl, que era un ferviente partidario de Ben Gurion, defendía con vehemencia que los judíos tuvieran su propio Estado dentro de una Confederación con los árabes.

—Yo no quiero un Estado —decía Marinna—, nuestro objetivo es vivir con los árabes palestinos en paz, no vinimos a buscar nada más.

Marinna sufría por los enfrentamientos continuos entre las dos comunidades. No porque su amor por Mohamed le ofuscara el pensamiento, sino porque había crecido y se había hecho mujer con las ideas socialistas de sus padres, que eran ante todo internacionalistas y pensaban que árabes y judíos tenían otros problemas que no eran los del nacionalismo.

Mi tío Yossi y mi madre se sentían incómodos con estas discusiones. Ellos eran tan palestinos como el que más y defendían el statu quo en el que habían vivido hasta entonces. En realidad tenían el corazón dividido: sabían que los judíos necesitaban un hogar, un lugar donde nadie pudiera perseguirles, y al mismo tiempo comprendían las reticencias de sus amigos árabes ante la llegada masiva de inmigrantes. Tampoco concebían un Estado exclusivamente judío.

Cuando en septiembre de 1939 estalló la Segunda Guerra Mundial, el mensaje de Ben Gurion fue contundente: lucharemos contra Hitler como si no existiera el Libro Blanco, y lucharemos contra el Libro Blanco como si no hubiera guerra.

Ben y yo le pedimos a Louis que nos dejara formar parte de la Haganá. Oficialmente la Haganá no existía, pero todo el mundo sabía de su existencia, de modo que no nos andamos con rodeos. Habíamos escuchado suficientes conversaciones a lo largo de los años para saber que Louis y Mijaíl formaban parte de aquella organización clandestina que se dedicaba a proteger a los colonos y que además estaba enfrentada al Irgún y la Stern, dos organizaciones que se caracterizaban por sus métodos violentos y hasta terroristas. Precisamente poco después de la proclamación del Libro Blanco, el Irgún había colocado una bomba junto a la Puerta de Jaffa asesinando a nueve árabes palestinos.

Louis se tomó en serio nuestra petición pero la rechazó.

—Me parece bien que queráis ayudar, ya os iré diciendo cómo; al principio, podéis hacer de correos.

—Tengo diecisiete años. Seguramente podré hacer algo más importante —exclamó Ben enfadado.

—Y yo catorce y he oído que en los kibutz a los que son de nuestra edad no les tratan como a niños y ayudan en la defensa —dije yo intentando convencer a Louis.

—Si es necesario nos iremos a un kibutz y así nadie nos impedirá luchar —advirtió Ben.

Kassia estaba escuchándonos sin que nosotros nos hubiéramos dado cuenta.

—¡Pero estáis locos! No tenemos bastantes problemas con Moshe para que ahora vengáis vosotros a encogernos el corazón.

—Vamos, Kassia, ya no son tan niños y tarde o temprano tendrán que asumir sus propias responsabilidades.

—¿Responsabilidades? ¿A qué te refieres? Los árabes no son nuestros enemigos.

—Pero los británicos sí lo son —le respondió Louis con desgana.

—¿Y vamos a combatirles con niños? —Kassia estaba cada vez más exaltada.

En ese momento entraron mi madre y Marinna. Venían del huerto de varear los olivos.

—Pero ¿qué pasa?, ¿por qué gritáis? —preguntó Marinna.

Kassia se lo explicó y Marinna se enfadó con los tres, con Louis, con su hijo Ben y conmigo. Mi madre intentó apaciguarla.

—Tienen la edad de querer vivir aventuras y formar parte de la Haganá porque no saben lo que de verdad significa.

—¡Claro que lo sabemos! —la interrumpió Ben, molesto por el tono condescendiente de mi madre.

Louis terminó la discusión diciendo que tenía que marcharse, pero cuando estaba a punto de salir nos dirigió una mirada a Ben y a mí en la que creímos ver que todo no estaba perdido.

Puede resultar sorprendente, pero la verdad es que los seis años que duró la guerra hubo una especie de tregua entre los árabes palestinos y los judíos. No sé si porque, a pesar de haberse mostrado contrarios al Libro Blanco, éste no dejaba de ser una garantía de que los judíos no tendríamos nuestro hogar en el futuro, o también porque los británicos se esmeraron en impedir que llegaran más judíos a Palestina aun sabiendo que éstos no hacían más que intentar escapar de las garras de sus peores enemigos, de Hitler y sus secuaces.

A pesar de la opinión de nuestras madres, Ben y yo empezamos a hacer de correos para la Haganá. En 1940 nos encargábamos de llevar mensajes y armas de un lado para otro. Creo que tanto mi madre como Marinna decidieron no darse por enteradas confiando que el buen juicio de Louis no nos pondría en demasiados peligros.

Louis nos había puesto bajo las órdenes de Mijaíl, y mi madre intentaba convencer a Kassia de que mis continuas visitas a casa de mi tío Yossi eran para ver a éste y a Yasmin.

—Ezequiel es un chico muy sensible. Desde la muerte de Judith no pierde ocasión de ir a hacer compañía a su tío y a su prima —decía orgullosa de mí.

Mi prima Yasmin sí sabía lo que nos traíamos entre manos, aunque ella, lo mismo que Yossi, su padre, tenía algunas reticencias.

Lo que más me costó fue no poder decirle a Wädi en qué estaba metido. Louis se había mostrado tajante al respecto.

—La Haganá no existe —insistió.

—Pero si yo le he oído decir a Mohamed que seguramente tú eres de la Haganá —protesté yo.

—Él puede creerlo pero no lo sabe. Sé que Wädi es muy importante para ti, le debes la vida, pero ahora la vida de muchas personas depende de tu silencio. Lo que sabes no te pertenece a ti, por lo tanto, no puedes hacer uso de ello.

Yo me sentía mal conmigo mismo. Se me hacía un nudo en el estómago cuando estaba con Wädi por no poder decirle lo que estaba haciendo.

Las cicatrices del rostro de Wädi me recordaban que le debía la vida aunque él jamás lo recordaba, y si era yo quien lo hacía, le quitaba importancia.

Wädi había decidido ser maestro y se preparaba para conseguirlo. Había recibido una buena educación en la escuela británica de St. George y sus maestros destacaban su predisposición para ayudar a los más débiles. Se mostraba especialmente protector con su hermana Naima, que temblaba cuando escuchaba a su madre decirle a su padre que había que ir pensando en buscarle un buen marido. Cuando Wädi se lo contaba a Ben, a éste se le agriaba el gesto. Estaba enamorado de Naima, por más que les había prometido a sus padres que no daría un solo paso que pudiera comprometerla. A Marinna le hubiera gustado permitir a su hijo que se dejara llevar por sus sentimientos, pero sabía que habría supuesto un problema no sólo con Salma, también con Mohamed. Si ellos habían tenido que renunciar a estar juntos en una época en que no existían los problemas que estábamos viviendo, en aquellos momentos resultaba imposible. Y aunque Marinna se mostraba firme, Igor se mantenía inflexible. Incluso había llegado a amenazar a Ben con enviarle a Inglaterra con Samuel si no se olvidaba de Naima. Ben sabía que era imposible que le enviaran a Inglaterra. La guerra estaba en todo su apogeo, los británicos intentaban mantener a raya a los judíos y no habrían facilitado un permiso para enviar a un joven a Londres. ¿Por qué habrían de hacerlo? Al fin y al cabo no éramos gente importante.

Hoy, con la perspectiva del tiempo, creo que Naima no estaba tan interesada en Ben como él en ella. En efecto, le halagaba que Ben se pusiera nervioso en su presencia y que pasara horas en la cerca que separaba las dos huertas con la esperanza de verla. Ella le veía desde la ventana y, si podía escapar al control de su madre, corría a reunirse con él. Pero eran pocas las veces que lo conseguía porque Salma siempre estaba pendiente de ella vigilando lo que hacía.

A mí me dolían las discusiones cada vez más frecuentes de Louis e Igor con los Ziad. Recuerdo una noche en la que, invitados por Marinna, Aya y su marido Yusuf habían venido a cenar a nuestra casa y se les habían unido Mohamed y Salma y sus tíos Hassan y Layla, todos acompañados por sus hijos. Los jóvenes estábamos contentos de compartir aquellas horas y lo último que deseábamos era que los mayores se enzarzaran en una discusión. Fue Igor, siempre tan prudente, quien reprochó a nuestros amigos las veleidades nazis del muftí.

—Parece que los alemanes le han prometido al muftí que una vez que termine la guerra en Europa se encargarán de resolver «el problema judío» en Oriente —comentó Igor mirando fijamente a Mohamed.

Éste le sostuvo la mirada, incómodo. Marinna se puso tensa. Le desazonaba que su marido y Mohamed se enfrentaran. Pero no fue Mohamed quien respondió a Igor, quien tomó la palabra fue su tío Hassan.

—Muchos árabes coinciden con Hitler en su animadversión por los judíos, pero eso es una coincidencia. Tenéis que comprender que los palestinos estemos inquietos por los planes de los ingleses para dividir nuestra tierra. Podemos compartirla, pero ¿debemos dejar que nos la arrebaten?

—Palestina era el hogar de nuestros antepasados. No somos extranjeros —respondió Igor.

—Tenéis que remontaros al principio de los tiempos para evocar ese pasado. Bien sabéis que ningún miembro de nuestra familia simpatiza con los Husseini y que estamos abiertamente enfrentados a ellos. No queremos cambiar al amo británico por el amo alemán, aunque el muftí crea que si apoya a Hitler, éste le ayudará a hacerse con Palestina sin ningún precio a cambio. Además, nos disgustan las teorías raciales que defienden los nazis. Pero ese disgusto nada tiene que ver con nuestra creciente preocupación por la llegada masiva de judíos a Palestina y la decisión de los británicos de dividir nuestra tierra —insistió Hassan.

Deberíais avergonzaros de que vuestro muftí tenga a los nazis por amigos mientras los judíos están sufriendo el terror desatado por Hitler. —Igor parecía empeñado en discutir.

—Y vosotros deberíais cesar en el empeño de arrebatarnos lo que nos pertenece. —Esta vez el tono de voz de Hassan era menos complaciente.

—Apoyar a Hitler supone apoyar la persecución de los judíos. —Igor no estaba dispuesto a dar por zanjado el tema.

Marinna le miró con angustia. La velada que prometía ser un

encuentro amable con nuestros viejos amigos se estaba convirtiendo en un enfrentamiento. Fue Kassia la que mandó acabar con la discusión.

—¡Basta! Igor, éste no es el momento de discutir. Quiero disfrutar de la presencia de nuestros amigos. Hablemos de los viejos tiempos…

Cuando echo la vista atrás pienso en el sufrimiento silencioso de mi madre. Ni ella ni yo nos referíamos nunca a mi padre, ni tampoco a mi hermana, Dalida. Mi madre tampoco hablaba sobre su hijo mayor, Daniel. Los demás respetaban nuestro silencio. Ahora me doy cuenta de que su ausencia nos dolía tanto que para defendernos habíamos optado por no hablar de ella.

Mi madre nunca se quejaba por nada. Parecía encontrar alivio trabajando la tierra en jornadas que alargaba hasta la caída del sol.

Kassia insistía en seguir trabajando la tierra, pero mi madre procuraba ayudarla en las tareas; no sólo por su edad, también porque había ido adelgazando tanto que nos preocupaba.

—Deberías llevar a tu madre a que la vea mi cuñado Yossi —le decía mi madre a Marinna.

—Miriam, ya sabes cómo es mi madre, se niega a que la vea ningún médico. Insiste en que se encuentra bien.

—No me gusta el color de su piel, ni esas ojeras cada vez más grandes. A lo mejor si tu marido habla con ella…

—¿Igor? No, Igor es incapaz de decirle a mi madre lo que tiene que hacer. A lo mejor te hace a ti más caso que a nosotros.

Ben también se daba cuenta de que su abuela estaba enferma. Me lo confesó preocupado.

—La otra noche la oí lamentarse, me levanté para preguntarle si necesitaba algo y la encontré vomitando.

Pero Kassia seguía negándose a que la viera ningún médico. Yo creo que ya no tenía demasiadas ganas de vivir, que carecía de ilusiones por más que quisiera profundamente a su hija Marinna y a su nieto Ben. Durante años, Kassia temió que Marinna pusiera fin a su matrimonio con Igor, pero había comprendido que aunque no estuviera enamorada de su marido permanecería con él. El tiempo había adormecido su enamoramiento por Mohamed sabiendo que él jamás incumpliría su compromiso con Salma. Marinna y Mohamed se habían resignado renunciando el uno al otro y esa resignación era lo que confortaba a Kassia. En cuanto a Ben, no se engañaba, sabía que su nieto no la necesitaba, o al menos no dependía de ella tanto como para seguir luchando para vivir con él.

Para cuando Kassia accedió a ir al hospital ya estaba más muerta que viva. El doctor que la atendió no dejó lugar a dudas: padecía un cáncer de estómago en fase terminal. Lo que le sorprendía es que no hubiera acudido antes a recibir tratamiento.

—No comprendo —le dijo a Marinna— cómo puede estar soportando tanto dolor.

Marinna comenzó a llorar. Se reprochaba no haber querido admitir lo que Miriam le decía, que su madre estaba muy enferma, que su negativa a probar bocado, los vómitos y su extrema delgadez eran el síntoma evidente de alguna enfermedad. Cuando el médico anunció que debía quedarse en el hospital el tiempo que hiciera falta, Kassia se rebeló.

—Usted sabe que no voy a vivir mucho, ¿por qué no me da algo que me alivie y me permita morir en mi cama? —le pidió Kassia.

—¡Por Dios, madre, qué cosas dices! Claro que vas a curarte —dijo Marinna con los ojos repletos de lágrimas.

Pero Kassia la mandó callar y volvió a pedirle al médico que la dejara morir en su cama.

El médico se negó. No es que pudiera hacer algo más por salvarle la vida, pero pensó que al menos en un hospital estaría mejor atendida. Mi tío Yossi le hizo una seña y se fueron a un rincón a hablar. Cuando regresaron Kassia sabía que había ganado aquella última batalla.

—Si es lo que quiere, se irá a su casa, pero tendrá que estar en la cama con suero y le pondrán algunas inyecciones para el dolor... Si se va no podré hacer mucho más por usted...

—Y si me quedo, tampoco, salvo tranquilizar su conciencia —respondió Kassia.

Hacía frío aquel mes de diciembre de 1941. Y aún siento ese frío en la piel cuando pienso en aquellos últimos días de la vida de Kassia.

Mi madre mantenía la gran chimenea de la sala permanentemente encendida y en la cama de Kassia no faltaban las botellas de agua caliente.

Marinna lloraba cuando Kassia no la veía.

—Si te hubiese hecho caso —se lamentaba a mi madre.

En realidad no habría cambiado nada aunque Kassia hubiera recibido tratamiento unos cuantos meses antes, pero Marinna se reprocharía el resto de su vida no haber querido ver la enfermedad de su madre.

No sé de qué eran aquellas inyecciones que mi madre le ponía a Kassia, sólo sé que se quedaba adormilada.

No es fácil morirse. Me di cuenta por primera vez al asistir a la agonía de Kassia.

Una madrugada el ruido me despertó, y al salir de mi habitación encontré las luces de la sala encendidas y la puerta del cuarto de Kassia abierta.

Se ahogaba entre vómitos mientras luchaba por respirar, y en esa lucha cada vez que un soplo de aire entraba en sus pulmones escuchábamos un ruido sordo y bronco. Su cuerpo extenuado se movía con convulsiones que parecían que la iban a romper. Estaba muy agitada y agarraba con fuerza la mano de Marinna esforzándose por hablar, pero de su boca apenas salía un sordo murmullo. Ben estaba a mi lado temblando. Louis había ido en busca de Yossi.

Mi madre se multiplicaba intentando limpiar los vómitos y adecentando la cama, pero aún tuvo tiempo de hacer una seña a Ben para que se acercara al lecho de su abuela.

Ben le dio un beso en la frente y le cogió la otra mano.

—Abuela, te quiero, te quiero mucho, ya verás como te pondrás bien —le dijo en un susurro.

Kassia hizo un último esfuerzo por apretar la mano de Marinna y la de Ben, después de su garganta brotó un grito desgarrador. Fue el último estertor. Luego expiró. Su cuerpo se quedó quieto y su mirada se perdió en la eternidad.

Nos quedamos en silencio durante unos segundos, sin atrevernos a movernos, no fuera a despertar. Igor se acercó a Marinna intentando que se incorporara, y mi madre hizo lo mismo con Ben. Marinna se resistió y nos pidió que la dejáramos a solas con su madre. Igor no quería, pero fue tal el grito de Marinna pidiéndole que se marchara que salió del cuarto arrastrando a Ben.

Mi madre cerró la puerta y por primera vez la sentí frágil. No fue hasta que Louis llegó con Yossi que mi madre se permitió llorar.

Aguardamos un buen rato a que Marinna saliera, cuando lo hizo tenía los ojos empequeñecidos de tanto llorar.

—Tengo que prepararla —acertó a decir mientras se abrazaba a mi madre.

Con los primeros rayos de luz, mi madre me envió a casa de Mohamed para que les comunicara la muerte de Kassia. Cuando llegué él estaba tomando una taza de té antes de dirigirse a la cantera.

—Kassia ha muerto —acerté a decir.

Salma se quedó inmóvil aguardando la reacción de Mohamed. Él pareció no haberme escuchado porque ni siquiera me miró. Se levantó y, cerrando los ojos, apoyó la cabeza contra la pared. Wädi, que me había oído llegar y se había levantado, se acercó poniéndole la mano en el hombro.

—Ve con Ezequiel, nosotros iremos después —le dijo a su padre.

Caminamos deprisa sin hablar. Cuando entramos en la casa el cuerpo de Kassia yacía sobre sábanas limpias y el cuarto olía a lavanda. Mi madre se había empleado a fondo limpiándolo. Marinna permanecía arrodillada junto al lecho de su madre e Igor estaba preparando café.

Mohamed se acercó a Marinna y le tendió la mano. Ella se levantó y le abrazó.

—Lo siento..., lo siento mucho... Sabes lo mucho que quería a tu madre —le dijo Mohamed con la voz entrecortada.

Marinna se dejó llevar por el llanto. Mi madre le tendió la mano con delicadeza a Mohamed y luego le abrazó para romper así la tensión que se había adueñado de nosotros. Igor había salido fuera de la casa y Ben no apartaba los ojos de Mohamed y de su madre. Yo salí tras Igor con una taza de café.

—Entra, hace mucho frío —le dije, por decir algo.

Cuando entramos, mi madre aún seguía abrazada a Mohamed y eso sirvió para que Igor se sintiera menos envarado. Luego Mohamed se dirigió a Igor y también le abrazó. Fue un gesto rápido, obligado por la situación.

—Kassia era mi segunda madre —dijo mientras se secaba las lágrimas con el dorso de la mano.

Marinna encontró una carta con las últimas voluntades de su madre. Era muy escueta; en realidad sólo contenía un deseo: que la enterraran bajo alguno de los olivos de La Huerta de la Esperanza.

Lo hicimos una mañana en presencia de los Ziad. Estaban Mohamed y Salma, con sus hijos Wädi y Naima; también Aya y Yusuf, junto a Rami y Noor. Tampoco faltaron Hassan y Layla y su hijo Jaled.

Ninguno de nosotros hizo nada por evitar las lágrimas. Aya sostenía a Marinna mientras Ben buscaba refugio detrás de su padre. Me pareció que a Igor le dolía que Marinna prefiriera el consuelo que le brindaba Aya antes que el suyo, al fin y al cabo era su marido. Pero de sus labios no se escapó ni un solo reproche.

Ahora que soy viejo y tengo tanto tiempo libre, en ocasiones rememoro aquellos días y me pregunto por la entereza y la lealtad de Igor. Me admira su amor resignado por Marinna.

Fue Louis quien escribió a Samuel para comunicarle la muerte de Kassia, pero nunca recibimos una respuesta.

No resultó fácil volver a la normalidad. Con la ausencia de Samuel y la muerte de Kassia, La Huerta de la Esperanza parecía haber perdido su razón de ser. Yo sabía que eso era lo que mi madre pensaba aunque no lo dijera, y que incluso tuvo la tentación de que nos marcháramos a vivir a la ciudad y dejar que Marinna e Igor se hicieran cargo de todo. Lo sé porque se lo oí comentar a mi tío Yossi. Pero no lo hicimos, supongo que pensaba que para mí supondría un desarraigo.

Ben continuaba insistiendo en su deseo de ir a vivir a un kibutz. Admiraba a los muchachos de nuestra edad que se preparaban para combatir ya fuera a los alemanes, que parecían estar cada vez más cerca de Palestina; a los británicos, que se empeñaban en poner trabas a la inmigración de judíos, o a algunas bandas árabes, que plantaban cara a la cada vez más numerosa comunidad judía.

Un día mi madre le preguntó a Louis qué sucedería si las tropas de Rommel intentaban llegar a Palestina. La respuesta de Louis fue tajante:

—Nos las tendremos que arreglar solos. Para eso nos estamos preparando. Hace tiempo que los líderes de la Yishuv han adoptado algunas decisiones para que estemos alerta. Los británicos saben que necesitarían nuestra ayuda.

Las noticias que llegaban desde Europa nos producían una enorme desazón. Sabíamos que los alemanes llevaban a los judíos a campos de concentración, pero lo que no podríamos haber imaginado ni en la peor de las pesadillas es que en realidad se trataba de campos de exterminio. Sabíamos que los judíos desaparecían, igual que sabíamos de la tragedia de los judíos encerrados en el gueto de Varsovia o las persecuciones que estaban sufriendo en todos los rincones de Europa.

Lo que hicieron desde el primer momento los hombres de la

Yishuv fue pedir a los británicos que nos permitieran combatir a su lado.

En aquel entonces los británicos no se fiaban de nosotros, de manera que muy pocos consiguieron formar parte de sus filas para luchar en el frente, aunque algunos sí fueron aceptados en tareas auxiliares. Luego cambiaron de opinión e incluso ayudaron en la creación del Palmaj, que era una especie de tropas de comando de la propia Haganá.

Mi confianza en el ser humano quedó mermada por dos acontecimientos que me marcaron. El primero fue una discusión entre Louis y Mijaíl con Moshe. No fue por la discusión en sí, sino por el motivo de la disputa.

Estábamos celebrando la cena del sabbat, y aunque no solíamos invitar a Moshe y Eva a nuestra casa, aquel día sí lo habíamos hecho. Mi madre y Marinna habían preparado la cena, y en torno a la mesa, además de nuestros dos invitados, estábamos Igor, Ben y yo. No sabíamos si Louis aparecería, pero ya nos habíamos acostumbrado a no esperarle.

La cena transcurría con normalidad hasta que llegaron Louis y Mijaíl. Ni siquiera dieron las buenas noches. Louis se quedó quieto mirando con odio a Moshe y fue Mijaíl quien se acercó a él y, cogiéndole por el cuello, le obligó a ponerse en pie.

Nos quedamos paralizados. Nadie entendía lo que estaba pasando. Mijaíl le empujó contra la pared, se acercó y le propinó un puñetazo, a continuación le dio una patada en el estómago que hizo que Moshe se doblara y cayera al suelo. Eva se levantó y corrió junto a su marido gritando. Mi madre y Marinna también se levantaron preguntando qué estaba ocurriendo, mientras que Igor intentaba interponerse entre Moshe y Mijaíl.

Sin embargo Mijaíl parecía un oso furioso y logró apartar a Igor para seguir golpeando a Moshe, que no tuvo tiempo para responder a uno solo de sus golpes.

—¡Por Dios bendito, para! ¡Para! ¡Estás loco! —gritó Eva intentando abrazar a su marido y protegerle con su cuerpo. Pero Mijaíl la apartó con brusquedad y ella también cayó al suelo.

Mijaíl le dio unos segundos a Moshe para que se levantara y se defendiera. Pelearon con tal violencia que la sala se convirtió en un campo de batalla.

Ben y yo estábamos atónitos sin saber qué hacer. Entretanto, Louis había encendido un cigarro y contemplaba inmutable aquella violencia que temíamos pudiera acabar con la vida de Moshe.

Fue mi madre la que se metió en medio de los dos sabiendo que Mijaíl no se atrevería a levantar la mano contra ella.

—¡Basta! ¡Basta ya! ¿Es que quieres matarle? —gritó mi madre.

—¡Sí! ¡Eso es lo que voy a hacer!

Pero mi madre empujó a Mijaíl y se colocó frente a él con el rostro descompuesto.

—En esta casa no vas a matar a nadie. Y si lo intentas, antes tendrás que matarme a mí.

Louis se acercó a Mijaíl y le puso una mano en el hombro, con ese gesto le invitaba a quedarse quieto.

—Te irás esta noche, Moshe. Te irás para siempre —le dijo, y el tono de su voz era tan frío como el hielo.

—Pero ¿por qué, por qué? —gritó Eva entre lágrimas mientras sujetaba la cabeza de su marido, convertida en un amasijo de sangre.

—Porque nosotros no tratamos con asesinos —respondió Louis muy tranquilo.

—¿Qué es lo que sucede? —preguntó Igor con el rostro desencajado por aquel espectáculo de violencia.

—Sus amigos de la banda de Stern pretenden hacer la guerra por su cuenta. Y eso supone ponernos en peligro a todos nosotros. Si seguís con vuestro empeño de atacar ahora a los británicos, además de esconderos de ellos, también tendréis que esconderos de nosotros. No consentiremos que vuestras acciones terminen siendo asesinatos de inocentes —afirmó Louis mientras aspiraba el humo del cigarrillo.

—¡Moshe no forma parte del grupo de Stern! ¡Sabéis que es del Irgún! —gritó Eva.

—Que son la otra cara de la moneda. Los de Irgún y los de Leji me dais asco —gritó Mijaíl.

—Hace dos días Moshe se reunió con uno de los hombres de Abraham Stern. No era la primera vez que lo hacía. Puede que tu marido haya cambiado el Irgún por el Leji, el grupo de Stern, y tú no lo sepas —apostilló Louis.

—Hablar con un hombre de Stern no le convierte en su cómplice —afirmó Igor, asqueado por la escena.

—Muy bien, le preguntaremos a Moshe: ¿has abandonado el Irgún y formas parte del Leji? La respuesta es muy simple, sí o no.

Marinna acercó un vaso de agua a Eva para que Moshe pudiera beber aunque sólo fuera unos sorbos.

—No soy del Leji. Sigo siendo del Irgún —afirmó Moshe con la voz quebrada por el dolor.

—Ya... Entonces ¿qué hacías hablando con ese hombre del Leji?

—Es un amigo de mi hijo mayor —alcanzó a decir Moshe mientras tosía y de la boca le salía un hilo de sangre.

Eva le miró asombrada y yo me di cuenta de que fuera lo que fuese que hubiera hecho Moshe, su esposa no sabía nada.

—Tu hijo mayor vive en Haifa —respondió Louis.

—Sí, allí vive —afirmó Moshe sin añadir más.

—De manera que tu hijo es del Leji.

—Yo no he dicho eso, ¿acaso uno es culpable de lo que hagan sus amigos? Se conocen del Irgún. Ese hombre decidió seguir a Stern, es todo lo que sé.

—¿Y qué es lo que tú te traes con él?

—No soy del Leji. Lo juro —insistió Moshe.

—Dinos de qué tratas con ese hombre. —La voz de Louis era imperativa.

Moshe no respondió. Eva, con el auxilio de mi madre, le ayudó a levantarse.

—Vete, Moshe, y procura no cruzarte con nosotros. Colaboraremos con los británicos para que os metan a todos en la cárcel. No queremos tratos con terroristas y mucho menos con traidores. Si cuando amanezca no te has ido, yo mismo te entregaré a los ingleses —sentenció Louis.

Cuando Eva y Moshe salieron de nuestra casa nos quedamos unos minutos en silencio. Marinna le dio a Mijaíl un pañuelo empapado en agua para que se limpiara el rostro.

—Y ahora, ¿podéis explicarnos qué sucede? —les exigió Igor.

—Como bien sabéis, cuando comenzó la guerra el Irgún decidió seguir los pasos de la Haganá y dejar de luchar contra los ingleses. El enemigo ahora es Alemania. Pero uno de sus dirigentes, Abraham Stern, ha formado su propio grupo y continúa atentando contra los ingleses. La Haganá ha sabido que los hombres de Stern están preparando un atentado contra soldados británicos y en ese lugar elegido también hay civiles —explicó Louis—. ¿Sabes lo que eso supondría?

—¿Estás seguro de lo que dices? —Igor tenía el rostro desencajado.

—Tenemos oídos en muchas partes —respondió Mijaíl adelantándose a Louis.

—La acusación es muy grave, incluso contra gente como los de la banda de Stern.

—El Irgún ni siquiera quiere saber nada de ellos —apostilló Louis—; es más, puede que no les importe que les detengan a todos. Y eso que los del Irgún son de gatillo fácil. Nunca se han caracterizado por tener demasiados escrúpulos, pero se han dado cuenta de que mientras dure la guerra tenemos otros enemigos más importantes que los británicos —dijo Mijaíl.

—Me dan asco —dijo Ben.

—¿Y estás seguro de que Moshe es uno de ellos? —preguntó mi madre.

—Trata con hombres de Stern —afirmó Mijaíl.

—Puede que sólo sean sus amigos o amigos de su hijo, como ha dicho; al fin y al cabo, hasta hace poco todos formaban parte del Irgún —les recordó mi madre.

—Es mejor que se vayan incluso por nuestra propia seguridad. La Agencia Judía y la Haganá no van a dar tregua ni a Stern ni a sus hombres. Moshe sabe lo que se jugaba teniendo relaciones con ellos —dijo Louis, y dio por terminada la discusión.

Creo que ninguno dormimos aquella noche. Yo estuve espiando por la ventana la casa de Moshe y Eva, que permaneció con las luces encendidas hasta que comenzó a amanecer. Luego les vi salir y cargar el coche con maletas y utensilios. Eva lloraba pero Moshe no prestaba atención a sus lágrimas y la instaba a darse prisa. No pude dejar de preguntarme qué habría pensado mi padre, qué habría hecho él. No sabía la respuesta.

—No es que les eche de menos, porque no les veíamos tanto, pero tengo la impresión de que ya no queda nada del lugar que fue La Huerta de la Esperanza.

Mi madre hablaba con Marinna. Las dos estaban apesadumbradas.

Marinna asintió. Ella también sentía el vacío de aquella comunidad en la que había crecido y que mi padre Samuel había convertido en el hogar de un grupo de desconocidos que habían terminado unidos por lazos más fuertes que los de la sangre.

Yo no quería irme de La Huerta de la Esperanza, era mi casa; pero también me preguntaba, lo mismo que mi madre, si seguía teniendo sentido que continuáramos allí.

Ben y yo hablamos de las acciones de la banda de Stern.

—Me dan asco. Ojalá les pillen a todos y les ahorquen. Sé que la Agencia Judía y la Haganá van a colaborar con los británicos para que les detengan a todos —afirmó Ben.

No resultó fácil. Abraham Stern se escurría siempre de las manos de los ingleses, pero en 1942 los británicos le encontraron en uno de sus escondites en Tel Aviv. Alguien les había indicado el lugar donde se escondía.

Pero antes de que eso sucediera, sufrí mi segunda decepción.

En octubre de 1941 el muftí era recibido con todos los honores por Benito Mussolini en su palacio de la plaza Venecia de Roma. Los periódicos informaban de que los dos hombres coincidían en que no había lugar para los judíos ni en Palestina ni en Europa.

Pero el muftí no sólo había sido recibido por Mussolini como un amigo; un mes más tarde, Adolf Hitler hizo lo propio en Berlín recibiéndole con todos los honores.

Hitler se comprometió con el muftí Husseini a que, una vez hubiera acabado con todos los judíos de Europa, se encargaría de llevar a cabo la misma tarea en Oriente.

No sería ésa la última vez que el muftí Husseini fue recibido por los jerarcas nazis en Berlín. El mismísimo Heinrich Himmler, siniestro jefe de las SS, y el muftí Husseini forjaron una buena relación. No sólo eso, el muftí arengaba a los suyos para que se enrolaran en las fuerzas nazis. Sus alocuciones por Radio Berlín eran escuchadas en todo Oriente. Hitler y el muftí tenían un objetivo común: acabar con los judíos y, de paso, también con los británicos.

Cuando en Palestina supimos de esa primera visita del muftí a Berlín, yo fui a pedir explicaciones a Wädi. Me dolía hacerlo porque era la persona a quien más quería después de mi madre, o acaso tanto como a ella.

Por primera vez discutimos. Él trataba de explicarme por qué algunos árabes apoyaban a los alemanes.

—Sabes que ni mi familia ni yo somos seguidores del muftí. También a mí me avergüenza leer en el periódico que el muftí ha tomado partido por Alemania. Pero no creerás que todos los árabes que siguen al muftí son nazis y antijudíos. Son sólo nacionalistas que defienden su patria y que desean que los británicos, los franceses..., en definitiva, los europeos, se vayan para siempre. ¿Por qué los egipcios tienen que estar bajo Mandato británico? ¿Y por qué hemos de soportarlo nosotros? En cuanto a los franceses, ahí les tienes en Siria y en el Líbano.

—Muy bien, puedo comprender que los árabes luchen contra los ingleses; nosotros también lo hacemos, aunque ahora Ben Gurion haya ordenado que colaboremos con ellos en esta guerra contra Alemania. Pero una cosa es combatir a los británicos y otra muy distinta es aliarse con Alemania sabiendo que quieren acabar con los judíos. ¿Acaso no sabes que les llevan a campos de concentración y que les obligan a trabajar hasta la extenuación y la muerte? No hay lugar en Europa donde los judíos no sean perseguidos, detenidos y enviados a esos campos.

—Yo no comparto el odio del muftí contra los judíos, tampoco mi padre. Lo sabes bien. No hace falta que te recuerde que el propio Omar Salem nos mira con recelo precisamente porque mi padre critica al muftí. Mi tío Yusuf dice que Omar Salem ya no confía tanto en él como antaño.

—Sí, lo sé, y también sé que habéis tenido problemas por no alinearos con él, pero, aun así..., ¿es que nadie se atreve a parar a ese hombre?

—Es el muftí de Jerusalén y su familia es tan antigua como importante. Sabes que algunos de nuestros amigos han muerto por oponerse a él.

—Querrás decir que han sido asesinados. ¿Tanto te cuesta reconocer lo que el muftí hace con quienes no le siguen? ¿Crees que no sé que la vida misma de tu padre ha corrido peligro?

—Si no fuera por Yusuf, el marido de mi tía Aya, puede que mi padre ya no estuviera vivo —reconoció Wädi.

—Entonces...

—Entonces debes comprender que muchos siguen al muftí porque creen que es el único que representa los intereses de los árabes. Muchos de los nuestros no tienen nada contra los judíos, son sus vecinos, e incluso sus amigos, pero no piensan tolerar que continúe la inmigración. Palestina no puede ser judía, lo que no significa que no puedan vivir aquí un número importante de judíos; sin embargo, la inmigración tiene que acabar. Tampoco podemos tolerar que los ingleses dividan nuestra tierra y nos quiten una parte para entregársela a la Agencia Judía. ¿Con qué derecho lo hacen?

Wädi siempre se mostraba paciente conmigo y me daba larguísimas explicaciones sobre lo que sucedía aunque no lograra convencerme. Yo era muy joven y lo único que entendía es que algunos de mis compañeros de escuela y de juegos se habían aliado con los nazis con el afán de destruirnos. No era el caso de la familia Ziad, de eso estaba seguro; a Mohamed, lo mismo que a Wädi, le repugnaban los nazis y toda su parafernalia y se burlaba de sus pretensiones sobre la superioridad de la raza aria. Pero para mí resultaba incomprensible que, por mucho que a los árabes palestinos les irritara la llegada de inmigrantes judíos, fueran capaces de aliarse con quienes pretendían borrarnos de la faz de la Tierra.

Por aquel entonces yo era bastante ingenuo. Mi madre me había inculcado que en la vida hay dos opciones, la del bien y la del mal, y que fueran cuales fuesen las circunstancias, nada impedía seguir el camino del bien. En definitiva, todo se reducía a que el fin no justifica los medios. Mi madre era poco flexible al respecto. De manera que yo pensaba que nada justificaba que los hombres de Stern, o antes los del Irgún, llevaran a cabo acciones que segaban vidas. De la misma manera que me costaba comprender que por su afán nacionalista muchos árabes, no sólo de Palestina sino también de Egipto, Irak, Siria y el Líbano, simpatizaran sin disimulo con el nazismo.

Ya fuera por la insistencia de Ben o porque mi madre y Marinna pensaran que nos vendría bien un cambio, al final accedieron a que nos fuéramos durante unos meses a un kibutz. La excusa fue que yo debía visitar a mi hermano Daniel en el kibutz del Neguev en el que vivía. Mijaíl nos acompañaría con Yasmin. Mi prima Yasmin quería mucho a Daniel, siempre pensé que más que a Dalida y que a mí.

No puedo dejar de recordar las palabras que me dijo mi madre la mañana de nuestro viaje.

—Éste no es el mundo que yo quería para ti, me hubiera gustado que viviéramos en paz, pero las cosas son como son, y tú formarás parte del futuro, de manera que debes hacer lo que creas conveniente para asegurarte ese futuro. Sólo te pido que no odies a nadie y que no te creas diferente a los demás. Rezar de manera diferente no nos hace diferentes. Y así ha sido hasta ahora en Palestina. Mientras en Europa llevan siglos persiguiendo a los judíos, aquí hemos compartido la misma suerte que los musulmanes. Si hubiese algo de sensatez... Yo no quiero un Estado judío, pero no puedo decirte lo que tú debes querer.

Tardé muchos años en comprender a mi madre. Ella era palestina, había nacido y crecido allí lo mismo que sus antepasados compartiendo aquella tierra con otros palestinos de los que sólo la diferenciaba la religión, pero eso nunca había sido un inconveniente. Había vivido bajo el dominio del imperio otomano y su primer esposo había muerto defendiendo aquel imperio. Ella no tenía nada contra los turcos a pesar de todo el sufrimiento que nos habían causado, lo mismo que los ingleses. En realidad para mi madre el gobierno de Palestina había pasado de manos turcas a manos británicas sin que eso le produjera ningún quebranto. No comprendía el afán de aquellos pioneros que anhelaban una nación. Ella se había dejado llevar por la corriente, sólo aspiraba a vivir, amar, soñar, ver crecer a sus hijos y morir. Todo lo demás se le escapaba de las manos.

Apenas se estaba despidiendo la primavera de 1942 cuando llegamos al kibutz. Me llevé una sorpresa al ver a Daniel. Mi hermano no parecía el mismo. Su piel había adquirido un color oscuro fruto de las largas horas de trabajo al sol, llevaba el cabello descuidado y sobre todo emanaba de él una serenidad contagiosa. No estoy seguro de que le gustara demasiado tenernos allí a Ben y a mí, quizá por eso nos advirtió que no habría excepciones con nosotros y eso suponía que no nos iba a prestar una atención especial. Lo cumplió a rajatabla. Nadie hubiese dicho que éramos hermanos, tal era el desapego que me mostraba. En realidad evitó todas las ocasiones de estar a solas conmigo y pasábamos días enteros sin hablarnos. Daniel nunca se había sentido cómodo con la familia que su madre, que también era la mía, había formado con Samuel. Era evidente que no le perdonó que volviera a casarse y mucho menos que tuviera otros hijos, y se debió de sentir muy solo los años en los que vivimos todos juntos.

Pero yo me sentía orgulloso de ser su hermano porque me daba cuenta de que las opiniones de Daniel eran escuchadas con respeto por parte de los otros miembros del kibutz.

Ahora puedo confesarlo: lo cierto es que me costó adaptarme a la vida de aquella comunidad tan peculiar. No es que en La Huerta de la Esperanza tuviéramos ningún lujo, pero al menos contábamos con la intimidad de nuestros propios cuartos, y aunque no éramos parientes, tampoco éramos tantos como para no acabar formando una familia.

En el kibutz no había jefes, las decisiones se adoptaban por mayoría después de haber sido discutidas por todos los miembros de la comunidad. Una vez tomada una decisión, todo el mundo la cumplía sin protestar.

En cuanto a las tareas, eran rotativas: una semana te tocaba encargarte de la cocina, la siguiente de la limpieza y la otra de trabajar la tierra, y, eso sí, todos, absolutamente todos los miembros del kibutz recibían lecciones de autodefensa.

Quién me hubiese dicho a mí que Daniel se había convertido en un buen instructor de los más jóvenes. Mi hermano había aprendido bien las técnicas de combate que le habían enseñado algunos de los jefes de la Haganá que se encargaban de preparar a los miembros de los kibutz. Daniel sabía cargar un arma con los ojos cerrados y también disparar con precisión. Tenía ascendiente sobre los más jóvenes, con los que se mostraba exigente pero siempre afectuoso y equitativo.

Como decía, ni a Ben ni a mí nos dio un trato preferente. Dormíamos en un barracón de madera donde había varias camas alineadas que nosotros mismos manteníamos en perfecto estado de revista. La primera semana la pasé ayudando a pelar patatas en la cocina, además de encargarme de la limpieza del comedor comunal. Las pocas horas que tenía libres las dedicaba a aprender a combatir. Yo sabía que Daniel era miembro de la

Haganá y que ahora formaba parte del Palmaj, pero no imaginé que fuera un guerrero tan formidable. Los británicos, que mantenían una relación esquizofrénica con los judíos, habían ayudado a preparar a los hombres del Palmaj.

Como el kibutz estaba situado en una zona donde eran frecuentes los ataques de bandas árabes, permanecíamos alerta las veinticuatro horas del día. Todos, mujeres y hombres, no importaba la edad, participábamos de la defensa del kibutz.

Ahora comprendía cuando mi madre me aseguraba que vivir en un kibutz no era ninguna bicoca. Los hombres y las mujeres que establecieron las primeras granjas comunales llegaban de Rusia, y con ellos traían las ideas comunistas y socialistas que llevaron a la práctica sin dudar. La única ventaja era la libertad. A nadie le obligaban a estar allí y compartir todo con todos. Uno podía quedarse en un kibutz para siempre o, si concluía que aquel colectivismo, asumido voluntariamente, era demasiado para él, podía marcharse sin recibir el menor reproche de los demás.

La expresión más certera del socialismo era la que vivían aquellos años los kibutz.

En aquel que estaba situado en las puertas del desierto del Neguev lo más difícil era arrancarle sus frutos a la tierra. Se habían sembrado hortalizas y plantado árboles que tardarían muchos años en crecer.

Ben era más feliz que yo. Disfrutaba aprendiendo las técnicas de combate y siempre se presentaba voluntario para cualquier labor. Si no hubiese sido por el temor de desilusionar a Louis, a Mijaíl, a mi madre, a Marinna e incluso a Ben, pasado el verano yo habría regresado a Jerusalén; pero no me atrevía a tomar la decisión. Había otra razón: por primera vez me enamoré.

Cuando Paula llegó al kibutz hacía ya un mes que Ben y yo estábamos allí. Simpaticé con ella inmediatamente. Su padre era alemán y su madre, polaca. Una mezcla explosiva, me dijo, porque alemanes y polacos tenían demasiados agravios históricos recíprocos.

El padre de Paula era director de orquesta y su madre tocaba el chelo; habían coincidido en una orquesta en los años previos a la Gran Guerra, se enamoraron, se casaron y tuvieron a Paula. Vivían en Berlín pero pudieron escapar antes de que fueran masivos los arrestos de ciudadanos de origen judío. Durante un tiempo vivieron en Estambul, donde a duras penas lograron sobrevivir.

—Mi padre daba clases de música y con eso nos alcanzaba para comer y poco más —me contó Paula.

Meses atrás su padre había llegado a la conclusión de que su lugar estaba en Palestina, y decidieron poner rumbo a esta tierra.

—Fue difícil vivir en Estambul, pero al menos allí nadie nos trataba como si fuéramos monstruos. No sabes la vergüenza que sentí el primer día que tuve que ir a la escuela con una estrella de David cosida en el abrigo. En Alemania, ser judía se había convertido en algo malo. Sólo dos de mis compañeras de clase tuvieron el valor de seguir siendo amigas mías e invitarme a sus casas a pesar de las protestas de sus padres, que tenían miedo de que les acusaran de ser complacientes con los judíos.

Paula soñaba con dedicarse a la música y, si los nazis no se hubieran interpuesto en su vida, habría continuado con las clases de piano que había comenzado apenas aprendió a andar. Pero en Estambul no tenían dinero para comprar un piano y tuvo que conformarse con que su madre le enseñara a tocar el chelo.

—Pero no me gusta, ojalá algún día pueda volver a estudiar piano.

No me atrevía a desanimarla pero me parecía imposible que hasta aquel rincón del desierto llegara alguna vez un piano. Además, no parecía que estuviera entre las necesidades del kibutz. Allí no se gastaba una sola moneda sin que la comunidad lo autorizara, y eran demasiadas las necesidades que había como para que alguien propusiera comprar un piano.

Yo notaba que a Paula le costaba adaptarse al kibutz, lo mismo que me había sucedido a mí. No se quejaba, pero veía la expresión de perplejidad, y a veces de dolor, en sus inmensos ojos garzos. A la dificultad de tener que aprender a vivir en un barracón con otras chicas o limpiar las letrinas, que fue la tarea que le encomendaron la primera semana, había que añadir que no hablaba hebreo. Había aprendido turco durante el tiempo pasado en Estambul, y se defendía en inglés, idioma que elegíamos para entendernos entre nosotros.

Le propuse enseñarle hebreo si ella me enseñaba a mí alemán. Era una manera de ayudarla, pero, sobre todo, de estar cerca de ella.

Por las noches, si a ninguno de los dos nos tocaba patrullar por el perímetro del kibutz, entonces buscábamos el tiempo para dar las clases.

En aquel verano de 1942 recibí una carta de Wädi anunciándome que había decidido enrolarse en las tropas británicas. Se estaban formando batallones palestinos, de judíos y árabes, y él había decidido luchar. Su carta casi me hizo llorar.

> «He tomado la decisión porque creo que no se puede permanecer indiferente en esta guerra. Algunos de mis amigos justifican el apoyo del muftí Amin al-Husseini a Hitler diciendo que cuando Alemania venza a Inglaterra nos ayudarán a liberarnos de los ingleses. Estoy seguro de que se equivocan y que si fuera así, si Alemania ganara la guerra, pasaríamos a formar parte del imperio con el que sueña Hitler.
>
> Mi padre me ha ayudado a resolver mis dudas y sobre todo me ha animado a tomar la decisión. Ya sabes que él dice que a veces la única manera de salvarse a uno mismo es muriendo o matando. En este caso, si muero será por evitar que Hitler se convierta como pretende en el amo del mundo. Y si mato será por la misma razón.
>
> Ahora estoy en Tel Aviv recibiendo entrenamiento, pero no por mucho tiempo. Parece que nos envían a Egipto.
>
> Cuídate mucho, Ezequiel.»

De manera que Wädi se iba a luchar contra Hitler. Aquello hizo que aumentara aún más mi admiración hacia él, y deseé tener un par de años más para poder ir yo también al frente.

Por fin, el 2 de noviembre de 1942 el ejército británico derrotó a los alemanes en Libia, en la batalla de El Alamein. Cuando conocimos la noticia, lo celebramos. Se decidió hacer una cena especial y cantar alrededor de unas hogueras que improvisamos en la explanada que daba acceso al kibutz.

Mi hermano Daniel alababa mi capacidad para aprender a hablar otros idiomas. Mientras a Paula le costaba hacerse con el hebreo, yo avanzaba rápidamente en el aprendizaje del alemán.

En ocasiones acompañaba a Daniel a tratar con algunos jefes de las aldeas árabes para comprar alimentos o materiales que necesitábamos en el kibutz. Tanto Daniel como yo dominábamos el árabe. Yo había aprendido al mismo tiempo a hablar en hebreo y en árabe, y aún hoy no sabría decir cuál es mi primera lengua aunque por cuestiones familiares lo sea el hebreo.

Mi madre me visitó de tanto en tanto. Solía llegar en compañía de Louis o de Mijaíl y a mí me preocupaba comprobar que en cada viaje ella había envejecido un poco más. Tenía el cabello entreverado de mechones blancos y la mirada apagada. Me preguntaba si era feliz allí, supongo que con la esperanza de que le dijera que quería regresar a casa. Pero yo estaba demasiado enamorado de Paula y no me planteaba nada que no fuera estar a su lado.

Fue Ben, a raíz de una visita de Mijaíl, quien una vez más me convenció de que había llegado el momento de volver a cambiar de escenario. Fue a finales de 1943 y yo acababa de cumplir dieciocho años.

—Voy a alistarme en el ejército británico. Mijaíl me ha prometido arreglarlo. En cuanto me avise, regresaré a Jerusalén y de allí iré a Tel Aviv. Quiero luchar en Europa, no quiero quedarme aquí sabiendo que millones de judíos están presos en esos campos a los que les llevan los nazis. Mijaíl me dice que se cuentan cosas terribles de esos lugares… —me dijo Ben.

—Pero aquí también estamos luchando. Imagínate que Rommel hubiera llegado a Palestina... —contesté yo.

—Pero los ingleses le han derrotado. Aquí ya han perdido —repuso.

Yo no tenía ningunas ganas de separarme de Paula. Es más, habíamos pensado en casarnos. Mi madre ya sabía de mi relación con Paula y la aprobaba. Decía que ya que ella no podía cuidarme, al menos que hubiera alguien que lo hiciera, aunque intentaba convencernos de que fuéramos a vivir a La Huerta de la Esperanza. Pero Paula decía que nuestro sitio estaba en el kibutz y yo no sentía ningún deseo de contradecirla.

Ben estaba impaciente por recibir el aviso de Mijaíl para regresar a Jerusalén y alistarse en el ejército británico.

Comencé a dudar si debía hacer lo mismo. Me parecía que si seguía allí estaba traicionando a miles de judíos que seguro rezaban para que los Aliados derrotaran a Alemania.

Sin saberlo, Paula me ayudó a tomar la decisión. Una noche que nos tocó patrullar juntos, me explicó la angustia que ella y sus padres habían sentido al ver cómo muchos de sus amigos eran llevados a campos de trabajo y nunca más se volvía a saber nada de ellos. Eso fue lo que les animó a escapar para evitar correr la misma suerte.

De repente me preguntó:

—¿De verdad hace tantos años que no sabes nada de tu padre ni de tu hermana?

Aquellas palabras me estallaron en el cerebro. Yo había ido desalojando a Samuel y a Dalida de mi vida y cada vez pensaba menos en ellos.

Al día siguiente busqué a Ben, que estaba cavando una zanja.

—Vienes conmigo, ¿verdad? —me dijo nada más verme.

Habíamos crecido juntos, éramos como hermanos y nos conocíamos demasiado bien, de manera que una sola mirada nos bastaba para saber lo que pasaba por la cabeza del otro.

—Tienes razón, a los alemanes hay que derrotarles allí. Ya tendremos tiempo de ayudar aquí.

Cuando llegamos a Jerusalén, Mijaíl y Louis ya lo habían arreglado con los ingleses para que nos permitieran alistarnos y que nos destinaran al frente. Veníamos de un kibutz, nos habían entrenado para pelear y utilizar un arma, y los británicos estaban necesitados de cuantos hombres estuvieran dispuestos a combatir por más reticencias que en principio hubieran mostrado hacia nosotros. Había judíos combatiendo en los batallones británicos destacados en Grecia, en Etiopía y en Eritrea. Habían desempeñado labores de abastecimiento del ejército británico en Túnez y en Libia y en otros rincones de Oriente. También había unos cuantos aviadores en la RAF y en diferentes destacamentos de otros frentes.

Lo peor fue despedirme de mi madre. Ben me dijo que a él le había sucedido lo mismo, aunque ambos reconocíamos que tanto Miriam como Marinna no habían derramado ni una sola lágrima y que lo único que nos exigieron es que volviéramos vivos. Igor no pudo disimular la aprensión que tenía, y al despedirse de Ben, retuvo a su hijo en un abrazo que pareció interminable.

También fui a despedirme de los Ziad. Mohamed me dio todo tipo de consejos; al fin y al cabo, él había luchado en la guerra del desierto y sabía que no hay un ápice de romanticismo en morir o en matar fuera cual fuese la causa.

Naima me preguntó si me enviarían con su hermano Wädi, de quien hacía muchas semanas que no tenían noticias. Rami, el hijo de Aya y Yusuf, antaño compañero de juegos, lo mismo que Wädi, me hizo prometer que tendría mucho cuidado.

—No hagas que tenga que ir a buscarte —me dijo con una sonrisa.

Le pregunté por qué no se enrolaba como su primo Wädi. La pregunta le incomodó. En realidad había pocos árabes luchando en las filas de los Aliados. El muftí se había encargado personalmente de convencer a los musulmanes para que formaran parte de las tropas nazis y en sus arengas radiofónicas instaba a los árabes a no prestar ninguna ayuda a los Aliados, a los que consideraba como sus peores enemigos.

—Ya sabes que en esta casa no somos seguidores del muftí. Si no te acompaño es porque no sé si es mi guerra —reflexionó Rami—, aunque ese Hitler no me gusta. Sólo un demente puede creer que una raza es mejor que otra. Además, puede que una vez que conquiste Europa decida hacerse con el resto. ¿Quién nos dice que los alemanes no se convertirán en los nuevos amos? No, Ezequiel, no voy a ir, aunque deseo de corazón que regreses cuanto antes, y que en todas las batallas en que participes el éxito sea para vosotros.

Yo sabía, pese a sus palabras, que la realidad era muy distinta: si Rami no se había enrolado era por no comprometer a su padre. Omar Salem habría prescindido de Yusuf si su hijo hubiera decidido combatir al lado de los británicos.

Aya lloró sin disimulo a pesar de que sus hijos, Rami lo mismo que Noor, se lo reprochaban: «No hagas que Ezequiel se vaya con tristeza», le decían.

A la mañana siguiente, todos los Ziad se presentaron para desearme suerte.

Aún recuerdo las últimas palabras que mi madre me susurró al oído: «Ya que vas a Europa, intenta averiguar cómo están tu padre y tu hermana Dalida. Hace años que no sabemos nada de ellos».

Me sorprendió que en aquel momento me hiciera semejante encargo. Llevábamos años sin hablar de ellos, como si nunca hubieran existido en nuestras vidas, pero le prometí que lo haría.

Stalin había exigido en la Conferencia de Teherán que los Aliados volvieran a abrir un frente occidental. La Unión Soviética estaba batallando duramente en el frente oriental, pero era hora de que Hitler sintiera que la tenaza se cerraba sobre Alemania. Ben y yo nos incorporamos a la guerra justo a tiempo para formar parte de las tropas aliadas que desembarcaron en Normandía. Antes habíamos pasado un período de instrucción en Tel Aviv y mentiría si dijese que estábamos preparados para la guerra.

No es fácil matar a un hombre, al menos la primera vez, y mucho menos si le ves la cara. Después del desembarco, mi regimiento, la 3.ª División de Infantería, formaba parte de las tropas de Montgomery empeñadas en hacerse con Caen, una ciudad próxima a Normandía y un punto estratégico donde la 21.ª División Panzer y la 12.ª División SS Hitlerjugend, el Batallón 101 SS y la División Panzer Lehr nos habían detenido en seco. Aquel lugar se me antojaba el más desapacible del mundo y siempre lo llevaré en la memoria porque fue allí, y no durante el desembarco, donde aprendí que no es fácil matar a un hombre que te mira de frente.

Creo recordar que uno de los sargentos se apellidaba O'Connors. Sus hombres parecían apreciarle.

—Pedí hombres, no novatos. Llegáis en mal momento —nos dijo cuando nuestro pelotón se presentó ante él—, esta noche nos atacarán.

Algunos de sus hombres rieron nerviosos. Yo pensé que intentaba impresionarnos, de manera que como un estúpido le respondí que estábamos deseando combatir.

—Ya se te quitarán las ganas —respondió mirándome con aire condescendiente.

Cuando salimos de la improvisada sala de mando murmuré a Ben, que se encontraba a mi lado:

—Y éste, ¿cómo sabe que los alemanes atacarán esta noche? Se pasa de listo.

No me había dado cuenta de que detrás de mí se encontraba un oficial británico, un comandante, aunque difícilmente podía reconocer en él a un oficial porque no vestía como un militar al uso. Más tarde supe que pertenecía al Servicio de Información.

—Lo sabe, siempre lo sabe. Nos atacarán, así que estad preparados.

Enrojecí, pero me cuadré para saludar a aquel comandante que más tarde supe que se llamaba Matthew Williams.

—Lo siento..., señor —dije intentando disculparme.

—Id a vuestros puestos. El sargento ha dicho que en cuanto oscurezca atacarán, y ya no falta mucho.

Durante dos horas apenas hablamos. Se nos acercó uno de los soldados de nuestro pelotón.

—Menuda nochecita, ¿os queda algún cigarro?

Ben le dio uno sin prestarle demasiada atención.

—¿Sois judíos? —nos preguntó el soldado que respondía al nombre de David Rosen.

Ben y yo nos pusimos a la defensiva, molestos por la pregunta.

—Sí, ¿qué pasa? —respondí.

David me dio una palmada en la espalda. Como era más fuerte y más alto que yo, me desestabilizó, aunque pensé que era una palmada de afecto entre camaradas.

—Yo también soy judío y por eso lucharemos mejor que el resto. Y ¿sabes por qué? Porque tenemos más razones para hacerlo. Por ahí hay miles de judíos que se pudren en esos campos de trabajo esperando que les liberemos y les llevemos a casa. Y eso es lo que haremos.

Yo había simpatizado con David desde el primer día, incluso comenté a Ben que me parecía que también era judío como nosotros. Cuando le conocí tenía unos veinticinco años, y una fortaleza que nos dejaba a todos admirados. Un día que se nos estropeó un jeep y no había manera de que arrancara y sacarlo de la carretera, él lo cogió como si no pesara nada y lo desplazó un par de metros. Pero no sólo era fuerte, también tenía una cabeza privilegiada. Había estudiado ingeniería en Cambridge y decía que la solución de todos los problemas estaba en las matemáticas.

Había nacido en Munich, aunque su madre era inglesa y desde muy niño vivía en Inglaterra. En ocasiones nos decía que se avergonzaba de «haber sido alemán».

Aquella tarde compartimos los cigarros que llevábamos en el macuto mientras el frío iba adueñándose de nosotros.

La lluvia había empapado la tierra de tal manera que era difícil no sentir frío aun al resguardo de la trinchera.

O'Connors no se equivocó, apenas cayeron las primeras sombras empezamos a recibir fuego de mortero. Nosotros respondíamos también. Durante varias horas el ruido de las armas y los gritos de los oficiales se convirtieron en todo mi mundo.

No sé cómo sucedió, pero escuché la voz del comandante Williams alertándonos de que los alemanes estaban asaltando la trinchera. Durante un segundo me quedé paralizado, sin saber qué debía hacer. Ben me sacudió del brazo gritándome que calara la bayoneta.

—¡Se van a enterar estos nazis de lo que valemos los palestinos! —me dijo para animarme.

Y de pronto le vi. Me pareció que tenía más edad que yo. La mirada fría, el gesto amargo y la determinación de matarme. Me costó reaccionar, acaso no más de una fracción de segundo, pero lo suficiente para que me hubiera matado. Tuve suerte. En la guerra sobrevivir también es cuestión de suerte. Aquel soldado tropezó y eso me dio ventaja para clavarle la bayoneta en el estómago. Le vi caer ante mí revolviéndose de dolor e intentando en un último esfuerzo ensartarme con su bayoneta. De una patada desvié el arma, que cayó al suelo y enseguida quedó cubierta de barro. El siguiente hombre al que maté no me pilló desprevenido, le disparé a bocajarro, y así a dos o tres más hasta perder la noción del tiempo.

Luego sentí que alguien tiraba de mí gritando que parara. David me estaba sacudiendo intentando devolverme a la realidad.

—¡Estate quieto, ese hombre ya está muerto! —me gritaba

mientras yo insistía en clavar la bayoneta al cuerpo de un soldado que parecía mirarme con los ojos sorprendidos.

—¿Hemos ganado? —pregunté como si se tratara de una pelea de niños.

—Creo que sí, seguimos en la trinchera. El coronel ha ordenado que despejemos todo esto o dentro de un rato no podremos soportar el hedor de los cadáveres.

Los siguientes días se parecieron al primero. Nos atacaban. Resistíamos. Matábamos. Moríamos. Uno se acostumbra a esa rutina y dejas de pensar. Sólo se trata de matar para vivir y, por agotado que uno estuviera, poner los cinco sentidos para lograrlo.

Casi un mes después de haber llegado a aquel infierno, el comandante Williams pidió voluntarios para una misión «detrás de las líneas enemigas alemanas». «Necesito alguien que sepa hablar francés y alemán.» David y yo nos presentamos voluntarios. David era alemán pero había estudiado francés en la escuela y se defendía bastante bien; en cuanto a mí, hablaba francés como un parisino y Paula me había enseñado suficiente alemán como para hablarlo con cierta fluidez.

—Tenemos que ir a Bélgica a buscar a un miembro de la Resistencia que está escondido en una granja. Tiene información importante. El Alto Mando le quiere con vida.

Nos explicaron los detalles de la misión. Bajo el mando del comandante Williams iríamos tres hombres: David Rosen, un cabo llamado Tony Smith y yo. Nos despojamos de nuestros uniformes y nos vestimos de civiles. El comandante nos explicó que si los soldados alemanes nos detenían nos fusilarían por espías.

—Vestidos de soldados puede que con suerte nos llevaran a un campo de prisioneros, pero debemos ir de paisano intentando no llamar la atención. Sólo llevaremos pistolas y un par de granadas cada uno.

Esperamos a que el Servicio Meteorológico nos asegurara

que contaríamos con un cielo negro sin luna. Aunque continuábamos manteniendo aquella línea contra los alemanes, el comandante Williams pensaba que se estaban retirando, pero aun así las escaramuzas se sucedían con bastante frecuencia.

Nos arrastramos por el barro no sé durante cuánto tiempo intentando no hacer ruido para que los alemanes no detectaran nuestra presencia. No alzamos la cabeza hasta que el comandante Williams nos hizo la señal convenida. Entonces nos incorporamos y nos agrupamos en torno a él.

—Desde aquí tenemos que andar unos diez kilómetros hasta llegar a la granja. El Servicio de Información asegura que está deshabitada. Allí esperaremos hasta que nos vengan a buscar. Una vez que establezcan contacto con nosotros iremos al punto de recogida, que dista veinte kilómetros de la granja. Allí permaneceremos hasta que nos traigan a la persona de la Resistencia. Una vez que tengamos el «paquete», haremos el camino de vuelta. ¿Alguna pregunta?

No había nada que preguntar, de manera que nos pusimos en pie e iniciamos la marcha en silencio atentos al más mínimo ruido. Era noche cerrada, sin rastros de la luna. La espesura del bosque era nuestra aliada. Aun así, yo me sobresaltaba con el ruido más insignificante pensando que en cualquier momento los alemanes nos descubrirían. Habíamos acordado que en caso de que nos detuvieran sería Rosen quien hablaría. Al fin y al cabo era alemán. El padre del cabo Smith también lo era, pero su madre era de Bath y él había nacido en Inglaterra y no se había movido jamás de allí, de manera que aunque hablaba bien alemán, el acento podía delatarle.

Los primeros kilómetros transcurrieron sin incidentes. Llegamos a la granja cuando se estaban despejando las sombras de la noche. Me pareció muy pretencioso calificar de granja a aquella casa que no tenía ni un techo bajo el que resguardarse. Williams nos mandó descansar a la espera de que llegara nuestro guía. Él haría la primera guardia.

No pude dormir. Estaba demasiado tenso incluso para intentarlo. Me moría por encender un cigarrillo, pero era lo último que podía hacer. Esperamos pacientemente durante todo el día. Tony alcanzó a ver con los prismáticos a un pelotón alemán. Nos pusimos en lo peor pensando que se acercarían a inspeccionar la granja, pero pasaron de largo.

Las horas se nos hacían interminables. Estábamos impacientes aunque no lo decíamos, sólo David Rosen se atrevió a preguntar en voz alta qué pasaría si nadie venía a buscarnos.

Esperamos otro día más, y al caer la noche escuché unos pasos ligeros acercándose. Me tocaba a mí hacer la guardia, aunque sospecho que mis compañeros estaban tan despiertos como yo.

Tenía la pistola preparada con el silenciador puesto y me mantuve alerta hasta que el individuo que se dirigía hacia nosotros se hizo visible. Era un hombre mayor, que me pareció había cumplido los setenta, aunque se movía con agilidad. Levantó los brazos según se iba acercando y yo salí de donde estaba escondido. Le pregunté en alemán que quién era y me respondió con la contraseña acordada. «No sé si nevará.»

El comandante Williams salió de entre las sombras y le indicó al hombre que se acercara.

—Me he cruzado con un par de patrullas no lejos de aquí. No me han visto, pero tenemos que andar con cuidado. ¿Están preparados?

Asentimos, impacientes por irnos de aquel lugar.

—Llevo muchos kilómetros andando, necesito un par de horas de descanso; para entonces será noche cerrada y correremos menos peligro de que nos vean.

Se tumbó en un rincón y se quedó dormido. Nosotros respetamos su sueño. Dos horas después el hombre abrió los ojos y nos pusimos en camino.

Tuvimos que esquivar hasta cuatro patrullas alemanas. Una de ellas estuvo a punto de descubrirnos cuando uno de los soldados se quedó rezagado. Tony pisó una rama y el crujido sonó como si fuera una tempestad. El alemán se puso en alerta y comenzó a merodear, pero no dio con nosotros. El comandante nos obligó a permanecer en silencio y quietos hasta mucho después de que la patrulla desapareciera.

Ocho kilómetros después ya había amanecido y estábamos exhaustos. El hombre que nos servía de guía le dijo al comandante Williams que debíamos parar para reponer fuerzas y comer algo. Encontramos un recodo en el bosque que nos pareció a resguardo de miradas indeseadas.

Todavía nos quedaban unos cuantos kilómetros por delante pero el guía decidió que descansaríamos hasta que cayera la noche. Se quedó dormido de inmediato mientras velábamos su sueño haciendo guardia, primero Tony y yo, más tarde el comandante y David.

Cuando estábamos a punto de emprender la marcha comenzó a llover y los últimos kilómetros se convirtieron en una pesadilla.

Aún era de noche cuando llegamos cerca de una granja. El guía nos hizo una seña para que aguardáramos entre los árboles mientras él iba a comprobar que todo estaba en orden. Le vimos caminar con paso decidido y empujar la puerta de la casa. No sé cuánto tiempo tardó en volver a salir por la puerta, pero aquellos minutos se nos hicieron eternos. Nos indicó con la mano que nos acercáramos, y así lo hicimos, con cautela.

—Son de la Resistencia —nos dijo señalando a un hombre y una mujer de mediana edad.

La mujer nos ofreció comida, sopa y conejo guisado, y nos permitió secar la ropa junto al fuego de la chimenea. Su marido nos explicó que aún no había llegado la persona que debíamos llevar con nosotros.

—¿Y dónde está? —quiso saber el comandante Williams, y en su tono creí notar cierta desconfianza.

—No lo sé. Lo único que sabemos es que una persona llegará hasta nuestra granja y que los británicos la recogerán. Es todo lo que nos han dicho y no necesitamos saber más. Cuanto menos sepamos, mejor para todos; si cayéramos en manos de la Gestapo, nos obligarían a confesar.

Aunque la mujer hacía lo imposible para que nos sintiéramos cómodos, estábamos en tensión, preocupados por la tardanza de la persona que esperábamos. Nuestro guía sin embargo parecía tranquilo.

—¿Creen que es fácil llegar desde Alemania hasta aquí? Pueden haber sucedido mil inconvenientes. Mis órdenes son que esperemos aquí dos días y que si no nos traen el «paquete», entonces debemos acompañarles por donde hemos venido.

—Pero si los alemanes se han hecho con el «paquete», puede que en cualquier momento caigan sobre nosotros —replicó el cabo Smith.

—Mataremos a unos cuantos antes de que nos cojan —dijo David Rosen sonriendo y seguro de que cumpliría con lo dicho.

No tuvimos que esperar dos días, sólo hasta la madrugada siguiente. En aquel momento me encontraba descansando en una habitación del piso de arriba cuando me despertaron unos pasos acompañados de susurros. Cuando bajé me encontré a un par de jóvenes y una mujer ya mayor. ¿Cuántos años tendría? Puede que sesenta, no sé, pero la recuerdo como una mujer mayor, entrada en carnes y poco agraciada.

Se presentó como fräulein Adeline. Los dos jóvenes que la acompañaban parecían agotados, más que la mujer, y aceptaron de buena gana una taza de té y un trozo de pastel.

El comandante Williams no parecía extrañado de que el «paquete» fuera una mujer. Yo sí, pero no dije nada, y al igual que David Rosen y Tony Smith, no podía dejar de mirarla con curiosidad.

—Hasta mañana lunes no se darán cuenta de que he desaparecido. El jueves me fui de la oficina alegando que estaba descompuesta y no me sentía demasiado bien.

—¿Cuándo comenzarán a buscarla? —preguntó el comandante Williams.

—Supongo que a media mañana. Mi compañera se preocupará por mi ausencia y llamará por teléfono a casa. Vivo sola, de manera que si no respondo pensará que he podido empeorar.

Como mi casa no está demasiado lejos del trabajo, en cuanto pueda se acercará, y cuando compruebe que no abro la puerta, supongo que avisará a la portera, y luego...

—Tenemos unas cuantas horas de ventaja —murmuró el comandante.

—Y un camión que transporta ganado esperándoles para llevarles lo más cerca posible de la frontera hasta una vieja pista de aterrizaje, que es donde se supone que les recogerán dentro de doce horas —señaló nuestro guía.

—¿Cómo han llegado hasta aquí? —preguntó Tony Smith a pesar de la mirada reprobatoria del comandante.

—En coche, claro está, hemos cambiado de vehículo en cuatro ocasiones —respondió uno de los jóvenes.

—Cuanto antes emprendamos el viaje, mejor —añadió el otro.

—No estamos lejos de la pista de aterrizaje, si nos vamos ahora estaremos expuestos demasiado tiempo a cielo descubierto —respondió el comandante Williams.

—Es un riesgo que tendrán que correr. Esta gente ya ha cumplido con su parte —intervino el guía señalando a los dueños de la granja.

El comandante Williams no le contrarió y en cuanto fräulein Adeline y sus acompañantes estuvieron dispuestos, nos acomodamos como pudimos en un viejo camión de transporte de ovejas. Los animales nos acogieron con balidos, molestos por la intrusión, pero terminaron por hacernos un lugar entre ellos.

Yo no dejaba de observar a fräulein Adeline. No comprendía por qué aquella mujer era tan importante para el Servicio Secreto y deseaba preguntárselo al comandante Williams, pero reprimí la curiosidad.

Nos encontramos con una columna de tanques. El joven que conducía el camión se apartó para dejarles pasar y junto a nuestro guía, que iba a su lado, saludaron con entusiasmo a los tanquistas. Nosotros permanecíamos entre las ovejas con las pistolas dispuestas para disparar aun sabiendo que no teníamos ninguna oportunidad. Pero aquel día Dios estaba de nuestra parte, porque los soldados alemanes ni siquiera preguntaron adónde iba el camión.

Cuando llegamos cerca de la vieja pista de aterrizaje había otros dos hombres esperándonos prestos a hacer las señales para que, en cuanto la radio les avisara, indicar el lugar al avión que debía recogernos. Creo que ninguno de nosotros respiramos tranquilos hasta que no nos vimos dentro del avión en pleno vuelo. Si fräulein Adeline pretendía asombrarnos aún más, lo consiguió: se quedó dormida en el avión como si fuera de excursión.

Nunca supe quién era aquella mujer, ni dónde trabajaba, ni qué sabía o tenía que era tan importante para el Servicio Secreto. Cuando le pregunté al comandante Williams me dijo que no necesitaba saberlo. No insistí.

De regreso a Francia, antes de que me reincorporara a mi batallón el comandante Williams me hizo una propuesta.

—¿Le gustaría trabajar conmigo? Ya sabe a qué me dedico.

Le dije que tenía que pensarlo.

Trabajar detrás de las líneas enemigas me seducía, pero no estaba seguro de querer pasarme la guerra en misiones incomprensibles para mí.

Me sorprendía que el comandante Williams confiara en mí. Sólo tenía diecinueve años y, aunque aquellos meses de guerra me habían convertido en un hombre, carecía de la experiencia y la preparación suficientes para embarcarme en misiones de inteligencia.

—Dígame, comandante, ¿por qué quiere que trabaje para usted? —me atreví a preguntarle en aquella entrevista.

—Creo que tiene cualidades para ello. No se pone nervioso, es reflexivo, no aspira a ser un héroe sino sólo a hacer lo que tiene que hacer, y por su aspecto: no llama la atención. Ni demasiado alto ni demasiado bajo, ni grueso ni delgado, cabello castaño y un físico que lo mismo responde al de un francés, como al de un alemán o un inglés. Usted tiene una gran ventaja para este tipo de operaciones, me refiero a que puede pasar inadvertido.

—Como usted.

—Sí, como yo.

—No estoy seguro de querer pasar la guerra en misiones especiales.

—Pensé que ya lo había decidido.

—No me ha dado demasiado tiempo para pensar.

—¿Tiempo? ¿Usted pide tiempo? ¿Dónde se cree que está? Esto es una guerra y serán ellos o nosotros, de manera que no tenemos tiempo ni para respirar.

Le sostuve la mirada. No pestañeamos ninguno de los dos, supongo que estaba más seguro que yo de mi respuesta.

—Hemos perdido contacto con uno de nuestros agentes en Francia. Un avión le llevará hasta allí. Averigüe qué ha sucedido y vuelva.

—¿Así de fácil? —Sabía que la pregunta irritaría al comandante Williams.

—Seguro que para usted lo será —respondió con sarcasmo.

No sería la última misión a la que me enviaría, en realidad participé en dos más.

Cuando regresé del último paseo tras las líneas enemigas decidí pedirle que me reintegrara al batallón.

Me tuvo de pie mientras informaba de la misión y, como siempre, me insistió en que pormenorizara hasta el más mínimo detalle. Me repetía preguntas una y otra vez, a las que yo daba la misma respuesta. Era parte de la rutina.

—Volverá al frente —me dijo cuando se dio por satisfecho.

—Señor, quiero incorporarme a la Brigada Judía, sé que está recibiendo voluntarios de distintas unidades.

El comandante se quedó en silencio sopesando mi petición.

—Sí, estará mejor con los suyos.

Unos días más tarde me encontraba en el norte de Italia, en Tarvisio, cerca de la frontera con Yugoslavia y Austria. Allí se sucedieron algunas de las últimas batallas antes de que terminara la guerra. La línea del frente estaba situada en Cervia, donde había desplegados otros regimientos además de nuestra brigada.

Ben se había incorporado antes que yo a la Brigada Judía y me aguardaba impaciente, lo mismo que David Rosen.

—En la brigada hay judíos de todas partes, no sólo de Palestina —me explicó Ben.

—El general Ernest Benjamin es un buen militar y es judío. Ha servido en los Ingenieros Reales —añadió David.

Muchos de los hombres que formaban parte de la brigada ya habían combatido en otras unidades británicas, de manera que nuestros nuevos compañeros de armas no eran novatos.

Cuando encontramos un momento para estar a solas le expliqué a Ben todo lo que había sucedido desde que me dejé convencer por el comandante Williams para que trabajara bajo su mando.

Ben convino conmigo que la mejor manera de combatir a los nazis era en el frente.

—No sé cómo será esto, pero nosotros ya hemos tenido nuestro bautismo de fuego en Caen, de manera que no puede ser peor —le dije convencido.

David Rosen, siempre sonriente y optimista, respondió:

—Además está a punto de empezar la primavera.

Tenía razón, aunque aquellos primeros días de marzo de 1945 yo ni siquiera había pensado en qué estación del año estábamos.

La Brigada Judía se desplegó en Mazzano-Alfonsino, un lugar peculiar, con pequeños canales y decenas de granjas, algunas en tierra de nadie.

Las líneas enemigas estaban bien defendidas. Nuestro comandante nos informó de que aquellos soldados alemanes servían a las órdenes del general Reinhard, un militar con gran experiencia.

Si Caen nos pareció un infierno, aquel lugar no era mejor.

Sobre todo después del fracaso en el canal de Fosso Vecchio, del que salimos a duras penas. Teníamos que guardarnos de las minas diseminadas por los campos, de las trampas que nos tendían los alemanes resguardados en algunas de aquellas granjas, y del continuo fuego de mortero.

David Rosen se había preparado como zapador y Ben y yo conteníamos la respiración cada vez que salía a buscar aquellas bombas letales escondidas en la tierra.

Matábamos sabiendo que en cualquier momento podíamos morir. En la región de La Giorgetta llegamos a combatir a la bayoneta, cuerpo a cuerpo, y en esos momentos lo único que te importa es vivir, de manera que dejas de ver al otro soldado como a un igual y eso te embrutece y te resta jirones de humanidad. Por eso, después de cada escaramuza, de cada batalla, yo sentía un vacío en el estómago, sentía asco de mí mismo por haber perdido durante la lucha la conciencia de que en el combate, enfrente de mí, había otro hombre.

—No es que te olvides, es que no puedes elegir, o su vida o la tuya —intentaba consolarme Ben, aunque yo sabía que, al igual que a mí, a él también se le revolvían las tripas después de matar.

También combatimos cerca de Brisighella. Las órdenes eran hacernos con las dos orillas del río Senio. En una estábamos nosotros, en la otra los alemanes. Nos enfrentábamos a la 4.ª División de Paracaidistas al mando del general Heinrich Trettner. Los soldados de Trettner estaban bien entrenados.

El general McCreery, comandante del VIII Ejército británico, había dispuesto una operación conjunta con los norteamericanos. A nuestra brigada le había correspondido desalojar a los alemanes de Fantaguzzi. Si todo salía bien nos uniríamos a otras compañías para continuar hacia Bolonia.

Los aviones norteamericanos bombardearon la zona para facilitarnos el camino.

Los generales deciden sobre los mapas los objetivos, pero luego son los soldados los que se juegan la vida en el empeño, y aquellos ríos primorosamente dibujados sobre el mapa se convertían en aguas negras que todo se lo tragan.

Durante aquellos meses de combate David Rosen se convirtió en el mejor camarada que uno puede desear en una guerra. Siempre valiente, siempre dispuesto, siempre generoso. Cuando más agotados estábamos, más se esforzaba él por hacernos sonreír.

—Me avergüenza ser alemán —nos confesó un día.

—Bueno, no eres alemán, eres judío —le respondió Ben.

—Soy alemán, Ben, soy alemán. Pienso, sueño, lloro, amo, río en alemán. Y he luchado en esta guerra no sólo porque soy judío sino porque soy alemán. Quiero recuperar mi patria, mi vida, mi futuro.

Aquella declaración nos conmovió. Ben le dio una palmada en la espalda y yo me quedé en silencio. No se me ocurría qué decir.

En la guerra el tiempo transcurre con una extraña lentitud. No puedes dejar de pensar en la muerte porque todo lo que te rodea es muerte. Pero llega un momento en que el pensamiento deja de ser incluso amargo.

Estás allí para matar y, por tanto, para morir, de manera que terminas actuando como un autómata. Allí en Italia comprendí el porqué de la extremada disciplina que reina en el ejército. Te preparan para obedecer, así pues, terminas repitiendo de manera mecánica todas las rutinas, todos los gestos, incluso el de matar.

Llega un capitán o un sargento y te dice que te prepares, que sales de patrulla. No importa lo cansado que estés o si te duele algo. Te levantas, compruebas que llevas todo el equipo y obedeces. Nadie va a pedirte tu opinión y es mejor que no caigas en la tentación de darla.

Algunas noches hablaba con Ben sobre Wädi. ¿Dónde le habrían destinado? Nos habían dicho que a los árabes palestinos los habían desplegado por el norte de África y que habían combatido con valentía. De eso yo estaba seguro. Pero también había quien dejaba entrever resentimiento no sólo porque el gran muftí de Jerusalén hubiera unido su suerte a la de Hitler, sino porque había conseguido arrastrar a otros hombres. La 13.ª División Waffen-Gebirgs de las SS «Handschar» estaba formada por voluntarios musulmanes procedentes de varios países, pero sobre todo de Croacia y Bosnia.

Hubo un momento en que cesaron los combates. La guerra daba sus últimos coletazos. Recibimos la noticia de la ejecución de Benito Mussolini y Clara Petacci, seguida del suicidio de Hitler en su búnker. El Führer se había disparado un tiro en la boca. Lo único que sentí fue que cuando los soviéticos llegaron a Berlín no hubieran podido capturarle con vida.

El 8 de mayo se rindieron los alemanes que quedaban en Italia. Para nosotros la guerra había terminado y no veíamos el momento de regresar a casa, pero yo aún tenía que cumplir con lo que me había pedido mi madre: averiguar cómo estaban mi padre y mi hermana Dalida.

David Rosen, por su parte, estaba decidido a regresar a Munich.

—No sé qué voy a encontrarme allí. Mis padres y yo fuimos afortunados porque huimos a tiempo, pero allí se quedaron muchos familiares y amigos.

Para entonces ya sabíamos de la existencia de los campos de exterminio. Los soviéticos habían sido de los primeros en entrar en uno de esos campos de la muerte y, al igual que los ingleses y los norteamericanos, lo que encontraron fueron a personas a las que los nazis habían despojado de su propia humanidad. Los supervivientes parecían más muertos que vivos, y todos llevaban escrito en los ojos el horror por haber descendido hasta los confines del Infierno. La pregunta era si serían capaces de volver a la vida, de volver a sentirse humanos, de amar, sentir, acariciar, conmoverse, soñar.

Meses después conocí en Berlín a un soldado ruso llamado Boris con el que hice cierta amistad, y me describió con detalle cómo liberaron el campo de Majdanek situado en Lublin, Polonia.

Pero antes de conocer a Boris y llegar a Berlín, Ben me dijo que debíamos aplazar nuestro plan de regresar a Palestina.

—Tenemos que hacer algo para ayudar a los supervivientes. No podemos dejarles en los campamentos de la Cruz Roja.

Él ya estaba decidido a participar en la Brihah, la organización que ayudaría a miles de judíos supervivientes a tener de nuevo un hogar.

Estuve de acuerdo. Marcharnos en aquel momento habría sido traicionar a aquellos miles de desgraciados liberados del infierno y que se habían convertido en un problema para las potencias ganadoras de la guerra. Estábamos en el día después, y en el día después, los hasta entonces Aliados tenían sus propios problemas y sus propias conveniencias.

Los norteamericanos no estaban dispuestos a que se produjera un éxodo masivo de judíos a Estados Unidos. Los británicos querían impedir a toda costa que muchos de aquellos judíos supervivientes fueran a Palestina porque eso significaría volver a tener problemas con los árabes. En cuanto a la Unión Soviética, los judíos tampoco eran bien recibidos.

De manera que, después de sufrir el primer shock por lo que se encontraron en los campos de exterminio, los dirigentes políticos volvieron al pragmatismo de siempre, a la *realpolitik*.

—Son judíos, y nos corresponde a nosotros afrontar el problema. Nos encargaremos de llevar a Palestina a todos los que quieran hacerlo —me decía Ben.

Antes de embarcarme en esa aventura pedí permiso para ir a París. Tenía que encontrar a mi padre y a Dalida. En ningún momento pensé que les hubiera podido suceder nada. Daba por sentado que habrían pasado la guerra refugiados en Londres en casa de los Goldanski. Al fin y al cabo mi padre tenía pensado casarse con Katia.

En París se vivía la euforia del triunfo. La ciudad volvía a pertenecer a los parisinos. Los soldados norteamericanos y los británicos daban un toque de alegría a la capital.

Me dirigí directamente a casa de mi padre y para mi sorpresa una mujer a quien no conocía me abrió la puerta.

—¿Qué desea? —me dijo amablemente aquella mujer que ya estaba entrada en años.

—Busco a Samuel Zucker, soy Ezequiel Zucker.

La mujer me miró de arriba abajo y sus ojos reflejaron un destello de miedo.

—Aquí no vive ningún Samuel Zucker —dijo con brusquedad intentando cerrar la puerta.

—Perdone, señora, pero ésta es la casa de mi padre, mi casa, de manera que dígame quién es usted y qué hace aquí.

Escuché retumbar una voz de hombre.

—¡Brigitte, quién anda ahí!

—Un tipo que dice que ésta es su casa —gritó la mujer.

Apareció un hombre más alto y más grueso que yo, vestido con una camiseta sudada y unos pantalones sin cinturón. Me fijé en sus manos y pensé que eran manos de asesino.

—¿Quién es usted? —Su voz era todo un desafío.

—Son ustedes quienes tienen que explicarse y decirme quiénes son y por qué están en casa de mi padre.

—Ésta es nuestra casa y no tengo por qué darle ninguna explicación. —Mientras lo decía el hombre cerró dando un portazo.

Yo me quedé inmóvil delante de la puerta sin saber qué hacer. Pensé en volver a llamar al timbre, pero me di cuenta de que con semejante energúmeno lo más que podía conseguir era que me partiera la nariz.

Recordé que en aquel edificio también había vivido el marido de Irina, aquella mujer de la que tanto había escuchado hablar a mi padre y a Mijaíl. Pero no recordaba en qué piso vivían los Beauvoir.

Bajé al portal a ver si encontraba a la portera, al menos esperaba que aquella mujer, por vieja que fuera, se acordara de mí, pero no había ni rastro de ella.

Una mujer de mediana edad entró en aquel momento en el portal. La reconocí al instante.

—¡Agnès! —exclamé reconfortado de ver a la sobrina de la

portera que nos había cuidado a Dalida y a mí cuando vivíamos en París.

Ella me miró asustada sin reconocerme.

—¡Soy Ezequiel! El hijo de Samuel Zucker.

—¡Dios mío! Pero si... ¡Es verdad!, pero ya no es un niño, es usted un hombre... ¡Dios mío! ¡Dios mío! —dijo, y dio un paso hacia atrás como si quisiera apartarme de su camino.

—Vamos, Agnès, parece que has visto un espectro. Dime, ¿qué sabes de mi padre?, ¿por qué nuestro piso está ocupado por otra familia?

Agnès me miró aún más asustada. Si se lo hubiese permitido creo que habría salido corriendo.

—Monsieur, yo no sé nada, se lo juro.

Aquella afirmación fue suficiente para comprender que mentía, de manera que la cogí con fuerza del brazo.

—¿Dónde está tu tía?, ¿continúa siendo la portera?

—No, monsieur, ahora soy yo, mi tía es muy mayor y ha regresado a nuestro pueblo, cerca de Normandía.

—Tú trabajabas en casa de mi padre, de manera que tienes que explicarme qué ha pasado.

La seguí hasta el chiscón de la portería, que abrió con desgana invitándome a sentarme en una silla desvencijada.

—Yo... yo siempre me porté bien con monsieur Zucker. ¡Se lo juro! Luego, cuando... bueno, cuando ser judío se convirtió en un problema dejé de trabajar para su padre... Tiene que comprender que no han sido tiempos fáciles y tener tratos con judíos le convertían a una en sospechosa...

Las palabras de Agnès me revolvían el estómago. La miré con asco y ella se sobresaltó.

—Monsieur, no se enfade, yo...

—¡Dime qué le ha sucedido a mi padre! Y mi hermana, ¿qué sabes de Dalida?

—No lo sé. Su padre y su hermana abandonaron el piso a principios de la guerra. No sé dónde fueron, no me lo dijeron, yo sólo era la criada. Pero no sé nada más... ¡Se lo juro!

—¿Quiénes son los que viven en nuestra casa?

—Es una buena familia, él es policía, creo que un hombre importante. Tiene dos hijas.

—¿Por qué viven en mi casa?

—Bueno, yo no lo sé muy bien, monsieur... Creo que algunas casas de judíos fueron confiscadas y... claro que ahora dicen que si los dueños regresan y demuestran que esas casas eran las suyas... Es todo tan confuso, monsieur; la guerra acaba de terminar y aún no se sabe bien lo que va a suceder.

Me costaba reconocer en aquella mujer a la joven que nos cuidaba a Dalida y a mí cuando éramos pequeños. La Agnès de antaño era una jovencita despreocupada que nos llevaba a jugar a los Jardines de Luxemburgo y con la que nos perdíamos por las calles de París, la que hacía la vista gorda ante nuestras travesuras. Pero la Agnès que tenía ante mí era una superviviente, ese tipo de personas que sólo piensan en ellas mismas mientras el mundo se hunde a su alrededor. La guerra había sacado lo peor de ella.

—¿Y los Beauvoir?

—El señor murió hace un año, creo que el piso lo heredaron unos sobrinos, ya sabe que monsieur Beauvoir no tenía hijos.

—Y nuestros muebles, nuestros cuadros, nuestras cosas, ¿quién las tiene?

—Yo no sé nada, monsieur, sólo lo que le he dicho. ¡Por favor, no quiero problemas!

Salí de allí sin saber adónde ir, a quién preguntar por mi hermana y mi padre. Pero ¿y si les habían detenido? No, no podía ser, ¿por qué habrían de detenerles? Yo mismo me respondía a esa pregunta. Eran judíos, no había otro porqué. Lo que no comprendía era por qué mi padre y mi hermana se habían quedado en París. Podían haberse refugiado en Londres con los Goldanski, en realidad siempre pensé que es lo que habían hecho y creo que mi madre también pensaba lo mismo.

Hice lo imposible por obtener alguna respuesta de las autoridades francesas. Les facilité los nombres de mi hermana y de mi padre y prometieron darme una respuesta en unos días. Al parecer no figuraban en sus archivos como desaparecidos.

Mandé un telegrama a Ben diciéndole que por el momento no me podía unir a David Rosen y a él para formar parte del movimiento que estaba poniéndose en marcha, la Brihah, cuyo empeño era ayudar a los judíos que habían sobrevivido.

Fui a Londres convencido de que las respuestas que necesitaba me las podrían dar los Goldanski. Konstantin era el mejor amigo, además de socio, de mi padre, y Katia... bueno, suponía que Katia se habría casado con mi padre.

Cuando llegué a Londres ni siquiera busqué un hotel, sino que me dirigí directamente a la casa de los Goldanski.

Londres me produjo una sensación más amarga que París. La capital inglesa había sido duramente castigada por los bombardeos continuos de la aviación alemana, mientras que París había sido respetada. En realidad había servido de retaguardia a los soldados de Hitler.

La casa de los Goldanski se mantenía en pie aunque una de sus alas parecía destruida. Me acerqué con temor rezando para que estuvieran vivos. Una criada me abrió la puerta y me invitó a pasar y a que esperara en el vestíbulo mientras avisaba «a la señora». Me preparé para enfrentarme a Katia, a la que odiaba por haberme arrebatado a mi padre. Pero no fue Katia quien me recibió, sino Vera, la esposa de Konstantin.

—¡Ezequiel! ¡Qué alegría! ¡Estás vivo!

Vera me abrazó con afecto y muestras de alegría. Yo respondí de igual manera, siempre me había cautivado su dulzura. Vera había cambiado, tenía el cabello totalmente blanco y estaba más delgada; tanto, que al abrazarla sentí los huesos de su cuerpo.

Nos sentamos en lo que antaño había sido el salón de té, una pieza pequeña, con una chimenea, donde la familia solía reunirse cuando no tenían invitados. Me apenó ver que habían desaparecido las figuras de porcelana a las que nos prohibían acercarnos cuando éramos pequeños.

—Mi hijo Gustav está a punto de llegar, almorzarás con nosotros. ¡Dios mío, qué sorpresa tan agradable tenerte aquí!

Vera me preguntó por mi madre y quiso saber cómo habíamos pasado la guerra. Se santiguó cuando le dije que había combatido primero en Francia y después en Italia.

No sé por qué tenía la impresión de que con sus preguntas intentaba retrasar las mías.

—¿Y Konstantin? —pregunté por fin.

Se le escaparon unas lágrimas que inmediatamente enjugó con un pañuelo.

—Murió aquí. Ya has visto cómo está la casa. Aquel día... aún no había amanecido cuando los aviones alemanes comenzaron a bombardear Londres. Gustav y yo no estábamos en casa. Apenas tuvo la edad y se lo permitieron, Gustav se alistó en el ejército. Le destinaron al cuartel general. Quería combatir pero al parecer sus jefes pensaron que debían aprovechar que hablara a la perfección ruso, francés y alemán. Y yo... bueno, he colaborado cuanto he podido; serví como voluntaria en el Cuerpo de Enfermeras. Apenas amanecía yo me iba al hospital. No hacía mucho que había salido de casa cuando comenzaron a sonar las sirenas y corrí hacia el refugio más cercano rezando para que Konstantin hiciera lo mismo. Cuando salí él se había quedado tomando una taza de té mientras trabajaba en su despacho, que estaba... bueno, ya lo sabes, en el ala de la casa que ya has visto cómo está. Una bomba cayó en la casa de al lado, pero fue tal el impacto que también afectó a la nuestra. Konstantin murió tras aquella explosión bajo cientos de cascotes que dejaron su cuerpo destrozado.

Esta vez Vera no contuvo las lágrimas y rompió a llorar. Me senté a su lado y la abracé intentando confortarla.

—Lo siento, Ezequiel..., no logro superar su pérdida. Ya ves, huimos de Rusia para poder sobrevivir, pero la maldad nos ha perseguido hasta aquí.

—Lo siento, Vera, lo siento mucho. Yo... bueno, mi hermana y yo os teníamos a Konstantin y a ti como si fuerais nuestros tíos.

—Y como tales os hemos querido —respondió Vera.

Había llegado el momento de preguntarle por mi padre y por Dalida, y por más que me costara, también por Katia.

—¿Y Katia? ¿Cómo se encuentra?

Entonces Vera me miró con una pena infinita desde sus enormes ojos grises.

—No lo sé, Ezequiel, no lo sé. Hace sólo tres semanas que ha acabado la guerra. Gustav está haciendo todo lo posible para saber qué ha sido de Katia y de tu padre, aunque...

Me puse tenso, en alerta, pero al mismo tiempo durante un segundo sentí alivio pensando que acaso estuvieran los dos juntos en algún lugar desconocido, pero vivos.

—¿Sabes dónde han estado durante la guerra? Supongo que aquí con vosotros, ¿no?

Vera se retorció las manos buscando una respuesta que no me hiriera demasiado.

—Konstantin le pidió a tu padre que se quedara en Londres, pero él... Samuel es muy tozudo y decía que no iba a quedarse cruzado de brazos mientras los alemanes se dedicaban a perseguir a los judíos. Para Samuel era como revivir los pogromos. Nunca se curó de la pérdida de su madre y de sus hermanos.

»Tu padre decía que se estaban librando dos guerras a la vez, la de la democracia contra el nazismo y la de los judíos por su supervivencia, y que él estaba dispuesto a combatir en los dos frentes.

—¿Dónde está mi padre, Vera?

—No lo sé, Ezequiel. Él decidió quedarse en Francia, allí comenzó a colaborar con un grupo de la Resistencia formado por franceses y republicanos españoles. Gustav te lo explicará mejor que yo, conoce más detalles. Ya sabes que Konstantin procuraba evitarme angustias, creía que yo ya había sufrido bastante durante la Revolución de Octubre. Yo me enfadaba negándome a que me tratara como a una niña, pero él intentaba ocultarme todo lo que sabía que me podía afectar. Aun así, supe que tu padre formaba parte de la Resistencia y que Katia, pese a los requerimientos de Konstantin, decidió quedarse con él en Francia. Ella también colaboró con la Resistencia. Nosotros desde aquí hacíamos cuanto podíamos. Te aseguro que no hubo ni un solo día en el que Konstantin no trabajara para salvar a ciudadanos judíos.

—¿Y Dalida? ¿Dónde está mi hermana?

—Gustav está intentando averiguar qué ha sido de ella, pero hay mucha confusión. Parece que se la llevó la Gestapo. Dalida también formaba parte de la Resistencia —añadió Vera.

Sólo escuchar aquella palabra, «Gestapo», todavía provocaba miedo. Sabía de sus crímenes, de su extremada crueldad, de cómo se complacían torturando.

Vera fue respondiendo a mis preguntas intentando al tiempo calmar la angustia que me iba embargando. Cuando llegó Gustav ya tenía una idea cabal de cómo habían pasado la guerra mi padre y mi hermana.

Gustav y yo nos dimos un apretón de manos dudando en si debíamos o no abrazarnos. Nos habíamos convertido en hombres y en ninguno de los dos quedaba rastro de aquellos años de infancia compartida.

A mí Gustav siempre me había parecido un niño demasiado protegido y mimado, aunque a él sus padres le trataban con más severidad que a mí los míos. En ese momento nos sentimos más cerca el uno del otro de lo que lo habíamos estado en los días de nuestra infancia.

Almorzamos los tres recordando aquellos tiempos. Vera nos relató con añoranza alguna de nuestras travesuras infantiles e intentó que durante el almuerzo no habláramos de nada que pudiera enturbiar aquel reencuentro. Después del almuerzo volvimos a refugiarnos en el salón de té.

Gustav encendió una pipa y me ofreció un cigarrillo que yo acepté.

—Llevo un par de meses investigando y no es mucho lo que sé, pero espero que te sirva. Tú quieres encontrar a tu padre y a tu hermana y yo a mi tía Katia. Los tres unieron su destino durante la guerra.

El relato de Gustav me estremeció y sobre todo me mostró a un Samuel que yo desconocía. De repente mi padre iba adquiriendo un perfil que me resultaba insólito.

«Samuel y Katia estaban en París el día en que dimitió el primer ministro francés Paul Reynaud. Dos días antes, el 14 de junio de 1940, se consolidaba la traición del mariscal Pétain y Francia conocía el oprobio de ver a las tropas nazis desfilar por los Campos Elíseos. Hasta aquel momento los judíos habían malvivido; a partir de aquel día su único empeño sería sobrevivir.

El 27 de septiembre de aquel maldito 1940, el gobierno de Vichy ordenó elaborar un censo de los judíos que había en Francia. Tu padre decidió que ni él ni Dalida estarían en ese censo. "Quieren saber cuántos judíos somos como si se tratara de cabezas de ganado. No permitiré que nos degraden a esa condición", le escribió a mi padre en una carta que no me preguntes cómo llegó porque no lo sé. Lo que sí sé es que Samuel y Dalida dejaron la casa en la que habían vivido, y alquilaron otra más pequeña en una calle tranquila del barrio de Saint Michel. Lo más difícil fue deshacerse del laboratorio. Samuel se reunió con el gerente y le dijo que se marchaba de Francia y le firmó poderes para que gestionara el negocio durante su ausencia. Su precaución le sirvió de poco, porque bajo los auspicios de los jerarcas nazis, el gobierno de Vichy decidió expoliar las propiedades de todos los judíos. Tu padre había sido precavido y disponía de cierta cantidad de dinero, además de algunos cuadros y otros objetos valiosos que entregó a Katia para que los guardara. Eso sí, Samuel se negó a que Katia viviera con ellos.

"Tú no eres del todo judía", le decía, a lo que mi tía respondía: "Al menos tengo un cuarto de litro de sangre judía". Pero no eran muchos los que lo sabían. Los amigos que mis padres y mi tía tenían en París eran como nosotros, rusos que habían huido de Rusia después de la revolución.

Katia alquiló a su vez un apartamento cerca de Montparnasse decidida a permanecer en Francia pasara lo que pasase.

En octubre, creo que el 3 de ese mes, en Francia se promulgó un "Estatuto de los judíos". A partir de ese momento todos los judíos se convirtieron en ciudadanos de segunda, ¡qué digo!, en realidad dejaron de ser ciudadanos.

Samuel estaba dispuesto a luchar en la retaguardia, de manera que junto a David Péretz, el hijo de Benedict Péretz, el viejo comerciante que tanto le había ayudado en el pasado, pasó a integrar un grupo judío de la Resistencia. No creas que fue el único grupo de judíos, hubo otros: Solidarité, Amelot, la Sociedad de Ayuda a los Niños. Algunos de estos grupos tenían buena relación con los maquis y colaboraban con ellos. Al fin y al cabo les unía una misma causa.

No sé cómo ni a través de quién pero, al parecer, David Péretz tuvo conocimiento de que había un exiliado ruso que se ganaba la vida como falsificador. La cuestión estaba en saber si el ruso en cuestión estaba dispuesto a colaborar con su grupo y, sobre todo, si podían confiar en él ya que el hombre había llegado a París antes de 1917, lo que le convertía en sospechoso de ser poco amigo de la revolución. Pero decidieron correr el riesgo. Ni Samuel ni Dalida podían estar sin documentación. Fue Samuel el que decidió reunirse con aquel hombre.

Vivía cerca de Montmartre, en una callejuela estrecha. Le abrió la puerta una mujer con el cabello negro y una mirada tan fiera que intimidaba. Él le dijo la frase que le habían dado como consigna y ella le invitó a entrar, pero apenas cerró la puerta la mujer le encañonó con una pistola.

Le llevó hasta un cuarto trasero donde no había ventanas y le hizo sentarse. Luego se plantó ante él y comenzó a interrogarle. Samuel notó por el acento que aquella mujer no era francesa. Más tarde supo que se llamaba Juana y era española.

Había sido miliciana en la guerra de España, y era una furibunda antifranquista que había visto morir a su marido en el frente de Aragón, donde combatía; después perdió al hijo que esperaban. Al resto de su familia, su padre y sus tíos, los fusilaron después de acabar la guerra. Pero eso lo supo más tarde porque ella huyó sabiendo que de lo contrario terminaría en una cárcel de donde sólo saldría para acabar muerta en una cuneta. Juana no aguardó a que la encontraran y se marchó a Francia por un paso de la frontera de Cataluña en la Cerdaña, muy utilizado años después por los luchadores antifranquistas.

En Perpiñán la detuvieron y la llevaron a un campo de concentración del que se escapó; días después llegó a París, donde tenía un pariente que la acogió. Su pariente, un tío lejano, creo, era impresor, un republicano que ayudaba a cuantos se lo pedían y que había huido en el 38 antes de que terminara la guerra en España. Ya en Francia, pasó a colaborar con la Resistencia.

A través de su tío, Juana conoció a Vasili. Había escapado de la Rusia zarista, pero cuando triunfó la Revolución de Octubre se guardó de regresar a Moscú porque en París había prosperado trabajando como impresor en la misma imprenta que el tío de Juana. Pedro, el tío de Juana, había encontrado una noche a Vasili trabajando casi a oscuras en la imprenta. El ruso se dedicaba a falsificar papeles para quienes los pudieran pagar, las más de las veces delincuentes. Pedro no le entregó a la policía y el ruso se convirtió en un perro fiel. La guerra hizo que los dos hombres se asociaran para trabajar en favor de los movimientos políticos que tenían problemas con la ley.

Juana debió de quedar satisfecha con las respuestas de Samuel porque permitió que viera a Vasili.

Samuel se encontró frente a un hombre de estatura media y unos ojos brillantes y guasones que se dirigió a él en ruso. Hablaron un buen rato en este idioma hasta que Juana les interrumpió enfadada.

—O habláis en francés o no habláis —les dijo, y Vasili aceptó con una sonrisa.

—De manera que quiere varios pasaportes, de los cuales uno

para usted y otro para su hija, y los quiere para ayer. Ni mi socio ni yo hacemos milagros.

—No les pido que hagan milagros, sólo que ayuden a salvar vidas, no sólo de judíos, también de franceses. ¿Acaso no está usted en contra de los nazis?

—Sí, el tío de Juana me convenció de que el dinero no lo es todo, y aquí me tiene, monsieur, dejando a un lado los negocios para trabajar gratis. Claro que a lo mejor usted puede pagar, ¿me equivoco?

No se equivocaba, porque Samuel estaba dispuesto a dar cuanto tenía por esos pasaportes. Pero Juana se levantó y, plantándose ante Vasili, le dio un manotazo.

—¿Cobrar? Ni en broma lo digas. Harás lo que te pida y trabajarás noche y día —le dijo en tono amenazante.

—Ya ve, monsieur, que uno no puede resistirse a lo que quieren las mujeres. Ella es aquí la jefa.

Más tarde, Samuel llegaría a conocer bien a Vasili y a saber que detrás de su actitud cínica había un hombre comprometido con la libertad hasta el punto de jugarse la vida.

Los nuevos documentos de Samuel y Dalida les convertían en monsieur Ivanov y mademoiselle Ivanova, padre e hija, naturales de San Petersburgo, huidos de la Revolución soviética.

Vasili les advirtió:

—Si os detienen con documentos franceses pueden comprobar si la identidad de los papeles es real, pero si sois exiliados rusos no podrán comprobarlo con los soviéticos. Eso sí, tenéis que mostraros como enemigos acérrimos de Stalin y admiradores de Hitler, vuestra esperanza para regresar a la patria.

El primer encargo de Samuel eran cincuenta pasaportes franceses con los que esperaba sacar de Francia a cincuenta judíos y tratar de enviarles a Lisboa y, desde allí, a Palestina.

Mi padre, Konstantin, se encargaba del flete de los barcos. No era una tarea fácil. Europa estaba en guerra y sólo lograban hacerse con viejos cascarones que a duras penas se mantenían a flote. Mi padre también se encargaba de mover sus influencias para que aquellos hombres y mujeres lograran el permiso de las autoridades británicas y pudiesen desembarcar en Palestina. En realidad mi padre terminó colaborando con el Servicio Secreto británico. Las informaciones que le llegaban de Samuel y de Katia las transmitía a sus amigos del Almirantazgo.

A los primeros cincuenta pasaportes les siguieron otros más. Con ayuda de Juana, Vasili y Pedro, trabajaban sin descanso. La mujer parecía no tener miedo a nada acaso porque había perdido todo aquello que daba sentido a su vida.

Debes saber, Ezequiel, que tu hermana se negó a quedarse en Londres con nosotros, lo mismo que mi tía Katia.

Dalida se convirtió en enlace con otro grupo de la Resistencia cuyo jefe era un español. Armando, le llamaban, aunque nadie sabía si ése era su nombre verdadero. Tenía un gran predicamento y, sobre todo, suerte para escapar. Iba y venía de París a la frontera del Bidasoa y también a Perpiñán. En colaboración con otros grupos de la Resistencia, ayudaba a pasar clandestinamente a España para después proseguir viaje a Portugal. Pero no sólo judíos. Armando llegó a colaborar con la red Comète, dedicada a ayudar a los aviadores de las fuerzas aliadas derribados sobre Francia, Bélgica y Holanda.

A veces Dalida acompañaba a algunos grupos de judíos hasta la frontera. No solían ir más de cuatro o cinco personas. Más habría resultado sospechoso. Viajaban con documentos falsos como si fueran miembros de una familia que iban al sur a visitar a otros familiares y a buscar un refugio mejor durante la guerra. Tu hermana les conducía a un caserío donde los miembros de la red de Armando aguardaban para pasarles a España.

No sé cuántos viajes llegó a hacer Dalida, pero sí que ayudó a salvar muchas vidas.

Katia también se empleó a fondo. No era difícil para una condesa rusa exiliada tener abiertas las puertas de los colaboracionistas más asquerosos de París.

A finales de 1940 Katia recibió una citación de la policía. Trataban de saber por qué estaba en París, a qué se dedicaba y, sobre todo, si tenía simpatías hacia el nazismo o si, por el contrario, podía ser una espía.

No sé de dónde sacó tanto valor mi tía, pero el caso es que salió airosa del interrogatorio.

—Condesa, ¿cuánto tiempo se quedará en París?

—Monsieur, todo el que ustedes me permitan. ¿Dónde podría ir? Viví en Londres, sí, pero no me sentiría cómoda allí habida cuenta de que mis conocidos saben de mis simpatías por el Führer.

—De manera que usted…

Katia no dejó proseguir al policía y continuó hablando.

—Yo, monsieur, sólo deseo que el Führer gane esta guerra y que nos devuelva nuestra patria a los auténticos rusos. Sé que él tiene que tratar con los soviéticos, la política es así, pero yo rezo para que Adolf Hitler se convierta en el emperador de Europa.

—¿Y vive cómodamente en París?

—Si lo que quiere saber, monsieur, es si puedo mantenerme, desde luego que sí. Hui de Rusia con lo suficiente para no tener que mendigar.

—¿No será usted judía, madame?

—¡Monsieur! ¿Acaso no sabe que antes que el Führer nosotros en Rusia ya teníamos problemas con los judíos? No, monsieur, no soy judía, líbreme Dios de semejante mal.

Los hombres nunca pudieron mostrarse indiferentes ante la belleza de mi tía, y aunque ya entonces había sobrepasado los sesenta años tenía una prestancia y una elegancia ante las que era difícil no rendirse. De manera que no le costó introducirse en los círculos de algunos miembros del nuevo gobierno de Pétain; también comenzó a tratar a sus oficiales, quienes creyéndola inofensiva no dejaban de deslizar algunas confidencias en el oído de Katia. Confidencias sobre redadas previstas, sobre tal o cual miembro de la Resistencia al que seguían los pasos… Armando solía analizar cuidadosamente la información temeroso de que en cualquier momento descubrieran a Katia y la utilizaran para tenderle alguna trampa.

Ella iba de un lado a otro de París en su Mercedes negro, con un chófer que no era otro que uno de los hombres de Armando. Transportaba armas y explosivos, llevaba cartas, escondía dinero.

Una tarde en la que Katia salía de la casa de uno de los hombres de Armando con un paquete que contenía explosivos, se tropezó con el oficial de la policía que la había interrogado y al que después había seguido tratando. El hombre iba acompañado por varios miembros de la gendarmería y por un oficial de las SS. Pedían la documentación a todos los que pasaban por allí y obligaban a las mujeres a abrir los bolsos. Katia se salvó de milagro dirigiéndose directamente al oficial de policía que conocía, al que saludó efusivamente.

—¡Monsieur, qué alegría verle! ¿Está trabajando? Si es así no quiero distraerle...

Ningún policía se atrevió a pedirle la documentación a aquella mujer que hablaba animadamente con uno de sus jefes. No obstante, el hombre de las SS le preguntó qué llevaba en el paquete y Katia respondió con una sonrisa:

—Una bomba, monsieur, ¿qué otra cosa podría llevar yo?

El francés rió lo que creía era una broma, pero el alemán permaneció serio.

—Permítame que le presente a la condesa Katia Goldanski... Señora, le presento a Theodor Dannecker, es el verdadero amo de París.

—¡Qué enorme responsabilidad poseer una ciudad como París! Cuídela, es una ciudad única, una joya para el Tercer Reich.

Luego de intercambiar algunas banalidades, los dos hombres la acompañaron al coche y Katia se marchó dando gracias a Dios por haberla salvado.

La red de la que formaban parte disponía de una serie de domicilios que tenían por seguros; aun así, siempre se mantenían vigilantes. En el grupo de David Péretz, al que se habían incorporado Samuel y Dalida, además de Katia, lo mismo que en el de

Armando, la obsesión por la seguridad era su garantía de supervivencia.

Los dos grupos habían llegado a colaborar a través de Dalida. Fue ella quien conoció primero a Armando, y no le resultó fácil ganarse su confianza. En otra circunstancia quizá a Dalida le habría intimidado aquel español cuarentón, con el rostro surcado de arrugas y las manos grandes y fuertes. Pero tu hermana no se dejó engañar por el aspecto de Armando; la voz de aquel hombre delataba que no era un gañán, era la voz de alguien cultivado, una voz que no se correspondía con su aspecto.

Se conocieron en casa de Vasili. Dalida había ido a entregar varias fotografías para unos pasaportes con los que Samuel intentaba salvar a una familia judía. Cuando llegó, Juana la hizo pasar a la sala donde en aquel momento un hombre discutía con Vasili.

El hombre estaba de espaldas y no la vio entrar. Juana no les presentó ni Dalida dio muestras de interesarse por lo que pudiera estar haciendo allí aquel tipo. Se mantuvo en silencio escuchando la discusión.

—¡Te había dicho que necesitaba esos documentos para hoy!

—Los tendré dentro de un par de horas —respondió Vasili sin alterar la voz.

—Y ahora, ¿qué hago? Sabes que tengo que salir para Marsella en menos de una hora. No puedo esperar y es tarde para localizar a nadie que entregue por mí los documentos —se lamentó Armando.

Dalida le miró y dijo:

—Los puedo llevar yo.

Armando se volvió sorprendido y enfadado ante la irrupción de aquella joven.

—¿Y ésta quién es? ¿Estáis locos? Os he dicho que no quiero aquí a nadie cuando vengo yo.

Juana se encaró con Armando.

—En mi casa mando yo. Aquí no entra nadie que no sepamos quién es y, para que lo sepas, esta chica es judía y forma parte de una red de judíos, y tiene tantos motivos como nosotros para no fiarse de nadie.

—Y es tan inocente o tan estúpida como para ofrecerse a hacer un trabajo para un desconocido. ¿Cuántos años tienes? —preguntó Armando mirando de arriba abajo a Dalida.

—Voy a cumplir veinte —respondió ella con tranquilidad.

—¿Y por qué habrías de hacer el trabajo por mí?

—Porque tú no puedes hacerlo y has dicho que hay unos hombres en peligro que necesitan esos documentos.

—¿Y a ti qué te importa?

—A mí me importa todo lo que tenga que ver con acabar con los nazis.

Juana sonrió. No es que le sorprendiera la actitud de Dalida, ya que sabía que hacía de correo del grupo de David Péretz, pero jugársela por alguien a quien no conocía demostraba que tenía más valor del que ella misma creía.

—No tienes muchas opciones, o va ella, o esperas y vas tú —le espetó Juana.

—Cómo sé...

Dalida le interrumpió.

—No sabes nada, no sabes si seré capaz de hacerlo, si me perderé o llegaré a tiempo, no sabes qué haré si me detienen, no sabes si hablaré... Yo no puedo asegurarte nada, sólo que lo intentaré, que procuraré llegar a la hora que me digas al lugar que me indiques, que entregaré el paquete y que cuidaré de que nadie me siga. Sólo eso.

A Armando le intrigó la personalidad de Dalida. Su aspecto era el de una muchacha en la flor de la vida, pero con una entereza impropia para su edad.

—De acuerdo.

Armando se marchó con el pesar de no saber si había cometido un error. La chica tenía que ser de confianza si colaboraba con el grupo de judíos, pero tampoco sabía nada de ella, excepto que Juana, Pedro y Vasili la avalaban. Era una garantía pero ninguna garantía es suficiente cuando se vive en la clandestinidad.

Dalida salió de la imprenta llevando en una bolsa cuatro documentos de identidad franceses para cuatro españoles escapados de un campo de concentración que habían pasado a engrosar las filas de la Resistencia.

Caminaba a buen paso pero no lo suficientemente rápido para llamar la atención. Había un buen trecho desde Montmartre hasta los Campos Elíseos, donde estaba el bar en el que tenía que entregar los documentos, de modo que tardaría en regresar a casa más de lo previsto y su padre se preocuparía.

Una hora después dio con la dirección del bar. Entró sin importarle que algunos hombres la miraran con curiosidad. Se acercó a la barra y dijo las palabras que le servirían de consigna: "François me ha enviado a por pan". El tabernero se la quedó mirando extrañado. Esperaba a Armando, ¿quién era aquella chiquilla? Le hizo un gesto para que se dirigiera a la parte trasera del bar. Cuando Dalida entró en la cocina, un hombre la agarró con fuerza y le colocó un cuchillo en el cuello. Ella sentía que la punta de acero en cualquier momento podía hundirse en su carne, pero no se movió.

Dijo a aquellos hombres lo que le había dicho Armando que debía decir, palabras que para ella no significaban nada pero que para ellos sí tenían sentido.

A partir de aquel día Dalida colaboró con la red de David Péretz y tu padre y con la de Armando. Se ganó el respeto de otros hombres y mujeres que como ella se jugaban la vida en aquel París ocupado y de apariencia alegre.

El lugarteniente de Armando, un alsaciano alto y con aspecto de oso, al que todos llamaban Raymond, le enseñó dos cosas: a manejar la radio con la que se comunicaban con Londres y a preparar explosivos. Y aprendió bien.

No era fácil transmitir los mensajes de la Resistencia. Guardaba la radio en su cuarto, temiendo que en cualquier momento dieran con ella. Raymond le había advertido que si no sobrepasaba el tiempo de la comunicación, a la Gestapo le sería difícil encontrar la señal. Ella no lo olvidaba nunca y en ocasiones no dudaba en interrumpir una comunicación para no poner en peligro ni al grupo ni a ella misma.

De vez en cuando Katia viajaba a Madrid y de allí a Lisboa, donde se encontraba con su hermano, al que solía transmitirle informaciones precisas sobre la disposición de las tropas nazis en la región de París, y también recibía en un sobre cerrado instrucciones que el Servicio de Inteligencia británico enviaba a algunos de sus contactos con la Resistencia en París. Además, Konstantin aprovechaba para pedirle que regresara con él a Londres. Pero ella se negaba.

—Estoy enamorada, Konstantin. ¿Es que no lo comprendes? ¿Crees que ahora dejaría a Samuel? Si es preciso le acompañaré hasta el Infierno.

—Katia, la guerra terminará algún día y el loco de Samuel irá a Londres a reunirse contigo. Convendrás conmigo que ni él ni yo tenemos edad para estos juegos de espías. Yo no corro ningún riesgo por reunirme contigo de vez en cuando en Lisboa y llevar y traer de Londres ciertos encargos, pero no puedo dormir pensando en el riesgo que corres tú.

—¿Sabes, Konstantin?, estoy enamorada de Samuel desde que era una cría. Rechacé a todos cuantos se acercaban a mí, ya sabes el disgusto de nuestra abuela porque yo me negaba a casarme. Cuando ya daba por perdida mi vida nos volvimos a encontrar y tú conoces el sacrificio que hizo para estar conmigo. Sí, ha sacrificado todo lo que tenía, su esposa, su hijo, y tú pretendes que yo le deje en París jugándose la vida mientras espero a que termine la guerra... No, Konstantin, ni todas las divisiones de la Wehrmacht serán capaces de separarnos.

—Al menos trae a Dalida, en Londres estará más segura.

—No la reconocerías. Dalida se ha hecho una mujer y sólo responde ante sí misma. Samuel está preocupado porque cada vez está más implicada con el grupo de Armando. Hace una semana participó en la voladura de unas vías de tren cerca de

París. Al parecer ha aprendido a manejar explosivos. El otro día le pregunté si no tenía miedo, y ¿sabes qué me respondió?: "Sólo tengo miedo a que perdamos la guerra y los nazis se hagan con Europa. Eso sí que me da miedo".»

Gustav hizo una pausa mientras Vera le ofrecía una taza de té. Después continuó con el relato.

«Ezequiel, ¿has oído hablar de la "Rafle du Vel d'Hiv"? En aquella redada del 16 de julio de 1942 detuvieron a cientos de judíos. A los pobres desgraciados los encerraron en ese velódromo, el Velódromo de Invierno. Lo peor no es lo que sufrieron allí, sino lo que les quedaba por sufrir. Muchos fueron trasladados a distintos campos de exterminio en Alemania. Pero no adelantaré acontecimientos.

Los franceses habían recibido una orden de sus amos alemanes: debían llevar a cabo una detención masiva de judíos, y cumplieron la orden sin rechistar. No les fue difícil, todos los judíos estaban censados, de manera que la policía sabía dónde tenía que ir a buscarlos. La madrugada de ese 16 de julio miles de policías se presentaron en los domicilios de los judíos. Se llevaron bajo arresto a más de doce mil personas, incluidos mujeres y niños.

Algunos pudieron escapar; otros, que ya colaboraban con grupos de la Resistencia, se salvaron porque, al igual que Samuel y Dalida, hacía meses que habían pasado a la clandestinidad dejando sus casas y sus familias.

A algunos les trasladaron al Velódromo; a otros a un campo que se había instalado en Drancy, en el norte de París; otros a Pithiviers, a Beaune-la-Rolande...

A algunas familias las separaron. Los niños por un lado, los padres por otro. Muchos de aquellos niños fueron enviados directamente a Auschwitz, donde el mismo día de su llegada fueron asesinados en las cámaras de gas.

Recuerda estos nombres, Ezequiel, que no se te olviden nunca, son los nombres de tres oficiales de las SS, tres asesinos: Alois Brunner, Theodor Dannecker y Heinz Rothke. Alois Brunner sería más tarde el comandante del campo de Drancy.

Tu padre y tu hermana sobrevivieron a aquella redada y ellos, al igual que el resto de su grupo, sufrieron por no poder hacer nada. Para Samuel se convirtió en una obsesión intentar sacar de Francia a algunos niños judíos que se encontraban escondidos en casas de amigos. Entre David Péretz y él localizaron a un grupo de diez criaturas. Ya te he dicho que mi padre nunca me explicó cómo Samuel lograba ponerse en contacto con él, pero sí sé que recibió el aviso de que se disponía a sacar de París a aquellos diez niños. Samuel le pedía a mi padre que organizara lo necesario para recogerles en Gibraltar o en Lisboa y trasladarles a Palestina o a cualquier lugar donde pudieran estar seguros. Por difíciles que fueran, mi padre siempre seguía las instrucciones de Samuel. No era fácil organizar todo lo necesario para conseguir trasladar a niños judíos a Palestina. Tú has luchado con ellos y yo también, y sabemos de su valor en el campo de batalla, pero los británicos defienden en primer lugar sus intereses y luego todo lo demás, y ya sabes que hace años que su política es impedir la llegada de más judíos a Palestina. Ni querían ni quieren tener abiertos más frentes y por nada del mundo desean enfadar a los árabes palestinos.

Pedro y Vasili se esmeraron falsificando documentos para aquellos niños. Fue a Katia a quien se le ocurrió buscar la complicidad de unas monjas, unas Hermanas de la Caridad. Katia había oído decir que aquellas monjas acogían a niños huérfanos y decidió pedirles ayuda. Se presentó en el convento y pidió hablar con la madre superiora, pero no se encontraba allí en ese momento, así que la recibió la hermana Marie-Madeleine, que no tendría más de cuarenta años y que quienes la conocieron aseguraban que hacía gala de su mal carácter.

Katia no se anduvo con rodeos y expuso directamente el problema a la hermana Marie-Madeleine.

—Unos amigos han podido salvar a diez niños judíos. A sus padres les llevaron al Velódromo de Invierno... Queremos salvarles y para ello debemos llevarles a España y desde allí a Lisboa o Gibraltar. Pero necesitamos que estén seguros hasta que podamos emprender el viaje. ¿Podrían acogerles aquí?

La hermana Marie-Madeleine refunfuñó y dijo entre dientes algo que Katia no alcanzó a comprender, luego la miró de frente y sin sonreír le respondió:

—No sé qué dirá la madre superiora. Ha ido con otra hermana a hacerse cargo de unos pobres ancianos cerca de París. No regresa hasta mañana. Si usted trae hoy mismo a los niños entonces no podrá negarse. Ya estarán aquí.

—Pero si no estuviera de acuerdo, ¿echaría a los niños?

—Ya le he dicho que no. Pero debe comprender que escondiendo a esos niños ponemos en peligro a otros que tenemos aquí. ¿Qué sería de estos huérfanos sin nosotras? Dígame, ¿cuánto tiempo se quedarán?

—No lo sé, hermana, unos días, pero no sé cuántos, intentaremos que sean los menos posibles.

—¿Y qué edades tienen?

—El más pequeño cuatro años, el mayor doce.

—¡Que Dios nos ayude y nos proteja!

—Que así sea, hermana.

Aquella tarde los miembros de la red fueron trasladando a los niños hasta el convento. Habían aleccionado a los pequeños para que no lloraran, y a pesar de la tristeza de sus rostros y del temblor de sus labios, todos se comportaron como lo que eran, supervivientes.

Algunas hermanas se asustaron y se mostraron reticentes, bastante tenían con defender a sus propios huérfanos, pero la hermana Marie-Madeleine se mostró inflexible:

—¿Acaso vamos a negar a Cristo negando ayuda a estas criaturas? Claro que corremos peligro, pero ¿vamos a temer por nuestro bienestar nosotras, esposas de Cristo que murió en la cruz?

La madre superiora regañó a la hermana Marie-Madeleine

por haberse atribuido una autoridad de la que carecía, pero era una buena mujer y a pesar de sus temores aceptó a los niños.

La hermana Marie-Madeleine convenció a la madre superiora de que le permitiera acompañar a los niños hasta la frontera. Irían en tren. La excusa sería que eran niños huérfanos que padecían tuberculosis y que gracias a la generosidad de la condesa Katia Goldanski iban a disfrutar de unas vacaciones en el sur, cerca del mar. La presencia de una monja daría credibilidad a aquella excursión improvisada.

Dalida convenció a Armando de que su red acogiera a los niños cuando llegaran a la frontera. Armando se mostraba reticente, no quería poner en peligro a su gente, pero al final accedió comprometiéndose a que algunos de sus hombres llevarían a los niños hasta el otro lado de la frontera. Pero una vez allí tendría que ser la organización de David Péretz y de Samuel quien se hiciera cargo de los pequeños. Se decidió que irían hasta Perpiñán y de allí a la frontera y que, una vez que la cruzaran, intentarían llegar a Barcelona, donde había una organización que prestaba apoyo a los niños. No era fácil pasar la frontera porque había que utilizar los pasos de los contrabandistas.

El día en que emprendieron el viaje los niños estaban asustados, en realidad no habían dejado de estarlo desde que les separaron de sus padres para llevarlos a otras casas y luego a aquel convento donde unas mujeres desconocidas les insistían en que aprendieran el padrenuestro y el avemaría. No es que quisieran convertirles al catolicismo; es que, con buen criterio, la hermana Marie-Madeleine decía que en caso de ser detenidos los niños tendrían que pasar por cristianos.

Habían convenido que la presencia de un hombre llamaría la atención, de manera que, pese a sus reticencias, Samuel terminó aceptando y se despidió de Dalida y de Katia sin saber si sería la última vez que las vería.

La hermana Marie-Madeleine llevaba la voz cantante. Con sólo mirarles los niños se quedaban en silencio. La monja tenía una autoridad natural que en aquellos momentos era más necesaria que nunca.

En el andén la policía les pidió la documentación. La monja le explicó a uno de los policías el cometido del viaje gracias a la bondad de aquella dama caritativa. Katia sonreía indiferente como si aquél fuera efectivamente un viaje inocente. Dalida, por su parte, también hizo su papel como dama de compañía de la condesa.

Cuando los policías parecieron conformes con las explicaciones de la hermana Marie-Madeleine, se acercaron dos hombres de la Gestapo reclamando la documentación de los niños y de las mujeres.

—Supongo que el Tercer Reich no temerá a unos pobres huérfanos —les dijo la monja a aquellos hombres malencarados.

—Son los traidores quienes deben temer al Tercer Reich. ¿Es usted una traidora, hermana? —El agente de la Gestapo miró con altanería a la monja.

—Sólo soy una religiosa que vela por estos pobres huérfanos enfermos. Tienen tuberculosis, aquí están los documentos que lo acreditan. Les llevamos al sur para que no contagien a los otros niños que albergamos en el convento. La condesa es muy generosa al haberse hecho cargo de los gastos del viaje. Dios se lo premiará.

Aquel día Dios decidió proteger a aquellos pobres huérfanos frente a los miles de seres humanos que morían en las cámaras sin que Él se manifestara. El agente de la Gestapo les permitió subir al tren.

Katia y Dalida distribuyeron bocadillos entre los niños.

—Tenéis que comer y después intentad dormir. El viaje hasta la frontera es largo y os quiero callados —les advirtió la hermana Marie-Maleleine. Los niños la escuchaban asustados. A pesar de lo pequeños que eran tenían conciencia de que estaban jugándose la vida.

El tren paró en varias estaciones y en todas ellas sufrieron el escrutinio de la policía francesa y de la Gestapo. Pero fue en Perpiñán, cuando estaban a punto de salir de la estación, que cuatro agentes de la Gestapo les rodearon pidiendo la documentación. Uno de los hombres se dirigió a Dalida diciendo: "Puedo oler a los judíos". Dalida se estremeció y le entregó sus documentos falsos.

—Así que usted es una rusa apátrida. ¿Ivanova, es ése su apellido?

—Sí —acertó a responder Dalida.

—Es mi señorita de compañía... Soy la condesa Katia Goldanski —intervino Katia.

—¡Ah, de manera que la joven es su señorita de compañía! ¿Puede usted asegurarme que no es judía?

—¡Por Dios, es evidente que no lo es! Además, ¿cree usted que yo sería tan estúpida como para tener a mi servicio a una judía? —Katia se comportaba con la altanería de las viejas aristócratas.

La hermana Marie-Maleleine se colocó junto a Katia.

—Señor, la condesa se ha apiadado de estos huérfanos que están enfermos de tuberculosis y gracias a su bondad les llevamos a que se recuperen lejos de la ciudad. Doy fe de que mademoiselle Ivanova no es judía, ¿acaso cree que los cristianos queremos tratar con quienes descienden de los asesinos de Cristo? ¡Dios no lo permita! Les ruego, señores, que nos dejen proseguir, los niños están cansados después del viaje, son pequeños, necesitan comer y dormir.

Los agentes de la Gestapo escrutaron los rostros de los niños, que guardaban silencio.

Las dejaron marchar. Caminaron sin prisa, como si no tuvieran nada que ocultar ni nada que temer.

—Hermana, lo que usted acaba de decir a ese hombre de la Gestapo ha sido siempre la excusa por la que a los judíos nos han perseguido: por haber matado a Cristo. Las conciencias de quienes ordenaban las matanzas, los pogromos en toda Europa, quedaban en paz al esgrimir que los judíos fuimos los causantes de la crucifixión. —Dalida hablaba bajo, pero en su voz se notaba la agitación interna a cuenta de las palabras de la monja.

—¿Cree que no lo sé? Por eso lo he dicho. ¿Qué otra explicación podría convencer a esos hombres de que éste no es un grupo de judíos? Siento haberla ofendido —se excusó la hermana Marie-Maleleine.

—No me ha ofendido, sólo que es terrible que a los judíos les hagan cargar con la cruz de Jesús —respondió Dalida.

—Yo no comparto ni las persecuciones ni los asesinatos que se han cometido a lo largo de la historia poniendo como excusa la muerte de Jesús. Nuestro Señor era judío y nunca pretendió otra cosa, de manera que, ¿cómo podría yo estigmatizar a los judíos?

—Algún día la Iglesia debería pedir perdón. —En las palabras de Dalida había una buena dosis de amargura. Ella, que era palestina, que nunca había sentido ninguna discriminación, estaba aprendiendo que en Europa ser judía era pasar a tener una categoría infrahumana.

—Sí, y si le sirve de algo yo le pido perdón, por todos los pecados que hemos cometido contra los judíos.

Las tres mujeres guardaron silencio. Los niños más mayores no perdían palabra de la conversación y en sus rostros se dibujaba el desconcierto.

Armando les había dado instrucciones precisas; al salir de la estación torcerían a la derecha y caminarían quinientos metros, después alguien se les acercaría diciéndoles una frase: "Hay viajes interminables".

Llevaban cerca de un kilómetro de caminata cuando una camioneta se paró a su lado. El conductor sacó la cabeza y dijo la frase convenida. En menos de un minuto subieron a los niños en la parte trasera y aunque apenas podían moverse se sintieron a salvo.

Salieron de la ciudad sin que el conductor les dijera adónde les llevaba. El destino era una casa escondida entre la maleza que estaba cerca de la frontera. Allí les esperaba una mujer de pequeña estatura y entrada en carnes. Parecía preocupada.

—Que los niños entren en casa sin entretenerse. Por aquí no suele pasar gente, pero es mejor que nadie les vea.

La casa era modesta; tenía dos plantas, la baja estaba ocupada por una enorme cocina que hacía las veces de salón y de comedor. La chimenea encendida les hizo entrar en calor junto a unos tazones de leche y unas rebanadas de pan que la mujer les había preparado.

—No es mucho, pero al menos tendréis algo en el estómago.

Se llamaba Ivette y había estado casada con un judío.

—Mi marido murió antes de que comenzara esta guerra. No quiero pensar en lo que le habría sucedido si viviera... Esa gente se lleva a los judíos a Alemania; dicen que a campos de trabajo..., pero también se dice que... bueno, no diré nada, no quiero que los niños se asusten.

Yvette tenía dos hijas que estaban en España.

—Tuve que convencerlas para que pasaran la frontera. No es que a Franco le gusten los judíos, pero al menos no les mata ni les hace llevar la estrella de David cosida en la solapa. De vez en cuando voy a España para verlas pero no les permito que regresen a casa.

Ya había caído la noche cuando llegó otra camioneta para recogerles. El hombre que conducía se dio a conocer como Jean, le acompañaba otro más joven, que se presentó como François. Les explicaron que irían hasta Les Angles y desde allí, por los pasos secretos, entrarían en Puigcerdà. Ivette les acompañaría.

Los niños estaban agotados pero la hermana Marie-Madeleine les imponía tal respeto que ni se atrevían a llorar. Les acomodaron como pudieron en la camioneta tapándoles con una lona para protegerles del frío y de miradas indiscretas.

Jean condujo con las luces apagadas por caminos enfangados lejos de la carretera principal. Tardaron más de lo previsto y casi había amanecido cuando llegaron cerca de Les Angles. El pueblo era pequeño y sus vecinos aún no se habían levantado.

—Desde aquí iremos andando hasta cruzar la frontera. No será fácil. El pueblo más cercano es Puigcerdà, pero no podemos ir directamente, tendremos que internarnos en la montaña. ¿Creen que los niños aguantarán?

Katia alzó los ojos hacia aquellas montañas salpicadas de nieve. Pensó en lo hermosas que eran y cómo le hubiera gustado disponer de un trineo para deslizarse por aquellos caminos blancos.

La hermana Marie-Madeleine advirtió una vez más a los niños de que no debían decir palabra.

—Haremos una excursión, os gustará —les dijo sin dejar que su rostro trasluciera la pena y el amor que sentía por aquellas criaturas indefensas.

Dalida cogió en brazos al más pequeño, la hermana Marie-Madeleine hizo lo mismo con una niña que no tenía más de cinco o seis años. A Katia se la notaba cansada, al fin y al cabo era una mujer de sesenta y tres años, pero no por eso dejó de cargar con otro de los pequeños, lo mismo que Ivette.

Jean abría la marcha insistiendo en guardar silencio. De vez en cuando se paraba durante unos segundos y cerraba los ojos como si así pudiera concentrarse en todos los sonidos de las montañas. François iba el último, aunque en alguna ocasión desaparecía y al cabo de un rato regresaba y hablaba en voz baja con Jean.

—Conocen estas montañas como la palma de su mano —le aseguró Ivette a Katia.

Una niña cayó al tropezarse y comenzó a llorar. Dalida la conminó a guardar silencio mientras le curaba la rodilla de manera rudimentaria.

—Mira, tienes que escupir en este pañuelo y con la saliva te limpiaré la herida, ya verás que no va a dolerte.

—Deberíamos ir más despacio —sugirió Katia.

—Debemos cumplir lo convenido. Sus amigos del otro lado conocen los horarios de las patrullas españolas. Un solo minuto puede significar que nos descubran. Lo siento, tenemos que continuar.

Pero los niños a duras penas podían caminar por aquellos caminos helados donde los pies se hundían en la nieve agravando la sensación de frío que sentían y que les hacía tiritar. Ninguno llevaba ropa ni calzado adecuado. Tampoco Katia, ni Dalida, ni mucho menos la hermana Marie-Madeleine; sólo Ivette y los hombres llevaban ropa de montaña y botas de goma para andar por la nieve.

—Van a enfermar —susurró Katia.

—Pero salvarán la vida —respondió Dalida.

Tuvieron que parar. Los niños habían comenzado a gimotear rendidos por el cansancio. Los más pequeños se dormían caminando.

—Denos media hora de descanso o los niños no lo resistirán —suplicó la hermana.

—Diez minutos, ni uno más —concedió Jean. Luego les indicó que continuaran en silencio mientras mandaba a François a explorar la zona.

Cuando regresó estaba nervioso.

—Hay un destacamento de soldados muy cerca. Buscan a alguien. Debemos seguir. Tendremos que dar un pequeño rodeo desviándonos más hacia la cima, pues no hay otra manera de esquivarles —les dijo François.

—¡Los niños no podrán! —protestó Dalida.

—Sólo hay dos opciones: o lo hacen o nos detienen a todos, y yo no estoy dispuesto a que me monten en uno de esos trenes de ganado donde encierran a los judíos y los maquis para enviarles a los campos de prisioneros de Alemania —respondió Jean mientras echaba a andar.

Le siguieron. No podían hacer otra cosa. Katia prometió una bolsa de caramelos a los que guardaran silencio.

¿Cuánto tiempo tardaron? Katia no lo recordaba. Sólo que todos tenían los pies empapados, y que los niños tiritaban de frío. Alguno comenzó a toser. Pero las cuatro mujeres tiraban de ellos obligándoles a caminar, levantándoles cuando caían en la nieve, tapándoles la boca cuando lloraban.

De repente Jean sonrió y se volvió hacia Katia para decirle:

—Estamos en España.

—¡Alabado sea Dios! —exclamó la hermana Marie-Madeleine mientras dirigía la mirada hacia el cielo y musitaba una oración.

—¿Está seguro? —preguntó Katia, nerviosa.

—Sí, estamos en España —afirmó Jean.

Les permitió sentarse a descansar bajo un inmenso abeto con las ramas cargadas de nieve. Estaban mojados, sudorosos, hambrientos, pero a salvo.

—¿Dónde están las personas que tienen que venir a recogernos? —quiso saber la hermana Marie-Madeleine.

—Nos hemos desviado y tenemos que andar unos cuatro kilómetros para acercarnos al punto de encuentro. François se adelantará y establecerá contacto. Es posible que no haya nadie esperando en el lugar convenido puesto que llegamos con mucho retraso.

—Los niños no pueden andar ni un metro más —aseguró la monja.

—Hemos esquivado a los soldados, hermana, pero no estamos seguros. Podemos tropezar con soldados o con la Guardia Civil —afirmó Jean.

—¿Y qué harán, devolver a estos niños a Francia? ¿Entregarlos porque son judíos? —La hermana Marie-Madeleine había alzado la voz y estaba enfadada.

—Estamos en guerra, hermana, ¿cree que a alguien le importan unos cuantos huérfanos más? Bien, ustedes han salvado a diez niños, puede que su Dios le premie por eso, pero si los soldados nos encuentran, entonces sí que va a necesitar encomendarse a su Dios.

—¿Acaso usted no cree en Dios? —preguntó la monja.

—¡Por favor, hermana, qué más da! —Katia parecía enfadada.

—No, hermana, no creo en Dios, pero eso no me impide ser una persona decente y tener conciencia. Usted salva a estos niños por su Dios, yo lucho contra los nazis y creo que todos los seres humanos somos iguales, no importa la raza ni la religión. Que cada cual actúe de acuerdo con sus creencias. Hermana, yo no me meto con las suyas, así que usted tendrá que respetar las mías.

Los niños no podían dar un paso más, de manera que a pesar de las protestas de Jean, Katia se impuso para que les permitieran descansar. El solo hecho de estar en España la tranquilizaba. Sabía que Franco era aliado de Hitler, pero hasta el momento, que ella supiera, no perseguía a los judíos, por tanto confiaba en que, en caso de detenerles, no les devolvieran a Francia sabiendo cuál sería el destino de esos niños. Así se lo dijo a Jean.

—Si usted quiere confiar en los franquistas, adelante, yo no lo haré. Soy anarquista, señora, y en España fusilan a los anarquistas, y tanto les dará que sea un anarquista español o francés. Yo salvo vidas ayudando a pasar la frontera, nada más. Si no quieren andar, no puedo hacer nada.

—Vamos, Jean, no te enfades —terció Ivette—. Tú tienes hijos pequeños, imagínatelos pasando lo que han pasado estas criaturas.

Pero Jean se mostró inflexible y les hizo reanudar la marcha. La tarde acechaba cuando escucharon unos pasos cerca de ellos. Se quedaron quietos y en silencio y Jean salió a averiguar quién merodeaba tan cerca de ellos. Regresó acompañado de cuatro hombres. Uno de ellos era François.

—Hay una casa que no está lejos de Puigcerdà. Viven una madre y una hija, el marido era contrabandista pero le detuvieron y le fusilaron. Podréis descansar allí hasta que venga un camión a recogeros para llevaros a Barcelona —explicó François.

Se despidieron de Jean y de François y quedaron a merced de aquellos españoles que les ayudaron a llevar en brazos a los niños que estaban más agotados. Los tres iban armados con fusiles.

Nadie les vio entrar en aquella masía situada a los pies de la montaña.

—¡Santo Dios, pobres niños! —exclamó la dueña de la casa, que debía de conocer a Ivette porque se dieron un par de besos.

—Nuria, ¿crees que podrías darles de comer algo caliente? —pidió Ivette.

—Lo primero, tienen que quitarse la ropa mojada, la tenderemos junto a la chimenea —respondió Nuria, que era una mujer pelirroja de ojos castaños, ni muy alta ni muy baja, pero tan resuelta como Ivette.

—Se morirán de frío si se desnudan —replicó la hermana Marie-Madeleine.

—Se morirán si no lo hacen. Pondré unos colchones en el suelo y les cubriremos con mantas; Ivette, ayúdame. Mientras tanto ustedes pueden ir calentando leche, está en aquella cántara.

Un buen rato después la hermana Marie-Madeleine tuvo que reconocer que Nuria tenía razón. Los niños estaban secos, envueltos entre sábanas y mantas, dormidos, después de haber bebido unos buenos tazones de leche.

Katia y Dalida habían aceptado ropa seca de Nuria pero la hermana Marie-Madeleine no paraba de toser mientras intentaba secarse junto a la chimenea.

—¿Cree que a Dios le importaría mucho que usted se quitara el hábito durante un rato hasta que se le seque la ropa? —le preguntó Nuria.

La monja no respondió. Le dolía la cabeza, y sentía un fuego que le bajaba hacia el pecho impidiéndole respirar.

—Esta mujer está enferma —dijo Ivette dirigiéndose a Nuria.

Fue Katia quien la convenció para que se cambiara en la habitación de Nuria y se cubriese con un camisón mientras se secaba el hábito.

—Nadie la verá, hermana, se lo prometo.

—Ser monja es voluntario y consiste en aceptar una serie de normas a las que nadie te obliga. Comprendo que pueda resultarle absurda mi negativa a aceptar otra ropa, como han hecho usted y Dalida.

—Yo no la juzgo, hermana, pero sí insisto en que actúe con lógica. Permita que se seque su hábito, y hasta entonces quédese en mi cuarto sin que nadie la vea. Eso sí puede aceptarlo.

Nuria les dijo que los tres hombres que se habían hecho cargo del grupo estaban guardando la casa.

—Nosotras no les vemos aunque nos asomemos por la ventana, pero ellos no nos pierden de vista y si hubiera peligro vendrían de inmediato.

—¿Por qué colabora con la Resistencia? —quiso saber Katia.

—¿Sabe cuántos españoles hay en la Resistencia? Pero no lo hago por eso, sino porque espero que los Aliados ganen la guerra y nos libren a nosotros de Franco.

Había caído la noche cuando unos golpes secos en la puerta alertaron a Nuria, que abrió con una mano mientras se llevaba la otra al bolsillo del delantal en el que escondía una pistola.

Uno de los hombres que les habían ayudado le dijo a Nuria que la camioneta que debía transportar a los niños estaba lista y esperando. Los críos habían descansado y comido lo suficiente como para haber recuperado algo de energía. Era la hermana Marie-Madeleine la que no se encontraba bien. Tenía fiebre y no paraba de temblar.

—Se quedará aquí, hermana; nosotras llevaremos a los niños hasta Barcelona. La recogeremos a nuestro regreso —insistió Katia.

Pero la monja no estaba dispuesta a que le venciera la fiebre, de manera que se puso el hábito para ir con ellos.

—Dicen que Franco es muy católico, de modo que es mejor que les acompañe, nadie desconfiará de una monja.

No lograron convencerla y se acomodaron como pudieron en la camioneta.

El viaje resultó fatigoso. Una vez les paró una pareja de guardias civiles. El conductor les explicó que llevaba a una monja y a unos cuantos niños huérfanos enfermos de tuberculosis al convento de las Hermanas de la Caridad de Barcelona. Los uniformados echaron un vistazo a la camioneta y les dejaron proseguir.

—Hemos tenido suerte —dijo Katia.

—No ha sido suerte, es Dios que nos protege —aseguró la hermana Marie-Madeleine.

—¿Y por qué Dios no protege siempre a todos los que lo necesitan? ¿Sabe, hermana, cuántos niños han perdido a sus padres y cuántos padres han perdido a sus hijos? Dígame, ¿por qué permite Dios la guerra? Si todos somos sus hijos, tal y como usted no deja de repetir, ¿por qué ha permitido que nosotros sus hijos, por el hecho de ser judíos, llevemos siglos siendo perseguidos? —Dalida había alzado la voz. Hacía tiempo que había dejado de ver la mano de Dios. La hermana Marie-Madeleine tampoco tenía la respuesta.

A pesar de los estragos de la Guerra Civil, Barcelona les pareció una ciudad señorial. El conductor parecía saber dónde tenían que ir. Los niños estaban agotados.

La casa se hallaba situada en el paseo de San Juan. El conductor les dijo que esperasen mientras él avisaba de su llegada. Abrió la puerta una mujer alta, con el cabello canoso recogido en un moño. Hablaron durante unos segundos y la mujer se acercó a la camioneta instándoles a bajar.

—Deprisa, deprisa —les dijo como único saludo.

Una vez que estuvieron dentro de la casa, la mujer se presentó como Dorothy. Era norteamericana y formaba parte de un grupo que ayudaba a rescatar a niños de las garras de los alemanes.

—Colaboramos con la Agencia Judía, hacemos lo que podemos, que no es suficiente; pero en fin, al menos nos cabe la satisfacción de saber que algunos niños sobrevivirán a la guerra.

—¿Dónde les llevarán? —quiso saber Katia.

—Por ahora, aquí estarán seguros; más adelante, si fuera posible, a Palestina, pero cada vez es más difícil, los británicos hacen lo imposible para que no llegue ningún barco con más judíos. No puedo asegurarles dónde, sólo que estarán a salvo.

—Nos han dicho que en Suiza son bien recibidos —dijo Katia.

—No deben preocuparse, les aseguro que ya están a salvo.

—¿Cree que no hay peligro de que Franco haga suyas las leyes raciales de Alemania y, por petición del Führer, deporte a los judíos que haya en España?

—Yo no puedo garantizarles nada, sólo puedo decirles que hasta el momento eso no ha sucedido. Nosotros procuramos ser discretos, creo que es nuestra mejor arma.

—Y usted, ¿por qué ayuda a los judíos? —quiso saber Dalida.

—Querida, yo soy judía. Mi familia era de Salónica, pero mis abuelos emigraron a Estados Unidos. Yo nací en Nueva York, y me siento en la obligación de ayudar en lo que pueda a los judíos, sobre todo a los niños.

—La familia de mi madre también es de origen sefardí, precisamente de Salónica. —A Dalida le había tranquilizado que la norteamericana fuera judía.

Dorothy insistió en que un médico examinara a la hermana Marie-Madeleine, que en esos momentos estaba empapada en sudor a causa de la fiebre.

Tuvieron que quedarse un par de días en Barcelona hasta que la monja se encontró más recuperada. Dorothy les enseñó la ciudad.

—Es muy hermosa, lástima que sus habitantes estén tan tristes —comentó Dalida.

—¿Y cómo se puede estar después de una guerra civil? Todos han perdido a alguien: un padre, un hermano, una esposa, un hijo, un sobrino... Lo peor es que, salvo los que han caído en el frente, el resto sabe quiénes han sido los asesinos de los suyos. Sobre todo en los pueblos, donde todos se conocen. Tendrán que pasar un par de generaciones hasta que los españoles se perdonen a sí mismos —sentenció Dorothy.

Katia y Dalida habían simpatizado con aquella norteamericana no porque fuera judía, sino por su bondad. Estaba casada con un norteamericano que trabajaba para el gobierno de Estados Unidos. Dorothy no les dijo en calidad de qué y ellas tampoco preguntaron.

Dorothy ayudaba a cuantos judíos pasaban clandestinamente desde Francia hasta España.

—¿No teme que la policía la detenga? —le preguntó Katia.

—No lo pienso, pero ¿sabe?, a veces creo que si bien Franco y los suyos son aliados de Hitler y Mussolini, al mismo tiempo quieren mantener relaciones con los británicos y los americanos. Por si acaso, también ha decidido poner huevos en nuestro cesto. Aun así no somos ingenuos y procuramos no exponernos. Ya se lo dije, se trata de actuar con mucha discreción.

Con aquella operación Katia y Dalida no sólo salvaron la vida de aquellos niños sino que hicieron de la hermana Marie-Madeleine un miembro más de su grupo.

Les costó convencer a David y a Samuel de que debían contar con la monja.

—Katia, no seas tan audaz. En esta ocasión las cosas han ido bien, pero ¿por qué ha de querer implicarse en salvar a más judíos? Además, nuestros amigos de la Resistencia no aceptarán que metamos a una monja en nuestros asuntos. No van a arriesgar sus vidas confiando en ella.

Fue Dalida quien le habló a Armando de la hermana Marie-Madeleine. El español la escuchó contrariado.

—No pienso poner la vida de los nuestros en manos de una monja.

—Si no fuera por ella no habríamos podido salvar a esos niños —argumentó Dalida.

—Ya conoces cómo actuamos, de manera que limítate a hacer lo que vienes haciendo. No se te ocurra hablarle a esa monja acerca de nosotros. Tú puedes confiar en ella, pero yo no tengo por qué.

—Sé que en España la Iglesia está a favor de Franco, pero esto es Francia —replicó Dalida.

—No insistas, muchacha, o de lo contrario...

—O de lo contrario, ¿qué?

—Seguirás tu camino con los tuyos. No voy a poner en riesgo la seguridad de nuestra organización porque una monja haya decidido hacer caridad salvando a unos niños judíos. Yo no lucho sólo por salvar a judíos, lucho contra el fascismo. Lucho por la libertad. Lucho por Francia, pero también por España. Si ganamos esta guerra espero que nos ayuden a recuperar mi patria.

Dalida comprendió que Armando nunca aceptaría la ayuda de la hermana Marie-Madeleine. Para él los curas y las monjas eran aliados de Franco y no era capaz de ver más allá de su propio dolor, del dolor de quien ha perdido no sólo una guerra, sino quién sabe qué más.

Apenas sabía nada de Armando, en la Resistencia las cuestiones personales no existían. Pero había oído decir que los falangistas habían entrado en su pueblo y mandado rapar el cabello a todas las "rojas", y luego habían fusilado a los hombres que sabían leales a la República. Se decía que su esposa era una de las represaliadas. Pero no sabía si era verdad. Nunca se habría atrevido a preguntárselo.

Le contó a Samuel la discusión que había mantenido con Armando. Tu padre le dio la razón al español.

—Comprendo que Katia y tú os hayáis encariñado con la hermana Marie-Madeleine, pero eso no es suficiente para que la Resistencia tenga que confiar en ella. No le pidamos a los demás que asuman nuestra causa ni que hagan más de lo que deben. Esa monja nos ha ayudado, pero tampoco sería justo comprometerla más.

Pero Dalida no hizo caso. Le gustaba discutir sobre Dios con la hermana Marie-Madeleine, quien las más de las veces no tenía respuesta para sus preguntas. La monja no era teóloga, era una mujer valiente que seguía el Evangelio ayudando a los demás. No lo hacía por razones políticas sino porque veía en los perseguidos al Cristo perseguido, y en los asesinados al Cristo crucificado.

—¿Sabes?, la hermana Marie-Madeleine a través de su fe ha tomado partido en esta guerra. Todos luchamos por una causa, ¿por qué la suya va a ser menor que la nuestra? —argumentó Dalida.

Samuel se impacientaba con tu hermana Dalida. Como bien sabes, tu padre nunca tuvo una pulsión religiosa. Siempre había sentido el judaísmo como un peso, como algo que le impedía ser como los demás. No podía comprender el interés que Dalida sentía por el catolicismo, y mucho menos que algunos domingos acudiera a la iglesia donde las monjas cantaban durante la misa.

El grupo de Armando recibió un encargo de los británicos. Debían volar unas vías de tren, precisamente las vías que unían París con la frontera alemana.

Armando le pidió a Dalida que les ayudara. Necesitaba a alguien que pudiera transportar los explosivos hasta las afueras de París. Tu hermana había aprendido a conducir y Armando sabía que David Péretz guardaba un coche en un garaje.

Samuel y Armando se reunieron para hablar de la operación. A tu padre le asustaba que Dalida corriera un peligro mayor de los que corría habitualmente. Se ofreció a ser él quien condujera el coche con los explosivos.

—Nadie desconfiará de un anciano como yo —argumentó Samuel.

—No sólo hay que trasladar los explosivos a cien kilómetros de París, también hay que ayudar a colocarlos. Dalida es joven y nos será más útil; además, la hemos enseñado a manejar explosivos y dudo que usted sepa manejar un temporizador.

Ambos tuvieron que ceder. Dalida iría, pero Samuel también.

El día señalado salieron al caer la tarde. El plan era llegar de noche y que Armando estuviera esperándoles en el punto señalado. Habían elegido hacerlo lejos de cualquier pueblo y ciudad. Era mejor arriesgarse a campo descubierto para no despertar la curiosidad ajena. Contaban con el apoyo de un viejo ferroviario ya retirado. El hombre les había indicado el mejor lugar donde colocar los explosivos. Se trataba de destruir un tramo de vía para sabotear los suministros que la Wehrmacht recibía de Alemania.

Samuel conducía despacio procurando no llamar la atención. Dalida le había pedido que le dejara conducir a ella, pero tu padre tenía razón, una mujer joven conduciendo no habría pasado desapercibida. Y era poco lo que se escapaba a la mirada de la Sección IVB4 de las SS. Por aquel entonces los oficiales Alois Brunner, Theodor Dannecker y Heinz Rothke ya habían afianzado su fama de asesinos.

Aquel día la suerte no estaba con ellos y a las afueras de París se les pinchó una rueda, precisamente cerca de Drancy, donde los alemanes habían hacinado a miles de judíos.

El campo de internamiento estaba cerca de tres estaciones de tren, desde donde salían convoyes con miles de judíos a los que enviaban directamente a Polonia, a los campos de Auschwitz y Sobibor.

Desde la carretera se podían ver las cinco torres de pisos que formaban Drancy.

—Yo no sé si sabré cambiar la rueda, tendremos que pedir ayuda —dijo Dalida, preocupada por estar tan cerca del campo.

—No te preocupes, soy viejo pero aún me acuerdo de cómo se cambia una rueda. Si me ayudas, lo haré rápido.

Samuel estaba desmontando la rueda pinchada cuando se acercó un grupo de soldados que lucían en la solapa las insignias de las SS.

Les pidieron la documentación y uno de los hombres empezó a examinar los documentos con minuciosidad mientras el otro les sometía a un interrogatorio.

—¿Dónde van?

—Al norte, a casa de unos parientes.

—Adónde, exactamente.

—Cerca de Normandía. Soy viejo y cuesta mucho mantenerse en París —explicó Samuel.

—¿Y usted a qué se dedica? —preguntó el soldado a Dalida.

—Cuido de mi padre y trabajo acompañando a una señora mayor.

No parecían conformarse con las respuestas y el soldado les apartó con malas maneras y comenzó a examinar el coche.

Samuel sacó un cigarrillo y con aire indiferente se puso a fumar. Dalida rezaba para que no encontraran el escondite en que los hombres de Armando habían guardado la dinamita.

Ni siquiera ella sabía dónde estaba. Armando le había dicho que si la detenían y la interrogaban no tendría que mentir, era mejor que no supiera dónde estaba, así no se delataría mirando hacia el escondite.

Los dos soldados examinaron a conciencia el vehículo sin encontrar nada. Cuando terminaron la inspección se alejaron indicándoles que en cuanto cambiaran la rueda podían continuar el viaje.

Ni Samuel ni Dalida comentaron nada mientras terminaban de cambiar la rueda. No fue hasta mucho rato después cuando se atrevieron a hablar.

Llegaron dos horas después de lo previsto al lugar de la cita. No parecía esperarles nadie. Samuel paró el coche.

—Esperaremos un rato; si no aparecen, regresamos a París.

—Creerán que nos han detenido. Armando nunca espera ni un minuto. Cuando alguien no llega a tiempo cancela la operación sea la que sea —se lamentó Dalida.

—Hemos hecho lo que hemos podido, aquí estamos y esperaremos por si acaso.

Durante media hora aguardaron expectantes. Pero no se movía más que el aire. Luego comenzó a lloviznar.

Samuel estaba arrancando el motor cuando vieron una sombra avanzar hacia ellos. Era un anciano con paso renqueante que se apoyaba en un bastón. Aguardaron a que se acercara al coche.

El hombre se asomó por la ventanilla del lado de Dalida y dijo las palabras consignadas: "No hay que fiarse del tiempo, puede que llueva esta noche".

Dalida dio un respingo y abrió la puerta con tal ímpetu que casi tira al anciano.

—Han llegado muy tarde, ¿por qué? —preguntó él.

—Se nos pinchó la rueda del coche y nos detuvo una patrulla de las SS —explicó Dalida.

—¿Dónde están nuestros amigos? —quiso saber Samuel.

—No muy lejos de aquí. Iré a buscarles.

—Le acompañaremos —se ofreció Dalida, pero el hombre rechazó el ofrecimiento.

—No, no es conveniente que se dejen ver. Esperen aquí tal y como están, con las luces apagadas. Ellos vendrán, y si no lo hacen, vendré yo para avisarles.

Le vieron perderse en la negrura de la noche. Casi una hora después, y sin que se hubiesen dado cuenta de por dónde había llegado, apareció Armando acompañado de otro hombre; éste abrió la puerta trasera del coche y se colocaron en el asiento de atrás.

Les hizo repetir lo que le habían contado al ferroviario. Parecía dudar de qué hacer.

—Es demasiado tarde y aunque no llueve con intensidad las mechas se mojarán... —explicó Armando, dudoso por la decisión que debía tomar.

Raymond, su lugarteniente, no estaba de acuerdo.

—No podemos irnos, mañana llega un tren de Berlín cargado de suministros para las tropas de París. Tenemos que impedir que llegue.

—Está lloviendo —insistió Armando.

—Pero aunque llueva podemos volar los raíles, nos costará más, pero poder se puede.

Discutieron entre ellos y al final Armando cedió a la insistencia del francés.

Raymond salió del coche y se acercó al anciano, que aguardaba unos metros apartado de donde estaban. No escucharon lo que decía, pero vieron al anciano marcharse. Esta vez no tardó en regresar junto a otros cinco hombres y una mujer que el anciano presentó como su nuera.

Dos de los hombres desmontaron los asientos delanteros del coche y dejaron al descubierto un hueco donde habían escondido los explosivos. Comenzaron a colocarlos en la vía, mientras Armando ordenaba a Samuel que le llevara unos kilómetros más adelante pero sin encender las luces.

Dalida ayudó a Armando a colocar las cargas. Lo hacía sin miedo y sin dudar cómo había que hacerlo.

Tardaron cerca de media hora en completar la colocación de los explosivos. No hablaban, ni descansaban, tensos por el temor a que les sorprendieran las primeras luces del día. Cuando todas las cargas estuvieron dispuestas, Armando dio la señal para encender las mechas.

Se alejaron del lugar impacientes por ver la detonación.

No explotaron todas las cargas. La lluvia había apagado algunas mechas, pero aun así un buen tramo de vías quedó inutilizado. A los alemanes les llevaría tiempo repararlas.

—Ahora nos dispersaremos. Nos veremos dentro de dos días en París —dijo Armando despidiéndose de sus hombres.

Samuel estaba demasiado cansado para conducir y se negaba a que lo hiciera Dalida. Armando no sabía conducir, pero tampoco podían quedarse cerca de allí por el riesgo a que les detuvieran.

—Nos esconderemos en una granja que está a unos cuantos kilómetros de aquí. Sus dueños son de confianza. Nos están esperando —propuso Armando.

—¿Y los demás? —preguntó Dalida, preocupada.

—Todos tenemos un plan de fuga. Estarán a salvo.

La granja pertenecía al hijo del anciano ferroviario, que estaba destinado en Marruecos sirviendo en el ejército francés. Su esposa, la mujer que les había ayudado a colocar los explosivos, les indicó que escondieran el coche en el pajar. Luego les ofreció un plato de sopa caliente y un cuarto donde descansar.

Permanecieron un par de días en aquella granja mientras esperaban que aminoraran los controles en las carreteras.

Katia les aguardaba impaciente en París. Para cuando llegaron ella ya sabía del efecto devastador de las explosiones.

Había tomado el té en casa de una conocida suya bien relacionada con la oficialidad alemana. Una de las asistentes había comentado el enfado del gobernador militar de París. La dama en cuestión aseguró a sus interlocutoras que "van a buscar a los culpables hasta en las alcantarillas. Han detenido a unos cuantos sospechosos. Los fusilarán, claro. No comprendo el empeño de los que con estas acciones hacen las cosas más difíciles para todos nosotros". Katia no replicó, se limitó a sonreír. Para entonces Dalida ya había transmitido a Londres el éxito de la misión y recibido un nuevo encargo para Armando.

Dalida se despertó con frío y suspiró pensando que sentiría aún más en cuanto pusiera los pies en el suelo. La había despertado la tos seca de Samuel. Hablaría con Katia para que ella le convenciera de que tenían que gastar algunos francos en leña para la pequeña estufa con la que a duras penas lograban calentar la casa.

Sabía que si su padre se negaba a comprar combustible era porque cada vez les quedaba menos dinero en efectivo.

Habían malvendido algunos cuadros y objetos valiosos, pero ya no les quedaba mucho más por vender. Además, Samuel gastaba la mayor parte del dinero en financiar aquellas operaciones de ayuda a los judíos que lograban escapar de las garras sangrientas de los nazis.

Se sentía cansada. Apenas había dormido cuatro horas, ya que la noche anterior había participado en otra de las operaciones del grupo de Armando.

Había un café al que acudían algunos miembros de las SS, incluido el odiado capitán Alois Brunner. La Resistencia había decidido colocar allí una bomba.

El plan de Armando era simple. Alguien entraría en el café, pediría algo en la barra y luego iría a los lavabos. Colocaría allí los explosivos sabiendo que apenas tendría un minuto para escapar.

—¿Qué pasará con los civiles? —preguntó Dalida.

Raymond se mofó de sus escrúpulos.

—Chiquilla, allí no hay civiles, sólo soldados y colaboracionistas. No creerás que el dueño del café es mejor que esos nazis. Es peor que ellos, porque es un traidor a Francia.

La respuesta la convenció, pero no lo suficiente para aceptar participar activamente en la operación. A lo más que se prestó fue a trasladar la bomba desde la casa de uno de los miembros de la Resistencia hasta la del hombre que debía colocarla en el café. Es lo que hizo y luego regresó a su casa perseguida por un mal presentimiento.

Mientras preparaba una taza de té miró por la ventana. Estaba a punto de amanecer y no se veía a nadie en la calle. Estuvo tentada de regresar a la cama pero sabía que, una vez despierta, era incapaz de volver a dormirse. Además tenía tareas por hacer, como remendar calcetines de su padre e intentar con los escasos víveres de que disponía hacer un caldo que les calentara los huesos. Pero no acertaba a hacer ninguna de estas labores, seguía inquieta.

Samuel dormía cuando escuchó unos golpes secos en la puerta. Ya estaba vestida pero se preguntó quién sería tan temprano. Cuando abrió la puerta se encontró a Katia.

—Pero ¡qué haces aquí! Pasa, pasa... ¿Ha sucedido algo?

—Han detenido a David Péretz. Lo supe anoche pero me fue imposible venir. Estaba en una cena y escuché que comentaban que habían detenido a un jefe de la "resistencia judía". No me atreví a preguntar quién era, de manera que estuve alerta hasta que alguien mencionó el apellido Péretz. Quien lo contaba era un oficial de las SS que hablaba con un mando de la policía francesa reprochándole que no hubiesen sido capaces de detener a todos los judíos de París. El policía se excusaba diciendo que hacían lo que podían pero que "muchos judíos se han escondido, pero no dude de que les cogeremos". Luego hablaron de David Péretz. Le habían detenido cuando intentaba esconder a unas niñas judías hijas de una familia a la que habían enviado al campo de Royallieu. Al parecer, los padres le pidieron a un amigo que las ocultara, el hombre lo hizo pero la esposa estaba nerviosa y no sabía qué contestar a las vecinas que le preguntaban quiénes eran aquellas niñas. Al principio dijo que eran hijas de una prima que estaba enferma, pero después le confesó la verdad a una de sus vecinas y ésta les denunció. El marido apenas tuvo tiempo de sacar a las niñas de su casa y las llevó directamente al domicilio de David. Sin embargo, la policía ya estaba tras la pista y los detuvo a todos.

—Nadie conocía el domicilio de David, sólo unos pocos sabemos dónde vive —respondió Dalida.

—Así es, David, lo mismo que tu padre, dejó su casa y buscó un lugar seguro, pero le han encontrado. Se lo han llevado a él y a su esposa. A sus hijos, como bien sabes, hace tiempo que los llevamos a España.

—Voy a despertar a mi padre. Ha pasado mala noche, no para de toser.

—Aquí hace mucho frío.

—Pero él no quiere que gastemos un franco en nosotros y se ríe de mí cuando le digo que hace frío. Entonces me habla de los inviernos en San Petersburgo diciéndome que allí sí que hacía frío.

—Tiene razón, pero allí... bueno, nosotros nunca pasamos frío.

Samuel no tardó demasiado en acudir a la salita donde Katia y Dalida le esperaban con una taza de té.

—¿Qué vamos a hacer? —preguntó Dalida una vez que Katia contó de nuevo lo sucedido.

—Irnos ahora mismo. No tardaremos mucho en recoger lo poco que tenemos. David terminará hablando de nosotros y vendrán a buscarnos.

—¡Cómo puedes decir eso, padre! David nunca nos traicionará —protestó Dalida.

—Hija, sé que nuestro amigo resistirá todo lo que humanamente pueda, pero la Gestapo sabe cómo hacer hablar a los detenidos. Le torturarán hasta que no pueda soportarlo y entonces hablará.

—Tu padre tiene razón. Os ayudaré a trasladaros a algún

otro sitio. Quizá podríais venir a mi casa, aunque fuera durante unos días. Nadie os buscará allí.

—No, Katia, no. Tú eres más útil a la Resistencia y a los británicos haciendo lo que haces, escuchando y transmitiendo esa información. Dalida puede quedarse contigo, al fin y al cabo hemos mantenido la ficción de que te hace de señorita de compañía, de manera que a tus criados no les sorprenderá que se quede en tu casa; mi presencia, en cambio, lo único que haría sería poneros en peligro.

—Tienes que esconderte —le insistió Katia.

Acordaron que tu hermana se refugiaría en casa de Katia y que tu padre se quedaría durante unas horas hasta que se les ocurriera a qué lugar podía ir para esconderse.

Dalida fue a ver a Juana y a Vasili. Confiaba en que ellos pudieran ayudarles.

Juana escuchó lo sucedido mientras se mordía el labio inferior.

—En cuanto vuestro amigo David hable os buscarán por todo París —sentenció Vasili.

—Tiene que haber algún sitio donde se pueda ocultar mi padre.

—Puede quedarse aquí unos días —respondió Juana.

Vasili iba a replicar, pero la mirada de la española le dejó sin habla. Fue Pedro, el tío de Juana, quien sí se atrevió a cuestionar la decisión de su sobrina.

—Ahora todos estamos en peligro. Es como un dominó, cuando cae una ficha, caen todas las demás. David sabe de nuestra existencia, hemos hecho muchos documentos para vosotros y si le hacen hablar...

—Pero ¡qué es esto! —les gritó Juana—. ¿Acaso nos vamos a arrugar? Ya sabemos que la Gestapo nos quiere dar caza, y cuáles son los riesgos que corremos si nos encuentran. Nos torturarán y con suerte nos matarán, o quizá nos envíen a uno de esos campos en Alemania. Pero, como decimos en España, no se puede hacer una tortilla sin romper los huevos.

—¿Y qué es lo que propones, Juana? —preguntó Vasili.

—Por lo pronto, traer a Samuel aquí mientras le encontramos otro lugar más seguro. Dalida también debe poner sobre aviso a la Resistencia. Armando no está en París, pero puede decírselo a Raymond. Él sabrá qué hacer.

—Lo más sensato sería sacaros de Francia —sugirió Pedro.

—Sí, eso estaría bien. Podemos trasladaros a España y de allí no será difícil que vayáis a Portugal —concluyó Juana.

Dalida admiraba la fuerza de Juana, la española era una mujer que no se arredraba ante nada. No le extrañaba que Vasili estuviera prendado de ella. A Dalida le causaba asombro que aquel hombretón, casi un gigante, se comportara ante Juana como un niño obediente.

—Tengo otra idea —dijo Juana—, quizá deberías esconderte en el convento de tu amiga la monja. Allí sí que nadie irá a buscarte y Katia no correrá ningún riesgo.

—No sé si será posible... —respondió Dalida.

—Inténtalo. Creo que sería lo mejor. En cuanto a tu padre, se quedará aquí, pero, queráis o no, ha llegado el momento de marcharos.

—Vosotros también estáis en peligro —le recordó Dalida.

—Nosotros no podemos marcharnos, como mucho podríamos trasladarnos, pero no es tan fácil hacerlo. Nuestra única garantía de seguridad es que no hay más de una docena de personas que sepan cómo encontrarnos —contestó Pedro.

—Pero David sí estaba entre esas personas —repuso Dalida.

Juana cortó la conversación.

—Hagamos lo que tenemos que hacer y procuremos ser más prudentes —sentenció.

A Katia no le pareció buena idea que Samuel se escondiera en casa de Juana.

—Si David habla, será el primer lugar al que vayan —afirmó preocupada.

—Donde no pueden encontrarme es aquí. —Samuel estaba cansado y no dejaba de toser.

—Te has empeñado en que me pones en peligro, pero ¿acaso crees que también no lo estoy yo?

—En lo único que no estoy de acuerdo es en dejar París. Aquí hay gente que nos necesita —dijo Samuel, preocupado.

—Quizá haya llegado la hora de que nos vayamos todos. Konstantin tiene razón cuando nos insiste en que vayamos a Londres. Hemos hecho cuanto hemos podido, pero ahora... si nos detienen será peor —reflexionó Katia.

—Me parece bien que regreses a Londres y te lleves contigo a Dalida, pero yo me quedo aquí. —Samuel se mostraba inflexible respecto a lo que debía hacer.

Fue Katia quien introdujo un poco de sensatez en la discusión.

—Vayamos por partes. Lo primero es que no nos detengan. Dalida te llevará hasta casa de Juana. Yo iré a ver a la hermana Marie-Madeleine. Nos veremos en el convento. Si la hermana accede a que Dalida se quede con ellas, no habrá problemas; si no, volveremos a casa.

A Juana le preocupó observar el mal aspecto de Samuel. Se notaba que tenía fiebre y no paraba de toser. Pedro le cedió su habitación para que descansara y Juana le prometió a Dalida que cuidaría de él.

—Es tan testarudo como lo era mi padre —comentó Juana.

Cuando Dalida llegó al convento, una de las hermanas la hizo pasar al refectorio donde se encontraba la hermana Marie Madeleine hablando con Katia. Notó enseguida la tensión en el rostro de la monja.

—Ya le he dicho a Katia que si fuera por mí no dudaría en que te quedaras aquí, pero he de consultar a mi superiora, y ella es una mujer temerosa.

—Siento ponerla en este compromiso después de todo lo que viene haciendo —se excusó Dalida.

Hacía un par de semanas que Dalida le había llevado una familia de judíos para que los escondiera en el convento y la religiosa los había acogido sin dudar. Luego su superiora le había recriminado su conducta recordándole que estaba poniendo en peligro a toda la comunidad. La buena mujer tenía miedo y se debatía entre ese miedo y lo que le dictaba su conciencia, sensible a las recriminaciones de la hermana Marie-Madeleine.

—¿Imagina que Cristo hubiera pedido socorro y se lo hubieran negado? Cristo era judío, como esta buena gente, ¿les negaremos nuestra ayuda? Dios no nos lo perdonará.

La superiora se santiguó aturdida por el razonamiento de la monja. Ella quería ayudar a aquellos judíos pero temblaba pensando qué sucedería si la Gestapo llamaba a la puerta del convento.

Días después, Armando le pidió a Dalida que le ayudara a buscar un escondite para una mujer miembro de la Resistencia a la que la Gestapo seguía de cerca.

Ella le pidió a la hermana Marie-Madeleine que ocultara a la mujer hasta que Armando pudiera sacarla de París y llevarla a un lugar seguro. La monja accedió de nuevo, pero esta vez su superiora se enfadó.

—Usted no puede poner el convento al servicio de la Resistencia. Una cosa es que ayudemos a los huérfanos y otra muy distinta que ayudemos a todo el mundo.

La hermana Marie-Madeleine no logró hacerla cambiar de opinión. La superiora aceptó la presencia de aquella mujer pero advirtiendo que "nunca más" se le ocurriera comprometerse a acoger a nadie sin su permiso.

—Intentaré que te permita quedarte, pero si se niega... No puedo desobedecerla —se excusó la monja.

Katia y Dalida aguardaron impacientes a que la hermana regresara tras hablar con la madre superiora. Por su tardanza intuían que iban a encontrarse con un "no" por respuesta.

El rostro de la hermana Marie-Madeleine cuando volvió al refectorio era el de alguien que había librado una batalla sin ganarla.

—Puedes quedarte dos días. Ni uno más. Lo siento, es todo lo que he podido conseguir.

—Mucho más de lo que esperábamos —le aseguró Katia con una sonrisa.

Al menos tenían dos días para intentar organizar la fuga a España. Armando y Raymond tendrían que ayudarlas.

Katia no conocía a ninguno de los dos, pero la Resistencia sí sabía de Katia y se beneficiaba de sus informaciones. Como el único nexo de unión era Dalida, tendría que ser ella quien se pusiera en contacto con Armando y Raymond.

Cuando había una situación de urgencia, Dalida acudía a una pequeña mercería cerca del Louvre regentada por madame Joséphine, una mujer de mediana edad, siempre seria y circunspecta, pero de buen ver. Dalida revolvía entre los hilos y las madejas de lana, y se marchaba diciendo siempre las mismas palabras: "Es una pena que con las prisas no lleve suficiente dinero encima, volveré dentro de un rato"; eso significaba que necesitaba verles con urgencia. Si por el contrario la frase terminaba en "volveré mañana" es que podía esperar.

Con madame Joséphine apenas intercambiaba una palabra más.

Una vez que dejó dicho que volvería al cabo de un rato, salió de la mercería y se puso a caminar. No podía regresar antes de dos horas, era el tiempo fijado.

Se dirigió sin rumbo fijo buscando la orilla del Sena. Le preocupaba haber dejado la radio en casa de Katia. Pero sabía que no podía pedirle a la hermana Marie-Madeleine que le permitiera instalarla en el convento. Bastantes riesgos estaban corriendo las monjas como para exponerlas a otro más.

Mientras caminaba, tuvo la impresión de que alguien la seguía, pero cuando volvía la cabeza atrás no veía a nadie sospechoso. La orilla del Sena era el lugar favorito de los enamorados y las parejas solían pasear por allí.

No podía dejar de mirar la hora, impaciente por volver a la mercería, donde estaba segura de que o bien Raymond o el propio Armando la estarían esperando en la trastienda.

Subió las escaleras que la conducían de la orilla del Sena a la plaza de la Concorde y de camino a la mercería volvió a tener la sensación de que la estaban siguiendo. Observó un coche que circulaba tan despacio que casi le iba a la par. No quería mirar directamente, el coche era negro y en él iban tres hombres. Aceleró el paso y cambió de acera intentando esquivarles. Se tranquilizó cuando comprobó que les había perdido de vista.

Cuando llegó a la mercería, madame Joséphine le hizo un gesto para que pasara a la trastienda, donde la esperaba Raymond.

Dalida le explicó lo sucedido sin omitir detalle.

—Tenéis que salir de París inmediatamente —afirmó Raymond, preocupado.

—¿Podéis ayudarnos? No nos hemos atrevido a ponernos en contacto con nadie de nuestra red. Pensamos que a estas horas la mayoría pueden estar detenidos.

—Y a vosotros os estarán buscando.

—¿Qué podemos hacer?

—No disponemos de mucho tiempo para organizar la fuga. Dime, ¿dónde está la radio?

—En casa de Katia Goldanski.

—No creo que esa mujer esté segura.

—Bueno, ya sabes que los franceses colaboracionistas y los propios alemanes confían en ella, de eso nos hemos beneficiado vosotros y nosotros.

—Los alemanes no son estúpidos, Dalida, y te aseguro que no tardarán en tirar del hilo y llegar hasta ella.

—¿Cuánto tiempo puede aguantar un hombre las torturas?

—Estás pensando en monsieur David... No puedo darte una respuesta. Hay hombres a los que torturan hasta la muerte y no logran sonsacarles una palabra, otros hablan de inmediato... Ninguno sabemos dónde está nuestro límite. Y no seré yo quien juzgue a los que hablan cuando están en manos de la Gestapo. Monsieur David es un hombre mayor, es difícil calibrar su aguante.

Acordaron verse al día siguiente a la misma hora y en el mismo lugar. Raymond comentó que sería difícil llevarles a Samuel, a Katia y a ella juntos hasta la frontera, que lo sensato era sacarles por separado. Pero Dalida se negó.

—No puedo dejar aquí a mi padre y él no se marchará sin mí y sin Katia.

—Si os están buscando correremos más riesgos si vais juntos.

—Tengo que decirte una cosa..., puede que no tenga importancia, que sólo sea aprensión... Antes tuve la sensación de que me seguían, pero no vi a nadie que me resultara sospechoso; luego un coche negro se puso a mi lado y... no sé, quizá sea que estoy nerviosa, pero...

Raymond se puso tenso. No creía en las casualidades, sobre todo porque cuando en alguna ocasión había logrado zafarse de la Gestapo había sido por haber hecho caso de sus intuiciones.

—¡Te han encontrado! Nos cogerán a todos, tenemos que irnos de aquí.

Tosió con fuerza y madame Joséphine entró en la trastienda.

—Tenemos que salir por el sótano —dijo nervioso.

Madame Joséphine asintió y apartó una vieja máquina de coser y, levantando la alfombra, dejó al descubierto una trampilla que, una vez abierta, daba paso a unas escaleras estrechísimas.

—Ya sabes cómo salir, daos prisa —dijo, y cerró la trampilla sobre sus cabezas.

Dalida no veía nada, tardó unos segundos en acostumbrarse a la oscuridad. Raymond la había cogido de la mano y tiraba de ella escaleras abajo. Sintió que se enganchaba en algo y se le desgarraba la falda, pero continuó bajando mientras la humedad y el moho le revolvían el estómago.

—Este sótano conecta con el de la casa de al lado —le dijo Raymond en voz baja.

Caminaron unos minutos y luego él encendió una cerilla que iluminó brevemente el agujero donde se encontraban. Dalida gritó al ver una rata corriendo entre sus piernas.

—¡Calla! —ordenó Raymond mientras le tiraba de la mano

y la ayudaba a subir por otras escaleras aún en peor estado que las de la mercería.

Dalida no se atrevía a preguntar cómo saldrían de allí y qué harían cuando estuvieran en la calle. Daba por hecho que Raymond sabría lo que había que hacer.

Sintió que le soltaba la mano y volvió a encender una cerilla. Le vio sonreír mientras levantaba una trampilla que se encontraba sobre sus cabezas. Salieron a un sótano que desprendía un intenso olor a vino.

—Es el sótano de una bodega que despacha un buen vino si tienes con qué pagarlo. El dueño es de los nuestros —le explicó Raymond.

Le indicó un rincón donde sentarse y ella obedeció. Él se sentó a su lado.

—Esperaremos aquí un rato. Luego entraré yo en la bodega y si no hay nada sospechoso, vendré a por ti.

—Tengo que estar en el convento antes de que anochezca, la superiora es inflexible con el horario.

—¿Y quién te ha dicho que vas a ir al convento? Lo primero que tenemos que ver es si efectivamente te seguían, y mandar recado a Juana; imagínate el desastre si la Gestapo encuentra a tu padre en la imprenta.

Se quedaron en silencio allí el uno junto al otro, cada uno con sus propios pensamientos. De repente escucharon un ruido y unos pasos dirigirse hacia ellos. Raymond empuñó la pistola que llevaba al cinto y le hizo un gesto a Dalida para que no se moviera.

Los pasos cada vez sonaban más cerca, hasta que apareció ante ellos un hombretón todavía más alto que Raymond.

—Imaginaba que podía tener visita. Hace un rato han entrado dos hombres de la Gestapo, disimulando como que eran dos clientes que sólo querían un vaso de buen vino. También he visto pasar tres o cuatro coches de esos que sólo ellos utilizan.

—¿Han entrado en la mercería? —quiso saber Raymond.

—No, no han entrado. Supongo que sospechan que por aquí

puede haber algún escondite de la Resistencia, pero aún no saben dónde. ¿Y esta chica? —preguntó el tabernero.

—Mi buen amigo, esta chica es judía. Forma parte de una red judía y colabora con nosotros. Sabe manejar explosivos pero sobre todo es nuestra mensajera, tiene una radio a través de la cual nos comunicamos con nuestros amigos de Londres —explicó Raymond.

El hombretón asintió como si de repente recordara quién era Dalida.

—Hay que avisar a Juana —siguió diciendo Raymond—, tiene en su casa al padre de esta chica.

—¡Sería un desastre que encontraran la imprenta! ¿A quién se le ha ocurrido refugiar a un judío en casa de Juana? —preguntó alarmado el hombretón.

—A Juana, ya sabes que a ella nadie le da órdenes.

—No sé cómo la aguanta Vasili, parece que es ella quien lleva los pantalones.

Raymond se encogió de hombros. Vasili era un buen falsificador, pero Juana era el alma de la red. Armando confiaba en ella más que en nadie, a veces se preguntaba si sería porque los dos eran españoles. Pero solía desechar ese pensamiento. A Juana no le temblaba el pulso si tenía que matar a un hombre. Aquella española tenía más valor que muchos hombres.

—Echa un vistazo y si no ves nada sospechoso, salimos. Yo me encargo de la chica, tú de avisar a Juana y a Armando.

—¿Dónde la vas a esconder?

—Si no nos han visto, entonces el escondite que ella se ha buscado será seguro al menos por esta noche —le dijo Raymond al hombretón.

—Bueno, pero antes hay que transmitir algunos mensajes a Londres. Los tenía preparados para dártelos. Son urgentes. Hay un par de aviadores británicos a los que nuestros amigos han rescatado.

—Ella es quien transmite los mensajes y no sé si es buena idea que lo haga en estos momentos.

—Tendremos que correr el riesgo.

Aguardaron impacientes hasta que regresó el tabernero. Parecía satisfecho del resultado de la inspección.

—La calle está tranquila; mandé a mi hijo Claude y a su novia Adèle a dar un paseo y acaban de volver, dicen que no hay nada sospechoso. Podéis iros, pero cambiaos de ropa.

Raymond se puso un chaquetón y una gorra diferentes de los que llevaba, y Dalida tomó prestado el abrigo y la bufanda de Adèle.

Salieron a la calle con paso firme como si no tuvieran nada que temer y caminaron muy juntos. Al cabo de un rato se tranquilizaron. Raymond estaba seguro de que nadie les seguía.

—No me gusta, pero tendremos que hacerlo; ve a casa de Katia y transmite los mensajes que nos han dado, luego regresa al convento y espera allí a que me ponga en contacto contigo. Es preciso que saquemos la radio de casa de tu amiga la condesa. No podemos perderla.

Él la acompañó hasta la casa de Katia y ella se metió en el portal y esperó paciente el ascensor.

Katia no estaba en casa, pero la criada no tuvo inconveniente en dejarla pasar. La conocía y su señora no le habría perdonado que no recibiera a aquella joven que hacía las veces de su señorita de compañía.

Dalida no perdió el tiempo y se encerró en la habitación de Katia, que era donde habían escondido el radiotransmisor. En otras circunstancias habría mandado sólo un par de mensajes y dejado para el día siguiente el resto, pero no sabía cuándo podría volver a acceder a la radio, de manera que los transmitió todos aun sabiendo que eso la ponía en peligro. Luego se concentró en mirar la calle a través del visillo de la ventana del salón, impaciente por ver aparecer a Katia. Ya había caído la noche cuando mi tía regresó.

—¡Cuánto has tardado! —dijo Dalida mientras se abrazaba a Katia.

—Estoy preocupada. Vengo de casa de madame Deneuve,

ya sabes que regenta un salón literario al que asisten altos cargos franceses y también algunos alemanes. No sé, pero madame Deneuve se ha mostrado a disgusto con mi presencia y algunas señoras parecían evitarme. Quizá sólo sean imaginaciones mías... Luego ha llegado un gerifalte de la policía acompañado de un oficial alemán horrible, Alois Brunner. Se disculparon con madame Deneuve por llegar tarde y cuando me vieron se miraron sorprendidos. Mi amigo el policía se dirigió a mí con unas palabras que no alcancé a entender: "Condesa, la hacía en otro lugar esta tarde", y dio media vuelta sin darme tiempo a responder.

—Nos van a detener —afirmó Dalida—, es cuestión de tiempo, tú misma lo dijiste.

—Pero no pensaba que desconfiaran de mí...

—Tenemos que sacar de aquí la radio y llevarla a casa de Juana. Ella se la entregará a Armando —le explicó Dalida.

—Es demasiado tarde... Si nos están vigilando y nos ven salir ahora de casa... No sé, no creo que sea una buena idea.

—Pero tenemos que hacerlo. ¿Tienes el coche?

—Sí, aunque le he dicho a Grigori que no le necesitaría por hoy.

—Es una suerte que Grigori esté casado con tu doncella, y que los dos sean rusos y no sientan ninguna simpatía por los alemanes. No creo que Grigori se enfade si le mandas llamar.

—Niña, sería una locura sacar la radio esta noche.

—Y más lo será dejarla aquí. No podemos perderla, la Resistencia la necesita.

No lograban ponerse de acuerdo y al final Dalida tuvo que ceder. Se marcharía al convento y se escondería con la hermana Marie-Madeleine hasta que Armando o Raymond fueran a buscarla. En lo que Dalida no consintió fue en que Katia la acompañara hasta el convento, ni tampoco en que lo hiciera Grigori.

—Pasaré más inadvertida si voy sola. Tú esconde lo mejor que puedas la radio para que, si registran la casa, no la encuentren.

Se sabían perdidas, de manera que cuando se despidieron lo hicieron como si fuera la última vez que se veían.

Dalida caminó despacio ocultándose entre las sombras de la noche hasta llegar al convento, donde la aguardaba impaciente la hermana Marie-Madeleine. La monja permanecía en el jardincillo cuyo acceso estaba vallado por una verja que daba a la calle.

—No hagas ruido, es muy tarde y la superiora nos cree a todas dormidas. Me tenías preocupada.

—Me siguieron, creo que eran hombres de la Gestapo, pero me parece que los he despistado.

—Aquí estarás segura.

—Eso espero. No me quedaré mucho tiempo, a lo sumo otro día; Armando o Raymond vendrán a por mí. Nos llevarán a España.

—¿Y luego?

—A Londres; Konstantin, el hermano de Katia, nos acogerá en su casa.

Caminaron de puntillas para no hacer ruido hasta la celda que iba a servir de dormitorio a Dalida.

—Voy a rezar para pedirle a Dios que os ayude —se despidió la hermana Marie-Madeleine al tiempo que se persignaba.

Aún no había amanecido cuando Dalida se despertó sobresaltada al escuchar golpes y gritos. La puerta de la celda se abrió de pronto y la hermana Marie-Madeleine la conminó a levantarse de inmediato.

—¡Vístete! —le dijo dándole un hábito—. La Gestapo está registrando el convento. La superiora les ha asegurado que no escondemos a nadie. Te ayudaré a escapar. Nos iremos por la puerta de atrás.

Dalida se puso un hábito y la monja la ayudó a colocarse la toca. Después, agarradas de la mano, corrieron por los pasillos mientras escuchaban cada vez más cerca el sonido de los pasos de los agentes de la Gestapo. Entraron en la cocina y se encontraron con la hermana cocinera con el rostro desencajado. No les dio tiempo a preguntar nada porque unas manos se cerraron sobre el brazo de Dalida.

—¿De verdad creía que podría escapar? —El hombre llevaba un abrigo de cuero negro y era difícil verle el rostro porque lo ocultaba bajo el ala del sombrero.

—¿Quién es usted? —preguntó la hermana Marie-Madeleine enfrentándose al desconocido—. ¿Es que ustedes no son capaces de respetar ni siquiera a unas pobres monjas?

—¡Ah, la buena samaritana! ¿Quiere también acompañarnos? No tengo inconveniente. Los traidores son traidores aunque vistan hábito.

El hombre retorció el brazo de Dalida haciéndola tambalear.

—Creía que ustedes los cristianos aborrecían a los judíos, ¿no fueron ellos los que mataron a su Cristo? Ya veo que hay garbanzos negros en todas partes.

En aquel instante llegó la superiora acompañada por otros dos hombres de la Gestapo. La mujer intentaba mantener la dignidad aunque en sus ojos se reflejaba un miedo tan profundo como intenso.

—Señoras, se acabó el juego. Tendrán que responder por haber escondido a una judía en su convento —afirmó el hombre que parecía estar al mando.

—Se confunde, señor, aquí no hay judías, somos todas monjas —insistió la hermana Marie-Madeleine.

El agente de la Gestapo se acercó a la hermana hasta quedar a medio centímetro de su cuerpo, pero ella no se movió.

—Ya que se empeña, usted también nos acompañará.

La superiora intentó protestar pero la apartaron de un empujón y casi cayó encima de los fogones. Los hombres salieron llevándose a Dalida y a la hermana Marie-Madeleine.

Iban en el coche, la una pegada a la otra. La monja se puso a rezar en voz baja.

Cuando llegaron a la sede de la Gestapo las bajaron a empellones. Ellas caminaron erguidas, procurando no demostrar el miedo que sentían.

Las encerraron en calabozos separados. Dalida se estremeció al sentir el frío de aquellas paredes mugrientas. No había donde sentarse y permaneció de pie mientras intentaba acostumbrarse a la negrura del lugar y a aquel olor rancio, mezcla de sudor, miedo y sangre.

No tardaron mucho en ir a buscarlas. Dos de los agentes que las habían detenido las sacaron a empujones del calabozo, insultándolas mientras las hacían subir unas estrechas escaleras.

A la hermana Marie-Madeleine se la llevaron a un cuarto donde la esperaba un hombre.

—Siéntese y mire —le ordenó—, así verá lo que les sucede a los judíos y a los traidores.

Había un cristal en una de las paredes, que mostraba una sala donde al principio sólo vio una silla vacía. A través del cristal pudo ver cómo el policía de la Gestapo empujaba a Dalida y ésta caía al suelo. El hombre le gritó que se levantara y tu hermana se incorporó como pudo. Le indicaron que se sentara y le ataron las manos a la espalda. Luego entró otro policía que la miró de arriba abajo con desprecio. Dio un par de vueltas a su alrededor y de repente le propinó un puñetazo que le rompió la nariz. Dalida perdió el conocimiento durante unos segundos, luego sintió cómo la sangre resbalaba hasta llegar a la comisura de los labios. Como tenía las manos atadas no pudo evitar tragarse su propia sangre.

—Es usted hija de Samuel Zucker; dígame, ¿dónde se ha escondido su padre?

Dalida no respondió. El hombre se acercó a ella mirándola intensamente y de nuevo la golpeó, en esta ocasión un puñetazo en el ojo derecho. Esta vez sí que se desmayó. Permaneció inconsciente algo más de tiempo. Cuando recuperó el sentido, seguía sangrando y el dolor en el ojo le resultaba insoportable.

—Fueron sus amigos judíos quienes nos dijeron dónde podíamos encontrarles. ¡Ah, David, ese buen amigo de su padre! Todos los judíos sois un hatajo de cobardes, dispuestos a entregar a vuestros propios hijos con tal de salvaros. Os escondéis como ratas en los más recónditos agujeros, pero es inútil porque vais cayendo en nuestros cebos. Sí, pronto podremos decir al Führer que hemos desinfectado París.

Mientras hablaba volvió a colocarse delante de Dalida, que apenas podía ver con un ojo, pues el otro lo tenía encharcado en sangre.

La levantaron de la silla y, sin desatarle las manos, la sujetaron cabeza abajo a un gancho que colgaba del techo. El hombre que hablaba le dio una patada en la cabeza, luego otro de los policías le propinó otro golpe en el cuerpo y así durante un rato se ensañaron con ella. No sabía si gritaba o si sus gritos se ahogaban en la garganta. El dolor era tan agudo que sólo deseaba morir. Cuando dejaron de golpearla, la soltaron del gancho y cayó al suelo como si se tratara de un saco. Uno de los policías se acercó y le arrancó el hábito dejándola desnuda. Escuchó los comentarios sobre su cuerpo, palabras soeces dichas para humillarla.

—Su amiga la condesa ya está entre nosotros, de manera que ¿nos dirá dónde está su padre? Debería comportarse como una buena hija y hacer lo posible para reunirse con él. —El policía soltó una risotada como si le divirtieran sus propias palabras. Dalida no escuchó más porque volvió a perder el conocimiento.

Cuando volvió en sí escuchó decir a uno de los policías: "Está más muerta que viva. Lo mejor será rematarla y así nos ahorramos el gasto de llevarla hasta Alemania. Hay demasiados judíos en los campos, también aquí podemos deshacernos de ellos".

Aquellos bestias se habían ensañado de tal manera con ella que aunque Dalida hubiera querido hablar no habría podido, tal era el estado en que la habían dejado. La pregunta es: ¿a qué campo la enviaron, si es que lo hicieron, o la asesinaron allí mismo, en París?

A Katia la habían detenido aquella misma noche. Tampoco habló; al igual que Dalida, perdió el conocimiento a cuenta de la tortura. Aquellos hombres se ensañaron tanto con su cuerpo que lo convirtieron en un amasijo de carne sanguinolenta que ni a ellos les resultaba de ninguna utilidad.

Nada más llevarla al cuartel general de la Gestapo la desnudaron. Y desnuda la tuvieron durante cuatro días en una celda. No le dieron de comer ni de beber y la mantuvieron a oscuras.

Katia podía sentir el gruñido de las ratas recorriendo su celda, y no se atrevía siquiera a sentarse temiendo que la mordieran. Permaneció de pie apoyada contra la pared, aterrada, y confundida en la oscuridad. Cuando la subieron para interrogarla casi había perdido la razón. Pero aun así no la habían quebrado del todo y no dijo dónde se encontraba Samuel. Se hallaba en los límites de la locura pero comprendió que si permanecía así tenía una oportunidad de salir viva. Los cuerdos desprecian las palabras de los locos, aunque ¿acaso aquellos hombres eran los cuerdos y Katia la loca?

La obligaron a ponerse de rodillas y le ordenaron limpiar con la lengua las botas del oficial que la interrogaba. Katia ni siquiera se negó, resguardándose en la locura, como si no comprendiera lo que le mandaban. La golpeaban, ella caía al suelo y allí se quedaba recibiendo otros golpes hasta que perdía el conocimiento.

La hermana Marie-Madeleine permanecía sentada, atada a una silla mientras a través de aquel cristal veía los sufrimientos que estaban infligiendo a Katia en la otra sala. Pero ya no rezaba. En ese momento ya sabía que nadie acudiría a ayudarlas.

Durante varios días la obligaron a asistir al mismo espectáculo macabro que el que había sufrido Dalida.

La monja sufrió también a manos de aquellos criminales, pero de forma diferente: después de ver cómo torturaban a Dalida, uno de los policías la violó. Otro día la bajaron a su celda, la volvieron a violar y no la subieron más a la sala del cristal. Al final dejaron que se marchara mofándose de ella.

Su superiora la recibió entre sollozos y quiso hacerla jurar que no volvería a ser imprudente, pero la hermana Marie-Madeleine no juró. No podía hacerlo. Si cerraba los ojos sentía las manos de aquel hombre sobre su cuerpo. Podía oler el sudor que desprendía y el asco de su saliva sobre los labios.

A ella no la habían colgado del gancho como si fuera una pieza de ganado, ni la habían golpeado hasta hacer que perdiera el conocimiento. Pero la tortura que habían elegido era igualmente cruel, porque después de la violación nunca podría volver a ser la misma.

Se confesó, hizo penitencia y le pidió cuentas a Dios. Pero sólo escuchó el silencio, el mismo silencio que escucharon millones de judíos, de gitanos, y de otros hombres y mujeres en los campos de exterminio, y decidió callar para siempre.

Pero ¿dónde está?, ¿dónde está Katia? No hace mucho que estuve en París. La hermana Marie-Madeleine no ha sabido decírmelo. Me costó mucho que su superiora me permitiera verla. Me dijo que no hablaría conmigo porque no hablaba con nadie, pero apenas la superiora nos hubo dejado, la monja me contó todo lo que te he relatado. Su voz me pareció que venía de otro mundo. Tuve la impresión de que a pesar de estar allí aquella mujer ya no vivía entre los vivos. Antes de marcharme me sorprendió al preguntarme: "¿Por qué me han permitido vivir?".

Después de hablar con la hermana Marie-Madeleine intenté encontrar a Pedro y a Vasili. No fue fácil, pero localicé la imprenta. Pedro aún vive. Me recibió con desconfianza. También él se sentía culpable por haber sobrevivido.

Fue Pedro quien me dio la última pista sobre tu padre. Me contó que Raymond fue a casa de Juana y le ordenó que sacara de allí a Samuel.

—Hay otra redada de judíos y le están buscando.

—¿Y Dalida? —quiso saber Juana.

—Debería estar con las monjas. A la condesa la han detenido. Dos de los nuestros se acercaron a su casa para coger la radio y vieron cómo la Gestapo se la llevaba. Espero que Dalida se haya salvado, Armando ha ido al convento…, no tardará.

Juana comenzó a dar zancadas por la habitación como solía hacer cuando pensaba. Su tío Pedro y Vasili la miraban expectantes.

—Tenemos que sacar a Samuel de aquí —se atrevió a decir Vasili.

—¿Ah, sí? ¿Y adónde vamos a llevarle? Está ardiendo de fiebre, no deja de toser. Y tú, Raymond, ¿tenéis ya preparada la fuga a España?

—Ahora mismo nadie puede salir de París. La Gestapo está por todas partes, lo mismo que los hombres de la Feldgendarmerie. Ya te he dicho que están buscando judíos, como si no tuvieran bastantes en Royallieu o en Drancy.

—Tenemos que demostrarles que, por más judíos que detengan o por más miembros de la Resistencia que asesinen, no nos pararán —respondió Juana.

—No es el momento de hacer nada —advirtió su tío Pedro.

—Sí, sí es el momento, precisamente ahora es el momento. Tienen que saber que no nos pueden doblegar. Si pudiéramos acabar con ese asesino de las SS… —respondió Juana, airada.

—Olvídate de Alois Brunner. —Las palabras de Vasili le sonaron a Juana como una orden.

Ella se plantó delante de él con los brazos en jarra y le midió con su mirada.

—¡Que me olvide! No, no voy a olvidarme; si acabáramos con ese hombre al menos les meteríamos el miedo en el cuerpo.

—No fantasees, Juana, ahora tenemos otros problemas, y el principal es sacar de aquí a Samuel Zucker y recuperar la radio. Puede que la condesa la haya escondido o se la haya entregado a alguien de su confianza. Samuel la conoce bien, de manera que quizá tenga una idea.

Juana aceptó a regañadientes que Raymond hablara con Samuel.

Tu padre estaba acostado, medio dormido por la fiebre.

—Samuel, éste es Raymond, habrá oído a Dalida hablar de él. Tenemos malas noticias. Han detenido a la condesa Katia

Goldanski y posiblemente a su hija Dalida —le dijo Juana mientras con un pañuelo le secaba el sudor de la frente.

Samuel se incorporó asustado. Al enterarse de la detención de Katia y quizá de Dalida fue como si le hubieran dado un puñetazo.

—¿Dónde están? ¿Quién se las ha llevado? —gritó con apenas un hilo de voz.

Raymond le explicó lo sucedido en las últimas horas y Samuel volvió a desplomarse sobre la cama. Saber que Katia estaba en manos de la Gestapo y que su hija pudiera estarlo le conmocionó de tal manera que casi estuvo al borde de un ataque. Juana podía escuchar el corazón de Samuel latiendo tan deprisa como si fuera un reloj. Le hizo una seña a su tío Pedro para que trajera un vaso de agua y obligó a Samuel a que se lo bebiera.

—Tenemos que pensar, ahora no podemos rendirnos. Nos tiene que ayudar. Necesitamos recuperar la radio que Dalida le dio a la condesa para que la ocultara. ¿Dónde cree que puede haberla escondido?

Al principio no contestó. Tenía los ojos cerrados e intentaba dominar el temblor de las manos. Cuando se sintió capaz de mirar a los ojos de Juana, respondió:

—Katia confía en Grigori, es su chófer y está casado con su doncella. Son rusos como nosotros. Pero ¿estáis seguros de que la Gestapo no ha encontrado ya la radio?

—No, no estamos seguros, pero si hay una posibilidad de que no sea así, necesitamos saber dónde está —respondió Raymond.

—Tengo que irme de aquí —acertó a decir Samuel.

—¡No! No se irá —sentenció Juana.

—Si me están buscando me encontrarán, nos encontrarán a todos. Tenéis que desmontar la imprenta; lleváosla de aquí y salvaos —afirmó Samuel.

—No haremos nada de eso. Tenemos una imprenta, ¿y qué? Nos ganamos la vida imprimiendo lo que nos encargan: tarjetas de visita, carteles para comerciantes... No tenemos nada que ocultar. —Juana hablaba con tanta rotundidad que era difícil llevarle la contraria, pero aun así su tío Pedro se atrevió a contestar.

—¿Qué crees que harán si encuentran todos los documentos que falsificamos? Ahora mismo tenemos más de una docena de pasaportes a punto de terminar.

—Y eso será lo que saquéis de aquí. Os llevaréis todo lo que pueda comprometernos y les permita descubrir a lo que de verdad nos dedicamos. Pero no tenemos por qué desmontar la imprenta, sería una temeridad. —Juana tenía respuestas para todo.

Acordaron llevarse todos los documentos comprometidos pero nada más.

—Nos detendrán —afirmó Vasili casi en un susurro cuando Raymond se marchó.

—No a todos, tú y mi tío podéis iros, yo me quedaré con Samuel.

—¡Estás loca! —Vasili temía las decisiones de Juana porque sabía que era imposible que se volviera atrás.

—Lo que sería una estupidez es que os detuvieran a vosotros. Tú y mi tío sois demasiado valiosos para la Resistencia, y para curarnos en salud es mejor que os escondáis. Yo me quedaré con el viejo judío, hasta que Raymond regrese esta noche y nos diga cómo podemos salir de París. Pero vosotros idos ya, no perdáis más tiempo.

Por una vez Vasili no se amilanó y se opuso a la orden de Juana.

—¿Crees que soy capaz de salvarme sabiendo que te dejo aquí? Tu tío puede irse llevándose consigo los documentos más comprometedores, pero yo me quedaré contigo, y si vienen, ya veremos qué hacemos. ¿No has dicho que podemos hacernos pasar por unos simples impresores? Pues así será, pero lo haremos juntos.

Juana estaba a punto de replicar cuando decidió no hacerlo. En aquel momento, pensó, una discusión con Vasili sería una pérdida de tiempo, de manera que decidió utilizar otra táctica.

—De acuerdo, te quedas conmigo, pero antes quiero que ayudes a mi tío a sacar de aquí todo el material sensible para llevarlo después a casa de Raymond. Mi tío se queda allí y luego vuelves aquí.

—No quiero dejarte tanto tiempo sola —protestó Vasili.

—No seas tonto, ¿no comprendes que mi tío no puede ir solo con todo ese material?

No tardaron demasiado en guardar en carpetas todos los documentos falsos. Luego los metieron en un par de bolsas viejas y colocaron encima otras cosas.

Cuando Juana se despidió de su tío le susurró al oído: "No le dejes volver", refiriéndose a Vasili. Pedro la miró con espanto temiendo lo que pudiera hacer su sobrina, pero no se atrevió a replicarle.

Una vez que Juana y Samuel se quedaron solos, ella comprobó que la pistola que siempre llevaba encima estaba cargada y montada. Luego se acercó a la cama donde reposaba Samuel y le tocó con delicadeza en el hombro.

—¿Puede levantarse?

—Sí, creo que sí…

—Intentaré llevarle a la frontera, aunque no sé si lo conseguiré.

—Pero… ¿y tu amigo? Raymond… ¿No es él quien tiene que venir a buscarnos?…

—No podemos perder tiempo esperando. Tengo el presentimiento de que en cualquier momento la Gestapo se presentará aquí. Verá, tengo una amiga que vive no muy lejos de aquí, es española como yo, exiliada, perdió a su marido en la guerra de España pero logró escapar con el más pequeño de sus hijos. Es un buen chico, trabaja de taxista, quizá pueda ayudarnos.

—¿Colaboran con la Resistencia?

—No, en realidad no, nunca he querido comprometerles, bastante han sufrido ya, pero son antifascistas y harán lo que puedan por nosotros.

Le ayudó a incorporarse y le acompañó al baño para que se refrescara. Luego salieron a enfrentar su destino. Bajaron la escalera hasta el portal y durante unos segundos escudriñaron la calle sin que nada de lo que veían les pareciera fuera de lo habitual. Una madre que llevaba una bolsa de la compra en una mano y un niño de cuatro o cinco años agarrado de la otra, un joven estudiante cargado con sus libros de texto, una pareja de ancianos caminando con lentitud… No, no veían nada que les hiciera sospechar, de manera que salieron a la calle. Juana cogió por el brazo a Samuel para ayudarle. Se dirigieron al metro y minutos después se bajaron en la estación de Montparnasse. Ella intentaba escrutar los rostros que se reflejaban en los escaparates, pero seguía sin ver nada sospechoso.

La casa de la amiga de Juana era una buhardilla de una sola pieza, tan oscura como angosta. La mujer les abrió la puerta sorprendida por la inesperada visita.

—Siento ponerte en un compromiso, pero necesito que me ayudes a salvar a este hombre —explicó Juana a la desconcertada mujer.

—¿Qué quieres que haga?

—¡Gracias, Pepa, sabía que podía contar contigo! Verás, si tu hijo pudiera llevarnos hasta la frontera… En Biarritz tenemos amigos que pueden pasarle a España…

—Jaime está a punto de venir. Tiene un par de horas de descanso antes de continuar la jornada conduciendo el taxi…

—Sé que os comprometo, pero no se me ocurre otra manera de sacar a este hombre de París.

Sintieron el ruido de una llave girando en la cerradura y a continuación apareció el joven llamado Jaime. Se parecía a su madre, el mismo cabello castaño oscuro, los mismos ojos desafiantes, la misma serenidad.

—¡Ea! Explícaselo tú, Juana.

Jaime escuchó sin decir palabra sopesando lo que debía responder.

—Tengo que entregar el coche a las diez, pero puedo decirle a mi jefe que me permita quedármelo para comenzar a trabajar antes mañana. Si me dice que sí, nos vamos ahora mismo, en cualquier caso yo tendría que regresar mañana.

El joven se marchó para llamar a su jefe desde el teléfono del bar más cercano y regresó con una sonrisa.

—Todo arreglado, podemos irnos ahora mismo.

Juana no les engañó y prefirió avisarles de que les estaba buscando la Gestapo.

—Si nos encuentran, vosotros también pagaréis las consecuencias.

Madre e hijo se miraron a los ojos y con la mirada se dijeron lo que debían hacer. Diez minutos más tarde Jaime las esperaba aparcado cerca del portal. Juana se despidió de Pepa con un abrazo.

—Gracias, gracias...

—Procura que no os pase nada, es el único hijo que me queda —le respondió la mujer.

—Yo... espero que regrese sano y salvo...

—Si no fuera así..., no quiero ni pensarlo, pero puesto que de algo hay que morir es mejor que sea por una causa. Anda, marchaos, que si Jaime tiene que ir hasta la frontera y regresar antes de mañana no dispone de mucho tiempo.

Habían salido de París cuando dos coches se cruzaron delante del taxi de Jaime. Juana empuñó el arma que guardaba en el bolsillo del abrigo.

—Da marcha atrás —le pidió a Jaime. Pero era demasiado tarde, otros dos coches negros se habían parado justo detrás cerrándoles el paso.

Pistola en mano, cuatro hombres se acercaron al coche.

—Tenemos que salir de aquí —insistió Juana.

—Nos han rodeado, no podemos escapar —afirmó Jaime.

—Sí, sí podemos, échate a la derecha, nos saldremos de la carretera, puede que aún podamos huir.

—¡Juana!, no podemos, nos han pillado; si intentamos huir nos dispararán —insistió Jaime.

—¡Haz lo que te digo! —gritó y dio un volantazo al coche.

—¡Estás loca! —respondió Jaime mientras intentaba hacerse con el control del vehículo.

Los agentes de la Gestapo comenzaron a disparar, y una bala reventó una de las ruedas del coche. Juana sacó la pistola del abrigo, apuntó por la ventanilla y disparó. Se le iluminaron los ojos al ver que había hecho blanco en uno de los hombres, pero el coche continuaba bajando sin control por la pendiente. Los policías les seguían disparando, Juana volvió a abrir fuego pero fue lo último que hizo porque una bala certera la alcanzó en la cabeza y la mató al instante.

El coche impactó contra un árbol y Jaime se golpeó en la nuca perdiendo el sentido.

Los policías se acercaron al trote gritando que salieran del coche. Sólo Samuel habría podido responderles si hubiese encontrado palabras para hacerlo.

Juana estaba muerta y Jaime lo parecía. Los policías sacaron los cuerpos del vehículo. Uno de ellos pateó el cuerpo sin vida de Juana. Era su manera de vengarse por el compañero al que las balas de Juana habían segado la vida.

Samuel se había quedado quieto, paralizado, como si estuviera en medio de una pesadilla. Uno de los policías le golpeó con la culata derribándole al suelo. Después le obligaron a subir a uno de los coches. A partir de aquel momento desapareció.

Gracias a Pedro pude ver a Pepa, la madre de Jaime. Me impresionó conocerla porque es una mujer a la que la vida le ha quitado todo pero no la había doblegado. Me contó que era de Granada y había perdido a su marido, a sus dos hijos mayores y a otros familiares en la Guerra Civil española. Y en París había perdido a Jaime, el único hijo que le quedaba. Jaime se había jugado la vida por salvar a Samuel, que sólo era un desconocido. Le dije a Pepa que admiraba su valor y el de su hijo. ¿Sabes lo que me dijo?: "Si hay que morir por la libertad, se muere. Y se muere con dignidad".

Pepa no pudo recuperar el cadáver de Jaime, de manera que no sabía dónde llorarle.

En cuanto a tu padre, Pedro me dijo que lo más que lograron saber es que estuvo varios días detenido en el cuartel general de la Gestapo; puede que lo llevaran al campo de Drancy y desde allí, en un tren de ganado, puede que lo enviaran a Auschwitz o a Treblinka o a Mauthausen. No lo sabemos, hasta hoy no hemos podido averiguarlo. Te preguntarás si he ido a Drancy, la respuesta es: sí. Ya te he dicho que estuve en París intentando averiguar lo que pasó. Pero no he podido encontrar ningún papel que acredite que tu padre estuvo allí, porque los jefes nazis del campo quemaron todos los documentos antes de escaparse. Cuando los Aliados entraron en París, la Cruz Roja se encargó de Drancy. Tampoco en sus oficinas de París pudieron decirme a ciencia cierta si tu padre, tu hermana y mi tía pasaron por Drancy.»

Yo estaba conmocionado por el relato de Gustav. No me había atrevido a interrumpirle mientras hablaba. Me parecía que lo que me estaba contando no tenía nada que ver conmigo, ni con mi hermana ni con mi padre. Que aquélla era una de esas historias terribles de las tantas que se escuchaban en aquellos días. Pero aquello, pensé, no podía pasarnos a nosotros.

Vera llevaba un rato llorando en silencio. Las lágrimas le bañaban todo el rostro mientras se estrujaba las manos con fuerza.

—Desde que terminó la guerra no he dejado de buscarles —me aseguró Gustav.

—Pero alguien tiene que saber algo —protesté sin mucha convicción.

—Un amigo del Foreign Office me aconseja que vaya al continente, a Polonia, a Alemania, quizá podamos encontrarles en algunos de los campos..., los alemanes lo registraban todo. Tenía pensado marcharme mañana mismo a Berlín.

—Estaré más tranquila si vais juntos —dijo Vera mirándome tras la cortina de lágrimas que empañaban sus ojos.

—Sí, pero antes... bueno, conozco a alguien..., un agente de Inteligencia, quizá él nos pueda orientar. —No sé por qué en aquel momento pensé en el comandante Williams.

Brevemente les expliqué quién era y que había servido a sus órdenes, aunque sin desvelar exactamente en qué.

Gustav me acompañó al día siguiente al Almirantazgo. Él conocía gente y tenía influencias suficientes como para que alguien nos dijera cómo podíamos localizar al comandante Williams. Tuvimos suerte. Estaba en Berlín. Le habían ascendido y ahora era coronel. Le llamaron y se mostró dispuesto a recibirnos enseguida, de manera que salimos precipitadamente para Berlín.

El coronel Williams había envejecido o eso me pareció a mí. Unas hebras blancas manchaban su pelo castaño y los ojos parecían más apagados.

—Gracias por recibirnos, coronel —le dije mientras me tendía la mano.

—Curiosidad, sí, ya sabe que mi oficio vuelve curiosos a los hombres. Cuando me dijeron que quería verme me pregunté qué podría querer usted de mí en estos momentos.

Gustav le explicó sucintamente todo lo que había logrado averiguar y yo le pedí ayuda.

Williams nos escuchó en silencio. No diré que le había impresionado lo que Gustav le contó porque historias como aquélla se habían repetido durante la guerra, pero se mostró dispuesto a echarnos una mano.

—Estos malditos alemanes al menos tienen una virtud: apuntan todo cuanto hacen. Hay registros de los presos en los campos, de los que mandaron a las cámaras de gas... Hemos encontrado documentos sobre sus horribles experimentos con seres humanos.

»Si su padre, su hermana y su tía no murieron en París y les enviaron a Polonia, Austria o Alemania, entonces les encontraremos. Puede llevar un tiempo, de manera que sean pacientes. Tengo un conocido en la zona rusa, el capitán Boris Stepánov. Él puede echar un vistazo a los registros de los campos que encontró el ejército soviético. Le llamaré y convendremos una cita para que les reciba. Por mi parte, yo también buscaré.

—Dígame, señor, ¿aún hay gente en los campos? —pregunté con aprensión.

—La Cruz Roja se ha hecho cargo e intenta ayudar a esos pobres desgraciados.

—Quiero visitar Auschwitz, Mauthausen, Treblinka; quiero ir a cualquiera de los campos a los que pudieran haberlos enviado. —Mi petición era una súplica.

—No se lo aconsejo. Usted es un soldado y ha luchado en el frente, se ha jugado la vida y ha matado como un soldado, pero la visión de esos campos... Si el Infierno existe, estaba allí.

—¿Puede facilitarnos las visitas? —insistí.

—Sí, puedo, pero no sé si debo. No es necesario, desde Berlín podemos buscar a su familia.

—Por favor...

—Primero vayan a ver a Boris y mientras tanto veré qué puedo averiguar. Luego ya veremos.

Caminar por Berlín me producía una extraña sensación. Escudriñaba el rostro de los alemanes intentando encontrar un rastro de culpa. Hombres de aspecto famélico unos, ancianos otros, jóvenes desconcertados, amas de casa desesperadas por dar de comer a los suyos... En otras circunstancias aquellos rostros me habrían conmovido. Pero en aquel momento... No, no podía perdonarles, no sabía si aquellos con los que me cruzaba eran culpables o inocentes, pero se me antojaba que todos eran culpables por haber permitido aquella locura que había dado lugar al Holocausto. ¿Cuántos de ellos se habían opuesto a Hitler? ¿Cuántos se habían jugado su propia vida para impedir que a miles de seres humanos les segaran la vida en las cámaras de gas? Los más se excusaban diciendo que el pueblo no lo sabía, pero aquella excusa me resultaba insoportable. No podían estar ciegos y sordos ante lo que sucedía a pocos metros de sus propias casas, de las monstruosidades en que participaban sus propios hijos, o sus maridos. Aquellas mujeres que caminaban con el rostro rendido eran las mismas que antes habían aplaudido a los canallas que habían asesinado a millones de judíos.

—No puedo soportar estar aquí —le confesé a Gustav.

Pero él era mejor que yo e intentaba convencerme de que los seres humanos tenemos un instinto de supervivencia que nos hace cobardes y que no se puede pedir a la gente que se conviertan en héroes, que a veces la masa tiende a cerrar los ojos y los oídos para poder seguir viviendo...

—No, no, yo no pido heroicidad, sólo me pregunto si se puede vivir sabiendo que el bienestar personal se cimenta en el crimen. Digas lo que digas, sabes como yo que no son inocentes.

Gustav era una persona que carecía de maldad y, por tanto, le costaba ver la maldad en los demás. Aquellos días me habrían resultado insoportables sin él porque todos los rostros me parecían rostros de asesinos.

Con el salvoconducto que nos había proporcionado el coronel Williams no tuvimos demasiados problemas para cruzar al sector soviético de Berlín.

Boris Stepánov nos recibió en un despacho donde parecía nadar rodeado de papeles.

—Así que buscan a su familia... Bueno, hoy en día todo el mundo busca a alguien. Padres, hermanos, tíos, hijos...

Le explicamos cuanto sabíamos, le entregamos algunas viejas fotos, y nos prometió llamarnos en cuanto averiguara algo. Incluso nos invitó a un trago.

Nos pareció un buen tipo, y yo le sentí cercano, porque tanto él como yo habíamos combatido en la misma guerra.

—Nosotros fuimos de los primeros que encontramos los campos de exterminio. Y yo mismo entré en uno de esos campos.

Gustav le pidió que nos contara lo que había visto, y él nos refirió su experiencia en el campo de Majdanek, en Lublin, Polonia.

—Cuando los nazis se supieron perdidos porque estábamos a punto de llegar, intentaron destruir el campo, de hecho demolieron uno de los crematorios, pero nosotros avanzábamos deprisa y se marcharon dejando en pie las cámaras de gas.

Boris no sólo nos describió lo que encontraron en Majdanek, también el impacto que sufrieron al liberar Auschwitz.

—Si el Infierno existe, estaba allí —me dijo mientras apurábamos dos vasos de vodka intentando disipar las sombras del horror; luego prosiguió—: Los hombres que encontramos parecían salidos de sus tumbas. Las mujeres..., tendré siempre pesadillas con aquellos rostros desesperados. Y los niños..., yo tengo dos hijos y cuando vi a aquellos niños condenados a morir se me rompió el corazón. ¿Qué clase de hombres han sido capaces de cometer semejantes atrocidades? En la guerra te enfrentas a un enemigo que es igual a ti, le matas o te mata, y ya está, pero aquello... Yo soy un campesino y le juro que ningún animal es capaz de hacer lo que han hecho los nazis.

Boris, tan grande como un oso, rompió a llorar al contar su visión del Infierno, lo que había visto en los campos. Y él, que se decía ateo, se santiguaba como le había enseñado su madre de niño intentando protegerse del mal con el que se había topado.

En aquellos días muchos barrios de Berlín eran poco más que un montón de escombros. La guerra había dejado su huella de hierro en toda la ciudad. Lo peor no era el dolorido paisaje urbano, sino la miseria en que estaban inmersos los berlineses.

Una tarde en que Gustav y yo íbamos paseando por Nikolaiviertel a orillas del río Spree se nos acercó una jovencita que no tendría más de quince o dieciséis años. Se nos ofreció a ambos con la resignación de quien no tiene otra opción para seguir viviendo.

—¿Cómo te llamas? —quiso saber Gustav.

—¿Qué más te da? Ponme el nombre que quieras —respondió con su voz seca y cansada.

—¿Por qué haces esto? ¿No tienes familia? —pregunté yo.

Dio media vuelta al ver que no teníamos ninguna intención

de sacar provecho de ella y, por tanto, que tampoco iba a obtener las monedas que tanto necesitaba. Su silencio era el último resto de dignidad. Vendía su cuerpo pero nada más, y por eso no tenía por qué explicarnos nada.

Gustav la alcanzó y le puso unas cuantas monedas en la mano.

—Vete a casa, creo que con esto tendrás suficiente, por lo menos para unos días.

La muchacha pareció dudar, luego cerró con fuerza la mano en la que tenía las monedas, inclinó levemente la cabeza y volvió a perderse entre la niebla de la orilla del río.

Aquella escena nos deprimió y maldije una vez más a Hitler por haber quitado a tantos millones de seres humanos la vida, incluso a los que continuaban respirando.

El coronel Williams nos llamó al cabo de un par de días para pedirnos que le acompañáramos a ver a Boris Stepánov.

—Sois la excusa perfecta para echar un vistazo al sector soviético —nos dijo.

Nos acompañó hasta el despacho de Boris, que nos estaba esperando con una botella de vodka.

—Te he traído whisky escocés auténtico —le dijo el coronel Williams a Boris entregándole la botella.

—Bueno, nos beberemos tu whisky y cuando hayamos terminado la botella, nos beberemos mi vodka.

Ni Gustav ni yo queríamos contrariar a Boris, pero aún recordábamos el dolor de cabeza del primer día en que le conocimos y no fuimos capaces de negarnos a compartir con él su vodka. Boris era un tipo generoso y expansivo, que no comprendía que un hombre pudiera rechazar una copa.

—Tengo alguna información para ustedes —dijo, y se quedó callado unos segundos mientras dejaba vagar la mirada por unos papeles que tenía en la mano—. Samuel Zucker llegó a Auschwitz en diciembre de 1943 y le enviaron a la cámara de gas el mismo día de su llegada. Era viejo y estaba enfermo, de manera que no podían sacar de él ningún provecho. En Francia estuvo en dos campos; primero en el de Drancy, pero a los pocos días le enviaron al de Royallieu, y desde allí en un tren directo a Auschwitz. Viajó junto a doscientos judíos más en un vagón de ganado. Lo siento, Ezequiel.

No sabía qué hacer ni qué decir. Ni siquiera me moví. Tenía que comprender lo que Boris acababa de decirme, asimilar que a mi padre le habían asesinado en una cámara de gas después de haber conocido los prolegómenos del Infierno en un vagón de ganado donde había permanecido varios días sin comer ni beber, haciendo sus necesidades junto a los demás prisioneros, respirando un olor insoportable, tratados todos como una especie infrahumana.

Me resultaban insoportables las imágenes que me llenaban la cabeza mientras intentaba aceptar que aquél había sido el destino de mi padre.

Ni Gustav ni el coronel Williams dijeron nada, ¿qué hubiesen podido decir? Yo me sentí mareado, no podía aceptar que a mi padre le hubieran asesinado en una cámara de gas. Pensé en mi madre, en lo que sufriría al saberlo.

—No puede ser —acerté a decir.

Boris no respondió. Me miró muy serio y me puso en la mano un vaso lleno de whisky.

—Bébalo —me ordenó, como si aquello fuera una medicina que pudiera calmar el dolor que en ese momento sentía.

No bebí, no podía, sólo quería gritar, levantarme y golpear a cuantos me encontrara en el camino, salir a la calle a gritar a aquellos alemanes con los que me pudiera cruzar que eran unos asesinos, que todos ellos estaban manchados de sangre y que nunca, hicieran lo que hiciesen, podrían limpiar aquella sangre.

Sí, quería maldecirles diciéndoles que su pecado recaería sobre sus hijos y sobre los hijos de sus hijos, y así hasta la Eternidad. Pero no me moví, estaba paralizado por el horror.

Sentí la mano de Gustav apretándome el brazo, que era su manera de decirme que mi dolor era su dolor.

—¡Maldita sea! ¿Por qué tengo que ser yo quien tenga que dar las malas noticias? —estalló Boris llenando de nuevo su vaso.

—Vamos, Boris, no te culpes —le dijo el coronel Williams.

—Lo peor es que a muchos de los que han hecho esto no les pasará nada —afirmó Boris.

—Sabes que hay un juicio en marcha, que se castigará a los culpables —repuso Williams.

—Amigo mío, ¿de verdad crees que van a pagar todos los responsables? No, no será así, en Nuremberg condenarán a unos cuantos jerarcas nazis y se acabó. Si hubiera justicia habría que juzgar a Alemania entera. Todos han sido cómplices —dijo Boris con rabia dando un puñetazo sobre la mesa.

—También hubo alemanes combatiendo contra Hitler —le recordó Williams.

—¿Cuántos fueron? Tan pocos que no resultaría difícil contarlos a todos —replicó Boris con rabia.

Yo les escuchaba en silencio, seguía sin poder decir nada aunque deseaba que Boris me diera más detalles sobre el asesinato de mi padre. Hice un esfuerzo y le pregunté:

—Qué más puede decirme.

—No hay nada más que lo que le he dicho. He preguntado si se conserva algo de lo que su padre llevaba encima, pero ya sabe que les despojaban de cuanto tenían y robaban aquello que podía tener algo de valor. Sólo hay constancia en un libro de registro del día de su llegada, de que le arrancaron dos muelas de oro y de que ese mismo día... Lo siento, juro que lo siento.

Yo intentaba imaginar cómo habían sido aquellas últimas horas de la vida de mi padre. El momento en que se abrieron las puertas del vagón donde había permanecido días enteros a oscuras, hacinado junto a otros seres humanos a los que, como a mi padre, los nazis trataban con menos consideración que si hubieran sido cabezas de ganado.

Le veía con los ojos parpadeando ante el repentino resplandor, desorientado en medio de lo desconocido. Imaginaba que en un gesto de respeto a los demás y a sí mismo se sacudiría el polvo del traje arrugado y maloliente después de tan largo viaje. Después algunos de aquellos soldados nazis les gritarían dándoles la orden de bajar del vagón para que se alinearan y poder contarlos. Un poco después le subirían junto a los otros a un camión para trasladarles al corazón del campo.

Puede que algún alma cándida intentara insuflar ánimos al resto de los prisioneros. «Nos harán trabajar, pero sobreviviremos.» Seguramente mi padre no compartiría tanto optimismo. Salvo en el caso de Katia, Samuel nunca se dejó llevar ni por la imaginación ni por sus deseos. De manera que mi padre se preguntaría en qué momento se desharían de él, porque ¿para qué querrían los nazis a un hombre de su edad, pasados los setenta años, sin demasiada fuerza en los brazos y con la vista nublada? Le suponía aguantando el dolor cuando, sin ningún tipo de calmante, le arrancaron sus dos muelas de oro. Intentando mantener la dignidad aun a las puertas de la muerte.

Del cuarto donde le arrancaron las muelas le llevarían directamente a una sala más amplia donde, junto a otros hombres, inservibles como él para los intereses de aquellos malditos, le habrían hecho desnudarse. No me costaba ponerme en su piel y sentir el rubor de la desnudez ante otros hombres y ver cómo le empujaban a otra sala más amplia aún donde les dirían que sólo iban a recibir una ducha para quitarse la suciedad del viaje en tren.

La puerta se cerraría y los hombres mirarían hacia el techo en el que había unas duchas simuladas de las que de repente saldría no agua clara sino un gas letal que les arrebataría la vida en medio de horribles convulsiones.

El cuerpo de mi padre caería junto a otros cuerpos y allí yacería hasta que aquellos malditos los cargaran como si se tratara de escoria para finalmente arrojarlos a los hornos crematorios, donde desaparecerían para siempre en forma de humo espeso que desprendía un olor penetrante que impregnaba todo el campo.

Ése había sido el final de mi padre, Samuel Zucker, el mismo final que el de millones de judíos. Quise preguntar a Boris y al coronel Williams cómo había quienes pretendían que los judíos que habíamos sobrevivido pudiéramos superar el Holocausto, qué nos podían decir para asumir la magnitud de lo sucedido, pero, sobre todo, cómo alguien podía pretender que perdonásemos a los verdugos.

Pero no dije nada, y nada me dijeron, permitiéndome aquellos minutos de silencio con los ojos cerrados en los que veía pasar ante mí lo sucedido a mi padre y a todos los que como él sufrieron el mismo destino.

—¿Podrías informarnos qué has averiguado de Dalida Zucker y Katia Goldanski? —La voz del coronel Williams me devolvió a la realidad.

Boris carraspeó y bebió un buen trago del whisky. Bajó la cabeza hacia el papel que tenía en la mano y durante unos segundos nos miró como si estuviera decidiendo si debía proseguir o no. Debió de pensar que yo necesitaba una tregua antes de conocer lo sucedido a mi hermana Dalida. De manera que clavó su mirada azul en Gustav.

—A Katia Goldanski la trajeron a Alemania, al campo de Ravensbrück. La fecha de llegada es enero de 1944. En un primer momento éste fue un campo para mujeres, pero luego construyeron otros adyacentes. Murió allí.

—¿En la cámara de gas? —se atrevió a preguntar Gustav.

Nos sobresaltó el puñetazo de Boris sobre la mesa. Fue tan intenso que derramó el vaso de whisky. Boris se levantó y buscó con qué limpiarlo. Le observábamos sin atrevernos a interrumpirle, mientras intentábamos aceptar lo que acababa de decir, que Katia estaba muerta, que había perdido la vida en un campo situado en la misma Alemania.

—Estos asesinos no se conformaban con acabar con sus víctimas en las cámaras de gas. Contaban con unos cuantos psicópatas que se decían médicos a quienes dieron vía libre para experimentar con los prisioneros. —Boris dio un largo trago a su vaso de whisky hasta vaciarlo. Parecía dudar si seguir o no, de manera que Williams le sirvió otra buena ración de escocés.

—Continúe, por favor —le pidió Gustav.

—Esos psicópatas experimentaban con el trasplante de huesos. Seccionaban el hueso de una persona para implantarlo en otra a la que previamente también le habían aserrado el mismo hueso. Lo hacían sin utilizar anestesia —dijo Boris y volvió a golpear con sus puños encima de la mesa.

—¿Por qué habrían de hacerlo? Los judíos somos infrahumanos —dije yo.

—¡Por favor, Zucker! —Más que un ruego, la exclamación del coronel Williams era una orden para que pusiera coto a mi amargura.

—En Ravensbrück también utilizaban a las prisioneras para experimentar con gérmenes patógenos. Les inyectaban... —Boris cogió un papel y lo leyó con cierta dificultad—, el tétanos, y después sobre las heridas les introducían tierra, madera, cristales... Trataban de ver los efectos de la infección y si determinados medicamentos con los que experimentaban eran útiles. Muchas de sus víctimas murieron de gangrena.

—Y mi tía Katia ¿cómo murió? —El tono de voz de Gustav era tan bajo que a todos nos costó comprender su pregunta.

—Su tía... A Katia Goldanski le seccionaron varios huesos y se los trasplantaron a otra prisionera. Pero al seccionárselos... bueno, no hace falta que sea demasiado preciso, pero, además de los huesos, cortaban los músculos y los nervios..., de modo que algunas de las víctimas morían en medio de terribles dolores. Ella no pudo soportar aquel experimento... Murió desangrada sin que ninguno de aquellos bestias se apiadara de ella suministrándole algún calmante.

Gustav se tapó el rostro con ambas manos. Estaba haciendo un enorme esfuerzo por contener las lágrimas, por recomponerse por dentro antes de poder mirarnos a la cara.

Para mí Katia era como una diosa de marfil. Se lo había oído decir a Dina: era tan bella que no parecía real. Dina tenía razón.

Ante la belleza de Katia uno no podía más que rendirse, aunque no se simpatizara con ella. Yo no le había perdonado que me robara a mi padre pero, aun así, nunca la había podido odiar.

Primero se habían ensañado con su cuerpo aquellos bestias de la Gestapo de París. Se habían regodeado haciendo añicos su belleza y después, cuando ya sólo era una masa de carne y sangre, la habían enviado a Ravensbrück, donde un sádico vestido de médico había completado el sacrificio.

La condesa Katia Goldanski durmiendo en un barracón con otras prisioneras a las que casi habían arrebatado cualquier rastro de humanidad. Las chinches y los piojos escalarían por su carne y anidarían entre los recovecos de su cuerpo. ¿Y su cabello? ¿Qué habrían hecho con aquel cabello de un color tan rubio que se asemejaba al blanco y que ella llevaba recogido en un moño sobre la nuca? Sí, se lo habrían cortado para acentuar su desnudez.

Me costaba imaginarla con aquellos harapos de rayas con que los nazis vestían a sus prisioneros. Habría tenido que compartir aquellas comidas malolientes y trabajar sin descanso mientras alguna de las guardianas le molía la espalda a palos. Imagino que Katia habría apretado los dientes, y aun vestida con los harapos de rayas, intentaría caminar erguida sin escatimar una sonrisa a sus compañeras, consolaría a quienes flaquearan y no dejaría ni por un momento de olvidar quién era, y sólo por eso haría lo imposible por no hacer nada que la avergonzara.

El día en que la llevaron a la sala donde aquellos sádicos que se decían médicos experimentaban con las prisioneras, ella seguiría las instrucciones que le fuera dando aquella bruja vestida de enfermera. «Quítese la ropa», «Tiéndase en la camilla», «Estese quieta». Apretaría los labios cuando la ataron a la camilla para que no se moviera e intentaría disimular la primera mueca de dolor procurando no llorar cuando el cuchillo del carnicero empezó a serrar su carne dolorida hasta llegar al fémur y arrancárselo llevándose de paso venas, arterias, músculos, tendones. Gritaría, se desmayaría y después moriría desangrada ante la indiferencia de aquellos malditos para los que Katia no significaba nada porque era judía, o medio judía, o un tercio judía. Tenía la suficiente sangre judía en sus venas para que no la consideraran un ser humano. Además, había formado parte de la Resistencia, de manera que para aquellos monstruos Katia, la bellísima Katia, debía morir.

—Su cuerpo… —La voz de Gustav estaba quebrada.

—La quemaron en uno de los hornos de Ravensbrück. Está en los registros —respondió Boris.

Volvía a tocarme a mí. Boris me miraba intentando saber si yo ya estaba en disposición de saber cómo habían asesinado a mi hermana. No, no lo estaba, pero no tenía más opción que escucharle. Vi cómo Gustav apretaba los puños y seguía luchando por contener las lágrimas. Se sentía tan derrotado como yo. Habíamos combatido en aquella guerra pero no habíamos podido salvar a nuestros seres queridos. Tampoco habíamos podido evitar la matanza de los nuestros. Nunca como aquel día había comprendido lo que significaba ser judío.

—Dalida Zucker fue conducida desde París hasta Auschwitz. Ella no pasó por el campo de Drancy sino que la llevaron directamente hasta Polonia, de modo que no pudo coincidir con su padre.

No sé por qué Boris hizo esa observación. ¿Acaso habría cambiado algo en caso de haber coincidido en uno de esos abominables campos? Hacía un rato que sentía temblores por todo el cuerpo y me concentré en intentar dominarlos mientras escuchaba la voz pastosa de Boris.

—Su hermana vivió más tiempo que su padre y que la condesa. La asesinaron unos días antes de que nosotros liberáramos el campo. Lo siento.

Sentí que la rabia me dominaba de tal manera que estuve a punto de agredir a Boris, al coronel y a quien tuviera al alcance. Gustav volvió a colocar su mano sobre mi brazo como si con aquel gesto pudiera detenerme. Sin embargo, no habría podido moverme aunque hubiese querido, mi cabeza y mi cuerpo se habían disociado. Miré a Boris invitándole a proseguir.

—Según los registros, su hermana llegó a Auschwitz a finales de enero de 1944 en un tren repleto de judíos franceses al que en su viaje hacia Polonia se le unieron más vagones cargados con prisioneros procedentes de otros lugares. Cuando los detenidos llegaban a Auschwitz eran seleccionados por el comandante del campo. A muchos se les obligaba a trabajar de sol a sol en distintas tareas, incluidas las del mantenimiento del propio campo, que no dejaba de ser una sucursal del Infierno. Su hermana era joven y fuerte, por lo que en vez de ser enviada inmediatamente a las cámaras de gas, fue seleccionada para trabajar.

»Auschwitz es el campo más grande de todos, aunque en realidad son tres campos: Auschwitz I, Auschwitz II, más conocido como Auschwitz-Birkenau, y Auschwitz III, conocido como Auschwitz-Monowitz.

»Su hermana estuvo en Auschwitz-Birkenau y la destinaron a trabajar en una fábrica de armamento próxima al campo.

»Sufrió lo indecible desde el primer día que llegó porque, a pesar de que los prisioneros constituían una fuerza de trabajo imprescindible para el Tercer Reich, los guardianes de las SS se complacían en maltratar hasta la tortura a aquella masa de desgraciados.

»Además... bueno, parece que su hermana era una joven bien parecida y fue obligada a servir de... distracción a algunos oficiales de las SS.

Boris bajó la cabeza como si las palabras que acababa de pronunciar le avergonzaran. Se sirvió la última ración de whisky que quedaba en la botella y se lo bebió de un solo trago, sin respirar. Yo me preguntaba que por qué me distraía mirando lo que hacía Boris en vez de centrar mis sentidos en lo que decía. Ahora sé que era porque no podía soportar el dolor que me producía saber lo que le había sucedido a Dalida.

Sentí las miradas de Gustav y de Williams pero las esquivé. No soportaba que nadie se compadeciera de nosotros.

—Parece que su hermana no era fácil de dominar, de manera que terminó siendo trasladada a Auschwitz I, bajo la jurisdicción del doctor capitán Josef Mengele, aunque el comandante de

Auschwitz por aquella fecha era el coronel de las SS Arthur Liebehenschel.

—¿El doctor Mengele? —pregunté con incredulidad.

—Sí, Mengele, el sádico que reinaba en el Barracón 10; allí hacía sus experimentos ayudado por otros médicos y enfermeras tan sanguinarios y psicópatas como él. Sus víctimas preferidas eran los gemelos, los enanos, los niños... A su hermana la esterilizó. Mengele y otros dos médicos de la muerte, el doctor Carl Clauberg y el doctor Horst Schumann, pugnaban por desarrollar un método con el que pudieran esterilizar a todos los «infrahumanos»: judíos, deficientes mentales, enfermos... Les inyectaban medicamentos elaborados por ellos que al parecer contenían nitrato de plata, yodo y otras sustancias que provocaban unos dolores insoportables en sus víctimas, además de hemorragias que a veces les ocasionaban rápidamente la muerte. Sí, muchos morían, pero para Mengele eso no era un problema, tenía a su disposición miles de cobayas humanas y poco le importaba lo que les pasara. Parece que llegó a la conclusión de que la radiación era el método más fácil y menos costoso para la esterilización y se lo aplicó a miles de prisioneros. Muchos murieron precisamente a causa de las radiaciones.

»Dalida Zucker sufrió estos experimentos, pero cuando ya era poco más que un espectro que no les servía para sus macabros juegos, la enviaron a la cámara de gas. Su asesinato coincidió con la llegada de nuestras tropas. Desde unos días antes el comandante del campo había enviado a algunos prisioneros fuera de Auschwitz a otros campos, pero los que estaban demasiado enfermos para viajar o simplemente ya no servían para sus fines, fueron gaseados.

Ya no quedaba ni una gota en ninguna de las dos botellas, y Boris no tenía con qué aliviarse la desazón por habernos comunicado la muerte de los nuestros. Williams permanecía inmóvil sentado en la silla sin siquiera atreverse a darnos el pésame.

Ya estaba todo dicho. Mi padre y mi hermana habían muerto en una cámara de gas. Katia Goldanski con los huesos aserrados, desangrada en una camilla. Yo no quería oír nada más, ni mucho menos que me dieran una palmada en la espalda como muestra de condolencia.

Me levanté de la silla y Gustav hizo lo mismo. Al igual que yo, ansiaba salir de allí y respirar. A ambos nos faltaba el aire.

—He traído el coche, les llevaré a su sector —se ofreció el coronel Williams, pero rechazamos su ofrecimiento.

—¿Podría visitar Auschwitz? ¿Hablar con algún superviviente? —les pedí a Boris y a Williams.

Se miraron indecisos. En aquellos días la Cruz Roja se había hecho cargo de la mayoría de los campos, y en algunos aún se encontraban algunos supervivientes con los que nadie sabía qué hacer.

—No es una buena idea —dijo el coronel Williams.

Me encogí de hombros. No me importaba su opinión. Con o sin la ayuda de aquellos hombres, iría a Auschwitz, aunque me detuvieran.

—Podemos arreglarlo —aseguró Boris.

—Hágalo, y cuanto antes —le pedí.

Gustav y yo caminamos en silencio durante un par de horas. No teníamos necesidad de decirnos nada, sólo de pensar en nuestros familiares muertos. Yo en mi padre y mi hermana, él en su tía. Hubiera sido una necedad intentar darnos consuelo.

—Te acompañaré a Auschwitz —fue todo lo que me dijo Gustav cuando llegamos al hotel.

—Y yo te acompañaré a Ravensbrück.

Era más fácil llegar a Ravensbrück, estaba a noventa kilómetros de Berlín, y el coronel Williams se empeñó en ir con nosotros, «para ayudarles con la burocracia», nos dijo.

Un médico de la Cruz Roja nos acompañó en la visita dándonos detalles estremecedores del estado de los supervivientes. Gustav quiso ver el barracón donde Katia había pasado los últimos meses de su vida.

Cuando entramos aún pudimos sentir el olor de la miseria, de la enfermedad, de la desesperación.

Unas literas de madera se apilaban junto a la pared, en una de ellas había dormido Katia. Durante unos segundos pudimos verla allí, y la sentimos desvalida aunque ella intentara esforzarse por aparentar que los nazis no podían quebrarla.

El médico nos habló de una mujer que había ocupado el mismo barracón y que aún vivía, aunque estaba muy enferma.

—Ha perdido la cabeza, y dice cosas inconexas.

Insistimos en verla, dispuestos a reencontrarnos con Katia a través de las sombras de locura de aquella mujer.

Lo que había sido el hospital del campo ahora albergaba a unos cuantos desgraciados cuidados por los médicos y enfermeras de la Cruz Roja. Estaban demasiado enfermos o demasiado locos como para llevarlos a otra parte. Además, las potencias aliadas no terminaban de ponerse de acuerdo en qué hacer con los judíos. No habían hecho una guerra para salvarnos a nosotros, sino para salvarse a sí mismos; los judíos simplemente estábamos allí, y, una vez más, parecíamos incomodar a todos.

Una enfermera dispuso un par de sillas junto a la cama de la mujer advirtiéndonos: «No sabe lo que dice. Cuando llegó a Ravensbrück estaba embarazada de cuatro meses y le sacaron a su hijo de las entrañas. Lo hicieron sin ponerle ningún medicamento para controlar el dolor. Querían comprobar cuánto dolor se puede aguantar. Luego le sajaron los pechos. Perdió la razón».

—¿Conoció a Katia Goldanski? —le preguntó Gustav.

La mujer nos miró y yo creí ver en sus ojos un destello de reconocimiento.

—Era alta, con el cabello entre blanco y dorado, los ojos muy azules, muy distinguida —continuó diciendo Gustav.

—Katia... Katia... Katia... —La mujer no acertaba más que a repetir el nombre, pero de repente buscó entre las sábanas y nos mostró un pañuelo de encaje.

Gustav le tendió la mano para cogerlo pero ella volvió a ocultarlo entre las sábanas.

—Este pañuelo era de Katia —murmuró Gustav.

Sí, no podía ser más que de Katia, un pañuelo de batista y encaje. Aquella mujer se aferraba al pedazo de tela como si para ella fuera importante.

—Me limpiaba..., me limpiaba..., así, así. —La mujer se pasó el pañuelo por el rostro y por el cuello.

Nosotros la observábamos sin atrevernos a interrumpirla, ansiosos por que una chispa de cordura aflorara en la mirada perdida de aquella mujer que se había refugiado en la locura.

—¿Le contó algo, hablaba de alguien?... —insistió Gustav.

Ella le miró como si pudiera reconocer y luego le pasó la mano por el cabello. Gustav no se movió, parecía haberse convertido en mármol. Después ella bajó la mano y comenzó a cantar, era una vieja canción en yiddish. Se acurrucó y cerró los ojos y vimos cómo se deslizaban por sus mejillas unas lágrimas espesas.

La enfermera nos hizo una seña para que nos marcháramos. Aquella pobre mujer no podía decirnos más, y si hubiéramos insistido sólo habríamos aumentado su propio sufrimiento.

—Este lugar es siniestro —murmuró Gustav.

Lo era. ¿Cómo no iba a serlo? Las almas de miles de mujeres habían quedado confinadas en aquel campo, en aquellos barracones, en el hospital donde aquellos monstruos que se decían médicos experimentaban sin piedad con sus cuerpos hasta reducirlos a la nada. Aquellas almas se habían quedado prendidas en las paredes de las cámaras de gas.

Los soldados habían liberado el campo pero no habían podido liberar a las almas del sufrimiento extremo al que los nazis habían sometido sus cuerpos.

—Es horrible..., no puedo soportar pensar en lo que ha pasado —dijo Gustav mientras nos acomodábamos en el coche del coronel Williams para regresar a Berlín.

Durante todo el trayecto permanecimos en silencio. El silencio se estaba convirtiendo en norma entre nosotros. Creo que sólo ansiábamos huir de allí.

Dos días después viajamos a Auschwitz. Boris había arreglado que pudiéramos hacerlo ahora que Polonia había pasado a ser tutelada por los soviéticos.

Esta vez Williams no pudo acompañarnos, pero Boris nos facilitó salvoconductos para que nadie pudiera detenernos. También nos recomendó a un capitán amigo suyo, Anatoli Ignátiev.

—Somos del mismo pueblo, nos conocemos desde niños aunque él es un poco mayor que yo. Si le llevan una buena botella de whisky se lo agradecerá.

Gustav se hizo con un par de botellas en el mercado negro. Las compartiríamos con el capitán Ignátiev, porque en aquellos días tanto Gustav como yo echábamos mano del alcohol para perder la consciencia y poder sobrevivir al dolor.

En Cracovia nos esperaba el capitán Ignátiev. Se parecía a Boris. Alto y fuerte e igual de expansivo, se empeñó en que bebiéramos antes de llevarnos a Auschwitz.

—Iremos mañana, hoy es mejor que descansen. Esto lo hago por Boris, porque les aseguro que se me revuelven las tripas cada vez que visito ese campo.

Le pedí que me ayudara a buscar entre los supervivientes a alguien que hubiera conocido a mi hermana.

—No se lo recomiendo —dijo.

Pero insistí. Necesitaba reencontrarme allí con mi hermana, saber de su sufrimiento, de su desolación, de sus sueños, porque estaba seguro de que Dalida no se habría rendido hasta el final. Siempre había admirado su fuerza de carácter, su manera de plantarle cara a la vida sin que le importaran las consecuencias.

Mientras nos acercábamos al campo empezó a llover sin piedad. Sentí que se me aceleraba el pulso cuando franqueamos el portalón de entrada. Me paré en seco para observar la inmensidad de aquel lugar donde de manera industrial se había producido el exterminio de millones de personas, judíos en su mayor parte.

Anatoli Ignátiev nos guió por los tres campos, nos permitió visitar todos los rincones, los barracones donde se hacinaban los presos, las cocinas, el lugar donde el doctor Mengele llevaba a cabo sus experimentos, las cámaras de gas y las salas donde a los muertos los despiezaban como si fueran animales, primero les arrancaban la piel, luego les cortaban el cabello para hacer cera y otros utensilios y les extraían los dientes de oro antes de llevarlos a los hornos crematorios...

No sé cuántas horas tardamos en recorrer el campo de la muerte, sólo sé que tuvimos que pararnos en un par de ocasiones porque yo no lo pude evitar y vomité. Si Ravensbrück nos había conmocionado, Auschwitz nos estaba helando la sangre. Era una ciudad, una pequeña ciudad levantada con un único objetivo: asesinar.

Las vías del tren acababan de repente porque quienes llegaban allí no tenían otro destino que morir.

—Ya ha visto bastante, vámonos —me insistía Anatoli Ignátiev.

Pero yo no estaba dispuesto a escapar. Si mi padre y Dalida habían sufrido allí, si les habían arrancado la vida en aquel lugar, yo tenía que ser capaz al menos de visitarlo, de mirar de frente aquel espacio en el que los espíritus de los asesinados permanecerían para siempre.

Vi a Dalida, sí, la vi mientras intentaba caminar sobre el barro. Sentí su desesperación cuando la empujaron al barracón donde habría de vivir durante un largo año. Seguramente intentaría darse ánimos diciéndose que después de haber sido torturada por la Gestapo nada peor le podía pasar. Puede que alguna mujer tan desesperada como ella se le acercara para darle la bienvenida y explicarle que allí se llegaba para morir, que era cuestión de días o de meses, pero que el final estaba escrito. Ella escucharía con atención todas las recomendaciones. Quién era el más sádico de los guardianes, los trabajos que tendría que realizar, la desesperanza tras comprobar que de allí no había manera de escapar.

Dalida tenía una personalidad que era como un imán, de modo que pronto tendría amigas, compartiría la miseria, su propia miseria con la miseria de las demás. Y les hablaría de Palestina. Sí, seguro que lo habría hecho. Palestina, el hogar reencontrado, la tierra que les estaba esperando.

Salí enfermo de Auschwitz. Tenía fiebre, me dolía el estómago, me faltaba aire para respirar. Le pedí a Gustav que fuera él solo a emborracharse con Anatoli Ignátiev, yo necesitaba recomponer los pedazos de mí mismo.

Cuando llegué al hotel me tumbé sobre la cama y me quedé dormido. No sé cómo pude dormir, pero lo hice y en mi sueño viajé a las profundidades del Infierno, porque era el Infierno el que veía en mi pesadilla, el Infierno que no era otro que el campo de Auschwitz.

A la mañana siguiente Gustav me despertó preocupado por mi salud.

—Regresemos a Berlín para que te vea un médico.

—No, no iré a ningún médico alemán. Jamás —le respondí.

A Gustav le asustó mi determinación.

—Pero...

—Somos judíos, ¿crees que podemos poner nuestra vida en manos de un alemán? Todos, todos lo sabían y les parecía bien, todos son culpables del genocidio, y tú quieres que vaya a un médico alemán, que me vea alguien que se calló o aplaudió «la solución final».

—No puedes culpar a todos los alemanes —insistió Gustav.

—Sí, sí puedo, es lo que hago, todos son culpables. Y nunca, nunca les perdonaré. No podemos perdonarles, ¿no te das cuenta de lo que han hecho? El Holocausto no ha sido la locura de un hombre, ni de unos cuantos hombres, ha sido la decisión de todo un país, y todos son culpables. Me repugna que algunos ahora quieran convencer al mundo de que no sabían nada.

—¡Por favor, Ezequiel, no le des más vueltas o te volverás loco!

—Puede que me vuelva loco, pero por loco que sea, mi locura no me llevaría a querer exterminar a todos los alemanes. Y ¿sabes por qué?, porque no ha sido obra de locos, sino un plan perfectamente pensado, organizado, ejecutado. No hay un ápice de locura en lo que han hecho. ¡Por Dios, Gustav, no les disculpemos llamándoles locos!

El capitán Anatoli Ignátiev nos llamó para decirnos que sabía de alguien que había conocido a Dalida. Una mujer que, como mi hermana, había sido obligada a prostituirse con los soldados que guardaban el campo, aquellos malditos de las SS.

Se llamaba Sara Cohen, era griega, de Salónica. Estaba en un campo de la Cruz Roja.

Pensé en mi madre. Miriam. Su familia había llegado a Palestina después de haber sido expulsados de España y refugiarse en Salónica. De manera que sentí que con aquella mujer tenía un vínculo no sólo porque había conocido a mi hermana, sino también porque mi madre no podría explicarse a sí misma sin sus orígenes griegos.

No era fácil conseguir un permiso para hablar con los supervivientes de los campos ahora tutelados por la Cruz Roja, pero con la ayuda del capitán Ignátiev y de Boris, conseguimos llegar hasta Sara Cohen.

Cuando por fin dimos con ella pensé que estaba visitando un campo de espectros. Cientos de mujeres y de hombres esqueléticos, extenuados, con la mirada perdida, intentando volver a la tierra de los vivos, iban de un lugar a otro, seguidos por una enfermera, un médico o algún alma samaritana que echaba una mano en las labores del campamento.

El médico que nos recibió dijo llamarse Ralf Levinshon y nos exhortó a que fuéramos prudentes y no hiciéramos nada que pudiera ahondar aún más en el dolor de aquella mujer que se prestaba a hablar con nosotros.

—Sara Cohen pasó por las manos del doctor Mengele y si no está muerta es porque uno de los oficiales de las SS se encaprichó de ella. Pero ha sufrido más de lo que ningún ser humano puede soportar. Su salud física es frágil, pero aún más lo es su estado mental. Es muy joven, acaba de cumplir veinticinco años y está librando una batalla entre la locura y la razón, y la frontera es tan tenue que temo que podamos perderla.

Seguimos al doctor Levinshon hasta un pabellón donde varios enfermos estaban sentados sin mirarse los unos a los otros, cada uno luchando por escapar de las visiones del Infierno que les acompañarían hasta el día de su muerte.

Sara estaba sentada en un rincón. Tenía los ojos cerrados y parecía dormida.

—Sara... Sara, he venido con estos señores de los que te hablé... Son familia de tu amiga Dalida... —El médico le hablaba con tanta suavidad que costaba entenderle.

Durante unos segundos ella no se movió ni dio muestras de haberle escuchado, luego con una lentitud que me pareció eterna, fue abriendo los ojos y dirigió su mirada hacia mí. En aquel mismo instante me enamoré de ella.

No sé cuánto tiempo permanecimos en silencio sosteniéndonos la mirada el uno al otro. No sabía si me estaba evaluando o si buscaba en mí rastros de Dalida. Yo no podía apartar mis ojos de sus ojos porque, aun en su extrema fragilidad, me pareció la mujer más bella del mundo. Sí, aunque el verde de los ojos se hubiera apagado por lo que habían tenido que ver, aunque su cuerpo pareciera desarticulado, sólo un montón de huesos inertes, aunque su cabello rubio estuviera deslucido y sus manos se hubieran vuelto ásperas, aun así, su belleza no parecía de este mundo. No sé por qué pensé en Katia. Hasta aquel momento Katia me había parecido la mujer más bella del mundo. Pero la de Katia había sido una belleza terrenal, elegante, plena, mientras que Sara Cohen parecía una mariposa transparente con las alas rotas.

Gustav me apretó el brazo y me hizo un gesto mostrándome su preocupación por Sara. El médico nos observaba expectante, y cuando ya estaba a punto de decirnos que nos marcháramos, ella habló.

—Ezequiel... —dijo mi nombre en un susurro.

—Sí, soy Ezequiel Zucker, el hermano de Dalida.

—Quiero irme de aquí, quiero ir a casa —murmuró.

—La llevaré, no se preocupe, le doy mi palabra de que la llevaré.

Gustav y el médico me miraron sorprendidos. Me había comprometido con tal rotundidad que creo que se asustaron pensando que nada me detendría para cumplir con aquel compromiso que acababa de adquirir con Sara Cohen.

—Ella me hablaba de usted…, le echaba de menos… y también a su madre. Por las noches, cuando regresábamos de… —Sara cerró los ojos y supe que estaba viendo lo sucedido—, bueno, ya sabe… se echaba en el camastro y comenzaba a llorar y a llamar en voz baja a su madre. Le pedía perdón por haberla dejado, yo me levantaba e intentaba consolarla. Le decía que una madre lo perdona todo. Pero Dalida no se perdonaba a sí misma. Se reprochaba haber sido egoísta por abandonar Palestina para vivir en París y en Londres y tener vestidos, ir a fiestas… Quería mucho a su padre, y admiraba a su nueva esposa, ¿Katia?… Sí, creo que me dijo que se llamaba Katia.

Volvió a cerrar los ojos. Se la notaba agotada por el esfuerzo de hablar, de recordar.

—Debes descansar —le dijo el médico—, quizá estos caballeros puedan venir mañana…

Pero ella volvió a abrir los ojos y me miró angustiada.

—No…, no estoy cansada, quiero hablar, quiero irme de aquí, él me ha prometido que me llevará…, no quiero estar aquí…

Me acerqué y le cogí la mano. Ella se soltó con tanta violencia que me asustó. Yo me quedé desconcertado. Parecía repelerle el contacto físico, pero un segundo después me tendió la mano mientras comenzaba a llorar.

—No debería usted haberle cogido la mano —me reprochó el médico—, creo que ya ha sido bastante por hoy…

De nuevo Sara se impuso.

—Quiero hablar, contar lo que quieran saber. Y luego marcharme de aquí —volvió a repetir.

—No queremos agobiarla, podemos volver mañana —dijo Gustav.

—Hablaré, hablaré... Yo ya estaba en Auschwitz cuando Dalida llegó. Llevaba unos meses, sí, recuerdo que fue en marzo de 1943 cuando nos metieron en ese tren... Hasta el 43 los judíos de Salónica creímos que lograríamos sobrevivir... Nos habían confinado en el gueto, nos habían echado de nuestras casas, nos habían quitado todo lo que teníamos de valor, pero creíamos que podríamos conservar la vida. Sin embargo, en febrero vinieron aquellos hombres...

—Sara, tienes que contar a estos caballeros lo que recuerdas de Dalida. —El doctor Levinshon intentaba que ella no divagara perdiéndose en sus propios recuerdos.

—Déjela proseguir, quiero saberlo todo... —le pedí al médico.

—No sé si eso le hará bien... —protestó él.

—Dieter Wisliceny y Alois Brunner, sí, se llamaban así. Cuando ellos llegaron todo fue peor. Teníamos que llevar la estrella amarilla cosida en los abrigos y no podíamos salir de casa por la noche, ni subir al tranvía, ni entrar en un café; expulsaron a todos los judíos de los sindicatos, de cualquier organización..., ordenaron que en todas las casas de judíos hubiera una marca para así poder distinguirnos. Como no nos permitían trabajar, tuvimos que empezar a vender lo que teníamos, hasta que incluso eso nos prohibieron. Finalmente llegó un momento en que aquellos hombres de las SS decidieron confinarnos a todos en un solo barrio, cerca de la estación... Lo cerraron con alambre de espinos y colocaron guardias para vigilar que no pudiéramos escapar. Aquel barrio lo habían levantado un siglo atrás los judíos que escaparon de los pogromos del zar... Quién iba a decir que aquel lugar de libertad se convertiría en una cárcel... Nos organizamos como pudimos, pero apenas teníamos con qué subsistir. Nos lo habían quitado todo. Luego, un día Brunner nos anunció que iban a enviarnos a Cracovia, que allí podríamos emprender una nueva vida en una colonia preparada para los judíos.

»Ninguno queríamos irnos. Salónica era nuestra pequeña

patria, la patria que habían encontrado nuestros antepasados cuando fueron expulsados de España.

»Mi padre era un anciano, mi madre era más joven que mi padre, pero enfermó durante esos meses de confinamiento y en parte yo fui culpable de su enfermedad.

»Yo tenía novio, Nikos, un novio griego y cristiano. Habíamos planeado escaparnos, irnos a Estambul, donde esperábamos vivir sin la presión de sus padres y los míos. ¡Una judía y un cristiano! Pero nosotros nos queríamos y poco nos importaba la religión del otro. Cuando nos encerraron en el campo yo ya estaba embarazada. En medio del desastre, otro desastre: una chica judía embarazada y sin marido.

»Nikos hizo lo imposible por sacarme del campo, arriesgando su vida, porque además de querer rescatar a una judía él era miembro del KKE, el Partido Comunista de Grecia. Pero todos sus intentos fueron en vano. Le detuvieron y le fusilaron. Cuando nos obligaron a subir al tren yo estaba tan desesperada que ni siquiera me importaba adónde nos pudieran llevar.

Sara volvió a cerrar los ojos. El médico se acercó a mí y me dijo al oído, procurando que ella no le escuchara:

—Está divagando, puede que no le cuente nada de su hermana.

Le respondí que estaba dispuesto a escucharla, que su historia era la historia de millones de almas y que esas historias formaban parte de mi propia historia.

Ella volvió a abrir los ojos y noté que parecía tener dificultades para fijar la mirada; cuando lo hizo, prosiguió.

—No imagina lo que es sentirse menos que nada. Para los hombres de las SS no éramos humanos y, por tanto, no merecíamos que nos trataran como si lo fuéramos. No nos permitieron bajar del tren hasta llegar a Cracovia, a Auschwitz... Imagínese a cientos de personas hacinadas en los vagones, sin disponer siquiera de un rincón para hacer las necesidades más íntimas. El hedor resultaba insoportable y cada día que pasaba nosotros mismos veíamos perder nuestros vestigios de humanidad.

»Cuando llegamos al campo, los guardias de las SS nos separaron. A mi padre y a mi madre los mandaron con un grupo numeroso de personas de más edad; a los más jóvenes y más fuertes nos colocaron en otro lado. Yo grité porque no quería separarme de mis padres y corrí hacia ellos, pero uno de los guardias me golpeó con la culata de su fusil y caí al suelo con una herida en la cabeza. Otro guardia se acercó y me dio una patada en el vientre y sentí que se me desgarraban las entrañas. "¡Levántate, perra!", me gritó, y no sé de dónde saqué fuerzas pero me levanté porque sabía que de no hacerlo me matarían allí mismo. Escuchaba los lamentos de mi madre y la voz airada de mi padre que intentaba acercarse a mí para ayudarme. Pero también les golpearon a ellos. Luego les obligaron a caminar hacia unos pabellones. Aquella misma noche los enviaron junto al resto de los ancianos y de los enfermos a las cámaras de gas.

»Me puse de parto aquella misma noche. Las mujeres del barracón me ayudaron a traer a mis hijos al mundo a oscuras, a la luz de los restos de una vela que a duras penas podían mantener encendida. No sé cómo lo lograron. Una de ellas desgarró mi carne con sus propias manos hasta lograr sacar a mis hijos de mi vientre. Otra me apretaba la boca para impedir que mis gritos alertaran a los guardias. "Por malo que sea parir aquí, mucho peor sería que lo hicieras en el pabellón del doctor Mengele", murmuraba una joven de mi edad.

»No sé cuánto tiempo tardé en dar a luz, sólo recuerdo que estaba amaneciendo cuando, por fin, me pusieron a mis hijos en los brazos. Eran dos niños preciosos, gemelos, idénticos el uno al otro. Yo apenas podía moverme. Estaba agotada y había perdido mucha sangre, pero aun así me sentí más viva que nunca, dispuesta a defender a mis hijos del mal que estaba segura se iba a cernir sobre nosotros.

»Por más que intentaron ocultarme en el barracón, los guardias me descubrieron. Mis hijos lloraban, tenían hambre y en mis pechos no había ni una sola gota de leche. Me golpearon obligándome a levantarme y uno de ellos salió en busca de su superior. Cuando entró aquel hombre... me miró de arriba abajo y ordenó a los *kapos* que llevaran a mis hijos al pabellón del doctor Mengele. "Se pondrá contento con este regalo", dijo riendo. Yo comencé a gritar intentando impedir que se los llevaran... Me golpearon y caí inconsciente al suelo. Cuando recuperé el sentido sentí el aliento de un hombre tan cerca de mi rostro que estuve a punto de vomitar.

»"Espléndido..., espléndido..., ya vuelve en sí...", escuché aquellas palabras abriéndose paso en mi cabeza. Cuando recuperé el habla pregunté por mis hijos, pero el hombre hizo un gesto con la mano indicándome que no le incomodara, pero volví a insistir. Una enfermera me inyectó algo en el brazo y de nuevo perdí el conocimiento.

»Si no hubiera sido por mis hijos no habría querido regresar al mundo de los vivos. Regresé creyendo que podría salvarlos.

»No sé qué hicieron con mi cuerpo, sólo sé que el doctor Mengele se complacía en experimentar conmigo. Me inyectaban no sé qué sustancias, y examinaban mi útero para que él pudiera estudiar qué había de extraordinario en mi vientre que había albergado gemelos.

»Por más que preguntaba por mis hijos no me daban respuesta, hasta que un día una enfermera me dijo: "No son tus hijos, ahora pertenecen al doctor".

»Un día me devolvieron a mi barracón. Apenas podía andar, no sabía qué habían hecho conmigo, pero sentía que me ardían las entrañas y no dejaba de sangrar.

»"Si vive trabajará, si no trabaja no servirá de nada, de manera que ya sabéis lo que hay que hacer", escuché cómo le decía un guardia a uno de los *kapos*.

»Pero viví. Estaba resuelta a vivir, a rescatar a mis hijos dondequiera que estuvieran.

»Yo no sabía nada del doctor Mengele, fueron mis compañeras de barracón quienes me contaron de su pasión por los gemelos, de sus experimentos asesinos.

»No sé por qué, uno de los guardias se fijó en mí, pero al

hacerlo me convirtió en una prostituta. En aquel campo se obligaba a algunas mujeres a ser prostitutas de nuestros guardianes. Eran los soldados los que abusaban de nosotras, y también los oficiales de vez en cuando nos utilizaban para sus desahogos.

»En Auschwitz, si te daban un trozo de jabón y te ordenaban asearte ya sabías lo que te esperaba. Había otra mujer en el barracón a la que también utilizaban como prostituta. Era mayor que yo y parecía resignada. "Si te opones será peor, te molerán a palos y, además, de todos modos te violarán", me decía, pero a mí me resultaba imposible entregarme sin más. Odiaba a aquellos hombres.

»El guardia que me había seleccionado se enfadó porque la primera vez me enviaron al dormitorio de su superior. El hombre ni siquiera me miró. Me empujó contra la pared, me arrancó la ropa y me violó. Yo permanecí quieta, intentando dominar el asco que me agarraba la garganta hasta convertirse en vómito. Cuando aquel sargento se hartó de violarme aún tuve que sufrir dos violaciones más, la del guardia que me había señalado y la de otro soldado.

»Las violaciones se convirtieron en un ritual. No sé cuántos soldados, cuántos guardianes, incluso algún *kapo*, abusaron de mí. Aún siento aquellas manos extrañas recorriendo mi cuerpo, maltratando mi carne, humillándome mientras me convertían en una puta sin alma.

»El sargento del primer día tomó por costumbre ser el primero todas las noches, luego tanto le daba lo que hicieran conmigo.

»Con el paso de las semanas comenzó a hablarme, yo apenas le escuchaba y respondía indiferente, ¿qué podía importarme lo que me dijera? Un día pensé que a lo mejor aquel hombre podía averiguar algo de mis hijos. Cuando le pregunté se quedó pensativo. Yo, una infrahumana, le suplicaba queriendo saber qué había sido de mis niños. No sé por qué pero se comprometió a averiguar cuál había sido su destino.

»Al día siguiente me juró que los niños estaban bien, que el doctor Mengele los trataba como si fueran un tesoro, que no les sucedería nada malo, y que si yo colaboraba más cuando me ponía debajo de su cuerpo, quién sabe si me llevaría a verlos.

»Lo hice. Sí, lo hice. La promesa de ver a mis hijos era superior a mi determinación de mantener mi dignidad haciendo de mi cuerpo un simple objeto.

»Todas las noches le preguntaba cuándo vería a mis hijos, y él me abofeteaba diciéndome que no le presionara y que me portara bien.

»Nunca me llevó a verlos. No habría podido aunque hubiese querido...

»Cuando llegó su hermana Dalida, ocupó una cama junto a la mía. La mujer que la había ocupado había muerto de un ataque al corazón.

»El día que llegó lo primero que preguntó es cómo se podía escapar. Las mujeres le explicaron que era imposible y que si lo intentaba lo único que conseguiría sería acelerar su cita con la muerte. Pero era tanta su determinación que al cabo de unos días me acerqué a ella para decirle que si encontraba la manera de escapar me iría con ella, aunque antes tendría que ayudarme a recuperar a mis hijos.

»Le conté mi historia y ella me contó la suya y comenzamos a soñar con escapar. No había pasado más de un mes cuando a su hermana le dieron el pedazo de jabón y le ordenaron que se aseara. Lloró tanto... yo no me sentía capaz de consolarla.

»En su primera noche la violaron media docena de guardias. Cuando de madrugada llegó al barracón apenas podía caminar y en sus piernas la sangre seca parecía un dibujo macabro. La abracé para que no se sintiera sola, pero a partir de aquella noche, al igual que me había sucedido a mí, a Dalida se le había helado el alma.

Sara cerró los ojos y temí que se perdiera en sus recuerdos. El doctor Levinshon nos hizo una seña para que nos marcháramos, pero yo no estaba dispuesto a irme sin saber todo lo que le había ocurrido a mi hermana, de manera que aunque Gustav se levantó de su asiento dispuesto a seguir al médico, yo permanecí inmóvil esperando a que Sara volviera a abrir los ojos. Lo hizo, aunque durante unos segundos su mirada parecía perdida, como si no supiera ni quiénes éramos ni dónde estaba.

—Si está cansada... —acerté a decirle.

—Estoy cansada, sí, muy cansada. Pero es usted el que necesita saber para descansar, de manera que olvidaré mi cansancio para ayudarle a borrar el suyo.

—Gracias. —No sabía qué más podía haberle dicho en aquel momento.

—Después de aquella primera noche Dalida no volvió a llorar. Se impuso a sí misma no hacerlo. No quería que aquellos cerdos la vieran vencida ni atemorizada. «Me van a matar igual, pero por lo menos no les daré la satisfacción de burlarse de mi angustia», me decía para darse ánimos a sí misma.

»Durante el día trabajábamos en una fábrica de armamento. Nos despertaban apenas amanecía, y nos trasladaban a la fábrica hasta entrada la tarde, cuando nos devolvían al barracón. No tardaba mucho en llegar alguna de aquellas guardianas con el trozo de jabón. Entonces nos aseábamos lo mejor que podíamos antes de que nos llevaran ante los hombres que nos aguardaban en la cantina. Dejarnos violar se convirtió en una rutina. Nos trataban como a trozos de carne y no hacíamos nada por ser otra cosa. Algunos de los guardias se empeñaban en hacernos beber y nosotras bebíamos. En algunas ocasiones nos ofrecían algo de comer y aunque al principio yo me negaba a obtener ningún privilegio, tu hermana me convenció de que debíamos aceptar aquella comida; no es que fuera nada extraordinario, algunos pepinillos, pan negro, cebollas en vinagre, pero guardábamos lo que podíamos y lo llevábamos al barracón para compartirlo con nuestras compañeras.

»Algunas... bueno, algunas nos miraban con asco. Para los judíos del campo no había nadie más odioso que los *kapos* y nosotras, las que les servíamos de prostitutas. No se atrevían a reprocharnos nada con palabras, pero sus miradas… No había día en que algún grupo no fuera llevado a las cámaras de gas. A nosotras nos salvaba el haber sido elegidas como prostitutas. Involuntariamente comprábamos tiempo con nuestro cuerpo, aunque si hubiéramos podido elegir habríamos preferido la muerte antes de que aquellos cerdos se sirvieran de nosotras.

»Otro sargento se encaprichó de Dalida. La reclamaba todas las noches e incluso pagaba a sus compañeros para que le permitieran estar con tu hermana hasta el amanecer. Dalida le odiaba tanto como a los demás, decía que la utilizaba para las fantasías más abyectas. En ocasiones ella regresaba con moratones por todo el cuerpo porque él disfrutaba pegándola. La ataba a la cama y…, no le daré detalles, no es necesario. No imagina lo que tuvimos que soportar…

»No sé por qué, pero un día llevaron a su hermana al doctor Mengele. Había pedido mujeres jóvenes para sus experimentos. La esterilizaron y la radiaron, pero no calcularon bien el tiempo de exposición y sufrió quemaduras que la dejaron imposibilitada. Ya no podía trabajar en la fábrica y mucho menos servir de diversión a los guardias, de manera que…

Sara rompió a llorar. Miraba a un punto perdido en el infinito donde seguramente veía a Dalida. A mí empezaron a temblarme las piernas.

—Ya no la volví a ver, se la llevaron a la cámara de gas junto a otras mujeres que ya no les servían. No lo supe hasta dos días después, cuando insistí al guardia que se había aficionado a mí que me dijera qué había sido de Dalida. Estaba borracho y se empezó a reír: «Está donde tú también acabarás muy pronto. Cada día estás más fea y ya no sirves ni para aliviar a un hombre», y me empujó al suelo dándome un puntapié en la espalda. Me levanté como pude esperando que volviera a golpearme, pues era lo que más le complacía. Y fue lo que hizo. Al regresar al barracón ya sabía que nunca más vería a Dalida. Cuando nos liberaron insistí en que me dijeran qué había sido de mis hijos.

El doctor... —y me miró fijamente— averiguó en los archivos lo que les hicieron a mis hijos. Les inyectaban en los ojos intentando cambiar el color del iris..., aquellas medicinas les dejaron ciegos... Pero no se conformaron con eso..., les cosieron, sí, les cosieron; Mengele quería saber cómo estaban configurados los siameses... Torturaron a mis hijos hasta matarlos. No vivieron más que unos pocos meses. Mis pequeños no pudieron soportarlo.

Hacía rato que yo estaba llorando. No me importaba, no sentía ningún pudor por que me vieran llorar. Además, a Sara no le impresionaba que un hombre pudiera llorar. Ella ya había agotado las lágrimas, de manera que no podía sentir compasión por el llanto de los demás.

—Deben irse. —Las palabras del médico eran una orden más que una invitación.

—Ha prometido sacarme de aquí —me dijo Sara.

—Y lo haré, no me iré sin usted.

Seguimos al médico hasta su despacho. Estaba decidido a pelear para llevarme a Sara.

—No le aconsejo que lo haga. —El doctor parecía preocupado por mí—. Está enferma, enferma de cuerpo y alma. La hemos rescatado del Infierno y no sé cómo va a poder volver a la normalidad. Además, tendrá que hacer un montón de papeleo para que le permitan salir de aquí.

—Sí, ya sé que los judíos continuamos siendo un problema, y que nadie sabe qué hacer con los supervivientes de los campos. Todos se lamentan de lo sucedido pero no les permiten ni siquiera emigrar. Ni Estados Unidos, ni Inglaterra, ni Francia...

—Señor Zucker, soy norteamericano y soy judío. Mis padres eran polacos, emigraron a finales del siglo XIX a Estados Unidos, y ya ve, yo, su hijo, hijo de unos campesinos, soy médico. Cuando era niño mi madre me hablaba de los pogromos, de cómo era vivir sintiéndose diferente. No olvido que soy judío y le aseguro que hago cuanto puedo por los que están aquí —dijo el doctor Levinshon.

—Ayúdeme a llevarme a Sara —le supliqué.

—Deberías pensar en lo que ha dicho el doctor —se atrevió a intervenir Gustav.

Yo me revolví enfadado y, al responderle, alcé la voz.

—Imagina por un instante que fuera Katia, o mi propia hermana, y que alguien pudiera salvarlas, sacarlas de aquí... ¿Cómo crees que estarían si estuvieran vivas? Serían espectros como lo es Sara. Necesito ayudarla. Lo necesito.

Me costó encontrar al coronel Williams. En el cuartel general de Berlín nos informaron de que le habían reclamado en Londres y tardaría al menos una semana en regresar. Su ayudante me prometió que le localizaría y le transmitiría mi urgencia en hablar con él. Luego insistí a la telefonista para que me comunicara de nuevo con Berlín, esta vez con el cuartel general de los soviéticos.

El capitán Boris Stepánov me escuchó sin interrumpirme y no pareció sorprenderse cuando le pedí que me ayudara a llevarme a Sara Cohen del campo de la Cruz Roja. Prometió que hablaría con su colega, el capitán Anatoli Ignátiev.

—Mi amigo Anatoli ya me había dicho que quiere usted llevarse de Auschwitz a esa mujer que era amiga de su hermana. No seré yo quien le aconseje lo contrario, haré lo que pueda, pero tiene que darme al menos un par de días. Se tarda más en mover un papel de un despacho a otro que en ganar una guerra.

Nunca imaginé que la amistad entre Gustav y yo llegaría a ser tan intensa. Nos habíamos conocido de niños y encontrado de hombres, después de la guerra, y poco teníamos en común. Él era un aristócrata, aun callado se le notaba, mientras que yo había crecido en La Huerta de la Esperanza libre como un pájaro, lejos de cualquier convencionalismo. Sin embargo, durante aquellos días que llevábamos juntos buscando a Katia y a mi padre y a mi hermana, nos habíamos ido conociendo y sintiendo un afecto sincero el uno por el otro. Así que mientras yo buscaba la influencia del coronel Williams y del capitán Stepánov para que Sara nos acompañara, él, sin decirme nada, estaba revolucionando el Foreign Office para conseguir las recomendaciones pertinentes que aceleraran los permisos necesarios. Entre todos lo conseguimos, pero yo diría que las gestiones de Gustav fueron definitivas.

Nos llevamos a Sara a Berlín y de allí viajamos a Londres. Ninguno de los tres nos sentíamos con ánimo para continuar en Alemania. Yo tenía que esforzarme por controlar la ira que sentía ante los alemanes. Sara nunca les podría perdonar y Gustav estaba desolado por la pérdida de su tía Katia, aunque era el que se mostraba más entero intentando no perder su ecuanimidad.

Vera nos recibió con alivio. Había temido por su hijo. Ella conocía a Gustav mejor que nadie y sabía que detrás de su aparente imperturbabilidad se escondía un hombre sensible al que ningún sufrimiento le era ajeno. Si se sorprendió al vernos aparecer con Sara no lo demostró y la recibió como si de una buena amiga se tratara. De inmediato se encargó de acomodarla en el cuarto de invitados y se ofreció a acompañarla a hacer algunas compras. Sara carecía de todo, hasta de lo imprescindible.

Algunas noches nos despertaba a todos con sus gritos desgarrados. Reclamaba a sus hijos, a los gemelos que apenas tuvo tiempo de tener en sus brazos. Vera acudía de inmediato al cuarto de Sara y la abrazaba como si fuera una niña hasta que lograba calmarla. Gustav y yo solíamos quedarnos en el umbral de la puerta sin atrevernos a decir nada. No sabíamos cómo consolarla. Sara parecía encontrar cierto sosiego en compañía de Vera.

—¿Qué piensas hacer? —me preguntó Vera en un momento en que nos encontramos solos.

—Regresar a Palestina. Tengo que decirle a mi madre que mi padre y Dalida están muertos. No me he sentido capaz de escribirle. Y quiero recuperar mi vida. No podría vivir en otro lugar que no fuera Palestina; allí están mi madre, mi familia, mis amigos, mi casa. Echo de menos abrir la ventana y ver los olivos. Me he criado como un campesino, pendiente de los ciclos de la naturaleza. Sufriendo cuando a los árboles les ataca una plaga o si no llueve o si llueve en exceso.

—Cuando regreses deberías estudiar, es lo que le hubiera gustado a tu padre.

—Quizá pueda ir a la universidad y convertirme en ingeniero agrícola, pero no quiero hacer planes.

—¿Y Sara?

—Vendrá conmigo a Palestina. Gustav me ha prometido ayudarme para conseguirle el permiso. Los británicos han restringido la emigración, quieren impedir que los supervivientes se vayan a Palestina, pero ¿a qué otro lugar podrían ir? ¿Te das cuenta, Vera, de que no nos quieren en ninguna parte, que nos sienten como un problema, que no saben qué hacer con los supervivientes?

—¿Le has preguntado a ella? Puede que quiera regresar a Salónica, que aún le quede familia allí...

No se me había ocurrido preguntárselo. Daba por hecho que vendría conmigo a Jerusalén, que viviría en La Huerta de la Esperanza y que cuando se curaran las heridas de su alma, nos casaríamos. Pero Vera tenía razón, Sara tenía que decidir, no me pertenecía.

—También debes intentar recuperar los bienes de tu padre en Francia. Vuestra casa en el Marais, las cuentas en el banco, aunque una parte de su dinero lo tenía aquí, en Londres. Tu padre hizo testamento.

—Sí, Gustav me lo ha dicho, mañana iremos al notario.

Sabía que a mi padre nunca le había interesado el dinero, sin embargo había tenido talento para ganarlo. No es que tuviera demasiado, pero los negocios que había mantenido a medias con Konstantin habían dado sus frutos. Si Konstantin había dejado en una situación desahogada a su esposa Vera y a su hijo Gustav, mi padre había hecho lo mismo con Dalida y conmigo. Todo cuanto tenía era para mi hermana y para mí, sólo que ahora Dalida no estaba, y por tanto yo era el único heredero de las acciones en uno de los bancos principales de la City, además de dinero en metálico y, lo más sorprendente, de un buen puñado de diamantes. Sí, mi padre había ido comprando diamantes y los guardaba en una caja fuerte de un banco londinense. En realidad tenía una fortuna en piedras preciosas que yo pensé en vender, pero fue Gustav el que me explicó que «no es buen momento para vender los diamantes. Es mejor que sigan guardados. Ahora sólo los malvenderías».

Firmé un poder en el mismo notario para que Gustav se hiciera cargo de mi herencia en Londres y para que pudiera actuar en mi nombre ante los tribunales franceses. Durante el gobierno colaboracionista nos habían expropiado el laboratorio. El notario nos dijo que sería difícil que me resarcieran por el expolio, pero al menos debía intentarlo. Gustav me dio las gracias por confiar en él. No dejaba de sorprenderme, porque si había alguien en el mundo en quien pudiera confiar, ése era Gustav. No sólo estaba seguro de su honradez, también de que era un ser puro y bueno.

Cuando salimos del despacho del notario, Gustav parecía más melancólico que en otras ocasiones. Le pregunté por qué.

—Me gustaría ser como tú, capaz de hacer cuanto te propones.

—¿Y qué te impide hacerlo? —le pregunté con curiosidad.

—La educación que he recibido, el sentido del deber. Si por mí fuera me iría a un monasterio. Rezar, pensar, leer, estar en silencio... Pero en vez de eso tendré que casarme, tener hijos e inculcarles el valor de nuestras tradiciones, el orgullo con el que deben llevar nuestro apellido. Además, no podría dejar sola a mi madre. En Rusia aún le queda algo de familia, pero es impensable que pudiera vivir bajo la bota de Stalin. Bastante suerte tuvieron ella y mi padre al poder huir a tiempo. En Londres tiene amigos, buenos amigos de mi padre y de su familia, pero en realidad sólo me tiene a mí. No puedo ser tan egoísta de coger mi camino y dejarla sola. ¿Qué clase de hombre sería si no fuera capaz de cuidar y sacrificarme por la persona que tengo más cerca? Creo que Dios nos pone a prueba.

No me sorprendió conocer las inquietudes religiosas de Gustav, aunque me costaba imaginarle como un pope. Me preguntaba si yo sería capaz de sacrificarme por mi madre y por lo que era mi deber como Gustav estaba dispuesto a hacer. Pero yo no tenía muy claro cuál era mi deber; además, mi madre tenía a Daniel. Era su hijo mayor, de su primer matrimonio, de manera que eso me daba una ventaja sobre Gustav; al no ser yo hijo único, podía disponer de mi vida sin que la conciencia me atormentara.

Cuando le propuse a Sara que viniera conmigo a Palestina cayó en uno de esos silencios que tanto dolor me producían. Sabía que debía darle tiempo para que lo pensara, de manera que decidí no presionarla. Mientras tanto recibí una visita inesperada. Ben, mi querido Ben, me mandó un telegrama anunciándome que iría a Londres.

Vera insistió en que se quedara en su casa, aunque lamentaba tener una sola habitación de invitados que ahora ocupaba Sara. Yo me reía por su preocupación, Ben al igual que yo, éramos hijos de La Huerta de la Esperanza, habíamos crecido compartiéndolo todo, ninguno de los que vivíamos allí teníamos nada propio, todo era de todos, no se compraba ni se vendía nada sin que todos los miembros de la casa estuvieran de acuerdo. Luego habíamos terminado de crecer en un kibutz, de manera que para él compartir conmigo la habitación en casa de Vera no suponía ningún problema.

Fui a buscarle al aeropuerto. Nos abrazamos durante un buen rato. Nos sentíamos hermanos, no sólo por la infancia compartida, también porque habíamos aprendido a sobrevivir juntos y la primera vez que tuvimos que matar a un hombre, él estaba a mi lado y yo al suyo.

Tanto Vera como Gustav le recibieron con tanto afecto que a Ben le resultó imposible no sentirse como en casa. Sara ni siquiera le prestó atención. Llevaba días ensimismada en sus propios pensamientos y apenas hablaba.

Vera nos sorprendió con una cena rusa. No sé cómo se las

apañó, pero el caso es que comimos pepinillos, sopa de remolacha y blinis con salmón, y brindamos con una vieja botella de vodka que tenía guardada. Disfrutamos de aquella cena olvidándonos durante un buen rato de que sólo éramos supervivientes y que el siguiente día llegaría acompañado de la realidad.

Sara parecía ajena a nosotros aunque de cuando en cuando creía ver en su mirada algún destello de interés.

Más tarde, antes de dormir, Ben y yo compartimos confidencias.

—Son muy buena gente —me dijo refiriéndose a Vera y a Gustav.

—Sí que lo son. En realidad, les he descubierto ahora, cuando era pequeño no supe apreciarles en lo que valen. Supongo que ser parientes de Katia era lo que me impedía quererles.

—¿Y Sara? ¿Es importante para ti?

Le expliqué su historia y cómo me había enamorado de ella nada más mirarla, y que estaba dispuesto a todo por ayudar a que cicatrizasen las heridas que le habían desgarrado el alma.

—Ella hacía un esfuerzo por vivir creyendo que recuperaría a sus hijos, pero cuando supo que los habían asesinado, se rindió, ya no tenía por qué vivir.

—¿Crees que ella te quiere? —me preguntó escéptico.

—No lo sé, no lo creo, todavía no. Necesita curarse, recuperar las ganas de vivir. Confío en que mi madre y la tuya me ayuden a conseguirlo.

Sí, confiaba en mi madre y en Marinna. Si alguien podía ayudar a Sara eran ellas. Marinna era tan fuerte como lo había sido su madre, Kassia. Ben había heredado su fortaleza pero también la prudencia de su padre. Igor era un hombre decidido pero nunca actuaba por impulsos, le gustaba sopesar las ventajas e inconvenientes de cuanto hacía, y cuando Ben y yo éramos niños nos invitaba a pensar antes de actuar.

—Sara sólo se curará si quiere hacerlo. Pienso que vas a sufrir, y que acaso te hayas obsesionado con ella, pero que realmente no estás enamorado..., en realidad no la conoces. Y si, como me has contado, en Auschwitz la esterilizaron…, en fin, si te casas con ella te condenas a no tener hijos…

Si eso me lo hubiera dicho otra persona me habría enfadado y le habría respondido que no se entrometiera en mi vida, pero me lo decía Ben, quien, al igual que Wädi, era más que un hermano.

Más tarde me explicó que aún no iba a regresar a Palestina.

—La Haganá quiere ayudar a llegar a Palestina a todos los supervivientes de los campos que lo deseen. Ya sabes que los británicos se niegan a conceder permisos, de manera que no tendremos más remedio que llevarles ilegalmente. Formo parte del grupo que va a operar en Europa comprando barcos para luego intentar llevar a los supervivientes a nuestras costas. ¿Por qué no te quedas y nos ayudas?

Si no hubiera conocido a Sara me habría enrolado en aquella aventura, pero en aquel momento mi única obsesión era ella, quería ofrecerle un hogar, un lugar donde curarse, y no conocía otro mejor que La Huerta de la Esperanza.

Ben también me dio noticias de los Ziad. Wädi había sobrevivido a la guerra que había pasado combatiendo en las arenas de Egipto y Túnez, y su padre, el bueno de Mohamed, había permanecido leal a la familia Nashashibi enfrentada al muftí.

Yo me sentí orgulloso de ellos, y sobre todo reconfortado por la constatación de que habíamos combatido en el mismo bando contra el mismo enemigo.

Le pregunté por Aya y por Yusuf, por sus hijos Rami y Noor, y por Naima, la hija de Salma y Mohamed, de la que Ben había estado enamorado.

—La han casado —me respondió sin ocultar su contrariedad.

—¡Pero si es una niña! —dije indignado.

—No, no lo es, ya tiene veintidós años.

—Y… ¿con quién la han casado? —Tenía curiosidad por saber si conocía al marido de Naima.

—No le conocemos, aunque al parecer es el hijo mayor de la hermana de Yusuf, el marido de Aya. Se llama Târeq y se dedica al comercio con éxito. Tiene casa en Ammán y en Jericó. Y ya han tenido su primer hijo.

—Lo siento.

—No te preocupes, sé que tenía que ser así. Nunca hubieran dejado que nos casáramos.

—No sé por qué... Después de luchar en esta guerra creo que tenemos otra guerra pendiente, la de los prejuicios. ¿Qué malo hay en que un judío se case con una musulmana o con una cristiana? Que cada cual rece a quien quiera o que no rece, pero como dijo en una ocasión el rabí Jesús de Nazaret: «A Dios lo que es de Dios y al César lo que es del César», y no creo que a Dios le importe de quién nos enamoramos. —Me expresé con rabia. Me fastidiaba la tristeza de Ben por más que yo siempre había pensado que sus tonteos con Naima no eran más que cosa de adolescentes.

—Bueno, ahora tenemos otras batallas que ganar, y la más importante es que los judíos que han sobrevivido tengan un hogar —me respondió Ben, resignado.

—Si Sara fuera musulmana no aceptaría que nadie intentara separarme de ella —insistí tozudo.

—Pero es judía.

Ben cambió de conversación y volvió a contarme las noticias que tenía de nuestra casa. Louis continuaba entrando y saliendo del cuartel general de Ben Gurion, y mi tío Yossi seguía ejerciendo la medicina, aunque al parecer había tenido algunos problemas de salud. Su hija, mi prima Yasmin, y su esposo Mijaíl estaban dedicados en cuerpo y alma a la Haganá.

—Yasmin ha estado mucho tiempo deprimida al saber que no puede tener hijos. Pero mi madre me dice en su carta que Mijaíl le asegura que a él no le importa y está más unido a ella que nunca.

Lamenté que Ben tuviera que regresar a Roma y aguardaba impaciente el momento en que las autoridades británicas nos dieran el permiso para que Sara pudiera emigrar a Palestina. El día en que Gustav llegó con el ansiado documento lo celebramos con alegría.

Vera nos despidió asegurando que siempre tendríamos un lugar en su casa y Gustav prometió que iría con su madre a visitarnos.

Yo tenía pasaporte británico. Había servido en su ejército y tenía un sentimiento ambivalente hacia ellos. Les admiraba por su disciplina y valor, pero desconfiaba de sus intenciones. Había aprendido que los británicos siempre anteponían sus intereses a cualquier consideración, fuera de la índole que fuese, y que por tanto Palestina no significaba para ellos más que una ficha en el tablero de la geopolítica.

Mi madre me esperaba en el puerto de Haifa, adonde llegó nuestro barco. Igor y Louis la acompañaban. Cuando el barco se acercaba al puerto la distinguí entre quienes estaban esperando arracimados en el muelle. Andaba impaciente de un lado a otro incapaz de controlar sus nervios. Yo también estaba nervioso. En la carta en la que le anunciaba mi llegada con Sara no le contaba nada sobre la muerte de mi padre y de mi hermana Dalida, de manera que mi madre ignoraba que había perdido a su marido y a su hija en el campo de la muerte de Auschwitz.

Apenas puse los pies en tierra corrió para abrazarme y me apretó con tanta fuerza que pensé que iba a romperme las costillas. Cuando me libré de su abrazo, abracé a Louis y a Igor. Louis había envejecido. Tenía el cabello gris casi blanco, pero su mano era tan fuerte y tan cálida como siempre. A Igor le encontré más triste de como le recordaba, aunque parecía contento de verme.

De repente sentí una mano en el hombro y grité: «¡Wädi!». Sí, era la mano de mi amigo, y si abrazar a mi madre me había emocionado, la presencia de Wädi provocó que no pudiera contener las lágrimas. Algunas personas miraban extrañadas la escena de un árabe y un judío abrazados como si fueran hermanos. Y en sus miradas noté que Palestina había cambiado y que la brecha que se había empezado a abrir entre árabes y judíos se había ensanchado. Pero no quise distraerme con pensamientos amargos y disfruté del reencuentro con mis seres queridos.

Sara permanecía callada, parecía más frágil e insegura que de costumbre.

—Madre, ésta es Sara..., ya te hablé de ella en mi carta...

Mi madre la abrazó con afecto y la presentó a los hombres. Ellos se extrañaron al ver la incomodidad de Sara cuando le dieron un apretón de manos.

—Vaya, veo que has prosperado —le dije riendo a Louis, que ahora conducía un camión un poco más moderno que el que tenía cuando yo me marché.

Marinna nos esperaba en la puerta de La Huerta de la Esperanza acompañada por Salma y por Aya. También estaba Noor, la hija de Aya, pero no vi ni a Rami, su hermano mayor, ni tampoco rastro de Naima.

Marinna y Aya me apretaron en su abrazo, pero Noor se mostró tímida evitando que la besara. Se había vuelto una joven muy guapa y, según me dijeron, se casaría muy pronto.

Aunque ni Sara ni yo teníamos hambre, no pudimos negarnos a comer todo lo que mi madre y Marinna habían preparado. A Sara le gustó especialmente el pastel de pistachos que había hecho Salma siguiendo la receta de nuestra querida Dina. A mi padre le entusiasmaban los pasteles de Dina, pensé con nostalgia evocando la profunda amistad que les había unido.

«Todos han envejecido», me dije cuando más tarde se incorporaron Mohamed y Yusuf. El cabello de Mohamed también se había vuelto gris y Yusuf, que siempre nos había parecido un galán, ahora caminaba algo encorvado, y sus ojos, antes siempre vivaces, parecían más apagados.

No fue hasta bien caída la tarde, al regresar todos a sus casas, cuando mi madre me pidió que habláramos a solas.

Marinna estaba ayudando a Sara a instalarse, y Louis e Igor compartían un cigarro en la puerta de la casa.

Mi madre me miró y en sus ojos leí la pregunta: ¿dónde están tu padre y tu hermana?

Intenté dominar mis sentimientos al explicarle que habían sido asesinados por los nazis. Que Samuel había muerto el mismo día en que le llevaron a Auschwitz, pero que Dalida... Lloré al contarle que aquellos malditos habían convertido en prostituta a mi hermana y que, no contentos con pisotear su alma, habían experimentado con su cuerpo un método de esterilización ideado por aquel asesino demente que era el doctor Josef Mengele. También le conté cómo ambos habían luchado en la Resistencia, y que habían salvado vidas, vidas de judíos que gracias a su valentía habían esquivado la cita con las cámaras de gas.

Mi madre temblaba. Todo su cuerpo temblaba. No sé cómo pudo soportar mi relato. Porque no escatimé ni un solo detalle. Ella tenía derecho a saber toda la verdad.

La abracé intentando controlar sus convulsiones y lloramos gimiendo, sin darnos cuenta de que Louis e Igor hacía un buen rato que habían entrado.

Al día siguiente, a la hora del desayuno, conté al resto de la casa lo sucedido a Samuel y Dalida y les expliqué con todo detalle cómo eran los campos de exterminio. Yo estaba describiendo Auschwitz cuando Sara se presentó en la cocina. Me callé de inmediato. Para sorpresa de todos, Sara, después de sentarse, retomó la conversación y les fue narrando cómo ella, Dalida y tantos otros habían vivido en el Infierno, incidiendo en detalles de lo que sucedía en aquellos dominios del Diablo.

Marinna no pudo soportar lo que estaba escuchando y rompió a llorar. Louis e Igor parecía que se habían quedado mudos. A Palestina habían llegado noticias precisas del Holocausto, pero cuando quien te cuenta lo sucedido es un superviviente, el horror adquiere una dimensión mayor. Sara se descubrió el antebrazo dejando que vieran el número con que la habían marcado.

Lloramos todos abrazados los unos a los otros desconsolados por la tragedia, anonadados por el Mal. Louis dio un puñetazo sobre la mesa y se puso en pie. Nos miró a todos y luego dijo:

—Nunca más. No, nunca más los judíos permitiremos que nos persigan, que nos maten, que nos torturen, que nos traten como si no fuéramos humanos. Nunca más seremos súbditos de nadie, ni temblaremos pensando que nos pueden expulsar de nuestras casas, de nuestros pueblos. No, nunca más sucederá, porque tendremos nuestra propia patria, por pequeña que sea, y todos los judíos del mundo sabrán que tienen un lugar donde nacer, vivir y morir. No vamos a permitir más pogromos ni más holocaustos. Se acabó para siempre.

Después de haber escuchado a Sara nadie se habría atrevido a cuestionar mi deseo de unir mi vida a la de ella. Y si mi madre lamentaba que no pudiéramos tener hijos, no lo dijo. Habíamos sobrevivido y eso bastaba. Porque lo que ya no podía soportar eran más pérdidas. No sólo había perdido a su marido y a su hija, también a Daniel, su primer hijo.

Según me contó mi madre, mi hermano había enfermado repentinamente. Se sentía cansado, sin fuerzas, y los jefes del kibutz llamaron a mi madre. Pese a las protestas de Daniel, mi madre y mi tío Yossi fueron a buscarle y se lo llevaron a Jerusalén. El diagnóstico no pudo ser más desolador: leucemia. La sola palabra era una condena a muerte. Daniel apenas vivió seis meses.

Mi madre lloraba al contarme el sufrimiento de Daniel y yo me reprochaba no haber sido capaz de haberle llegado a conocer mejor, a que nos quisiéramos sinceramente. Algunas noches, cuando hacía guardia en el frente, había pensado en aquel hermano al que nunca había llegado a apreciar debidamente. Era como un cuerpo extraño en nuestras vidas, tal se sentía, y tal nos lo hacía sentir. Nunca comprendió que su madre volviera a casarse, que compartiera su vida con otro hombre, que tuviera otros hijos, que le arrancaran de su hogar para llevarle a aquella comuna con desconocidos. Creo que Daniel comenzó a ser feliz en el kibutz, allí era él y sólo él y contaba con el respeto y la atención de los demás. Me hubiese preguntado por qué había tenido que morir cuando por fin era feliz. Pero no me hice esa pregunta porque venía de haber vivido entre la muerte, de manera que la de Daniel era una pérdida más.

Le dije a mi madre que esperaría a que Sara estuviera dispuesta para casarse conmigo, y que mientras tanto iría a la universidad y trabajaría en La Huerta de la Esperanza como mi padre lo había hecho antes que yo. No discutió conmigo. Estaba decidido, me convertiría en ingeniero agrícola. No se me ocurría nada mejor.»

14

La primera catástrofe

Ezequiel miró fijamente a Marian y ésta se sobresaltó. Le había escuchado con tanta atención que apenas se había movido. Hacía tiempo que las sombras habían desalojado a la tarde.

—Estoy cansado —murmuró Ezequiel.

—Lo siento, tendría que haberme ido hace un buen rato. Sus nietos se enfadarán conmigo y tendrán razón, le hago hablar y hablar... y usted aún tiene que recuperarse.

—Aún no hemos terminado, ya no falta mucho, ¿no es así?

Marian no pudo por menos que sonreír. Aquel anciano era tozudo y duro como el acero.

—Tengo otras entrevistas que hacer. Si le parece, volveré dentro de dos o tres días...

—Sí, llámeme. Ahora es a usted a la que le toca hablar. Supongo que sus amigos palestinos le habrán contado el resto de la historia.

Ella se puso tensa. No sabía cómo interpretar las palabras de Ezequiel. Sí, conocía el resto de la historia. Se la habían contado sin escatimar detalles.

—Le contaré todo lo que sé. Pero ahora descanse, le llamaré. Mañana tengo un par de entrevistas en Ramala, y también tengo previsto ir a Belén.

—La esperaré.

Cuando llegó a su habitación del American Colony sintió la

necesidad de telefonear a su ex marido. Eran las ocho en Israel, y la una de la tarde en Nueva York; a esa hora Frank estaría en su despacho.

Continuaba necesitándole. Sólo escuchar su voz le devolvía la calma. Siempre se había mostrado dispuesto a dejar lo que tuviera entre manos para atender sus necesidades. Y Marian lo que más necesitaba era hablar, decir en voz alta aquellas palabras que iban formándose en su cabeza.

La secretaria de Frank hizo como si no reconociera su voz.

—El señor Miller está ocupado, ¿desea dejar algún mensaje?

—Soy la señora Miller —respondió Marian con sequedad.

—¡Ah!, señora Miller, no la había conocido... Veré si el señor Miller puede atenderla.

Un segundo después escuchó la voz de Frank y suspiró aliviada.

—¿Cómo vas con tus pesquisas? —quiso saber él.

Y Marian le contó su última visita a Ammán, además de todo lo que le había contado ese mismo día Ezequiel Zucker.

—¿No crees que deberías dar por cerrada esta historia? Escribe tu informe y regresa a casa. Estás abusando de la paciencia de Michel y te recuerdo que él es tu jefe.

—No puedo hacer el informe si no escucho a las dos partes —se disculpó ella.

—Marian, estás hablando conmigo, los dos sabemos lo que supone para ti este viaje. Te has obsesionado con Palestina y eso no es bueno, ni para ti ni para tu trabajo. Vuelve, Marian. Si quieres podemos encontrarnos en París. Estaré allí dentro de un par de días.

Ella dudó. Necesitaba saber que la apoyaba, que hiciera lo que hiciese contaría con su comprensión.

—No puedo, Frank, aún no puedo irme.

Después de hablar con Frank, telefoneó a su jefe. Le localizó en el móvil.

—¿Michel?...

—¡Vaya, menos mal que te dignas responderme! Te he mandado dos correos y te he dejado cuatro mensajes en el buzón de tu móvil...

—Lo siento, he estado ocupada yendo de un sitio para otro...

—Marian, no puedo cubrirte más tiempo. Nadie entiende que continúes en Palestina. Mira, a todos nos ha pasado en alguna ocasión, llegamos a un lugar para hacer un informe y sin saber cómo nos implicamos con los problemas de ese lugar... Eso hace que perdamos la perspectiva. Aquí en la oficina ya hay quien dice que tu informe no servirá de nada.

—Supongo que eso lo dirá Eleonor. Es muy propio de ella denostar el trabajo ajeno —respondió enfadada.

—¿Cuándo regresas?

—Estoy terminando, ahora sí. Creo que la próxima semana regresaré a Bruselas.

—¡Otra semana! ¡Tú estás loca!

—No, Michel, estoy haciendo un trabajo, y no es fácil, te lo aseguro.

—Pues yo creo que es muy fácil. Sólo has ido a constatar lo que sabemos: la política de asentamientos es una mierda. Los israelíes están quedándose con las pocas tierras que les quedan a los palestinos. Es una política de hechos consumados. Van a un sitio, construyen, mandan a sus colonos y de esta manera pretenden que sea irreversible la judaización de ese lugar. ¿Quieres que siga?

—No es tan simple.

—¿Ah, no? Espero que los judíos no estén comiéndote el coco. Son muy hábiles con la propaganda. Es más, si son capaces de ganarte a ti para su causa, entonces estamos perdidos.

—Intento hacer un trabajo objetivo y profesional. Y nadie me ha ganado para su causa. Sólo trato de describir la realidad, y exponer en mi informe los puntos de vista de ambas partes. Es lo correcto, ¿no?

—Lo único correcto es hacer el trabajo a su debido tiempo y sin malgastar el dinero de los contribuyentes. No podemos permitirnos que continúes allí. Has sobrepasado el presupuesto. ¡Ah!, y en Administración preguntan por tu querencia con el American Colony. ¡¿Es que no hay hoteles baratos en Jerusalén?!

—El American Colony está en la zona palestina, aquí se reúnen los líderes palestinos y, por cierto, también se alojan aquí los negociadores de la UE para el proceso de paz...

—Ya, pero a ellos nadie les pide cuentas, y a nosotros, en cambio, sí. Ya está bien, Marian, vuelve, no pienso seguir cubriéndote. Una semana, ni un día más, te lo aseguro.

Los dos días siguientes los dedicó a terminar las visitas que tenía programadas en Ramala y en Belén. Se sentía desazonada después de conversar con los dirigentes palestinos. La misma desazón que sentía cuando escuchaba a los líderes israelíes.

Cualquier observador imparcial diría que la única solución era la coexistencia de dos Estados. No había otra salida.

Ella no podía dejar de admirar a los palestinos. Tenía buenas razones para ello, pero la principal no era otra que su firmeza y sacrificio a la hora de defender sus derechos arrebatados. No les habían rendido, continuaban allí esperando justicia.

No volvió a casa de Ezequiel hasta tres días después. Hanna, la nieta de Ezequiel, la recibió con una enorme sonrisa. La joven había vencido todas sus reticencias y parecía simpatizar con ella.

—He dejado la comida preparada por si se alargan en la conversación.

—No tenía que haberse molestado.

—No es nada, una ensalada, un poco de *hummus* y un guiso de pollo. Así no tendrán que preocuparse más que de hablar.

Cuando la joven los dejó solos, Marian sintió la mirada de Ezequiel escudriñándola.

—Bueno, es su turno —le dijo.

—No va a ser fácil, al fin y al cabo se trata de contar el final de una historia que también le pertenece a usted. Son hechos que usted ha protagonizado o que le conciernen.

—Es importante para mí que me cuente la versión de la familia Ziad. Supongo que no tendrá dudas respecto a lo que los Ziad significan para mí. Estoy seguro de que no se habrán alejado ni un ápice de la verdad. Pero la verdad a veces es poliédrica.

—La verdad es la verdad —respondió Marian procurando embridar su mal humor.

—No, no lo es. La verdad está rodeada de otros elementos, de la sustancia de cada cual, de nuestras vivencias, del momento. Por ejemplo, es verdad que Jerusalén es una ciudad santa para cristianos y musulmanes. Pero muchos siglos antes de que lo fuera para los unos y los otros, además de ser la capital de nuestro reino, ya era una ciudad santa para nosotros los judíos. Ahora nos la disputamos. Mi verdad es tan tangible al respecto como lo es la verdad de los Ziad. Pero no discutamos. La escucho.

«Wädi Ziad estaba resuelto a ser maestro. No dejaba de pensarlo mientras luchaba junto a los británicos en las arenas egipcias contra el Afrika Korps de Rommel.

Le repugnaba la violencia y sin embargo allí estaba con un fusil en la mano disparando. «Sé por qué lucho», se decía en los momentos de desánimo. Había ocasiones en las que tenía que repetírselo varias veces para poder continuar disparando.

Sintió náuseas la primera vez que vio los cadáveres de otros soldados como él, aunque llevaran el uniforme alemán. Pensó que quizá alguno habría sucumbido a sus disparos.

Le sorprendía sobrevivir a las escaramuzas y batallas en las que participaba. No se engañaba. Un día el muerto era un soldado alemán, pero al siguiente podría serlo él. Así que pasó la guerra aguardando el momento en que una bala le atravesara el pecho y le arrebatara la vida. Pero no sucedió, de manera que pudo regresar a Palestina con la felicitación de sus superiores tras recibir una mención al valor en el campo de batalla.

Había llegado a conocer a fondo a los británicos. Es difícil no conocer a los hombres junto a los que uno arriesga la vida.

Admiraba su determinación, sabían por qué luchaban y lo que querían. «Si los árabes fuéramos capaces de actuar unidos...», se decía. Pero cuando regresó a casa no fueron pocos los amigos que le recriminaron que hubiera luchado con los británicos, que, le decían, no dejaban de ser más que unos colonizadores que sólo defendían sus propios intereses.

Pero la guerra había sido distinta. Él no había dudado al elegir bando. Hitler le parecía un hombrecillo maligno. Nunca habría arriesgado su vida por un hombre como aquél. Estaba seguro de que las intenciones de Hitler no eran otras que las de convertir Palestina en una colonia alemana. Tampoco compartía su odio a los judíos.

Muchos de los amigos de Wädi eran judíos. Había crecido junto a La Huerta de la Esperanza y sentía un afecto sincero por todos cuantos allí vivían. Sonreía al recordar a Ezequiel, aquel chiquillo que le seguía por todas partes agradecido de que le hubiera salvado la vida. Nunca se había lamentado por las cicatrices con que el fuego le había señalado el rostro, pero sabía de su efecto en quienes le miraban.

No avisó a su padre del día de su regreso. Vio a lo lejos a su madre regando las flores. Sonrió. Salma cuidaba con mimo aquel trozo de huerto que sentía más suyo que de nadie y en el que cultivaba hierbas medicinales, además de flores. No le sorprendió que de repente su madre se levantara colocándose las manos sobre los ojos a modo de visera y escudriñara el horizonte. Salma aún no le había visto pero había intuido la presencia de su hijo. Todavía tardó unos minutos en acercarse hasta que ella le vio y gritó su nombre. ¡Cuánto se habían extrañado el uno al otro! Durante la guerra, en los momentos de desánimo, de miedo, de hastío, pensaba en su madre, en el momento en que ella volviera a cobijarle entre sus brazos.

Su madre lloró al verle y su padre contuvo como pudo la emoción. Wädi sintió la ausencia de su hermana Naima. No se lo dijo a su padre, pero le disgustaba que la hubieran casado. Quizá deberían haber esperado a su regreso, o darle a ella la oportunidad de elegir. Sabía que Târeq era un buen hombre, de lo contrario su padre nunca le habría entregado a Naima, pero, aun así... Le habría gustado que Naima compartiera aquel instante de su regreso de la guerra; la imaginaba riendo, dándole palmadas, preguntándole curiosa por todo lo vivido. Pero Naima tenía obligaciones, ya había tenido su primer hijo.

—Vendrá en cuanto sepa que estás aquí —le aseguró Mohamed, consciente de la desilusión de Wädi ante la ausencia de su hermana.

—Târeq la cuida como si fuera una joya —le aseguró Salma.

Su madre también le contó que Naima y Târeq tenían su propia casa en la que reinaba su hermana pequeña. Algunas mujeres sufrían en silencio cuando tenían que vivir en casa de su suegra. No todas habían tenido la suerte de la propia Salma, que había encontrado en Dina, más que a una suegra, a una segunda madre.

Salma había conservado su cuarto tal y como él lo había dejado. Encontró sus camisas limpias y dobladas en los cajones de la vieja cómoda. Y las sábanas olían a la lavanda que la propia Salma cultivaba.

La primera noche le costó dejarse llevar por el sueño. La blandura de la cama le resultaba extraña después de las noches pasadas durmiendo al raso y de cualquier manera. Se había acostumbrado a los catres del ejército por más que no dejaba de añorar su propia cama mientras estaba en Egipto.

Su madre le acompañó a visitar La Huerta de la Esperanza, que se le antojó triste por la ausencia de Ezequiel y de Ben. Miriam había envejecido y Marinna había adelgazado más de lo debido. Las dos mujeres no daban abasto trabajando de sol a sol en la huerta. Igor continuaba al frente de la cantera y apenas encontraba tiempo para echar una mano. Le entristeció ver aquel lugar sumido en el silencio.

Louis, le dijeron, pasaba más tiempo en Tel Aviv que en Jerusalén, y Ezequiel y Ben aún no habían regresado pese a que la guerra había acabado unos meses atrás.

Wädi se ofreció en sus ratos libres a ayudar a las dos mujeres con la huerta, aunque aún no sabía de cuánto tiempo libre dispondría porque estaba decidido a comenzar a trabajar cuanto antes como maestro. Antes de la guerra se había preparado para ello.

—Yusuf te puede ayudar —le dijo Mohamed.

—Padre, no quiero deber favores a nadie —le respondió Wädi.

—Es tu tío, está casado con mi hermana Aya. Si te ayuda no le deberás nada —insistió Mohamed.

—Me gustaría intentarlo yo solo. Iré a visitar a mis antiguos maestros, ellos sabrán orientarme.

Mohamed asintió. Le enorgullecía la actitud de su hijo. Aun así, le comentaría a Yusuf que Wädi buscaba trabajo. Lo haría el viernes. Salma había invitado a Aya a compartir con ellos una cena familiar a la que también acudirían Hassan y Layla con su hijo Jaled, además de Naima con Târeq. Era bueno tener una familia, pensaba Mohamed, por más discrepancias que él mismo mantuviera con su tío Hassan y con su cuñado Yusuf. Le molestaban las dudas de éstos. Durante la guerra se habían mostrado bien dispuestos con el muftí. Él solía reprocharles su actitud recordándoles que tenía un hijo combatiendo contra los alemanes.

Para Wädi fue un motivo de alegría reencontrarse con su primo Rami. El hijo mayor de Aya le sacaba un año y de niños habían sido inseparables. A su prima Noor la encontró tan bonita y tímida como cuando era niña.

—Me alegro de que hayas regresado a tiempo para la boda de Noor —le dijo Aya mientras le abrazaba.

Noor bajó la mirada azorada. Apenas faltaban unos días para desposarse y por más que procuraba parecer alegre, no lo estaba. Temblaba al pensar que debía abandonar su casa para irse con un desconocido a la otra orilla del Jordán. Aya, su madre, le había contado que ella misma sufrió la misma experiencia. Pero su madre había tenido suerte y no había pasado mucho tiempo viviendo en casa de su suegra. Éste no iba a ser su caso. El hombre que habían elegido como esposo para ella tenía su hogar en el corazón de Ammán, y era un leal servidor del emir Abdullah.

Yusuf había convencido a Aya de que Emad sería un buen marido. Su padre, durante la guerra contra los turcos, había sido compañero de armas del propio Yusuf, era un beduino y a lo largo de los siglos su familia había permanecido leal a los hachemitas.

Salma estaba cocinando un cordero y tanto Aya como Noor y Naima la ayudaban mientras hablaban sobre la próxima boda. Layla descansaba cerca de ellas. Había engordado tanto que apenas se podía mover; además, con la vejez dormitaba buena parte del tiempo sin atender a quienes la rodeaban.

Los hombres bebían zumo de granada y fumaban aquellos cigarros egipcios que tanto gustaban a Mohamed y que Wädi le había traído de regalo. Conversaban como siempre hacían sobre el futuro de Palestina.

—Sé por Omar que desde que ha terminado la guerra la Haganá ya no se muestra tan beligerante con la gente del Irgún. Incluso han decidido unir fuerzas contra los británicos —explicó Yusuf.

—¿Y eso es bueno o malo? —preguntó Wädi.

—Intentan que los británicos abran la mano a la emigración de los judíos europeos liberados de los campos, pero los británicos se niegan. Aun así, la Agencia Judía no ceja de fletar barcos en los que traen a los judíos supervivientes. Además, la Agencia Judía ha encontrado un aliado en el presidente americano Harry Truman, que presiona a los británicos para que dejen entrar en Palestina al menos a cien mil judíos —respondió Yusuf a su sobrino.

—De manera que Truman es sionista —afirmó más que preguntó Mohamed, al que siempre le asombraba la excelente información que poseía su cuñado Yusuf.

—Dicen que es un gran conocedor de la Biblia y que para él no hay duda de que esta tierra pertenece a los judíos —asintió Yusuf.

—Ahora tenemos otra comisión en Palestina. Una de esas comisiones que tanto les gustan a los europeos para decidir qué hacer con lo que no es suyo. Los británicos, para no contrariar al presidente Truman, han accedido a la creación de esta comisión —le explicó Jaled a Wädi.

Mohamed escuchó con atención a su primo. Jaled era un hombre templado como él. Habían combatido juntos en las tropas de Faysal cuando ambos soñaban con una patria para los árabes. Sabía de su valor y lealtad y a lo largo de los años había aprendido a confiar en su buen juicio. A pesar de que Jaled evitaba toda disputa con su padre, para Mohamed no era ningún secreto que ambos diferían en sus opiniones. Hassan, el tío de Mohamed, era un firme partidario del muftí Husseini, mientras que su hijo Jaled se había mantenido estratégicamente distante.

—En cualquier caso, pese a las presiones de los norteamericanos, los británicos no van a facilitarle las cosas a la Agencia Judía. Para los judíos ha sido un contratiempo que Winston Churchill perdiera las elecciones. Al nuevo *premier*, el laborista Clement Attlee, no le conmueven las dificultades de los judíos que han sobrevivido a los campos. Ernest Bevin, el nuevo ministro de Exteriores, se muestra inflexible con el viejo Weizmann —añadió Yusuf.

—Lo que es una evidencia más de la ingenuidad que supone creer a pies juntillas a los políticos. Los laboristas se habían venido manifestando en favor de la causa de los judíos, pero ahora que gobiernan han cambiado de opinión y de política —reflexionó Wädi.

—Tienes razón, hijo, por eso te he dicho siempre lo mismo que me decía mi padre: debemos actuar de acuerdo con nuestra conciencia para, suceda lo que suceda, no llevarnos desengaños. Imagina la de judíos que confiaron en que cuando gobernaran los laboristas su causa sería mejor atendida, y sin embargo ahora se ven traicionados —sentenció Mohamed.

—Lo que sin duda favorece a nuestra causa. —Hassan sonreía satisfecho por lo que consideraba una obviedad.

—Seríamos unos estúpidos si creyéramos que los británicos harán algo más que defender lo que a ellos les convenga. No caigamos en el mismo error que los judíos —les recordó Rami.

—Mi primo tiene razón. Nuestro futuro será lo que nosotros seamos capaces de construir, pero sin esperar nada de los británicos. He combatido con ellos y sé cómo piensan, y aunque muchos oficiales sienten simpatía por nosotros, obedecen como un solo hombre a su gobierno y siempre antepondrán los intereses de Gran Bretaña a sus propias ideas —añadió Wädi.

Comieron y hablaron hasta bien entrada la noche disfrutando de aquella reunión familiar a la que se había unido un nuevo miembro, Târeq, el marido de Naima.

A Wädi le costaba aceptar que su hermana se hubiera convertido en la esposa de aquel hombre que les escuchaba sin apenas intervenir en la conversación. No sabía si la actitud de Târeq se debía a la discreción o al cálculo, pero le hubiera gustado escuchar alguna opinión.

Naima parecía tranquila, intentó escudriñar en su mirada algún signo de infelicidad pero no vio nada. Su hermana se había convertido en una matrona que mecía con delicadeza a su hijo. El pequeño Amr se parecía a Naima y eso le llenó de satisfacción.

—Estamos tomando el relevo —le dijo Rami, sonriente.

—Sí, tienes razón. Miro a mi hermana y me cuesta imaginarla como esposa y madre, pero es lo que es.

—A mí me sucede lo mismo con Noor, para mí siempre será una chiquilla, pero, ya ves, mi hermana se casará en unos días y al igual que la tuya pronto tendrá su propio hijo en los brazos. Nuestros padres han envejecido, y ahora nos toca a nosotros batallar por el futuro.

Rami tenía razón, pensó Wädi mientras observaba a su padre. Mohamed tenía el cabello encanecido y sus ojos reflejaban el cansancio del paso de los años. Pero la edad no le había vencido. Continuaba siendo el hombre leal a sus ideales y a sus amigos, sin importarle las consecuencias.

Su padre le había hablado de la brecha cada vez más profunda que se había ido abriendo entre árabes y judíos.

—Me gustaría que nos reuniéramos con Ben y con Ezequiel..., eran nuestros mejores amigos —le confesó Wädi a Rami.

—Sí, nosotros somos primos y además hemos vivido juntos buena parte de nuestra infancia, pero ellos eran como de la familia. Creo que Ezequiel regresa a Jerusalén; en cuanto a Ben, no lo sé, supongo que se llevará un disgusto cuando vea que tu hermana Naima se ha casado. Siempre estuvo enamorado de ella —respondió Rami.

—¿Te habías dado cuenta? —preguntó Wädi con sorpresa.

—Habría que estar ciego para no ver algunas cosas... —respondió Rami.

—Sí, tienes razón.

Guardaron silencio. Ninguno de los dos se atrevía a decir en voz alta que antes de que Ben, el hijo de Marinna e Igor, se enamorara de Naima, fueron muchas las ocasiones en las que sorprendieron a Mohamed mirando a Marinna y a Marinna devolviendo aquellas miradas.

Rami no dijo nada, porque hablar hubiese supuesto ofender a Wädi. Wädi agradeció el silencio de su primo. Cuando era pequeño no alcanzaba a comprender la intensidad de aquellas miradas que tanto incomodaban a Igor, el esposo de Marinna, y que helaban la sonrisa de Salma. Pero jamás había escuchado una palabra de reproche de su madre. En realidad no recordaba que sus padres hubieran discutido nunca. Aun así, cuando él se convirtió en un hombre, comprendió que aquellas miradas no eran otra cosa que el eco de un amor que nunca fue.

Mohamed se acercó a Wädi y a Rami. Le enorgullecía que se hubieran convertido en dos hombres cabales.

Yusuf había conseguido que Omar Salem colocara a su hijo al frente de una de sus empresas dedicada al comercio textil. El buen hacer de Rami había logrado que en pocos años se duplicaran los beneficios.

—Los viejos aburrimos a los jóvenes siempre hablando de política —dijo Mohamed.

—Todo es política, padre; la guerra y la paz son sólo dos caras de la política —le respondió Wädi mirando con afecto a su progenitor.

Era tarde cuando terminaron de cenar. Hacía frío, como siempre hace en febrero en Jerusalén. Y aquel mes de febrero de 1946 no fue una excepción.

Wädi fue a visitar a sus antiguos profesores de la escuela británica de St. George. Le recibieron con afecto y más sabiendo que durante la guerra había combatido en su bando. Él les pidió que le aconsejaran cómo encontrar un trabajo de maestro. Uno de aquellos profesores, el severo mister Brown, le prometió darle una carta de recomendación que debía entregar a un fraile franciscano que había abierto una escuela para niños árabes cuyas familias no disponían de recursos.

—El fraile es un buen hombre —aseguró mister Brown— aunque es un soñador, mantiene su escuela gracias a las limos nas. No es raro verle por las calles de la Ciudad Vieja con un recipiente de aluminio pidiendo para su escuela.

Mohamed no quiso desilusionar a su hijo cuando éste le enseñó muy ufano la carta de recomendación de mister Brown. Había oído hablar de aquel fraile loco que a pocos metros de la Puerta de Damasco había acomodado un viejo almacén como escuela. Precisamente aquel almacén pertenecía a Omar Salem, que se lo había cedido gratuitamente a aquel fraile insistente empeñado en enseñar a quienes no tenían medios para acudir a una escuela como es debido. A Omar Salem le disgustaba que fuera un cristiano quien se encargara de la educación de los niños árabes, pero el fraile le convenció de que su objetivo no era cristianizar a los pequeños, sino ayudarles a aprender a leer y a escribir, con eso se conformaba. De manera que Omar Salem terminó cediéndole gratuitamente el almacén.

—Ya ves, no querías que pidiéramos ayuda a Omar Salem y el destino te lleva hacia él —le dijo Mohamed a su hijo.

Apenas estaba saliendo el sol cuando Wädi se presentó en la escuela del fraile y de inmediato supo que no querría trabajar en otro lugar que no fuera ése.

Encontró a fray Agustín barriendo el suelo. El fraile no tendría más de cuarenta años y era alto, magro y fuerte. Tras los saludos de rigor le entregó la carta de mister Brown que el fraile leyó de inmediato.

—De manera que quiere trabajar... Me gustaría decirle que se quede, pero ya ve que esto no es una escuela, sólo es un lugar donde enseñar a leer y a escribir. Omar Salem nos regaló la pizarra y un comerciante tuvo a bien cedernos dos alfombras para que los niños no se sienten en el suelo. Con las limosnas apenas saco para comprar cuadernos y lápices, así que difícilmente podría pagar lo que un maestro merece.

—No necesito mucho —respondió Wädi.

—Pero, hijo, es que apenas tengo con qué mantener este lugar. Me gustaría contar con un buen maestro, pero no puedo abusar de su buena disposición. Usted es un hombre joven, tendrá esposa e hijos a los que mantener, y le aseguro que con lo que yo pudiera darle no le alcanzaría ni para comer.

Pero Wädi no estaba dispuesto a rendirse, de manera que logró convencer al fraile para que le tomara a prueba.

—Bueno, quédese, me echará una mano y después ya decidiremos.

Según avanzaba la mañana los niños comenzaron a llegar. Unos a una hora, otros a otra. Llegaban, se sentaban y fray Agustín, con paciencia, les enseñaba a leer. Algunos estaban una hora, otros se quedaban más tiempo. De vez en cuando se escuchaban los gritos de alguna madre reclamando la presencia de su hijo y entonces se veía a algún pequeño levantarse y, sin despedirse, salir corriendo.

Wädi se sentó junto a un grupo de niños que tendrían seis o siete años y que observaban con admiración cómo escribían los mayores. Eran los más pequeños y fray Agustín apenas podía prestarles atención, de manera que les daba un papel y un lápiz invitándoles a dibujar lo que les viniera en gana mientras él se esforzaba en enseñar a los mayores.

Al cabo de un buen rato Wädi había logrado enseñar un par de signos fonéticos a los pequeños, que parecían entusiasmados aprendiendo.

A media mañana, fray Agustín repartió entre todos los niños una hogaza de pita con algo de queso.

Era la hora del descanso, de estirar las piernas y llenar el estómago con aquel modesto refrigerio.

—Hay un panadero cerca de aquí, un buen hombre, que de vez en cuando me regala pita para los niños. Hoy hemos estado de suerte. El queso lo hacen unas monjitas. A los niños les viene bien tener algo en el estómago.

Cerca de las dos ya no quedaba ni un solo niño. Fray Agustín se dedicó a ordenar el desbarajuste que habían dejado los pequeños. Wädi le ayudaba haciendo lo que le mandaba. Cuando terminaron, el fraile le miró agradecido.

—¿Puedo volver mañana? —preguntó Wädi ansiando una única respuesta.

—Si pudiera pagarle..., pero no puedo abusar de su bondad. Usted es joven...

—Puedo ayudarle a obtener fondos para la escuela, no creo que se necesite mucho para mantenerla. ¿Sólo vienen niños árabes?

—Bueno, también hay algún cristiano, pero son los menos, y ningún judío. Lo único que pretendo es que los más desfavorecidos no se queden sin la oportunidad de aprender a leer y a escribir. No pretendo más, porque no puedo hacer más.

»Abro la puerta cada mañana y a veces vienen veinte niños, a veces treinta, otras no llegan a cinco..., todo depende de lo que tengan que hacer, de lo que les manden en casa. No es fácil convencer a las familias que nada tienen de que prescindan de sus hijos para enviarles a la escuela. Si les permiten venir aquí es porque no les cuesta nada.

—¿Por qué hace esto? —preguntó Wädi con curiosidad.

—Yo nací en un pueblo miserable perdido en la llanura castellana, en España. Mi padre era pastor y a duras penas sabía leer y escribir, mi madre ni siquiera eso. Ella intuía que sólo aprendiendo podría escapar de aquel mundo minúsculo en que se desenvolvía nuestra miserable existencia. Mi madre soñaba, soñaba en voz alta. Cuando mi hermano y yo éramos pequeños, mi madre nos contaba historias fantásticas. No sé cómo lo consiguió, pero convenció a don Fulgencio, el cura del pueblo, para que me recomendara y me admitieran en un seminario de Toledo. No tendría más de nueve años cuando mis padres me despidieron a la puerta de nuestra humilde casa entregándome al cura que iba a llevarme al seminario. Yo no paraba de llorar y me negaba a irme con el cura, quien, empeñado en agarrarme de la mano, tuvo que soltarme ante el mordisco que le di. Mi madre temió que don Fulgencio se echara atrás y decidiera que no me llevaba a Toledo. De manera que dijo que ella misma nos acompañaría aunque tuviera que regresar andando, y así lo hizo, a pesar de las protestas de mi padre.

»En la puerta del seminario me reprendió con cariño por mi negativa a desprenderme de sus brazos. "Lo que estoy haciendo por ti lo tendrás que hacer por otros niños en el futuro. Serás un hombre de Dios y nada mejor para honrar a Nuestro Señor que enseñar al que no sabe. Prométeme que lo harás así", me dijo.

»Se lo prometí sin saber muy bien en qué consistía la promesa. Lo comprendería años más tarde cuando me lo recordó en su lecho de muerte: "Ahora ya eres fraile y Dios te tendrá en cuenta por haber elegido vivir en la pobreza, pero lo que no te perdonará es que no ayudes a los demás enseñándoles lo que has aprendido. Busca a quienes no saben y enséñales. Toda mi vida he sentido un dolor profundo al no poder leer las letras de los libros, al no comprender los signos de la escritura. Ese dolor me oprimía el pecho y me hacía llorar. Ya ves, seguramente de tanta opresión he enfermado, pero tú enseñarás; sí, enseñarás a los demás".

De manera que aquel fraile estaba cumpliendo la promesa

hecha a su madre, una mujer sencilla con un ansia inalcanzable de saber.

Cuando por la tarde regresó a casa, Wädi se sentía más feliz de lo que se había sentido en los últimos años cuando su única expectativa había sido matar para no morir.

Salma escuchaba atentamente a su hijo. No se atrevía a decirle que ir a ayudar a un fraile cristiano no era precisamente lo que se decía un buen trabajo. Ansiaba lo mejor para su hijo. Mohamed y ella no habían dejado de hacer planes para cuando él regresara de la guerra. Pero Wädi carecía de ambición. Actuaba con rectitud, de acuerdo con su conciencia, y ésa parecía ser su única satisfacción.

—Quizá podrías encontrar un trabajo en una de las escuelas de Deir Yassin. En la aldea donde vive tu tía Aya hay dos escuelas de chicos y una de chicas. Puede que Yusuf pueda recomendarte. La aldea es cada vez más próspera, ya sabes que está muy cerca, al oeste de Jerusalén. No tardarías mucho en ir y venir.

—Sí, seguramente Yusuf podría recomendarme, pero prefiero el trabajo que yo mismo he encontrado. Esos críos que hoy he conocido necesitan que alguien les enseñe. Y el fraile no puede hacerlo solo.

Salma no insistió, pero más tarde Mohamed sí expresó su disgusto.

—Puedes echar una mano a ese fraile, pero antes debes encontrar un trabajo. Los frailes viven haciendo caridad, pero tú no eres un fraile cristiano y tienes que trabajar. También tendrías que ir pensando en casarte y en formar tu propio hogar.

—Me gustaría que ese almacén se convirtiera en una escuela como es debido. Que los niños no tuvieran que sentarse en el suelo... Quizá Omar Salem podría hacer algo más que ceder el uso del almacén, él y sus amigos cuentan con dinero suficiente como para ayudar a los que nada tienen. Y esos niños necesitan que alguien les preste atención y les enseñe. Ahora sólo van niños, pero también hay sitio de sobra para construir un aula para niñas. Fray Agustín mantiene la escuela pidiendo limosna. Yo haré lo mismo. Pediré limosna a todas las personas que conozco, su dinero servirá para un buen fin.

—Es muy loable tu actitud, pero también debes pensar en ti —insistió Mohamed.

—Padre, te aseguro que no seré una carga para ti. Cuando termine en la escuela, trabajaré de lo que sea en cualquier lugar y obtendré un salario.

—No es eso lo que estoy pidiéndote. Alá siempre se ha mostrado generoso con nosotros. Esta casa y la huerta serán para ti. Aquí vivió mi padre y antes que él tu abuelo y tu bisabuelo... Desde hace generaciones los Ziad hemos vivido en este trozo de tierra y así debe seguir siendo. Te casarás y traerás a tu esposa, aquí nacerán tus hijos y luego los hijos de tus hijos. Nuestro deber es ayudar al prójimo pero también, y aun antes, a nosotros mismos.

Sin embargo, Wädi estaba decidido a seguir su propio rumbo aunque le doliera que su padre no estuviera de acuerdo.

—Yo necesito poco para vivir, y si encuentro una mujer para casarme, deberá ser capaz de renunciar a lo superfluo. ¿Sabes, padre?, somos afortunados porque sin ser ricos tenemos todo lo necesario para vivir con dignidad.

—Precisamente gracias al trabajo. —Mohamed estaba disgustado por el cariz de la conversación con su hijo.

—Aportaré un salario y enseñaré a esos niños. Te prometo que te sentirás orgulloso de mí.

Wädi cumplió su promesa. Todas las mañanas antes de las ocho se presentaba en el almacén y allí permanecía hasta mediodía ayudando a fray Agustín con aquellos chiquillos vivaces con hambre por aprender.

—Eres un buen maestro, los críos están cogiéndote afecto.

—Me gusta enseñar, disfruto viendo cómo aprenden.

—Y tienes paciencia, una virtud que no siempre a mí me acompaña. En ocasiones, cuando no prestan atención, alguno de estos chicos se lleva un coscorrón y eso no está bien, pero no sé cómo evitar enfadarme —le confesó el fraile.

—Bueno, todos hemos recibido algún coscorrón de nuestros maestros, los chicos pueden llegar a ser desesperantes.

Pero fray Agustín pudo comprobar que a Wädi nunca se le escapaba la mano y que ni siquiera se enfadaba cuando alguno de aquellos críos, en vez de prestar atención, se ponía a jugar en clase. Wädi había sido bendecido con el don de enseñar.

Tampoco tardó demasiado en encontrar un trabajo remunerado. Fue fray Agustín quien le habló de una imprenta regentada por un británico que necesitaba un empleado que supiera escribir correctamente en inglés, además del árabe, y si tenía conocimientos de hebreo, mejor que mejor.

Mister Moore era jerosolimitano. Hijo de un pastor anglicano, cincuenta años atrás su familia se había instalado en Jerusalén. El padre de mister Moore era un renombrado especialista en textos sagrados y nada más pisar Jerusalén acompañado de su esposa embarazada, supo que no regresaría jamás al Reino Unido. Allí nació su hijo Fred al que educaron como si vivieran en el mismo corazón de Londres. En realidad no fue hasta cumplir los dieciséis años cuando Alfred Moore aprendió algo de árabe y un poco de hebreo.

Sus padres murieron de viejos en Jerusalén y allí les enterró convencido de que el día del Juicio Final, Dios les distinguiría entre todos sus hijos.

A Wädi le resultó un misterio que un fraile hiciera tan buenas migas con un anglicano como Moore, pero cada vez tenía más claro que, o bien él no sabía nada de frailes, lo cual más bien era cierto, o acaso fray Agustín fuera un fraile especial, lo cual le parecía más cercano a la realidad. El caso es que, recomendado por fray Agustín, Fred Moore le contrató en su imprenta. Comenzaba a trabajar al filo de la una y la tarde se convertía en noche cuando terminaba. Cada viernes que Wädi acudía a la mezquita no podía dejar de dar gracias a Alá por su buena suerte. El sueldo que recibía en la imprenta le parecía justo, y a mister Moore no le importaba que no fuera a trabajar hasta mediodía con tal de que sacara adelante todo lo que le encomendaba. A media tarde, Elizabeth, la esposa de Alfred Moore, le ofrecía una taza de té que él no rechazaba. Los Moore no tenían hijos. «Si Dios no ha querido bendecirnos con ellos, sus razones tendrá», le dijeron. No obstante, la señora Moore ayudaba cuanto podía a fray Agustín cocinando pasteles para que los repartiera entre los niños. Mister Moore era extremadamente discreto y no hacía comentarios que no tuvieran que ver con la marcha de la imprenta, pero su esposa era menos rígida en cuanto a la discreción. Una tarde en que ella le entregó un paquete voluminoso con cuadernos para la escuela, Wädi comentó que se los llevaría al fraile antes de regresar a su casa. Le sorprendió la respuesta de la señora Moore.

—Es mejor que los lleves mañana, ¿quién sabe dónde puede estar fray Agustín?

—Bueno, supongo que le encontraré en el convento de los franciscanos —respondió Wädi, extrañado por lo que acababa de escuchar.

—No, allí no le encontrarás... Bueno, fray Agustín no se lleva bien con sus hermanos franciscanos...

—Entonces ¿dónde puedo encontrarle?

Elizabeth se encogió de hombros mientras dudaba si debía o no darle una respuesta.

—No lo sé..., en realidad duerme en cualquier parte... Incluso en ocasiones se queda en la misma escuela. Él... bueno, él no es un fraile como los demás, ni siquiera sé si continúa siendo fraile... ¿No te ha contado nada?

Por el rostro de sorpresa de Wädi comprendió que ignoraba todo sobre el fraile.

—Mi esposo se enfadará por mi indiscreción... En fin, no es que nosotros sepamos mucho de fray Agustín, sólo sabemos que tuvo problemas en España y que dejó el convento, al parecer decidió venir a Tierra Santa a expiar sus pecados, sean cuales sean. Hay quien dice que fue expulsado de la orden...

—Pero lleva el hábito de los franciscanos —alegó Wädi.

—Lleva un hábito viejo y remendado. Pero hay muchos penitentes que también se ponen hábito —explicó Elizabeth.

—Pero alguien sabrá sobre él...

—No, te aseguro que nadie sabe demasiado sobre fray Agustín. Hace unos años apareció en Jerusalén y desde entonces vive de la caridad.

—Pero... bueno, ustedes le conocen...

—Salvó a mi marido. Una noche, mi esposo se quedó hasta tarde trabajando en la imprenta. Cuando salió para regresar a casa se dio cuenta de que alguien le seguía, aceleró el paso, pero un hombre le asaltó exigiendo que le diera cuanto llevara encima. Él no llevaba nada de valor, de manera que el atacante se enfadó y empezó a golpearle. Fray Agustín apareció de repente y se enfrentó a aquel desalmado y de un puñetazo le derribó. Luego ayudó a levantarse a mi esposo, que estaba en el suelo aturdido por los golpes que había recibido. Le acompañó a nuestra casa. Puedes imaginar la impresión que me dio verle llegar en tan mal estado. El fraile me ayudó a acostarlo y a limpiarle las heridas, mi esposo gemía de dolor. Tenemos una deuda de gratitud con él. De manera que sean cuales sean sus pecados, nosotros le tenemos por un buen hombre.

Para Mohamed y Salma resultó un alivio ver que su hijo había encontrado un buen empleo y creían que ya sólo faltaba encontrarle una esposa adecuada.

—La vida es generosa con nosotros —le comentó Salma a Mohamed una noche mientras esperaban la llegada de su hijo.

—Sí, hemos tenido suerte. Wädi parece haber encontrado su camino y nuestra Naima parece feliz al lado de Târeq. Me cuesta hacerme a la idea de que nuestra hija ya es madre. Cuando la miro sigo viendo en ella a una chiquilla.

Mohamed cogió la mano de Salma entre las suyas y la miró con afecto. Se reprochaba no haber podido amarla como ella merecía. Estaba seguro de que Salma sabía de su amor por Marinna, pero de sus labios jamás había dejado escapar un reproche. No, no se arrepentía de haberse casado con ella. Su madre acertó al señalarla como esposa y pese a la ausencia de sentimientos más profundos, la había querido a su manera y había sido feliz con ella.

Se miraron durante unos segundos a los ojos y ella le sonrió. Aquella mirada le decía que para ella también había sido un buen matrimonio por más que le habría gustado que la hubiese querido con la misma intensidad que quería a Marinna. Ninguno de los dos dijo una palabra. No era necesario.

—Deberíamos empezar a buscar una esposa para Wädi —sugirió Salma a su marido.

—Antes de hacer nada, le consultaremos. No creo que Wädi se deje imponer una esposa. Querrá elegir él.

—Pero si no tiene tiempo para buscarla, se pasa el día trabajando —protestó Salma.

—Aun así, es él quien debe decidir —sentenció Mohamed.

Salma no protestó. Disfrutaba de la compañía de su hijo y de su marido. Nunca les había sentido tan cerca.

La rutina de sus vidas la rompió la llegada de Ezequiel.

Miriam no había resistido la tentación de ir a casa de los Ziad para anunciarles la llegada de su hijo.

—Iremos a buscarle a Haifa —les dijo entusiasmada.

Wädi no lo dudo. Él iría también. Sentía curiosidad por saber si la guerra había transformado a Ezequiel. Ningún hombre sale indemne de semejante experiencia.

Si a Wädi le sorprendió la presencia de Sara, no se lo dijo a nadie, y cuando Salma comentó que se notaba que Ezequiel estaba enamorado de aquella muchacha, tampoco dijo palabra.

Ezequiel no tardó mucho en buscar la ocasión para hablar a solas con su amigo. Wädi le escuchó paciente, comprendiendo que el dolor por la pérdida de su padre y de su hermana se habían mezclado con el dolor de Sara. Se daba cuenta de que Ezequiel necesitaba salvar a Sara porque de esa manera intentaba rescatar a Samuel y a Dalida y salvarse a sí mismo. Ezequiel había luchado en la guerra pero eso no le había servido para evitar que su padre y su hermana murieran en las cámaras de gas.

—¿Qué te parece Sara? —le preguntó Ezequiel, siempre directo y sincero con él.

Wädi tardó en darle una respuesta. Cuando miraba a Sara a los ojos veía el reflejo del infierno al que la joven había sobrevivido. Dudaba de que Sara se curara. De manera que buscó cuidadosamente las palabras que más pudieran ayudar a su amigo.

Poco a poco Sara fue convirtiéndose en una presencia silenciosa en sus vidas. A ella le gustaba salir a caminar sin rumbo. En ocasiones se cruzaba con Salma, que siempre la invitaba a compartir una taza de té. Ella aceptaba con una inclinación de cabeza. Se sentaba en la cocina y unas veces bebía entornando los ojos y otras los cerraba. Salma no intentaba sacarla de su ensimismamiento. Continuaba con lo que estuviera haciendo aunque siempre permanecía atenta a cualquier movimiento de Sara. La joven solía quedarse un buen rato, después se levantaba, daba las gracias y regresaba a La Huerta de la Esperanza.

—Me inquieta su silencio —les confesó Salma a Mohamed y a Wädi.

—Cuando se ha vivido en el Infierno es difícil regresar a la Tierra, al mundo real —la justificaba Wädi.

—Hijo, sé que la guerra ha sido terrible y me estremece pensar en lo que ha pasado esa muchacha... Haber servido de prostituta con la esperanza de salvar la vida de sus hijos y luego saber que los torturaban y experimentaban con ellos...

En ocasiones era Salma quien acompañaba a Miriam en los paseos que daba con Sara. Se unía a ellas en el camino y a veces llegaban hasta la Ciudad Vieja para ver a Yossi y a Yasmin. El cuñado de Miriam continuaba ejerciendo la medicina. Mijaíl solía estar ausente. Ni Yossi ni Yasmin explicaban dónde, pero a Salma no le hacía falta que se lo dijeran, estaba segura de que era un miembro activo de la Haganá.

Junio de 1946 fue el mes elegido por el general Evelyn Barker para intentar golpear a las organizaciones sionistas que campaban a sus anchas desafiando al imperio británico, ya fuera llevando hasta sus costas barcos repletos de refugiados o atentando contra instalaciones británicas.

El día estaba a punto de despertar cuando los hombres al mando del general Barker comenzaron a irrumpir en los domicilios de los principales dirigentes sionistas llevándoselos detenidos. A mediodía ya había centenares de arrestados.

—Voy a acercarme a La Huerta de la Esperanza —le dijo Mohamed a su esposa.

Salma no se atrevió a contrariarle. Al igual que él, llevaba todo el día preocupada y había salido varias veces a la puerta de la casa inquieta por si había algo extraño en los alrededores. Pero no vio nada que la alertara.

—Iré contigo.

Mohamed hubiera preferido ir solo, pero no podía negarse, de modo que se dirigieron a La Huerta de la Esperanza. Les extrañó el silencio y que la puerta estuviera cerrada. Mohamed golpeó suavemente con los nudillos y esperaron impacientes. Al cabo de un rato les abrió Miriam, y detrás de ella apareció Marinna.

—Estábamos preocupados… —dijo Mohamed.

Les invitaron a pasar y mientras Miriam preparaba una taza de té Marinna les explicó la situación.

—Anoche vino Mijaíl para prevenirnos sobre lo que iba a suceder… Gracias a él Igor ha podido escapar. Pero estamos preocupadas por Louis. No hemos sabido nada de él desde que salió de casa ayer por la mañana.

—No tienes de qué preocuparte, Louis no se dejará coger —respondió Mohamed para tranquilizarla.

—¿Y Ezequiel? —preguntó Salma.

—Se marchó con Igor… —La voz de Miriam reflejaba angustia.

—Mijaíl sabrá cuidar de ellos —aseguró Mohamed, aunque él mismo estaba preocupado.

Buena parte de la tarde la pasaron juntos comentando la situación política. Sara parecía inquieta. La ausencia de Ezequiel la afectaba e, incapaz de permanecer sentada más que unos instantes, no dejaba de caminar de un lado a otro de la casa.

Caída la tarde y preocupado por las detenciones, Wädi también acudió a La Huerta de la Esperanza.

—Me he encontrado a Omar Salem, me ha contado que los británicos no van a parar con las detenciones. Al general Barker le hubiera gustado detener a Ben Gurion, pero no le ha encontrado, parece que está fuera de Palestina. —El tono de voz de Wädi era de preocupación.

—Los británicos están más que dispuestos a acabar con la inmigración ilegal y demostrar a los sionistas quién manda en Palestina —afirmó Mohamed.

Sara les escuchaba cada vez más inquieta y de repente comenzó a gritar. Se fue hacia la puerta y empezó a correr en dirección a los olivos. Wädi corrió detrás de ella y cuando la alcanzó a duras penas pudo sujetarla.

—No pasará nada..., confía en mí..., ya verás cómo Ezequiel vendrá..., yo mismo iré a buscarle...

Pero Sara gritaba cada vez con más fuerza. Marinna les alcanzó y abrazó a Sara intentando calmarla.

—Vamos, no llores, no debes preocuparte, esto no es nuevo para nosotros, no pasará nada —le decía mientras la abrazaba.

—Van a matarnos..., ellos también..., lo sé... Todos nos odian..., quieren matarnos... —gritaba.

Sin la ayuda de Mohamed y Wädi, pero sobre todo sin Salma, ni Miriam ni Marinna hubieran conseguido que Sara regresara. Por extraño que resultara, Sara parecía encontrar sosiego en Salma. De manera que cuando Salma se acercó a la joven y le tendió los brazos, Sara se refugió en ella. Salma le hablaba en voz baja y le acariciaba el cabello como si fuera una niña pequeña.

Cuando por fin regresaron a su casa, tanto Mohamed como Wädi estaban aún más preocupados.

—Espero que no les pase nada —murmuró Mohamed.

—Alá no lo quiera. Me apena tanto el sufrimiento de Sara... No sé qué podríamos hacer por ayudarla —respondió Salma.

Hablaron un buen rato sobre la situación creada. Omar Salem se había mostrado contundente al asegurar que los británicos iban a meter en vereda a los sionistas. A esa hora ya había cientos de detenidos y todos pensaban que Igor y Ezequiel podían estar entre ellos.

Se fueron a dormir con la aprensión que provoca el no saber qué suerte habían corrido sus amigos.

Si bien los hombres terminaron dormitando, Salma se levantó al poco rato incapaz siquiera de cerrar los ojos. Se preparó una taza de té y se sentó en la vieja mecedora a coser una camisa de Mohamed. Era noche cerrada cuando le llegó el eco de un leve ruido en el jardín. Se acercó a la ventana pero no vio nada. No se atrevía a salir, tampoco a molestar a Mohamed ni a su hijo, de manera que permaneció en silencio intentando escudriñar entre las sombras de la noche. Miró el reloj, eran las tres de la madrugada, y aunque ya se anunciaba el verano en Jerusalén, sintió frío. No tardó en oír otro ruido, parecían pasos que se acercaban a la puerta trasera de la casa, justo donde ella estaba, en la cocina. Temió que fuera algún merodeador quién sabe con qué intenciones. Creyó escuchar que alguien la llamaba. No, no podía ser, se dijo que estaba confundida. Pensó en apagar la luz, pero otra vez escuchó con nitidez su nombre y distinguió la voz de Igor. Abrió la puerta asustada y se encontró a Igor y a Ezequiel acompañados por Mijaíl. Parecían agotados. Les hizo pasar sin preguntarles nada.

—Llamaré a Mohamed y a Wädi.

—Gracias, Salma —respondió Igor mirándola con tal intensidad que ella esquivó la mirada y fue a despertar a su marido y a su hijo.

Mohamed sonrió aliviado cuando les vio, mientras que Wädi abrazó a Ezequiel. Inmediatamente pidieron que les contaran lo sucedido.

—Les había escondido en casa de un rabino amigo, pero no es un lugar seguro, por eso les he traído aquí —explicó Mijaíl.

—Has hecho bien. Aquí nadie os buscará —respondió Mohamed sin un atisbo de duda.

—En la lista del general Barker está Louis, menos mal que lleva varios días en Tel Aviv y allí le será más fácil ocultarse. En realidad en la lista de Barker estamos todos, puede que el único que no esté sea Ezequiel; no tienen por qué desconfiar de él, hasta hace poco ha pertenecido a su ejército —continuó hablando Mijaíl.

—A ti también te buscan —afirmó Wädi mirando a Mijaíl.

—Sí, a mí también me buscan —le respondió Mijaíl.

—Entonces, tú también debes quedarte —dijo Mohamed.

—No, yo tengo que irme. Hay miles de detenidos, creo que pasan de tres mil, entre ellos algunos con responsabilidades en la Agencia Judía. Además, durante los registros los ingleses se han incautado de documentos importantes... —continuó explicando Mijaíl.

—Si te vas, te detendrán —afirmó Salma, que en aquel momento entraba en la sala llevando en las manos una bandeja con tazas de té.

—No tengo otro remedio que arriesgarme —aseguró Mijaíl con pesar.

Igor insistía en acompañar a Mijaíl pero él se negaba.

—Tú ahora no podrías hacer nada y no nos conviene que te detengan, de manera que lo mejor para todos es que Mohamed te oculte aquí. En cuanto a Ezequiel..., no creo que le suceda nada, no está en la lista de los británicos... —continuó diciendo Mijaíl.

—Pero para los británicos todos los que vivimos en La Huerta de la Esperanza somos sospechosos, no olvides que buscan a Louis... —argumentó Igor.

—Correremos el riesgo. Creo que Ezequiel puede regresar a primera hora a casa, pero tú permanecerás aquí. —Mijaíl estaba dando una orden a Igor y éste, aunque de mala gana, la aceptó.

Mohamed le pidió a Salma que preparara el antiguo cuarto de Aya para que los hombres pudieran descansar. Mijaíl se lo agradeció, pero él no se quedó. En aquel momento la noche todavía era su aliada.

—No hace falta que os diga que nadie debe saber que Igor está aquí —les advirtió Mijaíl antes de marcharse.

—Nadie lo sabrá —le aseguró Wädi.

—Debéis comportaros con normalidad, id a trabajar, haced lo que todos los días —insistió Mijaíl.

—No te preocupes, nadie sospechará que Igor está aquí.

Mijaíl se marchó tranquilo. Si en alguien podía confiar era en los Ziad. Sabía que si fuera necesario pondrían sus vidas en peligro con tal de defender a Igor.

—Necesitáis descansar aunque sean pocas horas —les dijo Salma y les invitó a ocupar la antigua habitación de Aya.

—No sé si podré dormir —respondió Ezequiel.

—Al menos deberías intentarlo, cuando uno está cansado no piensa bien, y mañana será un día complicado —respondió Salma.

Cuando Salma y Mohamed volvieron a su habitación, Wädi regresó a la cocina con la esperanza de encontrar a Ezequiel. Le conocía demasiado bien como para no saber que su amigo estaría esperándole porque necesitaría hablar con alguien.

La cocina estaba en penumbra, apenas iluminada por el reflejo de la luna en las ventanas.

—Mi madre tiene razón, deberías intentar dormir.

Ezequiel se sobresaltó al escuchar la voz de Wädi.

—No es fácil sentirse un fugitivo en tu propio país —le respondió a su amigo.

—Mijaíl ha dicho que los británicos no tienen nada contra ti. Tú no eres uno de los jefes de la Yishuv, ni que yo sepa perteneces a la Haganá ni a ninguno de esos grupos que atacan a los británicos.

Se miraron a través de la oscuridad. Wädi sabía que Ezequiel tendría que decidir entre confiarse a él o no contestar.

—Si me preguntas si quiero o estoy dispuesto a luchar con los grupos de defensa judíos, mi respuesta es sí. ¿Qué otra cosa podría hacer? Durante la guerra he combatido junto a los soldados ingleses, nos hemos jugado la vida juntos, hemos matado juntos. Me cuesta mucho verlos como a mis enemigos, en realidad no puedo verlos así, por más que ahora persigan a los judíos en Palestina y se nieguen a permitir que los supervivientes de los campos de exterminio que lo deseen encuentren aquí un hogar.

—No puedes permitirte ser neutral —replicó Wädi.

—Tienes razón, no me lo puedo permitir. Pero tampoco me gusta luchar contra quienes hasta ayer fueron mis compañeros de armas. Si me obligan a elegir, y ya me han obligado, mi lealtad es para con mi familia y mis amigos. ¿Sabes?, mi padre nunca supo de dónde era. Cuando era pequeño le escuchaba hablar con mi madre. Ella siempre ha sabido de dónde es, nació aquí y se siente palestina, lo mismo que tú. Pero mi padre nació en una aldea de Polonia que pertenecía al imperio ruso, allí asesinaron a su familia en un pogromo, huyó con su padre a San Petersburgo y allí se hizo hombre. Su madre era francesa, judía, sí, pero francesa. Él pasó largas temporadas en París, luego vino a Palestina. Creo que hasta que se reencontró con Katia, aquí fue más feliz que en ninguna otra parte.

—Tú naciste aquí —le recordó Wädi.

—Sí, yo nací aquí, no soy un apátrida como lo fue mi padre. Tú lo has dicho, no puedo elegir. Si la Haganá me acepta, lucharé en sus filas, pero aunque no lo hiciera, su guerra es mi guerra. Dime, Wädi, ¿crees que podemos vivir todos aquí?

Wädi permaneció callado un buen rato mientras buscaba una respuesta de la que no estaba del todo seguro.

—No lo sé, Ezequiel. Algunos de nuestros líderes piensan que los judíos queréis Palestina sólo para vosotros, que si continúan viniendo judíos terminaremos siendo extraños en nuestra propia tierra. Desconfían de vuestros líderes, de vuestras intenciones. ¿Tienen razón para hacerlo? Dímelo tú.

—Yo tampoco lo sé, Wädi. Puedo responderte sobre lo que yo pienso y siento, sobre lo que creo que debe ser, pero que puede que no sea. Quiero creer que podemos compartir Palestina, que entre todos podríamos construir un Estado democrático a la manera de Inglaterra. ¿Podemos, Wädi? Dependerá de nosotros.

—No, no dependerá de nosotros, ése es el problema.

—Pero sí dependerá de nosotros no dejarnos arrastrar por la locura ajena...

Hablaron hasta que la luz del día les permitió verse las caras. Aquella noche sellaron un compromiso: pasara lo que pasase, jamás alzarían la mano el uno contra el otro.

Mohamed acompañó a Ezequiel hasta La Huerta de la Esperanza. Miriam abrazó a su hijo y en el rostro de Sara se reflejó una mueca de alivio.

—No tienes que preocuparte, Igor se quedará con nosotros hasta que pase el peligro —le dijo Mohamed a Marinna.

Ella se lo agradeció. Sabía que Mohamed, si fuera preciso, defendería a Igor con su propia vida.

Acordaron no prodigar las visitas para no levantar sospechas en caso de que alguien estuviera vigilándoles. Miriam temía por la suerte que pudiera correr Ezequiel, pero él la tranquilizó:

—Madre, es pronto para que los británicos me consideren su enemigo.

A Mohamed le producía cierta inquietud que Igor se quedara a solas con Salma y decidió ir a buscar a Naima. No le costó convencer a Târeq para que permitiera a su hija pasar unos días en la casa paterna.

—Salma extraña a su hija y a su nieto. Si les permitieras venir con nosotros unos días, su madre sería la mujer más feliz del mundo.

Târeq aceptó. La distancia entre Jerusalén y Jericó era demasiado corta para alegar que Naima y su hijo Amr podrían fatigarse con el viaje.

Salma no dijo nada cuando vio a Mohamed regresar a casa acompañado de su hija y de su nieto. Para ella era una alegría tenerlos a ambos. Comprendió de inmediato que lo que Mohamed quería evitar es que estuviera a solas con Igor. No se lo reprochó. Sabía que su esposo protegía su reputación aunque en aquella ocasión era de suponer que nadie debía estar al tanto de la presencia de Igor.

Para Mohamed no resultaba fácil cobijar al marido de Marinna. No es que hubiese dudado. Su sentido de la lealtad y la amistad estaba por encima de cualquier otra consideración, pero ver a Igor fuera de la cantera le hacía recordar con más fuerza que era el hombre que compartía las noches de Marinna, y eso aún le dolía.

Una noche, Louis se presentó de improviso en casa de Mohamed.

—Igor puede regresar a La Huerta de la Esperanza —anunció para alivio de Mohamed.

—¿Estás seguro de que ya no le buscan? —preguntó Wädi.

—Han detenido a demasiada gente y están demasiado ocupados con toda la documentación que nos han confiscado y que ahora custodian en su cuartel general —respondió Louis.

—Hay que reconocer que los británicos tienen buen gusto, no creo que haya un lugar mejor que el King David para instalar un cuartel general —bromeó Wädi.

Pese a lo que creía Louis, a Igor le detuvieron, aunque no estuvo en prisión demasiados días. Fue precisamente Mohamed quien acudió a las autoridades británicas a interesarse por Igor y quien, a través de los contactos de su cuñado Yusuf, logró que los ingleses consideraran que el detenido no era relevante. Ante sí mismo Mohamed sentía que era la forma de lavar parte de la culpa por amar a Marinna.

El 22 de julio de 1946, cuando oyó la explosión, Wädi se encontraba en la escuela. Los niños gritaron asustados. Fray Agustín les mandó callar pero no le hicieron caso. De repente, en las calles de Jerusalén retumbaron los gritos de miedo, de angustia, de desesperación.

—Algo gordo ha sucedido —comentó el fraile a Wädi.

—Voy a salir a ver qué ha pasado.

—¡Ni se te ocurra! Nos quedaremos con los niños hasta que estemos seguros de que no hay peligro —replicó el fraile.

No tardaron mucho en aparecer por la escuela unas cuantas mujeres en busca de sus hijos. Estaban aterradas y una de ellas les explicó que el hotel King David había explotado.

Fray Agustín sonrió haciendo un gesto con la mano a Wädi para que no se tomara al pie de la letra lo dicho por la mujer. Pero Wädi no pudo por más que inquietarse. Desde una de las alas del hotel King David los británicos gobernaban Palestina, y Wädi no se atrevía a pensar que aquella explosión se debiera a que alguna organización judía hubiera decidido devolver a los británicos el «ojo por ojo» por el «Sábado negro» en que cientos de judíos habían sido detenidos.

Cuando por fin no quedó ni un solo niño en la escuela, Wädi se dirigió hacia el hotel, que se encontraba no muy lejos.

Los soldados británicos impedían que los curiosos se acercaran al King David, pues la explosión había convertido en un montón de escombros el ala sur del hotel. Más tarde supo que la tragedia se había cobrado la vida de noventa personas y que hubo más de un centenar de heridos.

Wädi creyó distinguir a Omar Salem entre los heridos que estaban recibiendo atención médica, y le insistió a un soldado para que le dejara acercarse.

Omar Salem estaba conmocionado pero no había sufrido ninguna herida de gravedad. Se encontraba en el jardín del hotel cuando se produjo la explosión y eso le salvó la vida.

—¡Yusuf! —acertó a decir Omar Salem cuando vio a Wädi inclinarse sobre él.

—¿Estaba contigo? —Wädi se alarmó pensando que el marido de su tía Aya estuviera bajo los escombros.

—No... no..., le esperaba... Tenía que traerme unos papeles para una reunión... Yo... no sé..., pero no le he visto.

Dudaba entre dejar allí a Omar Salem e ir a buscar a Yusuf, pero la enfermera le ayudó a tomar la decisión.

—Busque a esa persona y no se preocupe, él está bien —dijo señalando a Omar Salem.

No tardó en encontrar a Yusuf y se abrazaron reconfortándose el uno al otro.

—Omar Salem me esperaba, me retrasé y cuando he llegado... —Yusuf contuvo las lágrimas. No podía dejar de pensar que podía estar entre los muertos.

Cuando Omar Salem vio a Yusuf no pudo evitar emocionarse. «Te has salvado», dijo al tiempo que le abrazaba. Después decidieron que lo mejor era alejarse de allí.

Cuando llegaron a la casa de Omar, su esposa estaba en la puerta, nerviosa porque ya sabía de la explosión y temía por su marido, pues aquella mañana al despedirse le había comentado que tenía una reunión en el King David.

La mujer insistía en que debían llamar a un médico para que examinara a Omar, pero éste se negaba.

Ante la insistencia de su esposa al final cedió. Le dolía la cabeza y le costaba entender lo que le decían. La explosión le había dejado sordo.

Yusuf se hizo cargo de la situación y, siguiendo las indicaciones de la esposa de Omar, fue en busca del doctor.

No era mucho lo que Wädi podía hacer en aquel momento de manera que se dirigió hacia la imprenta, pensó que acaso los Moore tuvieran alguna información acerca de lo sucedido.

Mister Moore parecía haber perdido su flema británica. Caminaba de un lado para otro con síntomas de agitación interior mientras su esposa Elizabeth le pedía que se calmara.

—Me han dicho que poco antes de la explosión unos soldados se enfrentaron a unos hombres, al parecer se hacían pasar por empleados del hotel... Parece que han sido ellos los que provocaron la explosión... ¡No quiero ni pensar de qué calaña pueden ser los responsables de tamaña atrocidad! —clamaba mister Moore.

—Quizá podríamos ayúdar —dijo Wädi.

—Ahora el principal objetivo será encontrar a los culpables y ahorcarlos. Que Dios me perdone, pero es lo que merecen los que han provocado semejante tragedia —respondió Moore.

—Estamos inquietos porque algunos de nuestros conocidos podrían encontrarse entre las víctimas —confesó Elizabeth Moore.

Aquél ya no podía ser un día cualquiera, de manera que los Moore despidieron a Wädi hasta el día siguiente.

—Tenemos que hacer algunas visitas... —se disculpó Elizabeth.

Para Wädi fue un alivio no tener que quedarse. Ansiaba ir a su casa, comprobar que su padre estaba bien. Era difícil que Mohamed hubiera estado en el King David aquel día a mediodía, no tendría por qué, pero aun así necesitaba comprobarlo y comprobar también que Hassan, el viejo tío de su padre, y su hijo Jaled se encontraban bien. Jaled se había convertido en un próspero comerciante y, como todos los que eran alguien en Jerusalén, no era insólito que acudiera al King David a cerrar algún negocio.

Apenas le vio abrir la puerta de la cerca que daba paso a su huerta, Salma corrió hacia Wädi.

—¡Alá sea alabado! Tu padre está buscándote en la Ciudad Vieja, estábamos preocupados por ti.

—Estoy bien, madre, estaba en la escuela cuando oímos la explosión, pero ¿dónde ha ido a buscarme padre?

—Ha dicho que iría a la imprenta.

—Vengo de allí, espero que llegue antes de que se hayan ido los Moore y puedan decirle que estoy bien y que venía hacia aquí. Debería ir a buscarle...

—¡No! Es mejor que te quedes aquí. No sería sensato que os dedicarais a ir el uno detrás del otro.

—¿Y el tío Hassan y Jaled? —preguntó Wädi sin ocultar su preocupación.

—Hassan está bien, ya sabes que apenas sale, pero Jaled..., tu padre también estaba inquieto por él.

Wädi le contó que se había encontrado con Yusuf y con Omar Salem y que los dos estaban bien.

—Alá ha querido protegerles. Dime, hijo, ¿qué es lo que ha pasado?

—Sólo sé que el King David se ha venido abajo. Mister Moore me ha contado que unos soldados sorprendieron a unos falsos empleados y que hubo un tiroteo... pero no sé si tiene que ver con el desplome del hotel.

—Y si alguien hubiera querido destruir el King David... —Salma casi no se atrevía a decir lo que estaba pensando.

—Eso mismo me he preguntado yo, pero la explosión pudo ser fortuita... No sé qué pensar, madre...

—Puede que alguien haya decidido dar su merecido a los británicos atacando el corazón de su cuartel general. —Salma miró a su hijo arrepentida de lo que acababa de decir.

—Yo también lo he llegado a pensar.

Mohamed aún tardó un par de horas en regresar y suspiró aliviado al ver a Wädi, aunque para entonces ya sabía que se encontraba bien porque había conseguido llegar a la imprenta antes de que salieran los Moore.

—He ido a la casa de Omar Salem, allí estaba Yusuf. Me ha contado que a la una tenían una cita con un comerciante egipcio y eso les ha salvado la vida. Si hubieran llegado antes les habría sorprendido la explosión, aunque como Omar Salem siempre es muy puntilloso con las horas se había adelantado unos minutos a Yusuf y pudo ver cómo el hotel se derrumbaba.

—Se quejaba de un fuerte dolor de cabeza y de que no oía bien —recordó Wädi.

—El médico ha dicho que la pérdida de audición es a consecuencia de la onda expansiva —explicó Mohamed.

—¿Se quedará sordo? —preguntó Salma.

—No lo sé, el médico ha dicho que habrá que esperar un tiempo antes de dar un diagnóstico definitivo. Sin embargo ahora quien me preocupa es mi primo Jaled. He estado por los alrededores del King David. Me he acercado a los hospitales, pero nadie ha sabido darme ninguna noticia de Jaled. Omar Salem ha prometido que pondrá a sus hombres a buscarle. Mi tío Hassan es demasiado anciano para hacer nada; en cuanto a su esposa Layla, ya sabéis cómo es. No deja de llorar. Salma, quiero que me acompañes a casa de Hassan, así podrás ayudarlos. Y tú, Wädi, acércate a La Huerta de la Esperanza y comprueba que todos están bien.

Marinna se alegró de verle y le abrazó con el afecto con que una madre abraza a un hijo. «En realidad podría haber sido su hijo», pensó Wädi.

Ni Ezequiel ni Igor se encontraban en casa. Pero para entonces Marinna ya sabía que ambos estaban bien. Ezequiel había salido con Sara a primera hora de la mañana. Quería que conociera el kibutz donde él había crecido. En cuanto a Igor, había pasado el día en la cantera y allí seguía.

—Miriam ha ido a la ciudad, estaba preocupada por su cuñado Yossi y por su sobrina Yasmin. Ya sabes que Yasmin no se separa de su padre y no es que Yossi últimamente salga mucho, pero de vez en cuando le gusta reunirse con sus amigos a charlar en la terraza del King David. En cuanto a Mijaíl, esta semana estaba en Tel Aviv —le informó Marinna.

—¿Y Louis? —quiso saber Wädi, preocupado.

—Ya sabes que Louis va y viene y nunca sabemos dónde está. Pero si hubiera estado en Jerusalén habría venido a La Huerta de la Esperanza, de manera que no está aquí.

Jaled se encontraba entre los heridos. No lo supieron hasta el día siguiente, tal era la confusión. Los médicos no parecían optimistas respecto de su estado y Mohamed maldecía a quienes habían estado a punto de arrebatar la vida de su primo.

—Tienen que pagarlo —decía Mohamed, y Salma temblaba al escuchar a su marido, porque sabía que no cejaría hasta encontrar a quienes habían segado tantas vidas.

En los días posteriores se supo que la explosión del King David había sido fruto de un atentado del Irgún. Habían colocado más de trescientos kilos de dinamita en el sótano del hotel. Desde el Irgún aseguraban que habían llamado al hotel avisando de que iba a explotar una bomba. Pero nadie parecía haber recibido aquella llamada. La explosión se cobró la vida de británicos, árabes y judíos.

Por más que la Agencia Judía y el propio Ben Gurion condenaron el atentado, nadie dudaba de que la Haganá, el ejército secreto de Ben Gurion, también tenía su parte de culpa, ya que en los últimos tiempos habían limado diferencias y se habían aliado con los hombres del Irgún para plantar cara a los británicos.

—Aunque no hayan puesto los explosivos, lo sabían. Sabían lo que iban a hacer sus amigos del Irgún, y por eso son igualmente culpables —aseguraba sin vacilar Mohamed.

Salma le pidió a Wädi que hablara con Mohamed.

—Si muere Jaled, tu padre querrá vengarle y tienes que evitarlo.

Wädi se preguntaba cómo podría impedir que su padre hiciera lo que le dictaba su conciencia. Mohamed era un hombre de ideas firmes, honrado, tenaz, leal hasta la muerte a quienes quería, y por eso mismo consideraba que si alguien dañaba a los que él amaba debían pagar por ello. A lo más que se atrevió Wädi fue a recordarle que la venganza, «el ojo por ojo», era lo que decía el Libro de los judíos.

—Si un hombre no es capaz de defender a los suyos, entonces ¿qué clase de hombre es?, ¿quién podrá confiar en él? —respondió Mohamed.

Padre e hijo no podían ser más diferentes. Wädi había heredado el carácter apacible y conciliador de Salma. Al igual que ella, era un soñador al que le repugnaba la violencia, mientras que Mohamed era un guerrero a la vieja usanza. Incluso Aya, su hermana, le decía a veces en broma que no se parecía a nadie de la familia a quien ella conociera.

—Padre no era como tú, nunca se dejó arrastrar por sus emociones.

Para alegría de todos, Jaled se recuperó. Pero mientras permaneció en el hospital, su madre, Layla, sufrió un ataque al corazón del que no se recuperó. Murió sin que su hijo pudiera acompañarla a su tumba.

Hassan perdió todas las ganas de vivir. Ni siquiera la esperanza de una mejoría de su hijo lograba sacarle de su apatía. Había vivido cincuenta años con Layla, habían tenido dos hijos, Salah, muerto por un sueño, el de un gran Estado árabe, y ahora Jaled, que estaba luchando por su vida. Ambas desgracias podía soportarlas, pero siempre y cuando tuviera a su lado a Layla, sin ella no encontraba fuerzas para seguir respirando.

Salma acudía a diario a su casa para limpiar y solía llevarle parte de la comida que cocinaba para Mohamed y Wädi.

—Me preocupa tu tío Hassan, lleva varios días sin querer levantarse de la cama —comentó Salma a Mohamed.

—Iré a verle, le insistiré en que me acompañe a ver a Jaled, eso le animará.

El día en que Jaled salió del hospital toda la familia acudió a visitarle a su casa. Salma se había esmerado preparando varios platos para obsequiar a los invitados.

—¡Por fin me podré casar! —exclamó Noor, la hija de Aya, mientras saludaba a su tía Salma.

—No tengas tanta prisa por casarte, el matrimonio es muy largo —le respondió Aya.

Noor no contestó a su madre, de haberlo hecho le habría dicho que ella estaba enamorada del joven que su padre había elegido para ella. Emad era alto y vigoroso y la trataba con delicadeza. Ella ansiaba vivir con él. Siempre se había preguntado si su madre amó alguna vez a su padre, como ahora ella amaba. Acaso el paso de los días va apagando la ilusión en los matrimonios y por eso nunca vio los ojos de su madre brillar cuando estaba cerca de su padre.

Mohamed había convencido a su tío Hassan para que se levantara y aseara para recibir a Jaled.

—Tu hijo se apenaría si te viera en este estado.

Fue Wädi el encargado de ir a buscar a Jaled al hospital para llevarle a casa sin advertirle de que le esperaba toda la familia para celebrar su recuperación, por eso Jaled se emocionó tanto cuando encontró a todos los suyos esperándole en el umbral de la casa.

En aquella ocasión Mohamed no invitó a ningún miembro de La Huerta de la Esperanza. Wädi se lo había sugerido, pero Mohamed se mostró inflexible.

—¿Cómo vamos a invitarles? Ha sido una bomba judía la que por poco acaba con la vida de Jaled.

—Pero nuestros amigos no son responsables de lo que hayan hecho otros judíos —protestó Wädi.

—No seas ingenuo, hijo, sabes bien que en los últimos meses todos los grupos judíos armados han venido colaborando en su lucha contra los ingleses. Ben Gurion ha condenado el atentado contra el King David, pero la Haganá sabía que algo así podía suceder. No, ni ellos ni nosotros nos sentiríamos a gusto. Dejemos que corra el tiempo.

Y mientras el tiempo corría, Noor se casó con Emad y a su boda sí asistieron los habitantes de La Huerta de la Esperanza. Aya no habría consentido que fuera de otra manera. Marinna seguía siendo para ella como una hermana. Aun así no estuvieron cómodos los unos con los otros. Los amigos del novio miraban con desconfianza a aquel grupo de judíos a los que los Ziad trataban como si fueran de la familia.

El mismo Omar Salem recriminó a Yusuf la presencia de Louis, de Igor, de Marinna, de Miriam, de su hijo Ezequiel y de Sara, aquella extraña muchacha de la que apenas se separaba. Incluso asistieron Mijaíl y Yasmin.

Marinna le contó a Aya que su esposo Igor había ponderado

no asistir, pero ella le había dejado claro que «por nada del mundo dejaría de asistir a los esponsales de Noor».

Mohamed sabía que la presencia de Louis no estaba motivada únicamente por el afecto que pudiera sentir por Noor. En la boda podría hablar sin despertar demasiados recelos con el propio Omar Salem y con otros notables. En cuanto la ceremonia concluyó, Louis se dirigió sin disimulo hacia Mohamed.

—Siento lo que le ha sucedido a tu primo Jaled —le dijo.

—Díselo a él, ha estado a punto de morir —respondió Mohamed de mala gana.

—Se lo diré, pero también te lo quería decir a ti. La Haganá no ha tenido nada que ver con lo del King David.

—¿Pretendes que me lo crea?

—Sí.

—Creía que en la amistad que nos une no cabía la falsedad.

—Te aseguro que no hemos tenido nada que ver con el atentado y, créeme, nunca lo habríamos permitido de haber sabido cuántos muertos y heridos se cobraría. Te recuerdo que también hay judíos entre las víctimas.

—¿Qué quieres, Louis? —inquirió Mohamed, que conocía demasiado bien a aquel hombre que por su edad podía ser su padre.

—Lo que he querido siempre, evitar el enfrentamiento entre árabes y judíos. Los ingleses se irán y vosotros y nosotros nos quedaremos aquí y tendremos que vivir juntos.

—¿Y cómo lo haremos si lo que pretendéis es crear un Estado propio?

—No sé cómo lo haremos, pero tendremos que hacerlo, tendremos que ser capaces de construir juntos el futuro.

Omar Salem se unió a la conversación, algo que ya esperaba Louis.

—Los británicos pretenden que volvamos a reunirnos en Londres —afirmó Omar Salem mirando fijamente a Louis.

—Sí, lo sé. Palestina comienza a pesarles. Pretenden que lleguemos a una solución razonable para todos, también para ellos —respondió Louis.

—¿Y cuál es esa solución? —preguntó Omar Salem.

—Creo que árabes y judíos coincidimos en que los británicos deben marcharse. Ése es el primer paso que se debe dar, luego tendremos que llegar a un acuerdo entre nosotros.

—¿Un acuerdo? No hay nada que acordar. Palestina nos pertenece, los judíos pueden vivir aquí siempre y cuando lo tengan presente. ¡Ah!, y debe cesar de una vez por todas la llegada de barcos con judíos.

Louis se encogió de hombros y en ese gesto estaba su respuesta. Ni la Agencia Judía ni la Haganá estaban dispuestos a que cesara la inmigración ilegal a Palestina. Estaban desafiando al imperio británico burlando sus controles en el mar para llevar hasta las costas palestinas barcos cargados con judíos supervivientes de la guerra y de los campos de exterminio, e iban a continuar haciéndolo.

—Nuestra intención es llegar a un acuerdo con vosotros —insistió Louis.

—Y la nuestra, tener las riendas de nuestro propio país.

—Tendremos que entendernos, estamos aquí y seguirán llegando judíos. Ésta es la tierra de nuestros antepasados.

—¿Pretendes que cedamos nuestra tierra porque hace dos mil años ya había judíos aquí?

—No hablo de ceder, hablo de derechos y de compartir. Siempre ha habido judíos en Palestina, siempre.

Ahora fue Omar Salem quien se encogió de hombros. No tenía nada en contra de Louis, de hecho, cuando habían llegado a algún acuerdo, había bastado un apretón de manos o la palabra del otro para cerrarlo. Pero aquellos judíos estaban locos si creían que después de que se marcharan los ingleses podrían hacerse con Palestina; no les permitirían que se quedaran ni siquiera con un pedazo. Se miraron sabiendo que empezaba a fraguarse un abismo que, de continuar, sería insuperable. Pero no dijeron más. Ambos eran invitados en la boda de Noor y ninguno se habría perdonado que una discusión hubiese ensombrecido la boda de la hija de Aya y Yusuf.

No pasaron muchos días desde aquella boda cuando Hassan apareció muerto en su cama. El anciano había tenido la misma muerte que su querida Layla, se le paró el corazón mientras dormía.

Mohamed lloró la muerte de su tío materno. Hassan había sido un buen hombre. Aunque Jaled parecía recuperado, la pérdida de su padre le sumió en la melancolía.

—He pensado en ir a Beirut o quizá a Damasco —le confesó a su primo Mohamed.

—Pero ¿por qué quieres irte? Lo que deberías hacer es buscar una esposa. A tus padres les preocupaba que no te hubieras vuelto a casar para darles unos cuantos nietos.

Se quedaron en silencio durante unos segundos. Jaled pensó en Fadwa, su esposa fallecida intentando traer al mundo a un hijo que había muerto en sus entrañas. Al perder a Fadwa había perdido una parte de sí mismo.

—Sí, debería haberlo hecho —respondió—, pero hasta ahora no he encontrado una mujer con la que quiera compartir el resto de mi vida. Cuando conozca alguna que me despierte cierto interés, lo pensaré.

—El matrimonio es un deber —le recordó Mohamed.

—Eso es precisamente a lo que me niego. Primo, permíteme que te ponga como ejemplo. Te casaste con Salma, que es la mejor de las mujeres, pero todos sabemos que ni un solo día has dejado de pensar en Marinna. Os recuerdo de niños, siempre juntos, hablando, compartiendo confidencias. Cuando estabais juntos, para vosotros el resto carecíamos de importancia. ¿Has sido feliz? ¿Y Marinna lo ha sido? Me pregunto cómo habéis sido capaces de vivir tan cerca el uno del otro...

Por mucho que Mohamed apreciase a su primo, no le gustó que se atreviera a entrometerse en lo más hondo de su ser. Él y Marinna siempre habían actuado con decoro y no habían hecho nada de lo que tuvieran que avergonzarse ni dar cuentas a sus familias. No había sido fácil para ninguno de los dos, pero habían logrado domeñarse a sí mismos y actuar con dignidad.

—Siento haberte incomodado —se disculpó Jaled.

—No... no es eso... No me gusta hablar de mis asuntos y mucho menos de mis sentimientos. Tú lo has dicho, Salma es la mejor esposa que un hombre puede desear y te aseguro que ni un solo día me he arrepentido de haberme casado con ella. ¿Sabes?, Jaled, nos debemos a nuestro honor, a nuestra familia, a nuestras tradiciones, a nuestros amigos, a nuestros ideales. Si nos dejáramos llevar sólo por las pasiones... Yo he cumplido con mi deber, y por nada del mundo cambiaría el haber tenido dos hijos tan magníficos como son Wädi y Naima.

—Sí, eres un hombre afortunado.

—No puedes seguir guardando luto a Fadwa —le reprochó Mohamed.

—En un par de semanas me iré. ¿Querrás hacerte cargo de mi casa? No quiero venderla, pero tampoco me gustaría que terminara en ruinas. Regresaré algún día.

Mohamed le prometió que lo haría.

Ezequiel se presentó una tarde en la imprenta de los Moore en busca de Wädi.

—¡Ben llega dentro de una semana! —le anunció a su amigo.

—Debemos avisar a Rami para celebrarlo. —Wädi compartía su alegría.

—Por eso he venido a decírtelo. Marinna e Igor están felices por el regreso de su hijo. No le han visto desde que nos marchamos al frente.

—Otra vez los cuatro juntos, Ben, Rami, tú y yo... —Las palabras de Wädi estaban cargadas de nostalgia.

Los dos amigos recordaron los años de infancia cuando Wädi y su primo Rami, el hijo de Aya y Yusuf, se escapaban con Ben y Ezequiel. Los cuatro habían sido inseparables.

—Cómo ha cambiado todo... Ahora Rami se dedica a llevar los negocios agrícolas de Omar Salem, pero, por lo que sé, quiere independizarse; tú estás estudiando en la universidad; Ben...

bueno, ya me has contado que Ben se dedica a ayudar a los judíos a llegar a Palestina, y yo soy lo que siempre he querido ser, maestro —dijo Wädi.

—¡Cómo pasa el tiempo! —respondió Ezequiel.

—Hablas como si tuviéramos mil años... Rami tiene veintisiete, Ben veinticuatro, y yo veintiséis, y tú sigues siendo el benjamín con veintidós —le recordó Wädi.

—Pero he combatido en una guerra y he sobrevivido para contarlo —replicó Ezequiel.

—Sí, la guerra nos ha hecho a todos más viejos, pero si Alá lo permite tendremos una larga vida por delante.

—¿Sabes?, me alegro de que venga Ben porque voy a casarme.

A Wädi no le sorprendió la confesión de Ezequiel. Se dio cuenta de que en realidad eso era lo que había venido a decirle y que prefería hacerlo lejos de La Huerta de la Esperanza.

Mister Moore permitió a Wädi irse un poco antes y los dos amigos decidieron pasear por la Ciudad Vieja. Les gustaba recorrer el perímetro de sus murallas, pasar de un barrio a otro.

—Te casarás con Sara. —Wädi no lo preguntaba, daba por hecho que no podía ser otra la mujer elegida por Ezequiel.

—Sí, me he atrevido a pedirle que se case conmigo y ha aceptado. Desde que está aquí se encuentra mucho mejor. A veces ríe... y es muy cariñosa con mi madre.

—Pero no podréis tener hijos —le recordó Wädi.

—Lo sé, mi madre me ha advertido que puede que con el paso de los años añore tener hijos. No dudo de que será así, pero no querría casarme con otra mujer que no fuera Sara, de manera que es lo que haremos.

—¿Y cuándo os casaréis?

—Mi madre me ha pedido que le dé tiempo para organizar la boda. A mí me gustaría que fuera cuanto antes, pero no será hasta la primavera del año próximo, así que me casaré en mayo de 1947. Y tú ¿no piensas casarte?

—¡No seas como mi madre! No hay día en que no me proponga presentarme a la hija de alguna de sus amigas. Terminaré cediendo, claro, aunque me gustaría encontrar esposa sin intermediarios.

Hicieron planes sobre lo que harían cuando llegara Ben y también hablaron de los últimos acontecimientos, los atentados del Leji y del Irgún contra los británicos, atentados en los que no sólo se cobraban las vidas de soldados en Palestina. El Irgún se había atrevido a perpetrar un atentado contra la embajada británica en Roma.

—Los ingleses se irán —aseguró Ezequiel.

—¿Sabes?, a veces temo que lo hagan porque entonces no habrá nadie en medio para evitar lo que pueda pasar entre nosotros y vosotros —replicó Wädi.

—Nos arreglaremos mejor sin los británicos. —Ezequiel parecía convencido de ello.

A Wädi no podía dejar de sorprenderle la ingenuidad de Ezequiel. Por más que hubiera combatido en la guerra y matado hombres, mantenía un optimismo que a él le resultaba infantil. Su amigo se negaba a aceptar que tarde o temprano el choque entre árabes y judíos resultaría inevitable si la Agencia Judía y sus líderes no cejaban en su empeño de hacerse con una patria propia dentro de Palestina.

Él sabía que los comandantes del Palmaj y de la Haganá aprovechaban la experiencia de Ezequiel en la guerra para que enseñara a combatir a otros jóvenes. En realidad todos los judíos colaboraban con ambas organizaciones de defensa. Ezequiel nunca se lo había ocultado. De la misma manera que sabía que Ben formaba parte de la Haganá y que desde Europa se dedicaba a ayudar a los refugiados judíos a llegar a Palestina.

—Es un escándalo que los británicos nos persigan —se quejó Ezequiel— y que al mundo no le importe el destino de los judíos. ¿Qué más nos tiene que suceder para que nos permitan vivir en paz? Hitler nos quiso exterminar y ahora los países que le derrotaron no saben qué hacer con los judíos; todos se lamentan de lo que hemos sufrido pero se niegan a facilitar visados a los judíos que quieren salir de Europa. ¡Hipócritas!

—¿Continuarás viviendo en La Huerta de la Esperanza? —preguntó Wädi para cambiar de conversación.

—Sí, es lo que quiere Sara, creo que se siente protegida por mi madre y por Marinna.

Caminaron un buen rato haciendo planes para cuando llegara Ben. Después, cuando llegaron a la verja que dividía las dos huertas, se separaron contentos de haber compartido aquellas horas.

Wädi conoció por casualidad a Anisa Jalil. Una mañana, al llegar a la escuela, fray Agustín le estaba esperando con los niños más pequeños puestos en fila.

—Hay que vacunarles —le anunció.

—¿Nosotros?

—Tenemos que llevarles al hospital. Bueno, les llevarás tú, yo me quedaré aquí con los mayores. Cuando terminen de vacunarles, volvéis.

Wädi no protestó porque sabía la importancia que tenía que los niños fueran vacunados. Los pequeños estaban contentos de dedicar la mañana a algo que no fuera aprender a leer. Entrar en el hospital les pareció una aventura.

Una enfermera indicó a Wädi dónde debía dirigirse para la vacunación. Llegó hasta una puerta que permanecía abierta. Una mujer consolaba a su hijo, que lloraba asustado tras el pinchazo que acababa de recibir en el brazo. Una enfermera que permanecía de espaldas se volvió ofreciendo un caramelo al pequeño. Wädi se quedó mirando a la enfermera pensando que era una mujer muy guapa. Ella le miró y con una sonrisa le invitó a pasar.

—Vengo de parte de fray Agustín, creo que van a vacunar a nuestros niños.

—¡Ah!, ¡éstos son los niños de la escuela del fraile! Por favor, pase, ¿cuántos son?

—He traído a doce, mañana vendré con el resto.

Cuando los niños vieron a la enfermera con la jeringuilla en la mano empezaron a llorar y se resistieron a enseñar el brazo. Ella les prometió caramelos si eran valientes.

—Bueno, ya están todos —dijo satisfecha al terminar, mientras Wädi intentaba calmar al más pequeño, que lloraba a voz en grito.

—Bien..., muchas gracias... Volveré mañana...

Estuvo tentado de preguntarle su nombre, pero no se atrevió. Le pareció una mujer resuelta y segura de sí misma que le sostuvo la mirada cuando él la miró embobado.

Al día siguiente, fray Agustín le dijo que se encargaría de llevar al resto de los pequeños a vacunar, pero Wädi insistió en que lo haría él. Por nada del mundo quería perder la oportunidad de volver a ver a la enfermera.

—Bueno, ya que te empeñas, dale de mi parte las gracias a Anisa por haber conseguido que el oftalmólogo atendiera a la pobre mujer que vive encima de la escuela.

—¿Anisa?

—Sí, Anisa es la enfermera que ha vacunado a los críos. Hace honor a su nombre, es una joven piadosa, pero muy enérgica. El que se case con ella tendrá que tenerlo en cuenta.

Anisa le recibió con una enorme sonrisa cuando le vio llegar llevando a un crío de cada mano y a otros diez detrás en fila.

Mientras les vacunaba empezaron a hablar de la escuela, de la buena obra de fray Agustín.

—¿Le conoce desde hace mucho tiempo? —preguntó curioso.

—No hace mucho. Una noche se presentó en el hospital con un anciano con mucha fiebre. Tosía tanto que parecía que iba a ahogarse. Tenía pulmonía, desgraciadamente el pobre hombre murió a las pocas semanas. Desde entonces le ayudo cuanto puedo. A veces me pide que vaya a poner una inyección a alguna mujer que no puede pagar o que le acompañe a visitar a alguna familia con alguna mujer enferma. Dice que a mí me es fácil convencerlas para que vayan al médico. Fray Agustín es un buen hombre, siempre preocupado por los demás, sin hacer distingos entre musulmanes y cristianos.

—Si en alguna ocasión me necesitan, yo también podría ayudar. Tengo un coche, un coche viejo, pero sirve para ir de un lado a otro, y si hay que trasladar a algún enfermo creo que servirá.

Wädi se preguntó por qué el fraile nunca le había pedido que le ayudara con los enfermos, de modo que en cuanto regresó a la escuela se lo reprochó.

—Bueno, bastante haces dando clases gratis a los niños. Yo me debo a los demás, a eso he venido a Tierra Santa, pero tú... tú eres joven, tienes que trabajar, labrarte un porvenir.

Insistió en que contara con él para acompañarle donde hiciera falta.

—Bueno, si eso es lo que quieres, podrías reunirte con nosotros en el hospital a eso de las ocho, que es cuando terminas tu trabajo en la imprenta. Tenemos que llevar a una mujer a casa de su hija que vive en Belén. Ha estado muy enferma, pero gracias a Dios se ha recuperado. Anisa quiere ir para explicarle a la familia cómo deben cuidarla y qué medicinas debe tomar.

A partir de aquel día se unió a ellos en cuantas ocasiones le necesitaron.

—¿Te has enamorado de Anisa? —preguntó un día fray Agustín.

La pregunta del fraile le cogió de improviso y notó que se sonrojaba. No pudo, ni quiso, negar lo que era evidente.

—Es una buena chica —sentenció fray Agustín.

—Nunca habla de ella misma.

—Es muy discreta. Vive con sus padres en la Ciudad Vieja. Su padre es palestino pero vivió mucho tiempo en Beirut. Ahora tiene un negocio no muy lejos de la Puerta de Damasco. Vende telas y ropa de vestir. Su madre es una mujer notable, una activista de la Unión de Mujeres Árabes, una luchadora en contra del colonialismo, y ha inculcado sus mismos ideales a Anisa.

Wädi comprendió que si quería casarse con Anisa se lo tendría que pedir directamente a ella, que no aceptaría un arreglo entre familias. Le pidió ayuda a fray Agustín.

—De manera que quieres que una tarde de estas os deje a

solas para que así puedas pedirle que se case contigo... Me pides que haga de Celestina...

—¿Celestina? —Wädi no sabía a qué se refería el fraile.

—Sí... bueno, es un personaje de una obra de teatro clásico español. Celestina hacía de intermediaria entre enamorados... Qué se le va a hacer, lo haré. Hoy irás a recogerla al hospital y yo no iré. Iba a acompañarla a casa de una pobre viuda que necesita una inyección y que le lleven algo de leña.

Cuando le vio aparecer solo, Anisa no pareció sorprenderse. Tampoco cuando él le cogió la mano para pedirle matrimonio. Ella no le contestó inmediatamente.

—Aún no nos conocemos lo suficiente. Te mentiría si te dijera que no me interesas, pero no sé casi nada de ti...

Quiso contarle toda su vida en aquel mismo minuto pero Anisa no se lo permitió.

—Iremos conociéndonos y luego decidiremos. Pero mientras tanto no quiero que creas que estamos comprometidos. Aún no.

Para Mohamed y Salma fue un alivio saber que Wädi estaba enamorado. No dudaban de que aquella joven de la que hablaba le aceptaría como marido. Salma le insistió que debían conocer a Anisa, pero Wädi le pidió paciencia.

—No quiero presionarla.

Lo primero que hizo Ben al llegar a La Huerta de la Esperanza fue acercarse a la casa de los Ziad. Marinna protestó porque su hijo apenas le dio un abrazo y un par de besos, y después de hacer lo mismo con Miriam y con Sara, insistió en visitar a sus vecinos. A Igor le habría gustado que su hijo hubiera dejado la visita para el día siguiente, pero Ben ya era un hombre, había luchado en la guerra y difícilmente aceptaría siquiera una sugerencia de su padre. Acompañado por Ezequiel, Ben se presentó en casa de los Ziad.

Mohamed se emocionó al verle. Ben era el hijo de Marinna y le sentía como si también fuera una parte de él. Le abrazó con afecto y sonrió cuando Ben se acercó a Salma y le dio un par de besos. En cualquier otro habría estado fuera de lugar que besara a su esposa, pero Ben seguiría siendo para ellos el chiquillo que gateaba por la valla que separaba las dos casas, el que se cayó en la acequia, el que compartía juegos con Wädi y con Rami, el hijo de Aya. Mohamed lamentó que aquel mocetón no fuera musulmán como ellos. Sí, habría sido un buen marido para Naima. Sabía que su hija había tonteado con Ben, pero Alá le había dado suficiente sensatez para casarse con Târeq y haberse convertido en madre de su primer nieto. Ya estaba cerca de los sesenta. Ansiaba tener más nietos, esperaba que Wädi se casara pronto y que Naima fuera bendecida con más hijos.

Salma notó la tensión en la voz de Ben al preguntarles por Naima. Le informaron con detalle de lo feliz que era con Târeq y de lo hermoso que era el pequeño Amr.

A partir de su llegada, Ben, Wädi, Rami y Ezequiel volvieron a convertirse en inseparables. Combatían el frío del invierno yendo a chapotear a las aguas saladas del Mar Muerto. O se iban de acampada por los montes de Judea. Las más de las veces se reunían a cenar en algún restaurante de la Ciudad Vieja.

—Sara está celosa —les confesó Ezequiel.

—Anisa también se queja, dice que ahora le presto menos atención —dijo Wädi.

—Yo tengo mucha suerte con Shayla, es ella la que me anima a reunirme con vosotros —añadió Rami.

—Eso es porque está deseando casarse y no quiere que te arrepientas —bromeó Ben.

Parecía que el tiempo no había sido capaz de restar ni un gramo de la complicidad de antaño. Habían crecido juntos, se habían peleado entre ellos, habían intercambiado confidencias desde niños y se habían protegido los unos a los otros. Parecía imposible que nada ni nadie pudiera separarlos.

Ben le confesó a Wädi su preocupación por Ezequiel.

—No estoy seguro de que esté enamorado de Sara y no porque ella no lo merezca.

—No tienes que preocuparte por Ezequiel, sabe lo que hace. Además, nadie sería capaz de convencerle de que no se case con Sara.

—Ella ha sufrido tanto... ¿Sabes, Wädi?, me pregunto cómo son capaces de vivir los supervivientes de los campos... Si los hubieras visto... La primera vez que llegué a uno de esos campos y me topé con los prisioneros pensé que estaba ante una legión de espectros. —A Ben se le quebró la voz.

—Sara ha ido recuperándose desde que está en La Huerta de la Esperanza. La primera vez que la vi me impresionó, parecía una muñeca rota; ahora es capaz de reír, de hacer bromas, de disfrutar de algunas cosas, aunque de cuando en cuando sus ojos se desvían hacia ninguna parte y en la comisura de los labios aparece la mueca del dolor.

—Esos miserables la obligaron a prostituirse, luego la mutilaron, torturaron a sus hijos, los asesinaron... Nadie puede salir indemne de tanto sufrimiento.

—La cuestión es aprender a vivir con ello —afirmó Wädi.

A mediados de febrero de 1947 Jerusalén se vio convulsionada por una noticia inesperada. Ernest Bevin, ministro de Asuntos Exteriores del reino de la Gran Bretaña, había dado un paso que a muchos les produjo hastío: pedía a la nueva Organización de las Naciones Unidas que buscara una solución para Palestina.

Mohamed acudió con Wädi a La Huerta de la Esperanza para hablar con Louis, que en aquellos días estaba en Jerusalén.

—Esto es fruto del fracaso de las negociaciones. Somos unos estúpidos. Debíamos negociar entre nosotros tal y como nos proponían los británicos, pero al negarnos, Gran Bretaña quiere quitarse el problema de encima —se lamentó Mohamed.

—No es por eso sólo. Creo que los británicos no están dispuestos a seguir esta guerra de desgaste con nosotros. No les preocupan tanto los ataques a sus intereses como la pérdida de autoridad. Ya no dominan Palestina. Ése es su problema —le explicó Louis.

—¿De manera que los británicos se quieren lavar las manos? —preguntó Wädi.

—Así es —respondió Louis.

—Tiene que haber otras causas —insistió Mohamed.

—Bueno, creen que será imposible que árabes y judíos lleguemos a ningún acuerdo, de manera que prefieren pasar la patata caliente a otro —terció Ben.

—Ahora mandarán una de esas comisiones formadas por hombres que desconocen todo sobre Palestina y querrán imponernos sus decisiones —se lamentó Mohamed.

—Tú lo has dicho, Mohamed, la culpa es nuestra por ser incapaces de llegar a un acuerdo. Aún estamos a tiempo —afirmó Louis.

—No es posible mientras os empeñéis en seguir trayendo a vuestra gente —dijo Mohamed y miró a Ben sabiendo cuál era su principal actividad.

—¿Y qué pretendes que hagamos? ¿Les dejamos morir en los campos de refugiados? Es verdad que los campos británicos no son los campos de los nazis, nadie les maltrata, disponen de comida, de sanitarios donde asearse..., pero son igualmente prisioneros. Los supervivientes no tienen adónde ir. ¿Crees que Inglaterra estaría dispuesta a acogerlos? Ni siquiera Estados Unidos, que simpatiza con nosotros, se muestra demasiado generoso a la hora de conceder visados. No permitiremos que nos manden de nuevo a los guetos. Estamos recuperando nuestro hogar y aquí vendrán y aquí nos quedaremos. —Ben había hablado con tal contundencia que hasta Louis pareció impresionado.

—No podéis traer a todos los judíos de Europa —acertó a decir Mohamed.

—Vendrán todos los que quieran venir. —En la voz de Ben no había un ápice de desafío, sólo la constatación de una decisión sobre la que no había marcha atrás.

Lo que Mohamed no sabía es que Wädi y Rami habían ayudado en una ocasión a Ben y a Ezequiel a introducir a un grupo de refugiados judíos llegados en uno de aquellos cascarones que a duras penas flotaban en el mar. Viejos cargueros que debían haber sido desguazados hacía tiempo y que se convertían en la única esperanza para aquellos hombres y mujeres a los que la vida ya había desahuciado y a los que se les concedía la última oportunidad.

Una noche, Ben se acercó a casa de Wädi para pedirle que le prestara el coche. No le ocultó para qué lo necesitaba.

—Esta madrugada llegará un barco a la costa, vienen unos veinte adultos y unos cuantos niños. Nos faltan coches para trasladarles. Necesito que me prestes tu coche, lo conducirá Ezequiel, yo iré en el mío.

Wädi no se lo pensó dos veces.

—Os acompañaré y le pediremos a Rami que venga con nosotros. Puede coger el coche de su padre.

Si Mohamed o Yusuf lo hubieran sabido se lo habrían recriminado a sus hijos. Pero ellos lo hacían por la amistad indestructible que profesaban a Ezequiel y a Ben.

El primero en casarse fue Ezequiel. A finales de mayo se celebró la ceremonia que le unió a Sara. Miriam parecía resignada a aquella boda. No es que no sintiera afecto por Sara, pero lamentaba que aquella unión no pudiera darles hijos.

Salma le contó a Mohamed que Marinna animaba a Miriam diciéndole que quizá Ezequiel y Sara podrían adoptar a alguno de aquellos niños que habían perdido a sus padres en los campos de exterminio.

—No estoy segura de que Sara llegue a estar de acuerdo con la idea de Marinna. Me he fijado que cuando Sara ve a algún niño aparta la mirada. No quiere verlos porque le recuerdan que ella tuvo dos hijos —explicó Salma a su marido.

Mohamed y Wädi escuchaban en silencio a Salma. Sabían de su preocupación por Sara, a la que todos habían tomado un afecto sincero.

Aunque cada día que pasaba la tensión entre árabes y judíos aumentaba, a la boda de Ezequiel no faltó ninguno de los Ziad.

Miriam había engalanado el jardín de La Huerta de la Esperanza. El olor a jazmín se mezclaba con el del asado de cordero que degustaban los invitados.

—¿Qué te pasa? —preguntó Wädi a Ezequiel mientras éste le servía un trozo de cordero.

—No lo sé... Debería ser feliz, pero no es exactamente felicidad lo que siento.

—Estás asustado. Te comprendo. Vas a iniciar una aventura a lo desconocido porque Sara... bueno, Sara ha sufrido mucho.

—¿Sabré hacerla feliz?

—¡Qué cosas dices! ¡Claro que sí!

—No sé por qué ha aceptado casarse conmigo.

—Pues yo te podría dar un montón de motivos, el primero de todos que te quiere, y ése es un motivo más que suficiente.

—¿De verdad crees que me quiere? —le preguntó Ezequiel, apesadumbrado.

—Si Sara puede querer a alguien, es a ti —fue la respuesta de Wädi.

Ben se acercó a ellos con una copa de vino en la mano. Rami también se les unió. Mohamed les observaba pensativo, pero relajó el gesto cuando les vio reír como si fueran los cuatro muchachos despreocupados que habían sido antaño.

Wädi pensó en Anisa. Le hubiera gustado tenerla allí. Pero no se atrevió a invitarla porque no estaba seguro de que ella hubiera aceptado.

Anisa no se parecía a ninguna de las jóvenes que había conocido. Imponía respeto y eso que era amable y alegre, además de estar siempre dispuesta a ayudar a los demás. Pero sobre todo era reflexiva. No hacía nada sin sopesarlo dos veces. Le irritaba que aún no hubiera aceptado su propuesta de matrimonio. Cuando estaban juntos no dudaba de que Anisa terminaría aceptando, pero apenas se separaba de ella dudaba de que algún día le diera una respuesta afirmativa.

Rami le sacó de su ensimismamiento dándole una palmada en el hombro.

—Dentro de poco celebraremos mi boda con Shayla y espero que la tuya con Anisa.

—Aún no me ha dicho que quiere casarse conmigo.

—¿Se lo has vuelto a preguntar?

—No. Ella me dijo que cuando tomara una decisión me la diría.

—¿Y piensas esperar sin insistir?

—No conoces a Anisa. Ella no admitiría que la presionara.

—No se trata de que la presiones sino de que le recuerdes que estás esperando una respuesta. No puedes esperar toda la vida a que se decida.

—Sí, sí que puedo. Quiero casarme con ella, así que esperaré hasta que se decida.

—Mi padre está preocupado —dijo Rami bajando la voz y cambiando de tema.

—El mío también. Cree que los árabes estamos cometiendo un error al no recibir a los delegados de la Organización de Naciones Unidas. En cambio, los líderes judíos se reúnen con ellos, y están consiguiendo decantar la balanza en favor de su causa —contestó Wädi.

—Lo sé. Los hombres de la Agencia Judía no les dejan ni un momento; además, la decisión de los británicos de negar la entrada a los barcos con los supervivientes de los campos de exterminio está provocando una reacción de simpatía de los delegados para con los judíos. —El tono de voz de Rami era de auténtica preocupación.

—¿Sabes, primo?, a veces no sé muy bien qué debemos hacer. Me conmueve esa gente que ha sobrevivido al nazismo y que necesita un lugar donde vivir, pero al mismo tiempo me doy cuenta de que la Agencia Judía ya no se conforma con un hogar dentro de un gran país árabe, sino que quieren su propio Estado. No lo dicen, pero es lo que quieren. —Las palabras de Wädi eran más que un presentimiento.

—Yo pienso lo mismo que tú. Se lo he dicho a mi padre y él se lo ha dicho a Omar Salem.

—Omar Salem es un hombre justo pero tan obcecado como muchos de nuestros líderes. No se dan cuenta de que ahora la batalla hay que darla en otro terreno. Deberíamos explicar a los hombres de Naciones Unidas lo que los árabes queremos.

—Nuestra familia le debe mucho a Omar Salem. Siempre ha contado con mi padre, al que durante años ha tenido a su lado como su mano derecha, y a mí me ha confiado sus negocios agrícolas. Pero tienes razón, es un hombre obcecado que cree que la realidad es lo que debe ser y no lo que es de verdad.

Los dos primos estuvieron hablando hasta que los últimos invitados dejaron La Huerta de la Esperanza.

En los meses posteriores Mohamed creyó que, a pesar de la negativa de los líderes árabes a reunirse con los delegados de Naciones Unidas, en su ánimo pesarían los atentados perpetrados contra los británicos por los hombres del Leji y el Irgún. Era una guerra no declarada, una guerra de desgaste con víctimas.

Mohamed no podía estar más equivocado. Si algo pesó en el ánimo de los delegados fue precisamente que había que poner punto final al Mandato británico, y eso fue lo que recomendaron por unanimidad. Además, los delegados de Uruguay, Checoslovaquia, Holanda, Canadá, Perú, Guatemala y Suecia propusieron la partición de Palestina como fórmula para resolver los problemas que enfrentaban a árabes y judíos. Sólo los delegados de Irán, Yugoslavia y la India dieron otra solución: un Estado federal.

Omar Salem convocó una reunión en su casa. Estaba indignado por la propuesta de los delegados de Naciones Unidas.

—No lo permitiremos —aseguró a sus invitados, entre los que se encontraban Yusuf y su hijo Rami y Mohamed con su hijo Wädi, además de otros hombres preeminentes de Jerusalén.

—¿Y cómo vamos a impedirlo? —preguntó Rami.

—Negándonos sin más. Nunca aceptaremos que dividan Palestina y que una parte se la entreguen a los judíos. Lucharemos hasta morir. —La respuesta de Omar Salem fue rotunda.

—Sí, lucharemos y moriremos, pero ¿ganaremos? —La pregunta de Wädi irritó a Omar Salem y a sus invitados.

—¿Cómo te atreves a cuestionar nuestra victoria? —respondió Omar Salem, claramente enfadado.

—Me atrevo a no dar la guerra por ganada. Sólo un necio lo haría.

Mohamed miró a su hijo con orgullo. Wädi era un joven libre que no se amilanaba ante ningún hombre por poderoso que fuera. Siempre se mostraba respetuoso con los demás, pero no confundía respeto con sumisión.

Omar Salem carraspeó incómodo por la osadía de Wädi. Yusuf miró preocupado a su sobrino. En Wädi reconocía la rebeldía de su propia esposa y pensó que los Ziad eran arrogantes. Aya en ocasiones lo era, y su propio hijo Rami también había heredado aquella resolución para plantar cara a los demás sin importarle las consecuencias.

—Mi sobrino peca de prudente —intervino Yusuf intentando salvar la situación.

—No es prudencia, es sentido común —sentenció Rami, que no se alteró ante la mirada furiosa de su padre.

Otros hombres intervinieron en la discusión dando la razón a su anfitrión. Harían lo que hiciera falta para impedir que Palestina se dividiera en dos. Jamás consentirían semejante desatino.

—¿Qué hombre bien nacido permitiría que un extranjero entrara en su casa y se adueñara del jardín? —preguntó uno de los invitados.

—Sólo un cobarde lo consentiría —respondió otro.

Pero ni Rami ni Wädi eran cobardes, sólo que no se engañaban con la realidad. Y la realidad no era otra que los británicos estaban deseando marcharse de Palestina, estaban hartos de las humillaciones a las que les sometían aquellos grupos de judíos del Irgún o del Leji asestándoles golpe tras golpe. No importaba que detuvieran y ahorcaran a los culpables, los judíos no se rendían nunca. Tampoco sabían cómo abordar el problema latente entre árabes y judíos en pugna para hacerse con el control de Palestina.

Mohamed fue el primero en ver acercarse el coche de Anastasia. Cuando Jeremías murió, ella decidió confiar en Igor y en el propio Mohamed la buena marcha de la cantera. Nunca la había visitado, ni siquiera cuando vivía su marido, de manera que su presencia le inquietó.

Se acercó a recibirla pero antes mandó a uno de los hombres a avisar a Igor.

—Me alegro de verte, Mohamed.

Él la saludó incómodo. Hacía tiempo que Anastasia había ido rompiendo los vínculos con los habitantes de La Huerta de la Esperanza y, por consiguiente, eran pocas las ocasiones en que él y su familia la veían, ni siquiera había asistido a la boda de Ezequiel. Pero Anastasia era la dueña de la cantera y como tal estaba allí.

Los hombres la miraron con inquietud y desconfianza. Igor acudió a saludarla.

—Qué sorpresa..., no sabía que ibas a venir —alcanzó a decir de tan confundido como estaba.

Tanto Mohamed como Igor se reunían una vez al mes con Anastasia para darle cuenta de la marcha de la cantera; así pues, algo grave debía de pasar para haberse presentado de improviso.

—Quiero hablar con los dos —les dijo, y sin añadir nada más comenzó a caminar en dirección a la pequeña oficina de Igor.

Ocupó la silla que había tras la mesa del despacho y les observó largamente antes de empezar a hablar. Mohamed pensó que aquella mujer se comportaba con ellos como si fueran un par de colegiales pillados en una travesura.

—Voy a vender la cantera. Me voy de Palestina.

Ni Mohamed ni Igor supieron qué decir. Se quedaron en silencio, mirándola fijamente.

—Hay un hombre que quiere comprarla, un amigo de Omar Salem. La oferta es buena pero antes de cerrar ningún acuerdo con él quería deciros que si alguno de los dos, o los dos juntos, decidís quedaros con la cantera, es vuestra. El precio que ponga será justo.

Igor era un poco mayor que Mohamed. Se sentía fuerte y capaz de continuar trabajando, pero no estaba seguro de que le conviniera comprar la cantera. ¿Para qué iba a hacerlo? Su hijo Ben había encontrado su propio camino, estaba dedicado en cuerpo y alma a la Haganá, y no tenía más horizonte que organizar la llegada clandestina de los judíos a Palestina. No, Ben no querría hacerse cargo de la cantera y así se lo dijo a Anastasia.

—¿Y tú, Mohamed? —preguntó ella.

—Tendría que hablarlo con mi familia... Como sabes, mi hijo Wädi es maestro y también trabaja en una imprenta. En cuanto a mi sobrino Rami, está contento trabajando para Omar Salem. Me gustaría comentarlo con mi cuñado Yusuf y con mi hijo, si me dieras tiempo...

—Dos días. Dentro de dos días quiero una respuesta. —La voz de Anastasia era fría como el hielo.

—Has dicho que te vas de Palestina..., no sabía que querías irte —se atrevió a decir Igor.

—No tenías por qué saberlo. Me voy a Europa, a Londres. Mis hijos no quieren saber nada de la cantera, en realidad tampoco quieren saber mucho de mí. Como sabéis, viven en un kibutz. Todos están demasiado ocupados preparándose para el nuevo Estado. Pero a mí eso no me importa, cada cual tiene que elegir su destino y el mío ya no está aquí. Estoy cansada de luchar, de esperar no sé el qué. Siento que se me ha escapado la vida —les confesó sin ninguna emoción.

Anastasia no dijo nada más. Se levantó y con una leve inclinación de cabeza dio la reunión por terminada.

La acompañaron al coche. Ella ni siquiera mostró interés en recorrer la cantera.

Igor y Mohamed se sintieron incómodos el uno con el otro. Todos aquellos años habían trabajado juntos pero manteniendo una distancia que ninguno de los dos quiso acortar. No eran amigos, nunca lo habían sido, y cuando coincidían en las celebraciones familiares se evitaban mutuamente. El amor que sentían por Marinna había puesto un abismo infranqueable entre ambos. Igor llevaba demasiados años sufriendo, sabiendo que Marinna amaba a Mohamed, y Mohamed nunca había superado los celos que sentía sabiendo que cada noche Marinna compartía la cama con Igor.

Salma escuchó a su esposo con preocupación. Parecía noqueado por la decisión de Anastasia de vender la cantera.

—Sabía que algún día lo haría —afirmó Salma.

—¿Sí? ¿Y por qué? —preguntó malhumorado Mohamed.

—Es una mujer extraña, aparentemente indiferente a todo lo que le rodea. Cuando sus hijos eran pequeños los trataba con amabilidad pero en su relación faltaba entrega. De la misma manera se comportaba con Jeremías. Se notaba que él estaba muy enamorado de ella y que era un buen marido, pero dudo que Anastasia llegara a quererle de verdad. Creo que ella se conformó con lo que tenía, con Jeremías, pero que en realidad hubiese querido tener otra clase de hombre a su lado. Y eso que Jeremías era un hombre trabajador y honrado. Pero ella no le amó, aunque hay que reconocer que siempre se ha comportado decentemente.

A Mohamed le sorprendió la agudeza del juicio de Salma. Él no había sido capaz de leer con tanta hondura en el rostro hierático de Anastasia.

Wädi se apenó al ver la preocupación de su padre. Le hubiera gustado decirle que le ayudaría a hacerse cargo de la cantera, que trabajarían codo con codo y disfrutarían sabiéndola suya, pero no quería engañarle ni engañarse. No deseaba pasar el resto de su vida arrancando piedras a las entrañas de la tierra.

—Es un buen negocio —afirmó Mohamed.

—Padre, yo te apoyaré en lo que necesites, pero no me pidas que deje la escuela, soy feliz enseñando a los niños y también disfruto con el trabajo en la imprenta.

—Quizá a Yusuf le interese —sugirió Salma.

—Sí, hablaré con él.

Pero Mohamed tampoco convenció a Yusuf de las ventajas de comprar la cantera.

—Ya no tengo edad para aventuras. Puedo dejarte dinero si lo necesitas para poder comprarla, pero no para participar en el negocio.

—Tú no tendrías que hacer nada, sólo ser mi socio —le explicó Mohamed.

—No, no me interesa. Sé que tu hermana Aya se disgustará cuando sepa de mi negativa, pero me va bien así; Omar Salem me distingue con su confianza y no tengo motivo alguno para dedicarme a un negocio del que lo desconozco todo. Pero si al final no te decides a comprar la cantera, lo que sí puedo hacer es hablar con el hombre que quiere comprarla. Es un amigo de Omar Salem, le conozco bien, y estoy seguro de que sabrá apreciar tu trabajo.

Cuando dos días después Anastasia volvió a la cantera, Mohamed e Igor le explicaron con pesar que ninguno de los dos compraría la cantera.

—Lo imaginaba, pero era mi obligación ofrecérosla. Todos estos años habéis trabajado bien y con honradez. Si alguien merece la cantera, sois vosotros, pero comprendo que si a vuestros hijos no les interesa no tiene sentido que os hagáis con ella. —Anastasia entregó un sobre a cada uno y tras un apretón de manos se marchó.

Mohamed tuvo suerte. Nabîl, el amigo de Omar Salem, después de examinar las cuentas y hablar con los hombres de la cantera decidió que no encontraría a nadie mejor que Mohamed. En cuanto a Igor, prescindió de él. Sería su propio hijo quien se encargaría de dirigir a los hombres que arrancaban aquella piedra dorada, la piedra sagrada de Jerusalén. Igor se despidió de los hombres agradeciéndoles los muchos años de trabajo que habían compartido. Algunos tuvieron palabras de afecto hacia él, otros le despidieron con indiferencia. Para Mohamed no resultó fácil ver marcharse a Igor. Le sabía hundido, perdido sin su trabajo durante tantas décadas. Igor había dejado lo mejor de sí mismo en la cantera. Cuando murió Jeremías y se hizo cargo de ella, dobló las ganancias. Se dieron un apretón de manos sin decir una palabra.

—¿Y qué hará ahora? —le preguntó Salma a su marido.

—No lo sé, no me he atrevido a preguntárselo.

—Hablaré con Ben —se ofreció Wädi.

—Sí, habla con él, estará preocupado por su padre.

Aquel 29 de noviembre de 1947, todos los palestinos, árabes y judíos estaban pendientes de la radio. Las Naciones Unidas se reunían para votar el plan de sus delegados en el que se recomendaba la partición de Palestina.

Wädi había convocado a su primo Rami, a Ben y a Ezequiel para escuchar juntos la decisión de la ONU. Rami le había dicho que a lo mejor no era buena idea que se reunieran precisamente aquel día, pero Wädi había insistido diciendo que «si no somos capaces de estar juntos en un momento como éste, entonces es que no seremos capaces de estar juntos nunca más».

Se encontraron en un pequeño café de la Ciudad Vieja cuyo propietario era un cristiano palestino amigo de fray Agustín, que también estaba en el café conversando con dos hombres que a Wädi le resultaron desconocidos.

Pasada la medianoche, el locutor anunció que iba a darse el resultado de la votación: la Resolución 181 obtenía treinta y tres votos a favor, entre ellos el de Estados Unidos y la Unión Soviética, trece en contra y diez abstenciones, entre éstas las del Reino Unido. Palestina sería dividida en dos y Jerusalén estaría bajo control internacional.

En el café se había hecho el silencio. Todos estaban anonadados. Los árabes palestinos por el mazazo que suponía que Naciones Unidas ratificara la división de la que consideraban su tierra. Los judíos por la emoción de haber logrado un sueño, la recuperación del solar de sus antepasados.

Ezequiel y Ben se miraron eufóricos pero contuvieron el deseo de darse un abrazo y mucho menos de gritar su alegría. Wädi y Rami estaban tan conmocionados que no podían ni hablar. No es que confiaran en que hubiese podido darse otro resultado, pero cuando la realidad les azotó, se quedaron bloqueados, incapaces de reaccionar.

—Hoy empieza el futuro —dijo Ben mirando a sus amigos.

—Vuestro futuro y nuestra humillación —acertó a decir Rami.

—No hemos sabido defender nuestra causa —afirmó Wädi en un murmullo.

—Es lo más justo —defendió Ezequiel.

—¿Justo? No, no lo es. Unos delegados que no sabían nada de Palestina vinieron aquí, pasaron unas cuantas semanas y optaron por una solución salomónica: dividir Palestina en dos. ¿Dónde ves la justicia? —le respondió Wädi.

—Vosotros y nosotros tenemos el mismo derecho a esta tierra, deberíamos ser capaces de compartirla; hasta ahora lo hemos hecho, quizá esto sea una nueva oportunidad —insistió Ezequiel.

—Sí, os dan la oportunidad de tener un Estado a costa nuestra —intervino Rami.

—Palestina no era un Estado, era parte del imperio otomano, y antes de eso tampoco fue un Estado. ¿De qué estamos hablando, Rami? —Ben intentaba contener su enfado.

—Sí, ya lo hemos discutido en otras ocasiones. Según vosotros, Palestina no es de nadie, era de los judíos hace dos mil años, luego llegaron los romanos y detrás de ellos otros invasores, y así hasta llegar a los turcos y después pasamos a manos de los británicos. Pero nosotros estábamos aquí, no importa quiénes fueran los dominadores —le replicó Rami.

—Y nosotros también —le recordó Ezequiel.

—¿Sabes cuántos árabes hay en Palestina? Te lo diré, más de un millón doscientas mil almas, ¿y cuántos judíos? También te lo diré, unos seiscientos mil, pero en esa cifra hay que contar también a las sucesivas oleadas de inmigrantes. Hace cincuenta años no erais ni la mitad. —Rami había alzado la voz.

—Naciones Unidas nos aboca a la guerra —afirmó Wädi.

—¡No! Eso sería una locura. ¿Por qué no podemos compartir la tierra? Si no lo hacemos, si no somos capaces de vivir los unos con los otros, entonces habremos fracasado. La opción no puede ser la guerra. —Ezequiel parecía compungido por la deriva que estaba tomando la conversación con sus amigos.

—No sé cómo vamos a poder evitarlo. Estoy seguro de que desde este mismo momento vuestros líderes ya están preparándose para la confrontación, para defender ese trozo de tierra que Naciones Unidas os ha regalado.

—No habrá confrontación si aceptáis la Resolución 181 —afirmó Ben.

—Tú sabes que no podemos aceptarla. —Rami parecía cansado de la discusión.

Fray Agustín se acercó y les interrumpió. No le hizo falta más que un vistazo para percibir la tensión que había entre los cuatro amigos.

—Lo siento, Wädi —le dijo dándole una palmada en el hombro.

—Lo sé —respondió Wädi.

—Llevo tiempo diciéndote lo mismo que a otros amigos árabes, que el gran error es haber despreciado la diplomacia. La Agencia Judía ha librado una batalla diplomática y ha ganado. Me cansé de repetir a alguno de vuestros líderes que era un error despreciar a los delegados de la ONU, que debían reunirse con ellos, que no basta con tener la razón sino que hace falta defenderla con argumentos. —Fray Agustín parecía realmente disgustado.

—Nos opondremos a la partición —aseguró Rami.

—Es inútil, no habrá vuelta atrás. Los judíos darán por bueno el trozo de tierra que les asignen y tendrán su propio Estado. Es mejor que aceptéis la realidad —aseguró fray Agustín.

—La realidad se puede cambiar —respondió Rami con rabia contenida.

—No, no se puede cambiar una resolución de la ONU, lo hecho, hecho está. Es mejor aceptarlo, lo contrario será peor. —El fraile no parecía tener dudas.

—¿Peor? ¿Peor para quién? No puedes decirme que no tenemos otra opción, que tenemos que aceptar que nos echen de nuestra propia tierra. ¿Qué pasará con los árabes que viven en los campos y en las ciudades que vayan a formar parte del territorio judío? ¿Deberán dejar sus casas, la tierra que cobija a sus antepasados? Pretendes que permitamos que nos roben y además pongamos la otra mejilla. —Wädi también había alzado la voz.

—No te confundas, estoy de vuestra parte, pero eso no me impide ver las cosas como son. De todos vosotros depende que no haya un enfrentamiento que sólo traería más sufrimiento. Sería un error. —En la respuesta de fray Agustín no había lugar para la esperanza.

—Entonces, permítenos equivocarnos. —Tras decir esto, Rami se levantó y se dirigió a la puerta.

Wädi le alcanzó y le cogió del brazo pidiéndole que regresara.

—Sabíamos que esto podía pasar, y aun así decidimos compartir esta noche con Ezequiel y Ben. Me siento tan estafado como tú, pero no deberíamos perder la cabeza. El fraile tiene razón, nos hemos equivocado, nuestros líderes han despreciado a los delegados de la ONU mientras los judíos les convencían para que apoyaran su causa.

Rami volvió a sentarse. Ezequiel y Ben no se habían movido de la mesa, y el fraile se había sentado con otros parroquianos. Mientras tanto, en algunas casas de Jerusalén y del resto de Palestina se lloraba de alegría, y en otras de amargura.

«Los norteamericanos nos han traicionado», la afirmación de Mohamed estaba cargada de decepción. Él, como tantos otros árabes palestinos, había confiado en que el presidente Truman siguiera la política del presidente Wilson favorable a los intereses árabes.

—Estamos solos, padre, siempre lo hemos estado. Los norteamericanos defienden sus intereses lo mismo que los británicos. No miremos a los demás a la espera de que nos defiendan, tendremos que defendernos nosotros mismos —le contestó Wädi, que había encontrado a su padre esperándole impaciente para comentar la votación de la ONU.

—Yusuf está en casa de Omar Salem. Nos esperan.

—Es muy tarde, padre. —Wädi estaba cansado y al día siguiente debía madrugar para ir a la escuela.

—¿Crees que alguien podrá dormir esta noche?

—¿Qué haremos? Hablar, hablar y discutir entre nosotros... Estoy cansado de gastar palabras que no llevan a ninguna parte.

—Si no vamos se ofenderán.

—Deberías haber ido tú, en vez de esperarme... Yo no me siento con ánimo; si quieres te acompaño, pero no me pidas que me quede. Es muy tarde y haya decidido lo que haya decidido la ONU esta noche, la escuela se abre mañana.

No insistió a su hijo pero sí aceptó que le acompañara, pero cuando Mohamed regresó encontró a Wädi despierto, sentado en una silla de la cocina con una taza de café en la mano.

—Tenías razón, padre, ésta es una noche de vigilia.

Desde aquella noche del 29 de noviembre de 1947 no volvió a haber paz entre las dos comunidades.

Wädi ya estaba en la escuela cuando llegó fray Agustín. El fraile parecía alterado.

—Habrá guerra —sentenció clavando la mirada en Wädi, que aparentaba estar ensimismado escribiendo en una pizarra las frases que los pequeños tenían que copiar.

—Lo sé —respondió Wädi, malhumorado.

—Y todo por culpa del Foreign Office; aunque hay muchos

soldados británicos que simpatizan con la causa árabe, órdenes son órdenes —continuó el fraile.

Wädi asintió sin responder mientras terminaba de escribir en la pizarra. Los niños estaban alborotados, los mayores les habían contagiado el nerviosismo que en aquellos momentos reinaba en Jerusalén y en el resto de Palestina.

—A mediodía vendrá Anisa. La viuda que vive en el camino de Belén ha empeorado. El médico dice que no le queda mucho de vida y le ha recetado unas inyecciones para aliviarle el dolor. Anisa se las pondrá. ¿Podrás llevarla en el coche antes de ir a la imprenta de mister Moore?

Anisa llegó más tarde de lo previsto, contratiempo que aumentó el malhumor de Wädi.

—Fray Agustín me ha pedido que te lleve a casa de esa viuda cerca de Belén —le dijo con voz seca.

—Siento el retraso, hoy había mucha gente en el hospital. He hablado con el médico que atiende a la viuda y me ha dicho que apenas le quedan unos días de vida. ¡Pobre mujer!

Cuando llegaron encontraron a la viuda acompañada por una vecina.

—Tiene muchos dolores —les advirtió la mujer— y no quiere comer nada.

Wädi aguardaba impaciente a que Anisa pusiera la inyección a la mujer. Cuando por fin salieron de la casa, Anisa le puso la mano sobre el brazo invitándole a pararse para hablar.

—Estoy igual de furiosa que tú por la decisión de la ONU de arrebatarnos la mitad de nuestro país y haré lo que haga falta para impedirlo.

—Lucharemos y perderemos porque la ONU no va a echarse atrás. Los judíos ya han obtenido una gran victoria.

—¿Tan poca confianza tienes en que podamos ganar?

—Anisa, ya te lo he dicho, lucharemos pero la ONU no rectificará.

—¿Por qué eres tan negativo? ¿Acaso crees que los judíos son mejores que nosotros? Podemos vencerles.

—No son mejores que nosotros, pero defenderán cada pedazo de tierra con su propia vida. Quieren un hogar, un lugar que por pequeño que sea puedan sentirlo como suyo, un lugar del que nadie pueda echarles, y ese lugar lo han encontrado aquí.

—Pero ¡qué dices! Parece que estás de su parte. —Anisa estaba escandalizada por las palabras de Wädi.

—Les conozco bien, me he criado con niños judíos, entre ellos están mis mejores amigos, y porque les conozco sé que esta batalla no será fácil de ganar. Ten por seguro que lucharé, que no me importa dar mi vida, pero me sorprende que decir la verdad me convierta en sospechoso de no ser patriota.

—Yo no he dicho eso… —Anisa se dio cuenta de que le había ofendido.

—Lo has dicho con palabras distintas. No serás la única que me haga reproches. Nadie quiere escuchar la verdad y cuando la dices te consideran o un loco o un traidor. Y no soy ni lo uno ni lo otro.

—Pensaba decirte…, hoy he sido yo quien le ha pedido a fray Agustín que te dijera que me acompañaras, quería decirte algo…

En aquel momento Wädi comprendió que ella había decidido aceptarle en matrimonio pero que sus palabras la hacían dudar.

—Yo no voy a engañarte nunca, Anisa, no voy a presentarme como lo que no soy, ni voy a dejarme llevar por lo que digan los otros sin reflexionar. Diré siempre en voz alta lo que pienso y lo defenderé sin que me importen las consecuencias, aunque eso suponga quedarme solo. Lo que nunca haré será engañarme ni engañar a los demás.

Durante unos segundos se miraron fijamente y luego Anisa le sonrió. Wädi se sintió aliviado por aquella sonrisa.

—Quería decirte que acepto casarme contigo si es que aún quieres…

¿Podía ser feliz mientras tantos hombres se preparaban para la guerra? Era la pregunta que Wädi se hacía todas las mañanas apenas abría los ojos. Era feliz porque iba a casarse con Anisa. Era feliz porque enseñar en la escuela colmaba todas sus ambiciones. Era feliz porque los Moore le trataban como a un hijo. Era feliz porque su padre y su madre gozaban de buena salud. Era feliz porque Rami era feliz con Shayla. Era feliz porque su hermana Naima estaba de nuevo embarazada.

Pero a pesar de tanta felicidad padecía de insomnio. Los enfrentamientos entre árabes y judíos eran continuos. Un día después de la votación de la ONU comenzaron las escaramuzas, y la tensión y los enfrentamientos fueron en aumento. El muftí de Jerusalén desde su exilio en El Cairo había instado a una huelga general. Los disturbios se hicieron cotidianos. Y las víctimas en los dos bandos empezaron a contarse por decenas.

Mohamed y Salma habían acordado con los padres de Anisa que la boda se celebraría a principios de año.

A Salma le preocupaba lo que dirían los padres de Anisa y sus familiares y amigos cuando se encontraran entre los invitados a unos cuantos judíos porque, a pesar de la tensión entre las dos comunidades, ni Mohamed ni Wädi habían dudado de que debían invitar a todos los miembros de La Huerta de la Esperanza.

Ezequiel se alegró sinceramente cuando Wädi le anunció que se casaba y le presentó a Anisa. Sara y ella parecieron congeniar al instante. Wädi le había explicado a Anisa lo mucho que había sufrido Sara, su paso por Auschwitz, las torturas a las que los nazis habían sometido a sus hijos hasta asesinarles. Anisa no pudo por menos que llorar conmovida ante tanta desgracia, de manera que el día en que conoció a Sara estaba predispuesta a simpatizar con aquella joven judía sefardí.

También Miriam y Marinna la recibieron con tanto afecto que Anisa se sintió abrumada. Sólo Igor parecía indiferente a todo. Desde que había perdido el empleo en la cantera se había vuelto aún más taciturno. Pasaba casi todo el día trabajando en el campo, pero podar olivos no le hacía feliz.

Marinna había hecho un pastel de higos para agasajar a Anisa y Miriam había preparado café y té. Ni Mohamed ni Salma habían acompañado a Wädi y a Anisa a La Huerta de la Esperanza. Mohamed se sentía incómodo cuando se encontraba con Igor, una incomodidad que se extendía al resto de los habitantes de La Huerta de la Esperanza. La votación de la ONU había ahondado el abismo entre ellos por más que todos se negaran a reconocerlo.

—Parece que Sara y Anisa han congeniado —susurró Wädi a Ezequiel.

—Estoy sorprendido, nunca había visto a Sara tan contenta. No para de hablar y ya sabes que no suele hacerlo —respondió Ezequiel.

—Le vendrá bien tener una amiga de su edad —afirmó Wädi.

Anisa nunca hubiera imaginado que podría llegar a simpatizar tanto con una muchacha judía, pero lo cierto es que poco a poco Sara y ella se hicieron inseparables. Sara parecía confiar en Anisa más que en ninguna otra persona y no era raro verlas pasear intercambiando confidencias.

Un día Wädi preguntó a Anisa si Sara era feliz. Ella pensó detenidamente la respuesta.

—Nunca será feliz, ni aspira a ello, sólo quiere vivir con sosiego y ser útil a los demás. Por eso se dedica a ayudar a los refugiados que llegan a Palestina. A ella le ha costado aprender hebreo y aún no lo domina, y le preocupa que los que llegan se encuentren con esa primera barrera que es el idioma.

—¿Quiere a Ezequiel? —Wädi preguntaba lo que en realidad le preocupaba.

—Si puede querer a alguien es a Ezequiel. Le está agradecida por salvarla y por no pedirle nada a cambio.

—Pero no le ama —concluyó Wädi.

—Amó a Nikos, el padre de sus hijos. La vida la ha unido a Ezequiel y hará lo imposible por hacerle feliz. Puede que con el tiempo llegue a quererle como quiso a Nikos. Sé que Ezequiel es tu amigo y que sufres por él, pero déjame que te pregunte, ¿él ama a Sara?

—¡Claro que sí! La sacó de un hospital, la trajo a Palestina y se casó con ella, ¿cómo puedes preguntarme si la quiere?

—Pues yo creo que no está enamorado de ella. Los dos se han unido por razones que nada tienen que ver con el amor. Creo que para Ezequiel, Sara es el último vínculo con su hermana Dalida y con su padre, porque ambos estuvieron y murieron en Auschwitz. Al salvarla a ella de alguna manera cree estar salvando a su padre y a su hermana.

—Es terrible lo que dices. —A Wädi le sobrecogió la reflexión de Anisa.

—Ambos han sufrido mucho y pueden hacerse mucho bien. Se reconfortan el uno al otro. Eso ya es suficiente.

Omar Salem había vuelto a convocar a sus amigos en su casa. Wädi se sentía a disgusto en aquellas reuniones, pero Mohamed insistía en que debían asistir.

—No podemos ofenderle. Piensa además en tu tío Yusuf y en tu primo Rami, los dos trabajan para Omar Salem.

Precisamente era por Yusuf y por Rami por lo que Wädi cedía a la insistencia de su padre. En realidad no lograba simpatizar con Omar Salem. No es que pensara que no fuera un buen hombre, lo era, y un gran patriota, sin duda, pero pensaba que no tenía ningún interés por las opiniones ajenas. Omar Salem invitaba a sus amigos para reafirmarse en sus juicios y en sus decisiones.

Rami abrazó a su primo nada más verle, parecía preocupado.

—Esto es un desastre. Las dos comunidades ya han comenzado a separarse. Hay muchos árabes que están abandonando los pueblos y barrios donde vivían con otras familias judías. Creo que sería mejor quedarnos y resistir —explicó Rami.

—Estamos en guerra —recordó Omar Salem.

—Los pistoleros del Irgún a punto estuvieron de cobrarse la vida de un miembro de la familia Nusseibeh —afirmó uno de los invitados.

—¿Te refieres al atentado contra la estación de autobuses cercana a la Puerta de Damasco? —preguntó Mohamed.

—Sí. Sólo en Jerusalén ya han muerto varios cientos de árabes. ¿Vamos a olvidarnos de los sionistas que han disparado contra la Explanada de las Mezquitas? —insistió el mismo hombre.

—Los judíos están bien organizados, todos sus hombres se han movilizado —dijo Yusuf.

—Nosotros contamos con nuestros hermanos de los Estados árabes. Nos ayudarán a restablecer la justicia. —Las palabras de Omar Salem fueron acogidas con satisfacción.

—No hemos dejado de luchar desde el mismo día en que la ONU votó la partición de Palestina. Los judíos saben a qué atenerse con nosotros —insistió Yusuf.

—Es una bendición contar con el muftí Haj Amin al-Husseini —dijo un hombre alto, delgado y bien parecido.

—¡Ah!, ya me extrañaba a mí que Qâsim no nos recordara las bondades del muftí, que Alá le tenga mucho tiempo en su exilio egipcio. —La respuesta de Wädi escandalizó a los hombres.

—La familia Ziad siempre mostrando sus reticencias hacia el muftí... esta vez ¿qué vas a reprocharle, Wädi Ziad? —El hombre llamado Qâsim miraba desafiante a Wädi.

—Incluso estando ausente, nos divide. Hablaré por mí, no comparto la estrategia del muftí. Además..., no siento ningún respeto por lo que hizo en el pasado.

—Sí, ya sabemos que prefieres a tus amigos judíos —le respondió Qâsim.

Airado, Mohamed se levantó pero Wädi le agarró del brazo.

—Por favor, padre, permíteme responder. Yo elijo a mis amigos en función de la clase de hombres que son. Y sí, tengo amigos judíos a los que aprecio y respeto tanto como al mejor de vosotros. No sólo no me avergüenzo, sino que además me honro de ello. Hasta hace poco, muchos judíos eran vuestros amigos, los recibíais en vuestras casas y ellos a vosotros en las suyas. Cerrabais acuerdos para vuestros negocios, ibais a sus médicos y ellos venían a los nuestros. Al igual que vosotros, considero una traición la decisión de Naciones Unidas de dividir Palestina. Pero insistiré hasta que queráis escucharme que no resolveremos nada matándonos los unos a los otros. Aun así lucharé y haré cuanto sea necesario para que no nos arrebaten nuestra tierra y lo que es nuestro.

Como en ocasiones anteriores, Omar Salem lamentaba en silencio la presencia de Wädi. No podía dejar de invitar a los Ziad, habría sido una ofensa no hacerlo, pero pensaba que el hijo de Mohamed no era de fiar.

—Nuestros hermanos del Ejército Árabe de Liberación nos ayudarán a derrotar a los judíos —dijo Qâsim volviendo a mirar a Wädi.

—Libaneses, sirios, iraquíes..., todos ellos luchando aparentemente por nuestra causa. Los sirios nos han enviado a Fawzi al-Qawuqji, un héroe al que todos conocéis bien. Estuvo en Hama, durante la revuelta, luchando contra los franceses, y en el 36 también ayudó a la rebelión en Palestina, y en Irak combatiendo a los británicos, para terminar sirviendo a Hitler. No, no pongo en duda ni su valor ni su sacrificio por la causa árabe. Pero desconfío de los hombres que han sido capaces de colaborar con Hitler, ya sea el muftí o un general, aunque se le considere un héroe como a Fawzi. Durante un tiempo yo mismo intenté comprender por qué algunos de nuestros líderes se aliaban con Hitler; la explicación era que los judíos eran sus enemigos y, por tanto, los enemigos de los nuestros se convertían en amigos. Pero esa explicación terminó asqueándome a mí mismo.

—De manera que te atreves a cuestionar a uno de los mejores generales con que podemos contar... —En la voz de Omar Salem se denotaba amargura e irritación.

Se volvió a hacer el silencio. La incomodidad iba en aumento. Hasta Mohamed se preguntaba por qué su hijo pretendía provocar a aquellos hombres. Nunca más le insistiría para que le acompañara a casa de Omar Salem.

—Respeto a los hombres no por las batallas que hayan podido ganar sino por las causas que defienden. En cuanto a lo de cuestionar a Fawzi al-Qawuqji... no es eso, es sólo que pienso que el problema es entre nosotros y los judíos, y debemos resolverlo solos. Vosotros confiáis en que ganaremos porque nuestro héroe ha dejado su exilio dorado en Egipto para regresar a Siria y allí ha estado preparando a hombres para librar la batalla en Palestina. ¿No os preguntáis por qué razón nuestros «hermanos» árabes no se implican directamente? Los Estados de la Liga Árabe están ofendidos por la votación de la ONU y todos declaran que no permitirán la partición de Palestina, pero no han comprometido a sus ejércitos, se conforman con apoyar una tropa de voluntarios, el Ejército Árabe de Liberación.

»Y qué me decís del rey Abdullah. Todos sabemos que no ve con malos ojos la partición, incluso puede que crea que es la única solución.

Los hombres se revolvieron incómodos en sus asientos. Nadie quería criticar a Abdullah en público, no delante de quienes no fueran estrictamente sus amigos. Pero algunos de ellos le maldecían en privado, incluso le tachaban de traidor. Pensaban que Abdullah velaba sólo por sus intereses.

Yusuf parecía más incómodo que ningún otro invitado. Él servía a Omar Salem, pero todos conocían su vinculación con la casa hachemita. Su familia vivía en Ammán, y siempre habían servido con lealtad al depuesto Husayn, guardián de La Meca, y después a sus hijos. Pensó que ya era demasiado viejo para ser prudente, de manera que decidió intervenir.

—El rey Abdullah mira por los suyos, como hacen el resto de los dirigentes árabes. Mi sobrino Wädi dice la verdad. Los Estados árabes creen que hacen suficiente armando un ejército irregular. Abdullah es prudente y buen conocedor de los británicos, no se engaña y sabe qué batallas puede dar. De lo que estoy seguro es de que si llegara a haber guerra, podremos contar con los jordanos.

—Contamos con grandes generales, ¿acaso no lo es Ismail Safwat? La Liga Árabe le ha nombrado comandante en jefe del

Ejército Árabe de Liberación, sin olvidar a Abdelkader al-Husseini, que a pesar de pertenecer a la familia del muftí, hasta el joven Wädi tendrá que reconocer su valía —añadió Omar Salem.

—Sí, lo reconozco, no tengo nada que objetar a Abdelkader al-Husseini, es un hombre digno, como lo son otros hombres de las familias Jalidi y Dajani —respondió Wädi.

—Por ahora tenemos una gran baza, mientras controlemos la carretera entre Jerusalén y Tel Aviv. Estando en nuestras manos el éxito está asegurado —afirmó Rami mirando a su primo Wädi.

Omar Salem carraspeó y observó a Yusuf. Los dos hombres intercambiaron una mirada antes de que Omar Salem tomara la palabra.

—Esta noche quería celebrar con vosotros que Rami forma parte de las fuerzas de Abdelkader al-Husseini. Me pidió hace un mes permiso para abandonar por un tiempo la empresa agrícola que con tanto acierto ha dirigido en los últimos años. Se lo di. Nada puede hacerme más feliz que saber que los mejores de entre nosotros lucharán por Palestina. Con ellos tenemos el éxito asegurado. —Las palabras de Omar Salem fueron acogidas con muestras de asentimiento.

Wädi miró a su primo con pesar. Acababa de enterarse de la noticia al mismo tiempo que los demás, y eso le dolió.

Mohamed tampoco sabía nada e intercambió una mirada de reproche con Yusuf. ¿Cómo era posible que el esposo de su hermana Aya no le hubiera comunicado la decisión de Rami?

Cuando salieron de casa de Omar Salem, Wädi se plantó ante su primo dispuesto a reprocharle su falta de confianza.

—¿Por qué no me lo habías dicho?

—Porque sé lo que piensas y no quería que intentaras disuadirme. Creo que es mi deber luchar como en el pasado lo hizo mi padre y también el tuyo. Si no lo hacemos así perderemos nuestra patria. No hay elección. Tú también tendrás que hacerlo.

—No me da miedo luchar y volveré a hacerlo. Ya he combatido en una guerra —le recordó Wädi.

—Que no era nuestra. —Las palabras de Rami irritaron a su primo.

—Sí, sí que lo era. Luchar contra Alemania era la única opción decente. Siempre estaré muy orgulloso de haber contribuido a la derrota de Hitler.

—Deberías unirte a los hombres de Abdelkader al-Husseini, serías bien recibido por él. Conoce el valor de tu padre y sabe que tu abuelo fue un héroe. Le he hablado a menudo de ti.

—Rami, yo no quiero que se consume la partición de Palestina, y lucharé aunque sé que será difícil evitarlo. Tú también lo sabes. Les conoces lo mismo que yo.

—¿A quiénes te refieres?

—Hemos crecido con otros chicos judíos, sabemos cómo son. No van a permitir que vuelvan a echarles de ningún sitio. Ben me lo dijo un día: «Se acabaron los judíos errantes, no volverán a expulsarnos de ningún lugar porque esta vez hemos vuelto a la patria y para echarnos tendrán que exterminarnos a todos, y ni siquiera Hitler lo consiguió». No he dejado de darle vueltas a las palabras de Ben.

—Bueno, es normal que diga eso, ellos tienen sus razones y nosotros las nuestras —respondió Rami.

—La razón nos asiste, pero ¿de qué nos servirá?

Rami se sintió incómodo con las palabras de Wädi. Si las hubiera dicho cualquier otro hombre le habría abofeteado y tratado de cobarde. Pero Wädi no lo era y por eso le desconcertaba que hiciera aquella reflexión. Pensó que estaba demasiado enamorado de Anisa y sólo quería disfrutar del futuro sin guerras.

—No podemos permitir que nos roben, que nos echen de nuestras casas y de nuestras tierras. ¿Es que no te das cuenta de lo que significaría la partición?

Los dos primos se separaron taciturnos, pensando sobre las palabras del otro.

A Rami no le hizo falta insistir demasiado a Wädi para presentarle a Abdelkader al-Husseini.

Los días pasaban y cuando Wädi discutía con los suyos intentaba que tuvieran en cuenta el punto de vista de los judíos, porque sólo si le conoces, puedes vencer a tu adversario. Sentía que nadaba a contracorriente, pero que no podría hacerlo por mucho tiempo. Ezequiel había sido honrado al reconocerle que la Agencia Judía había fijado como objetivo asegurar todo el territorio que les correspondería con la partición, así como que él mismo había pasado a tener una participación más activa en la Haganá.

—Tenemos muchas bajas —le había confesado—, vuestro Abdelkader al-Husseini es un buen general.

Lo era. Wädi tuvo que reconocer que era difícil sustraerse a la inteligencia y a la valentía de Abdelkader al-Husseini, cuya personalidad conquistaba a cuantos le conocían. A pesar de estar entre soldados, se le notaba su exquisita educación. Había estudiado en la Universidad Americana de El Cairo y escribía poesía. Era un aristócrata y la historia de su familia no se podía contar sin la de Jerusalén.

Para Wädi fue una sorpresa saber por boca de Abdelkader al-Husseini que su primo Rami era uno de los responsables de Kastel, el pueblo desde el que sus fuerzas controlaban la carretera entre Jerusalén y Tel Aviv.

—Tienes razón, es un gran hombre —le dijo Wädi a Rami cuando salieron de la entrevista.

—Me alegro de que te unas a nosotros. —Rami se sentía satisfecho.

—Hablaré con mi padre y con Anisa.

—Comprendo tus dudas, crees que si luchas traicionas a Ezequiel, a Ben..., a nuestros amigos de La Huerta de la Esperanza —le dijo Rami, que conocía bien a su primo.

—No es eso..., al menos no del todo.

—Y sin embargo ellos no dudan, sabes que Ben y Ezequiel forman parte de la Haganá y que lucharán cuanto sea necesario.

Ellos tienen su causa, nosotros la nuestra. Es una desgracia para todos nosotros tener que enfrentarnos, pensar que en algún momento nuestra bala puede ser la que arranque la vida de alguien que ha sido nuestro amigo. Pero no hemos sido nosotros los que hemos elegido que las cosas sean así. Los judíos no se han conformado con vivir entre nosotros, ansiaban su propio país. Son ellos o nosotros.

—No debería ser así. Deberíamos ser capaces de seguir viviendo juntos.

—Eres un poeta, Wädi, y eso te pierde.

—Abdelkader al-Husseini también es poeta.

—Pero también es un revolucionario.

A Marinna le hubiera gustado ayudar a Salma en los preparativos de la boda de Wädi, pero por decoro ni siquiera se ofreció. Salma y ella siempre habían mantenido las distancias, como habían hecho Mohamed e Igor. Era Miriam quien se acercaba de cuando en cuando a casa de los Ziad siempre dispuesta a echar una mano a Salma. Las dos mujeres simpatizaban y Mohamed sentía por Miriam un afecto especial, había sido la esposa de Samuel, y Samuel había sido para los Ziad más que un amigo.

En febrero hace mucho frío en Jerusalén. A pesar de la guerra latente, a la boda de Wädi asistieron muchos de los notables de Jerusalén. Algunos se sintieron ofendidos por la presencia de los «amigos» judíos de Mohamed. Además de Miriam, Ezequiel y Sara, Marinna e Igor también acudieron a felicitar a los novios junto a Ben. Louis había llegado desde Tel Aviv acompañado de Mijaíl y de Yasmin, que meses atrás se habían trasladado a vivir a la ciudad judía.

—Por poco no llegamos —bromeó Louis al ver a Mohamed—, nos han disparado al pasar por Kastel.

—Quien domine Kastel poseerá Jerusalén —respondió Mohamed.

—Y por ahora está en nuestras manos. —Rami se había acercado a saludar a Louis. Le hubiera gustado decirle que habían sido él y sus hombres los que aquel día habían hecho imposible el paso de los coches por la carretera de Tel Aviv a Jerusalén. Pero no lo hizo, hubiera sido tanto como dar información al enemigo, por más que le costase ver a Louis como a un adversario.

—Bueno, eso tendremos que arreglarlo —respondió Louis abrazando a Rami.

—¿Qué va a pasar? —preguntó Mohamed a Louis en cuanto pudieron hacer un aparte.

—Deberíais aceptar la partición. Los británicos se irán el 14 de mayo y entonces los enfrentamientos de ahora se convertirán en una guerra abierta.

—La partición es una humillación para los árabes. —Las palabras de Mohamed estaban repletas de pesadumbre.

—No es nuestra intención humillaros, sólo queremos un trozo de tierra donde vivir. Podemos evitar la guerra.

—Me temo que no será así. No hay un solo hombre que no esté dispuesto a morir por defender la tierra en la que ha nacido. Además, los criterios de la partición no han tenido en cuenta la realidad de Palestina, ¿cómo pretenden que Haifa se convierta en una ciudad judía? —Mohamed miraba a los ojos a Louis esperando ver comprensión en su amigo.

—Puede que la partición se hubiese podido hacer mejor, pero hecha está y nosotros lo hemos aceptado. Es un minúsculo trozo de tierra, renunciamos a lugares que consideramos sagrados por nuestra historia; nos duele, pero debemos aceptar lo que nos dan.

—¿Te das cuenta de lo que va a provocar la partición?

—Me he hecho viejo, Mohamed, y no me quedan ganas de pelear. Daría mi vida si con eso se pudiera evitar el enfrentamiento, pero también la daré si alguien pretende evitar la partición.

—Entonces puede que ésta sea la última vez que nos veamos.

—Te conocí siendo un niño y a tu padre le apreciaba como si fuera mi hermano mayor. No sé qué habría dicho él de todo esto… Para muchos de nosotros supondrá un desgarro que la partición nos separe de los amigos. —En las palabras de Louis había cierta emoción.

—Sois vosotros quienes ansiáis una frontera —le reprochó Mohamed.

—Sólo queremos un trozo de tierra, no importa lo pequeña que sea; estamos cansados de vagar, de que nos traten como a seres inferiores, de que nos expulsen de nuestras casas, hartos de dejarnos matar. Estamos cansados, Mohamed.

No hablaron más. Compartieron el cordero especiado que había preparado Salma y recordaron aquellos pasteles de pistachos que cocinaba Dina, la madre de Mohamed, y fumaron aquellos cigarros egipcios que tanto les gustaban.

Se despidieron fundiéndose en un abrazo. Ambos parecían saber que sería la última vez.

Mohamed no lo supo hasta un día después y lloró en silencio como sólo se llora a quien se quiere. Fue Marinna quien acudió a su casa acompañada de Ezequiel.

La mañana siguiente de la boda era 15 de febrero y Louis, Mijaíl y Yasmin se prepararon para regresar a Tel Aviv. Yasmin intentaba convencer a su tía Miriam para que les acompañara.

—Hace tanto tiempo que no vas a Tel Aviv que no la reconocerías. Es nuestra ciudad, sólo nuestra, tan distinta de Jerusalén…

—Pero tú has nacido aquí… Tel Aviv es una ciudad nueva, en cambio Jerusalén… Yo no podría vivir en ningún otro lugar… —argumentaba Miriam.

—Esta ciudad es opresiva, no te das cuenta hasta que no te vas. Mijaíl y yo somos más felices desde que vivimos en Tel Aviv, debimos irnos antes. Y a ti te vendría bien cambiar de aires. Me gustaría tanto que vinieras con nosotros… Te echo de menos, tía.

—Venir ha sido una temeridad. Los árabes controlan la carretera. No hemos podido venir directamente porque hacerlo es jugarse la vida, y aun así nos han disparado. Hemos salido ilesos de milagro —terció Louis, nada convencido de que Miriam debiera acompañarles.

—Y yo me quedaría más tranquilo si te quedaras en Jerusalén. No quiero que vuelvas a ponerte en peligro —añadió Mijaíl.

Pero Yasmin no parecía escucharles. Descartó la posibilidad de quedarse en Jerusalén, repitió que la ciudad la asfixiaba, y continuó insistiendo a su tía Miriam para que les acompañara.

—Si hemos podido venir, podremos volver —afirmó inasequible a cualquier argumento que la contrariara.

—Tendremos que dar un gran rodeo, no estoy seguro de que podamos utilizar la misma ruta, y pasar por Kastel sería una locura. —Louis no ocultaba su preocupación.

Pero Yasmin no estaba dispuesta a rendirse, de manera que insistió para que Miriam les acompañara si es que estaba tan loca como para aceptar la invitación.

Ezequiel veía a su madre dudar y la animó a acompañar a Yasmin.

—Mi prima tiene razón, hace años que no te mueves de La Huerta de la Esperanza, un cambio te vendría bien. Te aseguro, madre, que podré arreglármelas sin ti unos cuantos días —le dijo bromeando—. Además, Louis y Mijaíl se encargarán de que no te suceda nada.

—¿Y yo también puedo ir? —La petición de Sara les sorprendió.

Sara nunca había manifestado deseo alguno por ir a ninguna parte. Parecía feliz en La Huerta de la Esperanza. Hacía muy poco tiempo que Ezequiel y ella se habían casado, de manera que su petición les dejó sin respuesta. Fue Yasmin la que retomó la iniciativa.

—¡Pues claro que sí! Conocerás una ciudad judía, sólo judía, la primera ciudad judía del mundo. Te gustará. Tenemos muchos amigos y allí respirarás libertad.

Louis y Mijaíl se miraron alarmados y esperaron que fuera Ezequiel quien se negara a que Sara les acompañara. Pero Ezequiel no se atrevió a desanimarla, en cambio le hizo saber a Sara lo mucho que le gustaría que acompañara a su madre. De este modo Miriam se dejó convencer.

Louis continuó diciendo que llegar a Tel Aviv no sería una excursión.

—Es peligroso, nos dispararán.

Pero Miriam y Sara aseguraron estar dispuestas a correr el riesgo. De repente parecían entusiasmadas con la idea de hacer aquel viaje. Era media mañana cuando se pusieron en marcha. Mijaíl conducía el coche. Tenían que reunirse con otro grupo de viajeros que también intentaban llegar a Tel Aviv, les escoltarían hombres de la Haganá. Ben era uno de ellos.

—No sé si es buena idea que vengan tu esposa y tu madre —había comentado Louis a Ezequiel—. Bastante riesgo hemos corrido nosotros poniendo además en peligro la vida de Yasmin, y todo por una boda...

A Ezequiel le inquietaron las palabras de Louis, pero confiaba en él. Desde pequeño le había tenido como un héroe, si en algunas manos podía depositar la vida de Sara y de su madre era en las de Louis. También le tranquilizaba que Ben formara parte de la escolta.

Había caído la tarde cuando un hombre se presentó en La Huerta de la Esperanza. Marinna estaba en el jardín y salió a recibirle. Ezequiel aún no había regresado a casa e Igor estaba examinando las cuentas de la huerta cuando escuchó a Marinna gritar. Igor salió presuroso y se encontró con un hombre que sujetaba a Marinna intentando calmarla. Se plantó ante él con paso rápido y le empujó para que soltara a su esposa. El hombre ni siquiera protestó y repitió las palabras que acababa de decirle a Marinna.

El grupo que intentaba llegar a Tel Aviv había sido atacado por una veintena de árabes. Una bala había reventado una de las ruedas del coche que conducía Mijaíl. Él dio un volantazo y se salió de la carretera. Perdió el control del coche, que dio dos vueltas de campana antes de estrellarse y empezar a arder. Todos sus ocupantes habían muerto. Los viajeros de los otros dos vehículos salvaron la vida, aunque dos de ellos habían sido heridos. Los hombres de la Haganá repelieron el ataque. Ben estaba malherido. Le habían trasladado al hospital donde en ese momento luchaba por su vida.

Mientras Marinna le explicaba a Mohamed lo sucedido, Ezequiel guardaba silencio y Salma rompió a llorar.

Mohamed no sabía qué decir ni qué hacer. Le había inquietado ver aparecer a Marinna seguida de Ezequiel. Tenía que ser por algo importante el que ella fuera a su casa, y ahora allí estaba ella, con el rostro desencajado de tanto llorar mientras le explicaba que la vida de su hijo Ben pendía de un hilo y que Ezequiel había perdido todo cuanto le quedaba en la vida: su madre y su esposa.

Wädi no estaba en casa. Después de la boda había viajado a Haifa donde vivía la abuela de Anisa, demasiado vieja para asistir a los esponsales. Tardarían cuatro o cinco días en regresar y eso hizo que Mohamed se sintiera más solo que nunca. Envolvió en el mismo abrazo a Marinna y a Ezequiel mientras buscaba las palabras que reflejaran el dolor que en aquel momento anidaba en su pecho. Pensaba que quizá su sobrino Rami fuera uno de los hombres que atacó al convoy en el que viajaban Miriam y Sara. De repente la guerra se le presentaba tal cual es, ávida de cobrarse vidas. Él, que había luchado en el pasado, lo sabía bien.

Miró a Ezequiel sintiéndose responsable de él. Era el hijo de Samuel y no podía dejarle a su suerte. Aquel muchacho había sufrido demasiadas pérdidas para poder soportarlo sin más. Le hubiera gustado decirle que sus enemigos eran sus enemigos, que irían juntos a matarlos, pero no podía hacerlo. Los enemigos de Ezequiel eran sus amigos, entre ellos estaba su propio sobrino y a no mucho tardar estaría Wädi, su propio hijo.

Salma y Mohamed insistieron en acompañar a Marinna al hospital, donde Igor permanecía sin moverse esperando a que algún médico le anunciara que su hijo había vencido a la muerte.

Igor se sobresaltó al ver a Salma y a Mohamed y miró con gesto torcido a Marinna reprochándole que se hubiera atrevido a hacerse acompañar por los Ziad. Aya no tardó en llegar y se fundió con Marinna en un abrazo tan intenso que sus lágrimas terminaron siendo un solo llanto.

Los días posteriores fueron una pesadilla. Enterraron a Louis, a Miriam y a Sara, a Yasmin y a Mijaíl, y Ezequiel lloró con la desolación con que lloran los niños perdidos. Wädi había regresado a tiempo para el entierro y nadie se atrevió a impedirle que estuviera cerca de Ezequiel. Algunos amigos de éste miraban con rabia contenida a los Ziad sin comprender que pudieran asistir a aquella ceremonia de despedida. ¿Cómo se atrevían a hacerlo? Pero ni Mohamed ni Wädi se dieron por aludidos ante aquellas miradas cargadas de furor. Nada ni nadie podría impedirles acompañar a Ezequiel Zucker.

—Al menos puedo llorar en la tumba de mi madre. A mi padre y a mi hermana no tengo donde llorarles, salvo que vaya a Auschwitz, puede que aún quede una brizna de sus cenizas flotando —musitó Ezequiel a Wädi, y su amigo no pudo por menos que estremecerse.

Después del entierro Ezequiel les pidió a todos que le dejaran solo. Necesitaba el silencio para volver a encontrarse a sí mismo, así que se fue a La Huerta de la Esperanza, negándose a hablar siquiera con Wädi.

Marinna e Igor continuaban noche y día al pie de la cama de Ben, que aún no había recuperado el conocimiento. Los médicos no les daban ninguna esperanza: «Si se recupera —llegaron a decir— no será el mismo». Pero no volvió en sí. Le enterraron una semana después.

Marinna había envejecido de repente, incapaz de soportar la pérdida de su hijo. Mohamed hubiera querido abrazarla pero sólo podía expresarle con la mirada su propio sufrimiento. Con Igor apenas intercambió palabra, más que un apresurado apretón de manos. Fue Aya la que haciendo caso omiso a cualquier mirada reprobatoria permaneció al lado de Marinna, agarrando su mano, enjugando sus lágrimas. Para Aya, Marinna era más que una hermana, la había querido desde que eran niñas.

Cuando terminó la ceremonia, Ezequiel se acercó a Mohamed y le pidió que se parara un instante.

—Dime, ¿aún crees que hay momentos en los que la única manera de salvarse a uno mismo es muriendo o matando?

Mohamed sintió la tensión de todos los músculos y nervios de su cuerpo. Lo único que podía decirle era lo que de verdad sentía. Se lo debía a Samuel, se lo debía al propio Ezequiel.

—Sí, lo creo. Hay momentos en la vida en los que no hay otra opción si uno quiere seguir viviendo sin perder el respeto por uno mismo. Comprenderé lo que hagas.

Mohamed se preguntaba si Ezequiel y Marinna sabían que Rami formaba parte de los hombres de Al-Husseini cuya misión era impedir el paso de los judíos entre Jerusalén y Tel Aviv. Si era así, Ezequiel podía decidir ir a por Rami y vengarse. Tembló al pensar en la suerte que podía correr su sobrino, pero también por lo que pudiera sucederle al propio Ezequiel.

—Padre, ¿qué podemos hacer? —le preguntó Wädi apenas llegaron a casa.

—Ya no hay vuelta atrás. —La respuesta de Mohamed estaba llena de amargura.

—Tiene que haber una manera de evitar tanto sufrimiento —insistió Wädi.

—La gente como nosotros sólo tiene un cometido, representar el papel que escriben otros. A nadie le importa lo que pensamos ni lo que sentimos. Quienes pueden decidir lo han hecho ya, y de nada serviría intentar modificar su voluntad. Los británicos nos han traicionado una vez más, y la ONU ha refrendado esa traición. No podemos hacer nada más que luchar por nuestros derechos, por nuestras casas, por nuestras familias.

Salma y Anisa escuchaban en silencio. Sabían del inmenso dolor que ambos sentían.

Mohamed no se atrevió a hacerse el encontradizo con Marinna para decirle que quería compartir con ella el dolor que la desgarraba. La imaginaba sola, perdida en La Huerta de la Esperanza, con Igor ensimismado en su propio dolor y con Ezequiel en el suyo. Tampoco Salma se atrevía a ir por miedo a no ser bien recibida. Era Anisa quien presionaba a Wädi para que fuera a ver a Ezequiel y le hiciera saber que podía contar con él.

—Es que no puedo mentirle, ¿qué pasaría si me dijera que quiere vengarse de quienes dispararon al coche de Louis? ¿Podría yo acompañarle a matar a Rami? Mi padre tiene razón, ya no podemos elegir.

La noche del 2 de abril de 1948, el Palmaj, la unidad de élite de la Haganá, atacó Kastel. Cumplían una orden de Ben Gurion de llevar a cabo la Operación Nachshon, que tenía como objetivo hacer transitable la carretera entre Tel Aviv y Jerusalén. Lograron su propósito.

Rami se quejaba de la falta de hombres y medios. Había sobrevivido al ataque de la Haganá pero su orgullo estaba malherido.

—Abdelkader al-Husseini ha vuelto de Damasco con las manos vacías tras intentar convencer a los jefes del Ejército Árabe de Liberación para que nos suministren armas pesadas y más hombres. Todo lo que ha conseguido es que el general Ismail Safwat le insulte retándole a reconquistar Kastel o a entregar el mando a Fawzi al-Qawuqji.

—Ya te dije que los sirios, los iraquíes, los egipcios, todos tienen sus propios intereses —le recordó Wädi.

—Suya será pues la culpa de que perdamos Palestina, es lo que les ha dicho Abdelkader al-Husseini.

—¿Y crees que en el futuro alguien recordará que su desidia se asemeja a la traición? —apostilló Mohamed.

—Volveremos a hacernos con Kastel. No permitiremos que los judíos hagan suyo un pueblo árabe. Les echaremos cueste lo que cueste. Por eso he venido, porque necesitamos hombres, ya es hora de que combatas con nosotros. —Rami miraba fijamente a Wädi.

—Queréis reconquistar Kastel con pocos hombres y pocas

armas... ¿No deberíais esperar? —Mohamed temía por su hijo y su sobrino.

—Somos cerca de trescientos hombres y se nos han unido tres soldados británicos que no comparten la política de su país. Nuestras armas no son suficientes, pero aun así Abdelkader al-Husseini ha decidido que atacaremos mañana.

—Iré con vosotros —afirmó Wädi, y su primo le abrazó agradecido. Mohamed no se atrevió a contradecir a su hijo.

Wädi se despidió de Anisa explicándole brevemente lo que iba a hacer. Ella no le hizo ningún reproche porque se sentía orgullosa de su determinación. La pérdida de Kastel había desmoralizado a los árabes palestinos y recuperar aquel pueblo era una cuestión de honor, de modo que nada podía objetar a la decisión de su marido.

Abdelkader al-Husseini explicó a sus hombres que atacarían por tres frentes y eligió a los comandantes de cada destacamento. Rami y Wädi hubiesen querido combatir juntos, pero Al-Husseini, con buen criterio, les separó.

Eran las diez de la noche del 7 de abril de 1948 cuando comenzó el ataque. Los hombres de Al-Husseini y los de la Haganá se igualaban en bravura. Cuerpo a cuerpo, palmo a palmo, luchaban por aquel enclave estratégico. La suerte jugaba con ambos bandos, tan pronto parecían estar a punto de vencer los judíos como en pocos minutos eran los árabes palestinos quienes creían poder cantar victoria.

Estaba amaneciendo cuando la suerte se había decantado del lado de la Haganá. Abdelkader al-Husseini y el grupo de hombres bajo su mando estaban rodeados y a punto de perder la batalla. Pero las tornas cambiaron. Más de quinientos hombres acudieron a unirse a las fuerzas de Al-Husseini y en la tarde del 8 de abril lograron convertir en victoria lo que parecía estar a punto de ser una derrota. Cuando por fin hicieron suya Kastel, cientos de suspiros de alivio se fundieron con el aire tibio de la primavera. Habían hecho prisioneros a más de cincuenta miembros de la Haganá. Estaban gozando del éxito conseguido. Pero la que iba a ser una dulce victoria se convirtió en una pesadilla. El cadáver de Abdelkader al-Husseini yacía en el campo de batalla. Cuando la noticia corrió, sus hombres tomaron una decisión sangrienta: asesinaron a los cincuenta prisioneros judíos y se ensañaron mutilando sus cadáveres.

—Que Alá os perdone por profanar a los muertos —murmuró Mohamed mientras escuchaba a Wädi relatar los pormenores de la batalla.

Salma y Anisa permanecían muy quietas, trastornadas por lo que estaban escuchando.

Mohamed y Wädi asistirían al funeral de Abdelkader al-Husseini, llorado por todos los palestinos. Jerusalén parecía haberse paralizado para despedir al hombre al que todas las facciones respetaban. Pero el dolor que sentían por la muerte de su general iba a palidecer por el dolor que sentirían por otra masacre que estaba a punto de perpetrarse.

Aún no había amanecido sobre Palestina, cuando un grupo de hombres se acercaba sigilosamente a Deir Yassin. A esa hora Aya estaba encendiendo el fuego del hogar mientras Yusuf hacía sus abluciones matinales. Rami y su esposa Shayla aún dormían. Aya daba gracias a Alá por haberle devuelto a su hijo vivo después de la batalla de Kastel y nada le hacía presagiar que aquél no fuera a ser un día normal.

Los gritos la alarmaron. Gritos de hombres, de mujeres, de niños. Aya abrió la puerta y se estremeció. Vio a varios hombres arrojando granadas dentro de las casas y disparando indiscriminadamente a ancianos y a niños. Destruían todo cuanto se encontraban a su paso.

Aya cerró la puerta gritando. Yusuf y Rami acudieron de inmediato.

—¡La casa de Noor está ardiendo! —Aya quería ir a la casa de su hija y de su yerno.

Rami había visto por la ventana lo sucedido y ordenó a su madre y a su esposa que corrieran hacia Ayn Karim, la aldea más cercana donde había una unidad del Ejército Árabe de Liberación. La policía británica solía patrullar por los alrededores, de manera que les pidió que fueran a buscar ayuda mientras ellos trataban de hacer frente a aquel grupo de demonios armados que asesinaban sin piedad ya fuera a niños, mujeres o ancianos.

Aya insistió llorando en que no se iría sin antes comprobar cómo estaba Noor, pero su esposo y su hijo se mostraron tajantes. Abandonaron la casa y corrieron sin mirar atrás, escuchando los gritos desesperados de sus vecinos. A su carrera se unieron otras mujeres. Aya resbaló y cayó golpeándose la cabeza. Perdió el conocimiento. Shayla intentó que se incorporara pero el cuerpo de Aya parecía inerte. La arrastró, la arrastró entre las piedras, tiró de su cuerpo intentando ponerla a salvo hasta que sintió un dolor profundo en el pecho. No sabía qué era pero continuó andando y tirando de Aya. Apenas podía respirar cuando llegó a Ayn Karim y dobló las rodillas cayendo al suelo.

Fray Agustín le contaría a Wädi cómo un grupo de los atacantes de Deir Yassin habían arrastrado hasta el barrio judío de Jerusalén a varios de los supervivientes de la matanza. Primero les vejaron públicamente y después les dejaron en libertad.

Familias enteras murieron aquel amanecer víctimas de aquellos milicianos que resultaron ser pistoleros del Irgún y del Leji. Por más que Ben Gurion y la Haganá se lavaron las manos y condenaron la masacre, la infamia de aquella acción será recordada siempre.

Mohamed lloraba ante la cama de su hermana Aya. La enfermera insistía en que la dejara descansar, pero él se negaba a dejarla sola. Yusuf y Rami también se debatían entre la vida y la muerte. Y Shayla acababa de expirar. Noor y su esposo Emad habían salvado la vida, pero Emad había decidido que no se quedarían ni un día más en Jerusalén y, pese a las lágrimas de Noor, habían cruzado a la otra orilla del Jordán. En el reino de Abdullah estarían seguros.

Anisa se encontró con Salma en el pasillo del hospital cuando vio a Marinna dirigirse con paso resuelto hacia ellas. Wädi estaba hablando con los médicos, de manera que decidió ser ella quien se enfrentara a Marinna.

—Quiero ver a Aya. —Los ojos y la voz de Marinna no permitían una negativa, aun así Anisa lo intentó.

—Está inconsciente. No se la puede visitar. Preferiríamos que nos dejarais solos, Shayla acaba de morir, y Rami y Yusuf tienen escasas posibilidades de recuperarse. Te agradezco tu interés, ya has cumplido con nosotros, pero prefiero que te vayas.

—No me iré sin ver a Aya —dijo Marinna mientras empujaba la puerta de la habitación donde agonizaba su amiga.

Mohamed se sobresaltó al verla pero no se movió. No se sentía capaz de decirle nada. Ella se acercó y cogió una de las manos de Aya, luego acarició su rostro y permaneció quieta a su lado, en silencio.

Cuando Anisa entró en la habitación encontró a Mohamed y a Marinna el uno junto al otro, sin mirarse, como si un muro les separara.

Más tarde ella le comentaría a Wädi que Mohamed debió de pedirle a Marinna que se fuera. La respuesta de Wädi la desconcertó: «Mi tía Aya no lo habría consentido».

Anisa no terminaba de comprender aquella extraña relación entre los Ziad y las gentes de La Huerta de la Esperanza. No es que ella no hubiera simpatizado con Miriam o con la pobre Sara, incluso con la propia Marinna, pero creía que en aquellas circunstancias la amistad debía llegar a su punto final. No era posible mantener la ficción de que aún podían mantener intacta la amistad. «Ellos tienen sus muertos, nosotros los nuestros, y por más que queramos perdonarnos siempre se interpondrán entre nosotros», le decía a Wädi. Pero Anisa tenía la impresión de que él se limitaba a escucharla sin atender a sus razonamientos.

Era ya 13 de abril y habían pasado cuatro días de la matanza de Deir Yassin cuando un grupo de árabes palestinos atacó un convoy de médicos y enfermeras, todos judíos, que intentaban llegar al hospital en el monte Scopus, a las afueras de Jerusalén. De las ciento doce personas que iban en el convoy sólo sobrevivieron treinta y seis, el resto fueron asesinadas. Los atacantes se comportaron con una brutalidad pareja a la de los hombres que habían perpetrado el asalto a Deir Yassin. Pero a la matanza añadieron la infamia de fotografiarse con los cadáveres.

Wädi estaba distribuyendo las fotografías entre los invitados de Omar Salem. Estaban desmoralizados porque las Fuerzas de Defensa judías se habían vuelto a hacer con Kastel; a eso había que añadir la matanza de Deir Yassin, que había provocado que cientos de palestinos decidieran dejar sus casas y huyeran temiendo sufrir la misma suerte.

—Estas fotos nos ensucian a todos —afirmó Wädi mirando uno por uno a aquellos hombres que desviaban la vista de las fotografías.

—El ataque al convoy del monte Scopus ha sido la respuesta a Deir Yassin —afirmó Omar Salem.

—¿Y qué harán la próxima vez?, ¿y cómo responderemos nosotros? ¿Terminaremos arrancándonos los ojos por las calles de Jerusalén? ¿Mataremos a sus mujeres y ellos se vengarán asesinando a nuestros hijos? ¡Basta ya! —Su grito les sobresaltó.

—¿Qué es lo que pretendes? —La pregunta de Omar Salem contenía un desafío.

—Que paremos esta locura, que nos sentemos a hablar, ellos y nosotros, sin intermediarios. Si hemos de pelear, lo haremos, pero hagámoslo como los hombres, frente a frente, dejando a salvo a las mujeres y a los niños —respondió Wädi con el consiguiente escándalo de los invitados de Omar Salem.

Târeq, el marido de Naima, la hermana de Wädi, se enfrentó a él.

—En todas las guerras se cometen atrocidades. ¿Cómo podemos evitarlas? Has sido soldado y sabes que a veces sólo cabe la venganza.

—Me gustaría saber por qué los hombres acantonados en

Ayn Karim no acudieron de inmediato a auxiliar a Deir Yassin —le respondió Wädi dejando perplejos a aquellos hombres.

—Cuando supieron de la masacre ya nada podían hacer —respondió uno de los hombres.

—Comprendemos el dolor que sientes por la pérdida de tu tío Yusuf. Era amigo de todos nosotros y sabes bien que en ningún hombre he confiado tanto como en él. Pero el dolor no debe nublar nuestra inteligencia, ni mucho menos hacernos débiles. Tenemos que luchar hasta expulsarles de nuestra tierra —afirmó Omar Salem.

—Mi tío ha muerto, la esposa de Rami también.

—Alá se está mostrando misericordioso con tu tía Aya —le recordó Târeq.

—Que apenas ha recobrado el sentido y no deja de preguntar por su esposo y por su hijo —respondió Wädi.

—Se sentirá orgullosa de ellos, los dos son mártires a los que no olvidaremos —recalcó Omar Salem.

—Mi tía preferiría tenerles vivos.

—Nos hemos reunido para intentar frenar la huida masiva de nuestros hermanos —les recordó otro invitado.

—No podemos hacer nada, la gente está asustada después de la matanza de Deir Yassin —afirmó otro de los presentes.

—En cualquier caso todos regresarán. Cuando termine el mandato y se marchen los ingleses, expulsaremos a los judíos, contamos con la promesa de Siria, Egipto e Irak, incluso el rey Abdullah no tendrá más remedio que ayudarnos. —Omar Salem parecía no tener dudas.

—Ya veremos —respondió Wädi.

Mohamed había permanecido en silencio mientras hablaba su hijo. En realidad no escuchaba, ni a él ni a ninguno de aquellos hombres. Llevaba noches rumiando la venganza. Ya no era joven, ni tenía la fuerza de antaño, pero aún conservaba la suficiente para hacer lo que tenía que hacer. Había averiguado dónde vivían dos de los hombres que habían perpetrado la matanza de Deir Yassin. Aquellos dos asesinos pagarían por todos los demás.

Apenas había esbozado su plan a Wädi, su hijo intentó disuadirle. A veces se preguntaba cómo era posible que Wädi fuera capaz de domeñar los deseos de venganza. Él le había enseñado que en ocasiones los hombres no tienen otra opción que responder a los agravios. Omar Salem tenía razón al explicar que la matanza de los médicos y las enfermeras era la respuesta a la matanza de Deir Yassin. Ojo por ojo. Lo decía el Libro sagrado de los judíos. Pero a él la venganza colectiva no le satisfacía. No podía dormir por las noches porque el rostro de su sobrino Rami y su esposa Shayla, y el de su cuñado Yusuf se le aparecían para reclamarle venganza.

Aquella noche tampoco pudo dormir, ni siquiera con la infusión que le había preparado Salma para ayudarle a encontrar el sueño. Escuchaba los susurros de Wädi y Anisa, que debían de estar hablando sobre las desgracias que estaban soportando.

«Al menos nosotros no pasamos hambre», pensó Mohamed. Desde que las fuerzas árabes palestinas habían cortado la carretera entre Tel Aviv y Jerusalén, la ciudad había quedado aislada, al menos para los judíos, que eran quienes sufrían los estragos del hambre. Pero tenía demasiado dolor en el corazón para compadecerlos. Había sido un soldado y sabía que la guerra llevaba aparejados el hambre y la miseria. No obstante le tranquilizaba saber que en La Huerta de la Esperanza todavía tenían para comer. Fue Kassia la que dedicó parte del terreno a cultivar las hortalizas y frutas que consumían, y Marinna continuaba cultivando el huerto.

Wädi se fue a la escuela apenas amaneció. Había pasado la noche dando vueltas en la cama.

Encontró a fray Agustín con una taza de café en la mano. Parecía absorto, como si su mente estuviera muy lejos de allí.

—Has venido muy pronto, ¿quieres café?

—No he podido dormir.

—Se combate en todas partes, el sonido de los disparos nos mantiene alerta a todos. Cada vez vienen menos niños, sus padres temen que ni siquiera aquí estén seguros.

—¿Qué pasará cuando se marchen los británicos?

—No lo sé, Wädi, no lo sé. Los judíos están afianzándose en el territorio que les ha asignado Naciones Unidas y están demostrando que saben pelear.

—Están haciendo algo más, también están tomando posiciones en lugares que, en caso de efectuarse la partición, nos corresponderían a nosotros. Les he dicho a nuestros líderes que al menos negociemos sobre el reparto de territorios, pero no me escuchan y, aunque no lo dicen, piensan que mis palabras son una traición.

—¿Y Anisa?, ¿qué piensa tu esposa?

—Ella me es leal pero tampoco me comprende. Cree que hay que luchar y que si lo hacemos tendremos la victoria asegurada.

—Y tú no lo crees.

—Al igual que nosotros, sienten que ésta es su patria y ése es un sentimiento más fuerte que la razón, de modo que lucharán para quedarse aquí. Además, después del sufrimiento de la guerra, de haber afrontado los campos de exterminio, están más convencidos que nunca de que deben tener su propia patria, un lugar que sea suyo, del que nadie les pueda echar. Si hubieras escuchado a Sara... La esposa de Ezequiel era una superviviente de Auschwitz, había vivido en las profundidades del Infierno, y estaba decidida a morir luchando para nunca más estar al albur de los demás. Era de Salónica. Sara habría matado si alguien hubiera intentado expulsarla de Palestina.

—¿Sabes?, admiro tu capacidad para ponerte en la piel de los demás, para comprender sus razones. Sólo se puede vencer a los adversarios si uno es capaz de pensar como ellos, de lo contrario uno termina engañándose a sí mismo.

—Pese a ello lucharé junto a los míos por más que yo crea que no servirá de mucho. Lucharé hasta morir porque la partición es fruto de una injusticia que Naciones Unidas perpetra contra los árabes. Lo que me preocupa es que podamos perderlo todo.

—Eso no sucederá, incluso podéis ganar. No está escrito en ninguna parte que no podáis derrotar a los judíos. Siria, Irak,

Egipto, el Líbano, Jordania... Son muchos los países que no permitirán que la partición se haga realidad —intentó animarle fray Agustín.

—Te equivocas, fraile, te equivocas.

Cada día que pasaba los combates se recrudecían. Judíos y árabes luchaban por cada palmo de terreno, a veces lo conquistado por unos volvía a las manos de los otros en apenas horas, pero no se rendían y volvían a empezar.

Una tarde Anisa llegó llorando y Salma se asustó. Suegra y nuera habían congeniado y la vida en común les había ayudado a incrementar aquel afecto.

—Pero ¡qué sucede! —preguntó Salma, preocupada.

—Se van..., hay mucha gente que se va. Temen lo que pueda suceder cuando nos dejen los británicos.

—He oído que un tal Isaac Rabin había logrado hacerse con Sheikh Jarrah. Allí vive Omar Salem, no quiero imaginar la humillación que habrá sentido al ver a los soldados de las Fuerzas de Defensa judías hacerse con el control de su barrio. Pero mi esposo me ha dicho que los soldados británicos les han expulsado y que esa parte de la ciudad vuelve a ser nuestra.

Mohamed entró en la sala donde estaban hablando las dos mujeres. Anisa le saludó con respeto. Mohamed le imponía. No es que no fuera un suegro amable y preocupado por ella, pero había algo en su mirada que no acababa de comprender.

—Nos hemos hecho fuertes en la Ciudad Vieja, no permitiremos que se hagan con ella. Los judíos están defendiendo la parte occidental, pero espero que por poco tiempo —explicó a las dos mujeres.

Hacía días que Mohamed luchaba por Jerusalén. No había podido permanecer ajeno a la batalla que se estaba librando por el control de la ciudad. Los británicos habían intentado mantener el orden pero les había resultado imposible. Era mucho lo que los dos bandos se jugaban, de manera que tanto árabes como judíos habían desbordado cualquier intento de los soldados del general Alan Cunningham para mantener la ciudad en paz.

—Se nos está acabando el tiempo —murmuró Mohamed dejando a las dos mujeres desoladas al verle salir con la pistola al cinto y empuñando un fusil.

Lo que ni Salma ni Anisa sabían es que Mohamed se dirigía en busca de Wädi. Su hijo también luchaba, había terminado por aceptar que aquél era uno de esos momentos en los que ya no quedaba más que morir o matar para defender lo que era suyo.

Aquella noche Anisa le confesaría a Wädi que estaba embarazada y los dos se preguntaron qué le depararía el futuro a aquel hijo que estaba por venir.

Lo que más temían era lo que podía suceder el 14 de mayo.

—Lo que estamos viviendo ahora no será nada comparado con lo que suceda cuando se vayan los ingleses. Quizá mi madre y tú deberíais iros a casa de mi hermana Naima en Jericó. Allí estaríais seguras.

Pero Anisa rechazó la sugerencia de Wädi, no estaba dispuesta a huir, y pedía a todos los que conocía que no lo hicieran. Estaba convencida de que era dar ventaja a los adversarios.

—Si nos vamos es una manera de rendirnos, les dejamos el terreno libre. Debemos quedarnos y defender nuestras tierras, nuestras casas. Me quedaré contigo y si hay que morir se muere, pero que sea luchando —le aseguró a Wädi, que no pudo por menos que admirar su valor.

Aya no tenía ganas de vivir. Ni siquiera le animaba saber que su hija Noor y su yerno Emad se encontraban a salvo en Ammán. No podía dejar de llorar la pérdida de su esposo y de su hijo. No había amado a Yusuf con la pasión que imaginaba que acompañaba al amor, pero el suyo había sido un matrimonio sin sobresaltos. Yusuf había hecho lo imposible por hacerla feliz, comportándose como un esposo atento y delicado. Nunca había tenido nada que reprocharle, más bien se reprochaba a sí misma no haberle amado con la intensidad que él se merecía.

Pero si la ausencia de Yusuf le dolía, la de su hijo Rami le resultaba insoportable. No podía aceptar que nunca más vería a su hijo, que ya no le cogería la mano, ni le daría un beso en la frente, que no volvería a compartir con él sus preocupaciones.

Le dolía el pecho al evocar a Rami y el dolor se le extendía por el resto del cuerpo haciéndose insoportable. Se decía que hubiera preferido no sobrevivir. Su hija Noor tenía su propia vida, por más que pudiera dolerse por la pérdida de su padre y de su hermano, tenía un esposo e hijos por los que vivir. Además Noor, de natural callada y discreta, poseía una fortaleza interior que la ayudaría a superar cualquier situación.

Mohamed se había negado a permitirle volver a su casa de Deir Yassin. Sabía que entonces Aya no resistiría el dolor. Además, Salma se había mostrado bien dispuesta a acoger a su cuñada, a la que apreciaba sinceramente, de manera que cuando el 12 de mayo le dieron a Aya el alta en el hospital, Mohamed, acompañado por Anisa y Wädi, la llevó a su casa.

Aya lloró al ver que Salma le había preparado su antigua habitación. Anisa insistió a Aya para que se sentara a descansar mientras Salma le preparaba una taza de té y le ofrecía un trozo de pastel de pistachos. Mientras tomaban el té comentaron los últimos acontecimientos, aunque Anisa hubiese preferido que Mohamed y Wädi no abrumaran a Aya con tantas malas noticias.

—Hemos perdido Haifa. Miles de los nuestros han logrado cruzar la frontera con el Líbano. Otros embarcaron como pudieron en barcos de pescadores para poder huir. No hemos sido capaces de conservar una ciudad donde llevamos siglos viviendo. ¡Maldita partición! —exclamó Mohamed.

—No comprendo por qué las Naciones Unidas han asignado Haifa a los judíos —se lamentó Anisa.

—La partición es una locura, no han tenido en cuenta nada, ni siquiera en qué lugares hay más árabes que judíos o al revés. Ellos han sido más listos, y desde que supieron que en el lote les entraba Haifa comenzaron su ofensiva. Ahora los nuestros se han ido dejando atrás sus casas. Quién sabe si podrán regresar algún día —se lamentó Mohamed.

—Me han dicho que en Haifa no quedan más de tres o cuatro mil árabes. Antes vivían más de setenta mil —añadió Wädi.

—¡Que Alá nos proteja! ¡No podemos permitir que nos expulsen de nuestras casas! —exclamó Anisa.

—Ayer las fuerzas judías se hicieron con Safad, hoy se ha luchado en Beisan y ya tienen en su poder el convento de San Simón en Katamon. También se han apoderado de la zona de Tiberíades y de Acre —continuó diciendo Wädi.

—Nosotros también hemos logrado victorias, continúan sin controlar la carretera con Tel Aviv, y las colonias judías de Kfar Etzión fueron atacadas con éxito, contamos con el apoyo de la Legión Árabe —intervino Mohamed.

—Padre, hemos perdido esta guerra, puede que ganemos la que está por comenzar. Pero hasta ahora no hemos cosechado ninguna victoria importante —respondió Wädi.

—Lo peor es el exilio que están emprendiendo tantos y tantos miles de familias —se lamentó Salma estremeciéndose al pensar qué sería de ellos.

Las noticias que se contaban los unos a los otros les llenaban de pesar. Faltaban dos días para que se pusiera punto final al Mandato británico y temían lo que pudiera suceder después.

Aquella noche Salma escuchó el llanto de Aya y los cuchicheos entre Wädi y Anisa. Ella tampoco podía dormir. Sabía que Wädi, lo mismo que Mohamed, no podrían dejar de luchar y llegado el momento no podrían titubear, ni mirar a los judíos como los amigos de antaño. No habría margen para nada más que ganar o perder, y perder significaba algo más que perder la propia vida.

Mohamed prohibió a las mujeres salir de casa aquel 14 de mayo. Wädi había salido apenas amaneció hacia la Ciudad Vieja donde todo permanecía cerrado. Fray Agustín le aguardaba en la escuela.

—¿Qué haces aquí? Hoy no vendrá ningún niño. Deberías prepararte para luchar. ¿No oyes el ruido? Los británicos se van con sus tanques y sus camiones, apenas salgan de la ciudad los judíos harán lo que sea por hacerse con ella.

—¿Y tú qué harás? —quiso saber Wädi.

—Nada, me quedaré aquí a esperar a mañana.

Wädi salió de la escuela y se dirigió hacia la avenida del Rey Jorge por donde en aquel momento pasaban las tropas británicas. La gente se agolpaba en las aceras en silencio. De repente sintió una mano cerrándose sobre uno de sus brazos.

—Debemos hacernos con todos los lugares que estaban en manos de los británicos —le susurró un hombre al que conocía de verle en casa de Omar Salem.

Wädi asintió. Lucharía. No les habían dejado otra opción.

Apenas los británicos salieron de la ciudad, las Fuerzas de Defensa judías intentaron hacerse con cada palmo de terreno que habían dejado los soldados británicos. Wädi sabía que su padre estaría luchando en algún lugar de la ciudad lo mismo que estaba haciéndolo él. No fue hasta caída la tarde cuando se enteró de la fatal noticia. Había combatido hasta sentirse extenuado, cuando unos hombres llegaron gritando hasta donde habían estado luchando. Lo que dijeron les dejó sin saber qué hacer.

—Ben Gurion ha anunciado desde Tel Aviv la creación del Estado de Israel —explicó alterado uno de los hombres.

Hubo un momento de desánimo que dio paso a la ira y a la indignación. Durante todo el día habían luchado logrando mantener a raya al enemigo. Ahora ya no se enfrentaban a un grupo de judíos, sino a algo que a todos se les antojaba una amenaza, un Estado.

Había caído la noche cuando pudo acercarse a su casa. Anisa estaba curando a Mohamed una herida en el hombro por la que sangraba. Wädi se alarmó al ver la palidez de su padre.

—No te preocupes, ya le he extraído la bala —explicó Anisa.

No le preguntó qué le había pasado. Mohamed había combatido lo mismo que él y Alá les había protegido a ambos.

—Ben Gurion ha anunciado la creación del Estado de Israel —les informó Wädi.

—Y Truman y Stalin han reconocido el Estado judío —le informó a su vez Mohamed.

—Entonces estamos solos. —La voz de Wädi denotaba el cansancio de un día de combates sin tregua y la decepción de saber que los países más poderosos les abandonaban a su suerte.

—Las mujeres tienen que irse —afirmó Mohamed mientras Anisa terminaba de vendarle el hombro.

Aya y Anisa comenzaron a protestar, e incluso Salma, siempre prudente, se atrevió a unirse a ellas.

—Ahora comenzará otra guerra y no habrá lugar seguro para nadie. No podremos luchar si sabemos que estáis en peligro —aseveró Mohamed.

—Padre tiene razón. Os llevaré a Jericó a casa de mi hermana Naima y le pediré a su esposo, Târeq, que si fuera necesario os traslade a Ammán. En el reino de Abdullah estaréis seguras.

Salma sabía que ya no cabían réplicas, de manera que al día siguiente comenzaría a preparar el equipaje. No llevaría demasiadas cosas. Pronto volverían, se dijo.

—Nos ayudarán —repuso Mohamed mirando a su hijo.

—¿Quién?, ¿quién nos ayudará, padre? Hasta ahora lo único que hemos hecho es equivocarnos, pero Omar Salem y sus amigos han estado ciegos y sordos a todo lo que no coincidiera con sus deseos. Fawzi al-Qawuqji ha fracasado en el campo de batalla.

—¡Es un gran general! —respondió Mohamed, enfadado.

—No lo ha demostrado. —Wädi sostenía la mirada de su padre.

—Irak, Siria, Egipto, Transjordania..., todos nos ayudarán. Sé que Abdullah se ha comprometido a no permitir que perdamos Jerusalén —le replicó Mohamed.

—¿Y también sabes que Abdullah desea ampliar su reino? ¿Crees que se va a conformar con lo que le han dado los británicos? El hombre bajo cuyas órdenes he combatido hoy está casado con una beduina del otro lado del Jordán. Me ha dicho que Abdullah quiere hacerse con Cisjordania.

—Ese hombre miente —respondió Mohamed, alterado.

—¿Y por qué ha de mentir? Su esposa pertenece a una familia leal a Abdullah. El hermano de su esposa pertenece a una unidad que goza de la confianza del rey. Dicen que el rey ha recibido a un emisario de Ben Gurion, al parecer es esa mujer de la que en ocasiones hablan los periódicos, Golda Meir. Además, tú sabes que el padre de Abdullah, el emir Husayn ibn Alí, jerife de La Meca, habría consentido que los judíos tuvieran su propio hogar dentro de una gran nación árabe.

—Tú lo has dicho, dentro de una gran nación árabe, pero en ningún caso habría permitido que tuvieran un Estado propio —le recordó Mohamed.

—Padre, Abdullah defiende los intereses de su reino y el resto de los países defenderán igualmente los suyos.

—Aunque fuera como dices, ni Abdullah ni el resto de los dirigentes árabes pueden permitirse dejarnos solos. Sería una vergüenza para ellos, nadie les perdonaría. Sólo por eso sé que no nos abandonarán —insistió Mohamed.

—¿Cuántos hombres vendrán?

Mohamed miró a Wädi con tristeza antes de responderle.

—Eso no importa. Hay momentos en que la única manera de salvarse a uno mismo y de salvar a los que quieres es muriendo o matando. Ése es nuestro sagrado deber. Es lo que haremos.

—Sí, padre, es lo que haremos.

Salma, Aya y Anisa lloraban al despedirse de Mohamed, que a pesar de la herida estaba decidido a reunirse aquella misma noche con los hombres con los que había combatido y con los que de nuevo volvería a hacerlo. Wädi haría lo mismo aunque se preguntaba cómo y cuándo lograría salir de Jerusalén para llevar a las mujeres hasta Jericó. No había querido contrariar a su padre y él mismo había afirmado que era lo mejor, pero no sabía cómo hacerlo.

El silencio de la noche se alteró por unos pasos apresurados que se dirigían hacia la casa. Mohamed empuñó el fusil y lo mismo hizo Wädi mientras ordenaba a las mujeres que se escondieran en una de las habitaciones.

Escucharon unos golpes secos en la puerta y el murmullo de unas voces. Wädi abrió la puerta apuntando con el fusil y se encontró a Ezequiel y a Marinna. No les invitó a pasar y tampoco bajó el cañón del fusil.

—Aparta esa arma —le dijo Marinna mientras le empujaba suavemente y entraba en la casa.

Mohamed la enfrentó con la mirada. Las mujeres, al escuchar la voz de Marinna, salieron de la habitación. Anisa y Salma permanecieron en silencio, sin moverse, pero Aya avanzó hacia su amiga.

—He venido a deciros que no tenéis nada que temer —afirmó Marinna.

—Nos marchamos de Jerusalén, iremos a casa de mi sobrina Naima —respondió Aya con sinceridad a pesar de la mirada reprobatoria de Anisa.

—No tenéis por qué iros, nadie os hará nada —le aseguró Marinna.

—¿Te parece que no es suficiente con que nos expulsen de nuestra tierra? —La voz de Wädi denotaba una amarga ironía.

—Ésta es vuestra casa y, que yo sepa, nadie os ha pedido que os marchéis —afirmó Ezequiel dando un paso hacia Wädi.

—He combatido durante todo el día, lo mismo que mi padre, y continuaré haciéndolo para evitar lo que parece inevitable —le respondió Wädi.

—Israel ya es una realidad. Es mejor que lo aceptéis y a partir de esa aceptación volvamos a entendernos, no somos enemigos. —Ezequiel se había plantado ante Wädi, apenas les separaban unos centímetros. Los dos se sostuvieron la mirada sin vacilar.

—No aceptamos la partición, nunca la aceptaremos, nadie tiene derecho a arrebatarnos nuestra tierra —terció Mohamed.

—También es la tierra de nuestros antepasados, siempre pensamos que la podíamos compartir. ¿Es que no recuerdas cuando hablábamos de que podíamos construir un Estado federal? Aún es posible —intervino Marinna.

—No, no lo es, no te engañes ni intentes engañarme. Hablas como si no hubiera pasado nada, como si los años y los enfrentamientos no se hubiesen sucedido. Hablas como hablaba tu madre, Kassia, como una socialista. Pero vuestros sueños de pioneros se han transformado y esta noche habéis proclamado que sois un Estado. No tenemos mucho más que decir. —La acritud de Mohamed al dirigirse a Marinna les sobresaltó a todos, incluso a ella misma.

—Las cosas deberían haber sido de otra manera, pero ¿qué habéis hecho para que fueran de esa otra manera? Nada, absolutamente nada, salvo negaros a admitir que nosotros también tenemos derecho a estar aquí. Llegué siendo una niña y Palestina no era más que un pedazo olvidado del imperio otomano. Tienes razón, mi madre era socialista y, lo mismo que Samuel, estaba convencida de que Palestina sería lo que árabes y judíos quisiéramos que fuera.

—Puede que tu madre y Samuel dijeran la verdad, pero vuestros líderes siempre han perseguido lo mismo, hacer de Palestina vuestra patria —contestó Mohamed.

—Sólo buscábamos un lugar donde vivir y tratábamos de cerrar el círculo regresando al lugar del que salieron nuestros antepasados. —La voz de Marinna parecía apagarse, como si no se sintiera con ánimo de pelearse con Mohamed.

—No sirve de nada revisar el pasado. Ben Gurion ha proclamado hoy el Estado de Israel. —Wädi había alzado la voz.

—No hemos venido a discutir con vosotros, sólo a deciros que no tenéis de qué preocuparos, que debéis quedaros, que ésta es vuestra casa, vuestra tierra. —Era Ezequiel quien respondía a Wädi.

—No necesitamos vuestro permiso para quedarnos o para marcharnos. Y ahora nos gustaría que nos dejarais solos, tenemos cosas que hacer... —Mohamed dio un paso hacia la puerta invitándoles a salir.

—No te vayas, no debes irte. —Marinna se había acercado tanto a Mohamed que sus cuerpos casi se rozaban.

—Yo no me iré, lucharé. Lo único que le pido a Alá es que no tenga que pelear contra Ezequiel ni contra Igor, pero si nos encontramos en el campo de batalla lo haré. —Las palabras de Mohamed eran como una sentencia.

—Por favor, idos —les pidió Wädi.

—¿Así de sencillo? —preguntó Ezequiel.

—Así de terrible —fue la respuesta de Wädi.

Marinna cerró los ojos un segundo y cuando los abrió parecían dos barcos navegando entre lágrimas. Ezequiel la cogió suavemente del brazo intentando llevarla hasta la puerta. Salma, Anisa y Aya contemplaban serias y en silencio la escena. Aya no pudo aguantar la tensión y abrazó a Marinna.

—Las dos hemos perdido a nuestros hijos… —Aya lloraba fundiéndose en un abrazo con Marinna.

Mohamed se acercó a su hermana y la obligó a separarse de Marinna.

—No puede acabar así. —Marinna se dirigía a Mohamed y su voz y sus palabras eran una súplica.

—Vete, por favor —respondió Mohamed.

Esta vez Ezequiel cogió con fuerza la mano de Marinna y la llevó hasta la puerta. Salieron sin mirar hacia atrás.

Wädi cerró la puerta mientras Aya rompía a llorar. Anisa y Salma intentaban consolarla.

—Y ahora ¿qué va a pasar? —preguntó Aya a su hermano y a su sobrino.

Fue Wädi quien le respondió.

—Ahora comienza el resto de nuestras vidas y sólo Alá sabe lo que pasará.

Aquella noche, Salma, Aya y Anisa comenzaron a preparar el equipaje a la espera de que Wädi encontrara la manera de llevarlas a Jericó.

Estuvieron solas toda la noche, elevando plegarias silenciosas al Todopoderoso para que Mohamed y Wädi regresaran pronto a casa. Pero transcurrían los días y apenas tenían manera de enterarse de lo que sucedía; era Marinna quien de cuando en cuando las informaba.

La primera vez que se presentó en casa de Mohamed después de que él le pidiera que no volviera nunca más, Salma se asustó y Anisa se enfadó, pero Aya la recibió con el mismo afecto de siempre.

Marinna nunca se quedaba más que unos minutos, los suficientes para compartir con ellas lo que sabía de cuanto iba sucediendo y para constatar que las tres mujeres se encontraban bien y no necesitaban nada.

—Es una descarada —opinó Anisa la primera vez que Marinna se presentó.

Pero Aya no le permitió decir ni una palabra más.

—No se te ocurra juzgarla. Marinna es mi mejor amiga y si viene aquí es por su deseo de ayudar.

Salma intentó apaciguar a su nuera y a su cuñada.

—Sin duda la mejor voluntad, pero nos pone en un compromiso. Mohamed ha dejado claro que no la quiere aquí.

—Mi hermano está ofuscado por lo que está pasando y razones tiene, pero Marinna no es nuestra enemiga y él lo sabe —respondió Aya.

Gracias a Marinna se enteraron de que Naciones Unidas había logrado que las dos partes aceptaran un alto el fuego que se haría efectivo el 11 de junio. Precisamente aquél fue el día en que Wädi regresó a casa. Estaba exhausto, llevaba la ropa manchada de sangre y su cuerpo desprendía un olor acre.

Las conminó a coger sus exiguos equipajes.

—Nos iremos ahora mismo, hay muchas otras familias que están huyendo.

—¿Y tu padre, cuándo volverá? —preguntó Salma, angustiada.

—No lo sé, madre, puede que esta misma tarde. Hemos combatido en frentes diferentes. Pero está bien.

—¿Cómo lo sabes? —insistió ella.

—Lo sé.

—¿Estamos ganando? —quiso saber Aya.

Wädi no se atrevía a mentirle, y mientras apuraba una taza de té, les explicó la situación.

—No nos está yendo bien. La situación es caótica, hay una gran descoordinación entre las fuerzas que han venido a combatir. Sólo la Legión Árabe de Abdullah parece saber lo que hay que hacer y están salvando Jerusalén.

—Entonces ¿por qué no nos permites quedarnos? —le preguntó Anisa.

—Porque no estoy seguro de que tengamos muchas otras oportunidades. No sé cuánto durará la tregua.

—Si todos nos marchamos les facilitaremos las cosas a los judíos —respondió Anisa.

—Tienes razón, pero si os quedáis, corréis peligro.

—Yo no quiero irme —les interrumpió Aya.

Wädi no tenía ánimo para discutir con las mujeres y tampoco para imponerles lo que debían hacer. Cuando Mohamed apareciera se enfadaría si las encontraba en casa, pero Anisa tenía razón, huir facilitaba las cosas al enemigo.

Quizá no tendría que haberse dejado convencer y haberles evitado un dolor aún mayor, el de verse convertidas en exiliadas en su propia tierra.

Mohamed regresó renqueando un par de días después de que lo hiciera Wädi. Llevaba la pierna derecha entablillada y un rictus de dolor ensombrecía la comisura de sus labios.

Salma se alarmó al verle pero él no le permitió ningún aspaviento.

—Es una herida superficial, aún no ha llegado mi hora.

Estaba agotado y apenas se sentó se quedó dormido. Cuando despertó, Wädi aguardaba impaciente para hablar con él.

Los dos hombres se enzarzaron en una conversación que destilaba amargura.

—La descoordinación es total. Los comandantes egipcios y sirios parecen más preocupados por lo que pueda conseguir Abdullah en esta guerra que por la suerte que podamos correr los palestinos —se lamentó Mohamed.

—La Legión Árabe ha asegurado Cisjordania —explicó Wädi a su padre.

—Por eso desconfían de Abdullah, creen que quiere ese territorio para él —respondió Mohamed.

—Algunos de los hombres junto a los que he combatido también creen que Abdullah quiere ampliar su reino con Siria y Palestina, o al menos con una parte de Palestina —contó Wädi.

—Yo luché junto a Faysal y Abdullah contra los turcos, entonces soñábamos con una gran nación árabe. Pero ahora... quizá lo único que quiera sea ensanchar sus fronteras —contestó Mohamed.

—Nuestro padre, lo mismo que tú, siempre tuvo a los hachemitas por hombres de bien —afirmó Aya dirigiéndose a su hermano.

—Sí, así es. Fue tu esposo Yusuf quien me convenció para que me uniera a las fuerzas del jerife de La Meca Husayn ibn Alí, padre de Faysal y de Abdullah. Luchamos por una gran nación árabe, pero los británicos nos traicionaron, lo mismo que ahora al marcharse. Pero eso es el pasado, hermana; en el presente la lucha es por nuestra propia supervivencia.

—¿Qué será de Jerusalén? —se atrevió a preguntar Anisa.

—La decisión de Naciones Unidas es que quede bajo mandato internacional, pero Abdullah protege la Ciudad Vieja y las Fuerzas de Defensa de los judíos no están dispuestas a ceder ni un palmo del terreno que ya poseen.

Padre e hijo convinieron en que lo único que se vislumbraba en el horizonte era incertidumbre y que la desconfianza entre los intereses contrapuestos de los países de la Liga Árabe estaba dificultando más que ayudando a que la guerra llegara a buen puerto para los árabes.

Mohamed reprochó a su hijo que no hubiera conducido a las mujeres hasta Jericó, pero terminó aceptando que se quedaran en casa al menos durante un tiempo más, sobre todo cuando el 18 de julio se acordó la segunda tregua, que duraría hasta el 14 de octubre, aunque unos días antes los acontecimientos de nuevo se habían desbordado a cuenta de la propuesta del mediador de Naciones Unidas, el conde Folke Bernadotte, de remodelar las fronteras ya decididas, dejando Jerusalén definitivamente en manos del rey Abdullah. Su propuesta le costó la vida. Un comando del Leji le disparó, y aunque Ben Gurion condenó el atentado, lo cierto es que se mostró incapaz de detener a los asesinos.

—Hemos perdido la guerra —afirmó Wädi durante una de sus breves estancias en casa.

A Mohamed no le quedó más remedio que aceptar lo que decía su hijo. Las tropas de las Fuerzas de Defensa de Israel les habían ido derrotando en todos los frentes, y no sólo eso, también habían logrado conquistar el territorio que Naciones Unidas les había asignado a los árabes.

—Éste es el año de la Nakba, el mayor desastre de la historia de nuestro pueblo —se lamentaba Mohamed.

Aunque Aya hubiese querido quedarse en casa de su hermano, su hija Noor insistía para que fuera a vivir con ella a Ammán. Su esposo Emad disfrutaba de una buena posición y vivían en una casa encaramada en una colina desde la que contemplaban la ciudad. Noor ya tenía dos hijos y esperaba un tercero. Era feliz pero añoraba a su madre.

—Cuando era joven no me gustaba vivir en Ammán, mi esposo Yusuf era muy bueno conmigo y consintió que viviéramos aquí, en esta casa con mis padres, luego construyó nuestro hogar en Deir Yassin... Y ahora regreso a Ammán. El destino se complace en no dejarnos descansar —comentaba Aya a Salma y Anisa mientras hacía el equipaje.

Su yerno Emad aguardaba impaciente. Aunque la tregua estaba vigente, no era fácil desplazarse de un lugar a otro y él ansiaba regresar a Ammán.

—Antes de irnos tengo que despedirme de Marinna —afirmó con tanta convicción que sólo Mohamed se atrevió a contrariarla.

—No puedes acercarte a La Huerta de la Esperanza. Se acabó, Aya, tienes que aceptar que ya no son nuestros amigos.

—¿Crees que puedo perdonar a quienes asesinaron a mi marido y a mi hijo? Nunca, nunca lo haré. Pero no fue Marinna quien lo hizo. ¿Acaso ella me reprocha la muerte de su hijo Ben? Ezequiel perdió a su madre, la buena de Miriam, y a Sara, su esposa, y nunca les he oído decir que nosotros éramos responsables. Si no somos capaces de distinguir a nuestros amigos de nuestros enemigos, es que no valemos nada. —Aya se encaró con su hermano ante la mirada atónita de Salma y Anisa.

—Son ellos o nosotros, son sus hijos, sus padres, sus nietos, o nuestros padres, nuestros hijos y nuestros nietos. —Mohamed había alzado la voz hasta convertirla en un grito.

—Yo no puedo dejar de querer a Marinna, la siento como a una hermana. Iré a despedirme de ella. Sé que no volveremos a vernos nunca más.

Con paso decidido salió de la casa y caminó por la huerta sorteando los naranjos y los olivos hasta acercarse a La Huerta de la Esperanza.

Marinna la había visto llegar y salió a su encuentro.

—Me voy a Ammán, ha venido mi yerno a buscarme.

—Nunca te gustó vivir allí... —le recordó Marinna.

—Entonces era joven y se me hacía duro vivir en casa de mi suegra. La pobre mujer intentaba agradarme pero no lo conseguía, supongo que la culpa era mía, yo sólo quería estar con mi madre y con todos vosotros, con mi familia.

—Si te vas... —Marinna no se atrevía a decirle lo que sí iba a decir Aya.

—No nos veremos más. Lo sé. Por eso he venido a despedirme.

Se abrazaron entre lágrimas. Habían crecido juntas, habían confiado mutuamente compartiendo sus más íntimos secretos, habían perdido a sus hijos en aquella guerra, pero no se culpaban la una a la otra, sabían que lo que estaba sucediendo era inevitable.

—¿Crees que algún día árabes y judíos podremos volver a vivir juntos? —le preguntó Aya mientras se secaba las lágrimas.

—Sólo cuando haya tantos muertos que resulte insoportable una muerte más. Entonces los hombres se sentarán a hablar.

Cuando el 15 de octubre se reanudaron las hostilidades, Mohamed y Wädi de nuevo se despidieron de las mujeres. Volvían al campo de batalla.

—Aún no te has recuperado de la herida de la pierna —musitó Salma en el oído de Mohamed.

Él ni siquiera le respondió. La noche anterior Salma se había despertado gritando en sueños. Había tenido una pesadilla en la que había visto a Mohamed agonizando en medio de un charco de sangre. Por más que él intentó tranquilizarla, Salma ya no había podido volver a dormir y le abrazaba como si quisiera protegerle.

—¿Cuándo vendrás? —preguntó Anisa a Wädi.

—No lo sé.

—Me preocupa tu padre, ha envejecido y tu madre sufre por lo que le pueda pasar.

—Nadie podría convencerle para que se quede en casa. Luchará hasta el último segundo de su vida. Él no querría morir de otra manera.

—Pero…

—Calla, Anisa, no agites los malos presentimientos de mi madre. Ya sabes lo que dice mi padre…

—Sí, se lo he oído tantas veces…: «Hay momentos en que la única manera de salvarse a uno mismo es muriendo o matando», pero…

—Calla, Anisa, calla y cuídate porque muy pronto nacerá nuestro hijo. Y… bueno, si hubiera algún problema no dudéis en refugiaros en La Huerta de la Esperanza. Ezequiel y Marinna y el propio Igor os protegerán.

—Pero ¡cómo puedes decirme que busque refugio en la boca del lobo! Tú vas a luchar contra los judíos y me pides que acuda a ellos... No te comprendo, Wädi, como tampoco comprendía a tu tía Aya...

—Es difícil que lo comprendas, sólo sé que Ezequiel jamás permitiría que os sucediera nada.

—Porque te debe la vida.

—También por eso.

Abder Ziad nació antes de la fecha prevista, mientras Wädi, su padre, combatía contra las tropas israelíes. Anisa dio a luz con la sola ayuda de su suegra Salma.

El parto fue largo y difícil, pero Anisa era enfermera y con sus conocimientos y la experiencia de su suegra logró traer a Abder al mundo.

Las dos mujeres lloraron de alegría cuando el niño rompió a llorar.

Desde que se había ido Aya, Marinna no se había acercado a la casa, y cuando lo hizo, Abder ya tenía dos semanas.

—Debisteis haberme avisado —se quejó a Salma.

A Salma le molestó el reproche. Durante años había callado y soportado saber que Mohamed estaba enamorado de Marinna, pero en esta ocasión se sintió fuerte y segura y respondió abruptamente.

—No te necesitaba para traer a mi nieto al mundo.

Marinna comprendió que en aquella casa ya no era bienvenida, que por más que Aya y ella se hubiesen resistido, el mundo que habían conocido se había desvanecido para siempre.

—Tienes razón. Me voy, no quiero importunaros ni tampoco ofenderte, pero si en algún momento podemos ser de utilidad, ya sabes dónde encontrarnos.

A la alegría del nacimiento de Abder se unió el dolor por la muerte de Mohamed. A principios de noviembre, la suerte había vuelto a decantarse en favor de los israelíes, que se habían hecho con toda Galilea, obligando a los ejércitos de Siria y el Líbano a replegarse hacia sus fronteras. Wädi había combatido en el norte mientras su padre lo había hecho en el sur. No sabían nada el uno del otro, hasta que un día uno de los hombres de Omar Salem se presentó en el frente donde combatía Wädi para llevarle la mala nueva: Mohamed había muerto cuando se enfrentaba a un grupo de soldados judíos cerca del Neguev. No habían podido recuperar su cadáver, que había quedado tendido en medio de un charco de sangre; sin embargo uno de los hombres que combatían a su lado había podido recoger algunas de las cosas que llevaba encima, entre ellas la fotografía de una mujer. La foto estaba empapada en la sangre que manaba de la herida junto al corazón. Wädi reconoció al instante quién era aquella mujer.

Wädi entró en su casa con el semblante desencajado. Tanto su madre como su esposa se dieron cuenta de su desolación.

Salma se acercó a Wädi y Anisa ni siquiera se atrevió a poner en sus brazos a Abder.

—Padre ha muerto.

De los labios de Salma salió un grito que se adueñó de la estancia. El pequeño Abder se puso a llorar asustado. Wädi abrazó a su madre intentando consolarla.

—Ha muerto luchando, como él quería.

—Dónde..., dónde... —alcanzó a decir Salma.

—En el sur, en el desierto del Neguev.

Anisa se unió a las lágrimas de Wädi y Salma compartiendo con ellos el dolor por la pérdida de Mohamed. Mucho más tarde Wädi cogió a su hijo en brazos. El pequeño Abder no dejaba de llorar contagiado por el llanto de los mayores.

Wädi abrazó a su hijo y le prometió en silencio que no permitiría que nadie le hiciera daño.

—Quiero que me prometas que recuperarás el cuerpo de tu padre —le suplicó Salma a su hijo.

Esa promesa Wädi no se la pudo hacer. Lo intentaría, pero no se lo podía prometer. Los cadáveres yacían en los campos de batalla desde el principio de los tiempos, y quienes combatían apenas se conformaban con sepultarlos de manera improvisada.

No se lo dijo a su madre, ni tampoco a Anisa, pero cuando cayó la noche, y a las dos mujeres les rindió el sueño, salió de la casa sigilosamente. Estaba resuelto a hacer lo que debía, de modo que caminó con paso rápido hacia La Huerta de la Esperanza sin importarle la lluvia que caía con fuerza empapando la tierra y cuanto encontraba a su paso.

La luz de la sala de la casa comunal indicaba que había alguien despierto.

Golpeó la puerta un par de veces y cuando se abrió se encontró con Igor.

—Tengo que hablar con Marinna —le dijo sin ningún preámbulo.

—No sé si estará dormida, ¿qué quieres?

—Tengo que hablar con ella.

Igor pareció dudar en si dejarle entrar o que continuara mojándose bajo la bravura de la lluvia.

—Pasa —le invitó con voz vacilante.

Marinna se presentó ante él envuelta en una bata y con el cabello suelto cayéndole por la espalda. Por la mirada de Wädi comprendió que lo que tenía que decirle requería que estuvieran solos.

—Igor, ¿puedes dejarme que hable con Wädi?

Los ojos de Igor se iluminaron de furia. Se sentía humillado por la petición de Marinna. Pareció dudar, pero luego, sin mirar a ninguno de los dos, salió de la sala.

—Mi padre ha muerto —murmuró Wädi en voz baja.

La vio caer de rodillas, tapándose la cara con las manos intentando ahogar el grito que pugnaba por salir de su garganta. El mismo grito de Salma.

Se acercó a ella y la obligó a ponerse en pie. Incluso la abrazó como si de su propia madre se tratara.

—Te quiso siempre —dijo, y le tendió la foto manchada de sangre.

Marinna la cogió y tuvo que sujetarse en Wädi para no volver a caerse. La fotografía le devolvía su propia imagen de cuando tenía dieciocho años. Ella le había regalado aquella foto a Mohamed y no imaginaba que durante todos aquellos años él la había llevado encima, ocultándola a los ojos de Salma y a los de cuantos le rodeaban.

Wädi se dio la vuelta y con paso firme se dirigió a la puerta. Ya no le quedaba nada por hacer ni por decir. Y se prometió que nunca más volvería a pisar La Huerta de la Esperanza.

No obstante, lo peor aún estaba por llegar. En abril de 1949 Israel firmó un armisticio con los cinco Estados árabes con los que había combatido. Y en las condiciones del armisticio entraba Jerusalén. Bajo la jurisdicción del rey Abdullah quedaba la Ciudad Vieja, mientras que el nuevo Estado de Israel se quedaba con la zona occidental y el enclave del monte Scopus.

Aquel día en que se firmó el armisticio, Salma lloró como nunca lo había hecho. Su casa ya no estaba en Palestina sino que, al estar situada en la parte occidental de la nueva Jerusalén, ahora formaba parte del Estado de Israel.

A Wädi ya no le cabían dudas sobre lo que debían hacer.

—Nos iremos, nos iremos todos. No podemos aceptar ser extranjeros en nuestra propia casa. Si nos quedamos seremos ciudadanos del Estado de Israel.

Anisa asintió. Ella tampoco quería formar parte de un país que no era el suyo. De repente aquella casa donde había nacido su hijo era parte de otro país. Estaban arrebatándoles no sólo su presente, sino también su pasado.

Esta vez al hacer el equipaje procuraron incluir todos los recuerdos a los que no querían renunciar.

Estaban cargando la vieja camioneta de Mohamed cuando vieron llegar a Ezequiel. Wädi le cortó el paso.

—¿Qué quieres? —le preguntó.

—Veo que os vais y me gustaría evitarlo. Ésta es vuestra casa, vuestro huerto, no tenéis por qué abandonarlo.

—Quizá vosotros estéis acostumbrados a ser extranjeros en

las que han sido vuestras casas en otros países, pero nosotros no lo aceptaremos. Regresaremos y cuando lo hagamos esta tierra volverá a ser nuestra y no se llamará de otra manera que Palestina.

—Wädi, te debo la vida y no puedo soportar que entre nosotros haya rencor.

—Tú te quedas con lo que me pertenece y me pides que no sienta rencor...

—Ésta será siempre vuestra casa, pase lo que pase. Te juro que no permitiré que nadie ponga un pie en vuestras tierras.

—Vete, Ezequiel, déjanos despedirnos de lo que es nuestro —le pidió Wädi.

Ezequiel no insistió y dio media vuelta caminando de regreso a La Huerta de la Esperanza. Sabía que ya nada podía evitar la ruptura con los Ziad, que tanto él como Wädi eran actores de unos acontecimientos que no les pertenecían, pero que les llevaban irremediablemente al enfrentamiento.»

15

La segunda catástrofe

Marian miró a Ezequiel, que había entrecerrado los ojos. Se preguntaba si se habría quedado dormido cuando sintió que él la miraba fijamente.

—Fin de la historia. No hace falta que le recuerde lo que sucedió. Hoy usted vive en aquella tierra que formó parte de La Huerta de la Esperanza y los Ziad continúan su exilio en Ammán. Aquella noche del 14 de mayo fue la del Desastre, un desastre que aún no ha terminado.

—¿Wadi Ziad no le ha contado nada más? —preguntó Ezequiel mirando fijamente a Marian.

—Sí, claro que me ha contado más, pero no creo que sirva de nada revisar lo que han sido los últimos sesenta años. Miles de palestinos hacinados, malviviendo en campos de refugiados incluso dentro de la que había sido su patria, otros en el exilio, algunos han optado por emprender una nueva vida y andan desperdigados por Europa, Estados Unidos, los países del Golfo... Pero ninguno ha perdido la esperanza de regresar. —La respuesta de Marian contenía un matiz retador.

—Comprendo muy bien que no hayan perdido la esperanza. Durante dos mil años los judíos repetíamos: «El año próximo en Jerusalén».

—Así que cree que dentro de dos mil años a los palestinos se les hará justicia... —En esta ocasión la voz de Marian sonaba irónica y amarga.

—Ahora estamos donde estábamos en 1948, donde estuvimos la primera vez que las potencias decidieron que la única solución era la partición y la construcción de dos Estados. Debieron aceptar. —Ezequiel parecía hablar para sí mismo.

—Yo creo que la situación es peor. Hay demasiados muertos en los dos lados.

—No, no son los muertos sino los intereses de los vivos de un bando y otro lo que impide una solución justa para alcanzar la paz.

—No puede haber una solución justa mientras Israel continúe violando las resoluciones internacionales construyendo asentamientos en los lugares que Naciones Unidas ha adjudicado a los palestinos.

—De eso trata su informe, ¿no?

—Sí.

—Espero que, además del punto de vista de Wädi Ziad, también tenga en cuenta lo que le he contado yo en nuestras conversaciones. Supongo que le habrá resultado interesante escuchar dos historias paralelas.

Marian se encogió de hombros. De repente se sentía cansada y se preguntaba si había tenido sentido dedicar tantos días y horas a escuchar a aquel anciano. Wädi Ziad la había conminado a hacerlo y se preguntaba por qué.

«No pierdes nada por escucharle», le había dicho Wädi cuando ella le contaba aquellas largas conversaciones con el israelí. Sí, Ezequiel Zucker sabía lo que era el sufrimiento, pero su sufrimiento no era mayor que el de Wädi, ni el de tantos otros palestinos a los que les habían arrebatado hasta la esperanza.

—Me gustaría que me dijera qué más sabe de lo que les sucedió a los Ziad —le pidió Ezequiel.

—Bueno, no es difícil imaginarlo, su vida no difiere de la de tantos otros refugiados. 1948 es la fecha del Desastre, a partir de ahí no hay mucho que contar.

—No, Marian, no podemos poner aún el punto final, usted sabe que no podemos.

—Ya no tiene sentido continuar estas conversaciones...

—Por favor, continúe, no falta mucho...

Marian quería decirle que no, que no seguiría hablando, pero no lo hizo y prosiguió el relato con desgana.

«Wädi y Anisa llegaron hasta Jericó, donde permanecerían durante un tiempo en casa de Naima. Su hermana les recibió aliviada al saberles vivos.

Târeq, el marido de Naima, invitó a Wädi a trabajar con él.

—Tendrás que ganarte la vida de alguna manera, y yo necesito a alguien de confianza. Tu hermana sería feliz si trabajáramos juntos.

Pero Wädi rechazó la generosa oferta de su cuñado. No quería otra cosa que ser maestro y estaba dispuesto a regresar a Jerusalén. La estancia en Jericó era sólo un alto en el camino para restañar las heridas del alma. Volvería con Anisa y su hijo a Jerusalén. No sabía qué había sido de fray Agustín, pero estaba decidido a seguir dando clases en aquella escuela improvisada y trabajar de nuevo en la imprenta de mister Moore si es que no habían huido de la Ciudad Vieja.

Dejaría a Anisa con su hermana Naima y cuando tuviera un lugar donde vivir, iría a buscarla. No quería que a Anisa y al pequeño Abder les faltara de nada. No era mucho lo que tenía, pero sería suficiente para iniciar una nueva vida.

—Palestina ha dejado de existir —se lamentaba Anisa.

Tenía razón. Palestina ya no existía, ahora parte de sus tierras pertenecían a Transjordania y las otras a Israel. Las fronteras volverían a modificarse, pero sin dar lugar al renacimiento de Palestina.

Wädi encontró una vivienda modesta cerca de donde estaba situada la escuela de fray Agustín, apenas a cien metros de la Puerta de Damasco, por la que se entraba a la Ciudad Vieja. El fraile seguía vivo y no había abandonado Jerusalén.

En Jerusalén nacieron y crecieron los cuatro hijos, todos varones, que tuvo con Anisa y allí vivieron hasta que en 1967 los israelíes se hicieron con toda la ciudad y les obligaron a un nuevo exilio que esta vez les llevó hasta Ammán.

La relación de los Ziad con la familia de Abdullah se remontaba a los tiempos en que Mohamed había luchado codo con codo junto a Faysal y el propio Abdullah persiguiendo el sueño de construir una gran nación árabe, de manera que Transjordania, que pronto se llamaría Reino de Jordania, les era tan querida como la propia Palestina. Era Anisa quien no participaba del mismo afecto.

—Los vencedores de la guerra han sido los judíos y Abdullah —se quejaba a Wädi.

—El rey Abdullah es el más sensato de todos los gobernantes árabes y el único que no se llama a engaños —respondía Wädi.

Fray Agustín era de la opinión de Anisa.

—Abdullah ha ampliado su reino a costa de Palestina.

—Fraile, no seas malicioso, las tropas del rey Abdullah lucharon con más bravura de lo que lo hizo el resto de ese ejército que decían nos iba a salvar. Además, ha logrado conservar para los árabes la Ciudad Vieja. Jerusalén es nuestra —solía responder Wädi.

—Jerusalén es suya; además, te recuerdo que los judíos poseen la parte occidental, precisamente donde estaba tu casa, tu huerta, donde están enterrados tus abuelos —le replicaba el fraile, que no sentía ningún aprecio por los israelíes.

Omar Salem, que también había sobrevivido a la guerra, continuaba siendo uno de los prohombres de Jerusalén. Wädi no simpatizaba con él, pero no podía olvidar que Omar Salem había sido amigo de su familia, de manera que de cuando en cuando aceptaba su invitación para departir sobre el futuro junto a otros hombres.

Lo que separaba a Wädi de Omar Salem era el que había sido muftí de la ciudad, Husseini. Wädi despreciaba a aquel Husseini por su alineamiento con Hitler durante la contienda mundial, pero para Omar Salem el muftí no había hecho más que defender Palestina de sus agresores que no eran otros que los judíos. Por eso Omar Salem recibió como una afrenta la decisión del rey Abdullah de nombrar muftí de la ciudad al jeque Hussam ad-Din Jarallah.

Wädi nunca disimuló su simpatía por el rey jordano y no veía que eso fuera una contradicción con su anhelo de que Palestina se convirtiera en una nación. Por eso el día en que asesinaron a Abdullah, Wädi lo sintió tanto como si hubiera perdido a un familiar.

Aquella mañana de julio de 1951 era viernes y el rey había decidido ir a rezar a la Explanada de las Mezquitas. Su nieto Hussein, que más tarde sería rey, recordaría que aquel día su abuelo le dijo unas palabras que encerraban una premonición: cuando me toque morir me gustaría que fuera de un tiro en la cabeza y que quien lo dispare sea un don nadie.

Wädi se dirigía hacia la mezquita de Al-Aqsa cuando escuchó un ruido sordo y a continuación gritos. Apresuró el paso pero unos soldados jordanos le impidieron acercarse. Unos metros más adelante yacía el cuerpo del rey. Un sastre, un simple sastre le había arrebatado la vida a Abdullah. Nadie recordará su nombre, pero el asesino se llamaba Mustafá Shukri Usho.

En aquellos momentos de desconcierto sólo una persona reaccionó encarándose con el asesino, era un niño, Hussein, el nieto del rey.

Aquel asesinato estremeció a Wädi y a quienes simpatizaban con la familia hachemita.

Después la vida volvió a ser rutina hasta que en 1967 la guerra de los Seis Días provocó una segunda catástrofe. Los Estados árabes que habían pretendido de nuevo que Palestina volviera a ser Palestina fracasaron en su intento. Fueron derrotados sin paliativos por las Fuerzas de Defensa de Israel, en una guerra que duró seis días y en la que conquistaron todo Jerusalén.

Judíos y árabes lucharon casa por casa por cada palmo de terreno. Wädi y sus hijos estuvieron entre quienes defendieron la ciudad. Pero cuando aquella guerra terminó Israel había ampliado su territorio, y se había hecho con la Ciudad Vieja.

Wädi Ziad, junto a Anisa y sus hijos, emprendieron el camino de un nuevo exilio que esta vez les llevaría a Ammán.

Naima, la hermana de Wädi, le pidió que se quedaran en Jericó, pero la negativa de Anisa fue rotunda.

—Yo no quiero ser una exiliada en mi propio país, si nos quedamos en Jericó tendremos que soportar que los israelíes nos digan lo que podemos o no podemos hacer. Prefiero vivir en un lugar donde nadie dude de que soy extranjera, así al menos no me sentiré humillada.

No fueron años fáciles. Durante un tiempo malvivieron en un campo de refugiados donde Wädi se dedicó a su auténtica vocación, que era enseñar. Ayudó a levantar una escuela y allí, día tras día, intentó que los niños tuvieran un eco de normalidad.

Nunca regresaron a Jerusalén. Israel no se lo ha permitido. Además, ¿qué sentido tendría volver como extranjeros a su propia patria? En fin, para ellos como para la mayoría de los palestinos todo se acabó en 1948. Ya se lo he dicho, fin de la historia.»

Marian hizo una pausa. No quería continuar. La conversación le producía hastío. Dejó que la mirada se perdiera por la estancia.

—¿Va a volver a Ammán? —preguntó Ezequiel devolviéndola a la realidad.

—Sí, quiero despedirme de los Ziad.

—Y regresará a su casa, a su trabajo, escribirá su informe que alguien mandará a los periódicos y se comentará durante unas horas y luego todo seguirá igual.

—Sí, todo seguirá igual. Su hijo continuará impulsando la política de asentamientos, arrebatando la tierra a los palestinos, mientras que miles de hombres y mujeres rumiarán su frustración y amargura clamando para que se haga justicia.

—¿Le ha contado Wädi Ziad cómo ha vivido todos estos años?

A ella le descolocó la pregunta. ¿Qué pretendía aquel hombre?

—Sí. Claro que lo ha hecho.

—¿Podría resumirme lo que le ha contado?

—No entiendo por qué insiste... Usted sabe mejor que yo que para los palestinos el infierno comenzó a partir de 1948. No tiene sentido continuar hablando de lo mismo.

—Bueno, si hemos hablado de lo sucedido hasta el 48, deberíamos hablar de lo que sucedió a continuación, que es lo que explica que esté usted aquí. Todo lo que hemos hablado no le importa a nadie, pero lo sucedido desde la noche del 14 de mayo de 1948 es lo que la ha traído hasta aquí.

—No puedo alargar mi estancia en Israel ni un día más. Mi jefe está dispuesto a relevarme.

—Y a usted no le importa nada que lo haga.

Marian se movió incómoda. Ezequiel la estaba poniendo nerviosa.

—Le diré lo que pasó. —Ezequiel retomó la conversación.

—Difícilmente podrá usted contarme lo que les sucedió a los Ziad —protestó ella.

—Se equivoca, claro que puedo hacerlo, de la misma manera que Wädi Ziad puede relatarle con detalle cualquier cosa que me concierna.

—No entiendo...

—¡Ah! De manera que no entiende... Puede que no lo sepa todo y puede que sepa aún menos de los Ziad que lo que sabe de mí.

—Se equivoca, Wädi Ziad y sus nietos no me han ocultado nada... No tendrían por qué, confían en mí... —Marian estaba desconcertada.

—Está cansada y quiere terminar, la comprendo, yo también lo deseo. Pero me va a permitir que sea yo quien le dicte el epílogo. A Wädi no le importará. Desde 1948 hasta aquí ambos hemos padecido mucho y hemos sufrido la peor de las pérdidas, la más insoportable, la de los hijos. Porque sus hijos y los míos cayeron luchando por lo que creían justo.

—Tengo el informe prácticamente terminado. No pienso añadir ni una coma más. Además, estoy cansada...

—No se preocupe, después de escucharme tendrá mucho tiempo para usted, para pensar. Sí, después de esta noche comenzará el resto de su vida.

—No le comprendo...

—Sí, sí que me comprende, pero tiene miedo de hacerlo. Escúcheme bien...

«No volví a saber nada de Wädi hasta 1972. Ni él hubiese querido saber nada de mí ni yo encontraba motivo para querer verle. La guerra nos había separado, estábamos en dos bandos irreconciliables, donde lo que se jugaba era algo más que la vida de unos cuantos miles de hombres, lo verdaderamente importante era la posesión de un pedazo de tierra.

Los israelíes no teníamos dudas de que o luchábamos para conservar aquel pedazo de tierra o de nuevo tendríamos que convertirnos en un pueblo errante, dejando en manos de los otros nuestro propio destino. Y no estábamos dispuestos a ello. Durante siglos habíamos malvivido en los guetos, habíamos pagado tributos desmesurados a quienes nos acogían dentro de sus fronteras, habíamos sufrido campañas infamantes, y siempre, siempre, perseguidos por el odio injustificado de quienes nos hacían culpables de la crucifixión de Jesús. ¿Cuántas generaciones recibieron la misma enseñanza?: los judíos mataron a Jesús. Eso nos convertía en culpables y despreciables, de modo que durante siglos procuramos no despertar la ira de quienes ya nos odiaban por el mero hecho de existir. Sufrimos pogromos en Rusia, Polonia, Alemania... En tantos y tantos lugares... Nos expulsaron de España, de Portugal... No teníamos patria, ningún lugar que nos perteneciera; sólo teníamos un sentimiento más fuerte que el tiempo: sabíamos de dónde veníamos, dónde estaban nuestros ancestros, y el lugar no era otro que estas colinas peladas de Judea, de Samaria... «El año próximo en Jerusalén», repitieron generaciones y generaciones de judíos en todo el mundo. Hasta que un día algunos hombres y mujeres iniciaron el retorno. Mi padre, Samuel, fue uno de esos hombres. Luego Alemania desencadenó la mayor matanza de judíos jamás imaginada, el Holocausto. Millones de niños, mujeres y hombres murieron en las cámaras de gas, en los campos de exterminio. Lo permitimos. Nos dejamos conducir a los campos, de la misma manera que durante siglos soportamos las persecuciones, los pogromos, que quemaran nuestras casas, que asesinaran a nuestros hijos.

Cuando los judíos de Palestina supieron de los horrores perpetrados por los nazis durante la Segunda Guerra Mundial, tuvieron más claro que nunca que necesitábamos un hogar, y que ese hogar no podía ser otro que la tierra de nuestros antepasados. Pedimos compartirla y algunos árabes, como la familia hachemita, parecieron dispuestos por lo menos a tratar la cuestión. ¿Sabe lo que los dirigentes árabes han reprochado durante décadas a la familia real de Jordania?, pues que, de entre todos, ellos hayan sido los más realistas y tanto en el pasado como en el presente fueran capaces de conversar con nosotros. Eso nunca se lo han perdonado pese a ser los únicos que a la hora de luchar lo hicieron de verdad. Los jordanos son unos soldados formidables.

Ya le he dicho que desde aquel día de 1949 en que Wädi y Anisa dejaron su casa no volvimos a saber nada los unos de los otros. No supe que Aya murió en Ammán, ni ella supo tampoco de la muerte de Marinna ni de la de Igor.

En realidad Marinna no sobrevivió demasiado tiempo a Mohamed. Comenzó a morir la noche en que Wädi fue a La Huerta de la Esperanza para anunciarle la pérdida de Mohamed.

Marinna sufrió un infarto pocos días después. Se recuperó, pero la mejoría fue breve, de nuevo su corazón se paró para no volver a latir nunca más. Si ella no pudo soportar tantas pérdidas, Igor no pudo soportar la pérdida de Marinna. Sufrió un ictus que le condenó a una silla de ruedas.

De repente me encontré viviendo en una casa comunal con un hombre enfermo que apenas podía moverse y sin ninguna voluntad de vivir. No crea que no pensé que lo mejor sería llevarle a alguna institución para que le cuidaran. Pero no lo hice, pensaba que ni mi padre, Samuel, ni mi madre, Miriam, lo hubieran aprobado. Igor y yo éramos todo lo que quedaba de la vida que mi padre había construido en torno a aquella casa, de manera que cuidé de él, durante un largo año, hasta que una mañana cuando fui a despertarle le encontré sumido en el sueño eterno.

El día que enterré a Igor me di cuenta de que me había quedado definitivamente solo. Por aquel entonces yo formaba parte del ejército. Quizá porque hablo árabe con la misma fluidez que el hebreo, mis superiores decidieron encargarme misiones diversas en los países enemigos. La primera de ellas fue ayudar a traer a Israel a los judíos de las comunidades que vivían en Irak, Siria, Irán y Egipto y que, como sabrá o debería saber, sufrieron lo indecible. A partir del 48 les expulsaron, les arrebataron sus casas, sus tierras, sus posesiones; muchos perdieron la vida y otros, con nuestra ayuda, emprendieron el camino del exilio. La tragedia es que la mayoría no eran sionistas, todo su mundo estaba en El Cairo, en Bagdad, en Damasco, en Teherán.

Pero no le contaré más de mi propia historia salvo la que tiene que ver con Wädi Ziad, al que el destino me había unido de manera irreversible aquella noche en que me salvó la vida cuando yo era un niño.

Vendí La Huerta de la Esperanza y peleé por que la casa de los Ziad y su pequeña huerta no fueran confiscadas, pero no lo logré.

Pensaba en Wädi cuando alguno de los judíos que ayudé a traer a Israel desde lugares remotos de Irak me relataba con lágrimas en los ojos lo que suponía para ellos saber que nunca más podrían regresar al que había sido su hogar. Me hablaban de sus casas, de sus huertas, de sus pertenencias, de sus recuerdos, y sentía que su desolación sería la misma que la de Wädi.

Me casé por segunda vez. Pensé que después de Sara nunca volvería a hacerlo, pero me reencontré con Paula. La chiquilla a la que yo enseñaba hebreo en el kibutz se había convertido en abogada y en aquel momento trabajaba como analista en el Ministerio de Defensa. No le diré que no me sorprendió, quizá porque cuando nos conocimos no supe calibrar su valía e inteligencia.

Nos encontramos por casualidad en Jerusalén. Yo caminaba por la Ciudad Vieja sin rumbo fijo, siempre me ha gustado hacerlo, y de repente la vi. Ella iba sola, de manera que me acerqué. No había vuelto a hablar con ella desde el día en que la llamé al kibutz para decirle que me casaba con Sara, y temí que me diera un desplante, pero no lo hizo. Fuimos a un café y nos pusimos al día de cómo habían transcurrido nuestras vidas. A partir de aquel momento fuimos inseparables. Nos casamos tres meses después y vivimos juntos hasta que hace diez años murió de cáncer. Tuvimos tres hijos. El primero, Yuval, murió en la guerra del 73. El segundo, Aarón, ya sabe quién es, en realidad es a él a quien vino a buscar usted. Es el único hijo que me queda vivo, porque el tercero, Gedeón, murió en un atentado terrorista. Estaba cumpliendo el servicio militar cuando una bomba estalló al paso de su jeep. Murió junto a otros tres soldados. Sólo tenía diecinueve años.

Le cuento esto porque Paula fue determinante para mi reencuentro con Wädi.

Usted sabrá, o debería saber, que no todos los palestinos que encontraron refugio en Jordania se mostraron leales al rey Hussein. Jordania se convirtió en la plataforma desde la que los guerrilleros palestinos atacaban a Israel, pero no se conformaron con eso, sino que a principios de los años setenta intentaron derrocar al rey. Los enfrentamientos entre el rey Hussein y Yaser Arafat fueron sangrientos. Incluso intentaron asesinar a Hussein. En los años setenta, la OLP y otras organizaciones contaban con más de cien mil hombres, eran un Estado dentro del Estado. La confrontación fue inevitable, pero se dio la paradoja de que algunos palestinos lucharon al lado de los jordanos. Hussein ganó la partida y para el verano de 1971 se había vuelto a hacer con el control de su país. Veinte mil palestinos murieron durante los enfrentamientos, entre ellos el hijo mayor de Wädi. Ya ve, su hijo mayor murió en el 71 y el mío dos años después... Pero volviendo a Jordania, de aquel enfrentamiento entre los palestinos y Hussein nació Septiembre Negro.

Yo seguía alistado en el ejército, cuando en el verano de 1972 un soldado me avisó de que un fraile insistía en verme. «Dice que se llama fray Agustín y que usted le conoce.»

El anuncio de la visita del fraile me sobresaltó. Era una llamada del pasado, de un pasado que yo había arrinconado en algún lugar del cerebro.

Me costó reconocerle. Había envejecido y estaba más delgado. No nos estrechamos la mano. No éramos amigos y yo sabía de su animadversión por los judíos.

—¿Qué desea? —le pregunté.

—Traigo un mensaje de Wädi Ziad.

Sentí un escalofrío pero procuré que aquel fraile no notara mi incomodidad. No respondí y esperé a que me dijera a lo que había venido.

—Latîf, el hijo menor de Wädi, está preso, aquí en Israel. Es muy joven pero muy valiente, quería ir a Jericó y después llegar a Jerusalén. Le han detenido.

Continué en silencio no tanto para poner nervioso al fraile como para ganar tiempo.

—Wädi quiere que le libere. Su hijo sólo tiene dieciséis años. Es un niño, un niño valiente y audaz, que no ha hecho daño a nadie.

—Eso es lo que usted dice.

—Puede comprobarlo. No es un fedayín.

—Así que no es un fedayín alguien que cruza la frontera y pretende llegar a Jerusalén, seguramente con algún mensaje que muy posiblemente sean instrucciones para algún atentado terrorista. —Procuré que el tono de mi voz sonara indiferente.

—Los palestinos luchan como pueden. Lo que usted llama terrorismo no es más que otra manera de hacer la guerra.

—Ya, ¿cree usted que secuestrar aviones y colocar bombas contra objetivos civiles es otra manera de hacer la guerra? Eso es terrorismo y quienes lo practican son gente de la peor calaña —respondí irritado.

—No he venido a discutir sobre esta guerra, sólo a traerle un mensaje: usted le debe la vida a Wädi Ziad. Él nunca le ha reclamado nada por habérsela salvado, pero ahora ha llegado el momento de devolverle lo que él hizo por usted. Salve a su hijo. Él ya ha perdido dos hijos: uno en los enfrentamientos entre los guerrilleros de Arafat y las tropas del rey Hussein, otro en la frontera durante una escaramuza con una patrulla de soldados israelíes. No quiere perder otro más.

Fray Agustín dio media vuelta y, a pesar de su edad, caminó con paso rápido sin darme tiempo a responderle.

Le conté a Paula lo sucedido y le pedí que me ayudara.

—Tú tienes que saber dónde están los palestinos a los que detenemos pasando la frontera.

—Lo único que puedo hacer es averiguar qué es exactamente lo que ha hecho ese Latîf, pero tendré que informar a mis superiores del motivo de mi interés por ese muchacho.

—La verdad siempre es el camino más corto, sólo quiero saber de qué se le acusa. Tengo que pagar mi deuda.

—¡No seas ridículo, Ezequiel! Wädi te salvó la vida cuando eras un crío, es algo loable, siempre se lo agradecerás, pero eso no puede convertirte en su rehén.

No sabía cómo explicarle a Paula que su pensamiento cartesiano poco tenía que ver con cómo son las cosas en Oriente. Yo había nacido en Jerusalén, había crecido junto a niños árabes, conocía y compartía muchos de sus valores y aquél era uno de ellos, una vida por una vida, de la misma manera que la venganza era ojo por ojo. Pero Paula era alemana, había nacido y crecido en Berlín hasta que huyó con sus padres de la amenaza nazi, y aplicaba otros códigos a la vida.

—Tengo una deuda que pagar, Paula, y te pido que me ayudes a hacerlo. Si el chico no es un criminal, tengo que devolvérselo a su padre.

—¡Estás loco! Eso en ningún caso lo puedes decidir tú.

Paula confirmó la versión de fray Agustín. Le habían detenido a pocos metros del río Jordán, apenas cruzó la frontera. No le encontraron nada que pudiera comprometerle. El chico mantenía una versión: quería ir a Jericó a visitar a su tía Naima, sólo eso. Naturalmente no le creyeron. Yo sabía la verdad; sin proponérselo, fray Agustín me lo había dicho: Latîf, más que ir a Jericó lo que pretendía era llegar a Jerusalén donde seguramente tendría que entregar un mensaje a algún miembro de la OLP dentro de Israel. Aunque él no lo había confesado, quienes le interrogaron lo sabían, no era la primera vez que se encontraban con un caso así.

Hablé con mis superiores en el ejército y les expliqué el caso de Latîf manteniendo que si el chico no había cometido ningún delito importante debía ser puesto en libertad. Pero mis superiores respondieron que entrar ilegalmente en Israel ya era un delito y que si no había cometido ninguno más era porque había sido detenido.

Yo no era abogado. Había terminado mis estudios como ingeniero agrónomo aunque nunca me había dedicado al campo porque había encauzado mi vida dentro del ejército. No sabía qué podía hacer, pero estaba dispuesto a hacer lo imposible por devolver a Latîf a Wädi. Fue Paula quien me recomendó que me pusiera en contacto con un joven activista de derechos humanos.

—Es un abogado que se ha convertido en una pesadilla para el Ministerio de Defensa; defiende a los palestinos, no importa lo que hayan hecho, y ha obtenido algún éxito en los casos en que no se ha cometido ningún delito sangriento.

El despacho de Isahi Bach en Tel Aviv era una sala con tres mesas, donde además de él trabajaban otros dos jóvenes. Les expuse el caso y no dudaron en aceptar hacerse cargo del mismo.

—No será fácil, pero podemos intentarlo. Lo importante es que le condenen por un solo delito, el de entrada ilegal —afirmó Isahi.

—Ya, pero se trata de que no esté mucho tiempo en prisión —casi les supliqué a aquellos muchachos que no habían cumplido los treinta años.

—Mire, no vamos a engañarle, usted debe de conocer cómo funcionan las cosas, lo primero es obtener permiso para visitarle. Sería conveniente que ese fraile me acompañara para que así Latîf sepa que puede confiar en mí. Una vez que sepamos cómo está y me cuente su versión de lo sucedido, comenzaré a preparar su defensa. No será fácil, pero tampoco imposible.

—Ese chico no ha hecho nada —justifiqué yo.

—Le dejaré las cosas claras: creemos en el derecho de Israel a existir, pero también creemos en el derecho de los palestinos a tener su propio Estado y, sobre todo, a que nadie pueda pisotear los derechos que les asisten como seres humanos, hayan hecho lo que hayan hecho. Seguramente Latîf traería algún mensaje para los activistas palestinos que operan dentro de Israel, pero si el fiscal no lo puede demostrar, entonces es inocente. Nadie es culpable si no se demuestra lo contrario.

—¿Por qué defienden a los palestinos? —pregunté con curiosidad a aquellos jóvenes.

—Porque queremos que Israel no pierda la moralidad, que es lo primero que se pierde en una guerra.

Me costaba entenderles, pero decidí confiar en ellos. Busqué a fray Agustín y le pedí que llamara a Isahi Bach.

—Es todo lo que puedo hacer —le expliqué.

—No es mucho. Wädi espera que usted obtenga de inmediato la libertad de su hijo.

—Wädi no es ningún estúpido y sabe que hay cosas que se escapan a mi voluntad de pagar la deuda que tengo con él. La pagaré, o al menos espero hacerlo, pero tendremos que seguir algunos pasos.

El proceso duró seis meses, pero al final Isahi Bach consiguió más de lo que yo esperaba. Condenaron a Latîf a un año de prisión y luego le expulsarían a Jordania. Como llevaba ya ocho meses encerrado, sólo le quedaban cuatro para obtener la libertad.

Yo no conocía al hijo de Wädi porque Isahi Bach me había pedido que no asistiera siquiera al juicio. Fui a buscarle a la entrada de la prisión, de donde salió acompañado por Isahi. Se parecía a Anisa. El mismo rostro afilado, los mismos ojos negros almendrados y el mismo porte delgado. Me acerqué a él y le tendí la mano, pero hizo como que no veía mi gesto y no insistí.

—Te llevaremos hasta la frontera, tu padre está esperándote en el otro lado —le dijo fray Agustín.

Cuando llegamos al puente Allenby, el chico se bajó del coche de un salto. Estaba impaciente por volver junto a los suyos. Ni me dio las gracias y apenas me miró. No es que yo esperara grandes aspavientos, pero al menos me hubiera gustado verle contento.

Después de hacer los trámites en la frontera y discutir un buen rato con uno de los soldados, que parecía desconfiar de nosotros y releyó los documentos y el salvoconducto al menos tres o cuatro veces, Latîf comenzó a cruzar hacia la otra orilla del Jordán.

—No es muy expresivo —me quejé mientras le veía caminar con paso apresurado.

—¿Y qué quería usted? Es un chiquillo que malvive en un campo de refugiados. Le han detenido, interrogado, seguramente con cierta brutalidad, y ha estado en prisión, no tiene nada que agradecer. Póngase en su piel —me dijo Isahi Bach.

—Yo si estuviera en su piel estaría contento de que me hubiesen liberado.

—Ni usted ni yo le hemos liberado, sólo hemos conseguido que se le haga justicia.

—Usted sabe, como yo, que traía un mensaje para los activistas de Jerusalén —protesté.

—Puede ser, pero eso no ha podido ser demostrado. Él aguantó con valentía los interrogatorios, nadie logró sacarle una palabra de más y sufrió por eso —me reprendió Isahi Bach.

—Es un futuro terrorista —sentencié yo.

—Seguramente, pero eso no lo sabemos ni usted ni yo. Pregúntese cómo sería usted, qué haría, cómo se sentiría si estuviera en su pellejo.

—Tienen que aceptar que Israel es una realidad —le respondí airado.

—Sí, algún día tendrán que hacerlo y nosotros tendremos que aceptar que tienen sus propios derechos.

Isahi Bach me irritaba, pero con el tiempo se convirtió en uno de mis mejores amigos.

Dos meses más tarde fray Agustín volvió a presentarse en mi despacho.

—Le traigo un mensaje de Wädi.

Hice como la vez anterior, no respondí aguardando conocer el mensaje.

—Le da las gracias por lo que ha hecho por su hijo.

—Se lo debía. Ya estamos en paz.

—Sí, ya están en paz, pero ahora quiere pedirle un favor.

Me puse tenso. Wädi estaba irrumpiendo en mi vida provocándome desasosiego. Yo había pagado mi deuda y no estaba dispuesto a hacer ningún favor al enemigo, porque, nos gustara o no, es lo que éramos.

—Wädi tiene otro hijo y no sabe dónde está. No tiene medios para averiguarlo, quizá usted sí pueda.

—Si han detenido a otro de sus hijos ya no es asunto mío. Dígale de mi parte que procure controlarles y que no les permita que se dediquen a actividades terroristas.

—Los fedayines no son terroristas, pero yo no estoy refiriéndome a ninguno de los hijos de Anisa.

La respuesta de fray Agustín me sorprendió. No sabía a qué podía referirse. Dudé si mandarle a paseo y cortar aquella extraña relación que se estaba tejiendo entre Wädi y yo después de más de dos décadas sin saber el uno del otro. Pero no lo hice, y hoy me alegro de mi decisión.

—Hace algunos años Wädi conoció a una mujer. Era española, una doctora española que había acudido junto a un grupo de médicos y enfermeras, todos voluntarios, para ayudar en los campos de refugiados palestinos situados en Jordania. Wädi es uno de los hombres que cuidan de la organización del campo y por tanto tiene relación directa con todas las organizaciones extranjeras que acuden a llevar ayuda alimentaria, médica o del tipo que sea. Los niños necesitan vacunas y alimentos en condiciones, y los adultos, médicos que les atiendan de sus dolencias, que les suministren los medicamentos que precisan.

»Wädi le sugirió a Eloísa que examinara a los niños en la escuela, de esa manera estarían menos asustados que si tenían que ir al dispensario del campo. Ella aceptó. Así comenzaron su relación. En realidad él se enamoró de ella desde el primer minuto en que la vio. "Parece una princesa medieval", me dijo Wädi para describirme a Eloísa. Tenía razón. Es rubia, con la mirada azul, y un falso aspecto de fragilidad. Si yo tuviera edad para fijarme en las mujeres y no fuera fraile, tampoco habría permanecido indiferente. Lo sorprendente es que Eloísa se enamorara de Wädi. Las cicatrices que le dejó el fuego el día que le salvó a usted la vida se han ensombrecido con el paso del tiempo deformándole aún más el rostro. Además, ya no es un niño. Acaso sean la serenidad y la dignidad que tiene lo que enamoró a esa mujer.

»Cuando terminó el verano y los voluntarios españoles regresaron a su país, ella se quedó. Había decidido trabajar en el campo de refugiados; no esperaba nada, sólo ayudar, pero sobre todo seguir al lado de Wädi.

—¿Y Anisa? —pregunté al fraile.

Yo conocía a Anisa y sabía que ella jamás aceptaría compartir a su marido. Era una mujer de carácter que había sufrido y luchado y en ningún caso soportaría no ser tratada como una igual. Pero al parecer el tiempo nos cambia a todos, de manera que aguardé con curiosidad la respuesta del fraile.

—Anisa decidió no ver ni oír más de lo que quería ver u oír. Se dio cuenta de que Wädi no podía evitar su atracción por Eloísa y que si interfería entonces le perdería para siempre. Ningún hombre debería enamorarse después de cumplidos los cuarenta, y Wädi tiene más de cincuenta.

»Anisa ha hecho lo imposible por que sus hijos no se sintieran denostados por esa pasión de su padre. Se ha mantenido digna, distante, pero sin abandonar la pequeña casa por la que Wädi cada vez aparecía menos.

»A nadie le sorprendió cuando Eloísa se quedó embarazada. Nadie preguntó de quién era el hijo que esperaba, pero no hacía falta, los cuidados y atenciones de Wädi eran demasiado explícitos para que cupieran dudas.

»Lo que ninguno de los dos podía imaginar es que ella enfermaría. Neumonía, le diagnosticó un médico de Ammán. Eloísa se encontraba muy enferma y Wädi decidió que debía ponerse en contacto con la familia de ella y explicarles la situación en la que estaba.

»La madre de Eloísa viajó desde España para hacerse cargo de su hija. Cuando conoció a Wädi no ocultó la sorpresa que le produjo saber que su hija se hubiese enamorado de un hombre con el rostro deformado. Creo que eso la sorprendió más incluso que saber que él tenía otra familia.

»Eloísa se negaba a regresar a España; quería que su hijo naciera en Jordania, lo más cerca posible de Palestina. Pero su madre, doña María de los Ángeles, hizo caso omiso de los deseos de su hija. Habló con Wädi: "Debe saber que desapruebo la relación de Eloísa con usted. Es evidente que usted ha abusado de los sentimientos de mi hija. Ella es una chiquilla que vino aquí con la carrera recién terminada y la cabeza llena de pájaros dispuesta a ayudar. La culpa es de su padre y mía por haberle permitido venir, pero lo hecho, hecho está. Usted tiene una esposa e hijos, dedíquese a ellos, y si de verdad siente algo por Eloísa ayúdeme a llevármela a España, aquí no se curará".

»"El médico ha dicho que es peligroso trasladarla."

»La madre de Eloísa tuvo un ataque de furia y sus gritos se escucharon por todo el campamento: "¡Es usted un egoísta! ¡Quiere sacrificar la vida de mi hija en su propio provecho! ¿Es que no ha hecho suficiente por todos ustedes? Me la llevaré por las buenas o por las malas, y le juro que haré lo imposible para que no la vea nunca más".

»Wädi, avergonzado por los gritos de la mujer, le respondió que iban a tener un hijo. "Sí, mi hija va a tener un hijo y le aseguro que la criatura no malvivirá en un lugar como éste; dígame, ¿por qué tendría que hacerlo?"

»Eloísa no estaba en condiciones de negarse a las decisiones de su madre, que dos días después la embarcó en un vuelo con destino a Madrid. Desde entonces Wädi no ha vuelto a saber nada de ella y ni siquiera sabe si ha nacido el hijo que esperaban.

—¿Y qué tiene que ver todo esto conmigo? —respondí asombrado no sólo por la historia que acababa de escuchar sino por la pretensión de Wädi para que le ayudara.

—Wädi no tiene dinero ni medios para averiguar qué le ha sucedido a Eloísa, usted sí.

—¡Está loco! Dígale que siento lo que le ha pasado, pero que no puedo hacer nada al respecto.

—Usted tiene dinero, amistades, posibilidad de viajar a Madrid y averiguar qué le ha sucedido a Eloísa.

Miré fijamente al fraile intentando saber si me hablaba en serio. La petición de Wädi me parecía un disparate y me hacía sentirme incómodo.

—Así que usted y Wädi creen que yo puedo solicitar un permiso para ir a Madrid a averiguar qué ha sido de una médico a la que no conozco de nada pero que ha tenido una relación con alguien a quien conocí cuando era niño. Naturalmente, el ejército y mi esposa no tendrían por qué ponerme dificultades. ¡Realmente debe de estar muy trastornado para pedirme algo así!

—Pues es exactamente lo que hace, pedírselo. No conoce a nadie que pueda ayudarle en este asunto.

Fray Agustín se mostraba inconmovible a cualquier argumento que yo pudiera esbozar, como si fuera normal que un palestino refugiado en un campo de Jordania pidiera a un soldado de Israel que dejara todo lo que tuviera que hacer para ayudarle en un asunto sentimental.

Para entonces La Huerta de la Esperanza era sólo un recuerdo, como también lo eran todos los que formaron parte de mi infancia y juventud. Yo había luchado en la Segunda Guerra Mundial, en la de Independencia, en Suez en el 56, en la conquista de Jerusalén en el 67, y mi vida y mis intereses estaban centrados en la supervivencia de Israel y en intentar ser feliz con Paula y nuestros hijos. Había pagado mi deuda a Wädi cuando me interesé por su hijo Latîf, de quien albergaba pocas dudas de que fuera un fedayín. Ya había hecho más de lo que debía, de manera que le dije al fraile que no movería un dedo más por Wädi.

Aquella noche le conté a Paula lo que había pasado y ella se rió con ganas.

—Ese Wädi era tu mejor amigo, cuando nos conocimos no hacías más que hablar de él —me recordó.

—Ya, pero ahora estamos en bandos diferentes, él quiere acabar con Israel y yo haré lo imposible para que no lo consiga, de manera que poco tenemos que decirnos.

—Bueno, yo no sería tan tajante. Hubo un tiempo en que, por lo que me has contado, creías que los palestinos debían tener su propio Estado.

—Y continúo pensándolo, pero ¿debo recordarte que lo que aseguran sus líderes es que no pararán hasta echarnos al mar? No, no voy a hacer por él más de lo que he hecho, incluso tengo remordimientos por haber ayudado a su hijo Latîf. Es un fedayín.

—Eso no lo sabes.

—Ya, en eso se basó ese abogado, Isahi Bach, en que lo que no se puede demostrar no existe; pero él, tú y yo sabemos que ningún palestino que cruza la frontera ilegalmente lo hace con la intención de visitar a su tía y a sus primos.

—Quién sabe...

—Por favor, Paula, ¿cómo puedes decir eso tú, que trabajas en el Ministerio de Defensa?

—Precisamente por eso sé que hay que tener en cuenta todas

las variables, hasta las más absurdas y disparatadas. En cualquier caso, Wädi no te engañó.

No volví a saber ni de fray Agustín ni de Wädi hasta mucho tiempo después. Para entonces yo había perdido a mi hijo Yuval en la guerra del 73. Paula y yo estábamos destrozados, nadie está preparado para perder a un hijo. Wädi, por su parte, no sólo había perdido a su hijo mayor, sino que el segundo también había sido abatido durante un ataque perpetrado por un grupo de fedayines contra un pelotón de soldados israelíes que patrullaban a orillas del Jordán.

Yo ya no estaba en el ejército, sino dando clases en la universidad, y recuerdo que hablando con otro profesor sobre la guerra me hizo una reflexión que en aquel momento me estremeció: «Tengo tres hijos, y sé que perderé alguno; si les toca a los demás, ¿por qué no a mí?». Eso era exactamente lo que nos había pasado a Paula y a mí, también nos había tocado perder a un hijo.

Yuval era un joven soldado de apenas veinte años, una edad en la que tendría que haberse dedicado a estudiar en vez de andar con un subfusil en las manos.

Fue idea de Paula el que hiciéramos un viaje.

—Nos vendrá bien salir de Israel.

Yo protesté diciendo que aunque pusiéramos miles de kilómetros de distancia no podría dejar de pensar en la pérdida de Yuval. Paula se enfadó conmigo.

—¿Acaso crees que yo voy a olvidar a mi hijo? Sólo pretendo irme para no ahogarme. Necesito caminar por algún lugar donde no esté latente la guerra. Sólo eso, no quiero nada más.

Nuestros hijos Aarón y Gedeón sugirieron que fuéramos a Madrid. Yo les había hablado del viaje que había hecho con mis padres a España siendo niño y a ellos les pareció buena idea que visitáramos ese país.

Paula estaba haciendo la maleta cuando se acordó de la petición de Wädi de que buscara a aquella mujer de nombre Eloísa.

—Ahora que vamos a Madrid, quizá podríamos intentarlo —me sugirió Paula.

—¡De ninguna manera! ¿Cómo se te puede ocurrir algo así? ¿Crees que me importa algo que Wädi se enamorara de una médico española y haya tenido un hijo? Allá él con su vida, bastante tenemos nosotros con la nuestra.

Creo que nunca terminé de conocer bien a Paula. Si ya me sorprendía que trabajara como analista en el Ministerio de Defensa, no dejaba de sorprenderme que careciera de prejuicios a la hora de abordar cualquier asunto. Tenía una capacidad fuera de lo común para, como ella decía, ponerse en la piel de los demás, fueran quienes fueran, quizá por eso era tan buena analista.

—Será entretenido buscar a esa muchacha, ¿qué hay de malo en ello?

Me resistí cuanto pude, pero al final fui en busca de fray Agustín sin comentárselo a ella. Le encontré en la vieja escuela donde antaño diera clases junto a Wädi. Él pareció no sorprenderse al verme.

—¿Qué, por fin ha decidido ayudar a su viejo amigo? —me preguntó sin siquiera saludarme.

Me irritó su recibimiento, el que diera por hecho que estaba allí por Wädi, pero ¿por qué otra cosa podía haber ido?

Le expliqué que tenía que ir a Madrid y que si me daba algún detalle más quizá podría averiguar algo de la tal Eloísa, aunque le recalqué que no prometía nada.

Fray Agustín apenas me aportó información; sólo una dirección, a la que Wädi mandaba cartas que le devolvían sin abrir con un sello de destinatario desconocido.

Paula tenía razón, alejarnos de Israel fue un acierto. No dejábamos de recordar a Yuval, pero al menos empezamos a lograr dormir unas cuantas horas seguidas por la noche. No fue hasta pasada una semana cuando Paula me recordó que debíamos intentar buscar a Eloísa. Para entonces ya habíamos visitado Toledo, Aranjuez y El Escorial, además del Museo del Prado.

Para mi sorpresa, Paula se negó a acompañarme a la dirección que me había dado fray Agustín.

—Yo pasearé un rato y buscaré algo para llevar de regalo a los chicos.

Mi esposa era así de sorprendente, ella me había convencido para buscar a Eloísa pero me dejaba claro que ése era asunto mío y de mi pasado.

La casa estaba en un barrio señorial no lejos del hotel Palace de Madrid, que era donde nos alojábamos.

—El barrio de Salamanca es de lo mejor de Madrid —me aseguró el taxista cuando le di la dirección, satisfecho de no haber olvidado el sefardí, la lengua materna de mi madre, con la que nos hablaba a Dalida y a mí.

Un amable portero me indicó que allí no vivía ninguna señorita Eloísa Ramírez, aunque él sólo llevaba un par de años en la portería. Eso sí, había unos señores Ramírez en el quinto izquierda. Me permitió subir en el ascensor sin ponerme ningún impedimento. Yo estaba nervioso, pensando que iba a encontrarme con una familia que nada tenía que ver con aquella Eloísa de Wädi.

Me abrió la puerta una doncella que me dijo que allí no vivía ninguna Eloísa. No sé por qué, pero le pedí que avisara a la señora de la casa. La doncella dudó un instante, pero luego me hizo pasar a un pequeño gabinete y me pidió que aguardara. No me di cuenta cuando de repente tuve ante mí a una mujer entrada en años bien vestida y con el cabello cano recogido en un moño.

—Usted dirá...

—Perdone que le moleste, busco a Eloísa Ramírez.

Se me quedó mirando unos segundos y pude ver cómo la duda le nublaba la mirada.

—Lo siento, yo soy la señora Ramírez y aquí no vive ninguna Eloísa.

No la creí. No sé por qué, pero no la creí.

—Pues ésta es la dirección que ella dio cuando estaba en Jordania ayudando como médico en un campo de refugiados. Luego se puso enferma y regresó con su madre a España.

—¿Y usted quién es? —me preguntó sin insistir en que nada sabía de Eloísa.

—Un amigo de un buen amigo suyo.

—¿No me ha dicho que la conoció? —La pregunta estaba llena de ironía.

—No, exactamente. —La señora Ramírez me estaba poniendo nervioso.

—Ya, pues siento no poder ayudarle. Aquí no vive ninguna Eloísa.

En ese momento se abrió la puerta y entró corriendo una criatura que se agarró a la mano de la mujer.

—Abuela, ven.

Nos miramos sin decir palabra. Ella con altivez, desafiándome; yo con la seguridad del que se sabía engañado.

—Bueno, no quiero molestar, aunque no comprendo por qué Eloísa dio esta dirección… y, sobre todo, no comprendo por qué no hemos vuelto a saber nada de ella.

—Lo desconozco, siento no poder ayudarle, y ahora le ruego que se vaya.

Aún me pregunto de dónde saqué tanto valor para decir lo que dije a continuación.

—Así que esta niña es la hija de Wädi Ziad y de Eloísa. No puede negar quién es su padre, se parece a él.

La mujer dio un respingo y mandó a la niña que saliera de la sala.

—Mari Ángeles, ve a jugar, ahora voy yo.

La niña obedeció. La mujer y yo nos quedamos frente a frente, yo no me atrevía a decir una palabra más.

—¿Qué es lo que quiere?

—Sólo saber qué ha sido de Eloísa y del hijo que esperaba.

Se volvió a abrir la puerta y entró un hombre de edad avanzada. Se miraron y pude ver que se mostraban angustiados.

—No pretendo nada, ni mucho menos causar ningún problema o perjuicio. Les doy mi palabra.

—¿Quién es usted? —La dignidad y autoridad en la voz del hombre no me permitieron esquivar la pregunta.

—Me llamo Ezequiel Zucker, soy profesor en la Universidad de Jerusalén. Hace muchos años fui amigo de Wädi Ziad. Él me ha pedido que si venía a Madrid averiguara qué le había sucedido a Eloísa.

—Un judío amigo de un palestino, ¿pretende que le crea? —El tono de voz del hombre era de indignación.

—Cuesta creerlo, lo sé, pero fuimos amigos hace muchos años, cuando éramos niños, antes de la guerra del 48. Wädi Ziad sólo quiere saber qué le ha sucedido a Eloísa y si... bueno, y qué ha sido de su hijo.

—Siéntese —me ordenó el hombre.

—No tenemos nada que decirle... —le interrumpió su esposa, pero el hombre la miró de tal manera que ella se calló.

—No podemos ocultarnos, no tenemos por qué. Escuche bien y dígale a su amigo que no vuelva a molestarnos. Mi hija murió por su culpa, ya hemos sufrido bastante.

Me quedé en silencio sin saber qué responder. Me había conmocionado saber que aquella joven a la que Wädi había amado estuviera muerta.

—Murió durante el parto a las pocas semanas de que la trajera. Estaba en el séptimo mes de embarazo, fue un milagro que la niña se salvara —dijo la mujer clavándome la mirada.

—Lo siento —alcancé a decir.

—No queremos saber nada de ese hombre. No tiene ningún derecho sobre la niña —afirmó la madre de Eloísa.

—No lleva sus apellidos —dijo él.

—Intentamos que la niña tenga una vida normal, que sea feliz. ¿Cree usted que deberíamos enviarla a un campamento palestino con un hombre que tiene otra mujer y otros hijos? Jamás lo consentiríamos. Dígale a su amigo que si de verdad le importó Eloísa lo demuestre no condenando también a su hija. La niña es feliz.

—Pero... bueno, algún día querrá saber quién es su padre —dije yo, y me sentí un estúpido nada más decirlo.

—No tiene por qué. Le diremos que no sabemos quién era, que su madre nunca nos lo dijo. —La voz de la madre de Eloísa ahora era la de una mujer vencida.

—¿Cree que su amigo nos dejará en paz? —preguntó el hombre.

—Yo le pediré que lo haga —respondí sin saber muy bien cómo iba a cumplir aquella promesa improvisada.

A Paula le conmovió la historia. Le dije que dudaba de si debía decirle la verdad a fray Agustín, pero ella me convenció de que no me concernía a mí tomar la decisión sobre qué futuro era mejor para aquella niña. Tenía razón, de manera que cuando regresamos a Jerusalén fui a ver al fraile y le expliqué lo sucedido.

—Los padres de Eloísa son gente influyente, y Wädi no puede demostrar que es el padre de la niña.

No volví a saber nada de Wädi hasta muchos años después. Para cuando volví a saber de él ya se había firmado la paz entre Israel con Jordania y Egipto, y las negociaciones de paz entre Israel y la OLP estaban a la orden del día. Un chiquillo árabe se presentó en la universidad y me entregó una carta de fray Agustín pidiéndome que fuera a verle.

El fraile ya era anciano, estaba casi ciego y apenas podía caminar, pero desprendía la misma energía de siempre.

—Wädi quiere verle. Él no puede venir a Israel, ya sabe, las autoridades israelíes no dan permiso a los refugiados, pero usted sí puede ir a Ammán.

Me fastidiaba que Wädi diera por hecho que yo haría lo que él quería como cuando éramos niños.

Fray Agustín me dio el teléfono de Wädi en Ammán.

—Llámele cuando llegue, lo mejor será que se encuentren en algún hotel. No estaría bien que un judío le visitara en su casa del campo de refugiados.

Esta vez sí que me enfadé. Por lo que sabía, la casa de Wädi se encontraba frente a la Fortaleza, cerca del Palacio Real, ya que el difunto rey Hussein había transformado el campo construyendo casas para los refugiados, de manera que estaba seguro de que Wädi vivía en un lugar modesto pero digno, aunque aquel fraile parecía querer azuzar en mí un sentimiento de culpa que yo no estaba dispuesto a tener.

Otra vez fue Paula la que me animó a tomar la decisión. Ella estaba enferma, el cáncer la corroía, y los médicos apenas le daban un par de meses de vida.

—Tienes que ir, me gustaría saber cómo termina vuestra historia antes de morir.

—¿Qué historia? No te comprendo..., no sé qué es lo que Wädi quiere de mí...

—Ezequiel, la verdadera patria de los hombres es la infancia, y en la tuya habitaban Wädi y su familia, los Ziad. La vida os ha colocado en bandos opuestos y ambos habéis sido leales a vuestra causa, él lo sabe y tú también, pero ni siquiera el haber combatido en bandos diferentes te ha llevado a considerarle tu enemigo. Estáis unidos por lazos que ni él ni tú podréis romper por más que os empeñéis.

—No puedo ir y dejarte sola en este momento, sólo porque a Wädi se le ocurra que quiere verme.

—Temes que me suceda algo en tu ausencia, pero te prometo que estaré bien, no pienso morirme hasta que me cuentes cómo ha sido el encuentro entre vosotros. —Paula lo dijo riéndose, como siempre decía las cosas importantes.

Mi hijo Aarón no se atrevió a enfadarse con su madre, pero a mí me recriminó que estuviera dispuesto a ir a Jordania.

—Te vas a ir dejando a mamá en el hospital; además, ¿y si te sucede algo?

—No me pasará nada, muchos israelíes van a hacer turismo a Petra, ¿por qué yo no puedo ir?

Aarón me dijo algo que me dolió.

—¿Crees que podemos fiarnos? ¿Acaso has olvidado a Yuval y a Gedeón?

Precisamente porque no podía olvidar a mis hijos muertos decidí que debía ir. Y es lo que hice. Mi nieta Hanna se encargó de reservarme habitación en el hotel Intercontinental. «Es el más seguro, allí suelen alojarse los diplomáticos», me aseguró. Pero hizo algo más, se empeñó en acompañarme aun sabiendo que su padre, mi hijo Aarón, no lo aprobaba.

—El abuelo es mayor y necesita alguien que cuide de él, y es lo que haré.

Yo esperaba en el vestíbulo del hotel Intercontinental impaciente. Wädi me había asegurado que llegaría a las cinco, y ya pasaban diez minutos. No sé cómo, pero de pronto sentí su presencia. En el arco de seguridad un anciano como yo depositaba lo que llevaba en los bolsillos. Tabaco de liar, un mechero y un rosario. Nos miramos reconociéndonos el uno al otro y caminé hacia él. Cuando estábamos a menos de un palmo de distancia, ambos dudamos de lo que debíamos hacer. Le tendí la mano y me la estrechó, pero luego nos dimos un abrazo e hicimos un esfuerzo para que no se nos saltaran las lágrimas.

Buscamos un rincón tranquilo y hablamos, hablamos durante horas, contándonos lo que había sido de nuestras vidas, lamentando las pérdidas de nuestros hijos, recordando la infancia compartida.

—Te agradezco que buscaras a Eloísa y que encontraras a mi hija.

—¿Sabes?, me costaba entender que hubieras podido enamorarte de otra mujer y que Anisa... bueno, que Anisa te lo hubiera consentido.

—No podía hacer nada para impedirlo. Me enamoré de Eloísa desde el primer momento en que la vi, y saber que ella también se había enamorado de mí me dio fuerza para afrontar cualquier cosa, aunque no te oculto que sufrí por hacer sufrir a Anisa. No la engañé, le dije la verdad y la invité a decidir. Ella decidió quedarse conmigo aunque yo no le pude prometer lo que haría. Quería lo mejor para Eloísa y aunque ella me decía que aceptaba las cosas como eran, yo no estaba satisfecho con nuestra situación. Me hubiera gustado que Anisa hubiese querido divorciarse, pero no quiso hacerlo, y yo no tenía el valor de dejarla. Habíamos tenido cuatro hijos y perdido a tres de ellos. Sí, tres fedayines, dos murieron luchando contra Israel y el otro combatiendo contra las tropas jordanas, y muy a mi pesar, porque ya sabes que mi familia siempre profesó lealtad a los hachemitas.

Me habló de Eloísa con tal pasión que parecía estar viéndola en aquel mismo momento. Me contó lo que sabía de su hija.

—No hay un solo día en que haya dejado de pensar en la hija de Eloísa, pero creo que sus abuelos tenían razón, yo no podía ofrecerle nada y, por tanto, no tenía derecho a malgastar su vida.

Después de mi visita a Madrid y con la información que le di a fray Agustín, Wädi había procurado saber cómo transcurría la vida de aquella niña, de María de los Ángeles de Todos los Santos, que así es como la bautizaron.

Su padre, sus primos, sus tíos y tres hijos muertos combatiendo contra Israel. Yo había perdido a mi madre, a mi prima Yasmin, a Mijaíl, a mis dos hijos... Pero no evocamos a nuestros muertos como un reproche sino como la constatación de que precisamente por ellos era imprescindible la paz.

Dos Estados, es la única solución, coincidimos los dos. Pero Wädi me dijo algo más: «Es un sarcasmo en forma de tragedia tener que negociar con los ladrones el regreso a nuestras casas. Porque es lo que sois, ladrones que aprovechasteis las sombras de la noche para entrar en nuestros hogares y expulsarnos, y ahora con la complicidad del resto del mundo decís que hay que negociar, que si aceptamos vuestras exigencias podríais dejarnos compartir un rincón de lo que fue nuestro. Pero ¿sabes, Ezequiel?, si no negociáis, si no aceptáis que Palestina tiene que ser, perderéis, no importa cuánto tiempo pase, perderéis. ¿Sabes por qué? Porque vuestras armas nunca serán suficientemente poderosas para vencer nuestra determinación para recuperar lo que es nuestro, porque cada piedra lanzada por nuestros hijos os hace más débiles, porque habéis dejado de ser David, porque continuáis estando solos, porque vuestros sufrimientos del pasado no pueden borrar el nuestro. Pero, sobre todo, porque ya habéis perdido el alma».

No le contradije. ¿Cómo podía hacerlo? No se discute con un hombre que lo ha perdido todo, que no puede llorar ante la tumba de los suyos y al que le han arrebatado su destino. Mientras le escuchaba no pude dejar de sentirme culpable.

Era noche cerrada cuando Wädi y yo nos despedimos ya en paz el uno con el otro. No prometimos volver a vernos porque a nuestra edad ya no se hacen planes para mañana. Desde aquel día, de cuando en cuando me llama por teléfono o le llamo yo. Son conversaciones breves, sin ninguna trascendencia, pero nos reconforta escuchar la voz del otro.

Cuando le conté a mi esposa mi conversación con Wädi, le reconocí que me sentía avergonzado porque había luchado en cuatro guerras, pero no había sido capaz de librar el combate más importante, el de la paz.»

Marian parecía conmovida, Ezequiel se dio cuenta de que ella luchaba por contener las lágrimas.

—Punto final, ¿no? —acertó a decir ella.

—Usted sabe que aún no hemos llegado al punto final. No, aún no. ¿No le gustaría saber qué le sucedió a la hija de Wädi?

—No... en realidad eso ya no importa.

—Aquella niña se hizo una mujer sin saber quién era su padre. Sus abuelos mantuvieron el secreto hasta el final. En realidad fue su abuelo el que en su testamento dejó una carta en la que le explicaba quién era. Para ella, saber la verdad fue un shock. De repente su mundo se le antojó una falsedad. No era quien creía que era, una chica de la buena sociedad madrileña, educada en carísimos colegios, con un título universitario y un máster a punto de terminar. De manera que aquella niña empezó a indagar sobre la que creía era su identidad perdida, pero no se atrevió a ir en busca de su padre en Ammán, sino que empezó a caminar en círculo. Hizo lo imposible por conocer a chicas y chicos palestinos de los que estudiaban en España, pero eso no fue suficiente, de modo que un día aterrizó en Ramala. Conoció a un joven, ¿se enamoró? Puede que sí, o puede que decidiera que se había enamorado porque creía que era la mejor manera de estar lo más cerca posible de aquella parte de su yo que hasta hacía poco no sabía ni que existía. Se casaron y tuvieron un hijo. Pero el matrimonio no duró mucho. No se adaptaba a vivir en Ramala, a integrarse en una sociedad en la que todo le resultaba ajeno. Y seguía sin atreverse a buscar a su padre. Un padre del que sólo sabía su nombre y que vivía en un campamento de refugiados en Ammán. Un padre al que íntimamente reprochaba que no hubiera luchado por llevarla con él aun sabiendo que él se había sacrificado por el bien de ella.

»Se marchó, dejó Ramala y regresó a Madrid llevándose a su hijo. El padre del niño al principio no puso inconveniente, pero cuando el crío cumplió doce años le reclamó. Ya no era un niño, le dijo, era hora de que estuviera con su padre. Tuvo que ceder porque las leyes estaban de parte del que había sido su marido; así pues, entregó al hijo y convirtió su existencia en un ir y venir que lo único que le provocaba era amargura.

»No estaba en Ramala el día en que su hijo murió. Había comenzado la segunda Intifada, y aquel niño, junto a otros muchos niños, empezó a apedrear a unos soldados que protegían a un grupo de colonos que estaban levantando un nuevo asentamiento. Los críos tiraban sus piedras con fuerza, de repente sonó un disparo; una bala arrebató la vida a un chiquillo, era el suyo. Cuando ella llegó, su hijo ya estaba enterrado y desde entonces no ha dejado de llorarle.

»La hija de Wädi no ha perdonado a su padre que le diera la vida, ni a sus abuelos que le ocultaran la verdad, ni a su marido que le reclamara a su hijo, ni a Israel por existir.

»No puede perdonar ni sentir piedad por nadie que no sea ella misma. Hace años que vive angustiada por el dolor, ni siquiera un segundo matrimonio le ha servido para superar la pérdida de su hijo. En ella ha anidado un deseo más fuerte que ningún otro, el de la venganza, más fuerte incluso que su deseo de vivir. Hace unos meses conoció a su padre. Por fin se atrevió a hacerlo en un intento de comprenderse a sí misma. El encuentro llenó de dulzura el viejo corazón de Wädi, que al mirarla a los ojos encontró en ellos un destello de Eloísa. Pero a ella conocer a su padre no le ha servido de alivio. Lleva grabada en la retina la imagen de su hijo muerto y eso le impide ver nada más. Por eso ha preparado minuciosamente su venganza; no ha sido fácil, pero por fin está cerca de consumar la venganza que cree que le devolverá la paz. Necesita matar al enemigo que le arrebató la vida de su hijo, necesita hacer sufrir a quienes la hicieron sufrir. ¿Me equivoco, Marian? ¿O prefiere que la llame María de los Ángeles de Todos los Santos tal y como la bautizaron en Madrid? ¿O quizá señora Miller, el apellido de su segundo marido?

Marian estaba pálida y le castañeteaban los dientes. Ocultaba la mano en el bolsillo de la chaqueta, parecía apretar algo.

—Desde cuándo lo sabe... —preguntó en voz baja.

—Desde el primer día que viniste. Wädi, tu padre, me llamó y me pidió que impidiera que vieras a mi hijo Aarón. «No quiero que muera nadie más..., ya hemos sufrido bastante los dos..., lo mejor es que no vea a tu hijo», me advirtió. Temía tu amargura. No sólo quería evitarme a mí un nuevo sufrimiento sino, sobre todo, salvarte de ti misma. Pero le dije que debía correr ese riesgo porque acaso escuchar nuestra historia, la de los Zucker íntimamente unida a la de los Ziad, quizá te ayudara a devolverte la paz. Además, jugaba con ventaja sabiendo que mi hijo Aarón no estaría aquí, de manera que no me lo podrías arrebatar.

»Me recuerdas tanto a tu abuelo Mohamed... Ya ves, la historia de los Ziad y de los Zucker no acabó en 1948.

La miró fijamente antes de proseguir.

Soy un anciano y estoy muy enfermo, ¿qué me queda ya? Tu abuelo Mohamed decía que hay momentos en que la única manera de salvarse a uno mismo es muriendo o matando. De manera que... no te preocupes: dispara, yo ya estoy muerto.

Se hizo el silencio. Durante unos segundos, que a ambos se les antojaron eternos, no se movieron, era tal la quietud que ni siquiera escuchaban el sonido de su respiración.

Luego él, lentamente, continuó colocando las tazas sobre la bandeja mientras observaba cómo hervía el agua para el té.

Apenas les separaban unos pocos metros y a él le llegaban oleadas de su perfume mezclado con el olor del miedo.

Sabía bien a qué huele el miedo. Él también lo había sentido antaño, pero en aquel momento en que la muerte había llegado para llevárselo, no sentía miedo como en otras ocasiones en que se había complacido en jugar con él hasta dejarle inerte para después marcharse.

Notó cómo se movía. Sabía que tenía el dedo sobre el gatillo y que estaba dispuesta a disparar. Decidió darse la vuelta para enfrentar su mirada y morir con dignidad, si es que hay alguna dignidad en ese instante en el que uno deja de ser.

Pudo ver la furia que desprendían sus ojos infinitamente negros, pero también la lucha que mantenía consigo misma. Lo sentía por ella; si disparaba se perdería para sí misma, si no lo hacía no se lo perdonaría jamás.

Y aquellos segundos en que cruzaron sus miradas a ambos se les hicieron eternos.

—Dispara, yo ya estoy muerto —repitió con apenas un hilo de voz.

Glosario

Balfour, Declaración: manifestación formal del gobierno británico publicada el 2 de noviembre de 1917 en la que el Reino Unido se declaraba favorable a la creación de un Hogar Nacional Judío en Palestina. El documento es una carta firmada por el secretario de Relaciones Exteriores británico, Arthur James Balfour, dirigida al barón Lionel Walter Rothschild.

***bishlik*:** moneda.

***borsch*:** comida rusa consistente en una sopa de verduras que incluye remolacha, la cual le da su color rojo característico.

Bund: Unión General de Obreros Judíos de Lituania, Polonia y Rusia. Movimiento político judío socialista creado en el Imperio Ruso a finales del siglo XIX.

Comité Árabe Supremo: encabezado por Haj Amin al-Husseini englobaba los partidos palestinos más destacados. Declaró una huelga general de trabajadores y comerciantes en 1936.

Dreyfus, caso: en 1894 el capitán del ejército francés Alfred Dreyfus, de origen judío, fue acusado de espionaje y condenado a cadena perpetua. El caso provocó mucho impacto en la sociedad francesa. Finalmente se demostró su inocencia y fue rehabilitado.

efendis: propietarios de las tierras que cultivan los *fellahs.*

***fellahs*:** campesinos árabes; son arrendatarios, es decir, no poseen la tierra que trabajan.

hachemita: linaje árabe procedente de los hijos de Hashim, uno de los clanes más importantes de la antigua tribu de Quraish a la que pertenecía Mahoma.

Haganá: organización de defensa judía creada en los años veinte; estuvo activa hasta 1948.

Huelga general de abril de 1936: los dirigentes árabes en el Mandato británico de Palestina, liderados por Haj Amin al-Husseini, declararon una huelga general y se negaron a pagar impuestos en protesta contra la inmigración judía. Todo ello dio comienzo a una insurrección armada.

***hummus*:** puré de garbanzos árabe.

***ikhwan*:** significa «los hermanos» y se refiere a los soldados de Ibn Said de Arabia.

***Jüdische Rundschau*:** periódico alemán que el 1 de abril de 1933 publicó un artículo titulado «Portad el parche amarillo con orgullo». Este artículo fue el primero de la serie *Digamos sí a nuestro judaísmo*, que se convirtió en el lema de la resistencia de la judeidad en Alemania.

kibutz: comuna agrícola israelí.

kufiya: pañuelo palestino.

Legión Árabe: ejército regular de Transjordania y después de Jordania, activo entre 1920 y 1956. Fue fundado por Frederick Peake como una unidad del ejército británico. Participó, a las órdenes del rey Abdullah, en la guerra árabe-israelí de 1948.

Libro Blanco de 1939: texto publicado por el gobierno británico el 17 de mayo de 1939 que determinaba el futuro inmediato del Mandato británico en Palestina hasta que se hiciese efectiva su independencia. El texto desechaba la idea de dividir el territorio en dos Estados en favor de una sola Palestina independiente gobernada en común por árabes y judíos.

Mandato británico de Palestina: administración territorial encomendada por la Sociedad de Naciones al Reino Unido en Oriente Próximo, tras la Primera Guerra Mundial, con el estatus de territorio bajo mandato. En un primer momento incluyó los actuales territorios de Jordania, Israel y los Territorios Palestinos; algo más tarde el Reino Unido separó la parte oriental del mismo, creando el Emirato de Transjordania.

Mashriq: territorio que comprende la actual Arabia, Siria, Jordania, el Líbano, Irak y Palestina.

muftí: jurisconsulto musulmán con potestad para interpretar la ley islámica y emitir dictámenes legales.

***Novoye Vremya*:** periódico ruso que se publicó entre 1868 y 1917; significa «Tiempos Nuevos».

Ojrana: policía secreta rusa en la época de los zares.

Peel, Comisión: delegación investigadora que llegó a Palestina desde Londres, durante los disturbios de 1936-1939, para investigar las raíces del conflicto árabe-judío y proponer soluciones. La comisión, encabezada por lord William Robert Peel, escuchó gran número de testimonios en Palestina y en julio de 1937 emitió sus recomendaciones (informe Peel): abolir el mandato y partir el país entre los dos pueblos.

San Remo, Conferencia de: reunión celebrada en 1920 en la que se ratificaron los repartos territoriales entre Francia y el Reino Unido: Siria y Líbano quedaban bajo Mandato francés; Irak y Palestina, bajo Mandato británico.

Sèvres, Tratado de: tratado de paz firmado en 1920 entre el gobierno otomano y las naciones aliadas de la Primera Guerra Mundial, con la excepción de Rusia y Estados Unidos. Este acuerdo desintegraba el Imperio Otomano y lo limitaba a Constantinopla y parte de Asia Menor.

***sharif*:** jerife. Nombre que reciben los descendientes del profeta Mahoma.

***shtetl*:** poblado en yiddish.

sóviets: consejos revolucionarios rusos.

Sykes-Picot, Tratado: acuerdo alcanzado entre el Reino Unido, representado por Mark Sykes, y Francia, representada por Charles François Georges-Picot, para el reparto de las posesiones turcas en Oriente Próximo.

Teherán, Conferencia de: reunión que se celebró entre el 28 de noviembre y el 1 de diciembre de 1943 entre Stalin, Churchill y Roosevelt y que tuvo como principal debate la apertura de un segundo frente en Europa Occidental durante la Segunda Guerra Mundial.

yiddish: lengua hablada por las comunidades judías del centro de Europa.

yihad: concepto del islam que suele traducirse como «guerra santa».

Yishuv: término en hebreo que se emplea para referirse a los pobladores judíos de Palestina antes de la creación del Estado de Israel, es decir, durante el Imperio Otomano y el Mandato británico.

Personajes históricos

Abdelkader al-Husseini (1907-1948). Dirigente nacionalista de los árabes palestinos y militante activo en los disturbios de los años treinta durante el Mandato británico de Palestina. Dirigió las fuerzas irregulares palestinas en la guerra árabe-israelí de 1948.

Abdul Hamid II (1842-1918). Sultán del Imperio Otomano, depuesto por la sublevación militar de los «Jóvenes Turcos». Fue sustituido por su hermano Mehmed V.

Abdullah I de Jordania (1882-1951). Hijo de Husayn ibn Alí, jerife de La Meca y cabeza de la dinastía de los hachemitas. Fue el primer gobernante de Jordania.

Alejandro II de Rusia (1818-1881). Hijo de Nicolás I de Rusia y zar del Imperio Ruso de 1855 a 1881.

Alejandro III de Rusia (1845-1894). Hijo de Alejandro II de Rusia y zar del Imperio Ruso de 1881 a 1894.

Balfour, Arthur James (1848-1930). Primer ministro del Reino Unido de 1902 a 1905, durante el reinado de Eduardo VII, y posteriormente secretario de Relaciones Exteriores. El 2 de noviembre de 1917 dirigió al barón Lionel Walter Rothschild la Declaración Balfour, documento en el que el Reino Unido se declaraba favorable a la creación de un Hogar Nacional Judío en Palestina.

Ben Gurion, David (1886-1973). Primer ministro de Israel entre 1948 y 1954 y nuevamente entre 1955 y 1963. Fue uno de los principales mentores del Estado judío y quien proclamó oficialmente la independencia del Estado de Israel, el 14 de mayo de 1948.

Beyazid II (1481-1512). Sultán del Imperio Otomano. Reorganizó la política interior y estableció un nuevo sistema de impuestos más llevadero para sus súbditos. Permitió la afluencia de los judíos expulsados de España y de otros lugares de Europa.

Brunner, Alois (1912-desaparecido en 1996). Oficial de las SS (Schutzstaffel). Comandante del campo de Drancy, desempeñó un papel muy activo en el exterminio de los judíos durante la Segunda Guerra Mundial.

Catalina II de Rusia (Catalina la Grande) (1729-1796). Esposa del zar Pedro III de Rusia y emperatriz de Rusia de 1762 a 1796.

Cemal, Ahmet (Cemal Pachá) (1872-1922). Fue uno de los tres pachás que detentaron el poder en el Imperio Otomano durante la Primera Guerra Mundial. Los otros dos fueron Ismail Enver y Mehmet Talat.

Chamberlain, Neville (1869-1940). Primer ministro del Reino Unido de 1937 a 1940, durante el reinado de Jorge VI.

Churchill, Winston (1874-1965). Primer ministro del Reino Unido de 1940 a 1945, durante el reinado de Jorge VI.

Cunningham, Alan (1887-1983). General británico. Desarrolló el cargo de último Alto Comisionado británico en Jerusalén.

Dannecker, Theodor (1913-1945). Oficial de las SS, desempeñó un papel muy activo en el exterminio de los judíos durante la Segunda Guerra Mundial.

Dreyfus, Alfred (1859-1935). Militar francés de origen judío, acusado en 1894 de espionaje y condenado a cadena perpetua. En 1906 se demostró su inocencia y fue reintegrado en el ejército con todos los honores.

Enver, Ismail (Enver Pachá) (1881-1922). Oficial otomano y líder de la Revolución de los Jóvenes Turcos. Uno de los tres pachás que detentaron el poder en el Imperio Otomano durante la Primera Guerra Mundial.

Faysal ibn Husayn (1883-1933). Hermano de Abdullah I de Jordania. Fue un miembro prominente de la familia de los hachemitas, líder de la Rebelión Árabe entre 1918 y 1920 y rey de Irak de 1921 a 1933.

Haj Amin al-Husseini (1897-1974). Gran muftí de Jerusalén de 1921 a 1948. Se convirtió en el principal aliado islámico del Tercer Reich durante la Segunda Guerra Mundial.

Herzl, Theodor (1860-1904). Periodista y escritor austrohúngaro, fundador del movimiento sionista.

Husayn ibn Alí (1854-1931). Emir y último jerife de La Meca entre 1908 y 1917. Después fue rey del efímero Estado del Hiyaz hasta 1924. Tras ser destronado se proclamó califa y vivió en el exilio hasta su muerte.

Hussein I de Jordania (1935-1998). De la dinastía hachemita, reinó en Jordania desde 1952, cuando sucedió a su padre el rey Talal, hasta 1998.

Jabotinsky, Vladimir (1880-1940). Líder sionista, escritor, periodista, militar y fundador de la Legión Judía durante la Primera Guerra Mundial. Fue el principal ideólogo de la corriente sionista revisionista.

Lawrence, T. E. (1888-1935). Militar, arqueólogo y escritor británico conocido como Lawrence de Arabia. Tuvo un notable papel de enlace durante la revuelta árabe contra el dominio otomano durante la Primera Guerra Mundial.

McMahon, Henry (1862-1949). Diplomático británico y oficial del ejército indio que sirvió como Alto Comisionado británico en El Cairo de 1915 a 1917. Conocido por intercambiar correspondencia con el jerife Husayn ibn Alí. Dicha correspondencia, integrada por diez cartas, tenía como objeto preparar la rebelión árabe contra el Imperio Otomano, en el marco de las operaciones de la Primera Guerra Mundial, a cambio del reconocimiento aliado de un Estado árabe en la zona.

Mehmet Talat (Talat Pachá) (1872-1921). Miembro del movimiento de los «Jóvenes Turcos». Uno de los principales dirigentes del Imperio Otomano, junto a Ismail Enver y Ahmet Cemal.

Mehmet V Rashid (1844-1918). Sultán del Imperio Otomano. Ascendió al trono en 1909, aunque careció de poder político real durante su reinado, dominado por figuras políticas tales como Enver Pachá, Talat Pachá y Cemal Pachá. Proclamó la Jihad contra el Imperio Británico en 1914, al ingresar el Imperio Otomano en la Primera Guerra Mundial.

Mengele, Josef (1911-1979). Médico, antropólogo y criminal de guerra nazi, apodado «El ángel de la muerte». Conocido por sus experimentos con detenidos en el campo de concentración y exterminio de Auschwitz.

Nicolás II de Rusia (1868-1918). Hijo del zar Alejandro III y zar de Rusia de 1894 a 1917.

Peel, William Robert (1867-1937). Político británico. En 1936-1937 fue el presidente de la Comisión Peel, que presentó una solución para el conflicto árabe-judío en Palestina.

Picot, Charles François Georges (1870-1951). Diplomático francés que firmó junto a Mark Sykes el Tratado Sykes-Picot entre el Reino Unido y Francia sobre la partición del Imperio Otomano tras la Primera Guerra Mundial.

Pobedonóstsev, Konstantin (1827-1907). Político y pensador ruso. Controló la política imperial en el reinado de su discípulo el zar Alejandro III e influyó notablemente en el hijo de éste, Nicolás II.

Ragheb al-Nashashibi (1881-1951). Importante figura pública durante el Imperio Otomano, el Mandato británico y la administración jordana. Fue alcalde de Jerusalén de 1920 a 1934.

Rothke, Heinz (1912-1966). Oficial alemán de las SS. Desempeñó un papel activo en el exterminio de los judíos durante la Segunda Guerra Mundial.

Sykes, Mark (1879-1919). Noble inglés que participó en el Tratado Sykes-Picot entre el Reino Unido y Francia sobre la partición del Imperio Otomano tras la Primera Guerra Mundial.

Weizmann, Chaim (1874-1952). Dirigente sionista británico de origen bielorruso y primer presidente del Estado de Israel, de 1949 a 1951.

Wilson, Woodrow (1856-1924). Presidente de Estados Unidos de 1913 a 1921.